AF900621

भारतीय विदेश नीति

भारतीय विदेश नीति

(INDIAN FOREIGN POLICY)

जे.एन. दीक्षित

पूर्व विदेश सचिव, भारत सरकार

अद्यतन संस्करण संपादन

रहीस सिंह

प्रभात
पेपरबैक्स
www.prabhatbooks.com

प्रकाशक
प्रभात पेपरबैक्स
4/19 आसफ अली रोड, नई दिल्ली-110002
फोन : 23289555 • 23289666 • 23289777 • हेल्पलाइन/ 7827007777
ई-मेल : prabhatbooks@gmail.com ❖ वेब ठिकाना : www.prabhatbooks.com

संशोधित परिवर्धित संस्करण
2018

अ.मा.पु.स. 978-93-5266-909-7

मुद्रक
रेप्रो नॉलेज कास्ट लिमिटेड, ठाणे

★

BHARTIYA VIDESH NITI (INDIAN FOREIGN POLICY)
J.N. Dixit & Rahees Singh

Published by **PRABHAT PAPERBACKS**
4/19 Asaf Ali Road, New Delhi-110002

ISBN 978-93-5266-909-7

पूजनीया माताजी
स्वर्गीय (डॉ.) श्रीमती रत्नमयी देवी दीक्षित
के श्रीचरणों में सादर समर्पित–
जिन्होंने मेरे भीतर ज्ञान–तृष्णा जगाई;
मेरे आत्मविश्वास को दृढ़ता प्रदान की
और
55 वर्ष पहले भारतीय विदेश सेवा
से जुड़ने की प्रेरणा दी।

दो शब्द

कई दशक बीत चुके लेकिन अब तक न ही हम उस वैचारिकी के विरोधाभासों के सुलझे रास्तों को तलाश पाए और न ही दुनिया के बौद्धिक कारीगर हमें यह बता पाए कि जो रास्ता बन रहा है वह जा किधर रहा है और हम क्या सही मानें? अर्थात् हम यह मानें कि विश्व शक्ति के सिद्धांतों पर चल रहा था और आगे भी इसी नक्शे–कदम पर चलेगा अथवा यह मानें कि वह इस राह को छोड़ देगा और भूगोल व इतिहास के संबंधों से कहीं अलग एक नई दुनिया की सर्जना करेगा, जहां 'योर वर्ल्ड इज सिंक्रोनाइज्ड' की मान्यता मानवीय मूल्यों के साथ नैतिक एवं व्यावहारिक धरातल प्राप्त कर सके। क्या सच में आने वाली दुनिया का बेसिक फिनॉमिना बनने वाला है? यदि हां, तो फिर जॉर्ज हर्बर्ट का यह विचार अप्रासंगिक हो जाएगा कि ''यदि हम तलवार थामे रखना चाहते हैं तो यह जरूरी है कि दूसरों को तलवार म्यान में डालने के लिए बाध्य करें'', क्योंकि तब तो तलवार का सिद्धांत ही 'नल एण्ड वॉयड' हो जाएगा। लेकिन क्या वास्तव में ऐसा हो पाएगा? यह तय कौन करेगा? हमारे मस्तिष्कों के दोनों गोलार्द्ध या फिर भूमण्डल के दोनों गोलार्द्ध? क्या इनमें निहित सृजनात्मकता और संघर्ष का द्वंद्व तिरोहित हो जाएगा या फिर सृजन संघर्ष पर प्रभावी होगा? यदि ऐसा हुआ तो महान शक्तियों के खेल एकाएक समाप्त हो जाएंगे। सत्ताएं अपना चरित्र बदल लेंगी और मनुष्य सिर्फ मनुष्यता के लिए तथा देश सर्वकल्याण के लिए आगे बढ़ेंगे। लेकिन जब से एक इतिहास का अंत हुआ है तब से अदृश्य और आभासी दुनिया की शक्तियां भूमण्डल पर नई परिधियां बनाती हुई सभी को धीरे–धीरे आच्छादित कर रही हैं, यह भ्रम एवं भय का विषय है। वास्तविकता तो यही है कि अब दृश्य दुनिया से बड़ी अदृश्य दुनिया हो रही है, दृश्य हाथों से कहीं अधिक लम्बे हाथ अदृश्य शक्तियों के हो रहे हैं जो संवेदना से नहीं मैकेनिज्म से चलते हैं और वास्तविक दुनिया पर आभासी दुनिया ने असरकारी दबाव बनाने में सफलता प्राप्त कर ली है। इस स्थिति में क्या हम यह दावा कर सकते हैं कि हम सम्पूर्ण सच जान चुके हैं, या जान पा रहे हैं?

आखिर फ्रैंक शिरमाखर किस वास्तविकता की बात कर रहे थे? उनका कहना है कि ''..........सच्चाई तो यह है कि हमारा सामना वास्तविकता से हो रहा है।'' लेकिन यह वास्तविकता है क्या? क्या इस वास्तविकता में यह सत्य छुपा है कि भूगोल और प्रतिभाओं का संबंध बदल गया है क्योंकि अब प्राकृतिक प्रतिभाएं भूगोल पर भारी पड़ने लगी हैं। दूसरे शब्दों में कहें कि अब नॉलेज मेरिटोक्रेसी के युग का सूरज जमीन से 90 डिग्री का कोण बनाते हुए आसमान पर आ टिका है और इसीलिए भूगोल नेपथ्य में है जबकि व्यक्ति 'कॉन्करर ऑफ वर्ल्ड' होने का दावा कर रहा है। ऐसा है तो अमेरिका, चीन, यूरोप और भारत जैसी भू–राजनीतिक संरचनाओं की महत्ता कुछ खास नहीं रह जानी चाहिए प्राकृतिक जन्मना तो कहीं का भी हो सकता है। लेकिन इस सिद्धांत से कहीं ऐसा मनुष्य जन्म तो नहीं ले लेगा जो राष्ट्र के प्रतिमानों को अपने साथ संयोजित कर स्वयं को राष्ट्र का प्रतीक मान ले और उसे प्रतिष्ठापित करने के लिए राज्य की सत्ता का दुरुपयोग करे? तो क्या इस बात की संभावना बनती है कि अब

प्रबुद्ध निरंकुशता का स्थान मेरिट आधारित निरंकुशता ग्रहण कर लेगी? क्या दुनिया वास्तव में इस दिशा में कुछ कदम बढ़ी है? अमेरिकी फर्स्ट की आड़ में ट्रंप फर्स्ट या रशिया फर्स्ट की आड़ में पुतिन फर्स्ट जैसी चीजें कहीं इसी तरफ जाने का इशारा तो नहीं कर रहीं, जो आने वाले समय में दुनिया को जगरनॉट के रूप में पेश कर दें। अगर ऐसा है तो आप यह मानकर चलें कि हमारा एक विचित्र दुनिया से सामना होने वाला है जहां हम सब मेसमेराइज होंगे और यह पहचानने का साहस नहीं कर पाएंगे कि राज्य और राज्याध्यक्ष में कोई विभेद है या नहीं। लेकिन ऐसा हुआ तो दुनिया नए संघर्षों, नए किस्म के युद्धों और नई प्रतिस्पर्धाओं की ओर मुड़ जाएगी।

जरा नजर घुमा के 1980 के दशक को देखें जहां कम–से–कम एक वर्ग राज्यनियंत्रित अर्थव्यवस्था वाले मॉडल में स्वयं को ठीक उसी तरह से जकड़ा हुआ महसूस कर रहा था जिस तरह से बेनिटो मुसोलिनी कभी अपनी साम्राज्यिक नीति को पूरा करने में भू–मध्य सागर को जेल मानता था और कोर्सिका माल्टा, ट्यूनिस और साइप्रस को उसकी सलाखें। वह उसे तोड़ने के लिए लालायित था, तोड़ने की कोशिश भी की पर ये सलाखें कहीं ज्यादा ही मजबूत निकलीं। हालांकि पूंजीवाद से पैदा हो रहे भूमण्डलीकरण के भीतर से निहित सौम्य आत्मविश्वास ने उन सलाखों को पहले पिघलाया और फिर मोड़ा जिससे वे टूटी भले न हों पर इतनी मुड़ गईं कि फिर सीधे खड़ी नहीं हो पाईं। इसी मुड़ाव या झुकाव को ही फुकुयामा ने 'एक इतिहास का अंत' कहकर राज्यनियंत्रित व्यवस्था को सदमा पहुंचाया और पूंजीवाद को आभासी सुख की खोह में घुसा दिया। लेकिन मैक्सिको में अभी जुलाई में हुए राजनीतिक चुनावों के जो परिणाम आए उन्होंने यह बता दिया कि 'इतिहास के अंत' की घोषणा झूठी थी। इतिहास का कभी अंत नहीं हो सकता। हालांकि राज्य नियंत्रणवाद की सलाखों के मुड़ जाने से सोवियत संघ की दीवारें गिरी थीं और एक महाशक्ति के रूप में स्थापित संघ धराशायी हुआ था। इसके बाद अतिअसामान्य महत्वाकांक्षाओं ने जन्म लिया और समृद्ध बाजार–समृद्ध दुनिया (समृद्ध भारत भी) वाले हरकारों ने दुनिया के देशों को अंदर तक झकझोरा तथा नए संसार की रचना के लिए अनुसमर्थन मांगा जो कमोबेश बाध्यकारी था। यह वह दौर था जब फर्श पर टिके संसार का युग विदा ले रहा था और बादलों (साइबर की भाषा में क्लाउड) में नए संसार की बुनियाद रख रहा था। इस संसार में जाने का रास्ता अमेरिका में ईज़ाद हुई आभासी खिड़कियों (कम्प्यूटर की भाषा विंडोज) से होकर जाता था। महत्वपूर्ण बात यह है कि 1989 से 1991 के बीच दुनिया को विभाजित करने वाली दीवार गिराई गई थीं लेकिन खिड़कियों यानी विंडोज का निर्माण किया गया था। इसलिए यह समझना बेहद मुश्किल था और है भी कि आखिर ये कौन–सी खिड़कियां थीं जो बिना दीवार के ही इस्तेमाल होनी थीं? शायद या फिर स्पष्ट तौर से दिखाई देने वाली दीवार गिराई गई थी लेकिन एक अदृश्य दीवार निर्मित होने का सिलसिला पूरी दुनिया में शुरू हुआ था और ये दीवारें थीं–अपलोडिंग, आउटसोर्सिंग, ऑफशोरिंग, सप्लाई चेनिंग, इनसोर्सिंग और इनफॉर्मिंग ...आदि के रूप में जो दिखती नहीं थीं, पर नए संसार को कई खांचों में बांट रही थीं। महत्वपूर्ण बात यह है कि ये दीवारें वास्तविक दुनिया और आभासी दुनिया (वर्चुअल

वर्ल्ड) को विभाजित करती थीं। ये दीवारें अच्छे नेवीगेटर को जाने का रास्ता देती थीं जो डब्ल्यूडब्ल्यूडब्ल्यूडॉट के महासागर में 'लॉग आउट' और 'लॉग इन' का हुनर जानते थे और जिन्हें 'किल स्विचेज' का हुनर मालूम था, शेष इनके फालोअर होने थे या फिर अधीन, यही नवउदारवाद का नया हथियार था। इसका मतलब यह हुआ कि हमारा सामना जिस सच्चाई से होने जा रहा था उसमें माइक्रो और मैक्रो रणनीति के बीच के विभेद स्पष्ट नहीं थे और दुनिया को इन्हीं अंतरों को समझना था। फिर तो यह तय था कि जो देश और मस्तिष्क इस भेद को समझने में कामयाब हो जाएंगे वही विजयी होंगे? एक बात और, अब खतरे धरती पर कम आकाश (क्लाउड) में बहुत अधिक होने वाले थे। अब 'लड़े बिना ही लड़ने की कला' जानने वाले विजयी होने वाले थे, जिसकी घोषणा चीन के किसी विद्वान ने करीब 1400 वर्ष पहले ही कर दी थी। इनक्रिप्ट की विशेषज्ञता सूचनाओं के लॉक्स (इनफर्मेशन लॉक्स) तोड़ने वाले संसार के नए सामुराई बनने जा रहे थे जिनके लिए किसी युद्ध के मैदान की जरूरत नहीं थी। फिलहाल यह विषय मेरी दृष्टि में रुचिकर है और महान मस्तिष्कों के मंथन का विषय है इसलिए सभी संभ्रांतों से इसकी निकटता नहीं रहती लेकिन उनसे उम्मीद की जा सकती है जो भविष्य में नीति–निर्धारकों में अपना स्थान सुनिश्चित करने वाले हैं या करने की महान इच्छाओं से सम्पन्न हैं। इस दृष्टि से उन युवाओं से हमारी अपेक्षाएं बढ़ जाती हैं जो एकेडमिक्स या फिर सिविल सेवाओं के जरिए विदेश नीति का निर्माण करने और संचालित करने में भूमिका निभाने की उत्कंठा से संपन्न हैं क्योंकि उनका सामना इन्हीं अनसुलझी, अनजानी, अदृश्य चुनौतियों से होने वाला है। यही वजह है कि इस पुस्तक को अपडेट करने का निर्णय लिया गया।

बहरहाल श्री जे.एन. दीक्षित जी ने अपनी पुस्तक में विदेश नीति के अध्यायों को इस जटिलता के शुरू होने के साथ ही समाप्त कर दिया था, कारण यह कि उनके द्वारा पुस्तक लिखे जाने तक ये जटिलताएं दृश्य संसार में अपने प्रभावों की रूपरेखा ही निर्मित कर पाईं थीं। लेकिन उनकी यह पुस्तक राजनीति शास्त्र से एकेडमिक क्षेत्र और सिविल सेवा परीक्षा के अभ्यर्थियों के लिए उन पुस्तकों की श्रेणी में रखी जा सकती है जो किसी कालखण्ड के निर्माण में महान योगदान करती आई हैं। हमने लेखकीय मर्यादा और नैतिक आचरण का अनुपालन और श्री दीक्षित के अध्यायों में निहित मूल्यवान परम्परा का अनुरक्षण और परिरक्षण करते हुए आगे बढ़ने की कोशिश की है और इस पुस्तक में विदेश नीति में वर्ष 2018 के आरम्भिक महीनों तक के वैदेशिक परिवर्तनों, नीतियों एवं प्रभावों को शामिल करने का प्रयास किया है। हमने इस पुस्तक के अध्यायों के अंत में 'की नोट्स' जोड़े हैं ताकि एकेडमिक्स से इतर सिविल सेवा परीक्षा की तैयारी करने वाले विद्यार्थी, जो इस पुस्तक के अध्यायों के सार तत्वों को पढ़कर ही काम चलाना चाहते हों, उन्हें भी भरपूर मदद मिल सके। संशोधन और संपादन के पश्चात यह पुस्तक सिविल सेवा परीक्षा के अभ्यर्थियों के लिए विदेश नीति पर एक गीता, बाइबिल और कुरान की तरह प्रतीत होगी जिसके अमूल्य योगदान को अभ्यर्थी तभी समझ पाएगा जब इसे पढ़ेगा और मेरी दृष्टि से सिविल सेवा के प्रत्येक अभ्यर्थी को इसे पढ़ना उस दशा में आवश्यक है जब वह परीक्षा क्वालीफाई करने के

प्रति दृढ़प्रतिज्ञ है। इस पुस्तक को यह रूप देने के विचारों से अवगत कराने के लिए अभिषेक शर्मा जी का आभारी हूं और पीयूष जी का ऋणी, जिन्होंने हमारे विचारों को सार्थक बनाने में क्षण भर की भी देरी नहीं की। मैं उन सभी पत्र–पत्रिकाओं, जिनमें से अधिकांश विदेशी हैं, का सहृदय आभार व्यक्त करता हूं जिन्हें पढ़ने के दौरान विदेश नीति की बहुत–सी बारीकियों को जान पाया। इस जानने और कदम–दर–कदम आगे बढ़ने के सिलसिले में उन झंझावतों को सादर नमन जिन्होंने सच–का–सच से परिचय कराया और उन सभी अपनों को धन्यवाद जिन्होंने अपनेपन से सराबोर रखते हुए आगे बढ़ने का साहस प्रदान किया। आभार उनका भी जिन्होंने हमारे मर्म को नहीं समझा और आभार उनका भी जिन्होंने हमें समंदर की उन गहराइयों में डूबने–उतरने के लिए विवश किया जिनसे हमें बहुत भय लगता था। बिटिया अपर्णा और बेटा यश मैं तुम्हारा भी ऋणी हूं, कितना मुझे पता नहीं, और यह आपको बता भी नहीं पाऊंगा क्योंकि जहां शब्दों में बहुत कुछ बयां किया जाता है, वहां आत्मीयता खारिज होने लगती है। ऋणी तो उनका भी हूं, जिनका नाम नहीं ले सकता। उनके लिए बस इतना ही कि–

वह तुम्हीं तो थे,
या तुम नहीं शायद,
जो हमारे अ–हम में शरीक होकर,
दे गए हजारों हजार जिंदगियां,
मुझे आसमां से भी ऊंची बुलंदियों को छूने के लिए,
हमने तुम्हारे ही कहने पर,
कोशिश की थी लपक कर आसमान छूने की
दम्भ कायम किया था स्वयं विश्व बनने का,
शायद वह टूट गया,
शायद मैं भी बिखर गया,
मन की शक्ति तो कब की बेसुध पड़ी है आत्मा के कैदखाने में
अब जो बचा है वह
तुम्हारा जगाया हुआ विश्वास, है सिर्फ
रचने के लिए एक नई दुनिया,
मैं अभी भी वहीं पर ठिठका हूं,
तुम भी लौट आओ।
मेरा जीवन मुझे देने के लिए.........।

बस इतना ही। रचना के संसार में रचनाधर्मिता और उसकी सार्थकता अध्येताओं के सरोकारों, जिज्ञासाओं और पिपासाओं पर निर्भर करती है। उम्मीद है कि आप सभी इनका परिचय देकर हमें स्वयं स्फूर्त रखने के लिए यथोचित ऊर्जा प्रदान करेंगे।

सादर

डॉ. रहीस सिंह

लेखक की बात

सामान्यतः 'विदेश नीति' या समसामयिक विषयों तथा राजनीति जैसे अन्य विषयों पर पुस्तक लिखने के तीन वैध कारण होते हैं–

1. किसी व्यक्ति ने ऐसे विषय पर नहीं लिखा है।
2. यह विश्वास कि अभी तक जनसाधारण तक पहुँचाई गई तथ्यात्मक जानकारी या प्रस्तुत किए गए विश्लेषण से हटकर लेखक कुछ मौलिक विचार प्रस्तुत करना चाहता है।
3. लेखक की यह धारणा कि वह संबंधित विषय पर अपने व्यक्तिगत अनुभव पर आधारित अलग तस्वीर प्रस्तुत कर सकता है। मैं इस पुस्तक के संबंध में पहले दो कारणों का दावा नहीं कर सकता। हाँ, मैं यह कहना चाहूँगा कि इस पुस्तक में मैंने एक अलग तस्वीर पेश करने की कोशिश की है; क्योंकि मैं पिछले 50 वर्षों में से 36 वर्ष भारतीय विदेश नीति निर्धारण तथा स्वतन्त्र देश के रूप में भारत के विदेशों से संबंध स्थापित करने संबंधी कार्यक्षेत्र से जुड़ा रहा हूँ। इसके अलावा आठ वर्षों तक मैं भारत के विदेश संबंधों का पर्यवेक्षक भी रह चुका हूँ। मैं 'अंतरराष्ट्रीय संबंधों का विश्वविद्यालय' का छात्र रह चुका हूँ तथा सेवानिवृति के बाद सन् 1994 से मैं विश्वविद्यालय में प्रोफेसर, राजनीतिक स्तंभकार तथा मीडिया विशेषज्ञ के रूप में कार्य कर रहा हूँ। इस प्रकार से, भारतीय विदेश सेवा का सदस्य होने के नाते, मैं सविनय कहना चाहूँगा कि भारतीय विदेश नीति के विकास तथा कार्यान्वयन की थोड़ी–बहुत अंतर्दृष्टि तथा समझ–बूझ भी मुझमें है। मैं अपने देशवासियों के साथ तथा व्यापक रूप से विश्व स्तर पर भी अपने अनुभव बाँटना चाहता हूँ। मुझे उम्मीद है कि इन विचारों से 50 वर्षों से अंतराराष्ट्रीय संबंधों में भारत की भागीदारी के आलोचनात्मक विकास के बारे में उत्सुकता जाग्रत होगी।

इससे भिन्न–भिन्न समय पर भारत की विदेश नीति के प्रमुख हितों और अभिप्रेरणाओं को बेहतर ढंग से समझने में सहायता मिलेगी।

मैंने विषय–वस्तु को तीन व्यापक खण्डों में बाँटा है; पहले आठ अध्यायों में भारत की विदेश नीति तथा इसके प्रमुख आधारों (stands) के विकास का वर्णनात्मक, कालक्रमानुसार विश्लेषण प्रस्तुत किया गया है। यहाँ अवश्य ही, पिछले 50 वर्षों के दौरान महत्वपूर्ण घटनाओं या मुद्दों के प्रति अपनाया गया रवैया इस चर्चा का केन्द्र बिन्दु रहा है; दूसरे खण्ड में, अध्याय 9 से 13 तक कश्मीर, संयुक्त राष्ट्र, गुट निरपेक्ष, विदेशी आर्थिक संबंध तथा संस्थागत प्रक्रियाओं जैसे विषयों पर विशिष्ट मुद्दों की दृष्टि से भारत की विदेश नीति का विश्लेषण किया गया है। ये ऐसे विषय हैं, जिनके द्वारा विदेश नीति योजनाबद्ध की गई है तथा कार्यान्वित की गई है। तीसरे खण्ड के अध्याय 14 तथा 15 में आधी सदी के दौरान भारतीय विदेश नीति के गुण–दोषों का आलोचनात्मक मूल्यांकन किया गया है। विदेशों के साथ संबंध स्थापित करने से संबंधित ऐसी चुनौतियों का सामान्य विश्लेषण किया गया है, जिनका 21वीं सदी में भारत को सामना करना पड़ सकता है।

अंतिम दो अध्यायों में, मई 1998 में किए गए पोखरण परमाणु परीक्षण पर चर्चा की गई है तथा इन परीक्षणों के अप्रत्यक्ष प्रभावों तथा विस्तार क्षेत्र पर प्रकाश डालने का प्रयास किया गया है।

इस पुस्तक में, इस पहलू पर सामूहिक रूप से भारतीयों तथा व्यक्तिगत स्तर पर स्वयं का आत्म–विश्लेषण करने का प्रयास किया गया है कि हमने विश्व में अन्य देशों के साथ किस प्रकार के संबंध रखे हैं। इस आत्म–विश्लेषण से हम अंतरराष्ट्रीय स्थिति में आने वाले उन परिवर्तनों का सामना कर पायेंगे, जो 21वीं सदी के प्रारम्भिक दशकों में हमारे सामने तथा आने वाली पीढ़ियों के सामने आ सकते हैं।

पुस्तक लिखते समय मैंने यह भी महसूस किया है कि भारत राष्ट्र–देश के रूप में अपना अस्तित्व स्थापित करने जा रहा है तथा अंतरराष्ट्रीय समुदाय में अपनी स्थिति सुनिश्चित करने का प्रयास कर रहा है। मेरे विचार में, इस प्रक्रिया के अनिवार्य तत्व इस प्रकार हैं–

1. भारत लोकतन्त्र की अधिक कठिन, क्रमिक तथा तार्किक प्रक्रियाओं के माध्यम से बहुल (pluralistic) राष्ट्र–देश के रूप में संघटित (consolidate) होने के कारण निहित अंतर्विरोधों को दूर करने की ओर प्रयासरत है।
2. भारत अपने अहंभाव तथा राजनीतिक संबद्धता (cohesion), आर्थिक तथा सैन्य शक्ति और रणनीति संबंधी अभिप्रेरणा की दृष्टि से हमारे प्रति शेष समूचे विश्व के दृष्टिकोण के बीच अंतर्विरोधों को दूर करने का निरंतर प्रयास कर रहा है।
3. हम जिस नैतिक दृष्टि (vision) के आधार पर अंतरराष्ट्रीय व्यवस्था का ढाँचा तैयार करना चाहते हैं, हमें उस नैतिक दृष्टि तथा 'रीयल पॉलिटिक' की अनैतिक अपेक्षाओं के बीच सामंजस्य स्थापित करना है।

इसीलिए, लोकतांत्रिक सर्वसम्मति के आधार पर भारत की विदेश नीति तैयार करना तथा उसका कार्यान्वयन भारत की सरकार तथा जनता दोनों के लिए आसान कार्य नहीं है।

अंत में, मैं इस निष्कर्ष पर पहुँचा हूँ कि हमने व्यावहारिक रूप में तथा सही अर्थों में अपने मूलभूत राष्ट्रीय हितों की पूर्ति की प्रक्रिया में यथासंभव सीमा तक मूलतः नैतिक मानदण्डों का अनुसरण करते हुए विदेश संबंध स्थापित किए हैं। मेरी यह भी राय है कि अनेक सीमाओं, सामूहिक स्तर पर अनेक कमियों तथा प्रतिकूल बाहरी दबावों के बावजूद हमने लक्ष्य प्राप्त किए हैं। सर्वाधिक सुखद, आश्चर्यजनक तथ्य यह है कि भारत की जनता में विद्यमान लचीलेपन तथा समझ–बूझ के कारण ही हम पूरे विश्व का सामना कर पाए हैं। 21वीं सदी के उत्तरार्द्ध की तुलना में आने–वाले समय में अधिक अनिश्चितत तथा जटिल समस्याएँ खड़ी हो सकती हैं। इस पुस्तक के माध्यम से अतीत का सामान्य रूप से विश्लेषण करते हुए यदि हम बहुत कम सीमा तक भी अपने भविष्य का सामना कर पाएँगे तो मैं समझूँगा कि मेरा यह प्रयास सफल हुआ।

अंततः मैं कहना चाहूँगा कि यदि इस पुस्तक में कोई त्रुटि रह जाती है, तो इसकी पूरी जिम्मेदारी मेरी है।

–जे.एन. दीक्षित

विषय-सूची

1 भारत की विदेश नीति संकल्पनात्मक और तात्त्विक मूलाधार

आजादी के बाद के पहले 50 वर्षों और उसके बाद 21वीं सदी के पहले दो दशकों के दौरान भारत की विदेश नीति को जानने से पहले हमें यह समझने की जरूरत होगी कि हम ऐसी नीति के नियोजन में आधारभूत घटनाओं और विकास को समझने के लिए सबसे पहले अपने अतीत की ओर देखें।

फ्रांस में समाजवाद के मूल में से एक क्लाड–हेनरी डि–रावरी कॉम्टे डि सेंट साइमन (1760–1825) ने अतीत तथा भविष्य के समाज संबंधी सिद्धान्तों का प्रयोग करते हुए यह सिद्धान्त प्रस्तुत किया कि समाज 'मूल तथा क्रांतिक दौर' के बीच हमेशा परिवर्तित होते रहते हैं। उन्होंने इन दोनों में अन्तर करते हुए लिखा–"मानव विकास के नियम से समाज की दो विशिष्ट स्थितियों का पता चलता है। पहली सुव्यवस्थित (Organic) अवस्था वह है, जिसमें मनुष्य के सभी कार्यकलाप स्पष्ट रूप से परिभाषित राजनीतिक एवं सामाजिक लक्ष्यों के प्रति सामान्य दृष्टिकोण से वर्गीकृत तथा विनियमित किए जाते हैं। दूसरी स्थिति में विचारों की समानता, सामुदायिक क्रिया तथा समन्वयन विद्यमान नहीं होता। यह ऐसा नाजुक दौर होता है, जिसमें किसी राज्य या समाज को गुजरना है।"

पर जिन दो स्थितियों का वर्णन किया गया है, उनमें से प्रत्येक स्थिति का अलग इतिहास होता है। सुव्यवस्थित (Organic) स्थिति में सभी मूलभूत समस्याओं–सैद्धांतिक, राजनीतिक, आर्थिक तथा नैतिक पर समुचित ध्यान दिया जाता है और समान रूप से सुव्यवस्थित तथा विहित परंपराओं, संस्थाओं के माध्यम से विकसित दृष्टिकोण के आधार पर इनका हल ढूंढा जाता है। लेकिन इस प्रकार से हल ढूंढते समय ऐसी स्थिति उत्पन्न होने की सम्भावना रहती है, जिसमें नेता तथा संस्थाओं के दृष्टिकोण और समाधान प्रक्रिया के बावजूद चुनौतियों से निपटा नहीं जा सकता। इस स्थिति को राज्य का नाजुक दौर कहा जाएगा। ऐसा कालखण्ड वाद–विवाद, विरोध तथा संक्रांति का युग होता है। इस दौर में अतीत की निश्चितता, व्यवस्थित पूर्वानुमानों पर शंकाएं, व्यष्टिपरक दृष्टिकोण (Metaphysical Approach) तथा ऐसी समस्याओं के प्रति उदासीनता का भाव हावी होने लगता है। इन सभी का सामना समाज को करना पड़ता है। इस लिहाज से सेंट साइमन के विचार आजादी के 70 वर्षों के बाद भी आधुनिक, स्वतन्त्र तथा संप्रभु राष्ट्र 'भारत' के संदर्भ में प्रासंगिक हैं।

ब्रिटिश काल से पूर्व, भारत के राजनीतिक–भौगोलिक अस्तित्व के बारे में भले ही भिन्न विचार दिए जाते हों, लेकिन इस विचार/धारणा के संबंध में कोई मूलभूत अन्तर नहीं पाया जाता कि इतिहास में पहली बार भारतीय उपमहाद्वीप के नागरिकों ने सन् 1946–47 में 'राष्ट्र राज्य' के रूप में स्वयं को गठित किया है। अनेक विविधताओं

के बीच नई राष्ट्रीय–पहचान बनाने के लिए आज हम समाज के विभिन्न खण्डों की केन्द्राभिमुख (Centrifugal) आकांक्षाओं द्वारा उत्पन्न तनावों में से गुजर रहे हैं।

सेंट साइमन के विचारों पर पुनः दृष्टिपात करने पर मेरी यही राय बनती है कि इतनी कम अवधि में ही भारत इस अनुशासनबद्ध (Organic) अवधि से संवेदनशील स्थिति की ओर मुड़ गया है, अर्थात् विश्व की निश्चितताओं से जुड़े निश्चित (Ordaired) दृष्टिकोण से अब (उसी सीमा तक जहां तक ये निश्चितताएँ बाध्यकारी नहीं हैं) असंतोष (Ferment) की ओर जा रहा है। इससे अनिश्चितता तथा विश्व के प्रति प्रतिक्रिया के बारे में भी संदेह उठ रहा है। शीत युद्ध के बाद की स्थिति उन सैद्धांतिक टकरावों के संदर्भ में और व्यवस्थाओं (Orientations) तथा परिप्रेक्ष्यों की वैधता एवं आवश्यकता पर भी प्रश्न उठने लगे हैं, जिनका पहले विश्वयुद्ध की समाप्ति से लगभग सात दशकों तक अंतरराष्ट्रीय समुदाय पर प्रभाव पड़ा है।

इस विवेचन का लक्ष्य उन अभिवृत्तियों पर सबका ध्यान केन्द्रित करना है, जो पिछले 50 वर्षों से हमारी विदेश नीति पर छाई रही हैं। अब प्रश्न यह उठता है कि वस्तुनिष्ठता/निष्पक्षता के आधार पर अंतरराष्ट्रीय संबंधों के क्षेत्र में मौजूद चुनौतियों के प्रति हमारी अनुक्रियाएँ राष्ट्रीय हितों के अनुकूल थीं या नहीं? अथवा हम ऐसा अलग रास्ता चुन सकते थे या नहीं, जो हमारी आवश्यकताओं तथा आकांक्षाओं के प्रति अधिक जवाबदेह तथा हमारी अपेक्षाओं के लिए अधिक उपयुक्त हो? यह आत्म–विश्लेषण मात्र प्रासंगिक नहीं, अपितु होने वाले ऐसे परिवर्तन के साथ सामंजस्य स्थापित करने के लिए भी आवश्यक है, जो ऐतिहासिक दृष्टि से किसी प्रक्रिया का सर्वाधिक बाध्यकारी तत्व है। अब ऐसे ही आत्म–विश्लेषण का समय आ गया है।

अपने आचार–व्यवहार अथवा नीतिशास्त्र एवं अभिप्रेरणाओं की दृष्टि से विदेश नीति के मूल को संक्षेप में पुनः दोहराना अनिवार्य होगा। हमारी विदेश नीति का प्रारम्भ स्वतन्त्र रूप से सन् 1946 तथा अगस्त 1947 में स्वाधीनता प्राप्ति से होता है। इस नीति की जड़ें 18वीं तथा 19वीं शती के पुनर्जागरणकाल के नेताओं की विचार शक्ति तथा 20वीं शती के पहले चार दशकों के दौरान राष्ट्रीय स्वतन्त्रता आन्दोलन में निहित हैं। इसका तात्पर्य यह हुआ कि भारत के पुनर्जागरण से जुड़े नेताओं ने भी महसूस किया था कि यदि भारत राष्ट्रों के समुदाय में उपयुक्त स्थान पाना चाहता है, तो इसे पुनः अपनी भू–राजनीतिक (Geo-Political) तथा सांस्कृतिक (Cultural) पहचान बनानी होगी। ध्यान रहे कि भौगोलिक क्षेत्रों में ब्रिटिश तथा भारतीय बुद्धिजीवी वर्ग के बीच बौद्धिक तथा सांस्कृतिक पृथक्ता के कारण ही व्यापक स्तर पर जागृति उत्पन्न हुई। उस समय भारत में औपनिवेशिक ताकतों के बीच परस्पर सांस्कृतिक तथा भाषाई संबंध भी स्थापित होने लगे थे, जैसे–ब्रिटिश, फ्रांसीसी तथा पुर्तगाली एवं कुछ सीमा तक डेनिश तथा डच लोगों ने अंतरराष्ट्रीय समुदाय को भारत की पारंपरिक राजनीति तथा राजनयिक जानकारी से परे भारतीय बुद्धिजीवी वर्ग तथा आर्थिक रूप से संभ्रांत वर्ग को विश्व के संबंध में अवगत कराया। भारत में यूरोपियन ताकतों के आगमन से पहले भारत के संबंध संभवतः तुर्की तथा दक्षिण–पूर्व एशिया तक ही सीमित थे।

राजा राममोहन राय पहले व्यक्ति थे, जिन्होंने व्यापक स्तर पर भारत को विश्व के साथ जोड़ने की आवश्यकता ही महसूस नहीं की बल्कि दूसरों को भी इस ओर

जागरूक होने के लिए प्रोत्साहित किया। भूमंडल के विभिन्न भागों के बीच निरन्तर बढ़ती यात्रा सुविधाओं तथा संचार माध्यमों के कारण 'विश्व' छोटा होता जा रहा था। इसी क्रम में भारतीय बुद्धिजीवी वर्ग पर भी अंतरराष्ट्रीय स्तर पर प्रभाव पड़ने लगा था। टैगोर या जोरासांको परिवार जब औद्योगिक क्रांति तथा यूरोप में व्याप्त नई आर्थिक प्रवृत्तियों/परंपराओं के संपर्क में आए, तब यह महसूस किया जाने लगा कि भारत अंतरराष्ट्रीय स्तर पर व्यक्तिगत, राजनीतिक तथा आर्थिक ताकतों से कटकर नहीं रह सकता। परिणामस्वरूप, अंग्रेजी भाषा सीखने की आवश्यकता महसूस हुई, ब्रिटिश राजनीतिक संस्थाओं की बराबरी करने की इच्छा जाग्रत हुई और इसी के साथ–साथ भारत में चले आ रहे गलत, रूढ़िबद्ध धार्मिक अंधविश्वासों को दूर करने एवं भारत को यूरोप के राष्ट्र–राज्य के समतुल्य देश बनाने की ओर विचार किया जाने लगा। ब्रह्मसमाज आंदोलन के प्रवर्तक राजा राममोहन राय तथा देवेन्द्रनाथ टैगोर ने भारत के आधुनिकीकरण का समर्थन तथा प्रचार किया एवं भावी लक्ष्यों की पूर्ति के लिए अन्य समुदायों के साथ संबंध स्थापित करने की भी दलील दी। कहा जा सकता है कि भारत में आधुनिक विश्व का भाग बनने के लिए अंतरराष्ट्रीयता की भावना तथा महत्वाकांक्षा जाग्रत होने की दिशा में यह पहला चरण था।

इस अवस्था में, भारत पश्चिमी देशों की सैन्य, प्रौद्योगिकीय तथा आर्थिक शक्ति से हतप्रभ था। भारतीय यूरोपीय देशों के राजनीतिक प्रभाव एवं विश्व के भिन्न–भिन्न भागों के तथा उनकी पहुँच से अत्यंत प्रभावित थे। इन सभी कारणों से भारतीय समाज तथा राजनीति में आमूल परिवर्तन लाने की इच्छा उभरी ताकि भारत इंग्लैंड का गुलाम न होकर अंतरराष्ट्रीय समुदाय के रूप में उभर सके।

भारत में अंतरराष्ट्रीय चेतना के विकास का दूसरा चरण सन् 1857 के स्वतन्त्रता संग्राम से पहले की अवधि से जुड़ा है। भारत के अन्य भागों में लोग सामान्य रूप से यूरोप तथा विशेष रूप से ब्रिटेन से परिचित हो चुके थे। इस परिचय के परिणामस्वरूप औपनिवेशिक ताकत की राजनीतिक सैन्य अभिप्रेरणा शक्ति के बारे में प्राप्त जानकारी के कारण ही उत्तर और मध्य भारत में जनसाधारण के बीच असंतोष की भावना पैदा हुई। यही सन् 1857 के विद्रोह का आधार बनी। इस संग्राम के बाद भारतीयों के प्रति ब्रिटिश दृष्टिकोण में मूलभूत परिवर्तन आया। यह परिवर्तन केवल राजनीतिक और प्रशासनिक दृष्टि से ही नहीं था बल्कि सांस्कृतिक, बौद्धिक तथा मनोवैज्ञानिक अभिवृत्तियों में भी बदलाव आया था। जाति के आधार पर स्वयं को ऊँचा दर्जा देने तथा बौद्धिक अभिमान (Arrogance) की भावना केवल ब्रिटिश सरकार में ही नहीं बल्कि भारत में प्रवासी ब्रिटिश लोगों में भी पनपने लगी थी। विदेशी तथा भारतीयों के बीच विद्यमान मैत्रीपूर्ण सामाजिक संबंधों के स्थान पर अब नकारात्मक भावनाएँ आने लगी थीं। भारत में औपनिवेशिक ताकतों की राजनीतिक प्रभुता के बलबूते पर ईसाई मिशनरियों के कार्यकलापों के विस्तार के कारण ब्रिटिश शासक वर्ग भारतीयों को हेय दृष्टि से देखने लगा; यहाँ की संस्कृति, अस्तित्व (Existence), साहित्यिक मूल्यों (Literary Values) तथा सामाजिक लोकाचारों (Social Moral) की प्रासंगिकता पर प्रश्न उठाने लगे थे। यही वजह थी कि 19वीं शती के उत्तरार्द्ध में तथा 20वीं शती के पूर्वार्द्ध में, भारतीयों

की पहचान बनाने, भारतीय धार्मिक–सांस्कृतिक अखण्डता तथा भारतीय इतिहास में निहित मूल के आधार पर पश्चिमी दृष्टिकोण से 'राष्ट्रीयता' को परिभाषित करने की माँग, भारतीयों की मूल्य व्यवस्था तथा धार्मिक और बौद्धिक पुनर्जागरण की प्रमुख विशेषताएँ बन गईं। यह पुनर्जागरण केवल भारत का ही नहीं बल्कि पूरे उपमहाद्वीप की मूल विशेषता/पहचान बन चुका था। इसके अन्य देशों तथा विदेशी समाज के प्रति अभिवृत्ति तथा प्रतिक्रिया की दृष्टि से दो आधार थे–

1. 19वीं शती से भारतीय नेताओं ने निरन्तर एक ही दिशा में आगे बढ़ते हुए आंदोलन चलाए। इस आधार में, पश्चिमी मूल्य व्यवस्था तथा पश्चिमी संस्थाओं को अपनाने और अनुकूल बनाने का प्रयास करते हुए पश्चिम का अनुकरण किया गया। ब्रिटिश भारत के शहरी क्षेत्रों में मध्य वर्ग की विचारधाराओं, दृष्टिकोणों में यही आधार अभिव्यक्त हुआ है।
2. दूसरे आधार में, पश्चिमी शासक वर्ग के अहंकार के प्रति तीव्र प्रतिक्रिया जाहिर की गई। इसमें प्रासंगिकता ही नहीं बल्कि मूलभूत भारतीय मूल्यों की महत्ता पर भी बल दिया गया। इस संबंध में, भारतीय इतिहास, बौद्धिक विरासत तथा सांस्कृतिक और धार्मिक पहचान के बारे में किए गए पश्चिमी विश्लेषण तथा आकलन पर अनेक प्रश्न उठाए गए। स्वामी विवेकानन्द, महर्षि दयानन्द, मौलाना अल्ताफ हुसैन हाली तथा न्यायमूर्ति अकबर इलाहाबादी ने दूसरे आधार की अनिवार्य विशेषताओं को साकार रूप दिया।

जब भारतीय बुद्धिजीवी वर्ग पश्चिम में राजनीतिक साहित्य के संपर्क में आया, तब व्यापक स्तर पर विश्व के प्रति भारत में उभर रही चेतना को एक नया आयाम मिला। जब भारतीय आर्थिक प्रयोजनों अथवा अध्ययन के उद्देश्यों से विदेशों में गए, तब उन्होंने इस चेतना के विकास में और अधिक योगदान दिया। पश्चिमी विद्वानों, विशेष रूप से ब्रिटिश और जर्मन विद्वानों द्वारा भारतीय इतिहास तथा भारतीय धर्मग्रन्थों पर किए गए अध्ययनों और भारतीय साहित्य के अंग्रेजी तथा अन्य पश्चिमी भाषाओं में अनुवाद के कारण भी समूचे विश्व में अपनी पहचान बनाने एवं स्वयं को पहचानने की इच्छा को और अधिक प्रोत्साहन मिला। मैक्समूलर, प्रोफेसर विलियम जोंस तथा सर विलियम विल्सन हंटर के उत्कृष्ट कार्यों से प्रोत्साहित होकर उस समय समसामयिक परिप्रेक्ष्य में अपनी 'अस्मिता' की पुनः खोज करने की दिशा में भारतीय जनमानस प्रेरित हुआ। ब्रिटिश भारत के विभिन्न भागों में सांस्कृतिक धार्मिक आन्दोलनों तथा राष्ट्रवादी भारतीय साहित्य के उत्थान में भी इन्होंने महत्वपूर्ण योगदान दिया। इन्हीं सब कारणों से भारतीय राष्ट्रीय कांग्रेस की सन् 1885 में स्थापना हुई। इस अवस्था में, भारत में एक ऐसी संगठित राजनीतिक पार्टी अस्तित्व में आई, जो आंतरिक गतिविधि की दृष्टि से ही नहीं बल्कि विश्व के प्रति भारतीय दृष्टिकोण के संबंध में भारतीयों की आकांक्षाओं एवं प्रत्याशाओं को उत्प्रेरित करने में भी समर्थ थी।

इस पुस्तक का प्रयोजन भारतीय राष्ट्रीय कांग्रेस तथा ब्रिटिश सत्ता के बीच संबंधों का विश्लेषण करना नहीं है। यहां हमारा लक्ष्य भारतीय स्वाधीनता संग्राम के दौरान बाहरी दुनिया के बारे में जानकारी के पैटर्न/प्रतिमानों का पता लगाना है। 19वीं शती

के उत्तरार्द्ध से लेकर द्वितीय विश्व युद्ध की समाप्ति तक की अवधि पर दृष्टिपात करें तो निम्नलिखित कारकों को भारत की बाह्य चिंताओं को क्रियाशील बनाने वाले 'टाइगर' के रूप में वर्णित किया जा सकता है। निश्चय ही इस दिशा में–

- **पहला कारक** ब्रिटिश सरकार को इस बात के लिए राजी करना था कि भारतीयों को स्वायत्त शासन में प्रतिभागी भूमिका निभाने का अवसर दिया जाए।
- **दूसरा कारक** भारत के बाहर ब्रिटिश हुकूमत वाले क्षेत्रों में प्रवासी भारतीय मजदूर वर्ग की दुर्दशा था, जहाँ उन्हें 19वीं शती के मध्य बंधक (Indenture) रूप में भेजा गया था।
- **तीसरा कारक** विश्व के अनेक भागों में ब्रिटिश सरकार के साम्राज्यवादी लक्ष्यों की पूर्ति के लिए भारतीय सैनिकों की उपादेयता थी।

महात्मा गांधी तथा गोपाल कृष्ण गोखले अफ्रीका के विभिन्न भागों में भारतीय समुदायों की दुर्दशा को सुधारने में लगे थे। ये दोनों नेता, विदेशी सरकारों तथा प्रतिष्ठित विदेशी व्यक्तियों के संपर्क में आए। भारतीय हितों को देखते हुए इन्होंने भारतीय मुद्दों पर समर्थन प्राप्त करने के लिए बाह्य विश्व के साथ संबंध स्थापित करने की महत्ता से अवगत कराया। बोअर युद्ध (दक्षिण अफ्रीका) के दौरान गांधी जी के अनुभव तथा दूसरे विश्व युद्ध के तुरन्त बाद भारतीय राष्ट्रीय कांग्रेस की बागडोर संभालने पर, गांधीजी ब्रिटिश साम्राज्य में भारत के योगदान की उपादेयता की संभावनाओं तथा ब्रिटिश व्यवस्था में भारत की समुचित भूमिका की माँग करने के प्रति सचेत हुए।

पहले विश्वयुद्ध के बाद अंतरराष्ट्रीय कॉन्फ्रेन्स तथा वार्ताओं में ब्रिटिश भारतीय शिष्टमंडल का अलग से प्रतिनिधित्व रहता था तथा भारत को राष्ट्र–लीग (लीग ऑफ नेशंस) के संस्थापक सदस्य की भूमिका निभाने की अनुमति दी गई, जिससे भारत की अंतरराष्ट्रीयता की भावना के प्रति जागरूकता और अधिक बढ़ गई तथा विदेश संबंधों के क्षेत्र में भारतीयों को नए अनुभव प्राप्त करने का अवसर मिला। **इन घटनाओं से नए–नए विचार सामने आए, जिनसे पहले तथा दूसरे विश्वयुद्ध के बीच की अवधि के दौरान भारतीय विदेश नीति स्पष्ट होने लगी।** विश्व के प्रति भारतीय दृष्टिकोण को निम्नलिखित प्रकार से संक्षेप रूप में बताया जा सकता है–

- **सर्वप्रथम**, ब्रिटिश साम्राज्य का सर्वाधिक महत्वपूर्ण भाग होने के नाते भारत स्वतंत्र उपनिवेश की स्थिति का हकदार था तथा ब्रिटिश साम्राज्यवादी व्यवस्था में इसकी अलग पहचान थी।
- **द्वितीय**, यदि भारत उक्त स्थिति प्राप्त करना चाहता था और ब्रिटिश साम्राज्य की मजबूती तथा स्थिरता में योगदान देने की इच्छा रखता था, तो यह आवश्यक था कि ब्रिटिश साम्राज्य की छत्रछाया में स्वायत्त सरकार बनाई जाए।
- **तृतीय**, भारत आधुनिक लोकतांत्रिक राजनीतिक संस्थाओं के अनुसार ही आधुनिक राष्ट्र–राज्य के रूप में विकसित होना चाहता था, और
- **चतुर्थ** भारत चाहता था कि उसके साथ ब्रिटिश साम्राज्य के अन्य उपनिवेशों के समान व्यवहार किया जाए।

यदि सामान्य रूप से इस संबंध में आकलन किया जाए तो सन् 1920 तक भारत की विदेश नीति की प्रासंगिक रूपरेखा के यही आधारभूत पहलू हैं।

सन् 1920 से 1946 तक की अवधि को भारत के इतिहास में निर्णायक काल माना जाता है। इसी दौरान भारत अंतरराष्ट्रीय राजनीतिक और आर्थिक प्रवृत्तियों तथा उन वैचारिक प्रच्छन्न (विरोधी) अंतःधाराओं के प्रति सजग हुआ था, जिन्होंने काफी हद तक इन प्रवृत्तियों पर प्रभाव डाला था। इसे निम्नलिखित बिंदुओं द्वारा समझा जा सकता है–

1. सन् 1909 और 1935 के बीच ब्रिटिश सरकार द्वारा भारतीयों को स्वायत्त शासन का अधिकार दिया गया और पहले विश्वयुद्ध में भारतीय सशस्त्र सेनाओं ने भाग लिया था। इन्हीं कारकों के फलस्वरूप यह जागरूकता उत्पन्न हुई।
2. पश्चिमी देशों, जैसे–ब्रिटेन, फ्रांस, जर्मनी तथा मिस्र से शिक्षा प्राप्त करने के बाद, भारत लौटकर आने वाले युवक भारत के राजनीतिक आन्दोलनों में सक्रिय भाग लेने लगे। जिनमें से कुछ बाद में भारत और पाकिस्तान के राष्ट्रीय नेताओं के रूप में उभरे, जैसे–जवाहर लाल नेहरू, वल्लभ भाई पटेल, एम. एन. राय, जाकिर हुसैन, मुहम्मद अली जिन्ना तथा लियाकत अली खान। इन लोगों ने भारत और पाकिस्तान की विदेश नीति का मनोवैज्ञानिक तथा बौद्धिक आधार तैयार करने में महत्वपूर्ण योगदान दिया।
3. बोल्शेविक क्रांति (जिसके परिणामस्वरूप रूस में जार की निरंकुश सत्ता के स्थान पर सोवियत संघ का आविर्भाव हुआ), मुस्लिम देशों में उभरी आमूल राजनीतिक प्रवृत्तियों, कमाल अतातुर्क द्वारा ऑटोमन साम्राज्य का तख्ता पलटने तथा 20वीं शती के प्रारंभिक दशकों में रूस पर जापान की विजय जैसी महत्वपूर्ण घटनाएं घटी, जिन्होंने भारतीय बुद्धिजीवी वर्ग तथा राजनीतिक क्षेत्रों का ध्यान अपनी ओर आकर्षित किया। फलतः भारत की अंतरराष्ट्रीय चेतना में राष्ट्रवादी दृष्टिकोण भी शामिल होने लगा ।

अन्य स्तर पर, नई विश्व व्यवस्था से संबंधित संयुक्त राज्य अमेरिका के राष्ट्रपति वुडरो विल्सन के 14 सूत्री सिद्धांतों का भारतीय राजनीतिक वैचारिक शक्ति पर काफी प्रभाव पड़ा। राष्ट्रपति वुडरो विल्सन ने विशेष रूप से आत्मनिर्णय/स्वाधीनता का समर्थन किया तथा साम्राज्यवाद और उपनिवेशवाद का विरोध किया था। अतः भारत के नेता–वर्ग ने यह अनुभव करना शुरू कर दिया कि 1914 और 1918 के बीच चलने वाले युद्ध में अंग्रेजों का साथ देने के बदले स्वायत्तता तथा स्वायत्त शासन की दृष्टि से भारत को वह सब नहीं मिला, जिसका वह हकदार है। इस भावना के कारण राजनीतिक जागरूकता और अधिक बढ़ गई तथा भारतीय स्वतंत्रता आंदोलन में ब्रिटिश साम्राज्य की सीमाओं से परे लोगों तथा देशों के साथ संपर्कों की महत्ता के प्रति भी समझ बढ़ने लगी और भारत के स्वायत्त शासन की लक्ष्य प्राप्ति में इनसे सहयोग प्राप्त करने की सार्थकता पर भी ध्यान दिया जाने लगा।

हमारे स्वतन्त्रता संग्राम के कुछ सेनानियों/नेताओं ने संयुक्त राज्य, जापान और दक्षिण–पूर्व एशिया में शरण ली थी तथा उन्हें वहां से सहयोग भी मिला था। इन नेताओं ने भारतीय राजनीतिक आकांक्षाओं के अंतरराष्ट्रीय स्तर पर जुड़ने की संभावनाओं से

भारतीयों को अवगत कराया। सन् 1929 तथा 1931 के बीच आयोजित राष्ट्रमण्डल (लीग ऑफ नेशंस) की वार्ताओं तथा लंदन गोलमेज कॉन्फ्रेंस में भारतीय नेताओं ने भी हिस्सा लिया था। इसके अलावा, पश्चिम एशिया में आमूल परिवर्तन तथा राष्ट्रवादी ताकतों के अभ्युदय से अंतरराष्ट्रीय राजनीति के क्षेत्र में क्रियाशील ताकतों के बारे में भारत की नई सोच बनी।

चीन में शाही परिवार के स्थान पर डॉ० सन–यात–सेन के प्रादुर्भाव, ब्रूसेल्स में आयोजित दलित राष्ट्रीयताओं की कांग्रेस में फरवरी 1927 में भारतीय राष्ट्रीय कांग्रेस के प्रतिनिधि के रूप में पं. नेहरू की भागीदारी तथा जर्मनी के कोलोन में साम्राज्यवाद के विरुद्ध राष्ट्रमण्डल की समिति में पंडित नेहरू की मौजूदगी के कारण अंतरराष्ट्रीय संबंधों के बारे में विचारों को नई दिशा मिली। नेहरू जी ने सन् 1927 में सोवियत संघ की यात्रा की तथा वहां रूसी क्रांति के बाद घटित राजनीतिक घटनाओं से वे अत्यधिक प्रभावित हुए थे। व्यावहारिक दृष्टि से जनसाधारण में निहित राजनीतिक शक्ति की इच्छा के कारण साम्राज्यवाद विरोधी तथा उपनिवेशवाद विरोधी, सामाजिक, आर्थिक न्याय की अनिवार्यताओं तथा इन लक्ष्यों के समर्थन अंतरराष्ट्रीय संबंधों के नेटवर्क की आवश्यकता से संबंधित उनकी धारणाएँ सन् 1926–27 में यूरोपीय प्रवास के दौरान ही बनी थीं।

यूरोप की यात्रा की समाप्ति पर, जब नेहरू भारत लौटे, तब गांधी जी ने उन्हें भारतीय राष्ट्रीय कांग्रेस के अनुकूल विदेश नीति की रूपरेखा तैयार करने की जिम्मेदारी सौंपी। नेहरू जी ने कांग्रेस में एक 'विदेश सेल' की स्थापना की। इसमें राम मनोहर लोहिया तथा डॉ. सैयद महमूद जैसे व्यक्ति शामिल किए, जिन्हें इस 'सेल' में कार्य करना था। उन्होंने मौलाना अबुल कलाम आजाद को कांग्रेस की विदेश नीति के दृष्टिकोण, विशेष रूप से भारत की मुस्लिम जनता के संदर्भ में इस्लामिक देशों के साथ भारत के संबंधों को आकार देने का कार्य सौंपा। सन् 1933 तथा 1946 के मध्य भारत के विदेश संबंधों पर विचार स्पष्ट होने लगे, जिसमें स्वतंत्रता प्राप्ति के तत्काल बाद भारत पर पड़नेवाले प्रभाव के मद्देनजर भारत की विदेश नीति को भी व्यक्त किया गया।

जर्मनी में नाजीवाद तथा इटली में फासिस्ट ताकतों, एडोल्फ हिटलर के जातिवाद तथा सैन्यवाद, बेनीटो मुसोलिनी की पूर्वोत्तर अफ्रीका (विशेषतः इथियोपिया) में साम्राज्यवादी नीतियों, खाड़ी देशों तथा पश्चिम एशिया में अपना प्रभुत्व जमाने के लिए ब्रिटेन, फ्रांस तथा जर्मनी के बीच बढ़ती होड़ तथा स्पेनिश गृहयुद्ध जैसी घटनाओं के संबंध में पंडित नेहरू तथा उनके सहयोगी दिलचस्पी लेकर अंतरराष्ट्रीय निहितार्थों की दृष्टि से अवलोकन तथा विश्लेषण कर रहे थे। सन् 1939 में दूसरे विश्व युद्ध के परिणामस्वरूप भारत के सामने अनेक रास्ते थे। यह एक ऐसा रोचक तथा महत्वपूर्ण मोड़ था, जब विदेशों के साथ संबंधों की दिशा में भारत के दृष्टिकोण में परिवर्तन आने लगे।

इस समय तीन प्रमुख प्रवृत्तियाँ उभर कर सामने आईं–

- **प्रथम :** गांधीजी और नेहरू के नेतृत्व में कांग्रेस का वह हिस्सा, जो ब्रिटिश साम्राज्य का विरोधी था, परन्तु उसने हिटलर, मुसोलिनी तथा जापानी सैन्य ताकतों की विस्तारवादी तथा हिंसक गतिविधियों का और अधिक विरोध किया।

- **द्वितीय :** नेताजी सुभाष चन्द्र बोस के नेतृत्व में कांग्रेस के अन्य गुट का यह विचार था कि, चूँकि भारत का एकमात्र लक्ष्य ब्रिटिश शासन की गुलामी से स्वतंत्रता प्राप्त करना है, इसलिए भारत को जर्मनी, इटली और जापान की ताकतों के वैचारिक आधारों की चिंता नहीं करनी चाहिए। इस विचारधारा के अनुयायी यह मानते थे कि भारत को इंग्लैंड, फ्रांस तथा बेल्जियम और दूसरी ओर जर्मनी, इटली और जापान के बीच व्याप्त संघर्ष का लाभ उठाना चाहिए। इन्होंने यह भी स्वीकार किया कि भारत को अपनी जमीन से ब्रिटिश सत्ता को खदेड़ने के लिए इन परवर्ती विरोधी ताकतों की सहायता लेनी चाहिए। नेताजी यह मानते थे कि यदि भारत स्वतंत्र होने के लिए इन नई साम्राज्यवादी ताकतों की सहायता लेता है, तो उसकी लोकतांत्रिक व्यवस्था भी मजबूत होगी। नेताजी ने दूसरे विश्वयुद्ध के दौरान इन विचारों को हकीकत में रूपांतरित करने का प्रयास भी किया।
- **तृतीय :** भारत की विदेश नीति की तीसरी विशिष्ट प्रवृत्ति भारत के साम्यवादियों द्वारा तैयार की गई थी। इनकी कोई स्वतंत्र विचारधारा नहीं थी, बल्कि इन्होंने यूरोप की सन् 1930 और 1940 की महत्वपूर्ण घटनाओं के संबंध में सोवियत संघ के अनुसार प्रतिक्रिया की तथा जर्मनी और धुरी राष्ट्रों के संबंध में भी इनका रूख सोवियत संघ के अनुसार बदलता रहा।

भारतीय स्वतंत्रता संग्राम की अग्रणी राजनीतिक पार्टी, अर्थात् भारतीय राष्ट्रीय कांग्रेस की विचारधारा में महत्वपूर्ण सूक्ष्म अंतर यह आया था कि हालाँकि यह पार्टी धुरी राष्ट्रों के विरुद्ध पश्चिमी लोकतांत्रिक देशों का समर्थन करने की इच्छुक थी, फिर भी, भारत की यह स्पष्ट माँग थी कि यह समर्थन स्वतंत्रता प्राप्ति तक ही सीमित होगा और भारत को स्वतंत्र राष्ट्र के रूप में अंतरराष्ट्रीय समुदाय में वैध स्थान पाने की अनुमति होगी। भारत ने दूसरे दशक के दौरान अपनी बदलती हुई इच्छाओं पर भी तब ध्यान दिया, जब जवाहर लाल नेहरू ने सन् 1929 में लाहौर कांग्रेस अधिवेशन के दौरान घोषणा की कि भारतीय राष्ट्रीय आंदोलन का लक्ष्य 'पूर्ण स्वतंत्रता' है। सन् 1942 के 'भारत छोड़ो' संकल्प में इसी लक्ष्य को स्पष्ट किया गया था। परिणामस्वरूप सत्याग्रह के अंतिम चरण में भारत स्वतंत्र हो गया। भारत धुरी राष्ट्रों के विरुद्ध लोकतांत्रिक व्यवस्था के प्रति समर्थन को स्वतंत्रता संग्राम के प्रति वचनबद्धता मानता है। यद्यपि ब्रिटिश तथा अमेरिका भी 'भारत छोड़ो आन्दोलन' को ऐसे समय में ब्रिटिश सरकार पर दबाव डालने की अनुचित कार्यवाही मानते थे, जब ये दोनों देश नाजुक दौर से गुजर रहे थे। कुछ पश्चिमी विश्लेषक तो भारत पर अंतर्विरोध तथा दोगलेपन का आरोप भी लगाते थे। परन्तु भारतीय दृष्टिकोण से यह बहुआयामी विदेश नीति संबंधी दृष्टिकोण तैयार करने की ओर पहला कदम था, जिसमें व्यापक रूप से वैध विचारधाराओं को समर्थन देते हुए भारतीय अंतरराष्ट्रीय संबंध स्थापित करने और राष्ट्रीय हितों की पूर्ति पर भी डटे रहे।

दूसरे विश्वयुद्ध की समाप्ति तक भारत स्वतंत्रता प्राप्ति की ओर बढ़ने लगा था। भारतीय अंतरराष्ट्रीय राजनीति में उभरती राजनीतिक प्रेरणाओं तथा रणनीतियों पर

ध्यान देने लगे थे। भारत ने एटलांटिक चार्टर पर हस्ताक्षर करने के निहितार्थों, माल्टा में बड़ी शक्तियों के सम्मेलन के परिणाम का व्यापक स्तर पर आकलन किया तथा इसके बाद संयुक्त राज्य के राष्ट्रपति फ्रेंकलिन डि रूजवेल्ट तथा इंग्लैंड के प्रधानमन्त्री विंस्टन चर्चिल की ईरान तथा सऊदी अरब के बादशाहों के साथ हुई बैठकों और उस पोट्सडम कॉन्फ्रेंस पर भी गहन चिंतन किया गया, जिससे ट्रुमैन युग का सूत्रपात हुआ तथा पैक्स अमेरिकाना अस्तित्व में आया, जिसे 20वीं शती तक बने रहना था।

भारत का ध्यान सोवियत–संयुक्त राष्ट्र गुट के विखंडन तथा शीतयुद्ध के प्रारंभ पर भी केंद्रित था। भारत के नेतागण उन विकासशील देशों में उभरते हुए सत्ताधारी विशेष वर्ग में पहले से थे, जिन्होंने परमाणु अस्त्र तथा इनके व्यापक विध्वंसकारी प्रभाव के निहितार्थों को समझा था। भारत ने दक्षिण–पूर्व एशिया तथा अफ्रीका के कुछ भागों में उदीयमान स्वतंत्रता आंदोलनों का महत्व महसूस किया तथा भारत और अन्य देशों में चल रहे स्वतंत्रता आंदोलन के बीच विद्यमान अंतःसंबंध के प्रति सजग हुआ। नेहरू के विश्व तथा दूसरे विश्व युद्ध के बाद भारत द्वारा निभाई जाने वाली भूमिका के प्रति दृष्टिकोण पर ही भावी घटनाक्रम तथा प्रवृत्तियाँ आधारित थीं। इन्होंने 7 सितम्बर, 1946 को नई दिल्ली में राष्ट्रीय प्रसारण में संक्षेप में, आने वाले भारत के प्रति देखे गए स्वप्न को बताते हुए कहा था–"दुश्मनी तथा घृणा और आंतरिक संघर्षों के बावजूद विश्व निकट सहयोग स्थापित करने तथा कॉमनवेल्थ–विश्व बनाने की ओर बढ़ रहा है। इसी नए विश्व में भारत को आगे बढ़ना है। एक ऐसा विश्व, जहाँ आजाद लोगों को स्वतंत्र रूप से सहयोग दिया जाएगा। कोई वर्ग या श्रेणी एक–दूसरे का शोषण नहीं करेगी।" स्वतंत्रता प्राप्ति के समय भारत का विश्व के प्रति यही दृष्टिकोण था।

इस संबंध में अनेक प्रश्न उठते हैं–अंतरराष्ट्रीय समीकरणों के बारे में हमारे बोध/अनुभव क्या थे? नई व्यवस्था में हम अपनी स्थिति के बारे में क्या सोचते थे? हम स्वयं किन समीकरणों पर विचार करें? हजारों वर्षों में पहली बार हमने स्वतंत्र नागरिक तथा उपमहाद्वीप में संयुक्त संप्रभु भारतीय गणराज्य के रूप में अंतरराष्ट्रीय स्थिति का सामना करने के लिए अपनी नीतियाँ कैसे निर्धारित कीं? इन चुनौतियों का सामना करने के लिए अपनाए गए तरीके ही वस्तुतः हमारी विदेश नीति की मूलभूत प्रवृत्तियाँ हैं।

प्रमुख बिन्दु

1. भारत की विदेश नीति जिन मूलभूत तत्वों और कारकों पर आधारित है, वे संघर्ष, संपर्क, संयोजन, सहयोग और अध्ययन की लम्बी परम्पराओं से निर्मित हुए।
2. भारत जिन वर्षों/दशकों में एक आधुनिक, स्वतंत्र और संप्रभु राष्ट्र बना, उन्हीं दशकों में उसने दुनिया के अन्य देशों को समझा, उनसे जुड़ी आवश्यकताओं, चुनौतियों और संभावनाओं के साथ जुड़ाव स्थापित किया और विश्व के प्रति अपनी समझ विकसित करते हुए अपनी विदेश नीति का निर्माण किया।
3. भारत की राष्ट्र के प्रति स्वतंत्र समझ और विदेश नीति का बीजारोपण 18वीं एवं 19वीं शताब्दी के पुनर्जागरणकाल में हुआ, क्योंकि इसी दौर में भारत में यह महसूस किया गया था कि यदि भारत राष्ट्रों के समुदाय में उपयुक्त स्थान पाना चाहता है

तो इसे पुनः अपनी भू–राजनीतिक (Geo-Political) तथा सांस्कृतिक (Cultural) पहचान बनानी होगी। इसी समय भारत में औपनिवेशिक ताकतों के बीच परस्पर सांस्कृतिक तथा भाषाई संबंध बने और भारत का बुद्धिजीवी वर्ग तथा आर्थिक रूप से संभ्रांत वर्ग अन्योन्याश्रित रूप से विश्व से अवगत हुआ।

4. भारत ने अपने बौद्धिक पुनर्जागरण के दौरान ही भारत के स्वतंत्र अस्तित्व, साहित्यिक मूल्यों और सामाजिक लोकाचारों को समझा और स्थापित किया बल्कि उसके माध्यम से सह–अस्तित्व की भावना का प्रचार सम्पूर्ण भारतीय उपमहाद्वीप में किया, जो आगे चलकर भारतीय विदेश नीति का मुख्य एवं मौलिक तत्व बना।

5. प्रथम विश्वयुद्ध के बाद भारत के अंतरराष्ट्रीय संगठनों से जुड़ाव एवं अंतरराष्ट्रीयता की भावना के प्रति जो जागरूकता उत्पन्न हुई थी, उसने वैदेशिक संबंधों के क्षेत्र में भारतीयों को नए अनुभव प्राप्त करने का अवसर प्रदान किया। दोनों विश्वयुद्धों के बीच के काल में नए विचारों का उदय हुआ, जिससे भारतीय विदेश नीति को स्पष्ट होने का अवसर मिला।

6. आजादी की लड़ाई के दौरान भारत के कुछ युवाओं का पश्चिम से सम्पर्क स्थापित हुआ, जो बाद में भारत के राष्ट्र के नेतृत्वकर्ता और नीति निर्माता बने। इन लोगों ने विदेश नीति का मनोवैज्ञानिक तथा बौद्धिक आधार तैयार करने में निर्णायक भूमिका निभाई थी। इसका परिणाम यह हुआ कि भारतीय विदेश नीति में विश्ववादी दृष्टिकोण को महत्व दिया गया। हालांकि कुछ वैश्विक घटनाओं ने भारत की अंतरराष्ट्रीय चेतना में राष्ट्रवादी दृष्टिकोण को संयुक्त करने का अवसर दिया। इस प्रकार से राष्ट्रीयता और अंतरराष्ट्रीयता विदेश नीति के निर्माण में अन्योन्याश्रित कारक बने।

7. भारतीय स्वतंत्रता सेनानियों और नेताओं द्वारा दुनिया के तमाम देशों में शरण लेने, संगठनात्मक शक्ति का निर्माण करने और उन देशों के साथ सहयोगात्मक अनुभव के कारण भारतीय राजनीतिक आकांक्षाओं के अंतरराष्ट्रीय स्तर पर जुड़ने की संभावनाओं से भारतीयों को अवगत कराया, जिससे आगे चलकर अंतरराष्ट्रीय राजनीति के क्षेत्र में क्रियाशील ताकतों के बारे में भारत की नई सोच बनी, जो विदेश नीति के निर्माण में सहायक सिद्ध हुई।

8. नेहरू के यूरोप प्रवास और बदलती दुनिया को निकट से समझने में नेहरू की दिलचस्पी के पश्चात् गांधी जी द्वारा नेहरू को भारतीय राष्ट्रीय कांग्रेस के अनुकूल विदेश नीति की रूपरेखा तैयार करने की जिम्मेदारी सौंपे जाने से विदेश नीति पर नेहरू के प्रभाव को दर्शाने का अवसर दिया।

9. स्वतंत्रता संघर्ष के दौरान भारतीय राजनीति में विभिन्न वैचारिकियों के उदय और उनके प्रभावों ने विदेश नीति में एक संघर्षात्मक तत्व को प्रक्षेपित किया। हालांकि इसी कारण से भारत की विदेश नीति बहुआयामी हो पाई और भारत व्यापक रूप से वैध विचारधाराओं को समर्थन देते हुए भारतीय अंतरराष्ट्रीय संबंध स्थापित करने तथा राष्ट्रीय हितों की पूर्ति के उपाय तलाश सका।

❑❑

2 भारत राष्ट्र-समुदाय में शामिल

पिछले 70 वर्षों के दौरान अंतरराष्ट्रीय नीतियों का पता लगाना कोई ऐसा कार्य नहीं है जिसे यंत्रवत् ढंग से किया जा सके अर्थात् किसी बंधी–बंधाई परिपाटी को अपनाकर इन नीतियों की जानकारी प्राप्त नहीं कर सकते। शुद्ध अस्तित्ववादी विश्लेषण के परिणामस्वरूप गलत निर्णय भी लिए जा सकते हैं। भारत के विदेशों के साथ संबंधों में क्या और कैसे घटित हुआ, इन प्रश्नों पर चर्चा करने से पूर्व हमें यह पता लगाना होगा कि कुछ व्यवस्थाएं ही हमारी विदेश नीति के लिए सुसंगत क्यों हैं? इससे भारत की विदेश नीति के बारे में तार्किक पहलू विकसित होगा। उसे युक्तियुक्त आधार मिलेगा।

भारत की विदेश नीति के निर्धारण में अनेक कारक सहायक रहे हैं। पहला अंतरराष्ट्रीय राजनीति में भारतीय नेताओं के अनुभव/बोध पर उपनिवेशवाद तथा साम्राज्यवाद के विरुद्ध भारत की जनता के स्वतंत्रता संग्राम का गहन प्रभाव था। दूसरे, भारतीय नेता दो विश्वयुद्धों के परिणामस्वरूप उभरे राजनैतिक, आर्थिक तथा वैचारिक अंतर्विरोधों के प्रिज्म के माध्यम से पूरे विश्व को देखते थे। तीसरे, वे इससे सहमत थे कि यदि समूचे अंतरराष्ट्रीय समुदाय से होड़, संघर्ष तथा हिंसा को दूर करना है, तो राजनीतिक अंतर्विरोधों तथा आर्थिक विषमताओं को न तो हम सीमित कर सकते हैं और न ही अलग–अलग बाँट सकते हैं। चौथे, आक्रामक तथा दबदबे (Domination) वाला रुख अपनाकर अन्य समकालीन आंदोलनों के विपरीत भारत में स्वतंत्रता के लिए अहिंसक लड़ाई लड़ी गई थी। इस अद्भुत प्रकार के संघर्ष के कारण नेता यह अनुभव करने लगे थे कि प्रत्येक व्यक्ति तथा समाज की अपनी आकांक्षाएँ होती हैं, संघर्ष की परिभाषा वे स्वयं तय करते हैं तथा लक्ष्य की प्राप्ति के लिए अपने तरीके अपनाते हैं। जटिल विश्व की विविधताओं से निपटने का कोई एक–समान फार्मूला नहीं है। पाँचवें, ऊपर बताए गए अनुभवों (Realization) के परिणामस्वरूप, ये इससे सहमत थे कि एक साथ तार्किक प्रक्रिया तर्क–वितर्क तथा विरोध की बजाय सहयोग देने के लिए वचनबद्धता के माध्यम से ही अंतरराष्ट्रीय मेल–जोल, शांति और स्थिरता लाई जा सकती है। छठवें, राष्ट्रीय स्तर पर प्राप्त अनुभव तथा अंतरराष्ट्रीय संबंधों की जानकारी के आधार पर भारतीय नेता यह मानने लगे थे कि यदि हम अंतरराष्ट्रीय समुदाय के प्रति शांति, स्थिरता और कल्याण की भावना रखते हैं तथा योगदान देना चाहते हैं, तो हमारी विदेश नीति में समूचे विश्व के जनसाधारण की आकांक्षाओं को उपयुक्त स्थान देना होगा। राजनीतिक सैन्य संतुलन बनाए रखने तथा कमजोर देशों के विरुद्ध ताकतवर देशों के विस्तारवादी या साम्राज्यवादी मंसूबे (लक्ष्य) और अधिक समय तक टिके नहीं रह सकते। विदेशों के साथ संबंध लोकतांत्रिक भावना/व्यवस्था पर आधारित होने चाहिए। इनमें सभी की बराबर भागीदारी होनी चाहिए, जिसमें लोकमत की महत्वपूर्ण भूमिका हो।

सन् 1927 से ही भारतीय चिंतन में अंतर्धाराएँ (Under Currents) बढ़नी आरंभ हो गईं थीं। सन् 1927 में भारतीय राष्ट्रीय कांग्रेस के मद्रास अधिवेशन में यह माँग की गई कि साम्राज्यवादी लक्ष्यों की पूर्ति के लिए ब्रिटिश सरकार द्वारा अन्य देशों में भेजी गई भारतीय सेनाएँ वापस बुला ली जाएँ। सन् 1928 में, कांग्रेस के कलकत्ता अधिवेशन में, एक संकल्प में यह घोषणा की गई–''स्वतंत्रता प्राप्ति के लिए भारत के लोगों का संघर्ष साम्राज्यवाद के विरुद्ध पूरे विश्व में छिड़े संघर्ष का ही भाग है तथा कांग्रेस ने यह फैसला किया है कि ऐसे अन्य देशों तथा लोगों के साथ संपर्क रखा जाए, जो साम्राज्यवाद की पीड़ा भुगत चुके हैं तथा इस ताकत का सामना कर रहे हैं।''

तीसरे दशक के प्रारंभ में फासीवाद तथा नाजीवाद के संबंध में प्रतिक्रिया व्यक्त करते हुए पं. जवाहरलाल नेहरू ने यह घोषणा की थी–''यदि ऐसे आंदोलनों पर अंकुश नहीं रखा जाता है, तो घृणा, हिंसा तथा लड़ाई पर आधारित ऐसे आंदोलनों का परिणाम विश्वयुद्ध होता है। कांग्रेस ने जर्मन द्वारा चेकोस्लोवाकिया पर कब्जा करने तथा स्पेन में फ्रेंको द्वारा गणराज्य सरकार का तख्ता पलटने का कड़ा विरोध किया था।'' भारतीय राष्ट्रीय कांग्रेस ने ऐसी नाजुक घड़ी में साम्राज्यवादी तथा फासिस्ट ताकतों के विरुद्ध किए जा रहे संघर्ष में लगी समूचे विश्व की प्रगतिशील ताकतों को पूरा समर्थन दिया।

सामान्यतः यह भुला दिया जाता है कि जापानी आक्रमण के विरुद्ध जब चीन की जनता डटी हुई थी, तब भारत से डॉ. कोटनीस के नेतृत्व में चीन में डॉक्टरों का मिशन भेजा गया तथा भारतीय राष्ट्रीय कांग्रेस ने जापानी माल/वस्तुओं का बहिष्कार किया था। पं. जवाहरलाल नेहरू सन् 1939 में चीन गए थे। उन्होंने चीन के राष्ट्रवादी नेताओं से संपर्क स्थापित किया। जब फिलिस्तीन के अरबों को बेघर कर दिया गया था, उस समय बाल्फोर घोषणापत्र के प्रति अपनी प्रतिक्रिया जाहिर करते हुए भारतीय राष्ट्रीय कांग्रेस ने इजराइल की स्थापना से बहुत पहले फिलिस्तीनियों को समर्थन दिया था ताकि संगठित, स्वतंत्र फिलिस्तीन राज्य बने। सन् 1939 के प्रारंभ में भारतीय राष्ट्रीय कांग्रेस के त्रिपुरा अधिवेशन में, पार्टी ने स्वीकार किया कि विश्व की शांति और प्रगति 'फासिस्ट ताकतों के विनाश पर निर्भर' करती है। भारत की स्वाधीनता से पहले तथा उसके तत्काल बाद भारतीय विदेश नीति में गहरी अंतरराष्ट्रीयतावादी धारा मिलती है। नेहरूजी ने सन् 1942 में की गई घोषणा में यह दृष्टिकोण संक्षेप में बताते हुए कहा –''भारत में, आप और मैं, इकट्ठे स्वतंत्रता के लिए लड़ रहे हैं। परंतु हम केवल स्वतंत्र भारत के बारे में ही नहीं सोचते, हम स्वतंत्र तथा महान भारत की कल्पना करते हैं, जो पूरे विश्व की स्वतंत्रता तथा शांति के लिए प्रयासरत होगा।''

व्यक्तिगत रूप से नेहरूजी तथा उनके दिशा–निर्देशन में गठित 'कांग्रेस विदेश नीति सेल' भारतीय जनता को अंतरराष्ट्रीय समुदाय के एक भाग के रूप में भारत की स्थिति से अवगत कराने की सतत प्रक्रिया में शामिल थे। नेहरूजी कार्यकारी समिति तथा कांग्रेस की विषय समिति के अधिवेशनों में अंतरराष्ट्रीय संबंधों की जटिलता के परिप्रेक्ष्य तथा इसकी समझ के विकास और परस्पर कार्य में सदैव तत्पर रहे। यद्यपि भारत की साम्यवादी पार्टी की विदेश नीति एक–आयामी थी, फिर भी इस पार्टी ने भारतीय जनमानस में इंग्लैंड और पश्चिम यूरोप से परे समूचे विश्व के प्रति जागरूकता उत्पन्न की। दूसरे विश्व युद्ध में बड़ी संख्या में भारतीय सैनिकों की भागीदारी तथा

नेताजी सुभाष चन्द्र बोस के नेतृत्व में इंडियन नेशनल आर्मी द्वारा जापान की सैन्य सहायता से स्वतंत्रता पाने के प्रचार अभियान से जनता भारत की रणनीति विषयक तथा साम्राज्यवादी हितों और अंतरराष्ट्रीय समुदाय का एक भाग बनने के महत्व को समझने लगी थी।

प्रश्न उठता है कि विदेश संबंधों के बारे में सन् 1946 में बौद्धिक तथा मनोवैज्ञानिक स्तरों पर भारत की अभिवृत्तियाँ तथा व्यवस्थाएँ क्या थीं? उस समय राष्ट्रों के समुदाय के 'संप्रभु सदस्य' के रूप में भारत की सामूहिक पहचान तथा स्वयं की निश्चित पहचान भी बन गई थी। भारत की महत्ता के संबंध में इसका भौगोलिक आकार तथा डेमोग्राफिक और प्राकृतिक संसाधन प्रमुख कारक रहे हैं। इस सोच से भारतीय इस उपमहाद्वीप में ब्रिटिश आगमन से पूर्व भारत की सभ्यता, इतिहास, आर्थिक राजनीतिक प्रभाव पर गर्व महसूस करने लगे। स्वामी विवेकानंद तथा महात्मा गांधी जैसे महान पुरुषों द्वारा स्थापित उच्च नैतिक आधारों ने अंतरराष्ट्रीय समुदाय में भारत की स्थिति के बारे में, भारतीय लोकमत को प्रभावित किया। विवेकानंद ने बार–बार इस बात पर जोर दिया कि भविष्य में भारत को विश्व में, 'शान्ति के दूत' न्याय तथा नैतिक आधार पर विश्व व्यवस्था के अग्रदूत की भूमिका निभानी है। उन्होंने यह भी बताया कि भारत सत्ता या सैन्य ताकत या आर्थिक संपन्नता की दृष्टि से राज नहीं करेगा। महात्मा गांधी के अनुसार–विविधता तथा व्यक्तिगत स्वतंत्रता की रक्षा करते हुए लोकतांत्रिक व्यवस्था में स्वतंत्र तथा अंतरराष्ट्रीय संबंधों में शान्ति बनाए रखने तथा चिन्तन शक्ति को बढ़ावा देने के प्रति वचनबद्धता भारतीय विदेश नीति का आवश्यक तत्व है। उन्होंने आगे कहा है कि 'भारत सत्य का मार्ग छोड़कर स्वतंत्रता हासिल करने की बजाए बर्बाद हो जाएगा। ....लोकतंत्र ऐसी व्यवस्था नहीं, जहां लोग भेड़–बकरियों जैसा व्यवहार कर सकते हैं। लोकतंत्र में विचारों और कार्य की स्वतंत्रता की रक्षा की जाती है। मैं भारत के संबंध में अहिंसा की नीति का समर्थन इसलिए नहीं करता हूँ कि वह कमजोर देश है बल्कि मैं चाहता हूँ कि अपनी ताकत के प्रति सचेत होकर भारत अहिंसा के मार्ग पर चले। इस ताकत को हासिल करने के लिए किसी तालीम या हथियारों की जरूरत नहीं है।'

स्वतंत्रता प्राप्ति के पहले दशक के दौरान नेहरूजी ने अन्य देशों के साथ संबंध स्थापित करने पर वक्तव्य दिए थे। नेहरूजी के इन वक्तव्यों में भारत की विदेश नीति की बौद्धिक अंतःवर्ती धाराएँ समेकित (Consolidate) होती हैं। 12 जनवरी, 1951 को लंदन से रेडियो प्रसारण में, नेहरूजी ने घोषणा की थी–''आज हमें शांति और सभ्य व्यवहार की आवश्यकता है, हम युद्ध नहीं चाहते।'' इसके बाद, 22 जून, 1955 को मास्को के डायनामो स्टेडियम में स्पष्ट किया–''हमारे विचार में शांति का मतलब युद्ध से भागना (Abstention) नहीं है, बल्कि शांति अंतरराष्ट्रीय समस्याओं तथा संबंधों के प्रति सकारात्मक दृष्टिकोण है, जिसमें बातचीत के माध्यम से समस्याओं को सुलझाने की कोशिश करते हुए तनाव कम किया जाता है तथा उसके बाद विभिन्न प्रकार से राष्ट्रों के बीच सहयोग बढ़ाया जाता है। सांस्कृतिक तथा वैज्ञानिक संपर्कों से व्यापार और वाणिज्य में वृद्धि होती है तथा परस्पर विचारों, अनुभवों तथा सूचना का आदान–प्रदान होता है।'' नेहरूजी के दृष्टिकोण के परिणामस्वरूप व्यापक स्तर पर यह महसूस किया जाने लगा कि भारत को नैतिक तथा न्यायपूर्ण विश्व व्यवस्थाओं में समूचे ग्लोब स्तर

पर शांति और सहयोग की भावना सुनिश्चित करते हुए उत्प्रेरक की भूमिका निभानी है। भारतीय चाहते थे कि विश्व केवल नीतियों की दृष्टि से ही नहीं अपितु भारतीय सामाजिक, आर्थिक, राजनीतिक तथा सांस्कृतिक मूल्यों के ऐतिहासिक विन्यास की दृष्टि से भी इस देश की भूमिका को पहचाने।

सामूहिक भारतीय विदेश नीति की दूसरी विशेषता यह थी कि साम्राज्यवाद, उपनिवेशवाद तथा सभी प्रकार के भेदभाव को मिटाने के लिए भारत की विश्व में सैद्धांतिक भूमिका के साथ–साथ व्यवहारमूलक भूमिका भी है। इंडोनेशिया, दक्षिण–पूर्व एशिया तथा अन्य अफ्रीकी देशों में स्वतंत्रता संग्राम में भारत द्वारा दी गई सहायता से यह अभिवृत्ति स्पष्ट होती है। भारत अपनी जिम्मेदारी समझता है कि स्वतंत्रता के मुक्ति संग्राम में वह अन्य देशों को सहायता दे तथा हर प्रकार के डोमिनियन का विरोध करे। इस दृष्टिकोण का आधार यह आकलन था कि यदि अन्य देश/लोग साम्राज्यवादी तथा औपनिवेशिक बंधनों में जकड़े रहते हैं, तो भारत की स्वतंत्रता तथा स्थिरता कायम नहीं रह सकती।

23 मार्च, 1947 को नई दिल्ली में एशियाई संबंधों पर कॉन्फ्रेंस आयोजित करते हुए इस दिशा में पहली बार कदम उठाया गया। विभिन्न एशियाई देशों में नेताओं ने इसमें भाग लिया। इनमें से अधिकांश अभी भी विदेशी सत्ता के गुलाम थे। इस कॉन्फ्रेंस में भाषण देते समय पं. जवाहरलाल नेहरू ने अंतरराष्ट्रीय संदर्भ में शांति और सुरक्षा को बनाए रखने पर बल देते हुए कहा–"शान्ति तभी आ सकती है जब सभी देश आजाद होंगे तथा सभी मनुष्य स्वतंत्र तथा सुरक्षित होंगे और उन्हें आगे बढ़ने का मौका मिलेगा, इसलिए शांति और स्वतंत्रता पर राजनीतिक तथा आर्थिक–दोनों पहलुओं से सोचना होगा।"

ब्रिटिश शासन की यादों तथा विभाजन की त्रासदी के परिणामस्वरूप लोकतंत्र के प्रति वचनबद्धता, धर्म को राजनीति से अलग करने तथा राष्ट्र–राज्य में विविधता तथा बहुलता को बरकरार रखने की भावना उत्पन्न हुई। भारत को यह आशा थी कि एशिया और अफ्रीका के नए स्वतंत्र देश लोकतंत्र होंगे तथा अतार्किक धार्मिक अतिवाद से दूर रहेंगे और ऐसी जातिगत या भाषाई अथवा धार्मिक ताकतों का विरोध करेंगे, जिससे उनकी सांस्कृतिक, बहुजातीय तथा भौगोलिक पहचान खंडित होती है।

'लोकतंत्र' तथा 'प्रगतिशील' ताकतों के बीच विघटन तथा पश्चिमी लोकतांत्रिक देशों और पूर्व यूरोपीय देशों के बीच शीतयुद्ध हो जाने से भारत को निराशा हुई थी। यदि वैचारिक धरातल पर इस विरोध को दरकिनार करना चाहें तो ऐसी स्थिति को लेकर शीतयुद्ध से उत्पन्न होने वाले समष्टिगत स्तर के तनावों से जुड़ी चिंताओं को भूलकर भारतीय नेतृत्व शक्ति, भारत पर पड़ने वाले बाहरी दबावों के बारे में चिंतित हो गई। नेहरूजी के अनुसार–भारत को शीतयुद्ध की राजनीति से दूर रहना चाहिए। उसे राष्ट्र को सुदृढ़ बनाने के लिए लोकतंत्र के प्रति कटिबद्ध रहना चाहिए तथा अंतरराष्ट्रीय शांति बनाए रखने और अपने राष्ट्रीय हितों की पूर्ति के लिए वैचारिक या राजनीतिक संबंधों पर ध्यान दिए बिना सभी देशों का साथ देना चाहिए। यह दृष्टिकोण 'गुटनिरपेक्ष' सिद्धांत के रूप में विकसित हुआ, जो भारत की विदेश नीति का मार्गदर्शी सिद्धांत बना तथा अंततः गुटनिरपेक्ष आन्दोलन का सूत्रपात हुआ।

चूँकि भारत को 'रीयल पॉलिटिक' या रणनीति संबंधी स्थिति (Predicament) का अपना कोई अनुभव नहीं था, जिसका स्वतंत्र देश सामना कर रहे थे, इसलिए सुरक्षा और शक्ति–समीकरण के संबंध में हमारा आदर्शवादी दृष्टिकोण था। स्वतंत्र उपनिवेश की स्थिति प्राप्त करने के बाद तथा इसके पश्चात् एक वर्ष तक भारत के सामने भौगोलिक अखंडता या राजनीतिक–आर्थिक सुरक्षा का खतरा नहीं था। इस दौरान भारत में तीन धारणाएं (Presumptions) विद्यमान थीं–

1. चूँकि भारत का किसी देश के प्रति आक्रामक या साम्राज्यवादी रवैया नहीं रहा, इसलिए भारत को कोई ऐसा खतरा नहीं है।
2. चूँकि भारत शीतयुद्ध में किसी का भी पक्ष नहीं ले रहा है तथा सभी देशों के साथ सहयोग एवं मैत्रीपूर्ण संबंध बनाए रखना चाहता है, इसलिए शीतयुद्ध के समीकरण का भारत पर कोई नकारात्मक प्रभाव नहीं पड़ेगा।
3. दूसरे विश्व युद्ध की समाप्ति पर अग्रणी देशों द्वारा अपनाए गए राजनीतिक एवं नैतिक विषय तथा संयुक्त राष्ट्र संघ की स्थापना से बातचीत तथा शांतिपूर्ण ढंग से, संघर्ष और तनावों को दूर करने के लिए नैतिक तथा क्रियामूलक आधार तैयार हुआ।

परंतु जब कुछ ताकतों ने भारत की रियासतों को भारत–गणराज्य में शामिल न होने के लिए प्रोत्साहित किया तथा सन् 1947–48 में जम्मू और कश्मीर पर पाकिस्तानी आक्रमण के समय विश्व के बड़े देशों के द्वारा पक्षपातपूर्ण प्रतिक्रिया व्यक्त की गई, तब भारत ने जल्दी ही यह सबक सीख लिया कि ऊपर बताई गई धारणाएँ गलत थीं। यद्यपि कश्मीर मुद्दे पर प्राप्त नकारात्मक अनुभव से ही भारत ने यह सीखा; परन्तु बाद में इसकी सोच में अपेक्षाकृत अधिक बदलाव आया।

इस संबंध में कहा जा सकता है कि गलती से भारत में, स्वयं के बारे में यह आत्मविश्वास आ गया कि वह दक्षिण एशिया में ब्रिटिश राजनीतिक स्थिति तथा शक्ति का उत्तराधिकारी है। हमने संवैधानिक, लोकतांत्रिक गणराज्य अपनाया था। हमारी पहली शर्त यही थी कि यदि ब्रिटिश चाहते हैं कि हम कॉमनवेल्थ में रहें तथा हमारे पास स्थिर प्रशासन हो और विजयी मित्र राष्ट्रों की सेनाओं का एक भाग रह चुकी स्थायी सेना हो तथा हमें 'गणराज्य' के रूप में स्वीकार किया जाए। इससे हमारे मन में यह भावना जाग उठी कि एशिया तथा विशेष रूप से दक्षिण एशिया में भारत एक ताकत के रूप में उभरा था तथा आगे भी हमें इसी प्रकार से देखा जाना चाहिए। चूँकि इस क्षेत्र में अन्य देशों की तुलना में परिणाम तथा रणनीतिक विषयक मामलों में आत्मतुष्टि की भावना आ गई थी।

उस समय हम यह भी अनुभव करते थे कि विश्व स्तरीय मुद्दों पर अपनाए गए नैतिक रुख (जिसे हम युक्तियुक्त समझते हैं) के कारण हम तत्कालीन राजनीतिक–सांस्कृतिक आधारों तथा ग्लोबल और क्षेत्रीय स्तर पर अग्रणी भूमिका निभा सकते हैं। ये राजनीतिक–सांस्कृतिक आधार इस प्रकार थे–

1. इस क्षेत्र में ब्रिटिश उपनिवेशों में से भारत पहला स्वतंत्र देश था तथा भारत ने एशिया और अफ्रीका के अन्य उपनिवेशों में चल रहे स्वतंत्रता संघर्ष में भी सक्रिय

रूप से महत्वपूर्ण सहयोग दिया। इस दृष्टि से भारत सभी के ध्यानाकर्षण का केंद्र बनना चाहता था तथा इसके साथ–साथ यह भी कि इन देशों की नीतियों और दृष्टिकोणों में भारत को महत्वपूर्ण स्थान मिले।

2. भारत के उक्त भूमिका को निभाने के पीछे यह ऐतिहासिक मान्यता थी कि भारत ने अन्य एशियाई देशों की संस्कृति तथा सभ्यता के विकास में भी योगदान दिया था, जिसके कारण भारत को एशियाई देशों के सामाजिक–सांस्कृतिक आधारों की उत्पत्ति का मूल स्रोत समझा जाना चाहिए। आध्यात्मिक तथा धार्मिक विचारों के प्रसार तथा इसके परिणामस्वरूप समूचे एशिया में हुए सांस्कृतिक आंदोलनों के पीछे इसी उपमहाद्वीप के भारतीय जनमानस की प्रेरणा थी। इस वजह से पूर्व अन्य उपनिवेशों की तुलना में भारत को विशेष स्थान मिला।

3. रोचक तथ्य यह है कि भारत को अपनी भलाई/कल्याण से जुड़ी आर्थिक अनिवार्यताएँ तथा सक्रिय आर्थिक ताकतों की यथार्थपरक समझ नहीं थी, न ही अंतरराष्ट्रीय क्षेत्र में उभरती हुई रणनीति विषयक स्पर्धा के बारे में कोई आधुनिक धारणा (Comprehension) थी और न ही हम इस स्पर्धा से बन रहे राजनीति के रणनीति विषयक उन समीकरणों पर ध्यान दे रहे थे, जो विश्व की ताकत बन रहे थे।

4. भारत का यह भी विचार था कि महात्मा गांधी तथा जवाहरलाल नेहरू जैसे नेताओं की अंतरराष्ट्रीय महत्ता (Stature) तथा लोकतंत्र, मैत्रीपूर्ण तथा सहयोग के सिद्धांतों के प्रति वचनबद्धता से ही प्रमुख कठिनाइयों को झेले बिना विश्व की जटिलताओं को सुलझाया जा सकता है।

लेकिन स्वतंत्रता प्राप्ति के बाद पहले दशक के भीतर ही भारत यह महसूस करने लगा कि उसकी धारणाएँ/मान्यताएँ गलत थीं।

आदर्शवादी मोहभ्रम (Illusions) तथा नैतिक आधार पर निरस्त्रीकरण के विश्वास पर ही भारत ने अंतरराष्ट्रीय क्षेत्र में कदम बढ़ाया था। नेहरूजी ने 1 सितम्बर, 1946 को 'न्यूयार्क टाइम्स' में दिए साक्षात्कार में इसी दृष्टिकोण का सार देते हुए कहा था–"भारत अपने राष्ट्रीय हितों के अनुरूप स्वतंत्र नीति का अनुसरण करते हुए विश्व की गतिविधियों में सक्रिय रूप से दिलचस्पी लेगा।" सर्वपल्ली गोपाल द्वारा लिखित नेहरूजी की जीवनी में यह टिप्पणी दी गई है कि हालाँकि पूरे कार्यकाल में यही लक्ष्य बरकरार रहे, फिर भी प्रासंगिक वर्षों में ये लक्ष्य पूर्ण रूप से स्पष्ट तथा विकसित नहीं थे। गोपालजी कहते हैं कि भारत की विदेश नीति अस्पष्ट थी। इसके अन्तर्गत एशियाई देशों के बीच निकट संबंध स्थापित करने को महत्व दिया जाता था, संभवतः दो या तीन एशियाई संघ बनाने की भी योजना थी। 17 अगस्त, 1946 को 'नेशनल हेराल्ड' में दिए साक्षात्कार में नेहरूजी ने यह आशा व्यक्त की थी कि भारत ऑस्ट्रेलिया तथा न्यूजीलैंड से लेकर पूर्व अफ्रीका तक फैले विस्तृत भौगोलिक क्षेत्र में सकारात्मक भूमिका निभा सकता है। एशियाई तथा अफ्रीकी देशों में भारत पहला देश था, जिसने स्वतंत्रता हासिल की थी, इसलिए भारत अंतरराष्ट्रीय मुद्दों पर 'किसी शर्त में न बंधकर' अधिक 'प्रभावी' रुख अपना सकेगा।

परन्तु इस संबंध में महत्वपूर्ण प्रश्न यह है कि भारत के आदर्शवादी दृष्टिकोण के प्रति विश्व की क्या प्रतिक्रिया थी? शीतयुद्ध के संबंध में उपदेशात्मक रवैया अपनाने

के प्रति बड़े देशों ने तीव्र प्रतिक्रिया जाहिर की थी। संयुक्त राज्य अमेरिका के नेतृत्व में पश्चिमी लोकतांत्रिक देश भारत के इस आशय से खुश थे कि वह विदेशी संबंधों के बारे में अपना अलग मार्ग अपनाए तथा राष्ट्र को मजबूत बनाने की उसकी अपनी नीति हो। पश्चिम की बड़ी ताकत संयुक्त राज्य अमेरिका ने स्वतंत्रता आंदोलन में भारत की सहायता की थी। वह चाहता था कि भारत सोवियत संघ के विरुद्ध वैचारिक/सैद्धांतिक टकराव में अमेरिका का साथ दे। अमेरिका की यह विचारधारा भारत–ब्रिटेन के बीच ऐतिहासिक दृष्टि से पाए जाने वाले (कटु) संबंधों तथा इस सोच पर आधारित थी कि वैचारिक धरातल तथा एहसानमंदी के कारण भारत पश्चिमी राजनीतिक रणनीति विषयक व्यवस्था का ही अंग होगा। परंतु जब भारत ने शीतयुद्ध के दौरान तटस्थ रवैया अपनाया तथा सभी नए स्वतंत्र देशों को भी ऐसा करने के लिए कहा तो इससे पश्चिमी देश नाराज हो गए, इससे राजनीतिक दूरी बढ़ी। उन्होंने आर्थिक क्षेत्रों में चुप्पी साध ली। जोसेफ स्टालिन के समय में सोवियत संघ भारत में घटित होने वाले घटनाक्रम पर निरंतर नजर रखे हुए था। भारत का स्वतंत्रता संग्राम शहरी बुर्जुआ वर्ग का आंदोलन समझा जाता था, जिसकी जड़ें भारत के जनसाधारण की आकांक्षाओं में निहित नहीं थीं तथा इससे जनसमूह के हित जुड़े हुए नहीं थे। सोवियत संघ की दृष्टि में स्वतंत्रता आंदोलन के महात्मा गांधी जैसे नेता मध्यम वर्ग के प्रतिनिधि थे तथा साम्राज्यवादी और औपनिवेशिक विचारधाराओं के एजेंट थे। स्टालिन भारत की राजदूत श्रीमती विजयलक्ष्मी पंडित से कभी भी नहीं मिले तथा भारत के दूसरे राजदूत, डॉ. एस. राधाकृष्णन से भी एक या दो बार अनिच्छा से मिले। स्टालिन के नेतृत्व में सोवियत संघ भारत को पश्चिम की रणनीति संबंधी गतिविधियों का महत्वपूर्ण 'अड्डा' मानता रहा, जो मध्य तथा पश्चिम एशिया में सोवियत संघ की सबसे बड़ी चुनौती थी। सन् 1947–1953 में नेहरूजी द्वारा शीतयुद्ध से स्वयं को अलग रखने तथा शीतयुद्ध पर विचार करते हुए मैत्रीपूर्ण संबंध स्थापित करने की उनकी इच्छा का सोवियत संघ और उसके मित्र राष्ट्रों पर कोई प्रभाव नहीं पड़ा। नेहरू तथा मौलाना अबुल कलाम आजाद भारत की सामाजिक संस्कृति तथा पहचान में इस्लामिक पहलुओं के प्रति सचेत थे तथा वे इस तथ्य से भी भली–भांति परिचित थे कि देश के विभाजन का समर्थन करने वाली ताकतों का विरोध करने की आवश्यकता है। इसी विचारधारा के परिणामस्वरूप पाकिस्तान अस्तित्व में आया। दक्षिण एशिया, खाड़ी देश, पश्चिम एशिया तथा उत्तर अफ्रीका में इस्लामिक देशों के साथ भारत के संबंधों में इसका विशेष महत्व था। अधिकांश मुस्लिम देश अभी किसी–न–किसी बड़ी ताकत का उपनिवेश थे; इनके विभिन्न यूरोपीय ताकतों के साथ रणनीति विषयक संबंध उलझे हुए थे। भारत की स्वतंत्रता प्राप्ति के शुरू के दिनों में मुस्लिम देश बहुत संभलकर, संयम बरतते हुए प्रतिक्रिया व्यक्त कर रहे थे; क्योंकि वे देश विभाजन तथा पाकिस्तान के अस्तित्व को ध्यान में रखते हुए भारत के प्रति अपनी राय प्रकट कर रहे थे। ये देश गलतफहमियों का शिकार थे तथा वस्तुस्थिति से भी अनभिज्ञ थे। भारत और मुस्लिम देशों के बीच संबंध तथा पारस्परिक समझ–बूझ विकसित होने में काफी समय लग गया।

भारत जटिलताओं तथा स्पर्धा एवं शक्ति समीकरणों को भली प्रकार से समझे बिना ही संप्रभुता संपन्न राज्य के रूप में अंतरराष्ट्रीय संबंध स्थापित करने की दिशा में

अग्रसर हुआ, जबकि इन संबंधों को बनाए रखने में इन समीकरणों तथा जटिलताओं का विशेष स्थान था। जैसा कि पहले बताया गया है, स्वतंत्रता संग्राम की उच्च नैतिक तथा उदारवादी भावनाओं से ओतप्रोत, भारत ने अपनी कूटनीति तथा विदेश नीति तैयार करते समय आदर्शवादी दृष्टिकोण अपनाया, जो समय की मांग को देखते हुए अव्यावहारिक था। भारत के नैतिक, असहयोगी तथा निष्पक्ष रवैए के जवाब में विश्व की ताकतों ने भी इसी प्रकार की अनुक्रिया जाहिर की। इस संबंध में विशेष बात यह है कि चूँकि भारत ने ग्लोब के विभिन्न भागों में असंगतियों तथा टकरावों के प्रति अपनी अरुचि घोषित की थी, इसलिए भारत के प्रति इस प्रकार का रवैया अपनाया गया।

विश्व के प्रति भारत के दृष्टिकोण में अहंकार तथा दंभ की भावना थी। इस संबंध में यह धारणा बनी हुई थी कि भारत उपनिवेशवाद से स्वतंत्र होने वाला सबसे बड़ा देश है। इसे अंतरराष्ट्रीय स्तर पर भूमिका निभानी है तथा अंतरराष्ट्रीय समुदाय तक संदेश पहुँचाना है। यह आशा की जाती थी शेष विश्व इस धारणा का समर्थन करेगा और भारत के रवैये की सराहना की जाएगी। उस समय अंतरराष्ट्रीय राष्ट्र–राज्यों, उनकी भूमिका तथा छवि पर प्रभाव पड़ता है। इन सीमाओं के बावजूद भारत ने महत्वपूर्ण ढंग से विश्व की घटनाओं पर प्रभाव डाला था, तो इसका श्रेय पं. जवाहरलाल नेहरू को जाता है, जिनकी अंतरराष्ट्रीय क्षेत्र में प्रतिष्ठा थी तथा दूसरे विश्व युद्ध के तुरन्त बाद विश्व से जुड़े वाद–विवादों में समष्टिगत स्तर पर संतुलन लाने की क्षमता थी। भारत ने आत्मविश्वास के साथ विदेश नीति तैयार की थी, जिसे राष्ट्र स्तर पर उभर रही अंतरराष्ट्रीयता राजनीति की वास्तविकताओं पर समुचित ध्यान नहीं दिया गया।

अब तक की बात से यह स्पष्ट होता है कि भारत की विदेश नीति के दो आयाम थे–एक ओर आत्मविश्वास तथा दूसरी ओर स्वतंत्रता प्राप्ति के बाद प्रारंभिक अवस्था पर भारत की विदेश नीति की विशेषता बताते हुए रीयल–पॉलिटिक की अधूरी समझ। इन दोनों आयामों का आकलन करते समय इतिहास के परिप्रेक्ष्य में ऐसी नीति के दार्शनिक आधारों पर चिंतन करना भी सुसंगत होगा। भारत की विदेश नीति पर प्रमुखतः लगभग ईसा पूर्व चौथी शताब्दी से भी पहले चली आ रही दो विचारधाराओं का प्रभाव है। इन विचारधाराओं में से–एक विचारधारा शकुनि की थी, जो 'महाभारत' में दक्ष जुआरी था; जबकि दूसरे चाणक्य थे, जो चन्द्रगुप्त मौर्य के शासन काल के दौरान मंत्री तथा महान राजनीतिज्ञ थे। इन दोनों ने यह माना कि आवश्यकता पड़ने पर लक्ष्य प्राप्ति में सत्ता को साधन के रूप में इस्तेमाल किया जा सकता है तथा राजनीतिक स्वार्थों की सिद्धि में षड्यंत्र तथा दाँव–पेंचों का सहारा लिया जा सकता है।

दूसरी ओर, विदुर तथा भगवान कृष्ण द्वारा अंतरराज्य संबंधों तथा राजनीतिक विवादों को सुलझाने की दार्शनिक परम्परा थी। जैसा कि महाभारत में बताया गया है, राजनीतिक संबंध तर्क तथा समझौते की प्रक्रिया से नियंत्रित होने चाहिए और जब तक बल प्रयोग आवश्यक न हो, तब तक संबंधों में जबरदस्ती नहीं की जानी चाहिए। विदुर और भगवान कृष्ण ने दुर्योधन को समझाया कि वह कुरुक्षेत्र में युद्ध के लिए हठ न करे। यह नीति आज भी भारतीय जनमानस पर छाई है। भगवान बुद्ध के उपदेशों में भी सामान्य रूप से जीवन तथा विशेष रूप से राजनीति में यही दृष्टिकोण अभिव्यक्त हुआ है। 19वीं शती के अंत में और 20वीं शती के प्रारंभ में हमारी सैन्य नीति तथा

उग्र राष्ट्रीयता में चाणक्य के विचारों का प्रभाव पड़ा, जबकि भारतीय राष्ट्रीयतावाद में आधुनिक, उदार, तार्किक तथा अहिंसक प्रवृत्तियों तथा भारतीय स्वतंत्रता संग्राम पर बुद्ध के उपदेश तथा अशोक जैसे उनके दार्शनिक उत्तराधिकारियों का प्रभाव पड़ा है। तथापि, यह तथ्य महत्वपूर्ण है कि स्वतंत्र राजनीतिक अस्तित्व के रूप में भारतीय इतिहास के विकास की प्रत्येक अवस्था पर राजनीतिक तथा अंतरराज्य संबंधों में उदार तथा तार्किक दृष्टिकोण अपनाया गया था। इससे राजनीतिक सुदृढ़ीकरण की प्रक्रिया आरंभ हुई? जिसमें यह आवश्यक हो गया कि चाणक्य की अवधारणाएँ व्यवहार में लाई जाएँ। चाणक्य का समय मैक्यावली से लगभग दो हजार वर्ष पहले था, परंतु उनके विचार मैक्यावली से भी आगे थे।

भारत के स्वतंत्रता प्राप्ति के पहले चार वर्षों के दौरान पुनः यह सिद्ध हो गया कि राष्ट्रीय दृढ़ीकरण तथा भौगोलिक अखण्डता के लिए रीयल–पॉलिटिक (Real Politic) के दबावों का समुचित जवाब दिया जाए। यही ऐसा समय था, जब भारत ने अपनी स्वतंत्र विदेश नीति तैयार की तथा इसे लागू करना प्रारम्भ कर दिया। इस संदर्भ में सरदार वल्लभ भाई पटेल ने अमूल्य योगदान दिया। प्रायः यह स्वीकार किया जाता है कि पटेल जी ने भारत के स्वतंत्रता आंदोलन में महत्वपूर्ण योगदान तो दिया ही तथा बाद में प्रथम गृहमंत्री तथा उप–प्रधानमंत्री के रूप में देश की स्थिरता बनाए रखने में सक्रिय भूमिका निभाई; परंतु विदेश नीति तथा राष्ट्रीय सुरक्षा की दृष्टि से भौगोलिक पहचान सुनिश्चित करके तथा अखंडता बनाए रखकर विदेश संबंध स्थापित करने में भी योगदान दिया, जिस पर पर्याप्त ध्यान नहीं दिया गया।

सरदार पटेल ने राजनीतिक प्रक्रिया और बातचीत के जरिए 536 (कुल 562) रजवाड़ों को भारतीय गणराज्य में शमिल किया। यह भी हमारी विदेश नीति का अनिवार्य भाग ही है। हमें याद रखना चाहिए कि कानूनी रूप से तथा राजनीतिक दृष्टि से भारत के सभी रजवाड़े/रियासतें स्वतंत्र थीं तथा उनका भौगोलिक दृष्टि से संप्रभुता संपन्न अस्तित्व था। सरदार पटेल ने बातचीत के माध्यम से विशेषाधिकारों का प्रस्ताव रखकर इन रियासतों को भारतीय गणराज्य में शामिल कराया। यह उल्लेखनीय है कि भारत को इस संबंध में केवल हैदराबाद तथा जूनागढ़ पर दबाव डालना पड़ा। कश्मीर में सैन्य कार्यवाही बाह्य राजनीतिक सैन्य खतरे की जवाबी कार्यवाही थी। इसलिए मैं जम्मू और कश्मीर को इस श्रेणी में नहीं लेता हूँ। इन सभी उपलब्धियों का श्रेय सरदार वल्लभ भाई पटेल को जाता है, जो भारतीय गणराज्य के मूल संस्थापकों में से थे। संभवतः वे अकेले ऐसे व्यक्ति थे, जिन्होंने सत्ता के फार्मूले (Chemistry) को समझा तथा इसके साथ–साथ भारत जैसे जटिल समाज की मजबूती तथा राजनीतिक एकता की संभावनाओं को देखते हुए सत्ता के समीकरणों के निहितार्थ को जाना। विदेश नीति के प्रति पं. नेहरू का दृष्टिकोण अधिक आदर्शवादी था लेकिन युक्तियुक्त नहीं था; क्योंकि पटेल ने ही राजाओं को भारत गणराज्य में शामिल होने के लिए राजी किया था। यह कार्य अत्यधिक कठिन तथा चुनौतीपूर्ण था। परन्तु कहने का तात्पर्य यह नहीं है कि नेहरू का 'विज़न' अस्पष्ट था; इसके विपरीत भारत की विदेश नीति तथा कार्य नीति संबंधी विचारधारा पर नेहरूजी का अत्यधिक प्रभाव पड़ा था। लेकिन यह भी नहीं

भूलना चाहिए कि नेहरू का 'विजन' सरदार पटेल के प्रयासों से आई स्थिरता तथा एकता की आधारशिला पर टिका था।

प्रमुख बिन्दु

1. भारत की विदेश नीति के निर्धारण में सहायक कारक थे–
   (a) अंतरराष्ट्रीय राजनीति में भारतीय नेताओं के अनुभव।
   (b) दो विश्वयुद्धों के परिणामस्वरूप उभरे राजनैतिक, आर्थिक तथा वैचारिक अंतर्विरोधों के प्रिज्मीय प्रकाश में दुनिया को देखने का हुनर।
   (c) यह निष्कर्ष कि राजनीतिक अंतर्विरोधों तथा आर्थिक विषमताओं को दुनिया के अलग–अलग खण्डों में सीमित नहीं किया जा सकता क्योंकि उनमें सम्बद्धता और समानता है।
   (d) भारत में स्वतंत्रता के लिए लड़ी गई लड़ाई शेष दुनिया के समकालीन आंदोलन से भिन्न थी। इसका कारण यह वैचारिकी थी कि जटिल विश्व की विविधताओं से निपटने का कोई एक–समान फार्मूला नहीं है।
   (e) यह मान्यता कि एक साथ तार्किक प्रक्रिया, तर्क–वितर्क तथा विरोध की बजाय सहयोग देने के लिए वचनबद्धता के माध्यम से ही अंतरराष्ट्रीय मेल–जोल, शांति और स्थिरता लाई जा सकती है।
   (f) भारतीय नेतृत्व की यह सोच कि हम अंतरराष्ट्रीय समुदाय के प्रति शांति, स्थिरता और कल्याण की भावना रखते हैं तथा योगदान देना चाहते हैं, अतः हमारी विदेश नीति में समूचे विश्व के जनसाधारण की आकांक्षाओं को उपयुक्त स्थान देना होगा।
2. मूल धारा के भारतीय नेतृत्व का साम्राज्यवादी और फासीवादी ताकतों के खिलाफ प्रगतिशील ताकतों के प्रति समर्थन का भाव।
3. नेहरू की यह विचारधारा कि हम केवल स्वतंत्र भारत के लिए नहीं सोचते बल्कि हम स्वतंत्र तथा महान भारत की कल्पना करते हैं, जो पूरे विश्व की स्वतंत्रता तथा शांति के लिए प्रयासरत होगा। उनकी यही विचारधारा भारतीय विदेश नीति को आदर्शवाद की सीमाओं के अंदर ले गयी।
4. भारत के उन विचारकों का विदेश नीति पर प्रभाव, जिनके अगुआ स्वामी विवेकानंद तथा महात्मा गांधी जैसे महान पुरुष थे और जिन्होंने यह स्थापित किया था कि अंतरराष्ट्रीय समुदाय में भारत को उच्च नैतिक आधारों पर अपनी प्रतिष्ठा करनी चाहिए। विवेकानंद तो भविष्य में भारत के लिए विश्व में, 'शान्ति के दूत' तथा न्याय तथा नैतिक के आधार पर विश्व व्यवस्था के अग्रदूत की भूमिका भी निर्धारित कर चुके थे। गांधी का मार्ग सत्य और अहिंसा का था, जिसमें पहला भारत के नैतिक चरित्र का आधार था और दूसरा शक्ति हासिल करने के बाद कर्म में प्रयोग का।
5. भारत का विश्व में व्यवहारमूलक भूमिका निभाने का विचार, जिसके जरिए वह एफ्रो–एशियाई देशों में स्वतंत्रता की लड़ाई में सहायता करना चाहता था, क्योंकि उसका मानना था कि यदि अन्य देश या लोग गुलाम बने रहे तो भारत की स्वतंत्रता और स्थिरता भी अक्षुण्ण नहीं रह पाएगी।

6. नेहरू का समग्र शान्ति व स्वतंत्रता को सार्वभौम बनाने का विचार।
7. ब्रिटिश शासन के अनुभवों और प्रभावों (विशेषकर साम्प्रदायिक टकरावों तथा विभाजन की त्रासदी) को देखते हुए लोकतंत्र के प्रति वचनबद्धता, धर्मनिरपेक्ष राजनीति का चुनाव और राष्ट्र–राज्य की स्थापना में विविधता एवं बहुलता बनाए रखने की प्रतिबद्धता।
8. शीतयुद्ध के दौर में भारत को सैन्य गठबंधनों (पश्चिम के उदार लोकतंत्रों के मिलिट्री एलायंस नाटो एवं उसके अनुषंगी संगठनों तथा पूरब के पीपुल्स रिपब्लिक के वारसा पैक्ट) से दूर रखने के लिए 'गुटनिरपेक्ष' सिद्धांत का चुनाव एवं विकास।
9. भारत को 'रियल पॉलिटिक' या रणनीति संबंधी स्थिति का अपना कोई अनुभव न होना। जिसके चलते भारत को आर्थिक और राजनीतिक नुकसान उठाने पड़े।
10. भारत ब्रिटिश उपनिवेशों में पहला स्वतंत्र देश था और एफ्रो–एशियाई देशों को स्वतंत्रता आंदोलनों में सक्रिय सहयोग दे रहा था। दूसरी तरफ एशियाई देशों की संस्कृति और सभ्यता के विकास में भी उसने योगदान दिया था, जिस कारण वह स्वयं को इन देशों के सामाजिक–सांस्कृतिक आधारों की उत्पत्ति का मूल स्रोत समझता था। इस कारण से भारत में यह भाव आ जाना कि वह अपनी इस नैतिक हैसियत के कारण, जिसे वह युक्तियुक्त (रीजनेबल) मानता था, वह तत्कालीन राजनीतिक–सांस्कृतिक आधारों तथा ग्लोबल एवं क्षेत्रीय स्तर पर अग्रणी भूमिका निभा सकता है।
11. भारत का यह भी विचार था कि महात्मा गांधी तथा जवाहरलाल नेहरू जैसे नेताओं की अंतरराष्ट्रीय हैसियत और लोकतंत्र एवं मैत्रीपूर्ण सहयोग के सिद्धांतों के प्रति वचनबद्धता से ही विश्व की जटिलताओं को सुलझाया जा सकता है।
12. भारत के आदर्शवादी दृष्टिकोण को दुनिया के देशों ने सहज रूप से स्वीकार नहीं किया बल्कि प्रतिक्रिया जाहिर की थी। अमेरिका चाहता था कि भारत सोवियत संघ के विरुद्ध वैचारिक/सैद्धांतिक टकराव में अमेरिका का साथ दे। लेकिन जब भारत ने तटस्थ रवैया अपनाया और नवस्वतंत्र देशों को भी इसकी तरफ खींचने की कोशिश की तो पश्चिमी देश नाराज हो गए, जिससे राजनीतिक दूरी बढ़ी। फलतः उन्होंने आर्थिक क्षेत्रों में उदासीनता का रुख अपनाया और कूटनीतिक असहयोग का व्यवहार किया। जबकि स्टालिन के नेतृत्व में सोवियत संघ भारत को पश्चिम की रणनीति संबंधी गतिविधियों का महत्वपूर्ण 'अड्डा' मानता रहा।
13. भारत की विदेश नीति पर विदुर, कृष्ण, बुद्ध और चाणक्य का प्रभाव। सैन्य नीति तथा उग्र राष्ट्रीयता में चाणक्य का प्रभाव और राष्ट्रीयता के निर्माण में बुद्ध व अशोक का प्रभाव। जबकि राजनीतिक सुदृढ़ीकरण की प्रक्रिया में चाणक्य की अवधारणाएँ कहीं बहुत अधिक व्यावहारिक थीं।
14. विदेश नीति पर 'विजन' नेहरू प्रभावी था, जबकि राष्ट्र की एकता एवं स्थिरता की बुनियाद सरदार पटेल की रणनीति पर। विदेश नीति में यह कहीं पूरक तत्व के रूप में तो कहीं विरोधाभास के रूप में दिखा।

❑❑

3 अंतरराष्ट्रीय कूटनीति के क्षेत्र में भारत का अभ्युदय (1946-1955)

अंतरराष्ट्रीय संबंधों के क्षेत्र में भारत का आगमन 20वीं शती की अद्‌भुत घटना थी। औपनिवेशिक देशों में भारत पहला ऐसा देश है, जो संप्रभुता संपन्न राष्ट्र के रूप में अंतरराष्ट्रीय समुदाय में शामिल हुआ। एशिया या अफ्रीका में सबसे पहले भारत ने दूसरे विश्वयुद्ध के बाद विदेशों से संबंध स्थापित करते हुए अपना स्वतंत्र विकल्प अपनाया। भारत ही ऐसा देश था, जो किसी भी शक्ति–समीकरण (गुट) में शामिल नहीं हुआ तथा अंतरराष्ट्रीय राजनीति के दबाव के आगे झुके बिना अंतरराष्ट्रीय समुदाय का सदस्य बना और शीतयुद्ध की राजनीति से भी दूर रहा। अंतरराष्ट्रीय कूटनीति 19वीं शती के मध्य से ही अंतरराष्ट्रीय राजनय क्षेत्र को प्रभावित करती आ रही थी। इसके अलावा, भारत ऐसी राजनीतिक आकांक्षाओं का भी प्रतिनिधित्व कर रहा था, जिसे बाद में 'विकासशील दुनिया' का नाम दिया गया। उस समय भारतीय नेता भारत की अंतरराष्ट्रीय पहचान के अंगभूत तत्वों तथा चिंताओं और जिम्मेदारियों के प्रति भी अत्यधिक सचेत थे।

हालाँकि अंतरराष्ट्रीय अस्तित्व के रूप में भारत के विशिष्ट गुणों का उसकी विदेश नीति पर भी प्रभाव पड़ा था, फिर भी इस राष्ट्र को स्वतंत्रता प्राप्ति के बाद पहले दशक के दौरान राष्ट्रीय एकीकरण तथा सुरक्षा से संबंधित अधिक तात्कालिक चिंताओं का सामना करना पड़ा।

पहले चरण अर्थात् सन् 1946 से 1955 के दौरान भारत की प्रमुख चिंता भौगोलिक दृष्टि से राजनीति को मजबूत बनाना था; क्योंकि अनेक देशी रियासतें भारत का हिस्सा बनने के बजाए स्वतंत्र राज्य बनना चाहती थीं। यह एक ऐसा परिदृश्य था, जिसने भू–राजनीतिक संबंध तथा भारतीय गणराज्य की भौगोलिक एकता को खंडित किया था। अभी भी हम इस विभाजन की त्रासदी से उबर नहीं पाए हैं। इसके परिणामस्वरूप विश्व के मानचित्र पर पाकिस्तान उभरा था। यदि हम ब्रिटिश सरकार की अभिप्रेरणाओं पर गहराई से विचार करें तो यह स्पष्ट हो जाएगा कि ब्रिटेन की लेबर सरकार तथा लॉर्ड माउण्टबेटन ने भारत पर अपना आधिपत्य अचानक नहीं छोड़ दिया था। यदि ब्रिटिश सरकार जान–बूझकर भारतीय साम्राज्य में साम्प्रदायिकता को प्रोत्साहित नहीं करती तो देश के विभाजन से बचा जा सकता था। प्रारम्भिक चरणों में, 20वीं शती के दूसरे दशक में हिन्दू–मुस्लिम संप्रदायों के बीच फूट को प्रोत्साहन दिया गया। इसके पीछे दो प्रेरक तत्व थे। पहला प्रयोजन–भारत में ब्रिटिश राज कायम रखने के लिए दोनों संप्रदायों के बीच इस फूट का इस्तेमाल करना था। दूसरा प्रयोजन–दोनों के बीच इस फूट को और अधिक बढ़ावा देना था ताकि इस भ्रांति को स्थायी बनाकर रखा जा सके कि केवल ब्रिटिश राज के तहत ही भारत की अखंडता कायम रह सकती है और ब्रिटिश साम्राज्य की समाप्ति के साथ ही यह देश टुकड़ों में बंट जाएगा। कैबिनेट

मिशन के प्रस्तावों तथा भारत के विभाजन से यह राय बनाई जा सकती है कि ब्रिटिश सत्ता ने भारतीयों के विरुद्ध पूर्वाग्रहों को अंजाम दे ही दिया। इससे इंकार नहीं किया जा सकता कि स्वतंत्रता प्राप्ति के लिए पं. जवाहरलाल नेहरू तथा सरदार वल्लभ भाई पटेल की उतावली तथा अंग्रेजों द्वारा भारत छोड़ने के लिए मजबूर करने में बरती गई जल्दबाजी से ब्रिटिश साम्राज्यवादी नीति अपने उद्देश्यों में सफल हो गई। इससे भी महत्वपूर्ण प्रश्न यह है कि भारत की 500 देशी रियासतों के संबंध में औपनिवेशिक सरकार द्वारा भारत छोड़ने के पीछे निभाई गई अस्पष्ट भूमिका के मूल में प्रेरक शक्ति क्या थी? ब्रिटिश सरकार ने घोषणा की थी कि जब भारत छोड़ दिया जाएगा, तब सर्वोच्च शक्ति (Paramountry) का सिद्धांत भी बेकार हो जाएगा और देशी रियासतें साम्राज्यवादी बंधनों से स्वतंत्र हो जाएगी। पुनः उनका अपना स्वतंत्र अस्तित्व हो जाएगा। यदि हैदराबाद, बड़ौदा, त्रावणकोर, जम्मू और कश्मीर, भोपाल, जोधपुर, बीकानेर तथा जैसलमेर जैसी बड़ी रियासतों का स्वतंत्र अस्तित्व होगा तो ये भारतीय गणराज्यों में शामिल होकर इसका आधिपत्य स्वीकार नहीं करेंगी। उस समय यह अटकल लगाना सही था कि ब्रिटिश सरकार को यह उम्मीद थी कि पाकिस्तान उसका आभारी होगा तथा ब्रिटिश सरकार के साथ देशी रियासतों के संबंध होने के कारण इस उपमहाद्वीप पर ब्रिटिश सत्ता का ही प्रभाव रहेगा और भारत का आधिपत्य कम हो जाएगा। यदि ये रियासतें स्वतंत्र रहना चाहेंगी तो ब्रिटिश सरकार इनका समर्थन करेगी। सन् 1947 में भारत आजाद हो गया। हमें यह भी याद रखना चाहिए कि मुहम्मद अली जिन्ना ने पाकिस्तान की सीमा की निकटवर्ती देशी रियासतों को औपचारिक रूप से यह निमंत्रण दिया था कि पाकिस्तान उनकी स्वतंत्र हैसियत की गारंटी देता है तथा ये रियासतें पाकिस्तान के साथ औपचारिक रूप से राजनयिक संबंध रख सकती हैं। सन् 1948 तक पाकिस्तान हैदराबाद के निजाम कासिम रिज़वी को समर्थन देता रहा। इसकी यहाँ विस्तारपूर्वक चर्चा करने की आवश्यकता नहीं है। यहाँ तक कि छोटी देशी रियासतें, जैसे–जूनागढ़ और इंदौर भी स्वतंत्र अस्तित्व चाहती थीं। इसके अलावा सर सी. पी. रामास्वामी अय्यर ने त्रावणकोर को संप्रभुता संपन्न अस्तित्व देने का भरपूर प्रयास किया था।

जैसा कि पहले बताया गया है, भारत की विदेश नीति की प्रमुख समस्या भारतीय गणराज्य को भौगोलिक दृष्टि से मजबूत बनाना था। यह विदेश नीति से जुड़ा विषय था, क्योंकि ब्रिटिश सत्ता ने वायसराय और विदेश तथा राजनीतिक विभाग के माध्यम से भारत सरकार और देशी रियासतों के बीच अलग–अलग संबंध बनाए थे। सरदार पटेल ने हालात को देखते हुए अधिकांश रियासतों को बातचीत द्वारा निश्चित सीमा तक बल प्रयोग से भारतीय गणराज्य में शामिल होने के लिए तैयार किया।

पाकिस्तान ने प्रारम्भ में छिपकर तथा बाद में सीधे जम्मू और कश्मीर में सैन्य हस्तक्षेप करके इस समस्या को और अधिक जटिल बना दिया था। भारत को 'यथार्थ की राजनीति' का सबसे पहला सबक मिला, अर्थात् भारत ने यह महसूस किया कि केवल संवैधानिक तथा कानूनी प्रक्रिया से ही तब तक देश की एकता और अखंडता की गारंटी नहीं दी जा सकती, जब तक हम इसके पीछे विश्वसनीय रक्षा संबंधी क्षमताओं से युक्त न हों।

दूसरे, भारत का अपना अनुभव था कि जब अन्य देश तथा समाज औपनिवेशिक सत्ता के गुलाम हैं, तब स्वतंत्रता तथा संप्रभुता को बरकरार नहीं रखा जा सकता। तीसरे दशक से ही भारतीय राष्ट्रीय कांग्रेस की यह राय बन चुकी थी कि भारत का स्वतंत्रता संग्राम एशिया और अफ्रीका में अन्य औपनिवेशिक देशों के स्वतंत्रता आंदोलन का भाग होना चाहिए। भारतीय राष्ट्रीय कांग्रेस के नेताओं ने तीसरे दशक से ही दक्षिण–पूर्व एशिया तथा अफ्रीका में चल रहे स्वतंत्रता आंदोलन से संपर्क स्थापित कर लिया था। इस प्रकार से इन उपनिवेशों की जनता तथा देशों को स्वतंत्रता आंदोलन में समर्थन देना भारतीय विदेश नीति का प्रमुख अंग बन चुका था। मार्च, 1947 में भारत ने एशियन रिलेशंस कॉन्फ्रेंस बुलाई थी। यह विदेश नीति के संबंध में उठाया गया पहला महत्वपूर्ण कदम था। भारत ने दक्षिण–पूर्व एशिया तथा अफ्रीका को राजनीतिक दृष्टि से ही नहीं बल्कि सन् 1946 से छठवें दशक के प्रारंभ तक सामग्री आधारित सहायता भी दी थी। भारत रंगभेद नीति के विरुद्ध चलाए गए आंदोलन का कट्टर समर्थक था। भारत यह भी चाहता था कि चीन औपनिवेशिक/साम्राज्यवादी आधिपत्य से मुक्त हो। विजयलक्ष्मी पंडित पहली नेता थीं, जिन्होंने संस्थापक सदस्य के रूप में संयुक्त राष्ट्र संघ में शामिल होने के तुरंत बाद इसके अधिवेशन में रंगभेद तथा जाति भेद पर आपत्ति उठाई थी। भारत ने सबसे पहले चीन गणराज्य को मान्यता दी थी तथा कुओ–मिन–तांग की पराजय के बाद चीन की लोकप्रियता कम हो जाने पर भी संयुक्त राष्ट्र में भारत ने इसका जोरदार ढंग से समर्थन किया था कि संयुक्त राष्ट्र में चीन को सदस्यता दी जाए।

सन् 1946–55 की अवधि में भारत को विदेश नीति की तीसरी समस्या यह झेलनी पड़ी कि उसे संयुक्त राज्य के नेतृत्व में पश्चिमी गुट तथा सोवियत संघ के नेतृत्व में समाजवादी और साम्यवादी गुट के बीच सैद्धांतिक तथा कूटनीतिक संघर्ष का राजनीतिक तथा सामरिक विश्व दर्शन (world view) सुनिश्चित करना था। जवाहरलाल नेहरू ने यह महसूस किया था कि यह शीतयुद्ध सैद्धांतिक मतभेद से भी आगे बढ़ जाएगा। एफ. डी. रूजवेल्ट की मृत्यु के बाद स्टालिन और हैरी ट्रूमैन के बीच टकराव से पूरा विश्व सोवियत संघ और पश्चिमी गुट के बीच बँट गया था। ऐसा अभी नहीं बल्कि रूजवेल्ट की मृत्यु से पहले माल्टा में ही मतभेद सामने आने लगे थे, जब ट्रूमैन ने पोट्सडम करारनामे को अंतिम रूप दिया था। उस समय नेहरूजी ने सही–सही आकलन करते हुए यह संकेत दिया था कि समाजवादी गुट और पश्चिमी ताकतों के बीच रणनीति के क्षेत्र में अधिक–से–अधिक प्रभाव डालने की होड़ बढ़ती जा रही है।

पंडित नेहरू के सामने यह स्पष्ट था कि भारत को इस संघर्ष में किसी एक गुट का पक्ष नहीं लेना चाहिए। आगे चलकर शीतयुद्ध छिड़ गया और यह लड़ाई लगातार 45 वर्षों तक चली। वे इससे सहमत थे कि भारत की स्थिरता और आर्थिक विकास स्वतंत्र–गुटनिरपेक्ष विदेश नीति पर निर्भर करेगा तथा इसके साथ–साथ राष्ट्रीय हितों के अनुकूल संतुलित राजनीतिक समीकरण बनाने की क्षमता भी अर्जित करनी होगी। नेहरूजी के मतानुसार देश के हितों की रक्षा करने के लिए यह अनिवार्य है कि बाहरी दबावों के बिना यथासंभव रूप से भारत स्वतंत्र होकर अपना विकल्प चुन सके। इसीलिए

गुटनिरपेक्ष रवैया हमारी विदेश नीति का मूलभूत विषय बन गया। नेहरूजी ने 8 मार्च, 1949 को भारत की संविधान सभा में भाषण के दौरान गुटनिरपेक्ष दृष्टिकोण को स्पष्ट करते हुए कहा–"भारत शक्तिशाली देश है, इतिहास पर नजर डालें तो भारत की इस तेजस्विता–शक्ति का परिचय मिलता है। इसने अन्य देशों के सांस्कृतिक पैटर्न को अस्त्र से नहीं बल्कि संस्कृति और सभ्यता की दृष्टि से प्रभावित किया है।" इसलिए ऐसा कोई कारण नहीं, जिसकी वजह से हम अपने काम करने के तरीके, विचारों को यूरोप से आई विशिष्ट विचारधारा के कारण छोड़ दें। निस्संदेह हमें यूरोप और अमेरिका से बहुत कुछ सीखना है। मेरा यह विचार है कि हमें अपनी आंख और कान खुले रखने चाहिए। हमारे विचार लचीले होने चाहिए और हमें ग्रहणशील होना चाहिए। परंतु मैं यह भी मानता हूँ जैसा कि गांधी जी ने कहा था–"हमें किसी का अंधानुकरण नहीं करना है।"

उन्होंने यह भी कहा–"हम पूरे विश्व को इसी मित्रतापूर्ण रवैये के साथ देखते हैं। मुझे अन्य राष्ट्रों तथा उनकी नीतियों की आलोचना नहीं करनी है बल्कि मेरी समझ में नहीं आता कि भारत कठोर रवैया क्यों अपनाए या उसे इस विश्व में चल रहे दाँव–पेंचों (Manoevuring) का हिस्सा क्यों बनना चाहिए? हमें इन सभी चालों से दूर रहना है और इसके साथ–साथ सभी देशों के साथ निकट संबंध भी विकसित करने हैं। ऐसा इसलिए करना है, क्योंकि इतिहास की ओर झांके तो यह स्पष्ट हो जाएगा कि अन्य देशों की तुलना में कुछ देशों के साथ हमारे सामान्य संबंध तथा आर्थिक और व्यापारिक संबंध ज्यादा रहे हैं। ठीक है, हमें उन देशों के साथ अच्छे संबंध जारी रखने हैं, परंतु हमें हमेशा इस बात का ध्यान रखना है कि ये संबंध हमारे विकास में आड़े न आएं तथा इन से हमारी प्रगति के मार्ग में कोई रुकावट नहीं आनी चाहिए। हमें इस बात का ध्यान अवश्य रखना है ताकि हम विश्व के कार्यकलापों में पर्याप्त भूमिका निभा सकें।"

अन्य विश्वयुद्ध के खतरे का हवाला देते हुए उन्होंने टिप्पणी की–"आज हमारे सामने अहम सवाल यह है कि विश्वयुद्ध से कैसे बचा जा सकता है? कुछ लोग सोचते हैं कि युद्ध जरूर होगा, इससे बचा नहीं जा सकता और इसलिए वे युद्ध के लिए तैयार हैं तथा वे सेना के अर्थ में नहीं बल्कि मन से, सोच से भी दुनिया में लड़ाई के लिए तैयार हैं और इस प्रकार से यह लड़ाई 'असल' में ही और पास आती जा रही है। निजी तौर पर मैं यह सोचता हूँ कि ऐसी सोच गलत और खतरनाक भी है। यह सही है कि कोई मुल्क किसी बात की गारंटी देने की हिम्मत नहीं कर सकता और न ही किसी आने वाली मुसीबत के लिए ही तैयार रह सकता है। हम हिंदुस्तानियों को अपनी आजादी और अस्तित्व बचाने की खातिर हर खतरे के लिए तैयार रहना है। परंतु यह सोचना खतरनाक है कि दुनिया में लड़ाई जरूर होगी। मैं इस सदन और मुल्क को दुनिया की इस लड़ाई के मायने समझाना चाहूँगा। सवाल यह नहीं है कि लड़ाई कौन जीतेगा; क्योंकि इस लड़ाई से पूरी पीढ़ी ही तबाह हो जाएगी और पूरी दुनिया की तरक्की रुक जाएगी। इस तबाही से बचने की भरसक कोशिश की जानी चाहिए। मैं महसूस करता हूँ कि इस बारे में हिंदुस्तान खास भूमिका अदा कर सकता है और लड़ाई टालने में भी काफी मदद कर सकता है। इसलिए यह और भी जरूरी हो जाता

है कि हिंदुस्तान किसी गुट या ताकत की हिमायत न करे। हर गुट या ताकतवर मुल्क किसी–न–किसी वजह से लड़ाई से डरा हुआ है और लड़ाई के लिए तैयार भी है।''

इस भाषण में पंडित नेहरू ने जो कुछ कहा है, वह आज भी भारत की विदेश नीति का मार्गदर्शी सिद्धांत है।

भारत की चौथी समस्या यह थी कि उसे अपने दो पड़ोसी देशों, अर्थात् चीन और पाकिस्तान से संबंध स्थापित करने थे। पाकिस्तान का रवैया भारत के प्रतिकूल था तथा चीन की नई साम्यवादी सरकार की स्थिति अनिश्चित थी। सन् 1948 में जिन्ना की मृत्यु हो गई तथा सन् 1952 में लियाकत अली खान की हत्या कर दी गई थी। भारत के प्रति पाकिस्तान की नीतियों में बदलाव आ गया था। जिन्ना पाकिस्तान को आधुनिक लोकतांत्रिक देश बनाना चाहते थे। दूसरी ओर लियाकत अली खान अल्पसंख्यकों, आर्थिक संसाधनों के वितरण तथा भारत–पाक संबंधों में स्थिरता लाने से संबंधित समस्याओं के बारे में नेहरूजी से मेलजोल बढ़ाने की कोशिश कर रहे थे, परंतु कश्मीर के संबंध में पाकिस्तान के रवैये के कारण ये सभी प्रयास विफल हो गए। पाकिस्तान की परवर्ती सरकारें भारत के अधिक प्रतिकूल होने लगीं। पाकिस्तान ने शीतयुद्ध के दौरान संयुक्त राज्य का पक्ष लिया था। सोवियत संघ और चीन को रोकने के लिए जॉन फोस्टर ड्यूले द्वारा तैयार सैनिक गुट भी इसमें शामिल हो गया। पाकिस्तान ने 1954 में संयुक्त राज्य के साथ रक्षा सहयोग से संबंधित करारनामे पर हस्ताक्षर किए थे। इसने यह विचार प्रकट किया कि उसने इस वजह से द्विपक्षीय करारनामे पर हस्ताक्षर किए तथा सेंटो (बगदाद समझौता) में शामिल हुआ ताकि भारत और पाकिस्तान के बीच विद्यमान प्रतिकूल संबंधों के कारण भारतीय आक्रमण के खतरे से पाकिस्तान की सुरक्षा को सुनिश्चित किया जा सके। भारत ने पाकिस्तान के विपरीत, कुछ नहीं किया था। हाँ, कश्मीर को भारत से अलग करने के पाकिस्तान के प्रयास का मजबूती से सामना करना इसका अपवाद है। इस तथ्य के बावजूद यह घटनाक्रम घटित हुआ। पाकिस्तान हिंदू अल्पसंख्यक वर्गों का नरसंहार कर रहा था तथा बाद में उन्हें कश्मीर से निकालने की कोशिश कर रहा था। इससे भारत और पाकिस्तान के बीच तनाव बढ़ता गया। पाकिस्तान का यह अड़ियल रवैया अब भारत की विदेश नीति का अहम क्षेत्रीय मुद्दा बन गया। पाकिस्तान और संयुक्त राज्य के बीच रक्षा संबंधों के कारण भारतीय उपमहाद्वीप में भी शीतयुद्ध का खतरा उत्पन्न हो गया, जबकि भारत ऐसी किसी भी आशंका का डटकर विरोध कर रहा था। पाकिस्तान ने जिस तरीके से संयुक्त राज्य और ब्रिटेन के बीच संबंधों का लाभ उठाया तथा जम्मू और कश्मीर पर गैर कानूनी दावा करता आ रहा है, उससे केवल इसी देश के साथ नहीं बल्कि पश्चिम लोकतांत्रिक देशों के साथ भी भारत के संबंधों में दरारें पड़ने लगीं।

भारत के नेता चीन की नई साम्यवादी शक्ति–संरचना से थोड़ा–बहुत परिचित थे। तीसरे दशक से ही भारतीय नेताओं तथा च्यांग–काई–शेक के बीच संपर्क स्थापित होने लगे थे। परंतु च्यांग की मृत्यु से नए समीकरण बनाने आवश्यक हो गए थे। नेहरूजी एशियाई पुनरुत्थान तथा भारत–चीन मैत्री और सहयोग के आधार पर अंतरराष्ट्रीय संबंधों

में महत्वपूर्ण ताकत के रूप में एशिया के अभ्युदय का सपना देख रहे थे। इस धारणा के आधार पर भारत ने साम्यवादी चीन को तुरंत मान्यता दे दी तथा अंतरराष्ट्रीय क्षेत्र में भी इसकी वकालत की। सन् 1949 तथा 1954 के बीच चीन की प्रारम्भिक अनुक्रिया सकारात्मक थी। संबंधों के बुनियादी पैटर्न सहयोग तथा मैत्री पर आधारित थे। इसी कारण 'हिंदी–चीनी भाई–भाई' का नारा सामने आया। सन् 1954 में नेहरू की चीन यात्रा से दोनों देशों के बीच सकारात्मक प्रवृत्तियाँ पराकाष्ठा तक पहुँच गईं। नेहरू और चाऊ–एन–ल्याई ने संयुक्त रूप से शांतिपूर्ण सह–अस्तित्व के पाँच सिद्धांतों पर समझौता करते हुए घोषणा भी की। ये पाँच सिद्धांत गुटनिरपेक्ष आंदोलन की विचारधारा की स्पष्ट अभिव्यक्ति हैं।

नेहरूजी ने यह अनुभव किया कि भारत और चीन द्वारा पंचशील सिद्धांतों का अनुपालन करने से गुटनिरपेक्ष ताकतें दृढ़ होंगी तथा विकासशील देशों के लिए शीतयुद्ध के नकारात्मक निहितार्थों से बचा जा सकेगा; परंतु परवर्ती घटनाक्रम तथा प्रवृत्तियों से साबित हो गया कि ऐसा सोचना बचपना था, गलत था। सन् 1954 में चीन ने तिब्बत पर पुनः राजनीतिक–भौगोलिक दावा किया। ऐसे संकेत भी मिलने लगे थे कि मिल–जुलकर एशियाई पुनरुत्थान तथा एशिया को मजबूत बनाने के संबंध में चीन भारत के विचारों से सहमत नहीं है। नेहरू तथा चाऊ–एन–ल्याई के बीच चल रही वार्ताओं के दौरान चीन की यह भावना उजागर होने लगी थी कि वह एशियाई शक्ति का केंद्रबिंदु बनना चाहता है तथा इन द्विपक्षीय चर्चाओं के दौरान अन्य एशियाई देशों के प्रति चीन का दृष्टिकोण भी स्पष्ट होने लगा था। भारत ने संयुक्त राष्ट्र के झंडे तले कोरिया में सैन्य संघर्ष में भाग लेने से इंकार कर दिया था। इसके अतिरिक्त एक तरफ चीन और उत्तर कोरिया एवं दूसरी तरफ संयुक्त राज्य और मित्र राष्ट्रों के बीच छिड़े तनाव और संघर्ष में भारत का रवैया तटस्थ रहा। इससे भारत और चीन के बीच संबंधों में कोई विशेष सुधार नहीं हो पाया; क्योंकि चीन यह महसूस करता था कि भारत एशिया में उसका प्रतिद्वंद्वी है, जिसका समर्थन नहीं किया जा सकता।

सन् 1955 में (बांडुंग) में आयोजित एफ्रो–एशियन कॉन्फ्रेंस भारत–चीन संबंधों के लिए महत्वपूर्ण घटना थी। इस दौरान ये दोनों देश परस्पर प्रतिकूल लीक पर चल पड़े। चाऊ–एन–ल्याई को एयर इंडिया के हवाई जहाज 'द कश्मीर प्रिंसेस' से हांगकांग से बांडुंग जाना था। परंतु दूसरी ओर संयुक्त राज्य तथा ब्रिटेन ने यह हवाई जहाज उड़ाने की योजना बनाई थी। चीन सरकार को इस योजनाबद्ध हिंसा, षड्यंत्र की पहले ही जानकारी मिल गई थी। इसलिए चाऊ–एन–ल्याई गुप्त रूप से किसी अन्य विमान से बर्मा के रास्ते बांडुंग पहुँचे। विमान उड़ाने की योजना जान–बूझकर बनाई गई थी ताकि भारत और चीन के बीच संबंधों को खराब कर दिया जाए। नेहरूजी ने बांडुंग कॉन्फ्रेंस में एफ्रो–एशियन नेताओं से चाऊ–एन–ल्याई का परिचय कराया, उससे चीन के गर्व तथा संवेदनाओं को आघात पहुँचा। इन घटनाओं के नकारात्मक परिणामों का सन् 1955 से ही भारत–चीन संबंधों पर प्रतिकूल प्रभाव पड़ने लगा।

स्वतंत्रता के बाद अंतिम दशक में भारत की पाँचवीं समस्या उसकी यह प्रत्याशा थी कि एशिया और अफ्रीका से उपनिवेशवाद की समाप्ति तथा स्वतंत्र देशों का प्रादुर्भाव

होने पर भी साम्राज्यवादी और औपनिवेशिक ताकतें पूर्व उपनिवेशों में अपना दबदबा बनाए रखना चाहेंगी ताकि दीर्घकालीन रणनीति विषयक तथा आर्थिक हितों की पूर्ति होती रहे। इन मुद्दों के प्रति भारत की प्रतिक्रिया इस प्रकार थी–

1. शीतयुद्ध का सामना करने के लिए गुटनिरपेक्ष रवैया अपनाना;
2. पाकिस्तान तथा भारत की कुछ रियासतों का सामना करने के लिए भारत की भौगोलिक अखंडता को सुदृढ़ बनाने के लिए निर्णायक राजनीतिक–सैन्य रवैया अपनाना;
3. संयुक्त राज्य और सोवियत संघ के साथ एक–समान संबंध रखने के प्रयास करना;
4. चीन के साथ मैत्रीपूर्ण संबंध विकसित करना;
5. सामान्य मुद्दों पर नए स्वतंत्र देशों को एकता के सूत्र में बांधने की पहल करना, ताकि यह सुनिश्चित किया जा सके कि हम विश्व की ताकतों या बाहरी दबाव से प्रभावित हुए बिना यथासंभव रूप से घरेलू, विदेशी तथा रक्षा संबंधी नीतियों पर निर्णय लेने के लिए स्वतंत्र होंगे।

भारत ने प्रारम्भिक वर्षों में अंतरराष्ट्रीय संबंधों में प्रवेश के समय जो लक्ष्य ध्यान में रखे थे, वस्तुतः भारतीय नीति के तहत उनमें काफी हद तक सफलता मिली थी। विदेश संबंधों के बारे में भारत को सबसे बड़ी जिस समस्या का सामना करना पड़ा था, वह थी भारत की भौगोलिक पहचान को मजबूत बनाना तथा पाकिस्तान द्वारा भारत से जम्मू और कश्मीर को अलग रखने के प्रयास का सामना करना। ब्रिटिश सरकार ने देशी रियासतों की स्वतंत्रता बरकरार रखने का समर्थन किया था। मुहम्मद अली जिन्ना द्वारा अनेक भारतीय रियासतों को पाकिस्तान में मिलाने या अपने देश के साथ अलग संधियाँ करके इन्हें स्वतंत्र रखने के बारे में पहले भी चर्चा की गई है। परंतु और देशी रियासतों के एकीकरण से संबंधित कुछ ऐसे रोचक तथा महत्वपूर्ण ब्यौरे भी हैं, जिन पर पुनः विचार करने की आवश्यकता है। भारतीय राष्ट्रीय कांग्रेस चाहती थी कि भारतीय रियासतों को भारत या पाकिस्तान में शामिल होने का या स्वतंत्र रहने का निर्णय उन क्षेत्रों में जनमत के आधार पर लिया जाना चाहिए। ब्रिटिश इस लोकतांत्रिक विचारधारा के प्रचार को चुनौती नहीं दे सकते थे। फिर भी जिन्ना संवैधानिक औचित्य (Propriety) के बारे में दुराग्रह रखते थे। उनका यह तर्क था कि जनता नहीं बल्कि देशी रियासतों के राजाओं को यह निर्णय लेना है। जिन्ना को यह आशा थी कि इस प्रक्रिया से जूनागढ़ तथा भोपाल के नवाब और हैदराबाद के निजाम या तो पाकिस्तान में शामिल होंगे या स्वतंत्र हो जाएंगे और इनके पाकिस्तान के साथ विशेष राजनीतिक संबंध होंगे।

जिन्ना को यह आशा भी थी कि यदि रियासतों के राजाओं को निर्णय लेने की शक्ति दे दी जाती है, तो इससे जैसलमेर, बीकानेर और जोधपुर के महाराजा अपनी रियासतों की स्वतंत्रता घोषित कर देंगे। जिन्ना यह भी मानकर चलते थे कि कश्मीर के राजा हरि सिंह भारतीय संघ में शामिल होना नहीं चाहेंगे; क्योंकि भारत और पाकिस्तान की सत्ता स्थापित होने के तुरंत बाद हरि सिंह द्वारा दिए गए नीति संबंधी

वक्तव्यों और राजनीतिक रवैये से यही परिलक्षित होता था। उन्हें यह आशा नहीं थी कि यदि भारतीय राजाओं–महाराजाओं की राजनीतिक महत्वाकांक्षाएं आड़े आईं तो भारत बल प्रयोग भी करेगा। सरदार पटेल की निर्णायक नीतियों से पाकिस्तान की इन योजनाओं पर पानी फिर गया। एक–एक करके सभी भारतीय रियासतें भारत गणराज्य में शामिल हो गईं। इनमें ऐसी रियासतें भी शामिल थीं, जो इसका विरोध कर रही थीं। पटेल ने केवल जूनागढ़ और हैदराबाद के संबंध में बल प्रयोग करने का फैसला किया था। यद्यपि सन् 1947 में स्वतंत्रता प्राप्ति के बाद हैदराबाद को भारत गणराज्य में शामिल होने में एक वर्ष लग गया। यहाँ विचारणीय मुद्दा यह है कि सरदार पटेल अपने मिशन में इस आधार पर सफल रहे थे, क्योंकि इन रियासतों की जनता भारत में शामिल होना चाहती थी।

तथापि कश्मीर के राजा हरि सिंह अन्य रियासतों से अलग रहे। राजनीतिक प्रक्रियाओं को शांतिपूर्ण ढंग से निपटाने की बजाए पाकिस्तान इतना व्यग्र हो गया कि उसने सन् 1947 में कश्मीर में छिपकर सशस्त्र घुसपैठ करके हरि सिंह को रोकने का प्रयास किया। पाकिस्तान लगभग सफल हो चुका था, परंतु पाकिस्तान के आकस्मिक सैन्य दबाव के कारण हरि सिंह ने ब्रिटिश संसद के भारतीय स्वतंत्रता अधिनियम के प्रावधानों के तहत यह निर्णय लिया कि जम्मू और कश्मीर को भारत में शामिल हो जाना चाहिए। इस विलय का कानूनी आधार यही दिया गया कि भारत ने जम्मू और कश्मीर की भारतीय गणराज्य के अंगीभूत भाग के रूप में रक्षा की थी। हालांकि हरि सिंह अपने प्रयास में सफल नहीं रहे थे, फिर भी जम्मू और कश्मीर की नेशनल कॉन्फ्रेंस के नेता शेख अब्दुल्ला इस उपमहाद्वीप के विभाजन के समय ही पाकिस्तान की बजाए भारत में शामिल होना चाहते थे। भारत ने कश्मीर में पाकिस्तान द्वारा उकसाई गई जनजातियों को दबाने के लिए ही नहीं बल्कि इन जनजातियों/कबीलों की सहायता में आई पाकिस्तान की सेना को खदेड़ने में भी आवश्यक कदम उठाए। जम्मू और कश्मीर के पूरे क्षेत्र को दोबारा प्राप्त करने में लगभग सफल हो जाने के बावजूद इस संघर्ष का शांतिपूर्ण ढंग से हल निकालने के लिए नेहरूजी इस मामले को संयुक्त राष्ट्र में ले गए। शायद वे यह सोचते थे कि संयुक्त राष्ट्र पाकिस्तान की इस कार्यवाही की निंदा करेगा। इससे कश्मीर विलय के संबंध में भारत की राजनीतिक तथा कानूनी स्थिति मजबूत होगी। वे यह भी मानते थे कि इस मुद्दे के स्वरूप को देखते हुए इस विवाद पर संयुक्त राष्ट्र की घोषणाओं से भारत की एकता और अखंडता के प्रति पाकिस्तान की कार्यवाहियों पर अंकुश लगेगा। सन् 1947 तथा 1948 में लॉर्ड माउंटबेटन ने भी नेहरूजी को प्रोत्साहित किया था। तथापि नेहरूजी का आदर्शवादी दृष्टिकोण गलत साबित हुआ। संयुक्त राष्ट्र में संयुक्त राज्य और ब्रिटेन का दबदबा था, इसलिए संयुक्त राष्ट्र ने ब्रिटिश आकलनों के आधार पर भारत की इस शिकायत पर नकारात्मक प्रतिक्रिया व्यक्त की थी। ब्रिटिश रवैया स्पष्ट रूप से पाकिस्तान का समर्थक था। सन् 1947 और 1948 में कश्मीर मुद्दे पर सुरक्षा परिषद् में की गई बातचीत से यह प्रवृत्ति स्पष्ट रूप से जाहिर होती है कि संयुक्त राष्ट्र भारत और पाकिस्तान के इस क्षेत्र से संबंधित दावों को बराबर विवादास्पद समझ रहा था और स्वयं ब्रिटेन द्वारा पारित नियमों के संदर्भ

में भारत में जम्मू और कश्मीर के संवैधानिक तथा कानूनी विलय की उपेक्षा कर रहा था। ब्रिटिश प्रतिनिधि नॉयल बेकर ने संयुक्त राष्ट्र में 6 फरवरी, 1948 को सर गोपाल स्वामी आयंगर को बताया कि उनके स्रोतों के अनुसार पाकिस्तान ने जम्मू और कश्मीर में हमला करने वाले कबीलों/जनजातियों को कोई सहायता नहीं दी थी। ब्रिटिश शिष्टमण्डल ने स्वयं इस मुद्दे पर विचार किया कि कश्मीर में पाकिस्तान ने घुसपैठ की है। यह तर्क भी गलत था कि हरि सिंह ने कश्मीर में मुसलमानों को व्यापक स्तर पर मरवाया था। ब्रिटिश प्रतिनिधि ने इच्छा जाहिर की संयुक्त राष्ट्र भारत में विलय के बावजूद पाकिस्तानी सुरक्षाकर्मियों द्वारा जम्मू और कश्मीर की कि सुरक्षा व्यवस्था करे। ब्रिटिश प्रतिनिधि ने शेख अब्दुल्ला की लोकप्रिय सरकार की वैधता स्वीकार करने से भी इंकार कर दिया। तब नेहरूजी को फरवरी, 1948 में यह समझ में आया कि संयुक्त राष्ट्र कश्मीर मुद्दे पर भारत के प्रतिकूल भूमिका निभा रहा है। अपनी बहन विजयलक्ष्मी पंडित को 16 फरवरी, 1948 को लिखे पत्र में यह टिप्पणी की–"मैं यह कहना चाहूँगा कि हमें ऐसी अनचाही घटनाओं के लिए तैयार रहना चाहिए। मैं यह सोच भी नहीं सकता कि सुरक्षा परिषद् इस प्रकार से पक्षपातपूर्ण तथा तुच्छ रवैया अपनाएगी। यह आशा की जाती है कि यह संगठन विश्व में व्यवस्था बनाए रखेगा। हमें इस बात की भी हैरानी नहीं होनी चाहिए कि समूचा विश्व टुकड़ों में बंट रहा है। संयुक्त राज्य और ब्रिटेन ने ऐसी घृणित भूमिका निभाई है। मैंने इस बारे में एटली (क्लीमेंट एटली, ब्रिटेन के प्रधानमंत्री) के सामने अपनी आपत्ति जाहिर की है। मैं ब्रिटिश सरकार के सामने यह साफ करना चाहूँगा कि हम क्या सोचते हैं। अब मीठी–मीठी तथा बेकार की बातें करने का समय गुजर गया है।"

भारत और पाकिस्तान के इस मुद्दे में भारत असंतुष्ट पार्टी थी। परंतु सुरक्षा परिषद् ने इन दोनों को बराबर मानते हुए कश्मीर पर भारत की संप्रभुता को मान्यता नहीं दी। ऐसे प्रस्ताव और सुझाव भी आए कि भारत शेख अब्दुल्ला की सरकार को हटाकर मिली–जुली सरकार बनाए, जिसमें पाकिस्तान भी भाग ले, जबकि कश्मीर से अपनी सेनाएँ हटाने के लिए पाकिस्तान पर कोई दबाव नहीं डाला गया, न ही उपद्रवी जनजातियों के संबंध में कुछ कहा गया था। जनमत संग्रह का सुझाव दिया गया था, परंतु इस संबंध में अधिकार शक्ति जिसे सौंपी जाएगी, उसकी नियुक्ति संयुक्त राष्ट्र करेगा। ऐसे सुझाव भी दिए गए थे कि नेहरूजी जम्मू और कश्मीर के विभाजन पर अपनी सहमति दें। इसके अलावा सुरक्षा परिषद् जूनागढ़ रियासत तथा कश्मीर के संबंध में संयुक्त राष्ट्र आयोग बनाने के संबंध में प्रस्तुत प्रस्ताव के विषय में कश्मीर पर छिड़े वाद–विवाद के दौरान पाकिस्तान द्वारा उठाए गए जाति–संहार जैसे मुद्दे पर भी विचार करना चाहती थी। यह स्पष्ट था कि भारत इन सुझावों का खंडन करेगा, फिर भी नेहरूजी ने कश्मीर मुद्दे पर संयुक्त राष्ट्र के इस पहले आयोग को भारत में आने की अनुमति दे दी, जिसका कार्य वस्तुस्थिति के आधार पर वास्तविक रूप से तथ्यात्मक आकलन करना था।

जब संयुक्त राष्ट्र संघ का आयोग जुलाई, 1948 में भारत पहुँचा तो पाकिस्तान सरकार ने यह स्वीकार किया कि जनजातियों के समर्थन के लिए कश्मीर में पाकिस्तानी

सेनाओं की तीन नियमित ब्रिगेड लड़ाई में भेजी गईं थीं। इस कार्यवाही का स्पष्टीकरण करते हुए यह आधार दिया गया कि जम्मू और कश्मीर में अनेक मुस्लिम लोगों की समस्याओं तथा अन्य बाह्य (Specious) कारणों से यह सहायता दी गई थी। भारत ने संयुक्त राष्ट्र में पाकिस्तान की इस घुसपैठ का ताकत के साथ विरोध किया। इस कार्यवाही का लक्ष्य भारत की भौगोलिक अखंडता को नुकसान पहुँचाना था। अंततः संयुक्त राष्ट्र की सुरक्षा परिषद् ने 13 अगस्त, 1948 को प्रस्ताव पारित किया। इसमें यह निर्धारित किया गया था कि तुरंत युद्ध–विराम लागू किया जाए तथा पाकिस्तानी सेनाएँ और जनजातियाँ पूरी तरह से कश्मीर छोड़ दें। इस प्रस्ताव में यह भी निर्धारित किया गया कि जम्मू और कश्मीर से पाकिस्तानी सेनाएँ हट जाने के बाद भारत भी अपनी सेनाएँ कश्मीर से हटा ले तथा केवल कानून और व्यवस्था बरकरार रखने के लिए पर्याप्त सेनाएँ तैनात की जाएँ। इस राज्य की भावी स्थिति जनमत संग्रह के आधार पर तय की जाएगी।

इस अवस्था पर प्रश्न यह उठता है कि नेहरूजी ने इस प्रस्ताव पर अपनी सहमति क्यों दी? इसके पीछे अनेक कारण थे। पहला, इस प्रस्ताव में यह तथ्य स्वीकार किया गया था कि जम्मू और कश्मीर में पाकिस्तान ने घुसपैठ की है। दूसरे, अन्य प्रस्तावों के मसौदों की तुलना में यह प्रस्ताव बेहतर था। इस पर सुरक्षा परिषद् ने विचार किया था। इसमें केवल पाकिस्तान का समर्थन नहीं किया गया था बल्कि इसका लक्ष्य जम्मू और कश्मीर की तात्कालिक वैधता संबंधी इसके दावे के संबंध में फैसला देना भी था। तीसरे, यदि नेहरूजी यह रवैया नहीं अपनाते तो इसका परिणाम पाकिस्तान के साथ युद्ध होता। इस संबंध में इस राष्ट्र को संयुक्त राज्य तथा ब्रिटेन से बड़े स्तर पर सहयोग मिलता। इस संबंध में यह संकेत भी मिलता है कि ब्रिटेन ने कश्मीर में पहुँची पाकिस्तानी सेनाओं पर सैन्य कमांड की योजना बनाने वाले तथा इसे व्यवहार में लाने वाले अधिकारियों के प्रति कोई आपत्ति नहीं उठाई। चौथे, भारत अभी भी ब्रिटेन से होनेवाली अस्त्रों और तेल की आपूर्ति पर निर्भर था। इसलिए इस निष्कर्ष पर पहुँचा गया कि जम्मू और कश्मीर में संघर्ष के तुरंत बाद, ब्रिटिश सरकार भारत को दी जा रही सहायता में कटौती कर देती। जबकि भारत अभी भी विभाजन तथा अपर्याप्त रक्षा क्षमताओं से उबरने का प्रयास कर रहा था, उस स्थिति में पाकिस्तान के साथ युद्ध करना अव्यावहारिक था।

इन कारणों से भी ऊपर, नेहरू इससे सहमत थे कि यदि एक बार पाकिस्तानी घुसपैठिए जम्मू–कश्मीर से पूरी तरह से हट जाते हैं, तो जम्मू और कश्मीर के विलय के संबंध में जनमत संग्रह भारत के पक्ष में जाएगा; क्योंकि शेख अब्दुल्ला और नेशनल कॉन्फ्रेंस की कश्मीर में बढ़ती लोकप्रियता से इस दिशा में काफी योगदान मिलेगा।

तथापि परवर्ती वर्षों में ऊपर वर्णित अनेक भविष्यवाणियाँ/अनुमान गलत साबित हुए। जब पाकिस्तान समर्थक जातियों का विद्रोह शांत हो गया तथा पाकिस्तानी सेनाएँ वापस चली गईं और भारत संयुक्त राष्ट्र में चला गया, तब कश्मीर की स्थिति, भारत के साथ संबंध और स्वयं इसकी भूमिका से संबंधित शेख अब्दुल्ला के विचारों में परिवर्तन आने लगे। सन् 1950–51 में अब्दुल्ला उन समझौतों से पीछे हटने लगे, जिन पर उन्होंने

अपनी सहमति दी थी। वे घाटी में मुस्लिम आबादी के बहुमत के आधार पर कश्मीर की इस्लामिक पहचान को मजबूत बनाना चाहते थे। दूसरे, वे स्वतंत्र कश्मीर की कल्पना करते थे और स्वयं को उसके अध्यक्ष के रूप में देखते थे। उन्होंने विशेष रूप से इन भावनाओं को व्यक्त नहीं किया था, परंतु सन् 1951 तथा 1953 के बीच, पंडितजी तथा सरदार पटेल के बीच बातचीत के दौरान उनकी यह मंशा परिलक्षित होने लगी। संक्षेप में, वे महाराजा हरि सिंह पर सारा आरोप लगाना चाहते थे। उन्होंने दिल्ली आने से मना कर दिया था तथा विलय संबंधी दस्तावेज और भारतीय संविधान की रूपरेखा के भीतर जम्मू–कश्मीर की स्थायी संवैधानिक व्यवस्था को अंतिम रूप देने के संबंध में चर्चा करने से भी इंकार कर दिया, बजाए इसके वे ब्रिटिश और अमेरिकी अधिकारी वर्ग तथा राजनीतिक हस्तियों से मिले और यह आशय रखा कि वे सैन्य प्रयोजनों से भारत में शामिल होना चाहते हैं ताकि पाकिस्तान कश्मीर पर कब्जा न कर सके। उन्होंने विचारार्थ विषय के आधार पर अपनी राजनीतिक श्रेष्ठता का दावा भी किया।

शेख अब्दुल्ला के राजनीतिक दृष्टिकोण में आनेवाले इस परिवर्तन के चार परिणाम सामने आए–

1. इस राज्य में सांप्रदायिक फूट पड़ गई। हिंदू महासभा के नेता श्यामा प्रसाद मुखर्जी की हत्या से इस फूट को और अधिक बढ़ावा मिला।
2. इस दौरान, सन् 1953 में मुखर्जी कश्मीर के बंदीगृह में थे। दूसरे, इस संदेह और आशंका से भरे माहौल में संयुक्त राष्ट्र में कश्मीर पर बातचीत करने के लिए भारत का पक्ष कमजोर पड़ गया।
3. इन गतिविधियों से संयुक्त राज्य और ब्रिटेन ने हस्तक्षेप करना शुरू कर दिया। यह हस्तक्षेप भारत की भौगोलिक अखंडता तथा सामरिक दृष्टि से धर्मनिरपेक्ष छवि के प्रतिकूल था।
4. पाकिस्तान के रूख को राजनीतिक रूप से वैधता मिलने लगी, क्योंकि इस विवाद के एक पक्ष के रूप में भारतीय सशस्त्र सेनाओं को अनुमति दी गई थी कि जम्मू और कश्मीर में पाकिस्तानी सेना पर काबू पाने के लिए ही उनकी तैनाती की जाए। शेख अब्दुल्ला इस मुद्दे को चरम बिंदु तक ले गए। इसलिए उन्हें बंदी बनाकर कश्मीर से बाहर रखा गया।
5. नेहरू ने अंततः इस राज्य की जिम्मेदारी अपने ऊपर ले ली; यद्यपि वे इस प्रक्रिया में शामिल नहीं होना चाहते थे। कश्मीर में बख्शी गुलाम मुहम्मद तथा दिल्ली में रफी अहमद किदवई जैसे नेताओं ने पंडित नेहरू को समझाया कि वे दृढ़तापूर्वक इस निर्णय को अपना समर्थन दें, जिसके अंतर्गत शेख अब्दुल्ला को एक दशक से भी ज्यादा अवधि तक के लिए राजनीतिक मंच से हटा दिया गया।

इस प्रकार से गृह नीति तथा विदेश नीति–दोनों दृष्टियों से कश्मीर एक समस्यापूर्ण मुद्दा बन गया।

यहाँ पर नेहरूजी द्वारा सिद्धांतों के आधार पर लिए गए निर्णय का उल्लेख करना भी आवश्यक है, जिससे भारत संयुक्त राष्ट्र की सुरक्षा परिषद् में स्थायी सदस्यता नहीं

ले पाया। जब शीतयुद्ध के संबंध में संयुक्त राज्य और चीन के बीच कटुता अत्यधिक बढ़ गई, तब अमेरिका ने यह सुझाव दिया कि सुरक्षा परिषद् में चीन की बजाए भारत को स्थायी सदस्य बनाया जाना चाहिए। सुरक्षा परिषद् में चीन की सीट के लिए कुओ–मिन–तांग की सरकार का दावा कमजोर पड़ गया था तथा संयुक्त राज्य साम्यवादी चीन को स्वीकार नहीं कर रहा था। इसलिए वाशिंगटन का विचार था कि यदि भारत को स्थायी सदस्य बनाया जाता है, तो इससे तीन लक्ष्यों की प्राप्ति होगी। **पहला**– इससे सुरक्षा परिषद् में साम्यवादी ताकतों की मौजूदगी कम हो जाएगी। **दूसरा**– ऐसा महत्वपूर्ण पद/स्थान देने पर भारत को अपने (संयुक्त राज्य के) पक्ष में लिया जा सकता है। **तीसरा**– यदि भारत इस प्रस्ताव को स्वीकार कर लेता है, तो भारत–चीन के बीच कटुता बढ़ जाएगी।

बहरहाल, पंडित नेहरू ने एशियाई सौहार्दता के प्रति वचनबद्धता को ध्यान में रखते हुए चीन की कीमत पर इस स्थायी सीट के संबंध में दिए गए प्रस्ताव को ठुकरा दिया। यद्यपि सन् 1965 से ही चीन का भारत के प्रति शत्रुतापूर्ण रवैया रहा, फिर भी भारत के इस आदर्शवादी रवैये से यह जानकर आश्चर्य होता है कि हमने सुरक्षा परिषद् में मिल रहे इस सुनहरे अवसर को भी खो दिया। यह एक ऐसा अवसर था, जिसके लिए हम 60 वर्षों से संघर्ष करते आ रहे हैं।

संयुक्त राज्य के साथ संबंधों को देखें तो स्पष्ट हो जाएगा कि इस दिशा में भारत की ओर से निराशा होती है, जबकि वाशिंगटन का रवैया संदिग्ध रहा। सन् 1949 में नेहरूजी की वाशिंगटन यात्रा असफल रही। संयुक्त राज्य को भारत से उम्मीद थी कि भारत रूस, चीन और शीतयुद्ध में उभरने वाले अन्य समाजवादी देशों के विरुद्ध पश्चिम का साथ देगा। नेहरूजी ने शीतयुद्ध से उत्पन्न किसी भी शक्तिशाली गुट में शामिल होने से इंकार कर दिया। इससे संयुक्त राज्य नाराज हो गया। नेहरूजी द्वारा उच्च नैतिक आधारों में दर्शाए गए विश्वास से यह स्थिति और अधिक जटिल हो गई। ट्रूमेन उनके विचारों से सहमत नहीं थे। डीन एचसन तथा जॉन फोस्टर ड्यूले नेहरूजी की विचारधारा को दूसरे विश्वयुद्ध के बाद अंतरराष्ट्रीय व्यवस्था की संरचना के लिए संयुक्त राज्य की नीतियों के विरुद्ध बहुत बड़ी बाधा समझते थे। वे यह भी महसूस करते थे कि भारत पश्चिम से रक्षा, प्रौद्योगिकी तथा आर्थिक सहायता लेता है, इसलिए उसे संयुक्त राज्य की नीतियों पर आपति नहीं उठानी चाहिए। वस्तुतः पश्चिम का यह मत था कि इस दबाव से भारत आसानी से उनकी बात मान लेगा। चूँकि भारत के संबंध में आशा के अनुरूप परिणाम नहीं मिले, इसलिए यह विचार किया जाने लगा कि इस पर नियंत्रण रखा जाना चाहिए तथा इसे आवश्यक समर्थन और सहायता नहीं दी जानी चाहिए; क्योंकि इस सहायता से ही वह महत्वपूर्ण क्षेत्रीय ताकत के रूप में उभर जाएगा। संयुक्त राज्य अमेरिका के राजनीतिक तथा सुरक्षा हित भारत के अनुकूल नहीं थे। कोरियाई युद्ध के संबंध में संयुक्त राज्य द्वारा प्रवर्हित संयुक्त राष्ट्र संघ में लाए गए प्रस्तावों का समर्थन करने से इंकार करने तथा जापानी शांति संधि पर हस्ताक्षर न करने के कारण भारत के प्रति संयुक्त राज्य की शंकाएँ बढ़ने लगीं। नेहरूजी चाहते थे कि एक ओर सोवियत संघ और चीन तथा दूसरी ओर संयुक्त राज्य के बीच कोरियाई

युद्ध को लेकर समझौता हो जाए। नेहरूजी ने निम्नलिखित आधारों पर जापानी शांति संधि पर हस्ताक्षर न करने का निर्णय लिया था–

1. जापान में अमेरिकी सेना की मौजूदगी;
2. रेयुक्यु तथा बोनियम द्वीपसमूहों में अमेरिका का अधिदेश शासन;
3. चीन को फारमोसा (ताइवान) देने में पश्चिमी ताकतों की विफलता;
4. कुरील तथा सखालिन द्वीप समूहों पर सोवियत संघ के अधिकार क्षेत्र से संबंधित विवाद।

संयुक्त राज्य इस निष्कर्ष पर पहुँचा कि जापानी शांति संधि पर हस्ताक्षर न करने का यही अर्थ निकलता है कि भारत का लक्ष्य चीन, जापान तथा भारत का सामरिक समीकरण तैयार करना है तथा इस प्रकार से चीन और जापान में संयुक्त राज्य का दबदबा कम करना है। चूँकि भारत शीतयुद्ध में किसी भी गुट का पक्ष नहीं ले रहा था, इसलिए उसे पश्चिम से प्रौद्योगिकी तथा रक्षा संबंधी सहायता नहीं मिल रही थी। ब्रिटेन ने भारत गणराज्य से समझौता कर लिया था, वह राष्ट्रमंडल का सदस्य था तथा भारत ने कोरिया में संयुक्त राष्ट्र की सेनाओं में भाग लेने के बजाए वहाँ डॉक्टरी सहायता भेजी। एशिया और अफ्रीका के नए स्वतंत्र देशों में भारत की साख बढ़ने लगी थी। इसके बावजूद भारत और प्रमुख पश्चिमी लोकतांत्रिक देशों के बीच दूरियाँ बढ़ने लगी थीं। राजनीतिक उपनिवेशवाद समाप्त हो गया था, परंतु औपनिवेशिक प्रभाव तथा अप्रत्यक्ष रूप से साम्राज्यवाद मौजूद था, जो विदेश नीतियों पर हावी था और पूर्व–औपनिवेशिक ताकतों तथा उनके मित्र राष्ट्रों का दबदबा अभी भी जारी था। उस समय भारत का यही अनुभव था।

भारत और सोवियत संघ के बीच संबंधों पर विचार करते समय यह स्पष्ट हो जाता है कि जब तक (सन् 1953 तक) स्टालिन सत्ता में रहे थे, सोवियत संघ की साम्यवादी पार्टी तथा सोवियत संघ का यही विचार रहा था कि भारत का स्वतंत्रता आंदोलन तथा स्वतंत्रता प्राप्ति के तत्काल बाद भारत की नीतियाँ व्यात्स्लाव मालतोफ और एंद्रे विशिंस्की के खिलाफ थीं। स्टालिन के काल में भारत के प्रति सोवियत संघ ने दिलचस्पी नहीं दिखाई। स्टालिन ने यह धारणा बना ली थी कि भारतीय नेताओं की पृष्ठभूमि औपनिवेशिक तथा साम्राज्यवादी है तथा भारत में क्रांति शहरों से प्रारम्भ हुई, जिससे भारत सोवियत संघ का सहायक नहीं हो सकता। भारत द्वारा चीनी क्रांति का समर्थन तथा कोरियाई युद्ध के दौरान संयुक्त राज्य का पक्ष न लेने के बावजूद सोवियत संघ की भारत से संबंधित नकारात्मक विचारधारा पर विशेष प्रभाव नहीं पड़ा। परिणामस्वरूप भारत और सोवियत संघ के संबंध अच्छे नहीं रहे।

जब पाँचवें दशक में विंस्टन चर्चिल सत्ता में लौटे, तब भी इंग्लैंड के साथ भारत के संबंधों में विशेष सुधार नहीं हुआ था; हालाँकि औपनिवेशिक संबंध अभी भी कायम थे। ब्रिटेन ने भारत की रक्षा संबंधी क्षमताओं को बनाए रखने से इंकार कर दिया और ब्रिटेन में भारतीय महत्व से संबंधित विषयों पर ब्रिटिश की विदेश तथा रक्षा संस्थापनाओं ने पाकिस्तान समर्थक रवैया अपनाया हुआ था। इसी प्रकार से कश्मीर के मुद्दे पर

ब्रिटेन ने भारत विरोधी रवैया अपनाया था। इसके परिणामस्वरूप भारत–ब्रिटिश संबंधों में तनाव आ गया था। इसके अलावा लंदन में भारतीय उच्चायुक्त वी. के. कृष्णा मेनन की हठधर्मिता से मामला और अधिक उलझ गया।

परंतु विदेश संबंधों में स्वतंत्र रुख अपनाने तथा उस समय विश्व की बड़ी शक्तियों के साथ संबंध स्थापित करने में आने वाली कठिनाइयों के बावजूद अंतरराष्ट्रीय क्षेत्र में भारत का प्रमुख प्रभाव पड़ा था। भारत की यह साख जम चुकी थी कि निष्पक्ष तथा गुटनिरपेक्ष देश के रूप में भारत ने अंतरराष्ट्रीय स्तर पर विश्वास जीता था।

इसी साख के कारण ही भारत को 'न्यूट्रल नेशंस रिपेट्रिएशन कमीशन' का अध्यक्ष बनाया गया। इसे 15 हजार उत्तरी कोरिया के नागरिकों तथा कोरिया युद्ध के दौरान संयुक्त राष्ट्र संघ की सेनाओं द्वारा बंदी बनाए गए चीनी कैदियों की इच्छा का पता लगाने की जिम्मेदारी सौंपी गई। पाँच देशों के इस आयोग के अध्यक्ष जनरल थिमैय्या थे। पी. एन. हक्सर (जो बाद में प्रधानमंत्री श्रीमती इंदिरा गांधी के प्रधान सचिव बने थे) उनके राजनीतिक सलाहकार बनाए गए थे। युद्ध में बंदी बनाए गए सैनिकों की देखभाल की जिम्मेदारी भारतीय सेनाओं को सौंपी गई। इन्होंने बंदियों को वापस लौटाने की प्रक्रिया की निगरानी भी की। भारत को दूसरी प्रमुख सफलता तब मिली थी, जब सन् 1954 और 1955 में डिन–बिन–फू में चीन और रूस का समर्थन प्राप्त वियतनामी सेनाओं के हाथों फ्रांस की पराजय होने के बाद 'इंडो–चाइना पीस एग्रीमेंट' को व्यावहारिक रूप देने में जेनेवा में वी. के. कृष्णा मेनन तथा भारतीय विदेश कार्यालय ने परोक्ष रूप से महत्वपूर्ण भूमिका निभाई थी। भारत ने मध्यस्थता की भूमिका निभाना स्वीकार किया। यह भारत द्वारा उठाया गया उल्लेखनीय कदम था। भारत की इस ख्याति तथा कूटनीतिक सफलता का आर्थिक संसाधनों या सैन्य शक्ति से कुछ लेना–देना नहीं था। सन् 1953 और 1955 के बीच अंतरराष्ट्रीय क्षेत्र में भारत का अत्यधिक प्रभाव बढ़ा। इसका प्रमुख कारण विश्व के उदीयमान देशों के बीच नेहरूजी को मिली प्रतिष्ठा थी तथा इसके अलावा अन्य कारण नेहरूजी द्वारा तैयार की गई भारत की विदेश नीति की आदर्शवादी रूपरेखा थी। अंतरराष्ट्रीय स्तर पर विश्व व्यवस्था के प्रति भारत की प्रतिक्रिया नेहरू के नैतिक 'विजन' तथा उनकी इस धारणा पर आधारित थी कि भारत के प्रमुख तथा दीर्घकालीन हित अंतरराष्ट्रीय राजनीति में समन्वयवादी कैथोलिक दृष्टिकोण से बचाए जा सकते हैं।

कोरिया की लड़ाई के समान ही भारत–चीन का संकट विद्यमान था। भारत ने संयुक्त राष्ट्र के नियंत्रण आयोग में लाओस, कंबोडिया तथा वियतनाम के संबंध में अध्यक्षता की भूमिका निभाई। इसमें पोलैंड तथा कनाडा अन्य सदस्य थे। सन् 1954 तथा 1955 के बीच अन्य महत्वपूर्ण घटना पंडित नेहरू तथा पाकिस्तान के बीच लगातार विचार–विनिमय से जुड़ी है। पंडित नेहरू ने जम्मू और कश्मीर के मामले में तनाव होने के बावजूद द्विपक्षीय संबंधों में स्थिरता लाने का प्रयास किया। इन्हीं वर्षों के दौरान भारत समाजवादी देशों के निकट आने लगा। विशेष रूप से सोवियत संघ और चीन के साथ संबंध स्थापित करने की कोशिशें की गईं। स्टालिन के स्थान पर निकिता ख्रुश्चेव आ गए तथा भारत ने मास्को में अपने नए **राजदूत के.पी.एस. मेनन**

(वरिष्ठ) को भेजा। मेनन के व्यावहारिक दृष्टिकोण तथा सोवियत नेतृत्व शक्ति में आए बदलाव के कारण भारत–रूस के बीच बहुआयामी संबंधों की शुरुआत हो गई। ये संबंध दिसंबर 1991 तक बने रहे। भारत और सोवियत संघ के बीच संतोषजनक संबंधों का यह पहला संकेत था। पंडितजी ने ख्रुश्चेव और बुल्गानिन को आमंत्रित किया तथा सन् 1955 में ये नेता भारत आए। दोनों सोवियत नेताओं ने भारत की विदेश नीति के लक्ष्यों का विशेष रूप से समर्थन किया। इसमें कश्मीर का मुद्दा भी शामिल है। इससे पहले, चाऊ–एन–ल्याई जून 1954 में भारत आए थे। इसी वर्ष अक्टूबर में नेहरूजी माओ–त्से–तुंग और चाऊ–एन–ल्याई से बातचीत करने के लिए पीकिंग गए थे। पंडितजी और चीनी नेताओं के बीच हुई चर्चाओं के रिकॉर्ड से स्पष्ट संकेत मिलता है कि नेहरूजी के भारत–चीन संबंधों के बारे में रोमांटिक या आदर्शवादी विचार नहीं थे। वे चीन के दबदबे के प्रति जागरूक थे तथा एशिया के संबंध में उसकी शक्ति से भी परिचित थे। नेहरूजी चीनी नेताओं की प्रतिकूल मानसिकता से भी अवगत थे। फिर भी वे समझते थे कि एशियाई शांति और स्थिरता के लिए चीन के साथ मैत्रीपूर्ण संबंध रखना अनिवार्य है।

सन् 1950 और 1955 के बीच की अवधि में कोलंबो कॉन्फ्रेंस (1954) में पहली बार गुटनिरपेक्ष आंदोलन की रूपरेखा सामने आई। इसके बाद बांडुंग में सन् 1955 में एफ्रो–एशियन कॉन्फ्रेंस में इस पर चर्चा की गई। इन्हीं बैठकों के दौरान भारत ने इण्डोनेशिया, मिस्र, श्रीलंका तथा चीन के साथ संबंध विकसित किए ताकि विश्व में एफ्रो–एशियन तथा गुटनिरपेक्ष विज़न की रूपरेखा तैयार की जा सके और शीतयुद्ध के खतरे से उत्पन्न कड़ी स्पर्धा को रोका जा सके। यहाँ यह उल्लेख करना आवश्यक है कि भारत ने नेपाल को राणा की गुलामी की जंजीरों से आजाद करने में काफी सहायता की तथा संवैधानिक राजतंत्र पुनः स्थापित किया। यह एक अलग मामला है कि राजा त्रिभुवन की मृत्यु के बाद नेपाल में पुनः राजतंत्र प्रणाली आ गई थी, जहाँ लोकतांत्रिक ताकतें अनेक वर्षों तक राजा महेंद्र के शासनकाल में निष्क्रिय रहीं।

सन् 1955 अनेक प्रकार से भारत के लिए अंतरराष्ट्रीय क्षेत्र में महत्वपूर्ण वर्ष था। विदेश नीति और सुरक्षा संबंधी उन दुविधाओं के संबंध में यह निर्णायक वर्ष था, जिनका भारत को छठवें दशक के प्रारंभिक वर्षों तक सामना करना था। इस अध्याय के प्रारम्भ में भारत के प्रभाव के विभिन्न पहलुओं का उल्लेख किया गया है। इसके साथ–साथ उभरती हुई दुविधाओं पर भी विचार करना भी युक्तिसंगत होगा। शीतयुद्ध की तीव्रता तथा इसके परिणामस्वरूप बनने वाले सैन्य गुटों के कारण भारत के चारों ओर नया सुरक्षा संबंधी माहौल तैयार हो गया, विशेष रूप से संयुक्त राज्य के साथ पाकिस्तान के रक्षा संबंध। पश्चिमी ताकतों के साथ भारत के संबंध सन् 1947 तथा 1954 के बीच पहले वर्णित कारणों से तनावपूर्ण तथा कठिनाई से भरे थे। सन् 1955 में भारत समाजवादी देशों, विशेषतः सोवियत संघ तथा पूर्वी यूरोपीय मित्र राष्ट्रों के प्रति मुड़ गया ताकि पश्चिम से नकारात्मक जवाब प्राप्त करने के बाद रक्षा और प्रौद्योगिकीय आवश्यकताओं की पूर्ति की जा सके। औपचारिक तथा उच्च सरकारी स्तर पर सामान्य और मैत्रीपूर्ण संबंध होने लगे थे; क्योंकि भारत के सीमावर्ती क्षेत्रों तथा तिब्बत पर चीन अपना दावा

करने लगा था। सन् 1955 में अंतरराष्ट्रीय समुदाय में भारत की स्थिति के बारे में नेहरूजी ने अपने विचारों को पत्र में अभिव्यक्त किया है, जो उन्होंने के. डी. मालवीय को 25 अक्टूबर, 1955 को लिखा था–''आज हमारा विश्व में इसलिए मान–सम्मान है, क्योंकि हमने आत्मविश्वास और स्वतंत्रता एक साथ बनाए रखी। इसीलिए सभी मामलों में संयम बरतते हुए हमें आगे बढ़ना है। संयम का अर्थ विलंब नहीं। वस्तुतः यदि सोच–समझकर कदम उठाए जाते हैं, तो उसकी प्रतिक्रिया देर से होगी।''

भारत और उसकी संभाव्यताओं के लिए नकारात्मक रवैया अपनाने के बावजूद विंस्टन चर्चिल ने विश्व में भारत के बढ़ते मान–सम्मान को स्वीकार किया है। 21 फरवरी, 1955 को पंडित जी को भेजे पत्र में लिखा था–''मुझे आशा है कि आप भी 'The light of Asia' उक्ति पर विचार करते होंगे। ऐसा प्रतीत होता है कि जो काम कोई नहीं कर सकता, वह कार्य आप कर सकते हैं। साम्यवाद की बजाए आदर्श रूप में व्यक्ति की स्वतंत्रता और गरिमा के साथ पूरे एशिया में भारत को अग्रणी भूमिका निभाने में समर्थ बनाएंगे।'' मेरे विचार में अंतरराष्ट्रीय संबंधों में स्वतंत्रता और स्थिरता के आधार के रूप में गुटनिरपेक्ष नीति तथा भारत की क्षमताओं को स्वीकृति दी गई।

प्रमुख बिन्दु

1. भारत की स्वतंत्रता और उसके उभार ने 20वीं सदी में एक प्रतिमान स्थापित किया था, जिसके चलते भारत ऐसी राजनीतिक आकांक्षाओं का प्रतिनिधित्व भी कर रहा था, जिसे बाद में 'विकासशील दुनिया' का नाम दिया गया।
2. भारत को अपनी इन नई विशेषताओं के कारण अंतरराष्ट्रीय अस्तित्व के रूप में स्थापित होने का अवसर मिला था और उसके विशिष्ट गुणों को स्वीकृति मिली थी, जो विदेश नीति पर अपना प्रभाव डाल रहे थे, लेकिन स्वतंत्रता प्राप्ति के बाद पहले दशक के दौरान राष्ट्रीय एकीकरण तथा सुरक्षा से संबंधित बहुत–सी तात्कालिक चिंताओं का सामना भी करना पड़ा।
3. 1946 से 1955 के दौरान भारत की प्रमुख चिंता भौगोलिक दृष्टि से राजनीति को मजबूत बनाने की रही थी और ऐसा भारत की आंतरिक चुनौतियों के कारण थी, जिनमें विभाजन के बाद की साम्प्रदायिक समस्या और देशी रियासतों का प्रश्न ज्यादा महत्वपूर्ण था।
4. भारत के समक्ष जो चुनौतियां आजादी के बाद के दशक में आ रही थीं, वे स्वतंत्रता प्राप्ति के लिए पं. जवाहरलाल नेहरू तथा सरदार वल्लभ भाई पटेल के उतावलेपन तथा अंग्रेजों द्वारा भारत छोड़ने के लिए मजबूर करने में बरती गई जल्दबाजी प्रमुख थी, जिसके कारण ब्रिटिश साम्राज्यवादी नीति अपने उद्‌देश्यों में सफल हो गई थी।
5. पाकिस्तान ने जम्मू–कश्मीर में जो कारनामा कर दिखाया था, उसने भारत को **'यथार्थ की राजनीति'** का सबसे पहला सबक सिखाया था, अर्थात् भारत ने यह महसूस कर लिया था कि केवल संवैधानिक तथा कानूनी प्रक्रिया से देश की एकता और अखंडता की गारंटी तब तक नहीं दी जा सकती, जब तक इसके पीछे विश्वसनीय रक्षा क्षमता मौजूद न हो।

6. भारत की एक मान्यता, जो उसके अनुभव का हिस्सा थी कि जब अन्य देश तथा समाज औपनिवेशिक सत्ता के गुलाम हैं, तब स्वतंत्रता तथा संप्रभुता को बरकरार नहीं रखा जा सकता। इसलिए उसने अपनी विदेश नीति में एशिया और अफ्रीका के औपनिवेशिक देशों के स्वतंत्रता आंदोलन को सहायता देने जैसा प्रमुख पक्ष शामिल किया।
7. मार्च 1947 में भारत ने एशियन रिलेशंस कॉन्फ्रेंस बुलाई थी। यह विदेश नीति के संबंध में उठाया गया पहला महत्वपूर्ण कदम था।
8. विजयलक्ष्मी पंडित पहली नेता थीं, जिन्होंने संस्थापक सदस्य के रूप में संयुक्त राष्ट्र संघ में शामिल होने के तुरंत बाद इसके अधिवेशन में रंगभेद तथा जाति भेद पर आपत्ति उठाई थी।
9. भारतीय विदेश नीति की एक समस्या यह भी थी कि उसे अमेरिकी नेतृत्व वाले पश्चिमी गुट तथा सोवियत संघ के नेतृत्व वाले साम्यवादी–समाजवादी गुट के बीच सैद्धांतिक व कूटनीतिक संघर्ष का राजनीतिक तथा सामरिक विश्वदर्शन (World View) सुनिश्चित करना था।
10. नेहरूजी का मत था कि भारत की स्थिरता और आर्थिक विकास स्वतंत्र–गुटनिरपेक्ष विदेश नीति पर निर्भर करेगा, लेकिन इसके साथ–साथ राष्ट्रीय हितों के अनुकूल संतुलित राजनीतिक समीकरण बनाने की क्षमता भी अर्जित करनी होगी। उनकी मान्यता इस कार्य–कारण पर आधारित थी कि देश के हितों की रक्षा करने के लिए यह अनिवार्य है कि बाहरी दबावों के बिना यथासंभव रूप से भारत स्वतंत्र होकर अपना विकल्प चुन सके। यही कारण है कि गुटनिरपेक्षता हमारी विदेश नीति का मूलभूत विषय बन गया।
11. नेहरू मानते थे कि भारत की तेजस्विता शक्ति में अन्य देशों के सांस्कृतिक पैटर्न को अस्त्र से नहीं बल्कि संस्कृति और सभ्यता की दृष्टि ने प्रभावित किया है। निस्संदेह हमें यूरोप और अमेरिका से बहुत कुछ सीखना है। हमें ग्रहणशील होना चाहिए। हमें अपनी आंख और कान खुले रखने चाहिए। परंतु यह भी मानता हूँ जैसा कि गांधी जी ने कहा था–''हमें किसी का अंधानुकरण नहीं करना है।''
12. नेहरू की विदेश नीति का पैटर्न युद्ध की बजाए तरक्की का था। उनका मानना था कि हिंदुस्तान खास भूमिका अदा कर सकता है और लड़ाई टालने में भी काफी मदद कर सकता है। इसलिए यह और भी जरूरी हो जाता है कि हिंदुस्तान किसी गुट या ताकत की हिमायत न करे। इस दृष्टि से नेहरूजी ने जो कहा था, वह आज भी भारत की विदेश नीति का मार्गदर्शी सिद्धांत है।
13. पाकिस्तान के साथ तनाव ने भारत की विदेश नीति को काफी हद तक प्रभावित किया। पाकिस्तान ने अमेरिकी सैन्य गठबंधन (सीटो और सेंटो) का हिस्सा बनकर न केवल संयुक्त राष्ट्र संघ में भारत के लिए स्पेस खत्म कर दिया बल्कि कश्मीर मुद्दे को केन्द्र में लाकर पश्चिमी लोकतांत्रिक देशों के साथ भी भारत के संबंधों में दरारें डलवा दीं।

14. नेहरूजी एशियाई पुनरुत्थान तथा भारत–चीन मैत्री व सहयोग के आधार पर अंतरराष्ट्रीय संबंधों में महत्वपूर्ण ताकत के रूप में एशिया के अभ्युदय का सपना देख रहे थे। इसके चलते नेहरू ने चीन का हरसंभव साथ दिया। हालांकि इसी वजह से सन् 1949 तथा 1954 के बीच चीन की प्रारम्भिक अनुक्रिया सकारात्मक थी और संबंधों के बुनियादी पैटर्न में 'हिंदी–चीनी भाई–भाई' का सारतत्व था। इसकी परिणति नेहरू और चाऊ–एन–ल्याई द्वारा निर्मित पंचशील सूत्र में भी हुई। लेकिन इसके बावजूद भी चीन यह महसूस करने लगा था कि भारत एशिया में उसका प्रतिद्वंद्वी है, जिसका समर्थन नहीं किया जा सकता।
15. भारत ने प्रारम्भिक वर्षों में अंतरराष्ट्रीय संबंधों में प्रवेश के समय जो लक्ष्य ध्यान में रखे थे, वस्तुतः भारतीय नीति के तहत उनमें काफी हद तक सफलता मिली थी।
16. नेहरूजी कश्मीर मामले को संयुक्त राष्ट्र में इसलिए ले गये थे कि संयुक्त राष्ट्र पाकिस्तान की इस कार्यवाही की निंदा करेगा। इससे कश्मीर विलय के संबंध में भारत की राजनीतिक तथा कानूनी स्थिति मजबूत होगी। वे यह भी मानते थे कि इस मुद्दे के स्वरूप को देखते हुए इस विवाद पर संयुक्त राष्ट्र की घोषणाओं से भारत की एकता और अखंडता के प्रति पाकिस्तान की कार्यवाहियों पर अंकुश लगेगा। लेकिन नेहरूजी का आदर्शवादी दृष्टिकोण गलत साबित हुआ। संयुक्त राष्ट्र में संयुक्त राज्य और ब्रिटेन का दबदबा था, इसलिए संयुक्त राष्ट्र ने ब्रिटिश आकलनों के आधार पर भारत की इस शिकायत पर नकारात्मक प्रतिक्रिया व्यक्त की थी।
17. ब्रिटिश रवैया स्पष्ट रूप से पाकिस्तान का समर्थक था। संयुक्त राष्ट्र संघ में उसने इसका खुला प्रदर्शन किया। परिणाम यह हुआ कि जम्मू–कश्मीर में कबायली विद्रोह में पाकिस्तान का हाथ होने से इंकार कर दिया गया। यह भी कहा गया कि हरि सिंह ने कश्मीर में मुसलमानों को व्यापक स्तर पर मरवाया था और ब्रिटिश प्रतिनिधियों ने शेख अब्दुल्ला की लोकप्रिय सरकार की वैधता स्वीकार करने से भी इंकार कर दिया। जनमत संग्रह का सुझाव दिया गया था, परंतु इस संबंध में अधिकार शक्ति जिसे सौंपी जाएगी, उसकी नियुक्ति संयुक्त राष्ट्र को करनी थी। लेकिन जब संयुक्त राष्ट्र संघ का आयोग जुलाई, 1948 में भारत पहुँचा तो पाकिस्तान सरकार ने यह स्वीकार किया कि जनजातियों के समर्थन के लिए कश्मीर में पाकिस्तानी सेनाओं की तीन नियमित ब्रिगेड लड़ाई में भेजी गईं थीं।
18. भारत ने संयुक्त राष्ट्र में पाकिस्तान की घुसपैठ का ताकत के साथ विरोध किया। अंततः संयुक्त राष्ट्र की सुरक्षा परिषद् ने 13 अगस्त, 1948 को प्रस्ताव पारित किया, जिसमें यह निर्धारित किया गया कि तुरंत युद्ध–विराम लागू किया जाए तथा पाकिस्तानी सेनाएँ और जनजातियाँ पूरी तरह से कश्मीर छोड़ दें। इस प्रस्ताव में यह भी निर्धारित किया गया कि जम्मू और कश्मीर से पाकिस्तानी सेनाएँ हट जाने के बाद भारत भी अपनी सेनाएँ कश्मीर से हटा ले तथा केवल कानून और व्यवस्था बरकरार रखने के लिए पर्याप्त सेनाएँ तैनात की जाएँ। इस राज्य की भावी स्थिति जनमत संग्रह के आधार पर तय की जाएगी।

19. भारतीय विदेश नीति के पाकिस्तानी एंगल पर शेख अब्दुल्ला ने भी महती भूमिका निभाई। जब पाकिस्तान समर्थक जातियों का विद्रोह शांत हो गया तथा पाकिस्तानी सेनाएँ वापस चली गईं और भारत संयुक्त राष्ट्र में चला गया, तब कश्मीर की स्थिति, भारत के साथ उसके संबंध और स्वयं इसकी भूमिका के संबंध में शेख अब्दुल्ला के विचारों में बदलाव आने लगा। 1950–51 में अब्दुल्ला उन समझौतों से पीछे हटने लगे, जिन पर उन्होंने अपनी सहमति दी थी। वे घाटी में मुस्लिम आबादी के बहुमत के आधार पर कश्मीर की इस्लामिक पहचान को मजबूत बनाना चाहते थे और स्वतंत्र कश्मीर की कल्पना करते थे, जिसके प्रेसीडेंट के रूप में वे स्वयं को देखते थे। अंततः उनकी महत्वाकांक्षा ने ब्रिटिश–अमेरिकी हस्तक्षेप की राह फिर निर्मित कर दी, पाकिस्तान के रुख को राजनीतिक वैधता मिलने लगी और भारतीय पक्ष संगत अनुपात में कमजोर होता गया।
20. नेहरूजी की विदेश नीति का यह सैद्धांतिक पक्ष ही था कि भारत ने संयुक्त राष्ट्र की सुरक्षा परिषद् में स्थायी सदस्यता को ठुकरा दिया, जिसके लिए हम लगभग 50 साल से पुनः लड़ रहे हैं। लेकिन क्या यह पूरी तरह से गलत था? अमेरिका और पश्चिमी ताकतें भारत को इसमें स्थायी सदस्य बनाकर सुरक्षा परिषद् में साम्यवादी ताकतों की मौजूदगी कम करना चाहती थी और चीन तथा भारत को एशिया के आंगन में आमने–सामने लाकर अपने हितों के अनुकूल वातावरण चाहती थीं। अतः नेहरूजी ने चीन की कीमत पर स्थायी सीट के प्रस्ताव को अस्वीकार कर दिया।
21. भारत के प्रति वाशिंगटन का रवैया काफी संदिग्ध रहा। कारण यह कि ट्रूमेन, डीन एचसन तथा जॉन फोस्टर ड्यूले नेहरूजी की विचारधारा को दूसरे विश्वयुद्ध के बाद अंतरराष्ट्रीय व्यवस्था की संरचना के लिए संयुक्त राज्य की नीतियों के विरुद्ध बहुत बड़ी बाधा समझते थे। वे चाहते थे कि भारत पश्चिम से रक्षा, प्रौद्योगिकी तथा आर्थिक सहायता लेने के बदले उनका समर्थन करे। इसलिए जब नेहरूजी ने जापानी शांति संधि पर हस्ताक्षर करने से इंकार कर दिया तो अमेरिका इस निष्कर्ष पर पहुंच गया कि भारत का लक्ष्य चीन, जापान तथा भारत का सामरिक समीकरण तैयार करना है, जिससे अमेरिका का दबदबा कम हो।
22. एशिया और अफ्रीका के नए स्वतंत्र देशों में भारत की साख बढ़ रही थी, लेकिन पश्चिम के लोकतांत्रिक देशों से दूरियाँ निरन्तर बढ़ रही थीं। ऐसा संभवतः इसलिए था, क्योंकि राजनीतिक उपनिवेशवाद समाप्त हो गया था, लेकिन औपनिवेशिक प्रभाव तथा अप्रत्यक्ष रूप से साम्राज्यवाद अभी भी मौजूद था, जो विदेश नीतियों पर हावी था।
23. स्टालिन के काल में भारत के प्रति सोवियत संघ ने दिलचस्पी नहीं दिखाई। स्टालिन ने यह धारणा बना ली थी कि भारतीय नेताओं की पृष्ठभूमि औपनिवेशिक तथा साम्राज्यवादी है तथा भारत में क्रांति शहरों से प्रारम्भ हुई, जिससे भारत सोवियत संघ का सहायक नहीं हो सकता। भारत द्वारा चीनी क्रांति का समर्थन तथा कोरियाई युद्ध के दौरान संयुक्त राज्य का पक्ष न लेने के बावजूद सोवियत

संघ की भारत से संबंधित नकारात्मक विचारधारा पर विशेष प्रभाव नहीं पड़ा। परिणामस्वरूप भारत और सोवियत संघ के संबंध अच्छे नहीं रहे। हालांकि ख्रुश्चेव के समय से भारत संबंधों में सुधार आरम्भ हुआ, जो 1991 तक प्रभावी बना रहा।

24. पश्चिमी लोकतांत्रिक देश भले ही भारत से संतुष्ट न रहे हों, लेकिन इस दौर में भारत ने अपनी अंतर्राष्ट्रीय साख का निर्माण कर लिया था। जिसका परिणाम यह हुआ कि भारत को 'न्यूट्रल नेशंस रिपेट्रिएशन कमीशन' का अध्यक्ष बनाया गया। 'इंडो–चाइना पीस एग्रीमेंट' को व्यावहारिक रूप देने में भारत की सहायता ली गई। भारत ने संयुक्त राष्ट्र के नियंत्रण आयोग में लाओस, कंबोडिया तथा वियतनाम के संबंध में अध्यक्षता की भूमिका निभाई। इसमें पोलैंड तथा कनाडा अन्य सदस्य थे।
25. नेहरूजी के भारत–चीन संबंधों के बारे में रोमांटिक या आदर्शवादी विचार नहीं थे। वे चीन के दबदबे के प्रति जागरूक थे तथा एशिया के संबंध में उसकी शक्ति से भी परिचित थे। नेहरूजी चीनी नेताओं की प्रतिकूल मानसिकता से भी अवगत थे। फिर भी वे समझते थे कि एशियाई शांति और स्थिरता के लिए चीन के साथ मैत्रीपूर्ण संबंध रखना अनिवार्य है।

भारत और उसकी संभाव्यताओं के लिए नकारात्मक रवैया अपनाने के बावजूद अंततः ब्रिटेन को स्वीकार करना पड़ा कि भारत 'The light of Asia' में निर्णायक भूमिका निभा सकता है। उसे यह भी मानना पड़ा कि जो काम कोई नहीं कर सकता, वह नेहरूजी कर सकते हैं और वे आदर्श रूप में व्यक्ति की स्वतंत्रता और गरिमा के साथ पूरे एशिया में भारत को अग्रणी भूमिका निभाने में समर्थ बना सकते हैं, बल्कि उन्हें विश्वास हो चला था कि वे भारत को वैसा बनाएंगे।

❑❑

4 भ्रांतियों का अंत : नए युग का प्रारम्भ (1956-64)

सन् 1955–64 के दौरान प्राप्त अनुभवों के आधार पर तैयार की गई भारत की विदेश नीति के अध्ययन से स्पष्ट होता है कि नैतिक तथा समाजवादी (साम्यवादी) विश्व व्यवस्था से संबंधित आदर्शवादी दृष्टिकोण अपनाकर तथा शक्ति पर आधारित राजनीति से दूर रहकर अन्य देशों के साथ निष्पक्ष तथा न्यायोचित व्यवहार करते हुए भारत राजनीतिक और आर्थिक संकट के दौर से यथार्थवाद की ओर अभिमुख हुआ।

मोटे तौर पर इस अवधि (1955–64) के दौरान भारत की विदेश नीति के समक्ष कुछ चुनौतियां थीं–

1. आर्थिक तथा रक्षा संबंधी क्षमताओं के आधारभूत क्षेत्रों को मजबूत बनाने के लिए पश्चिमी लोकतांत्रिक देश भारत को आवश्यक सहायता देना नहीं चाहते थे।
2. शीतयुद्ध में पाकिस्तान, दक्षिण–पूर्व एशियाई देश तथा ईरान और तुर्की जैसे पश्चिमी–एशियाई देश (भारत के पड़ोसी) भी शामिल थे। इसलिए दक्षिण एशिया, पूर्वी एशिया और मध्य–पूर्व के साथ संतुलन बनाना बेहद चुनौतीपूर्ण था।
3. इस अवधि में शीतयुद्ध के संबंध में राजनीतिक रणनीति विषयक रुख तथा भौगोलिक दावों से भारत की एकता और भौगोलिक अखण्डता को खतरा था।
4. भारत के लिए यह निश्चित करना आवश्यक था कि आने वाली पीढ़ियां अफ्रीकी–एशियाई (एफ्रो–एशियन) एकता को समृद्ध बनाने के लिए प्रयास करें। ध्यान रहे कि नई दिल्ली में यह स्वीकार किया गया था कि शीतयुद्ध का सामना करने में यह एकता एक महत्वपूर्ण घटक है। इसी प्रकार से यह भी विचार किया गया कि औपनिवेशिक/साम्राज्यवादी दासता से स्वतंत्र हुए एशियाई और अफ्रीकी देशों की स्वतंत्रता तथा आर्थिक विकास को भी सुनिश्चित करना होगा। मार्च 1947 में आयोजित एशियन रिलेशंस कॉन्फ्रेंस, 1954 में कोलंबो में दक्षिण–एशियाई शासनाध्यक्षों की बैठक के बाद, इन प्रयासों का सूत्रपात हुआ तथा सन् 1955 में बांडुंग में हुई एफ्रो–एशियन कॉन्फ्रेंस में इन प्रयासों को मजबूती मिली।
5. भारत को अपनी सीमाओं के पूर्वी–पश्चिमी और उत्तर–पश्चिमी भागों में चीन की यत्र–तत्र होने वाली घुसपैठ का भी सामना करना था।
6. स्वेज तथा हंगरी संकट का प्रभाव।
7. कांगो संकट, चीन तथा सोवियत संघ के बीच टकराव तथा क्यूबाई मिसाइल संकट के निहितार्थों की चिंता।
8. सम्प्रभुता और अखण्डता को चुनौती। 1961 में चीन–भारत सीमा संबंधी वार्ता असफल होने के कारण भारत पर एक बड़ा संकट भी मंडरा रहा था। सन् 1962

में चीन ने भारत पर हमला कर दिया तथा भारत के बहुत बड़े भू–भाग पर कब्जा कर लिया।

वर्ष 1964 भारत के लिए महत्वपूर्ण, युगांतकारी वर्ष था। पं. नेहरू का मई में देहांत हो गया और इसके साथ ही विदेश नीति के एक युग का भी समापन हो गया तथा दूसरी ओर भारत की विदेश नीति का एक नया अध्याय शुरू हुआ। फिर भी नेहरू के प्रधानमन्त्रित्व काल के अन्तिम चरण में ही भारत की विदेश नीति की कमियाँ सामने आने लगी थीं, जिनके कारण अक्टूबर–नवम्बर 1962 में भारत की सेनाएँ चीन से हार गईं थीं। इसी कारण अंतरराष्ट्रीय राजनीति में अत्यंत जटिल समस्या खड़ी हो गई। प्रश्न उठा कि जवाहरलाल नेहरू द्वारा ग्लोबल स्तर पर प्रमुख भूमिका निभाने के बावजूद चीन ने भारत के भू–भाग पर किस प्रकार कब्जा कर लिया?

ये कमियाँ क्यों आईं? इस प्रश्न का उत्तर देने के लिए भारत की नीतियों में आए परिवर्तन और विफलताओं का भी विश्लेषण करना होगा। भारत की पाक के प्रति आशंकाएँ उस समय बढ़ गईं, जब पाक ने पाँचवें दशक के बीच संयुक्त राज्य से रक्षा और सैन्य समझौता किया और सीटो तथा सेंटों समझौतों में भी शामिल हो गया। इससे भारत के लिए खतरा बढ़ गया था। विशेषतः पश्चिमी सैन्य गुट के सदस्य बनने के निहितार्थों के विश्लेषण के संदर्भ में यह खतरा बढ़ा। पाक ने तय किया था कि अमेरिका के साथ द्विपक्षीय रक्षा समझौते तथा सीटो की सदस्यता से पश्चिमी देश भारत से जुड़े विवादों में पाकिस्तान को राजनीतिक और सैन्य समर्थन देंगे। इसके बदले पाकिस्तान साम्यवादी विरोधी गुट का सदस्य बनने की माँग कर रहा था।

यहाँ चीन के भारत के विरुद्ध सामरिक तथा भौगोलिक रवैये का जिक्र करना भी उचित होगा। चीन के तिब्बत पर कब्जे तथा दलाई लामा के निष्कासन पर भारत ने यह सोचकर सब्र कर लिया था कि इससे भौगोलिक तथा अन्य आयामों की दृष्टि से भारतीय संबंधों में स्थिरता आएगी। नेहरूजी तिब्बत की स्वायत्तता पर अडिग थे, जबकि तिब्बत पर चीन के आधिपत्य से भी सहमत थे। उनकी यह धारणा अव्यावहारिक सिद्ध हुई, क्योंकि चीन ने सन् 1955–56 में भारत के जम्मू–कश्मीर में लद्दाख के एक भाग अकसाई–चिन में सड़क बनाने का कार्य शुरू कर दिया था। चीन ने ऐसे नक्शे बनाने शुरू कर दिए थे, जिनमें भारतीय उपमहाद्वीप के पूर्वोत्तर भाग तथा लद्दाख के कुछ भाग चीन में दिखाए गए थे। यहीं से चीन–भारत के बीच तनाव शुरू हो गया।

कुछ अन्य घटनाएं भी थीं, जिन्होंने भारत की विदेश नीति पर प्रभाव डाला, जैसे– पाकिस्तान संयुक्त राष्ट्र में कश्मीर को अपना हिस्सा होने का दावा कर रहा था और भारत के पूर्वोत्तर में वह चीन का समर्थन कर रहा था। ये दोनों पक्ष आज भी प्रभावी हैं।

देश में सुरक्षा और स्थिरता संबंधी चुनौतियाँ, एक अन्य पक्ष था। हमारे यहाँ खाद्य सामग्री और अन्य निवेश पश्चिमी देशों से प्राप्त हो रहे थे। ये देश और क्षेत्रों में निवेश तथा प्रौद्योगिकीय सामान संबंधी सहायता देने का विरोध कर रहे थे। इस अभिवृत्ति का सबसे बड़ा उदाहरण ब्रिटेन, अमेरिका पश्चिमी जर्मनी का था, जिन्होंने शुरू में स्टील संयंत्रों की स्थापना में सहयोग देने के लिए मना कर दिया था। ब्रिटेन और पश्चिम

जर्मनी ने तब अपना रवैया बदल दिया, जब रूस ने भारत को सहायता देने के लिए अपना सकारात्मक रुख व्यक्त किया। कृषि प्रधान अर्थव्यवस्था के स्थान पर अर्थव्यवस्था के आधुनिकीकरण की प्रक्रिया पश्चिमी देशों के इस रवैये से अवरुद्ध सी हो गई थी। इसके अलावा जातियों पर आधारित प्रवृत्तियाँ आंतरिक नीतियों में उभर रही थीं। नई रणनीतियाँ और सुरक्षा दबाव भारत की राजनीति पर पड़ रहे थे। इसके लिए आवश्यक था कि नई व्यवस्थाएँ, नई अनुक्रियाएँ तथा नए दृष्टिकोण अपनाए जाएं।

अन्य महत्वपूर्ण घटनाओं का भी भारत पर प्रभाव पड़ा था। पूर्वी गुट में स्टालिन के स्थान पर खुश्चेव के आने से भारत के प्रति सोवियत विचारधारा तथा राजनीतिक पूर्वाग्रह बदलने लगे। सेंटो, सीटो तथा पाकिस्तान और दक्षिण–पूर्व एशियाई देशों की सदस्यता से सोवियत विरोधी गुट दक्षिण और दक्षिण–पूर्व एशिया में केंद्रित होने लगे। माओ–त्से–तुंग के खुश्चेव से मतभेद तथा चीन और सोवियत संघ के बीच बढ़ती दूरी के कारण रूस इस दक्षिण एशियाई क्षेत्र में दिलचस्पी लेने लगा। भारत गुटनिरपेक्ष आंदोलन का सदस्य बना तथा स्वेज संकट के दौरान गमेल अब्देल नासिर को समर्थन दिया और हंगरी में सोवियत संघ के हस्तक्षेप के समय चुप रहा। पश्चिमी दबाव का सख्ती से मुकाबला किया तथा द्विपक्षीय और संयुक्त राष्ट्र के माध्यम से कश्मीर मुद्दे पर समझौता किया और इजराइल बन जाने पर अरब और फिलिस्तीनियों का साथ दिया। इससे भारत और पश्चिमी लोकतांत्रिक देशों के बीच राजनीतिक और सुरक्षा हितों के प्रति संदेह और अंतर्विरोध बढ़ने लगे, इसलिए भारत को ऐसे समीकरण तथा अन्य देशों के साथ सहयोगी संबंध स्थापित करने की तलाश थी, जिससे राजनीतिक और आर्थिक हितों तथा सुरक्षा लक्ष्यों की पूर्ति हो। इससे सोवियत गुट (ब्लॉक) के देशों तथा भारत के बीच हितों से संबंधी परिवर्तन भी सामने आने लगे। जल्दी ही नई दिल्ली को वास्तव में मौका भी मिल गया। पाँचवें दशक के मध्य में पं. नेहरू सोवियत संघ गए तथा सन् 1955 में खुश्चेव तथा बुल्गानिन ने भारत की यात्रा की। इससे भारत सोवियत समीकरण की नींव पड़ी, जिससे दोनों देशों के हितों की पूर्ति हुई। (यही समीकरण निर्बाध रूप से 35 वर्षों तक नवंबर/दिसंबर 1991 तक चला)।

सुस्पष्ट वैचारिक तथा राजनीतिक आधार पर भारत, सोवियत संघ तथा सोवियत संघ के अन्य मित्र राष्ट्रों के बीच सहयोग चलता रहा। भारत साम्यवादी देश के रूप में परिवर्तित नहीं हुआ था तथा सोवियत संघ शांतिपूर्ण सह–अस्तित्व तथा गुटनिरपेक्ष की अवधारणा पर आधारित संबंधों से सहमत था। भारत की प्रमुख प्रेरणा–शक्ति एवं लक्ष्य सोवियत संघ की सहायता से आर्थिक और रक्षा संबंधी क्षमताएँ बढ़ाना तथा भारत की भौगोलिक अखण्डता और राष्ट्रीय सृदृढ़ीकरण की प्रक्रियाओं से संबंधित राजनीतिक–सामरिक चुनौतियों का सामना करने के लिए सोवियत संघ की ताकत और स्थिति तथा भारत–सोवियत मैत्री की विशेष सुविधा का लाभ उठाना था। इसके अलावा एक लक्ष्य संयुक्त राज्य तथा चीन के साथ मिलकर बढ़ रही पाकिस्तान की ताकत का सामना करना भी था। चीन–भारत के संबंधों में सन् 1956 से ही तनाव आने लगा था। हमें यह याद रखना चाहिए कि भारत सोवियत संघ की ओर दोस्ती

का हाथ तभी बढ़ाया, जब वह पश्चिमी लोकतांत्रिक देशों को अपनी आकांक्षाओं और अपेक्षाओं के अनुरूप जवाब नहीं दे पाया था।

भारत ने आंतरिक आकस्मिकताओं तथा अलगाववादी आंदोलनों से निपटने के लिए पारंपरिक द्वैध दृष्टिकोण अपनाया; अर्थात् एक–साथ हिंसा का विरोध किया और राजनीतिक स्तर पर बातचीत का तरीका भी अपनाया। आचार–भाषाई अवकेंद्रित प्रवृत्तियाँ पूर्व ब्रिटिश भारतीय प्रांतों (Provinces) तथा एकीकृत देशी रियासतों के पुनर्गठन से दूर की गईं, जो भारतीय विदेश नीति की भाषाई तथा उप–संस्कृति की पहचान के अनुरूप थीं। हालाँकि इससे अस्थाई तौर पर समस्याएँ हल हुई थीं, फिर भी उप–क्षेत्रीय जातीय–भाषाई पहचान भी मजबूत हुई, जिससे अपकेंद्रित भावनाएँ पनपने लगीं। इसका भारतीय गणराज्य की एकता पर भी प्रभाव पड़ सकता था, जबकि इन अस्थाई समाधानों से हर प्रकार से बचा जा सकता था।

भारत ने भौगोलिक अखंडता के प्रति चीन की चुनौती को छोड़कर अन्य सभी सुरक्षा और स्थिरता संबंधी विभिन्न समस्याओं का निपटारा किया। चीन के मानचित्रों में भारतीय क्षेत्रों को चीन में दिखाया गया तथा चाऊ–एन–ल्याई और नेहरू के बीच बातचीत से भारत और चीन के बीच अंतरराष्ट्रीय सीमाओं के पुनर्निर्धारण संबंधी चीनी इरादों का भी संकेत मिलता है। भारत ने चीन के इस तर्क का खंडन किया कि दोनों देशों के बीच सन् 1947/1949 के अनुसार सीमा कृत्रिम है तथा इससे औपनिवेशिक तथा साम्राज्यवादी विचारधारा का आभास मिलता है, इसलिए इस संबंध में औपनिवेशिक वास्तविक या तथ्यात्मक, राष्ट्रीय तथा सामाजिक–सांस्कृतिक आधार पर इस सीमा के बारे में अधिकार क्षेत्र और संबंध के अनुसार परिवर्तन करने की आवश्यकता है।

तिब्बत के संबंध में चीन को छूट देने के बाद, भारत अब अपने भू–भाग को प्रभावित करने वाले अन्य समायोजन करने के लिए तैयार नहीं था। देश की भौगोलिक अखंडता को बचाने के लिए समष्टिगत रूप से भू–राजनीतिक चिंता के अलावा, इस संबंध में भारतीय राज्य के बहु–नीति विषयक तथा बहु–धार्मिक प्रकृति को अक्षुण्ण रखते हुए समान रूप से विचार करने की आवश्यकता थी। चीन के साथ भौगोलिक समायोजन के संबंध में भारत की सहमति हो सकती है या नहीं भी हो सकती है; क्योंकि इसका परिणाम पूर्वोत्तर प्रांतों की जनसंख्या का अलगाव भी हो सकता है।

भारत–चीन सीमा विवाद पर बातचीत भी विफल हो गई थी तथा दोनों देशों की सेनाओं के बीच तनाव सन् 1959–1962 तक बढ़ता रहा, जिसके परिणामस्वरूप सन् 1962 में युद्ध छिड़ गया। इसके निम्नलिखित निष्कर्ष सामने आए हैं–

1. चीन की दृष्टि में बातचीत करने के लिए भारत द्वारा किए गए प्रयास कपटपूर्ण/अवास्तविक थे तथा भारत की दृष्टि में, चीन का सीमा के संबंध में विस्तारवादी दृष्टिकोण था तथा बदलती हुई वस्तुस्थिति में वह अनुचित प्रयास कर रहा था। इसी कारण दोनों देशों के बीच सैन्य तनाव बढ़ गया। इसके अलावा भारत यह भी सोचता था कि चीन के इरादे स्पष्ट नहीं थे और वह छल–कपट तथा दाँव–पेंच का सहारा ले रहा है।

2. इन देशों ने अपने–अपने भौगोलिक दावों को प्रमाणित करने के लिए सीमाओं पर गश्त बढ़ा दी और सैनिक चौकियाँ बनानी शुरू कर दीं। इससे सीमा संबंधी विवाद बड़े स्तर पर युद्ध में बदल गया। इसके साथ–साथ उस समय भारतीय सेना के कुछ कमांडरों को यह विश्वास होने लगा था कि चीन की तुलना में भारत की सेनाएँ श्रेष्ठ हैं। इस भावना तथा दंभ के कारण भी युद्ध छिड़ गया।
3. यदि दोनों देश सीमा संबंधी जटिल मुद्दे पर धैर्य बरतते तो युद्ध टल सकता था। लेकिन वस्तुस्थिति यह थी कि इस मुद्दे से ऐतिहासिक तथा मानचित्र संबंधी अस्पष्टता और अधिक बढ़ गई।

सन् 1962 की चीन–भारत की लड़ाई में भारत की पराजय का भारतीय विचारधारा तथा विदेश नीति पर प्रभाव पड़ा। इसके पश्चात् भारत के सैन्य सिद्धांतों की मूलभूत रूप से समीक्षा की गई, खतरे का आकलन किया जाने लगा तथा अस्त्रों के निर्माण तथा रक्षा संबंधी नीतियों का पुनर्मूल्यांकन किया जाने लगा। भारत की विदेश नीति में एशियाई सौहार्दता की वैचारिक अवधारणाओं, विवादों को सुलझाने में बल प्रयोग न करने तथा नाजुक मुद्दों पर प्रतिक्रिया करते समय अंतरराष्ट्रीय समुदाय की ओर से निष्पक्ष दृष्टिकोण अपनाने पर बल दिया जाता था। परंतु अब भारत की विदेश नीति विश्व की 'रीयल पॉलिटिक' धारणा की ओर मुड़ गई। इस सैन्य पराजय का अत्यधिक प्रभाव पड़ा था। दूसरा आघात तब पहुँचा, जब अन्य देशों ने, विशेष रूप से गुटनिरपेक्ष देशों तथा यहाँ तक कि सोवियत संघ ने भी अपनी प्रतिक्रिया जाहिर की थी। उन देशों द्वारा अपनाए गए रुख से भारत को नया सबक मिला था। इन सभी ने सीमा संबंधी मुद्दे को देखते हुए अपना निर्णय देने से इंकार कर दिया। इनमें से कोई भी देश किसी का भी पक्ष लेने को तैयार नहीं था। श्रीलंका, संयुक्त अरब गणराज्य (अब मिस्र) तथा घाना ने अपने वरिष्ठ राजनेताओं का शिष्टमंडल बनाया, जिसमें निम्नलिखित सदस्य थे–फेलिक्स भंडारनायके, अब्दुल हाकिम उमेर तथा अफोरी अत्ता। इस शिष्टमंडल का कार्य भारत और चीन के बीच सुलह कराना था। (चूँकि श्रीलंका के कहने पर यह शिष्टमंडल गठित किया गया था, इसलिए इसके प्रस्तावों को 'कोलंबो प्रस्ताव' कहा जाता है।) भारत को इससे बहुत बड़ा सबक यह मिला कि कोई देश नाजुक घटनाक्रम तथा मुद्दों पर प्रतिक्रिया करते समय अपने हितों को ध्यान में रखता है तथा स्थिति एवं वास्तविकता के वस्तुनिष्ठ आधार पर निर्णय नहीं लिए जाते। विडंबना यह है कि गुटनिरपेक्ष विरोधी देश ब्रिटेन तथा संयुक्त राज्य उस समय भारत की सहायता के लिए आया था न कि ख्रुश्चेव, जो अभी भी साम्यवादी देश के विरुद्ध गुटनिरपेक्ष देश का साथ नहीं दे रहा था। संयुक्त राज्य के राष्ट्रपति जॉन एफ. कैनेडी द्वारा भारत को सहायता देने के संबंध में लिया गया निर्णय तथा विकासशील देशों में भारत को महत्वपूर्ण लोकतांत्रिक देश मानने का मुख्य प्रयोजन दक्षिण एशिया में चीन और सोवियत संघ के बढ़ते प्रभाव को रोकना था। भारत वास्तव में इस सहायता का आभारी था, परंतु वह इस सहायता के पीछे निहित जटिल निहितार्थों से भी अवगत था। इसीलिए सन् 1962 ऐसा युगांतकारी वर्ष था, जिसके दौरान भारत की विदेश नीति और रक्षा संबंधी अवस्थिति में महत्वपूर्ण परिवर्तन हुए।

इस प्रकार से, आने वाले परिवर्तनों ने लगभग 25 वर्षों तक नीतियों, निर्णयों तथा विचारों एवं भारत की जनता को प्रभावित किया था। इन परिवर्तित अभिवृत्तियों तथा दृष्टिकोणों का विश्लेषण करते समय सन् 1964 से 1989–90 तक की अवधि के अंतर्गत भारतीय सुरक्षा और विदेश संबंधों को प्राथमिकता दी जानी चाहिए।

सन् 1962 में भारत की सैन्य पराजय से पंडित नेहरू का मोहभंग हुआ। उन्होंने स्वतंत्र एशियाई और अफ्रीकी देशों के लिए शांतिपूर्ण अंतरराष्ट्रीय व्यवस्था का सपना देखा था, परंतु इस पराजय से उनका सपना चकनाचूर हो गया। भारत–चीन युद्ध के डेढ़ वर्ष बाद पं. नेहरू भारत की राजनीति से ओझल हो गए। नेहरूजी के देहांत से भारत ने रक्षा तथा विदेशी नीतियों का आदर्शवादी तथा कट्टर समर्थक भी खो दिया। चीन से हारने के तुरंत बाद भारतीय नीतियों में पुनः प्राथमिकताएँ निर्धारित की गईं–

1. इस प्रकार की पराजय से बचने के लिए सेनाओं के गठन की समीक्षा तथा उनका पुनर्गठन;
2. सशस्त्र सेनाओं की आयुध–प्रणाली का आधुनिकीकरण तथा भारत की विषम सीमाओं के समानांतर रक्षा की विभिन्न अपेक्षाओं के अनुरूप विविधता लाना;
3. भारत–चीन विवाद से सीखे गए सबक के आधार पर सेनाओं की तैनाती/नियोजन के पैटर्नों में परिवर्तन;
4. प्रत्येक क्षेत्र (सेक्टर) की विशिष्ट आवश्यकताओं के अनुसार देश की सीमाओं के विभिन्न स्थलों पर आवश्यक यातायात, सप्लाई लाइन तथा लॉजिस्टिक अवसंरचना का सृजन;
5. चीन, म्याँमार (बर्मा), पाकिस्तान, श्रीलंका, नेपाल और भूटान से जुड़ी सीमाओं वाले राज्यों तथा संघ सरकार के बीच संपर्कों का सुदृढ़ीकरण और विकासोन्मुखी आवश्यकताओं पर अधिक ध्यान देना तथा संसाधन प्रदान करना। पूर्वोत्तर राज्य, पश्चिम बंगाल, बिहार, पंजाब, राजस्थान, गुजरात, महाराष्ट्र, तमिलनाडु तथा केरल ऐसे ही निर्दिष्ट राज्य हैं।

सन् 1962 की लड़ाई के दौरान चीन की सेनाएँ असम के मैदानी भागों तथा तेजपुर तक पहुँच गई थीं। इस तथ्य से भारत सामरिक और सैन्य दृष्टि से पूर्वोत्तर राज्यों की सुरक्षा सुनिश्चित करने के लिए सजग नहीं हुआ था बल्कि भारत को इन राज्यों के लोगों को यह अनुभव कराना था कि वे भारत के नागरिक हैं तथा वे भारतीय राजनीति के एकीकृत एवं महत्वपूर्ण घटक हैं। नागा तथा मिजो उग्रवादियों के विद्रोह के संबंध में ऐसी भावना जगाना नितांत आवश्यक था। इसके अलावा अन्य घटक यह भी था कि पश्चिमी यूरोप तथा उत्तर अमेरिका के अनेक विद्वान असम और पूर्वोत्तर राज्यों की जनजातियों तथा धार्मिक संबंधों पर शोधकार्य करने में रुचि दिखा रहे थे, ताकि यह सुनिश्चित किया जा सके कि संघीय भारत के पैरामीटरों के अनुसार इन राज्यों के 'भारत संघ' के साथ संपर्क सूत्र कितने सुसंगत तथा वैध हैं। जिस ढंग से सुदूर स्थित घटकों को गठित किया जाना चाहिए, उस तरीके की जाँच की जानी थी। विदेशी आसूचना एजेंसियों तथा इनके प्रमुख संगठनों द्वारा प्रायोजित इन अध्ययनों के

बारे में भारत सरकार के पास निष्पक्ष तथा विश्वसनीय जानकारी उपलब्ध थी। सन् 1962 के अंत में भारत की सुरक्षा तथा एकता सुनिश्चित करने का आयाम प्रमुख केंद्र बन चुका था।

चीन से सैन्य पराजय के बाद भारत–चीन के संबंधों में पाई गई जटिलता पर बाहरी दबाव भी पड़ने लगे, जिससे भारत की सुरक्षा भी प्रभावित हो रही थी। संयुक्त राज्य और ब्रिटेन, दोनों ने ही कश्मीर मुद्दा पुनः उठाया। राष्ट्रपति कैनेडी ने अवेरिल हेरीमैन को यह पता लगाने के लिए भेजा कि क्या भारत कश्मीर मुद्दे पर पाकिस्तान के साथ दोबारा बातचीत करेगा। इंग्लैंड के लॉर्ड लुईस माउंटबेटन तथा डनकेन सैंडी भी इस प्रयास में शामिल हुए। इससे यह संकेत मिला कि चीन के विरुद्ध इंग्लैंड और अमेरिका द्वारा भारत को दी गई राजनीतिक तथा सैन्य सहायता के मुआवजे के रूप में भारत को कश्मीर मुद्दे पर समझौता कर लेना चाहिए।

भारत इन सुझावों के प्रति समुचित जवाब देने के लिए तैयार हो गया। इस दृष्टिकोण को, दी गई सहायता के प्रति आभार तथा उपमहाद्वीप में शांति बरकरार रखते हुए कश्मीर जैसी समस्या को सुलझाने की इच्छा के कारण और अधिक समर्थन मिला। भारत के विदेश मंत्री सरदार स्वर्ण सिंह की कश्मीर मुद्दे तथा अन्य द्विपक्षीय मुद्दों पर जुल्फिकार अली भुट्टो से हुई बातचीत का परिणाम यह हुआ कि संयुक्त राज्य तथा ब्रिटेन राजनीतिक तथा राजनयिक दबाव डालने लगे, जैसा कि भारत ने सोचा था, ये वार्ताएँ निष्फल रहीं। इसीलिए भारत को कश्मीर मुद्दे पर, सैन्य नहीं, तो राजनीतिक कठिनाइयाँ झेलनी ही पड़ीं।

नीति–निर्णय तथा आगामी प्राथमिकताओं और दबावों का सामना करने के लिए व्यवस्थित ढंग से उपाय किए गए; इन निर्णयों और उपायों का विशेष महत्व है। भारत–चीन के सैन्य निहितार्थों के विश्लेषण का कार्य भारतीय सेना के वरिष्ठ कमांडर, लेफ्टिनेंट जनरल हंडरसन बुक्स को सौंपा गया, जिनकी रिपोर्ट अभी तक वर्गीकृत नहीं हुई है, परंतु सामान्यतः इनके सुझावों के आधार पर ही भारतीय सैन्य क्षेत्र में सुधार किए गए। भारतीय सेना के कुछ भागों को पर्वतीय डिवीजन में बदल दिया गया था। आपातकालीन स्थिति का सामना करने तथा सीमावर्ती क्षेत्रों में रक्षा की प्रमुख लाइन के रूप में तथा भारतीय सीमाओं की निरंतर रखवाली करने की दृष्टि से सीमा सुरक्षा बल नामक अर्द्ध सैनिक बल तैयार किए गए। इसके अलावा सीमाओं पर चौकियाँ बनाई जाने लगीं। सशस्त्र बलों की आयुध प्रणालियों को विशेष रूप से तैयार किया गया तथा उन्हें आधुनिक बनाया गया एवं उनका स्तर समुन्नत किया गया। रक्षा के क्षेत्र में भारत को आत्मनिर्भर बनाने के लिए भारत की रक्षा नीतियों का उद्देश्य रक्षा संबंधी प्रासंगिक प्रौद्योगिकी अर्जित करना तय किया गया। यद्यपि भारत के रक्षा मंत्री श्री वी. के. कृष्णा मेनन पर अनेक आरोप लगाए गए थे, परंतु इस प्रक्रिया का सूत्रपात श्री मेनन ने ही किया था। इस दिशा में यह निर्णय लिया गया कि रक्षा आपूर्ति के स्रोतों में विविधता लाई जानी चाहिए। इस संबंध में शुरुआत की गई, परंतु राजनीतिक और वित्तीय घटकों के परिणामस्वरूप ही सोवियत संघ तथा पूर्वी ब्लॉक के देशों से रक्षा संबंधी उपकरणों का पूरा अंबार लग गया। सीमा सड़क संगठन तैयार किया गया।

इसमें सैन्य इंजीनियरिंग सेवा के कार्मिक लिए गए। इस संगठन का कार्य भारत की सीमाओं के साथ–साथ सड़कों का जाल बिछाना था ताकि सीमावर्ती क्षेत्रों में आसानी से पहुँचा जा सके। इसी उद्‌देश्य से भूटान के सीमावर्ती राज्य में सड़क बनाई गई। इस संबंध में असम पर विशेष ध्यान दिया गया। मौजूदा ही नहीं बल्कि संभावित सुरक्षा संबंधी अपेक्षाओं की पूर्ति के लिए हवाई अड्डे तथा विमान पट्टियाँ बनाई गईं। सीमावर्ती राज्यों को अधिक धन दिया गया तथा विकासोन्मुखी निवेश किए गए।

राष्ट्रीय सामाजिक–राजनीतिक प्रक्रिया की मुख्य धारा में इन राज्यों को शामिल करने के लिए प्रशासनिक, राजनीतिक, आर्थिक तथा शैक्षिक उपाय किए जाने लगे। यह नीति अभी भी जारी है। सन् 1962–66 के दौरान भारत सरकार आपातकाल तथा पूर्वोत्तर क्षेत्र में अलगाववादी आंदोलनों का सामना करने के लिए सेना के स्थान पर राजनीतिक साधनों पर बल देने लगी। केंद्र सरकार को पूर्वोत्तर भाग के विभिन्न जनजातीय तथा जातीय समूहों की अलग पहचान के आधार पर राजनीतिक आकांक्षाओं के प्रति अधिकाधिक सहानुभूति होने लगी।

जब फील्ड मार्शल अयूब खान सत्ता में आए, तब सन् 1958–59 में पाकिस्तान के संयुक्त राज्य के साथ घनिष्ठ संबंध स्थापित हुए तथा दोनों देशों का सामरिक समीकरण भी बन गया। भारत की विदेश नीति में इस स्थिति का महत्वपूर्ण स्थान है। प्रारम्भ में पं. जवाहरलाल नेहरू चाहते थे कि भारत जम्मू और कश्मीर के मुद्‌दे को तथा कश्मीर में पाकिस्तान की घुसपैठ संबंधी मामले को संयुक्त राष्ट्र संघ की सुरक्षा परिषद् में ले जाए। परंतु वस्तुतः जब संवैधानिक तथा कानूनी आधार और केस की विशेषताओं को देखते हुए अंतरराष्ट्रीय स्तर पर मुद्‌दे को सुलझाने का प्रयास किया जाता है, तो ऐसा करना गलत भी साबित हो सकता है। (अध्याय–2 देखें)। संयुक्त राष्ट्र में कश्मीर के मुद्‌दे पर संयुक्त राज्य और पश्चिमी लोकतांत्रिक देशों का रवैया सर्वविदित है। यहाँ उस पर विस्तारपूर्वक चर्चा करने की आवश्यकता नहीं है। भारत के संदर्भ में इसका यह परिणाम निकला कि पाकिस्तान को भारतीय भू–भाग से पीछे हटने का आदेश देने की बजाय पश्चिम ने उसे आश्वस्त कर दिया कि पाकिस्तान इस भू–भाग पर दावा कर सकता है, जिसे 'विवादास्पद' रूप में वर्णित किया गया है। इन सब बातों के पीछे लक्ष्य यही था कि पाकिस्तान की स्थिति को कानूनी रूप से उचित ठहराया जाए और जम्मू–कश्मीर को या तो भारत से अलग कर दिया जाए या धर्म के आधार पर राज्य को बाँट दिया जाए। पाकिस्तान ने सन् 1948 तथा 1949 के संयुक्त राष्ट्र के प्रस्ताव ठुकरा दिए, जिसमें यह कहा गया था कि पाकिस्तानी सेनाएँ जम्मू और कश्मीर के क्षेत्रों से पूरी तरह हट जाएँ। भारत इस संबंध में (कश्मीर मुद्‌दे पर) जनमत संग्रह कराना चाहता था।

चूँकि पश्चिमी लोकतांत्रिक देशों तथा संयुक्त राष्ट्र ने पाक अधिकृत क्षेत्र खाली करने के लिए पाकिस्तान पर दबाव नहीं डाला, तथा भारत में जम्मू–कश्मीर के विलय एवं जम्मू–कश्मीर पर भारत के अधिकार क्षेत्र के संबंध में ही प्रश्न पूछे जाने लगे, इसलिए भारत को भी राजनीतिक यथार्थ के संबंध में नया सबक मिला और उसने यह राजनैतिक रवैया अपनाया कि सन् 1947 तथा 1948 के बीच भारत द्वारा दिए गए वचन

की इस नए सामरिक घटनाक्रम में कोई प्रासंगिकता नहीं रही तथा पाकिस्तान ने इस संबंध में दुराग्रह दिखाया है, इसलिए भारत को संयुक्त राष्ट्र में इससे आश्वस्त करना है कि पाकिस्तान जम्मू–कश्मीर में घुसपैठ करना बंद कर दे। भारत ने यह विचार भी व्यक्त किया कि भारत संयुक्त राष्ट्र के इस दृष्टिकोण का समर्थन नहीं करता कि जम्मू–कश्मीर पर भारत का अधिकार क्षेत्र सुनिश्चित किया जाए; क्योंकि जम्मू–कश्मीर भारत का अभिन्न अंग है। सन् 1957 में सुरक्षा परिषद् की बैठकों में कृष्णा मेनन ने भारत के इस रवैये को मजबूती से पेश किया। यद्यपि यह माना जाता है कि सुरक्षा परिषद् में उनके वक्तव्यों का कुछ प्रभाव नहीं पड़ा; क्योंकि इस परिषद् के तीन स्थायी सदस्य–संयुक्त राज्य, ब्रिटेन तथा फ्रांस उस समय पाकिस्तान के समर्थक थे। ब्रिटेन और फ्रांस का पाकिस्तान समर्थक रवैया भारत के पश्चिम विरोधी रवैये का परिणाम था। इस युद्ध में इजराइल भी शामिल था। नासिर द्वारा राष्ट्रीयकरण के बाद स्वेज नहर का संकट उत्पन्न हो गया था।

अब सन् 1962 में हुए चीन–भारत युद्ध से जुड़े घटनाक्रमों पर विस्तारपूर्वक विचार करते हैं। जैसा कि अध्याय–3 में बताया गया है, चीनी मानचित्र में भारतीय भू–भाग के अनेक क्षेत्र चीन की सीमाओं के भीतर दिखाए गए हैं। इसके बाद चीन ने वाया लद्दाख के अकसाई चिन क्षेत्र सिन–कि–यांग से पश्चिमी तिब्बत की ओर कारवाँ भेजने आरम्भ कर दिए। चीन के सिपाही कश्मीर–तिब्बत सीमा पर डेमचॉक तक गश्त लगाने लगे। सन् 1956 तथा 1959 के बीच, दलाई लामा ने तिब्बत की स्वायत्तता बनाए रखने के लिए संतोषजनक समझौता करने के अनेक प्रयास किए। ये सभी प्रयास निष्फल हो गए। सन् 1959 में इस दिशा में ऐसा नाजुक मोड़ आ गया कि दलाई लामा को अपने अनुयायियों के साथ ल्हासा छोड़कर भागना पड़ा; उन्होंने भारत में आकर शरण ली। इससे चीन की भारत के प्रति शत्रुता और अधिक बढ़ गई। नेहरूजी का आग्रह था कि तिब्बत पर चीन के आधिपत्य को मान्यता देने का अर्थ यह नहीं कि चीन तिब्बत की अलग पहचान ही मिटा दे तथा उसकी स्वायत्तता खत्म कर दे। चीन के नेताओं ने नेहरूजी का यह विचार नहीं माना। चीन के अनुसार दलाई लामा द्वारा भारत में शरण लेने से यही संकेत मिलता है कि भारत–चीन के विरुद्ध तिब्बत के अलगाववाद को प्रोत्साहन दे रहा है।

इस पृष्ठभूमि पर सन् 1956 तथा 1961 के बीच भारत–चीन सीमा विवाद पर अनेक वार्ताएँ आयोजित हुईं। शुरू में भारत सीमा संबंधी विवाद को लेकर भू–भाग के बारे में सीधे चीन का विरोध करने में हिचकिचा रहा था। सबसे पहले भारत ने अकसाई चिन के संबंध में चीन को सरकारी नोट भेजा था। उसमें अकसाई चिन के पास चीन के कारवाँ या उस क्षेत्र में सड़कें बनाने के संबंध में कोई जिक्र नहीं किया गया, जिसका भारत दावा कर रहा था। इस नोट में मात्र समुचित वीजा के बिना भारतीय क्षेत्र में चीनीकर्मियों की मौजूदगी के संबंध में आपत्ति उठाई गई। सन् 1959 तक भारत–चीन सीमा विवाद पर भारत का सामान्यतः दृष्टिकोण यही रहा कि प्रक्रिया संबंधी अपराधों पर चीन के भौगोलिक दावों के संबंध में भारत की आपत्ति का संकेत देते हुए राजनीतिक संघर्ष से दूर रहा जाए। चाऊ–एन–ल्याई ने भारतीय नेताओं तथा

अन्य एशियाई नेताओं के साथ बातचीत करते समय हमेशा यही आश्वासन दिया कि यद्यपि चीन मैकमोहन रेखा को औपनिवेशिक घटना मानकर इसे स्वीकार नहीं करता, फिर भी वह इसे व्यवहारतः सीमा–रेखा मानने के लिए तैयार है। शायद इसी दृष्टिकोण से भारत को यह झांसा दिया जाता रहा तथा सीमा संबंधी प्रश्न के संबंध में चीन के साथ समझौते की सम्भावनाओं के प्रति भारत में संतुष्टि की भावना बनी रही।

इसी दौरान चीन ने नेपाल तथा बर्मा (म्यांमार) के साथ अपने संबंध बढ़ाने शुरू कर दिए। इस बारे में न तो चीन ने और न ही नेपाल या बर्मा ने नेहरूजी को कोई जानकारी दी। नेहरूजी इसे भारत के साथ धोखा मानते थे। इससे भी विचित्र बात यह रही कि सन् 1954 तथा 1961 के बीच चाऊ–एन–ल्याई के बीच बातचीत के दौरान उन्होंने इस विषय को सुस्पष्ट रूप से दृढ़तापूर्वक नहीं उठाया।

सन् 1959 में जब भारत–चीन सीमा पर चीन की आपत्तिजनक गतिविधियाँ बढ़ने लगीं तो भारत ने भी जवाबी कार्यवाही में सीमा चौकियाँ बनानी शुरू कर दीं तथा सुरक्षा बलों की गश्त बढ़ा दी ताकि किसी भी खतरे का सामना किया जा सके। इसके बाद भारतीय सुरक्षा बलों तथा चीनी सीमा गार्डों के बीच नोक–झोंक बढ़ने लगी, छिटपुट लड़ाइयाँ भी शुरू हो गईं, जिनमें भारतीय अधिक हताहत हुए। इनमें सबसे महत्वपूर्ण मुठभेड़ सन् 1959 में लांगूज की घटना थी। इसके बावजूद सीमावर्ती वार्ताएँ जारी रहीं। सन् 1961 में रंगून वार्ता का अंतिम दौर हुआ, परिणामस्वरूप बड़े स्तर पर युद्ध छिड़ गया। इस प्रकार नेहरूजी और चाऊ–एन–ल्याई (1957 तथा 1960 में) के बीच कोई समझौता नहीं हो पाया।

सन् 1959 में स्पष्ट हो गया था कि भारत–चीन सीमावर्ती विवाद पर बातचीत विफल हो गई है। नेहरूजी ने 22 मार्च, 1959 को चाऊ–एन–ल्याई को भारत की स्थिति बताते हुए लिखा कि भारत–चीन सीमा प्राकृतिक लक्षणों पर आधारित है और इसकी विभिन्न ऐतिहासिक संधियों द्वारा पुष्टि की गई है। चाऊ–एन–ल्याई ने 8 दिसंबर, 1959 को पत्र का जवाब देते हुए भारत के रवैये का खंडन कर दिया। उन्होंने दावा किया कि लगभग 40 हजार वर्गमील चीन के नक्शे में दर्शाई गई भारतीय भूमि वैध है। इससे भी बढ़कर चीन की सेना की गतिविधियाँ भारत–चीन सीमा पर बढ़ गईं। इसका भारत ने विरोध भी किया। इस प्रकार तनाव बढ़ता गया तथा अंत में युद्ध छिड़ा और भारत की पराजय हुई।

जब चीन ने एकतरफा युद्ध विराम की घोषणा की तथा भारत द्वारा अंतरराष्ट्रीय सीमा के संबंध में किए गए दावे को देखते हुए प्रभुत्व/दबदबे वाली स्थिति से पीछे हटने पर राजी हो गया तो इसे 'वास्तविक नियंत्रण' रेखा के रूप में जाना गया था। आज भारत–चीन युद्ध के 35 वर्ष बाद भी भारतीय और चीनी सेनाएँ इस सीमा–रेखा के आर–पार डटी हुई हैं। चीनी नेताओं के नीति–विषयक वक्तव्यों तथा अन्य देशों के नेताओं द्वारा अपनाई गई नीति तथा इन घटनाक्रमों के संबंध में पं. नेहरू की प्रतिक्रिया का विश्लेषण करने पर निम्नलिखित निष्कर्ष सामने आए हैं।

भारत सीमा संबंधी मुद्दे पर चीनी रवैये के संबंध में प्रतिक्रिया करते समय अनावश्यक रूप से ही सजग था तथा दृढ़ता के साथ विचार प्रस्तुत नहीं किए जाते थे।

हमने चीन के इरादों को भांपने में व्यावहारिक दृष्टिकोण नहीं अपनाया तथा राजनीतिक रूप से समझौता करने के लिए आशावादी बने रहना उचित नहीं था। पाकिस्तान और चीन से होने वाले खतरों पर समुचित ध्यान नहीं दिया गया तथा हमें अपनी सैन्य क्षमता तथा तैयारी के बारे में आवश्यकता से अधिक विश्वास था। चीन–भारत संबंधी सीमा विवाद पर चीन का रवैया जटिल था। इससे भी ज्यादा महत्वपूर्ण बात यह है कि चीन–भारत को अपना शत्रु समझता था, क्योंकि नई दिल्ली तिब्बत की स्वायत्तता पर अड़ी हुई थी और भारत दलाई लामा को सहायता दे रहा था। सोवियत नेताओं के साथ बातचीत करते समय चिन–यि तथा चाऊ–एन–ल्याई दोनों ने पंडित नेहरू को अमेरिकी साम्राज्यवाद का एजेंट माना तथा यह आरोप लगाया कि भारत का पश्चिमी ब्लॉक की ओर झुकाव है, इससे साम्यवादी देशों की सुरक्षा और स्थिरता को खतरा है। चीन के विभिन्न विचार भारत–चीन सीमा संबंधी विवाद पर ही केंद्रित नहीं थे, बल्कि चीन के नकारात्मक राजनीतिक और वैचारिक/सैद्धांतिक आयाम भी थे, अर्थात् चीन नहीं चाहता था कि भारत एक प्रभावशाली एशियाई ताकत के रूप में उभरे। प्रारंभ में हम इस राजनीतिक यथार्थ को समझ नहीं पाए थे और जब हम चीन का इरादा भाँप गए, तब हमने सही समय पर प्रतिक्रिया नहीं की।

पाकिस्तान ने भारत की इस कमजोरी का भरपूर लाभ उठाया। जुल्फिकार अली भुट्टो चीन के साथ सामरिक समीकरण बनाने और रक्षा संबंध स्थापित करने में सफल हो गए। चीन–पाक सहयोग भारत की क्षेत्रीय सुरक्षा तथा वातावरण के लिए खतरा बन गया। सन् 1962–63 में किए गए सीमा संबंधी करारनामे के माध्यम से पाकिस्तान चीन को जम्मू और कश्मीर के उन भागों को देने के लिए तैयार हो गया, जिन पर उसका आधिपत्य था। यह भारत की दृष्टि से उचित नहीं था। कानूनी तथा तकनीकी दृष्टि से पाकिस्तान ने तीसरे देश का भू–क्षेत्र चीन को दिया था। इसलिए भारत के उत्तर की सीमाओं पर पाकिस्तान तथा चीन के बीच भू–रणनीति विषयक संपर्क का आधार तैयार हो गया।

निम्नलिखित दशकों के दौरान प्रवृत्तियों तथा घटनाक्रम का भारत की विदेश तथा रक्षा नीतियों पर गहरा प्रभाव पड़ा। पूर्ववर्ती घटनाओं के कारण भारत की विदेश नीति की आदर्शवादी तथा शुद्ध नैतिक संरचना में बदलाव आने लगा। इस प्रक्रिया में संयुक्त राज्य और सोवियत संघ के साथ भारत के संबंधों के पैटर्न तथा अन्य अंतरराष्ट्रीय घटनाओं का भी काफी प्रभाव पड़ा। सन् 1956 में स्वेज तथा हंगेरियन संकट तथा कांगो में गृहयुद्ध ने भी इन बदलावों में महत्वपूर्ण भूमिका निभाई।

अब इन तीन घटनाओं पर और अधिक विस्तारपूर्वक चर्चा करने की आवश्यकता है। भारत ने एंग्लो–फ्रेंच–इजराइल के स्वेज नहर जोन पर आक्रमण के संबंध में जो प्रतिक्रिया की थी, उसके विपरीत इमरे नागी सरकार के विरुद्ध हंगरी पर रूसी आक्रमण के समय अस्पष्ट रवैया अपनाया। भारत ने स्वेज नहर पर नासिर की राष्ट्रीयकरण की नीति के विरुद्ध अति कटु प्रतिक्रिया व्यक्त की थी। इस रवैये से पश्चिमी लोकतांत्रिक देश और भारत के बीच दूरी बढ़ गई। इसके अलावा भी देश के भीतर तथा बाहर सामान्य रूप से इस अभिवृत्ति की आलोचना की गई थी। भारत ने जो कहा था तथा

इन दोनों नाजुक घटनाओं के संबंध में जो रवैया अपनाया था, इसके बारे में पर्याप्त जानकारी उपलब्ध है। यहाँ हमारा लक्ष्य विस्तृत ब्यौरों को दोहराना नहीं है बल्कि हम यहाँ उस समय अपनाए गए भारत के इस रवैये के तर्काधार तथा दबावों का विश्लेषण करना चाहते हैं। यह याद रखना होगा कि नेहरू 'मिस्र क्रांति' का पूरी तरह से समर्थन करते थे। इस क्रांति का लक्ष्य फारूख का तख्ता पलटना था। अरब देशों के साथ सौहार्दता मात्र राजनीतिक नहीं बल्कि भारतीय विदेश नीति की भावुक और मनोवैज्ञानिक अंतर्धारा थी। भारत के बहुत बड़े मुस्लिम वर्ग ने भारतीय विदेश नीति में इस प्रवृत्ति का समर्थन किया। नासिर अरब देशों के महान नेता के रूप में उभर रहा था। यह तथ्य भी समान रूप से महत्वपूर्ण था कि नासिर और पंडित नेहरू ने सन् 1955 में एफ्रो–एशियन कॉन्फ्रेंस में मिलकर सकारात्मक समीकरण बनाया। मिस्र द्वारा स्वेज नहर जोन के राष्ट्रीयकरण तथा नहर पर नियंत्रण रखने का कारण अमेरिका के नेतृत्व में पश्चिम द्वारा सहायता बंद करने का लिया गया निर्णय है। मिस्र को पश्चिम ने यह वचन दिया था कि मिस्र को **'आसवान हाई डैम'** बनाने के लिए सहायता दी जाएगी। यह बाँध बहुत बड़ी महत्वपूर्ण विकासात्मक परियोजना थी। जब पश्चिम ने यह सहायता देने से इंकार कर दिया, तब मिस्र अपनी राजनीतिक नाराजगी का संदेश भेजना चाहता था, परंतु इससे भी ज्यादा वह स्वेज नहर पर नियंत्रण रखने के लिए बाँध के लिए वैकल्पिक संसाधन–सहायता प्राप्त करना चाहता था। वह संसाधनों पर पूर्ण कमान रखना चाहता था, जिसके तहत नहर से गुजरने वाले अंतरराष्ट्रीय जहाजों से भुगतान वसूल किया जा सकता था। भारतीय अर्थव्यवस्था और संगत प्रौद्योगिकी के अंतरण के कोर क्षेत्रों के पीछे तर्काधार के प्रति नेहरू तथा भारतीय जनता में सहानुभूति की भावना जागी।

पश्चिमी देश भारत की आवश्यकताओं के प्रति टाल–मटोल कर रहे थे। इसके पीछे पश्चिमी औद्योगिक देश बड़ा आसान–सा तर्क दे रहे थे। उनका अदूरदर्शी विचार यही था कि यदि औद्योगिक दृष्टि से भारत का विकास होता है तथा वह प्रौद्योगिकी क्षेत्र में उन्नत तथा आत्मनिर्भर हो जाता है, तो भारतीय बाजार में पश्चिमी विनिर्मित उत्पादों की पहले जैसी बिक्री नहीं होगी। इसलिए भारत को इस सीमा तक आगे बढ़ने से क्यों न रोका जाए? पश्चिम द्वारा आसवान बाँध के लिए सहायता न देने के पीछे भी यही दृष्टिकोण था। इसलिए भारत द्वारा नासिर को दी गई सहायता युक्तियुक्त थी। मिस्र पर एंग्लो–फ्रेंच–इजराइली आक्रमण से साम्राज्यवादी गनबोट कूटनीति की यादें फिर ताजा हो गईं। दूसरी ओर हंगरी पर सोवियत आक्रमण के प्रति समर्थक रवैये को नैतिक या आदर्शमूलक आधार पर न्यायोचित नहीं ठहराया जा सकता था। फिर भी सोवियत संघ का विरोध न करने के पीछे अन्य कारण भी थे।

स्टालिन की मृत्यु तथा खुश्चेव और बुल्गानिन के सत्ता में आने के बाद भारत–सोवियत संबंधों में रक्षा संबंधी सहयोग बढ़ने लगा तथा आर्थिक दृष्टि से भी परस्पर सहयोग की भावना को बढ़ावा मिला। नेहरू ने पाँचवें दशक के मध्य में मास्को की यात्रा की थी। सन् 1955 में खुश्चेव और बुल्गानिन ने भी भारत की यात्रा की। रक्षा, भारी उद्योग, विज्ञान और प्रौद्योगिकी क्षेत्र में भारत–सोवियत संघ के संबंध में दूरगामी

नीति विषयक निर्णय लिए गए। भारतीय अर्थव्यवस्था और रक्षा क्षमता को मजबूत बनाने के लिए सोवियत संघ की प्रतिबद्धता विदेश नीति और भू–रणनीति विषयक विकास था। सर्वाधिक महत्वपूर्ण तथ्य यह है कि ख्रुश्चेव और बुल्गानिन ने अपनी भारत यात्रा के दौरान जम्मू और कश्मीर पर भारत के पक्ष का खुलकर समर्थन किया। निश्चय ही सोवियत संघ ने नई दिल्ली में समीकरण विकसित करने के लिए भारत से पश्चिम देशों की दूरी का भरपूर फायदा उठाया। सोवियत संघ ने भारत की आशाओं और भग्नाशाओं का सही ढंग से आकलन किया तथा वह हमारी चिंताओं के प्रति अधिक अनुकूल रवैया अपना रहा था। नेहरू ने पाँचवें दशक के मध्य में अनुभव किया कि विश्व में गुटनिरपेक्ष तथा निष्पक्ष नीति अपनाना वांछनीय नहीं है। भारत को कुछ ऐसे मुद्दों पर मित्रों की आवश्यकता है, जिनमें विश्व की अन्य ताकतें भी रुचि ले रही हैं। सोवियत संघ तथा अन्य समाजवादी देश भारत के प्रति अपना रुख दिखा रहे थे। ऐसी स्थिति में हंगरी मुद्दे पर सोवियत संघ की आलोचना करके समाजवादी ब्लॉक के बन रहे समीकरण की गति को धीमा करना उचित नहीं है। इस मुद्दे का भारतीय हितों से सीधा संबंध नहीं है। यहां इस बात पर भी बल देना भी प्रासंगिक होगा कि स्वेज नहर पर नियंत्रण का भारत के आर्थिक तथा रणनीति विषयक हितों से सीधा संबंध है; अर्थात् यदि इस नहर पर औपनिवेशिक ताकत की बजाय अरब के मित्र राष्ट्र का नियंत्रण होता है, तो इससे भारत के हितों की रक्षा होगी। दोनों मुद्दों पर भारत के अलग–अलग रवैये के पीछे भारत का यही तर्क था।

विश्व के एक भाग तथा पश्चिमी सरकारों ने भारतीय विदेश नीति के अंतर्विरोधों की आलोचना की है। इनके अनुसार हंगरी तथा स्वेज संकट पर भारत के विरोधी विचारों के कारण ही दिल्ली का यह दावा नकार दिया जाता था कि इसकी विदेश नीति नैतिक सिद्धांतों पर आधारित है। ऊपरी सतह पर यह आलोचना वैध थी (और है), परंतु भारत का यह पहला प्रमुख प्रदर्शन (manifestation) था, जब इस देश ने दृढ़तापूर्वक राष्ट्रीय हितों को बचाने का प्रयास किया। इससे यह तथ्य परिलक्षित होता है कि भारत अब यह महसूस करने लगा था कि अंतरराष्ट्रीय राजनीति अनिवार्यतः नीति निरपेक्ष होती है, जिस पर शक्ति समीकरण तथा निहित स्वार्थ हावी होते हैं। यदि भारत अपने हितों की रक्षा करना चाहता है, तो वह अंतरराष्ट्रीय संबंधों में इसका अपवाद नहीं बन सकता। यदि हम अतीत की ओर झाँकें तो स्पष्ट हो जाएगा कि भारत को इन दोनों मामलों में अपने दृष्टिकोण के बारे में प्रतिरक्षात्मक रवैया अपनाकर सोचने की आवश्यकता नहीं है, जो आज से 6 दशक पहले घटित हुए थे।

भारत संयुक्त राज्य संबंध सन् 1953–61 तक, राष्ट्रपति ड्वाइट डी. आइजेनहॉवर के समय जटिल थे और आर्थिक क्षेत्र में ही स्थापित थे। आइजेनहॉवर तथा नेहरू के बीच वैयक्तिक संबंध नेहरू तथा हैरी ट्रूमेन से बेहतर थे। तथापि, आइजेनहॉवर के राज्य मंत्री (सेक्रेटरी ऑफ स्टेट) जॉन फोस्टर डलेस (John Foster Dulles) ने विदेश नीति के सिद्धांत को सारांश रूप में प्रस्तुत करते हुए इस सकारात्मक रवैये (Chemistry) को नकारते हुए कहा–"जो देश हमारे साथ नहीं हैं, वे हमारे विरोधी हैं।" संयुक्त राज्य के रूखेपन तथा चुप्पी के बावजूद सन् 1954–62 तक भारत–संयुक्त राज्य का

व्यापार फला–फूला तथा आर्थिक संबंध मजबूत हुए। इस समय भारत संयुक्त राज्य में प्रौद्योगिकी सहयोग आरंभ हो चुका था। संयुक्त राज्य के राजदूत चेस्टर बाउल्स ने सन् 1956–61 के दौरान भारत–संयुक्त राज्य के संबंधों में महत्वपूर्ण भूमिका निभाई। नेहरू तथा आइजेनहॉवर के बीच निरस्त्रीकरण तथा परमाणु मुद्दों पर विचारों में भी बदलाव आने लगा। इसी कारण भारत द्वारा आइजेनहॉवर का समर्थन करते हुए 'शान्तिपूर्ण कार्यक्रम के लिए एटम' की घोषणा की गई। भारत और संयुक्त राज्य ने आंशिक परीक्षण प्रतिबंध संधि तैयार करने में भी सहयोग दिया था। हालाँकि भारत और संयुक्त राज्य के संबंधों में पाँचवें दशक के उत्तरार्द्ध में द्विपक्षीय व्यापार की दृष्टि से काफी सुधार आया। परंतु कतिपय सामरिक तथा सुरक्षा संबंधी विषय और भारत की आंतरिक आर्थिक नीतियों के कुछ पहलुओं में दोनों देशों के विचारों में भिन्नताएँ उभर कर सामने आईं। सन् 1955 में अवाडी में भारतीय राष्ट्रीय कांग्रेस के अधिवेशन में भारत की समाजवादी आंतरिक आर्थिक प्रबंध व्यवस्था को मुक्त बाजार अर्थव्यवस्था के सिद्धांतों के संबंध में चुनौती के रूप में देखा गया। ये सिद्धांत संयुक्त राज्य की विदेश आर्थिक नीतियों का महत्वपूर्ण तत्त्व है। संयुक्त राज्य के अनुसार आंतरिक तथा विदेश नीतियों की दृष्टि से भारत साम्यवाद का समर्थक है। इसके अलावा नाटो से सीटो तक सभी सैन्य गुटों (इसी अवधि के दौरान तीन गुट बनाए गए थे), संयुक्त राज्य–पाकिस्तान के बीच रक्षा समझौतों तथा करारनामों के कड़े विरोध तथा संयुक्त राज्य में कश्मीर के मुद्दे पर भारत और पाकिस्तान के प्रति बराबर का बरताव करने पर भारत द्वारा की गई आपत्ति जैसे अन्य कारणों से भी भारत–संयुक्त राज्य के संबंधों में सुधार नहीं हो पाया।

सोवियत संघ तथा चीन के साथ भारत के निकट संबंध तथा मास्को और बीजिंग में नेहरूजी की यात्रा एवं भारत द्वारा स्वेज पर एंग्लो–फ्रेंच–इजराइली आक्रमण की आलोचना और हंगरी पर सोवियत आक्रमण के समय चुप्पी साधने से संयुक्त राज्य को विश्वास हो गया था कि भारत का गुटनिरपेक्ष दावा एक चाल है, जबकि वस्तुतः भारत समाजवादी ब्लॉक का ही भाग बनता जा रहा है। "यहाँ तक कि भारत कम्युनिस्ट देश नहीं है, फिर भी यह इस विचारधारा से प्रभावित अवश्य है। (यदि भारत 'लाल' नहीं, तो 'गुलाबी' अवश्य है)।" ये विचार पाँचवें दशक के मध्य में (जब मैं छात्र था) दिल्ली विश्वविद्यालय में राजनीति विज्ञान पढ़ाने वाले अमेरिकी प्रोफेसर ने व्यक्त किए थे।

भारत की वाशिंगटन के संबंध में चाहे कोई भी गलतफहमी क्यों न हो, परंतु यह सत्य है कि आइजेनहॉवर के काल में ही संयुक्त राज्य प्रमुख व्यापारिक पार्टनर (साझीदार) के रूप में उभरने लगा था तथा यह भारत को आर्थिक एवं खाद्य सामग्री की सहायता दे रहा था। इस दौरान भारत और संयुक्त राज्य के बीच शैक्षिक तथा सांस्कृतिक आदान–प्रदान बढ़ने लगा था।

अब ब्रिटेन तथा जर्मनी के स्थान पर संयुक्त राज्य का बुद्धिजीवी वर्ग तथा शैक्षिक संस्थाएं भारतीय घटनाक्रम के सर्वाधिक महत्वपूर्ण बाह्य शोधकर्ता तथा पर्यवेक्षक माने जाने लगे थे। हालांकि भारत के प्रति 'डलेस' की अपनी शर्तें थीं तथा उसका विचार था कि भारत जानबूझकर संयुक्त राज्य के हितों के प्रतिकूल चीन और सोवियत संघ के

साथ अपने संबंध मजबूत कर रहा है। इसके बावजूद आइजेनहॉवर यह महसूस करते थे कि भारत की लोकतांत्रिक व्यवस्था को प्रोत्साहन तथा समर्थन दिया जाना चाहिए। इस विचार की ठोस पुष्टि आइजेनहॉवर की सन् 1959 की भारत यात्रा से होती है। आइजेनहॉवर संयुक्त राज्य के पहले राष्ट्रपति थे, जो भारत आए। उनकी यह यात्रा सफल रही। तथापि आइजेनहॉवर के शासनकाल के अंतिम चरण में संयुक्त राज्य ने गोवा पर भारत के दावे का विरोध तथा भारत की विदेश नीति और रक्षा नीतियों पर वी. के. कृष्णा मेनन के प्रभाव पर संदेह करने के अलावा कश्मीर मुद्दे पर भारत के रवैये का समर्थन करने से इंकार कर दिया था।

जब जॉन एफ. कैनेडी संयुक्त राज्य अमेरिका के राष्ट्रपति बने (सन् 1961 में), तब भारत को यह आशा बंधी कि दोनों देशों के बीच सकारात्मक संबंध स्थापित होंगे। किंतु कुछ ही समय में आशाओं पर पानी फिर गया। वाशिंगटन को भारत से यह उम्मीद थी कि चीन–भारत लड़ाई में संयुक्त राज्य द्वारा दी गई सहायता के बदले भारत कश्मीर मुद्दे पर समझौता कर लेगा। इसके अलावा क्यूबाई मिसाइल संकट के दौरान भी नई दिल्ली तथा वाशिंगटन के बीच दूरी बढ़ गई। संयुक्त राज्य भारत से उम्मीद करता था कि भारत क्यूबा के मामले में अमेरिका का साथ देगा। परंतु भारत ने ऐसा नहीं किया। जब भारत ने फिदेल कास्त्रो को क्यूबा की सत्ता में आते ही मान्यता दी, तब संयुक्त राज्य को विशेष रूप से निराशा हुई।

इसी अवधि के दौरान बने पैटर्न के भीतर ही संयुक्त राज्य और भारत के बीच संबंधों का विकास हुआ। इस पैटर्न के संघटक इस प्रकार हैं–

1. यद्यपि दोनों देश लोकतांत्रिक देश थे, फिर भी भारत और संयुक्त राज्य के बीच सामरिक और सुरक्षा हितों को लेकर मूलभूत अंतर पाए जाते थे।
2. भारत की गुटनिरपेक्ष विदेश नीति तथा गुटनिरपेक्ष आंदोलन का संस्थापक सदस्य बन जाने से तीसरे विश्व के देश इसका समर्थन करने लगे थे। परंतु यह प्रवृत्ति संयुक्त राज्य के हितों तथा सामरिक योजनाओं के प्रतिकूल समझी जाने लगीं।
3. भारत की योजनाबद्ध अर्थव्यवस्था में भारत–संयुक्त राज्य के बीच आर्थिक और प्रौद्योगिकी सहयोग की गुंजाइश नहीं थी।
4. निरस्त्रीकरण पर भारतीयों के विचार संयुक्त राज्य के राजनीतिक–सामरिक सिद्धांतों के अनुकूल नहीं थे।

विदेशों के साथ संबंधों के बारे में भारत की दो अन्य महत्वपूर्ण घटनाओं का जिक्र करना भी उचित होगा। पहली घटना गोवा, दमन और दीप को शामिल करने के लिए पुर्तगालियों के विरुद्ध सैन्य कार्यवाही थी (दिसंबर 1961)। भारत की सन् 1946–47 तक फ्रांस और पुर्तगाल के साथ बातचीत चल रही थी कि ब्रिटिश काल के दौरान नियंत्रणाधीन कुछ छोटे–छोटे भू–क्षेत्र लौटा दिए जाएँ। इस संबंध में फ्रांस सही भी था। इन्हीं वार्ताओं के दौरान यह निर्णय लिया गया कि पांडिचेरी और चंद्रनगर भारत को लौटा दिए जाएं। ये भाग इस देश का अभिन्न अंग बन गए। परंतु पुर्तगाल के एंटिनो डि आलिवेरिया सलजार की कुछ व्यावहारिक समस्याएँ थीं। इस प्रकार से सभी

प्रयास असफल हो गए। सन् 1956 के अंत में भारत के सब्र का बंध टूट गया। पुर्तगाल अधिकृत भू–क्षेत्रों में स्वतंत्रता आंदोलन में तेजी आने लगी। पुर्तगाली सरकार भी घोर दमनकारी नीति अपनाने लगी। इससे भारतीयों के मन में विद्रोह की भावना बढ़ने लगी। विशेषकर गोवा के सीमावर्ती भारतीय प्रांतों में असंतोष फैलने लगा।

संयुक्त राज्य के राजदूत एल्सवर्थ बंकर ने यह सुझाव दिया कि भारत पुर्तगाली सरकार से यह क्षेत्र 'खरीद' सकता है। जिस तरह संयुक्त राज्य ने लुईसियाना और अलास्का क्षेत्र खरीदे थे। यह अव्यावहारिक सुझाव था, क्योंकि पुर्तगाल भी ऐसा सौदा करने का इच्छुक नहीं था। कश्मीर में भारत की स्थिति के संबंध में अंतरराष्ट्रीय समुदाय की प्रतिक्रिया का नई दिल्ली पर यह प्रभाव पड़ा कि भारत यह सोचने लगा कि जब सभी शांतिपूर्ण प्रयास विफल हो चुके हैं, तब बल प्रयोग के सिवा और कोई चारा नहीं रहता है। पुर्तगाल के दुराग्रह तथा गोवा में स्थानीय पुर्तगाली बलों ने सीमा के पार गोलीबारी की, जिसमें अनेक भारतीय भी मारे गए, इससे भारत को सैन्य कार्यवाही के लिए बाध्य होना पड़ा। राष्ट्रपति कैनेडी तथा राजदूत जे. के. गलब्रेथ ने नेहरू पर दबाव डालने का प्रयास किया कि गोवा में सैन्य कार्यवाही न करें। लॉर्ड माउण्टबेटन भी इस चेष्टा में शामिल थे। परंतु वास्तविक रूप से स्थिति यह थी कि भारत के पश्चिमी तट पर पुर्तगाली कॉलोनी के रूप में गोवा को राजनीतिक दर्जा देना भारतीय हितों के प्रतिकूल होता। 17 दिसंबर, 1961 की रात को भारतीय सेना गोवा की ओर बढ़ी तथा मात्र 26 घंटों में पूरी कार्यवाही समाप्त हो गई। अंतरराष्ट्रीय कूटनीतिक दायरों में भारत की 'हिंसक' कार्यवाही की भर्त्सना की गई तथा आलाप–प्रलाप भी किया गया। कुछ समय तक भारत की विदेश नीति का उच्च नैतिक आधार भी विलुप्त होने लगा। परंतु कश्मीर में भारत के अनुभव, चीन और पाकिस्तान के संबंध में इसकी दुविधा तथा विश्व में अधिक प्रभावी ताकतों के साथ अंतरराष्ट्रीय संबंधों के विषय में इसके आकलन से नेता अनुभव करने लगे कि निश्चित सीमा से परे, तर्क तथा नैतिकता का पालन करने से विश्व फायदा उठा सकता है। भारत दृढ़तापूर्वक खड़ा हो गया तथा इसने अपने भू–क्षेत्र से अंतिम रूप से उपनिवेशवाद को उखाड़ फेंका। भारत 14 वर्षों तक पुर्तगाल के साथ बातचीत करता रहा। यही इस बात का सबूत है कि नई दिल्ली ने अंत में और कोई रास्ता न रहने पर बल प्रयोग का रास्ता अपनाया।

अन्य महत्वपूर्ण घटनाओं में कांगो में शांति बनाए रखने के लिए भारत द्वारा निभाई गई प्रमुख भूमिका है। सन् 1960 में बेल्जियम ने अपना नियंत्रण छोड़ दिया था। इससे कांगो की प्रशासनिक और आर्थिक स्थिति डाँवाडोल हो रही थी। इसके बावजूद बेल्जियम कातंगा के प्रांत में अपना नियंत्रण बनाए रखना चाहता था। इस प्रांत में प्राकृतिक और खनिज संसाधन बड़ी मात्रा में पाए जाते थे। इसलिए उन्होंने पूर्व उपनिवेश से इस प्रांत के अलगाव को प्रोत्साहन दिया। परिणामस्वरूप वहाँ गृहयुद्ध छिड़ गया। इसमें संयुक्त राष्ट्र को हस्तक्षेप करना पड़ा। इस संदर्भ में संयुक्त राष्ट्र के महासचिव डग हैमरशोल्ड ने नेहरू से 'कांगो संकट' का निपटारा करने के लिए उनके प्रतिनिधि के रूप में संयुक्त राष्ट्र में भारत के राजदूत, राजेश्वर दयाल की सेवाएँ माँगी। उन्होंने कांगो में संयुक्त राष्ट्र की शांति सेना के लिए भारतीय सेना भी माँगी। परिणामस्वरूप,

दयाल तथा भारतीय सेना ने कांगो की एकता बरकरार रखने में प्रमुख भूमिका निभाई, जिसे बाद में 'जायरे गणराज्य' का नाम दिया गया। मात्र त्रासदी यही रही कि भारत कांगो के राष्ट्रपति लुमंबा की नृशंस हत्या को रोक नहीं पाया तथा डग हैमरशोल्ड की विमान दुर्घटना में मृत्यु हो गई। शांति कार्यवाही में सफलता पाने के साथ–साथ भारत को यह सबक मिला कि विदेश नीति के व्यावहारिक पक्ष में दोगलापन भी हो सकता है। हालाँकि संयुक्त राज्य संयुक्त राष्ट्र की कांगो संबंधी गतिविधियों में प्रतिभागी था, फिर भी संयुक्त राज्य की विदेश नीति तथा आसूचना स्थापनाओं के कुछ भाग समझते थे कि कांगो को वामपंथी नेता लुमंबा के कब्जे में नहीं जाने देना चाहिए। परिणामस्वरूप संयुक्त राज्य सरकार ने लुमंबा की हत्या का षड्यंत्र रचा। डग हैमरशोल्ड की मृत्यु अभी भी रहस्य बनी हुई है। सामान्य रूप से यह समझा जाता है कि वे निष्पक्ष तथा आदर्शों और संयुक्त राष्ट्र के चार्टर में दिए गए लक्ष्यों के प्रति कटिबद्ध महासचिव थे तथा विरोधी पक्ष उन्हें हटाना चाहता था।

पाँचवें दशक के अंत में भारत द्वारा उपनिवेशवाद के उन्मूलन के फल सामने लगे। सन् 1970 के आरम्भ तक सहारा के दक्षिण में अफ्रीकी देश स्वतंत्र होने लगे और औपनिवेशिक ताकतें पीछे हटने लगीं। नेहरू ने उन समस्त अफ्रीकी नेताओं के साथ व्यक्तिगत संपर्क स्थापित किए, जो छठवें तथा सातवें दशक में अपने राष्ट्रों की बागडोर सँभाले हुए थे। उदाहरणतः–क्वामे क्रूमह, जुलियस नियरे, जोमो केन्याता तथा टाम म्बोया पंडितजी से जुड़े हुए थे। इन्हीं सम्पर्कों के कारण भारत के अफ्रीकी देशों के साथ संबंधों की आधारशिला तैयार हुई।

इस अवधि के दौरान बहुपक्षीय संबंधों की दृष्टि से सर्वाधिक महत्वपूर्ण घटना सन् 1961 में बेलग्रेड में गुटनिरपेक्ष आंदोलन का प्रारंभ था। एफ्रो–एशियन कॉन्फ्रेंस में भू–रेखाओं से अलग एक पहचान बनाने की कोशिश की गई। एक जैसी चिंताएँ, आर्थिक तथा राजनीतिक मुद्दों से जुड़े हितों के परिवर्तन तथा शीतयुद्ध में शामिल न होने से नए स्वतंत्र देशों की स्थिरता तथा बेहतरी टिकी हुई है–इस धारणा के कारण गुटनिरपेक्ष आंदोलन की शुरुआत हुई। नेहरू (भारत), नासिर (मिस्र), टीटो (यूगोस्लाविया), सुकर्णो (इंडोनेशिया) तथा क्रूमाह (घाना) ऐसे प्रतिष्ठित नेता थे, जिन्होंने इस आंदोलन की शुरुआत की। यहाँ यह उल्लेख करना भी समीचीन होगा कि जवाहरलाल नेहरू 'गुटनिरपेक्ष आंदोलन' के पक्ष में नहीं थे। वे यह महसूस करते थे कि देशों का एक नया समूह गठित करके हम एक अन्य 'ब्लॉक' स्थापित करने जा रहे हैं, जिससे शीतयुद्ध में पहले से विद्यमान विरोधी गुटों के साथ स्पर्धा बढ़ जाएगी। नेहरूजी ने गुटनिरपेक्ष होने तथा गुटनिरपेक्ष आंदोलन का एक हिस्सा बनने के बीच अंतर स्पष्ट किया था। उनका यह विचार था कि विदेश नीति में गुटनिरपेक्ष रवैया हमेशा अपने हितों की रक्षा करने में विकासशील देशों की स्वतंत्रता तथा संप्रभु विवेकाधिकार की दृष्टि से प्रासंगिक रहता है। वे यह महसूस करते थे कि इस आंदोलन का हिस्सा बन जाने से यह साबित हो जाएगा कि निष्पक्षता की अवधारणा अव्यावहारिक है क्योंकि विभिन्न देशों की प्राथमिकताएँ तथा हित अलग–अलग होंगे, भले ही वे गुटनिरपेक्ष की

अवधारणा को वैध ही क्यों न ठहराते हों। अपने विजन में नेहरू आदर्शवादी थे। नेहरू और कृष्णा मेनन के बीच इस अवधि के दौरान हुए पत्र व्यवहार में यह संकेत मिलता है कि कृष्णा मेनन ने नेहरूजी को इस आंदोलन में शामिल होने के लिए राजी किया था। इसके पीछे उन्होंने तर्क यह दिया था कि एक–जैसे विचारों वाले देशों का फोरम तैयार होने से तीसरे विश्व के विकासशील देशों के सामूहिक हितों की रक्षा होगी और इससे भारत के विदेश नीति विषयक लक्ष्यों की भी पूर्ति होगी। गुटनिरपेक्ष आंदोलन की स्थापना से नेहरूजी अंतरराष्ट्रीय राजनेता के रूप में उभरे थे। परिणामस्वरूप, भारत को 'नैम' (NAM–गुटनिरपेक्ष आंदोलन) के संस्थापक सदस्य के रूप में अंतरराष्ट्रीय स्तर पर ख्याति मिली।

चीन–भारत युद्ध के कारण गुटनिरपेक्ष संगठन बनने के एक वर्ष के भीतर पंडितजी का सपना चकनाचूर हो गया। अब उनका पूरा ध्यान इस संघर्ष से उत्पन्न संकट के समाधान तथा सन् 1962 से उत्पन्न घरेलू समस्याओं के निवारण पर केंद्रित था। उन्हें सन् 1963 में भुवनेश्वर में आघात सहना पड़ा तथा 27 मई, 1964 को उनका देहावसान हो गया।

पंडित नेहरू की निराशा तथा विश्व के बारे में उनकी कल्पना के विखंडन का वर्णन करते समय, वी.के. कृष्णा मेनन द्वारा भारत के, प्रारम्भिक वर्षों तथा बाद में, विदेश नीति के प्रतिपादन में निभाई गई भूमिका पर प्रकाश डालना भी प्रासंगिक होगा। नेहरूजी के मंत्रिमंडल में मेनन रक्षा मंत्री थे। उन्हीं के काल में चीन–भारत युद्ध छिड़ा, जब भारत को पराजय का मुँह देखना पड़ा था। परिणामस्वरूप, इनके बारे में सामूहिक रूप से आलोचना की जाती रही। उन पर यह आरोप लगा था कि उनकी विचारधारा साम्यवादी थी तथा उन्होंने नेहरूजी को चीन और सोवियत संघ के इरादों की गलत जानकारी दी। भारतीय सेना का भी राजनीतिकरण किया गया। पदोन्नति में भी पक्षपात किया गया तथा अधूरे ढंग से सुसज्जित भारतीय सेना को चीन की लड़ाई में भेजा, जिसके बी.एम. कौल, जैसे अयोग्य और अनुभवहीन जनरल थे। ऐसा माना जाता था कि बी.एम. कौल, कृष्णा मेनन के प्रिय जनरल थे। इन आलोचनाओं में सत्यता थी, परंतु भारत की पराजय के लिए हर तरह से उन्हें दोषी ठहराना भी उचित नहीं है। भारत के अन्य ताकतवर व्यक्ति भी इस हार के लिए उत्तरदायी हैं। उदाहरण के लिए–भारत के चीन में भेजे गए राजदूत पार्थसारथी भी चीन के इरादे नहीं भाँप सके।

मेनन पर यह आरोप लगाया जाता है कि उनका दृष्टिकोण रूखा तथा विरोधी था और यह भी कहा जाता है कि प्रतिपक्ष के साथ, विशेष रूप से पश्चिमी देशों की स्थापनाओं के साथ, उन्होंने सही ढंग से परस्पर बरताव नहीं किया। परंतु यह आलोचना पक्षपातपूर्ण थी, क्योंकि अनेक वरिष्ठ सिविल अधिकारी उनके विरुद्ध थे। वे इन्हें राजनीतिक क्षेत्र में दखलंदाजी करने वाले समझते थे, जिसने किसी प्रकार से पंडित नेहरू को विश्वास में ले लिया था। फिर भी कुल मिलाकर मेनन जी ने भारत की विदेश और रक्षा नीतियों को तैयार करने में महत्वपूर्ण भूमिका निभाई, जिससे राष्ट्रीय हितों के बारे में स्पष्टता आई, विश्वास जागा तथा देश की पहचान बनाने की भावना उत्पन्न हुई। उनकी इस भूमिका को भुलाया नहीं जाना चाहिए।

सन् 1962 की भारत–चीन लड़ाई की समाप्ति से संबंधित अन्य रोचक घटना संयुक्त राज्य के राष्ट्रपति कैनेडी द्वारा भारत को दी गई सहायता है। इस अध्याय में ऐसे कुछ पहलुओं पर थोड़ी–बहुत चर्चा की गई है। परंतु सबसे बड़ी घटना जिसकी उपेक्षा कर दी जाती है, यह है भारत–चीन लड़ाई में संयुक्त राज्य सरकार ने बंगाल की खाड़ी की ओर 'एंटरप्राइज' नामक जहाजी बेड़ा भेजा था। यही चीन के लिए संकेत था कि यदि विद्यमान संघर्ष अपनी सीमा लांघ जाता है, जिससे भारत की भौगोलिक अखंडता को खतरा हो जाता है तो अमेरिका भारत को पर्याप्त सैन्य सहायता देगा। प्रत्येक भारतीय को याद है कि सन् 1971 में पूर्व पाकिस्तान संकट तथा भारत–पाक लड़ाई में श्रीमती इंदिरा गांधी को डराने के लिए 'एंटरप्राइज' भेजा गया था। हमें यह नहीं भूलना चाहिए कि 'बेड़ा' चीन–भारत की लड़ाई में भी भेजा गया था। इस घटना से यह बात प्रमाणित होती है कि संयुक्त राज्य राष्ट्रीय हितों तथा ग्लोबल सामरिक व्यवस्थाओं के संदर्भ में विश्व के अनेक भागों में सामरिक प्रभाव डालता रहा है। सन् 1962 में 'एंटरप्राइज' का स्मरण करके शायद हम संयुक्त राज्य की नीतियों को अधिक वस्तुनिष्ठ ढंग से समझ पाएँगे तथा सन् 1971 में बंगाल की खाड़ी में इस जहाज के आगमन पर उठा रोष भी दूर होगा।

पंडित नेहरू की मृत्यु के साथ ही सन् 1964 में भारतीय विदेश नीति के बुनियादी विषयों की रूपरेखा तैयार करने की प्रासंगिक अवधि भी समाप्त हो गई। स्वतंत्रता प्राप्ति से ही भारत की विदेश नीति आदर्शवादी तथा रोमांटिक अवस्था से यथार्थवाद की ओर बढ़ने लगी थी; क्योंकि पंडितजी राजनीतिक वस्तुस्थितियों तथा विश्व राजनीति में उदीयमान प्रवृत्तियों के साथ–साथ भारत पर पड़ते दबावों से समायोजित करने लगे थे। जब नेहरूजी का देहावसान हो गया, तब भारत को अनिश्चितता का सामना करना पड़ा था; क्योंकि पंडित नेहरू ने लम्बे समय तक प्रधानमंत्री तथा विदेश मंत्री का पद संभाला था। उनके न रहने पर भारत की राजनीति में खालीपन–सा आ गया था। भारत महसूस कर रहा था कि चारों ओर अंतरराष्ट्रीय माहौल अधिक जटिल तथा तनावपूर्ण है। शीतयुद्ध शिखर पर पहुँच चुका था। इन विरोधों का पश्चिम एशिया, अफ्रीका के भागों तथा अन्य देशों पर भी प्रभाव पड़ा था। परमाणु अस्त्रों के विस्तार पर नियंत्रण के लिए प्रयास करने के बावजूद विश्व की प्रभावशाली ताकतों की रक्षा नीतियों में ऐसे अस्त्रों का प्रसार दिन–पर–दिन बढ़ता जा रहा था। भारत के आस–पास सामरिक वातावरण निम्नलिखित कारणों से संवेदनशील होता जा रहा था– (1) चीन–पाक राजनीतिक रक्षा गुट तैयार होना, (2) सोवियत संघ तथा चीन के बीच वैचारिक तथा राजनीतिक मनमुटाव का बढ़ना, जिससे भारत को एक सीमा तक लाभ पहुँचा; परंतु इससे एशिया में तनाव बढ़ गया था। आने वाले समय में भारत–चीन सीमा संबंधी विवाद का उपयुक्त समाधान निकलने की संभावनाएँ भी कम हो गईं। ऐसे वातावरण में विदेश नीति में समुचित परिवर्तन लाना आवश्यक हो गया था। ऐसे तनावपूर्ण तथा कठिनाइयों भरे माहौल में श्री लाल बहादुर शास्त्री ने सन् 1964 के मध्य में प्रधानमंत्री का पद सँभाला।

प्रमुख बिन्दु

1. 1955–64 के बीच भारतीय विदेश नीति में आदर्शवादी दृष्टिकोण यथार्थवाद की ओर अभिमुखीकरण हुआ।
2. 1955–64 के बीच मध्य–पूर्व, पूर्वी एशियाई संकट, शीतयुद्ध के बीच संतुलन स्थापित करने की चुनौतियों, भारतीय सीमा पर चीन द्वारा खड़े किए गए संकट के बावजूद एफ्रो–एशियाई ब्रदरहुड के लिए विदेश नीति में स्थान।
3. पाकिस्तान अमेरिकी गठबंधन यानी सेंटो का सदस्य इसलिए बना, क्योंकि उसका विचार था कि अमेरिका के साथ द्विपक्षीय रक्षा समझौते तथा सेंटो की सदस्यता से पश्चिमी देश भारत से जुड़े विवादों में पाकिस्तान का राजनीतिक व सैनिक समर्थन करेंगे।
4. दुनिया की कुछ घटनाओं ने भारत की विदेश नीति को नयी दिशा दी। पहली घटना थी–पश्चिमी देशों द्वारा भारत के आर्थिक विकास में अवरोध। दूसरी घटना थी–चीन और रूस में टकराव, जिससे रूस का भारत के प्रति झुकाव और सहयोगात्मक संबंधों का विकास। तीसरी घटना थी– रूस को भारत की ओर झुकते देखते हुए यूरोपीय देशों के रुख में बदलाव। चौथी घटना थी–सेंटो, सीटो तथा पाकिस्तान और दक्षिण–पूर्व एशियाई देशों की सदस्यता से सोवियत विरोधी गुट का दक्षिण और दक्षिण–पूर्व एशिया में केंद्रित होने लगना। पाँचवीं थी–भारत–सोवियत समीकरणों का निर्माण।
5. आंतरिक राजनीतिक उपाय भी विदेश नीति को प्रभावित करते हैं। ध्यान रहे कि भारत ने आंतरिक आकस्मिकताओं तथा अलगाववादी आंदोलनों से निपटने के लिए परंपरागत दोहरा नजरिया अपनाया, जिसमें एक साथ हिंसा का विरोध एवं राजनीतिक स्तर पर वार्ताओं के तरीके शामिल थे। परिणाम यह हुआ कि समस्याओं का अस्थायी तौर पर समाधान तो निकला, लेकिन उप–क्षेत्रीय जातीय–भाषाई पहचान भी मजबूत हो गई, जिससे अपकेंद्रित भावनाएँ (केन्द्रीय भावना के विपरीत) पनपने लगीं।
6. भारत–चीन संबंधों में लेकर इस दौर में जो स्थिति बनी, उसे निम्नलिखित बिंदुओं द्वारा व्यक्त किया जा सकता है–
   - अ. चीन की कपटपूर्ण नीति।
   - ब. भारतीय सैन्य कमाण्डरों का यह विश्वास कि चीन की तुलना में भारतीय सेनाएं श्रेष्ठ हैं, जिसके चलते भारत में दम्भ का पक्ष कुछ हद तक उभरा।
   - स. दोनों ही देश इस मुद्दे पर धैर्य बरतने में नाकामयाब रहे।
   - द. चीन से पराजय ने भारत की विदेश नीति में नया आयाम जोड़ दिया। भारत की विदेश नीति में एशियाई सौहार्दता की वैचारिक अवधारणाओं, विवादों को सुलझाने में बल प्रयोग न करने तथा नाजुक मुद्दों पर प्रतिक्रिया करते समय अंतरराष्ट्रीय समुदाय की ओर से निष्पक्ष दृष्टिकोण अपनाने पर बल

दिया जाता था। परंतु अब भारत की विदेश नीति विश्व की 'रीयल पॉलिटिक' धारणा की ओर मुड़ गई।

द. कोलम्बो प्रस्ताव के बाद इस बात पर जोर दिया जाने लगा कि कोई देश नाजुक घटनाक्रम तथा मुद्दों पर प्रतिक्रिया करते समय वस्तुनिष्ठता की अपेक्षा अपने हितों को ध्यान में रखना चाहिए।

7. सन् 1962 तक चीन इस निष्कर्ष पर पहुंच चुका था कि भारत उसका शत्रु है, लेकिन भारत का सामान्य दृष्टिकोण यही था कि प्रक्रिया संबंधी अपराधों पर चीन के भौगोलिक दावों के संबंध में आपत्ति जताते हुए राजनीतिक संघर्ष से दूर रहा जाए। इसका मुख्य तात्कालिक कारण था दलाई लामा को भारत द्वारा शरण देना, जिस पर चीन का नजरिया यह था कि भारत–चीन के विरुद्ध तिब्बत के अलगाववाद को प्रोत्साहन दे रहा है। इसके साथ ही चीन ने दोहरे चरित्र का प्रदर्शन किया, जिसे समझने में भारतीय नेतृत्व असफल रहा।

8. भारत कभी भी चीन को सीमा विवाद में प्रतिक्रियावादी स्पष्ट उत्तर नहीं दे पाया यानी भारत सीमा संबंधी विवाद को लेकर भू–भाग के बारे में सीधे विरोध करने में संकोच करता रहा। भारत ने अपने आरम्भिक नोट में केवल समुचित वीसा के बिना भारतीय क्षेत्र में चीनीकर्मियों की मौजूदगी के संबंध में आपत्ति की, लेकिन अकसाई चिन के बारे में नहीं।

9. भारत–चीन युद्ध पर अध्ययन करते समय यह ध्यान रखने की जरूरत है कि हमने चीन के इरादों को भांपने में व्यावहारिक दृष्टिकोण नहीं अपनाया, जबकि राजनीतिक रूप से समझौता करने के लिए आशावादी बने रहना उचित नहीं था। जबकि भारत–चीन संबंधी सीमा विवाद पर चीन का रवैया जटिल था।

10. सोवियत नेताओं के साथ बातचीत करते समय चिन–यि तथा चाऊ–एन–ल्याई दोनों ने पंडित नेहरू को अमेरिकी साम्राज्यवाद का एजेंट माना था और यह आरोप लगाया था कि भारत का पश्चिमी ब्लॉक की ओर झुकाव है, इससे साम्यवादी देशों की सुरक्षा और स्थिरता को खतरा है।

11. चीन ने नकारात्मक राजनीतिक और वैचारिक/सैद्धांतिक आयाम भी विकसित करने में सफलता अर्जित की, क्योंकि चीन नहीं चाहता था कि भारत एक प्रभावशाली एशियाई ताकत के रूप में उभरे।

12. इस समय बनने वाला चीन–पाकिस्तान गठजोड़ भारत के लिए खतरा बना। पाकिस्तान चीन को जम्मू और कश्मीर के उन भागों को देने के लिए तैयार हो गया, जिन पर उसका आधिपत्य था। कानूनी तथा तकनीकी दृष्टि से पाकिस्तान ने तीसरे देश का भू–क्षेत्र चीन को दिया था। इसलिए भारत के उत्तर की सीमाओं पर पाकिस्तान तथा चीन के बीच भू–रणनीति विषयक संपर्क का आधार तैयार हो गया।

13. चीन युद्ध के बाद भारत की विदेश नीति की आदर्शवादी तथा शुद्ध नैतिक संरचना में बदलाव आना शुरू हो गया। इसने अमेरिका तथा सोवियत संघ के साथ भारत के संबंधों के पैटर्न को बदलने में सहयोग किया।

14. अरब देशों के साथ सौहार्दता मात्र राजनीतिक नहीं बल्कि भारतीय विदेश नीति की भावुक और मनोवैज्ञानिक अंतर्धारा थी। भारत के बहुत बड़े मुस्लिम वर्ग ने भारतीय विदेश नीति में इस प्रवृत्ति का समर्थन किया।
15. सोवियत नेता ख्रुश्चेव और बुल्गानिन ने अपनी भारत यात्रा के दौरान जम्मू और कश्मीर पर भारत के पक्ष का खुलकर समर्थन किया था। हालांकि सन् 1959 में आइजेनहॉवर भी भारत की यात्रा पर आए थे, लेकिन अमेरिका ने गोवा पर भारत के दावे का विरोध किया और कश्मीर मुद्दे पर भारत के रवैये का समर्थन करने से इंकार कर दिया था। कारण शायद यह था कि आइजनहॉवर के राज्य मंत्री (सेक्रेटरी ऑफ स्टेट) जॉन फोस्टर डलेस (Jhon Foster Dulles) की विदेश नीति का मूल था, जो हमारे साथ नहीं है, वह हमारा विरोधी है। अमेरिका यह मानने लगा था कि भारत का गुटनिरपेक्ष दावा एक चाल है, जबकि वस्तुतः भारत समाजवादी ब्लॉक का ही भाग बनता जा रहा है। यानी भारत यद्यपि कम्युनिस्ट देश नहीं है, लेकिन फिर भी वह इस विचारधारा से प्रभावित अवश्य है (अर्थात् यदि भारत 'लाल' नहीं, तो 'गुलाबी' अवश्य है)।" क्यूबा मिसाइल संकट ने नई दिल्ली एवं वाशिंगटन के बीच दूरी और बढ़ा दी थी।
16. कांगो संकट निपटारे के पश्चात् संयुक्त राष्ट्र महासचिव डैग हैमरशौल्ड की विमान दुर्घटना में मौत तथा कांगो राष्ट्रपति लुमंबा की नृशंस हत्या ने भारत को यह बता दिया था कि विदेश नीति के व्यावहारिक पक्ष में दोगलापन भी हो सकता है।
12. अमेरिका द्वारा बंगाल की खाड़ी में एंटरप्राइज को सन् 1962 में भेजा जाना और 1971 में भेजा जाना, यह बताता है कि संयुक्त राज्य राष्ट्रीय हितों तथा ग्लोबल सामरिक व्यवस्थाओं के संदर्भ में विश्व के अनेक भागों में सामरिक प्रभाव डालता रहा है।
13. नेहरू की मृत्यु के साथ ही सन् 1964 में भारतीय विदेश नीति के बुनियादी विषयों की रूपरेखा तैयार करने की प्रासंगिक अवधि भी समाप्त हो गई। स्वतंत्रता प्राप्ति से ही भारत की विदेश नीति आदर्शवादी तथा रोमांटिक अवस्था से यथार्थवाद की ओर बढ़ने लगी थी; क्योंकि पंडितजी राजनीतिक वस्तुस्थितियों तथा विश्व राजनीति में उदीयमान प्रवृत्तियों के साथ–साथ भारत पर पड़ते दबावों से समायोजित करने लगे थे।

❑❑

5 भारत की विदेश नीति का प्रमुख चरण (1964-77)

सन् 1964 में श्री लालबहादुर शास्त्री भारत के प्रधानमंत्री बने। शास्त्रीजी और उनके विश्व संबंधी विचार, दोनों ही नेहरूजी से भिन्न थे। हालाँकि शास्त्रीजी स्वतंत्रता आंदोलन में भारत की विदेश नीति तथा शांतिपूर्ण विश्व व्यवस्था में भारत के योगदान से संबंधित विचारों के बारे में नेहरूजी से सहमत थे, फिर भी विश्व में भारत की पहले निर्धारित की गई अग्रणी भूमिका पर उन्होंने बल दिया, जो नेहरूजी की दृष्टि का एक भाग थी। शास्त्रीजी, न ही नेहरूवाद की इस धारणा से सहमत थे कि अंतरराष्ट्रीय राजनीति नैतिक और निष्पक्ष आधारों पर टिकी है और न विश्व को एंग्लो–सैक्सन विचारधाराओं या यूरोपीय अनुभव से देखते थे, जबकि नेहरू के विश्व संबंधी दृष्टिकोण का यह एक अभिन्न अंग था। भारत में शिक्षित तथा स्वतंत्रता आंदोलन के अनुभवों से आगे बढ़ने वाले शास्त्रीजी मिट्टी से जुड़े थे तथा उनका दृष्टिकोण व्यावहारिक था और भारतीय विचारधारा पर केंद्रित था, चाहे गृह नीति हो या विदेश नीति। मृदुभाषी शास्त्रीजी को ईमानदार, उच्च नैतिक आचरणशील तथा निर्णय लेने में सक्षम नेता के रूप में जाना जाता है। वे ऐसे व्यक्ति थे, जिन्होंने छठवें दशक में हुई रेल दुर्घटना की जिम्मेदारी अपने ऊपर लेते हुए रेलमंत्री के पद से स्वयं त्यागपत्र दे दिया था। वे पहले मंत्री थे, जिन्होंने कामराज योजना लागू करने पर मंत्री पद से हट जाने की बात कही थी। अन्य राजनेताओं से तुलना करने पर स्पष्ट हो जाता है कि शास्त्रीजी ही ऐसे एकमात्र नेता थे, जो सत्ता की होड़ में शामिल नहीं हुए। अपने इन विशिष्ट गुणों तथा अन्य वरिष्ठ नेताओं की इस धारणा के कारण वे प्रधानमंत्री बने कि–शास्त्रीजी दबंग नहीं होंगे। उन्हें विदेश नीति के संदर्भ में कोई विशेष अनुभव नहीं था, न ही रक्षा संबंधी मामलों का ही कोई व्यावहारिक ज्ञान था। वस्तुतः भारत के पड़ोसी देशों के शासक और बड़ी ताकतों के नेता उनके बारे में ज्यादा नहीं जानते थे। उन्होंने इनकी दृढ़ राजनीतिक निर्णय शक्ति तथा भारत के हित के अनुकूल तुरंत कार्य करने के विशिष्ट गुण को सही–सही नहीं आँका।

शास्त्रीजी को विदेश संबंधों में जटिल, अनिश्चित तथा प्रतिकूल स्थिति का सामना करना पड़ा। भारत अभी भी सन् 1962 में चीन के हाथों हुई पराजय के आघात से पूरी तरह उबर नहीं पाया था। भारत को विश्व के अन्य शक्ति केन्द्रों के साथ राजनीतिक समीकरण बनाने थे तथा चीन के साथ प्रतिकूल संबंधों को सुधारने के लिए रक्षा संबंधी आधार तैयार करने थे, जुल्फिकार अली भुट्टो की विदेश नीति के तहत चीन और पाकिस्तान के बीच साँठ–गाँठ से स्थितियाँ और अधिक जटिल हो गईं। रक्षा और युद्ध–रणनीति सहयोग के क्षेत्र में औपचारिक समझौते से पाकिस्तान और चीन के बीच द्विपक्षीय संबंध और अधिक प्रगाढ़ हो गए। भुट्टो ने पहले ही जम्मू–कश्मीर के

उत्तरी तथा उत्तर–पश्चिम भाग, चीन को दे दिए थे। पाकिस्तान ने पश्चिमी ताकतों की बाध्यताओं को इस आशय से स्पष्ट करना शुरू कर दिया (सीटो और सेंटो में पाकिस्तान की सदस्यता के कारण) कि ये ताकतें भारत और पाकिस्तान के बीच युद्ध छिड़ जाने पर पाकिस्तान का साथ देने के लिए बाध्य हैं। संयुक्त राज्य अमेरिका तथा नाटो, सेंटो और सीटो में इसके अन्य मित्र राष्ट्रों ने इस बारे में पाकिस्तान से कोई पूछताछ नहीं की और न ही अपनी आपत्ति जाहिर की। पाकिस्तान ने इस्लामिक सौहार्दता के आधार पर राजनीतिक, रक्षा और आर्थिक सहयोग की प्रणाली तैयार करनी भी आरम्भ कर दी थी, जिसके परिणामस्वरूप इस्लामिक कॉन्फ्रेंस संगठन अस्तित्व में आया। ईरान, अफगानिस्तान, तुर्की तथा अन्य खाड़ी देशों को देखते हुए ये प्रयास किए गए थे। अफगानिस्तान को छोड़कर अन्य सभी मुस्लिम देश संयुक्त राज्य के साथ आर्थिक सहयोग और रक्षा संबंधी सहायता के लिए समझौते कर चुके थे। समष्टिगत स्तर पर उभर रहे माहौल से कुल मिलाकर भारत के सुरक्षा हितों को खतरा था। चीन परमाणु अस्त्र परीक्षण कर चुका था और अब उसके पास मिसाइलें भी थीं, क्योंकि सन् 1964 में चीन परमाणु शक्ति–संपन्न राष्ट्र बन गया था। इस घटनाक्रम के समानांतर परमाणु अप्रसार संधि को अंतिम रूप देने तथा लागू करने के संबंध में चल रही वार्ताएँ अब संवेदनशील मोड़ पर पहुँच गई थीं। यह संधि पक्षपातपूर्ण थी, क्योंकि इसके तहत निश्चित तारीख (जनवरी 1968) तक जिन देशों के पास परमाणु शक्ति नहीं है, उनके लिए परमाणु अस्त्रों पर रोक लगा दी गई, जबकि अन्य देशों (परमाणु–शक्ति संपन्न राष्ट्रों) को इस संबंध में न केवल छूट ही दी गई, बल्कि उन्हें अपने परमाणु आयुध भंडार बढ़ाने की भी अनुमति दे दी गई।

इसी दौरान मास्को आर्थिक, प्रौद्योगिकीय तथा रक्षा की दृष्टि से सोवियत संघ पर बढ़ती भारत की निर्भरता का पूरा लाभ उठाते हुए पाकिस्तान की ओर भी झुकाव दिखा रहा था। भुट्टो की विदेश नीति संबंधी उद्घोषणाओं में उसका यह झुकाव परिलक्षित होता है। इसके अलावा सोवियत संघ, चीन और संयुक्त राज्य का मुकाबला करते हुए पाकिस्तान को भी प्रभावित करना चाहता था, क्योंकि भू–सामरिक दृष्टि से पाकिस्तान की भौगोलिक स्थिति का विशेष महत्व है (सोवियत संघ के मध्य एशियाई भाग के दक्षिणी और दक्षिण–पश्चिम छोर)। खुश्चेव के बाद लियोनाड ब्रेझनेव तथा एलेक्सी कोसीगिन के समय में सोवियत संघ की विदेश नीति में परिवर्तन आने लगे।

देश की सत्ता संरचना में भुट्टो के बढ़ते प्रभाव के समय पाकिस्तान जम्मू–कश्मीर पर अधिक सक्रिय होकर दावा करने लगा था। पंडित नेहरू ने अपनी मृत्यु से कुछ सप्ताह पूर्व शेख अब्दुल्ला को रिहा कर दिया था। शेख अब्दुल्ला जम्मू–कश्मीर के प्रभावशाली नेता थे, जिन्हें 'संदिग्ध' गतिविधियों के कारण एक दशक तक उनके घर में ही नजरबंद कर दिया गया था। हाल ही में जारी संयुक्त राज्य के स्टेट डिपार्टमेंट के दस्तावेजों तथा सरकारी अधिकारियों की टिप्पणियों से यह स्पष्ट जानकारी मिली है कि शेख अब्दुल्ला ने संयुक्त राज्य सरकार, पाकिस्तानी प्राधिकारियों तथा सऊदी अरब की सरकार के साथ सन् 1964 के अंत तक संपर्क स्थापित कर लिए थे। इस अवस्था पर, उन्होंने यह संकेत भी देना शुरू कर दिया था कि भारतीय गणराज्य में

जम्मू–कश्मीर के विलय के संबंध में वे पाकिस्तान और संयुक्त राज्य की मध्यस्थता का स्वागत करेंगे। इस संदर्भ में शेख अब्दुल्ला सी.आई.ए. अधिकारी डॉन आर. क्लेरिज (सन् 1964 में भारत में तैनात) से पेरिस में मिले तथा बाद में वे सऊदी अरब में भी मिले (सन् 1977 में प्रकाशित 'स्पाई फॉर ऑल सेशनः माई लाइफ इन द सी.आई.ए.' नामक पुस्तक में क्लेरिज ने इस संबंध में ब्यौरे दिए थे)। अब यह सर्वविदित है कि सन् 1962 में संयुक्त राज्य द्वारा पाकिस्तान को गुप्त रूप से सहायता देने का आश्वासन भी दिया गया था। इसी वजह से पाकिस्तान ने भारत के विरुद्ध संघर्ष जारी रखा। संयुक्त राज्य ने पाकिस्तान को यह जानकारी दी थी कि सन् 1959 में साम्यवादी आक्रमण के विरुद्ध पाकिस्तान को सुरक्षा की दी गई गारंटी भारत के विरुद्ध भी है। सन् 1963 और 1965 के बीच संयुक्त राज्य ने पाकिस्तान को सैन्य शक्ति बढ़ाने (विशेष रूप से वायु सेना और थल सेना) के संबंध में सहायता दी थी। इसके अंतर्गत आधुनिक अमेरिकी अस्त्र–शस्त्र दिए गए, जिसमें पैटन टैंक तथा लड़ाकू विमान भी शामिल थे।

अमेरिका ने एफ्रो–एशियन सौहार्दता तथा गुटनिरपेक्ष आंदोलन को कमजोर बनाने के लिए भी प्रयास किए। इस संबंध में वाशिंगटन ने एशिया–प्रशांत सहयोग फोरम (ए.एस.पी.ए.सी.) बनाने के लिए आर्थिक रूप से जापान के उत्थान को प्रोत्साहित किया था ताकि सुदूर पूर्व तथा प्रशांत क्षेत्र के देशों और एशियाई देशों के बीच आर्थिक रूप से पारस्परिक क्रियाओं और राजनीतिक समीकरण को बढ़ावा मिल सके। इस संगठन का महत्वपूर्ण कारक चीन और सोवियत संघ पर अंकुश लगाना था। सन् 1964 के अंत में अल्जीरिया में होनेवाली अफ्रीकी तथा एशियाई देशों की कॉन्फ्रेंस से ठीक पहले यह प्रस्ताव रखा गया था।

जब लालबहादुर शास्त्री ने प्रधानमंत्री का पद सँभाला, तब भारत के राजनीतिक परिदृश्य से पंडित नेहरू के हट जाने से, देश के भीतर राजनीतिक अनिश्चितता उत्पन्न हो गई थी। दूसरी तरफ राष्ट्रीय क्षेत्र में भी उन्हें अत्यंत महत्वपूर्ण तथा संवेदनशील घटनाक्रम का सामना करना पड़ा था। यहाँ इतना कहना ही पर्याप्त होगा कि शास्त्रीजी ने धीरे–धीरे व्यावहारिक रूप से इन चुनौतियों का सामना करना प्रारम्भ कर दिया। शास्त्रीजी गुटनिरपेक्षता के प्रति वचनबद्धता तथा आर्थिक और रक्षा क्षेत्र में आत्मनिर्भर बनने की ओर भारत के दृढ़ निश्चय पर भी कायम रहे। उन्होंने जापान के ए.एस.पी.ए. सी. के प्रति भी कोई प्रतिक्रिया जाहिर नहीं की, क्योंकि वे इस फोरम को गुटनिरपेक्ष आंदोलन के लिए चुनौती समझते थे। उन्होंने परमाणु अप्रसार संधि पर चल रही चर्चा में सम्मिलित भारतीय प्रतिनिधियों को आदेश दिया कि उन्हें यह सुनिश्चित करना है कि अंतिम रूप में, इस संधि से निष्पक्ष परमाणु निरस्त्रीकरण के लक्ष्यों की पूर्ति हो सके। यह पता लगाना बहुत कठिन है कि उनकी विदेश नीति किस प्रकार से विकसित हुई, क्योंकि जनवरी 1966 में ताशकंद में उनकी अचानक मृत्यु हो गई। उनका शासनकाल बहुत कम अवधि का था, फिर भी इस संबंध में यही संकेत मिलता है कि राजनीतिक यथार्थवाद तथा देश के राष्ट्रीय हितों पर अधिक केंद्राभिमुख होते हुए उन्होंने भारत की विदेश नीति तय की। शास्त्रीजी के काल में विदेश नीति से संबंधित महत्वपूर्ण घटना अप्रैल 1965 में कच्छ के रन क्षेत्र में पाकिस्तान की लड़ाई तथा इसी वर्ष सितंबर में

कश्मीर में छिड़ी लड़ाई थी। शास्त्रीजी ने ऐसे विकट संकट का साहसपूर्वक सामना किया, जिससे भारतीय सुरक्षा गंभीर रूप से प्रभावित हुई थी। इस संबंध में भारत की आने वाली पीढ़ियाँ उन्हें हमेशा आदर और सम्मान के साथ याद रखेंगी।।

सन् 1965 में भारत–पाक लड़ाई की जटिलताओं का शास्त्रीजी ने जिस प्रकार से सामना किया, उसका विस्तृत रूप से विवेचन तथा विश्लेषण भारत की विदेश नीति के विकास का महत्वपूर्ण चरण है। इस लड़ाई में शेख अब्दुल्ला द्वारा निभाई गई भूमिका पर विचार करना भी आवश्यक होगा।

पेरिस और सऊदी अरब की यात्रा के अलावा शेख अब्दुल्ला ने सन् 1964 में रिहा होने के बाद पाकिस्तान की भी यात्रा की। सी.आई.ए. के अधिकारी क्लेरिज ने अपनी पुस्तक में यह खुलासा किया है कि जब वे सऊदी अरब में शेख अब्दुल्ला से मिले, तब शेख अब्दुल्ला ने दावा किया कि उन्होंने कश्मीर के बारे में पाकिस्तान के प्राधिकारियों को पूरी जानकारी दे दी है। शेख अब्दुल्ला के अनुसार पाकिस्तानी प्राधिकारियों ने उन्हें बताया कि पाकिस्तान पाक अधिकृत कश्मीर से जम्मू–कश्मीर में गुरिल्लाओं की छोटी–छोटी यूनिटें भेज रहा है। इन्हें ये आदेश दिए गए कि इनका कार्य भारतीय जम्मू–कश्मीर में गड़बड़ी फैलाना है। अंत में पाकिस्तानी सशस्त्र सेनाएँ जम्मू–कश्मीर पर हमला कर देंगी। भारत की सैन्य क्षमताओं तथा मनोबल को परखने के लिए पाकिस्तान ने अप्रैल 1965 में कच्छ के रण क्षेत्र पर हमला कर दिया। पाकिस्तान ने संयुक्त राज्य से प्राप्त किए सैन्य उपकरण प्रयोग किए, जिनमें पैटन टैंक भी शामिल थे। भारत ने इस हमले का डटकर सामना किया, परंतु मजबूती से नहीं। भारत की इसी कमी के कारण पाकिस्तान ने सन् 1965 में जम्मू–कश्मीर पर आक्रमण कर दिया। भारत के बारे में पाकिस्तान की पूर्व धारणाएँ इस प्रकार थीं–

(क) पाकिस्तान द्वारा जम्मू–कश्मीर में भेजी गई गुरिल्ला टुकड़ियों से ऐसी विकट स्थिति उत्पन्न हो जाएगी, जिस पर नियंत्रण नहीं रखा जा सकेगा।

(ख) इसके बाद पाकिस्तान की सेनाएँ भारत द्वारा कोई प्रभावी कार्यवाही करने से पहले ही जम्मू–कश्मीर पर कब्जा कर लेंगी।

(ग) जम्मू–कश्मीर में पाकिस्तानी सेनाओं की तुलना में भारत की सैन्य शक्ति उचित जवाब नहीं दे पाएगी। इस राज्य की जनता पाकिस्तानी सेनाओं का साथ देगी।

(घ) भारत जम्मू–कश्मीर में प्रतिरक्षात्मक कार्यवाही के लिए पूर्वी पाकिस्तान पर हमला करेगा और यदि भारत ऐसा करता है, तो पाकिस्तान चीन को भारत पर हमला करने के लिए राजी कर लेगा। इससे पूर्व पाकिस्तान के प्रति भारतीय खतरा समाप्त हो जाएगा।

इन्हीं पूर्वानुमानों के आधार पर फील्ड मार्शल अयूब खान तथा भुट्टो ने सितंबर 1965 में जम्मू–कश्मीर पर हमला कर दिया, जिसे 'सितंबर ऑपरेशन' कहा जाता है। दुर्भाग्यवश, प्रत्येक पूर्वानुमान गलत साबित हुआ। पाकिस्तान की सभी योजनाएँ निष्फल हो गईं। पाकिस्तान के पूर्वानुमान दो गलत विचारों पर आधारित थे–(1) उन्होंने सोचा था कि लालबहादुर शास्त्रीजी नए नेता हैं, उन्हें राजनीतिक जीवन का अनुभव कम है, इसलिए वे बहुत बड़ा कदम उठाने में हिचकिचाएंगे। पाकिस्तानी सेनाओं की इस

कार्यवाही के संबंध में सन् 1947–48 में कश्मीर में हुई घटनाओं के संबंध में नेहरूजी की प्रतिक्रिया के समान ही शास्त्रीजी जवाबी कार्यवाही करेंगे। शास्त्रीजी ने तुरंत कदम उठाकर उन्हें हैरान कर दिया तथा ऐसा जवाब दिया, जिसकी पाकिस्तानी सेनाओं को कोई उम्मीद नहीं थी। दूसरे, पाकिस्तान को यह आशा थी कि यदि उसके सामने कोई मुसीबत खड़ी हो जाती है, तो चीन पूर्वोत्तर में भारत पर दबाव डालकर पाकिस्तान की सहायता करेगा। अयूब खान और भुट्टो ने इस तथ्य पर ध्यान नहीं दिया कि चीन की विदेश तथा रक्षा नीतियाँ हमेशा चीन के हितों पर केंद्रित रही हैं। दूसरे शब्दों में, चीन दूसरों की मुसीबत अपने गले डालने में विश्वास नहीं करता है।

पाकिस्तान ने अखनूर पर कब्जा कर लिया और अस्थायी रूप से जम्मू–कश्मीर तक भारतीय सेनाओं को पहुँचने से रोक दिया था। इसके जवाब में शास्त्रीजी ने निर्णायक तथा सामरिक दृष्टि से सही कदम उठाया। सर्वाधिक महत्वपूर्ण तथ्य यह है कि सभी सैन्य सिद्धांतों के अनुसार उन्होंने उच्च कोटि का निर्णय लिया। शास्त्रीजी ने अंतरराष्ट्रीय सीमाओं से परे पश्चिमी पाकिस्तान पर हमला करने का आदेश दे दिया। उनका लक्ष्य लाहौर तथा पश्चिमी पंजाब के प्रमुख सैन्य केंद्र थे। पाकिस्तान ने इस बारे में सोचा नहीं था। शास्त्रीजी का विचार था कि पश्चिम पाकिस्तानी क्षेत्र पर दबाव सही साबित होगा। भारत की इस कार्यवाही से पाकिस्तानी सेनाएं भारतीय क्षेत्र से पीछे हटने लगीं। भारतीय सशस्त्र सेनाओं ने खेमकरण की लड़ाई में पाकिस्तानी सेनाओं की प्रमुख डिवीजन को ही नष्ट कर दिया था।

पूर्वी पाकिस्तान के विरुद्ध कोई कार्यवाही न करके शास्त्रीजी ने इस लड़ाई में चीन के हस्तक्षेप की संभावना को दूर कर दिया। यह राजनीतिक दृष्टि से सूझबूझ दिखाते हुए लिया गया निर्णय था, जिससे पाकिस्तान की यह आशा समाप्त हो गई कि चीन–भारत के विरुद्ध उसकी सहायता करेगा। जम्मू–कश्मीर से हटकर इस लड़ाई के केंद्रबिंदु पाकिस्तान के महानगर बन गए। संयुक्त राज्य तथा सोवियत संघ–दोनों देश चिंतित हो गए तथा वे बातचीत के माध्यम से युद्ध विराम के लिए प्रयास करने लगे। भारत ने वाशिंगटन के प्रयासों की ओर अनुकूल प्रतिक्रिया जाहिर नहीं की, क्योंकि पाकिस्तान ने भारत के विरुद्ध उन अमेरिकी अस्त्रों का ही प्रयोग किया था, जो अमेरिका ने रक्षा के प्रयोजनार्थ पाकिस्तान को दिए थे। राष्ट्रपति आइजनहॉवर तथा जॉन फोस्टर डलेस ने नेहरूजी को आश्वासन दिया था कि पाकिस्तान को ये हथियार इसलिए दिए जा रहे हैं कि भारत के विरुद्ध इन हथियारों का प्रयोग नहीं किया जाएगा। इसके बावजूद इस लड़ाई में अमेरिकी अस्त्रों का भारत के खिलाफ इस्तेमाल किया गया। आइजनहॉवर और ड्यूले ने नेहरूजी को यह आश्वासन भी दिया था कि यदि पाकिस्तान इस वचनबद्धता का उल्लंघन करता है, तो संयुक्त राज्य अमेरिका समुचित कार्रवाई करेगा।

सन् 1965 की लड़ाई के दौरान संयुक्त राज्य की मध्यस्थता को स्वीकार न करने का एक अन्य कारण यह भी था कि संयुक्त राज्य ने सब कुछ जानते हुए भी पाकिस्तान के इरादों की भारत को जानकारी नहीं दी। भारत में संयुक्त राज्य रक्षा आपूर्ति मिशन के अध्यक्ष मेजर जनरल जॉनसन की जानकारी में लाया गया था कि इस लड़ाई में

अमेरिकी पैटन टैंक तथा अन्य अमेरिकी अस्त्रों का इस्तेमाल किया गया है। इस बारे में यह भी पता लगाया गया कि जम्मू–कश्मीर में की जाने वाली कार्यवाही (ऑपरेशन) से संयुक्त राज्य अमेरिका अवगत था, इस संबंध में संयुक्त राज्य की रक्षा और उच्च राजनीतिक स्थापनाओं की राय पाक के प्रतिकूल नहीं थी। संयुक्त राज्य ने सन् 1965 में युद्ध विराम तथा भारत के विरुद्ध सैन्य कार्यवाही को रोकने के लिए पाकिस्तान को कभी भी कोई संकेत नहीं दिया। इसके अतिरिक्त टाइम्स ऑफ इण्डिया (11 अगस्त, 1977) में छपे लेख में रक्षा विशेषज्ञ के. सुब्रह्मण्यम् ने यह तथ्य उजागर किया है कि सन् 1965 की लड़ाई छिड़ने से पूर्व संयुक्त राज्य को पाकिस्तान के इरादों की जानकारी थी। उन्होंने अमेरिकी विद्वान् सिडनी के. ग्रिफिन की पुस्तक 'द क्राइसिस गेम' (लाइब्रेरी ऑफ कांग्रेस कैटालॉग, कार्ड सं. 6523768) का हवाला दिया है। इस पुस्तक में 'कश्मीर 1966; एज ए फिक्शनल क्राइसिस' नाम से युद्ध का उल्लेख किया गया है। फरवरी, 1965 में कच्छ में पाकिस्तान की घुसपैठ से दो मास पूर्व यह अध्ययन किया गया था। इस अध्ययन में विशेष रूप से उल्लेख किया गया कि 1 सितंबर, 1966 को पाकिस्तान कश्मीर पर हमला करेगा। इसमें केवल वर्ष गलत था, पर तारीख सही थी। अमेरिकी पेंटागॉन इंस्टीट्यूट ऑफ डिफेंस एनालिसिस, वाशिंगटन में युद्ध के संबंध में लगाए गए अनुमान के अनुसार, पाकिस्तानी सेनाएँ भारतीय जम्मू–कश्मीर के अधिकांश भू–भाग को जीतकर श्रीनगर पहुँच जाएँगी। सोवियत राजदूत से यह अपेक्षा की जा रही थी कि वे पूर्वी पाकिस्तान में जवाबी आक्रमण के लिए लालबहादुर शास्त्री को सलाह देंगे। परंतु शास्त्रीजी ने ऐसा नहीं किया। उन्होंने यह अनुमान लगाया कि इस प्रक्रिया में चीन सिक्किम पर हमला करेगा और ऐसे समय में भारत संयुक्त राज्य से सहायता माँगेगा। संयुक्त राज्य इस शर्त पर सहायता देगा कि भारत जम्मू–कश्मीर में जनमत संग्रह कराएगा। ये सभी विचार हवाई किले ही साबित हुए। वास्तव में ऐसा कुछ नहीं हुआ। यथार्थ में पाकिस्तान को ही हार का मुँह देखना पड़ा।

परिणामस्वरूप, संयुक्त राज्य और सोवियत संघ में औपचारिक स्तर पर विचार–विमर्श होने लगा। अंत में वाशिंगटन इस निष्कर्ष पर पहुँचा कि सोवियत संघ मध्यस्थता करेगा। साथ ही संयुक्त राज्य ने यह गारंटी भी दी कि वह पाकिस्तान को समझाएगा कि वह पूरी जिम्मेदारी समझते हुए बातचीत में शामिल हो। कोसीगिन द्वारा भेजे गए संदेश का शास्त्रीजी ने सकारात्मक जवाब दिया। इसके बाद ताशकंद, तत्कालीन उज़्बेकिस्तान में भारत–पाकिस्तान की बैठक हुई, जिसमें सोवियत संघ ने मध्यस्थता की। कोसीगिन ने स्वयं इस त्रिपक्षीय बैठक की अध्यक्षता की थी। बातचीत जटिल और तनावपूर्ण थी। हालाँकि पाकिस्तान युद्ध विराम के लिए चिंतित था तथा जम्मू–कश्मीर से पीछे हटना भी चाहता था, फिर भी अयूब खान चाहते थे कि शांति समझौते के भाग के रूप में भारतीय सशस्त्र सेनाओं द्वारा जम्मू–कश्मीर में बंदी बनाए गए पाकिस्तानी सैनिकों को पाकिस्तान लौटा दिया जाए। पाकिस्तानी नेता पश्चिम पंजाब और सिंध में भारतीय सेना द्वारा जीते गए पाकिस्तानी भू–क्षेत्रों के बारे में भी चिंतित थे। शास्त्रीजी पाकिस्तान के भू–भाग से हटने के लिए तैयार थे, परंतु जम्मू–कश्मीर में भारतीय सेनाओं द्वारा जीते

गए भू–क्षेत्र के संबंध में पाकिस्तान के रवैये से सहमत नहीं थे। उनका यह आग्रह था कि पाकिस्तान यह गारंटी दे कि वह कश्मीर मुद्दे पर हस्तक्षेप नहीं करेगा। भारत विरोधी भावनाओं को बढ़ावा नहीं देगा तथा बल प्रयोग नहीं करेगा।

काफी मोल–तोल के बाद, ऊपर वर्णित बुनियादी शर्तों के अलावा शास्त्रीजी यह महत्वपूर्ण समझौता करने के लिए सहमत हो गए। हाजी पीर दर्रे से भारतीय सेनाएँ हटाने के लिए सहमत हो गए ताकि भारत और पाकिस्तान के बीच शांति कायम हो तथा दोनों देशों में परस्पर सामान्य संबंध स्थापित हों। दुर्भाग्यवश, अचानक दिल का दौरा पड़ जाने से ताशकंद समझौते पर हस्ताक्षर करने के कुछ ही घंटों के भीतर शास्त्रीजी चल बसे। भारतीय रक्षा स्थापनाएं हाजी पीर दर्रे से पीछे हटने से नाखुश थीं। युद्ध विराम रेखा के बारे में भी इन्हें आपत्ति थी। समय गुजरने के बाद भारतीय रक्षा स्थापनाओं तथा भारत में कुछ वर्गों के विचार सही प्रमाणित हुए। सोवियत संघ जैसे मित्र देश दबाव में तथा शांति और स्थिरता की दृष्टि से शास्त्रीजी संभवतः ऐसे समझौते से सहमत हो गए। हालाँकि भारत के महत्वपूर्ण हितों के संबंध में उनमें निर्णय लेने की क्षमता थी, फिर भी शास्त्रीजी शांतिप्रिय व्यक्ति थे, जो इस उपमहाद्वीप के सामान्य जीवन, स्थिरता तथा जनता के कल्याण के लिए प्रतिबद्ध थे। फील्ड मार्शल अयूब खान के प्रति ताशकंद में दिखाई गई उदारता के पीछे एकमात्र यही कारण था। ताशकंद समझौते से पाकिस्तानी नेता स्पष्टतः निराश थे। जुल्फिकार अली भुट्टो की अध्यक्षता में उनकी कटु आलोचना की गई। भुट्टो ने इस ताशकंद समझौते को 'राष्ट्र का अपमान तथा कूटनीतिक धोखा' समझा। वस्तुतः सन् 1965 की लड़ाई के बीच में ही जब पाकिस्तान ने प्रतिरक्षात्मक रुख अपना लिया था, तब भुट्टो ने अयूब खान को गुप्त रूप से एक ज्ञापन भेजा था, जिसमें भारत के विभाजन की पैरवी की गई थी। विख्यात लेखक, स्तानली वॉलफर्ट ने अपनी पुस्तक 'जुल्फिकार अली भुट्टो ऑफ पाकिस्तानः हिज लाइफ एंड टाइम्स' (पृ. 93) में इस ज्ञापन का सार इस प्रकार दिया–

"पूर्वी पाकिस्तान की रक्षा में एन.ई.एफ.ए. तथा नेपाल और सिक्किम से जुड़े क्षेत्रों में चीन की सहायता लेने की आवश्यकता है। इस संबंध में यह आवश्यक होगा कि इस सेक्टर में हमारी सेनाओं (पाकिस्तानी सेनाओं) तथा चीन के बीच संपर्क हो। मैं भारतीय क्षेत्र के उस छोटे से संकीर्ण क्षेत्र का महत्व स्पष्ट करना चाहता हूँ, जिससे नेपाल और पाकिस्तान, दोनों देश अलग हो जाते हैं (यह क्षेत्र जलपाइगुड़ी, सिलिगुड़ी, बागडोगरा तथा कूचबिहार के क्षेत्र हैं)। ....भारत से अलगाव रखते हुए अपनी स्वतंत्रता बरकरार रखने में नेपाल की भलाई है। इससे सिक्किम और तिब्बत तथा हमारी समस्या हल हो जाएगी। असम के संबंध में हमारी गुत्थी तभी सुलझ पाएगी।"

हालाँकि ताशकंद समझौते से लड़ाई समाप्त हो गई और भारत तथा पाकिस्तान के बीच पुनः शांतिपूर्ण माहौल बन गया था, फिर भी इन देशों के बीच टिकाऊ, सामान्य या स्थिर संबंधों का कोई आधार स्पष्ट नहीं हो पाया था। इन सभी कारकों पर ध्यान देते हुए ताशकंद में शास्त्रीजी की उपलब्धियाँ इस प्रकार हैं'

1. लड़ाई समाप्त होना,

2. भारत की अंतरराष्ट्रीय स्तर पर विवेकपूर्ण राष्ट्र की छवि बनाना,
3. भारत की सैन्य क्षमता का प्रदर्शन, जिससे साबित होता है कि भारत राष्ट्रीय हितों की सुरक्षा करने में सक्षम है। इसके साथ–साथ सोवियत संघ के साथ भारत के संबंध भी बने रहने चाहिए। शीतयुद्ध के दौरान भारत के आर्थिक और रक्षा संबंधी हितों की रक्षा के लिए भी यह बहुत जरूरी था।

जब सन् 1966 में श्रीमती इंदिरा गांधी भारत की प्रधानमंत्री बनीं, उस समय उन्हें शास्त्रीजी के बाद विदेश नीति के संबंध में ऊपर वर्णित कुछ चुनौतियों का सामना करना पड़ा था।

श्रीमती गांधी ने कुल मिलाकर 15 वर्ष तक, अर्थात् सन् 1966–77 तक, उसके बाद सन् 1980–84 तक भारत की विदेश नीति की बागडोर सँभाली। जवाहरलाल नेहरू के विपरीत, उन्होंने विदेश मंत्रालय की जिम्मेदारी सीधे नहीं सँभाली। वस्तुतः उन्होंने एम. सी. छागला, वाई.वी. चह्वाण, सरदार स्वर्ण सिंह तथा दिनेश सिंह जैसे वरिष्ठ सदस्यों को यह जिम्मेदारी सौंपी। इनमें से प्रत्येक व्यक्ति राजनीतिक दृष्टि से अनुभवी तथा अपने क्षेत्र में प्रतिष्ठित भी था। श्रीमती गांधी के मार्गदर्शन और नियंत्रण के तहत इन लोगों ने भारत की विदेश नीति को तैयार करने में महत्वपूर्ण योगदान किया, जिसका केन्द्रबिंदु आदर्शवाद की बजाय राजनीतिक यथार्थवाद पर आधारित 'भारतीय हित' थे।

भारत के हितों तथा विदेश संबंध और विचारों के बारे में श्रीमती गांधी के विचारों को समझने से पहले उनके व्यक्तित्व और मानसिक रुझान का विश्लेषण करना प्रासंगिक होगा। इस प्रकार के विश्लेषण से कुछ ऐसे तथ्य भी उजागर होंगे, जो अभी तक सामने नहीं आए। कांग्रेसियों ने श्रीमती गांधी को लालबहादुर शास्त्री के बाद अपना नेता चुना। उन्होंने उस समय दो बातें सोची थीं। पहली, सरकार चलाने या शासन करने का विशेष अनुभव न होने के कारण श्रीमती गांधी उन्हीं के इशारों पर चलेंगी। इनमें से एक सज्जन ने तो उन्हें 'गूँगी गुड़िया' तक कह डाला था। दूसरी धारणा यह थी कि यदि उन सभी से एक–साथ तुलना की जाए, [अर्थात् वरिष्ठ कांग्रेसी नेताओं के विशिष्ट वर्ग (सिंडिकेट) के सदस्य] तो श्रीमती गांधी एक करिश्मा थीं, उनमें वोट प्राप्त करने की अद्‌भुत क्षमता थी। श्रीमती गांधी ने उनकी पहली धारणा को पूर्णतः गलत साबित कर दिखाया तथा अनेक वर्षों तक शासन करके दूसरी धारणा को न्यायसंगत ठहरा दिया। यहाँ हमारा लक्ष्य श्रीमती गांधी की बहुमुखी राजनीतिक प्रतिभा पर चर्चा करना नहीं है, बल्कि ध्यान देने वाली बात यह है कि उन्होंने किस तरीके से भारत के विदेशों के साथ संबंध स्थापित किए थे। उन्होंने अपने पिता की सरकारी होस्टेस तथा भारत के प्रधानमंत्री की पुत्री होने के नाते प्राप्त अपने व्यक्तिगत अनुभवों तथा जानकारी के आधार पर विदेश संबंधों के बारे में अपना दृष्टिकोण बनाया। जबकि सच यह है कि उन्होंने भारत की विदेश नीति के संबंध में प्रत्यक्ष कार्यकारी जिम्मेदारी नहीं सँभाली, फिर भी सन् 1947–48 से ही अनेक विदेशी दौरों के दौरान तथा अन्य देशों के शासनाध्यक्षों तथा विदेशी नेताओं के साथ बातचीत के दौरान श्रीमती गांधी नेहरूजी के साथ रहती थीं। उन्होंने अनेक शिष्टमंडलों में भाग लेकर लंदन, पेरिस, मास्को, बीजिंग तथा अन्य विभिन्न देशों की यात्रा की। उनके पास राजनीतिक कारकों के संबंध

में भी प्रत्यक्ष अनुभव था। इसका प्रभाव बहुमुखी कूटनीति और अन्य बहुपक्षीय कार्यों पर भी पड़ा। छठवें दशक के प्रारम्भ में यूनेस्को के कार्यकारी बोर्ड में इन्हें भारतीय प्रतिनिधि के रूप में भेजा गया, जहाँ इन्हें अंतरराष्ट्रीय स्तर पर भी प्रत्यक्ष अनुभव मिला (डॉ. एस. राधाकृष्णन के स्थान पर श्रीमती गांधी आईं थीं)। यद्यपि शीतयुद्ध, कोरियाई युद्ध, भारत–चीन या सन् 1965 में भारत–पाक युद्ध से संबंधित संकटों तथा तनावों को दूर करने में इन्होंने सीधे कोई भूमिका नहीं निभाई, फिर भी इन संवेदनशील मुद्दों पर भारत की विदेश नीति के प्रतिपादन की प्रक्रियाओं की प्रत्यक्ष गवाह के रूप में इन्होंने अनेक राजनीतिक सबक सीखे।

यद्यपि श्रीमती गांधी शीतयुद्ध में किसी भी गुट का पक्ष न लेने, गुटनिरपेक्ष आंदोलन के प्रति वचनबद्धता तथा शांति, स्थिरता और विकास की ताकतों को मजबूत बनाते हुए भारत की महत्वपूर्ण भूमिका के संबंध में नेहरूजी की विचारधारा से सहमत थीं, परंतु मानव प्रकृति या राष्ट्र–राज्य के कल्याण के आदर्शवादी दृष्टिकोण के संबंध में वे अपने पिता से सहमत नहीं थीं। न ही वे नेहरूजी की इस धारणा से सहमत थीं कि अंतरराष्ट्रीय संबंधों को नैतिक और तार्किक/युक्तियुक्त आधार पर बनाए रखा जा सकता है। उनका विश्वास था कि भारत की विदेश नीति स्पष्टतः तथा विशुद्ध रूप से देश के राजनीतिक, आर्थिक तथा सुरक्षा संबंधी हितों से संबंधित होनी चाहिए। उन्होंने यह भी महसूस किया कि भारत के इन हितों की सुरक्षा तभी होगी, जब भारत आत्मनिर्भर और मजबूत होगा। उनकी विश्व–दृष्टि में विश्व की महत्वपूर्ण ताकतों की अभिप्रेरणाएँ तथा लक्ष्य भी शामिल थे। एक ओर दावों तथा घोषणाओं और दूसरी ओर राजनीतिक वस्तु–स्थितियों के बीच अंतर के बारे में उनमें अविश्वास की भावना थी। वे संयुक्त राज्य और इसके मित्र राष्ट्रों की ओर से भारत के प्रति सामान्य रूप से प्रतिकूल रवैये के प्रति सजग थीं। वे पाकिस्तान और चीन की ओर से उठे खतरे से भी भलीभाँति परिचित थीं। इसलिए वे सोवियत संघ तथा समाजवादी देशों के साथ सामरिक प्रतिभागिता बनाए रखने के महत्व को भी खूब समझती थीं। भारत के पड़ोसी देशों के प्रति उनके दृष्टिकोण में राजनीतिक विश्वास था तथा इसके साथ–साथ उनमें बढ़ते हुए आर्थिक, सांस्कृतिक और प्रौद्योगिकीय सहयोग पर आधारित, स्थिर संबंध बनाने की भी इच्छा थी। हाँ, पाकिस्तान को अपवाद माना जा सकता है। हालांकि सामान्य तौर पर विदेश नीति स्पष्ट थी, फिर भी वे यह समझती थीं कि भारत के विदेश संबंधों के लक्ष्य समय को देखते हुए विशिष्ट रूप से सुनिश्चित किए जाने चाहिए।

यद्यपि कांग्रेस पार्टी ने सन् 1967 के आम चुनाव जीत लिए थे, फिर भी इसे बहुत कम वोटों से बहुमत मिला था। इंदिरा गांधी को अत्यधिक उद्दंड सत्तारूढ़ दल का सामना करना था, जिसकी वे नेता थीं। इस अंतर्विरोध के परिणामस्वरूप सन् 1969 में कांग्रेस में फूट पड़ गई। उन्हें छठवें दशक के उत्तरार्द्ध में देश के भीतर अनेक राजनीतिक तथा आर्थिक कदम उठाने पड़े, जिससे शेष विश्व में यह जानने की उत्सुकता जाग उठी कि भारत किस प्रकार से प्रभावशाली ढंग से अपने मामले सुलझा रहा है। एक ओर रुपए का अवमूल्यन हो गया तथा अंतरराष्ट्रीय आर्थिक ताकतों के ब्रोकरों के हितों को कम करने के लिए कुछ कदम उठाए गए। उन्होंने अनेक बैंकों

के राष्ट्रीयकरण तथा प्रिवी–पर्स हटाने जैसे उपाय भी किए। जब शीतयुद्ध चरमोत्कर्ष पर था तथा भारत–सोवियत संघ के बीच अंतराल और चीन–पाक सहयोग का भारत के सुरक्षा माहौल पर प्रभाव पड़ने लगा, तब उन्हें भारत की विदेश नीति और सामरिक उपाय सुनिश्चित करने पड़े। उन्होंने चीन से उत्पन्न खतरे का भी सामना किया, जो परमाणु अस्त्र–संपन्न ताकत के रूप में उभर चुका था तथा मिसाइल क्षमता से भी युक्त हो गया था। श्रीमती गांधी को भारत को भी रक्षा संबंधी क्षमता से युक्त करना था, जो सन् 1965 की लड़ाई के दौरान कम हो चुकी थी। उन्हें रक्षा प्रयोजनार्थ परमाणु तथा प्रौद्योगिकीय क्षमताओं को बढ़ाने के लिए भारत पर पड़ने वाले दबावों के प्रति जवाबी कार्यवाही भी तय करनी थी। सन् 1966–71 के दौरान भारत की विदेश नीति के यही महत्वपूर्ण मुद्दे थे।

सन् 1966 से 1970 तक श्रीमती गांधी ने पाकिस्तान और चीन की सैन्य कार्यवाहियों एवं बुलंद हौसले को रोका तथा नेपाल, भूटान, अफगानिस्तान, म्याँमार (बर्मा), श्रीलंका और मालदीव के साथ सहयोगपूर्ण एवं सहानुभूतिपूर्ण संबंध स्थापित किए। इससे भारत की रक्षा संबंधी क्षमता बढ़ाने के साथ–साथ दक्षिण एशिया में स्थिरता सुनिश्चित हुई। भारत की रक्षा के लिए ईरान की सामरिक और राजनीतिक महत्ता को समझने के बाद उन्होंने तेहरान के साथ निकट संबंध स्थापित करने की दिशा में विशेष प्रयास किए। यहाँ इस ओर संकेत करना आवश्यक है कि सन् 1965 की लड़ाई के दौरान ईरान और अफगानिस्तान जैसे देशों के साथ पाकिस्तान के औपचारिक और अस्पष्ट संबंध थे, इसलिए पाकिस्तान के लड़ाकू जहाजों को वहाँ आश्रय मिलता था। यद्यपि अफगानिस्तान ने किसी प्रकार की वचनबद्धता नहीं दी, फिर भी इस लड़ाई के दौरान उसने पाकिस्तान के प्रति भावात्मक समर्थन जाहिर किया था। श्रीमती गांधी ने इन देशों के साथ अच्छे संबंधों के प्रस्ताव रखने शुरू कर दिए ताकि इस स्थिति को दूर किया जा सके। राजा महेंद्र भारत के बारे में सशंकित थे। इसके बावजूद श्रीमती गांधी ने भारत–नेपाल के बीच आर्थिक संबंध बढ़ाने शुरू कर दिए। श्रीमती गांधी ने श्रीलंका की प्रधानमंत्री श्रीमती सीरीमावो भंडारनायके के साथ अच्छे संबंध स्थापित किए। इसका परिणाम यह हुआ कि कोलंबो और भारत के बीच अनेक करारनामे सम्पन्न हुए। भारत ने श्रीलंका के कच्छातिव द्वीप पर अपना अधिकार त्याग दिया। भारत ने भारतीय मूल के तमिलों का बहुत बड़ा भाग स्वीकार करने पर सहमति भी दे दी, जिन्हें भारत का नागरिक समझा जाना था। श्रीलंका की सरकार ने इन्हें 'बेघर', 'बे–वतन' घोषित कर दिया था। यह करारनामा सशर्त था। इसके तहत कोलंबो ने शेष भारतीय मूल के उन तमिलों को श्रीलंका की नागरिकता प्रदान की थी, जिन्हें श्रीलंका ने 'बे–वतन' कहा था।

पाँचवें तथा छठवें दशक में अनेक देश औपनिवेशिक गुलामी से स्वतंत्र हो गए थे। इन देशों की राजनीतिक महत्ता और आर्थिक संभावनाओं को महसूस करते हुए श्रीमती गांधी ने उदीयमान अफ्रीकी नेताओं के साथ समीकरण बनाने पर विशेष ध्यान दिया। उन्होंने कवामे क्रूमाह, केनेथ काउंदा, जुलियस नियरे तथा सेकियु टूरे के साथ व्यक्तिगत रूप से मित्रता की। इसके अलावा जोसेफ ब्रॉज टीटो, अब्दुल गमाल नासिर

तथा फिदेल कास्त्रो के साथ श्रीमती गांधी के परिचय के बलबूते पर ही भारत को गुटनिरपेक्ष आंदोलन में प्रमुख स्थान मिला था।

भारत के हितों तथा राष्ट्रीय सुरक्षा के बारे में दृढ़ विचारों वाली महिला होने के नाते श्रीमती गांधी ने सन् 1962 और 1965 की शत्रुता के बावजूद चीन और पाकिस्तान के साथ संबंध बढ़ाने के लिए सकारात्मक पहल की। फिर भी वे जानती थीं कि पाकिस्तान और चीन के भारत के प्रति नकारात्मक रवैये को बदलने के लिए जरूरी है कि भारत संयुक्त राज्य के साथ अच्छे संबंध स्थापित करने के साथ ही सोवियत संघ के साथ भी अपने मित्र संबंध बनाए रखे, जोकि आसान कार्य नहीं था। सर्वविदित है कि सन् 1965 की भारत–पाक लड़ाई में संयुक्त राज्य के अस्त्र भारत के विरुद्ध इस्तेमाल किए गए थे। इसके बाद संयुक्त राज्य तथा ब्रिटेन (प्रधानमंत्री हेराल्ड विल्सन) द्वारा कश्मीर मुद्दे पर समझौता करने के संबंध में डाले गए दबाव से भारत आज भी चिंतित है। प्रस्तावित परमाणु अप्रसार संधि पर संयुक्त राज्य और भारत के बीच मतभेद से क्षोभ और बढ़ गया। वियतनाम में संयुक्त राज्य के हस्तक्षेप का भारत ने विरोध किया था। इन नकारात्मक कारकों का भारत–संयुक्त राज्य के संबंधों पर भी प्रभाव पड़ा। अंतिम कारक का विशिष्ट महत्व है क्योंकि छठवें दशक के उत्तरार्ध में संयुक्त राज्य अमेरिका की एशिया से जुड़ी नीतियों का यही सर्वाधिक महत्वपूर्ण संघटक था। हो–चि–मिन्ह के साथ लंबे समय से चली आ रही मित्रता तथा एशियाई क्षेत्र में उपनिवेशवाद तथा बाह्य हस्तक्षेप को रोकने के प्रति वचनबद्धता के कारण भारत ने संयुक्त राज्य की वियतनाम से जुड़ी नीतियों की विशेष रूप से आलोचना की। बैंकों के राष्ट्रीयकरण तथा श्रीमती गांधी की आंतरिक तथा आर्थिक नीतियों में समाजवाद की ओर झुकाव से अमेरिकी खुश नहीं थे। हालाँकि राष्ट्रपति जॉनसन सामान्य रूप से भारत के साथ संबंध स्थापित करने में रुचि रखते थे, फिर भी, वाल्टा रास्तोव तथा फिलिप टालबोट की अध्यक्षता में विदेश नीति से जुड़े स्टाफ का दृष्टिकोण पाकिस्तान के अनुकूल था। इस स्टाफ को संयुक्त राज्य की सैन्य स्थापनाओं का भी समर्थन प्राप्त था। संयुक्त राज्य की स्थापनाओं में अभी भी यही विचार विद्यमान था कि अमेरिकी नीति के कार्यान्वयन तथा सोवियत संघ को सामरिक दृष्टि से रोकने में पाकिस्तान महत्वपूर्ण 'मित्र राष्ट्र' है। सन् 1963 से 1969 तक अमेरिका में भारत के राजदूत रहे बी.के. नेहरू का विचार था कि संयुक्त राज्य की सत्ता के समूचे गठन में फिलिप टालबोट (एशियाई क्षेत्र प्रभारी सहायक सेक्रेटरी) सबसे अधिक पाकिस्तान के समर्थक अधिकारी हैं।

अनेक बाधाओं के बावजूद श्रीमती गांधी ने सद्भावना रखते हुए सन् 1967 में वाशिंगटन की यात्रा की। श्रीमती गांधी और राष्ट्रपति जॉनसन के बीच व्यक्तिगत स्तर पर सूझ–बूझ के कारण भारत–संयुक्त राज्य के बीच परस्पर संबंधों में संतुलन रहा। परन्तु परस्पर सूझ–बूझ होने पर भी द्विपक्षीय संबंध या ग्लोबल मुद्दों के बारे में भारत तथा संयुक्त राज्य के बीच मूलभूत स्थिति में कोई अंतर नहीं आया।

इसके विपरीत, सोवियत संघ के साथ भारत के संबंध और अधिक मजबूत हुए। सन् 1966–70 की अवधि के दौरान भारत और सोवियत संघ के बीच रक्षा और प्रौद्योगिकी क्षेत्र में काफी सहयोग की भावना पाई जाती रही। इस प्रकार के विकास का एक

कारण यह भी था कि पाकिस्तान में सोवियत संघ का कोई खास प्रभाव नहीं था जबकि ताशकंद समझौते के दौरान सोवियत संघ को इस संबंध में आशा थी कि पाकिस्तान उससे अवश्य प्रभावित होगा। जुल्फिकार अली भुट्टो ने फील्ड मार्शल अयूब खान तथा ताशकंद समझौते के विरुद्ध अभियान छेड़ दिया। भारत के विरुद्ध चीन और पाकिस्तान के बीच संबंध स्थापित करने के समर्थक होने के नाते भुट्टो सोवियत संघ के साथ किसी भी प्रकार के संबंध रखने के कट्टर विरोधी थे। परिणामस्वरूप मास्को की पुनः यही राय बनी कि भारत के साथ राजनीतिक और सामरिक संबंध स्थापित करने से सोवियत संघ के हितों की रक्षा होगी। एक–दूसरे के हितों तथा आवश्यकताओं ने इन दोनों देशों को और अधिक निकट ला दिया। इसके अलावा श्रीमती गांधी और कोसीगिन के समय उच्च स्तर की यात्राओं तथा भारत और सोवियत संघ के बीच आदान–प्रदान से इस प्रक्रिया को और अधिक बढ़ावा मिला।

दक्षिण–पूर्व एशिया तथा इस्लामिक देशों के साथ संबंध स्थापित करते समय श्रीमती गांधी की विदेश नीति बहुत अधिक सफल नहीं रही। सुहार्तो के शासनकाल में इन्डोनेशिया भी पश्चिम का समर्थन करने लगा था, जबकि वह गुटनिरपेक्ष आंदोलन का सदस्य था। इंडोनेशिया की विदेश नीति में उसकी गृहनीति में विद्यमान साम्यवाद का विरोधी तत्व प्रतिबिंबित होता है। अन्य दक्षिण–पूर्व एशियाई देश संयुक्त राज्य के सैन्य गुटों तथा रक्षा सहयोग कार्यक्रम का आंतरिक भाग थे। ये सभी देश संयुक्त राज्य अमेरिका की वियतनाम संबंधी नीतियों का समर्थन करते थे। सन् 1965 और 1967 के बीच, दक्षिण–पूर्व एशियाई राष्ट्र संघ (एसोसिएशन ऑफ साउथ–ईस्ट एशियन नेशंस) के गठन के लिए पहल की गई। दक्षिण–पूर्व एशियाई देशों द्वारा प्रारम्भ में बताए अनुसार, यह क्षेत्रीय समूह चाहता था कि भारत भी इस संघ का पूर्ण सदस्य बने।

परंतु भारत ने दक्षिण–पूर्व एशियाई देशों द्वारा पेश किए गए इस प्रस्ताव को ठुकरा दिया, क्योंकि भारत ने शीतयुद्ध, वियतनाम की स्थिति तथा दक्षिण–पूर्व एशिया में संयुक्त राज्य की मौजूदगी के बारे में शंकाओं को ध्यान में रखते हुए अपनी दक्षिण–पूर्व एशिया नीति तैयार की थी। विदेश मंत्री दिनेश सिंह ने यह जवाब भिजवाया कि भारत ऐसे किसी गुट में शामिल नहीं हो सकता, जो अमेरिकी व्यवस्था का ही एक भाग हो। इन दक्षिण–पूर्व देशों के साथ अपने संपर्कों को नए सिरे से लागू करने में भारत को 23 वर्ष लग गए, जिसके परिणामस्वरूप भारत सन् 1991–92 में आंशिक रूप से इस संगठन का सदस्य बना।

छठवें दशक में निम्नलिखित कारणों से इस्लामिक देशों के साथ भारत के संबंध स्थापित करने जरूरी थे–

1. पाकिस्तान की शत्रुता का सामना;
2. भारत के बहुत बड़े मुस्लिम वर्ग का धार्मिक, भावनात्मक और मनोवैज्ञानिक भावनाओं के प्रति संवेदनशील होना;
3. भारत के आर्थिक हित (तथा व्यापार–मार्ग) अरब देशों के साथ मैत्रीपूर्ण संबंधों पर आधारित थे। इसमें यह भी शामिल है कि भारत पश्चिम एशियाई तथा खाड़ी क्षेत्रों के ऊर्जा संसाधनों पर भी निर्भर था।

मध्य पूर्व क्षेत्र के मुद्दे पर तथा अरब–इजराइल लड़ाइयों में भारत ने फिलिस्तीन और अरबों का साथ दिया। इसके पीछे विद्यमान कारणों का अंत में उल्लेख किया गया है। इसके अलावा भारत की यह धारणा थी कि पश्चिमी ताकतों ने फिलिस्तीनियों को उनके ही घर से बाहर निकाल दिया है। इस प्रकार से, इन ताकतों ने विधिसम्मत अधिकारों का उल्लंघन किया है, हनन किया है। जब संयुक्त राष्ट्र ने इजराइल राज्य को मान्यता दे दी, तब भारत ने इजराइल की मूल क्षेत्रीय सीमाओं के भीतर इस राज्य के अस्तित्व पर कोई आपत्ति नहीं की। भारत ने इजराइल को मान्यता प्रदान कर दी, परंतु इस देश के साथ कूटनीतिक संबंध रखने से साफ इंकार कर दिया; क्योंकि फिलिस्तीनियों के साथ घोर अन्याय हुआ था। सन् 1956 तथा 1973 के बीच लड़ी गई इजराइल–अरब लड़ाइयों से, अरब क्षेत्रों पर इजराइल के कब्जे से यह दूरी और अधिक बढ़ गई।

न तो जवाहरलाल नेहरू और न ही श्रीमती गांधी ने फिलिस्तीन के मुद्दे पर अरब देशों के बीच एकता के अभाव पर गौर किया, न ही संयुक्त राज्य के साथ जारी अधिकांश इस्लामिक देशों के निकट राजनीतिक, आर्थिक और रक्षा संबंधों पर ध्यान दिया, जबकि ये देश मुँह से फिलिस्तीन का समर्थन करते थे। केवल सीरिया और मिस्र ने ही वास्तव में इजराइल के साथ लड़ी गई लड़ाई में फिलिस्तीनियों का साथ दिया। अधिकांश अरब देश पी.एल.ओ. तथा अन्य अरब समूहों द्वारा नागरिकों में फैलाए गए आतंक की आलोचना की थी, जिसके पीछे राजनीतिक कारण भी था। नैतिकता और अंतरराष्ट्रीय विधि, दोनों प्रकार से यह अनुचित था। संयुक्त राज्य अमेरिका तथा इजराइल के प्रति अरब देशों की नीतियों में पाए गए इस दोगलेपन को देखते हुए यह महसूस किया गया कि फिलिस्तीनियों के प्रति वचनबद्धता को कम किए बिना भारत इस मुद्दे पर अधिक तटस्थ हो सकता है।

छठवें दशक के अंत में श्रीमती गांधी ने ईरान और अफगानिस्तान के अलावा खाड़ी देशों और मगरिब के साथ भी भारत के आर्थिक संबंध बढ़ाने का आश्वासन दिया। विश्व में दूसरे स्थान पर सर्वाधिक मुस्लिम आबादी वाले देश के रूप में भारत को इस्लामिक कॉन्फ्रेंस संगठन (ऑर्गेनाइजेशन ऑफ इस्लामिक कॉन्फ्रेंस) का भी सदस्य बनना चाहिए, जो अभी पूरी तरह से गठित नहीं हुआ है। भारत को सन् 1969 में मोरक्को के रबात में ओ.आई.सी. के शिखर सम्मेलन का उद्घाटन करने का भी निमंत्रण दिया गया। फिर भी धर्मनिरपेक्ष छवि के कारण ओ.आई.सी. में भारत अपनी मौजूदगी का अहसास नहीं करा पाया। इस कॉन्फ्रेंस में भारत की ओर से वरिष्ठ भारतीय मुस्लिम राजनीतिक हस्ती को भेजने की बजाय हमने मोरक्को में भारत के राजदूत गुरुबचन सिंह (सिख) को यह कार्य सौंपा। पाकिस्तान ने इस मौके का लाभ उठाते हुए इस कॉन्फ्रेंस से भारत का वर्जन पक्का कर दिया। बाद में भारत ने जल्दबाजी में स्थिति को सँभालने की कोशिश करते हुए मुस्लिम नेता फखरूद्दीन अली अहमद को शिष्टमंडल का नेता बनाकर भेजा, लेकिन तब तक बहुत देर हो चुकी थी और जहाँ तक मुझे याद है, इस शिष्टमंडल को स्वीकार नहीं किया गया।

पाकिस्तान ने इस कार्यवाही का विश्लेषण करते हुए कहा कि भारत ने जान–बूझकर इस कॉन्फ्रेंस में गैर–मुस्लिम व्यक्ति को प्रतिनिधि बनाकर भेजा। इससे ओ.आई.सी. की इस्लामिक छवि पर ही प्रश्न लग जाता है (भारत अभी तक ऐसा अवसर पाने की कोशिश में है)।

चीन की बढ़ती परमाणु अस्त्र क्षमता तथा हिंद महासागर में संयुक्त राज्य के सैन्य परमाणु हथियारों की मौजूदगी पर ध्यान देते हुए श्रीमती गांधी ने भारत के परमाणु ऊर्जा विभाग तथा अंतरिक्ष विभाग को परमाणु अस्त्र और मिसाइल क्षमता के क्षेत्र में भारत के आत्मनिर्भर होने की संभावनाओं का पता लगाने (शोध) का अधिकार दिया। यहाँ इस पर ध्यान देना भी प्रासंगिक होगा कि जब चीन ने सन् 1964 में पहला परमाणु विस्फोट किया, तब अमेरिका ने भारत के परमाणु ऊर्जा विभाग के अध्यक्ष डॉ. होमी जहाँगीर भाभा को सुझाव दिया था कि भारत को भी चीन के मुकाबले परमाणु शक्ति संपन्न राष्ट्र बनना चाहिए। संयुक्त राज्य इस संबंध में भारत को समर्थन देगा। भाभा ने यह प्रस्ताव पंडित नेहरू के सामने प्रस्तुत किया। परंतु पंडितजी ने परमाणु अस्त्रों तथा जनसंहारक सभी अस्त्रों का कड़ा विरोध करने के कारण इस सुझाव को स्वीकार नहीं किया। अचानक जनवरी 1966 में विमान दुर्घटना में डॉ. भाभा की मृत्यु को गई। अन्य वरिष्ठ वैज्ञानिक, डॉ. विक्रम साराभाई, डॉ. होमी सेठना तथा डॉ. राजा रमन्ना को श्रीमती गांधी ने भारत की परमाणु और अंतरिक्ष संभाव्यताओं (पोटेंशियल्स) का पता लगाने का कार्य सौंपा। भारत ने परमाणु अप्रसार संधि पर हस्ताक्षर न करने का निर्णय लिया था, क्योंकि इस संधि में भेदभावपूर्ण प्रावधान रखे गए थे, जिनके तहत विद्यमान परमाणु अस्त्र देशों, अर्थात् जिन देशों के पास जनवरी 1968 तक परमाणु अस्त्र थे, उनको परमाणु अस्त्र रखने की अनुमति दे दी गई थी, जबकि अन्य देशों पर ऐसे अस्त्र रखने या इन अस्त्रों को तैयार करने की प्रौद्योगिकी अर्जित करने पर रोक लगा दी गई। भारतीय विदेश कार्यालय के अधिकारियों में इस संधि के बारे में मतभेद था। विदेश सचिव राजेश्वर दयाल तथा संयुक्त राष्ट्र के प्रभारी संयुक्त सचिव आर. जयपाल हस्ताक्षर करने के पक्ष में थे तथा इस संधि की अभिपुष्टि करना चाहते थे, जबकि अप्रसार संधि पर होने वाली वार्ताओं में भारत के प्रतिनिधि, वी.सी. त्रिवेदी तथा संयुक्त राष्ट्र प्रभाग के निदेशक, एस. के. सिंह (जो बाद में विदेश सचिव बने) इस संधि पर हस्ताक्षर करने के विरुद्ध थे। जहाँ तक मैं जानता हूँ, श्रीमती गांधी ने विदेश सचिव की सलाह न मानते हुए सन् 1968 में, जब इस संधि को अंतिम रूप दिया जा रहा था, उस समय इसका बहिष्कार करने का फैसला लिया। उस समय भारत, फ्रांस, ब्राजील, अर्जेंटीना, इजराइल और चीन जैसे राष्ट्रों के सान्निध्य में था, जिन्होंने इस संधि पर हस्ताक्षर करने से मना कर दिया था।

एन.पी.टी. पर हस्ताक्षर न करने के भारत के निर्णय पर राष्ट्रीय सर्वसम्मति भी मिली हुई थी अर्थात् भारत का जनमत इस निर्णय के साथ था। श्रीमती गांधी ने इस मुद्दे पर कड़ा रुख अपनाया और इस निर्णय को भारत के रक्षा विकल्प को सुनिश्चित करने की दिशा में उठाया गया महत्वपूर्ण कदम माना जाता है। इस निर्णय के दो महत्वपूर्ण परिणाम सामने आए–

1. वाशिंगटन ने भारत सरकार को यह चेतावनी दी कि जब विद्यमान समझौते की अवधि समाप्त हो जाएगी, तब संयुक्त राज्य तारापुर परमाणु बिजली संयंत्र के लिए परमाणु ईंधन देना बंद कर देगा। (हालाँकि इस समझौते के तहत संयुक्त राज्य अभी तक परमाणु ईंधन देने के लिए बाध्य था), तथा
2. कनाडा की सरकार ने सन् 1969 के अंत में तथा सन् 1970 के प्रारम्भ में राजस्थान परमाणु बिजली परियोजना के लिए सहायता देना बंद कर दिया। इस परियोजना के संबंध में समझौते के तहत बाध्यताओं से पीछे हटने के लिए कनाडा सरकार ने यह बहाना बनाया कि उन्हें भारत के बारे में ऐसी रिपोर्टें (खबरें) मिली हैं कि भारत कलपक्कम परमाणु बिजली परियोजना (तमिलनाडु) के लिए राजस्थान परमाणु बिजली परियोजना से प्लूटोनियम निकाल रहा है। कलपक्कम पूर्णतः देशज परमाणु बिजली संयंत्र था, ऐसे अन्य परमाणु बिजली संयंत्रों के लिए विनिर्धारित रक्षोपाय इस पर लागू नहीं होते, जो भारत ने अमेरिका और कनाडा के सहयोग से स्थापित किए थे। इसके बावजूद भारत ने इन दबावों का सामना किया। ऐसी घड़ी में फ्रांस भारत की सहायता के लिए आगे बढ़ा। उसने संयुक्त राज्य को तारापुर परमाणु बिजली संयंत्र चालू रखने के लिए परमाणु ईंधन की आपूर्ति के संबंध में बाध्य किया। भारत ने ओटावा को सूचित किया कि यदि वह भारत के परमाणु विकास कार्यक्रमों के संबंध में भेदभाव बरतते हुए बाधा डालने की कोशिश करेगा तो भारत उसकी सहायता के बिना भी आगे बढ़ता रहेगा।

सन् 1969 तक भारत में प्रौद्योगिकी तथा अस्त्र प्रणाली की दृष्टि से थल, नौसेना तथा वायु सेना को आधुनिक बनाने के साथ–साथ रक्षा क्षमताओं को बढ़ाने और मजबूत बनाने की प्रक्रिया भी आरंभ हो चुकी थी। सन् 1967 से 1973 तक नीति विषयक जवाबी कार्रवाइयों के संबंध में श्रीमती गांधी के सर्वाधिक महत्वपूर्ण सलाहकार पी.एन. हक्सर थे। वे पहले बैरिस्टर तथा भारतीय विदेश सेवा के सदस्य भी रह चुके थे। उन्होंने साढ़े छह वर्षों तक श्रीमती गांधी के प्रधान सचिव के रूप में कार्य किया था। ये सूक्ष्म दृष्टि के तथा दूरदर्शी सिविल सेवक सिद्ध हुए, जिन्होंने जटिल विश्व के साथ निपटने में श्रीमती गांधी की सहायता की। छठवें दशक के मध्य में भारत ने अनेक सामूहिक बहुमुखी संगठनों का सहारा लिया। इसका लक्ष्य विकासशील देशों के सामूहिक हितों की रक्षा करना था। सन् 1967 के दौरान गुटनिरपेक्ष देशों के शिखर सम्मेलनों में भारत का प्रमुख वर्चस्व रहा। भारत यू.एन.सी.टी.ए.डी. और जी–77 का संस्थापक सदस्य बन गया। भारत ने संसाधन जुटाने और विश्व के देशों के विकास की कार्यक्रम परियोजनाओं के प्रतिपादन में अंतरराष्ट्रीय समुदाय द्वारा सामूहिक प्रयास करने का सूत्रपात किया। इस अवधि को 'संयुक्त राष्ट्र विकास समुदाय का दूसरा दशक' माना जाता है। संयुक्त राष्ट्र की 'कॉन्फ्रेंस ऑन द लॉ ऑफ सीज' तथा अन्य अंतरराष्ट्रीय कॉन्फ्रेंस में भारत ने सक्रिय रूप से भाग लिया। इन सम्मेलनों (कॉन्फ्रेंस) में अंतरिक्ष खोज तथा अंतरराष्ट्रीय विधि के संहिताकरण (कोडीफिकेशन) जैसे महत्वपूर्ण विषयों पर विचार किया गया।

सन् 1970 में श्रीमती गांधी के नेतृत्व में भारत के शिष्टमंडल ने संयुक्त राष्ट्र महासभा के 25वें अधिवेशन में भाग लिया। इस अधिवेशन में संयुक्त राष्ट्र तथा उसके उद्देश्यों के प्रति भारत की वचनबद्धता की पुष्टि होती है। भारत की प्रधानमंत्री ने नेहरूजी के समान विश्व के विभिन्न भागों में शांति बनाए रखने की कार्रवाई से संबंधित संयुक्त राष्ट्र की कार्रवाइयों का समर्थन किया। कांगो के बाद भारत, गाजा, साइप्रस और लेबनान में शांति बनाए रखने की कार्रवाइयों में शामिल रहा।

अब हम सन् 1971 की भारत–पाक लड़ाई से जुड़ी घटनाओं पर ध्यान देते हैं। भारत में अभी भी सन् 1965 की भारत–पाक लड़ाई के बाद पहुँचे आघात अर्थात् प्रधानमंत्री शास्त्रीजी की मृत्यु तथा देश के भीतर व्याप्त तनावों से उबरने की प्रक्रिया चल रही थी। ऐसी स्थिति में पाकिस्तान भारत के लिए हौवा बन गया। सन् 1969 में जनरल याहिया खान की अध्यक्षता में सैनिक विद्रोह सफल हो गया और फील्ड मार्शल अयूब खान को सत्ता से हटा दिया गया।

पूर्वी पाकिस्तान में पश्चिमी पाकिस्तान द्वारा शोषण के विरुद्ध विद्रोह अलगाव के स्तर तक पहुँच गया था। पाकिस्तान भारत पर यह आरोप लगाने लगा कि वह पूर्वी पाकिस्तान में पृथकतावाद को उकसा रहा है। जुल्फिकार अली भुट्टो की अध्यक्षता में पाकिस्तान में लोकतांत्रिक सरकार की माँग जोर पकड़ने लगी। परिणामस्वरूप सन् 1970 में याहिया खान पाकिस्तान में आम चुनाव की घोषणा करने के लिए मजबूर हो गए। इन चुनावों के अप्रत्यक्ष प्रभाव, परिणाम तथा इन परिणामों के प्रति भुट्टो की प्रतिक्रिया से पाकिस्तान में विभाजन की प्रक्रिया चल पड़ी, जिससे भारत भी अछूता नहीं रहा। सन् 1970 तथा 1974 के बीच पाकिस्तानी राजनीति का पतन तथा बाँग्लादेश में मुक्ति आंदोलन के प्रति भारत की प्रतिक्रिया, भारत की विदेश नीति तथा सामरिक कार्यवाहियों का महत्वपूर्ण कारक रहे। भारत ने जिस प्रकार से इस संवेदनशील घटनाक्रम का सामना किया, परवर्ती पैराओं में इस संबंध में भारतीय नीति के निहितार्थों का आकलन करने के साथ–साथ इन पर विस्तारपूर्वक चर्चा की गई है।

सन् 1970 के अंत में भारत–पाक संबंधों में आया अत्यधिक तनाव कम होने लगा। जनरल याहिया खान की सैनिक निरंकुशता की अब पाकिस्तान की राजनीति पर इतनी पकड़ नहीं रह गई कि पाकिस्तान में होने वाली घटनाओं पर काबू पाया जा सके। इसे दो स्तरों से देखा जा सकता है। पहला, पाकिस्तान की जनता का सैनिक शासन से मोहभंग हो चुका था। जनरल अयूब खान 1958 में जब सत्ता में आए, तब से लेकर याहिया खान तक सैनिक शासन चला। इस सैन्य सत्ता के तहत पाकिस्तानी राजनीति में शामिल निरंकुशता और भ्रष्टाचार से साधारण जनता में बदलाव आया। इसका एक कारण कश्मीर में पाकिस्तानी सेनाओं की विफलता भी थी। जुल्फिकार अली भुट्टो हमेशा से उनका विरोध करते थे। याहिया खान पर पड़ने वाले दबावों में यह महत्वपूर्ण कारक था। भुट्टो ने इस स्थिति का भरपूर फायदा उठाया। उन्होंने पाकिस्तान पीपुल्स पार्टी का गठन किया। इस पार्टी ने सैन्य शासन का विरोध करते हुए लोकतंत्र बहाल करने तथा पाकिस्तान में चुनी हुई सरकार बनाने की माँग की। शेख मुजीबुर्रहमान ने

विद्रोह छेड़ दिया। इनका लक्ष्य लोकतांत्रिक व्यवस्था को बहाल करना नहीं था बल्कि इन्होंने पूर्व पाकिस्तान के लिए स्वायत्तता की माँग रखी थी। लोकतंत्र को बहाल करने में इन आंदोलनों को भारत द्वारा दिए गए समर्थन और सहायता से पाकिस्तान द्वारा नकारात्मक अनुक्रिया होने लगी। इसमें मुजीबुर्रहमान को भारत का एजेंट कहा गया, जिसका पाकिस्तान के विभाजन में भारत ने इस्तेमाल किया। अगरतला षड्यंत्र मामले में रहमान पर इल्ज़ाम लगाया गया कि उन्होंने पूर्व पाकिस्तान के अलगाव के लिए भारतीय एजेंटों के साथ मिलकर षड्यंत्र रचा। हालाँकि उन पर लगाए गए आरोप कभी भी सिद्ध नहीं हुए।

अंततः याहिया खान सन् 1970 के मध्य में आम चुनावों के लिए सहमत हो गए। भारत ने इस निर्णय का स्वागत किया। पाकिस्तान के सैन्य संगठन इस निर्णय से खुश नहीं थे। इसके अतिरिक्त प्रकृति को भी अपनी भूमिका निभानी थी। सन् 1970 में पूर्व पाकिस्तान में भयंकर तूफान आया। मानवता के आधार पर सहयोग की बजाय भारत–पाकिस्तान में तनाव और अधिक बढ़ गए। नवम्बर, 1970 में आए इस तूफान से सबसे अधिक चटगाँव तथा इसके आसपास के क्षेत्र प्रभावित हुए थे। सबसे पहले भारत ने वायुयान के रास्ते से राहत देने और पूर्वी पाकिस्तान को सहायता देने का प्रस्ताव रखा था। परंतु याहिया खान ने भारत के इस प्रस्ताव को स्वीकार नहीं किया। उस वर्ष वर्षा के कारण पूर्व पाकिस्तान में आई बाढ़ के संबंध में महत्वपूर्ण एवं अप्रत्याशित घटना यह हुई कि याहिया खान ने आम चुनावों को स्थगित कर दिया। अब चुनाव पाँच अक्टूबर की बजाय सात दिसंबर को होने सुनिश्चित हुए।

अंततः दिसंबर, 1970 में ये चुनाव हुए। शेख मुजीबुर्रहमान के नेतृत्व में अवामी लीग ने भारी मत से विजय प्राप्त की। इस पार्टी ने प्रांतीय सभा में ही नहीं, बल्कि पाकिस्तान की नेशनल असेंबली में भी विजय हासिल की। नेशनल असेंबली में अवामी लीग ने 311 में से 167 सीटें जीतीं। मुजीबुर्रहमान तथा अवामी लीग के वरिष्ठ सहयोगियों ने दिसंबर में होने वाले चुनावों के प्रचार अभियान में स्पष्ट संकेत दे दिया था कि यदि अवामी लीग सत्ता में आती है, तो यह पाकिस्तान के संविधान का मसौदा पुनः तैयार करेगी। इसका मुख्य लक्ष्य शक्तियों/सत्ता का विकेंद्रीकरण था ताकि इसके द्वारा पूर्वी पाकिस्तान तथा पाकिस्तान की अन्य संघटक इकाइयों की स्वायत्तता सुनिश्चित की जा सके। मुजीब की पार्टी को पूर्वी पाकिस्तान तथा केन्द्र में अपनी सरकार बनानी थी। मुजीब को पाकिस्तान का प्रधानमंत्री बनना था। परंतु न तो भुट्टो और न ही पंजाबी अधिकारियों के संवर्ग, शेख मुजीबुर्रहमान के पक्ष में जनता के फैसले को स्वीकार करने के इच्छुक थे। भुट्टो ने यह तर्क दिया कि हालाँकि, शेख मुजीब को बहुमत मिला है, परंतु चुनावों के परिणामों से यह स्पष्ट जाहिर होता है कि यद्यपि पूर्वी पाकिस्तान में अवामी लीग ने चुनाव जीते हैं परंतु पश्चिम पाकिस्तान में स्थिति भिन्न है, यहाँ पर पीपुल्स पार्टी ने बहुमत प्राप्त किया है। भुट्टो ने यह घोषणा कर दी कि वे नवगठित नेशनल असेंबली में भाग नहीं लेंगे तथा शेख मुजीबुर्रहमान को प्रधानमंत्री भी नहीं बनने देंगे। यदि नेशनल असेंबली गठित करके बैठक बुलाई जाती है, तो वे पाकिस्तान में

हिंसक आंदोलन छेड़ देंगे। चुनावों में जीत जाने के बाद भी भुट्टो मुजीब तथा अवामी लीग को सत्ता में नहीं आने दे रहे थे। उनका यह दृष्टिकोण था कि पश्चिम पाकिस्तान में प्रांतीय सरकार उनकी पार्टी की होगी, मुजीबुर्रहमान पूर्व पाकिस्तान में अपनी सरकार बनाएँगे। भुट्टो ने यह चेतावनी भी दी कि केंद्र में अंतरिम अवधि में सैनिक शासन के तहत मिली–जुली सरकार बनाई जाए। इस दौरान पूर्व तथा पश्चिम पाकिस्तान में केंद्रीय सरकार में संतुलित प्रतिनिधित्व करने के संबंध में संवैधानिक पद्धतियों पर बातचीत की जाए। दूसरे शब्दों में, भुट्टो वास्तव में लोकतंत्र नहीं लाना चाहते थे। वे यह मानने के लिए तैयार नहीं थे कि पाकिस्तान का बहुमत पूर्वी पाकिस्तान के साथ है और न ही वे पूर्वी पाकिस्तान की राजनीतिक आकांक्षाओं की पूर्ति के लिए आश्वासन देना चाहते थे। जनवरी 1971 से मार्च 1971 तक ढाका में याहिया खान, शेख मुजीब तथा भुट्टो के बीच वार्ताएँ होती रहीं। इन वार्ताओं के दौरान शेख मुजीब की यह न्यायोचित माँग थी कि चुनाव निर्णय का मान रखा जाए तथा नेशनल असेंबली को पाकिस्तान की भावी राजनीतिक व्यवस्थाओं पर विचार करने और अंतिम रूप देने का अवसर दिया जाए। परंतु उनकी यह माँग ठुकरा दी गई। मुजीब ने आश्वासन दिया कि वे पाकिस्तान पीपुल्स पार्टी को निष्पक्ष रूप से सत्ता में भागीदार बनाएंगे तथा पीपीसी के साथ सर्वसम्मति से संवैधानिक व्यवस्था में कार्य करेंगे। उनका यह आश्वासन भी स्वीकार नहीं किया गया।

यद्यपि श्रीमती गांधी और भारत सरकार इन घटनाओं पर विस्तारपूर्वक विचार कर रही थी और साथ ही तटस्थ होकर पाकिस्तान में लोकतंत्र के पुनरुत्थान का भी समर्थन कर रही थी। चुनाव परिणामों के संबंध में पाकिस्तान पुनः पूर्वाग्रहों से ग्रस्त हो गया। जनवरी 1971 के अंत में पाकिस्तानी एजेंट तथा कश्मीरी उग्रवादी इंडियन एयरलाइंस के विमान का अपहरण करके लाहौर ले गए। बाद में इसे जला दिया गया। परिणामस्वरूप, भारत ने तीन फरवरी से भारतीय क्षेत्र के ऊपर से पाकिस्तान के विमानों की सभी उड़ानें बंद कर दीं, चाहे वे उड़ानें सिविल हों या सैन्य। इस कारण भारत और पाकिस्तान के बीच तनाव चरम स्थिति पर पहुँच गया। चूँकि भारत ने चुनावों में मुजीबुर्रहमान की जीत का समर्थन किया था, इसलिए पश्चिम पाकिस्तान में रोष बढ़ने लगा तथा प्रतिशोध की भावना जागने लगी।

इसी दौरान मुजीबुर्रहमान, याहिया खान तथा भुट्टो के दौरान चल रही वार्ताएँ असफल हो गईं। रमन मैदान में सार्वजनिक रूप से भाषण देते हुए मुजीबुर्रहमान ने 21 मार्च, 1971 को स्वीकार किया कि ये वार्ताएँ असफल रही हैं। उन्होंने घोषणा की कि वे पश्चिम पाकिस्तान के शासन से मुक्ति संग्राम छेड़ने जा रहे हैं। उन्होंने यह घोषित किया कि हमारा ध्येय स्वतंत्रता तथा स्वराज होगा। उन्हें 21–22 मार्च की आधी रात को गिरफ्तार कर लिया गया। याहिया खान ने पूर्वी पाकिस्तान पर सैन्य कहर बरपाना शुरू कर दिया। मुजीब को रातोंरात विमान से पश्चिम पाकिस्तान ले जाया गया, जबकि उनके अधिकांश वरिष्ठ साथी बच गए तथा उन्होंने 28 मार्च, 1971 को बाँग्लादेश की अस्थायी सरकार बना ली। सैन्य दबाव/अत्याचार तथा व्यापक हिंसा के

परिणामस्वरूप अनेक हिंदू–मुस्लिम शरणार्थी पूर्वी पाकिस्तान से भागकर भारत के असम, मणिपुर, त्रिपुरा और पश्चिम बंगाल में आ गए। हालाँकि भारत ने बाँग्लादेश सरकार को औपचारिक रूप से मान्यता नहीं दी थी, फिर भी यह इस सरकार का सामान्य रूप से समर्थन कर रहा था। सर्वप्रथम, सरकार को भारतीय सीमा पर तथा उसके बाद कलकत्ता में ठहरने की अनुमति दी गई, हालाँकि श्रीमती गांधी मार्च और मई 1971 में बाँग्लादेशवासियों को सामान्य राजनीतिक समर्थन देना चाहती थीं, परंतु सैन्य हस्तक्षेप की कोई मंशा नहीं थी। वस्तुतः इनके कुछ वरिष्ठ सहयोगी जैसे सरदार स्वर्ण सिंह का भी यही विचार था कि द्विपक्षीय कूटनीति तथा बहुपक्षीय बातचीत के माध्यम से भारत अंतरराष्ट्रीय दबाव डाले, जिससे यह सुनिश्चित हो कि शरणार्थी पूर्वी पाकिस्तान में लौट जाएँ। जबकि सरदार स्वर्ण सिंह पहले पाकिस्तानी मामलों में किसी प्रकार के हस्तक्षेप के विरुद्ध थे। ये वरिष्ठ नेता चाहते थे कि पाकिस्तान की सरकार आम चुनावों के फैसले की कद्र करे तथा शेख मुजीब को नई संवैधानिक प्रक्रियाएँ विकसित करने की अनुमति दे ताकि पाकिस्तान की जनता की इच्छाओं की पूर्ति की जा सके। फिर भी पाकिस्तानी नेताओं ने इस मामले में कोई सहायता नहीं की। याहिया खान और भुट्टो ने भारत के विरुद्ध तुरंत व्यापक स्तर पर कूटनीतिक प्रचार अभियान छेड़कर आंतरिक संकट का सामना करने में निर्णय शक्ति के अभाव का परिचय दिया। इस संबंध में प्रमुख पहलू इस प्रकार हैं–

1. भारत ने पाकिस्तान के विभाजन के लिए मुजीब की चुनावी जीत का छलपूर्वक षड्यंत्र रचा।
2. पूर्व पाकिस्तान का युवावर्ग 'अपराधवृत्ति' से ग्रस्त था तथा भारत इसे धन देता था और सहायता करता था।
3. बाँग्लादेश के स्वतंत्रता सेनानी अलगाववादी विचारधारा के अल्पसंख्यक ग्रुप से जुड़े थे।
4. अंतरराष्ट्रीय समुदाय को पाकिस्तान की एकता और भौगोलिक अखंडता सुनिश्चित करनी चाहिए थी और पाकिस्तान का विभाजन करने से भारत को रोकना चाहिए।
5. मार्च के अंत से आ रहे पूर्वी पाकिस्तान के शरणार्थी 'अलगाववादी' कहलाए तथा बाद में उन्हें 'भारतीय एजेंट' कहा गया, जो पूर्वी पाकिस्तान से भागकर भारत आए थे।

इन शरणार्थियों की संख्या नवम्बर, 1971 में मात्र आठ महीने के भीतर नौ मिलियन से भी ज्यादा हो गई, तब पाकिस्तान उल्टा–सीधा प्रचार करने लगा। पाकिस्तान ने सबसे पहले बताया कि भारत वित्तीय लाभ के लिए शरणार्थियों को बढ़ावा दे रहा है तथा शरणार्थियों के लिए राहत शिविरों की भी व्यवस्था की जा रही है। जब यह तर्क दिया गया कि अधिकांश शरणार्थी हिंदू हैं, जो पाकिस्तान में खुश नहीं थे, तब यह दावा गलत साबित हो गया। निष्पक्ष रूप से ध्यान देने वाले पर्यवेक्षकों ने जब यह स्वीकार किया कि वस्तुतः शरणार्थी मुस्लिम थे और पाकिस्तान सरकार ने पूर्वी पाकिस्तान में स्वयं द्वारा खड़ी की गई राजनीतिक समस्या को अंतरराष्ट्रीय शरणार्थी समस्या में बदलने की कोशिश की है, तो इस संबंध में पाकिस्तान ने यह तर्क दिया कि संयुक्त

राष्ट्र के शरणार्थी उच्चायुक्त भारत को समझाएं कि वह इन शरणार्थियों को वापस भेज दे। पाकिस्तान ने यह घोषणा भी कि पूर्वी पाकिस्तान के लोग अलगाव में विश्वास नहीं करते, न ही वे अलग होना चाहते हैं। यदि शरणार्थी वापस लौट जाते हैं तथा मुजीब समझौता कर लेते हैं, तो यह समस्या सुलझ जाएगी। इस मामले में पाकिस्तान के अनुसार एकमात्र बाधा यह थी कि भारत यहाँ घुसपैठ कर रहा है।

बाँग्लादेश को सहायता देने के पीछे अनेक कारण थे। औपचारिक स्तर पर सरकार का रुख चाहे कुछ भी हो, परंतु वस्तुस्थिति से मुँह नहीं मोड़ा जा सकता। पाकिस्तान बनने के बाद भारत किसी भी रूप से ऐसी ऐतिहासिक पुनरावृत्ति नहीं चाहता था और न ही वह पाकिस्तान का क्षेत्र अपने साथ पुनः मिलाना चाहता था। इसके बावजूद नई दिल्ली अपने इस विचार पर अडिग रही कि मात्र धर्म ही किसी राष्ट्र के निर्माण का आधार नहीं हो सकता। पाकिस्तान के दो भागों के बीच भारत गणराज्य का हजारों मील तक फैला भाग है। भौगोलिक तथा राजनीतिक दृष्टि से विसंगति पाई जाती है। भारत को युद्ध के दौरान पाकिस्तान के दोनों भागों पर लड़ाई का सामना करना पड़ता था। इसके अलावा जब कभी भी लड़ाई की स्थिति उत्पन्न होती थी, पाकिस्तान के विमान एक स्थान से दूसरे स्थान तक जाने के लिए भारत के क्षेत्र के ऊपर से उड़ान भरते थे। इस स्थिति से भारत अब तंग आ चुका था। खास तौर पर भारत को उस समय परेशानी उठानी पड़ती थी, जब पूर्वी पाकिस्तान के संबंध में सामरिक दृष्टि से चीन–पाकिस्तान की संयुक्त अनुक्रिया होती थी। इसलिए यदि पूर्वी पाकिस्तान की जनता सामाजिक, जाति विषयक एवं भाषाई विचारधारा तथा उनकी इच्छाओं की पूर्ण रूप से अवहेलना के कारण पाकिस्तान से अलग होना चाहती थी तथा पूर्ण स्वतंत्रता के लिए अभिमुख थी, तो भारत को कोई आपत्ति नहीं थी। यदि भारत के समर्थन तथा सहयोग के परिणामस्वरूप भारत के लिए एक नया मित्र राष्ट्र अस्तित्व में आता है, तो यह भारत के लिए अनुकूल था। पूर्वी पाकिस्तान के स्थान पर मित्र बाँग्लादेश का होना बेहतर समझा गया। पूर्वी पाकिस्तान बेस से भारत के पूर्वोत्तर राज्यों के कुछ तत्वों को कभी–कभी प्रोत्साहन मिलता रहता था। इसलिए नई दिल्ली के लिए यह स्वाभाविक था कि इस मुक्ति आंदोलन को समर्थन दे। इस आंदोलन के पीछे यह सशक्त तर्काधार था कि पाकिस्तान ने सेना द्वारा किए गए अत्याचारों के बावजूद बंगालवासियों को लोकतांत्रिक अधिकार देने से मना कर दिया था। पश्चिम बंगाल के लोगों के मन में पूर्वी पाकिस्तान के प्रति सांस्कृतिक तथा भावात्मक सहानुभूति थी। इससे पूर्वी पाकिस्तान की जनता के प्रति सहानुभूतिपूर्ण विचारों को और अधिक बल मिला।

21 मार्च, 1971 से पाकिस्तान की सेना अपने ही नागरिकों पर लगातार जुल्म ढाती रही। जुलाई में लगभग 6 मिलियन शरणार्थी भारत पहुँच गए। सितंबर 1971 तक यह संख्या लगभग 9.5 मिलियन तक पहुँच गई। इसी दौरान याहिया खान के शासन में शेख मुजीब पर कानूनी कार्रवाई चल रही थी, जिसमें अंततः उन्हें मृत्युदंड की सजा सुनाई गई, लेकिन यह सजा दी नहीं जा सकी। पाकिस्तानी सेना में बंगाली सैनिकों तथा अवामी लीग के युवा वर्ग ने पाकिस्तानी सेनाओं के विरुद्ध सशस्त्र संघर्ष छेड़ दिया। इन्होंने गुरिल्ला मुक्ति सेना (मुक्तिवाहिनी) गठित की। जुलाई–अगस्त 1971

तक यह स्पष्ट हो गया था कि पाकिस्तान का सैनिक शासन मुजीब से समझौता नहीं करना चाहता, जिसके जरिए पूर्वी पाकिस्तान में अलगाववादी आंदोलन को रोका जा सकता था। भारत का जनमत पूर्वी पाकिस्तान की सशस्त्र लड़ाई का जोरदार समर्थक था। इसलिए श्रीमती गांधी ने मुक्तिवाहिनी का साथ देने का निर्णय लिया तथा इसके अलावा देश से निष्कासित बाँग्लादेश सरकार को आवश्यक सुविधाएँ प्रदान करने का भी फैसला किया। इस सरकार के राष्ट्रपति नजरूल इस्लाम तथा प्रधानमंत्री ताजुद्दीन अहमद थे। उस समय केवल पाकिस्तान ने ही नहीं बल्कि अन्य देशों ने भी निष्कासित बाँग्लादेश सरकार को आश्रय देने तथा मुक्तिवाहिनी को आवश्यक सहायता देने के लिए भारत की आलोचना की। यहाँ इस बात पर गौर करने की जरूरत है कि भारत ने अंतरराष्ट्रीय विधि के प्रतिकूल कोई कार्रवाई नहीं की थी। इससे पूर्व, ब्रिटेन ने यूरोप में अनेक निष्कासित सरकारों को आश्रय दिया था, जिन्होंने दूसरे विश्वयुद्ध के दौरान नाजीवाद का विरोध किया था। हाल ही में संयुक्त राज्य ने निष्कासित सरकारों को अपने क्षेत्र में कार्य करने के लिए अनुमति दी थी। ये सरकारें दक्षिण अमेरिका तथा कैरीबियन (कैरीबियाई) देशों की प्रतिनिधि थीं (जैसेः–हैती), अंतरराष्ट्रीय स्तर पर आलोचना का भारत को सामना करना पड़ा, उससे भारत अधिक परेशान नहीं हुआ।

भारत सरकार ने पूर्वी पाकिस्तान के संकट के समाधान के लिए द्वि–मार्गी दृष्टिकोण अपनाया। पहला, मुक्तिवाहिनी का समर्थन करने के लिए नई दिल्ली को दिसंबर 1971 के पाकिस्तानी आम चुनावों के निर्णय के संबंध में पाकिस्तान सरकार पर दबाव डालना होगा। दूसरा, द्विपक्षीय संबंधों तथा संयुक्त राष्ट्र के माध्यम से अंतरराष्ट्रीय जनमत जुटाया जाए ताकि राजनीतिक और मानवीय आधार पर पूर्वी पाकिस्तान के लोगों की आकांक्षाओं की पूर्ति के लिए समर्थन जुटाया जा सके। हालाँकि पहले मार्ग पर भारत सफलतापूर्वक चल रहा था, परंतु दूसरे मार्ग में उसे अनेक बाधाओं का सामना करना पड़ा। विशेष रूप से पाकिस्तान शासन के प्रति संयुक्त राज्य का समर्थन। रिचर्ड निक्सन प्रशासन ढाका और कलकत्ता में कार्य कर रहे संयुक्त राज्य के महापरामर्शदाता द्वारा भेजी गई रिपोर्टों तथा मूल्यांकन को पूरी तरह से नजरंदाज कर रहा था (विशेष रूप से आर्कर के. ब्लड)। इन रिपोर्टों में स्थिति को निष्पक्ष ढंग से व्यक्त किया गया था। संयुक्त राज्य सरकार से माँग की गई कि याहिया खान पर मुजीबुर्रहमान के साथ बातचीत करने तथा पाकिस्तान में लोकतंत्र का समर्थन करने के लिए दबाव डाला जाए और यह आग्रह किया जाए कि पूर्वी पाकिस्तान में सेना का दमनचक्र और मानव अधिकारों का उल्लंघन रोका जाए। राष्ट्रपति निक्सन और राज्य सेक्रेटरी, हेनरी किसिंजर के याहिया खान को नीचा गिराने के अपने स्वार्थ थे। संयुक्त राज्य ने पीपुल्स रिपब्लिक ऑफ चीन के साथ संबंध अच्छे बनाने के प्रयास शुरू कर दिए। वाशिंगटन और चीन के बीच सुलह–सफाई करने में पाकिस्तान अप्रत्यक्ष रूप से भूमिका निभा रहा था। मार्च और जुलाई, 1971 के बीच की अवधि में बातचीत अंतिम दौर में चल रही थी, जब किसिंजर ने जुलाई, 1971 में गुप्त रूप से बीजिंग में आना स्वीकार कर लिया। संयुक्त राज्य पूर्वी पाकिस्तान में लोकतांत्रिक हितों की खातिर, स्वार्थ के लिए समष्टिगत रूप से सामरिक कार्यवाही को दाँव पर नहीं रख सका।

किसिंजर स्वयं 1 जुलाई को भारत आए तथा श्रीमती गांधी से मिले। उनका मूल संदेश यही था कि भारत को पूर्वी पाकिस्तान में चल रहे मुक्ति संग्राम का समर्थन नहीं करना चाहिए। वे इस समस्या को स्वयं याहिया खान को सुलझाने दें। साथ ही संयुक्त राज्य अमेरिका यह भी चाहता था कि पूर्वी पाकिस्तान के शरणार्थी अपने देश लौट जाएँ। श्रीमती गांधी को यह दृष्टिकोण नैतिक दृष्टि से अनुचित तथा राजनीतिक दृष्टि से अस्वीकार्य लगा। किसिंजर का मुख्य लक्ष्य बीजिंग की गुप्त यात्रा करना था। भारत छोड़ने के बाद वे पाकिस्तान चले गए। याहिया खान द्वारा राजनीतिक और लॉजिस्टिक समर्थन देने से पूर्वी पाकिस्तान के संकट के दौरान स्पष्ट हो गया कि निक्सन का पाकिस्तान के प्रति अनुकूल रवैया रहेगा। मई 1971 से पूर्वी पाकिस्तान की जनता के प्रति समर्थन जुटाने के लिए भारत व्यापक स्तर पर कूटनीतिक प्रयास करने लगा। जयप्रकाश नारायण, विदेश मंत्री स्वर्ण सिंह तथा केंद्रीय मंत्री के.सी. पंत जैसे प्रतिष्ठित लोगों ने वरिष्ठ अधिकारियों के साथ विश्व के अनेक भागों की यात्राएँ कीं ताकि पूर्वी पाकिस्तान के संकट के स्वरूप को अच्छी तरह से समझाया जा सके और इस संकट के प्रति भारतीय नीति के तर्काधार की जानकारी दी जा सके।

चूँकि इस उपमहाद्वीप में घटित हो रही इस मानव–त्रासदी से व्यापक स्तर पर बहुत बड़ा भाग प्रभावित था, इसलिए 7 अगस्त, 1971 को भारत और सोवियत संघ इंडो–सोवियत शांति मैत्री और सहयोग समझौते को अंतिम रूप दिया गया। ग्रोम्यको ने नई दिल्ली में यात्रा के दौरान संधि पर हस्ताक्षर किए। भारत–सोवियत संबंधों में यह सबसे अच्छी तरह रखा गया गुप्त दस्तावेज है। इस संधि के अनुच्छेद 8 और अनुच्छेद 11 में यह प्रावधान रखा गया था कि यदि दोनों में से किसी भी देश की भौगोलिक अखंडता को कोई खतरा होगा तो इस संधि के तहत दूसरी पार्टी रक्षा सहयोग तथा पारस्परिक रक्षा सहायता प्रदान करेगी। संयुक्त राज्य का इस संधि से नाराज होना स्वभाविक था। संयुक्त राज्य की चीन और पाकिस्तान के साथ मिलकर गुट बनाने की इच्छा और अधिक तीव्र हो गई ताकि दक्षिण एशिया में सोवियत संघ के बढ़ते प्रभाव को रोका जा सके। पूर्वी पाकिस्तान के संकट के दौरान संयुक्त राज्य की नीतियों की विफलता इससे भी स्पष्ट हो जाती है कि निक्सन ने याहिया खान को पूरा समर्थन देने का आश्वासन दिया था। निक्सन ने पूर्वी पाकिस्तान के मुक्ति संग्राम को समाप्त करने के लिए राज्य विभाग तथा संयुक्त राज्य की आसूचना (इंटेलिजेंस) एजेंसियों को भी अधिकार दे दिए। संयुक्त राज्य का प्रयास काफी हद तक सफल भी रहा। संयुक्त राज्य के महापरामर्शदाता के अधिकारी निष्कासित बाँग्लादेश सरकार के विदेश मंत्री खोंडकर मुश्ताक अहमद तथा सचिव महबूब–उल–आलम चाशी से मिले। संयुक्त राज्य ने इन्हें समझाया कि वे सितंबर 1971 में संयुक्त राष्ट्र की महासभा के अधिवेशन में जाने के अवसर का पूरा फायदा उठाएँ तथा घोषित कर दें कि बाँग्लादेश की यह सरकार जनरल याहिया खान के साथ बातचीत करने के लिए तैयार है।

खोंडकर को इस सरकार के राष्ट्रपति नजरुल इस्लाम तथा प्रधानमंत्री ताजुद्दीन अहमद से अनुमति लिए बिना ही ऐसी घोषणा करनी थी। इसके बदले में खोंडकर को नई पार्टी बनाने का अवसर मिलता तथा वे पार्टी के अध्यक्ष होते। इस पूरे कार्य में

संयुक्त राज्य ने उन्हें सहयोग देने का वादा किया था। खोंडकर को इसके बाद याहिया खान से बातचीत करनी थी। इसके परिणामस्वरूप मुजीब को छोड़ दिया जाता। इस पार्टी के अन्य नेताओं को भारतीय इंटेलीजेंस एजेंसियों की मदद से इस योजना की पहले ही भनक लग गई। फलतः खोंडकर और चाशी को सरकार से बाहर निकाल दिया गया और इस प्रकार वे संयुक्त राष्ट्र में नहीं जा सके।

इसी दौरान श्रीमती गांधी स्वयं सोवियत संघ, फ्रांस, जर्मनी और संयुक्त राज्य अमेरिका गईं तथा इन ताकतों को समझाया कि वे याहिया खान की सरकार के प्रति समुचित रवैया अपनाएँ। लेकिन पश्चिमी देशों ने श्रीमती गांधी के इस सुझाव के प्रति सकारात्मक जवाब नहीं दिया। निक्सन ने उग्र तथा तिरस्कारपूर्ण रवैया अपनाए रखा। श्रीमती गांधी ने व्यक्तिगत स्तर पर कूटनीतिक प्रयास किए थे। इनका लक्ष्य विदेशी ताकतों को यह चेतावनी देना था (पूर्वी पाकिस्तान संकट के राजनीतिक और शरणार्थियों से संबंधित जनांकिकी दबाव भारत की आंतरिक स्थिरता तथा सुरक्षा के लिए खतरा बन जाएगा) कि यदि आवश्यक हुआ तो भारत–पाकिस्तान के विरुद्ध सैनिक कार्रवाई से नहीं हिचकिचाएगा।

भारत के अंतरराष्ट्रीय कूटनीतिक प्रयास सफल नहीं हुए। हालाँकि मानवता के आधार पर पूर्वी पाकिस्तान की जनता के साथ समूचे विश्व में सहानुभूति की भावना थी, फिर भी पाकिस्तान से अलगाव के पीछे विद्यमान राजनीतिक कारणों की कोई जानकारी नहीं थी। संयुक्त राष्ट्र की महासभा में पूर्वी पाकिस्तान संकट से संबंधित प्रस्ताव पेश किया गया। सितंबर–अक्टूबर 1971 में संयुक्त राष्ट्र के सदस्य देशों ने मुक्ति संग्राम और भारत के विरुद्ध बहुमत वोट दिया। पश्चिमी देशों की आम प्रत्याशा यही थी कि मतदान से भारत हतोत्साहित हो जाएगा तथा बंगालियों के मुक्ति संग्राम को समर्थन देना बंद कर देगा। परंतु वास्तविकता इसके विपरीत थी। पश्चिम के इस असहयोगी रवैये से इंदिरा गांधी की इस मुक्ति संग्राम में समर्थन देने की संकल्प शक्ति और दृढ़ हो गई। 3 दिसंबर, 1971 को यह मामला स्पष्ट हो गया, जब याहिया खान ने भारतीय पंजाब और जम्मू–कश्मीर के भारतीय वायुसेना के अड्डों पर हमला करने के आदेश दिए। पूर्वी पाकिस्तान के स्वतंत्रता सेनानियों का मुक्ति संग्राम भारत–पाक के बीच युद्ध में बदल गया।

यह लड़ाई 13 दिन तक चली। इस दौरान पाकिस्तान की सशस्त्र सेनाएँ बुरी तरह से परास्त हो गईं। भारत ने 93 हजार पाकिस्तानी सैनिक युद्धबंदी बनाए। भारत ने पंजाब और सिंध के पश्चिम पाकिस्तान क्षेत्र के भागों पर कब्जा कर लिया। संयुक्त राज्य ने पाकिस्तानी सेनाओं की हार रोकने का भरसक प्रयास किया। संयुक्त राज्य ने संयुक्त राष्ट्र संघ की सुरक्षा परिषद् में प्रस्ताव पेश किया कि भारतीय सेना की कार्यवाही रोकी जाए। यदि ये प्रस्ताव पारित हो जाते तो इन्हें लागू करना अनिवार्य हो जाता। इन प्रस्तावों पर सोवियत संघ ने वीटो दिया। पश्चिमी ताकतों तथा चीन ने इस युद्ध के संबंध में पाकिस्तान को पूरा समर्थन दिया। संयुक्त राज्य और पाकिस्तान यह सोचते थे कि चीन–भारत के विरुद्ध सैनिक हस्तक्षेप करेगा। उनका यह विचार सही साबित नहीं हुआ। संयुक्त राज्य ने आक्रामक सैन्य रवैया अपनाया। निक्सन ने

संयुक्त राज्य का सातवां बेड़ा (Seventh Fleet of the United States) बंगाल की खाड़ी में भेजने का आदेश दिया। इस बेड़े का नाम 'यू.एस.एस. एंटरप्राइज' था। यह बेड़ा वाशिंगटन की ताकत का सबसे बड़ा प्रदर्शन था। इस कार्यवाही के पीछे यह बहाना बनाया गया कि पूर्वी पाकिस्तान में फंसे अमेरिकी तथा पश्चिम यूरोपियन नागरिकों को निकालने के लिए यह बेड़ा चटगांव भेजा जा रहा है। हालाँकि इस कार्यवाही से भारत में तनाव और आशंका बढ़ गई, फिर भी श्रीमती गांधी अपने निर्णय पर अडिग रहीं। वे ऐसा इसलिए कर पाईं, क्योंकि सोवियत संघ ने संयुक्त राज्य की सैनिक कार्यवाही के विरुद्ध राजनीतिक तथा सैन्य कदम उठाए थे। 16 दिसंबर, 1971 को ढाका में याहिया की फौज के समर्पण के साथ यह युद्ध समाप्त हो गया और पश्चिमी क्षेत्र में भारत ने एकपक्षीय युद्ध विराम (सीज़ फायर) घोषित कर दिया। भारत ने 5 दिसंबर, 1971 को स्वतंत्र देश के रूप में बाँग्लादेश को मान्यता दे दी। पाकिस्तान में याहिया का सैनिक शासन खत्म हो गया। दिसंबर 1971 में उन्होंने अपना पद छोड़ दिया और दिसम्बर 1971 के चुनावों के आधार पर जुल्फिकार अली भुट्टो पाकिस्तान के राष्ट्रपति और चीफ मार्शल लॉ एडमिनिस्ट्रेटर बन गए।

पूर्वी पाकिस्तान संकट से भारत को दो सबक मिले–

1. वस्तुनिष्ठ आधार या मामले को देखते हुए संयुक्त राष्ट्र भारत के अनुकूल कार्रवाई करने में दूसरी बार असफल रहा। (पहली बार कश्मीर के मुद्दे पर)।
2. अंतरराष्ट्रीय समुदाय संवेदनशील घटनाक्रम के संबंध में अपने हितों को देखते हुए प्रतिक्रिया करते हैं, न कि नैतिक या वस्तुनिष्ठ आधार पर।

सन् 1971 में पाकिस्तान की राजनीतिक तथा सैन्य पराजय से भारत की नीति के संबंध में पाकिस्तान की कुछ भ्रांतियां तथा पूर्वानुमान दूर हो गए। उदाहरण के लिए–

1. पाकिस्तान से युद्ध लड़ने के लिए भारत के न तो राजनीतिक संबंध हैं, न ही बल;
2. भारत ऐसा दुर्बल देश है, जहाँ हिंदू लोकाचार व्याप्त है और इसीलिए देश की पाकिस्तान की मार्शल परंपराओं तथा सैनिक मनोबल के साथ कोई बराबरी नहीं;
3. भारत में लोकतंत्र अस्थायी है तथा यह आशा नहीं की जा सकती कि पाकिस्तान की नीतियों तथा प्रयासों का मुकाबला किया जा सकता है। इन नीतियों का लक्ष्य पाकिस्तान को इस महाद्वीप का सर्वाधिक प्रभावशाली एवं ताकतवर देश बनाना है।
4. पूर्वी पाकिस्तान, पाकिस्तान के सैन्य दबाव तले स्वायत्तता तथा मुक्ति की माँग छोड़ देगा;
5. पाकिस्तान की सैनिक ताकत, संयुक्त राज्य की सहायता और चीन के सैन्य हस्तक्षेप से भारत बाँग्लादेश को सहायता देना बंद कर देगा।
6. आवश्यकता पड़ने पर सुरक्षा परिषद् के स्थायी सदस्य पाकिस्तानी सेना का साथ देंगे ताकि पाकिस्तानी सेना पराजित न हो।

अंततः बाँग्लादेश के अलगाव से द्वि–राष्ट्र सिद्धांत समाप्त हो गया, जिसके आधार पर पाकिस्तान बना था अर्थात् वह सिद्धांत जिसके तहत किसी राष्ट्र की पहचान 'धर्म' से होती है।

अभी तक अनेक प्रश्न पूछे जाते हैं कि पश्चिमी क्षेत्र में भारत ने एकतरफा युद्ध विराम घोषित क्यों कर दिया? समूचे जम्मू–कश्मीर पर कब्जा जमाने के लिए सैन्य कार्यवाहियाँ जारी क्यों नहीं रखीं और पाकिस्तान की सैनिक शक्ति का ढांचा पूरी तरह से तबाह क्यों नहीं किया? इस शत्रुता को समाप्त करने के लिए श्रीमती गांधी द्वारा लिए गए निर्णय के पीछे मुख्य कारण इस प्रकार हैं–

(i) पश्चिम पाकिस्तान में निरंतर सैनिक कार्यवाहियों से राष्ट्रीय एकता के प्रति भावुकता को ही बढ़ावा मिलता तथा लोगों के बीच सोद्देश्य विरोध पनपता रहता;

(ii) पश्चिम में भारत की सैनिक कार्यवाहियाँ जारी रखने के पीछे अब कोई प्रयोजन नहीं था, जिसके कारण शत्रुता जारी रखी जाए;

(iii) भारत की सैनिक सफलता सोवियत संघ द्वारा दी गई लॉजिस्टिक सहायता और रक्षा संबंधी आपूर्ति पर निर्भर थी। सोवियत संघ ने भारत को यह संकेत दिया था कि यदि किसी परिणाम के बिना लड़ाई लम्बे समय तक चलती रही तो वे संयुक्त राष्ट्र द्वारा प्रायोजित समझौते का सामना नहीं कर पाएँगे। सोवियत संघ के उप–विदेश मंत्री फिरयुबिन तथा कुजनेत्सॉक दिसंबर 1971 में दूसरे सप्ताह में नई दिल्ली में आए तथा ब्रेझनेव और ग्रोम्यको का यह संदेश दिया कि जब बाँग्लादेश आजाद हो गया है, तब भारत को भी यह लड़ाई बंद कर देनी चाहिए। इसका निहितार्थ यही था कि यदि यह लड़ाई लंबे समय तक चलती है, तो सोवियत संघ अपेक्षित स्तर तक भारत को सहयोग नहीं दे पाएगा। सोवियत संघ का यह रुख इस आकलन पर आधारित था कि वह संयुक्त राज्य से किसी प्रकार का विरोध नहीं करना चाहता था; क्योंकि सन् 1971 से ही दोनों देश संबंधों को सामान्य बनाने के लिए प्रयास कर रहे थे। ऐसे मोड़ पर भारत को इस युद्ध में निरंतर सहायता देने से ये प्रयास निष्फल हो जाते। इसलिए यह समझा जाता है कि श्रीमती गांधी द्वारा एकतरफा युद्ध विराम की घोषणा करने का लिया गया निर्णय व्यावहारिक और अपरिहार्य था।

बाँग्लादेश बन जाने के बाद मुजीबुर्रहमान को 7 जनवरी, 1971 को भुट्टो ने रिहा कर दिया। मुजीब तुर्की के रास्ते लंदन होते हुए नौ जनवरी को भारत से गुजरे और उसी दिन दोपहर बाद ढाका पहुँचे। भुट्टो को चिंता इस बात की थी कि पाकिस्तान के युद्धबंदियों को रिहा कराया जाए तथा भारतीय सेनाओं द्वारा जीती गई पश्चिमी भाग की 5000 वर्गमील की पाकिस्तानी भूमि को भारत से कैसे लिया जाए। भारत उपमहाद्वीप में शांति बनाए रखने के लिए पाकिस्तान से बातचीत करने में पहल करना चाहता था। इस संदर्भ में भारत ने पाकिस्तान और बाँग्लादेश, दोनों देशों के साथ प्रारंभिक बातचीत करनी शुरू कर दी। मुजीब को समझाया कि वे पाकिस्तान की सैन्य पराजय की कड़वाहट को भूलकर भारत और पाकिस्तान के बीच सामान्य संबंध स्थापित करने के लिए सहमत हों, इससे दोनों देशों के बीच लंबे समय तक शांति कायम होगी। तीन प्रख्यात व्यक्ति, पी.एन. धर, श्रीमती गांधी के नीति नियोजना सलाहकार; पी.एन. हक्सर,

प्रधानमंत्री के प्रमुख सचिव तथा टी. एन. कौल, भारत के विदेश सचिव पर प्रारम्भिक चर्चाओं की जिम्मेदारी थी। ये बैठकें ढाका, इस्लामाबाद, मूरी तथा नई दिल्ली में हुईं, जिनके परिणामस्वरूप जुलाई 1972 में शिमला में भारत–पाक शिखर वार्ता हुई।

श्रीमती गांधी ने मार्च 1972 में ढाका की यात्रा की और शेख मुजीबुर्रहमान के साथ शांति, मित्रता तथा सहयोग की संधि पर हस्ताक्षर किए। इस संधि में भारत और बाँग्लादेश के बीच भावी संबंधों की रूपरेखा प्रस्तुत की गई। मुजीब ने यह अनुरोध किया था कि भारतीय सशस्त्र सेनाएं अभी छह–आठ माह तक बाँग्लादेश में ही रहें ताकि पाकिस्तान से देश की सुरक्षा सुनिश्चित की जा सके। परंतु श्रीमती गांधी इसी बात पर अडिग रहीं कि 17 मार्च, 1972 को बाँग्लादेश से भारतीय सेनाएँ लौट आएँगी। जुलाई, 1972 में भुट्टो–इंदिरा गांधी के बीच हुई बैठक के परिणामस्वरूप शिमला समझौता किया गया। इसके अंतर्गत, भारत सभी पाकिस्तानी भू–क्षेत्र खाली करने पर राजी हो गया। श्रीमती गांधी कश्मीर मुद्दे को भी सुलझाना चाहती थीं। भुट्टो को यह सुझाव दिया गया कि जम्मू–कश्मीर के बीच युद्ध विराम रेखा पुनः खींची जाए और दिसंबर 1971 की सैनिक कार्यवाहियों के अनुसार पुनः समंजित की जाए। यह सुझाव भी दिया गया कि युद्ध विराम रेखा को प्रारम्भ में 'नियंत्रण रेखा' कहा जाए तथा बाद में जम्मू–कश्मीर की समस्या इस प्रकार से हल की जाए कि पाकिस्तान इस रेखा के पश्चिम की ओर के क्षेत्र में नियंत्रण रखे तथा भारत इस रेखा के पूर्व की ओर नियंत्रण रखे। भुट्टो ने श्रीमती गांधी को बताया कि उन्हें यह सुझाव मंजूर है; परंतु औपचारिक समझौते के एक भाग के रूप में ऐसा विशिष्ट समझौता नहीं करना चाहते, क्योंकि इस कारण उन पर समर्पण कर देने का आरोप लगाया जाएगा। उन्होंने यह भी प्रकट किया कि वे राजनीतिक क्षेत्र में ज्यादा दिन तक नहीं टिक पाएँगे तथा पाक में सैन्य शासन पुनः आ सकता है। उन्होंने श्रीमती गांधी को आश्वासन दिया कि नियंत्रण रेखा खिंच जाने पर, वे तीन से पाँच वर्ष तक इसे भारत और पाकिस्तान के बीच अंतरराष्ट्रीय सीमा में बदलने के भरसक प्रयास करेंगे। श्रीमती गांधी के वरिष्ठ सलाहकारों ने यह अनुभव किया कि शिमला शिखर वार्ता की असफलता या पराजित पाकिस्तान पर कोई समझौता थोपने का कोई लाभ नहीं होगा। बल्कि भारत–पाकिस्तान में चल रहा तनाव और अधिक बढ़ जाएगा। ऐसी भी सूचना मिली है कि श्रीमती इंदिरा गांधी के सलाहकारों ने उनके सामने यह उदाहरण भी प्रस्तुत किया था कि सन् 1918 में पराजित जर्मनी पर थोपी गई वर्साय की संधि के भयानक परिणाम सामने आए थे। इस प्रकार से, जम्मू–कश्मीर समस्या को शिमला समझौते में शामिल नहीं किया जा सका। श्रीमती गांधी तथा जुल्फिकार अली भुट्टो की स्थिति मजबूत हो गई, तब वे अपने वायदे से पीछे हट गए।

शिमला समझौते में पारस्परिक रूप से भारत और पाकिस्तान के बीच संबंध सामान्य बनाने तथा द्विपक्षीय विवादों को सुलझाने में बल प्रयोग न करने के प्रति वचनबद्धता निर्धारित की गई। इस समझौते में यह भी तय किया गया कि एक–दूसरे के आंतरिक मामलों में परस्पर हस्तक्षेप नहीं किया जाएगा और दोनों देश एक–दूसरे की क्षेत्रीय अखंडता का पूरा सम्मान करेंगे। बहरहाल, भुट्टो श्रीमती गांधी को यह समझाने में

सफल हो गए कि इस समझौते में ऐसा खंड भी रखा जाए, जिसके तहत जम्मू–कश्मीर को 'विवादास्पद मुद्दा' मान लिया जाए और इसे परस्पर मिलकर सुलझाया जाए। यदि पीछे मुड़कर देखा जाए तो यह मानना पड़ेगा कि शिमला समझौते के दौरान कमजोर पार्टी होने के बावजूद भुट्टो को कूटनीतिक सफलता मिली। पाकिस्तान की दृष्टि से उनके तीन उद्देश्य पूरे हो गए–

1. पाकिस्तान के युद्धबंदी छुड़ा लिए;
2. पाकिस्तान के भू–क्षेत्र से सेनाओं का हटना सुनिश्चित हो गया;
3. द्विपक्षीय विवाद के रूप में कश्मीर मुद्दा ज्यों–का–त्यों रह गया;

यद्यपि उपमहाद्वीप की शांति बनाए रखने के लिए युद्धबंदियों को रिहा करना और जीती गई भूमि से सेना को हटाना व्यावहारिक रूप से आवश्यक था, परंतु जम्मू–कश्मीर को विवाद का मुद्दा स्वीकार करना भारत की विदेश नीति की विफलता है। भारत को इस पर अड़े रहना चाहिए था कि पाकिस्तान जम्मू–कश्मीर पर अपना दावा छोड़ दे या कम–से–कम जम्मू–कश्मीर के उन भागों पर भारत का क्षेत्राधिकार स्वीकार कर ले, जिन पर भारत का नियंत्रण है।

इस प्रकार से, भारत ने जम्मू–कश्मीर समस्या सुलझाने का अच्छा मौका खो दिया, जो अभी तक भारत की भौगोलिक अखंडता के लिए खतरा बना हुआ है तथा भारत–पाक संबंधों में बिगाड़ लाने वाला कारक है। हमने सन् 1971 में हुई सैन्य विजय का फायदा नहीं उठाया। यहाँ यह उल्लेख करना संगत होगा कि इस मुद्दे पर श्रीमती गांधी के वरिष्ठ सलाहकारों में भी मतभेद था। मैं यह तथ्य भी जानता हूँ कि डी.पी. धर युद्ध बंदी सैनिकों को रिहा करने तथा पाकिस्तानी क्षेत्र से कब्जा हटाने के लिए इस शर्त पर रजामंद थे कि पाकिस्तान जम्मू–कश्मीर पर भारत का अधिकार स्वीकार कर ले। उन्होंने बताया कि पी.एन. हक्सर ने इस दृष्टिकोण का यह तर्क देकर विरोध किया कि युद्धबंदियों को रिहा न करना भारत के लिए महँगा पड़ेगा तथा पाकिस्तानी क्षेत्र को खाली न करने से उस देश के साथ तनाव और अधिक बढ़ जाएगा और इससे भारत की अंतरराष्ट्रीय छवि धूमिल होगी। यदि उदार तथा युक्तियुक्त दृष्टिकोण अपनाते हैं, तो हम 'यथार्थ राजनीति' के तर्कों को जीत लेंगे। परंतु जम्मू–कश्मीर मुद्दे का समाधान न निकलने तथा भारत में अस्थिरता लाने के लिए पाकिस्तान द्वारा इस मुद्दे के इस्तेमाल से यह प्रश्न उठता है कि क्या हमें सन् 1972 में शिमला शिखर वार्ता के दौरान इतना अधिक मैत्रीपूर्ण दृष्टिकोण अपनाना चाहिए था? शायद नहीं।

बाँग्लादेश के मुक्ति संग्राम के मुद्दे पर भारत तथा पाकिस्तान के बीच मनमुटाव हुआ। इस संबंध में भारत के समसामयिक सामरिक उद्देश्य थे तथा बाँग्लादेश की जनता की इच्छा का भारत समर्थन करता था, परंतु भारत अपने इन उद्देश्यों में सफल नहीं हो सका। भारत को आशा थी कि नए राष्ट्र बाँग्लादेश के साथ भारत की गहरी एवं मजबूत मित्रता होगी। इस लक्ष्य की पूर्ति न होने के कारण इस प्रकार हैं–

1. शेख मुजीबुर्रहमान इस तथ्य से असंतुष्ट थे कि बाँग्लादेश के मुक्ति संग्राम की अंतिम अवस्था पर वे सक्रिय भाग नहीं ले सके। उन्हें बाँग्लादेश के उन नेताओं से भी ईर्ष्या थी, जिन्होंने उनकी गिरफ्तारी के बाद संग्राम की बागडोर सँभाली थी;

2. मुजीब सैद्धांतिक रूप से विभाजन से पूर्व मुस्लिम लीग के अनुयायी थे। वे चाहते थे कि पूर्वी पाकिस्तान के मुस्लिम संयुक्त पाकिस्तानी समाज का एक प्रधान वर्ग बने तथा यदि ऐसा संभव नहीं है, पूर्वी पाकिस्तान का अलग अस्तित्व हो; परन्तु यह मुस्लिम देश के रूप में ही जाना जाए।
3. मुजीब लोकतांत्रिक सरकार बनाने की प्रक्रिया में शामिल नहीं थे। उनके अनुसार लोकतंत्र जन–आंदोलन है, जबकि उनकी व्यक्तिगत नेतृत्व शक्ति किसी करिश्मे तथा जनता की अपील पर आधारित है;
4. उन्हें बाँग्लादेश की राजनीति पर भारतीय प्रभुत्व होने की आशंका थी।

इन धारणाओं के कारण मुजीब के दृष्टिकोण का भारत के प्रति नीतियों पर भी प्रभाव पड़ा तथा सन् 1971 के मध्य से ही भारत और बाँग्लादेश के बीच मतभेद उभरने लगे। उस समय फरक्का बांध से नीचे नदी के जल विभाजन पर बातचीत के समय बाँग्लादेश के रवैये से सीमावर्ती तथा समुद्रवर्ती सीमा रेखा पर अनेक विवाद उत्पन्न हो गए। बाँग्लादेश की स्थिति से यह स्पष्ट होने लगा था कि इस देश की राजनीति में मुक्ति संग्राम के बाँग्लादेशी नेताओं को मुजीब महत्व नहीं दे रहे हैं। उन्होंने बाँग्लादेश को इस्लामिक कॉन्फ्रेंस संगठन (ओ.आई.सी.) का सदस्य बनाया। यही नहीं मुजीब पाकिस्तान के साथ फिर से कूटनीतिक संबंध स्थापित करने के लिए चिंतित थे। इन घटनाओं से बाँग्लादेश की स्थिति स्पष्ट हो रही थी। श्रीमती गांधी ने चतुराई और धैर्य के साथ मुजीब की इन मनोग्रंथियों तथा भारत के प्रति उनकी नीति से उत्पन्न वाद–विवादों का सामना किया।

अंततः, मुजीबुर्रहमान स्वयं ही अपनी हत्या का कारण बने, उन्होंने अवामी लीग भंग कर दी। यह एक ऐसी राजनीतिक पार्टी थी, जिसका उन्होंने तीन दशक तक नेतृत्व किया था। इस पार्टी के स्थान पर उन्होंने 'बकसल' (बाँग्लादेश कृषक सेग्मेंट लीग) नामक अन्य पार्टी गठित की। उन्होंने संसदीय सरकार भंग करके स्वयं को बाँग्लादेश का राष्ट्रपति नामजद कर दिया। इस प्रकार से उन्होंने अपनी लोकप्रियता खो दी और इस प्रक्रिया में सूचना प्राप्ति के स्रोत की व्यवस्था भी अस्त–व्यस्त हो गई। बाँग्लादेश की सेना में पाकिस्तान समर्थक तत्वों ने इस स्थिति का लाभ उठाया तथा अगस्त, 1975 को परिवार के सदस्यों सहित मुजीब की हत्या कर दी, जिसमें उनके वरिष्ठ कैबिनेट सहयोगी भी मार डाले गए। राजनीतिक मंच से मुजीबुर्रहमान के हटने के बाद लगभग 16 वर्षों तक बाँग्लादेश में सैनिक शासन चलता रहा। इस दौरान भारत और बाँग्लादेश के बीच संबंध सुधरने की आशा धूमिल पड़ गई।

इस घटनाक्रम से भारत को बहुत निराशा हुई, परंतु जो हो रहा था, हमें उसका सामना करना था। इसके अलावा श्रीमती गांधी को आंतरिक तथा बाह्य कठिनाइयों का भी सामना करना था।

श्रीमती गांधी सन् 1974 के अंत में आंतरिक राजनीतिक समस्याओं में उलझ गईं। जयप्रकाश नारायण के नव–निर्माण आंदोलन ने उनके विरुद्ध जोर पकड़ लिया था। सफल विदेश नीति तथा सन् 1971 में भारत–पाक युद्ध के अंत में मिली लोकप्रियता

अब कम होने लगी थी। वे राजनीतिक भँवर में घिर गई थीं, जिसके कारण उन्हें जून 1975 में भारत में आपात स्थिति की घोषणा करनी पड़ी थी।

यहाँ, सन् 1974 में विदेश नीति से संबंधित दो महत्वपूर्ण घटनाओं का उल्लेख करना उचित होगा। पहली घटना यह थी कि भारत और संयुक्त राज्य के बीच विद्यमान तनाव सन् 1971–72 के बाद कम होने लगा था। निक्सन वाटरगेट कांड के कारण अब राजनीतिक मंच से हट गए थे। सन् 1974 में द्विपक्षीय संबंधों को मजबूत बनाने तथा बहुआयामी सहयोग के लिए संयुक्त कमीशन गठित करने के लिए भारत–संयुक्त राज्य समझौतों पर हस्ताक्षर किए गए। सार्वजनिक घोषणाओं में संयुक्त राज्य ने भारत को दक्षिण एशियाई क्षेत्र की प्रमुख ताकत स्वीकार किया था। दूसरी घटना यह थी कि सन् 1974 में राष्ट्रपति ब्रेझनेव भारत आए। अपनी यात्रा के दौरान उन्होंने पूर्व पाकिस्तान संकट के दौरान भारत को दी गई सहायता का मुआवजा लेने की कोशिश की। उन्होंने एशियाई सुरक्षा प्लान सुझाया, जिसमें सोवियत संघ ऐसी प्रमुख ताकत होगा, जिसके तहत भारत सक्रिय भागीदार होगा। श्रीमती गांधी ने यह सुझाव स्वीकार नहीं किया, वे इस पर अडिग रहीं कि किसी बड़ी ताकत के प्रभुत्व के नीचे भारत किसी भी सामूहिक प्रकार की रक्षा गुट प्रणाली या सुरक्षा व्यवस्था में शामिल नहीं होगा, क्योंकि इससे भारत शीतयुद्ध की लपेट में आ जाएगा। श्रीमती गांधी गुटनिरपेक्ष आंदोलन तथा भारत की विदेश और रक्षा नीतियों के स्वतंत्र विकल्प के प्रति वचनबद्ध रहीं। इस घटनाक्रम से कुछ समय तक भारत–रूस संबंधों में ठहराव आ गया।

सोवियत संघ द्वारा प्रस्तुत सामूहिक सुरक्षा व्यवस्था के प्रस्ताव को नामंजूर करने का एक कारण यह भी था कि श्रीमती गांधी धीरे–धीरे चीन के साथ भी संबंध सुधारना चाहती थीं। यदि सोवियत संघ के साथ अधिक घनिष्ठता रखी जाती है, तो इस समय चीन–सोवियत के बीच विद्यमान तनाव के संदर्भ में यह प्रक्रिया और धीमी पड़ जाएगी।

सन् 1975 से 1977 तक की अवधि भारत की विदेश नीति के क्षेत्र में रक्षात्मक आत्म–अन्वेषण का समय था। जब श्रीमती गांधी ने आपात स्थिति की घोषणा की, तब भारत की लोकतांत्रिक देश के रूप में बनी छवि को आघात पहुँचा, अब चाहे इस निर्णय के संबंध में कोई भी औचित्य क्यों न पेश किए जाए।

प्रधानमंत्री के रूप में श्रीमती गांधी के कार्यकाल की इस अवधि में भारत की रक्षा तथा विदेश नीति की सबसे बड़ी उपलब्धि यह रही कि भारत ने इस दौरान परमाणु अस्त्रों की क्षमता भी हासिल कर ली। भारत को भुट्टो के परमाणु अस्त्र कार्यक्रम का प्रारम्भ में ही, सन् 1972 में ही पता चल गया था। इसलिए श्रीमती गांधी ने भारत की परमाणु अस्त्र क्षमता संबंधी अनुसंधान कार्य को अधिकृत कर दिया। परिणामस्वरूप, भारत ने 19 मई, 1974 को राजस्थान के रेगिस्तान में पोखरण में पहला परमाणु विस्फोट किया। भारत ने अत्यंत गोपनीय ढंग से सफलतापूर्वक यह विस्फोट किया। इस परमाणु परीक्षण के तुरंत बाद अंतरराष्ट्रीय स्तर पर भारत की आलोचना की गई। भारत पर यह अंतरराष्ट्रीय दबाव भी पड़ने लगा कि भारत परमाणु और प्रौद्योगिकीय प्रगति की गति धीमी कर दे। ऐसी आलोचना तथा दबाव का भारत सरकार पर भी प्रभाव पड़ा। हालाँकि कुछ प्रौद्योगिकीय प्रयोग तथा अनुसंधान कार्य जारी रहे, परंतु

भारत ने परमाणु अस्त्र क्षमता मजबूत बनाने के लिए अन्य कोई परीक्षण नहीं किया तथा न ही परमाणु अस्त्र–संपन्न ताकत के रूप में अपनी हैसियत बनाने का आगे प्रयास किया। यह उसकी गलती थी। कई दशकों तक भारत को निरस्त्रीकरण तथा नियंत्रण मामलों में प्रतिरक्षात्मक रवैया अपनाना पड़ा। हमें इन मुद्दों पर दब्बू बनकर बातचीत करनी पड़ी। तब जून 1975 से मार्च 1977 तक की पूरी अवधि में विदेश मंत्रालय तथा भारतीय राजनय मिशन आपात स्थिति का औचित्य सिद्ध करने में लगे रहे तथा इसके परिणामस्वरूप होने वाले निर्णय के बारे में तर्क ही देते रहे।

सन् 1974 तक भारत की विदेश नीति के उद्देश्य, सफलता के बाद, मार्च 1977 में प्रधानमंत्री के रूप में श्रीमती गांधी के कार्यकाल के पहले चरण में अपकर्ष की ओर जाने लगे।

प्रमुख बिन्दु

सन् 1964 से 1977 का काल श्री लालबहादुर शास्त्री एवं श्रीमती इंदिरा गांधी का काल रहा, जिसमें भारत कई तरह के उतार–चढ़ावों से गुजरा, उसने दो लड़ाइयां जीत कर अपनी सैन्य क्षमता को सिद्ध किया, लेकिन कूटनीति की मेज पर वह उन उद्देश्यों में सफल नहीं हो सका, जो एक विजित राष्ट्र के न सही पर एक शक्तिशाली राष्ट्र की अपनी क्षमता एवं अखण्डता से जुड़े होते हैं।

श्री लालबहादुर शास्त्री का काल

1. नेहरूजी से भिन्न विश्व संबंधी विचारों के बावजूद शास्त्रीजी ने स्वतंत्रता आंदोलन के दौरान निर्मित विदेश नीति तथा शांतिपूर्ण विश्व व्यवस्था में भारत के योगदान संबंधी नेहरूवादी विचारों से सहमति जताई और विश्व में भारत की अग्रणी भूमिका पर विशेष बल दिया।
2. शास्त्रीजी विदेश नीति में एंग्लो–सैक्सन विचारधाराओं में निहित यथार्थवाद एवं नैतिकता से परे भारतीय जमीन पर निर्मित हुए व्यावहारिक दृष्टिकोण के पक्षधर थे।
3. शास्त्रीजी के समक्ष प्रमुख चुनौतियां थीं–
    - भारत को 1962 की हार के बाद उपजे अवसाद से बाहर निकालना।
    - विश्व के अन्य शक्ति केन्द्रों के साथ राजनीतिक समीकरण बनाना।
    - चीन के साथ संतुलन बनाने हेतु रक्षा संबंधी आधार निर्मित करना।
    - पाकिस्तान की चीन से नजदीकी और पश्चिमी सैन्य संगठनों में शामिल होने के कारण पश्चिम के भारत के प्रति निर्मित हो रहे दृष्टिकोण के साथ तालमेल बिठाना।
    - पाकिस्तान की इस्लामी देश के साथ स्थापित होती निकटता एवं इस्लामिक कॉन्फ्रेंस संगठन के साथ उसके जुड़ाव के बीच इस्लामी दुनिया के ऐतिहासिक–पारम्परिक संबंधों को पुनरुज्जीवित करना।
    - पाकिस्तान की भौगोलिक–सामरिक स्थिति के कारण सोवियत संघ, चीन और संयुक्त राज्य अमेरिकी ट्रैप से दूर रहकर स्वतंत्र संबंधों का विकास करना।

4. शेख अब्दुल्ला, जो जम्मू–कश्मीर के प्रभावशाली नेता थे, जिन्हें 'संदिग्ध' गतिविधियों के कारण एक दशक तक उनके घर में ही नजरबंद रखा गया था, अब अमेरिका, सऊदी अरब और पाकिस्तानी प्राधिकारियों के संपर्क में थे। पाकिस्तान उन्हें सहयोग देने का आश्वासन दे चुका था और संयुक्त राज्य अमेरिका पाकिस्तान को।
5. शास्त्रीजी ने भारत की विदेश नीति को शक्ति पर आधारित करने की कोशिश की।
6. अप्रैल 1965 में कच्छ के रण क्षेत्र में पाकिस्तान की लड़ाई तथा इसी वर्ष सितंबर में कश्मीर में छिड़ी लड़ाई, उनके काल की प्रमुख घटना थी। भारत की सैन्य क्षमताओं तथा मनोबल को परखने के लिए पाकिस्तान ने अप्रैल 1965 में कच्छ के रण पर हमला कर दिया। भारत ने इस हमले का डटकर सामना किया, परंतु मजबूती से नहीं। भारत की इसी कमी के कारण पाकिस्तान ने सन् 1965 में जम्मू–कश्मीर पर आक्रमण कर दिया, क्योंकि पाकिस्तान इस निष्कर्ष पर पहुंच चुका था कि पाकिस्तान द्वारा जम्मू–कश्मीर में भेजी गईं गुरिल्ला टुकड़ियां ऐसी विकट स्थिति उत्पन्न कर देंगी कि नियंत्रण भारत के हाथों से निकल जाएगा और फिर पाकिस्तान जम्मू–कश्मीर पर कब्जा कर लेगा। पाकिस्तान को यह भी भरोसा था कि यदि भारत पूर्वी पाकिस्तान पर हमला करेगा तो चीन–भारत पर हमला कर देगा।
7. शास्त्रीजी ने इस समय पूर्वी पाकिस्तान के विरुद्ध कोई कार्यवाही न करके चीनी हस्तक्षेप से भारत को दूर रखने में सफलता अर्जित की। इस लड़ाई का सबसे महत्वपूर्ण पहलू यह है कि लड़ाई का केन्द्र जम्मू–कश्मीर से हटकर पाकिस्तान के महानगरों में शिफ्ट हो गया। फलतः अमेरिका एवं सोवियत संघ दोनों ही चिंतित हुए और लड़ाई खत्म कराने की युक्ति पर काम करने लगे।
8. लेकिन शास्त्रीजी चाहते थे कि भारत–पाकिस्तान के भू–भाग से तभी हटेगा, जब पाकिस्तान यह गारंटी दे कि वह कश्मीर मुद्दे पर हस्तक्षेप नहीं करेगा। भारत विरोधी भावनाओं को बढ़ावा नहीं देगा तथा बल प्रयोग नहीं करेगा। लेकिन ऐसा नहीं हुआ। समय गुजरने के बाद भारतीय रक्षा स्थापनाओं तथा भारत में कुछ वर्गों के विचार सही प्रमाणित हुए। सोवियत संघ जैसे मित्र देश के दबाव में तथा शांति और स्थिरता की दृष्टि से शास्त्रीजी संभवतः ऐसे समझौते के लिए सहमत हो गए।

श्रीमती इंदिरा गांधी का काल

1. इंदिरा गांधी ने अपने पिता जवाहरलाल नेहरू की तरह विदेश नीति की जिम्मेदारी सीधे नहीं संभाली, बल्कि वस्तुतः उन्होंने एम.सी. छागला, वाई.वी. चव्हाण, सरदार स्वर्ण सिंह तथा दिनेश सिंह जैसे वरिष्ठ सदस्यों को यह जिम्मेदारी सौंपी। श्रीमती गांधी के मार्गदर्शन और नियंत्रण के तहत इन लोगों ने भारत की विदेश नीति को तैयार करने में महत्वपूर्ण योगदान किया, जिसके केन्द्र में आदर्शवाद की बजाय राजनीतिक यथार्थवाद पर आधारित 'भारतीय हित' थे।

2. श्रीमती गांधी 1947–48 से ही अनेक विदेशी दौरों के दौरान तथा अन्य देशों के शासनाध्यक्षों तथा विदेशी नेताओं के साथ बातचीत के दौरान नेहरूजी के साथ रहती थीं और अनेक शिष्टमंडलों में भाग लेकर लंदन, पेरिस, मास्को, बीजिंग सहित तमाम देशों की यात्रा की थी। इसलिए उनके पास अंतरराष्ट्रीय राजनीतिक व कूटनीतिक कारकों का प्रत्यक्ष अनुभव था। इसका प्रभाव बहुमुखी कूटनीति और अन्य बहुपक्षीय कार्यों पर भी पड़ा।
3. श्रीमती गांधी नेहरूजी की इस धारणा से सहमत नहीं थीं कि अंतरराष्ट्रीय संबंधों को नैतिक और तार्किक (अथवा युक्तियुक्त) आधार पर बनाए रखा जा सकता है। उनका विश्वास था कि भारत की विदेश नीति स्पष्टतः तथा विशुद्ध रूप से देश के राजनीतिक, आर्थिक तथा सुरक्षा संबंधी हितों से संबंधित होनी चाहिए। इसलिए उनके विचार में भारत के इन हितों की सुरक्षा तभी हो सकती थी (अथवा हो सकेगी) जब भारत आत्मनिर्भर और मजबूत होगा। उनकी विश्व–दृष्टि में विश्व की महत्वपूर्ण ताकतों की अभिप्रेरणाएँ तथा लक्ष्य भी शामिल थे।
4. सन् 1966 से 1970 तक श्रीमती गांधी ने पाकिस्तान और चीन की सैन्य कार्यवाहियों को बुलंद हौसले के साथ रोककर तथा नेपाल, भूटान, अफगानिस्तान, म्याँमार (बर्मा), श्रीलंका और मालदीव के साथ सहयोग एवं सहानुभूतिपूर्ण संबंध स्थापित कर भारत की रक्षा संबंधी क्षमता बढ़ाने के साथ–साथ दक्षिण एशिया में स्थिरता सुनिश्चित करने में सफलता अर्जित की।
5. इस दौर में संयुक्त राज्य तथा ब्रिटेन की भूमिका बेहद नकारात्मक रही, यहां तक कि 1965 की भारत–पाक लड़ाई में संयुक्त राज्य के अस्त्र भी भारत के विरुद्ध इस्तेमाल किए गए। चूंकि बैंकों के राष्ट्रीयकरण तथा श्रीमती गांधी की आंतरिक एवं आर्थिक नीतियों में समाजवाद की ओर झुकाव था, इसलिए अमेरिकी उनसे खुश नहीं थे। हालाँकि राष्ट्रपति जॉनसन सामान्य रूप से भारत के साथ संबंध स्थापित करने में रुचि रखते थे, फिर भी, वाल्टा तथा फिलिप टालबोट (एशियाई क्षेत्र प्रभारी सहायक सेक्रेटरी) की अध्यक्षता में विदेश नीति से जुड़े स्टाफ का दृष्टिकोण पाकिस्तान के अनुकूल था। संयुक्त राज्य की स्थापनाओं में अभी भी यही विचार विद्यमान था कि अमेरिकी नीति के कार्यान्वयन तथा सोवियत संघ को सामरिक दृष्टि से रोकने में पाकिस्तान महत्वपूर्ण 'मित्र राष्ट्र' है।
6. 1966–70 के बीच जुल्फिकार अली भुट्टो ने फील्ड मार्शल अयूब खान तथा ताशकंद समझौते के विरुद्ध अभियान छेड़ दिया। जिसे संतुलित करने के लिए श्रीमती गांधी ने दक्षिण–पूर्व एशिया तथा इस्लामिक देशों के साथ संबंध स्थापित करने की नीति अपनाई। अधिकांश दक्षिण–पूर्व एशियाई देश संयुक्त राज्य के सैन्य गुटों तथा रक्षा सहयोग कार्यक्रम का आंतरिक भाग थे। ये सभी देश संयुक्त राज्य अमेरिका की वियतनाम संबंधी नीतियों का समर्थन करते थे और इस उद्देश्य से दक्षिण–पूर्व एशियाई राष्ट्र संघ (एसोसिएशन ऑफ साउथ–ईस्ट एशियन नेशंस) के गठन के लिए पहल की गई तथा भारत को इसमें शामिल होने का प्रस्ताव दिया गया, लेकिन भारत ने ऐसा करने से मना कर दिया।

7. एनपीटी संधि से इंकार कर देने के पश्चात् पश्चिमी देशों ने भारतीय विदेश नीति के साथ बहुत–सी चुनौतियां खड़ी कीं। भारत ने इस चुनौती को कमजोर करने के लिए अनेक सामूहिक बहुमुखी संगठनों का सहारा लिया। फलतः 1967 के दौरान गुटनिरपेक्ष देशों के शिखर सम्मेलनों में भारत का प्रमुख वर्चस्व बना रहा। साथ ही भारत यू.एन.सी.टी.ए.डी. और जी–77 का संस्थापक सदस्य बना तथा भारत ने संसाधन जुटाने और विश्व के देशों के विकास की कार्यक्रम परियोजनाओं के प्रतिपादन में अंतरराष्ट्रीय समुदाय द्वारा सामूहिक प्रयास करने का सूत्रपात किया।
8. सन् 1970 तथा 1974 के बीच पाकिस्तानी राजनीति का पतन तथा बाँग्लादेश में मुक्ति आंदोलन के प्रति भारत की प्रतिक्रिया, भारत की विदेश नीति तथा सामरिक कार्यवाहियों का महत्वपूर्ण कारक रही। पाकिस्तान के जनरलों से जनता का मोह भंग हो रहा था, इसलिए उन्होंने कुछ नई करवटें लेनी शुरू की, जिसका परिणाम तत्कालीन पूर्वी पाकिस्तान और पश्चिमी पाकिस्तान में टकराव के रूप में दिखा। भारत सरकार आरम्भ में इस पर तटस्थ तो थी, लेकिन पाकिस्तान में लोकतंत्र के पुनरुत्थान का भी समर्थन कर रही थी।
9. 21–22 मार्च 1971 को मुजीब की गिरफ्तारी और याहिया खान के पूर्वी पाकिस्तान पर सैन्य कहर के बीच 28 मार्च, 1971 को बाँग्लादेश की अस्थायी सरकार बनी। सैन्य दबाव/अत्याचार तथा व्यापक हिंसा के परिणामस्वरूप अनेक हिंदू–मुस्लिम शरणार्थी पूर्वी पाकिस्तान से भागकर भारत के असम, मणिपुर, त्रिपुरा और पश्चिम बंगाल में आ गए। हालाँकि भारत ने बाँग्लादेश सरकार को औपचारिक रूप से मान्यता नहीं दी थी, फिर भी यह इस सरकार का सामान्य रूप से समर्थन कर रहा था। सर्वप्रथम सरकार को भारतीय सीमा पर तथा उसके बाद कलकत्ता में ठहरने की अनुमति दी गई।
10. पाकिस्तान बनने के बाद भारत किसी भी रूप से ऐसी ऐतिहासिक पुनरावृत्ति नहीं चाहता था और न ही वह पाकिस्तान का क्षेत्र अपने साथ पुनः मिलाना चाहता था। इसके बावजूद नई दिल्ली अपने इस विचार पर अडिग रही कि मात्र धर्म ही किसी राष्ट्र के निर्माण का आधार नहीं हो सकता। पाकिस्तान के दो भागों के बीच भारत गणराज्य का हजारों मील तक फैला भाग है। भौगोलिक तथा राजनीतिक दृष्टि से विसंगति पाई जाती है। भारत को युद्ध के दौरान पाकिस्तान के दोनों भागों पर लड़ाई का सामना करना पड़ता था। विशेष बात यह है कि जब पूर्वी पाकिस्तान के संबंध में सामरिक दृष्टि से चीन–पाकिस्तान की संयुक्त अनुक्रिया होती थी ऐसे में बाँग्लादेश के मुक्ति संग्राम को सहायता देना भारत की आवश्यकता भी थी और विवशता भी।

    चूंकि भारत का जनमत पूर्वी पाकिस्तान की सशस्त्र लड़ाई का जोरदार समर्थक था। इसलिए भारतीय प्रधानमंत्री ने मुक्तिवाहिनी का साथ देने का निर्णय लिया और निष्कासित बाँग्लादेश सरकार को आवश्यक सुविधाएँ प्रदान करने का भी निर्णय लिया। ऐसा करना अंतरराष्ट्रीय विधि के प्रतिकूल नहीं था।

11. अमेरिका नहीं चाहता था कि भारत पूर्वी पाकिस्तान में चल रहे मुक्ति संग्राम का समर्थन करे। उसकी इच्छा थी कि इस समस्या को याहिया खान स्वयं सुलझाएं। उसकी मंशा यह भी थी कि पूर्वी पाकिस्तान के शरणार्थी अपने देश लौट जाएँ। लेकिन इंदिरा गांधी को अमेरिका का यह दृष्टिकोण नैतिक दृष्टि से अनुचित तथा राजनीतिक दृष्टि से अस्वीकार्य लगा। इसके बाद भारत ने व्यापक स्तर पर कूटनीतिक प्रयास शुरू किया। जयप्रकाश नारायण, विदेश मंत्री स्वर्ण सिंह तथा केंद्रीय मंत्री के. सी. पंत जैसे प्रतिष्ठित लोगों ने वरिष्ठ अधिकारियों के साथ विश्व के अनेक भागों की यात्राएँ कीं ताकि पूर्वी पाकिस्तान के संकट के स्वरूप को अच्छी तरह से समझाया जा सके और इस संकट के प्रति भारतीय नीति के तर्काधार की जानकारी दी जा सके। इन्हीं प्रयासों का परिणाम था 7 अगस्त, 1971 को भारत और सोवियत संघ मैत्री संधि।
12. इस संधि के अनुच्छेद 8 और अनुच्छेद 11 में यह प्रावधान रखा गया था कि यदि दोनों में से किसी भी देश की भौगोलिक अखंडता को कोई खतरा होगा तो इस संधि के तहत दूसरी पार्टी रक्षा सहयोग तथा पारस्परिक रक्षा सहायता प्रदान करेगी। परिणाम यह हुआ कि अमेरिका नाराज हो गया और उसने भारत के प्रति तिरस्कारपूर्ण रवैया अपनाया। यहां तक उसने चीन और पाकिस्तान के साथ मिलकर गुट बनाने की तीव्र इच्छा भी प्रकट की।
13. यद्यपि भारत के अंतरराष्ट्रीय कूटनीतिक प्रयास बाँग्लादेश मामले में सफल नहीं हुए थे, लेकिन मानवता के आधार पर पूर्वी पाकिस्तान की जनता के साथ समूचे विश्व में सहानुभूति की भावना दिखी थी। संयुक्त राष्ट्र की महासभा में पूर्वी पाकिस्तान संकट से संबंधित प्रस्ताव पेश किया गया, लेकिन सदस्य देशों ने मुक्ति संग्राम और भारत के विरुद्ध वोट दिया। इन देशों को लगा था कि भारत हतोत्साहित होगा या होने लगेगा, लेकिन वास्तविकता इसके विपरीत थी। पश्चिम के इस असहयोगी रवैये से इंदिरा गांधी की इस मुक्ति संग्राम में समर्थन देने की संकल्प शक्ति और दृढ़ हो गई।
14. 3 दिसंबर 1971 को यह मामला स्पष्ट हो गया, जब याहिया खान ने भारतीय पंजाब और जम्मू–कश्मीर के भारतीय वायुसेना के अड्डों पर हमला करने के आदेश दिए। पूर्वी पाकिस्तान के स्वतंत्रता सेनानियों का मुक्ति संग्राम भारत–पाक के बीच युद्ध में बदल गया। 13 दिन की लड़ाई के पश्चात् पाकिस्तान ने घुटने टेक दिए। भारत ने 93 हजार पाकिस्तानी सैनिक युद्धबंदी बनाए। भारत ने पंजाब और सिंध के पश्चिमी पाकिस्तान क्षेत्र के भागों पर कब्जा कर लिया।
15. इस युद्ध में संयुक्त राज्य ने आक्रामक सैन्य रवैया अपनाया। निक्सन ने संयुक्त राज्य का सातवां बेड़ा (Seventh Fleet of the United States), 'यू.एस.एस. एंटरप्राइज' बंगाल की खाड़ी में भेजने का आदेश दिया। फिर भी 16 दिसंबर, 1971 को ढाका में याहिया की फौज के समर्पण के साथ यह युद्ध समाप्त हो गया और पश्चिमी क्षेत्र में भारत ने एकपक्षीय युद्ध विराम (सीज़ फायर) घोषित कर दिया। भारत ने 5 दिसंबर, 1971 को स्वतंत्र देश के रूप में बाँग्लादेश को मान्यता दे दी।

16. बाँग्लादेश के निर्माण के बाद भारत अपना उद्देश्य पूरा कर चुका था, इसलिए पाकिस्तान के साथ सुलह हेतु वह स्वयं पहल करना चाहता था। यह कार्य पी.एन. धर, पी.एन. हक्सर और टी.एन. कौल ने किया। जुलाई, 1972 में भुट्टो–इंदिरा गांधी के बीच हुई बैठक के परिणामस्वरूप शिमला समझौता किया गया। श्रीमती गांधी के सलाहकारों के दबाव के कारण शिमला समझौते में जम्मू–कश्मीर समस्या को शामिल नहीं किया जा सका। श्रीमती गांधी तथा जुल्फिकार अली भुट्टो ने मौखिक रूप से यह तय किया किस इस बारे में भी समझौता किया जाएगा। परंतु जब पाकिस्तान में भुट्टों की स्थिति मजबूत हो गई, तब वे अपने वायदे से पीछे हट गए।

17. विशेष बात यह है कि जुल्फिकार अली भुट्टो श्रीमती गांधी को यह समझाने में सफल हो गए कि इस समझौते में ऐसा खंड भी रखा जाए, जिसके तहत जम्मू–कश्मीर को 'विवादास्पद मुद्दा' मान लिया जाए और इसे परस्पर मिलकर सुलझाया जाए। यदि पीछे मुड़कर देखा जाए तो यह मानना पड़ेगा कि शिमला समझौते के दौरान कमजोर पार्टी होने के बावजूद भुट्टो को कूटनीतिक सफलता मिली। पाकिस्तान की दृष्टि से उनके तीन उद्देश्य पूरे हो गए–
    (i) पाकिस्तान के युद्धबंदी छुड़ा लिए गए;
    (ii) पाकिस्तान के भू–क्षेत्र से सेनाओं का हटना सुनिश्चित हो गया;
    (iii) द्विपक्षीय विवाद के रूप में कश्मीर मुद्दा ज्यों–का–त्यों रह गया।

कुल मिलाकर सन् 1975 से 1977 तक की अवधि भारत की विदेश नीति के क्षेत्र में रक्षात्मक आत्म–अन्वेषण का समय था।

❑❑

6 आंतरिक अनिश्चितता एवं प्रतिक्रियामूलक कूटनीति का काल (1977-84)

श्रीमती गांधी द्वारा आपात स्थिति लागू करने से भारतीय जनमत में भी रोष उत्पन्न हो गया था तथा यह निर्णय प्रधानमंत्री के रूप में श्रीमती गांधी के शासनकाल के पहले चरण के अंतिम दो वर्षों के दौरान भारत की विदेश नीति पर भी हावी रहा। इससे भारतीय लोकतांत्रिक व्यवस्था भी संदेहास्पद हो गई थी। विदेशी प्रेक्षकों ने भी पूर्वानुमान लगाने शुरू कर दिए थे कि पाकिस्तान के समान ही भारत में भी अब शीघ्र तानाशाही आ जाएगी, जहाँ कांग्रेस पार्टी तथा सेनाओं के बीच संबंध स्थापित होंगे, परंतु सेना के पास अधिक शक्ति होगी। इसके अलावा यह निराशावादी अनुमान भी लगाया जा रहा था कि भारत बहुत बड़ा देश है और यहाँ इतनी अव्यवस्था है कि तानाशाही व्यवस्था अराजकता में बदल जाएगी, जिसके परिणामस्वरूप यह देश टुकड़ों में बँट जाएगा।

सन् 1974 में पोखरण में किए गए भूमिगत परमाणु परीक्षण के विरोध में भारत के विरुद्ध आर्थिक तथा प्रौद्योगिकीय पाबंदियां लगा दी गईं। इसका इस देश की अर्थव्यवस्था तथा प्रौद्योगिकीय विकास पर नकारात्मक प्रभाव पड़ा। भारत के परमाणु परीक्षण, एम.पी.टी. के विरोध तथा आपात स्थिति लागू करने की कटु आलोचना से भारत की विदेश नीति में ऐसा मोड़ आ गया, जहाँ भारत असुरक्षित और सबसे अलग हो गया। संजय गांधी ने अपनी माँ श्रीमती गांधी से अनुमति लेकर अर्थव्यवस्था के उदारीकरण तथा भारत में विदेशी पूँजी निवेश के लिए अस्थायी तौर पर प्रयास किए, परंतु ये प्रयास सफल नहीं हुए। मार्च 1977 में श्रीमती गांधी ने आम चुनावों की घोषणा कर दी। इन चुनावों के परिणामों से भारत की जनता ही नहीं बल्कि समूचा अंतरराष्ट्रीय समुदाय भी विस्मृत हो गया। श्रीमती गांधी तथा कांग्रेस पार्टी की भारी पराजय तथा मोरारजी देसाई के नेतृत्व में जनता पार्टी की सरकार बनने से भारत की लोकतांत्रिक व्यवस्था में अंतरराष्ट्रीय समुदाय का पुनः विश्वास उत्पन्न हुआ। इससे भी महत्वपूर्ण मुद्दा यह है कि लोकतत्र को बनाए रखने में भारतीयों की सामर्थ्य–शक्ति भी सिद्ध हो गई। इस संबंध में ऐसी प्रत्याशाएं विद्यमान थीं कि नई सरकार भारत की विदेश नीति में मूलभूत परिवर्तन लाएगी। यह आशा भी की गई थी कि इस सरकार के शासनकाल में भारत की विदेश नीति का सैद्धांतिक पक्ष, मुख्यतः गुटनिरपेक्ष, आर्थिक मामलों में, अंतरराष्ट्रीय सहयोग के बारे में समाजवादी व्यवस्था, साम्राज्यवाद विरोधी और उपनिवेशवाद विरोधी दृष्टिकोण तथा मतभेदपूर्ण परमाणु अप्रसार के संबंध में की गई आपत्तियों में आमूल परिवर्तन आएगा। निम्नलिखित दो कारकों के आधार पर ये आशाएँ उत्पन्न हुई थीं–स्वतंत्रता प्राप्ति के बाद पहली बार कांग्रेस पार्टी से इतर किसी अन्य पार्टी का ऐसा व्यक्ति प्रधानमंत्री बना था, जिसका जवाहरलाल नेहरू और इंदिरा गांधी के साथ कोई संबंध नहीं था। इससे भी अधिक महत्वपूर्ण यह है कि मोरारजी देसाई,

नेहरू–गांधी परिवार के प्रति स्वामिभक्त भी नहीं थे। पहली बार यह पता चला कि आंतरिक आर्थिक नीतियों तथा भारत की विदेश नीति के संबंध में मोरारजी के नेहरूजी या श्रीमती इंदिरा गांधी से सैद्धांतिक या व्यावहारिक मतभेद थे। ये केंद्र में दक्षिणपंथी, रूढ़िवादी नेता थे, जिनका उन पश्चिमी लोकतांत्रिक देशों के साथ मैत्रीपूर्ण संबंध बनाए रखने के प्रति रुझान था। इन्हें समाजवादी गुट के साथ भारत के अत्यधिक प्रगाढ़ संबंधों पर आपत्तियाँ थीं। दूसरे, गुटनिरपेक्ष और जी–77 तथा यू.सी.टी.ए.डी. जैसी संस्थाओं में विकासशील देशों के प्रतिनिधियों के बीच सौहार्दता और एकता की कमी आ गई थी। गुटनिरपेक्ष आंदोलन के देश शीतयुद्ध से जुड़ी सैन्य गुट प्रणाली के पूर्ण सदस्य बन चुके थे। इनमें से कुछ देशों के संयुक्त राज्य और सोवियत संघ के साथ द्विपक्षीय रक्षा और राजनीतिक संबंध थे। इस प्रकार से इस आंदोलन की प्रकृति तथा व्यवस्था और दृष्टिकोण में काफी अंतर आ चुका था। साथ–ही–साथ अंतरराष्ट्रीय समुदाय के बड़े देशों के बीच सामरिक और शक्ति–समीकरणों में भी बदलाव आ रहा था। संयुक्त राज्य की सरकार सोवियत संघ तथा चीन से भी संबंध सुधारने की कोशिश कर रही थी। उसका यह प्रयास सफल हो रहा था। चीन अब परमाणु शक्ति–संपन्न राष्ट्र बन चुका था और अंतरराष्ट्रीय समुदाय में वह महाशक्तिशाली देश के रूप में जाना जा रहा था। वह संयुक्त राष्ट्र का सदस्य बन चुका था तथा सुरक्षा परिषद् में उसे स्थायी सदस्यता मिल चुकी थी। उस समय छठवें और सातवें दशक के मध्य की तुलना में निरस्त्रीकरण और अप्रसार मुद्दों पर अधिक सर्वसम्मति पाई जाती थी।

भारत के प्रधानमंत्री मोरारजी देसाई की शांतिवादी विचारधारा तथा अनेक बुनियादी नीति विषयक मुद्दों पर श्रीमती गांधी से मतभेद पर ध्यान देते हुए संयुक्त राज्य, सोवियत संघ तथा यूरोपियन लोकतांत्रिक देशों जैसी महत्वपूर्ण वैश्विक ताकतों को यह आशा बँधने लगी कि भारत को अप्रसार, निरस्त्रीकरण तथा अस्त्र नियंत्रण योजनाओं जैसे विषयों पर अपनी विचारधारा के अनुसार आगे बढ़ने के लिए राजी किया जा सकता है।

यह महसूस किया जा रहा था कि मोरारजी देसाई के शासनकाल में भारत समाजवादी व्यवस्था व सार्वजनिक क्षेत्र में प्रधान आर्थिक नीतियों को छोड़कर बाजार अर्थव्यवस्था अपनाएगा, साथ ही पश्चिमी प्रभावों तथा दिशा–निर्देशों का अनुसरण करना चाहेगा। चीन और पाकिस्तान जैसे भारत के पड़ोसी देश तथा कुछ सीमा तक नेपाल, बाँग्लादेश और श्रीलंका, विद्यमान समस्याओं और विवादों के बावजूद महसूस करते थे कि देसाईजी इन मुद्दों पर मैत्रीपूर्ण दृष्टिकोण अपनाते हुए विचार–विमर्श करेंगे, क्योंकि उनकी विदेश नीति तथा रक्षा संबंधी रवैया श्रीमती गांधी से प्रभावित नहीं था।

जब मोरारजी सत्ता में आए, उस समय भारत के पड़ोसी देशों के रुख का वर्णन करना भी प्रासंगिक होगा। मोरारजी सन् 1948 से भारत–पाक के बीच लड़ी गई किसी भी लड़ाई में, किसी भी स्तर पर शामिल नहीं थे। उन्होंने सन् 1975 में सिक्किम पर भारत के सीधे नियंत्रण की भी आलोचना की थी तथा इसके अलावा पाकिस्तान के विभाजन का विरोध भी किया था। जुल्फिकार अली भुट्टो को सत्ता से हटाकर जिया–उल–हक के सत्ता में आ जाने पर मोरारजी ने अपनी ओर से टिप्पणी देने के लिए मना कर दिया था। ये सब बातें उनके सिद्धांतवादी तथा तटस्थ रुख को दर्शाती हैं।

श्री मोरारजी देसाई का रवैया श्रीमती गांधी के ठीक विपरीत था। श्रीमती गांधी को पाकिस्तान में सैन्य शासन के प्रति आपत्ति थी तथा उनका यह विचार था कि जिया–उल–हक की बजाय पाकिस्तान की जनता के निर्वाचित प्रतिनिधि, अर्थात् भुट्टो का पाकिस्तानी राजनीति में अधिक कानूनी हक था, क्योंकि जिया–उल–हक सेना के अधिकारी थे तथा वे 'विद्रोह' करके सत्ता में आए थे। पाकिस्तान ने महसूस किया कि अब विदेश नीति के मुद्दों पर मोरारजी के रवैये को प्रभावित करने वाले आदर्शवादी तथा गांधीवादी विचारधारा का लाभ उठाते हुए भारत के साथ संबंधों को सामान्य बनाया जा सकता है। विडंबना यह है कि पाकिस्तान का जनमत तथा प्रचार माध्यम वर्षों से पाकिस्तान में सैन्य शासन को सहते आ रहे थे। ये वर्ग भी श्रीमती गांधी की पराजय को आपात स्थिति की घोषणा के संबंध में दंड मानकर लोकतंत्र बहाल करने के संबंध में भारत गणराज्य के अच्छे व्यवहार को प्रमाणित कर रहे थे।

जहाँ तक चीन का संबंध है, तो नेहरूजी और श्रीमती गांधी दोनों राजनीति और भावात्मक स्तर पर भारत–चीन सीमा विवाद, भारत–चीन वार्ता की असफलता और सन् 1962 की लड़ाई से जुड़ी विसंगतियों जैसे कारकों से परस्पर जुड़े थे। मोरारजी देसाई तथा उनके विदेश मंत्री अटल बिहारी वाजपेयी ने चीन और भारत के बीच चल रही वार्ताओं आदि में कभी सीधे भाग नहीं लिया था। ये दोनों ऐसे नेता समझे जाते थे, जो भारत–चीन सीमा विवाद तथा भारत–चीन संबंधों पर अधिक तटस्थ तथा विवेकसम्मत एवं तार्किक दृष्टिकोण रखेंगे। मोरारजी देसाई ने सिक्किम पर भारत के प्रत्यक्ष नियंत्रण की आलोचना की थी। चीन के दृष्टिकोण में यह एक सकारात्मक रवैया था। यद्यपि श्रीमती गांधी ने मोरारजी के सत्ता में आने से लगभग आठ मास पूर्व जुलाई 1976 में राजदूत स्तर पर चीन के साथ कूटनीतिक संबंध बहाल कर दिए थे, फिर भी चीन–भारत के बीच संबंध अभी भी इतने मुखर तथा सहज नहीं थे। इसका कारण भारत की ओर से प्रत्यक्ष रूप से की गई कोई कार्यवाही या दृष्टिकोण नहीं था, बल्कि इसके पीछे वास्तविक कारण यह था कि 9 सितंबर, 1976 को माओ–त्से–तुंग की मृत्यु के बाद चीन आंतरिक स्तर पर आई अस्थिरता के दौर से गुजर रहा था। माओ–त्से–तुंग की पत्नी और चीन के प्रमुख चार नेताओं के समूह से संबंधित सभी विवादों को ध्यान में रखते हुए कोई सरल प्रक्रिया अपनाना इतना आसान नहीं था। ये विसंगतियाँ तब तक विद्यमान रहीं, जब तक चाऊ–एन–ल्याई के बाद डेंग–जिगाओपिंग सर्वाधिक ताकतवर नेता के रूप में नहीं उभरे।

अनेक वर्षों से नेपाल, बाँग्लादेश और श्रीलंका के शासनाध्यक्षों के मन में श्रीमती गांधी के प्रति रोष पनप रहा था। इसका कारण यह नहीं था कि भारत ने इन देशों का कुछ बिगाड़ा था, बल्कि इसकी वजह यह थी कि उन्हें भारतीय हितों के बचाव के लिए श्रीमती गांधी की वचनबद्धता स्वीकार नहीं थी। यदि नेहरूजी के जीवनकाल के अंतिम वर्षों में ये देश नेहरूजी के आदर्शवाद को आडंबर मानते थे, तो इंदिरा गांधी को प्रधान क्षेत्रीय स्थिति तथा महत्वपूर्ण हितों की सुरक्षा के संबंध में भारत की हठधर्मिता का साकार रूप मानते थे, भले ही इस प्रकार के रवैये से उसके पड़ोसी देशों को कठिनाइयों का सामना क्यों न करना पड़े। इन देशों के नेताओं ने मोरारजी का स्वागत किया। इन

देशों को यह आशा बंधी कि राजनीति के प्रति उनके गांधीवादी दृष्टिकोण से भारत का हठीलापन कम होगा तथा भारत मध्यम मार्ग अपनाते हुए सामंजस्य रखकर आगे बढ़ेगा।

मोरारजी देसाई के बाह्य तथा आंतरिक नीतियों से संबंधित प्रधान सचिव वी. शंकर थे। इन्हें सेवानिवृत हो जाने के बाद वापस बुला लिया गया तथा प्रधानमंत्री के प्रमुख सचिव के पद का कार्यभार सौंपा गया। उनके दूसरे सलाहकार जगत मेहता थे। ये ब्रिटिश इंडियन नेवी के अधिकारी रह चुके थे तथा बाद में विदेश सेवा में शामिल हुए थे। देसाई ने विदेश मंत्री के रूप में अटल बिहारी वाजपेयी को चुना था। वाजपेयी जी के पास राजनीति तथा संसद का लंबा अनुभव था और वे भारत के हितों तथा भारत के भविष्य के लिए व्यावहारिक 'विज़न' लेकर चलने वाले नेता थे। मोरारजी देसाई की सरकार 19 मास तक चली। इतने कम कार्यकाल के बावजूद इन्होंने विदेश नीति के क्षेत्र में महत्वपूर्ण कदम उठाए। भले ही जनता पार्टी के कुछ नेताओं तथा सिविल अधिकारियों की ओर से की गई गैर–जिम्मेदाराना घोषणाओं से इस दिशा में रुकावट आई थी। यह घोषणा की गई थी कि अब जनता सरकार की विदेश नीति 'वास्तव में गुटनिरपेक्ष' होगी। ऐसे बयान भी दिए गए कि भारत का लक्ष्य अहस्तक्षेप के सिद्धांतों का पालन तथा अन्य देशों की संप्रभुता का आदर करते हुए पड़ोसी देशों के साथ संबंध मजबूत बनाना होगा। साधारण व्यक्ति या प्रेक्षक के सामने भी यह प्रश्न खड़ा हो जाता है कि क्या मोरारजी के सत्ता में आने से पूर्व भारत वास्तव में गुटनिरपेक्षता की नीति का पालन नहीं कर रहा था? क्या इसका यह अर्थ निकलता है कि भारत की विदेश नीति में अन्य देशों के मामलों में हस्तक्षेप करने का इरादा रहा है तथा भारत पड़ोसी देशों की संप्रभुता तथा भौगोलिक अखंडता का आदर नहीं करता था?

देसाई सरकार से यह संकेत भी मिला कि भारत अप्रसार, निरस्त्रीकरण, जल संसाधनों के विभाजन, निकटवर्ती पड़ोसी देशों के साथ व्यापार बढ़ाने तथा समझौता करने जैसे मुद्दों के संबंध में नए सिरे से विचार करेगा। मार्च 1977 से अक्टूबर 1979 तक भारत की विदेश नीति में निम्नलिखित महत्वपूर्ण घटनाएँ घटित हुईं–मोरारजी देसाई तथा संयुक्त राज्य अमेरिका के राष्ट्रपति जिमी कार्टर की परस्पर देशों की यात्राएँ, सन् 1979 में ग्रीष्मकाल के प्रारंभ में अटल बिहारी वाजपेयी की वाशिंगटन यात्रा, इस अवधि में पाकिस्तान और चीन के साथ संबंध सुधारने के लिए किए गए प्रयास। वाजपेयी ने फरवरी 1978 में पाकिस्तान की यात्रा की तथा देसाई और जिया–उल–हक नैरोबी (केन्या) में अगस्त 1978 के अंत में राष्ट्रपति जोमी केन्याता के अंतिम संस्कार में गए थे। वहाँ पर समय निकालकर दोनों ने बातचीत की।

वाजपेयी की चीन यात्रा महत्वपूर्ण घटना थी। फरवरी 1979 में वाजपेयी वहाँ गए। 26 वर्ष बाद भारत के विदेश मंत्री की यह बीजिंग यात्रा थी। राष्ट्रपति संजीव रेड्डी तथा प्रधानमंत्री मोरारजी देसाई भी श्रीलंका में सरकारी तौर पर गए। इन्होंने जुनियस जयवर्धने की यू.एन.पी. सरकार से संपर्क किया। सीरीमावो भंडारनायके की सत्तारूढ़ पार्टी एस.एल.ई.पी. के काल में मिले लम्बे देशनिकाले के बाद यह पार्टी सत्ता में आई थी। इन घटनाक्रमों से केवल यही संकेत मिलता है कि विदेश नीति से जुड़े मुद्दों पर

देसाई सरकार सक्रिय रुख अपना रही थी। यहाँ पर, भारत के विदेशों के साथ संबंधों पर इस सक्रियतावाद के प्रभाव का आकलन करने की आवश्यकता है।

भारत–संयुक्त राज्य संबंधों में महत्वपूर्ण मोड़ राष्ट्रपति जिमी कार्टर की जनवरी 1978 की भारत यात्रा थी। पिछले दो राष्ट्रपतियों के कार्यकाल से तुलना करें तो भारत–संयुक्त राज्य संबंधों में नौ वर्षों के बाद व्हाइट हाउस में डेमोक्रेट राष्ट्रपति के आने से सुधार आने लगा। दरअसल कार्टर के राष्ट्रीय सलाहकार, प्रोफेसर बिगम्यू ब्रेजेजिंस्की ने राष्ट्रपति को यह सुझाव दिया था कि निक्सन और फोर्ड की तुलना में अब भारत को अधिक प्राथमिकता दी जानी चाहिए। ब्रेजेजिंस्की की सलाह पर दक्षिण एशिया क्षेत्र के प्रति कार्टर के दृष्टिकोण में शीतयुद्ध तथा पूर्व–पश्चिम विवादों से परे संबंध बनाए जाने चाहिए। कार्टर ने बताया कि संयुक्त राज्य लोकतंत्र का समर्थक होगा। विकासशील देशों के साथ संबंध मजबूत बनाने के लिए उत्तर–दक्षिण मुद्दों पर अधिक ध्यान दिया जाएगा। 20वीं शताब्दी के अंत में अंतरराष्ट्रीय नीतियों पर प्रभाव डालने वाले देशों पर विशेष ध्यान दिया जाएगा। ब्रेजेजिंस्की ने इस संबंध में विशेष रूप से भारत का नाम सुझाया। इसके पीछे व्यक्तिगत कारक भी था। छठवें दशक के अंत में राष्ट्रपति कार्टर की माँ (लिलियन कार्टर) 'पीस कॉर्प्स' (शांति कोर) की वालंटियर के रूप में भारत में पुणे में कार्य कर चुकी थीं। इस पहलू ने भी कार्टर के दृष्टिकोण को (भारत के प्रति) भी प्रभावित किया। सन् 1977 के आरम्भ में राष्ट्रपति फखरुद्दीन अली अहमद के अंतिम संस्कार में कार्टर ने संयुक्त राज्य की ओर से अपनी माँ को भेजा था। इससे भारत में भी अनुकूल वातावरण तैयार होने लगा। भारत–संयुक्त राज्य के बीच परस्पर संबंधों में सुधार आने लगा। तथापि द्विपक्षीय संबंधों के पैटर्न पर तीन कारकों का प्रतिकूल प्रभाव पड़ा–

- **प्रथम** : कार्टर ने विशिष्ट रूप से यह कहा था कि संयुक्त राज्य अमेरिका मानवाधिकारों को मात्र सक्रिय रूप से प्रोत्साहन ही नहीं देगा, बल्कि अन्य देशों में इन अधिकारों को लागू भी करवाएगा तथा अन्य देशों के साथ संबंध स्थापित करने में मानवाधिकार निर्धारक पहलू होगा।
- **द्वितीय** : कार्टर ने यह बताया कि परमाणु प्रसार के विरुद्ध संयुक्त राज्य कठोर तथा दंड का समर्थन करने वाली नीति अपनाएगा।
- **तृतीय** : कार्टर लोकतंत्र के समर्थन की बात करते थे, परंतु उनकी सरकार पूरी तरह से पाकिस्तान की आर्थिक तथा रक्षा संबंधी अपेक्षाओं और कश्मीर के संबंध में इस देश द्वारा अपनाए गए रुख की हिमायत करती थी।

इस संबंध में कार्टर ने भारत की यात्रा की। इससे पूर्व कार्टर ने भारत में संयुक्त राज्य के राजदूत रॉबर्ट गोहीन के माध्यम से भारत के प्रधानमंत्री मोरारजी देसाई को संदेश भेजा कि–

'यदि भारत परमाणु शस्त्र तैयार करने में संयम बरतता है तथा अप्रसार संधि पर बातचीत के लिए सहमत है, तो संयुक्त राज्य तारापुर संयंत्र के लिए बाकी सभी परमाणु ईंधन की लदान चुकता कर देगा।' संयुक्त राज्य के स्रोतों के अनुसार कार्टर की भारत यात्रा का उद्देश्य यह जाहिर करना था कि अतीत में व्याप्त क्षोभ दूर हो चुका है तथा

अब बेहतर संबंध तथा परस्पर मान–सम्मान और विश्वास के आधार मौजूद हैं। कार्टर ने नई दिल्ली की यात्रा का कार्यक्रम बनाते समय पाकिस्तान का कार्यक्रम नहीं रखा, जबकि इससे पहले आइजेनहॉवर तथा निक्सन ने दोनों देशों की एक साथ यात्रा की थी।

कार्टर–मोरारजी देसाई के बीच विचार–विमर्श से कुछ सामान्यताएँ अवश्य उभरी थीं, क्योंकि मोरारजी ने अन्य देशों पर प्रभुत्व की प्रक्रियाओं के संबंध में निर्णय लेने और मानव अधिकारों का आदर करने के संबंध में अपनाए गए संयुक्त राज्य के रवैये का सख्ती से विरोध किया। हालाँकि मोरारजी ने कार्टर को यह आश्वासन दिया था कि भारत का परमाणु अस्त्र तैयार करने का कोई इरादा नहीं है, परंतु उन्होंने यह भी स्पष्ट कर दिया कि भारत अप्रसार मुद्दों पर अपने उसूलों के साथ किसी प्रकार का समझौता नहीं करेगा। अन्य शब्दों में, भारत मतभेदपूर्ण अंतरराष्ट्रीय या बहुपक्षीय व्यवस्था का भाग नहीं बनेगा।

राष्ट्रपति भवन में देसाई और कार्टर के बीच विचार–विमर्श प्रारम्भ होने पर हास्यास्पद घटना हो गई। संयुक्त राज्य के राष्ट्रपति ने इस ओर ध्यान नहीं दिया कि माइक्रोफोन 'ऑन' है। जब मोरारजी सीट पर बैठ रहे थे, तब कार्टर 'सेक्रेटरी ऑफ स्टेट' की ओर झुके तथा धीरे से बताने लगे–'मैंने उन्हें (देसाई को) बताया है कि मैं अभी ईंधन पहुँचाने की अनुमति दे दूँगा। ....इसका उन पर कोई असर नहीं हुआ। जब हम वापस जाएंगे, तब मैं इन्हें एक और सख्त पत्र लिखूँगा।''

कार्टर की यात्रा के बाद संयुक्त राज्य के राष्ट्रपति तथा भारत के प्रधानमंत्री ने संयुक्त घोषणापत्र निकाला, जिसे 'दिल्ली घोषणापत्र' के रूप में जाना जाता है। यह आदर्शों तथा सिद्धांतों का विवरण था। इस विवरण का प्रमुख तत्व था कि दोनों सरकारों के अध्यक्षों ने लोकतंत्र और आर्थिक विकास के क्षेत्र में सहयोग पर बल दिया है। इन्होंने युद्ध का विरोध किया है और यह वचन दिया है कि भारत और संयुक्त राज्य मित्रतापूर्वक विवादों को सुलझाने का प्रयास करेंगे। इस विवरण के अंत में कहा गया–''सही लक्ष्य के आधार पर गलत साधनों को न्यायोचित नहीं ठहराया जा सकता। व्यक्तियों के समान राष्ट्र भी अपने कार्यकलापों के लिए नैतिक रूप से जिम्मेदार होते हैं'' इस यात्रा के दौरान कार्टर ने महत्वपूर्ण प्रस्ताव रखा। उन्होंने बताया कि भारत और पाक के बीच सन् 1960 के सिंधु जल समझौते के अनुसार संयुक्त राज्य ब्रह्मपुत्र घाटी परियोजना में सहयोग देगा। कार्टर ने यह भी बताया कि इस संबंध में विश्व बैंक भी सहायता देना चाहेगा। उन्होंने कहा कि इससे नेपाल, भारत और बाँग्लादेश के बीच सम्मानजनक और समान रूप से जल विभाजन हो पाएगा। नई दिल्ली ने इस तर्क के आधार पर इस प्रस्ताव के प्रति कोई जवाब नहीं दिया कि भारत जल विभाजन की समस्या नेपाल और बाँग्लादेश के साथ ही मिलकर सुलझाएगा।

वर्षों से भारत यह कहता आ रहा था कि फरक्का बाँध के नीचे जल विभाजन की समस्या स्थायी रूप से तभी सुलझ सकती है, जब पूर्वी भारत तथा गंगा घाटी की नदी संबंधी व्यवस्थाओं को भी जोड़ा जाएगा। जब संयुक्त राज्य ने जल विभाजन के संबंध में प्रस्ताव रखा तो नई दिल्ली ने उसका प्रस्ताव ठुकरा दिया। यदि इस पर विचार करें तो हमें यह महसूस होगा कि भारत ने प्रस्ताव न मानकर गलती की थी। भारत ने एक

ऐसा अवसर खो दिया था, जब हम अंतरराष्ट्रीय समर्थन तथा गारंटी से जल विभाजन की समस्या का टिकाऊ तथा निष्पक्ष हल निकाल सकते थे। इस संबंध में ये रिपोर्टें भी मिली हैं कि भारतीय विशेषज्ञ यह तर्क देते रहे कि सिंधु जल समझौते से भारत नुकसान में रहा है। जबकि तथ्य यह है कि पाकिस्तान तथा भारत दोनों की संतुष्टि के बाद ही यह समझौता किया गया था और समझौते के बाद दो बार लड़ाइयाँ लड़ने के बावजूद भारत और पाकिस्तान ने इस व्यवस्था में कभी भी कोई अड़चन नहीं डाली।

जून 1978 में कार्टर की यात्रा के बाद मोरारजी देसाई वाशिंगटन गए। हालांकि सामान्यतः सौहार्दता बनी रही, परंतु भारत–संयुक्त राज्य के बीच संबंधों में कमी आने लगी थी। तारापुर के लिए परमाणु ईंधन की आपूर्ति का मुद्दा अधिकाधिक जटिल होता जा रहा था। भारत ने अब अनवरत प्रक्रिया में सर्वाधिक नया कदम यह उठाया था कि उसने अपने परमाणु संयंत्रों के लिए कथित 'पूर्ण सुरक्षोपायों' को मानने से इंकार कर दिया था। इस व्यवस्था में यह निर्धारित किया गया कि भारत केवल अंतरराष्ट्रीय परमाणु ऊर्जा एजेंसी के रक्षोपायों के तहत विदेशी सहायता से निर्मित परमाणु रिएक्टरों की संवीक्षा नहीं कराएगा, बल्कि ये रक्षोपाय उन सभी परमाणु रिएक्टरों पर भी लागू होंगे, जिनमें विदेशी सहायता प्राप्त रिएक्टरों से सामग्री इस्तेमाल की जाती है। भारत में पहले से ही अर्थात् छठवें दशक के अंत से देशज परमाणु रिएक्टर तैयार करने और परमाणु बिजली उत्पादन की प्रक्रिया चल रही थी। अब भारत से यह आशा रखना अनुचित था कि वह उस समय अपने रिएक्टरों की बाह्य एजेंसियों द्वारा जाँच कराए, जब रिएक्टर पूर्णतः अपने देश के संसाधनों से तैयार किए गए हैं और भारत इन परियोजनाओं में आत्मनिर्भर हो चुका हो।

भारत और संयुक्त राज्य के बीच परमाणु अप्रसार पर मतभेद के दो अन्य कारक थे–पहला, सन् 1974 में भारत द्वारा पोखरण विस्फोट के प्रति वाशिंगटन की प्रतिक्रिया से स्पष्ट हो गया था कि भारत की परमाणु अस्त्र क्षमता के प्रति संयुक्त राज्य की नकारात्मक प्रतिक्रिया है। दूसरा, केवल चीन की बढ़ती हुई परमाणु अस्त्र हैसियत से ही भारत परमाणु विकल्प खुला रखने के लिए बाध्य नहीं हुआ था, बल्कि इसका एक कारण यह भी था कि पाकिस्तान के बारे में भारत को यह जानकारी मिली थी कि सन् 1971 और 1972 के बीच जुल्फिकार अली भुट्टो ने परमाणु अस्त्र कार्यक्रम शुरू कर दिया था तथा राष्ट्रपति जिया–उल–हक ने इस कार्यक्रम को सक्रिय रूप से बढ़ावा दिया था। संयुक्त राज्य के स्टेट डिपार्टमेंट के अधिकारियों ने वाशिंगटन में देसाई की यात्रा के दौरान भारत को यह समझाने का प्रयास किया कि वह परमाणु कार्यक्रम और परियोजनाओं के संबंध में पूर्ण रूप से रक्षोपायों को स्वीकार कर ले। देसाई के प्रमुख सचिव वी. शंकर तथा कुछ अन्य वरिष्ठ सलाहकारों का यह विचार था कि आर्थिक तथा प्रौद्योगिकी आवश्यकताओं को देखते हुए नई दिल्ली को संयुक्त राज्य का यह सुझाव स्वीकार कर लेना चाहिए। सौभाग्यवश, विदेश मंत्री वाजपेयी और प्रधानमंत्री देसाई ने इस सलाह को नहीं माना। निश्चय ही, भारत–संयुक्त राज्य के संबंधों को इस रवैये से कोई लाभ नहीं पहुँचा था। इसके अलावा मोरारजी देसाई की सरकार में विद्यमान अंतर्विरोधों के कारण भी भारत–अमेरिकी संबंधों में गुणात्मक सुधार नहीं

आ पाया। हालाँकि वित्तमंत्री एच.एम. पटेल भारतीय अर्थव्यस्था के उदारीकरण तथा निजीकरण के प्रबल समर्थक थे तथा भारत में संयुक्त राज्य के पूँजीनिवेश को बढ़ावा देने का भी समर्थन करते थे, परंतु उद्योग मंत्री जार्ज फर्नांडीज की समाजवादी विचारध ारा थी। उन्होंने इस रवैये का विरोध किया। इस आंतरिक मतभेद के कारण इस दौरान भारत की आर्थिक नीतियों में कोई मूलभूत परिवर्तन नहीं आ पाया। भारत–संयुक्त राज्य संबंधों पर जॉर्ज फर्नांडीज की नीतियों का नकारात्मक प्रभाव पड़ा, क्योंकि प्रमुख निगमों–आई.बी.एम. तथा कोकाकोला को उनके कार्यकाल में भारतीय आर्थिक क्षेत्र से निकाल दिया गया था।

इन घटनाक्रमों के अलावा परमाणु मुद्दों पर संयुक्त राज्य की ओर से भी आत्मकेंद्रित नकारवादी दृष्टिकोण विद्यमान था। पोखरण परीक्षण के बाद तथा प्रधानमंत्री के रूप में देसाई के कार्यकाल में, भारत संयुक्त राज्य को यही बताता रहा कि यदि रिएक्टर में पूर्णतः रक्षोपाय लागू नहीं किए जाते हैं, तो अन्य भारतीय रिएक्टरों में परमाणु अवशिष्ट पदार्थ के रिसाइकिल पर वाशिंगटन को आपत्ति होगी। इसलिए अमेरिका तारापुर पावर स्टेशन से सरप्लस फ्यूल रॉड वापस खरीद सकता है। तारापुर परमाणु अवशिष्ट पदार्थ (एटॉमिक रेजिड्यू) के लिए भंडारण की क्षमता कम थी। चूँकि इस रिसाइक्लिंग से भारत की परमाणु अस्त्र क्षमता में महत्वपूर्ण योगदान रहता, इसलिए संयुक्त राज्य ने सन् 1974 में परमाणु विस्फोट के बाद रिसाइक्लिंग के संबंध में नई दिल्ली का विरोध किया। संयुक्त राज्य **भुक्तशेष ईंधन रॉड** को खरीदना नहीं चाहता था; और न ही भारत को शांतिपूर्ण या अन्य प्रयोजनार्थ इस सामग्री के इस्तेमाल की अनुमति देना चाहता था। इस मुद्दे से भारत–संयुक्त राज्य संबंधों में गतिरोध आ गया। अंततः फ्रांस ने इस समस्या को सुलझाया। उसने संयुक्त राज्य की संविदागत बाध्यता ठहराई कि वह तारापुर पावर स्टेशन के लिए संवर्धित यूरेनियम भेजे। भारत को इस आश्वासन के आधार पर **भुक्तशेष परमाणु ईंधन** की अनुमति दी गई कि वह परमाणु की अस्त्रीकरण संभाव्यताओं पर संयम बरतेगा।

देसाई के कार्यकाल में ये दोनों सरकारें सकारात्मक राजनीतिक माहौल तैयार करने में अधिक आगे नहीं बढ़ पाईं।

भारत–सोवियत संबंधों पर ध्यान दें तो इन दोनों देशों के बीच दूरियां विद्यमान थीं। सामान्य राजनीतिक और आर्थिक संबंधों तथा दूसरी ओर लियोनिड ब्रेझनेव और मोरारजी देसाई के बीच व्यक्तिगत संबंधों को लेकर अंतर उजागर होता है। ब्रेझनेव को सोवियत संघ और पश्चिमी देशों के समर्थक मोरारजी देसाई के विचारों के संबंध में संदेह था, जबकि देसाई साम्यवादी विचारधारा और सोवियत संघ की निरंकुश राजनीतिक व्यवस्था के आलोचक थे। सन् 1978 के प्रारम्भ में देसाईजी ने मास्को की यात्रा की, फिर भी इस यात्रा का कोई विशेष महत्व नहीं था, क्योंकि भारत–सोवियत संबंधों पर इसका कोई विशेष प्रभाव नहीं पड़ा।

दूसरी ओर अटल बिहारी वाजपेयी ने फरवरी–मार्च 1979 में चीन की यात्रा की। यह यात्रा सार्थक रही। इसी यात्रा के दौरान चीनी नेताओं ने, विशेष रूप से डेंग जियाओपिंग ने पहली बार यह विचार रखा कि भारत–चीन सीमा विवाद के समाधान की प्रक्रिया

के बारे में कुछ कहे बिना चीन–भारत के साथ अपने संबंध सामान्य बनाने का इच्छुक है। चीनी नेताओं के साथ बातचीत के दौरान ही वाजपेयी ने सुझाव दिया कि जिन क्षेत्रों में कोई विवाद नहीं है, उन क्षेत्रों में बातचीत करते हुए भारत–चीन संबंधों को नए सिरे से पुनः आरंभ करना चाहिए। दोनों देशों का हित इसी में है कि फिलहाल सीमा विवाद को अलग रखा जाए। इस प्रकार के विचार–विनियम से भारत–चीन संबंधों में सकारात्मक बदलाव आने लगा। भारत और चीन की परवर्ती सरकारों ने भी इन संबंधों को और आगे बढ़ाने में सहयोग दिया।

इसके अलावा भारत–पाक संबंध सुधारने की दिशा में वाजपेयी द्वारा किए गए प्रयास भी महत्वपूर्ण हैं। अंतिम ढाई दशकों में जब भी किसी पाकिस्तानी से यह पूछा जाता था कि भारत–पाक संबंधों की दृष्टि से भारत का सर्वोत्तम राजनीतिज्ञ कौन हैं? तब इस प्रश्न का निरपवाद रूप से यही उत्तर होता कि विदेश मंत्री के रूप में अटल बिहारी वाजपेयी सकारात्मक दृष्टिकोण वाले सर्वप्रमुख भारतीय नेता हैं। इस क्षेत्र में वाजपेयी जी की सफलता के दो प्रमुख कारक थे–(1) भारतीय जनमत के बहुसंख्यक समुदाय से संबंधित राष्ट्रवादी नेता के रूप में देश के भीतर इनकी साख नहीं बन पाई थी। (2) ये इस उपमहाद्वीप की शांति और स्थिरता के प्रति वचनबद्ध थे। वाजपेयी जी कुछ सीमा तक स्वायत्तता के साथ इन्हें अपनी नीतियों में रूपांतरित भी कर सके थे। जबकि कांग्रेस सरकार में कोई विदेश मंत्री ऐसा नहीं कर पाया था, क्योंकि कांग्रेस के प्रधानमंत्री विदेश नीति के महत्वपूर्ण मामलों पर स्वयं उद्घोषणाएँ करते रहे, जो बाध्यकारी होती थीं। वाजपेयी तथा मोरारजी की सरकार में सूचना प्रसारण मंत्री एल.के. आडवाणी ने सन् 1978 में पाकिस्तान की यात्रा की। तथ्य यह है कि मोरारजी देसाई ने जिया उल–हक से यह अपील नहीं की थी कि वे भुट्टो को क्षमा कर दें। उनके इस रवैये को पाकिस्तान ने अहस्तक्षेप की नीति के रूप में स्वीकार किया। (5 अप्रैल, 1979 को भुट्टो को रावलपिंडी में 'फांसी' दी गई थी) वाजपेयी और जिया–उल–हक के समय भारत और पाकिस्तान के बीच सरकारी स्तर पर आदान–प्रदान हुआ। इससे वाणिज्य, संस्कृति और खेलकूद के क्षेत्र में परस्पर सहयोग बढ़ा। इस अवधि में सर्वाधिक महत्वपूर्ण घटना यह थी कि भारत और पाकिस्तान के बीच 14 अप्रैल, 1978 को सलाल डैम (बाँध) के संबंध में द्विपक्षीय समझौता हुआ था। {सिंधु समझौते (सन् 1960) के बाद यह भारत और पाकिस्तान के बीच दूसरा सर्वाधिक महत्वपूर्ण जल विभाजन समझौता था।} फिर भी ऐसे सकारात्मक घटनाक्रम से भारत–पाकिस्तान संबंधों के बीच मूलभूत तनाव दूर नहीं हो पाया था। पाकिस्तान से द्विपक्षीय तथा बहुपक्षीय वार्ताओं के दौरान कश्मीर मुद्दा ज्यों–का–त्यों रहा। अब वह मुस्लिम अल्पसंख्यक वर्ग के प्रति भारत के व्यवहार की आलोचना करने लगा था। पाकिस्तान के इस रवैये से विदेश मंत्री वाजपेयी तथा भारत के अन्य समूह कटु जवाब देने के लिए बाध्य हो गए। सन् 1978 के अंत से ही जिया–उल–हक तथा पाकिस्तान की खुफिया एजेंसियाँ तीर्थयात्रा के लिए पाकिस्तान जाने वाले संयुक्त राज्य तथा यूरोप के अनिवासी सिखों के माध्यम से भारत में सिखों को विमुख कर रही थीं। इस अवधि के दौरान गंगा सिंह ढिल्लो जैसे वरिष्ठ अलगाववादी नेता ने जिया–उल–हक के साथ संपर्क स्थापित किया। पाकिस्तान

सरकार ने सिखों को विमुख करने की पूरी योजना तैयार कर रखी थी। सबसे पहले, अनिवासी सिख नेताओं के साथ संपर्क स्थापित करना था, फिर ननकाना साहिब तथा पंजा साहिब गुरुद्वारे में तीर्थयात्रा के लिए भारत से पाकिस्तान आने वाले सिख तीर्थ यात्रियों के नेताओं (जत्थेदारों) से परिचय बढ़ाने का प्रयास करना था। दूसरा तरीका यह था कि पवित्र धार्मिक स्थलों पर तीर्थ यात्रा के लिए बड़ी संख्या में सिखों को आने की अनुमति देने के लिए प्रक्रियाओं को उदार बनाया जाए। इस दौरान जिया और वरिष्ठ पाकिस्तानी नेता सद्भावना तथा मैत्री दिखाते हुए इन लोगों के साथ बैठकें आयोजित करेंगे।

मोरारजी देसाई के कार्यकाल के दौरान भारत–पाकिस्तान संबंधों में वास्तव में अनुकूल परिवर्तन आया था या नहीं, इस प्रश्न का उत्तर ढूंढना अनिवार्य है। इस तथ्य का खंडन नहीं किया जा सकता कि भारत ने इस अवधि के दौरान पाकिस्तान के साथ संबंध सामान्य बनाने के लिए वास्तविक प्रयास किए थे। भारत ने इन दोनों देशों की जनता के बीच संपर्क स्थापित करने और आर्थिक वाणिज्यिक संबंधों को सामान्य बनाने की दृष्टि से उच्च स्तर पर पाकिस्तान की यात्राएँ आयोजित कीं। इन प्रयासों के प्रति पाकिस्तान की जवाबी कार्यवाही भी पूर्णतः नकारात्मक नहीं थी। परंतु पाकिस्तान ने एकदम से परिवर्तन को स्वीकार नहीं किया। सलाल बाँध जैसी आर्थिक और आधारभूत परियोजनाओं के मामले में पाकिस्तान की अनुक्रिया सकारात्मक थी। पाकिस्तान ने भारत की जनता के साथ अपनी जनता के संपर्क स्थापित करने को बढ़ावा दिया, परंतु उसके इरादे नकारात्मक थे। हालाँकि भारत के नागरिक (मुस्लिम वर्ग) पाकिस्तान के किसी भी भाग में जा सकते थे, परंतु पाकिस्तान में जाने वाले सिखों को भड़काने के प्रयोजन से जान–बूझकर प्रोत्साहित किया जाता था। पाकिस्तान ने समान रूप से दोनों देशों की जनता के बीच संबंध स्थापित करने या सांस्कृतिक अथवा बौद्धिक आदान–प्रदान के व्यापक पैटर्न की अनुमति नहीं दी। इस बीच मोरारजी देसाई ने सन् 1979 में अपना पदभार छोड़ दिया। भारत–पाकिस्तान के बीच संबंध फिर से खराब होने लगे तथा इस संबंध में कुछ विसंगतियाँ सामने आने लगी।

यद्यपि मोरारजी देसाई की जनता सरकार बहुत कम समय तक सत्ता में रही (मार्च 1977 से अगस्त 1979 तक) फिर भी कुल मिलाकर विदेश मंत्री अटल बिहारी वाजपेयी ने भारत की विदेश नीति में तीन प्रकार से प्रमुख योगदान दिया। भारतीय विदेश नीति के विशेषज्ञों तथा भारतीय सामरिक और राष्ट्रीय सुरक्षा स्थापनाओं ने इन पर ध्यान नहीं दिया।

पहला, वाजपेयी के काल में भारत ने इजराइल के साथ संबंध स्थापित करने की महत्ता को समझा। तेल–अवीव के साथ सामान्य महत्व के सुरक्षा संबंधी मुद्दों पर विचार करने तथा राजनीतिक संपर्क स्थापित करने की दिशा में प्रयास आरंभ कर दिए गए। इसी प्रक्रिया के तहत सन् 1978 में मोशे ड्यान ने गोपनीय ढंग से भारत की यात्रा की। इसकी बाद में व्यर्थ ही आलोचना की गई। यह प्रक्रिया सन् 1978 में आरंभ हुई, जनवरी 1992 में उस समय आगे बढ़ी, जब भारत ने इजराइल के साथ पूरी तरह से कूटनीतिक संबंध स्थापित किए थे।

वाजपेयी का दूसरा योगदान यह था कि चीन के साथ संबंधों में सुधार लाने की प्रक्रिया आरंभ हो गई थी। जैसा कि पहले बताया गया है, सन् 1979 में उनकी चीन यात्रा के दौरान सन् 1962 से ही चीन–भारत के संबंध में चले आ रहे विवादों को छोड़ने का सुझाव देते हुए संबंधों में सुधार लाने का प्रयास किया गया। यह सीमावर्ती विवाद भारत–पाक सीमा से जुड़ा था, जिससे समाधान में काफी समय लगेगा। दोनों पक्षों ने यह अनुभव किया कि चूँकि यह मुद्दा अत्यधिक जटिल है, इसलिए इसे एक तरफ रख देना चाहिए तथा भारत और चीन को अन्य क्षेत्रों में द्विपक्षीय संबंधों को पुनः स्थापित करने तथा बढ़ावा देने के लिए आगे बढ़ना चाहिए। इसके अलावा यह माना गया कि द्विपक्षीय संपर्कों से परस्पर सहयोग और मैत्रीपूर्ण माहौल बनेगा। इससे सीमा विवाद सुलझाने के लिए आधार तैयार होगा। अंततः, 'वास्तविक नियंत्रण रेखा' स्थिर हो जाएगी। यहाँ ध्यान दिया जाना चाहिए कि बीजिंग में वाजपेयी के इस प्रयास से मात्र दो वर्ष पूर्व 14 वर्ष के अंतराल के बाद राजदूत स्तर पर चीन के साथ श्रीमती गांधी ने कूटनीतिक संबंध स्थापित किए थे। के. आर. नारायणन (बाद में भारत के राष्ट्रपति बने) को चीन का राजदूत बनाकर भेजा गया। वाजपेयी ने प्रारम्भिक रूप से विचार–विमर्श किया था, जिससे परवर्ती प्रधानमंत्रियों–राजीव गांधी और नरसिम्हा राव को ठोस प्रयास करने के लिए आधार मिला।

वाजपेयी का विदेश नीति में तीसरा योगदान यह था कि इन्हें विदेश मंत्री के रूप में भारत–पाक संबंधों में विद्यमान तनावों में कमी लाने में भी सफलता मिली थी। इन्होंने पाकिस्तान की यात्रा की, जिया–उल–हक तथा पाकिस्तान के विदेश कार्यालय के साथ तालमेल स्थापित किया। इस प्रकार से मनोवैज्ञानिक और राजनीतिक माहौल को शांत करने का प्रयास किया गया, जबकि श्रीमती गांधी द्वारा जुल्फिकार अली भुट्टो के समर्थन तथा जिया–उल–हक के प्रति रूखेपन के कारण दोनों देशों के बीच तनाव बढ़ गया था। वाजपेयी यथार्थवादी थे, जिनका पाकिस्तान में मौजूद सत्ता–संरचना में विश्वास था, वहाँ व्यक्ति चाहे कोई भी हो; क्योंकि ये इस देश के साथ स्थायी संबंध स्थापित करना चाहते थे। उनका यह लक्ष्य लोकतंत्र या सैन्य शासन से संबंधित वैचारिक कारकों से परे था।

अब हम भारत–श्रीलंका संबंधों पर विचार करते हैं। भारत के राष्ट्रपति नीलम संजीव रेड्डी तथा मोरारजी देसाई ने श्रीलंका के राष्ट्रपति जे.आर. जयवर्धने के साथ भी संपर्क स्थापित किया था। जयवर्धने के मन में श्रीलंका की पूर्ववर्ती सरकार तथा श्रीलंका की अध्यक्ष सिरीमावो भंडारनायके के प्रति आक्रोश था। इसी प्रकार से रेड्डी और देसाई के मन में भी श्रीमती गांधी के प्रति समान भावनाएँ थीं। यह नकारात्मक समतुल्यता श्रीमती गांधी तथा सिरीमावो भंडारनायके के बीच मित्रता का कारण बनी। पारिणामस्वरूप, देसाई और रेड्डी ने श्रीलंका के साथ चल रहे मुद्दों पर समझौता करने के प्रति भारत की इच्छा के बारे में जयवर्धने को पूरा आश्वासन दिया। इन्होंने इस बात पर भी बल दिया कि श्रीमती गांधी की श्रीमती भंडारनायके के साथ मित्रता जनता पार्टी की सरकार के समय समाप्त हो जाएगी। इन्होंने जयवर्धने को यह बताया कि श्रीमती गांधी का भारतीय राजनीति पर अब कोई प्रभाव नहीं है। परवर्ती घटनाओं

से यह दृष्टिकोण गलत साबित हुआ। श्रीमती गांधी सन् 1980 में फिर सत्ता में लौट आईं। जयवर्धने के बारे में भी संदेह किया जाता है, जिन्होंने श्रीलंका की राजनीति के संबंध में इन्हें प्रभावित किया।

जहाँ तक ईरान का संबंध है, भारत ने सन् 1979 में हुई क्रांति का समर्थन किया था। इस क्रांति के परिणामस्वरूप ईरान के शाह का तख्ता पलट गया था। भारत–ईरान संबंधों को सामान्य बनाने की प्रक्रिया में ऐसे समर्थन से कोई विशेष योगदान नहीं मिल पाया, क्योंकि ईरान की क्रांतिकारी सरकार की धार्मिक, उग्र भावनाएँ थीं तथा इसके अलावा अन्य मुद्दे भी मौजूद थे।

समग्र रूप में, यह जानकर आश्चर्य होता है कि मोरारजी देसाई की जनता सरकार आंतरिक विरोध, वैचारिक अंतर्विरोध तथा व्यवस्था में सुसंगत लक्षणों के अभाव के बावजूद भारत की विदेश नीति के कुछ अत्यधिक महत्वपूर्ण पहलुओं पर ध्यान केंद्रित कर पाने में सफल रही। हालाँकि भारत अधिक सन्निकट समस्याओं पर विचार करने में सफल रहा था, परंतु आंतरिक अंतर्विरोध तथा जनता सरकार की इतनी कम अवधि होने कारण भारत की विदेश नीति के विकास में इस सरकार का बहुत कम योगदान रहा।

भले ही यह कदम विवादास्पद रहा, फिर भी मोरारजी की सरकार ने इतनी कम अवधि के दौरान इजराइल के साथ राजनीतिक तथा रक्षा संबंधी संपर्क स्थापित करने में पहल की। इजराइल के रक्षा मंत्री जनरल मोशे ड्यान को सरकारी तौर पर यात्रा का निमंत्रण दिया। सन् 1978 में जनरल ने गुप्त रूप से भारत की यात्रा की। प्रधानमंत्री के कार्यालय तथा भारतीय खुफिया एजेंसियों ने इस यात्रा का प्रबंध किया था। इसके मूलभूत लक्ष्य इजराइल से रक्षा आपूर्ति प्राप्त करने की संभावनाओं का पता लगाना और इस्लामिक अतिवादी संगठनों की आतंकवादी और अलगाववादी गतिविधियों के संबंध में दोनों देशों के बीच आसूचना (खुफिया) जानकारी के आदान–प्रदान की व्यवस्था तैयार करना था। मोशे ड्यान और भारतीय प्राधिकारियों के बीच इस विचार–विमर्श के दौरान कुछ प्रगति भी हुई। परंतु ये सभी प्रयास निष्फल हो गए, क्योंकि ड्यान की भारत यात्रा की सूचना मीडिया में लीक हो जाने से इस गुप्त यात्रा का भेद खुल गया। फिलिस्तीन के प्रति भारत का समर्थन और भारत–अरब संबंधों की विश्वसनीयता पर शंकाएँ उभरने लगी तथा यह यात्रा विवाद का विषय बन गई। इस प्रकार से भारत–इजराइल संबंध स्थापित करने की दिशा में यह प्रयास सार्थक नहीं हो पाया।

14 वर्ष बाद, अर्थात् सन् 1992 में, भारत और इजराइल के बीच औपचारिक कूटनीतिक, राजनीतिक और आर्थिक संबंध स्थापित हो पाए थे। इजराइल के साथ संबंध स्थापित करने के मामले में मोरारजी सरकार द्वारा की गई पहल के बारे में भले ही आलोचना की जाए, परंतु उनका यह प्रयास हर दृष्टि से व्यावहारिक और संगत था।

मोरारजी के बाद प्रधानमंत्री चरण सिंह की सरकार काल में इससे भी कम अवधि के दौरान विदेश नीति से जुड़ी दो महत्वपूर्ण घटनाएँ घटीं। पहली, भारत ने पाकिस्तान को सितंबर 1979 में हवाना शिखर सम्मेलन में गुटनिरपेक्ष आंदोलन में भाग लेने की अनुमति दे दी। दूसरी घटना यह हुई कि चरण सिंह ने दिसंबर 1979 में अफगानिस्तान में सोवियत संघ की घुसपैठ का प्रत्यक्ष रूप से विरोध किया।

अब हम इन घटनाओं पर विस्तारपूर्वक चर्चा करेंगे। पाकिस्तान ने मार्च 1979 में कम्युनिस्ट विरोधी संयुक्त राज्य गुट के पीछे हटने का फैसला लिया था। भारतीय विदेश कार्यालय ने पाकिस्तान द्वारा उठाए गए इस कदम से अभिभूत होकर पाकिस्तान द्वारा गुटनिरपेक्ष आंदोलन में भाग लेने का स्वागत किया तथा यह भी नहीं सोचा कि भारत के संदर्भ में इसके नकारात्मक निहितार्थ क्या हैं? सामान्य रूप से इसका अर्थ है कि अब पाकिस्तान ऐसे फोरम पर भी भारत को रक्षात्मक स्थिति में लाकर खड़ा कर देगा, जहाँ भारत का दबदबा है। गुटनिरपेक्ष आंदोलन में पाकिस्तान के आने से पहले गुटनिरपेक्ष आंदोलन में सऊदी अरब, ईरान, जायरे तथा क्यूबा जैसे देश पहले से ही थे। पाकिस्तान को इसका सदस्य बनाने की अनुमति देने का अर्थ इस आंदोलन की वैचारिक अखंडता तथा बुनियादी विषयों को धक्का पहुँचाना था।

जब सोवियत सेनाओं ने 27 तथा 29 दिसंबर, 1979 के बीच अफगानिस्तान में सीधे हस्तक्षेप किया, तब भारत आश्चर्यचकित ही नहीं हुआ, बल्कि उसे ऐसी कार्यवाही की बिलकुल आशंका नहीं थी। नई दिल्ली में सोवियत दूत यूली वोरोंतसॉव 29 दिसंबर को प्रधानमंत्री चरण सिंह के साथ बैठक करना चाहते थे। प्रधानमंत्री उस समय मौजूद नहीं थे, इसलिए अंततः वोरोंतसॉव को विदेश सचिव आर. डी. साठे से मिलना पड़ा (29–30 दिसंबर)। 30 दिसंबर को चरण सिंह से उनकी मुलाकात हुई। उन्होंने सोवियत संघ के दृष्टिकोण से अफगानिस्तान में सोवियत संघ सेनाओं से जुड़ी परिस्थितियों को स्पष्ट किया। उन्होंने दोनों देशों के बीच दीर्घकालीन मित्रता के संदर्भ में सोवियत संघ के लक्ष्यों के प्रति भारत की समझदारी का भी हवाला दिया। चरण सिंह ने उनकी बात सुनी, परंतु निर्विकार होकर। अंततः चरण सिंह ने विशेष रूप से उन्हें यह बताया कि भारत सरकार अफगानिस्तान में सोवियत सेना के हस्तक्षेप का समर्थन नहीं कर सकती। उन्होंने यह विचार व्यक्त किया कि किसी भी देश में सैन्य घुसपैठ, विशेष रूप से गुटनिरपेक्ष राष्ट्र में और वह भी भारत के पड़ोसी देश में, भारत को स्वीकार नहीं है तथा ऐसी कार्यवाही को उचित नहीं ठहराया जा सकता, भले ही कोई भी परिस्थिति क्यों न हो। चरण सिंह ने सोवियत राजदूत को भारत का यह सुझाव दिया कि यथाशीघ्र सोवियत संघ अफगानिस्तान से अपनी सेनाएँ हटा ले। संयुक्त राष्ट्र में भारत के स्थायी प्रतिनिधि राजदूत ब्रजेश मिश्र ने विश्व संस्था में यह मामला उठाया (जनवरी 1980 के पहले सप्ताह में)। चरण सिंह ने सिद्धांतों के आधार पर तथा भारत के नैतिक मूलाधारों को सुनिश्चित करते हुए अफगानिस्तान संकट के संबंध में अपना निश्चित रवैया बनाया था। परंतु उन्होंने अफगानिस्तान में सोवियत संघ के हस्तक्षेप के पीछे विद्यमान सामाजिक, राजनीतिक कारणों पर ध्यान नहीं दिया। चरण सिंह की यह अफगान नीति मात्र एक पखवाड़े तक बनी रही। उसके बाद श्रीमती गांधी जनवरी 1980 के मध्य में आम चुनाव जीतकर प्रधानमंत्री के रूप में सत्ता में आ गईं। भारत की विदेश नीति अब पुनः कांग्रेस पार्टी के हाथों चली गई। दिसंबर 1989 तक लगभग एक दशक तक इसका नियंत्रण रहा। पहले श्रीमती गांधी (अक्टूबर, 1984 तक) फिर राजीव गांधी, उसके पश्चात् दिसंबर 1989 तथा जून 1991 के बीच तक वी. पी. सिंह और चंद्रशेखर की सरकारें सत्ता में रहीं।

प्रधानमंत्री के रूप में गांधी के शासनकाल के दूसरे चरण में भारतीय विदेश नीति के प्रमुख मुद्दे इस प्रकार थे–(1) अफगान संकट से निपटना, (2) उच्च स्तर पर पंजाब और जम्मू –कश्मीर में पाकिस्तान द्वारा भड़काए गए विद्रोह का सामना करना, (3) सोवियत संघ में ब्रेझनेव की अस्वस्थता के कारण फैली राजनीतिक अनिश्चितता के परिणामस्वरूप शीतयुद्ध में राष्ट्रपति रोनाल्ड रीगन के बढ़ते प्रभाव के संदर्भ में महाशक्तियों के साथ भारत द्वारा संतुलन स्थापित करना। उसे गुटनिरपेक्ष आंदोलन में भारत की भूमिका सुनिश्चित करनी थी। इस आंदोलन में अंतर्विरोध पनपने के साथ–साथ ईरान–इराक युद्ध के कारण सदस्य देशों के बीच सैनिक संघर्ष भी उत्पन्न हो गया था। सन् 1975 में आपातकाल की घोषणा के बाद भारत के बाह्य, आर्थिक और प्रौद्योगिकीय संपर्क सूत्र भी टूट गए थे, अतः श्रीमती गांधी को पुनः संबंधों में सुधार लाना था। न तो चरण सिंह और न ही मोरारजी की सरकार ऐसी व्यवस्था कायम कर पाई, जिससे भारतीय अर्थव्यवस्था और भारतीय विकासोन्मुखी प्रक्रियाओं में बाह्य हित पुनः जाग्रत हों। इन्हें ईरान की क्रांति तथा ईरान और इराक युद्ध और खाड़ी देशों तथा पश्चिम एशियाई क्षेत्र के बारे में भारतीय दृष्टिकोण स्पष्ट करना था। भारत के पूर्वोत्तर छोर पर चीन में आर्थिक पुनरुत्थान हुआ था तथा राजनीतिक दृष्टि से यह देश हठधर्मी बन चुका था। ऐसे में श्रीमती गांधी को चीन के साथ भी निपटना था। आपातकाल की त्रासदी और मोरारजी तथा चरण सिंह के शासनकाल में उभरे राजनीतिक विभ्रम से उत्पन्न भारतीय राजनीति में स्थिरता लाने की बहुआयामी जिम्मेदारी निभाने के अलावा ये सभी कार्य किए जाने थे। इन्होंने श्री नरसिम्हा राव को अपना प्रधान विदेश नीति सलाहकार बनाया, जो बाद में भारत के विदेश मंत्री बने। इसके अलावा जी. पार्थसारथी को सलाहकार बनाया। ये विदेश मंत्रालय की नीति नियोजना समिति के अध्यक्ष बने। अपने विशिष्ट गुणों तथा विद्वता के कारण राव के पास इतिहास और आंतरिक राजनीति की अच्छी जानकारी देने, भारत की विदेश नीति के मुद्दों पर संसद और बुद्धिजीवी वर्ग को समझाने के लिए नरसिम्हा राव को चुना। पार्थसारथी का कूटनीति के प्रति इकतरफा तथा व्यावहारिक दृष्टिकोण था। उन्होंने जवाहरलाल नेहरू और श्रीमती गांधी के विश्वासपात्र के रूप में लंबे समय तक कार्य किया। इन्हें नीति नियोजक तथा सरकार और मीडिया के बीच विदेश नीति के मामलों पर संपर्क सूत्र के रूप में कार्य करने के लिए चुना गया था।

प्रधानमंत्री के रूप में श्रीमती गांधी की इस अवधि के दौरान भारत की विदेश नीति की प्रवृत्तियों का विश्लेषण करने से पूर्व मैं यहाँ बताना चाहूँगा कि विदेश मामलों के प्रभारी मंत्री तथा साथ ही नीति नियोजन समिति के अध्यक्ष के रूप में नियुक्त करने से इन दोनों के बीच मतभेद तथा तनाव उत्पन्न हो गए थे। उदाहरणतः सन् 1970 से 1974 तक, डी.पी. धर नीति नियोजन समिति के अध्यक्ष तथा सरदार स्वर्ण सिंह विदेश मंत्री रहे। इन दोनों के बीच कभी कोई मतभेद/विवाद खुलकर सामने नहीं आया था, परंतु नरसिम्हा राव और पार्थसारथी के बीच खींचातानी चलती रही। श्रीमती गांधी की सुदृढ़ नेतृत्व शक्ति तथा राजनीतिक और प्रशासनिक प्रक्रियाओं पर इनके दबदबे के कारण दोनों के बीच यह खींचातानी इस हद तक नहीं बढ़ी, जिसका भारत की विदेश नीति पर प्रतिकूल प्रभाव पड़ता। वस्तुनिष्ठ रूप से चर्चा करें तो कहा जा सकता है कि

प्रधानमंत्री के निकटवर्ती होने के कारण तथा भारत की विदेश नीति के विशिष्ट मुद्दों तथा हितों के संबंध में जिम्मेदारी सौंपने के कारण नीति नियोजना समिति के अध्यक्ष ने भारत की विदेश नीति के प्रतिपादन तथा कार्यान्वयन में विदेश मंत्रालय और विदेश मंत्री को किसी सीमा तक प्रभावित किया था।

इसके अतिरिक्त, अफगानिस्तान ऐसा नाजुक मुद्दा था, जिस पर श्रीमती गांधी को जनवरी 1980 के मध्य में सत्ता में आते ही तत्काल विशेष ध्यान देना पड़ा। यद्यपि वे सोवियत सैन्य हस्तक्षेप से काफी निराश थीं, फिर भी सन् 1973 से अफगान में हो रहे उथल–पुथल के पीछे कारण–कार्य संबंध की उन्हें गहरी समझ थी। इस दौरान जहीर शाह के भतीजे दाउद खान ने ही शाह का तख्ता पलटकर अफगानिस्तान को गणराज्य में बदल दिया था तथा वहाँ पर राष्ट्रपति सरकार की सत्ता कायम की। श्रीमती गांधी ने उन घटनाओं पर भी नजर रखी, जिनके कारण सन् 1975 में सोर क्रांति उपजी थी तथा पाकिस्तान और सऊदी अरब ने इसका विरोध किया था। श्रीमती गांधी ने इस वैध जानकारी के आधार पर दिसंबर 1979 में अफगानिस्तान में सोवियत संघ हस्तक्षेप का विरोध किया था कि यह हस्तक्षेप केवल इसलिए किया गया था, क्योंकि संयुक्त राज्य के समर्थन से पाकिस्तान और सऊदी अरब अफगानिस्तान के विशेष वर्ग के साथ यहाँ के समाज को आधुनिक समाज में बदलने का प्रयास कर रहे हैं। श्रीमती गांधी का यह स्पष्ट विचार था कि भारत के आर्थिक, सामरिक तथा राजनीतिक हितों को सुनिश्चित करने के लिए भारत और सोवियत संघ के बीच वित्तीय, प्रौद्योगिकीय तथा रक्षा संबंधी संपर्क होना अत्यंत आवश्यक है। भारत सरकार का यह भी मानना था कि नई दिल्ली सरकारी तौर पर सोवियत संघ के प्रति आलोचनात्मक और खंडनात्मक रवैया अपनाती है, तो यह भारत–सोवियत संबंधों के लिए अहितकर होगा। विशेष रूप से उस समय अहितकर होगा, जब सोवियत संघ तथा भारत के बीच दूरी हो जाने पर भारत के साथ किसी भी बड़ी ताकत का समर्थन होने की संभावना नहीं होगी। इस प्रकार से भारत सोवियत संघ के विरुद्ध आलोचना से उत्पन्न होने वाले परिणामों को लांघ नहीं पाएगा। इसके अलावा यदि अफगानिस्तान में लोकतांत्रिक, धर्मनिरपेक्ष और आधुनिक लोकतांत्रिक व्यवस्था होगी, तो पाकिस्तान के साथ प्रतिकूल संबंध होने के कारण यह स्थिति भारत के हितों के अनुकूल रहेगी। इन्हीं विचारों के आधार पर श्रीमती गांधी द्वारा अपनाई गई नीति में तीन प्रमुख तत्व शामिल थे। पहला, भारत द्विपक्षीय रूप से सोवियत नेताओं तक अफगानिस्तान में सोवियत सेनाओं की मौजूदगी और हस्तक्षेप पर अपनी आपत्तियाँ पहुँचाएगा। दूसरे, बहुपक्षीय क्षेत्र में भारत सोवियत संघ की एकतरफा आलोचना नहीं करेगा। भारत इसका समर्थन करेगा कि अफगानिस्तान में किसी भी बाह्य ताकत का हस्तक्षेप नहीं होना चाहिए तथा अफगानिस्तान में लोकतांत्रिक, गुटनिरपेक्ष सरकार का गठन होना चाहिए। तीसरे, भारत पीपुल्स डेमोक्रेटिक पार्टी ऑफ अफगानिस्तान के नेतृत्व वाली काबुल सरकार को सामान्यतः समर्थन देगा। इसलिए श्रीमती गांधी ने संयुक्त राष्ट्र में भारत के वरिष्ठ राजदूत बृजेश मिश्र की दी गई हिदायतों में परिवर्तन कर दिया। उन्हें कहा गया कि भारत की संशोधित नीति व्यक्त करें ताकि ऊपर बताए गए तीन तत्वों को उजागर किया जा सके। राजदूत मिश्र ने इससे पहले संयुक्त राष्ट्र

में वाद–विवाद के दौरान सोवियत संघ के अफगानिस्तान हस्तक्षेप की आलोचना की थी। अब उन्हें अपना यह रवैया बदलना था, जबकि व्यक्तिगत धारणा और नीतिगत दृष्टिकोण से ऐसा करना उन्हें पसंद नहीं था। उन्होंने नई दिल्ली को बताया कि भारत को पहले उसूलों पर उठाए कदम पर अडिग रहना चाहिए। परंतु उनकी यह राय नहीं मानी गई। तथापि, अफगानिस्तान के संबंध में श्रीमती गांधी द्वारा अपनाए गए रवैये में भी मूलभूत दोष था। श्रीमती गांधी ने यह नहीं समझा कि जिस क्रांति के फलस्वरूप दाऊद का तख्ता पलट दिया गया था, उस हिंसात्मक क्रांति में दो नेता, नूर तरकी तथा हफीजुल अमीन भी थे। इनकी भी हत्या कर दी गई। फिर भी इस क्रांति को जनसाधारण का समर्थन प्राप्त नहीं था, न ही इसे सामान्य तौर पर राष्ट्रीय सर्वसम्मति प्राप्त थी। पी.डी.पी.ए. पार्टी के भीतर भी जातिवादी आधारों पर फूट पड़ी हुई थी। खलक गुट पश्तून का प्रतिनिधित्व करता था, जबकि परचम गुट गैर–पश्तून जाति के ग्रुप से संबंधित था (इस अध्याय में आगे चलकर अधिक ब्यौरे दिए गए हैं)। अफगानिस्तान की ग्रामीण जनता (याद रखा जाना चाहिए कि अफगान जनता का बहुमत गाँवों में रहता है) को क्रांति के सिद्धांतों/विचारधाराओं की कोई जानकारी नहीं थी, न ही वे आधुनिकीकरण प्रक्रिया के लिए तैयार थे, जबकि अफगानिस्तान की क्रांतिकारी सरकार इस देश में आधुनिकीकरण की प्रक्रिया लाने का प्रयास कर रही थी। श्रीमती गांधी और उनकी सरकार क्रांति की विचारधारा में इस्लामिक धार्मिक पहचान को नकारने तथा पी.डी.पी.ए. की नीति विषयक उद्घोषणाओं के बारे में लोगों की शंकाओं से अनभिज्ञ थीं। पाकिस्तान, सऊदी अरब और संयुक्त राज्य ने अफगान क्रांति को बदनाम करने तथा सैन्य विरोध के लिए इस कमी का पूरा फायदा उठाया। यदि इन कारकों को ध्यान में रखा जाता, तो इस समय भारत की अफगान नीति अधिक अनुकूल होती, जिससे अंतरराष्ट्रीय स्तर पर भारत को आलोचना का सामना नहीं करना पड़ता तथा साथ ही सोवियत सेनाओं की वापसी और अनेक वर्षों बाद नजीब सरकार का तख्ता पलटने के उपरान्त भारत और अफगानिस्तान के बीच संबंधों में बदलाव भी नहीं आता।

सोवियत विदेश मंत्री, एंद्रे ग्रोम्यको श्रीमती गांधी के कार्यभार सँभालते ही नई दिल्ली आए (फरवरी 1980 के आरम्भ में)। उनकी यात्रा का मुख्य उद्देश्य उन परिस्थितियों को स्पष्ट करना था, जिनके तहत सोवियत संघ को अफगानिस्तान में प्रवेश करना पड़ा तथा इसके अलावा इस संबंध में वे श्रीमती गांधी का समर्थन प्राप्त करना चाहते थे। भारत सरकार की विदेश नीति का सरकारी तौर पर प्रवक्ता होने के नाते मैं इन चर्चाओं में उपस्थित रहा था। इन चर्चाओं के दौरान श्रीमती गांधी ने दुनियादारी बरतते हुए परिष्कृत ढंग से अपनी अफगान नीति व्यक्त की। ग्रोम्यको ने अफगानिस्तान में सोवियत हस्तक्षेप की पृष्ठभूमि का लंबा–चौड़ा बयान देते हुए अंत में यह टिप्पणी दी–''मैडम, मैं शुक्रगुजार हूँ कि आपने इतने धैर्यपूर्वक मेरी बात सुनी। मुझे उम्मीद है कि आपने उन कारकों पर भी ध्यान दिया होगा, जिनकी वजह से सोवियत संघ को अफगानिस्तान में यह कदम उठाना पड़ा।'' मुझे याद है कि श्रीमती गांधी ने इस पर दो टूक उत्तर दिया–''मैंने सब ध्यानपूर्वक सुना तथा उन कारकों एवं परिस्थितियों पर भी गौर किया है'' इतना कहकर वे रुक गईं। उन्होंने यह नहीं कहा कि वे सोवियत

संघ द्वारा अपनाए गए रवैये को समझ गईं हैं या अफगानिस्तान में सोवियत हस्तक्षेप के पीछे विद्यमान कारणों को जान गई हैं।

मंत्री स्तर पर ग्रोम्यको तथा नरसिम्हा राव के बीच चर्चा के दौरान भारत ने सोवियत संघ के विदेश मंत्री के सामने अफगानिस्तान में सोवियत सेनाओं के सीधे हस्तक्षेप पर आपत्ति जाहिर की। राव ने यह भी स्पष्ट किया कि भारत काबुल में करमल सरकार के साथ संबंध बनाए रखेगा और अफगानिस्तान को आर्थिक और विकासात्मक सहायता भी देता रहेगा। ग्रोम्यको के बाद जून 1980 में नरसिम्हा राव ने मास्को की यात्रा की। इस यात्रा का प्रयोजन सोवियत संघ को यह समझाना था कि वह यथाशीघ्र अफगानिस्तान से अपनी सेनाएँ हटा ले। भारत सरकार को यह रिपोर्ट मिली कि इस हस्तक्षेप के विरुद्ध अहिंसक प्रदर्शनों के संबंध में भी अफगानिस्तान सरकार और सोवियत संघ सेनाओं द्वारा कठोर कदम उठाए गए थे। राव की इस यात्रा के पीछे कुछ अन्य उद्‌देश्य भी थे। भारत–सोवियत संघ संबंधों के महत्वपूर्ण पहलुओं से ये उद्‌देश्य जुड़े थे। अब मैं ऐसी घटना का वर्णन करता हूँ, जो मुझे ग्राम्यको–राव के बीच हुई चर्चा के समय से याद है। राव ने यह घटना बताते हुए कहा कि काबुल में सोवियत और अफगान सुरक्षाकर्मियों द्वारा उस समय स्कूली छात्राओं पर गोली चलाई गई, जब वे देश में सोवियत सेनाओं की मौजूदगी के विरुद्ध जुलूस निकाल रहीं थीं। ऐसे में इन छात्राओं पर चलाई गई गोलियों को कैसे न्यायोचित ठहराया जा सकता है, भले ही पीछे अफगान क्रांति का कोई भी तर्क क्यों न हो, ग्रोम्यको ने बड़ा संक्षिप्त उत्तर दिया। उन्होंने राव को बताया कि यदि कोई व्यक्ति अफगानिस्तान में आधुनिकीकरण, धर्मनिरपेक्षता और लोकतंत्र का विरोध करता है तो वह मरेगा ही। इसके बाद उन्होंने यह बताया कि इन लोगों ने ऐतिहासिक, महत्वपूर्ण ताकतों का विरोध करके अपनी मौत को स्वयं बुलावा दिया है। सोवियत संघ के रवैये में आडंबर तथा दबंगपना था। हालाँकि भारत ने सोवियत संघ का विरोध किया था, फिर भी यह पाकिस्तान, अन्य मुस्लिम देशों तथा संयुक्त राज्य द्वारा भड़काई जा रही नकारात्मक और उग्रवादी धार्मिक ताकतों के प्रति अधिक सजग था। इनकी नीतियाँ शीतयुद्ध के संदर्भ में सोवियत संघ को रोकने के संबंध में युद्ध संबंधी/सामरिक अभिप्रेरणाओं पर आधारित थीं। इनका अफगान जनता की दुर्दशा के लिए अफगान सरकार के विरुद्ध सैन्य समूह बनाने या इस व्यवस्था का विरोध करने से कोई वास्ता नहीं था, न ही ये सन् 1978 की क्रांति के मूल में अफगानिस्तान में आधुनिकीकरण की प्रेरणाओं को समझना चाहते थे।

इस अवधि में भारत की अफगान नीति के संबंध में सरकार पर कुछ मूलभूत आरोप लगाए गए थे। पहला, भारत ने नैतिकता और अंतरराष्ट्रीय विधि के उसूलों के प्रतिकूल अफगानिस्तान में सोवियत घुसपैठ का समर्थन किया। दूसरा, भारत ने अफगान जनता की धार्मिक तथा राष्ट्रीय भावनाओं की कद्र नहीं की। वैधता के संदर्भ में अफगानिस्तान में ऐसे घटनाक्रम तथा भारत–अफगान संबंधों की ऐतिहासिक पृष्ठभूमि पर विचार करना होगा।

सर्वप्रथम हमें जहीर शाह की पराजय से लेकर अफगानिस्तान में होने वाली क्रांतियों तथा परिवर्तनों की प्रकृति का सुव्यवस्थित ढंग से आकलन करना होगा। अफगानिस्तान में

दाऊद के नेतृत्व में सत्ता के गठन में आया परिवर्तन पारिवारिक कलह ही था। मैं जानते हुए भी यह दावा करता हूँ कि विशेषज्ञ मेरे इस वक्तव्य को शायद उचित नहीं मानेंगे। शाह जहीर शाह का भतीजा महत्वाकांक्षी था। सत्ता में आने के लिए उसने अफगान बुद्धिजीवियों, राजनीतिक कार्यकर्ताओं तथा अफगानिस्तान में उदीयमान व्यावसायिक और आर्थिक दृष्टि से मध्यम वर्ग की सुधारवादी आकांक्षाओं का लाभ उठाया।

इसके बाद, सन् 1978 में नूर तरकी ने दाऊद का तख्ता पलट दिया, क्योंकि दाऊद वायदे के मुताबिक सामाजिक और आर्थिक परिवर्तन लाने की बजाय लोकतंत्र का दिखावा करते हुए राष्ट्रपति सरकार का लेबल लगाकर राजतंत्र सरकार चलाता रहा। इसके बाद, सन् 1979 में अमीन ने हिंसक विद्रोह करके तरकी को हटा दिया। अमीन को बाबरक करमल ने सोवियत सहायता से गद्दी से हटा दिया। जब तख्ता पलटता था, तो राजनीतिक उथल–पुथल होती थी और अफगानिस्तान की पीपुल्स डेमोक्रेटिक पार्टी के भीतर गुटों में संघर्ष छिड़ जाता था।

पीडीपी के दो गुटों, खलक और परचम के बीच संदेह और हिंसा की भावनाएँ अधिक घनीभूत हो गईं। ये दोनों गुट सत्ता संरचना या देश की राजनीतिक स्थिति में स्थिरता लाने के लिए अनुकूल दृष्टिकोण लेकर नहीं चल रहे थे। 27 दिसंबर, 1979 को सोवियत संघ के सीधे सैनिक हस्तक्षेप से अफगान जनता के बीच भ्रम और असंतोष बढ़ गया।

हमें यह स्वीकार करना होगा कि सातवें दशक के अंत में सन् 1988 तक की अवधि में अफगान क्रांति के लक्ष्य वास्तव में तर्कसंगत थे। परवर्ती नेताओं ने अफगानिस्तान में आधुनिकीकरण की दिशा में तथा 20वीं शती में विद्यमान देश के जीवन–यापन स्तर को ऊँचा उठाने में अनेक प्रयास किए। ये नेता निम्नलिखित प्रकार से अपने उद्देश्य प्राप्त करना चाहते थे–(1) भूमि सुधार तथा लड़कियों के लिए राष्ट्रीय साक्षरता कार्यक्रम, (2) अफगान जनता की सुख–समृद्धि बढ़ाते हुए औद्योगिकी तथा प्रौद्योगिकी में उन्नति को बढ़ावा देना, (3) किसी अन्य देश के अनुचित प्रभाव के बिना धर्मनिरपेक्ष सरकार बनाना। यह क्रांति इसलिए असफल हुई, क्योंकि इससे पाकिस्तान के नेतृत्व में इस्लामिक देशों के मुस्लिम भड़क उठे थे तथा इन्हें संदेह था कि इसका पश्चिमी देशों द्वारा भी समर्थन किया जा रहा है। इन मुस्लिम वर्गों ने अनुभव किया कि इस क्रांति से पश्चिम एशिया और खाड़ी में निहित स्वार्थों पर प्रतिकूल प्रभाव पड़ेगा। इस क्रांति के बारे में संयुक्त राज्य और पश्चिमी यूरोप में भी सामरिक शंकाएँ उत्पन्न होने लगी, क्योंकि इसे सोवियत संघ समर्थन दे रहा था। जब तरकी ने दाऊद से सत्ता छीन ली, तब पाकिस्तान और पश्चिमी देश परिवर्ती क्रांतिकारी सरकारों में विद्रोह की भावना जगाने लगे। जब अमीन सत्ता में आए, तब विद्रोह का लक्ष्य उसे पश्चिमी देशों के पलड़े की ओर मोड़ना था और पश्चिम की ओर उनका झुकाव दिखाई भी देने लगा था, भले ही उनकी पार्टी के सदस्यों में इस झुकाव के प्रति रोष था। अमीन ने अत्यधिक हिंसा का सहारा लेकर विरोध पक्ष को दबा दिया। यह एक ऐसी कार्यवाही थी, जिसके जवाब में अफगानिस्तान के नए राष्ट्रपति का साथ देने के लिए सोवियत संघ ने हस्तक्षेप किया। बाबरक करमल द्वारा सोवियत सेनाओं के बल पर ही अफगान क्रांति दबायी गई थी। विदेशी शक्ति की मौजूदगी के कारण अफगान की प्रतिक्रिया मूलक, कट्टर

तथा धार्मिक ताकतों को भी अप्रत्यक्ष रूप से बल मिला। इन्होंने संयुक्त राज्य, सऊदी अरब और पाकिस्तान की सहायता से सन् 1978 में अफगान क्रांति की शुरुआत से प्रारम्भ हुई। महत्वपूर्ण ऐतिहासिक प्रक्रिया की दिशा ही बदल दी। अफगानिस्तान के प्रति भारत का दृष्टिकोण पूरी अवधि के दौरान संयत, नपा–तुला तथा सही रहा। इस अवधि के दौरान भारत की अफगान नीति की संकल्पनात्मक संरचना इस प्रकार से उल्लिखित की जा सकती है–

1. भारत का प्रमुख हित दोनों देशों की जनता के बीच संबंधों की निरंतरता सुनिश्चित करना था।
2. भारत का दृढ़ विश्वास था कि यदि नई दिल्ली अफगानिस्तान की उन परंपराओं और नीतियों का समर्थन करती है, जिनसे अफगान जनता में समृद्धि आती है तथा अफगान राजनीति में स्थिरता बनी रहती है, तभी इस प्रकार की विचारधारा तथा कार्यवाही को जारी रखा जा सकता है। इस प्रयोजनार्थ अफगानिस्तान में आधुनिकीकरण की प्रक्रिया लाना आवश्यक था।
3. भारत अफगानिस्तान के आंतरिक मामलों में हस्तक्षेप नहीं करना चाहता था और जो भी सरकार सत्ता में आती थी, उसी के साथ संबंध कायम रखता था। हालाँकि सामान्यतः भारत ने अफगान क्रांति के घोषित लक्ष्यों का समर्थन किया था, फिर भी इसने हिंसा तथा अफगानिस्तान में सोवियत सेना के हस्तक्षेप का विरोध किया था।
4. हालाँकि भारत ने सोवियत संघ की इस कार्यवाही का खुलेआम विरोध नहीं किया और न ही सोवियत विरोधी कूटनीतिक ध्रुवीकरण में शामिल हुआ था, फिर भी भारत ने अफगानिस्तान में सोवियत सेनाओं के हस्तक्षेप के निहितार्थों पर आपत्ति की तथा इस बात पर बल दिया कि आगे चलकर यह घुसपैठ निष्फल सिद्ध होगी।
5. भारत का यह रवैया एकदम स्पष्ट था कि अफगानिस्तान में इस्लामिक उग्रवादी ताकतों तथा राज्य का दबाव भारत के राजनीतिक या भू–सामरिक हितों के अनुकूल नहीं होगा। सोवियत संघ की खुलेआम आलोचना न करने का यह भी एक कारण था।
6. भारत का रवैया इस बारे में भी स्पष्ट था कि हालांकि वह अफगानिस्तान के घटनाक्रम में सीधे भाग नहीं लेगा, फिर भी भारत उस देश के सामाजिक, आर्थिक, हाइडल पावर, लघु उद्योग तथा स्वास्थ्य संबंधी क्षेत्रों में सहयोग देता रहेगा।

श्रीमती गांधी ने अपनी नीतियों की जानकारी करमल तथा अफगानिस्तान के विदेश मंत्री, शाह मुहम्मद दोस्त को स्पष्ट रूप से दे दी थी।

इसके बावजूद भारत सोवियत संघ के विरुद्ध 'रेजिस्टेंस मूवमेंट' के नेताओं के साथ भी संपर्क स्थापित करना चाहता था। पाकिस्तान से कार्यवाहियाँ संचालित करने वाले व्यक्तियों के साथ भी संपर्क किया जा सकता था। भारतीय सरकार के प्रतिनिधि यूरोप, उत्तर अमेरिका तथा विश्व के अन्य भागों में निष्कासित अफगान नेताओं के साथ संपर्क रखे हुए थे। हमने सोवियत संघ के रवैये के प्रति विरोधी नेता, जैसे अहमद शाह मसूद के साथ भी संबंध रखे हुए थे। भारत ने अफगानिस्तान में बाह्य हस्तक्षेप को हटाने तथा ऐसी सरकार स्थापित करने में संयुक्त राष्ट्र द्वारा किए जा रहे प्रयासों

का समर्थन किया जो देश के विभिन्न गुटों में सामंजस्य स्थापित कर सके। भारत ने संयुक्त राष्ट्र के दो राजदूतों के साथ भी सहयोग किया था, जो सन् 1980 से अफगान मुद्दे से जुड़े थे। दूसरी ओर ब्रेझनेव, यूरी एंद्रापोव तथा कोंस्तातिन चरेनेन हस्तक्षेप की नीति लागू करने पर डटे रहे। संयुक्त राज्य, पाकिस्तान, सऊदी अरब, पश्चिमी लोकतांत्रिक देश तथा ईरान और चीन जैसे अन्य महत्वपूर्ण देश भी सोवियत संघ की इस कार्यवाही का दृढ़तापूर्वक विरोध कर रहे थे।

भारत इस संबंध में मध्यम मार्ग अपनाना चाहता था। इसकी यह नीति सफल नहीं हुई। हम अंतरराष्ट्रीय प्रक्रियाओं की दृष्टि से अफगानिस्तान संकट के दौरान हाशिए पर ही रहे, अर्थात् कोई विशेष महत्वपूर्ण भूमिका नहीं निभा सके। तथापि, हमारे अफगानिस्तान सरकार के साथ अच्छे संबंध रहे। अंतरराष्ट्रीय समुदाय में बनी छवि में योगदान करने वाले प्रमुख कारक के रूप में भारतीय मंत्री को महत्व दिया गया।

सन् 1977–84 के दौरान भारत–पाक संबंध और अधिक खराब हो गए थे। मोरारजी और जिया सरकार के बीच विद्यमान सौहार्दता बहुत कम अवधि तक बनी रही। यद्यपि पाकिस्तानी सरकार तथा पाकिस्तानी जनमत द्वारा वाजपेयी को सबसे अधिक विवेकशील, समझदार विदेश मंत्री माना गया था। फिर भी भारत ओर पाकिस्तान के बीच प्रतिकूल संबंधों में कोई विशेष बदलाव नहीं आया।

जिया–उल–हक द्वारा संयुक्त राज्य तथा पश्चिम के साथ सुरक्षा एवं सामरिक समीकरण बहाल करने के ठीक 15 दिन के भीतर श्रीमती गांधी भी सत्ता में लौट आई थीं। अफगानिस्तान में सोवियत हस्तक्षेप के कारण जिया ने यह कार्यवाही की थी। सोवियत संघ की इस कार्यवाही की आलोचना के संबंध में भारत द्वारा संयम बरतने तथा अफगानिस्तान में वामपंथी सरकार को प्रोत्साहन देने के कारण भारत–पाक संबंधों में अंतर्विरोध पनपने लगे थे। अन्यथा रूप में भी, सन् 1971 की लड़ाई में भी इंदिरा गांधी और जिया–उल–हक के बीच संबंध तनावपूर्ण थे। अफगान संकट से पाकिस्तान, संयुक्त राज्य, चीन और प्रमुख इस्लामिक देशों के बीच संबंध अधिक मजबूत हो गए थे; परंतु इस मुद्दे से भारत और पाकिस्तान के बीच दूरियाँ बढ़ने लगी। श्रीमती गांधी ने जिया–उल–हक को संदेश भेजा कि भुट्टो को जीवन दान दें, (जब वे सत्ता से बाहर थीं)। इससे श्रीमती गांधी और उनके नेतृत्व में भारत के प्रति जिया की मानसिक वृत्ति पर भी प्रभाव पड़ा।

5 जून, 1980 को जिया–उल–हक ने टेलीविजन पर भाषण देते समय पाकिस्तान की दृष्टि से भारत–पाक संबंधों को स्पष्ट किया था। अपने इस भाषण में उन्होंने यह घोषणा की कि भारत–सोवियत रक्षा आपूर्ति समझौते के परिणामस्वरूप पाकिस्तान को अपने हितों पर ध्यान देना पड़ा है। इस समझौते के तहत सोवियत संघ को 16 हजार मिलियन रुपए के हथियार भारत को भेजने थे। उन्होंने कहा कि पाकिस्तान भारत से अपनी संप्रभुता और राष्ट्रीय रक्षा के बचाव के लिए हर संभव कदम उठाएगा, इसीलिए जिया ने अंतरराष्ट्रीय समुदाय के सामने नई दिल्ली के साथ शांति एवं समाधान/समझौते की इच्छा व्यक्त करते हुए भारत के संबंध में प्रतिकूल रवैया बनाए रखने के

बारे में द्विमार्गी नीति अपना रखी थी। भारत–पाकिस्तान के साथ संबंध बनाए रखने के लिए प्रयासरत था, क्योंकि तार्किक दृष्टिकोण के आधार के अलावा नई दिल्ली यह सुनिश्चित करना चाहती थी कि अफगान मुजाहिदीनों के लिए रखे गए अस्त्र कश्मीर में नहीं दिए जाएंगे (अमेरिकी सहायता से पाकिस्तान द्वारा प्रशिक्षित)।

श्रीमती गांधी ने पाकिस्तान के साथ निरंतर संबंध कायम रखने के लिए कुछ प्रयास किए थे। सन् 1980–84 के दौरान दोनों देशों के विदेश मंत्री नरसिम्हा राव और आगाशाही तथा भारतीय विदेश सचिव आर.डी. साठे और एम.के. रसगोत्रा तथा पाकिस्तान के विदेश सचिव और व्यापार–पर्यटन आदि के प्रभारी परस्पर देशों की यात्रा पर गए। जिया–उल–हक स्वयं सन् 1983 में गुटनिरपेक्ष शिखर सम्मेलन में आए। इस मौके पर श्रीमती गांधी तथा जिया–उल–हक के बीच द्विपक्षीय बैठकें हुईं। भारत और पाकिस्तान ने हमला न करने तथा युद्ध न करने के बारे में समझौतों के मसौदों का आदान–प्रदान किया। फिर भी इन दोनों देशों के बीच किए गए प्रयास सतही रहे और अंत में ये प्रयास केवल दिखावा मात्र बनकर रह गए, क्योंकि इस अवधि के दौरान पाकिस्तान की भारत के प्रति विरोधी गतिविधियाँ जारी रहीं। पाकिस्तान ने भारत के विरुद्ध सैनिक दृष्टि से खतरा खड़ा रखने का रवैया अपनाए रखा। पाकिस्तान की भारत के प्रति नीति में ज्ञात प्रवृत्तियाँ इस प्रकार थीं–

1. जिया–उल–हक ने पाकिस्तान के परमाणु अस्त्रीकरण कार्यक्रम को और अधिक तीव्र कर दिया।
2. पाकिस्तान ने भारत के विरुद्ध कूटनीतिक अभियान आरम्भ कर दिया तथा भारत द्वारा गुटनिरपेक्ष देश के रूप में भारत की बनी साख के बारे में प्रश्न पूछने लगा।
3. इसके अतिरिक्त पाकिस्तान भारत को इस्लाम विरोधी देश के रूप में पेश करने लगा; क्योंकि भारत मुस्लिम देश (अफगानिस्तान) के उत्पीड़न का समर्थन कर रहा था।
4. जिया ने द्विपक्षीय तथा अंतरराष्ट्रीय क्षेत्र में कश्मीर मुद्दे को अधिक हठपूर्वक पेश करना शुरू कर दिया।
5. जिया ने भारतीय पंजाब में सिखों के अलगाववादी आंदोलन को बढ़ावा देने के लिए प्रचार अभियान शुरू कर दिया।

अंत में इस निष्कर्ष पर पहुँचा जा सकता है कि सन् 1980 और 1984 के बीच की अवधि में पाकिस्तान सन् 1972 के शिमला समझौते का उल्लंघन कर रहा था, हालाँकि औपचारिक रूप से यह देश इस समझौते से पीछे नहीं था।

इस अवस्था पर अलगाववादी खालिस्तान आंदोलन के समर्थन में जिया द्वारा निभाई गई भूमिका पर विस्तारपूर्वक चर्चा करना सुसंगत होगा। पाकिस्तान के विभिन्न भागों में धार्मिक स्थलों पर यात्रा करने के लिए पंजाब से सिख यात्रियों को उच्च कोटि की सुविधाएँ उदार रूप में देने की माँग की गई। वे व्यक्तिगत रूप से इन तीर्थयात्रियों से मिले तथा पाकिस्तान की इंटर सर्विस इंटेलीजेंस (आई.एस.आई.) को यह हिदायत दी कि वे भारत से आने वाले सिखों के साथ संपर्क सूत्रों का पूरा जाल बिछा लें। इसी के साथ–साथ इन्होंने उत्तर अमेरिका, ब्रिटेन, अफ्रीका तथा दक्षिण–पूर्व एशिया में रहने

वाले अनिवासी भारतीय धनाढ्य सिखों के बीच अलगाववादी भावनाओं को बढ़ावा देना शुरू कर दिया था। इन्होंने भारत के पंजाब तथा विदेशों में बसे सिखों के बीच संपर्क स्थापित करने में सहायता की। जिया ने खालिस्तान आंदोलन को धन देने के लिए विदेशों में बसे सिखों को माध्यम बनाया, जबकि आई.एस.आई. सिख अलगाववादियों को अस्त्र सैन्य प्रशिक्षण तथा आश्रय देने लगा। भारत ने इन कार्यवाहियों का विरोध किया। अंततः जून 1984 में 'ऑपरेशन ब्लू स्टार' जैसी त्रासदी हुई (जब भारतीय सेना अमृतसर के गुरुद्वारे में घुस गई थी) तथा उसी वर्ष 31 अक्टूबर को श्रीमती गांधी की हत्या कर दी गई।

भारत–पाक संबंधों पर प्रतिकूल प्रभाव डालने वाली एक अन्य घटना यह हुई कि इसी बीच पाक अधिकृत कश्मीर तथा चीन के प्रांत जिन–ज्यांग के बीच खंजराब दर्रा खोल दिया गया। पाक–अधिकृत कश्मीर और चीन को जोड़नेवाला प्रमुख मार्ग कराकोरम भी चालू हो गया। इससे चीन और पाक के बीच भू–सामरिक समीकरण बने, जिनका भारत की सुरक्षा के प्रति नकारात्मक निहितार्थ था।

कुल मिलाकर सन् 1978–84 के दौरान भारत–पाक संबंधों में निम्नलिखित प्रमुख प्रवृत्तियाँ सामने आईं थीं–

1. जिया के सैन्य विद्रोह के प्रति आपत्ति होने के बावजूद भारत–पाक ने सत्ता में उनकी मौजूदगी स्वीकार की तथा यह तथ्य स्वीकार किया कि नई दिल्ली को भारत–पाक संबंध सामान्य बनाने के लिए प्रयत्न करना चाहिए। फिर भी भारत ने जिया के प्रति लोकतांत्रिक विरोध का समर्थन किया। उस समय जुल्फिकार अली भुट्टो की विधवा नुसरत भुट्टो तथा उनकी बेटी बेनजीर भुट्टो के प्रति भारत की सहानुभूति थी। अफगानिस्तान में होने वाले घटनाक्रम के कारण पाकिस्तान को मिल रही संयुक्त राज्य की सहायता से भारत के प्रति खतरा भी बढ़ गया था।
2. पाकिस्तान के परमाणु अस्त्रीकरण कार्यक्रम को भारत के संदर्भ में देखा जाने लगा।
3. भारत–पाक संबंधों को सामान्य बनाने के लिए जिया के सुझाव और प्रस्तावों को भारत ने उसी प्रकार से समझा, जैसे ये वास्तव में थे। अर्थात् भारत के अनुसार अंतरराष्ट्रीय समुदाय के लिए ये प्रयास दिखावा मात्र थे। आक्रमण न करने के समझौते के संबंध में पाकिस्तान के प्रस्ताव के प्रति नकारात्मक प्रतिक्रिया निम्नलिखित कारणों से व्यक्त की गई–

   (क) जम्मू–कश्मीर के लिए इस समझौते के प्रावधान रखने के बारे में पाकिस्तान की अनिच्छा,

   (ख) लंबित पड़े समझौते के सिद्धांतों को पाकिस्तान द्वारा प्रस्तावित समझौता से हटा दिया गया था।

   (ग) पाकिस्तान ने भारत का यह सुझाव नहीं माना कि यदि अतिक्रमण न करने या लड़ाई न करने का समझौता हो जाता है, तो यह भारत और पाकिस्तान, दोनों पर बाध्यकारी होगा तथा दोनों देश अपने–अपने भू–क्षेत्रों में विदेशी ताकत को सैन्य अड्डा बनाने की अनुमति नहीं देंगे।

4. हालाँकि दोनों देशों के बीच विचारों के आदान–प्रदान को जिया–उल–हक ने बढ़ावा दिया, लेकिन जब भी निर्णय लेने की घड़ी आती थी, तब वे पीछे हट जाते थे।
5. भारत ने स्वीकार किया कि जिया–उल–हक एक चालाक एवं व्यावहारिक नेता हैं, जिनमें सैन्य जोखिम उठाने के प्रति झुकाव नहीं हैं। हमने इस तथ्य पर भी ध्यान दिया कि जिया की प्राथमिक चिंताएँ पाकिस्तान के भीतर अपनी स्थिति मजबूत बनाना तथा अफगानिस्तान में पाकिस्तान के लक्ष्यों की प्राप्ति करना था। इसलिए अब मूलतः भारतीय दृष्टिकोण यह था कि यथासंभव सीमा तक सामान्य संबंध बनाने के लिए संपर्क जारी रखा जाए और राजनीतिक, कूटनीतिक और सुरक्षा क्षेत्रों में भारत के विरुद्ध पाकिस्तान की कार्यवाहियों का मजबूती से सामना किया जाए।

इसके विपरीत श्रीमती गांधी को अधिक हठी नेता समझा जाता था। इनकी पाकिस्तान के प्रति विरोधी विचारधारा थी। सन् 1971 की लड़ाई में पराजय की स्मृतियाँ भी जिया–उल–हक के सैन्य शासन में प्रतिकूल संबंध डाल रही थीं।

भारत के सोवियत संघ के साथ निकट संबंध थे तथा मास्को की अफगान नीति को दिए गए मौन समर्थन से पाकिस्तान ने नकारात्मक सामरिक अर्थ ग्रहण किया। इस्लामाबाद का यह विचार था कि इराक के साथ ऐसे ही समीकरणों की संभावना के साथ भारत–सोवियत सामरिक सहयोग से पाकिस्तान तथा खाड़ी देशों के हितों को खतरा है। इसलिए पाकिस्तान ने यह प्रयास किया कि संयुक्त राज्य, अन्य इस्लामिक देशों और पश्चिमी लोकतांत्रिक देशों के साथ आधिकारिक तालमेल बैठाया जाए ताकि पाकिस्तान के प्रति सोवियत–अफगान सामरिक खतरे का प्रचार किया जा सके और दक्षिण एशिया में भारत के दबदबे की आशंकाओं को व्यक्त किया जा सके।

जिया ने यह विचार व्यक्त किया कि अफगानिस्तान में आत्म–निर्धारण के दावे की बढ़ती राजनीतिक स्वीकार्यता से कश्मीर पर भारत के पक्ष को कमजोर किया जा सकता है। इसलिए भारत का सीधे विरोध करने की बजाय उन्होंने कश्मीर और पंजाब में धीरे–धीरे, लगातार विद्रोह की भावनाएँ भड़काने की प्रक्रिया आरंभ कर दी। जिया की मंशा प्रमुख भारतीय राजनीति में अधिकारों एवं कार्यों की विकेंद्रीकरण की (केंद्रपसारी) भावनाएँ उभारना था। उन्हें यह आशा थी कि ऐसी भावनाओं से भारत बचाव का रुख अपनाता रहेगा और संभवतः सन् 1971 की लड़ाई में हुई पाकिस्तान की पराजय का तब बदला ले लिया जाएगा, (जिसके परिणामस्वरूप बाँग्लादेश बना था) जब जम्मू–कश्मीर या पंजाब अथवा दोनों भारत से अलग हो जाएंगे।

श्रीमती गांधी के शासनकाल के दूसरे चरण में अन्य महत्वपूर्ण घटनाएँ बाँग्लादेश के राष्ट्रपति से जुड़ी हैं। राष्ट्रपति जिया–उर–रहमान ने दक्षिण एशियाई क्षेत्रीय सहयोग संगठन (सार्क/दक्षेस) का प्रस्ताव रखा, इसमें भारत, बाँग्लादेश, पाकिस्तान, नेपाल, भूटान, मालदीव तथा श्रीलंका को शामिल किया। इन्होंने इस प्रस्ताव की सार्वजनिक रूप से घोषणा करते हुए दिसंबर 1980 में इस क्षेत्र की सरकारों के अध्यक्षों को संदेश भेजे। इस प्रस्ताव का भारत ने प्रारंभ में खुलकर स्वागत नहीं किया। इस समय भारत के पाकिस्तान और बाँग्लादेश के साथ संबंधों की प्रक्रिया कठिन दौर से गुजर रही थी। श्रीलंका में जयवर्धने के साथ श्रीमती गांधी के रिश्ते सहज नहीं थे। इसीलिए

भारत–ने–जिया उर रहमान के प्रस्ताव को इन्हीं विरोधों को ध्यान में रखते हुए स्वीकार नहीं किया। यह सोचा जा रहा था कि भारत के प्रति क्षेत्रीय स्तर पर दबाव डालने के लिए इस फोरम का सुझाव दिया जा रहा है। इन विचारों के साथ–साथ यह दुविधा भी शामिल थी कि यदि भारत इस फोरम में शामिल नहीं होता तो ऐसे प्रयासों के लिए क्षेत्र में सर्वाधिक वचनबद्ध देश होने के बावजूद भारत पर स्वार्थी और आत्मकेंद्रित होने तथा क्षेत्र में शांति और स्थिरता लाने के लिए किए जा रहे प्रयासों का विरोध करने का आरोप लगाया जाएगा। यदि भारत इस समूह में शामिल हो जाता है, तो जिन मुद्दों पर भारत के साथ मतभेद हैं, उनके संबंध में भारत पर दबाव डालने के लिए दक्षेस (सार्क) जैसी संस्थाओं का इस्तेमाल करते हुए पड़ोसी देशों के गैंग का भी भारत को सामना करना पड़ेगा। दूसरे शब्दों में, भारत पर सामूहिक क्षेत्रीय मंच (फोरम) के द्वारा दबाव डाला जाएगा।

काफी विचार–विमर्श के बाद, श्रीमती गांधी ने दक्षेस के गठन के लिए बातचीत में शामिल होने का निर्णय लिया। उन्होंने महसूस किया कि पड़ोसी देशों के सामूहिक दबाव का सामना करने के खतरों के बावजूद भारत इस क्षेत्रीय समूह से अलग नहीं रह सकता। दक्षेस का घोषित लक्ष्य दक्षिण एशियाई क्षेत्र की जनता के सामूहिक लाभ को केन्द्र में रखकर सहयोग की भावना उत्पन्न करने के लिए राजनीतिक संस्थागत मैकेनिज्म तैयार करना था।

इसीलिए भारत दक्षेस (सार्क) बनाने की प्रक्रिया में शामिल हो गया। जब 31 अक्टूबर, 1984 को श्रीमती गांधी की हत्या कर दी गई थी, उस समय इस मुद्दे पर चल रही बातचीत अंतिम चरण में पहुँच चुकी थी।

आठवें दशक के पूर्वार्द्ध में भारत–संयुक्त राज्य संबंधों पर, अफगानिस्तान में सोवियत हस्तक्षेप के निहितार्थों के संबंध में अमेरिकी विचार छाए रहे। संयुक्त राज्य के राष्ट्रपति जिमी कार्टर का ध्यान अपने शासनकाल के अंतिम वर्ष में तेहरान में अमेरिकी दूतावास के बंधकों की घटना पर ही केंद्रित रहा। जैसे ही 20 जनवरी, 1981 को रोनाल्ड रीगन संयुक्त राज्य के राष्ट्रपति बने, यह संकट कुछ घंटों के भीतर ही दूर हो गया। संयुक्त राज्य के रिपब्लिकन प्रशासन की यह नीति स्पष्ट थी कि वह दक्षिण एशिया में आगे बढ़ना चाहती है। इसके लिए अमेरिकी नीति के तीन महत्वपूर्ण पक्ष थे– सोवियत विरोधी अफगान छापामारों को अप्रत्यक्ष रूप से सैन्य सहायता देना, पाकिस्तान में अफगान शरणार्थियों को मानवीय आधार पर सहायता देना और पाकिस्तान को पुनः पूरी आर्थिक और सैन्य सहायता देना। बॉंग्लादेश संकट के दौरान किसिंजर के डिप्टी श्री अलेक्जेंडर हेग रीगन की विदेश नीति के सलाहकार थे। श्रीमती गांधी के बारे में उनके विचार अच्छे नहीं थे तथा दक्षिण एशिया में सोवियत संघ के प्रभाव से संबंधित सामारिक विचारों को छोड़कर भारत में इनकी विशेष रुचि नहीं थी। रीगन की सोच पूर्ववर्ती रिपब्लिकन राष्ट्रपति निक्सन के समान भारत के प्रति नकारात्मक नहीं थी, परंतु उनका दृष्टिकोण सकारात्मक भी नहीं था। भारत के प्रति संयुक्त राज्य का दृष्टिकोण सामान्य रूप से आलोचनात्मक था। पूर्ववर्ती विचारों को स्वीकार करते हुए भी श्रीमती गांधी ने संयुक्त राज्य के साथ व्यावहारिक रूप से संबंध स्थापित

करने की कोशिश की; क्योंकि भारत के कुछ ऐसे मूलभूत हित थे। भारत को अभी भी तारापुर परमाणु बिजली परियोजना के लिए संवर्धित यूरेनियम ईंधन की आवश्यकता थी, जिससे महाराष्ट्र, गुजरात और मध्य प्रदेश की आवश्यकता पूरी होती थी। भारत विकासात्मक कार्यक्रमों के लिए वित्तीय निवेशों की खातिर आई.एम.एफ. (अंतरराष्ट्रीय मुद्रा कोष) और विश्व बैंक जैसी बहुराष्ट्रीय वित्तीय संस्थाओं पर निर्भर था। श्रीमती गांधी का यह स्पष्ट विचार था वे नहीं चाहतीं कि स्वतंत्र गुटनिरपेक्ष देश के रूप में भारत की साख पर किसी प्रकार की आंच आए या यदि संयुक्त राज्य के साथ संबंध खराब हो, क्योंकि अगर ऐसा होता तो भारत सोवियत संघ का 'उपग्रह मात्र' बनकर रह जाता। हालाँकि श्रीमती गांधी ने अफगानिस्तान में सोवियत संघ के हस्तक्षेप का सीधे विरोध नहीं किया था, फिर भी भारत की सुरक्षा तथा सामरिक हितों की दृष्टि से पाक–अफगान सीमा पर सोवियत संघ का समर्थन नहीं किया। इसलिए अमेरिका के साथ समीकरण बनाए रखना महत्वपूर्ण था। भारत में यह जागरूकता भी बढ़ती रही थी कि रक्षा संबंधी सामान के लिए सोवियत संघ पर अधिक निर्भर होने से आगे चलकर भारत के हितों पर प्रतिकूल प्रभाव पड़ सकता है। भारत इसके प्रति भी सजग था। संयुक्त राज्य तथा पश्चिमी लोकतांत्रिक देशों में उपलब्ध रक्षा प्रौद्योगिकी केवल रक्षा क्षेत्र में ही नहीं भारतीय अर्थव्यवस्था के विविध पहलुओं की दृष्टि से भी भारत की प्रौद्योगिकीय क्षमताओं को बढ़ाने में सहायक होगी।

अफगानिस्तान में सोवियत सेनाओं की उपस्थिति के कारण भारत–सोवियत के बीच विद्यमान संबंध अब इतने सहज नहीं रहे थे। इससे नई दिल्ली संयुक्त राज्य के साथ पुनः समीकरण बनाने के लिए प्रेरित हुई। रोचक बात यह है कि इस अवधि के दौरान अमेरिका के प्रति भारत के इस सकारात्मक रवैये में नए कारक ने भी योगदान दिया था। संयुक्त राज्य के 'अनिवासी भारतीय' समुदाय की संख्या आठवें दशक में 3,00,000 से आधा मिलियन तक पहुँच गई। इस समुदाय की संयुक्त राज्य के आप्रवासी लोगों में प्रति व्यक्ति आय सबसे अधिक थी। चूँकि इस समुदाय के सामाजिक, पारिवारिक संबंध थे और संयुक्त राज्य तथा भारत–दोनों में इनके हित निहित थे, इसलिए संयुक्त राज्य के प्रति भारत के दृष्टिकोण में बदलाव लाने में इस समुदाय ने महत्वपूर्ण भूमिका निभाई।

श्रीमती गांधी के सकारात्मक रवैये के बावजूद संयुक्त राज्य के स्टेट डिपार्टमेंट (विदेश विभाग) तथा रक्षा स्थापना की भारत के प्रति समीचीन अनुक्रिया नहीं बन पाई। जून 1981 में संयुक्त राज्य ने पाकिस्तान के साथ इस समझौते पर हस्ताक्षर किए (नरसिम्हाराव की इस्लामाबाद यात्रा के कुछ दिन बाद) कि वह 25 बिलियन डॉलर के हथियार पाकिस्तान को देगा, जिसमें उन्नत एफ–16 विमान भी शामिल होंगे। अफगानिस्तान में सोवियत संघ की मौजूदगी के संदर्भ में उक्त समझौता किया गया। भारत ने आपत्ति की थी कि इस समझौते से उपमहाद्वीप में अस्त्रों की होड़ बढ़ जाएगी। संयुक्त राज्य ने इस आपत्ति को नहीं माना। उसका विचार था कि पाकिस्तान को भारत के विरुद्ध सहायता नहीं दी जा रही और न ही वह अस्त्रों की होड़ को बढ़ावा दे रहा है। संयुक्त राज्य यह तर्क भी दे रहा था कि इस प्रकार की सहायता देने से पाकिस्तान का परमाणु अस्त्रीकरण कार्यक्रम रोका जा सकता है।

श्रीमती गांधी ने विशेष दूतों के माध्यम से संयुक्त राज्य के साथ बातचीत करने के कई बार प्रयास किए, परंतु उनकी सभी कोशिशें नाकाम हो गईं। इन्होंने बी.के. नेहरू, जी. पार्थसारथी तथा एरिक गानस्लॉव जैसे वरिष्ठ भारतीय राजनयिक वाशिंगटन भेजे ताकि वे सकारात्मक रूप से भारत–संयुक्त राज्य संबंधों को पुनः स्थापित करने के प्रति भारत की रुचि जाहिर कर सकें। हालाँकि राष्ट्रपति रीगन विनम्र थे, परंतु सेक्रेटरी ऑफ स्टेट, अलेक्जेंडर हेग, अंडर सेक्रेटरी ऑफ स्टेट, जेम्स बक्ले तथा संयुक्त राष्ट्र में संयुक्त राज्य के राजदूत ज्याँ कर्कपेट्रिक ने सुरक्षा मामले में सहायता नहीं की। वे पाकिस्तान के साथ निकट राजनीतिक और सुरक्षा संबंध विकसित करने में संयुक्त राज्य की प्राथमिकताओं को और हितों पर स्पष्ट रूप से बल दे रहे थे। भारत ने आई. एम.एफ. में ऋण के लिए आवेदन किया, परंतु संयुक्त राज्य ने आर्थिक नहीं बल्कि राजनीतिक कारणों से भारत को 5.8 बिलियन डॉलर का दिया जाने वाला यह ऋण बंद कर दिया। इसी संदर्भ में श्रीमती गांधी अक्टूबर 1981 में मैक्सिको के कैनकुन गई, जहां उन्हें ग्लोबल आर्थिक मुद्दों पर विचार करने के लिए औद्योगिक देशों के शासनाध्यक्षों के शिखर सम्मेलन में भाग लेना था। कहा जा सकता है कि कैनकुन सम्मेलन के परिणामस्वरूप श्रीमती गांधी और राष्ट्रपति रीगन के बीच अलग द्विपक्षीय बैठकों में विकसित हुए व्यक्तिगत समीकरणों के कारण भारत–संयुक्त–राज्य संबंधों में नया मोड़ आ गया। रीगन के सलाहकार तथा संयुक्त राज्य के मीडिया वर्ग ने इस बैठक को 'सकारात्मक व्यक्तिगत संबंध' के रूप में वर्णित किया। इससे द्विपक्षीय संबंधों में सुनिश्चित रूप से सुधार आया।

इस कैनकुन सम्मेलन का यह परिणाम आया कि संयुक्त राज्य अमेरिका, फ्रांस के साथ इस बात पर सहमत हो गया कि वह तारापुर परियोजना को परमाणु ईंधन देता रहेगा, जबकि भारत इससे सहमत हुआ कि वह तारापुर रिएक्टर के संबंध में सुरक्षोपायों तथा निरीक्षण के बारे में संयुक्त राज्य के साथ की गई वचनबद्धताओं का पालन करता रहेगा। संयुक्त राज्य ने विरोध करने की बजाय अब भारत द्वारा माँगी गई बड़े स्तर पर वित्तीय सहायता के संबंध में आई.एम.एफ. के सम्मुख समर्थन किया। श्रीमती गांधी ने मास्को यात्रा का कार्यक्रम स्थगित कर दिया और यह संकेत दिया कि पहले वे वाशिंगटन में राष्ट्रपति रीगन से मिलेंगी। श्रीमती गांधी 30 जुलाई, 1982 से संयुक्त राज्य की राजकीय यात्रा पर रहीं। 11 वर्षों बाद वे सरकारी यात्रा पर गईं थीं (इससे पहले सन् 1971 में यात्रा की, इस यात्रा में पूर्वी पाकिस्तान संकट के संबंध में निक्सन तथा श्रीमती गांधी के बीच सुखद वार्तालाप नहीं चला)। श्रीमती गांधी के वाशिंगटन जाने से संयुक्त राज्य के मीडिया के समक्ष मुख्य लक्ष्य संयुक्त राज्य की जनता को यह बताना था कि भारत तथा संयुक्त राज्य ऐसे मुद्दों पर भी अच्छे मित्र बन सकते हैं, जिन पर इन दोनों देशों की सहमति नहीं है। उन्होंने यह भी बताया कि उनका एक उद्देश्य सोवियत संघ के साथ भारत के संबंधों को लेकर संयुक्त राज्य में पनपी गलत धारणाओं को दूर करना है। उन्होंने इस बात पर जोर दिया कि हालाँकि भारत सोवियत संघ का मित्र है, परंतु इन दोनों देशों के बीच अच्छे संबंध होने का यह अर्थ नहीं कि भारत के संयुक्त राज्य तथा अन्य देशों के साथ अच्छे संबंध नहीं हो

सकते या इस दिशा में प्रयास नहीं किए जा सकते। उन्होंने अफगानिस्तान मुद्दे पर संयुक्त राज्य द्वारा की गई भारत की आलोचना पर ध्यान दिलाया, जब उन्होंने अमेरिकी पत्रकार टेड शुल्ट्ज को यह बताया कि–यद्यपि हमने अफगानिस्तान में रूसी सेनाओं की निंदा नहीं की थी, परंतु हमने सोवियत संघ का समर्थन भी नहीं किया था। हमने निजी तौर पर भी वही बताया था, जो खुले आम कहा था।'

सौभाग्यवश, भारत और संयुक्त राज्य के बीच अब राजदूत अलेक्जेंडर हेग नहीं थे। अब उनके स्थान पर विनम्र तथा संयमी जार्ज शुल्ट्ज आ गए थे। वाशिंगटन में, रीगन ने व्हाइट हाउस के 'रोज गार्डन' में श्रीमती गांधी के स्वागत में यह कहकर संयुक्त राज्य को हैरान कर दिया कि उन्हें आशा है कि सन् 1981 में कैनकुन में श्रीमती गांधी के साथ आरम्भ की गई बातचीत अब और अधिक आगे बढ़ेगी। उन्होंने इस बात पर भी बल दिया कि इस यात्रा से भारत और संयुक्त राज्य एक–दूसरे को महत्व देंगे तथा मजबूत एवं ठोस संबंध स्थापित होंगे। श्रीमती गांधी ने भी आशावादी ढंग से जवाब दिया। उन्होंने अपनी यात्रा को साझा क्षेत्र का पता लगाने के लिए परस्पर सहमति तथा मित्रता की खोज में की गई साहसिक यात्रा माना।

इस योजना के दौरान तारापुर परियोजना पर समझौते की रूपरेखा तैयार करने के अलावा श्रीमती गांधी और रीगन ने वैज्ञानिक और प्रौद्योगिकीय सहयोग तथा दोनों देशों के बीच सांस्कृतिक और शैक्षिक आदान–प्रदान के संबंध में करारनामों पर भी हस्ताक्षर किए। संयुक्त राज्य अमेरिका भारत को विकास संबंधी कार्यो के लिए प्रतिवर्ष सौ मिलियन डॉलर सहायता देता था। अब संयुक्त राज्य विश्व बैंक तथा आई.एम. एफ. से प्रति वर्ष दो मिलियन डॉलर की सहायता देने का समर्थन करेगा। भारत ने संयुक्त राज्य से रक्षा टैंकरोधी अस्त्रों के क्षेत्र में भारत की रक्षा संबंधी अपेक्षाओं के प्रति सकारात्मक जवाब दिया, परंतु केवल राजनीतिक स्तर पर ही यह जवाब दिया गया था। वास्तविक रूप से रक्षा संबंधी आपूर्ति नहीं हो पाई। क्योंकि भारत को पहले से ही यह आशंका थी कि संयुक्त राज्य पाकिस्तान के साथ प्रतिकूल स्थिति खड़ी हो जाने पर इस सामान की आपूर्ति में कटौती कर देगा।

यद्यपि भारत–संयुक्त राज्य संबंधों में राजनीतिक वातावरण की दृष्टि से बदलाव आ गया था। फिर भी, नई दिल्ली और वाशिंगटन के बीच सामरिक और सुरक्षा संबंधी मामलों तथा क्षेत्रीय मुद्दों पर मूलभूत अंतर दूर नहीं हो पाया था। जब संयुक्त राष्ट्र में संयुक्त राज्य ने प्रस्ताव का समर्थन किया तो, उस समय भारत द्वारा अपनाए गए रुख से यह मतभेद स्पष्ट हो जाता था। राजदूत डेनिस कुक्स ने अपनी पुस्तक 'इंडिया एंड द यूनाइटेड स्टेट्स–एस्ट्रेंडर डेमोक्रेसिस' में लिखा है कि सन् 1983 में संयुक्त राष्ट्र में मतदान के रिकॉर्ड को देखते हुए पुष्टि हो जाती है कि भारत और संयुक्त राज्य में प्रमुख मतभेद अभी भी मौजूद हैं। भारत ने संयुक्त राष्ट्र में पेश किए गए 10 प्रस्तावों के संबंध में संयुक्त राज्य के समर्थन में वोट दिया। बॉंग्लादेश ने चार बार तथा श्रीलंका ने तीन बार संयुक्त राज्य का समर्थन किया। भारत ने केवल 20 प्रतिशत मुद्दों पर संयुक्त राज्य का साथ दिया, जबकि 80 प्रतिशत मामलों में सोवियत संघ का समर्थन किया। सन् 1983 में जार्ज शुल्ट्ज तथा मई 1984 में उपराष्ट्रपति जार्ज

बुश की यात्रा से इंदिरा गांधी के शासनकाल के दूसरे चरण के अंत में भारत–संयुक्त राज्य के संबंधों में विद्यमान कटुता समाप्त होने लगी थी। परंतु उल्लेखनीय मुद्दा यह है कि रीगन और श्रीमती गांधी के बीच सकारात्मक संबंध होने के बावजूद इस अवधि के दौरान भारत–संयुक्त राज्य अमेरिका के संबंधों में गुणात्मक सुधार नहीं हो पाया।

इस दौरान सोवियत संघ के साथ संबंधों में भी परिवर्तन आने लगा था। इसके पीछे दो कारण विद्यमान थे। एक कारण वैयक्तिक था, दूसरा राजनीतिक। सोवियत नेताओं ने सन् 1977 से 1980 तक उस समय मात्र औपचारिकतावश स्वागत किया था तथा पूरी अवधि में दूरी बनाए रखी थी, जब श्रीमती गांधी दोबारा सत्ता में आईं थीं। पंडित नेहरू तथा श्रीमती गांधी ने तीन दशक तक भारत–सोवियत संबंधों को मजबूत बनाने में महत्वपूर्ण योगदान दिया था, फिर भी सोवियत नेताओं का यह दृष्टिकोण विद्यमान रहा। श्रीमती गांधी का व्यक्तित्व ऐसा नहीं था, जिसे इतनी आसानी से भुलाया जा सके। भारत–सोवियत संबंधों के बीच विद्यमान उदासीनता के कारण थे। मास्को सन् 1972 तथा 1978 के बीच भारत और पाकिस्तान के बीच परस्पर व्यवहार कराने का प्रयास कर रहा था, जब अफगान क्रांति से मास्को तथा इस्लामाबाद के बीच विरोध पनपने लगा था। सोवियत संघ ने धमकी दी थी कि यदि भारत सन् 1971 की लड़ाई में पश्चिमी क्षेत्र में युद्ध विराम की घोषणा नहीं करता तो वह भारत को रक्षा आपूर्ति करना बंद कर देगा। यह कार्रवाई अभी श्रीमती गांधी को खटक रही थी। सोवियत सैन्य घुसपैठ से यह स्थिति और अधिक उलझ गई। जैसा कि अध्याय के आरम्भ में बताया गया है, जब सन् 1980 में सोवियत विदेश मंत्री ग्रोम्यको नई दिल्ली आए, तब उनका गर्मजोशी से स्वागत नहीं किया गया। यद्यपि उनकी बात बड़ी धैर्य से सुनी गई, परंतु श्रीमती गांधी ने यह स्पष्ट संकेत दिया कि अफगानिस्तान में सोवियत घुसपैठ से वे नाराज हैं।

इसी प्रकार से जब जून 1980 में भारत के विदेश मंत्री नरसिम्हा राव अफगानिस्तान से सोवियत सेनाओं के पीछे हटने की पैरवी के लिए मास्को गए तो सोवियत नेताओं ने भी समान रूप से व्यवहार किया। राव ने अपना यह दृष्टिकोण रखा कि हालाँकि नई दिल्ली अफगानिस्तान की क्रांति के उद्देश्यों का समर्थन करती है तथा सोवियत संघ द्वारा इस क्रांति में दिए जा रहे सहयोग की भी हिमायत करती है, परंतु किसी गुटनिरपेक्ष देश में सोवियत संघ की सीधी मौजूदगी के बारे में भारत को आपत्ति है। सोवियत संघ ने उनके इस दृष्टिकोण का समर्थन नहीं किया। राष्ट्रपति ब्रेझनेव अभी भी श्रीमती गांधी द्वारा एशियाई क्षेत्रीय सुरक्षा समझौते के प्रस्ताव को स्वीकार करने के बारे में यह सोच रहे थे कि गुटनिरपेक्षता के प्रति भारत की वचनबद्धता की रूपरेखा के भीतर इस मुद्दे पर भारत का दृष्टिकोण इस सिद्धांत पर टिका नहीं है तथा इससे रूस के प्रति अकृतज्ञता जाहिर होती हैं। भारत के राष्ट्रपति संजीव रेड्डी सन् 1981 में सोवियत संघ गए तो उस समय स्थिति और अधिक खराब हो गई। ब्रेझनेव प्रोटोकॉल विचारों या अस्वस्थता के कारण राष्ट्रपति रेड्डी के स्वागत के लिए एयरपोर्ट नहीं आए। राष्ट्रपति रेड्डी ने बुरा माना तथा उन्होंने भी अपनी यात्रा के दौरान कुछ कार्यक्रमों तथा सामाजिक समारोहों में भाग न लेने की इच्छा जाहिर की। हालांकि सोवियत तथा भारतीय राजनयिकों ने बड़ी मुश्किल से स्थितियाँ संभाली। श्रीमती गांधी ने भी सही–सही

अनुमान लगाया कि सातवें दशक के प्रारंभ में निक्सन–ब्रेझनेव के बीच मेलजोल से दोनों देशों के बीच सामरिक समीकरण बनने लगा, जिससे भारत–रूस संबंधों पर नकारात्मक प्रभाव पड़ा है, क्योंकि मास्को का ध्यान अब भारत से हटता जा रहा था। हालाँकि दोनों देशों के बीच राजनीतिक, रक्षा और आर्थिक सहयोग की प्रमुख प्रवृत्तियाँ अभी भी मौजूद थीं। जब अंतरराष्ट्रीय स्तर पर सोवियत संघ की अफगानिस्तान में मौजूदगी की आलोचना की जाने लगी, तब मास्को पुनः भारत की ओर ध्यान देने लगा, ताकि भारत–रूस समीकरण से अंतरराष्ट्रीय स्तर पर सोवियत संघ की साख बन सके। विडंबना यह थी कि अफगानिस्तान में सैन्य घुसपैठ के कारण श्रीमती गांधी भी सोवियत संघ से दूरी रखना चाहती थीं। वे संयुक्त राज्य और पश्चिमी लोकतांत्रिक देशों के साथ तालमेल बैठाना चाहती थीं ताकि अफगानिस्तान में सोवियत घुसपैठ के रवैये पर भारत की चुप्पी से पड़ने वाले नकारात्मक प्रभाव को दूर किया जा सके। इसी पृष्ठभूमि में, जैसाकि इस अध्याय में पहले बताया गया है, उन्होंने रीगन के साथ समीकरण बनाने की कोशिश की। उन्होंने जुलाई 1981 के पहले सप्ताह में संयुक्त राज्य की यात्रा के लिए मास्को की यात्रा स्थगित कर दी। यह तथ्य सोवियत नेताओं से छिपा नहीं रहा।

ब्रेझनेव दिसंबर 1991 में अंतिम बार भारत आए। परिणामों की दृष्टि से, यदि इससे पूर्व सोवियत नेताओं की भारत यात्रा और भारतीय नेताओं की सोवियत यात्रा से इसकी तुलना करें तो इस बार विशेष महत्वपूर्ण निर्णय नहीं लिए गए और न ही समझौतों पर हस्ताक्षर किए गए। इसके शीघ्र ही बाद ब्रेझनेव की मृत्यु हो गई तथा सन् 1983–95 के दौरान एंद्रापोव और चेरनेको के काल में सोवियत संघ में आंतरिक अनिश्चितताएँ उभरने लगी। इस समय भारत में भी पंजाब में आतंकवाद उग्र रूप ले चुका था और भारत–सोवियत संबंधों पर भी इन हालातों का प्रभाव पड़ा। इस अवधि के दौरान सोवियत संघ की ओर से यह विवादास्पद तथा बेतुका सुझाव दिया गया कि अफगानिस्तान में सोवियत सेनाओं का लाभ उठाते हुए भारत को समूचे जम्मू–कश्मीर राज्य पर कब्जा कर लेना चाहिए तथा उसे पाकिस्तानी आधिपत्य के तहत निर्धारित नियंत्रण रेखा के पार क्षेत्र तक बढ़ जाना चाहिए। अफगानिस्तान में सोवियत राजदूत फिरकत अहमद जानो विटेक तबीव के माध्यम से यह सुझाव भेजा गया। सन् 1982 के उत्तरार्ध में इन्होंने मुझसे संपर्क किया तथा यह सूचना दी कि सोवियत सेनाएँ जम्मू–कश्मीर के उत्तरी छोर पर बखम की ओर बढ़ रही हैं। उन्होंने सुझाव दिया कि दो महान एशियाई ताकतों, सोवियत संघ और भारत को मिलकर अमेरिका और पाकिस्तान को सबक सिखाना चाहिए। उन्होंने स्वीकार किया कि यदि भारत समूचे जम्मू–कश्मीर पर कब्जा करके कश्मीर समस्या का हमेशा के लिए समाधान करना चाहेगा तो सोवियत संघ ऐसी किसी भी राजनीतिक सैन्य पहल का समर्थन करेगा। उस समय अफगानिस्तान में भारत का राजदूत होने के नाते मैंने तबीव से बातचीत की थी। उनका यह सुझाव अत्यधिक संवेदनशील/सनसनीखेज तथा धमाकेदार था। मैंने मौखिक रूप से विदेश मंत्रालय के नीति नियोजना समिति के अध्यक्ष और श्रीमती गांधी के विश्वासपात्र जी. पार्थसारथी तक यह संदेश पहुँचा दिया। मैंने विदेश सचिव एम. के. रसगोत्रा को तार के माध्यम से तबीव के संदेश का सार लिखकर भेजा। रसगोत्रा ने मुझे नई दिल्ली में

आकर इस संबंध में बातचीत करने की हिदायत दी। इसी दौरान, हमारी सैन्य तथा खुफिया एजेंसियों ने यह पता लगाने के लिए कार्य करना शुरू कर दिया कि बखम में बड़ी संख्या में रूसी सेनाओं की मौजूदगी के बारे में सोवियत संघ का दावा सही है या नहीं। इस दौरान रसगोत्रा को पता चला कि मैं दिल्ली पहुँच गया हूँ तथा बखम में भी सोवियत सेनाएँ मौजूद नहीं हैं। उन्हें पश्चिमी तिब्बत में चीनी सेना के एकत्रित होने की भी जानकारी मिल गई। यदि रूसी सेनाएँ पाकिस्तान में भी हस्तक्षेप करने का प्रयास करतीं तो ये चीनी सेनाएँ इसका निषेध करतीं। रसगोत्रा ने मुझे बताया कि अफगान संकट में भारत को फुसलाने वाला सुझाव मानने की कोई आवश्यकता नहीं है। पार्थसारथी ने बताया कि तबीव ने जोखिम भरा सुझाव दिया है तथा यदि भारत इस प्रकार की कोई कार्यवाही करता है, तो भारत–पाक तनाव चरम शिखर पर पहुँच जाएगा। इससे चीन के साथ भी संबंध खराब होंगे और संयुक्त राज्य के नेतृत्व में पश्चिमी लोकतांत्रिक देश भी इस कार्यवाही की आलोचना करेंगे। पार्थसारथी का यह आकलन भी था कि अफगानिस्तान में सोवियत सेनाएं अधिक समय तक मौजूद नहीं रहेगी। इस सुझाव के बाद अफगानिस्तान में सोवियत संघ की सेनाएँ छह वर्ष तक टिकी रहीं। आश्चर्य होता है कि अफगानिस्तान में सोवियत सेनाओं की मौजूदगी से जुड़ी दुर्घटना में तबीव भारत को क्यों लपेटना चाहते थे?

ईरान–इराक युद्ध (सन् 1980 में) एक ऐसा अन्य क्षेत्र था, जिस पर भारत की विदेश नीति में महत्व दिया गया। भारत के लिए दोनों देश महत्वपूर्ण थे। इराक के साथ भारत के राजनीतिक और आर्थिक संबंध अच्छे थे। भारत उन पहले देशों में था, जिन्होंने ईरान की इस्लामिक क्रांतिकारी सरकार को मान्यता दी थी। प्रमुख गुटनिरपेक्ष ताकत के रूप में भारत को ईरान–इराक युद्ध में गहरी रुचि थी। श्रीमती गांधी उस समय गुटनिरपेक्ष आंदोलन के अध्यक्ष के रूप में क्यूबा द्वारा की गई मध्यस्थता में सक्रिय भागीदारी से सहमत थीं। क्यूबाई विदेश मंत्री एम. भलभईरका तथा भारत की ओर से नरसिम्हा राव ने खाड़ी देशों में तथा ईरान और इराक के बीच कूटनीतिक संबंध समाप्त हो जाने पर विचार करने के संबंध में काफी समय बिताया। इन प्रयासों का कोई सार्थक परिणाम सामने नहीं आया। भारत इराक के सद्दाम हुसैन की मनोवृत्ति तथा ईरान के लोगों की उत्कट भावनाओं को नहीं समझ पाया।

इराक सन् 1982 में गुटनिरपेक्ष शिखर सम्मेलन का मेजबान था। लेकिन गुटनिरपेक्ष आंदोलन शिखर सम्मेलन कई महीनों तक नहीं हो सका। मार्च 1983 में गुटनिरपेक्ष आंदोलन के सदस्यों के अनुरोध पर भारत ने यह सम्मेलन आयोजित किया। सन् 1982 के एशियाई खेल तथा सन् 1983 में गुटनिरपेक्ष शिखर सम्मेलन और कॉमनवेल्थ शिखर सम्मेलन, नई दिल्ली में आयोजित ऐसी घटनाएँ थीं, जिनसे बहुपक्षीय संदर्भ में भारत का प्रभाव और भूमिका सिद्ध हो गई थी।

अंतरराष्ट्रीय स्तर पर उभर रहे बदलाव अर्थात् 'आसियान' (एसोसिएशन ऑफ साउथ ईस्ट एशियन नेशंस) की सफलता, खाड़ी देशों में सामरिक दृष्टि से बढ़ती महत्ता एवं ऊर्जा व हाइड्रो–कार्बन क्षेत्र में इनकी महत्ता पर ध्यान देते हुए श्रीमती गांधी ने इन क्षेत्रों के बड़े–बड़े नेताओं से संपर्क स्थापित करना शुरू कर दिया। श्रीमती गांधी

ने आसियान समूह और खाड़ी देशों की यात्रा की ताकि भारत और इन देशों के बीच सहयोग बढ़ाने के लिए समझौते किए जा सकें।

भारत के क्षेत्रीय समीकरण के विकास में सर्वाधिक महत्वपूर्ण घटना श्रीलंका के जातिवाद संघर्ष में भारत का शामिल होना था। इसकी पृष्ठभूमि इस प्रकार है–सातवें दशक के अंत में तथा आठवें दशक के प्रारंभ में सिंहली बहुसंख्यक वर्ग तथा तमिल अल्पसंख्यक वर्ग के बीच तनाव पराकाष्ठा तक पहुँच गया था। इसी क्रम में जुलाई 1986 में तमिल विरोधी दंगे भड़क उठे। लगभग तीन लाख तमिल शरणार्थी भारत आ गए। तमिलनाडु में सिंहलियों की बहुमत सरकार के प्रति रोष तथा श्रीलंका के तमिलों के प्रति सहानुभूति उपजी थी।

इसे देखते हुए श्रीमती गांधी ने पहल की और श्रीलंका पर दबाव डाला कि वह इस मुद्दे को सुलझाए। इसके साथ ही उन्होंने मध्यस्थता के प्रयास भी किए। पिछले दो दशकों के दौरान 31 अक्टूबर, 1984 तक श्रीलंका श्रीमती गांधी की विदेश नीति का प्रमुख मुद्दा बना रहा। इस संबंध में उन द्विपक्षीय तथा सामरिक अभिप्रेरणाओं पर विस्तारपूर्वक चर्चा करना भी सुसंगत रहेगा, जिनके कारण आठवें दशक के दौरान श्रीलंका के मामले में भारत को भी शामिल होना पड़ा।

सन् 1980 तथा 1990 के बीच श्रीलंका में भारत के हस्तक्षेप की इन अनेक रूपों में निंदा की गई–

(1) छोटे से पड़ोसी देश में अनावश्यक घुसपैठ;

(2) दक्षिण एशिया में भारत का दबदबा स्थापित करने की दिशा में उठाया गया पहला कदम;

(3) गलत राजनीतिक निर्णय पर आधारित घटना;

(4) भारतीय सेना की कार्यवाही 'वियतनाम' के समतुल्य है तथा

(5) भारत की विदेश नीति और कूटनीति की असफलता।

हालांकि समय बीतने के साथ–साथ तथा भारत–श्रीलंका की सरकारें बदल जाने पर इस द्वीप के प्रति नई दिल्ली की नीतियों में भी बदलाव आने लगा। अब समय आ गया था कि इसका सापेक्ष महत्व समझे तथा जाँच की जाए कि आलोचना कहाँ तक सही है। पहले यह जानना जरूरी है कि तमिलों को समर्थन देने तथा तमिल और सिंहली लोगों में मध्यस्थता करने के क्षेत्र में निभाई गई भारत की भूमिका से बचा जा सकता था या नहीं। क्या श्रीलंकाई जातिवादी संकट में भारत को शामिल होने की कोई जरूरत थी? क्या श्रीमती गांधी ने सन् 1983 तथा 1984 के बीच जयवर्धने सरकार पर तमिलों से मिलने के लिए दबाव डाला था? यदि डाला, तो यह कहाँ तक उचित था?

मेरे विचार में तमिल नागरिकों के प्रति श्रीलंकाई सरकार की दमनकारी और मतभेदपूर्ण नीतियों के कारण ही नहीं, बल्कि भारतीय हितों की दृष्टि से भी संयुक्त राज्य, पाकिस्तान और इजराइल के साथ श्रीलंका द्वारा विकसित सुरक्षा संबंधों के कारण यह नितांत आवश्यक हो गया था कि भारत श्रीलंका के मामले में दखल दे।

सन् 1980 तथा 1984 के बीच अंतरराष्ट्रीय तथा क्षेत्रीय सामरिक माहौल के सापेक्ष महत्व में भारत तथा श्रीलंका की अभिप्रेरणाओं और कार्यवाहियों का विश्लेषण करना

सुसंगत होगा। संयुक्त राज्य में राष्ट्रपति रीगन सत्ता में थे तथा सोवियत संघ में ब्रेझनेव के बाद मिखाइल गोर्बाचेव से पहले अनिश्चितता का दौर चल रहा था। रीगन सोवियत संघ के घातक इरादों की बात कर रहे थे। चेरनेको तथा एंद्रापोव के समय सोवियत संघ ने भी समान रूप से विरोधी रुख अपनाया था। अफगानिस्तान में संघर्ष तथा बाद में सोवियत संघ सेनाओं के हस्तक्षेप से स्थिति और अधिक बिगड़ गई। पाकिस्तान संयुक्त राज्य का मित्र था तथा अफगानिस्तान में सोवियत संघ के बढ़ते प्रभाव को रोकने के लिए वाशिंगटन का प्रमुख मोहरा था। पाकिस्तान में जिया–उल–हक की सरकार ने अमेरिकी हितों का लाभ उठाते हुए मध्य एशिया क्षेत्र में संयुक्त राज्य के सामरिक उद्देश्यों को बढ़ावा देने के संबंध में पाकिस्तान को 'फ्रंट लाइन' देश बना दिया। इसके बदले में, पाकिस्तान ने भारत के विरुद्ध सामरिक क्षमताएँ बढ़ाने के लिए राजनीतिक तथा सैन्य एवं अन्य महत्वपूर्ण सहायता की माँग की। संयुक्त राज्य के समर्थक अन्य देश इजराइल ने अभी तक उत्तरी क्षेत्र में अपना प्रभाव बना रखा था। संयुक्त राज्य सरकार भी चाहती थी कि सोवियत संघ के दक्षिण–उत्तरी छोर पर तुर्की से खाड़ी के रास्ते से पाकिस्तान तक उसका (अमेरिका) प्रभाव बना रहे।

सन् 1976 में दोनों देशों के बीच पूर्ण कूटनीतिक संबंध पुनः स्थापित हो जाने के बाद भी चीन–भारत सहज नहीं हो पाए थे। अफगानिस्तान में सोवियत संघ के बढ़ते प्रभाव को रोकने के लिए संयुक्त राज्य तथा चीन के हितों में समानताएँ मौजूद थीं। भारत को अफगानिस्तान में सोवियत कार्यवाही समर्थक समझा गया था। इसलिए सोवियत–भारत समीकरण तथा राजनीतिक और प्रौद्योगिकीय सहयोग कम करने के लिए राजनीतिक और धार्मिक दबाव डाले जाने लगे। चीन और पाकिस्तान, नेपाल और बाँग्लादेश में भी भारत के प्रति आशंकाओं का संयुक्त राज्य तथा पाकिस्तान ने पूरा लाभ उठाते हुए भारत के विरुद्ध राजनीतिक–सामरिक दबाव डालना शुरू कर दिया; भारत के प्रायद्वीप में सामरिक दृष्टि से महत्वपूर्ण तट पर यह देश स्थित है। जयवर्धने व्यक्तिगत रूप से इंदिरा गांधी के विरोधी थे। उन्हें यह संदेह था कि भारत श्रीलंका के तमिलों को सहायता दे रहा है। उनका यह भी विचार था कि श्रीमती गांधी को इन तमिलों को सहयोग नहीं देना चाहिए। इसलिए उन्होंने संयुक्त राज्य अमेरिका पाकिस्तान और इजराइल के साथ खुफिया तौर पर संपर्क स्थापित किए। उस समय भारत सरकार पंजाब, कश्मीर तथा पूर्वोत्तर भाग में आंतरिक अधिकारों और कार्यों से विमुख करने वाली ताकतों से परेशान थी। तमिलनाडु में बहुत बड़ा वर्ग श्रीलंकाई तमिलों के प्रति सहानुभूति रखता था। तमिलनाडु में तमिलों की राजनीतिक पार्टी अखिल भारतीय अन्ना द्रविड़ मुनेत्र कडगम का शासन था। एम. जी. रामचंद्रन इसके नेता थे तथा श्रीमती गांधी के एम. जी. रामचंद्रन के साथ सकारात्मक संबंध थे। श्रीमती गांधी को तमिलनाडु द्वारा संघ से अलग होने की दी गई धमकी याद थी। छठवें दशक में अलगाववादी भावनाएँ पनपने लगी थीं। उस समय यह समझा जा रहा था कि यदि भारत श्रीलंका के तमिल लोगों का साथ नहीं दे सकता तथा यदि भारत सरकार श्रीलंका के तमिलों के राजनीतिक और भावनात्मक संवेदनाओं पर प्रश्न उठाती है, तो तमिलनाडु में अलगाववाद की भावना पुनः उभर आएगी। इसीलिए भारत श्रीमती गांधी के शासनकाल के दौरान

श्रीलंका के घटनाचक्र से अछूता नहीं रह सका। परिणामस्वरूप, उन्हें श्रीलंकाई तमिलों के समर्थन का रास्ता चुनना पड़ा। जहाँ तक मैं समझता हूँ, भारत ईलम की माँग का इस इरादे से समर्थन नहीं कर रहा था कि श्रीलंका में अलग तमिल राज्य बन जाएगा इससे श्रीलंका टुकड़ों में बंट जाता। यदि नई दिल्ली जाति तथा धर्म के आधार पर अलग राज्य (देश) बनाने के दावे का समर्थन करती, जिससे पड़ोसी देश बहुजातीय तथा बहुभाषी टुकड़ों में बंट जाता, तो पंजाब और कश्मीर में अलगाववाद की चुनौतियों की दृष्टि से भारत की एकता और भौगोलिक अखंडता भी खतरे में पड़ जाती। श्रीमती गांधी का इरादा श्रीलंका के तमिलों को केवल इस दृष्टि से समर्थन प्रदान करना था कि जयवर्धने सरकार पर दबाव डाला जा सके, जिससे श्रीलंका सरकार तमिल भावनाओं के प्रति सहानुभूतिपूर्वक विचार कर सके। इसके साथ–साथ यह सुनिश्चित करना था कि श्रीलंका टुकड़ों में बंटेगा। सन् 1980 और 1983 के बीच भारत और श्रीलंका में परस्पर राजनीतिक विचार–विनिमय से इस बात की पुष्टि हो जाती है। सन् 1983 में तमिल विरोधी दंगे तथा हिंसा को दबाने के लिए श्रीलंका सरकार द्वारा अपनाई गई निष्ठुर कार्यवाही के परिणामस्वरूप बड़ी संख्या में शरणार्थी भारत आने लगे। इससे श्रीलंका के प्रति भारतीय नीतियाँ बदलने लगी। तमिल उग्रवाद को तमिलनाडु तथा केंद्र सरकार दोनों से समर्थन मिल रहा था; लेकिन तमिलों के प्रति श्रीलंका सरकार की सैन्य हठधर्मिता की जवाबी कार्यवाही के रूप में यह समर्थन दिया गया था। इसके अलावा श्रीलंका में संयुक्त राज्य, इजराइल और पाकिस्तान की सैन्य खुफिया एजेंसियों की मौजूदगी के प्रति जवाबी कार्यवाही भी थी। नई दिल्ली में यह निर्धारित किया गया था कि इस प्रकार की मौजूदगी से भारत के सामरिक हितों को खतरा होगा तथा इससे भारत के दक्षिण राज्यों में भी विखंडनकारी गतिविधियों को शह मिलेगी। यदि तमिल विरोधी दंगे नहीं होते तो जयवर्धने सरकार की योजना के अनुसार सिंहल लोगों की सैन्य क्षमता धीरे–धीरे बढ़ाई जाती तथा तमिल विरोधी नीतियों के समर्थन में श्रीलंका में संयुक्त राज्य और इजराइल की मौजूदगी बनी रहती।

ऐसी योजना का यह भी प्रभाव पड़ता है कि यदि केंद्र सरकार श्रीलंका के घटनाक्रम से तटस्थ रहती तो तमिलनाडु का ऐसा मोहभंग हो जाता कि इससे भारत में भी तमिल अलगाववादी आंदोलन छिड़ सकता था। ऐसे घटनाक्रम का पाकिस्तान और संयुक्त राज्य से ठीक उसी प्रकार से बढ़ावा मिलता, जैसे जम्मू–कश्मीर तथा पंजाब के संबंध में भारत का पहले से अनुभव रहा है।

तमिल विरोधी दंगों से समस्याएं घनीभूत हो गईं। तमिलनाडु में भी तमिलों के प्रति सहानुभूतिपूर्ण भावनाएँ बढ़ने लगी। श्रीमती गांधी को इस हालात में कदम उठाने पड़े। इन आंतरिक राजनीतिक और समग्र रूप में राष्ट्रीय सुरक्षा के तर्काधार पर श्रीमती गांधी ने विदेश मंत्री श्री नरसिम्हा राव तथा विदेश मंत्रालय की नीति नियोजना समिति के अध्यक्ष जी. पार्थसारथी को विदेश दूत बनाकर श्रीलंका भेजा। इनका उद्देश्य जयवर्धने को यह समझाना था कि उन्होंने (जयवर्धने) जो मार्ग अपनाया है, उस पर वास्तविकता तथा क्षेत्रीय भू–राजनीति के आधार पर पुनः विचार करें। श्रीमती गांधी द्वारा भेजे गए इन विशेष दूतों ने यह संदेश दिया कि भारत श्रीलंका का बंटवारा नहीं चाहता, न ही

श्रीलंका की नीतियों का समर्थन करेगा, जिनसे भारत को खतरा हो। श्रीमती गांधी ने यह स्पष्ट कर दिया कि भारत वास्तविक रूप से समझौतों के लिए श्रीलंका तथा तमिल नागरिकों के बीच मध्यस्थता के लिए भी तैयार है।

यहाँ यह प्रश्न पूछा जा सकता है कि आदर्शवादी दृष्टिकोण से, अंतरराष्ट्रीय विधि तथा नैतिकता के सिद्धांतों की दृष्टि से क्या यह सही था कि श्रीमती गांधी श्रीलंकाई तमिलों को राजनीतिक और संसाधनों संबंधी समर्थन दें? इसका स्पष्ट उत्तर नकारात्मक है। श्रीलंका को अपनी समस्या स्वयं सुलझानी चाहिए थी। भारत को इसमें हस्तक्षेप नहीं करना चाहिए था तथा यदि श्रीलंका के घटनाक्रम और सरकार की नीतियों से भारत को खतरा था तो भारत आंतरिक रूप से इस समस्या का समाधान करता। यदि श्रीलंका भारत के तट से सैकड़ों मील दूर होता, तब ऐसा दृष्टिकोण अपनाया जा सकता था, लेकिन श्रीलंका तमिलनाडु से मात्र 18 मील दूर था। अंतरराष्ट्रीय राजनीति के क्षेत्र में, अंतरदेशीय संबंध मात्र नैतिकता के आधार पर कायम नहीं होते। इस संबंध में नैतिकताविहीन आधारों की अवहेलना भी करनी पड़ती है। आगे भी ऐसा होता रहेगा। यदि किसी देश के रूप में प्रभाव हो तथा देश संगठित हो, तब भी एकतरफा नैतिकता का पालन करना आदर्शवादी सिद्धांत है, जिसकी सराहना की जा सकती है। परंतु यदि दूसरा देश जान–बूझकर ऐसी नीतियाँ अपनाता है, जो औपनिवेशिक हैं तथा इसके साथ–साथ आपको खतरा भी है, तब यह सिद्धांत न तो व्यावहारिक है न ही वांछनीय।

ऐसी स्थिति में व्यावहारिक कार्यवाही करनी पड़ती है। तमिलों के प्रति सिंहली सरकार की पक्षपातपूर्ण नीति न तो सही मानी जा सकती है, न ही इसके पीछे कोई नैतिक आधार पाया जाता है। श्रीलंका की स्वतंत्रता प्राप्ति के बाद से (लगभग तीन दशक तक) तमिल निरंतर पक्षपातपूर्ण दबाव को सहते आ रहे थे। सिंहली नीतियों को बढ़ावा देने के लिए राजनीतिक और सुरक्षा समीकरण स्थापित करने से यह स्थिति और अधिक जटिल हो गई। इससे भारत की सुरक्षा को भी खतरा हो गया था। भारत का जवाब अवश्यंभावी ही नहीं था बल्कि भारतीय दृष्टिकोण से अत्यावश्यक भी था।

भारत द्वारा सलाह करने के प्रयासों में सफलता भी मिली। जयवर्धने द्वारा बुलाई गई सभी पार्टियों की कॉन्फ्रेंस में 'हस्तांतरण पैकेज' पर सहमति हो गई; यह पैकेज जी. पार्थसारथी ने जयवर्धने और तमिल नेताओं के साथ परामर्श करके तैयार किया था। परंतु स्वयं जयवर्धने बौद्ध धर्म के पुरोहित वर्ग तथा विरोधी नेताओं की आड़ लेकर इन प्रस्तावों से पीछे हट गए। उन्होंने यह दावा किया कि ये प्रस्ताव लागू नहीं किए जा सकते; क्योंकि इस संबंध में राष्ट्रीय सर्वसम्मति नहीं मिली है। उसी समय 31 अक्टूबर, 1984 को श्रीमती गांधी की हत्या हो गई। इस त्रासदी से भारत की नीति का एक महत्वपूर्ण अध्याय ही समाप्त नहीं हो गया बल्कि अंतरराष्ट्रीय राजनीति में भी ऐसे परिवर्तन आने लगे, जिनसे इनकी मृत्यु के छह वर्ष के भीतर ही विश्व में भी बदलाव आ गया। मिखाइल गोर्बाचेव सोवियत संघ के प्रमुख नेता बनते जा रहे थे। चीन–सोवियत तथा सोवियत–संयुक्त राज्य संबंधों में भी परिवर्तन आने लगे थे। पूर्व–पश्चिम में बंटे यूरोप के संघर्ष का भी अंत होने लगा था। इससे शीतयुद्ध की रणनीतियों और अभिवृत्तियों के तनावों में कमी आने लगी थी। गुटनिरपेक्ष आंदोलन का जोश तथा प्रयोजनशीलता

भी क्षीण होने लगी थी। ग्लोबल स्तर पर अब निरस्त्रीकरण, अस्त्र नियंत्रण, परमाणु अप्रसार, मानव अधिकार तथा पर्यावरण संरक्षण जैसे नए मुद्दे उभरने लगे थे। अब राष्ट्रीय अर्थव्यवस्था में समाजवादी विचारधारा की प्रभावोत्पादकता तथा प्रासंगिकता समाप्त होने लगी थी। ये प्रवृत्तियाँ समयबद्ध तरीके से विशिष्ट उथल–पुथल के कारण अचानक ही नहीं उभरी थीं, बल्कि सातवें दशक के अंत तथा आठवें दशक के पूर्वार्द्ध में ये प्रवृत्तियाँ अंतरराष्ट्रीय संबंधों और वैश्विक राजनीति व सुरक्षा संबंधी माहौल में ही विद्यमान थीं। श्रीमती गांधी इस अवधि के दौरान एक दशक से ज्यादा समय तक सत्ता में रहीं। इस अध्याय को समाप्त करने से पूर्व श्रीमती गांधी की इस अवधि के दौरान भारत की विदेश तथा रक्षा नीति की विशेषताओं का समग्र रूप से आकलन करना सुसंगत होगा।

श्रीमती गांधी की मूलभूत उपलब्धि यह थी कि उनके समय में भारत से राजनीतिक अनिश्चितता दूर हो गई थी। पंडित नेहरू जैसे व्यक्तित्व के न रहने से भारत के राजनीतिक क्षेत्र में खालीपन आ गया था। इन्होंने आंतरिक तथा अंतरराष्ट्रीय समुदाय में व्याप्त नकारात्मक पूर्वानुमान तथा निराशाएँ दूर कर दीं। उनके समय में भारत की विदेश तथा रक्षा संबंधी नीतियों का रुख ही बदल गया। भारत आदर्शवाद के स्थान पर व्यावहारिक तथा राजनीतिक क्षेत्र की ओर मुड़ गया। संयुक्त राष्ट्र, गुटनिरपेक्ष आंदोलन तथा अन्य बहुपक्षीय क्षेत्रों में भारत की स्थिति तथा प्रभाव बना रहा। परमाणु तथा आंतरिक प्रौद्योगिकी तथा अन्य उच्च तकनीकी जानकारी वाले क्षेत्रों में भारत आत्मनिर्भर बना। श्रीमती गांधी ने भारत की आर्थिक नीतियों को इस प्रकार से दिशा प्रदान की कि यह देश खाद्यान्न और कृषि क्षेत्र में आत्मनिर्भर हो गया। भारत की मजबूत स्थिति को सुनिश्चित करते हुए इन्होंने दक्षिण–पूर्व सुरक्षा माहौल को स्थिर बनाया। इस विशिष्ट उपलब्धि पर विस्तारपूर्वक चर्चा करने की आवश्यकता है, सबसे पहले घरेलू राजनीतिक प्रभाव पर।

सन् 1962 की पराजय के पूरे नौ वर्ष के बाद सन् 1971 में पाकिस्तान पर विजय प्राप्त करने के बाद ही राष्ट्रीय सुरक्षा सुनिश्चित करने के लिए पुनः पूरे देश में आत्मविश्वास उत्पन्न हुआ। सन् 1962 की चीन से पराजय द्वारा पहुँचा आघात अब दूर हो गया। सुरक्षा और विदेश संबंधों पर राष्ट्रीय सर्वसम्मति इस स्तर पर पहुँच गई कि नेहरू काल से लेकर अब तक पहली बार इन क्षेत्रों में लचीलापन लाने तथा और अधिक योजना तैयार करने की आवश्यकता अनुभव होने लगी, सामूहिक स्तर पर भारतीय राजनीतिक मानस में उद्धत राष्ट्रवाद की भावना भी आने लगी – यह कोई अच्छा विकास नहीं था।

भारत के पड़ोसी देश, पाकिस्तान की हार पर विचार कर रहे थे तथा भारत की बढ़ती हुई राजनीतिक सैन्य छवि को शंका की दृष्टि से देख रहे थे। भूटान को छोड़कर ये सभी देश यह सोचने लगे थे कि भारत ने हस्तक्षेप करने तथा अपनी ही बात पर अड़े रहने का रवैया अपना रखा है।

छठवें और सातवें दशक के प्रारम्भ में पाकिस्तान के साथ लड़ाई के कारण पाकिस्तान और चीन में राजनीतिक और रक्षा सहयोग बढ़ा था। चीन–पाकिस्तान के बीच संबंधों के कारण भारत परमाणु प्रौद्योगिकी गतिविधियों में तेजी लाने के लिए बाध्य

हो गया। भारत ने मई 1974 में राजस्थान के पोखरण क्षेत्र में पहला भूमिगत परमाणु परीक्षण किया। राजनीतिक दृष्टि से यह संकेत था कि पक्षपातपूर्ण परमाणु अप्रसार संधि के संबंध में भारत की आपत्तियाँ मात्र सैद्धांतिक ही नहीं, अपितु भारतीय नीतियों में इन आपत्तियों को वास्तव में स्थान दिया गया है। प्रौद्योगिकीय दृष्टि से यह संदेश दिया गया था कि शांतिपूर्ण प्रयोजनार्थ परमाणु प्रौद्योगिकी हासिल करने के लिए विकासशील देशों की क्षमता पर लगाई जा रही पाबंदियाँ स्वीकार नहीं की जाएंगी। अंतरराष्ट्रीय समुदाय तथा देश के भीतर जनसाधारण को यह सामरिक संदेश दिया गया कि भारत के पड़ोसी देशों तथा हिंद महासागर क्षेत्र में परमाणु अस्त्रों के विकास और परिनियोजन के कारण भारत को भी समीचीन उत्तर देना पड़ा ताकि किसी भी संभावित खतरे का सामना करने के लिए प्रासंगिक क्षेत्रों में प्रौद्योगिकीय क्षमताएँ बढ़ें।

वास्तव में जब तक परीक्षण नहीं किया गया था, तब तक पोखरण परीक्षण की गोपनीयता भी बनी रही। अंतरराष्ट्रीय समुदाय पहले आश्चर्यचकित रह गया, परंतु बाद में अंतरराष्ट्रीय स्तर पर शीघ्र ही भारतीय परमाणु विस्फोट की अत्यधिक आलोचना की जाने लगी। भारत ने केवल शांतिपूर्ण प्रयोजनार्थ देश की परमाणु क्षमता का इस्तेमाल करने के लिए अपनी वचनबद्धता भी दोहराई। निष्पक्ष रूप से कहा जाए तो परीक्षण और नई दिल्ली द्वारा बाद में दिए गए आश्वासनों से दक्षिण एशियाई क्षेत्र तथा अस्त्र–संपन्न ताकतों के बीच विद्यमान भारतीय इरादों के बारे में शंकाएँ दूर नहीं हो पाई थीं।

भारत के हाथों पराजय के बाद पाकिस्तान में पहले से ही रक्षा संबंधी योजनाएँ बनायी जाने लगी थीं। वह सर्वोच्च सैन्य क्षमता प्राप्त करना चाहता था। अतः पाकिस्तानी परमाणु अस्त्र क्षमताओं के सर्जक, डॉ. अब्दुल कादिर खान को जुल्फिकार अली भुट्टो को हॉलैंड से सिंध–लरकाना में बुलाना पड़ा। सन् 1972 में परमाणु अस्त्र हासिल करने के संबंध में बैठक आयोजित की गईं। भारत के पोखरण परीक्षण से मात्र दो वर्ष पूर्व यह घटना हुई। भारत के परीक्षण के परिणामस्वरूप भुट्टो ने भी घोषणा कर दी कि पाकिस्तान परमाणु बम तैयार करेगा। इस बयान के सुर को अलग रख दें तो यह स्पष्ट हो जाएगा कि अधिक खतरनाक स्थिति में दक्षिण एशियाई क्षेत्र में अस्त्रों की होड़ आरंभ हो गई थी, अर्थात् परमाणु अस्त्र दौर शुरू हो गई थी। पाकिस्तान की सत्ता में भुट्टो के हट जाने से परमाणु अस्त्र हासिल करने संबंधी पाकिस्तान नीति में कोई परिवर्तन नहीं आया। सन् 1977 से 1988 तक जिया–उल–हक रहे तथा 1988 से बेनजीर भुट्टो और नवाज शरीफ सक्रिय रूप से इस उद्देश्य की प्राप्ति में लग गए। डॉ. खान ने सार्वजनिक रूप से स्वीकार किया कि पाकिस्तान ने मार्च 1987 में परमाणु क्षमता हासिल कर ली थी। सन् 1991 के बाद बेनजीर भुट्टो तथा नवाज शरीफ दोनों ने मात्र परमाणु अस्त्र क्षमता हासिल करने की पुष्टि ही नहीं की, बल्कि उन्होंने यह धमकी भी दी कि यदि आवश्यकता हुई तो पाकिस्तान सरकार भारत के विरुद्ध अस्त्रों का इस्तेमाल भी कर सकती है।

संयुक्त राज्य के स्टेट डिपार्टमेंट तथा सेंट्रल इंटेलिजेंस एजेंसी ने यह डर व्यक्त किया कि यदि कश्मीर मुद्दे पर भारत और पाकिस्तान में युद्ध छिड़ा तो परमाणु अस्त्रों का इस्तेमाल किया जा सकता है। संयुक्त राज्य के अंडर सेक्रेटरी ऑफ स्टेट पीटर

टारनॉफ तथा (मिस) सुश्री लिन डेविस, पूर्व सी.आइ.ए. निदेशक, जेम्स बूल सी. तथा अन्य लोगों ने सन् 1993 से ही कांग्रेस की घोषणाओं तथा प्रेस साक्षात्कार द्वारा यह चिंता व्यक्त की थी।

सातवें दशक के मध्य से ही इस उप–महाद्वीप में ऐसी दो घटनाएँ हुईं, जिन्होंने भारत की सुरक्षा को प्रभावित किया। पहला पाकिस्तान ने सशस्त्र सेनाओं में वृद्धि की, अस्त्र प्रणालियों की पूरी रेंज को आधुनिक बनाया, देशज रक्षा उत्पाद क्षमताएँ बढ़ाईं तथा परमाणु अस्त्र और मिसाइल क्षमताओं में भी वृद्धि की। दूसरे, पाकिस्तान ने भारतीय राजनीति में आंतरिक असंतोष का लाभ उठाया और भारत में अलगाववादी आंदोलनों तथा अंतरराष्ट्रीय तनावों को भड़काया। पाकिस्तान ने सन् 1975 में आपातकाल की घोषणा के कारण इंदिरा गांधी सरकार के प्रति भारतीय जनमत में फूट डालने की कोशिश की। उसके ये प्रयास मार्च 1977 तक चलते रहे। चुनावों में इंदिरा गांधी की हार तथा केंद्र में मोरारजी देसाई के नेतृत्व में जनता सरकार के आने पर पाकिस्तान को अपनी योजनाएँ बनाने का अवसर मिला। पंजाब में संगठित सिख अलगाववाद, जम्मू–कश्मीर उग्रवाद तथा सातवें दशक के अंत से मुस्लिम शैक्षिक संस्थाओं में घुसपैठ से भारत में मुस्लिम समुदाय के बीच विद्रोही गतिविधियों को बढ़ावा दिया जाने लगा।

भारत की सुरक्षा पर नकारात्मक प्रभाव डालने वाली अन्य घटनाएँ अफगानिस्तान में सोवियत हस्तक्षेप तथा ईरान की क्रांति थी। इससे पाकिस्तान–संयुक्त राज्य के सुरक्षा संबंध अधिक मजबूत हो गए। श्रीलंका के संयुक्त राज्य के साथ खुफिया तौर पर रक्षा संबंध, श्रीलंका के पश्चिमी तट पर 'वायस ऑफ अमेरिका' की प्रसारण सुविधाएँ बनाने तथा त्रिंकोमाली में अमेरिका को अपने पैर जमाने का प्रस्ताव देने से भारत की चिंता बढ़ गई थी। भारत द्वारा तमिलों को समर्थन देने के जवाब में तमिल आतंकवाद का सामना करने के लिए पाकिस्तान और इजराइल से श्रीलंका ने सहायता माँगी। इससे भारत की चिंता बढ़ गई।

ऑर्गेनाइजेशन ऑफ इस्लामिक कॉन्फ्रेंस में जम्मू–कश्मीर तथा भारत में मुस्लिम आबादी भी भारतीय सुरक्षा और भौगोलिक अखंडता के लिए अत्यधिक महत्व रखती है। सिख आतंकवाद के बढ़ते स्तर के कारण ही भारतीय सुरक्षा बलों ने अमृतसर में स्वर्ण मंदिर पर हमला कर दिया (ऑपरेशन ब्लू स्टार, जून 1984) था। यह एक ऐसी त्रासदी थी, जिससे सिख राष्ट्रीय मुख्यधारा से अलग पड़ गए। इस अलगाववाद की अभिव्यक्ति के रूप में 31 अक्तूबर, 1984 को प्रधानमंत्री के दो सिख अंगरक्षकों ने ही श्रीमती गांधी की हत्या कर दी। इस वारदात का भारत की आंतरिक स्थिरता तथा 'भारतीय राज्य' की संरचना के संवैधानिक तथा राजनीतिक सिद्धांतों पर गहरा प्रभाव पड़ा। उनकी मृत्यु के तुरंत बाद, पहले देश में जातीय–धार्मिक दंगे भड़क उठे, बाद में इसके संबंध में अंतर–धार्मिक सह–अस्तित्व के सिद्धांतों की प्रासंगिकता पर प्रश्न उठने लगे। वस्तुतः भारत का संभ्रांत वर्ग (निर्णय लेने से जुड़ा) यह सुझाव देने लगा कि भारत के धर्मनिरपेक्ष तथा बहुलतावादी स्वरूप की नए सिरे से जाँच की जानी चाहिए। उनका यह विचार था कि संभवतः भौगोलिक दृष्टि से भू–राजनीतिक एकता की तुलना में सामाजिक–सांस्कृतिक मेलजोल अधिक महत्वपूर्ण है।

सन् 1977 से 1984 तक अंतरराष्ट्रीय सत्ता समीकरण में आए परिवर्तनों के साथ इन पूर्ववर्ती प्रवृत्तियों से उत्पन्न चुनौतियों का परवर्ती प्रधानमंत्रियों–श्री राजीव गांधी, वी.पी. सिंह तथा चंद्रशेखर को सामना करना पड़ा।

प्रमुख बिन्दु

मोरारजी देसाई

1. मोरारजी देसाई दक्षिणपंथी और रूढ़िवादी नेता थे, जिनका उन पश्चिमी लोकतांत्रिक देशों के साथ मैत्रीपूर्ण संबंध बनाए रखने के प्रति रुझान और समाजवादी गुट के साथ भारत के अत्यधिक प्रगाढ़ संबंधों पर विरोध था। इस कारण से पश्चिमी ताकतों को लगने लगा था कि मोरारजी देसाई को वे अपनी विचारधारा के अनुसार मोड़ने में कामयाब हो जाएंगी।
2. मोरारजी देसाई के सिक्किम पर भारत के नियंत्रण और पाकिस्तान के विभाजन पर रुख को देखते हुए यह माना गया कि वे सिद्धांतवादी तथा तटस्थ थे।
3. प्रधानमंत्री मोरारजी देसाई और उनके विदेश मंत्री अटल बिहारी वाजपेयी, दोनों ऐसे नेता समझे जाते थे, जो भारत–चीन सीमा विवाद तथा भारत–चीन संबंधों पर अधिक तटस्थ, विवेकसम्मत एवं तार्किक दृष्टिकोण रखेंगे। मोरारजी सिक्किम पर भारत के प्रत्यक्ष नियंत्रण की आलोचना पहले ही कर चुके थे, चीन की नजर में यह एक सकारात्मक रवैया था। चूंकि चीन में माओ की मृत्यु हो चुकी थी और कमोबेश डेंग जियाओपिंग के समय तक संक्रमण की स्थिति बनी रही थी। इसलिए भारत का यह रवैया चीन के लिए कहीं अधिक लाभकारी रहा।
4. भारत के पड़ोसी देश विशेषकर नेपाल, बॉंग्लादेश और श्रीलंका, जो गांधी की इण्डिया सेंट्रिक विदेश नीति या भारतीय हितों के बचाव के लिए वचनबद्धता स्वीकार नहीं कर पा रहे थे, उन्हें गांधी की हठधर्मिता के विपरीत मोरारजी की गांधीवादी दृष्टि अनुकूल लगी। उन्हें महसूस हुआ कि भारत का हठीलापन कम होगा तथा भारत मध्यम मार्ग अपनाते हुए सामंजस्य रखकर आगे बढ़ेगा।
5. भारत में जिस समय मोरारजी की सरकार बनी, लगभग उसी समय अमेरिका के व्हाइट हाउस में डेमोक्रेट राष्ट्रपति जिम्मी कार्टर आए। फलतः भारत–संयुक्त राज्य संबंधों में सुधार आने लगा। लेकिन जिम्मी कार्टर लोकतंत्र के समर्थक होने के बावजूद पाकिस्तान की आर्थिक तथा रक्षा सहायता करने के साथ–साथ उसकी कश्मीर नीति का समर्थन कर रहे थे, जो भारत–विरोध की उनकी मनोग्रंथि को दिखा रहा था। इसलिए इस काल में संबंधों का विरोधाभास बना रहा।
6. 1978 से जहां एक तरफ विदेश नीति में नए संबंधों की संभावनाओं हेतु अमेरिका प्रयास कर रहा था, वहीं दूसरी तरफ भारत के परमाणु कार्यक्रम के मामले में वह भारत पर सुरक्षा उपायों (सिक्योरिटी मेजर्स) को लेकर दबाव बना रहा था। हालांकि भारत ने रिएक्टर और संयंत्रों के लिए कथित 'कॉम्प्रीहेंसिव सिक्योरिटी मेजर्स' को मानने से इंकार कर दिया था। वाशिंगटन भारत को परमाणु ईंधन

और अंतिम प्रयोग को लेकर कई प्रकार से घेरने की कोशिश में था। परिणाम यह हुआ कि मोरारजी देसाई के शासनकाल में भारत–संयुक्त राज्य सकारात्मक राजनीतिक माहौल तैयार नहीं कर पाए।

7. अटल बिहारी वाजपेयी के विदेश मंत्रित्व की उपलब्धियां इस दौर में विशेष महत्व की रहीं। पहली तो यह कि उन्होंने फरवरी–मार्च 1979 में चीन की यात्रा की, जो सार्थक रही। इस यात्रा के समय ही डेंग जियाओपिंग ने पहली बार यह विचार रखा कि भारत–चीन सीमा विवाद के समाधान की प्रक्रिया के बारे में कुछ कहे बिना चीन–भारत के साथ अपने संबंध सामान्य बनाने का इच्छुक है। वाजपेयी ने इसी समय यह सुझाव दिया था कि जिन क्षेत्रों में कोई विवाद नहीं है, उन क्षेत्रों में बातचीत करते हुए भारत–चीन संबंधों को नए सिरे से पुनः आरंभ करना चाहिए। दोनों देशों का हित इसी में है कि फिलहाल सीमा विवाद को अलग रखा जाए। इस विचार–विनियम की प्रक्रिया से भारत–चीन संबंधों में सकारात्मक बदलाव आने लगा।

8. पाकिस्तान ने चीन से भी ज्यादा बदलाव दिखाया। वाजपेयी जी पाकिस्तान में सबसे लोकप्रिय नेता के रूप में स्वीकार्य दिखे। अंतिम ढाई दशकों में जब भी किसी पाकिस्तानी से यह पूछा जाता था कि भारत–पाक संबंधों की दृष्टि से भारत का सर्वोत्तम राजनीतिज्ञ कौन है? तब इस प्रश्न का निरपवाद रूप से यही उत्तर होता कि विदेश मंत्री के रूप में अटल बिहारी वाजपेयी सकारात्मक दृष्टिकोण वाले सर्वप्रमुख भारतीय नेता हैं। यह वाजपेयी जी का ही प्रयास था कि भारत–पाकिस्तान के बीच सांस्कृतिक संबंधों एवं पीपल–टू–पीपल संबंधों की शुरुआत हुई। लेकिन पाकिस्तान की नीयत साफ नहीं थी, इसलिए उसने सांस्कृतिक अथवा बौद्धिक आदान–प्रदान के व्यापक पैटर्न की अनुमति नहीं दी।

9. अटल बिहारी वाजपेयी यथार्थवादी थे। उनका पाकिस्तान में मौजूद सत्ता–संरचना में विश्वास था, वहाँ व्यक्ति चाहे कोई भी हो, वे पाकिस्तान के साथ स्थायी संबंध स्थापित करना चाहते थे। वास्तव में उनका यह लक्ष्य लोकतंत्र या सैन्य शासन से संबंधित वैचारिक कारकों से परे था। यही वजह रही कि भारत–पाकिस्तान संबंधों में कमी लाने में वे काफी हद तक सफल रहे। सन् 1979 में, भारत के विदेश मंत्री के पद से दायित्व मुक्त होने के दो दशक बाद भी, पाकिस्तान के लोग भारत–पाक संबंधों में उन्हें रचनात्मक दृष्टिकोण वाले दूरदर्शी नेता के रूप में देखते थे।

10. समग्र रूप में देखा जाए तो मोरारजी देसाई की सरकार आंतरिक विरोध, वैचारिक अंतर्विरोध तथा व्यवस्था में सुसंगत लक्षणों के अभाव के बावजूद भारत की विदेश नीति के कुछ अत्यधिक महत्वपूर्ण पहलुओं पर ध्यान केंद्रित कर पाने में सफल रही। इस दृष्टि से मोरारजी देसाई सरकार का भारत की विदेश नीति के विकास में महत्वपूर्ण योगदान रहा।

चौधरी चरण सिंह का काल

1. चरण सिंह का शासनकाल बहुत कम रहा, लेकिन विदेश नीति के संदर्भ में दो महत्वपूर्ण घटनाओं ने आकार लिया। पहली, भारत ने पाकिस्तान को सितंबर 1979 में हवाना शिखर सम्मेलन में गुटनिरपेक्ष आंदोलन में भाग लेने की अनुमति दे दी। दूसरी– चरण सिंह ने दिसंबर 1979 में, अफगानिस्तान में सोवियत संघ की घुसपैठ का प्रत्यक्ष रूप से विरोध किया।

श्रीमती गांधी का काल

1. भारत में श्रीमती गांधी और श्रीलंका में सिरीमावो भंडारनायके की निकटता का सबसे प्रभावी कारण बनी नकारात्मक समतुल्यता।
2. चरण सिंह की सरकार के विपरीत इंदिरा गांधी सरकार ने सोवियत संघ (अफगानिस्तान में सैन्य हस्तक्षेप) के प्रति आलोचनात्मक और खंडनात्मक रवैया अपनाने से बचने की कोशिश की। क्योंकि उसे लगा कि यह भारत–सोवियत संबंधों के लिए अहितकर होगा, विशेष रूप से उस समय में, जब सोवियत संघ तथा भारत के बीच दूरी हो जाने पर भारत के साथ किसी भी बड़ी ताकत का समर्थन होने की संभावना नहीं होगी। इसके अलावा उसे यह भी लगा कि यदि अफगानिस्तान में लोकतांत्रिक, धर्मनिरपेक्ष और आधुनिक लोकतांत्रिक व्यवस्था होगी, तो पाकिस्तान के साथ प्रतिकूल संबंध होने के कारण यह स्थिति भारतीय हितों के अनुकूल रहेगी। इसलिए भारत सरकार ने द्विपक्षीय स्तर पर सोवियत नेताओं के समक्ष प्रतिकूल टिप्पणी की, लेकिन बहुपक्षीय स्तर पर वह चुप रही। लेकिन इस प्रक्रिया के दौरान भारत सरकार ने जमीनी हकीकत के साथ–साथ वैश्विक कूटनीति की अनदेखी की। फलतः अफगान नीति को लेकर सरकार पर कुछ मूलभूत आरोप लगाए गए थे। पहला, भारत ने नैतिकता और अंतरराष्ट्रीय विधि के उसूलों के प्रतिकूल अफगानिस्तान में सोवियत घुसपैठ का समर्थन किया। दूसरा, भारत ने अफगान जनता की धार्मिक तथा राष्ट्रीय भावनाओं की कद्र नहीं की।
3. सार्क कूटनीति : जिया–उर–रहमान ने इस संगठन की घोषणा की थी। भारत के सामने दुविधा यह थी कि यदि भारत इसमें शामिल नहीं होता है, तो इस क्षेत्र में सर्वाधिक वचनबद्ध देश होने के बावजूद भारत पर स्वार्थी एवं आत्मकेन्द्रित होने तथा क्षेत्र में शांति एवं स्थिरता लाने के लिए किए जा रहे प्रयासों का विरोधी होने का आरोप लगेगा। यदि वह शामिल हो जाता है तो मतभेद वाले मुद्दों पर पड़ोसी देशों के गैंग का सामना करना पड़ेगा। फिर भी श्रीमती गांधी ने दक्षेस में शामिल होने का निर्णय लिया।
4. रोनाल्ड रीगन प्रशासन का नजरिया भारत के प्रति आलोचनात्मक रहा। अलेक्जेंडर हेग रीगन की विदेश नीति के सलाहकार थे, जो दक्षिण एशिया में सोवियत संघ के प्रभाव से संबंधित सामरिक विचारों को छोड़कर भारत में विशेष रुचि नहीं रखते थे और श्रीमती गांधी के प्रति इनकी सोच अच्छी नहीं थी। फिर भी इन पूर्ववर्ती विचारों को स्वीकार करते हुए श्रीमती गांधी ने संयुक्त राज्य के साथ व्यावहारिक

रूप से संबंध स्थापित करने की कोशिश की; क्योंकि भारत के कुछ ऐसे मूलभूत हित थे। भारत की परमाणु ईंधन और तकनीक के मामले में पश्चिमी देशों पर और विकासात्मक कार्यक्रमों के लिए वित्तीय निवेशों की खातिर आई.एम.एफ. (अंतरराष्ट्रीय मुद्रा कोष) और विश्व बैंक जैसी बहुराष्ट्रीय वित्तीय संस्थाओं पर निर्भरता थी। श्रीमती गांधी स्पष्टतया नहीं चाहतीं कि स्वतंत्र गुटनिरपेक्ष देश के रूप में भारत की साख पर किसी प्रकार की आंच आए या यदि संयुक्त राज्य के साथ संबंध खराब होते हैं, तो भारत सोवियत संघ का 'उपग्रह मात्र' बनकर रह जाएगा। भारत में यह जागरूकता भी बढ़ती जा रही थी कि रक्षा संबंधी सामान के लिए सोवियत संघ पर अधिक निर्भर होने से आगे चलकर भारत के हितों पर प्रतिकूल प्रभाव पड़ सकता है। भारत इसके प्रति भी सजग था। संयुक्त राज्य तथा पश्चिमी लोकतांत्रिक देशों में उपलब्ध रक्षा प्रौद्योगिकी केवल रक्षा क्षेत्र में ही नहीं भारतीय अर्थव्यवस्था के विविध पहलुओं की दृष्टि से भी भारत की प्रौद्योगिकीय क्षमताओं को बढ़ाने में सहायक होगी। इन्हीं कारण–कार्य संबंधों के बीच भारतीय विदेश नीति में बदलाव आने शुरू हुए। विशेष बात यह है कि अमेरिका के अनिवासी भारतीयों ने अमेरिका के प्रति भारतीय दृष्टिकोण को बदलने में महत्वपूर्ण भूमिका निभाई, जिनकी संख्या उस समय तक 3,00,000 से आधा मिलियन के बीच में थी और जिनके हित भारत और अमेरिका, दोनों ही देशों में निहित थे।

5. इंदिरा गांधी के शासनकाल के दूसरे भाग में, इंदिरा–रीगन के बीच आयी निकटता ने भारत और अमेरिका को नजदीक लाने का काम किया। लेकिन रीगन और श्रीमती गांधी के बीच सकारात्मक संबंध होने के बावजूद इस अवधि के दौरान भारत–संयुक्त राज्य के संबंधों में गुणात्मक सुधार नहीं हो पाया।
6. 1980 से 1990 के बीच श्रीलंका में उपजी जातीय समस्या के दृष्टिगत भारत का श्रीलंका में दखल भले ही छोटे पड़ोसी देश में अनावश्यक घुसपैठ, यह एशिया में दबदबा कायम करने के लिए उठाए गए कदम अथवा वियतनाम जैसी कार्रवाई की श्रेणी में भारतीय सैन्य अभियान, कहकर भारतीय दखल को अनुचित ठहराया जाए लेकिन तमिल नागरिकों के प्रति श्रीलंकाई सरकार की दमनकारी और भेदभावपूर्ण नीतियों के कारण ही नहीं बल्कि भारतीय हितों की दृष्टि से भी संयुक्त राज्य, पाकिस्तान और इजराइल के साथ श्रीलंका द्वारा विकसित सुरक्षा संबंधों के कारण यह नितांत आवश्यक हो गया था कि भारत श्रीलंका के मामले में दखल दे। इस लिहाज से भारत द्वारा उठाए गए कदम को अनुचित नहीं कहा जा सकता।
7. नई दिल्ली, श्रीलंका में तमिलों द्वारा की गई ईलम की माँग का इस इरादे से समर्थन नहीं कर रहा था कि श्रीलंका में अलग तमिल राज्य बने। यदि नई दिल्ली जातीयता के आधार पर अलग राज्य (देश) बनाने के दावे का समर्थन करती, जिससे पड़ोसी देश बहुजातीय तथा बहुभाषी टुकड़ों में बंट जाता, तो पंजाब और कश्मीर अलगाववाद की चुनौतियों की दृष्टि से भारत की एकता और भौगोलिक अखंडता भी खतरे में पड़ जाती। श्रीमती गांधी का इरादा श्रीलंका के तमिलों को

केवल इस दृष्टि से समर्थन प्रदान करना था कि जयवर्धने सरकार पर दबाव डाला जा सके, जिससे श्रीलंका सरकार तमिल भावनाओं के प्रति सहानुभूतिपूर्वक विचार कर सके। इसके विपरीत श्रीलंका सरकार अमेरिका, इजराइल और पाकिस्तान की सैन्य खुफिया एजेंसियों के जरिए भारत विरोधी गतिविधियों को अंजाम देने की कोशिश कर रही थी। ऐसी स्थिति में तमिल उग्रवाद को समर्थन देने कुछ हद तक जरूरी हो गया था।

8. अंतरराष्ट्रीय राजनीति के क्षेत्र में, अंतरदेशीय संबंध मात्र नैतिकता के आधार पर कायम नहीं होते। इस संबंध में नैतिकताविहीन आधारों की अवहेलना भी करनी पड़ती है। एकतरफा नैतिकता का पालन करना आदर्शवादी सिद्धांत है, जिसकी सराहना की जा सकती है। परंतु यदि दूसरा देश जान–बूझकर ऐसी नीतियाँ अपनाता है, जो औपनिवेशिक हैं तथा इसके साथ–साथ आपको खतरा भी है, तब यह सिद्धांत न तो व्यावहारिक है और न ही वांछनीय। श्रीलंका के संदर्भ में देखें तो उसने लगभग तीन दशक तक तमिलों के साथ निरंतर पक्षपातपूर्ण व्यवहार किया था और सिंहली नीतियों को बढ़ावा देकर राजनीतिक और सुरक्षा समीकरण स्थापित कर स्थितियों को और जटिल बना दिया था। इससे भारत की सुरक्षा के लिए खतरा पैदा हो गया था। भारत का जवाब अवश्यंभावी ही नहीं था बल्कि भारतीय दृष्टिकोण से अत्यावश्यक भी था।

9. श्रीमती गांधी की मूलभूत उपलब्धियां रहीं–
   क. भारत से राजनीतिक अनिश्चितता दूर हुई।
   ख. आंतरिक तथा अंतरराष्ट्रीय समुदाय में व्याप्त नकारात्मक पूर्वानुमान और निराशाएँ दूर हुईं।
   ग. भारत आदर्शवाद से व्यावहारिक राजनीतिक क्षेत्र की ओर मुड़ गया।
   घ. भारत परमाणु शक्ति बना, जिसे दुनिया संशय की निगाह से देखने लगी।
   ङ. सन् 1962 की पराजय के 9 वर्ष बाद (1971 में) पाकिस्तान को पराजित करने के बाद राष्ट्रीय सुरक्षा सुनिश्चित करने के लिए पुनः पूरे देश में आत्मविश्वास उत्पन्न हुआ और सन् 1962 की पराजय द्वारा पहुँचा आघात दूर हुआ।

10. मई 1974 में राजस्थान के पोखरण क्षेत्र में भारत ने पहला भूमिगत परमाणु परीक्षण कर राजनीतिक दृष्टि से यह संदेश दिया था कि पक्षपातपूर्ण परमाणु अप्रसार संधि के संबंध में भारत की आपत्तियाँ मात्र सैद्धांतिक ही नहीं, बल्कि वास्तविक (यानी भारतीय नीतियों ने इन्हें वास्तविक स्थान दिया है) हैं। दूसरा संदेश यह था कि विकासशील देशों की शांतिपूर्ण उद्देश्यों से परमाणु प्रौद्योगिकी हासिल करने संबंधी क्षमता पर लगाई जा रही पाबंदियाँ अस्वीकार्य हैं और तीसरा संदेश यह था कि भारत के पड़ोसी देशों तथा हिंद महासागर क्षेत्र में परमाणु अस्त्रों के विकास और परिनियोजन के कारण भारत को भी समीचीन उत्तर देना आवश्यक हो गया है।

❑❑

7 बदलते हुए विश्व के साथ तालमेल (1985-91)

31 अक्टूबर, 1984 को श्रीमती इंदिरा गांधी की हत्या के बाद राजीव गांधी को भारत का प्रधानमंत्री बनाया गया। जब 23 जून, 1980 को विमान दुर्घटना में इनके छोटे भाई संजय गांधी की मृत्यु हो गई, तब इनकी माँ श्रीमती गांधी ने आग्रह किया कि वे राजनीति में आएँ। उस समय राजीव गांधी राजनीति में नहीं आना चाहते थे। यद्यपि शासन चलाने तथा विदेश नीति का इन्हें प्रत्यक्ष अनुभव नहीं था, फिर भी सन् 1980 तथा 1984 तक चार वर्ष इन्होंने अपनी माँ के दिशा–निर्देशन में बिताए तथा इन्हें राजनीति का अनुभव प्राप्त हुआ। आरम्भ में इन्होंने सत्तारूढ़ कांग्रेस पार्टी के महासचिव के रूप में कार्य किया तथा बाद में श्रीमती गांधी के राजनीतिक सलाहकार तथा विदेश एवं रक्षा नीति संबंधी मामलों में उनके विश्वासपात्र बन गए। इन्होंने पार्टी के वरिष्ठ कार्यकर्ता/पदाधिकारी के नाते विदेशों से आए विशिष्ट व्यक्तियों के साथ बैठकों, चर्चाओं में भाग लिया और अनेक देशों की यात्राएं की। इससे इन्हें अंतरराष्ट्रीय संबंधों में विद्यमान व्यापक प्रवृत्तियों की भी जानकारी मिली, परंतु अपने आप को विशेषज्ञ समझने वाले कुछ व्यक्ति यह कहते हैं कि जब राजीव गांधी राजनीति में आए, उनके पास न तो इसकी पृष्ठभूमि थी, और न ही इन्हें कोई प्रत्यक्ष अनुभव था। किन्तु लोगों की यह आलोचना सही नहीं है।

सन् 1980 से राजनीति में शामिल होने के अलावा ये बचपन से ही भारतीय राजनीति की सत्ता के केंद्र में विद्यमान राजनीतिक माहौल के बीच रहे थे। प्रधानमंत्री के रूप में कार्य करते हुए उन्होंने विश्व की जटिलताओं का सामना करने की अपनी क्षमता सिद्ध कर दी।

सन् 1985 में अंतरराष्ट्रीय क्षेत्र में सोवियत संघ की सत्ता मिखाइल गोर्बाचेव ने सँभाली, दूसरी ओर पूर्व यूरोपीय देश सोवियत संघ के आधिपत्य से दूर होते जा रहे थे। इसके अलावा संयुक्त राज्य से समर्थन प्राप्त करके पाकिस्तानी अफगानिस्तान में बहुत अधिक हस्तक्षेप करने लगे थे एवं चीन आर्थिक पुनर्गठन और सुधार संबंधी कार्यक्रमों के क्षेत्र में चरम बिंदु पर पहुँच गया था। रोनाल्ड रीगन दूसरी बार संयुक्त राज्य के राष्ट्रपति बनने जा रहे थे और वे गोर्बाचेव के साथ समीकरण स्थापित करना चाहते थे, जिससे संयुक्त राज्य और सोवियत संघ के संबंधों में बहुत बड़ा परिवर्तन आने वाला था, और आया भी। इसी परिवर्तन के परिणामस्वरूप शीतयुद्ध का अंत हुआ।

जब राजीव गांधी प्रधानमंत्री बने, तब वे बदलते हुए अंतरराष्ट्रीय सत्ता समीकरणों और सुरक्षा संबंधी माहौल के प्रति सजग थे। भारत को इन समस्याओं का सामना करना था। राजीव गांधी उदीयमान गोर्बाचेव–रीगन की मित्रता के निहितार्थों तथा गोर्बाचेव के व्लादिवास्तक भाषण के महत्व को खूब समझते थे (इस भाषण में गोर्बाचेव ने सोवियत संघ के उदारीकरण और राजनीति को लोकतांत्रिक बनाने तथा सोवियत

संघ की अर्थव्यवस्था के पुनर्गठन की योजनाओं का संकेत दिया था, जिन्हें संक्षेप में ग्लास्नोस्त और पेरेस्त्रोइका कहा जाता है)।

इस स्थिति में भारत ने रक्षा संबंधी नीतियों पर प्रभाव डालने वाले निम्नलिखित कारकों और प्रवृत्तियों पर विचार किया–

1. शीतयुद्ध का माहौल समाप्त हो रहा था। अंतरराष्ट्रीय स्तर पर संयुक्त राज्य सोवियत संघ की सहमति के लिए आवश्यक होता कि भारत और अन्य विकासशील देश इस दिशा में सहयोग दें, जिनकी नीतियाँ इस समय तक संयुक्त राज्य या सोवियत गुट से प्राप्त विशेष सुविधाओं पर प्रतिपादित की जाती थीं (शीत युद्ध के कारण)।
2. अफगानिस्तान में टिके रहने के लिए सोवियत संघ की राजनीतिक इच्छा धूमिल होती जा रही थी। अफगानिस्तान के संबंध में गोर्बाचेव की नीतियों से यह संकेत मिलने लगा था कि सोवियत संघ इस देश से पीछे हट जाएगा। ऐसी कार्यवाही से खाड़ी तथा पश्चिमी एशियाई क्षेत्र में संयुक्त राज्य और पाकिस्तान का प्रभाव बढ़ जाएगा।
3. स्वयं पाकिस्तान की दक्षिण एशियाई क्षेत्र में एक हठधर्मी एवं आत्मतुष्ट देश के रूप में पहचान बन रही थी।
4. सोवियत संघ के नए नेताओं की नीतियों तथा चीन के डेंग जियाओपिंग की नीतियों के परिणामस्वरूप चीन और सोवियत संघ के संबंधों में नया मोड़ आने लगा था।
5. चीन आंतरिक रूप से मजबूत बनने और आर्थिक विकास पर सर्वाधिक ध्यान दे रहा था, न कि शीतयुद्ध के दबाव तथा सोवियत संघ के विरोध पर। इसके कारण बीजिंग भारत के प्रति अधिक व्यवहारकुशल दृष्टिकोण अपना रहा था। भारत के तत्कालीन विदेशमंत्री अटल बिहारी वाजपेयी की सन् 1979 में चीन यात्रा के दौरान डेंग ने ऐसे संकेत दिए थे।

हालाँकि विकासशील देशों के पुराने बहुपक्षीय संगठन और उनकी व्यवस्थाएँ अपनी उपादेयता खोती जा रही थीं। नई अभिकेंद्रित ताकतें इस समय कार्य कर रही थीं और क्षेत्रीय संगठनों का मुख्य लक्ष्य अपने–अपने क्षेत्रों में शांति और स्थिरता कायम रखने के लिए एक विश्वसनीय रूपरेखा तैयार करना था।

नेहरू युग से तैयार और लागू की गई आर्थिक विकास की सामाजिक, आर्थिक नीतियाँ, संभाव्यताएँ तथा कार्यविधियाँ अपने चरम बिंदु पर पहुँचती हुई प्रतीत हो रही थीं। समाजवादी देशों, विशेष रूप से सोवियत संघ और चीन में विद्यमान समतुल्य प्रणालियों की कमियों पर भी भारत ने ध्यान दिया। परिणामस्वरूप भारत को आंतरिक घरेलू, सामाजिक, आर्थिक गतिरोध दूर करने के लिए आर्थिक प्रबंधन के तरीकों को बदलना पड़ा।

गुटनिरपेक्ष तथा शांतिपूर्ण सहअस्तित्व के सिद्धांतों के प्रति नई दिल्ली की वचनबद्धता के संबंध में तथ्यात्मक स्थिति पर ध्यान दिए बिना भारत के बारे में क्षेत्रगत अवधारणा यह थी कि इसने अपनी प्रमुख इच्छाओं को बढ़ावा दिया। भारत को अपनी इस छवि को दूर करना था।

भारतीय स्वतंत्रता प्राप्ति के बाद चौथे दशक के अंत में राष्ट्र के सामने केंद्र अपसारित दबाव और पंजाब, कश्मीर तथा पूर्वोत्तर राज्यों में अलगाववादी प्रवृत्तियाँ मौजूद थीं। पाकिस्तान इन प्रवृत्तियों का सक्रिय रूप से समर्थन कर रहा था। इसके अलावा नई दिल्ली के सामने अन्य चुनौती पाकिस्तान की बढ़ती हुई परमाणु अस्त्र क्षमता थी, जिससे दक्षिण एशिया में सैन्य संतुलन प्रभावित हो रहा था। पाकिस्तान के अतिरिक्त भारत के अन्य पड़ोसी देश, जैसे–नेपाल, बाँग्लादेश, श्रीलंका भी भारत के बारे में बन रही आशंकाओं से भयभीत होकर चीन, इजराइल और संयुक्त राज्य के साथ राजनीतिक और रक्षा संबंध स्थापित कर रहे थे।

राजीव गांधी की विदेश नीति की पहली प्राथमिकता दोनों देशों के बीच उदीयमान अंतर्संबंधों के संदर्भ में विश्व की दो महाशक्तियों, अर्थात् रूस और अमेरिका के साथ संबंधों में पुनः सामंजस्य बैठाना था। इनकी दूसरी प्राथमिकता श्रीलंका में जातीय संकट से निपटना तथा पाकिस्तान का सामना करना था, जो सक्रिय रूप से पंजाब में अलगाववाद को बढ़ावा दे रहा था तथा किसी हद तक कश्मीर में भी विदेशी भावनाएँ भड़का रहा था। इनकी तीसरी प्राथमिकता भारत की अर्थव्यवस्था को आधुनिक बनाने के लिए आवश्यक प्रौद्योगिकी और संसाधन निवेश सुनिश्चित करना था। इनकी चौथी प्राथमिकता अंतरराष्ट्रीय सामरिक माहौल में आए बदलाव तथा नए गुटों से उत्पन्न सुरक्षा चुनौतियों का सामना करने के लिए भारत की रक्षा क्षमताओं को बनाए रखना था। राजीव गांधी ने राजनीतिक तथा आर्थिक आयामों में भारत की विदेश नीति में अनेक परिवर्तन किए। इन्होंने भारत के पूर्व प्रधानमंत्री, अपनी माँ तथा नाना की सैद्धांतिक या राजनीतिक समाजवादी व्यवस्थाओं को बदलने की कोशिश नहीं की। न ही उन पर पाँचवें, छठवें तथा सातवें दशक की स्मृतियाँ तथा घटनाएँ छाई रहीं, जब अमेरिका के प्रति अत्यधिक मनमुटाव रहा था। भारत के विकास और आधुनिकीकरण के लिए इनका झुकाव अधुनातन प्रौद्योगिकी हासिल करने और नवीनतम प्रबंध विधियाँ अपनाने की ओर रहा था। इस दृष्टिकोण के फलस्वरूप इन्होंने संयुक्त राज्य संबंध बढ़ाने की स्पष्ट रूप से इच्छा जाहिर की। दिसंबर, 1984 में भारत और अमेरिका ने प्रौद्योगिकीय सहयोग पर 'समझौता ज्ञापन' (M.O.U.) को अंतिम रूप दिया। मई 1985 में इस पर हस्ताक्षर किए गए। राजीव गांधी ने इसी वर्ष जून में संयुक्त राज्य की यात्रा की। पूर्व अमेरिकी राजनयिक डेविस कॉक्स ने इस यात्रा पर टिप्पणी करते समय कहा–"राजीव गांधी का अमेरिकी मेजबानों पर बहुत अच्छा प्रभाव पड़ा है। ये युवा प्रधानमंत्री पिछले उपदेश झाड़ने वाले अक्खड़, रूढ़ प्रधानमंत्रियों से अलग हैं। ये शांत व्यक्ति हैं, बड़े धैर्य से अमेरिका नेताओं की बात सुनते हैं तथा मृदुभाषी हैं, परंतु इनमें मजाक करने की भी खासियत है। हालाँकि राजीव गांधी ने यह स्पष्ट कर दिया है कि वे अपने देश की विदेश नीति के मूलभूत दृष्टिकोण को नहीं बदलेंगे (इन्होंने वाशिंगटन आने से पहले मास्को की यात्रा की थी), फिर भी उनकी शैली अपनी माँ से भिन्न होगी।" संयुक्त राज्य के भारत में आए राजदूत, हैरिस बर्न्स ने टिप्पणी की–"यह एक नई शुरुआत है, जो भारत और अमेरिका दोनों के लिए अच्छी है।"

राजीव गांधी को संयुक्त राज्य की कांग्रेस के संयुक्त अधिवेशन में भाषण देने का सम्मान दिया गया। जब श्रीमती गांधी अमेरिका गई थीं, तब उन्हें भी यह विशेषाधिकार नहीं दिया गया था। संयुक्त राज्य की यात्रा के दौरान उपराष्ट्रपति जॉर्ज बुश स्वयं राजीव गांधी से मिले। राजीव गांधी ने वाशिंगटन में नेशनल प्रेस क्लब में मीडिया को संबोधित किया था। फिर भी यह उम्मीद पूरी नहीं हो पाई कि राजीव गांधी की इस यात्रा से आने वाले वर्षों में भारत–संयुक्त राज्य के बीच संबंधों में सुधार होगा।

इस अवधि के दौरान संयुक्त राज्य के साथ द्विपक्षीय संबंधों की समीक्षा करने पर सारतः कहा जा सकता है कि सोवियत संघ के साथ भारत के संबंध तथा भारत और पाकिस्तान के बीच संबंधों के बारे में विद्यमान शंकाएँ इस अवधि में भी भारत–अमेरिकी संबंधों पर हावी रहेंगी। जैसा कि पहले बताया गया है, भारत और संयुक्त राज्य के बीच प्रौद्योगिकी सहयोग पर समझौता ज्ञापन हुआ था। इसमें यह स्पष्ट किया गया था कि संयुक्त राज्य इंडियन इंस्टीट्यूट ऑफ साइंस, बंगलौर को एक्स.एम.पी.–24 नामक सुपर कम्प्यूटर की उच्च प्रौद्योगिकी देगा। इस कम्प्यूटर से भारत की मौसम अनुसंधान क्षमता और कार्यक्रम को बढ़ावा मिलता। इस मुद्दे पर भी चर्चा की गई कि संयुक्त राज्य हल्के लड़ाकू विमान बनाने में भारत की मदद करेगा। संयुक्त राज्य के प्राधिकारियों ने सिद्धांत रूप में इस संबंध में अनुमति भी दे दी थी। परंतु राजनीतिक विचारों के कारण इस समझौते को लागू करते समय अनेक कठिनाइयाँ सामने आने लगीं। एक्स.एम.पी.–24 सुपर कम्प्यूटर में मौसम संबंधी अनुसंधान के अलावा परमाणु अस्त्र और प्रक्षेपास्त्र अनुसंधान कार्यक्रम तैयार करने की भी क्षमता होती है। इस दृष्टि से भी भारत को लाभ पहुँचेगा। क्रिप्टोग्राफिक कोड के विभंजन तथा अनेक सैन्य प्रयोजनों में भी इस कम्प्यूटर की क्षमता सिद्ध हो चुकी है। संयुक्त राज्य की वैज्ञानिक, खुफिया तथा रक्षा स्थापनाओं ने यह तर्क दिया कि यह कम्प्यूटर भारत को नहीं दिया जाना चाहिए, क्योंकि बताए गए ग्लोबल मौसम अनुसंधान और संबद्ध कृषिगत लक्ष्यों के अलावा परोक्ष प्रयोजनों में भी इसका प्रयोग किया जा सकता है। परिणामस्वरूप, संयुक्त राज्य सुपर कम्प्यूटर देने के वायदे से मुकर गया और इसके स्थान पर कम क्षमता वाला कम्प्यूटर देने का प्रस्ताव रखा, जिसे एक्स.एम.पी.–14 के नाम से जाना जाता है। इसके साथ–साथ हल्के लड़ाकू विमान बनाने में भारत को दी जाने वाली सहायता में भी अमेरिकी रक्षा स्थापना टाल–मटोल करने लगा। वाशिंगटन भारत के साथ मैत्रीपूर्ण संबंध रखना चाहता था, परंतु इसके विपरीत संयुक्त राज्य अफगानिस्तान से रूस को खदेड़ने के लिए पाकिस्तान को व्यापक स्तर पर सहायता देता रहा।

इस क्षेत्र में अन्य बाधाएँ भी थीं। उदाहरण के लिए–अफगानिस्तान संकट के दौरान भारत के उभयमुखी रवैये, निकारागुआ में सैंडनिस्ता सरकार को समर्थन तथा वियतनाम समर्थक कम्बोडिया में हेंग सेमरिन सरकार के साथ अच्छे संबंधों के कारण संयुक्त राज्य कांग्रेस तथा स्थापनाएँ भारत के विरुद्ध थीं। इन घटनाओं के परिणामस्वरूप संयुक्त राज्य कांग्रेस ने सन् 1985 और 1988 के बीच भारत को विकास के क्षेत्र में प्रत्यक्ष सहायता देनी कम कर दी।

समय के साथ–साथ भारत सरकार, राजीव गांधी भारत–संयुक्त राज्य के बीच मौजूद संबंधों को लेकर खिन्न हो गये। संयुक्त राज्य की प्रतिक्रिया को देखते हुए नई दिल्ली में भी अमेरिका के साथ द्विपक्षीय संबंध बढ़ाने की इच्छा छोड़ दी। सोवियत संघ के साथ संबंध बनाए रखने तथा पाकिस्तान, बाँग्लादेश, नेपाल और श्रीलंका जैसे पड़ोसी देशों के साथ आदान–प्रदान में अपने हितों की रक्षा पर अड़े रहने से भी वाशिंगटन के इस पक्षपातपूर्ण आकलन की पुष्टि हो गई थी कि भारत सोवियत संघ का मित्र राष्ट्र है तथा दक्षिण एशिया में क्षेत्रीय स्तर पर अपना दबदबा बनाए रखना चाहता है। संयुक्त राज्य ने यह महसूस किया कि इस संभावना को रोका जाना चाहिए। पाकिस्तान की बढ़ती हुई परमाणु हथियार क्षमता से भारत–संयुक्त राज्य के बीच न केवल मतभेद बढ़ा, अपितु परमाणु अप्रसार संधि तथा निरस्त्रीकरण जैसे मुद्दों पर भी दोनों देशों के बीच मौजूद खाईं और अधिक चौड़ी हो गईं।

इन हादसों के बावजूद सन् 1989 तक भारत–संयुक्त राज्य के बीच न्यूनतम स्तर तक यथार्थवादी एवं सकारात्मक संबंध बने रहे, जब चुनावों के परिणामस्वरूप राजीव गांधी सत्ता में नहीं रहे थे। रीगन और गोर्बाचेव के बीच बढ़ते तालमेल से भी इस प्रक्रिया में तेजी आई। सन् 1988 की गर्मियों में संयुक्त राज्य के रक्षा मंत्री (डिफेंस सेक्रेटरी) फ्रेंक कार्लुसी भारत आए थे। उनकी यात्रा के बाद भारत–संयुक्त राज्य के बीच रक्षा सहयोग की दिशा में भी शुरुआत हो गई।

हालाँकि भारत, संयुक्त राज्य के सामरिक और सुरक्षा संबंधी विचार भिन्न थे तथा अभी भी जटिलताएं मौजूद थीं, फिर भी राजीव गांधी के शासनकाल में भारत–संयुक्त राज्य के बीच संबंध अधिक व्यावहारिक हो चुके थे। इस समय दोनों देश एक–दूसरे से अत्यधिक आशा न रखते हुए और उग्र भावनाओं से बचते हुए अधिक–से–अधिक उपयुक्त तथा व्यवहार्य स्तर तक संबंध स्थापित रखना चाहते थे।

राजीव गाँधी के काल में विदेश नीति की सबसे बड़ी चुनौती संयुक्त राज्य अमेरिका और चीन के प्रति सोवियत संघ की बदलती नीतियों के संदर्भ में मास्को के साथ अपने संबंध पुनः समंजित करना तथा सामरिक और सुरक्षा संबंधी मुद्दों को निपटाना था। गोर्बाचेव ने यह फैसला लिया कि समाजवादी/साम्यवादी प्रयोग सोवियत संघ, विशेषकर रूस की अर्थव्यवस्था में सफल नहीं रहा। उनका यह भी विचार था कि सोवियत राजनीति (शासन व्यवस्था) के निरंकुश स्वरूप तथा पूर्व यूरोपीय देशों में सोवियत संघ की प्रधानता से इन देशों के बीच दीर्घकालीन स्थिरता तथा मेलजोल की भावना नहीं आ पाएगी। उनका यह आकलन था कि यदि सोवियत संघ लोकतांत्रिक विचारधारा पर चलता है तथा पूर्व यूरोप और मध्य सैद्धांतिक एवं सैन्य स्तर पर समानता तथा परस्पर लाभ के आधार पर राजनीतिक–आर्थिक संबंध कायम रखता है, तो सोवियत संघ का प्रभाव तथा सत्ता विश्व में अधिक समय तक टिकाऊ रहेगी। सर्वाधिक महत्वपूर्ण यह है कि इनके मतानुसार शीतयुद्ध तथा चीन–रूस के बीच वैमनस्य का अब अंत हो जाना चाहिए। गोर्बाचेव की विदेश एवं आंतरिक नीतियाँ रूस पर केंद्रित थीं। उनका विचार था कि सोवियत संघ हठधर्मितापूर्वक महाशक्तिशाली सैन्य छवि का त्याग कर दे, इसी में इसकी भलाई है। इसीलिए, उन्होंने व्लादीवास्तक भाषण में 'पेरेस्त्रोइका' तथा

'ग्लास्नोस्त' जैसे शब्दों का प्रयोग किया। वाशिंगटन, मास्को तथा बीजिंग से सोवियत संघ, संयुक्त राज्य और चीन के बीच मैत्रीपूर्ण संबंधों के संकेत मिलने लगे थे। ये संकेत भी मिलने लगे थे कि गोर्बाचेव अफगानिस्तान के संबंध में नीतियाँ बदल रहे हैं तथा वहाँ से सम्मानपूर्वक पीछे हटने की योजना बना रहे हैं।

सोवियत संघ ने इसके साथ–साथ निकारागुआ, क्यूबा तथा वियतनाम जैसे देशों में राजनीतिक और सामरिक दखलंदाजी कम कर दी। इस प्रकार से भारत और सोवियत संघ के बीच राजनीतिक और सामरिक समीकरण भी बदलने लगे। अब दोनों देशों को प्रभावित करने वाले शीतयुद्ध संबंधी कारकों का महत्व कम होता जा रहा था। अब कुछ अन्य आयाम आ गए थे, जिनके अनुसार सोवियत संघ के साथ संबंध कायम रखना भारत के लिए अधिक महत्वपूर्ण हो गया था। पहला, चीन, पाकिस्तान तथा संयुक्त राज्य का सामना करने में आने वाली किसी भी कठिनाई को दूर करने के लिए राजनीतिक समीकरण बनाए रखना। दूसरा, भारत अनेक प्रकार से, विशेष रूप से उच्च प्रौद्योगिकी क्षेत्र में सोवियत संघ पर निर्भर था। तीसरा, भारत की रक्षा संबंधी आपूर्ति का बहुत बड़ा भाग सोवियत संघ से आता था। चौथा, भारत की दृष्टि में भारत–सोवियत व्यापार और आर्थिक संबंध बहुत महत्वपूर्ण थे। सोवियत संघ भारतीय सामान का बहुत बड़ा बाजार था, जबकि बदले में भारत में ऊर्जा, औद्योगिक तथा विनिर्माण क्षेत्रों में आयात होता था। द्विपक्षीय सहयोग इन मदों पर सोवियत संघ का भारत के प्रति उदार दृष्टिकोण विशुद्ध रूप से आर्थिक या व्यावसायिक विचारों पर आधारित था। रूस का दृष्टिकोण क्षेत्रीय तथा ग्लोबल, दोनों रूपों में राजनीतिक तथा सामरिक विचारों पर आधारित था। इस प्रकार से, आठवें दशक के उत्तरार्द्ध में परिवर्तन हो रहे थे।

कुछ मामलों में सोवियत संघ पश्चिमी यूरोप तथा संयुक्त राज्य के साथ नरमी बरत रहा था। इससे भारत भी पश्चिमी लोकतांत्रिक देशों के साथ अपने राजनीतिक और रक्षा संबंध स्थापित करने के लिए मुक्त हो गया। इसका एक परिणाम यह हुआ कि समाजवादी गुट के साथ सामरिक संबंधों में आए बदलाव से भारत की आर्थिक और विदेशी व्यापार सहयोग (को–ऑपरेशन इन इकोनॉमी एण्ड फॉरेन ट्रेड) में उदारीकरण की प्रक्रिया शुरू हो गई। दूसरी ओर, भारत रक्षा और आर्थिक मामलों में सोवियत संघ के साथ संबंध तोड़ नहीं सकता था, क्योंकि इससे रक्षा संबंधी क्षमताओं तथा आर्थिक दृष्टि से भी अस्थिरता आ सकती थी। इसीलिए राजीव गांधी ने पश्चिमी लोकतांत्रिक देशों, विशेषतः संयुक्त राज्य के साथ धीरे–धीरे संपर्क स्थापित करने के साथ–साथ सोवियत संघ के साथ भी संबंध बनाए रखने की नीति अपनाई।

राजीव गांधी और गोर्बाचेव ने सन् 1985 तथा 1989 के बीच परस्पर चार यात्राएँ कीं। भारत–सोवियत संबंध न केवल बने रहे, बल्कि रक्षा और आर्थिक सहयोग के कुछ पहलू और अधिक मजबूत हो गए थे। द्विपक्षीय व्यापार में बढ़ोतरी हुई। गोर्बाचेव ने भारत के लिए सोवियत संघ से आयात के संबंध में रूबल क्रेडिट सुविधाएँ (रूबल क्रेडिट फैसलिटी) बढ़ा दी। रक्षा आपूर्ति भी जारी रही। इसमें भारतीय नौसेना में परमाणु–बिजली चालित पनडुब्बी 'लीज' पर देना भी शामिल है। सर्वाधिक महत्वपूर्ण घटना दोनों देशों के बीच निरस्त्रीकरण, विकास और मानव अधिकार जैसे विषयों

पर नीति बनाने के लिए सर्वोच्च स्तरों पर सहयोग की दृष्टि से किया गया समझौता है। इस सहयोग के विचारार्थ विषय 27 नवंबर, 1986 को राजीव गांधी और गोर्बाचेव द्वारा जारी दिल्ली घोषणापत्र में विस्तारपूर्वक दिए गए हैं। इस घोषणापत्र की मुख्य विशेषताएं इस प्रकार हैं–

1. अंतरराष्ट्रीय संबंधों के लिए शांतिपूर्ण सह–अस्तित्व सार्वभौमिक मानदंड होना चाहिए। सैन्य माध्यमों से नहीं बल्कि शांतिपूर्ण राजनीतिक माध्यमों से विवाद से सुलझाए जाएँ।
2. मानव अधिकारों को सर्वोच्च स्थान दिया जाए।
3. सामुदायिक जीवन का आधार अहिंसा होनी चाहिए। इसका निहितार्थ यह है कि हमें हिंसा, धमकाना, असमानता, दमन तथा पक्षपात का त्याग करना चाहिए, क्योंकि ये अनैतिक तथा अनुचित आधार हैं।
4. राष्ट्र–राज्यों के बीच परस्पर विश्वास की भावना जाग्रत करने के लिए संगठित प्रयास किए जाने चाहिए।
5. प्रत्येक देश की आर्थिक और राजनीतिक स्वतंत्रता के अधिकार को स्वीकार करना चाहिए एवं उसका मान–सम्मान करना चाहिए। ऐसी नई विश्व व्यवस्था का निर्माण करने का प्रयास किया जाना चाहिए, जिससे सभी राष्ट्रों के लिए आर्थिक न्याय और समान अवसर मिले।
6. अस्त्रों पर प्रयुक्त किए गए संसाधनों को सामाजिक आर्थिक विकास के लिए खर्च किया जाना चाहिए।
7. सरकारों का यह कार्य है कि वे सांस्कृतिक, कलात्मक और शैक्षणिक संभावनाओं की दृष्टि से व्यक्ति के संतुलित विकास की गारंटी दें।
8. खाद्यान्न की कमी, जनसंख्या वृद्धि, निरक्षरता, पर्यावरण में होने वाले अपकर्ष, समान रूप से दोहन तथा पृथ्वी की सम्पदा की उपयोगिता जैसी ग्लोबल समस्याओं के समाधान में व्यक्ति की बौद्धिक संभावनाओं से लाभ उठाया जा सकता है।
9. बाहरी अंतरिक्ष, विश्व के सागरों और महासागरों का क्षेत्र मानव जाति की साझी विरासत होनी चाहिए।
10. अंतरराष्ट्रीय संबंधों में अंकुश लगाने तथा भयभीत करने करने वाले दृष्टिकोण के स्थान पर व्यापक अंतरराष्ट्रीय सुरक्षा व्यवस्था को महत्व दिया जाना चाहिए क्योंकि अंतरराष्ट्रीय सुरक्षा अविभाज्य है।
11. अंतरराष्ट्रीय समुदाय का महत्वपूर्ण लक्ष्य हथियारमुक्त विश्व व्यवस्था का निर्माण होना चाहिए। इसके लिए निरस्त्रीकरण की ओर विशिष्ट तथा तत्काल कार्रवाई करने की आवश्यकता है। भारत और सोवियत संघ इससे सहमत हैं कि सन् 2000 तक परमाणु अस्त्रागार को पूर्ण रूप से नष्ट करने संबंधी करारनामों, अंतरिक्ष संबंधित सभी अस्त्रों को छोड़कर सभी परमाणु परीक्षणों पर व्यापक रूप से प्रतिबंध लगाकर जनसंहारक अस्त्रों और नई डिवाइस के विकास पर निषेध, सभी रासायनिक अस्त्रों और हथियारों के जखीरे को नष्ट करके निरस्त्रीकरण किया जा सकता है।

12. भारत और सोवियत संघ ने परमाणु अस्त्रों के प्रयोग या प्रयोग के खतरे पर प्रतिबंध लगाते हुए अंतरराष्ट्रीय समझौता करने की सिफारिश की थी।
13. भारत और सोवियत संघ इससे सहमत हो गए हैं कि परंपरागत अस्त्रों और सशस्त्र सेनाओं के स्तर कम करते हुए सामान्य तथा पूर्ण रूप से निरस्त्रीकरण में योगदान देना होगा।

सन् 1986 के अंत में भारत–सोवियत संबंधों का आकलन करते हुए राजीव गांधी ने यह पाया कि गोर्बाचेव के साथ व्यापक स्तर पर आदान–प्रदान से व्यापार और अर्थव्यवस्था, विज्ञान, प्रौद्योगिकी और संस्कृति का स्तर गुणात्मक दृष्टि से बढ़ा है। उन्होंने यह दावा किया कि भारत–सोवियत द्वारा शांति और निरस्त्रीकरण सुनिश्चित करने के लिए संयुक्त प्रयास पहले से तेज गति से किए जाएंगे तथा इनकी सोद्देश्यता भी बढ़ेगी। उन्होंने भारत–सोवियत के इस दृढ़ निश्चय पर बल दिया कि परस्पर सहयोग के लिए संयुक्त रूप से प्रयास किए जाएँ और व्यापक रूप से इस क्षेत्र में संभावनाओं को बढ़ाया जाए। विशिष्ट बात यह है कि सोवियत संघ, टिहरी हाइड्रो इलेक्ट्रिक कॉम्प्लेक्स, बोकारो स्टील प्लांट के आधुनिकीकरण, पश्चिम बंगाल में नई कोयला खान तथा इसी राज्य में तेल की खोज में सहायता देने के लिए सहमत हो गया था।

सन् 1989 के ग्रीष्मकाल तक गोर्बाचेव का सोवियत संघ पर प्रभावी नियंत्रण रहा था। तब तक इन लक्ष्यों को पूरे जोर–शोर से लागू किया जाता रहा। परंतु सन् 1985 और 1989 के बीच गोर्बाचेव का ध्यान अफगानिस्तान से जुड़े मुद्दों, संयुक्त राज्य के साथ सामरिक अस्त्रों को कम करने संबंधी समझौतों को अंतिम रूप देने और आर्थिक पुनर्गठन तथा राजनीतिक उदारीकरण की घरेलू नीतियों द्वारा उत्पन्न आंतरिक अस्थिरता पर केंद्रित हो गया। इससे भी अधिक महत्वपूर्ण यह है कि परमाणु मुद्दों पर अप्रसार संधि पर भारत के रवैये तथा कश्मीर जैसे अतिसंवेदनशील मुद्दों पर सोवियत समर्थन में अब परिवर्तन आने लगा था। अब गोर्बाचेव संयुक्त राज्य और अन्य पश्चिमी लोकतांत्रिक देशों के साथ सकारात्मक समीकरण बनाना चाहते थे। पूरे विश्व के प्रमुख देशों की राजधानियों में भेजे गए सोवियत राजदूतों ने भारतीय प्रतिपक्षों के सम्मुख अपना यह आकलन स्पष्ट किया था कि भारत सोवियत संघ से यह उम्मीद न रखे कि इससे पहले विभिन्न मुद्दों पर दी गई सहायता के समान आगे भी सोवियत संघ उसे निराधार रूप से विशिष्ट समर्थन देता रहेगा। जब सोवियत अर्थव्यवस्था में गोर्बाचेव की अंधाधुंध पुनर्गठन नीतियों के कारण बिखराव आने लगा, तब सोवियत संघ के साथ आर्थिक और औद्योगिकीय सहयोग में भी कमी आने लगी।

सन् 1989 के मध्य तक भारत–सोवियत संबंधों में पूरी तरह से विचार करने की आवश्यकता उभरने लगी, इस समय गोर्बाचेव के स्थान पर सोवियत राजनीति में बोरिस येल्तसिन का प्रभुत्व बढ़ने लगा। सन् 1989 के अंत में राजीव गांधी भी सत्ता में नहीं रहे और रूस में भी नेतृत्व बदल गया, जिससे सन् 1990 से भारत–सोवियत संबंधों को नए सिरे से देखा जाने लगा।

यद्यपि सन् 1984 और 1988 के प्रारंभ में चीन–भारत संबंधों में खालीपन विद्यमान था, हालांकि नई दिल्ली चीन पर ध्यान देती रहती थी। परंतु इस खालीपन का यह

अर्थ नहीं है कि डेंग जियाओपिंग के नेतृत्व में चीन में हो रहे परिवर्तनों के संबंध में भारत की कोई दिलचस्पी नहीं थी। इस समय चीन का घमंडी रवैया तथा अलगावपूर्ण दृष्टिकोण बदल रहा था। भारत इस परिवर्तन के प्रति सचेत था। भारत यह भी जानता था कि चीन विश्व के अनेक देशों के साथ अधिक मैत्रीपूर्ण संबंध स्थापित करना चाहता है। भारत ने चीन–सोवियत और चीन–संयुक्त राज्य संबंधों पर विशेष ध्यान दिया। जैसा कि पहले बताया गया है कि डेंग ने सन् 1979 में अटल बिहारी वाजपेयी को बताया कि चीन–भारत के साथ सामान्य संबंध रखना चाहता है और उन्होंने यह भी विचार व्यक्त किया कि असाध्य सीमावर्ती विवाद को अलग रखकर दोनों देशों को अन्य क्षेत्रों में द्विपक्षीय संबंधों को सुधारने का प्रयास करना चाहिए, जिससे सीमा संबंधी विवाद को सुलझाने में अनुकूल वातावरण तैयार होगा। राजीव गांधी ने भी अनुभव किया कि सर्वाधिक महत्वपूर्ण पड़ोसी देश होने के नाते चीन के साथ भारत के संबंध सुधारने में डेंग के इस विचार का लाभ उठाया जाना चाहिए। हालांकि सांस्कृतिक और आर्थिक संपर्क पुनः स्थापित करना भारत की नीति बन चुका था, फिर भी, राजीव गांधी ने चीन के साथ बेहतर राजनीतिक संबंध स्थापित करने के लिए आगे बढ़ने का निर्णय लिया। इस संबंध में उन्होंने श्रीमती गांधी के प्रधान सचिव तथा पूर्व वरिष्ठ राजनयिक पी.एन. हक्सर को सन् 1988 में विशेष दूत बनाकर गोपनीय रूप से चीन की यात्रा पर भेजा। इस यात्रा का उद्देश्य लंबे समय से लंबित पड़े निमंत्रण के जवाब में राजीव गांधी की सरकारी तौर पर चीन यात्रा की संभावनाओं का पता लगाना था। राजीव गांधी ने विशेष सचिव, जी.के. अरोड़ा तथा विदेश प्रभारी कार्यालयों के संयुक्त सचिव, रोनेन सेन को चीन भेजा। इसके अलावा विदेश सचिव के.पी.एस. मेनन (जूनियर), चीन के पूर्व राजदूत तथा चीन में भारतीय राजदूत सी.वी. रंगनाथन को भी विशेष रूप से शामिल किया गया। इन दोनों ने अपने कैरियर में एक से अधिक बार बीजिंग में कार्य किया था तथा अब भारत के प्रधान राजनयिक प्रतिनिधि बने।

इन वरिष्ठ राजनयिकों द्वारा तैयार आधारभूत संरचना के बाद राजीव गांधी ने दिसंबर 1988 में बीजिंग की यात्रा की। 25 वर्षों से अधिक लंबे अंतराल के बाद यह भारत के प्रधानमंत्री की पहली चीन यात्रा थी। बीजिंग ने राजीव गांधी को सर्वोच्च सम्मान दिया। उन्होंने डेंग जियाओपिंग के साथ विस्तारपूर्वक चर्चा की। इसी दौरान चीन के नेता ने भारत के साथ सामान्य संबंध बनाने, सभी क्षेत्रों में द्विपक्षीय संबंधों को बढ़ावा देने तथा सीमा विवाद सुलझाने के लिए विशेषज्ञ स्तर पर चर्चा करने की इच्छा जाहिर की, जिसका भारत ने सकारात्मक जवाब दिया। इन नेताओं ने सर्वाधिक महत्वपूर्ण निर्णय यह लिया कि चीन–भारत सीमा विवाद से संबंधित मुद्दों पर चर्चा करने और सुलझाने का आधार तैयार करने के लिए संयुक्त कार्यकारी दल गठित किया जाए। इसका नेतृत्व चीन के उपविदेश मंत्री तथा भारत के विदेश सचिव करें। इस मुद्दे पर भी सहमति हो गई कि द्विपक्षीय आर्थिक, वैज्ञानिक, सांस्कृतिक और प्रौद्योगिकीय संबंधों को पुनः स्थापित किया जाए तथा इनका विस्तार किया जाए। यह समझौता भी हुआ कि भारत और चीन–दो देशों के बीच वास्तविक नियंत्रण रेखा के संबंध में विरोध तथा तनाव कम करने का प्रयास करेंगे। 26 वर्षों से अंदर–ही–अंदर पनप रहे

वैमनस्य के लम्बे अंतराल के बाद चीन–भारत संबंधों में यह प्रमुख घटना थी। राजीव गांधी की इस यात्रा से सन् 1989 से चीन–भारत के बीच सकारात्मक आदान–प्रदान के लिए आधार तैयार हो गया।

यहाँ यह बताना भी जरूरी है कि इस अवधि के दौरान आगामी सकारात्मक राजनीतिक विकास के साथ–साथ तनावपूर्ण घटनाएँ भी होती रहीं। डेंग द्वारा व्यावहारिक और सकारात्मक संकेत देने का समर्थन कर रहा है, वहीं तिब्बती अलगाववादी आंदोलन की अनदेखा कर रहा है। वास्तविक नियंत्रण रेखा के साथ–साथ चीन ने गश्त बढ़ाकर आक्रामक रवैया अपनाए रखा। इसके साथ–साथ चीन ने सीमा सुरक्षा चौकियाँ भी बढ़ा दीं।

राजीव गांधी इन सभी प्रवृत्तियों पर ध्यान दे रहे थे। चीन की शिकायतों पर भारत का जवाब सुनिश्चित था। भारत इस बात पर बल दे रहा था कि तिब्बत को मान्यता देने के संबंध में नई दिल्ली की नीति में कोई परिवर्तन नहीं आया। तिब्बत चीन गणराज्य का स्वायत्त क्षेत्र है। इसी प्रकार से भारत ने वास्तविक नियंत्रण रेखा पर चीन की सैन्य गतिविधियों का दृढ़तापूर्वक जवाब दिया। सेनाध्यक्ष जनरल के. सुंदरजी ने विशिष्ट कार्यवाही तय की, जिसके तहत पूर्वी क्षेत्र में वास्तविक नियंत्रण रेखा के साथ–साथ भारतीय सुरक्षा बल की चौकियाँ बनाई गईं। इस कार्यवाही से विवाद तथा तनाव उत्पन्न हो गए। परंतु भारत के इस निर्णायक रवैये से वास्तविक नियंत्रण रेखा पर हालात में स्थिरता आ गई। सन् 1988 में चीन द्वारा राजीव गांधी का स्वागत एक प्रकार से इस तथ्य की स्वीकृति का प्रतीक है कि भारत के साथ तनावपूर्ण संबंधों से चीन के हितों की भी पूर्ति नहीं होगी। सन् 1991 से मई 1998 तक चीन–भारत संबंधों में विकास से जाहिर होता है कि दिसंबर 1988 में बीजिंग में राजीव गांधी तथा चीनी नेताओं के बीच विचार–विमर्श तेजी से बदलती हुई विश्व की परिस्थितियों के संदर्भ में एशियाई क्षेत्र में सामरिक वातावरण में स्थिरता लाने की दिशा में उठाया गया कूटनीतिक कदम था, जो समय को देखते हुए सही था।

राजीव गांधी ने बाहरी देशों के साथ संबंध स्थापित करने में सर्वाधिक महत्वपूर्ण तथा संवेदनशील कार्य यह किया कि उन्होंने श्रीलंका के जातिगत संकट सुलझाने में मध्यस्थता करने का प्रयास किया था।

श्रीलंका के संबंध में भारत के लिए जटिलताओं से भरा अगला अत्यधिक महत्वपूर्ण चरण तब शुरू हुआ, जब राजीव गांधी द्वारा दिसंबर 1984 में कार्यभार सँभालने पर श्रीलंका में सर्वदलीय कॉन्फ्रेंस विफल हो गई थी। राजीव गांधी ने भारतीय नीतियों में अविच्छिन्नता बनाए रखी, परंतु उन्होंने सूक्ष्म अंतर भी बनाए रखा। उनका यह विचार था कि हालाँकि भारत द्वारा मध्यस्थता करना आवश्यक तथा उपयोगी है, परंतु नई दिल्ली तमिलों के प्रति झुकाव कम करते हुए सिंहली और तमिलों के बीच अधिक निष्पक्ष रवैया अपनाए। विदेश सचिव रोमेश भंडारी ने इस परिवर्तन के बारे में कहा–"भारत ने तमिलनाडु नीति की बजाय भारतीय नीति अपनाने की ठानी है।"

मार्च 1985 और दिसंबर 1986 के बीच श्रीलंकाई जातिगत मुद्दे पर बैठकें, चर्चाएँ और वार्ताएँ सम्पन्न हुईं। इनसे यह प्रतिबिंबित होता है कि भारत–श्रीलंका के

तमिलों को यह समझाने का निरंतर प्रयास करता रहा कि वे अलग तमिल राज्य की माँग छोड़ दे तथा हिंसा एवं आतंकवाद के मार्ग से हट जाएँ। भारत उनके सामने यह वकालत कर रहा था कि वे समझौता कर लें, जिससे उनकी आकांक्षाओं की पूर्ति होगी तथा संगठित श्रीलंका की रूपरेखा के भीतर उन्हें अपने कार्यों के संचालन के लिए प्राधिकार दिए जाएँगे। इसके साथ–साथ भारत ने श्रीलंका की सरकार को यह समझाने का प्रयास किया कि वह तमिल नागरिकों के प्रति विद्वेषपूर्ण दृष्टिकोण छोड़ दे तथा पुनः इस ढंग से ऐसा राजनीतिक ढ़ांचा तैयार करे, जिसमें उन्हीं के देश के भीतर अल्पसंख्यकों की आकांक्षाओं की पूर्ति हो सके। हमारा यह सुझाव था कि दोनों पार्टियों के बीच ऐसा समझौता होना चाहिए, जिससे सामाजिक–जातीय विविधताओं के बावजूद श्रीलंका सुव्यवस्थित, शांतिप्रिय देश बने तथा इसके साथ–साथ उसकी एकता और क्षेत्रीय अखंडता बनी रहे।

हालाँकि श्रीलंका सरकार बातचीत करने का ढोंग करती रही, परंतु वह अपने तमिल नागरिकों के विरुद्ध दीर्घकालीन तथा आक्रामक सैन्य रवैया अपनाने की योजना भी तैयार करती रही। मई 1985 और दिसंबर 1986 के बीच थिंपू, कोलम्बो, नई दिल्ली और बंगलौर में श्रीलंका सरकार के शामिल होने के बारे में उठी असंदिग्धता उस समय साबित हो चुकी थी, जब श्रीलंका सरकार राजनीतिक स्तर पर बातचीत का बहाना कर रही थी तथा दूसरी ओर तमिलों के विरुद्ध सैन्य कार्यवाहियों में व्यवस्थित ढंग से तेजी ला रही थी।

तमिल राजनीतिक और सैन्य वर्गों के मन में सिंहली और तमिलों के बीच समझौतों के बार–बार उल्लंघन होने की यादें बनी हुई थीं। उन्हें श्रीलंका सरकार के नकारात्मक इरादों की भी जानकारी थी। उन्हें यह आशंका थी कि यह सरकार सहमति के बावजूद इन समझौतों को लागू नहीं करेगी। तमिल वर्ग इस निष्कर्ष पर पहुँच गया था कि जब तक भारत इन समझौतों को लागू करने की जिम्मेदारी नहीं लेता, तब तक ये समझौते लागू नहीं होंगे। दिसंबर 1986 में भारत द्वारा की गई मध्यस्थता से श्रीलंका की सरकार की घबराहट दूर हो गई और शंकाओं में घिरे श्रीलंकाई तमिल राजनीतिक व उग्रवादी समूहों का आक्रामक दृष्टिकोण भी शांत हो गया था। लेकिन जाफना प्रायद्वीप की घेराबंदी के साथ ही जनवरी 1987 में श्रीलंका की सरकार द्वारा जाफना के खिलाफ शुरू किए गए व्यापक सैन्य अभियान से श्रीलंका के तमिलों की आशंकाओं तथा राष्ट्रपति जयवर्धने के इरादों के प्रति उनके संदेहों की पुष्टि हो गई।

यहाँ यह दोहराना भी उचित होगा कि श्रीलंका सरकार द्वारा जनवरी 1987 में की गई सैन्य कार्यवाहियाँ भारत के दो केंद्रीय मंत्रियों–पी. चिदंबरम् तथा नटवर सिंह की कोलंबो यात्रा से 25 दिनों के भीतर ही प्रारंभ हो गई थीं। इस यात्रा के दौरान '19 दिसंबर प्रस्तावों' को अंतिम रूप दिया गया। इन सैन्य कार्यवाहियों से राजीव गांधी इस बात से सहमत हो गए थे कि श्रीलंका के संबंध में भारतीय नीतियों में परिवर्तन लाना जरूरी है। इस संबंध में निम्नलिखित परिवर्तन किए गए थे–

1. भारत को सख्ती से श्रीलंका सरकार की तमिलों के विरुद्ध सैन्य कार्यवाहियों का विरोध करना चाहिए;

2. सन् 1985 और 1986 के बीच वार्ताओं के दौरान तैयार 'हस्तांतरण पैकेज' के कार्यान्वयन के लिए जयवर्धने पर सीधा राजनीतिक दबाव डाला जाना चाहिए;
3. यदि भारत इन दो लक्ष्यों को प्राप्त कर लेता है, तो उसे तमिलों को समझाना चाहिए कि वे बातचीत में शामिल हों;
4. यदि वार्ताएँ सफल हो जाती हैं और इनके फलस्वरूप समाधान निकल आते हैं, तो भारत को समुचित समझौतों के माध्यम से किसी–न–किसी प्रकार से समाधान लागू करने की गारंटी देनी चाहिए। मध्यस्थ होने के अतिरिक्त भारत को श्रीलंकाई तमिलों की सुरक्षा की ठोस गारंटी देनी चाहिए। साथ ही यह भी सुनिश्चित करना चाहिए कि श्रीलंका सरकार इन सर्वसम्मत समाधानों को लागू करेगी।

भारत की श्रीलंका के प्रति नीतियाँ विकसित होने में पूर्ववर्ती तत्वों के परिणामस्वरूप आंतरिक स्तर पर विचार–विमर्श किया गया। श्री राजीव गांधी ने अपने राजनीतिक और प्रशासनिक सेवा के सलाहकारों के साथ चर्चा की। इस संबंध में श्रीलंका को यह समझाया जा रहा था कि वह तमिल उग्रवादियों के प्रति सैन्य अभियान बंद कर दे। जाफना में तमिल सिविल आबादी को निरंतर कठिनाइयों का सामना करना पड़ रहा था, इसीलिए राजीव गांधी ने जनवरी तथा जून 1987 के बीच इस उद्देश्य की पूर्ति पर ध्यान केंद्रित रखा। हर कोई चाहता था कि राजनीतिक साधनों से यह उद्देश्य प्राप्त किया जाए; परंतु ऐसा नहीं हो सका। भारत को जाफना के सैन्य घेराव को तोड़ने के लिए सीधे हस्तक्षेप करना पड़ा। 4 जून, 1987 को जाफना में विमान से सामान नीचे फेंका गया। वैश्विक पटल पर अनेक मंचों से यह उपदेश दिया गया कि भारत ने किसी दूसरे संप्रभुतासंपन्न देश में विमान से सामग्री भिजवाकर अंतरराष्ट्रीय विधि का उल्लंघन किया है। परंतु यह याद रखना चाहिए कि भारत ने पहले सामान्य वार्ताओं के आधार पर समुद्र से सामान भेजने की कोशिश की थी, परंतु श्रीलंका ने द्विपक्षीय राजनीतिक चर्चा द्वारा समस्या सुलझाने से मना कर दिया था। तब भारत को यह एकतरफा कार्यवाही करनी पड़ी थी। इस संबंध में अन्य देशों तथा सरकारों की मिसालें विद्यमान हैं, जब मानवता के आधार पर तथा राजनीतिक प्रयोजनों से इस प्रकार की कार्यवाहियाँ की गई थीं। यद्यपि तकनीकी दृष्टि से यह कार्यवाही अंतरराष्ट्रीय विधि का उल्लंघन थी, परंतु मेरे विचार में यह कार्यवाही राजनीतिक दृष्टि से आवश्यक और नैतिक दृष्टि से न्यायोचित थी। मैं यह भी जोड़ना चाहूँगा कि भारत की निर्णायक कार्यवाही से श्रीलंकाई तमिलों में विश्वास पैदा हुआ। इससे 'लिट्टे' (लिब्रेशन टाइगर्स ऑफ तमिल ईलम) ने सिंगापुर के माध्यम से श्रीलंका सरकार के साथ समझौता करने का संदेश भेजा। संभवतः भारत की निर्णायक शक्ति के कारण ही श्रीलंका सरकार तमिलों के साथ समझौता करने के लिए तैयार हो गई। 27 जुलाई, 1987 को भारत–श्रीलंका करारनामे में इस समझौते को अंतिम रूप दिया गया।

भारत द्वारा श्रीलंका में विमान से आवश्यक सामान की आपूर्ति से मिलती–जुलती मिसाल सन् 1961 में बर्लिन से जुड़ी है। परंतु यदि श्रीलंका में भारत द्वारा दी गई सहायता का हंगरी (सन् 1956) में सोवियत हस्तक्षेप तथा सन् 1968 में चेकोस्लोवाकिया में रूसी हस्तक्षेप, मिस्र में ब्रिटिश–फ्रेंच हस्तक्षेप (स्वेज संकट के संबंध में), साइप्रस में

तुर्की हस्तक्षेप (जिससे देश खंडित हो गया), वियतनाम, क्यूबा, ग्रेनादा, पनामा, लीबिया तथा हैती में संयुक्त राज्य के बेरोक–टोक हस्तक्षेप, सन् 1979 में वियतनाम में चीनी घुसपैठ तथा दक्षिण चीन समुद्र में स्प्रेटली द्वीपों पर इसके दावे से तुलना की जाए तो अकाट्य रूप से यह कहा जा सकता है कि भारत की यह कथित घुसपैठ घातक नहीं थी। भारत का इरादा श्रीलंका सरकर को हटाना या देश की एकता और क्षेत्रीय अखंडता को नष्ट करना नहीं था। भारत की आलोचना यह कहकर की जा रही थी कि भारत जाफना में घेराबंदी में फंसे तमिल लोगों की खातिर आवश्यक सामान मुहैया करा रहा था। यह कार्यवाही राजनीतिक तथा नैतिक ढोंग रचते हुए की गई। भारत के उद्देश्यों की आलोचना करने वाली न्यायोचित पार्टी मात्र श्रीलंका की सरकार थी।

मैं भारत की श्रीलंका द्वारा की गई आलोचना को वैध मानता हूँ; क्योंकि भारत द्वारा विमान से दी गई इस सहायता पर केवल श्रीलंका सरकार को ही प्रश्न पूछने का अधिकार था। इसके विपरीत यह भी सत्य है कि श्रीलंका सरकार की जिद तथा पूर्वाग्रह के कारण भारत को एकतरफा कार्यवाही करनी पड़ी। देशों पर आक्रमण, बमबारी तथा सरकार थोपने की तुलना में श्रीलंका के उन 1/4 मिलियन लोगों की जीवनरक्षक दवाओं, मिट्टी का तेल, चावल मुहैया कराना कोई अपराध नहीं है, जिनकी 5 महीनों से बुनियादी आवश्यताएँ भी पूरी नहीं हो पा रही थीं।

भारत–श्रीलंका के बीच सन् 1987 में हुए समझौते की व्यापक स्तर पर बार–बार आलोचना की जा रही थी। इस आलोचना के निम्नलिखित पहलू हैं–

1. चूँकि भारत द्वारा सुलह–सफाई के लिए किए गए सभी प्रयास निष्फल हो गए थे, इसीलिए किसी अन्य देश के घरेलू–जातिगत संकट को दूर करने की सीधी जिम्मेदारी लेने की जरूरत थी।
2. सभी संबंधित पक्षों की स्वैच्छिक रूप से सहमति लिए बिना राजीव गांधी समझौते के लिए सहमत हो गए तथा उन्होंने जयवर्धने पर हस्ताक्षर करने के लिए दबाव डाला।
3. बोफोर्स सौदे तथा ऐसे अन्य अनेक मुद्दों के संबंध में देश के भीतर राजीव गांधी की आलोचना की जा रही थी। राजीव गांधी इन मुद्दों से सबका ध्यान हटाने के लिए ऐसे समझौते के माध्यम से कूटनीतिक सफलता पाना चाहते थे। यह आरोप भी लगाया गया कि राजीव गांधी को खुफिया एजेंसियों तथा सशस्त्र सेनाओं ने इस समझौते में दी गई सीधी जिम्मेदारी न लेने की सलाह दी थी। इसके बावजूद राजीव गांधी इस समझौते पर अड़े रहे। राजीव गांधी को श्रीलंका में भारतीय शांति सेना (आई.पी.के.एफ.) नहीं भेजनी चाहिए थी। किसी पड़ोसी देश में यह अनुचित सैन्य हस्तक्षेप था। लिट्टे को दबाने में भारतीय शांति सेना की नाकामयाबी तथा बाद में इनकी वापसी भारत की विदेश नीति की प्रमुख विफलता थी, जिससे राजीव गांधी बच नहीं सके।

दिसंबर 1986 में भारत के सुलह कराने के प्रयासों की विफलता के बाद श्रीलंका सरकार को तमिलों के विरुद्ध सैन्य कार्यवाही करनी पड़ी। इसके बाद श्रीलंका से भारत स्थित तमिलनाडु में अनेक शरणार्थी आने लगे। संबद्ध राज्य सरकार को श्रीलंका में तमिलों का समर्थन करने के लिए एकतरफा निर्णय लेना पड़ा। यदि केंद्र सरकार श्रीलंका

सरकार के सैनिक इरादों को तमिलों का समर्थन करने के मामले में तमिलनाडु के प्राधिकारियों को रोकने संबंधी कड़े उपाय करती तो इससे भारत में तमिल अलगाववादी ताकतों को सिर उठाने का अवसर पुनः प्राप्त हो जाता। वस्तुतः भारत सरकार सन् 1986 के अंत में लिट्टे द्वारा सैद्धांतिक दीर्घकालीन नीतिगत दस्तावेज और सिंगापुर के कुछ क्षेत्र शामिल करते हुए वृहत्तर ईलम बनाने की योजना बनाई गई थी, जहाँ पर तमिल आबादी काफी तादाद में पाई जाती है। इसके अलावा दिसंबर 1986 में सुलह करवाने के प्रयास निष्फल हो जाने के बाद यदि भारत पहल नहीं करता तो श्रीलंका की संयुक्त राज्य, इजराइल और पाकिस्तान के साथ खुफिया और सुरक्षा संबंध मजबूत बनाने की कोशिशों में भी वृद्धि हो जाती। इसलिए जब लिट्टे और 'द हिंदू' के पत्रकार एम. राम के बीच और राम तथा कैबिनेट विकास मंत्री जैमिनी दिसानायके के बीच संदेशों के आदान–प्रदान के कारण जातिगत संकट सुलझाने के लिए नए सिरे से अवसर मिला, तब राजीव गांधी के लिए तर्कसंगत था कि वे इस संबंध में जवाबी कार्रवाई करते। तमिलों से प्राप्त संदेश में स्पष्टतः बताया गया था कि यदि भारत–श्रीलंका सरकार के साथ समझौते में सीधे एक पार्टी बनता है तो वे लोग किसी भी समझौते पर सहमति दे देंगे ताकि प्रस्तावों की गारंटी मिले तथा ये प्रस्ताव लागू हों।

भारत सरकार ने श्रीलंका की एकता और क्षेत्रीय अखंडता तथा तमिलों और सिंहली लोगों में मेलजोल की भावना जगाने और भारत के पड़ोसी देश में सामान्य हालात बनाने तथा स्थिरता लाने के लिए इस जिम्मेदारी को स्वीकार कर लिया। श्रीलंका भौगोलिक दृष्टि से भारत के बिलकुल निकट है तथा तमिलों का जातिगत मुद्दा भारत की आंतरिक नीति की दृष्टि से अत्यधिक महत्वपूर्ण था, जिससे राजीव गांधी को भारत–श्रीलंका समझौते के अनुसार यह गंभीर कदम उठाना पड़ा। इस प्रक्रिया से जुड़ी भारत की राष्ट्रीय सुरक्षा संबंधी चिंताएँ पहले ही बता दी गई हैं।

दूसरे यह आलोचना की जाती थी कि राजीव गांधी जयवर्धने तथा तमिलों पर दबाव डालने के लिए श्रीलंका भागे थे। यह जल्दबाजी में किया गया समझौता था। इसमें बातचीत करके हस्ताक्षर किए गए थे। हस्तांतरण पैकेज और तमिलों की आकांक्षाओं की पूर्ति के लिए प्रस्तावित संवैधानिक संशोधन पर इससे चार वर्ष पूर्व से बातचीत चल रही थी। तमिल ग्रुप तथा राष्ट्रपति जयवर्धने ने इस करारनामे के हर खंड पर विचार किया था।

यद्यपि श्रीलंका तथा तमिलों ने इस संबंध में अनिच्छा जाहिर की थी तथा उनके मन में शंकाएँ भी थीं। फिर भी उनके प्रतिनिधियों ने इस समझौते के उपबंधों पर सहमति जाहिर की तथा समर्थन किया। इस करारनामे से पहले राजीव गांधी ने भारत सरकार और श्रीलंका के सभी संबंधित वर्गों के साथ चर्चा की थी। बातचीत, मशविरे तथा इस करारनामे को अंतिम रूप देने की प्रक्रिया एक माह के भीतर पूरी हो गई थी और राजीव गांधी ने सभी पार्टियों के साथ बातचीत करके, विशेषतः राष्ट्रपति जयवर्धने और लिट्टे मुखिया वी. प्रभाकरन की सहमति के बाद समझौते पर हस्ताक्षर करने का निर्णय लिया था। बाद में दोनों पार्टियां इस समझौते से पीछे हट गईं। यह एक अलग विषय है।

राजीव गांधी पर आरोप लगाया गया कि बोफोर्स स्कैंडल तथा अन्य मामलों में देश के भीतर हो रही आलोचनाओं से ध्यान हटाने के लिए उन्होंने प्रमुख कूटनीतिक सफलता हासिल करनी चाही थी। जहाँ तक मुझे याद है, यह आरोप सही नहीं है। श्रीलंका की स्थिति पर सर्वोच्च स्तर पर चल रही वार्ताओं तथा चर्चाओं में मैंने भाग लिया था। पूर्ववर्ती प्रधानमंत्रियों की तुलना में श्री राजीव गांधी के साथ मेरी मुलाकात बहुत थोड़े समय के लिए हुई थी। चाहे मैं वाशिंगटन में रहा, नई दिल्ली में या फिर काबुल में, मैंने यह कभी महसूस नहीं किया कि राजीव गांधी देश के भीतर अपनी नाजुक स्थिति से बचने के लिए श्रीलंका में हस्तक्षेप कर रहे हैं। मेरे विचार में इस कार्यवाही के पीछे उनका इरादा बिलकुल स्पष्ट था। वे सुनिश्चित करना चाहते थे कि तमिलनाडु में अलगाव की स्थिति न आने पाए। वे भारत के राष्ट्रीय सुरक्षा संबंधी हितों को जयवर्धने के जातिगत फोबिया के नकारात्मक प्रसार से बचाना चाहते थे। राजीव गांधी श्रीलंका की एकता और भौगोलिक एकता के प्रति वचनबद्ध थे। जब मैं इस मुद्दे पर ध्यान देता हूँ कि राजीव गांधी देश के भीतर उभर रही चुनौतियों को विदेश नीति में सफलता प्राप्त करके दूर करना चाहते थे तो यह विचार भी तर्कसंगत नहीं लगता। तथ्य यह था कि उनके निकटतम राजनीतिक, सिविल और सेना सलाहकारों ने ही अनौपचारिक चर्चाओं में इस प्रकार का विचार व्यक्त किया था। मुझे ऐसा एक भी उदाहरण याद नहीं पड़ता, जब किसी मंत्री या उनके सहयोगी ने राजीव गांधी की ओर से इस प्रकार की कार्यवाही करने की बात की हो।

भारत की श्रीलंका संबंधी नीति के संबंध में व्यक्त क्षोभ के बावजूद राजीव गांधी के समय में सबसे बड़ा महत्वपूर्ण परिवर्तन यह हुआ कि हालाँकि श्रीमती गांधी तमिल आकांक्षाओं के प्रति पूर्णतः सहानुभूति रखने के लिए जयवर्धने पर दबाव डालना चाहती थीं तथा उन्हें संयुक्त राज्य, पाकिस्तान और इजराइल जैसे देशों के साथ बनाए गए समीकरण से पीछे हटने के लिए बाध्य कर रही थीं, राजीव गांधी निष्पक्ष रूप से मध्यस्थता की नीति अपनाना चाहते थे। इनका ध्यान कूटनीतिक माध्यमों तथा श्रीलंका की स्थिति से निपटने के लिए उच्च स्तरीय राजनीतिक चर्चाओं पर केंद्रित था, न कि ये घुसपैठ या दबाव का रास्ता अपनाना चाहते थे। विडंबना यह है कि सकारात्मक दृष्टिकोण के बावजूद उन्हें श्रीलंका में सीधे हस्तक्षेप करना पड़ा। भारत–श्रीलंका नीतियों में अंतर्विरोध के संबंध में की जा रही आलोचना पर कोई ध्यान नहीं दिया गया। भारत–श्रीलंका समझौता सफल हो सकता था, यदि जयवर्धने इसे सही मायने में लागू करते तथा प्रधानमंत्री रणसिंघे प्रेमदास यह स्वीकार कर लेते कि इस समझौते से अत्यधिक जटिल मुद्दे पर व्यावहारिक रूप से समझौता हो जाएगा तथा श्रीलंका से भारतीय शांति सेना की वापसी पर अड़ियल रुख नहीं अपनाया जाएगा। इससे भी अधिक खास बात यह है कि यदि भारत सौंपे गए कार्यों को पूरा करने तथा इस देश में हालात सामान्य बनाने के लिए श्रीलंका सरकार और तमिलों को दिए गए वायदों पर कायम रहने के प्रति राजनीतिक इच्छाशक्ति तथा धैर्य बनाए रखता या जाहिर करता तो समझौता सफल हो सकता था। सन् 1985 से 1990 तक जिस प्रकार से श्रीलंका नीतियाँ असफल हुईं, उससे प्रमाणित हो जाता है कि नरम रवैया अपनाने वाले भारत का निर्णय अंतरराष्ट्रीय संदर्भ में सही नहीं है। श्रीलंका के संबंध में राजीव गांधी द्वारा

उठाए कदमों के बारे में इतिहास अधिक वस्तुनिष्ठ ढंग से निर्णय लेगा। मेरे विचार में, श्रीलंका के नेताओं के साथ बरताव करते समय भी उनके इरादे उतने ही न्यायसंगत और व्यावहारिक थे, जितने जटिल मुद्दे होने के बावजूद राजीव गांधी पड़ोसी देशों के कल्याण और भारत के हितों के बचाव की निर्भय होकर जिम्मेदारी लेते थे तथा नीतियाँ अपनाते थे। उन्होंने इस दिशा में अथक प्रयास किए, जिनकी इतनी अधिक उपेक्षा की गई तथा इसके बदले में उन्हें अपनी जान की कीमत चुकानी पड़ी। श्रीलंका की नीतियों के संबंध में चाहे कुछ भी निर्णय क्यों न लिया जाए, परंतु उनके लक्ष्य, भारत के राष्ट्रीय हितों के प्रति वचनबद्धता और उस समय उनकी नीतियों में क्षेत्रीय शांति पर दिए गए महत्व पर संदेह नहीं किया जा सकता।

अंतिम रूप से विश्लेषण करते समय सन् 1983 और 1989 के बीच भारत के श्रीलंका से संबंधित अनुभवों से अंतरराष्ट्रीय क्षेत्रों में स्वयंसिद्ध सिद्धांत की वैधता प्रमाणित हो जाती है, अर्थात् नैतिकता का सिद्धांत सबसे अधिक सुरक्षित तथा सर्वाधिक निर्विवाद पक्ष है। फिर भी नैतिकता का पालन हमेशा नहीं किया जा सकता, क्योंकि अंतरराष्ट्रीय संबंधों की प्रकृति सदाचार–निरपेक्ष होती है। अपने राष्ट्रीय हितों की रक्षा करते समय कुछ ऐसे दबाव भी उत्पन्न हो सकते हैं, जिनके कारण नैतिकता के सिद्धांतों से किसी–न–किसी सीमा तक हटना पड़ता है। यदि एक बार कोई अपने हितों की पूर्ति के लिए नैतिक मानदंडों से हटकर नीतियाँ तैयार करना चाहता है तथा उन्हें लागू करना चाहता है तो ऐसे लक्ष्यों की उपलब्धि तक उसमें इन नीतियों के पालन करने की शक्ति होनी चाहिए। यदि किसी देश या लोगों में सहिष्णुता तथा राजनीतिक इच्छाशक्ति नहीं होती तो ये नीतियाँ अपर्याप्त रहेंगी तथा अपने उद्देश्य की प्राप्ति में सफल नहीं हो पाएँगी। भारत की प्रधानमंत्री के रूप में लंबे समय तक शासन करते हुए श्रीमती गांधी में ऐसी हिम्मत तथा सहनशक्ति आ चुकी थी तथा वे भारतीय जनमत के सामने इस राजनीतिक इच्छाशक्ति को अभिव्यक्त कर सकती थीं। राजीव गांधी में भी व्यापक सीमा तक यह क्षमता मौजूद थी, परंतु उनके काल में चारों ओर का माहौल अधिक अस्थिर था। इस सीमा के बावजूद भी वे भारत के राष्ट्रीय हितों की सोद्देश्य ढंग से पूर्ति करते रहे। राजीव गांधी की सरकार ही विदेश नीति की अपेक्षा अधिक महत्वपूर्ण लक्ष्य प्राप्त कर सकी। राजीव गांधी की सरकार ने दक्षिण एशिया में भारतीय हितों तथा श्रीलंका में स्थिरता लाने में सर्वाधिक महत्व दिया। अपने अस्पष्ट रवैये के कारण ही श्रीलंका को निरंतर हिंसा में उलझना पड़ा था।

आलोचनात्मक अंतरदर्शन के बाद, अभी भी यह प्रश्न खड़ा रह जाता है कि भारत असफल क्यों हुआ तथा उसने कहाँ पर गलती की थी? मैं यहाँ पर समग्र रूप में श्रीलंका के संबंध में अपनाई गई भारतीय नीति की कुछ त्रुटियों पर ध्यान दिलाना चाहूँगा–

1. हालांकि श्रीमती गांधी श्रीलंकाई तमिल भावनाओं का समर्थन करती थीं। उनका यह रवैया सही और न्यायोचित था, परंतु उग्रवादी/अलगाववादी लोगों को सहायता देना गलत था। भारत के हितों तथा तमिल उद्देश्यों के प्रयोजनार्थ तमिल उग्रवादियों को सहायता देने बजाय जयवर्धने पर दबाव डालने के लिए राजनीतिक और कूटनीतिक माध्यम अपनाए जा सकते थे।

2. जहां तक सिंहली और तमिल लोगों का सवाल है, राजीव गांधी का दृष्टिकोण अधिक निष्पक्ष था। उन्होंने तमिल उग्रवादियों को सहायता देना बंद कर दिया। तथापि न तो उन्होंने और न ही सहायता देने वालों ने सिंहली तथा तमिल लोगों के बीच विद्यमान गहरे मनोवैज्ञानिक और भावनात्मक मतभेद पर ध्यान दिया। यह मतभेद सामाजिक, आर्थिक तथा राजनीतिक कारणों से परे था।
3. हम जयवर्धने सरकार के विचारों में परिवर्तन तथा सामान्यतः श्रीलंकाई तमिल और विशेषतः उग्रवादियों के बीच समझदारी की भावना उत्पन्न होने के संबंध में अत्यधिक आशावादी थे। इसी कारण से हमने भारत–श्रीलंका समझौते पर हस्ताक्षर कर दिए। जयवर्धने तथा श्रीलंकाई तमिल, दोनों ने ही सामरिक कारणों से चुपचाप सहमति दे दी थी। दोनों जानते थे कि वैमनस्य की भावना अभी भी विद्यमान है। इसके बावजूद भारत को यह आशा थी कि राजनीतिक इच्छाशक्ति तथा सैन्य बल के समर्थन से दोनों विरोधी गुटों में विद्यमान समझदारी तथा सद्भावना की कमी दूर हो जाएगी। इस संबंध में हमारे पूर्वानुमान और आशाएँ सही नहीं निकलीं।
4. भारत ने शांति और सुलह–सफाई के लिए प्रयास किए थे। इनके परिणामस्वरूप भारत–श्रीलंका समझौते पर हस्ताक्षर करने और श्रीलंका में सन् 1987 में भारतीय शांति सेना भेजने जैसी घटनाएँ हुईं। हमारी सामरिक चिंताओं और आंतरिक, जातिगत, राजनीतिक दबावों के कारण श्रीलंका के आंतरिक मामलों में अपनाए गए सक्रिय रवैये के परिणामस्वरूप ऐसी घटनाएँ हुई थीं।

यदि हम अन्य पड़ोसी देशों की ओर मुड़ें, तो मूलतः पाकिस्तान की सैन्य तथा कूटनीतिक सफलता का भी राजीव गांधी को सामना करना था। उस समय राजनीतिक माहौल में भी तनाव था तथा 11 वर्षों की तुलना में यह तनाव अधिक बढ़ गया था। यह संदेह भी किया जा रहा था कि श्रीमती गांधी की हत्या के पीछे पाकिस्तान का हाथ है; क्योंकि इस्लामाबाद से 'खालिस्तान' उग्रवादियों को राजनीतिक तथा सामग्री संबंधी सहायता दी जा रही थी। जिया–उल–हक अफगानिस्तान के संबंध में भारत के विपरीत उच्च नैतिक आधार का दावा कर रहे थे। उन्होंने सन् 1984 के शुरू में ही 'सियाचिन शिखर' पर कब्जा करने के लिए सैन्य कार्यवाहियों की मंजूरी दे दी थी। इन कार्यवाहियों को श्रीमती गांधी तथा रक्षा मंत्री आर. वेंकटरमण ने प्रभावशाली ढंग से उचित समय पर दबा दिया था। पाकिस्तान सियाचिन ग्लेशियर की ओर दो लक्ष्य एक साथ लेकर बढ़ रहा था। पहला, इससे कराकोरम पर्वत श्रृंखलाओं की पूर्वोत्तर की ओर भू–क्षेत्र पर पाकिस्तान का नियंत्रण हो जाएगा तथा दूसरे, राजनीतिक–सामरिक दृष्टि से कश्मीर मुद्दे को पुनः उठाने के लिए आधार तैयार हो जाएगा। पाकिस्तान 'ऑपरेशन ब्लू स्टार' (जून 1984) के बाद प्रचार का पूरा फायदा उठा रहा था।

हम यह भी जान गए थे कि कुल मिलाकर पूरा विश्व संक्रमण के दौर से गुजर रहा है। आठवें दशक के अंत में यह प्रक्रिया चरम बिंदु पर पहुँच गई थी। यूरोपियन तथा 'आसियान' (ASEAN) एकीकरण की भी प्रक्रिया चल रही थी। राष्ट्रपति रोनाल्ड रीगन की विशिष्ट शैली के बावजूद संयुक्त राज्य का रवैया अधिक हठीला होता जा

रहा था। वियतनाम तथा ईरान घटना के बाद विश्वव्यापी स्तर पर पहली बार अमेरिका अपनी ताकत प्रदर्शित करने लगा था। संयुक्त राज्य अमेरिका के सामरिक हित पश्चिम एशियाई तथा दक्षिण एशियाई क्षेत्रीय विकास की दृष्टि से पाकिस्तान के अधिक अनुकूल होते जा रहे थे। इसी क्षेत्रीय तथा अंतरराष्ट्रीय संदर्भ में राजीव गांधी ने अपना पदभार सँभाला था। आंतरिक राजनीति में उनकी स्थिति भी समान रूप से अत्यधिक नाजुक दौर से गुजर रही थी। भारत अभी 'ऑपरेशन ब्लू स्टार' तथा श्रीमती गांधी की हत्या जैसे कांड से उबर नहीं पाया था।

प्रधानमंत्री के रूप में, पाकिस्तान के प्रति रवैये पर राजीव गांधी के विदेश नीति संबंधी मुद्दों के प्रति समग्र दृष्टिकोण के संदर्भ में विचार किया जाना चाहिए। दिसंबर 1984 और मई 1985 के बीच संसद में इनकी सार्वजनिक उद्घोषणाओं तथा वक्तव्यों से इस दिशा में संकेत मिलते हैं कि विदेश नीति के तत्वों को सुनिश्चित करने से भारत के महत्वपूर्ण हितों की रक्षा को भी बढ़ावा दिया जा रहा था, जबकि विद्यमान समस्याओं को सुलझाने के लिए नए सिरे से मूल कदम उठाने के भी प्रयास किए गए। उन्होंने दृढ़तापूर्वक कहा–"अब इस देश को नई पीढ़ी ने सँभाल लिया है।" उन्होंने लोगों को याद दिलाया कि 'भारत के 60 प्रतिशत मतदाताओं की आयु 40 वर्ष से भी कम है।' उन्होंने इस बात पर बल दिया कि 'राष्ट्र निर्माण के लिए सबसे पहली आवश्यकता है कि देश के भीतर, पड़ोसी देशों में तथा विश्व में शांति होनी चाहिए। कोई अतीत में रहकर नहीं जी सकता, उसे परिवर्तनशील होना चाहिए।'

पहली बार जिया–उल–हक 4 नवंबर, 1984 को राजीव गांधी से मिले थे, जब वे श्रीमती गांधी के अंतिम संस्कार में आए थे। इस बैठक के अंत में उन्होंने पाकिस्तान प्रेस और जनता को बताया कि उन्हें भारत–पाक के बीच संबंध सुधारने के संबंध में राजीव गांधी से सकारात्मक उत्तर मिला है। यद्यपि जनवरी तथा मई 1985 के बीच पंजाब और कश्मीर के संबंध में पाकिस्तान की नीतियों के महत्वपूर्ण पहलुओं में कोई अंतर नहीं आया था–फिर भी भारत–पाक के बीच संबंधों में सामान्य रूप से परिवर्तन आने लगा था। अनेक सकारात्मक घटनाओं से इस ओर संकेत मिलता है। लंबे अंतराल के बाद जिया ने भारत के गणतंत्र समारोह में भाग लिया। नेशनल डिफेंस कॉलेज में भाषण देने के लिए भारत के राजदूत के.डी. शर्मा को पाकिस्तान के सेना मुख्यालय में बुलाया गया। भारत के नए विदेश सचिव रोमेश भंडारी ने 1 फरवरी, 1985 को मालदीव में पाकिस्तान के विदेश सचिव के साथ द्विपक्षीय बैठक की, ताकि नई सकारात्मक संभावनाओं का पता लगाया जा सके। पाँच मार्च को जिया–उल–हक ने उन सिखों के न्यायिक परीक्षण की अनुमति दे दी, जिन्होंने 1981 में इंडियन एयरलायंस के विमान का अपहरण किया था। इसके बाद उन लोगों से पूछताछ की भी अनुमति दे दी, जिन्होंने 5 जुलाई, 1984 को लाहौर में इंडियन एयरलायंस के एक विमान का अपहरण किया था।

13 मार्च, 1989 को जिया–उल–हक तथा राजीव गांधी ने पहली बार मास्को में महत्वपूर्ण विचार–विमर्श किया। ये दोनों नेता सोवियत संघ के राष्ट्रपति कोंस्तांतिन चेरनेको के अंतिम संस्कार में गए थे। इस बैठक के बाद विदेश सचिव रोमेश भंडारी 4 तथा 6 अप्रैल के बीच पाकिस्तान की यात्रा पर रहे। इस यात्रा के दौरान हुई चर्चा में

मैत्री एवं सहयोग समझौतों सहित लंबित पड़े सभी मुद्दों को शामिल किया गया था, परंतु जून 1985 से पाकिस्तान की प्रतिकूल मानसिक वृत्ति पुनः उभरकर सामने आने लगी। पाकिस्तान के विदेशमंत्री, याकूब खान ने इस्लामाबाद में सरकारी बयान देते हुए विशेष रूप से सियाचिन ग्लेशियर के संबंध में भारत के दावे का खंडन करते हुए इस ग्लेशियर पर अपना दावा पेश किया। उनके अनुसार –"सियाचिन पाकिस्तान के उत्तरी क्षेत्र का हिस्सा था।" पाकिस्तान के राज्य स्तरीय विदेश मंत्री नूरानी ने नेशनल असेंबली में बोलते समय, दृढ़तापूर्वक कहा– "राजीव गांधी पाकिस्तान के शांतिपूर्ण परमाणु कार्यक्रम के बारे में निराधार बयान बार–बार दोहरा रहे हैं।" उन्होंने पुनः यह दावा किया कि पाकिस्तान भारतीय मुस्लिमों का संरक्षक होने के नाते अपनी भूमिका निभाता रहेगा।

जहाँ तक सियाचिन का संबंध है, राजीव गांधी को इस क्षेत्र पर भारतीय सेना का नियंत्रण बढ़ाने के लिए जवाबी कार्यवाही करनी थी। पाकिस्तान के परमाणु कार्यक्रम और भारत के अल्पसंख्यक वर्गों की रक्षा के संबंध में पाकिस्तानी अवधारणा के प्रति राजीव गांधी ने ध्रुवीकरण या राजनीतिक प्रदर्शन के बिना सख्ती से सुनिश्चित जवाब दिया था। इन्होंने जहां संभव हुआ, परस्पर विचार–विनिमय को बढ़ावा देने का दृष्टिकोण अपनाया। जिया–उल–हक इस दृष्टिकोण से विमुख नहीं थे; क्योंकि उन्होंने श्रीमती गांधी के समय में भारत–पाकिस्तान संयुक्त मंत्री स्तरीय आयोग की दूसरी बैठक के लिए याकूब खान के नेतृत्व में 14 सदस्यीय पाकिस्तानी शिष्टमंडल भारत भेजा। कोई ठोस निर्णय के संबध में आड़े आने वाली सामान्य विसंगतियों की बजाय इस बार पारस्परिक सहयोग के लिए समझौतों पर हस्ताक्षर ही नहीं किए गए, बल्कि कृषि क्षेत्र में सहयोग के लिए भी पृथक् समझौते भी किए गए।

सकारात्मक संबंधों के विकास को बढ़ावा देने के लिए राजीव गांधी ने विदेश सेवा के वरिष्ठतम अधिकारियों में से एस. के. सिंह को पाकिस्तान में भारत का राजदूत बनाकर भेजा। सितंबर, 1985 में एस. के. सिंह ने अपना कार्यभार सँभाला। 1985 में मास्को के अलावा राजीव गांधी और जिया के बीच तीन और बैठकें भी हुईं। अक्तूबर के अंत में (संयुक्त राष्ट्र की महासभा के 40वें अधिवेशन) न्यूयॉर्क में राजीव गांधी और जिया मिले थे। यहाँ उन्होंने आर्थिक सहयोग तथा दोनों देशों के लोगों के बीच संपर्कों को बढ़ाने के लिए बातचीत को प्रोत्साहित करने के संबंध में निर्णय की पुनः पुष्टि की। सात दिसंबर को दक्षेस (सार्क) के शिखर सम्मेलन के दौरान ढाका में तथा 17 दिसंबर को नई दिल्ली में उस समय ये दोनों मिले थे, जब जिया–उल–हक बाँग्लादेश तथा श्रीलंका की यात्रा के बाद ढाका जाते हुए नई दिल्ली में रुके थे। इन बैठकों के दौरान दोनों नेता इस बात पर सहमत हो गए कि दोनों देशों के विदेश सचिव इन चर्चाओं, विशेष रूप से परस्पर मैत्री संबंधी द्विपक्षीय समझौते को अंतिम रूप देने के संबंध में आगे विचार करेंगे। इस द्विपक्षीय समझौते का मसौदा पहले ही तैयार किया जा चुका था। यद्यपि सामान्य सकारात्मक दृष्टिकोण/व्यवस्थाओं पर बाद में धीमी गति से कार्य किया गया, फिर भी जब–तब पाकिस्तान में भ्रम की स्थिति उजागर होती रही। 29 अक्तूबर, 1985 को पाकिस्तानी सीनेट में बोलते समय याकूब खान ने जोर–शोर से बताया कि यदि काहूटा परमाणु सुविधा स्थल पर आक्रमण होता है, तो पाकिस्तान के

पास पूरी शक्ति के साथ प्रतिकारात्मक कार्रवाई करने के अलावा और कोई चारा नहीं रहेगा। कौतूहलजन्य स्थिति यह है कि इस व्यवस्था के पीछे मौजूद कारण नहीं बताए गए। आज तक ये कारण उजागर नहीं हुए।

याकूब खान और जईन नूरानी के रुखे, अप्रिय वक्तव्यों के बावजूद भारत–पाक संबंधों में तनाव कम होने लगा था। समष्टिगत रूप से इस बदलाव की अभिव्यक्ति होती है। पाकिस्तान के वित्त एवं योजनामंत्री डॉ. महबूब–उल–हक के नेतृत्व में 14 और 16 नवंबर, 1985 के बीच उच्च अधिकार प्राप्त शिष्टमंडल भारत आया हुआ था। इसके साथ आर्थिक मामलों के महासचिव, अजीज नाईक तथा वाणिज्य सचिव, मुख्तार मसूद भी आए थे।

सन् 1986 से लेकर अगस्त 1988 में विमान दुर्घटना में जिया–उल–हक की मृत्यु होने तक भारत–पाक संबंधों में दूरियाँ आने लगी थीं। राजीव गांधी का पूरा ध्यान श्रीलंका के जातिगत संकट, चीन के साथ वास्तविक नियंत्रण रेखा पर होने वाली संवेदनशील घटनाओं तथा स्वीडिश बोफोर्स गन के आयात से संबंधित आंतरिक विवादों जैसे मामलों पर केंद्रित हो गया। जिया–उल–हक राजनीतिक–कूटनीतिक कार्रवाईयों की अंतिम अवस्था तक पहुँच गए थे, जिससे सन् 1988–89 में रूस अफगानिस्तान से पीछे हटने लगा था। जिया लगातार भारतीय पंजाब तथा जम्मू–कश्मीर में असंतोष को बढ़ावा दे रहे थे। आक्रमण न करने से संबंधित द्विपक्षीय संधि या मैत्री समझौते पर भारत–पाक में विचार–विमर्श प्रक्रिया सन् 1982 – 83 में प्रारम्भ हो गई थी। इस प्रक्रिया को भी धक्का लगा, क्योंकि इस्लामाबाद विवाद को सुलझाने के लिए बल प्रयोग न करने तथा भारत या पाकिस्तान में विदेशी सेना की मौजूदगी/इस क्षेत्र में अड्डे बनाने की अनुमति न देने के संबंध में रखे गए उपबंधों से सहमत नहीं था। नई दिल्ली पाकिस्तान में लोकतांत्रिक व्यवस्था के लिए चल रहे आंदोलन का सामान्यतः समर्थन कर रही थी। इससे जिया–उल–हक द्वारा भारत के मुद्दों के संबंध में शक करना स्वाभाविक था। जब जिया बहावलपुर में विमान दुर्घटना में चल बसे, तब भारत–पाक संबंधों में निष्क्रियता आ गई थी।

नवंबर 1988 में बेनजीर भुट्टो को चुनावों में भारी जीत मिली और वे सत्ता में आ गईं। भारत ने इस विजय का स्वागत किया। 11 वर्षों के बाद पाकिस्तान में लोकतंत्र बहाल होने पर भारत ने राजनीतिक स्तर पर संदेश भेजकर बधाई दी। लगभग 10 महीने तक भारत–पाक संबंध अनुकूल दिशा में बने रहे। दिसंबर 1989 में इस्लामाबाद में दक्षेस शिखर सम्मेलन के दौरान राजीव गांधी बेनजीर भुट्टो से मिले। इस बैठक को लेकर राजनीतिक क्षेत्रों में और मीडिया में यह कहा जाने लगा कि भारत–पाक के दोनों युवा नेता विभाजन की जटिलताओं से उत्पन्न बोझ को एक तरफ रखकर दोनों देशों के बीच व्यावहारिक और मैत्रीपूर्ण संबंधों का एक नया अध्याय खोलेंगे। यह अनुमान भी लगाया जा रहा था कि राजीव और बेनजीर पिछले पूर्वाग्रहों तथा हठीले रवैये से प्रभावित हुए बिना कश्मीर मुद्दे को सुलझा लेंगे। दोनों प्रधानमंत्री इस बात से सहमत थे कि कश्मीर मुद्दे को सुलझाने से संबंधित तकनीक और प्रक्रियाओं पर अवश्य विचार किया जाएगा, परंतु पाक अन्य लंबित समस्याओं पर अवश्य विचार करेगा,

जैसे–सियाचिन ग्लेशियर पर सैन्य विरोध की समाप्ति, सरक्रीक से संबंधित भारत–पाक खतरों को दूर करने के लिए परस्पर विश्वास की भावना उत्पन्न करना आदि। ये नेता व्यापार, आर्थिक संबंधों को बढ़ावा देने और दोनों देशों की जनता के लिए यात्रा सुविधाओं को उदारीकृत करने के अलावा भारत–पाक संयुक्त आयोग के अधिवेशन के संबंध में भी सहमत हो गए।

वस्तुतः सियाचिन पर्वत चोटी को लेकर चल रहे सैन्य विवाद को समाप्त करने के बारे में राजीव गांधी और जिया भारत और पाकिस्तान की संबद्ध एजेंसियों के बीच पहले से ही विचार–विमर्श कर चुके थे। भारत और पाकिस्तान की खुफिया एजेंसियों तथा सेनाओं के प्रतिनिधि इस क्षेत्र से पीछे हटने और सेनाओं की पुनः तैनाती तथा सियाचिन ग्लेशियर मुद्दे से बचाव के तरीकों के संबंध में सन् 1988 के मध्य जिया की मृत्यु से पूर्व समझौते को अंतिम रूप दे चुके थे। जिया की अचानक मृत्यु हो जाने से इस दिशा में रुकावट आ गई। दोनों देशों के रक्षा सचिव पुनः बातचीत के लिए बैठे। दिसंबर 1988 तथा जुलाई 1989 के बीच भारत और पाकिस्तान के बीच उच्च स्तर पर अनेक बैठकें हुईं। इनके समझौतों और निर्णयों की दृष्टि से सकारात्मक परिणाम प्राप्त हुए। राजीव गांधी 15–16 जुलाई, 1989 में पहली और अंतिम बार सरकारी तौर पर द्विपक्षीय रूप से इस्लामाबाद की यात्रा पर गए। इनके आगमन के समय दोनों देश संयुक्त आयोग की बैठकों के संबंध में सहमत हो चुके थे। दोनों देशों ने परस्पर परमाणु व्यवस्थाओं के बारे में अवगत कराने तथा परमाणु सुविधाओं पर हमला न करने से संबंधित समझौते को अंतिम रूप देकर हस्ताक्षरित किया। गृह मंत्रालय और वाणिज्य मंत्रालय ने यात्रा की शर्तें उदार बनाने तथा दोनों देशों के कमांडरों ने सियाचिन संबंधी झगड़े को समाप्त करने की प्रक्रिया शुरू कर दी। पाकिस्तान में राजीव गांधी का भव्य स्वागत हुआ, परंतु इस यात्रा से संबंधित एक अंतर्विरोध भी विद्यमान था। पाकिस्तान राजनीतिक दृष्टि से चाहता था कि बेनजीर भुट्टो और राजीव गांधी द्वारा तैयार किए गए सद्भावपूर्ण माहौल में राजीव गांधी कश्मीर संबंधी भारत की नीतियों में परिवर्तन लाएँ तथा बेनजीर के साथ इस राज्य की भावी स्थिति पर चर्चा करें। बेनजीर को यह आशा थी कि यदि ऐसा होता है, तो यह एक बहुत बड़ी राजनीतिक और कूटनीतिक उपलब्धि होगी। उनकी यह धारणा गलत निकली। दूसरे दिन सुबह आयोजित बैठक में, राजीव गांधी ने बेनजीर को बताया कि कश्मीर के भारत में विलय पर कोई समझौता नहीं किया सकता। उन्होंने यह संदेश भी दिया कि पाकिस्तान को राजनीतिक यथार्थवाद तथा आधारभूत वास्तविकताओं के आधार पर समाधान ढूँढ़ने की कोशिश नहीं करनी चाहिए। बेनजीर को घोर निराशा हुई तथा उनकी आशाएँ धूमिल हो गईं, जिनका कोई वास्तविक आधार नहीं था।

राजीव गांधी की इस यात्रा के बाद नई दिल्ली लौटने के ठीक बाद भारत–पाक संयुक्त आयोग की बैठकें हुईं तथा सांस्कृतिक समझौते पर हस्ताक्षर भी किए गए, लेकिन बेनजीर सरकार भारत के साथ सामान्य संबंध बनाए रखने से पीछे हट गईं। स्पष्ट था कि न तो बेनजीर और न ही राजीव गांधी कश्मीर मुद्दे पर अपने रवैये में बदलाव लाना चाहते थे, क्योंकि वे इस मुद्दे पर लोकमत तथा इस विचार के परिणामस्वरूप

मौजूदा व्यवस्थाओं से प्रभावित थे। बेनजीर पर पाकिस्तानी मुस्लिम लीग तथा इस्लामी जम्हूरी इत्तेहाद, इंटर सर्विस इंटेलिजेंस और पाकिस्तान सैन्य स्थापना जैसी संस्थाओं का भी दबाव पड़ रहा था। इस्लामाबाद से राजीव गांधी के लौटने के बाद बेनजीर की नकारात्मक प्रतिक्रिया से भी यह साबित होता है कि कश्मीर मुद्दे पर वे अपनी बात पर अड़ी हुई थीं।

राजीव गांधी जल्दी ही सन् 1989 के अंत में चुनावों में व्यस्त हो गए। उन्हें श्रीलंका की सरकार में आने वाले बदलाव का सामना करना पड़ा। वहाँ जयवर्धने के स्थान पर प्रेमदासा आ गए थे। इससे भारत–श्रीलंका के संबंधों में भी और अधिक जटिलताएँ आ गईं थीं। राजीव गांधी का ध्यान अब चीन के संबंध में की गई पहल के बाद कार्यवाही करने तथा संयुक्त राष्ट्र संघ में पेश किए गए निरस्त्रीकरण प्रस्ताव पर केंद्रित हो गया। भारत–पाक संबंधों में सकारात्मक प्रवृत्तियाँ थोड़े समय तक अर्थात् अक्टूबर 1989 तक चलीं। बेनजीर भुट्टो ने अपनी सेना के अधिकारियों तथा खुफिया एजेंसियों को कश्मीर में विद्रोह तथा हिंसा फैलाने संबंधी गतिविधियों में तेजी लाने के लिए हरी झंडी दिखा दी। हालांकि दिसंबर 1989 में कश्मीर की घाटी में हिंसा तथा आतंकवाद फैल चुका था। इसके पीछे पाकिस्तान का हाथ था। चुनावों में राजीव गांधी की हार तथा वी.पी. सिंह की मिली–जुली सरकार बनाने का पाकिस्तान ने यह गलत अर्थ लिया कि भारत में गलत अनिश्चितताएँ इतनी अधिक बढ़ गई हैं कि कश्मीर में अलगाववादी आंदोलन सफल हो जाएगा। बाद के घटनाक्रम से यह साबित हो गया कि पाकिस्तान का यह पूर्वानुमान गलत था। हालाँकि यह अनुमान लगाया जा रहा था कि नई पीढ़ी के दोनों नेता पहले से चले आ रहे पूर्वाग्रहों तथा विवादों को छोड़ देंगे; परंतु पाकिस्तान के साथ सामान्य संबंध बनाने की दिशा में राजीव गांधी ने राष्ट्रीय हितों को सर्वोपरि रखते हुए दृढ़तापूर्वक इनके बचाव का भी ध्यान रखा।

राजीव गांधी के शासनकाल के उत्तरार्ध में नेपाल के साथ भी हमारे संबंध अच्छे नहीं थे। नेपाल के राजा भारत से नाराज थे, क्योंकि भारत ने डेमोक्रेटिक मूवमेंट पार्टी के नेताओं को समर्थन दिया था। उन्होंने यह भी महसूस किया कि राजीव गांधी की सरकार ने नेपाल की शासन व्यवस्था में पंचायती प्रणाली के संबंध में आलोचनात्मक रवैया अपना रखा है। यह नेपाल के आंतरिक मामलों में भारत का अनुचित हस्तक्षेप है। सन् 1986 और 1989 के बीच नेपाल और भारत में उभरी गलतफहमी को एक तरफ रखते हुए काठमांडू ने यह अनुभव किया कि वह अपने हितों को मुखरित करने में दृढ़ता का परिचय देगा। सन् 1950 की भारत–नेपाल संधि में संशोधन करने के सुझाव भी दिए गए। भारत को लेकर यह शिकायत की जाने लगी कि नेपाल स्थल भाग से घिरा हुआ छोटा–सा देश है। इसके बावजूद इस देश के व्यापार में भारत पर्याप्त पारगमन की सुविधाएँ नहीं दे रहा था। सामान्य रूप से इस भावना को बढ़ावा दिया जा रहा था कि भारत अपनी धाक जमा रहा है। परिणामस्वरूप, नेपाल ने चीन के साथ महत्वपूर्ण रक्षा आपूर्ति संबंधी समझौता तथा आर्थिक और पावर क्षेत्र में सहयोग संबंधी परियोजनाएँ आरंभ कर दीं। नेपाल ने चीन के साथ–साथ रक्षा सहयोग बढ़ाना शुरू कर दिया। यह महत्वपूर्ण तथा सामरिक विकास था, जिसकी भारत ने उपेक्षा की, दोनों देशों के बीच

परस्पर संपर्क भी नाममात्र का रह गया था। उस समय यह संकट के चरम बिंदु पर पहुँच गया, जब भारत ने नेपाल को दी जाने वाली पारगमन सुविधाओं के बारे में कड़ा रुख अपना लिया। नेपाल ने भारत के इस निर्णय का विरोध किया। उसने इस फैसले को भारत की चाल बताया। पीछे मुड़कर देखें, तो यह कहा जा सकता है कि संभवतः इन विवादों से बचा जा सकता था। भारत को नेपाल की जटिलताओं तथा चिंताओं के बारे में अधिक धैर्य बरतना चाहिए था। नेपाल को भी चीन के साथ संबंधों को लेकर इतना अधिक उत्तेजित नहीं होना चाहिए था।

दक्षिण एशियाई देशों के साथ भारत के संबंधों की दृष्टि से हम इस निष्कर्ष पर पहुँचते हैं कि राजीव गांधी के शासनकाल के अंतिम वर्षों में इन देशों के साथ भारत के संबंध सही नहीं थे। विडंबना यह थी कि चाहे पाकिस्तान, श्रीलंका, नेपाल हो या बॉंग्लादेश, राजीव गांधी ने सकारात्मक इरादों तथा नेक नीयत के साथ अपनी विदेश नीति तय की थी; ताकि श्रीमती गांधी के शासनकाल में पड़ोसी देशों के बीच विद्यमान यह धारणा बदली जा सके कि भारत एक दबंग देश है, जो अपनी धाक जमाना चाहता है। आरंभ में पड़ोसी देशों द्वारा राजीव गांधी के इस सकारात्मक रवैये को अनुभव की कमी के रूप में लिया गया। इन देशों ने इसी धारणा को अपनी नीतियों का आधार बनाकर उठाने की कोशिश की। जब राजीव गांधी ने इन पड़ोसी देशों की नीतियों के संबंध में कड़ा जवाब दिया तो ये देश तीखी प्रतिक्रिया व्यक्त करने लगे। राजीव गांधी की निर्णय क्षमता तथा सीधी कार्यवाही करने से पड़ोसी देशों के साथ भारत के संबंध जटिल होते गए। इसके साथ यह भी स्वीकार किया गया कि राजीव गांधी भारत के हितों तथा उनकी सुरक्षा के संबंध में स्पष्ट धारणा लेकर चलते थे।

इस अवधि के दौरान विदेश नीति के संबंध में की गई पहल पर विचार करना भी प्रासंगिक होगा। राजीव गांधी ने दिसंबर 1985 में 'दक्षेस' के गठन के संबंध में आयोजित बैठक में भाग लिया। उन्होंने सन् 1985 में बंगलौर में दक्षेस शिखर सम्मेलन भी आयोजित किया। 7 दिसंबर, 1985 को दक्षेस में उद्घाटन भाषण देते हुए भारत का दृष्टिकोण व्यक्त करते हुए राजीव गांधी ने टिप्पणी दी–"आज हम सहयोग के कार्यक्रम (विचार) से इस संस्था के गठन की ओर बढ़ रहे हैं। सौहार्दता, परस्पर मिल–जुलकर रहने तथा एकता के प्रयोजन से हम यहाँ एक साथ बैठे हैं................निश्चित रूप से हमारी समस्याएँ और कठिनाइयाँ हैं तथा इनसे हमारी प्रगति, हमारे प्रयासों में रुकावट आती है। हम वास्तविकताओं के अनुरूप स्थायी रूप से सहयोग करते हैं। हमने स्वयं मॉडल तैयार किया है, जो हमारी वास्तविकताओं पर पड़ने वाले दबावों तथा प्रकृति से मेल खाते हैं।" उन्होंने महत्वपूर्ण राजनीतिक पहलू पर बल देते हुए कहा–"हमने क्षेत्रीय पहचान में अपने द्विपक्षीय संबंधों को विघटित नहीं होने दिया, बल्कि अपनी विदेश नीति में दक्षिण एशियाई सहयोग अपनाया। हमने 'मॉडेल्टिज' तैयार कीं, जहाँ ऐसे द्विपक्षीय दबावों को कोई स्थान नहीं दिया गया, जिससे क्षेत्रीय सहयोग पर प्रतिकूल प्रभाव पड़ सकता है। हमने सर्वसम्मति से व्यावहारिकता तथा पहल शक्ति (स्वतः प्रेरणा) के साथ दक्षिण एशियाई क्षेत्र में सहयोग की भावना पर बल दिया।" परिणामस्वरूप, भारत ने संस्कृति, पर्यटन, व्यापार एवं प्रौद्योगिकी तथा सूचना के क्षेत्रों में पड़ोसी देशों के साथ

सहयोग की नीति का अनुसरण किया। नई दिल्ली ने इस ओर भी संकेत दिया कि पाकिस्तान द्वारा राजनीतिक बाधाएँ खड़ी करने के बावजूद भारत क्षेत्रीय स्तर पर बेहतरी के लिए 'दक्षेस' में पूर्णतः सक्रिय रहा। इसी के साथ–साथ भारत दृढ़ता से सुनिश्चित करता रहा कि 'दक्षेस' का पड़ोसी देशों के साथ विवादों को सुलझाने की प्रक्रिया में दबाव डालने के लिए इस्तेमाल नहीं किया जाएगा, क्योंकि इससे क्षेत्रीय अखंडता या रक्षा संबंधी हितों पर प्रभाव पड़ेगा।

राजीव गांधी ने निरस्त्रीकरण और अप्रसार के क्षेत्र में दो बार पहल की। पहली बार सन् 1985–86 में तथा दूसरी बार सन् 1988 में। सन् 1985–86 में निरस्त्रीकरण पर छह देशों की कॉन्फ्रेंस हुई, जिसकी संकल्पना मई 1984 में इंदिरा गांधी तथा स्वीडन के प्रधानमंत्री ओलाफ पाल्मे ने तैयार की थी। भारत और स्वीडन के अलावा मैक्सिको ने भी प्रमुख भूमिका निभाई। इस कॉन्फ्रेंस का लक्ष्य निश्चित समय सीमा के भीतर पूर्ण रूप से परमाणु अस्त्रों को नष्ट करने की दिशा में राष्ट्रीय और बहुराष्ट्रीय स्तर पर अंतरराष्ट्रीय समुदाय को प्रेरित करना था। इसके माध्यम से प्राप्त अनुभव को जून 1988 में संयुक्त राष्ट्र की महासभा के निरस्त्रीकरण पर आयोजित विशेष अधिवेशन में राजीव गांधी द्वारा प्रस्तावित परमाणुमुक्त, अहिंसक विश्व व्यवस्था की कार्ययोजना में स्थान दिया गया। इस कार्ययोजना में ऐसे बाध्यकारी समझौते पर बातचीत करने तथा उसे अंतिम रूप देने की दिशा में अंतरराष्ट्रीय समुदाय का आह्वान किया गया, जिस पर सभी देशों की सामान्य तथा संपूर्ण रूप से निरस्त्रीकरण के संबंध में सम्मति हो तथा किसी को कोई आपत्ति न हो, इनके इस प्रस्ताव में सन् 2010 तक चरणबद्ध रूप से सभी परमाणु अस्त्र नष्ट करने की इच्छा व्यक्त की गई। 9 जून, 1988 को न्यूयॉर्क में संयुक्त राष्ट्र महासभा के तीसरे निरस्त्रीकरण अधिवेशन में भाषण देते समय राजीव गांधी ने परमाणु, जैविक तथा रासायनिक अस्त्रों और मिसाइलों एवं अन्य जनसंहारक अस्त्रों को शामिल करते हुए सामान्य तथा पूर्ण रूप में निष्पक्ष रूप से निरस्त्रीकरण का विशद प्रस्ताव रखा। इस प्रस्ताव के ब्यौरे नीचे दिए गए हैं–

हमारी कार्ययोजना का प्रमुख भाग तीन चरणों में परमाणु अस्त्रों को नष्ट करना है। यह प्रक्रिया अब चालू होकर अगले 20 वर्षों तक चलेगी। हमने संयुक्त राष्ट्र के सामने यह योजना पेश की है, जिसे तुरंत आरंभ किया जाना है।

हालाँकि परमाणु निरत्रीकरण में इस योजना का हर चरण केंद्र बिंदु है, परंतु निरस्त्रीकरण की प्रक्रिया को आगे बढ़ाने के लिए और अधिक उपाय किए जाने आवश्यक हैं। हमने जनसंहारक अस्त्रों पर प्रतिबंध लगाने का प्रस्ताव रखा था। हमने उदीयमान प्रौद्योगिकी के आधार पर नई परमाणु अस्त्र प्रणालियों के विकास पर रोक लगाने के लिए उपायों का सुझाव दिया था। स्वयं भी पारंपरिक अस्त्रों तथा सेनाओं को रक्षात्मक प्रयोजनार्थ अपेक्षित न्यूनतम स्तरों तक घटाने का विचार किया है। इसके अलावा परमाणु अस्त्र मुक्त विश्व में अंतरराष्ट्रीय संबंध बनाए रखने के लिए विचार प्रस्तुत किए हैं।

इस कार्ययोजना की अनिवार्य विशेषताएँ इस प्रकार हैं–

1. सन् 2010 तक चरणबद्ध रूप में परमाणु अस्त्र नष्ट करने के लिए सभी देशों को वचनबद्ध होना चाहिए।

2. सभी परमाणु अस्त्र–संपन्न राष्ट्र इस परमाणु निरस्त्रीकरण की प्रक्रिया में भाग लें; सभी अन्य देश भी इस प्रक्रिया में भाग लें।
3. सद्भावना तथा अपेक्षित विश्वास उत्पन्न करते हुए लक्ष्य प्राप्ति के लिए प्रत्येक अवस्था पर मूर्त रूप में प्रगति होनी चाहिए।
4. परमाणु अस्त्रमुक्त विश्व बनाए रखने के लिए सिद्धांतों, नीतियों और संस्थाओं में परिवर्तन लाना आवश्यक है। संयुक्त राष्ट्र संघ की छत्रछाया में 'विशद ग्लोबल सुरक्षा प्रणाली' स्थापित करने के लिए बातचीत की जानी चाहिए। समेकित रूप में उपायों के सबंध में एक साथ बातचीत करने का प्रस्ताव रखा गया था। परंतु हमने यह भी स्वीकार किया है कि कुछ उपायों को चरणबद्ध रूप में रखने के संबंध में थोड़ा लचीलापन होना आवश्यक है।

पहले चरण में आई.एम.एफ. संधि के अनुसार सोवियत संघ तथा अमेरिका के सामरिक आयुधागार में 60 प्रतिशत की कमी करना जरूरी है। परमाणु अस्त्रों के उत्पादन कार्य तथा अस्त्र ग्रेड की विखंडनीय सामग्री तुरंत खत्म कर दी जानी चाहिए। विशद परीक्षण निषेध संधि पर बातचीत के लिए समय–सीमा निर्धारित करने के आशय से परमाणु अस्त्र परीक्षण स्थगित कर दिया जाना चाहिए।

पहले से ही यह व्यापक स्तर पर स्वीकार किया जा चुका है कि परमाणु युद्ध न तो लड़ा जाना चाहिए, न ही यह जीता जा सकता है। फिर भी देश परमाणु युद्ध की धमकी देते रहते हैं। यह परमाणु अस्त्र नष्ट करने की वचनबद्धता के प्रतिकूल है। इसलिए हमारा सुझाव है कि अंतरराष्ट्रीय समझौते पर बातचीत करते हुए सभी परमाणु अस्त्रों की वैधता समाप्त कर दी जानी चाहिए। इस प्रकार के समझौते से परमाणु निरस्त्रीकरण की प्रक्रिया को बल मिलेगा।

परमाणु राष्ट्रों द्वारा ऐसी वचनबद्धता के अनुरूप, जो राष्ट्र परमाणु अस्त्रों की सीमा पार करने में सक्षम हैं, उन्हें स्वयं पर संयम तथा नियंत्रण रखने का प्रयास करना चाहिए। परमाणु अस्त्र प्राप्त करने के इच्छुक राष्ट्रों को दी जा रही प्रत्यक्ष तथा परोक्ष सहायता बंद करने के लिए कड़ी कार्यवाही की जानी चाहिए।

हमारा सुझाव है कि सन् 1995 में समाप्त होने जा रही एन.पी.टी. के स्थान पर नई संधि के विषय में पहली अवस्था में ही विचार किया जाना चाहिए। नई संधि के तहत परमाणु अस्त्र–संपन्न राष्ट्रों की वचनबद्धता को कानूनी रूप दिया जाना चाहिए ताकि 2010 तक सभी परमाणु अस्त्र नष्ट किए जा सकें तथा ऐसे राष्ट्र परमाणु अस्त्रों की सीमा लाँघ न सकें, जिनके पास परमाणु अस्त्र नहीं हैं।

अंतरराष्ट्रीय विधि के तहत जैविक अस्त्रों का प्रयोग निषिद्ध है। इसी प्रकार से रासायनिक और रेडियोधर्मी अस्त्रों के प्रयोग पर भी प्रतिषेध लगाया जाना चाहिए।

अंतरराष्ट्रीय समुदाय एकमत से अंतरिक्ष क्षेत्र को मानव जाति की धरोहर मानता है। हमें अंतरिक्ष में शांतिपूर्ण प्रयोजनों से अंतरराष्ट्रीय सहयोग को बढ़ावा देना चाहिए। इसके लिए आवश्यक शर्त यही है कि अंतरिक्ष क्षेत्र को अस्त्रों से मुक्त रखा जाए। परंतु वस्तुस्थिति यह है कि अंतरिक्ष अस्त्र प्रणालियों के विकास, परीक्षण और तैनाती की

योजनाएँ बनाई जा रही हैं। संबंधित गतिविधियों को स्थगित किए बिना परमाणु अस्त्रों की होड़ समाप्त नहीं की जा सकती। इसके बाद अंतरिक्ष के सैन्यकरण पर रोक लगाने के लिए समझौता किया जाना चाहिए। परमाणु अस्त्र मुक्त अहिंसक विश्व व्यवस्था के आधार पर विशद ग्लोबल सुरक्षा से संबंधित लक्ष्य प्राप्ति में भी यह अनिवार्य शर्त है।

सैन्य प्रौद्योगिकी में नवीनतम एवं महत्वपूर्ण विकास के कारण अस्त्रों की होड़ पर राजनीतिक नियंत्रण कम होता जा रहा है। यह होड़ ऐसी प्रौद्योगिकी के विकास पर अंकुश लगाए बिना रोकी नहीं जा सकती। हमें ऐसी प्रणाली की आवश्यकता है, जिसमें प्रौद्योगिकीय विकास को सहारा मिले परंतु सैन्य प्रयोजनों में इस प्रौद्योगिकी का अनुचित प्रयोग न हो, अस्त्र नियंत्रण दृष्टिकोण में आयुधागारों की गुणात्मक वृद्धि पर ध्यान केंद्रित है। निरस्त्रीकरण दृष्टिकोण में परमाणु और पारंपरिक अस्त्रों के गुणात्मक उन्नयन पर नियंत्रण रखने की व्यवस्थाओं का पता लगाया जा रहा हैं इस प्रयोजन की पूर्ति की दिशा में अनिवार्य आवश्यकता इस बात की है कि सैन्य अनुप्रयोगों के साथ इस महत्वपूर्ण प्रौद्योगिकी के अनुसंधान एवं विकास में पारदर्शिता हो, इसके लिए ऐसे विकास की व्यवस्थाबद्ध मॉनीटरिंग, अंतरराष्ट्रीय सुरक्षा के संबंध में इनके निहितार्थों के आकलन एवं प्राप्त जानकारी का व्यापक स्तर पर प्रसार होना आवश्यक है। मानव उपलब्धि के नए क्षेत्रों के द्वार खोलने के लिए ऐसी प्रौद्योगिकी से संबंधित नई तथा उदीयमान प्रौद्योगिकी में अनुसंधान कार्य के लिए अंतरराष्ट्रीय सहयोग होना आवश्यक है। इस संबंध में हमारे समय के प्रमुख और अग्रणी वैज्ञानिक, नील बोह्र द्वारा एक उदार विश्व संबंधी विजन दोहराने की आवश्यकता है–''यह एक तथ्य है कि ज्ञान सभ्यता का आधार है। इससे स्पष्ट रूप से संकेत मिलता है कि वर्तमान संकट से उबरने के लिए उदारता और स्पष्टता का होना जरूरी है।''

इस शती के अंतिम वर्षों में, एकल एकीकृत बहुपक्षीय जाँच व्यवस्था होनी चाहिए ताकि यह सुनिश्चित किया जा सके कि विश्व में कहीं भी परमाणु अस्त्र का निर्माण नहीं किया जा रहा। ऐसी व्यवस्था से कार्ययोजना में बताए गए सामूहिक तथा अन्य निरस्त्रीकरण उपायों के अनुपालन में जाँच करने में सहायता मिलेगी। यह अंतरराष्ट्रीय संधियों तथा समझौतों के उल्लंघन के विरुद्ध बचाव की प्रारंभिक चेतावनी प्रणाली होगी।

परमाणु निरस्त्रीकरण पारंपरिक युद्ध सामग्री तथा सेना पक्ष में की जाने वाली कमी पर निर्भर करता है, इसलिए अंतरराष्ट्रीय समुदाय का प्रमुख कार्य पारंपरिक बचाव के निम्नतम स्तरों पर सुरक्षा सुनिश्चित करना है। निश्चय ही ऐसे क्षेत्र से अस्त्रों की कमी की प्रक्रिया प्रारंभ की जानी चाहिए, जहाँ विश्व में पारंपरिक अस्त्रों तथा सेना का पूरा अंबार लगा है। फिर भी अन्य देशों को भी देरी किए बिना इस प्रक्रिया में शामिल हो जाना चाहिए। इसके लिए जरूरी है कि केवल रक्षात्मक प्रयोजन से ही सेनाओं का पुनर्गठन किया जाए। हमारा लक्ष्य बचाव की न्यूनतम आवश्यकता को देखते हुए विश्व में पारंपरिक अस्त्रों में कटौती होना चाहिए। इस प्रक्रिया के लिए अपेक्षित है कि आकस्मिक हमले को रोकने तथा आक्रमण करने की क्षमता में यथेष्ट रूप से कमी की जाए। संयुक्त राष्ट्र को सर्वसम्मति से बचाव का नया सामरिक सिद्धांत तैयार करना चाहिए।

आमूल तथा विशद निरस्त्रीकरण की योजना के साथ–साथ विशद ग्लोबल सुरक्षा की नई व्यवस्था का निर्माण भी किया जाना चाहिए। ऐसी व्यवस्था के घटकों पर परस्पर पोषक तत्व चाहिए। इस व्यवस्था में सार्वभौमिक स्तर पर भागीदारी होनी चाहिए।

ऐसी व्यवस्था की संरचना अहिंसा पर आधारित होनी चाहिए। जब हम परमाणु अस्त्र नष्ट करेंगे तथा न्यूनतम स्तर तक पारंपरिक सेनाओं/ताकतों को कम कर देंगे, तब अहिंसावादी विश्व व्यवस्था कायम होगी। अतीत की असंगत तथा अविवेकपूर्ण व्यवस्था को दूर करने का यही एकमात्र रास्ता है। अंतरराष्ट्रीय संबंधों में अहिंसा कोई कल्पना मात्र नहीं है। बल्कि सभ्य उत्तर–जीविता, शांतिपूर्ण सह–अस्तित्व के माध्यम से शांति बनाए रखने, एक नई न्यायपूर्ण, समान तथा लोकतांत्रिक विश्व व्यवस्था का यही एकमात्र आधार है।

इस योजना को समूचे विश्व के जनमत के साथ–साथ संयुक्त राष्ट्र के अधिकांश सदस्य देशों का समर्थन मिला। इस प्रस्ताव से विश्व की महान शक्तियों को सामरिक अस्त्रों में कटौती करने तथा अस्त्र नियंत्रण पर बातचीत करने की प्रेरणा मिली। फिर भी सत्ता के समीकरणों ने इस कार्ययोजना को लागू करने में किसी–न–किसी बहाने से विलंब किया। परंतु इसके बावजूद कहा जा सकता है कि सामान्य रूप से निरस्त्रीकरण के लक्ष्य की प्राप्ति में यह योजना एक 'मॉडल' होने के साथ–साथ प्रक्रियामूलक रूपरेखा भी है।

राजीव गांधी ने सन् 1986 और 1989 में हरारे तथा बेलग्रेड में गुटनिरपेक्ष शिखर सम्मेलनों में भाग लिया। इस अवधि के दौरान इस आंदोलन के जोश और सोद्देश्यता में कमी आने लगी, परंतु भारत का ध्यान इस आंदोलन के उन क्षेत्रों पर केंद्रित था, जहाँ महत्वपूर्ण योगदान दिया जा सकता था। राजीव गांधी ने रंग–जाति भेदनीति के विरुद्ध संघर्षरत दक्षिण अफ्रीकी लोगों को समान तथा लॉजिस्टिक सहायता प्रदान करने के लिए गुटनिरपेक्ष आंदोलन के तहत 'दक्षिण अफ्रीकी निधि' की स्थापना की। इस निधि में से अफ्रीका के उन प्रमुख देशों की सहायता की जाती थी, जो अफ्रीकी नेशनल कांग्रेस द्वारा आरंभ स्वतंत्रता संग्राम में सक्रिय रूप से शामिल थे। भारत इस न्यास निधि का अध्यक्ष चुना गया। दक्षिण अफ्रीका में स्वतंत्रता तथा समानता के लिए चल रहे संघर्ष के अंतिम वर्षों में इस निधि ने महत्वपूर्ण भूमिका निभाई थी। राजीव गांधी ने ही इस बारे में पहल की थी, जिसके परिणामस्वरूप गुटनिरपेक्ष 15 देशों का समूह बना, ताकि औद्योगिक रूप से उन्नत देशों के साथ बातचीत करने और दक्षिण एशियाई राष्ट्रों के बीच सहयोग को प्रोत्साहित किया जा सके तथा जी–15 के गठन के संबंध में की गई पहल से विकासशील देशों की सामाजिक–आर्थिक समस्याओं को सुलझाने में गुटनिरपेक्ष आंदोलन में विद्यमान किसी भी प्रकार की अस्पष्टता तथा अव्यवस्था दूर की जा सके। हालाँकि सन् 1986 में इस निधि की स्थापना सही कदम था, फिर भी गुटनिरपेक्ष आंदोलन के सदस्यों ने इसका खुले दिल से स्वागत नहीं किया। ये सदस्य महसूस कर रहे थे कि जी–15 के लिए चुने गए 15 देश गुटनिरपेक्ष आंदोलन के भीतर पहले से ही विशिष्ट आंदोलन के अगुआ थे। यह भी महसूस किया जा रहा था कि कि जी–15 का गठन करने वाले देश वास्तव में इस आंदोलन के अधिकांश सदस्यों

के हितों का प्रतिनिधित्व नहीं कर रहे थे। इस ग्रुप की क्षमता तथा प्रभावोत्पादकता के बारे में यह संदेह भी किया जा रहा था कि यह ग्रुप वस्तुतः जी–7 के संपर्क सूत्र के रूप में कार्य कर रहा था। इस ग्रुप के सदस्य औद्योगिक दृष्टि से उन्नत सात देश थे।

पिछले कुछ वर्षों के अनुभव से पता चलता है कि जी–15 की कार्यप्रणाली सन् 1889 से सुचारु ढंग से नहीं चल रही है। यहाँ तक कि इस छोटे से ग्रुप के सदस्यों ने इसके कार्यकलापों और लक्ष्यों में कम रुचि दिखाई। बहुपक्षीय पार महाद्वीपीय (Trans Continental) आर्थिक क्षेत्र में विद्यमान कमियों, आर्थिक, वाणिज्यिक तथा प्रौद्योगिकीय सहयोग में नए क्षेत्रीय गुटों के प्रादुर्भाव तथा आर्थिक ताकतों के ग्रुपों के बीच संपर्क के कारण जी–15 की उपादेयता तथा प्रभावोत्पादकता कम हो गई। यद्यपि यह ग्रुप आज भी विद्यमान है।

जब राजीव गांधी नवंबर–दिसंबर 1989 में भारत के आम चुनावों में पराजय के कारण सत्ता में नहीं रहे, तब पूरा विश्व वैचारिक, सामरिक और आर्थिक परिवर्तन के दौर से गुजर रहा था। भारत को अब नए अंतरराष्ट्रीय माहौल तथा सन् 1990 से सत्ता के बदलते समीकरणों में तालमेल बैठाना पड़ा। भारत की विदेश नीति में समायोजना करते समय देश के भीतर होने वाले महत्वपूर्ण परिवर्तनों पर भी ध्यान दिया गया। भारत की विदेश नीति के संदर्भ में सबसे बड़ी चुनौती नए विचारार्थ विषयों को तय करना था; क्योंकि स्वतंत्रता प्राप्ति के समय से भारत की विदेश नीति को सर्वाधिक प्रभावित करने वाले विषय दिसंबर 1991 तक या तो असंगत हो चुके थे या लुप्त हो चुके थे।

प्रमुख बिन्दु

1. राजीव गांधी जब शासन में आए, उस समय भारत के सामने आंतरिक (अलगाववाद एवं आतंकवाद) और बाहरी चुनौतियां प्रभावशाली थीं। पाकिस्तान की बढ़ती हुई परमाणु क्षमता दक्षिण एशिया में सैन्य संतुलन बिगाड़ रही थी और नेपाल, बाँग्लादेश तथा श्रीलंका जैसे पड़ोसी देश चीन, इजराइल और संयुक्त राज्य के साथ राजनीतिक व रक्षा संबंध स्थापित कर रहे थे। ऐसे में राजीव गांधी को अपनी विदेश नीति की प्राथमिकताएं तय करनी थीं। राजीव गांधी ने इन प्राथमिकताओं में निम्नलिखित को वरीयता दी –
   (i) रूस और अमेरिका के साथ संबंधों में पुनः सामंजस्य बिठाना।
   (ii) श्रीलंका में जातीय संकट से निपटना तथा पाकिस्तान का सामना करना, जो सक्रिय रूप से पंजाब में अलगाववाद को बढ़ावा दे रहा था तथा किसी हद तक कश्मीर में भी विदेशी भावनाएँ भड़का रहा था।
   (iii) भारत की अर्थव्यवस्था को आधुनिक बनाने के लिए आवश्यक प्रौद्योगिकी और संसाधन निवेश सुनिश्चित करना।
   (iv) अंतरराष्ट्रीय सामरिक माहौल में आए बदलाव तथा नए गुटों से उत्पन्न सुरक्षा चुनौतियों का सामना करने के लिए भारत की रक्षा क्षमताओं को बनाए रखना।

2. यद्यपि वाशिंगटन इस समय नई दिल्ली के साथ अच्छे रिश्ते चाहता था, जैसा कि अमेरिका के नई दिल्ली में नियुक्त तत्कालीन राजदूत हैरिस बर्न्स की राजीव गांधी की अमेरिकी यात्रा पर की गई टिप्पणी–'' यह एक नयी शुरुआत है......'' से पता चलता है, लेकिन अमेरिकी रक्षा स्टैब्लिशमेंट यानी पेंटागन ऐसा नहीं चाहता था। इसके विपरीत उसकी नजर अभी भी पाकिस्तान को सहायता देने पर थी, क्योंकि वह अफगानिस्तान से रूस को खदेड़ने में पाकिस्तानी मदद चाहता था। हालांकि भारत ने इस समय जो दृष्टिकोण अपनाया, उसके कारण अमेरिकी कांग्रेस और स्थापनाएं भारत के विरुद्ध थीं। जैसे अफगानिस्तान संकट के दौरान उभयमुखी रवैया, निकारागुआ में सैंडनिस्ता सरकार को समर्थन तथा वियतनाम समर्थक कम्बोडिया में हेंग सेमरिन सरकार के साथ अच्छे संबंध।
3. राजीव गांधी के शासनकाल में अमेरिका के पाकिस्तान के परमाणु हथियारों की बढ़ती शक्ति की ओर आँखें बंद रखने और उसे निरन्तर सहायता देने तथा भारत के पड़ोसी देशों में अमेरिकी गतिविधि को देखते हुए राजीव गांधी भारत–संयुक्त राज्य अमेरिका संबंधों से खिन्न थे। लेकिन बावजूद इसके उनके शासनकाल में भारत–संयुक्त राज्य के बीच संबंध अधिक व्यावहारिक स्थिति प्राप्त कर चुके थे। क्योंकि इस समय दोनों ही देश एक–दूसरे से अत्यधिक आशा न रखते हुए और उग्र भावनाओं से बचते हुए अधिक–से–अधिक उपयुक्त तथा व्यवहार्य स्तर तक संबंध स्थापित रखना चाहते थे।
4. आठवें दशक में जो बदलाव आ रहे थे, राजीव गांधी ने विदेश नीति में उसी अनुरूप संयोजना स्थापित करने की कोशिश की। ध्यान रहे कि सोवियत संघ ग्लासनोस्त एवं पेरेस्त्रोइका के संक्रमण से गुजर रहा था और बाहरी हस्तक्षेपों में कमी ला रहा था। ऐसी स्थिति में भारत भी पश्चिमी लोकतांत्रिक देशों के साथ अपने राजनीतिक और रक्षा संबंध स्थापित करने के लिए मुक्त हो गया। यही नहीं समाजवादी सोवियत में आ रहे बदलावों का एक प्रभाव यह पड़ा कि भारत में उदारीकरण की प्रक्रिया शुरू हो गई। इस स्थिति में भारत और सोवियत संघ के बीच राजनीतिक और सामरिक समीकरण भी बदलने थे। लेकिन चीन, पाकिस्तान तथा संयुक्त राज्य का सामना करने वाली चुनौती अभी भारत के समक्ष मौजूद थी लेकिन भारत सोवियत रिश्ते अभी महत्वपूर्ण थे। यही वजह है कि राजीव गांधी ने पश्चिम और पूरब के बीच संबंधों में संतुलन बनाए रखने की कोशिश की।
5. राजीव गांधी ने चीन के साथ रिश्तों को बेहतर बनाने की निर्णायक पहल की और वरिष्ठ राजनयिकों द्वारा तैयार आधारभूत संरचना के बाद राजीव गांधी ने दिसंबर 1988 में बीजिंग की यात्रा की। 25 वर्षों से अधिक लंबे अंतराल के बाद यह भारत के प्रधानमंत्री की पहली चीन यात्रा थी। बीजिंग ने राजीव गांधी को सर्वोच्च सम्मान दिया और डेंग जियाओपिंग के साथ व्यापक विमर्श में यह बात तय हुई कि सभी क्षेत्रों में द्विपक्षीय संबंधों को बढ़ावा देने तथा सीमा विवाद सुलझाने के लिए विशेषज्ञ स्तर पर चर्चा की जाए। इस बात पर भी सहमति बनी कि द्विपक्षीय आर्थिक, वैज्ञानिक, सांस्कृतिक और प्रौद्योगिकीय संबंधों की पुनः

स्थापना हो। 26 वर्षों से अंदर–ही–अंदर पनप रहे वैमनस्य के लम्बे अंतराल के बाद चीन–भारत संबंधों में यह प्रमुख घटना थी। राजीव गांधी की इस यात्रा से सन् 1989 से चीन–भारत के बीच सकारात्मक आदान–प्रदान के लिए आधार तैयार हो गया। सन् 1991 से मई 1998 तक चीन–भारत संबंधों में विकास से स्पष्ट होता है कि दिसंबर 1988 में बीजिंग में राजीव गांधी तथा चीनी नेताओं के बीच विचार–विमर्श तेजी से बदलती हुई विश्व की परिस्थितियों के संदर्भ में एशियाई क्षेत्र में सामरिक वातावरण में स्थिरता लाने की दिशा में उठाया गया कूटनीतिक कदम था, जो समय को देखते हुए सही था। हालांकि चीन की अभी भी यह शिकायत बनी रही कि भारत तिब्बत के दलाई लामा का समर्थन कर रहा है तथा तिब्बती अलगाववादी आंदोलन को अनदेखा कर रहा है।

6. श्रीलंका के मामले को लेकर राजीव गांधी ने भारतीय नीतियों में अविच्छिन्नता तो बनाए रखी, लेकिन एक सूक्ष्म अंतर भी बनाए रखा। उनका विचार था कि हालाँकि भारत द्वारा मध्यस्थता करना आवश्यक तथा उपयोगी है, परंतु नई दिल्ली तमिलों के प्रति झुकाव कम करते हुए सिंहली और तमिलों के बीच अधिक निष्पक्ष रवैया अपनाए। तत्कालीन विदेश सचिव रोमेश भंडारी ने इस नीति पर टिप्पणी करते हुए कहा था–''भारत ने तमिलनाडु नीति की बजाय भारतीय नीति अपनाने की ठानी है।'' यही कारण है कि भारत की तरफ से तमिलों को यह समझाने की कोशिश की गई कि वे अलग तमिल राज्य की माँग छोड़ दें और हिंसा व आतंकवाद के मार्ग से हट जाएं। सरकार से समझौता कर लें। इससे उनकी आकांक्षाओं की पूर्ति होगी और संगठित श्रीलंका की रूपरेखा के भीतर उन्हें अपने प्राधिकार दिए जाएँगे।

7. 1987 में श्रीलंका सरकार द्वारा जाफना की घेराबंदी के पश्चात् भारत द्वारा श्रीलंका को यह समझाया गया कि वह तमिल उग्रवादियों के प्रति सैन्य अभियान बंद कर दे, लेकिन ऐसा नहीं हुआ। इसलिए भारत ने यह निर्णय लिया कि वह जाफना के सैन्य घेराव को तोड़ने के लिए सीधे हस्तक्षेप करेगा। उसने 4 जून, 1987 को जाफना में विमान से सामान नीचे फेंका। भारत के इस निर्णय को लेकर यह कहा गया कि भारत ने किसी दूसरे संप्रभुतासंपन्न देश में विमान से सामग्री भिजवाकर अंतरराष्ट्रीय विधि का उल्लंघन किया है। लेकिन भारत ने ऐसा श्रीलंका सरकार से वार्ताएं करने और श्रीलंका सरकार के न मानने के बाद किया था। इस संबंध में अन्य देशों तथा सरकारों की मिसालें विद्यमान हैं, जब मानवता के आधार पर तथा राजनीतिक प्रयोजनों से इस प्रकार की कार्यवाहियाँ की गई थीं। इसलिए तकनीकी दृष्टि से यह कार्यवाही अंतरराष्ट्रीय विधि का उल्लंघन थी, लेकिन राजनीतिक दृष्टि से आवश्यक और नैतिक दृष्टि से न्यायोचित थी। लेकिन श्रीलंका में भारतीय शांति सेना (आई.पी.के.एफ.) भेजने का राजीव गांधी का निर्णय गलत था। यह सही अर्थों में पड़ोसी देश में अनुचित सैन्य हस्तक्षेप था। लिट्टे को दबाने में भारतीय शांति सेना की नाकामयाबी तथा बाद में इनकी वापसी भारत की विदेश नीति की प्रमुख विफलता थी, जिससे राजीव गांधी बच नहीं सके।

8. राजीव गांधी श्रीलंका में निष्पक्ष मध्यस्थता की नीति अपनाना चाहते थे। विडंबना यह रही कि सकारात्मक दृष्टिकोण के बावजूद उन्हें श्रीलंका में सीधे हस्तक्षेप करना पड़ा। भारत–श्रीलंका समझौता सही अर्थों में राष्ट्रपति जयवर्धने और प्रधानमंत्री रणसिंघे प्रेमदासा के कारण सफल नहीं हो पाया। कुल मिलाकर 1985 से 1990 तक जिस प्रकार से श्रीलंका नीतियाँ असफल हुईं, उससे प्रमाणित हो जाता है कि नरम रवैया अपनाने वाले भारत का निर्णय अंतरराष्ट्रीय संदर्भ में सही नहीं था। लेकिन राजीव गांधी के संदर्भ में यही कहा जा सकता है कि श्रीलंका के नेताओं के साथ बरताव करते समय भी उनके इरादे उतने ही न्यायसंगत और व्यावहारिक थे, जितने जटिल मुद्दे होने के बावजूद राजीव गांधी पड़ोसी देशों के कल्याण और भारत के हितों के बचाव की निर्भय होकर जिम्मेदारी लेते थे तथा नीतियाँ अपनाते थे। उन्होंने इस दिशा में अथक प्रयास किए, जितने कि अपेक्षा की गई थी। इसके बदले में उन्हें अपनी जान की कीमत चुकानी पड़ी।
9. 1983 और 1989 के बीच भारत–श्रीलंका संबंधों से उपजे अनुभवों से अंतरराष्ट्रीय क्षेत्रों में स्वयंसिद्ध सिद्धांत की वैधता प्रमाणित हो जाती है, अर्थात् नैतिकता का सिद्धांत सबसे अधिक सुरक्षित तथा सर्वाधिक निर्विवाद पक्ष है। फिर भी नैतिकता का पालन हमेशा नहीं किया जा सकता, क्योंकि अंतरराष्ट्रीय संबंधों की प्रकृति सदाचार–निरपेक्ष होती है।
10. लम्बे संवाद एवं प्रयासों के बाद राजीव गांधी पाकिस्तान को लेकर इस निष्कर्ष पर पहुंच गए थे कि पाकिस्तान को राजनीतिक यथार्थवाद तथा आधारभूत वास्तविकताओं के आधार पर समाधान ढूँढ़ने की कोशिश नहीं करनी चाहिए। महत्वपूर्ण बात यह रही कि राजीव गांधी की इस्लामाबाद यात्रा के समय बेनजीर समझौतों पर हस्ताक्षर करने के बाद भारत के साथ सामान्य संबंध बनाए रखने से पीछे हट गईं। वे पाकिस्तानी मुस्लिम लीग तथा इस्लामी जम्हूरी इत्तेहाद, इंटर सर्विस इंटेलिजेंस और पाकिस्तानी सैन्य स्थापना जैसी संस्थाओं के दबाव में थीं। यह यथार्थ आज तक पाकिस्तान में बरकरार है।
11. राजीव गांधी के समय नेपाल के साथ भी हमारे संबंध अच्छे नहीं थे। कारण यह था कि नेपाल नरेश भारत से नाराज थे, क्योंकि भारत ने डेमोक्रेटिक मूवमेंट पार्टी के नेताओं को समर्थन दिया था। 1986 और 1989 के बीच नेपाल और भारत में उभरी गलतफहमी को एक तरफ रखते हुए काठमांडू ने यह अनुभव किया कि वह अपने हितों को मुखरित करने में दृढ़ता का परिचय देगा। सन् 1950 की भारत–नेपाल संधि में संशोधन करने के सुझाव भी दिए गए। उसमें स्मॉल स्टेट और लैंडलॉक्ड सिण्ड्रोम प्रभावी होने लगा। भारत द्वारा दी जा रही सुविधाओं के बावजूद भी नेपाल ने चीन के साथ–साथ रक्षा सहयोग बढ़ाना शुरू कर दिया। यह महत्त्वपूर्ण तथा सामरिक विकास था, जिसकी भारत ने उपेक्षा की। विवाद और शंकाएं बढ़ गईं, जो भारत के हित में नहीं थीं। संभवतः इन विवादों से बचा जा सकता था। भारत को नेपाल की जटिलताओं तथा चिंताओं के बारे में अधिक धैर्य बरतना चाहिए था।

12. 1990 के दशक की शुरुआत तक पहुंचते–पहुंचते दुनिया तीव्र बदलावों के साथ–साथ संक्रमण से गुजर रही थी। अब नए लक्ष्य, नयी महत्वाकांक्षाएं और नयी चुनौतियां देखने को मिल रही थीं। इस समय हमारा लक्ष्य बचाव की न्यूनतम आवश्यकता को देखते हुए विश्व में पारंपरिक अस्त्रों में कटौती होना चाहिए। इस प्रक्रिया के लिए अपेक्षित था कि आकस्मिक हमले रोकने के उपाय हो और आक्रमण करने की क्षमता में यथेष्ट रूप से कमी की जाए। संयुक्त राष्ट्र को सर्वसम्मति से बचाव का नया सामरिक सिद्धांत तैयार करना चाहिए था, लेकिन ऐसा नहीं हुआ। ऐसी व्यवस्था की संरचना अहिंसा पर आधारित होनी चाहिए थी। ध्यान रहे कि अंतरराष्ट्रीय संबंधों में अहिंसा कोई कल्पना मात्र न थी और न है। बल्कि सभ्य उत्तर–जीविता, शांतिपूर्ण सह–अस्तित्व के माध्यम से शांति बनाए रखने, एक नई न्यायपूर्ण, समान तथा लोकतांत्रिक विश्व व्यवस्था का यही एकमात्र आधार है।
13. खास बात यह रही कि 1989 से 1991–92 तक न केवल भारत बल्कि पूरा विश्व वैचारिक, सामरिक और आर्थिक परिवर्तन के दौर से गुजर रहा था। ऐसी स्थिति में भारत के समक्ष उसकी विदेश नीति के संदर्भ में सबसे बड़ी चुनौती यह थी कि नए विचारार्थ विषयों को तय करे, क्योंकि अब तक जो विषय विदेश नीति के केन्द्र में थे,, दिसंबर 1991 तक पहुंचते–पहुंचते वे असंगत हो जाने वाले थे।

❑❑

8 21वीं सदी की दहलीज पर (1990-97)

राजीव गांधी के बाद वी.पी. सिंह भारत के प्रधानमंत्री बने। राजीव गांधी की सरकार में वे वाणिज्य, वित्त और रक्षा मंत्री रह चुके थे। फिर भी उन्होंने मंत्री पद छोड़कर सन् 1989 में जनता दल की ओर से आम चुनाव लड़ा। इनका पिछला रिकॉर्ड देखें तो स्पष्ट हो जाएगा कि इन्हें भारतीय सुरक्षा से जुड़े हितों, यहाँ तक की आंतरिक सुरक्षा या स्थिरता संबंधी मुद्दों की गहरी समझ नहीं थी, यद्यपि इन्होंने आर्थिक, वाणिज्यिक तथा रक्षा संबंधी वार्ताओं के दौरान भारतीय शिष्टमंडलों का नेतृत्व किया था। जिन मुद्दों पर उन्हें अकेले ही कदम उठाना था, उन मुद्दों पर नीतिगत दृष्टिकोणों में अंतरराष्ट्रीय समुदाय में भारत की राजनीति या सामरिक स्थिति के बारे में एकीकृत और गहन दृष्टिकोण (विज़न) का अभाव था। सन् 1989 से 1990 के अंत तक की अवधि में भारत के प्रधानमंत्री के रूप में इनके कार्य निष्पादन से उपर्युक्त निर्णयों की पुष्टि होती है। इन्होंने इंद्रकुमार गुजराल को विदेश मंत्री के रूप में चुना, जिनके पास कूटनीति और अंतरराष्ट्रीय संबंधों का व्यापक अनुभव था। वी.पी. सिंह की जनता दल सरकार शुरू से ही तुनकमिजाज रही, इसलिए यह सरकार भारत की विदेश नीति संबंधी माँगों और रक्षा संबंधी मुद्दों का सामना नहीं कर पाई। कुछ मामलों में वी.पी. सिंह और इन्द्र कुमार गुजराल ने भारत के हितों से जुड़े विदेश नीति संबंधी मुद्दों पर लापरवाही बरतने का परिचय दिया। वी.पी. सिंह की सरकार को विदेश नीति संबंधी निम्नलिखित मुख्य मुद्दों का सामना करना पड़ा–

1. सोवियत संघ में राजनीतिक अनिश्चितताओं के साथ सामंजस्य स्थापित करना तथा उस देश के साथ आर्थिक और रक्षा सहयोग पर पड़ने वाले प्रभाव का सामना करना;
2. जम्मू और कश्मीर में उग्रवाद को पाक द्वारा दी जा रही सहायता के संदर्भ में पाकिस्तान से निपटना; और
3. श्रीलंका के जातिगत संकट का सामना करना; जहाँ राष्ट्रपति रणसिंघे प्रेमदासा भारत–श्रीलंका समझौते से पीछे हट रहे थे तथा तमिलों की इच्छाओं की पूर्ति के लिए उनकी सरकार द्वारा दी गई वचनबद्धता में बाधा डाल रहे थे। सबसे ऊपर, वी.पी. सिंह और इंद्रकुमार गुजराल को अगस्त 1990 में कुवैत में इराक के आक्रमण द्वारा उत्पन्न स्थिति का भी सामना करना था; इस आक्रमण के कारण जनवरी 1991 में खाड़ी युद्ध हुआ।

भारत के पास सोवियत संघ में विकसित हो रही आधारभूत वास्तविकताओं के संबंध में जानकारी के अभाव में उस देश के घटनाक्रम के इस नाजुक दौर में सोवियत संघ के साथ संबंध बनाने थे। न तो केंद्र सरकार और न ही मास्को में भारत के कूटनीतिक मिशन ने कम्युनिस्ट पार्टी के विरुद्ध उभर रही प्रमुख ताकतों के नेताओं से

संपर्क स्थापित करने के प्रयास किए। इस समय सही ढ़ंग से राजनीतिक आकलन नहीं किया गया तथा सोवियत संघ को ऐसा संघ माना गया, जो मजबूती से नहीं जुड़ा है, जबकि स्पष्ट रूप से ये संकेत मिल रहे थे कि गोर्बाचेव का नियंत्रण कम होता जा रहा है तथा पूर्वी देश ही नहीं, मध्य एशियाई गणराज्य भी सोवियत संघ से अलग होने के संकेत दे रहे थे तथा वे अपनी अलग पहचान का दावा करने लगे थे। रूसी संघ के भीतर भी, गोर्बाचेव की स्थिति दिनों–दिन कमजोर होती जा रही थी; क्योंकि रूढ़िवादी कम्युनिस्ट उसकी उदार (ग्लासनोस्त) नीति की आलोचना कर रहे थे तथा उदारवादी ताकतें सत्तारूढ़ कम्युनिस्ट शासन व्यवस्था को उखाड़ने में लगी थीं।

भारत सरकार इन घटनाक्रमों पर नजर रखे हुए थी, परंतु इस संबंध में किया गया आकलन तथा पूर्वानुमान गलत था। परिणामस्वरूप, भारत सरकार सोवियत संघ की उन नई ताकतों के साथ संपर्क नहीं रख रही थी, जिनका रूसी मामलों पर वर्चस्व बन रहा था तथा सन् 1990 से समूचा सोवियत क्षेत्र इन ताकतों के प्रभाव क्षेत्र में आ रहा था। सही निर्णय के अभाव तथा इसके परिणामस्वरूप होनेवाला परिवर्तन वी.पी. सिंह और उनकी परिवर्ती सरकार (चंद्रशेखर) के सत्ता में रहने के अनेक मास तक हावी रहा।

मेरे विचार में, वी.पी. सिंह तथा इंद्रकुमार गुजराल ने जिस प्रकार से श्रीलंका का मामला सुलझाने का प्रयास किया, वह तरीका असंगत तथा अदूरदर्शी था। यद्यपि प्रेमदासा सरकार अनिच्छुक थी, फिर भी तमिल अल्पसंख्यकों की इच्छाओं और आवश्यकताओं की पूर्ति के लिए भारत–श्रीलंका समझौते (जुलाई 1987) के प्रावधान धीरे–धीरे लागू किए जा रहे थे। प्रेमदासा इस समझौते के प्रावधान इसलिए लागू कर रहे थे, क्योंकि राजीव गांधी इसके प्रति दृढ़प्रतिज्ञ थे। इस लक्ष्य की पूर्ति के लिए भारतीय शांति सेना की मौजूदगी नितांत आवश्यक थी। इस सेना की मौजूदगी से लिट्टे की गतिविधियों पर अंकुश लगा हुआ था तथा श्रीलंका के तमिल क्षेत्रों में तमिल प्रांतीय सरकार की भूमिका सुदृढ़ हो रही थी। प्रेमदासा भारत पर यह दबाव डाल रहे थे कि भारतीय शांति सेना तुरंत वापस बुला ली जाए। इसके बावजूद राजीव गांधी के शासन काल के अंतिम वर्ष में यह संदेश दिया गया कि जब तक तमिलों में स्थिरता तथा सुरक्षा की भावना विकसित नहीं होगी, तब तक शांति सेना श्रीलंका में ही रहेगी। इस रवैये से ऐसा कोई इरादा जाहिर नहीं होता है कि भारत श्रीलंका में लम्बे समय तक राजनीतिक व सैनिक रूप से रहना चाहता है। राजीव गांधी ने, पहले भी प्रेमदासा को संदेश भेजा था कि भारतीय सेना सितंबर–अक्टूबर 1990 तक लिट्टे पर समुचित दबाव डालने का प्रयास करेगी कि वे लोकतांत्रिक राजनीति की मुख्यधारा में शामिल हो जाएँ। राजीव गांधी ने सन् 1990 तक भारतीय शांति सेना की चरणबद्ध रूप से वापसी की योजना बना ली थी। जब वी.पी. सिंह सत्ता में आए, तब वे तथा गुजराल भारतीय शांति सेना को वापस बुलाने से संबंधित प्रेमदासा की माँग के आगे झुक गए। इन दोनों नेताओं ने अचानक हड़बड़ी में भारतीय शांति सेना को वापस बुलाने का आदेश दे दिया। चरणबद्ध रूप से वापसी की बजाय श्रीलंका के पूर्वोत्तर प्रांत की तमिल प्रांतीय सरकार द्वारा पूर्ण प्रशासनिक तथा राजनीतिक नियंत्रण शक्ति प्राप्त करने से पहले भारतीय शांति सेना मार्च 1990 में एक साथ वापस आ गई।

भारतीय शांति सेना के वापस चले आने से श्रीलंका में राजनीतिक तथा सत्ता के क्षेत्र में अंतराल/खालीपन आ गया। श्रीलंका की सरकार इस खालीपन को भर नहीं पाई। लिट्टे ने इस स्थिति का पूरा फायदा उठाया तथा उन्होंने पूर्वोत्तर प्रांतों पर कब्जा कर लिया, वहाँ से इन्हें निकाल दिया गया तथा ये पुनः अलग पड़ गए। इसका पहला परिणाम यह निकला कि श्रीलंका में जातिगत दंगे पुनः भड़क उठे। ये दंगे तब तक चलते रहे, जब तक कि श्रीलंका सरकार ने उनके खिलाफ वर्ष 2008–09 में सैन्य कार्रवाई कर लिबरेशन टाइगर्स ऑफ तमिल ईलम (लिट्टे) की राजधानी किलीनोच्ची पर कब्जा नहीं कर लिया। वी.पी. सिंह और गुजराल को प्रेमदासा से अच्छे आचरण का प्रमाणपत्र मिल गया तथा दक्षिण एशियाई मामलों में भारत की अहस्तक्षेप स्थिति को स्वीकार किया जाने लगा। दूसरा परिणाम यह हुआ कि श्रीलंका में पुनः अस्थिरता आ गई तथा उसे इस संकट में क्षेत्र से बाहर की ताकतों की सहायता माँगनी पड़ी। यह विदेश नीति से जुड़ा निर्णय था और मेरे विचार में यह निर्णय अनेक प्रकार से गलत था। चाहे श्रीलंकाई तमिलों की समस्याओं का समाधान हो, श्रीलंका की राजनीति में स्थिरता लाने का सवाल हो अथवा श्रीलंकाई एकता और अखंडता के प्रति पुनः उभरने वाला खतरा हो; या फिर भारत के क्षेत्रीय सामरिक हितों का मामला हो। सर्वाधिक महत्वपूर्ण यह है कि क्षेत्र में शांति और स्थिरता में योगदान देने में सक्षम पहचान के रूप में भारत की साख भी गिर गई।

कुवैत पर इराक के आक्रमण के कारण खाड़ी संकट के प्रति भारत की प्रतिक्रिया अस्पष्ट थी। इसके साथ–साथ दब्बूपन भी व्यक्त हो रहा था। इराक और कुवैत में रह रहे तथा काम करने वाले अनेक भारतीयों की सुरक्षा के बारे में चिंता होना जायज था। यह ऐसा मुद्दा था, जिसे प्राथमिकता दी जाने की आवश्यकता थी। परंतु इस स्थिति पर शांतिपूर्वक तर्कयुक्त रवैया अपनाने की बजाय वी.पी. सिंह की सरकार ने आशंका भरा रवैया अपनाया, जो तुष्टीकरण की नीति पर आधारित था। भारत ने इस वास्तविकता पर ध्यान नहीं दिया कि एक मुस्लिम देश इराक ने दूसरे मुस्लिम देश तथा गुटनिरपेक्ष आंदोलन के सदस्य कुवैत पर हमला किया है। भारत इस संबंध में तटस्थ रहा। भारत के विदेश मंत्री इन्द्र कुमार गुजराल, कुवैत और बगदाद भाग गए। उन्होंने कुवैत वासियों के प्रति सहानुभूति दर्शाने की बजाय जॉर्डन के रास्ते भारतीय नागरिकों को वापस देश में लाने की व्यवस्था पर ही ध्यान केंद्रित रखा। इसके बाद वे बगदाद गए तथा सद्दाम हुसैन के साथ दृढ़तापूर्वक बातचीत करने तथा पिछले दशक में दो पड़ोसी देशों के बीच सैन्य विरोध उभरने के प्रति भारत की चिंता व्यक्त कराने की बजाय सद्दाम हुसैन को गले लगाकर मीडिया के सामने फोटो खिंचवाए तथा स्तरहीन व्यवहार उजागर किया, जबकि पूरा विश्व सद्दाम के व्यवहार से नाराज था। इस प्रकार से पुनः भारत की छवि बिगड़ी।

कुवैत पर इराकी आक्रमण के दौरान भारत द्वारा अपनाई गई नीति के कारण संयुक्त राष्ट्र, गुटनिरपेक्ष आंदोलन और अरब तथा खाड़ी देशों में भारत की साख पर प्रतिकूल प्रभाव पड़ा। बगदाद में हमारे मिशन के बारे में यह अर्थ भी लगाया गया कि सद्दाम के साथ दृढ़ व्यवहार किया जाना चाहिए, क्योंकि संयुक्त राष्ट्र की छत्रछाया

में संयुक्त राज्य अमेरिका के नेतृत्व के अंतर्गत अंतरराष्ट्रीय समुदाय की संयुक्त सेना द्वारा भी इसे हराया नहीं जा सकता।

सन् 1990 में पाकिस्तान के साथ तनाव अत्यधिक बढ़ गया, क्योंकि अलगाववादियों को समर्थन देने की दृष्टि से पाकिस्तान जम्मू–कश्मीर में आतंकवाद की गतिविधियों में शामिल था। जब दिसंबर 1989 में भारत के गृहमंत्री मुफ्ती मुहम्मद सईद की बेटी रुबिया का अपहरण किया गया था, उस समय पाकिस्तान समर्थित आतंकवादियों के सामने हार मान ली गई। भारत के इस रवैये से बेनजीर भुट्टो यह समझने लगी थीं कि भारत का अब कश्मीर पर ज्यादा दिन तक नियंत्रण नहीं रहेगा। अब समय आ गया है कि इस राज्य में हिंसा तथा अस्थिरता लाने वाली गतिविधियों को और अधिक उकसाया जाए। परिणामस्वरूप, 1988 में सत्ता में आईं बेनजीर भुट्टो और राजीव गांधी द्वारा पुनः सकारात्मक दिशा में स्थापित किए गए संबंध फिर टूट गए।

वी.पी. सिंह के गुण–दोषों तथा पाकिस्तान के प्रति भारत सरकार के दृष्टिकोण का पता लगाने के लिए इस्लामाबाद ने जनवरी 1990 में विशेष दूत के रूप में उच्चायुक्त अब्दुल सत्तार को भेजा। पाकिस्तान के विदेश मंत्री सेवानिवृत लेफ्टिनेंट जनरल याकूब खान भी इसी मास गुजराल से बातचीत करने के लिए नई दिल्ली आए। उन्होंने भारत में समझौते की माँग करते हुए कश्मीर मुद्दे को छेड़ने की कोशिश की तथा सामान्य रूप में 'इस उपमहाद्वीप पर मंडरा रहे युद्ध के बादलों' पर चर्चा की। इस मामले में, सिंह और गुजराल ने पाकिस्तान की माँग का खंडन करते हुए दृढ़तापूर्वक उत्तर दिया। परिणामस्वरूप, पाकिस्तान के साथ जम्मू और कश्मीर में परोक्ष रूप से लड़ाई की आशंका बढ़ गई। इस प्रकार से चरम बिंदु तक तनाव बढ़ गया तथा नियंत्रण रेखा पर और उत्तर पंजाब में अंतरराष्ट्रीय सीमा के साथ–साथ पाकिस्तान की तरफ व्यापक स्तर पर रैलियां की जाने लगीं। इसके अलावा बड़ी संख्या में पाकिस्तानी नागरिक सीमा पार करके भारत आने की कोशिश करने लगे। उन्हें भारतीय सीमा सुरक्षा बल ने रोक दिया। पाकिस्तान सरकार ने उन अलगाववादी उग्रवादियों को दी जा रही सहायता में बढ़ोतरी कर दी, जिन्हें जम्मू और कश्मीर में घुसपैठ के लिए प्रशिक्षित पाकिस्तान की सेना के अधिकारियों द्वारा समर्थन दिया जाता था।

इस संदर्भ में प्रधानमंत्री वी.पी. सिंह ने सार्वजनिक घोषणा जारी की, जिसमें पाकिस्तान को यह चेतावनी दी गई थी कि यदि स्थिति में सुधार नहीं आता तो उस देश के विरुद्ध सैनिक कार्यवाही करने के लिए बाध्य हो जाएगा। संयुक्त राज्य अमेरिका श्री सिंह के इस बयान से चौंक गया। सीआईए के निदेशक रॉबर्ट गेटे को भेजा गया। उन्होंने दोनों देशों को सलाह दी कि वे तनाव कम करके परस्पर बातचीत करने की कोशिश करें। गेट के मिशन का गलत अर्थ लिया गया तथा मीडिया सहित अमेरिका के कतिपय अकादमिक क्षेत्र विश्लेषक यह दावा करने लगे कि गेट भारत और पाकिस्तान के बीच परमाणु विध्वंस रोकने के लिए उस महाद्वीप में गए थे। जबकि तथ्य यह था कि न तो भारत और न ही पाकिस्तान का ऐसा कोई इरादा था। दोनों देशों के बीच द्विपक्षीय बातचीत शुरू करवाने के लिए अमेरिका ने पाकिस्तान को समझाया था, ताकि इनके बीच तनाव कम हो और राजनीतिक मुद्दों को बातचीत के माध्यम से सुलझाया

जाए। सन् 1990 के ग्रीष्म के अंत में विदेश सचिव के स्तर पर वार्ता शुरू हुई। जनवरी 1994 तक सिलसिलेवार वार्ताएँ हुईं। सन् 1997 तक, लगभग तीन वर्षों में इस दिशा में व्यवधान आ गया, जबकि गुजराल चाहते थे कि पाकिस्तान के साथ स्थिर और शांतिपूर्ण संबंध हों। परंतु इस दिशा में अभी तक ठोस कदम नहीं उठाया जा सका।

विदेश सचिव स्तर पर द्विपक्षी वार्ताओं के परिणामस्वरूप, दोनों देश सैन्य कार्यवाहियों की समय–सूची के बारे में और सेनाओं की तैनाती के संबंध में सूचना के आदान–प्रदान के बारे में परस्पर विश्वास उत्पन्न करने के लिए सहमत हो गए। परंतु इन प्रयासों का ठोस परिणाम सामने नहीं आया। इन दोनों देशों के बीच चल रही बातचीत को सोद्देश्यपूर्ण बनाने से पहले ही आंतरिक फूट के कारण वी.पी. सिंह की सरकार गिर गई। इसके पश्चात् कांग्रेस के समर्थन से चंद्रशेखर प्रधानमंत्री बने और दिसंबर 1990 से 1991 तक सत्ता में रहे। इतने कम समय में भारत और पाकिस्तान के बीच उच्च स्तरीय राजनीतिक संबंध बहाल हो गए। वी.पी. सिंह दिसंबर 1990 के बाद सत्ता के केंद्र में नहीं रहे। इसी प्रकार से उसी वर्ष अगस्त में पाकिस्तान के राष्ट्रपति गुलाम इशाक खान द्वारा बेनजीर भुट्टो को बर्खास्त कर दिया गया। इनके स्थान पर नवाज शरीफ पाकिस्तान के प्रधानमंत्री बने। जब नवाज शरीफ और चंद्रशेखर 'दक्षेस' के शिखर सम्मेलन में मालदीव में मिले, तब इनके बीच व्यक्तिगत रूप से तालमेल बढ़ा। विदेश सचिव स्तर पर बातचीत जारी रखने के अलावा ये दोनों नेता निर्णायक मामलों को सुलझाने के लिए सीधे टेलीफोन 'हॉटलाइन' स्थापित करने पर भी सहमत हो गए। किंतु इन दोनों प्रधानमंत्रियों के बीच सकारात्मक संबधों के बावजूद भारत और पाक के बीच प्रतिकूल संबंधों में महत्वपूर्ण परिवर्तन नहीं हो पाया। यद्यपि नवाज शरीफ और चंद्रशेखर दोनों ने विवादात्मक शब्द भंडार कम करने का प्रयास किया, फिर भी जम्मू और कश्मीर में पाकिस्तान गड़बड़ी फैलाता रहा। इसी प्रकार से कश्मीर मुद्दे पर भारत विरोधी पाकिस्तानी कूटनीतिक तथा प्रचार अभियान भी जारी रहा।

चंद्रशेखर नई दिल्ली में मई 1991 के अंत में नवाज शरीफ से उस समय मिले, जब नवाज शरीफ राजीव गांधी के अंतिम संस्कार में आए थे। इसी बैठक के दौरान नवाज शरीफ ने यह सुझाव दिया कि यदि भारत गणराज्य के भीतर लद्दाख और जम्मू को बनाए रखते हुए कश्मीर घाटी पाकिस्तान के हक में छोड़ दे तो कश्मीर समस्या सुलझ सकती है। उस समय सशक्त प्रधानमंत्री न होने के बावजूद चंद्रशेखर ने नवाज शरीफ को कहा कि वे इस प्रकार के अव्यावहारिक प्रस्ताव न रखें।

चंद्रशेखर के शासनकाल से जुड़ा अन्य महत्वपूर्ण मुद्दा खाड़ी युद्ध (जनवरी 1991) था। इन्होंने इस युद्ध के संबंध में विशिष्ट मुद्दों पर भारत के राजनीतिक रवैये में विद्यमान अस्पष्टता दूर कर दी। इन्होंने दृढ़तापूर्वक घोषणा की कि भारत एक गुटनिरपेक्ष देश द्वारा दूसरे गुटनिरपेक्ष देश पर आक्रमण का विरोध करता है। भारत भी इस अंतरराष्ट्रीय समुदाय की इस माँग में शामिल हो गया कि इराक कुवैत से पीछे हट जाए। भारत ने इस युद्ध में खाड़ी की ओर जा रहे अमेरिकी विमानों को ईंधन देने की व्यवस्था के संबंध में अनुमति दी थी। बाद में इस मुद्दे पर विवाद छिड़ गया। इस संबंध में यह याद रखना आवश्यक है कि भारत–संयुक्त राष्ट्र द्वारा चलाए गए

तथा अनुमोदित ऑपरेशन का समर्थन कर रहा था न कि संयुक्त राज्य द्वारा की गई एकपक्षीय पहल का। इसके पीछे सच्चाई कुछ भी हो।

प्रधानमंत्री चंद्रशेखर का शासनकाल इतना कम था कि इनका भारत की विदेश नीति पर कोई सुनिश्चित प्रभाव नहीं पड़ा। परंतु यह मानना पड़ेगा कि इनके शासन काल के दौरान भारत की विदेश नीति के लक्ष्य निर्धारण में सोद्देश्यता तथा सटीकता आई। यद्यपि इस पर भी महत्व दिया जाता है कि उनका दृष्टिकोण नेहरूवादी विचारार्थ विषयों के प्रति सैद्धांतिक रूप से वचनबद्ध था, परंतु विदेशों के साथ संबंध स्थापित करते समय इन्होंने यर्थाथवादी दृष्टिकोण को अपनाकर समझदारी से काम लिया।

इसी दौरान भारत को मई 1991 में अन्य आम चुनाव झेलने पड़े, क्योंकि राजीव गांधी ने चंद्रशेखर सरकार से अपना समर्थन वापस ले लिया था। इस निर्णय के पीछे अनेक कारण बताए जाते हैं, जैसे–आसूचना ब्यूरो ने राजीव गांधी पर कड़ी निगरानी रखी थी। चुनावों के दौरान 21 मई को 'लिट्टे' के आत्मघाती मानव बम ने राजीव गांधी की हत्या कर दी। छोटे–छोटे दलों के समर्थन से कांग्रेस पार्टी ने बहुमत प्राप्त कर लिया और इस प्रकार नरसिम्हा राव भारत के प्रधानमंत्री बने। वे जवाहरलाल नेहरू के बाद पहले प्रधानमंत्री थे, जिनके पास विदेश नीति का अनुभव था। आठवें दशक के प्रारम्भ में ये विदेश मंत्री रह चुके थे तथा इसके बाद ये रक्षामंत्री और गृहमंत्री बने।

इन्हें विदेश नीति और राष्ट्रीय सुरक्षा संबंधी मामलों की जानकारी थी, क्योंकि सर्वोच्च पद पर पहुँचने से पहले इन्होंने लगभग एक दशक तक इन क्षेत्रों से संबंधित जिम्मेदारियाँ उठाई थीं। यद्यपि प्रधानमंत्री के रूप में कार्य करने के लिए इस पूर्व दशक से जुड़ी अवधि में अनेक अनिश्चितताएँ विद्यमान हैं, फिर भी इन्होंने पूरे पाँच वर्षों तक (जून 1991 से जून 1996 तक) शासन किया। यह पाँच वर्ष निर्णायक समय था, जिसमें परिवर्तित अंतरराष्ट्रीय राजनीति की अवधारणाएँ स्पष्ट होने लगी थीं तथा ग्लोबल स्थिति पर इनका स्पष्ट प्रभाव पड़ रहा था। विदेश नीति के क्षेत्र में राव द्वारा दी गई पहल तथा लिए गए निर्णय सार्थक तथा महत्वपूर्ण थे। प्रधानमंत्री नरसिम्हा राव के शासन काल में भारत की तथा विदेशों की मुख्य घटनाओं पर चर्चा करना प्रासंगिक होगा।

भारत की विदेश नीति से सोवियत संघ का प्रभाव कम हो गया था, इसलिये नरसिम्हा राव ने बड़े ध्यान से ऐसी प्रक्रिया आरंभ की, जिसके द्वारा भारत ने बदलते विश्व में उभरते सत्ता केंद्रों से संपर्क स्थापित करने के प्रयास किए। यूनाइटेड स्टेट्स, पश्चिम यूरोप, जापान तथा आसियान (ASEAN) का प्रभाव बढ़ने लगा। भारत ने इन ताकतों से बातचीत की नए सिरे से शुरुआत की।

मध्य एशिया के संबंध में स्वयं पी.एल.ओ. ने इजराइल के साथ बातचीत करनी शुरू कर दी। इस्लामिक अतिवाद से संबंधित अवधारणा को छोड़ते हुए नई दिल्ली ने भी तेल–अवीव के साथ कूटनीतिक संबंध स्थापित किए। भारत ने इजराइल के साथ सामान्य राजनीतिक, आर्थिक, प्रौद्योगिकीय एवं कुछ रक्षा संबंध स्थापित करने का निर्णय लिया।

अन्य क्षेत्रों में नरसिम्हा राव ने दक्षिण अफ्रीका में उभरती राजनीतिक वास्तविकताओं पर विशेष ध्यान दिया। उन्होंने इस क्षेत्र में आवश्यक संस्थागत समर्थन के साथ–साथ

पूर्ण रूप से द्विपक्षीय समझौते किए। भारत ने शुरू में एक सांस्कृतिक केंद्र तथा वीसा कार्यालय खोला। दक्षिण अफ्रीका में लोकतांत्रिक–राजनीतिक सरकार के प्रादुर्भाव के संबंध में सही–सही अनुमान लगाया। इसके साथ–साथ इस देश के साथ सार्थक संबंधों के आधार भी तैयार किए।

राव ने 'साउथ एशिया प्रिफेरेंशियल ट्रेड एग्रीमेंट' (एस.ए.पी.टी.ए.) समझौते के अंतर्गत 'दक्षेस' संगठन के साथ सहयोग स्थापित करने में भी सफलता प्राप्त की तथा प्रौद्योगिकी, कृषि और सूचना के क्षेत्र में सहयोग को बढ़ावा दिया। इसी प्रकार से भारत ने सन् 1993–94 में दक्षिण–पूर्व एशियाई समूह के साथ आंशिक रूप से बातचीत का भागीदार बनकर आसियान (ASEAN) के साथ संस्थागत संबंध मजबूत किए।

सन् 1991–94 तक की अवधि के दौरान नई दिल्ली और बीजिंग ने चीन–भारत सीमा विवाद के समाधान के लिए सकारात्मक कदम उठाए। भारत और चीन ने पाँचवें दशक के अंत में तथा छठवें दशक के प्रारंभ में इस दिशा में की गई पहल पर विचार करना शुरू कर दिया तथा बातचीत के दौरान अपनाए गए रुख की विस्तारपूर्वक पुनः जाँच–पड़ताल शुरू कर दी। इस प्रक्रिया में दोनों पक्षों ने यह महसूस किया कि कड़े रुख के कारण ही दोनों देशों के बीच वार्ताएँ विफल हो गईं और अंततः ऐसी सैन्य लड़ाई छिड़ी, जिससे बचा जा सकता था। इस लड़ाई के लगभग तीन दशकों तक भारत–चीन संबंधों के त्रासदीपूर्ण परिणाम सामने आते रहे। जैसा कि पहले बताया जा चुका है, चीनी नेता डेंग जियाओपिंग ने समायोजन और सहानुभूति के आधार पर सीमा विवाद सुलझाने की इच्छा जाहिर की। भारत ने इस तथ्य को देर से स्वीकार किया कि **मैकमोहन रेखा** (जिस पर भारत ने कठोर रवैया अपनाया था) वास्तव में सही ढंग से मानचित्र में निर्धारित नहीं की गई हैं। तथ्य यह था कि सीमांकन का वर्णन करते हुए मैकमोहन का नोट संगत मानचित्रों पर मानचित्र के अंकन से भिन्न था। पाँचवें तथा छठवें दशक के दौरान की गई वार्ताओं में भारत ने इन अंतर्विरोधों को स्वीकार नहीं किया था। इस लिए भारत ने धीरे–धीरे क्रमिक रूप से सीमा विवाद सुलझाने का सुझाव दिया। क्रमिक रूप से वास्तविक नियंत्रण रेखा को स्थिर बनाने तथा उन क्षेत्रों में अधिक शुद्ध एवं सटीक ढ़ंग से अंकित करने की ओर कदम उठाया गया, जहाँ भारत–चीन के बीच मतभेद हैं। दूसरा कदम यह उठाया गया कि वास्तविक नियंत्रण रेखा पर शांति और स्थिरता बनाए रखने के लिए परस्पर समझौता किया गया। तीसरा कदम यह उठाया गया कि परस्पर विश्वास उत्पन्न करने के उपाय किए गए, जिनसे वास्तविक नियंत्रण रेखा पर सामान्य माहौल तैयार हो तथा शांति बनी रहे; इसके बाद चीन–भारत सीमा विवाद के पक्ष में दोनों पक्ष आगे बढ़े। इस दृष्टिकोण पर सभी सहमत थे तथा सन् 1991 तथा 1993 के बीच वार्ताओं के चार दौरों के बाद जब सितंबर 1993 में प्रधानमंत्री नरसिम्हा राव बीजिंग गए, तब वास्तविक नियंत्रण रेखा पर शांति बनाए रखने के संबंध में द्विपक्षीय समझौता हुआ तथा हस्ताक्षर किए गए एवं परस्पर विश्वास उत्पन्न करने के लिए उपायों को अंतिम रूप दिया गया।

जब दिसंबर 1991 में चीन के प्रीमियर ली–पेंग नई दिल्ली आए, तब प्रधानमंत्री राव के साथ की गई चर्चा के कारण यह ठोस परिणाम सामने आया था। इस करारनामे

पर हस्ताक्षर करने से भारत–चीन संबंध सामान्य हुए थे। परिणामस्वरूप, सन् 1991 से दोनों देशों के बीच आर्थिक, प्रौद्योगिकीय तथा सांस्कृतिक सहयोग धीरे–धीरे बढ़ा।

फिर भी भारत–चीन सीमा विवाद सुलझाने के महत्वपूर्ण प्रश्न के संबंध में यह बताना जरूरी है कि सन् 1993 से इस ओर विशेष प्रगति नहीं हुई। इसके पीछे यह तथ्य था कि यद्यपि चीन को यथास्थिति को बनाए रखने के संबंध में आपत्ति नहीं थी, परंतु दूसरी और भारतीय जनमत को यथार्थवादी समाधान स्वीकार करने के लिए अभी तैयार करना था। इस संबंध में अंतरराष्ट्रीय विधि के सिद्धांतों के आधार पर मानचित्र बनाने की आधुनिक तकनीकों का इस्तेमाल करते हुए चीन और भारत दोनों देशों के महत्वपूर्ण सामरिक और आर्थिक हितों का ध्यान रखते हुए भारत–चीन सीमा के संबंध में व्यावहारिक दृष्टिकोण अपनाना होगा। निश्चित रूप से इस प्रक्रिया में समय लगेगा तथा इसके लिए वर्तमान राजनीतिक दृष्टिकोण तथा तुच्छ वास्तविकताओं को नजरअंदाज करना होगा। हमें यह ध्यान रखना चाहिए कि राव और ली–पेंग के व्यावहारिक दृष्टिकोणों ने भारत–चीन संबंधों को सही दिशा की ओर मोड़ा।

पाकिस्तान के साथ संबंध अभी अच्छे नहीं थे। यह देश जम्मू और कश्मीर में विद्रोही गतिविधियों को भड़काने में कोई कसर नहीं छोड़ रहा था। परंतु राव और नवाज शरीफ ने तनाव कम करने के प्रयास किए तथा सन् 1991 तथा 1993 के बीच छह शिखर सम्मेलन हुए। जनवरी 1994 तक विदेश सचिव स्तर पर बातचीत चलती रही, जिसके परिणामस्वरूप जहाँ तक सशस्त्र सेनाओं का संबंध है, परस्पर विश्वास उत्पन्न करने तथा धीरे–धीरे आर्थिक संबंध बढ़ाने के संबंध में उपायों से भारत और पाकिस्तान सहमत होते जा रहे थे। दोनों देशों के बीच संपर्क तब टूट गया, जब बेनजीर भुट्टो सत्ता में आई थीं तथा उन्होंने जनवरी 1994 के अंत में विदेश सचिव स्तर पर चल रही बातचीत को बंद करने का आदेश दिया था। फिर भी वे द्विपक्षीय तनावों को युद्ध की स्थिति में बदलने से रोकने में सफल हो गईं।

राव के काल में भारत ने परमाणु अप्रसार, अस्त्र नियंत्रण तथा संयुक्त राज्य और अन्य परमाणु राष्ट्रों के साथ विचार–विनिमय के दौरान निरस्त्रीकरण जैसे महत्वपूर्ण मुद्दों पर संतुलित नीति तैयार की। भारत सरकार द्वारा परमाणु अस्त्र–संपन्न देशों की सरकारों के साथ सरकारी/औपचारिक तथा तकनीकी स्तरीय द्विपक्षीय विचार–विमर्श से यह सुनिश्चित हो गया कि भारत इन मुद्दों पर अपना विकल्प खुला रखेगा तथा इसी के साथ–साथ इन चर्चाओं से समझौतों के सीमित क्षेत्र सुनिश्चित किए जाएंगे, जिनके आधार पर वास्तविक रूप में निष्पक्ष रूप से निरस्त्रीकरण के टिकाऊ समझौते विकसित किए जा सकेंगे। तथापि यह प्रयास निष्फल सिद्ध हुआ, क्योंकि संयुक्त राज्य भारत को दिए गए इन आश्वासनों तथा प्रतिबद्धताओं से पीछे हट गया–

(1) परमाणु अप्रसार का अनिश्चित रूप से विस्तार।

(2) सी.टी.बी.टी. को निष्पक्ष रूप देने,

(3) भारत के सुरक्षा संबंधी हितों के अनुकूल तथा निष्पक्ष तरीके से इन मुद्दों पर समझौते किए जाएंगे।

प्रत्युत्तर में, भारत सन् 1995 में इन मुद्दों पर पूर्ववर्ती स्थिति से हट गया। इससे इन मामलों में की जा रही चर्चा में रुकावट आ गई, जो अभी तक विद्यमान है।

कुल मिलाकर, नरसिम्हा राव के नेतृत्व में भारत की विदेश नीति में आए परिवर्तन सफल माने जाएँगे।

राव के बाद एच.डी. देवगौड़ा सन् 1996 के आम चुनावों के परिणामस्वरूप भारत के प्रधानमंत्री बने (केंद्र में संयुक्त मोर्चे के नेता देवगौड़ा थे)। इंद्रकुमार गुजराल फिर विदेश मंत्री बने। इन्होंने नरसिम्हा राव की नीतियाँ जारी रखीं, परंतु एक तरफ सद्भाव तथा उदारता से युक्त 'गुजराल सिद्धांत' से सन् 1996 तथा 1997 के बीच अभीष्ट परिणाम सामने नहीं आए। परंतु हमें स्वीकार करना होगा कि गुजराल की विदेश नीति से राजनीतिक माहौल में सुधार आया तथा सामान्य रूप से सभी पड़ोसी देशों के साथ संबंधों में भी सुधार हुआ।

गुजराल ने सन् 1996 के अंत में, दृढ़तापूर्वक सी.टी.बी.टी. का विरोध किया, क्योंकि इसके प्रावधान पक्षपातपूर्ण थे। इस रवैये से सुनिश्चित हो गया कि भारत राष्ट्रीय सुरक्षा संबंधी मुद्दों को सुलझा सकता है। विखण्डनीय सामग्री की कटौती संबंधी संधि के विषय में भी इन्होंने यही दृष्टिकोण अपनाया।

अप्रैल 1997 में, देवगौड़ा सरकार के संसद में विश्वास–मत खो देने के बाद, इंद्रकुमार गुजराल भारत के प्रधानमंत्री बने। ऐसा प्रतीत होता है कि सन् 1997 में गुजराल सरकार इस निष्कर्ष पर पहुँच गई थी कि नकारात्मक दृष्टिकोण से भारत निरस्त्रीकरण और अन्य मुद्दों पर अलग–थलग पड़ जाएगा। इस प्रकार से भारत ने यथार्थवादी दृष्टिकोण अपनाया। यह दृष्टिकोण समुचित और अभीष्ट था। सितंबर 1997 में न्यूयॉर्क में राष्ट्रपति बिल क्लिंटन के साथ बैठकों के दौरान, प्रधानमंत्री गुजराल औपचारिक रूप से तकनीकी स्तरों पर निरस्त्रीकरण के मुद्दों पर चर्चा के लिए राजी हो गए।

बाँग्लादेश, नेपाल और भूटान के साथ अभी भी भारत के संबंध बहुत अच्छे नहीं थे, जबकि गुजराल सरकार ने बाँग्लादेश के साथ 30 वर्षीय जल–विभाजन संधि तथा नेपाल के साथ महाकाली परियोजना जैसी हाइड्रो–इलेक्ट्रिक पावर परियोजनाओं पर हस्ताक्षर किए थे। यहाँ यह बताना भी उपयुक्त होगा कि भावनात्मक तथा मनोवैज्ञानिक आशंकाओं के कारण बाँग्लादेश और नेपाल गुजराल सरकार द्वारा की गई पहल के प्रति सार्थक जवाबी कार्रवाई नहीं कर पा रहे थे। हमें भी अनेक टेढ़े मुद्दों पर धीरे–धीरे आगे बढ़ने का दृष्टिकोण अपनाना चाहिए था।

नेपाल चाहता था कि सन् 1950 की भारत–नेपाल संधि में संशोधन किया जाना चाहिए ताकि इसकी चिंताएँ दूर हो सकें। इस प्रकार के समझौते को बनाए रखने के संबंध में अड़े रहने पर बल देने के पीछे कोई तर्क नहीं था। भारत को भी सुरक्षा, भौगोलिक अखंडता तथा आर्थिक कल्याण की दृष्टि से अपने हितों से समझौता किए बिना छोटे पड़ोसी देशों की चिंताओं के प्रति अपनी प्रतिक्रिया व्यक्त करते समय विज़न तथा आत्मविश्वास को व्यक्त करना चाहिए।

सन् 1991–97 के दौरान अंतरराष्ट्रीय संबंधों में व्यापक प्रवृत्तियों की विहंगम दृष्टि से समीक्षा करना भी सुसंगत होगा। इस प्रकार की समीक्षा से उन प्रमुख मुद्दों का मूल्यांकन करने का आधार तैयार होगा, जिन पर भारत की विदेश नीति 21वीं सदी के प्रारंभ में केंद्रित होनी चाहिए। अब हम पहले सन् 1991–97 तक भारत के विदेशों से संबंधों तथा कूटनीतिक स्थिति का सामान्य रूप से विश्लेषण करते हैं। यह ऐसी अवधि थी, जब हम अंतरराष्ट्रीय राजनीति में नई तथा अस्थिर प्रवृत्तियों का सामना कर रहे थे। 21वीं सदी के पहले दशक में हम अप्रत्यक्ष प्रभाव का अनुभव करेंगे।

शीतयुद्ध तथा सोवियत संघ के विघटन के बाद फिलहाल पूरा विश्व सैन्य दृष्टि से एकध्रुवीय बन गया था, जहाँ यूनाइटेड स्टेट्स राज्य सत्ता का केंद्र बन चुका था। परंतु प्रौद्योगिकी तथा प्राकृतिक संसाधनों और जनांकिकी की दृष्टि से, विश्व में अनेक शक्तियाँ उभरने लगी थीं, जहाँ उदीयमान पश्चिमी यूरोप, संयुक्त राज्य, रूस, जापान और चीन के सत्ता केंद्रों के बीच संतुलन नहीं हो पाया था।

शीतयुद्ध के दौरान, अंतरराष्ट्रीय संबंधों में छाए हुए उपनिवेशवादी तथा साम्राज्यवादी, साम्यवादी और गैर–साम्यवादी देशों के बीच सैद्धांतिक संघर्ष, औद्योगिकीय दृष्टि से उन्नत देशों तथा गरीब विकासशील देशों के बीच आदान–प्रदान प्रभावित करने वाले आर्थिक मुद्दों के स्थान पर मानव अधिकार, निरस्त्रीकरण तथा अस्त्र नियंत्रण, अच्छा शासन, ग्लोबल पर्यावरण की देखरेख तथा मुक्त बाजार अर्थव्यवस्था के सिद्धांतों के अंतर्गत ग्लोबल अर्थव्यवस्था जैसे मुद्दे उभरने लगे।

प्राचीन ट्रांस–क्षेत्रीय और ट्रांस–द्विपीय, बहुपक्षीय गुटनिरपेक्ष आंदोलन, यू.एन.सी.टी.ए.डी. तथा जी–77 का स्थान अब भू–राजनीतिक तथा आर्थिक क्षेत्रीयवाद एवं क्षेत्रीय समूहों वाली व्यवस्था लेने लगी। यह विकासशील देशों के हितों का प्रतिनिधित्व कर रही थी।

संयुक्त राष्ट्र पर शीतयुद्ध का दबाव नहीं रहा था। अब इस पर औद्योगिक रूप से उन्नत पश्चिमी लोकतांत्रिक देशों द्वारा उत्पन्न नए दबाव पड़ने लगे थे। ये देश संयुक्त राष्ट्र की गतिविधियों तथा इस संगठन की भावी भूमिका को आकार देने की प्रक्रिया पर हावी होना चाहते थे।

अंतरराष्ट्रीय समुदाय के सामने उस समय अन्य महत्वपूर्ण चुनौतियाँ इस प्रकार थीं–जनसंख्या विस्फोट, विश्व के विभिन्न भागों में महत्वपूर्ण प्राकृतिक संसाधनों पर नियंत्रण रखने की होड़, औषधियों का अवैध व्यापार तथा अंतरराष्ट्रीय आतंकवाद। इन चुनौतियों के अलावा जातिगत तथा धार्मिक उपराष्ट्रीयतावाद से विद्यमान बहुलतावादी राष्ट्रीय राज्य संरचना के विरुद्ध केंद्र अपसारित ताकतें उभरने लगी थीं।

सूचना और प्रौद्योगिकीय क्रांति तथा विश्व की अर्थव्यवस्था के ग्लोबलाइजेशन से राष्ट्र–राज्य के रूप में समाज के क्षेत्रगत विभाजन समाप्त होने लगे। राजनीतिक जागरूकता और लोकतांत्रिक व्यवस्था के उन्नयन के कारण राज्य संप्रभुता तथा सरकार संबंधी पारंपरिक अवधारणाएं धूमिल पड़ने लगी थीं। हालाँकि कारगर नीतियाँ बनाने के लिए समायोजन करना आवश्यक होता है, फिर भी भारत जैसे विकासशील देश

के संबंध में मुक्त बाजार की प्रतिबद्धताओं से दुविधा उत्पन्न हो जाती है। इस संबंध में ऐसी समष्टिगत स्तरीय प्रवृत्तियाँ हैं, जिनसे भारत इस शताब्दी के अंतिम दशक के प्रारंभ से निपटता आ रहा है।

वरिष्ठ फ्रांसीसी राजनयिक जीन मैरी गुवहेनो के अनुसार (ला डिला डेमोक्रेटिक, अंतरराष्ट्रीय संबंधों के भविष्य संबंधी संक्षिप्त मोनोग्राफ)–''राष्ट्र–राज्य की अवधारणा असंगत होती जा रही है। अब एक नया साम्राज्यवादी युग आ रहा है, जहाँ ताकत तथा प्रभाव उन्नत प्रौद्योगिकी तथा क्षमताओं से युक्त समुदायों के पास केंद्रित होगी। ये समुदाय विद्यमान भू–राजनीतिक सीमाओं को लाँघ जाएँगे तथा आकार और शक्ति पर ध्यान दिए बिना, विद्यमान राष्ट्र–राज्यों को ऐसे परिवर्तन का सामना करना होगा। सन् 1995 में संयुक्त राज्य में प्रकाशित गुवहेनो की इस रचना के अंग्रेजी अनुवाद 'एंड ऑफ नेशन–स्टेट' में, 20वीं सदी के अंत में विश्व स्तर पर भारत के आदान–प्रदान का आकलन करते हुए सुसंगत रूपरेखा प्रस्तुत की गई है। 'फिन डे स्टेक्ल' के दौरान गुवहेनो की सामाजिक–राजनीतिक 'भविष्यवाणी' सटीक निकल रही है। भारत को विदेश नीति के विचारार्थ विषयों की दृष्टि से सैद्धांतिक और कार्यात्मक, दोनों ही रूपों में बदलना होगा। यही नहीं, सन् 1991 से भारत के दृष्टिकोण में परिवर्तन भी आया है। मात्र शीतयुद्ध के बाद शक्ति समीकरणों से सामंजस्य बैठाने के लिए ही नहीं बल्कि राष्ट्रीय सीमाओं या सरकारी डिग्री से परे सभी देशों में व्याप्त आर्थिक अभाव, आतंकवाद, बड़े स्तर पर प्रवजन (Migration) तथा अपराध जैसी ग्लोबल चुनौतियों का सामना करना है।

अब हम केवल भारत की विदेश नीति से जुड़े विशिष्ट मुद्दों पर ही ध्यान केंद्रित करते हैं। सन् 1991 के अंतिम महीनों में भारत कुछ मुद्दों पर झुकने लगा था। पाकिस्तान के साथ संबंधों में वैमनस्य बढ़ रहा था। गंगा जल–विवाद के अंतरराष्ट्रीयकरण से भारत–बांग्लादेश के बीच तनाव बढ़ने लगा था। हम श्रीलंका में जातिगत संकट के प्रभाव को भी झेल रहे थे। नेपाल में भारत विरोधी फोबिया भड़क जाने के कारण इस देश में अस्थिरता आ गई। संयुक्त राज्य तथा अन्य उन्नत देश भारत पर दबाव डाल रहे थे कि वह निम्नलिखित मुद्दों पर उनके बताए रास्ते पर चले–

(1) हमारी उदारीकरण योजनाओं की गति,

(2) उच्च समुन्नत प्रौद्योगिकी के अंतरण और विकास में नई निष्पक्ष व्यवस्था,

(3) परमाणु अप्रसार, अस्त्र नियंत्रण तथा निरस्त्रीकरण।

चीन और रूस जैसे देशों में आंतरिक अशांति तथा उनकी विदेश नीति में अनिश्चितता से इन देशों के साथ संबंध स्थापित करने में अनेक कठिनाइयाँ आ रही थीं। यद्यपि हमारी भौगोलिक अखंडता और सुरक्षा के संबंध में कोई प्रत्यक्ष खतरा नहीं था, परंतु उससे अप्रत्यक्ष रूप से हमें खतरा था।

इसके साथ–साथ चुनावी राजनीति तथा राजनीतिक दलों की चालों के कारण विदेश नीति के आर्थिक पहलुओं में भी गिरावट आने लगी थी। विकास प्रक्रिया का आर्थिक सुधारों की साख पर प्रतिकूल प्रभाव पड़ा।

यद्यपि विश्व व्यापार संगठन (World Trade Organisation) सन् 1995 के आरंभ में ही गठित हो चुका था, फिर भी सामाजिक और मानवीय विचारों की आड़ में उन्नत देशों द्वारा विरोधी निबंधनों का भारत की व्यापार संबंधी संभावनाओं पर प्रतिकूल प्रभाव पड़ा। गुटनिरपेक्ष आंदोलन तथा जी–15 जैसे बहुपक्षीय विषय इन नई प्रवृत्तियों के सामने धीरे–धीरे असंगत पड़ने लगे।

पश्चिम एशिया, मध्य एशिया, पूर्वी यूरोप तथा रूस में चल रहे घटनाक्रम की ओर अंतरराष्ट्रीय राजनीतिक क्षेत्र का ध्यान केंद्रित होने लगा। दूसरी ओर भारत का महत्व कम होने लगा।

इस पृष्ठभूमि में प्रधानमंत्री नरसिम्हा राव ने सरकार की विदेश नीति तैयार की तथा अपने कार्यकाल के अंतिम चरण के दौरान प्राथमिकताएँ निर्धारित कीं। इस संबंध में प्रमुख मुद्दे और लक्ष्य भी स्पष्ट थे। हमें भारत की एकता और भौगोलिक अखंडता के लिए खतरा उत्पन्न करने वाले राजनीतिक, सैन्य तथा अर्द्धसैन्य विद्रोही कार्यकलापों का कारगर ढंग से सामना करना था। इन मुद्दों पर समझौता करने के अंतरराष्ट्रीय ताकतों तथा महाशक्तियों द्वारा डाले गए दबावों का मजबूती से सामना करना था। हमें अपने पर्यावरण का भी निरंतर विकास करना था। हमें रक्षा संबंधी तैयारी, परमाणु तथा अंतरिक्ष प्रौद्योगिकी के संबंध में खुले विकल्प एवं प्रौद्योगिकी आत्मनिर्भरता और उन्नति के लिए संभाव्यताओं के रक्षोपाय भी सुनिश्चित करने थे। सरकार को देश के भीतर समान न्याय की आवश्यकता की पूर्ति करने के साथ–साथ अपनी अंतरराष्ट्रीय साख और आर्थिक प्रगति भी बनाए रखनी थी।

संतुलित रूप से मेरी यह राय है कि इन सभी चुनौतियों और खतरों के बावजूद हमने अपनी एकता और भौगोलिक अखंडता को बनाए रखा। परंतु हमने इस समस्या के बाह्य आयामों पर ही कार्यवाही की; जबकि आंतरिक अशांति तथा अंतर्विरोध नहीं सुलझा पाए, जिनका विदेशी ताकतें पूरा लाभ उठा रही थीं। हमारी आर्थिक साख गिर गई थी; क्योंकि आंतरिक अंतर्विरोध निर्णय लेने की प्रक्रिया एवं भारत में विदेशी पूँजी और अन्य प्रमुख परियोजनाओं को प्रभावित करने वाले तरीके अस्पष्ट थे। निरंतर आर्थिक सुधारों तथा पुनर्गठन के लिए किए गए प्रयासों के बावजूद आर्थिक प्रगति आशा से बहुत कम थी।

परमाणु अस्त्र मुद्दे पर पश्चिमी ताकतों द्वारा पक्षपातपूर्ण अप्रसार संधि को अनिश्चित रूप से बढ़ाने से भी धक्का पहुँचा था; परंतु इस घटना के आगे हम झुके नहीं। सन् 1991–95 के दौरान परमाणु और अंतरिक्ष प्रौद्योगिकी विकास के विकल्पों की रक्षा के लिए अंतरिम सैन्य उपायों से यह लचीलापन (Flexibility) होना आवश्यक है। संयुक्त राज्य में मीडिया रिपोर्टों में यह दावा किया गया था कि भारत सन् 1995 में प्रमुख परमाणु परीक्षण करने जा रहा है तथा बाद में सरकारी टिप्पणियों ने इस आकलन की पुष्टि की। हम समग्र निषेध परीक्षण संधि (CTBT), विखंडनीय सामग्री में कटौती और मिसाइल प्रौद्योगिकी नियंत्रण व्यवस्था (MTCR) जैसे मुद्दों पर नकारात्मक रवैये से चतुराई से हटने लगे थे; जबकि इससे अलगाव बढ़ने लगा था। तथापि सभी तीन

प्रधानमंत्रियों– राव, देवगौड़ा व गुजराल का रुख विकल्पों के संबंध में अस्पष्ट रहा। ऐसा रवैया उचित नहीं था; क्योंकि हम इस तथ्य के कारण इन विकल्पों का प्रयोग नहीं कर पा रहे थे कि इस शती के अंत में और अधिक सीमित/प्रतिबंधित नियंत्रण व्यवस्था थोपी जाएगी तथा ऐसे देशों के विरुद्ध दंडात्मक कार्यवाही करने के प्रावधान रखे जाएँगे, जो इसका पालन नहीं करेंगे।

सन् 1991 में राव और गुजराल द्वारा की गई पहल से पड़ोसी देशों के साथ संबंधों में सुधार आने लगा था। परंतु तनाव अभी भी मौजूद था। पाकिस्तान के साथ संबंध अपेक्षाकृत अधिक निराशाजनक थे। बाँग्लादेश और नेपाल के साथ मुद्दे सुलझाने के लिए पूरी निष्ठा से कदम नहीं उठाए गए। श्रीलंका से संबंध स्थिर हो रहे थे, परंतु इस द्वीप में जातिगत दंगे जारी रहे। तमिलनाडु राजनीति के दबावों के कारण हम इन दंगों से अछूते नहीं रह पा रहे थे। आंग सान सू की को जवाहरलाल नेहरू अवार्ड देना नैतिक दृष्टि से सराहनीय था, लेकिन इससे म्याँमार के साथ तनाव उत्पन्न हो गया। हमें सुरक्षा तथा सामरिक हितों के लिए इससे बचना चाहिए था।

हालाँकि ब्रिटेन और पश्चिम यूरोप के साथ भारत के संबंध विपरीत दिशा में थे, परंतु देश के भीतर राजनीतिक अनिश्चितता तथा विदेशी आर्थिक निवेश के प्रति राजनीतिक संबंध भी अच्छे नहीं थे, फिर भी इन दोनों देशों के बीच आर्थिक संबंध स्थापित हो चुके थे। वाशिंगटन पाकिस्तान को अस्त्र दे रहा था, कश्मीर मुद्दे पर तनाव अभी भी था तथा भारत के संबंध में प्रौद्योगिकी अंतरण पर बरती जा रही चेतावनी से भारतीयों के मन में संयुक्त राज्य की नीतियों के बारे में आशंकाएँ अभी भी मौजूद थीं। मध्य एशिया, रूस और पूर्वी यूरोप ने कोई विशेष रुझान प्रदर्शित नहीं किया, क्योंकि ये क्षेत्र अपने आंतरिक संघर्ष तथा केवल दक्षिण एशिया पर गुजराल का ध्यान केंद्रित होने के कारण भी उलझे हुए थे। जहाँ तक चीन का सवाल है, सीमा विवाद जैसे मुद्दे का हल नहीं निकल पाया। तिब्बत में अशांति, दलाई लामा (जिन्हें तिब्बत से निष्कासित कर दिया गया था तथा सन् 1959 से भारत में रह रहे थे) और पंचेन लामा के संबंध में चीन के रवैये तथा दक्षिण–पूर्व एशिया में चीन की राजनीतिक–सामरिक आकांक्षाओं जैसे अन्य कारकों से भी भारत के साथ भविष्य में भी तनाव रह सकते हैं।

दक्षिण अफ्रीका और प्रमुख दक्षिण अमेरिकी राष्ट्रों के साथ संबंध बढ़ाने की दृष्टि से हमारे प्रधानमंत्री और राष्ट्रपति ने उन देशों की यात्रा की। इससे इन क्षेत्रों में भारत की रुचि प्रदर्शित होती है। इन देशों के साथ स्पष्ट आर्थिक और सांस्कृतिक संबंधों की आशा रखना भी उचित होगा, भले ही राजनीतिक दृष्टि से यूरोपीय और उत्तर अमेरिकी देशों के अफ्रीकी तथा दक्षिण अमेरिकी देशों के साथ संबंधों के कारण विभिन्न मुद्दों पर भारतीय दृष्टिकोण तथा इन देशों की अभिवृत्तियों में अंतर क्यों न आ गया हो।

दक्षिण–पूर्व एशियाई देशों के सहयोग संगठन (आसियान) के सदस्यों तथा जापान के साथ हमारे संबंध आर्थिक सहयोग संबंधी मुद्दों पर ही केंद्रित थे, क्योंकि राजनीतिक और सुरक्षा संबंधी मुद्दों पर भारत के रवैये पर इन देशों को आपत्तियाँ थीं। इन देशों

द्वारा तय की गई योजनाबद्ध राजनीतिक तथा सुरक्षा व्यवस्था/समझौतों, जैसे–एशियन क्षेत्रीय फोरम (ए.आर.एफ.) में हम पूरी प्रतिभागिता चाहते थे। इस दिशा में हमारे प्रयास सफल रहे, जब कि संयुक्त राज्य तथा चीन इन व्यवस्थाओं का एक हिस्सा थे और भारत इस फोरम में विशेष भूमिका निभा रहा था।

प्रधानमंत्री नरसिम्हा राव ने विभिन्न महत्वपूर्ण बहुपक्षीय शिखर सम्मेलनों में भाग लिया, जैसे–जी–15, गुटनिरपेक्ष आंदोलन तथा सन् 1995 में संयुक्त राष्ट्र संघ के 50वें अधिवेशन में भी, जहाँ पर उन्होंने विश्व की बदलती वस्तु–स्थितियों की पूर्ति में अंतरराष्ट्रीय संगठनों की भूमिकाओं को पुनः व्यवस्थित करने, दिशा प्रदान करने का वस्तुपरक ढंग से प्रयास किया। उनका यह प्रयास असफल रहा। हमने संयुक्त राष्ट्र की सुरक्षा परिषद् में स्थायी सदस्यता प्राप्त करने का दावा दोहराया। परंतु एन.पी.टी. पर हस्ताक्षर करने से हमारी मनाही, सुरक्षा परिषद् के पाँच स्थायी सदस्यों के साथ ग्लोबल मुद्दों पर मतभेद तथा संयुक्त राष्ट्र में बहुत कम वित्तीय सहायता देने के कारण हमारी माँग–पूर्ति के अवसर धूमिल पड़ गए। भारत मार्च 1995 के प्रारम्भ में 'दक्षेस' का अध्यक्ष था। अंतरराष्ट्रीय विवादों तथा क्षेत्रीय तनावों के बावजूद दक्षिण एशिया प्राथमिक व्यापार समझौता (साप्टा) किया गया था। सहयोग संबंधी परियोजनाओं तथा कार्यक्रमों पर विचार–विमर्श समाप्त हो चुका था तथा अब इन्हें लागू किया जा रहा था।

सन् 1991–1997 तक की अवधि के दौरान भारत की राष्ट्रीय मनोवृत्ति में आधारभूत संरचना और सैद्धांतिक पतन का प्रादुर्भाव हुआ था। अब हमारी विदेश नीति को राष्ट्रीय सहसंबंध स्तर पर पूरी तरह से समर्थन प्राप्त नहीं था। संयुक्त राज्य में राजदूत सिद्धार्थ शंकर राय तथा विदेश मंत्री प्रणव मुखर्जी के संयुक्त राज्य की सीनेट द्वारा पारित हैं **क ब्राउन संशोधन** (पाकिस्तान को अस्त्रों की आपूर्ति बहाल रखना) पर सन् 1995 के अंतिम तीन मास में जारी बयानों/वक्तव्यों में अंतर्विरोध देखा गया था।

हमें इस तथ्य को याद रखना चाहिए कि विदेश नीति के व्यावहारिक पक्ष को आंकड़ों के आधार पर श्रेणीबद्ध नहीं किया जा सकता है, न ही इसका शैक्षिक दृष्टि से मूल्यांकन किया जा सकता है। परंतु यदि हम भारत की विगत उपलब्धियों या असफलताओं पर नजर डालें तो दो निष्कर्ष सामने आते हैं–

1. हमारी विदेश नीति अंतरराष्ट्रीय अनिश्चितताओं से प्रभावित थी।
2. यद्यपि हमें कोई महत्वपूर्ण नीतिगत सफलता नहीं मिली थी, फिर भी नरसिम्हा राव ने विश्व के अनवरत उत्तेजक विरोध का सामना किया था और उसमें सफलता प्राप्त की थी।

ऊपर बताए गए विस्तृत ब्यौरों को ध्यान में रखते हुए मैं दो मुद्दों को बताना चाहूँगा। इनसे हमारी अंतरराष्ट्रीय साख पर तार्किक या काल्पनिक नीतिगत विरचन की क्षमता के अभाव के कारण ही प्रभाव नहीं पड़ा, बल्कि सिविल सर्विस और राजनीतिज्ञों के बीच साहस के अभाव और परस्पर झगड़ों तथा निर्णय शक्ति के अभाव के कारण भी भारत की साख में कमी आई थी।

ये दो मुद्दे इस प्रकार हैं–

(1) अयोध्या में बाबरी मस्जिद का गिराया जाना (6 दिसंबर, 1992) (भारत के साथ–साथ पड़ोसी मुस्लिम देश भी इस घटना से क्षुब्ध हो गए तथा इससे व्यापक स्तर पर दंगे फैले), और

(2) कश्मीर।

बाबरी मस्जिद विध्वंस से राष्ट्रीय और अंतरराष्ट्रीय स्तर पर यह धारणा बनने लगी कि भारत सरकार कमजोर है तथा देश में तेजी से बदल रही राजनीतिक वास्तविकताओं में अब भारत की धर्मनिरपेक्ष गणराज्य के रूप में बनी पहचान समाप्त हो रही है।

बाबरी मस्जिद के विनाश को रोकने के लिए केंद्र सरकार को हस्तक्षेप करना चाहिए था या नहीं, इस प्रश्न के पक्ष में राजनीतिक तथा संवैधानिक गुण–दोष से परे, मेरी यह स्पष्ट राय है कि अयोध्या में हुई त्रासदी से बचा जा सकता था। बाबरी मस्जिद के विध्वंस से तीन मास पूर्व, मस्जिद तक पहुँचने के मार्ग पर पर्याप्त संख्या में केंद्र सरकार के सुरक्षाकर्मियों की तैनाती कर दी गई थी। मुझे याद है कि तत्कालीन कैबिनेट सचिव, एस. राजगोपाल ने (सुरक्षा के संबंध में सचिवों की शीर्षस्थ समिति की दो बैठकों के दौरान) बताया था कि वे तत्काल गृहमंत्री एस.बी. चव्हाण तथा प्रधानमंत्री नरसिम्हा राव को इस समिति की ओर से सलाह दें कि इन सुरक्षा बलों को इस स्थल तक भेज दिया जाए ताकि किसी अप्रिय घटना को रोका जा सके। गृह सचिव माधव गोडबोले तथा रक्षा सचिव नरेन वोहरा के साथ बातचीत के दौरान मेरी यह राय बनी कि इस क्षेत्र में हिंसा तथा विध्वंस को रोकने के लिए दृढ़ निश्चय करते हुए पर्याप्त प्रशासनिक शक्ति दिखाई जानी चाहिए। इससे जटिल परिस्थिति को सुलझाया जा सकेगा और मस्जिद को भी बचाया जा सकेगा। परंतु जहाँ तक मुझे जानकारी है, राजगोपाल प्रधानमंत्री और गृहमंत्री को विशेष रूप से सलाह और सूचना देने में हिचकिचाते रहे।

मैंने तत्कालीन विदेश मंत्री स्व. दिनेश सिंह को इस मुद्दे पर अपने विचार बताए। उन्होंने मुझसे सहमत होते हुए यह टिप्पणी दी कि इस संबंध में कुछ संवैधानिक और राजनीतिक निहितार्थ हैं और इस क्षेत्र में केंद्रीय सुरक्षा बल की तैनाती से पूर्व इन पर समुचित ध्यान देना होगा। गृहमंत्री एस.बी. चव्हाण के विरुद्ध गृहमंत्री (राज्य) राजेश पायलट की निरंतर नोक–झोंक के कारण संभवतः गृहमंत्री को निरंतर जानकारी नहीं दी जा सकी। इस अवधि के दौरान गृह मंत्रालय में विद्यमान ऐसे हालात की विस्तृत जानकारी माधव गोडबोले ने अपनी पुस्तक '**अनफिनिश्ड इनिंग्स**' (ओरिएंट लांगमैन, नई दिल्ली, 1996) में दी है। इसके फलस्वरूप अयोध्या में हुई त्रासदी को रोकने के लिए सही समय पर उपयुक्त कदम नहीं उठाया जा सका तथा राष्ट्रीय राजनीतिक छवि पर गहरा धब्बा लग गया।

जहाँ तक कश्मीर मुद्दे का संबंध है तो, इस संबंध में केवल सशस्त्र सेनाओं, अर्द्धसैन्य बलों ने कारगर ढंग से निष्ठापूर्वक अपने दायित्व निभाए। राजनीतिक और प्रशासनिक दृष्टि से, व्यक्तिगत सत्ता संबंधी झगड़े, छल–कपट, कार्य–प्रणाली और नीतियों में संप्रेषण का अभाव और समन्वय की कमी जैसी प्रवृत्तियाँ मौजूद थीं। जब

वी.पी. सिंह भारत के प्रधानमंत्री बने, तब से इस प्रकार की प्रवृत्तियों को बढ़ावा मिलने लगा। जैसा कि पहले बताया गया है, इनकी सरकार ने आतंकित होकर दिसंबर 1989 में उग्रवादियों के साथ समझौता कर लिया। उग्रवादियों ने गृहमंत्री, मुफ्ती मुहम्मद सईद की पुत्री रुबिया का अपहरण कर लिया था। रुबिया को छुड़ाने के लिए इस सरकार ने धैर्य के अभाव का परिचय दिया। वी.पी. सिंह ने कश्मीर समस्या सुलझाने का कार्य जॉर्ज फर्नांडीज को सौंपा (जिन्हें कश्मीर मामलों पर विशेष रूप से मंत्री के रूप में नियुक्त किया गया था) न कि गृहमंत्री को। नरसिम्हा राव के समय तक यह प्रवृत्ति जारी रही। राज्य गृहमंत्री राजेश पायलट निरंतर कश्मीर के मामलों में प्रमुख भूमिका निभाने की कोशिश करते रहे तथा गृहमंत्री एस. बी. चव्हाण की उपेक्षा करते रहे। राज्यपाल, जी. सी. सक्सेना के बाद, जनरल कृष्ण राव ने एकदम नया खेल शुरू कर दिया। मैं यह सोचता हूँ कि जनरल राव कश्मीर समस्या को स्वायत्त रूप से सुलझाना चाहते थे तथा केवल प्रधानमंत्री से ही आदेश पाना चाहते थे, लेकिन गृह मंत्रालय या खुफिया विभाग के वरिष्ठ अधिकारियों के साथ संपर्क नहीं रखना चाहते थे। इसके अतिरिक्त कश्मीर में जब तक निर्वाचित सरकार नहीं आई, तब तक नई दिल्ली में राजनेताओं के बीच मतभेद रहा और कभी–कभी भारतीय सेना तथा अर्द्धसैन्य सुरक्षा बलों के कमांडरों के साथ भी मतभेद रहा। इस दौरान आश्चर्य में डाल देने वाला तथ्य यह था कि कश्मीर में विपरीत दिशा में कार्य कर रहे विभिन्न सरकारी विभागों के बावजूद हमने स्थिति पर अपना नियंत्रण बराबर बनाए रखा। मेरा यह विचार इस तथ्य से प्रमाणित हो जाता है कि राजेश पायलट द्वारा किए गए असंगत कार्यों से उत्पन्न विवादों के कारण प्रधानमंत्री ने अंततः सन् 1995 में कश्मीर मामलों का कार्यभार सीधे स्वयं सँभाल लिया।

इन प्रवृत्तियों से यह बात स्पष्ट हो जाती है कि भारत सरकार के अत्यंत संवेदनशील मुद्दों पर नीति तैयार करते समय राजनीतिक अनिश्चितताएँ तथा सत्ता में उच्च पदों पर आसीन महत्वपूर्ण व्यक्तियों का हठीलापन हावी रहता है। हमारे देश के लिए यह कोई अनूठी बात नहीं है। हमें केवल इस बात का ध्यान रखना है कि हमें इस कमी के प्रति सचेत रहना चाहिए और जहाँ तक संभव हो, इसे दूर करने के उपाय करने चाहिए। इसके बाद प्रश्न उठता है कि इस दशक के शेष वर्षों में ऐसे कौन–से मुद्दे हैं, जिन्होंने विदेशों के साथ संबंधों पर प्रभाव डाला? ऐसी कौन–सी चुनौतियाँ हैं, जिनके प्रति समीचीन उत्तर देने की आवश्यकता है?

मई 1996 में आम चुनावों के बाद मिली–जुली सरकार केंद्र में आई। आमतौर पर मिली–जुली सरकारें ठोस या सोद्देश्यतापूर्ण नीतियाँ तैयार करने या लागू करने में असमर्थ रहती हैं। देवगौड़ा और इंद्रकुमार गुजराल की सरकारों के दौरान अतिरिक्त अंतर्विरोध यह उत्पन्न हो गया कि संसद में दो प्रमुख पार्टियाँ होने के बावजूद वे क्षेत्रीय दलों तथा समूहों एवं अस्पष्ट वैचारिक धरातल के उपसमूहों के कारण बहुमत नहीं ले पाई। इस प्रकार के अपेक्षाकृत संख्या से सांसदों की गुटबंदी का केंद्र सरकार पर भी प्रभाव पड़ता है, भले ही प्रमुख दल कोई भी क्यों न हो। इस लिए यह आशा रखना अव्यावहारिक है कि मिली–जुली केंद्र सरकार विदेश नीति तथा राष्ट्रीय नीति से संबद्ध

मुद्दों के प्रति स्पष्ट दृष्टिकोण अपनाएगी, चाहे ऐसी सरकार न्यूनतम कार्यक्रमों तथा नीतियों पर प्रभावी ढ़ंग से काम करने का दावा भी क्यों न करती हो। विदेश नीति और राष्ट्रीय सुरक्षा के मुद्दों पर राजनीतिक दलों के घोषणापत्रों या सन् 1996 में इनके चुनाव–प्रचार अभियानों के दौरान ध्यान केंद्रित नहीं किया गया। लगभग आठ मास से एक वर्ष तक की अवधि के लिए चुनावों की प्रत्याशा के बावजूद कोई राजनीतिक दल वस्तुतः जनता के लिए निश्चित, सुविचारित नीतियाँ तथा कार्यक्रम प्रस्तुत करने में दिलचस्पी नहीं ले रहा था। चुनाव घोषणापत्रों में यह दोष स्पष्ट रूप से दिखाई देता था। कांग्रेस यथास्थिति बनाए रखने का समर्थन करते हुए सन् 1991 में नरसिम्हा राव द्वारा शुरू की गई नीतियों को ही दोहराती रही। यहाँ तक कि भारतीय जनता पार्टी का रक्षा क्षेत्र में कुछ विशिष्ट नीति बनाने का प्रस्ताव था, परंतु इसने परमाणु अस्त्र प्राप्त करने तथा मिसाइल परियोजना के लिए निश्चित 'समय–सूची' तैयार नहीं की थी। न ही इसके घोषणापत्र में इसका उल्लेख किया गया था कि भारतीय जनता पार्टी सत्ता में आने के बाद उस समय भारत की साख में अंतरराष्ट्रीय स्तर पर गिरावट का कैसे सामना करेगी, जब इसकी नीतियाँ लागू की जाएंगी। आंतरिक स्तर पर स्थिरता लाना तथा अपनी अर्थव्यवस्था बनाए रखना निस्संदेह उच्च प्राथमिकता के मामले हैं। इन उद्देश्यों की प्राप्ति के लिए प्रयास करते समय अत्यंत महत्वपूर्ण घटनाक्रम को भी ध्यान में रखना होगा तथा निकट पड़ोसी देशों और व्यापक स्तर पर विश्व में विकसित हो रही प्रवृत्तियों तथा घटनाओं पर भी विशेष ध्यान देना होगा।

हमारे सभी राजनीतिक दलों ने बताया कि हमारी विदेश नीति का लक्ष्य अपने पड़ोसी देशों के साथ अच्छे और स्थिर संबंध स्थापित करना है। इन सभी ने देश की एकता और अखंडता की रक्षा के लिए पर्याप्त रक्षा क्षमताएँ विकसित करने के प्रति वचनबद्धता स्वीकार की। स्वरूप की दृष्टि से ये उद्देश्य मजबूत थे तथा हमारी विदेश नीति के बाध्यकारी/अनिवार्य मानदंड। इन्हें हवा में यूँ ही नहीं प्राप्त किया जा सकता। सरकार को इन घोषित लक्ष्यों की पूर्ति के लिए निरंतर कार्य करना होगा। दक्षिण एशियाई क्षेत्रीय माहौल तथा इसके परिणामस्वरूप राजनीतिक दबावों और प्रवृत्तियों के संदर्भ में लक्ष्य तैयार करने होंगे। हमारे तीन निकटवर्ती पड़ोसी देशों से विवाद तथा तनाव चल रहे थे। बाँग्लादेश में चुनाव हो चुके थे। भारतीय वर्चस्व को सभी दलों द्वारा इन चुनावों में महत्वपूर्ण मुद्दे के रूप में प्रस्तुत किया जा रहा था। भारत–बांग्लादेश संबंध में यह 'फोबिया' महत्वपूर्ण कारण बना रहा।

हालाँकि गुजराल ने जल–विभाजन समस्या का समाधान ढूँढ लिया था, फिर भी भारत में बाँग्लादेशवासियों का अवैध रूप से आगमन तथा बाँग्लादेश के साथ व्यापार और आवागमन संबंधी समझौतों से जुड़ी समस्याएँ नहीं सुलझ पाई थीं, जिससे भारत–बाँग्लादेश संबंधों को सकारात्मक दिशा में सहायता मिलती ।

पाकिस्तान भारत–विरोधी रवैया अपनाए रहा तथा भारत में घुसपैठ जारी रही जबकि 'गुजराल सिद्धांत' का सूत्रपात हो चुका था तथा दोनों देशों के बीच बातचीत चलती रही थी। इससे अधिक महत्वपूर्ण तथ्य यह है कि पाकिस्तान को यह आशा थी

कि देवगौड़ा और गुजराल की सरकारें कमजोर होंगी तथा कोई निर्णय नहीं ले पाएँगी। ऐसी धारणा से भारत के संबंध में पाकिस्तान की नीतियों में जोखिम भरी प्रवृत्तियाँ उभरने लगीं। जब पाकिस्तान सन् 1996 में जम्मू–कश्मीर के विधानसभा चुनावों में व्यवधान उत्पन्न करने के प्रयास कर रहा था, उस समय यही प्रवृत्तियाँ उजागर हो रही थीं। पाकिस्तान इस राज्य में घुसपैठ, हिंसा और आतंकवाद को बढ़ावा दे रहा था ताकि इस राज्य तथा भारत के अन्य भागों में अस्थिरता और अलगाववाद की भावना उत्पन्न की जा सके। ऐसा करते समय भारतीय नागरिकों के विभिन्न वर्गों में मौजूद पृथक उम्मीदों और पृथक्करण का लाभ उठाया जा रहा था। पाकिस्तान के नेता भारत और इसके पड़ोसी देशों के बीच विवादों को प्रोत्साहित कर रहे थे। पाकिस्तान का नेतृत्व विश्व में भारत–विरोधी देशों के बीच विवादों को प्रोत्साहित कर रहा था। पाकिस्तान का विश्व में भारत–विरोधी प्रचार तथा कूटनीतिक गतिविधियाँ निरंतर बढ़ रही थीं। इससे भी ऊपर पाकिस्तान भारत के लिए परमाणु सैन्य खतरा पैदा कर रहा था। संयुक्त राज्य तथा अन्य महत्वपूर्ण देशों की, पाकिस्तान की आक्रामक परमाणु नीतियों के संबंध में प्रतिक्रिया तथा रुख से भी यह पता चलता है कि इनका इस क्षेत्र में पाकिस्तान के सामरिक रवैये के प्रति झुकाव नहीं था या वे इस व्यवस्था को रोकने में असमर्थ थे।

यद्यपि श्रीलंका की सशस्त्र सेनाएँ 'लिट्टे' के विरुद्ध अभियान में सफल रहीं, फिर भी इस देश में जातिगत दंगे जारी रहे। सन् 1996 में भारत के आम चुनावों के बाद श्रीलंका से मिली रिपोर्टों से पता चलता है कि तमिलनाडु में डी.एम.के. की विजय से श्रीलंका सरकार के मन में आशंकाएँ उत्पन्न होने लगीं कि नई राज्य सरकार 'लिट्टे' को पुनः समर्थन देगी। तमिलनाडु के मुख्यमंत्री एम. करुणानिधि ने कार्यभार सँभालने के बाद तुरंत दिए वक्तव्य में श्रीलंका में जातिगत समस्या के राजनीतिक हल ढूँढ़ने तथा लिट्टे के विरुद्ध कार्यवाही बंद करने का आह्वान किया। इससे श्रीलंका की शंकाएँ और भी बढ़ गईं। श्रीलंका में इसी कारण से आठवें दशक में जयवर्धने सरकार द्वारा उठाए गए सामरिक तथा सुरक्षा उपाय दोहराए जाने लगे, ताकि पाकिस्तान और संयुक्त राज्य अमेरिका जैसे देशों के साथ रक्षा सहयोग तथा सुरक्षा संबंध स्थापित किए जा सकें। इस प्रकार के माहौल से दक्षिण एशियाई क्षेत्र में सुरक्षा माहौल बदलने लगा।

भूटान से विस्थापित नेपाली लोगों के संबंध में नेपाल और भूटान के बीच विवाद इन दोनों देशों के साथ हमारे संबंधों में महत्वपूर्ण कारक रहा। इस संबंध में दोनों देशों की संवेदनशीलता को ध्यान में रखते हुए नेपाल और भूटान के साथ सामान्य संबंध बनाए रखना, परस्पर उपयोगी आर्थिक संबंध बढ़ाने से संबंधित कार्य से भिन्न था।

सकारात्मक (मैत्रीपूर्ण) संबंधों में गतिशीलता आने के बाद चीन के साथ भारत के संबंध महत्वपूर्ण अवस्था पर पहुँच गए थे। सन् 1988–89 तक तथा इसके बाद सन् 1991–93 तक भारत–चीन के बीच परस्पर विचार–विनिमय होता रहा। यद्यपि भारत–चीन संयुक्त कार्यकारी दल तथा विशेषज्ञ समूह भारत–चीन समझौते के कार्यान्वयन के संबंध में प्रयासरत थे, फिर भी सीमा विवाद की वास्तविक विषय–वस्तु के संबंध में समझौते के लक्ष्यों से परे कोई ठोस चर्चा नहीं की गई। यह ध्यान रखना होगा कि चीन, रूस, कजाकिस्तान तथा तजाकिस्तान के बीच सीमा संबंधी करारनामों पर हस्ताक्षर के बाद

भारत–चीन सीमा ही एकमात्र ऐसा विवाद था, जिसका हल नहीं निकल पाया। निष्क्रियता तथा सन् 1993 में किए गए समझौते के आधार पर सार्थक प्रयास के बीच में से रास्ता चुनना था। यह ऐसा मुद्दा था, जिसे लंबे समय तक उलझाकर रखना उचित नहीं था; कोई–न–कोई हल निकालना जरूरी था। तिब्बत के बारे में चीन की चिंता छोड़कर हमें सीमा विवाद को हमेशा के लिए सुलझाने की संभावनाओं का पता लगाना है।

संयुक्त राज्य के साथ हमारे संबंध परमाणु अप्रसार, मिसाइल विकास, समग्र परीक्षण निषेध संधि (सी.टी.बी.टी.), अधुनातन प्रौद्योगिकी के अंतरण तथा अंतरराष्ट्रीय व्यापार और माहौल के प्रबंधन के लिए नए समझौतों से संबद्ध देश के ग्लोबल उद्देश्यों के साथ जुड़े थे। हालाँकि भारत और संयुक्त राज्य के बीच मतभेद था। इस शती के शेष भाग में हमारे नीति–निर्माताओं का प्रमुख कार्य अपनी राजनीतिक सुरक्षा और आर्थिक हितों की रक्षा करते हुए इन अंतरालों को दूर करना था।

जिस प्रकार से भारत–संयुक्त राज्य के संबंधों को बनाकर रखा जाएगा, उसका पश्चिमी यूरोप, जापान और प्रशांत क्षेत्र के देशों के साथ हमारे संबंधों पर तीन प्रकार से प्रभाव पड़ेगा अर्थात् राजनीतिक, आर्थिक और राष्ट्रीय सुरक्षा। संयुक्त राष्ट्र की सुरक्षा परिषद् का विस्तार और संयुक्त राष्ट्र के सुधार पर चल रही चर्चा अब निर्णायक मोड़ पर पहुँच गई थी। निरस्त्रीकरण समिति के अधिवेशन में विखंडनीय सामग्री की कटौती संबंधी संधि को अंतिम रूप देने तथा परमाणु और मिसाइल प्रौद्योगिकी के अंतरण के संबंध में रक्षोपाय लागू करने के बारे में अन्य संबद्ध क्षेत्रों पर पुनः विचार को बढ़ावा दिया गया। इनमें से प्रत्येक मुद्दे पर ध्यान केंद्रित करने तथा सुविचारित योजना बनाने की आवश्यकता थी।

रूस, पूर्वी यूरोप, दक्षिण अफ्रीका तथा इजराइल के साथ हमारे संबंधों में इन देशों की विदेश नीतियों तथा आंतरिक राजनीतिक मतभेद और बाह्य हिंसात्मक दबावों के कारण जटिलता आ गई थी। इजराइल और अरब देशों के साथ संबंधों में संतुलन बनाए रखना, दक्षिण अफ्रीका में भारतीय मूल के लोगों के हितों की रक्षा करना, नेल्सन मंडेला की सरकार का सद्भाव बनाए रखना, ईरान और अफगानिस्तान में अपने हितों को सुरक्षित करना–ये हमारी विदेश नीति के ऐसे संवेदनशील पहलू हैं, जिनका हमारी सरकार को ध्यान रखना था।

आर्थिक आधुनिकीकरण और उदारवादी कार्यक्रमों के संबंध में केंद्र सरकार द्वारा निर्धारित दिशा का उन देशों की प्रतिक्रिया पर प्रभाव पड़ना था, जिन्होंने सन् 1991 से आर्थिक और प्रौद्योगिकी क्षेत्रों में भारत को सहयोग देने में रुचि दिखाई थी। आर्थिक नीतियों के संबंध में भारत से मिल रहे अंतर्विरोधी संकेतों को भी दूर करना था ताकि सुनिश्चित किया जा सके कि भारतीय अर्थव्यवस्था की आधुनिकीकरण की प्रक्रिया और उत्पादनशीलता पर कोई प्रतिकूल प्रभाव नहीं पड़ेगा। इसके साथ–साथ भारत जैसे गरीब देश में वितरण योग्य न्याय की जरूरतों के साथ कोई समझौता नहीं किया जा सकता। इन दो उद्देश्यों की अंतर्विरोधी मांगों का समाधान एक ऐसा जटिल कार्य था, जो विदेश एवं आर्थिक नीतियों को आकार देने वालों के सामने प्रमुख चुनौती था।

किसी भी नई सरकार के सम्मुख सर्वाधिक महत्वपूर्ण कार्य भारतीय जनमत को उपर्युक्त मुद्दों की जानकारी देना तथा राष्ट्रीय स्तर पर आम सहमति तैयार करना था। इससे यह सुनिश्चित होता कि सरकार द्वारा बनाई गई नीतियों को जहाँ तक संभव हो, उस सीमा तक अंतर्विरोध के बिना भारतीय जनमत का समर्थन प्राप्त हो। हालाँकि पिछले कुछ वर्षों से (अर्थात् नवंबर 1995 से) आंतरिक राजनीतिक अनिश्चितताओं से उपजे दबावों के कारण हम अपने भीतर झाँकने के लिए बाध्य हो गए थे, फिर भी अब हमें यह याद रखना था कि हम कोई द्वीप नहीं हैं, हमारे साथ पूरा विश्व है।

सन् 1996 के आम चुनावों से पहले, दूरदर्शन पर पूर्व प्रधानमंत्री वी.पी. सिंह ने साक्षात्कार दिया था। उनसे यह पूछा गया कि हमारे देश के सामने प्रमुख राजनीतिक चुनौती क्या है? प्रश्न का उत्तर देते समय उन्होंने बताया कि आजकल '**विकल्प की राजनीति**' नहीं है बल्कि '**आज दबावों की राजनीति**' है। उस समय, समकालिक दबाव राजनीति में हर स्तर पर आ चुके थे। लेकिन विकल्प तथा दबावों को एक साथ नहीं रखा जा सकता था। किसी–न–किसी प्रकार का दबाव पड़ना अवश्यंभावी हो चुका था। नीति निर्माण की प्रक्रिया में समान रूप से विकल्प तय करने का प्रयास किया जा चुका था और इसी से देश के भीतर और बाहर जनता की बेहतरी सुनिश्चित होनी थी। उपलब्ध विकल्प इन्हीं दबावों का परिणाम थे, जो सामाजिक, आर्थिक, प्रौद्योगिकीय, राजनीतिक या सांस्कृतिक परिधि तक जा सकते थे। लेकिन जब ये दबाव नीति निर्माण के क्षितिज पर मँडराने लगते हैं, तो ये देश की राजनीतिक स्थिति को प्रभावित करते हैं।

'गुजराल सिद्धांत' का विश्लेषण करना यहाँ सुसंगत होगा। एक वर्ष पहले इस सिद्धांत ने पड़ोसी देशों के प्रति नीतियों को नए सिरे से व्यवस्थित किया। इस सिद्धांत से निश्चय ही दक्षिण एशियाई क्षेत्र में राजनीतिक माहौल में सुधार हुआ था। गुजराल ने साढ़े तीन वर्ष के बाद पाकिस्तान के साथ पुनः द्विपक्षीय बातचीत शुरू की। पाकिस्तान के विदेश मंत्री तथा प्रधानमंत्री के साथ व्यक्तिगत संपर्क स्थापित करने के अलावा विदेश मंत्रियों के बीच संस्थागत बातचीत भी शुरू हो गई। गुजराल ने पाकिस्तानी आगंतुकों के लिए वीसा नीति को उदार बनाया तथा आयात के क्षेत्र में पाकिस्तान के साथ परम मित्र राष्ट्र का व्यवहार किया। उन्होंने दोनों देशों के बीच पुस्तकों तथा प्रकाशनों के परस्पर आदान–प्रदान का आदेश दिया। इन्होंने प्रक्रियामूलक शर्तों के बिना कश्मीर मुद्दे पर बातचीत करने के लिए भारत की इच्छा भी व्यक्त की।

भारत–बाँग्लादेश संबंधों में दृढ़तापूर्वक महत्वपूर्ण कदम उठाते हुए गुजराल ने ऐसी प्रक्रिया आरम्भ की, जिससे बाँग्लादेश की प्रधानमंत्री शेख हसीना वाजेद ने 30 वर्ष के लिए जल–विभाजन समझौते पर हस्ताक्षर किए तथा उन्होंने बाँग्लादेशी अप्रवासियों के गैर–कानूनी निर्वासन की पारगम्यता सुविधाओं जैसे मुद्दों पर कोई माँग नहीं रखी।

बाँग्लादेश ने अपने क्षेत्र से पारगम्यता सुविधा बढ़ाने के लिए भी सहमति दी तथा नई दिल्ली को आश्वासन दिया कि वह भारतीय अलगाववादियों को आश्रय नहीं देगा। भारत ने भी नेपाल और भूटान के साथ व्यापार के लिए बाँग्लादेश को अतिरिक्त पारगमन सुविधा देने पर विचार करने की इच्छा व्यक्त की।

भारत–नेपाल संबंधों में सकारात्मक घटनाक्रम का प्रारम्भ हो चुका था। गुजराल ने महाकाली समझौते की पुष्टि की। हमने नेपाल के विदेश व्यापार हितों के अनुकूल कदम उठाए। सर्वाधिक महत्वपूर्ण पहलू यह था कि गुजराल ने नेपाल की माँग के प्रति भी यह अनुकूल जवाब दिया कि भारत–नेपाल शांति और मैत्री संधि, 1950 पर पुनः बातचीत की जाए और संशोधन किया जाए। यह भी अनुमान लगाया जा सकता है कि नेपाल को इस संधि के अनुच्छेद 2, अनुच्छेद 6 और अनुच्छेद 7 पर आपत्ति थी। अनुच्छेद 2 में यह अभिनिर्धारित है कि भारत और नेपाल की सरकारें किसी अन्य पड़ोसी देश के साथ गंभीर विवाद या गलतफहमी के बारे में परस्पर अवगत कराती रहेंगी। अनुच्छेद 6 और 7 में यह अभिनिर्धारित है कि नेपाल और भारत एक–दूसरे के क्षेत्र में आर्थिक कार्यकलाप, रोजगार, आवास तथा सम्पत्ति के मालिकाना हक के संबंध में विशेषाधिकार देंगे। '

इस संधि की समीक्षा के लिए की जा रही बातचीत के पहले दौर में अगस्त 1977 में नेपाल और भारत के विदेश सचिवों के बीच विचार–विमर्श हुआ। नेपाल में भारत के प्रति विद्यमान सकारात्मक भावना इससे भी प्रतिबिंबित होती है कि नेपाल के महाराजा और महारानी ने काठमांडू में, भारतीय राजदूत द्वारा स्वतंत्रता की 50वीं वर्षगांठ पर आयोजित स्वागत समारोह में भी भाग लिया था।

सन् 1997 के आरंभ में श्रीलंका की यात्रा के दौरान गुजराल ने विशेष रूप से यह आश्वासन दिया कि भारत इस देश के आंतरिक मामलों में कभी भी हस्तक्षेप नहीं करेगा। भूटान और मालदीव की आर्थिक सहायता तथा द्विपक्षीय सहयोग बढ़ाने का आश्वासन दिया गया। इसके अलावा अन्य पड़ोसी देशों के संबंध में, गुजराल ने आसियान (ASEAN) नेताओं के साथ संपर्क बढ़ाए तथा इनके कार्यकाल के दौरान ही भारत ने 'एशियाई क्षेत्रीय फोरम' (एशियन रीजनल फोरम) के सुरक्षा संबंधी समझौतों के सदस्य के रूप से भाग लेना शुरू किया।

केवल भारत–चीन संबंधों में असंभव की स्थिति बनी रही, परंतु यह स्थिति अपरिहार्य थी, क्योंकि सीमा संबंधी मुद्दे अत्यधिक जटिल थे तथा भारत और चीन की विदेश नीति की प्राथमिकताएं अलग–अलग थीं। इसी वजह से जब नवम्बर 1996 में चीन के राष्ट्रगति जियांग–जेमिन भारत आए तो उनकी इस यात्रा का कोई महत्वगूर्ण राजनीतिक परिणाम नहीं निकल पाया।

यद्यपि भारत के क्षेत्रीय संबंधों में कुल मिलाकर सुधार आया था, फिर भी अब समय आ गया था कि हम इस पर विचार करें कि–

1. इन घटनाओं के परिणाामस्वरूप पड़ोसी देशों का कोई महत्वपूर्ण सकारात्मक दृष्टिकोण विकसित हुआ अथवा नहीं?
2. गुजराल के एकतरफा उदारवादी व्यवहार से अधिक महत्वपूर्ण मुद्दों पर हमारे पड़ोसियों के दृष्टिकोणों तथा वार्ताओं के दौरान तनावों में कमी आई अथवा नहीं?

'गुजराल सिद्धांत' के बावजूद पाकिस्तान के साथ संबंधों में, विशेषकर कश्मीर के मुद्दे पर, कोई परिवर्तन नजर नहीं आता। विदेश मंत्री गौहर अयूब खान और तथा वित्तमंत्री सरताज अजीज ने अगस्त 1997 में यह कहा कि जम्मू और कश्मीर के मामले में भारत द्वारा समझौता करने पर ही आर्थिक, वाणिज्यिक या प्रौद्योगिकीय सहयोग बढ़ाया जाएगा। यह वक्तव्य ऐसे समय पर दिया गया था, जब गुजराल ने पाकिस्तान को यह संकेत दिया था कि भारत सरकार केवल पाकिस्तान–भारत–संयुक्त आयोग को ही पुनः लागू नहीं करेगी बल्कि द्विपक्षीय व्यापार को भी बढ़ावा देना चाहेगी तथा पाकिस्तान से 'पावर' खरीदना चाहेगी। अजीज ने यह भी वक्तव्य दिया कि दक्षेस के भीतर आर्थिक सहयोग भी कश्मीर से संबंधित पाकिस्तान के दृष्टिकोण पर निर्भर करेगा। इसी दौरान वास्तविक नियंत्रण रेखा के साथ–साथ सैन्य झड़पें होने लगीं। पाकिस्तान उग्रवादियों को निरंतर सहायता देता रहा, मुख्यरूप से कश्मीर में सक्रिय उग्रवादियों को।

इसी प्रकार से पारगमन सुविधा पर अस्थायी निर्णय के अतिरिक्त गैर–कानूनी अप्रवासी–मुद्दों को समझाने के प्रति बाँग्लादेश ने अपनी इच्छा जाहिर नहीं की। सन् 1977 के प्रारम्भ में जल–विभाजन समझौता पर फरक्का से जल–प्रवाह में कमी के कारण कठिनाइयाँ आने लगीं। ऐसे संकट की घड़ी में, जल–विभाजन संबंधी समझौतों का सख्ती से पालन करने की बजाय बाँग्लादेश अपना पूरा हिस्सा लेने पर अड़ा रहा। इसके अतिरिक्त कश्मीर के रवैये पर बाँग्लादेश में अभी भी कोई परिवर्तन नहीं आया था तथा ढाका अभी भी 'उल्फा' उग्रवादियों को पासपोर्ट जारी करता रहा।

जहाँ तक नेपाल का संबंध है, महाकाली परियोजना पर अभी भी नेपाल को आपत्ति थी। इससे भी अधिक महत्वपूर्ण यह है कि सन् 1997 में नई दिल्ली में द्विपक्षीय वार्ताओं के दौरान नेपाल के विदेश सचिव ग्वायाली ने कालापानी क्षेत्र पर अपने देश का दावा प्रस्तुत करते हुए 1815 की सुगौली की संधि को रद्द करने की मांग की, जो ब्रिटिश भारत तथा नेपाल के बीच हुई थी, जिसके तहत नेपाल का क्षेत्र भारत को दिया गया था। यदि भारत इस दावे को स्वीकार करता है तो कालापानी तथा लिपूलेख दर्रे पर उसका क्षेत्राधिकार समाप्त हो जाएगा, जो तिब्बत और कैलाश मानसरोवर की ओर जाने के लिए प्रमुख मार्ग है। इसके अलावा नेपाल ने पाकिस्तान की आई.एस.आई. की गतिविधियों पर नियंत्रण रखने के संबंध में भी उत्साह नहीं दिखाया।

उल्फा और बोडो अलगाववादी भूटान क्षेत्र में सक्रिय रहे। हालाँकि, 'आसियान' सदस्य देशों के साथ औपचारिक रूप से सरकारी स्तर पर संबंध बने रहे, फिर भी निवेश और आर्थिक परियोजनाओं पर भारत के नीति निर्णय में आए बदलाव को भारत–आसियान संबंधों पर भी प्रभाव पड़ा। यह संकेत भी मिलता रहा कि भारत की विदेश नीति में एकतरफा सकारात्मक विचारधारा के परिणामस्वरूप अप्रसार तथा निरस्त्रीकरण मुद्दों या संयुक्त राष्ट्र की सुरक्षा परिषद् में स्थायी सीट के लिए भारत को अपने पड़ोसी देशों का समर्थन मिलेगा।

इस समय महत्वपूर्ण प्रश्न यह था कि क्या प्रधानमंत्री गुजराल द्वारा की गई पहल से भारत के राजनीतिक तथा सुरक्षा संबंधी प्रमुख हितों की पूर्ति हुई थी? हालाँकि भारत ने किसी प्रकार की कोई आशा नहीं रखी थी, फिर भी भारत सकारात्मक जवाब चाहता था और यह सुनिश्चित करना चाहता था कि हमेशा ऐसा ही रुख नहीं अपनाया जाएगा।

दक्षेस शिखर सम्मेलन होते रहे; इस संबंध में यह पता लगाना सुसंगत होगा कि गुजराल सिद्धांत का मालदीव में अप्रैल 1997 में हुई बहुपक्षीय चर्चाओं के दौरान क्या प्रभाव रहा? इस शिखर सम्मेलन में ध्यानाकर्षण का केंद्र आर्थिक, सामाजिक, सांस्कृतिक और प्रौद्योगिकीय सहयोग था। बहुराष्ट्रों का दूसरा महत्वपूर्ण हित–भारत के साथ उपक्षेत्रीय सहयोग की परियोजना के संबंध में सात में से तीन सदस्यों ने अपनी प्रतिक्रिया व्यक्त की थी। बाँग्लादेश, भूटान और नेपाल गुजराल से प्रभावित थे। सर्वाधिक महत्वपूर्ण बात थी– गुजराल की पाकिस्तान के प्रधानमंत्री नवाज शरीफ और बाँग्लादेश की प्रधानमंत्री शेख हसीना वाजेद के बीच आयोजित बैठक।

मालदीव के शिखर सम्मेलन के संबंध में विदेश मंत्रियों की बैठक हुई थी। इसमें भारतीय शिष्टमंडल की अगुआई केंद्रीय वाणिज्य मंत्री ने की थी। गुजराल ने 'साप्टा' (SAPTA) को व्यावहारिक रूप देने की इच्छा व्यक्त की। संदेश में कहा गया था कि भारत 'साप्टा' को सफल बनाने के लिए व्यापार में और अधिक रियायतें देना चाहेगा और यदि संभव हुआ तो दक्षिण एशियाई साझा व्यापार में भी आगे बढ़ना चाहेगा। किसी भी प्रतिभागी ने इस प्रस्ताव का विरोध नहीं किया। परंतु उन्होंने भारत के समान उत्साह भी नहीं दिखाया। उन्होंने धीरे–धीरे इस ओर आगे बढ़ने पर बल दिया।

अन्य विषयों पर लिए गए निर्णयों में मध्यम प्रगति नजर आई थी। गुजराल ने सन् 1996 के अंत में दक्षेस विदेश मंत्रियों की कॉन्फ्रेंस के बाद यह दावा किया था कि पहली बार एकतरफा प्रस्ताव से पाकिस्तान अकेला पड़ गया है। इस दावे का इस शिखर सम्मेलन पर कोई विशेष प्रभाव दिखाई नहीं देता। वास्तविक स्थिति यह थी कि श्रीलंका और बाँग्लादेश अपने हितों की दृष्टि से भारतीय क्षेत्रीय कूटनीतिक कार्यकलापों का पूर्णतः समर्थन नहीं कर रहे थे। केवल पाकिस्तान ही नहीं, बल्कि श्रीलंका और मालदीव भी उपक्षेत्रीय सहयोग के प्रति अनुकूल प्रतिक्रिया व्यक्त नहीं कर रहे थे। नवाज शरीफ और गौहर अयूब ने भी बल दिया कि ऐसे सहयोग से 'दक्षेस' की सह–संबंद्धता समाप्त हो जाएगी। हालाँकि श्रीलंका और मालदीव का रुख हाल ही तक कम स्पष्ट था, परंतु उन्होंने भी पाकिस्तान के समान शंका व्यक्त की। सात में से चार सदस्य क्षेत्रीय सहयोग के प्रति एकीकृत दृष्टिकाण से परे हटते जा रहे थे। निश्चित ही इसका 'दक्षेस' की साख पर भी प्रभाव पड़ा था।

उपक्षेत्रीय सहयोग का विचार नया नहीं था। सन् 1993 में '**साप्टा**' में पाकिस्तान के अनवरत प्रतिरोध के संदर्भ में भी विचार नया नहीं था। प्रधानमंत्री नरसिम्हा राव, वित्त मंत्री डॉ. मनमोहन सिंह तथा वाणिज्य मंत्री पी. चिदम्बरम ने दक्षेस सहयोग को पराभूत करने के लिए हल सुझाया था। मालदीव शिखर सम्मेलन में इस विषय पर विचार–विमर्श में भारत को अपनी स्थिति पर पुनः विचार करना चाहिए था।

गुजराल और नवाज शरीफ के बीच बैठक से निश्चिय ही सकारात्मक माहौल बनना शुरू हो गया था। पहली बार अप्रैल 1993 में, ढाका में नरसिम्हा राव के बाद भारत–पाकिस्तान के प्रधानमंत्री मिले थे। कश्मीर पर नए सिरे से पहल करने के संबंध में दोनों प्रधानमंत्री असफल रहे तथा द्विपक्षीय मुद्दों पर कोई विशेष प्रगति दृष्टिगोचर नहीं होती है।

इस प्रकार से यह दावा साबित नहीं हो पाया कि गुजराल सिद्धांत का भारत के पड़ोसी देशों पर भी प्रभाव पड़ेगा। दुर्भाग्यवश इस संबंध में वास्तविक रूप से ठोस परिणाम सामने नहीं आए। राजनीतिक तत्वों की दृष्टि से इस सिद्धांत की जाँच करना सुसंगत होगा। प्रधानमंत्री गुजराल के अपने अनुमानों पर आधारित निम्नलिखित बातें नजर आ रही थीं–

(क) भारत अपनी क्षमताओं को स्वीकार करते हुए अपने पड़ोसी देशों के प्रति सही दृष्टिकोण अपनाएगा।

(ख) चूँकि हम संख्या में अधिक हैं तथा शक्तिशाली हैं, इसलिए हम एकतरफा अपने पड़ोसियों के प्रति अधिक–से–अधिक उदारता तथा सहानुभूति रखेंगे।

(ग) इस दृष्टिकोण से उत्पन्न सद्भाव से अंततः सकारात्मक माहौल तैयार होगा।

(घ) विदेश मंत्री तथा व्यावसायिक विदेश सेवाओं के माध्यम से सार्थक विदेश नीति ही तैयार नहीं होगी बल्कि बुद्धिजीवी, पत्रकार आदि का भी इसमें महत्वपूर्ण योगदान होगा।

(ङ) भारत नैतिक आधार पर पड़ोसी देशों के घटनाक्रम–विकास के संबंध में अपनी प्रतिक्रिया व्यक्त करेगा।

ये तत्व युक्तिसंगत प्रतीत होते हैं, परंतु ये तत्व भारत के राष्ट्रीय हितों की कहाँ तक पूर्ति करेंगे? अतार्किक आशावाद को एकतरफा रखकर परस्पर सहमति से हमें अपनी क्षेत्रीय नीतियाँ बनानी होंगी। ऐसा न करके समझौतावादी दृष्टिकोण अपनाने का निहितार्थ है कि हम आकार और भू–सामरिक तथा आर्थिक शक्ति की दृष्टि से प्रतिरक्षात्मक रवैया अपनाएँगे। यह रवैया हमारे दीर्घकालीन हितों के प्रतिकूल है। हमें निश्चित रूप से अपने पड़ोसियों की उचित चिंताओं और माँगों के प्रति उदार होना चाहिए, परंतु इन देशों से प्रशंसा पाने के लिए समझौता करने के रवैये से विदेश नीति मात्र 'जनसंपर्क' का रूप ले लेगी।

दूसरी प्रत्याशा यह थी कि एकपक्षीय सद्भाव से सकारात्मक जवाब मिलेगा। यह वस्तुतः सही नहीं था। इस संबंध में ऐसे किसी पड़ोसी देश की मिसाल नहीं है, जिसने हमारे हितों को देखते हुए हमारी चिंताओं के प्रति सहानुभूति दिखाई हो। पिछले 50 वर्षों से व्यावसायिक विदेश सेवा तथा विदेश नीति में संसद तथा इसकी समितियों द्वारा निभाई गई भूमिका का स्थान बुद्धिजीवी तथा मीडिया वर्ग नहीं ले सकते, चाहे वे कितने भी विद्वान तथा प्रतिभाशाली क्यों न हों। गुजराल द्वारा विदेश नीति तैयार करने के लिए उत्तरदायी संस्थाओं की स्थिति नीचे लाने से तथाकथित विद्वान और मीडिया तो खुश हो सकते हैं, परंतु इससे इन संस्थाओं की साख तथा नैतिकता पर आँच आनी ही आनी है।

विदेश नीति का निरूपण करते समय सरकारी, कार्यपालक तथा वैधानिक एजेंसियों और मीडिया एवं अकादमिक लोगों को भी भाग लेना होगा। यदि हम निवेश तथा श्रेणी की दृष्टि से समाज के एक वर्ग को दूसरे वर्ग से उच्च मानने लगते हैं, तो इस अभिवृत्ति से विचारों में टकराव उत्पन्न होगा और इससे भ्रामक स्थिति निर्मित होगी।

हमें यह भी ध्यान रखना चाहिए कि विदेश नीति के संदर्भ में संयुक्त मोर्चा सरकार तथा गुजराल द्वारा किया गया दावा उपयोगी था, जिसका दावा वस्तुतः राजीव गांधी के

समय से प्रारंभ हो चुका था तथा नरसिम्हा राव के कार्यकाल के दौरान ये कार्रवाइयाँ शुरू हो गई थीं। चाहे नेपाल के साथ संबंध हो या पाकिस्तान के साथ निरंतर बातचीत का सिलसिला हो, 'एशियन' देशों के साथ संबंध स्थापित करने हों, भारत–चीन संबंधों में सुधार हो, सोवियत संघ के विघटन के बाद रूसी संघ के साथ संबंध बहाल करना हो या संयुक्त राज्य के साथ हमारे संबंधों का मुद्दा हो, भारतीय विदेश नीति की मूल व्यवस्थाएँ 'गुजराल सिद्धांत' से पहले भी मौजूद थीं। गुजराल ने इस सिलसिले में एकपक्षीय समझौते की शुरुआत की थी। भारत की सुरक्षा तथा राजनीतिक और आर्थिक हितों के अनुरूप इस प्रकार का समझौता आवश्यक था, परंतु सकारात्मक छवि बनाने की आकांक्षा तथा सद्भाव की चाह पर आधारित समझौता करने के दृष्टिकोण से भारत के हितों की पूर्ति नहीं हुई।

प्रमुख बिन्दु

1. श्रीलंका से भारतीय शांति सेना (इंडियन पीस कीपिंग फोर्स) वापस बुलाने का वी.पी. सिंह सरकार का निर्णय राजीव गांधी द्वारा शांति सेना भेजे जाने के निर्णय से कई गुना ज्यादा गलत था। शांति सेना के वापस चले आने से श्रीलंका में राजनीतिक तथा सत्ता के क्षेत्र में जो स्पेस पैदा हुआ, लिट्टे ने उसका फायदा उठाते हुए पूर्वोत्तर प्रांतों पर कब्जा कर लिया। फलतः श्रीलंका गृहयुद्ध की जटिल परिस्थितियों का सामना करने लगा। हालांकि प्रधानमंत्री विश्वनाथ प्रताप सिंह तथा विदेश मंत्री इन्द्र कुमार गुजराल को श्रीलंकाई राष्ट्रपति प्रेमदासा से अच्छे आचरण का प्रमाणपत्र मिल गया और दक्षिण एशियाई मामलों में भारत की अहस्तक्षेप स्थिति को स्वीकार किया जाने लगा। लेकिन वहां फिर आई अस्थिरता के कारण श्रीलंका सरकार को बाहरी ताकतों से सहायता मांगनी पड़ी, विशेषकर चीन और पाकिस्तान से। ऐसे में विदेश नीति से जुड़े इस निर्णय को किसी भी दृष्टि से सही नहीं माना जा सकता, बल्कि यह अनेक प्रकार से गलत था (जे.एन. दीक्षित)।
2. विश्वनाथ प्रताप सरकार की सबसे अधिक छवि बिगड़ी–खाड़ी संकट के प्रति भारत की नीति के पश्चात। भारत की प्रतिक्रिया इस विषय पर अस्पष्ट थी और व्यवहार में दब्बूपन दिख रहा था। उस समय भारत ने इस वास्तविकता पर भी ध्यान नहीं दिया कि एक मुस्लिम देश इराक ने दूसरे मुस्लिम देश तथा गुटनिरपेक्ष आंदोलन के सदस्य कुवैत पर हमला किया है। भारत एक तरफ तो तटस्थता प्रकट कर रहा था, वहीं दूसरी तरफ विदेश मंत्री इन्द्र कुमार गुजराल, कुवैत और बगदाद की यात्रा कर रहे थे। वे किसी सशक्त प्रतिक्रिया को देने की बजाय एक तरफ जॉर्डन के रास्ते भारतीय नागरिकों को वापस देश में लाने की व्यवस्था तक सीमित थे और दूसरी तरफ बगदाद में सद्दाम हुसैन के गले लगकर फोटो खिंचा रहे थे। यह स्तरहीन संव्यवहार था।
3. चंद्रशेखर का कार्यकाल यद्यपि छोटा रहा, लेकिन उसमें विश्वनाथ प्रताप सरकार की तरह की अस्पष्टता और निःशक्तता नहीं दिखी। उन्होंने पाकिस्तान के प्रति भी सख्ती दिखाई और खाड़ी युद्ध (जनवरी 1991) के संबंध में भी भारत का

राजनीतिक नजरिया स्पष्ट किया। उन्होंने दृढ़तापूर्वक घोषणा की कि भारत एक गुटनिरपेक्ष देश द्वारा दूसरे गुटनिरपेक्ष देश पर आक्रमण का विरोध करता है। ध्यान रहे कि अमेरिकी विमानों को ईंधन देने की व्यवस्था के संबंध में अनुमति देने पर उनकी आलोचना हुई थी, लेकिन हमें याद रखना होगा कि भारत उस समय संयुक्त राष्ट्र संघ द्वारा अनुमोदित ऑपरेशन का समर्थन कर रहा था, न कि संयुक्त राज्य अमेरिका द्वारा की गई एकपक्षीय पहल का।

4. पी.वी. नरसिम्हा राव जवाहर लाल नेहरू के बाद ऐसे प्रधानमंत्री बने थे, जिन्हें विदेश नीति की समझ थी। चूंकि सोवियत संघ अपना अस्तित्व खो चुका था और रूस अभी अपना प्रभाव नहीं जमा पाया था, इसलिए उन्होंने पुरानी परिधि के दूसरे छोरों पर संबंधों की व्यूहरचना करने की कोशिश की। उन्होंने इजराइल के साथ संकोचों की परतें हटानी शुरू कीं, दक्षिण एशिया के साथ वरीयता आधारित व्यापार समझौता किया और लुक ईस्ट नीति के तहत आसियान समूह में भागीदार बने। उन्होंने दक्षिण अफ्रीका में उभरती राजनीतिक वास्तविकताओं पर विशेष ध्यान दिया और एक सांस्कृतिक केन्द्र तथा वीजा कार्यालय खोलकर नई शुरुआत की। उन्होंने चीन के प्रधानमंत्री के साथ मिलकर द्विपक्षीय संबंधों को नई दिशा देने की कोशिश की और पाकिस्तान की कुटिलताओं के बावजूद रिश्तों को विकृत होने से रोके रहे।
5. एच.डी. देवगौड़ा सरकार में जब इंद्रकुमार गुजराल दूसरी बार विदेश मंत्री बने तो उन्होंने 'गुजराल सिद्धांत' (गुजराल डॉक्ट्रिन) प्रस्तुत किया। यही सही अर्थों में एकतरफा सद्‌भाव वाला सिद्धांत था, जिससे भारत को भले ही कोई लाभ न हुआ हो; लेकिन पड़ोसी देशों के साथ संबंधों में सुधार अवश्य हुआ था।
6. 1990 के दशक में अंतरराष्ट्रीय समुदाय संक्रमण से गुजरते हुए कई प्रकार की चुनौतियों का सामना कर रहा था, जैसे– जनसंख्या विस्फोट, नव उपनिवेशवादी प्रवृत्तियों का उदय, अवैध ड्रग कारोबार, अंतरराष्ट्रीय आतंकवाद और जाति व धर्म आधारित उपराष्ट्रीयताओं का उदय। हालांकि सूचना और प्रौद्योगिकीय क्रांति तथा विश्व की अर्थव्यवस्था के ग्लोबलाइजेशन से राष्ट्र–राज्य के रूप में समाज के क्षेत्रगत विभाजन समाप्त होने लगे थे। फिर भी भारत जैसे विकासशील देश के संबंध में मुक्त बाजार की प्रतिबद्धताओं से दुविधा भी उत्पन्न हो रही थी। इस संदर्भ में यहां एक सिद्धांत पर गौर करने की जरूरत है, जो उस समय की विशेषता को बता रहा था और भविष्य का मार्ग निर्देशित कर रहा था अर्थात्–राष्ट्र–राज्य की अवधारणा असंगत होती जा रही है। अब एक नया साम्राज्यवादी युग आ रहा है, जहाँ ताकत तथा प्रभाव उन्नत प्रौद्योगिकी तथा क्षमताओं से युक्त समुदायों के पास केंद्रित होगा। ये समुदाय विद्यमान भू–राजनीतिक सीमाओं को लाँघ जाएँगे तथा आकार और शक्ति पर ध्यान दिए बिना, विद्यमान राष्ट्र–राज्यों को ऐसे परिवर्तन का सामना करना होगा। यही नहीं अब एक असम्भ्रांत प्रतियोगिता की शुरुआत होने वाली थी, जिसे सामान्य युक्तियों से नहीं जीता जा सकता था। भारत के

लिए यह और भी मुश्किल काम था, क्योंकि भारत की चुनावी घरेलू राजनीतिक चालें विदेश नीति के आर्थिक पहलुओं में गिरावट ला रही थीं।

7. 1996 से भारत में कोलिशन गवर्नमेंट्स का दौर शुरू हुआ था, जिसमें क्षेत्रीय दलों की भूमिका निर्णायक थी। ऐसी स्थिति में वैदेशिक नीति के क्षेत्र और लक्ष्य गौण हो गये। उनकी विदेश नीति अब केवल अपने पड़ोसियों के इर्द–गिर्द घूम रही थी। ध्यान रहे कि उस समय लगभग सभी राजनीतिक दलों ने विदेश नीति का लक्ष्य अपने पड़ोसी देशों के साथ अच्छे और स्थिर संबंध स्थापित करना रखा। इन सभी ने देश की एकता और अखंडता की रक्षा के लिए पर्याप्त रक्षा क्षमताएँ विकसित करने के प्रति वचनबद्धता स्वीकार की। स्वरूप की दृष्टि से ये उद्देश्य मजबूत थे तथा हमारी विदेश नीति के बाध्यकारी/अनिवार्य मानदंड भी। उस समय हमारे तीन निकटवर्ती पड़ोसियों से विवाद तथा तनाव चल रहे थे। बाँग्लादेश में तो भारतीय वर्चस्ववाद का 'फोबिया' था। पाकिस्तान अपनी प्रकृति के अनुसार भारत विरोधी रवैया अपनाए हुए था और श्रीलंका लिट्टे के खिलाफ अभियान चलाकर एक तीर से दो निशाने साध रहा था।

8. 1990 के दशक में भारत कई अंतर्विरोधों और संक्रमणों से गुजरा, जो भारत की विदेश नीति पर प्रत्यक्ष या अप्रत्यक्ष प्रभाव डाल रहे थे। सबसे पहला तो यह था कि आर्थिक आधुनिकीकरण और उदारीकरण के साथ भारत आर्थिक नीतियों संबंधी अंतर्विरोधी संकेतों को दूर करना था। दूसरा था– वितरण योग्य न्याय की गारण्टी देना। लेकिन उदारीकरण और वितरण योग्य न्याय के मौजूद अंतर्विरोधों का समाधान खोजना इतना आसान तो नहीं था। विदेश एवं आर्थिक नीतियों को आकार देने वाली नीतियों को आकार देने नेतृत्व के समक्ष सबसे बड़ी चुनौती यही थी। इन सबके साथ आंतरिक राजनीतिक अनिश्चितताओं से निकलकर हमें यह भी सोचना था कि हम कोई द्वीप (आइलैंड) नहीं हैं, हमारे साथ पूरा विश्व है।

9. गुजराल सिद्धांत (डॉक्ट्रिन) ने भारत के पड़ोसी देशों से संबंधों में बेहतर राजनीतिक शास्त्र पेश किया था, लेकिन ऐसा प्रतीत होता है कि पड़ोसी देशों ने अभी तक भारत के प्रति अपना मनोविज्ञान नहीं बदला था और न ही उसे समझने की यथार्थपरक कोशिश कर रहे थे। नेपाल की मनःस्थिति शांति एवं मैत्री संधि पर पुनर्विचार की थी। वह 1815 की सुगौली की संधि को रद्द करने की मांग कर रहा था और कालापानी पर अपनी दावेदारी जता रहा था। चीनी विदेश नीति की प्राथमिकताएं भारत की प्राथमिकताओं से भिन्न और विपरीत हितों वाली थीं। पाकिस्तान कश्मीर के मुद्दे पर कहीं अधिक सक्रियता दिखा रहा था। बांग्लादेश जल–विभाजन को लेकर गलत संकेत तो दे रहा था, साथ ही उसका कश्मीर पर रवैया अपरिवर्तित था और 'उल्फा' उग्रवादियों के मामले में सहानुभूतिपूर्ण सहयोगात्मक। कुल मिलाकर गुजराल डॉक्ट्रिन में उदारवादी सकारात्मक का प्रभाव था, जिसकी अपनी प्रस्थापनात्मक अवधारणाएं थीं, लेकिन उसके परिणाम भारत के पक्ष में नहीं आ पाए।

❑❑

9 नए विश्व की ओर

श्री अटल बिहारी वाजपेयी जी का राजनीतिक अनुभव बहुत लम्बा रहा और विदेश नीति उनका रुचिकर विषय भी। इसलिए उनकी विदेश नीति में जुड़ने वालों आयामों की प्रासंगिकता और उपादेयता को किसी भी लिहाज से कमतर नहीं आंका जा सकता। वे राजनीति तथा संसदीय व्यवस्था के प्रति नैतिक पवित्रता से सम्पन्न रहे और भारत के हितों तथा भारत के भविष्य के लिए व्यावहारिक 'विज़न' लेकर चलने वाले नेता बने रहे। यही वजह है कि जब आपातकाल से उपजे नकारात्मक प्रतिफल से कांग्रेस धराशायी हुई और मोरारजी देसाई के नेतृत्व में सरकार बनी तो श्री अटल बिहारी वाजपेयी को विदेश मंत्री के रूप में चुना गया। 29 महीने की मोरारजी देसाई की सरकार के दौरान उन्होंने विदेश नीति के क्षेत्र में महत्वपूर्ण कदम उठाए। भले ही जनता पार्टी के कुछ नेताओं तथा सिविल अधिकारियों की ओर से की गई गैर–जिम्मेदाराना घोषणाओं से इस दिशा में रुकावट आई थी, लेकिन भारत की विदेश नीति को अहस्तक्षेप के सिद्धांतों के अनुपालन तथा अन्य देशों की संप्रभुता का आदर करते हुए पड़ोसी देशों के साथ संबंध मजबूत बनाने के आधार पर ही टिकाये रखा गया। मोरारजी देसाई की 29 महीने की संक्षिप्त समयावधि की सरकार में (मार्च 1977 से अगस्त 1979 तक) विदेशमंत्री के रूप में अटल बिहारी वाजपेयी ने भारत की विदेश नीति में तीन प्रकार से प्रमुख योगदान दिए थे–

पहला–वाजपेयी के काल में भारत ने इजराइल के साथ संबंध स्थापित करने की महत्ता को समझा। तेल–अवीव के साथ सामान्य महत्व के सुरक्षा संबंधी मुद्दों पर विचार करने तथा राजनीतिक संपर्क स्थापित करने की दिशा में प्रयास आरंभ कर दिए गए। इसी प्रक्रिया के तहत सन् 1978 में मोशे ड्यान ने गोपनीय ढ़ंग से भारत की यात्रा की। इसकी बाद में व्यर्थ ही आलोचना की गई। यह प्रक्रिया सन् 1978 में आरंभ हुई। जनवरी 1992 में उस समय आगे बढ़ी, जब भारत ने इजराइल के साथ पूरी तरह से कूटनीतिक संबंध स्थापित किए थे।

दूसरा–वाजपेयी का दूसरा योगदान यह था कि चीन के साथ संबंधों में सुधार लाने की प्रक्रिया आरंभ हो गई थी। जैसा कि पहले बताया गया है, सन् 1979 में उनकी चीन यात्रा के दौरान सन् 1962 से ही चीन–भारत के संबंध में चले आ रहे विवादों को छोड़ने का सुझाव देते हुए संबंधों में सुधार लाने का प्रयास किया गया। यह सीमावर्ती विवाद भारत–पाक सीमा से जुड़ा था, जिससे समाधान में काफी समय लगेगा। दोनों पक्षों ने यह अनुभव किया कि चूँकि यह मुद्दा अत्यधिक जटिल है, इसलिए इसे एक तरफ रख देना चाहिए तथा भारत और चीन को अन्य क्षेत्रों में द्विपक्षीय संबंधों को पुनः स्थापित करने तथा बढ़ावा देने के लिए आगे बढ़ना चाहिए। इसके अलावा यह माना

गया कि द्विपक्षीय संपर्कों से परस्पर सहयोग और मैत्रीपूर्ण माहौल बनेगा। इससे सीमा विवाद सुलझाने के लिए आधार तैयार होगा। अंततः, 'वास्तविक नियंत्रण रेखा' स्थिर हो जाएगी। यहाँ ध्यान दिया जाना चाहिए कि बीजिंग में वाजपेयी के इस प्रयास से मात्र दो वर्ष पूर्व 14 वर्ष के अंतराल के बाद राजदूत स्तर पर चीन के साथ श्रीमती गांधी ने कूटनीतिक संबंध स्थापित किए थे। के.आर. नारायणन (जो बाद में भारत के राष्ट्रपति बने) को चीन का राजदूत बनाकर भेजा गया। वाजपेयी ने प्रारम्भिक रूप से विचार–विमर्श किया था, जिससे परवर्ती प्रधानमंत्रियों–राजीव गांधी और नरसिम्हा राव को ठोस प्रयास करने के लिए आधार मिला।

तीसरा–अटल जी को विदेश मंत्री के रूप में भारत–पाक संबंधों में विद्यमान तनावों में कमी लाने में भी सफलता मिली थी। इन्होंने पाकिस्तान की यात्रा की थी, जिया–उल–हक़ तथा पाकिस्तान के विदेश मंत्रालय के कार्यालय के साथ तालमेल स्थापित किया। इस प्रकार से मनोवैज्ञानिक और राजनीतिक माहौल को शांत करने का प्रयास किया गया, जबकि श्रीमती गांधी द्वारा जुल्फिकार अली भुट्टो के समर्थन तथा जिया–उल–हक़ के प्रति रूखेपन के कारण दोनों देशों के बीच तनाव बढ़ गया था। वाजपेयी यथार्थवादी थे, जिनका पाकिस्तान में मौजूद सत्ता–संरचना में विश्वास था, वहाँ व्यक्ति चाहे कोई भी हो; क्योंकि ये इस देश के साथ स्थायी संबंध स्थापित करना चाहते थे। उनका यह लक्ष्य लोकतंत्र या सैन्य शासन से संबंधित वैचारिक कारकों से परे था।

अटल बिहारी वाजपेयी ने फरवरी 1978 में पाकिस्तान की यात्रा की तथा फरवरी 1979 में चीन की। 26 वर्षों के बाद किसी भारतीय विदेश मंत्री की यह पहली बीजिंग यात्रा थी। यह एक सार्थक यात्रा थी। इसी यात्रा के दौरान चीनी नेताओं ने, विशेष रूप से डेंग जियाओपिंग ने पहली बार यह विचार रखा था कि भारत–चीन सीमा विवाद के समाधान की प्रक्रिया के बारे में कुछ कहे बिना चीन–भारत के साथ अपने संबंध सामान्य बनाने का इच्छुक है। चीनी नेताओं के साथ बातचीत के दौरान ही वाजपेयी ने सुझाव दिया कि जिन क्षेत्रों में कोई विवाद नहीं है, उन क्षेत्रों में बातचीत करते हुए भारत–चीन संबंधों को नए सिरे से पुनः आरंभ करना चाहिए। दोनों देशों का हित इसी में है कि फिलहाल सीमा विवाद को अलग रखा जाए। इस प्रकार के विचार–विनियम से भारत–चीन संबंधों में सकारात्मक बदलाव आने लगा। भारत और चीन की परवर्ती सरकारों ने भी इन संबंधों को और आगे बढ़ाने में सहयोग दिया।

इसके अलावा भारत–पाक संबंध सुधारने की दिशा में वाजपेयी द्वारा किए गए प्रयास भी महत्वपूर्ण हैं। अंतिम ढाई दशकों में जब भी किसी पाकिस्तानी से यह पूछा जाता था कि भारत–पाक संबंधों की दृष्टि से भारत का सर्वोत्तम राजनीतिज्ञ कौन है? तब इस प्रश्न का निरपवाद रूप से यही उत्तर होता कि विदेश मंत्री के रूप में अटल बिहारी वाजपेयी सकारात्मक दृष्टिकोण वाले सर्वप्रमुख भारतीय नेता हैं। इस क्षेत्र में वाजपेयी जी की सफलता के दो प्रमुख कारक थे–

- **प्रथम** : भारतीय जनमत के बहुसंख्यक समुदाय से संबंधित राष्ट्रवादी नेता के रूप में देश के भीतर इतनी साख बन पाई थी।
- **द्वितीय** : ये इस उपमहाद्वीप की शांति और स्थिरता के प्रति वचनबद्ध थे।

वाजपेयी जी कुछ सीमा तक स्वायत्तता के साथ अपनी नीतियों को रूपांतरित भी कर सके थे। जबकि कांग्रेस सरकार में कोई विदेश मंत्री ऐसा नहीं कर पाया था क्योंकि कांग्रेस के प्रधानमंत्री विदेश नीति के महत्वपूर्ण मामलों पर स्वयं उद्घोषणाएँ करते रहे, जो बाध्यकारी होती थीं। वाजपेयी और जिया–उल–हक के समय भारत और पाकिस्तान के बीच सरकारी स्तर पर आदान–प्रदान हुआ। इससे वाणिज्य, संस्कृति और खेलकूद के क्षेत्र में परस्पर सहयोग बढ़ा। इस अवधि में सर्वाधिक महत्वपूर्ण घटना यह थी कि भारत और पाकिस्तान के बीच 14 अप्रैल, 1978 को सलल डैम (बाँध) के संबंध में द्विपक्षीय समझौता हुआ था (1960 के सिंधु समझौते के बाद यह भारत और पाकिस्तान के बीच दूसरा सर्वाधिक महत्वपूर्ण जल विभाजन समझौता था)। फिर भी ऐसे सकारात्मक घटनाक्रम से भारत–पाकिस्तान संबंधों के बीच मूलभूत तनाव दूर नहीं हो पाया था। पाकिस्तान से द्विपक्षीय तथा बहुपक्षीय वार्ताओं के दौरान कश्मीर मुद्दा ज्यों–का–त्यों रहा। अब वह मुस्लिम अल्पसंख्यक वर्ग के प्रति भारत के व्यवहार की आलोचना करने लगा था। पाकिस्तान के इस रवैये से विदेश मंत्री वाजपेयी तथा भारत के अन्य समूह कटु जवाब देने के लिए बाध्य हो गए। सन् 1978 के अंत से ही जिया–उल–हक तथा पाकिस्तान की खुफिया एजेंसियाँ तीर्थयात्रा के लिए पाकिस्तान जाने वाले संयुक्त राज्य तथा यूरोप के अनिवासी सिखों के माध्यम से भारत में सिखों को विमुख कर रही थीं। इस अवधि के दौरान गंगा सिंह ढिल्लों जैसे वरिष्ठ अलगाववादी नेता ने जिया–उल–हक के साथ संपर्क स्थापित किया। पाकिस्तान सरकार ने सिखों को विमुख करने की पूरी योजना तैयार कर रखी थी। सबसे पहले, अनिवासी सिख नेताओं के साथ संपर्क स्थापित करना था, फिर ननकाना साहिब तथा पंजा साहिब गुरुद्वारे में तीर्थयात्रा के लिए भारत से पाकिस्तान आने वाले सिख तीर्थ यात्रियों के नेताओं (जत्थेदारों) से परिचय बढ़ाने का प्रयास करना था। दूसरा तरीका यह था कि पवित्र धार्मिक स्थलों पर तीर्थ यात्रा के लिए बड़ी संख्या में सिखों को आने की अनुमति देने के लिए प्रक्रियाओं को उदार बनाया जाए।

'अटल बिहारी वाजपेयी–ए मैन फ़ॉर ऑल सीज़न' के लेखक लिखते हैं कि एक बार नेहरू ने भारत यात्रा पर आए एक ब्रिटिश प्रधानमंत्री से वाजपेयी को मिलवाते हुए कहा था, "इनसे मिलिए. ये विपक्ष के उभरते हुए युवा नेता हैं. हमेशा मेरी आलोचना करते हैं, लेकिन इनमें मैं भविष्य की बहुत संभावनाएं देखता हूँ।" इसी प्रकार से एक बार नेहरूजी ने वाजपेयी जी का परिचय करवाते समय भविष्य का प्रधानमंत्री बताया था। खैर जब अटल बिहारी वाजपेयी प्रधानमंत्री बने, तब तक भारतीय राजनीति, विश्व व्यवस्था और विदेश नीति के आयामों में बड़ा बदलाव आ चुका था। हालांकि अटल जी की पैठ विदेशी मामलों में कहीं अधिक थी, लेकिन अपने प्रधानमंत्रित्व काल में उन्होंने उससे कहीं ज्यादा आर्थिक क्षेत्र पर फोकस किया। श्री वाजपेयी के प्रधानमंत्री बनने के दशक तक भारत में अलगाववादी आंदोलन तीव्र हो चुके थे और पाकिस्तान ने कश्मीर के जरिए प्रॉक्सी वॉर शुरू कर दिया था। महत्वपूर्ण बात यह थी कि भारत का परम्परागत मित्र सोवियत संघ ढह चुका था और उसका प्रमुख उत्तराधिकारी रूसी गणराज्य अभी स्वयं के ही खड़े होने में दिक्कत महसूस कर रहा था। अमेरिका अभी भी शीतयुद्ध के

प्रभाव से बाहर नहीं आ पाया था, जबकि दूसरा ध्रुव पूरी तरह से ताकतविहीन हो चुका था। इसलिए वह पाकिस्तान के साथ पहले की ही तरह खड़ा था और पाकिस्तान की खुफिया एजेंसी इण्टर स्टेट इंटेलिजेंस 'बीयर ट्रैप' के तहत कश्मीर में प्रॉक्सी युद्ध शुरू कर चुकी थी। यदि बेनजीर भुट्टो की आत्मकथा 'डॉटर ऑफ डेस्टिनी' में व्यक्त किए गए उन तथ्यों पर भरोसा करें तो उनके दूसरे प्रधानमंत्रित्व काल (सन् 1993–1996) में परवेज मुशर्रफ ने कारगिल युद्ध का ब्लूप्रिंट पेश किया था। तात्पर्य यह हुआ कि पाकिस्तान भारत से एक और युद्ध लड़ना चाहता था और अमेरिका व चीन उसके पीछे खड़े थे। ऐसे में भारत के लिए जरूरी यह था कि वह विदेश नीति को सफल बनाने के लिए पहले शक्ति हासिल करे। श्री अटल बिहारी वाजपेयी ने संसद में नियम 193 के तहत चर्चा करते हुए स्पष्ट किया था कि मैं इस बात को दोहराना चाहता हूं कि विदेश नीति हमारे देश की सुरक्षा की नीति से जुड़ी है। इसलिए राष्ट्र की सुरक्षा के लिए जो कदम उठाने होंगे, वे कदम उठाए जाएंगे।

28 सितम्बर, 1998 में श्री अटल बिहारी वाजपेयी ने एशियाटिक सोसाइटी; न्यूयॉर्क में भाषण देते समय 21वीं सदी की अन्य चुनौतियों की ओर संकेत किया था और यह भी संकेत दिया था कि भारतीय विदेश नीति में उन चुनौतियों का समाधान सुनिश्चित होगा। लेकिन अकेले भारत के वश में नहीं था, क्योंकि चुनौतियां वैश्विक थीं, जिनका असर भारत की विदेश नीति और भारत की सुरक्षा नीति पर पड़ना था। अटल जी ने कहा था कि 20वीं सदी भारत में पूर्व परिवर्तनों की साक्षी रही है। मानव–जाति के ज्ञात इतिहास में इस सदी में हुए परिवर्तनों के स्तर पर नएपन का कोई सानी नहीं है। इस सदी के बारे में वास्तव में कहा जा सकता है कि यह दौरा सर्वश्रेष्ठ भी रहा और सबसे निष्कृष्ट भी रहा है। यह विश्वयुद्ध और टकरावों की व्यापक विनाश के हथियारों की जखीराबंदी की, उपनिवेशवाद के आधिपत्य की, आतंकवाद की और धर्मांधता की सदी रही है। साथ ही यह सदी स्वतंत्रता, अपेक्षाकृत शांत, समृद्ध, लोकतंत्र की प्रगति, विज्ञान और प्रौद्योगिकी के क्षेत्र में शानदार उन्नति विशेषकर सूचना व संचार प्रौद्योगिकी में हाल की प्रगति और विश्व–सहयोग के अभूतपूर्व दौर की भी रही है। उनका सवाल था कि क्या नई सदी वास्तव में मानवता के लिए नहीं होगी या फिर हाल के दौर में हमारे सामने पुरानी समस्याओं, संकटों और टकरावों का क्रम वैसे ही चलता रहेगा? क्या शांति व निरस्त्रीकरण की दिशा में विश्व निर्णायक ढंग से आगे बढ़ेगा? क्या व्यापक निर्धनता, अल्प–पोषण और भुखमरी बीती बातें हो जाएगी? क्या विश्व की वित्तीय प्रणाली कम विस्फोटक और अधिक स्पष्ट होगी? और क्या न्यायोचित व समतापूर्ण विश्व आर्थिक व्यवस्था कायम होगी? उन्होंने कम्प्यूटर शब्दावली का इस्तेमाल करते हुए एक प्रश्न किया। उनका कहना था कि क्या हम लोगों ने विश्व के राजनेताओं, शासनाध्यक्षों, नीतिनियंताओं और बुद्धिजीवियों ने अपनी राजनीतिक व आर्थिक सोच को फिर से प्रोग्राम करना शुरू कर दिया है, ताकि हमें इस बात का ध्यान रहे कि शीघ्र ही हम सब एक नए युग में प्रवेश करने वाले हैं? मैं इसे 'पीई–वाई टू के' अर्थात् 'पॉलिटिकल–इकोनॉमिक टू के' (Political-Economic 2K) समस्या कहता हूं। इस चुनौती का सफलतापूर्वक सामना करने के लिए दुनिया–भर के नेताओं को एक नई सोच की जरूरत है।

उनका कहना था कि 50 वर्षों से परमाणु हथियारों के निवारण के सिद्धांत पर विश्व–शांति टिकी रही। लेकिन यह शांति का स्थायी आधार नहीं हो सकता। मानवता की अंतरात्मा की आवाज यह है कि दुनिया निवारण के स्थान पर निरस्त्रीकरण की ओर बढ़े। लेकिन 20वीं सदी का सबक सीधा सा है : वास्तविक, स्पष्ट और विश्वसनीय निरस्त्रीकरण ही परमाणु अप्रसार का लक्ष्य प्राप्त करने का एक मात्र रास्ता है। इस संदर्भ में अटल जी ने अमेरिका के साथ भारत के संबंधों को सबसे अधिक फोकस किया। उनका मानना था कि हम दुनिया के सबसे बड़े लोकतंत्र हैं और हमारी राजनीतिक संस्कृतियां भी एक जैसी हैं और निकट भविष्य में दोनों देशों के हितों में कोई टकराव दिखाई नहीं पड़ रहा है। उन्होंने अमेरिका से स्पष्ट रूप से कहा था कि चाहे अफगानिस्तान के साथ क्षेत्रीय व्यवस्थाओं की बात हो, जहां हमारे अनिवार्य सुरक्षा तथा अन्य हित जुड़े हैं, या फिर एशिया–प्रशांत क्षेत्र में सहयोग–संबंधी व्यवस्थाएं हों, जहां हमारी भूमिका स्पष्ट रूप से रचनात्मक, संतुलनकारी और स्थायित्व प्रदान करने वाली हैं, या फिर संयुक्त राष्ट्र सुरक्षा परिषद् जैसे विश्व संगठन हों या भेदभावपूर्ण परमाणु अप्रसार संधि हो–इन सभी में अमेरिका ने भारत के हितों और सरोकारों को न तो समझा है, और न ही उनका ध्यान रखा है। दूसरे जब से हम स्वतंत्र हुए हैं, वस्तुतः तब से ही प्रौद्योगिकी प्रदान करने में आनाकानी होती रही है। हमारी अपनी निर्यात–नियंत्रण व्यवस्थाएं अत्यंत कठोर हैं और भारत ने कभी भी उपकरणों व प्रौद्योगिकी–हस्तांतरण के मामले में हमारा ध्यान रखने में अमेरिका हमें अनिच्छुक लगा है।

श्री वाजपेयी ने देश की सुरक्षा, प्रौद्योगिकी और अमेरिका तथा पश्चिमी खेमे द्वारा भारत के सहयोग को लेकर जो नजरिया देखा और परखा था, वही उन्हें भारत को परमाणु ताकत बनाने के निर्णय की ओर ले गया। 11 और 13 मई, 1998 को भारत ने पाँच परमाणु परीक्षण किए और यह सम्पूर्ण ऑपरेशन शक्ति–II के तहत सम्पन्न हुआ। इन तारीखों को ही भारत ने पाँच मृगमरीचिकाओं में भारत की ताकत को ढूंढने का काम किया। हालांकि इसके जवाब में पाकिस्तान ने भी कुछ ही दिनों के अंतराल में परमाणु परीक्षण किए। श्री वाजपेयी ने अपने चुनाव अभियान में ही भारत को बड़ी परमाणु शक्ति बनाने का नारा दिया था, इसलिए यह तो तय था कि वे परमाणु परीक्षण करेंगे। सत्ता में आने के दो महीने के अंदर ही उन्होंने अपने इस वादे को मूर्त रूप देने का कार्य शुरू कर दिया। पोखरण–2 की सफलता पर भारतीय जनता ने तो आत्मगौरव की अनुभूति की थी, लेकिन दुनिया के दूसरे देशों में इसे लेकर तीखी प्रतिक्रिया व्यक्त की गई। एकमात्र इजराइल ही ऐसा देश था, जिसने भारत के इस परीक्षण का समर्थन किया था। इन परीक्षणों के ठीक 17 दिन बाद पाकिस्तान ने 28 व 30 मई को चगाई–1 व चगाई– 2 के नाम से अपने परमाणु परीक्षण किए। जापान व अमेरिका ने भारत पर आर्थिक प्रतिबंध लागू कर दिए। संयुक्त राष्ट्र सुरक्षा परिषद् ने प्रस्ताव पारित कर भारत व पाकिस्तान की निंदा की। जो भी हो, भारत को अब तक एक दब्बू राष्ट्र समझा जा रहा था, अब फलक बदल चुका था। भारत अपने दम पर मिसाइल रक्षा कवच विकसित करने में भी सफल हो गया था। लेकिन अभी भी उसे इस दिशा में काम करना था कि विश्वशक्ति बनने के लिए दूसरों से श्रेष्ठ हथियार प्रौद्योगिकी विकसित करनी होगी।

श्री वाजपेयी की सरकार की विदेश नीति की सफलता अब इस बात पर निर्भर करती थी कि वे दुनिया को भारत के परमाणु कार्यक्रम को लेकर आश्वस्त करें। उन्होंने जापान और अमेरिका को भारत की सिक्योरिटी कंसर्न्स को समझाने की कोशिश की। भारत सरकार ने आश्वस्त किया कि हमने परमाणु विस्फोट आत्मरक्षा के लिए किया है। कोई हमारी स्वतंत्रता और अखंडता को फिर से खतरे में न डाल दे, इसलिए डिटरेंट के रूप में और डिटरेंट भी मिनीमम डिटरेंट हमारी नीति का आधार है। इसलिए हमने घोषणा कर दी है कि अब हम भविष्य में परमाणु परीक्षण नहीं करेंगे। अब इसकी आवश्यकता नहीं है। भविष्य में इस तरह की आवश्यकता पड़नी भी नहीं चाहिए। यद्यपि सी.टी.बी.टी. इस बात की इजाजत देती है और एन.पी.टी. पर दस्तखत करने के बाद अगर कोई देश यह समझता है कि उसके सर्वोच्च राष्ट्रीय हित के लिए खतरा पैदा हो गया है, आशंका पैदा हो गई है तो वह उचित कदम उठा सकता है। पाकिस्तान उस समय अपने स्वविवेक से या फिर अमेरिका एवं चीन के विवेकानुसार न केवल कश्मीर को केन्द्रबिंदु बनाकर अपनी सारी कूटनीतिक चालें चल रहा था, बल्कि वह इस बात पर भी जोर दे रहा था कि निरस्त्रीकरण को भी कश्मीर के साथ जोड़ दिया जाए। श्री वाजपेयी ने स्पष्ट संदेश दिया कि कश्मीर का विवाद 50 साल पुराना है। उसे वार्ता के द्वारा द्विपक्षीय ढंग से हल करने के लिए हम तैयार हैं, लेकिन दुनिया के किसी भी देश में, चाहे वह जी–5 हो या जी–8 के देश, इस बात को स्वीकार नहीं किया जा सकता कि निरस्त्रीकरण के मुद्दे के साथ कश्मीर को जोड़ दिया जाए। दोनों विषय अलग–अलग हैं।

परमाणु क्षमता हासिल करने के बाद भी श्री वाजपेयी ने पाकिस्तान के साथ तीन बार शांति स्थापना के बेहद गम्भीर प्रयास किए थे, यहां तक कि वर्ष 2004 में स्वर्णिम चतुर्भुज और पाकिस्तान के साथ शांति स्थापना ही उनका प्रमुख चुनावी मुद्दा था। श्री वाजपेयी की लाहौर बस–यात्रा ने सही अर्थों में दोनों ही तरफ के विदेश मंत्रियों को चौंका दिया था, क्योंकि पाकिस्तान की तरफ से किए जाने वाले हमलों में कमी नहीं आई थी, बल्कि जब श्री वाजपेयी लाहौर में थे, तब भी एक बड़ा नरसंहार हुआ था। फिर भी वे मीनार–ए–पाकिस्तान तक गए और स्पष्ट किया कि एक स्थायी और समृद्ध पाकिस्तान ही भारत के हित में है। कारण यह कि भारत ने जिम्मेदारी के एक नए अहसास और बड़े जोर–शोर से भविष्य में शांतिपूर्ण तथा सहयोगात्मक संबंधों के लिए प्रयास किया था 20–21 फरवरी, 1999 को भारत और पाकिस्तान के प्रधानमंत्रियों ने 'लाहौर घोषणा' पर हस्ताक्षर किए थे। 'लाहौर घोषणा' का एक भाग एक सहमति–पत्र (MoU- Memorandum of Understanding) था। वह दोनों देशों से 'युद्ध से बचने के उद्देश्य से परमाणु और पारम्परिक क्षेत्रों में विश्वास पैदा करने के लिए उपाय खोजने की दृष्टि से सुरक्षा अवधारणों और परमाणु सिद्धांतों पर द्विपक्षीय सलाह–मशविरों में संलग्न होने' का आह्वान करता था। सहमति–पत्र में परमाणु मुद्दों और पारम्परिक विश्वास–निर्माण के उपायों पर दोनों पक्षों के बीच सलाह–मशविरों और संवाद से संबंधित महत्वपूर्ण मापदंड थे। 'लाहौर घोषणा' के बाद भारत की तरफ से यह अपेक्षा की गई थी कि पाकिस्तान की तरफ से होने वाली घुसपैठ और जम्मू–कश्मीर में आतंकवादी

गतिविधियां धीरे–धीरे खत्म हो जाएंगी; परन्तु जमीनी स्थिति का थलसेना मुख्यालय का आकलन भिन्न था। उसने दर्शाया था–''जमीनी स्थिति में कोई बदलाव नहीं, बल्कि पाकिस्तान की अंदरूनी मजबूरियों तथा उसकी राजनीतिक व सैन्य स्थिति के कारण निकट भविष्य में अप्रत्यक्ष युद्ध में कुछ इजाफा हो सकता है।'' यह आकलन रक्षा मंत्रालय तथा सुरक्षा पर बनी मंत्रिमंडलीय समिति में हुई समीक्षा बैठकों में पहुंचा दिया गया था।

पाकिस्तान के तत्कालीन प्रधानमंत्री नवाज शरीफ ने जनरल परवेज मुशर्रफ को अक्टूबर 1998 में पाकिस्तानी सेना का प्रमुख नियुक्त किया था, इसके तत्काल बाद ही उसने 'ऑपरेशन बद्र' की योजना बनाई थी, जिसके तहत बर्फ पिघलने तथा गर्मियों में खुलने वाले भारत के राष्ट्रीय राजमार्ग 1 ए, जो कि कारगिल के रास्ते श्रीनगर को लेह से जोड़ता है, के खुलने के साथ–साथ पाकिस्तानी थलसेना की 10 कोर द्वारा घुसपैठ की जानी थी। अब सवाल यह उठता है कि 'लाहौर शिखर वार्ता' के दौरान दोनों देशों के प्रधानमंत्रियों ने हिंसा त्यागने पर सहमति व्यक्त कर दी थी तो फिर पाकिस्तान की तरफ से इस तरह की हरकत क्यों की गई? क्या यह भारतीय राजनय की असफलता थी अथवा पाकिस्तान में सीमा से अधिक इच्छाशक्ति का परिणाम? इसके निम्नलिखित कारण थे–

1. पाकिस्तान में सेना के लिए अफगानिस्तान, कश्मीर और राष्ट्र की परमाणु क्षमता विशेष रूप से पाकिस्तान की सेना को उकसा रही थी। पाकिस्तानी जनरल अति आत्मविश्वास के शिकार थे।
2. पाकिस्तान ने यह मान लिया था कि पंजाब, जम्मू–कश्मीर और उत्तर–पूर्वी भारत में आतंकवादियों व विद्रोहियों से लंबे समय से लड़ते रहने के कारण भारतीय थलसेना थकी हुई थी और लड़ने के लिए पूरी तरह से तैयार नहीं थी। उसके हथियार व उपकरण पुराने हो गए थे, उसके पास कनिष्ठ स्तर के अधिकारियों की बेहद कमी थी और पाकिस्तानी सेना यह मानती थी कि भारत में सत्तारूढ़ गठबंधन कमजोर और अनिर्णायक स्थिति में है।
3. पाकिस्तानी सेना की सोच थी कि दोनों देशों के बीच परमाणु संतुलन कश्मीर में अप्रत्यक्ष युद्ध बढ़ाने की इजाजत देता था, क्योंकि वह भारत को एक पारम्परिक युद्ध में जाने से रोकेगा।
4. 1971 का युद्ध पाकिस्तान की सेना के लिए भारी मनोवैज्ञानिक आघात था। अब मुशर्रफ सियाचिन के जरिए कारगिल घुसपैठ को सफल बनाना चाहते थे।
5. 'ऑपरेशन बद्र' के जरिए पाकिस्तानी जनरल कश्मीर के विवाद को अंतर्राष्ट्रीय स्तर पर प्रकाश में लाना चाहते थे और भारत पर कूटनीतिक सैन्य दबाव डालकर इस समस्या का समाधान पाकिस्तान के पक्ष में ले जाने की कोशिश कर रहे थे।

पाकिस्तानी सेना ने जो किया था, वह शायद इस कारण से और संभव हुआ था क्योंकि भारत का खुफिया तंत्र सही आकलन करने में नाकाम रहा था। ध्यान रहे कि अप्रैल 1998 में 'रॉ' का आकलन था कि पाकिस्तान के लिए निकट भविष्य में भारत के खिलाफ युद्ध लड़ना एक तर्कपूर्ण फैसला नहीं होगा। सितम्बर 1998 में उसका आकलन

था कि सामान्य रूप से पाकिस्तान के भीतर और विशेष रूप से उसकी थलसेना में आर्थिक संसाधनों का भारी अभाव था। मार्च 1999 में पाकिस्तानी सेना तोपों से भारी गोलाबारी के जरिए भारत से भिड़ने के लिए तैयार थी, लेकिन निकट भविष्य में भारत के खिलाफ युद्ध में कूद पड़ना आर्थिक दृष्टि से एक तर्कपूर्ण निर्णय प्रतीत नहीं होता। इंटेलिजेंस ब्यूरो (आई.बी.) भी मुजाहिदीनों की गतिविधियों तक केन्द्रित बना रहा। जून 1998 में उसने रिपोर्ट किया कि मुजाहिदीनों के कुछ शिविर पाक–अधिकृत कश्मीर में नियंत्रण रेखा के 50–150 किमी उत्तर में सक्रिय थे, लेकिन किसी आसन्न सैन्य कार्रवाई का कोई संकेत नहीं था। इन सभी खुफिया रिपोर्टों और आकलनों का फोकस आतंकवाद या तोपों से गोलाबारी के आदान–प्रदान पर था। नियमित बलों के साथ एक पारम्परिक युद्ध की संभावना को लगातार खारिज किया गया था। खास बात तो यह है कि 'ऑपरेशन बद्र' की ब्यौरेवार योजना तथा उसके राजनीतिक व सैन्य निहितार्थों के बारे में अपने राजनेताओं को पाकिस्तानी सैन्य जनरलों ने भी अंधेरे में रखा था। यह सब लम्बे समय तक चलता रहा। जमीन अंततः 25 मई, 1999 को प्रधानमंत्री अटल बिहारी वाजपेयी ने घोषणा की कि नई स्थिति घुसपैठ की नहीं बल्कि भारतीय पर कब्जा करने की कोशिश थी। उन्होंने घोषित किया कि कारगिल क्षेत्र को खाली कराने के लिए सभी कदम उठाए जाएंगे, लेकिन यह भी घोषणा की कि भारतीय फौजें नियंत्रण रेखा पार नहीं करेंगी। इस बात की सूचना प्रधानमंत्री श्री वाजपेयी ने नवाज शरीफ को भी दी। 26 मई को रक्षा मंत्री जॉर्ज फर्नांडीज ने विपक्षी दलों के नेताओं तथा अमेरिका और इंग्लैण्ड के नई दिल्ली स्थित मिशनों के प्रमुखों से मिलकर उन्हें इस बारे में जानकारी दी।

रक्षा और कूटनीति एक ही सिक्के के दो पहलू होते हैं और दोनों का समग्र लक्ष्य राष्ट्रीय सुरक्षा है। उस लक्ष्य को विभिन्न तरीकों से हासिल किया जा सकता है। कारगिल युद्ध में भारत द्वारा हवाई हमले शुरू करने के बाद तत्काल ही पाकिस्तान तथा अंतरराष्ट्रीय समुदाय द्वारा नई दिल्ली पर इस्लामाबाद से बात करने का कूटनीतिक दबाव बनाना शुरू कर दिया गया। पाकिस्तान के प्रधानमंत्री नवाज शरीफ ने सुझाव दिया कि बातचीत की पूर्व शर्त के तौर पर हवाई हमले बंद कर दिए जाएं। भारत ने इसे खारिज कर दिया। इसके बाद उन्हें विदेश मंत्री सरताज अजीज को नई दिल्ली भेजने की पेशकश की, जो भारत द्वारा स्वीकार कर ली गई। 12 जून को सरताज अजीज के नई दिल्ली पहुंचने और उन्होंने एक तीन–सूत्रीय सूची पेश की–प्रथम : युद्ध विराम, द्वितीय : नियंत्रण रेखा पर जमीन और उसके सीमांकन की समीक्षा के लिए संयुक्त कार्यदल तथा तृतीय : अगले सप्ताह भारतीय विदेश मंत्री का जवाबी पाकिस्तान दौरा। नई दिल्ली द्वारा इसे दृढ़ता से खारिज कर दिया गया। भारत के विदेश मंत्री यशवंत सिंह ने स्पष्ट कर दिया कि जब तक पाकिस्तानी घुसपैठ पूरी तरह से खाली नहीं करा ली जाती भारत किसी भी स्थिति में वार्ता नहीं करेगा। अंततः 20 जून को पॉइंट 5140 (द्रास), 21 जून को पॉइंट 5203 (बटालिक), 29 जून को थ्री पिंपल्स (द्रास), 2 जुलाई को जुबार कॉम्प्लेक्स (बटालिक), 4 जुलाई को टाइगर हिल (द्रास) और 7 जुलाई को पॉइंट 4875 (मशकोह) पर भारतीय सेना का पुनः कब्जा हो गया। परिणाम

यह हुआ कि पाकिस्तानी सैनिक और राजनैतिक नेतृत्व में घबराहट फैल गई। नवाज शरीफ पहले चीन भाग कर पहुंचे और फिर संयुक्त राज्य अमेरिका।

इस युद्ध ने कुछ रणनीतिक सवालों को अवश्य पैदा किया था, जो राष्ट्रीय सुरक्षा की दृष्टि से एक सर्वग्राही समीक्षा तथा नए रणनीतिक परिदृश्य में युद्ध की प्रकृति और उसके संचालन के लिए एक नई सोच की मांग करते हैं। ये हैं–

1. परमाणु शक्ति सम्पन्न दो देशों के बीच एक सम्पूर्ण पारम्परिक युद्ध की संभावनाएं भले ही कम हों, लेकिन जब तक भू–क्षेत्र संबंधी विवाद हैं, हमारा प्रतिद्वंद्वी एक अप्रत्यक्ष युद्ध या एक सीमित युद्ध या दोनों का सहारा ले सकता है। एक अप्रत्यक्ष युद्ध एक सीमित युद्ध का पूर्वगामी भी हो सकता है।
2. भारत में एक बड़ी सामरिक चुनौती एक स्व–प्रेरित युद्धोन्मुखता के प्रति राजनीतिक हिचकिचाहट है। यह अलाभकारी स्थिति इसलिए कई गुना बढ़ जाती है, क्योंकि देशवासियों और शासक वर्ग दोनों को देश का कोई भी भू–भाग खोना अस्वीकार्य है।
3. जब युद्ध के बादल मंडरा रहे हों, यह एक रणनीतिक बाधा और जोखिम है, जो एक सीमित युद्ध परिदृश्य में और भी बढ़ जाता है। इसलिए एक विश्वसनीय रणनीतिक खुफिया तंत्र, आकलन और असरदार निगरानी व्यवस्था आवश्यक है।
4. युद्ध के मैदान में अधिक पारदर्शिता सुनिश्चित करने के लिए सूचना प्रबंधन महत्वपूर्ण है।
5. एक सीमा युद्ध का सफल परिणाम तेजी से जवाबी कार्रवाई करने की हमारी क्षमता पर निर्भर है।
6. एक सीमित पारम्परिक युद्ध के लिए दक्ष राजनीतिक निगरानी तथा राजनीति–प्रशासन–सैनिक पारस्परिक सहयोग की जरूरत होगी। इसलिए सैनिक नेतृत्व को सुरक्षा और रणनीतिक मामलों में शीर्ष निर्णयकारी समूह में शामिल करना जरूरी है।

इसके बाद भी अनापेक्षित और अव्याख्येय कदम उठाया गया और मुशर्रफ को आगरा वार्ता के लिए आमंत्रित किया गया। उस वक्त मुशर्रफ की वैधानिकता पर भी सवाल थे। कश्मीर में घुसपैठ चरम पर थी और भारतीय मानसिकता अब भी कंधार में आइसी–814 के अपहरण से जूझ रही थी। मई के अंतिम सप्ताह में जब वाजपेयी ने अपने वार्षिक समर रिट्रीट से मुशर्रफ को बुलावा भेजा, तो मुशर्रफ ने उनको पर्याप्त कारण दिए थे कि वाजपेयी अगर पूरी तरह निमंत्रण को खारिज न करें, तो भी धीमे तो चलें ही। शायद यह निर्णय उचित नहीं था। इंद्र कुमार गुजराल जैसे शाश्वत शांतिवादी ने भी यह माना था कि मुशर्रफ तो ऐसे बर्ताव कर रहे हैं, जैसे वह किसी पराजित देश में आ रहे हैं, अड़ने का क्या मतलब था? लेकिन श्री वाजपेयी ने स्पष्ट किया कि 'देखिए, अगर भारत और पाकिस्तान के नेता शांति के लिए सही मुहूर्त का इंतजार करेंगे तो शायद वह कभी यह मौका न पाएं।' आगरा में मुशर्रफ से उनकी निराशा गंभीर थी। वह मुशर्रफ की अपरिपक्वता और उतावलेपन से उतने ही हैरान थे, जितना मुशर्रफ उनकी गंभीरता से। उसके बाद, वह क्रोध से भरे हुए थे, जब संसद पर हमला हुआ। उस हमले के बस दो सप्ताह बाद हमारी सेनाओं का अभूतपूर्व जमावड़ा हो रहा था।

कुछ और पक्षों पर ध्यान दें तो बांग्लादेश के साथ भी संबंध अच्छे और बुरे के बीच या औसतन सामान्य रहे। कारण यह है कि 2001 से 2008 के बीच कई बार खुफिया एजेंसियों और अन्तर्राष्ट्रीय मीडिया ने खबरें दीं कि बांग्लादेश के अंदर बहुत से ऐसे ट्रेनिंग कैम्प चल रहे हैं, जो उल्फा, मुस्लिम यूनाइटेड लिबरेशन टाइगर्स ऑफ असम, एन.डी.एफ.बी., एन.सी.एन. (आई.एम.), पी.एल.ए., के.वाई.के.एल. के लिए सुरक्षित पनाहगाह का कार्य करते हैं। खुफिया एजेंसियों की रिपोर्ट के मुताबिक बांग्लादेश में आई.एस. आई. और अलकायदा के सहयोग से 190 ऐसे आतंकवादी कैम्प चल रहे हैं, जो पूर्वोत्तर के अलगाववादियों को ट्रेनिंग देते हैं। इस समय बांग्लादेश के हरकत–उल–जिहाद अल–इस्लामी, इस्लामी लिबरेशन टाइगर ऑफ बांग्लादेश, जमात–ए–इस्लामी, इस्लामी छात्र शिविर, अराकान रोहिंग्या नेशनल ऑर्गेनाइजेशन आदि कट्टरपंथी संगठनों की पूर्वोत्तर राज्यों में चल रही अलगाववादी गतिविधियों में महत्वपूर्ण भूमिका है।

ऐसे समय ऐसी सूचनाएं पर्याप्त मात्रा में आई, जिनसे यह साबित हो सके कि 2001 के बाद से तालिबान और अलकायदा लड़ाकों का पाकिस्तान से बांग्लादेश की ओर आगमन हुआ, जिन्होंने बांग्लादेश के रिफ्यूजी कैम्पों से रोहिंग्याओं (बर्मी मुस्लिम) को, अफगानिस्तान, कश्मीर और चेचन्या से लड़ने के लिए भर्ती किया, जिन्होंने बांग्लादेश में लगभग 1,20,000 की फौज खड़ी कर ली है। हरकत–उल–जिहाद–अल–इस्लामी (हूजी) ने अलकायदा से संबंध स्थापित कर बांग्लादेश को इस्लामिक कट्टरपंथ परिवर्तित करना अपना मिशन निर्धारित किया और इस मिशन को पूरा करने के लिए हजारों बांग्लादेशी मदरसों से, जिहादी भर्ती किए गए। हूजी के बांग्लादेश में कम–से–कम 6 कैम्प अवश्य चल रहे हैं, जिनमें लगभग 15000 जिहादी प्रशिक्षण प्राप्त कर रहे हैं। इसके अतिरिक्त दो उग्रवादी इस्लामिक दल, जाग्रत मुस्लिम जनता बांग्लादेश (जे.एम.जे.बी.) और जमात–उल–मुजाहिदीन बांग्लादेश (जे.एम.बी.) भी हैं, जिन पर फरवरी 2005 में ही प्रतिबंध लगाया जा चुका है, क्योंकि इन दोनों दलों पर बांग्लादेश में श्रृंखलाबद्ध बम विस्फोट करने का आरोप था। बांग्लादेश नेशनलिस्ट पार्टी की नेता बेगम खालिदा जिया ने सत्ता तक जाने का रास्ता जमात–ए–इस्लामी और इस्लामिक ओकैया जोटे जैसी कट्टरपंथी पार्टी के साथ मिलकर तय किया, जिसके संबंध हूजी से है यानी बेगम खालिदा जिया ने आतंकवाद को पूर्ण प्रश्रय दिया, जिसका प्रभाव पिछले वर्षों में बांग्लादेश में ही नहीं पूरी दुनिया में दिखाई दिया।

11 और 13 मई, 1998 में पोखरण में शक्ति परीक्षण के बाद अमेरिका से संबंधों में पुनः मतभेद उभर कर सामने आ गए और 1980 के दशक से चली आ रही संबंधों के सुधार की प्रक्रिया एकाएक रुक गई। अमेरिका ने 1994 के 'परमाणु प्रसार निषेध कानून' के अन्तर्गत 13 मई, 1998 को निम्नलिखित प्रतिबंधों की घोषणा कर दी–

1. मानवीय सहायता, भोजन व कृषि वस्तुओं को छोड़कर 1961 के विदेशी सहायता अधिनियम के अन्तर्गत दी जाने वाली सहायता बंद कर दी।
2. हथियार निर्यात अधिनियम के अन्तर्गत निर्यात किए जाने वाले सभी रक्षा सामान, रक्षा सेवाओं, डिजाइन निर्माण सेवाओं पर प्रतिबंधों के अतिरिक्त अमेरिका से रक्षा निर्यात संबंधित सभी रक्षा लाइसेंस रद्द कर दिए।

3. सभी विदेशी सैन्य सहायता रोक दी गई।
4. अमेरिका के किसी भी विभाग या संस्था से उधार, उधार गारण्टी व वित्तीय सहायता बन्द कर दी गई।
5. अन्तर्राष्ट्रीय संगठनों द्वारा दी जाने वाली आर्थिक सहायता का अमेरिका द्वारा विरोध।
6. भोजन व कृषि सामग्री को छोड़, अन्य किसी भी प्रकार के कर्ज व उधार अमेरिका के लिए बैंकों द्वारा दिए जाने पर रोक।
7. बिना अमेरिकी व्यापार विभाग की अनुमति के भारत को किसी भी प्रकार का सामान या तकनीक निर्यात पर रोक।

लेकिन अमेरिकी राष्ट्रपति बिल क्लिंटन के वर्ष 2000 में भारत आगमन के बाद अमेरिका को यह मानने पर मजबूर होना पड़ा कि भारत की प्रभावकारिता उसके पड़ोसियों का व्यापक ध्यान आकर्षित कर सकती है। इसके बाद जॉर्ज बुश ने नई दिल्ली के साथ अमेरिकी सहयोग की संरचना पर पुनः विचार किया और अनेक प्रतिबंधों को हटाने की घोषणा कर दी। इसके साथ ही उन्होंने भारत के साथ निकटता स्थापित करके उच्च तकनीकी सहयोग के लिए दरवाजे खोल दिए, आतंकवाद के खिलाफ भारत की अपनी लड़ाई के लिए राजनीतिक समर्थन प्रदान किया, कश्मीर के मामले पर पाकिस्तान के साथ ऐतिहासिक नीति का अंत कर दिया तथा चीनी–भारतीय समीकरण के प्रति अमेरिकी नीति में परिवर्तन करने की कोशिश की। इसके साथ ही कुछ ऐसे मुद्दे भी जुड़े थे, जिन्होंने भारत–अमेरिका संबंधों को रणनीतिक स्तर तक पहुँचा दिया। ये मुद्दे हैं–अन्तरराष्ट्रीय आतंकवाद, परमाणु अस्त्र–शस्त्रों तथा व्यापक विनाश के शस्त्रों के प्रसार पर रोक, वैश्विक लोकतंत्र को बढ़ावा, नए ऊर्जा संसाधन और जीवाश्म ईंधन के नए विकल्पों की खोज तथा चीन का आर्थिक शक्ति के रूप में उदय आदि। ऐसे परिवेश में भारत–अमेरिका संबंधों में व्यापक परिवर्तन आया और ऐसा पहली बार हुआ जब दोनों देश रणनीतिक सहभागी (स्ट्रैटेजिक पार्टनर) बने।

अक्टूबर 2000 को रूसी राष्ट्रपति व्लादिमीर पुतिन की दिल्ली यात्रा के दौरान जब दोनों देशों के नेताओं ने 'डिक्लरेशन ऑफ स्ट्रैटेजिक पार्टनरशिप' पर हस्ताक्षर किए तो एक बार फिर दोनों देशों के मध्य दोस्ती का पुराना दौर पुनर्जीवित होता दिखाई दिया। इस समय तक भारत पर यह आरोप लगने लगा था कि वह न केवल अपने पारम्परिक मित्र रूस की उपेक्षा कर रहा है, बल्कि वह बहुध्रुवीय व्यवस्था के विपरीत एक ध्रुवीय व्यवस्था को हवा दे रहा है। इस स्ट्रैटेजिक पार्टनरशिप ने सभी संदेहों को दूर करते हुए यह संदेश दिया कि दोनों देश ऐतिहासिकता को जीवित रखते हुए नई आवश्यकताओं के अनुरूप आगे बढ़ने के लिए तैयार हैं। अब दोनों देशों ने यह भी स्पष्ट कर दिया है कि वे आज के ग्लोबल बाजारतंत्र के नुमाइंदे ही नहीं बल्कि विकासात्मक और रक्षात्मक मूल्यों के साझीदार हैं।

एक बात और यहाँ पर 1971 की भारत–सोवियत संधि और 2002 दिल्ली घोषणापत्र में तकनीकी फर्क करना होगा। पहले सोवियत संघ के भारत के साथ संबंध सहयोगात्मक अधिक थे और अब रणनीतिक अधिक हैं। यही नहीं हमें चीन के सापेक्ष

रूस के समकक्ष स्वयं को रखकर देखने की आवश्यकता है। कुछ मामलों पर गौर किया जाए तो ऐसा लगता है कि रूस भारत की अपेक्षा चीन को अधिक तरजीह दे रहा है। मध्य एशिया और मध्य पूर्व में जो नई रणनीति तैयार हो रही है, उसमें रूस के साथ चीन ही स्ट्रैटेजिक पार्टनर है, ना कि भारत। भारत को उसे अमरीका खेमे जाने से रोकना एक उद्देश्य अवश्य हो सकता है, क्योंकि भारत अमरीकी खेमे में जाते ही एशियाई रणनीतिक संतुलन अमरीका की ओर होने की पूरी–पूरी संभावना है। ऐसे में न केवल रूस की, बल्कि चीन की भी यह आवश्यकता है कि भारत या तो मास्को–बीजिंग के साथ मिलकर मास्को–बीजिंग–दिल्ली धुरी का निर्माण करे या फिर निरपेक्ष भूमिका में रहे। अन्य हितों के साथ–साथ रूस के समक्ष एक मुद्दा आतंकवाद का भी है। अफगानिस्तान में तालिबान जैसे संगठनों का दोबारा खड़ा होना भारत की ही तरह रूस के लिए भी सिरदर्द का विषय है, क्योंकि चेचन्या के आतंकवादी गुटों के साथ तालिबान के बेहतर संबंध हैं। इस मामले में रूस पाकिस्तान पर विश्वास नहीं कर सकता और वह भारत की तरह ही चाहता है कि अफगानिस्तान का पुनर्निर्माण हो और वहां जनता द्वारा चुनी हुई सरकार की सत्ता हो तथा बाहरी हस्तक्षेप बंद हो।

1998 में भारत द्वारा परमाणु परीक्षण करने के उपरान्त परमाणु हथियारों के प्रति अतिसंवेदनशील जापान ने संबंध विच्छेद कर लिया, लेकिन अगस्त 2000 में जापान के तत्कालीन प्रधानमंत्री योशिरो मोरी ने दोनों देशों के मध्य द्विपक्षीय संबंधों में सुधार के नए प्रयास किए, जिसके पीछे निम्नलिखित कारण उत्तरदायी थे– पूर्व एशिया के संदर्भ में चीन द्वारा ताइवान के विरुद्ध शक्ति प्रयोग किए जाने तथा उत्तरी कोरिया की सहायता से चीन की परमाणु हथियार विस्तार नीति का विरोध, दक्षिण पूर्व एशिया के संदर्भ में चीन–पाकिस्तान संबंधों तथा पाकिस्तान द्वारा आतंकवाद को समर्थन दिए जाने विरोध, जापान की सुरक्षा नीतियों पर अत्यधिक घरेलू दबाव के कारण इनके पुनरीक्षण का प्रावधान, दक्षिण एशिया के संदर्भ में भारत–अमरीका संबंधों में हो रहे सुधार के प्रति जापान का आकर्षण, भारत में सूचना प्रौद्योगिकी के अत्यधिक विकास के फलस्वरूप जापानी निवेश की संभावनाओं में वृद्धि। इस समय भारत और जापान के बीच '21वीं सदी में भारत–जापान की वैश्विक साझेदारी' पर सहमति बनी। वर्ष 2001 में प्रधानमंत्री अटल बिहारी वाजपेयी की जापान यात्रा के दौरान 'भारत–जापान संयुक्त घोषणा–पत्र' पर हस्ताक्षर हुए, जिसमें उच्च–स्तरीय वार्ता, आर्थिक साझेदारी और सैनिक तथा आतंकवाद–विरोधी सहयोग शामिल था।

कुल मिलाकर श्री वाजपेयी का शासनकाल जम्हूरियत और इंसानियत के बीच संतुलन, अखण्डता और आक्रमकता के बीच संतुलन और गुटनिरपेक्षता के साथ–साथ सक्रियता की कूटनीति के बीच संतुलन का काल था। वे शांति को वरीयता देते थे और यह भी चाहते थे कि दक्षिण एशिया के देश अलग–थलग न रहकर एक संकुल बने जिनकी अर्थव्यवस्था, जिनके सामान्य हित, जिनकी सुरक्षा और विदेश नीति कॉमन हो।

❑❑

10 नई लीक

डॉ. मनमोहन सिंह अर्थशास्त्र के मर्मज्ञ रहे, इसलिए उन्हें विदेश नीति के मोर्चे पर उन सीमाओं तक नहीं ले जाया जा सकता था, जिन तक वे अर्थव्यवस्था की परिधियों को छू सकते थे। एक दूसरा पक्ष यह भी है कि इससे पहले अधिकांश कांग्रेसी प्रधानमंत्री दल और सरकार दोनों के मुखिया हुआ करते थे, इसलिए वे अपेक्षाकृत अधिक गतिशील हो सकते थे, जबकि डॉ. मनमोहन सिंह के समय में ऐसा नहीं था। लेकिन यहां जो सबसे अधिक महत्वपूर्ण तथ्य है, वह यह कि 21वीं सदी जिस हद तक टैक्टिस–डिप्लोमैसी पर निर्भर है, उसी के बराबर महत्व इकोनॉमिक–डिप्लोमैसी का है और डॉ. मनमोहन सिंह दूसरे फ्रंट पर बेहतर परिणाम दे सकते थे, बहुत हद तक दिए भी। इस दूसरे ट्रैक पर भारतीय विदेश नीति को ले जाने के लिए उन्हें नीति को 'रिसेट' करने की जरूरत थी ताकि नई राह बनाई जा सके और भारतीय विदेश नीति को परम्परागत ट्रैक से निकालकर टैक्टिस, इकोनॉमी, एनर्जी तथा डिप्लोमैसी के गोल्डन ट्राईएंगल पर फिसलाया जा सके।

डॉ. मनमोहन सिंह की विदेश नीति की सबसे अहम उपलब्धि अमेरिका के साथ सिविल–न्यूक्लियर डील रही। यही उनके लिए 'नई राह' थी। इस नई राह की अपनी उपलब्धियां एवं अनुपलब्धियां थीं, लेकिन नाभिकीय ईंधन/ऊर्जा से परे हटकर जो सबसे बड़ी उपलब्धि थी, वह यह कि अमेरिका यहीं से भारत का पैरोकार बन गया था और उसने वैश्विक मंचों पर भारत की वकालत तेजी से शुरू कर दी थी। लेकिन डॉ. मनमोहन सिंह इसका लाभ नहीं उठा पाए। वैसे सामान्य तौर पर कांग्रेसी सरकारों की यह विशेषता रही थी कि उन्होंने विदेश मंत्री के रूप में विषय के जानकारों को चुनने को महत्व दिया था यानी नरसिंह राव, इंद्र कुमार गुजराल और कुंवर नटवर सिंह जैसे लोगों को, जो विदेश नीति के मर्मज्ञ थे। लेकिन डॉ. मनमोहन सिंह के विदेश मंत्रियों में एस. एम. कृष्णा और सलमान खुर्शीद जैसे लोग विदेश मंत्री रहे। एस. एम. कृष्णा की उदासीनता को एक उदाहरण के जरिये देखा जा सकता है। उन्होंने संयुक्त राष्ट्र संघ में अपने लिखित भाषण की जगह हैती के विदेश मंत्री का भाषण पढ़ दिया था। यही वजह रही कि विदेश नीति के मोर्चे पर डॉ. मनमोहन सिंह की कोई बड़ी पहल नहीं कर सके, जैसी नरसिंह राव और अटल बिहारी वाजपेयी की सरकारों के समय हुई थीं। डॉ. मनमोहन सिंह के शासनकाल में कई बार ऐसा भी लगा कि वे स्थानीय/सहयोगी दलों के दबाव में काम कर रहे थे। ध्यान रहे कि वे श्रीलंका में राष्ट्रमण्डल देशों की शिखर बैठक में तमिल पार्टियों के दबाव में शामिल नहीं हुए। यही स्थिति भारत–बांग्लादेश के बीच तीस्ता जल समझौते को लेकर दिखी, जहां वे ममता बनर्जी के दबाव में आकर किसी नतीजे पर नहीं पहुंच पाए। लेकिन पूरी तरह से इस निष्कर्ष को मान लेना एकतरफा निर्णय होगा, जिसे जस्टीफाई नहीं किया जा सकता। ध्यान

रहे कि वामपंथी दलों के दबाव, यहां तक कि समर्थन वापसी की धमकी के बावजूद डॉ. मनमोहन सिंह ने अमेरिका के साथ न्यूक्लियर डील हस्ताक्षरित की थी।

वैसे तो प्रधानमंत्री श्री वाजपेयी के समय से ही भारत–अमेरिका संबंधों में गरमाहट आने लगी थी, जब वर्ष 2000 में अमेरिकी राष्ट्रपति बिल क्लिंटन की भारत यात्रा सम्पन्न हुई थी और दोनों देश रणनीतिक साझेदारी की ओर कदम बढ़ाने को तैयार हुए थे। अमेरिकी सहयोग की संरचना पर पुनः विचार किया गया और अमेरिका की तरफ से अनेक प्रतिबंधों को हटाने की घोषणा की गई। इसके साथ ही उन्होंने भारत के साथ निकटता स्थापित करके उच्च तकनीकी सहयोग के लिए दरवाजे खोल दिए। आतंकवाद के खिलाफ भारत की अपनी लड़ाई के लिए राजनीतिक समर्थन प्रदान किया, कश्मीर के मामले पर पाकिस्तान के साथ ऐतिहासिक नीति का अंत कर दिया तथा चीनी–भारतीय समीकरण के प्रति अमेरिकी नीति में परिवर्तन करने की कोशिश की। ऐसे परिवेश में भारत–अमेरिका संबंधों में व्यापक परिवर्तन आया। आगे चलकर यही परिवर्तन दोनों देशों के बीच रणनीतिक साझेदारी (स्ट्रैटेजिक पार्टनरशिप) के लिए वातावरण बनाने में सहायक सिद्ध हुआ। 'भारत–अमेरिका परमाणु समझौता' दोनों देशों के मध्य संबंधों की दृष्टि से एक युगान्तरकारी घटना थी। जुलाई 2005 के नागरिक नाभिकीय सहयोग (Civil Nuclear Cooperation) पर 'संयुक्त घोषणापत्र' जारी हुई। इससे दुनिया को यह संदेश गया कि भारत का परमाणु कार्यक्रम शांतिपूर्ण उद्देश्यों के लिए है और भारत पर दुनिया को भरोसा करना चाहिए। कुछ अर्थों में तो हम यह कह सकते हैं कि भारत–अमेरिका नाभिकीय समझौता भारत को वास्तविक नाभिकीय शक्ति के रूप में स्वीकृति कराने का एक साधन था। हालांकि दिसम्बर 2006 में हाइड एक्ट पारित हो जाने से जुलाई 18 के संयुक्त घोषणापत्र में निहित शब्दों और भारत की उत्सुकता में उदासीनता आई थी। 28 सितम्बर, 2008 को अमेरिकी हाउस ऑफ रिप्रेजेंटेटिव्स ने इससे संबंधित विधेयक पारित कर दिया। इसके ठीक दो दिन बाद ही भारत–फ्रांस नाभिकीय समझौता सम्पन्न हुआ। 8 अक्टूबर, 2008 को अमेरिकी राष्ट्रपति जॉर्ज बुश के इस पर हस्ताक्षर करते ही यह विधेयक अधिनियम बन गया, जो 'यूनाइटेड स्टेट्स–इण्डिया न्यूक्लियर कोऑपरेशन एप्रूवल एण्ड नॉन–प्रॉलीफिरेशन इनहैंसमेंट एक्ट' (United States-India Nuclear Coopration Approoval and Non-Prolifiration Inhancement Act) के नाम से जाना गया। हालांकि 17 से 21 जुलाई, 2009 को अमेरिकी विदेश मंत्री जब भारत आई तो उनकी यात्रा के दौरान भारत और अमेरिका के बीच तीन महत्वपूर्ण समझौतों पर हस्ताक्षर हुए। इनमें विज्ञान और प्रौद्योगिकी के क्षेत्र में एक एंडाउमेंट फंड (Endowment Fund) के निर्माण व अमेरिकी कलपुर्जों से युक्त सिविलियन उपग्रहों के प्रक्षेपण के मामलों में तकनीकी सुरक्षा समझौते के अतिरिक्त, अमेरिका से प्राप्त किए गए रक्षा उत्पादों के मामले में निगरानी करार (एंड यूज मॉनिटरिंग एग्रीमेंट; इ.यू.एम.ए.) भी शामिल थे। निगरानी करार अमेरिका से प्राप्त रक्षा सामग्री की अंतिम उपभोग निगरानी का अधिकार अमेरिका को देता है। इस निगरानी करार से वास्तव में भारत ने अमेरिका को अपने प्रतिरक्षा मामलों पर काफी कुछ दखल का अधिकार दे दिया। हालांकि भारत सरकार की दलील थी कि स्वच्छ

ऊर्जा के लिए अमेरिका और भारत मिलकर काम कर रहे हैं, जिससे जीवाश्म ईंधन पर निर्भरता कम होगी। लेकिन वास्तविकता यह है कि यह भारतीय विदेश नीति की कमजोरी थी, जो इस समझौते में दिख रही थी।

एक और बात यह है कि सरकार ने सिविल लायबिलिटी फॉर न्यूक्लियर डैमेज एक्ट (परमाणु क्षतिपूर्ति दायित्व अधिनियम) के जरिये आपूर्तिकर्ता या उसके किसी एम्प्लाई द्वारा 'इरादतन' कोई घटना सम्पन्न करने पर क्षतिपूर्ति का प्रावधान किया। इस कानून के अनुच्छेद 6 (2) ए, बी तथा सी में यह राशि 300 करोड़ से 1500 करोड़ तक रखी गई, जबकि इसी अनुच्छेद के सेक्शन 1 में यह राशि लगभग 300 मिलियन एसडीआर बताई गई है। इसकी धारा–17 को लेकर पश्चिमी देश असहमत थे। लेकिन भारत ने ऐसा किया था, जो भारतीय लोगों के हितों के अनुकूल नहीं था। जबकि चेर्नोबिल दुर्घटना (1986) और भारत यूनियन कार्बाइड घटना (भोपाल गैस कांड–1984) को दुनिया देख चुकी थी।

कुल मिलाकर डॉ. मनमोहन सिंह अमेरिकी दौरे पर कई बार गए, लेकिन अमेरिकी राष्ट्रपति बराक ओबामा से उनकी मुलाकात औपचारिकता मात्र बन कर रह गई और वे अमेरिका से कुछ भी हासिल नहीं कर पाए। अफगानिस्तान भारत का अच्छा मित्र हो सकता था, लेकिन डॉ. मनमोहन सरकार का अफगानिस्तान पर कोई स्टैंड नहीं होने के कारण अफगानिस्तान की गुत्थी उलझती गई और अफगान राष्ट्रपति खुद को पाकिस्तान के ज्यादा करीब पाने लगे। जहां तक भारत के पड़ोसियों के साथ संबंधों का सवाल है, तो इनमें सबसे अहम पाकिस्तान ही रहता है। पाकिस्तान के इतिहास और उसके मनोविज्ञान को देखते हुए ये संभावनाएं भी रहती हैं कि पाकिस्तान के साथ संबंध कभी नहीं सुधरेंगे। डॉ. मनमोहन सिंह के शासनकाल में स्थिति अटल बिहारी वाजपेयी जी के शासनकाल से बेहतर नहीं कही जा सकती, विशेषकर 26/11 की घटना के बाद। 26/11 की घटना सही अर्थों में भारतीय अर्थव्यवस्था की नाभि पर किया गया प्रहार था, जिसके पीछे पाकिस्तान स्थित आतंकी संगठन लश्कर–ए–तैयबा का हाथ था। हमले 26 नवम्बर को शुरू हुए और 29 नवम्बर, 2008 तक जारी रहे और उससे जुड़ी प्रक्रिया में 164 लोग मारे गए थे और कम–से–कम 308 लोग घायल हुए थे। इस हमले का निशाना रहे थे छत्रपति शिवाजी टर्मिनल, ओबेरॉय ट्राइडेंट, ताज पैलेस एंड टावर, लियोपोल्ड कैफे, कामा अस्पताल, नरीमन हाउस यहूदी समुदाय केन्द्र, मेट्रो सिनेमा, टाइम्स ऑफ इंडिया बिल्डिंग, बंदरगाह क्षेत्र में माजागांव तथा विले पार्ले और सेंट जेवियर कॉलेज के पीछे की लेन। इस हमले को अंततः राष्ट्रीय सुरक्षा गार्ड (एन.एस.जी.) ने 'ऑपरेशन ब्लैक टोर्नेडो' के जरिए पूरी तरह से खत्म करने में सफलता पाई थी। इसके बावजूद भी डॉ. मनमोहन सिंह पाकिस्तान से लम्बे समय तक दूरी नहीं बनाए रख सके, जबकि उन्होंने ही यह घोषणा की थी कि जब तक पाकिस्तान 26/11 के अपराधियों पर कार्रवाई नहीं करता, भारत उसके साथ किसी भी तरह के संबंध नहीं रखेगा। यही नहीं डॉ. मनमोहन सिंह ने शर्म–अल–शेख में गुटनिरपेक्ष आंदोलन (नैम) की शिखर बैठक में पाकिस्तान को भारत की तरह ही आतंकवाद से पीड़ित बताया था। जम्मू क्षेत्र में दोहरे आतंकी हमलों के बावजूद न्यूयॉर्क में नवाज शरीफ के साथ उनकी वार्ता रद्द नहीं की गई। तर्क यह दिया गया था कि नवाज शरीफ जब से

प्रधानमंत्री बने हैं, भारत के साथ संबंध बेहतर करने की बात कह रहे हैं, इसलिए इस अति गंभीर परिस्थिति में भी वार्ता रद्द नहीं की जाएगी। वैसे भारत–पाकिस्तान संबंधों की बात यह न तो असामान्य थी और न ही अस्वीकार्य। श्री अटल बिहारी वाजपेयी ने कारगिल और संसद पर हमले के बाद भी वार्ता जारी रखी थी, तो फिर कथुआ के हीरानगर थाने तथा साम्बा के सेना कैंप पर हमले के बावजूद प्रधानमंत्री मनमोहन सिंह की पाकिस्तान के साथ बातचीत जारी रखने की इच्छा में कुछ भी असामान्य नहीं था।

हालांकि इसके बाद हमारे राजनय का एक अहम विषय यह होना चाहिए था कि प्रत्येक दशा में पाकिस्तान–अमेरिका और पाकिस्तान–चीन के संबंधों में दरार का निर्माण करना है। पाकिस्तान की असल ताकत इन्हीं दो देशों में निहित है। ध्यान रहे कि 26 मार्च, 2010 को फॉक्स न्यूज ने एक रिपोर्ट प्रकाशित की, जिसमें चीन से पाकिस्तान द्वारा रणनीतिक हथियारों की साझेदारी को विस्तार देने की जानकारी दी गई थी, क्योंकि पाकिस्तान अपने परमाणु मिसाइल भण्डार में वृद्धि करना चाहता था। रिपोर्ट कहती है कि इसी माह में पाकिस्तान ने एक अज्ञात स्थान से एक परमाणु क्षमता से युक्त मिसाइल का परीक्षण भी किया है, जिसका इस्तेमाल जमीन–से–जमीन पर मार करने वाली कम दूरी (शार्ट रेंज) के हत्फ–2 श्रेणी के रॉकेट से किया जाना है। उस माह ऐसा दूसरी बार हुआ है, जब शार्ट रेंज मिसाइल हत्फ–2 का परीक्षण किया गया, जिसे पाकिस्तान कार्पोरेशन द्वारा चीन के सहयोग से विकसित किया गया था। यह दोनों देशों के सैनिक सहयोग की शृंखला का एक हिस्सा है। रिपोर्ट बताती है कि पाकिस्तान की चीन के साथ सैन्य मामले में रणनीतिक साझेदारी का विस्तार भारत को काउंटर बैलेंस करने के लिए किया जा रहा है, क्योंकि भारत अमेरिका से सहयोग प्राप्त कर अपनी सैन्य क्षमता को लगातार आधुनिकीकृत और समृद्ध करता जा रहा है। सूचनाओं के मुताबिक चीनी मीडियम रेंज मिसाइल एसडी–17, राडार प्रणालियां और 'फीयर्स ड्रैगन' (जेएफ–17) लड़ाकू विमानों को (पाकिस्तान के साथ संयुक्त रूप से) विकसित करने की जिम्मेदारी पाकिस्तान ने चीन को दी है। महत्वपूर्ण तथ्य यह है कि चीन पाकिस्तान को स्ट्रैटेजिक हथियारों की आपूर्ति के लिए पाकिस्तान को वरीयता ऋण और अन्य फंड मुहैया कराता है। फिलहाल डॉ. मनमोहन सिंह जब शर्म अल–शेख में पाकिस्तान के साथ संयुक्त घोषणापत्र पर हस्ताक्षर कर स्वदेश लौटे थे तो उन्हें तमाम विरोधों का सामना करना पड़ा। इस घोषणापत्र में इस शर्त को एक तरह से समाप्त कर दिया गया था कि पाकिस्तान के साथ समग्र संवाद की बहाली, आतंक के खिलाफ उसके द्वारा की जाने वाली कार्रवाई पर निर्भर होगी। इसके साथ ही उसमें बलूचिस्तान का संदर्भ जोड़ दिया गया था। थिंपू घोषणा पत्र में कुछ प्रगति दिखी, लेकिन इसे डॉ. मनमोहन सिंह सरकार की सफलता नहीं कहा जा सकता।

नेपाल का रवैया भी निराशाजनक रहा। भारत–नेपाल संबंधों में भी चीन एक निर्णायक पहलू है। चीन ने बड़ी आसानी से नेपाल में साम्यवाद को मजबूत किया। जनयुद्ध के नाम पर नेपाल में जनसंहार सम्पन्न हुआ और नेपाली राजशाही खत्म कर दी गई। जिस अधकचरे और अपरिपक्व लोकतंत्र की शुरुआत हुई थी, वह अभी तक अपने पैरों पर खड़ा नहीं हो पाया है, लेकिन साम्यवादियों ने अपना स्थान पक्का कर

लिया है इतना पक्का कि 2014–15 में मधेशी आंदोलन के दौरान नेपाल में भी 'इण्डिया गो बैक' के पोस्टर दिखे। दरअसल चीन चाहता है कि भारत की पकड़ नेपाल पर ढीली हो जाए। यही कारण है कि चीन नेपाल में भारत विरोधी वातावरण का निर्माण कर रहा है। कोशी नदी के बाढ़ का मामला हो या पशुपतिनाथ मंदिर का मामला, नेपाल भारत की ओर अब आशा भरी निगाहों से नहीं देखता। चीन 1962 में भारत से युद्ध के बाद नेपाल को अपने सामरिक हितों के लिए महत्वपूर्ण मानने लगा, इसीलिए वह नेपाल को भारी पैमाने पर हथियारों की आपूर्ति करता रहा। अब माओवादी यह प्रचार कर रहे हैं कि नेपाल की गरीबी का मुख्य कारण भारत है। नेपाल का जो सच है या जो नेपाल का मर्म है, उसे सही अर्थों में, न तो मनमोहन सरकार समझ पाई और न ही उसके बाद नरेन्द्र मोदी की सरकार।

भारत–श्रीलंका संबंधों में 2006 तक बेहतर उम्मीदें शेष थीं, लेकिन कुछ ही समय में स्थितियां उलट गईं थीं। 2006 में संयुक्त कार्य समूह (जे.डब्ल्यू.जी.) का निर्माण किया गया था ताकि भारतीय मछुआरों की समस्या का समाधान किया जा सके। इसकी अंतिम बैठक जनवरी 2006 में हुई। लेकिन यह समस्या अब तक हल नहीं हुई। इसके बाद चीन ने श्रीलंका में घुसपैठ के लिए रास्ता बनाना शुरू कर दिया। यह चीन ही था, जिसकी मदद से श्रीलंका सरकार लिट्टे को खत्म कर पाई अन्यथा यह विचार करना चाहिए कि 2006 तक जो सरकार लिट्टे के सामने घुटने टेकने की स्थिति में थी, वह सरकार बेहद कम समय में इतनी ताकत कहां से बटोर लाई। चीन ने लिट्टे को खत्म करने के लिए श्रीलंका सरकार को जो सैन्य मदद उपलब्ध कराई थी, उसका परिणाम है– दक्षिणी श्रीलंका के हम्बनटोटा में आधुनिक बंदरगाह पर चीनी प्रभुत्व। हम्बनटोटा और कोलम्बो जैसे बंदरगाहों पर स्थापित होता चीनी प्रभुत्व भारत की सम्प्रभुता और सुरक्षा के लिहाज से अनुकूल नहीं हैं।

भारत–बॉंग्लादेश संबंधों में प्रधानमंत्री शेख हसीना के जनवरी 2010 में नई दिल्ली दौरे के बाद से नई गरमाहट आ गई थी। भारत ने बॉंग्लादेश को आर्थिक सहयोग देने की घोषणा की थी। भारत की ओर से किसी देश को दिया जाने वाला यह पहला सबसे बड़ा द्विपक्षीय सहयोग था। सितम्बर 2011 में डॉ. मनमोहन सिंह की बॉंग्लादेश यात्रा के दौरान एक बॉंग्लादेशी अखबार ने लिखा था–.......हम पीछे रह गए, लेकिन अच्छी बात यह है कि इसके बावजूद उधर से बहुत हद तक आशावादी नजरिया दिखाई दिया और जिसकी झलक संयुक्त घोषणापत्र में भी देखी जा सकती है। इस यात्रा के दौरान 6.5 किमी भू–सीमा की निशानदेही, परिक्षेत्रों (एन्क्लेव्स) और एडवर्स पोजीशन वाले क्षेत्रों का विनिमय, तीन बीघा गलियारे से होकर बॉंग्लादेशी नागरिकों का दाहाग्रहमा, अंगोरपोटा परिक्षेत्रों तक 24 घंटे आवागमन की अनुमति आदि प्रमुख थे। इन समझौतों में सबसे महत्वपूर्ण था दोनों देशों में 162 छोटे इलाकों के आदान–प्रदान पर सहमति। इन इलाकों में करीब पाँच हजार लोग रह रहे हैं, लेकिन इनकी भौगोलिक स्थिति ऐसी है कि ये अपने देश की सरकारों से पूरी तरह कटे हुए और नागरिक सुविधाओं से वंचित रहे हैं। इसके साथ ही बॉर्डर हाट भी खुल गया था, लेकिन बॉंग्लादेश के साथ तीस्ता जल विभाजन संधि संपन्न नहीं हो पाई थी। इसने कुछ हद तक तत्कालीन भारत सरकार

को कमजोर करार दिया था। बाँग्लादेश की प्रधानमंत्री शेख हसीना वाजेद ने भी अपनी भारत यात्रा को 'विज़न फॉर द फ्यूचर' करार दिया था। यानी बाँग्लादेश अभी भी भारत के साथ संबंधों और सहयोगों को लेकर आशावाद से संपन्न था।

चीन के साथ संबंध एक कठिन रास्ते से होकर गुजरे थे। चीनी अतिक्रमण में खासी बढ़ोतरी हुई थी और चीन बहुस्तरीय ऋण द्वारा भारत के इर्द–गिर्द अधिसंरचनात्मक विकास कर रहा था। इस ऋण का एक हिस्सा चीन ने अरुणाचल प्रदेश के लिए भी रखा था। भारतीय प्रधानमंत्री व राष्ट्रपति के अरुणाचल दौरे पर चीन का तल्ख रवैया एवं विरोध दोनों देशों के बीच आक्रामकता को बढ़ा रहा था। हालांकि दोनों देशों के प्रधानमंत्रियों की मुलाकात, भारतीय विदेश मंत्री का बीजिंग दौरा और भारतीय राष्ट्रपति का चीन दौरा, कुछ हद तक दोनों देशों के संबंधों में नरमी लाया था। फरवरी 2010 में चीन की कम्युनिस्ट पार्टी की आधिकारिक पत्रिका 'क्यू शी' ने एक लेख प्रकाशित किया था। इस लेख के अनुसार चीन की कम्युनिस्ट पार्टी का कहना था कि चीन को अपने राष्ट्रीय हितों की रक्षा करने के लिए भारत समेत सभी पड़ोसी देशों के साथ युद्ध के लिए हर समय तैयार रहना होगा। लेख में धमकी भरे अंदाज में कहा गया था कि हमें (चीन को) इन देशों को साफ बता देना चाहिए कि अपने राष्ट्रीय हितों की हिफाजत करने के लिए देश जंग के लिए भी तैयार है। यही नहीं उसने अपने इस लेख के जरिए भारत की विदेश नीति के विदुर नीति सिद्धांत को पूरी तरह से खारिज कर दिया, यानी चीन–भारत की बातचीत के जरिये शांति स्थापना की नीति पर भरोसा नहीं करता। पत्रिका ने साफ तौर पर लिखा था कि 1949 से अब तक चीन के इतिहास में शांति स्थापना पीछे हटकर नहीं, बल्कि जंग के जरिये ही की गई है। लेख के अनुसार राष्ट्रीय हितों की रक्षा कभी बातचीत के जरिए नहीं की जा सकती, इसके लिए हमेशा जंग लड़नी पड़ी है। ऐसा कहते समय चीन का इशारा प्रत्यक्ष तौर पर भारत के साथ–साथ अमेरिका तथा अमेरिकी सहयोगियों की तरफ भी था।

ब्रह्मपुत्र–सांगपो, जो एक 'ट्रांस–बाउंड्री नदी' है, की धारा को चीन नियंत्रित करना चाहता है। बीजिंग का तर्क यह है कि यदि राष्ट्रीय हित यारलंग–सांगपो/ब्रह्मपुत्र नदी पर प्रमुख जलधारा परिवर्तन परियोजनाओं की मांग करेगा तो चीन इस प्रकार की परियोजनाओं को भी अपने अधीन पूरा करने के लिए तैयार है। फिर भारत को इस चीनी कृत्य में कुछ भी अलार्मिंग नहीं लगा तो फिर अफसोस प्रकट करने के अतिरिक्त और कुछ नहीं कहा जा सकता। चीन भारत की सीमा के निकट तिब्बत के नामचा बारवा में लगभग 1.3 बिलियन डॉलर का निवेश झांग्मू बांध परियोजना का निर्माण कर रहा है, जो दुनिया की सबसे बड़ी चीनी हाइड्रोइलेक्ट्रिक परियोजना का पहला चरण है। विशेष बात यह है कि वर्ष 2020 तक पूरी होने वाली यह परियोजना दुनिया की सबसे अधिक तकनीकी और आश्चर्यजनक मानी जाने वाली चीनी परियोजना 'थ्री गार्जिस डैम' की बिजली क्षमता (18 गीगावॉट) की दोगुनी से भी अधिक क्षमता (38 गीगावॉट) वाली होगी। इसमें थ्री गार्जिस जैसे दो या तीन बांध होंगे। बीजिंग यह भी तर्क दे रहा है कि यह विशुद्धतः आर्थिक पक्ष है, इसमें सामरिक पक्ष शामिल नहीं है। इस संदर्भ में भी तर्क रखा गया था कि यारलंग–सांगपो/ब्रह्मपुत्र को 'ग्रेट बैंड' के पास

से परिवर्तित न करके पुराने चीनी पठार से परिवर्तित किया जाए, जिसे लाल राष्ट्रवादी ली लिंग ने अपनी पुस्तक 'तिब्बत का पानी चीन को बचा सकता है' (तिब्बत्स वॉटर विल सेव चाइना) में चिन्हित किया था। इसका कारण यह था कि यह क्षेत्र समुद्र तल से 3600 मीटर की ऊंचाई पर स्थित है, जहाँ से इस नदी के पानी को पम्प करना आसान होगा। लेकिन न्यूयॉर्क आधारित एशिया स्टडीज की निदेशक एलिजाबेथ का तर्क है कि यह पर्यावरण के लिए बम का कार्य करेगा। उनका कहना है कि चीन के नेता यह भलीभांति जानते हैं कि उनके 'थ्री गार्ज डैम' भूगर्भिक (जियोलॉजिकल), मानवीय (ह्यूमन) और पारिस्थितिक (इकोलॉजिकल) समस्याओं का सामना कर रहे हैं।

चीन निरंतर भारत की दक्षिण–पूर्व एशियाई यानी 'लुक ईस्ट' नीति को लेकर भारत पर यह आरोप लगाता रहा कि उसकी इस नीति का तात्पर्य है 'लुक टू इनसर्किल चाइना' यानी चीन को घेरने की नीति। प्रधानमंत्री डॉ. मनमोहन सिंह की पूर्वी एशियाई देशों की यात्रा को उसने 'मिशनरी ट्रिप' नाम दिया था, जिसका मकसद चीन के विरुद्ध नए रणनीतिक साझीदारों की तलाश करना और भू–राजनीतिक तथा आर्थिक लक्ष्य को प्राप्त कर भारत को इस क्षेत्र में 'महाशक्ति' की हैसियत में ला खड़ा करना है। चीन यह आरोप भी लगाता रहा है कि जापान, भारत और वियतनाम के मध्य नई साझेदारी का उद्देश्य दक्षिण चीन सागर में चीनी उद्देश्यों को नुकसान पहुंचाना है। चीन यह भी मानता है कि भारत वियतनाम को चीन के विरुद्ध संरक्षण नहीं दे सकता, लेकिन वियतनाम में इसकी उपस्थिति (यदि हनोई दिल्ली को अपना नौ–सैनिक बेस उपलब्ध कराता है तो) चीन के साथ तनाव जरूर पैदा करेगी। वह मानता है कि भारत की लुक ईस्ट नीति शीतयुद्ध काल की भारतीय नीति की असफलता का बाइ–प्रॉडक्ट है। कुल मिलाकर डॉ. मनमोहन सिंह के शासनकाल में चीन ने भारत को घेरने की व्यूहरचना निर्मित कर ली, जिसके परिणामों तक ले जाने की कोशिश वह कर रहा है।

संयुक्त राष्ट्र संघ में मामूली–सी सफलता मिली थी, हालांकि इसे उतना संज्ञान में नहीं लिया गया। इब्सा (भारत, ब्राजील, दक्षिण अफ्रीका) और ब्रिक्स (ब्राजील, रूस, भारत, चीन, दक्षिण अफ्रीका) ने संयुक्त राष्ट्र सुरक्षा परिषद् में भारत के लिए एक स्थायी सीट तथा वर्ष 2011–12 के लिए एक अस्थायी सीट की वकालत की। 'लेकिन बराक ओबामा ने भारत की सुरक्षा परिषद् में स्थायी सदस्यता के संदर्भ में कोई वचन नहीं दिया। बस इतना ही कि संयुक्त राष्ट्र में सुधार होना चाहिए और भारत को संयुक्त राष्ट्र सुरक्षा परिषद् का स्थायी सदस्य होना चाहिए। जबकि इससे पहले वे वाशिंगटन में कह चुके थे कि संयुक्त राष्ट्र में भारत की स्थायी सदस्यता का मुद्दा पेचीदा है। दक्षिण एशियाई मामलों के विशेषज्ञ स्टीफेन कोहेन ने यह बात स्पष्ट तौर पर कही थी कि भारत की स्थायी सदस्यता की बात प्रतीकात्मकता से अधिक कुछ भी नहीं है। वुडरो विल्सन सेंटर के रॉबर्ट हेथवे का भी कहना है कि सुरक्षा परिषद् की स्थायी सदस्यता के लिए भारत का समर्थन तो महत्वपूर्ण है, लेकिन यह केवल संकेतात्मक है। भारत को इसी से अमेरिकी मनोविज्ञान को समझ लेना चाहिए था, लेकिन ऐसा हुआ नहीं।

रूस भारत का रणनीतिक सहयोगी लम्बे समय तक रहा था, लेकिन नरसिंह राव–मनमोहन काल से इस रिश्ते में दरार बननी शुरू हो गई थी। हालांकि 16 मार्च,

2006 को रूसी प्रधानमंत्री मिखाइल फ्रादकोव की भारत यात्रा के साथ ही विज्ञान और तकनीक के क्षेत्र में एक नए युग की शुरुआत हुई। इन दोनों देशों के बीच सात समझौतों पर हस्ताक्षर हुए, जिसमें रूस ने भारत को यह आश्वासन दिया कि वह भारत के तारापुर परमाणु संयंत्र को तुरंत आवश्यक 60 मीट्रिक टन यूरेनियम की आपूर्ति करेगा। उस समय तारापुर परमाणु बिजलीघर ईंधन की कमी के कारण बंद होने की कगार पर पहुँच गया था। भारत की न्यूक्लियर पावर इण्डस्ट्री, न्यूक्लियर पावर को तेजी से बढ़ाने की योजना में है, जिससे 2032 तक इसे बढ़ाकर 64,000 मेगावॉट कर दिया जाए। स्वाभाविक है कि इस दिशा में रूस से सक्रिय सहभागिता की जरूरत होगी। इसके साथ ही भारत ने रूस से निर्माणाधीन कुडुनकुलुम परमाणु परियोजना के लिए सामग्री एवं उपकरणों की आपूर्ति तेज करने की बात भी की थी।

अक्टूबर 2005 में तत्कालीन विदेश मंत्री कुंवर नटवर सिंह और फिर दिसम्बर 2005 में डॉ. मनमोहन सिंह की रूस यात्रा के दौरान रूस के साथ संबंधों में कुछ सुधार दिखा। उस समय रूस ने केवल न्यूक्लियर सप्लायर्स ग्रुप (एन.एस.जी.) को भारत के आग्रह पर अपने इरादों को सूचित करने का आश्वासन मात्र दिया था। एन.एस.जी नियमों के अनुसार इसके सदस्य देश किसी भी देश को तब तक न्यूक्लियर ईंधन या न्यूक्लियर तकनीक की आपूर्ति नहीं कर सकते, जब तक कि आयातक देश ने एन.पी.टी. (नान प्रालीफिरेशन ट्रीटी) पर हस्ताक्षर न कर दिए हों। चूंकि भारत ने अब तक एन.पी.टी. पर हस्ताक्षर नहीं किए हैं, इसलिए भारत को आपूर्ति करने के लिए एन.एस.जी. नियमों में परिवर्तन करने की जरूरत पड़ सकती है। यही नहीं दो वर्ष पूर्व रूसी राष्ट्रपति व्लादिमीर पुतिन ने भी इन्हीं उपबन्धों के तहत भारत को यूरेनियम आपूर्ति करने से इंकार कर दिया था। लेकिन मिखाइल फ्रादकोव ने एन.एस.जी. के इस प्रावधान कि आपात स्थिति में इस समूह के सदस्य एन.पी.टी. के बाहर के भी देशों को ईंधन की आपूर्ति कर सकते हैं, का सहारा लेकर भारत के लिए ईंधन आपूर्ति का मार्ग प्रशस्त किया।

भारत के 58वें गणतंत्र दिवस समारोह में रूसी राष्ट्रपति व्लादिमीर पुतिन के मुख्य मेहमान के रूप में उपस्थित होने के साथ भारत–रूस मैत्री संबंध दो कदम आगे और बढ़ गए। खास बात यह रही कि इसके बाद संबंधों को ऐतिहासिकता और भावनात्मक धरातल से हटाकर वैश्विक, आर्थिक और राजनैतिक जरूरतों के धरातल पर देखने की कोशिश की गई। हालांकि सोवियत साम्यवाद की इमारत ढहने के बाद अक्टूबर 2000 की रूसी राष्ट्रपति व्लादिमीर पुतिन नई दिल्ली आए थे और उस दौरान दोनों देशों के नेताओं ने 'डिक्लेरेशन ऑफ स्ट्रैटेजिक पार्टनरशिप' पर हस्ताक्षर किए थे। इस समय तक भारत पर यह आरोप लगने लगा था कि भारत गुटनिरपेक्षता के अपने पुराने आदर्शों को त्याग कर अमेरिकी चौखट पर जा खड़ा हुआ है। उस समय भारत पर यह आरोप भी लगने लगा था कि वह न केवल अपने पारम्परिक मित्र रूस को उपेक्षित कर रहा है बल्कि वह बहुध्रुवीय व्यवस्था के विपरीत एक ध्रुवीय व्यवस्था को हवा दे रहा है, जबकि अब तक वह बहुध्रुवीय व्यवस्था का पक्षधर रहा है। पुतिन की इस यात्रा के साथ ही इन अटकलों पर विराम लग गया था। इसके साथ ही भारत–रूस संबंधों पर भारतीय

पक्ष ने यह भी स्पष्ट कर दिया था कि वे आज की ग्लोबल बाजारतंत्र के नुमाइंदे ही नहीं हैं बल्कि विकासात्मक और रक्षात्मक मूल्यों के साझीदार हैं।

परमाणु परीक्षणों के बाद जापान ने भारत को दी जाने वाली आर्थिक एवं तकनीकी सहायता रद्द कर दी थी। लेकिन 2002 से जापान का नजरिया बदलने लगा था। उसका नजरिया बदलने के कई कारण रहे। सबसे प्रभावी कारण था– चीन की बढ़ती हुई ताकत। अधिकांश एशियाई देश चीन को बड़े भाई की भूमिका में स्वीकार कर रहे हैं और यह जापान के हितों के अनुकूल नहीं है। चीनी सरकार और चीनी जनता शायद 20वीं सदी के प्रथमार्द्ध के जापानी सैन्यवाद की कारगुजारियों को भूली नहीं है। ऐसा कई बार दिखा भी है। ऐसे में जापान को एशिया में ऐसे साथी की आवश्यकता है, जो चीन के साथ शक्ति संतुलन में जापान को सहयोग करे या न करे पर चीन के खिलाफ खड़ा हो। इसके बाद ही जापान ने भारत में इन्फ्रास्ट्रक्चर विकास में सहयोग दिया, जिसमें दिल्ली मेट्रो रेल परियोजना प्रमुख है। दोनों देश दिल्ली–मुंबई औद्योगिक गलियारा परियोजना (डेलही–मुंबई इण्डस्ट्रियल कॉरिडोर प्रोजेक्ट) पर वार्ता शुरू की और मुंबई–दिल्ली तथा दिल्ली–हावड़ा डेडीकेटेड कॉरिडोर की बुनियाद रखी गई। वर्ष 2008 में जापान ने भारत के साथ एक समझौता किया, जिसमें दिल्ली–मुंबई रेलवे परियोजना के निर्माण के लिए न्यून–ब्याज दरों पर 4.5 बिलियन डॉलर का कर्ज उपलब्ध कराने का वचन दिया। 2010 में प्रधानमंत्री मनमोहन सिंह की जापान यात्रा के दौरान दोनों देश इस बात पर सहमत हुए कि वे बिजनेस एक्सचेंज को तेज करेंगे, पीपुल–टू–पीपुल कांटैक्ट बढ़ाएंगे और एक–दूसरे के नागरिकों के लिए वीजा प्रक्रिया को सरल बनाने की प्रक्रिया आरम्भ करेंगे।

फरवरी 2006 में फ्रांस के राष्ट्रपति जैक शिराक की नई दिल्ली यात्रा सम्पन्न हुई, जिसे कई दृष्टिकोणों से औपचारिकता से अलग माना जा सकता है। पहला तो यह कि अन्य प्रमुख यूरोपीय राष्ट्राध्यक्षों की तरह उन्होंने भारत और पाकिस्तान की यात्रा एक साथ नहीं की थी। द्वितीय क्लीमांशू और आर्सेलर सौदा विवाद से दोनों देशों के रिश्तों में कटुता का भाव उत्पन्न होने के बावजूद भी यह यात्रा सफलतापूर्वक सम्पन्न हुई थी। दरअसल सर्वोच्च न्यायालय के निर्णय के बाद शिराक ने विमान वाहक जहाज क्लीमांशू को वापस लौटा लिया था। लेकिन आर्सेलर मामले पर उनका रवैया आक्रामक रहा। उन्होंने लक्ष्मी मित्तल द्वारा यूरोपीय इस्पात कम्पनी आर्सेलर पर अधिग्रहण के प्रयासों को आक्रामक करार दिया। सबसे महत्वपूर्ण बात यह है कि शांतिपूर्ण उद्देश्यों के लिए फ्रांस ने भारत की ऊर्जा जरूरतों को ऐसे वक्त पर समझने का प्रयास किया, जब अमेरिका भारत पर परमाणु समझौते को लेकर न केवल विभिन्न शर्तें थोपने की कोशिशें कर रहा था, बल्कि भारत के साथ ऐसी कूटनीतिक सौदेबाजी कर रहा था, जो भारत की स्वतंत्र वैदेशिक नीति पर प्रश्नचिन्ह लगा रही थी। अमेरिका के साथ हुए परमाणु समझौते में हमारे सैनिक और असैनिक परमाणु कार्यक्रम को अलग–अलग रेखांकित करने की जटिल शर्त जुड़ी है, जबकि फ्रांस ने ऐसी कोई शर्त नहीं जोड़ी। फ्रांस के साथ परमाणु समझौते के बाद अमेरिका का भारत पर दबाव कम हुआ, जिसका लाभ भारत को मिला।

दिसम्बर 2010 में राष्ट्रपति निकोलस सरकोजी की भारत यात्रा के समय तक भारत की स्थितियां काफी बदल चुकी थीं और यूरोप की भी। वैश्विक आर्थिक संकट ने अमेरिका और यूरोप की अर्थव्यवस्थाओं की सांसों को फुला दिया था, लेकिन भारत की अर्थव्यवस्था को उतना बड़ा झटका नहीं लगा था, बल्कि वह छोटे–मोटे झटकों के बाद अपनी गति को बनाए रखने में सफल हो गई थी। इसलिए अब न केवल फ्रांस के लिए, बल्कि यूरोप, अमेरिका और एशिया की आर्थिक शक्तियों के लिए भारत अहम बन चुका था। स्वाभाविक है कि राष्ट्रपति सरकोजी का व्यवहार भारत के प्रति और नरम रहता। उनकी इस यात्रा के दौरान दोनों देशों के बीच कुल सात समझौतों पर हस्ताक्षर हुए। परमाणु ऊर्जा के संबंध में जो समझौता हुआ है, उसके तहत फ्रांस भारत को परमाणु रिएक्टर मुहैया करवाएगा। इन परमाणु रिएक्टरों का प्रयोग महाराष्ट्र के जैतपुर में बनने वाले परमाणु बिजलीघर में किया जाएगा। परमाणु सहयोग से जुड़े समझौतों में नागरिक परमाणु ऊर्जा के विकास से संबंधित बौद्धिक सम्पदा अधिकार समझौता, परमाणु ऊर्जा के शांतिपूर्ण इस्तेमाल पर दोनों देशों के बीच तकनीकी आंकड़ें और इससे संबंधित जानकारी को गुप्त रखने का समझौता भी शामिल है। इस समझौते के साथ ही राष्ट्रपति निकोलस सरकोजी ने यहाँ के कानूनों को परमाणु ऊर्जा व्यापार के लिए अनुकूल बताकर अमेरिका समेत दूसरे पश्चिमी देशों पर हमारे परमाणु ऊर्जा कार्यक्रम में भागीदारी का दबाव बढ़ा दिया। इसके साथ ही भारतीय वायु सेना को 126 लड़ाकू जेट विमान बेचने और 51 मिराज 2000 विमानों के आधुनिकीकरण का प्रस्ताव स्वीकार किया गया।

भारत के लिए खाड़ी देश कई दृष्टियों से महत्वपूर्ण रहे हैं। पहला यह है कि खाड़ी देशों के साथ भारत के संबंध ऐतिहासिक रहे हैं और संस्कृतियों की दीर्घ परम्पराओं का जुड़ाव रहा है। दूसरा–खाड़ी देश भारत की आर्थिक संवृद्धि में एक निर्णायक भूमिका निभा सकते हैं। तीसरा–खाड़ी देश सामरिक दृष्टि से बेहद महत्वपूर्ण हैं। चौथा–चूंकि खाड़ी देश इस्लामी देश है, इसलिए उनके साथ बेहतर संबंध पाकिस्तान को काउंटर करने में महत्वपूर्ण साबित हो सकते है, और अंतिम, भू–क्षेत्रीय और मैरीटाइम पावर बैलेंस संबंधी है। फरवरी 2010 में प्रधानमंत्री मनमोहन सिंह की सऊदी अरब यात्रा के दौरान वर्ष 2006 के दिल्ली घोषणापत्र की तर्ज पर सामरिक भागीदारी मजबूत करने के महत्व पर जोर दिया गया। दोनों पक्षों ने आतंकी गतिविधियों, मनी लांड्रिंग, मादक पदार्थों के कारोबार और हथियार तथा मानव तस्करी से जुड़ी जानकारी के आदान–प्रदान में सहयोग को विस्तार देने तथा इन खतरों से निपटने के लिए संयुक्त रणनीति विकसित करने पर सहमति दर्ज की है। दोनों देशों ने प्रत्यर्पण के अतिरिक्त जिन समझौतों पर हस्ताक्षर किए हैं, उनमें सजायाफ्ता कैदियों की अदला–बदली और सांस्कृतिक सहयोग पर आधारित रिश्तों की मजबूती भी शामिल है। इसके साथ–साथ भारतीय अंतरिक्ष अनुसंधान संगठन तथा किंग अब्दुल्ला अजीज सिटी फॉर साइंस एंड टेक्नोलॉजी' के बीच बाहरी अंतरिक्ष के शांतिपूर्ण उपयोग, संयुक्त शोध तथा सूचना प्रौद्योगिकी के क्षेत्र में सहयोग के लिए एक करार हुआ है। सऊदी अरब की मजलिस अल शूरा (सऊदी सलाहकार परिषद्) के सदस्यों ने कहा कि इस क्षेत्र की शांति और

स्थिरता में भारत का 'काफी कुछ दांव' पर लगा है और यह क्षेत्र भारत के विस्तारित पड़ोस का अहम हिस्सा है।

भारत सऊदी अरब जैसे देशों के साथ बेहतर सौदेबाजी भी कर सकता था, क्योंकि भारत 'वर्ल्ड लीडर' की जमात का एक हिस्सा है और दो उभरती हुई महाशक्तियों में से एक है। वह तीव्र गति से उभरती हुई तथा उच्च विकास दर वाली अर्थव्यवस्था में से एक है और नया सऊदी अरब अब्दुल्ला की 'लुक ईस्ट' नीति का हिस्सा है, जिसके लिए भारत एक बेहतर सहयोगी और मजबूत आधार बन सकता है। हालांकि प्रधानमंत्री डॉ. मनमोहन सिंह ने यह तो स्थापित करने की कोशिश की थी कि दोनों देशों का सहयोग अब महज ग्राहक और खरीददार का नहीं बल्कि व्यापक है, लेकिन अभी तक उसके परिणाम सामने नहीं आ पाए। ध्यान रहे कि फारस की खाड़ी के रेगिस्तानी गर्भ में विश्व के कुल ज्ञात तेल भंडारों का दो–तिहाई हिस्सा उपलब्ध है। अंतरराष्ट्रीय स्तर पर सबसे बड़ा तेल भंडार सऊदी अरब के पास है, दूसरे नम्बर पर इराक और चौथे स्थान पर ईरान आता है। यह सच पश्चिमी एशिया के देशों को भी मालूम है इसलिए वे इसके नाम पर सौदेबाजी भी करते रहते हैं। ओपेक नाम का संगठन इसी नीति का परिणाम है। उस समय डॉ. मनमोहन सिंह के लिए यह आवश्यक था कि वे किसी खेमे में जाए बगैर पश्चिम एशिया के साथ एक स्वतंत्र नीति का विकास करते, लेकिन वे ऐसा नहीं कर पाए। एक तरफ उन्होंने अमेरिका के प्रति अपना रुझान व्यक्त किया और दूसरी तरफ तेहरान नैम समिट में स्थिति इसके विपरीत दिखी। हालांकि फिलिस्तीन के मामले में डॉ. सिंह ने भारत की पूर्व वचनबद्धता को दोहराया तथा भारत और फिलिस्तीन, दोनों ने ही 'प्रॉसेस ऑफ रि–प्रिओरिटाइजेशन' के आधार पर सुनिश्चित प्रोजेक्टस को आगे बढ़ाने की घोषणा की। लेकिन वे इजराइल को अपने साथ अपेक्षित ढंग से लेकर नहीं चल पाए।

संक्षेप में कहें तो डॉ. मनमोहन सिंह की विदेश नीति रिसेट पर आधारित रही, जिसमें वे दिसम्बर 2013 तक एक निष्कर्ष पर पहुंचते हुए दिखे। उन्होंने आसियान के 10 देशों के साथ सामरिक–रणनीतिक (रक्षात्मक–रणनीतिक) संबंध स्थापित करने में सफलता अर्जित की, लेकिन चीन के सामने भारत सीना तानकर खड़ा होता नहीं दिखा। पाकिस्तान की स्थिति यह रही कि वे वह अपने ट्रैक पर लगातार चलता रहा, जिसे भारत रोक नहीं पाया और अमेरिका भारत के साथ होते हुए भी भारत के साथ नहीं, बल्कि वह बीजिंग एवं इस्लामाबाद के बीच नए समीकरण बनाता हुआ दिखा।

❑❑

11 मास्टर स्ट्रोक्स की विदेश नीति

नरेन्द्र दामोदरदास मोदी जब भारत सरकार के प्रधानमंत्री बने, तब दुनिया विगत समय में लगे कुछ झटकों से उबर रही थी, लेकिन कुछ नई तरंगें (वेव्स) भी उठ रही थीं, जिन्हें उन्हें समझना था और उसके अनुरूप भारत की विदेश नीति को आगे बढ़ाना था। यूरोप आर्थिक संकट से बाहर निकलने की कोशिश अवश्य कर रहा था, लेकिन नई राष्ट्रीय भावनाएं एवं महत्वाकांक्षाएं एकता की यूरोपीय भावना को खण्डित करने की ओर आगे भी बढ़ रही थीं। अमेरिका लगभग एक दशक से एशिया में 'वॉर इन्ड्यूरिंग फ्रीडम' के तहत लड़े जा रहे युद्ध को समाप्त घोषित करने की कशमकश में था, लेकिन दूसरी तरफ इस्लामी स्टेट उभरते खतरे के रूप में स्थापित हो चुका था, जिसकी जड़ें लगभग 80 देशों तक किसी न किसी रूप में फैल चुकी थीं। रूस,क्रीमिया और उक्रेन मुद्दे पर पश्चिमी ताकतों के साथ टकराव को नए युद्ध में ढालने की प्रक्रिया से गुजर रहा था और सीरिया का साथ देकर सोवियत संघ के अंतिम सिपहसालार को बचाकर दुनिया को नया संदेश देने की कोशिश कर रहा था। पश्चिम एशिया (मध्य पूर्व) जैस्मीन क्रांति के पश्चात् ऐसी दिशा में चल पड़ा था, जिसमें जल्द ही लोकतांत्रिक मूल्यों का स्थान धार्मिक और राजनीतिक तानाशाही को लेना था। ये स्थितियां भारत को अवसर भी देने वाली थीं और चुनौतियां भी। ऐसे में भारत के लिए आवश्यक था कि वह रीयल पॉलिटिक्स को समझे और उसके अनुरूप निर्णय ले। नरेन्द्र मोदी ने मोटे तौर पर यह दायित्व श्रीमती सुषमा स्वराज को दिया, लेकिन अब तक की उनकी कार्यशैली यह बता रही है कि विदेश नीति का संचालन स्वयं उन्होंने किया। नरेन्द्र मोदी के साथ दो पक्ष जुड़े हुए हैं। प्रथम यह कि वे इससे पहले केन्द्र सरकार में नहीं रहे, इसलिए वैश्विक नीतियों को समझने, उन्हें देखने और फिर उन पर निर्णय लेने का अनुभव नहीं रहा, जैसा कि श्री अटल बिहारी वाजपेयी के पास था। दूसरा यह कि उनके व्यक्तित्व में गत्यात्मकता की विशेषता विद्यमान थी, इसलिए यह संभावना थी कि विदेश नीति को फास्ट ट्रैक पर डालें, जैसा कि हुआ भी, लेकिन विदेश नीति केवल हमारी अपनी समझ और योग्यता से नहीं चलती, बल्कि दुनिया के अन्य देशों की नीतियों, स्थितियों, चुनौतियों, अन्वेषणों, महत्वाकांक्षाओं, रणनीतियों एवं विशेषताओं से चलती है। फास्ट ट्रैक पर चलने से हमें इन विशेषताओं तथा परिस्थितियों को समझने और उनका आकलन करने का पर्याप्त अवसर नहीं मिलता, इसलिए उसमें अनिश्चित परिणामों की संभावनाएं अधिक रहती हैं।

नरेन्द्र मोदी ने शपथ ग्रहण के साथ ही भारत की विदेश नीति को एक नए आयाम के साथ शुरू करने की कोशिश की। इस शपथ ग्रहण कूटनीति (ओथ डिप्लोमैसी) का मुख्य फोकस था, पड़ोसी प्रथम (नेबर्स फर्स्ट/नेबरहुड फर्स्ट) शपथ ग्रहण के समय

दो दिन तक विदेशी मेहमानों खासकर दक्षेस देशों के अध्यक्षों/शासन प्रमुखों अथवा प्रतिनिधियों के साथ नए प्रधानमंत्री के रूप में नरेन्द्र मोदी की मुलाकात ने बदलती हुई विदेश नीति के संकेत दिए थे, लेकिन यह रीयल पॉलिटिक्स का संकेत नहीं था। कारण यह था कि किसी देश की विदेश नीति उत्सवों में हाथ मिलाने की बानगियों से सुस्पष्ट एवं सदिश नहीं हो पाती। वैदेशिक संबंधों के एक लम्बे–चौड़े इतिहास को देखने के बाद विदेश नीति का कोई भी जानकार यह निष्कर्ष निकाल सकता है कि सक्षम और प्रभावशाली विदेश नीति के लिए उत्सव आवश्यक नहीं होते। हां, एक साथ, एक मंच पर कुछ देशों की उपस्थिति ऐसे अवसर प्रदान कर सकती है कि वे उन विसंगतियों को समाप्त करने की कोशिश करें, जो संवाद की परम्परा में निर्मित हो रही खैबरी दर्रों से उपजी हैं। रणनीतिक दृष्टि से यह एक बेहद महत्वपूर्ण पक्ष है, जिसे शायद अब तक गम्भीरता से देखा नहीं गया है। यदि हम थोड़ी देर के लिए दक्षिण एशिया को प्राचीन काल के भारत के मौलिक खांचे में रखकर देखें तो भारत के भू–रणनीतिक लिहाज से दक्षिण एशिया में भारत एक 'न्यूक्लियस स्टेट' के रूप में दिखेगा और भारत के पड़ोसी देश 'क्रोड स्टेट' के रूप में। रक्षा–रणनीति एवं टैक्टिस के प्रस्थापन, क्रियान्वयन और लक्ष्यों की प्राप्ति में क्रोड स्टेट्स की भूमिका सर्वाधिक निर्णायक होती है, क्योंकि क्रोड स्टेट्स, न्यूक्लियस स्टेट को मजबूत (कन्सॉलिडेट) करने या कमजोर करने, दोनों में बराबरी की हिस्सेदारी कर सकते हैं। यह नाभिकीय स्टेट पर निर्भर करता है कि वह उन्हें किस रूप में इस्तेमाल करने में सफल हो पाता है। कहने का तात्पर्य यह है कि क्रोड स्टेट्स यानी दक्षिण एशिया के अन्य देशों को साथ लिए बगैर भारत केन्द्रीय भूमिका में नहीं आ सकता। वह न ही कांटिनेंटल पावर के रूप में और न ही मैरीटाइम पावर के रूप में स्थापित हो सकता है। जब तक भारत इन दो शक्तियों के रूप में स्वयं को उपस्थित करने की प्रक्रिया से नहीं गुजरेगा, तब तक दुनिया की बड़ी ताकतें भारत को कूटनीतिक, राजनीतिक और सामरिक सम्मान प्रदान नहीं करेंगी।

तात्पर्य यह कि 26 मई, 2014 को भारत ने जो प्रयोग किया, वह अपेक्षित भी था और प्रासंगिक भी। फिर भी हमें दक्षिण एशिया की वास्तविकता को समझने की जरूरत थी, जिसमें शायद हम असफल रहे। यही वजह रही कि नेबरहुड फर्स्ट की नीति अपना अपेक्षित परिणाम नहीं दे पाई। प्रधानमंत्री के रूप में नरेन्द्र मोदी की पहली यात्रा भूटान की रही। यह भारत के छोटे पड़ोसियों में नए प्रकार का स्पंदन दे सकती थी, अंतः इसमें एक अच्छा संदेश निहित था। थिम्पू पहुंचकर नरेन्द्र मोदी ने ग्यालयोंग त्शोगखांग में संसद की संयुक्त बैठक को संबोधित किया और 'बी 4 बी' यानी भूटान के लिए भारत तथा भारत के लिए भूटान का आह्वान किया, जिसका अभिप्राय यह है कि विकास के विजन की तरह ही दोनों राष्ट्रों के सुरक्षा संबंधी सरोकार आपस में जुड़े और समान हैं। अगस्त महीने में प्रधानमंत्री ने नेपाल की यात्रा की और वहां जाकर भारतीय पक्ष की इस गलती को स्वीकार किया कि भारत की तरफ से नेपाल की उपेक्षा हुई है, तभी एक प्रधानमंत्री को वहां पहुंचने में 17 वर्षों का समय लग गया। यह बात उस देश के लिए संवेदना के मरहम की तरह हो सकती थी, जो 'स्मॉल स्टेट सिण्ड्रोम' की मनोदशा

का शिकार था। भारत का 'बिग ब्रदर' वाला व्यवहार उसे असहज ही नहीं कर रहा था, बल्कि उसे चीन की ओर धकेल भी रहा था। नरेन्द्र मोदी ने अपनी नेपाल यात्रा के दौरान नेपाल को कल्चरल थैरेपी देने के साथ–साथ सहयोग, संतुलन और समझौते के जरिए संबंधों को पुनरुज्जीवन देने का प्रयास किया। उन्होंने नेपाल के लोगों को यह भरोसा दिलाया कि भारत नेपाल के आंतरिक मामलों में दखल नहीं देगा, बल्कि उससे सहयोग करेगा। प्रधानमंत्री ने नेपाली संसद में नेपाल को एक अरब डॉलर के आसान ऋण (लाइन ऑफ क्रेडिट) की पेशकश की और 'हिट' (एच.आई.टी. अर्थात हाइवेज, आईवेज यानी इन्फर्मेशन टेक्नोलॉजी तथा ट्रांसवेज यानी ट्रांसमिशन) प्रोजेक्ट्स के जरिए नेपाल के अधिसंरचनात्मक विकास और उससे भारत की कनेक्टिविटी को स्थापित करने का रोडमैप पेश किया। अप्रैल 2015 में नेपाल में जब भूकम्प आया तो भारत ने वहां इस तरह की सक्रियता दिखाई, जैसे नेपाल भारत का कोई इंटीग्रल पार्ट हो। नेपाल के लोगों ने इसे महसूस भी किया और भारत के प्रति अपने विचारों को भी बदला, लेकिन यह विशेषता लम्बे समय तक बनी नहीं रह पाई। वर्ष 2015 में ही नेपाल में संविधान निर्माण का कार्य जैसे–जैसे समापन की ओर बढ़ रहा था, वैसे–वैसे नेपाल एक नए किस्म के असंतोष का शिकार हो रहा था, जिसका असर भारत पर भी दिखना था और इससे यह भी सुनिश्चित होना था कि भारत की नेपाल नीति कितनी सार्थक रही है। नेपाल ने जो संविधान बनाया, उसने कमोबेश उस बॉण्ड को कमजोर किया, जो भारत को डेमोग्राफिक–डिप्लोमैटिक पावर प्रदान करता था और भारत इस दिशा में कुछ भी नहीं कर पाया। दूसरा यह कि जब मधेशियों ने संविधान में हुई कटौतियों (अपने अधिकारों में) के खिलाफ संघर्ष शुरू किया और भारत–नेपाल बॉर्डर से होने वाले व्यापार को रोक दिया। तब भारत और नेपाल की रक्सौल–बीरगंज सीमा के बीच 500 मीटर का 'नो मैन्स लैंड' नेपाल की सरकार और मधेशियों के बीच एक तरह से 'वॉर जोन' बन गया। परिणाम यह हुआ कि भारत की तरफ से नेपाल को की जाने वाली आवश्यक आपूर्ति ठप हो गई। नेपाल सरकार ने इसे भारत की अघोषित आर्थिक प्रतिबंध नीति का हिस्सा मान लिया। इसके विरुद्ध नेपाल एक तरफ संयुक्त राष्ट्र संघ की शरण में गया और दूसरी ओर बीजिंग की तरफ। इस समय नेपाल के लोगों को आवश्यक वस्तुओं की अनुपलब्धता से जिस तरह से गुजरना पड़ रहा था, उसके चलते शायद वे नेपाल सरकार के तर्क को सही मान बैठे। इसके चलते ऐसा पहली बार हुआ कि नेपाल की सोशल मीडिया पर 'इण्डिया गो बैक' 'बायकॉट इण्डिया' के स्लोगन भी देखे गए। इसके बाद ओली सरकार ने राष्ट्रपति विद्या भंडारी को उनकी पहली भारत यात्रा पर जाने से रोक दिया। इसके साथ ही नेपाली राष्ट्रपति की भारत यात्रा रद्द न करने की सलाह देने वाले नेपाल के भारत में राजदूत दीप कुमार उपाध्याय को भी भारत के साथ मिलकर के.पी. शर्मा ओली की सरकार गिराने का षड्यंत्र रचने का आरोप लगाकर बर्खास्त कर दिया। सामान्य तौर पर भले ही नेपाल सरकार के ये निर्णय साधारण माने जाएं, लेकिन भारत–नेपाल द्विपक्षीय संबंधों के लिहाज से ये असाधारण थे और प्रधानमंत्री ओली ने भारत को इनके जरिए कुछ संदेश देने की कोशिश की थी। यहां दो बातें प्रमुख हैं कि यह राजनीतिक खेल सम्पन्न होने से पहले ही खत्म क्यों हो गया? अगर यह विशुद्ध रूप से काठमांडू की उपज

थी तो फिर इसे निष्कर्ष तक पहुंचना था, लेकिन ऐसा नहीं हुआ। इसका मतलब यह हुआ कि इसकी व्यूहरचना कहीं और (सम्भवतः बीजिंग) की गई थी, जिसका उद्देश्य नेपाल में राजनीतिक अस्थिरता तक ही सीमित नहीं होना था बल्कि, उसके प्रभाव नई दिल्ली पर परिक्षेपित होने थे। इसके बाद के.पी. शर्मा ओली की चीन की यात्रा सम्पन्न हुई और चीन के साथ नेपाल के 11 समझौते हुए थे, जिसमें अधिकांश सामरिक महत्व वाले थे और इनसे भारत के विकल्प के रूप में चीन के रणनीतिक स्वीकार्य का आभास भी मिल रहा था। इस यात्रा के दौरान नेपाल ने चीन के साथ ट्रांजिट रूट समझौता कर कलकत्ता बंदरगाह और भारत के ट्रांजिट रूट का विकल्प खोजा। पोखरा रीजनल इण्टरनेशनल एयरपोर्ट प्रोजेक्ट ने चीन से आर्थिक व तकनीकी सहयोग संबंधी समझौता कर नेपाल की रक्षात्मक परियोजनाओं में चीन को शामिल करने का अवसर दिया। इस तरह से नेपाल की भारत से अलग ट्रांजिट रूट की खोज पूरी हो गई और चीन का नेपाल तक जाने का एक रास्ता और पक्का हो गया। अब पुनः ओली प्रधानमंत्री बन गए हैं और नेपाल में कम्युनिस्ट शासन अपने सम्पूर्ण वैभव के साथ चीनी अधिराजत्व के अधीन पोषण पाने लगा है, तो इसे भारत की नेबरहुड फर्स्ट नीति की सफलता के रूप में देखना मुमकिन नहीं लगता।

नेबरहुड नीति की दृष्टि से बाँग्लादेश एक अहम देश है, क्योंकि पाकिस्तान की निरन्तर यह कोशिश रही है कि बाँग्लादेश को भारत के खिलाफ इस्तेमाल किया जाए। नरेन्द्र मोदी के नेतृत्व में सरकार बनने के बाद विदेश मंत्री सुषमा स्वराज की बाँग्लादेश यात्रा सम्पन्न हुई। उन्होंने लैंड बॉर्डर एग्रीमेंट (एल.बी.ए.) के प्रति भारत की गम्भीरता को व्यक्त किया और बाँग्लादेश को यह विश्वास दिलाया कि तीस्ता जल बंटवारा और लैंड बॉर्डर एग्रीमेंट पर जल्द निर्णय लिया जाएगा। 1974 में भारत की तत्कालीन प्रधानमंत्री श्रीमती इंदिरा गांधी और बाँग्लादेश के तत्कालीन राष्ट्रपति शेख मुजीबुर्रहमान के बीच सीमा विवाद को हल करने पर सहमति बन गई थी। लेकिन इसका अंतिम समाधान नहीं निकल सका। वर्ष 2015 में प्रधानमंत्री नरेन्द्र मोदी की बाँग्लादेश यात्रा सम्पन्न हुई। बाँग्लादेश 'एक्ट ईस्ट नीति' के लिए प्रवेश द्वार का कार्य कर सकता है, लेकिन इसकी उतनी महत्ता नहीं है जितनी कि स्वयं पूर्वोत्तर के राज्यों (या उनकी प्रगति तथा स्थिरता की है) या म्यांमार व थाईलैण्ड जैसे देशों की है। फिर भी बाँग्लादेश अन्यों के मुकाबले भारत के लिए सबसे अधिक लाभदायक हो सकता है। इसी का नतीजा था कि भारत–बांग्लादेश के बीच लैंड बाउंड्री एग्रीमेंट (एल.बी.ए.) हस्ताक्षरित हुआ। हालांकि अखुरा–अगरतला रेल लिंक पर अभी सफलता नहीं मिल पाई, जिसके जरिये बाँग्लादेश के माध्यम से कोलकाता को पूर्वोत्तर से जोड़ा जाना है। तीस्ता जल विभाजन पर भी सहमति नहीं बनी, जो शेख हसीना वाजेद की सरकार के लिए बेहद महत्वपूर्ण था। दरअसल भारत और बाँग्लादेश के बीच इस दौरान पाँच प्रमुख विवादास्पद मुद्दे थे–नदी जल बँटवारा, अन्तः क्षेत्र विवाद, चकमा शरणार्थियों की समस्या, तस्करी तथा अवैध नागरिकों की समस्या। इनमें से अंतिम तीन भारत के लिए बेहद महत्वपूर्ण हैं, लेकिन इनमें से एक भी मुद्दा आगे नहीं खिसक सका। वर्ष 2017 में शेख हसीना वाजेद की भारत यात्रा हुई और प्रधानमंत्री नरेन्द्र मोदी प्रोटोकॉल

तोड़कर उनकी अगवानी करने गए। लेकिन कूटनीतिक संबंध ऐसे प्रदर्शनों से नहीं, निर्णायक उपलब्धियों से चलते हैं, जो भारत–बांग्लादेश के बीच में नहीं दिखीं। प्रधानमंत्री ने अपनी ढाका यात्रा और शेख हसीना की नई दिल्ली यात्रा के दौरान 'इमोशनल डिप्लोमैसी' और 'इमोशनल थेरेपी' का प्रयोग किया, लेकिन यह उपलब्धियां इसमें संतुलन स्थापित करती हुई नहीं दिखीं। चूंकि प्रधानमंत्री मोदी ट्रांस–रीजनल सहयोग, अर्थात् बी.बी.आइ.एन. (बांग्लादेश–भूटान–भारत–नेपाल) और बिम्सटेक (बहुक्षेत्रीय तकनीकी और आर्थिक सहयोग के लिए बंगाल की खाड़ी वाले देशों की पहल) के तहत सार्क को पुनर्जीवित करने की इच्छा रखते हैं। इसलिए बाँग्लादेश की भारत से ऐसी अपेक्षाएं बढ़ जाती हैं। ध्यान रहे कि हमारा पूर्वोत्तर क्षेत्र बी.बी.आइ.एन. का प्रमुख घटक है और ग्रिड कनेक्टिविटी के जरिए बी.बी.आइ.एन. के देश बिजली के मामले में अपेक्षित सहयोग कर रहे हैं। दोनों देशों के मध्य जो सबसे महत्वपूर्ण मुद्दा इस समय है, वह है तीस्ता जल बंटवारे का। हालांकि अनुच्छेद 253 के तहत प्रधानमंत्री नरेन्द्र मोदी की सरकार इस मामले में उस संवैधानिक अधिकार का प्रयोग कर निर्णायक स्थिति प्राप्त कर सकती है, जिसमें कहा गया है कि केन्द्र सरकार को प्रदेश सरकार की सहमति के बिना ही समझौते का अधिकार प्राप्त है। लेकिन यह संघीय व्यवस्था के लिहाज से उचित नहीं होगा। फिलहाल बाँग्लादेश में 2019 में आम चुनाव हैं और शेख हसीना के नेतृत्व वाली अवामी लीग, जो भारत के लिए सहयोगी मानी जाती है, का पुनः सत्ता में आना भारत के लिए बेहतर होगा। लेकिन यह दो स्थितियों में ही संभव हो पाएगा। प्रथम– भारत तीस्ता नदी के जल बंटवारे को बाँग्लादेश के मनोनुकूल सम्पन्न करे। द्वितीय–चीन की चेक डिप्लोमैसी के विकल्प का प्रयोग करे। अगर भारत ऐसा करने में असफल होता है, तो फिर नेपाल की तरह बाँग्लादेश भी बदल सकता है और बाँग्लादेश का बदलना ज्यादा नुकसानदेह होगा, क्योंकि वहां चीन और पाकिस्तान दो देशों का प्रभाव पड़ेगा। हालांकि लैंड बाउंड्री एग्रीमेंट, न्यूक्लियर एनर्जी डील, कनेक्टिविटी और सिक्युरिटी के क्षेत्र में भारत ने नेबर्स फर्स्ट को आगे बढ़ाया और निभाने का प्रयास किया, लेकिन बीजिंग–इस्लामाबाद धुरी अथवा बीजिंग–मास्को–इस्लामाबाद त्रिकोण की काट अभी नई दिल्ली–ढाका में नहीं ढूंढ पाया।

श्रीलंका लिट्टे के खिलाफ लड़ाई में भारत की तरफ से असहयोग और चीन से सहयोग पाने के बाद पूरी तरह से चीन की गिरफ्त में चला गया या यूं कहें कि महिन्दा राजपक्षे ने श्रीलंका का पूरी तरह से चीनीकरण कर दिया। भारत के लिए यह जरूरी था कि वह श्रीलंका में चीनी गतिविधियों को रोके और मुनरो सिद्धांत को अपनी विदेश नीति में पहले जैसा स्थान देता रहे, लेकिन ऐसा हुआ नहीं। बल्कि चीन ने हम्बनटोटा से लेकर कोलम्बो और उससे आगे तक बंदरगाह, पुल और सड़कों के जरिये श्रीलंका का कायापलट कर दिया और उसके मौलिक चरित्र को बदलने में काफी हद तक सफलता प्राप्त कर ली। हालांकि मैथ्रीपाला सिरिसेना की विजय को नई दिल्ली की कूटनीतिक विजय और बीजिंग की हार के तौर पर देखा गया था। लेकिन यह बीजिंग के लिहाज से स्थायी परिवर्तन नहीं था। फिलहाल सिरिसेना ने फरवरी 2015 की अपनी भारत यात्रा के दौरान भारत के प्रति जिस तरह का झुकाव प्रदर्शित किया,

उससे लगा कि श्रीलंका बीजिंग प्रभाव से मुक्त होना चाहता है। लेकिन प्रश्न थे– क्या इस नई पारी से चीन खुश होगा या वह इसे सहज ही स्वीकार कर लेगा? क्या यह नहीं संभव है कि श्रीलंका का 'अभिन्न मित्र' (पूर्व श्रीलंकाई राष्ट्रपति महिंदा राजपक्षे द्वारा चीन के लिए प्रयुक्त) चीन कुछ ज्यादा ही खफा हो जाए और श्रीलंका के लिए मुश्किलें पैदा कर दे तो? प्रश्न यह भी था कि क्या भारत ने भावी रोडमैप का निर्माण कर श्रीलंका के साथ रिश्तों की नई पारी शुरू करने का निर्णय लिया है? मैथ्रीपाला सिरिसेना ने अपनी नई दिल्ली यात्रा को 'रिमार्केबल माइलस्टोन' करार दिया था और भारत–श्रीलंका संबंध को 'ग्रेटर हाइट' पर ले जाने वाला बताया था। लेकिन नई दिल्ली में श्रीलंका के साथ भारत ने जो समझौते किए थे, वे इतने पर्याप्त और प्रभावशाली नहीं थे कि मैथ्रीपाला की संभावनाओं को पूरी कर सकें। हां दोनों देशों के बीच क्लोजर स्ट्रैटेजिक पार्टनरशिप के लिए सिविल न्यूक्लियर डील का सम्पन्न होना, श्रीलंका को भारत के अनुकूल बनाने में सफलता मिल सकती है। भारत के प्रधानमंत्री ने इस समय 'ट्राइलैटरल स्ट्रैटेजिक कोऑपरेशन' को रखा था, लेकिन मालदीव में बाद में जो हुआ और मालदीव ने जिस तरह से भारत को अंगूठा दिखाया, वह भारत के आकलन के विपरीत और नेबर्स फर्स्ट के असफल होने का प्रतीक था।

मैथ्रीपाला की नई दिल्ली यात्रा के दौरान डेली मिरर ने लिखा था कि नई सरकार ने भारत, अमेरिका और यूरोपीय संघ के देशों के साथ संबंधों को सुधारने की दिशा में उच्च पेशेवर कदम उठाए हैं, लेकिन चीन के साथ रिश्तों में थोड़ी खटास आ गई है। राजपक्षे सरकार ने उचित परामर्श और सहमति के बगैर फैसले लिए, जिनमें से एक है कोलंबो पोर्ट सिटी प्रोजेक्ट, जिसमें चीन 1.5 बिलियन अमेरिकी डॉलर की फंडिंग कर रहा है। राजपक्षे सरकार ने चीन के साथ वह समझौता किया था, जिसके तहत कोलंबो पोर्ट के समीप चीन 'डेवलेपमेंट प्रोजेक्ट' भी शुरू करेगा। भारत ने समझौते के इस हिस्से का विरोध यह कहते हुए किया था कि इससे कोलंबो पोर्ट के बगल की 20 हेक्टेयर जमीन पूर्ण स्वामित्व के साथ चीन सरकार के अधीन काम करने वाली कंपनियों को चली जाएगी, जो हमारे हित में नहीं है। अब श्रीलंका सरकार द्वारा गठित उच्चस्तरीय समिति इस प्रोजेक्ट से जुड़े मामलों की जांच करेगी। लेकिन यदि श्रीलंका सरकार ऐसा करती है तो चीन श्रीलंका के खिलाफ जाएगा और यह भी संभव है कि वह श्रीलंका से अपने निवेश खींच ले (जैसा कि चीनी उप–विदेश मंत्री का बयान आया है) जिसकी क्षतिपूर्ति भारत नहीं कर सकता। लिट्टे के खात्मे में चीनी सहयोग के बाद श्रीलंका का चीन की ओर आकर्षण जिस अनुपात में बढ़ा, उसी अनुपात में भारत से दूरी। यही नहीं इस दौर में चीन ने श्रीलंका के इन्फ्रास्ट्रक्चरल डेवलेपमेंट से लेकर रक्षात्मक इन्फ्रास्ट्रक्चर (श्रीलंका के रक्षा कलपुर्जों में चीन की भागीदारी 60 प्रतिशत है) का विकास करने में चीनी सरकार को भरपूर सहायता दी। चीन के श्रीलंका में अरबों डॉलर के निवेश का परिणाम यह हुआ कि एक जमाने में श्रीलंका के शहरों में दिखने वाली भारतीय व्यापार की छाप फीकी पड़ गई। अब चीन श्रीलंका की इन परिसंपत्तियों में 80 प्रतिशत तक इक्विटी रखता है, ऐसे में उम्मीद की जा सकती है कि श्रीलंका

की स्वतंत्रता और नवऔपनिवेशिक चरित्र में दूरी कितनी है। भारत को इस विशेषता को देखकर अपेक्षाओं को आधार देना होगा, जो बहुत ज्यादा भारत के पक्ष में नहीं हैं।

नरेन्द्र मोदी के प्रधानमंत्री बनने से पहले, उनके संभाषणों एवं वक्तव्यों से ऐसा लगता था कि भारत पाकिस्तान के साथ अनुदार, प्री–एक्टिव और परिणामी नीति का चुनाव करेगा। लेकिन क्या ऐसा हुआ? क्या भारत ने वही गलतियां पुनः नहीं दोहराईं, जिनका खामियाजा भारत निरन्तर भुगतता आ रहा है। पहला प्रयास सही था, जिसे ओथ डिप्लोमैसी के तहत सम्पन्न किया गया था। लेकिन पाकिस्तान के साथ एन.एस.ए. बैठक और उफा (रूस) में पाकिस्तान के प्रधानमंत्री के वचन के विपरीत पाकिस्तान का जाना, इस बात का संकेत था कि पाकिस्तान का रावलपिंडी केन्द्र इसके पक्ष में नहीं है कि पाकिस्तान भारत के साथ अच्छे संबंध बनाए। यही वजह रही कि नई दिल्ली में होने वाली एन.एस.ए. बैठक में व्यवधान उत्पन्न कराया गया। फिर भी प्रधानमंत्री काबुल से अकस्मात रायविंड पैलेस जट्टी उमरा (नवाज शरीफ के घर) पहुंच गए। इसे कुछ भारतीय कूटनीतिकारों ने 'मास्टर स्ट्रोक' के रूप में देखा, जबकि कुछ ने इसे 'हेड ऑन डिप्लोमैसी' का नाम दिया। लेकिन क्या ये निष्कर्ष और फिर प्रयुक्त कूटनीतिक विशेषण उपयुक्त थे? इसका सही उत्तर तभी दिया जा सकता है, जब पाकिस्तान का चरित्र समझ लिया जाए? क्या वास्तव में पाकिस्तान अपना चरित्र बदलने जा रहा था? यदि नहीं तो फिर राजनय में लोकप्रियता का यह विशेष अनावश्यक रूप से प्रविष्ट किया गया था। दूसरा पक्ष यह है कि हमें पहले यह सुनिश्चित करना चाहिए कि प्रधानमंत्री की रायविंड पैलेस तक की यात्रा एक कूटनीतिक उद्देश्य से सम्पन्न यात्रा थी, जिसका कार्यक्रम छुपा हुआ ही सही, पर पहले से तय था? लेकिन यदि ऐसा नहीं था तो फिर कूटनीतिक लाभ–हानि का अर्थशास्त्र तर्कहीन हो जाएगा। मुझे इसके दो पक्ष लगते हैं। एक यह कि मास्को से कोई ऐसा संदेश मिला हो, क्योंकि पिछले कुछ समय से मास्को का इस्लामाबाद के प्रति झुकाव देखा गया है। रूस का पाकिस्तान की तरफ यह झुकाव उन स्थितियों में भारत के लिए ज्यादा मुश्किलें पैदा कर सकता है, जब चीन पहले से ही उसके साथ हो और अमेरिका का स्टैंड स्पष्ट न हुआ हो। यानी भारत के लिए यह जरूरी हो गया था कि पाकिस्तान की ओर कुछ कदम बढ़ाए अन्यथा भारत के लिए चुनौतियां और बढ़ेंगी।

यह भी माना जा रहा है कि अमेरिका और कुछ यूरोपीय देशों के साथ–साथ चीन की तरफ से भारत पर पाकिस्तान के साथ अच्छे संबंध बनाने का काफी दबाव रहा है। चूंकि प्रधानमंत्री मोदी के, शब्दों में अमेरिकी राष्ट्रपति बराक ओबामा और चीनी राष्ट्रपति शी जिनपिंग से रिश्ते अच्छे हैं, स्वाभाविक है उनका आग्रह या दबाव अपेक्षाकृत अधिक काम करेगा। लेकिन सवाल यह उठता है कि क्या प्रधानमंत्री नरेन्द्र मोदी ने इस तरफ बढ़े अपने आकस्मिक कदमों के साथ उन प्रश्नों पर गौर किया, जो भारत की सुरक्षा और आवश्यकता से जुड़े हैं और जिन्हें अब तक भारत की मूलभूत कूटनीति के विषय के रूप में स्वीकार किया जाता रहा है या फिर यह मानकर ये कदम उठाए गए कि इनसे उनकी व्यक्तिगत प्रतिष्ठा उस पायदान पर पहुंच जाएगी कि शेष सारे विषय अपने आप ही गौण हो जाएंगे या फिर अधिक आशावादी होकर कहें तो हल हो जाएंगे? लेकिन उफा की बातचीत में नवाज शरीफ ने जो वादा किया था, अभी तक उस दिशा में पाकिस्तान एक इंच भी नहीं खिसका था। यह भारत का ही निर्णय था

कि पाकिस्तान जब तक उन आतंकवादियों या उनके मास्टर माइंड्स पर कार्रवाई नहीं करता, तब तक भारत उसके साथ वार्ता नहीं करेगा। स्वयं गृहमंत्री राजनाथ सिंह ने बयान दिया था कि आतंकवाद और बातचीत एक साथ नहीं चल सकती। अभी तक तो पाकिस्तान ने कुछ भी वैसा नहीं किया, जैसा कि भारत की अपेक्षा रही है। फिर वे वजहें कौन–सी थीं? स्वाभाविक रूप से अस्पष्ट और भारतपेक्षी नहीं व्यक्तिपेक्षी हो सकती हैं। अगर भारतपेक्षी होतीं तो नरेन्द्र मोदी की यात्रा के प्रतिफल गुरदासपुर, पठानकोट और उरी हमलों के रूप में नहीं दिखते।

2 जनवरी, 2016 की सुबह पठानकोट स्थित भारतीय वायुसेना के ठिकाने पर पाकिस्तान से आए आतंकियों ने हमला किया। पठानकोट वायुसैनिक बेस जम्मू–कश्मीर, पंजाब और हिमाचल प्रदेश के बीच स्थित इस बेस पर ही मिग–21, एमआई–25 और एमआई–35 हमलावर हेलिकॉप्टर रखे गए हैं। खुफिया एजेंसियों ने जो इंटरसेप्ट्स प्राप्त किए हैं, उसके अनुसार आतंकियों को उनके सरगनाओं की तरफ से आदेश दिया गया था कि, 'चॉपर्स और प्लेनों को उड़ा दो।' इसका तात्पर्य यह हुआ कि यह हमला सॉफ्ट कोर को हिट कर जनतांत्रिक सरकार पर दबाव बनाने का नहीं था, बल्कि इसके जरिए भारत के समक्ष सामरिक चुनौती देने का प्रयास था। इस सैनिक बेस का अपना सामरिक महत्व है, इसलिए निष्कर्ष तो यह भी निकाला जा सकता है कि आतंकियों ने इसके जरिए भारत की रक्षात्मक नीति और सेना को सीधे चुनौती देने की कोशिश की थी, जिसकी जिम्मेदारी जैश–ए–मुहम्मद ने ली थी। इससे पहले जुलाई 2015 में गुरदासपुर में आतंकी हमला, उसके एक सप्ताह बाद ही जम्मू के ऊधमपुर में भारतीय सुरक्षाबलों पर हमला एक प्रकार से रिहर्सल थे, लेकिन भारतीय राजनय स्वयं की तारीफ के किस्से सुनकर नया इतिहास लिखता रहा। इससे भी नकारात्मक पक्ष यह रहा कि पठानकोट हमले की जांच के लिए पाकिस्तान की संयुक्त जांच टीम (जे.आई.टी.) को आमंत्रित किया गया। इस टीम का नेतृत्व पंजाब के काउंटर टेररिज्म डिपार्टमेंट (सी.टी.डी.) के प्रमुख मुहम्मद ताहिर राय कर रहे थे और अन्य सदस्यों में लाहौर के इंटेलीजेंस ब्यूरो के डिप्टी डायरेक्टर जनरल मोहम्मद अजीम अरशद, आई.एस.आई. के ऑफिशियल लेफ्टिनेंट कर्नल तनवीर अहमद, मिलिट्री इंटेलीजेंस ऑफिसर लेफ्टिनेंट कर्नल इरफान मिर्जा और गुजरावालां के सी.टी.डी. इन्वेस्टीगेटिव ऑफिसर शाहिद तनवीर शामिल थे। हालांकि इससे पहले 26/11 हमले के संबंध में पाकिस्तान ने एक न्यायिक आयोग भारत भेजा था ताकि वह गवाहों का क्रॉस एक्जामिनेशन कर सके। लेकिन पाकिस्तान के खुफिया और पुलिस अधिकारी आतंकी हमले की जांच एक संयुक्त जांच टीम के रूप में पहली बार भारत आए थे। यह पैटर्न बेहद नकारात्मक था, क्योंकि इसमें एक प्रकार से आतंकवादी को उसके अपने ही खिलाफ जांच का अवसर दिया गया था। यहां पर भारत पुनः यह संदेश देता दिखा कि वह एक सॉफ्ट स्टेट है। ध्यान रहे कि पिछले सप्ताह विदेश मंत्री सुषमा स्वराज ने सार्क देशों के विदेश मंत्रियों के सम्मेलन में काठमांडू में अपने पाकिस्तानी समकक्षी सरताज अजीज के समक्ष यह प्रस्ताव रखा था न कि पाकिस्तान ने भारत के समक्ष यह प्रस्ताव रखा था। इस कदम को आदर्श की नजर से देखेंगे तो उचित कह सकते हैं, क्योंकि दुनिया के सामने पाकिस्तान को बेनकाब करने का उसे ही अवसर देकर भारत ने एक आदर्श

पेश किया था। लेकिन पाकिस्तान के रीयल स्टेट ऐक्टर नहीं चाहते कि वे पिछले 5–6 दशक से भारत के विरुद्ध लड़ रहे छद्‌मयुद्ध को समाप्त करें। ऐसे में सेना, पुलिस और आई.एस.आई. के अधिकारियों के संयुक्त जांच दल का पठानकोट एयरबेस में जांच के लिए प्रवेश करना रक्षात्मक दृष्टि से और परम्परा के लिहाज से भविष्य की दृष्टि से बेहतर नहीं कहा जा सकता।

सितम्बर 2016 में उरी में पठानकोट की पुनरावृत्ति हुई। यह हमला कश्मीर की अशांति के 26 वर्ष बाद किसी आर्मी बेस पर सबसे बड़ा हमला है। यह हमला कई दृष्टियों से भारत के लिए चुनौती था। पहला यह कि यह आर्मी बेस 12 यूनिट का आर्मी बेस है, जहां डोगरा रेजीमेंट तैनात है। इस बेस के पीछे की तरफ पहाड़ है और उससे लाइन ऑफ कंट्रोल (एल.ओ.सी.) सटी हुई है। यहीं से आतंकी झेलम नदी के रास्ते घुसपैठ करते हैं। हमले का पैटर्न बिलकुल पठानकोट हमले जैसा है। पिछले कई वर्षों से पाकिस्तान के आतंकवादी 'वार टैक्टिस' पर लगातार काम करने की स्थिति में दिख रहे हैं। वे अब सॉफ्ट टारगेट की बजाय सीधे भारतीय सुरक्षा और रक्षा ठिकानों पर हमले कर अपनी ताकत का प्रदर्शन कर रहे हैं। दुर्भाग्यवश इससे भारत की रक्षा सजगता से जुड़ी कमजोरियां भी सामने आईं। इस घटना के बाद एक बार देश के संदर्भ में यह कहने का साहस अवश्य किया कि प्रधानमंत्री को 'शब्दास्त्रों' से नहीं बल्कि 'शस्त्रास्त्रों' काम लेना चाहिए था।

मालदीव में फरवरी 2018 में जो हुआ, वह उसका आंतरिक मामला था, लेकिन मालदीव के राष्ट्रपति अब्दुल्ला यामीन द्वारा शुरू से ही चीन को मालदीव में स्थायी जगह देना और फरवरी 2018 की घटना के समय भारत को दूर रखने का निर्णय लेना, भारतीय राजनय के लिहाज से विचारणीय तथ्य है। मालदीव ने चीन को मारओ बंदरगाह देने के पश्चात् चीन के साथ 'फ्री ट्रेड एग्रीमेंट' साइन किया। इस एग्रीमेंट के तहत जुलाई, 2015 को मालदीव की संसद ने एक बिल पास किया, जो विदेशी निवेशकों को जमीन पर अधिकार प्रदान करता है। यह सब चीन के लिए किया गया था, क्योंकि इसी कानून के आधार पर चीन सामरिक महत्व वाले 16 द्वीपों को ठेके (लीज) पर प्राप्त कर चुका है। यह द्वीप आने वाले समय में चीनी लाल सेना के अड्डे बनें और मालदीव एक 'मिलिटराइज्ड जोन', भले ही यामीन भारत को इसके ठीक विपरीत आश्वासन दे रही हो। यही नहीं मालदीव चीन के 'वन बेल्ट, वन रोड' परियोजना का समर्थन भी कर रहा है (अभी हाल ही में मालदीव ने चीन के साथ मैरीटाइम सिल्क रूट से जुड़े एम.ओ.यू. भी साइन किए हैं) और उसका मारओ बंदरगाह चीन की स्ट्रिंग ऑफ पर्ल्स का एक पर्ल है। शायद यही वजह है कि फरवरी 2018 मालदीव के पूर्व राष्ट्रपति और विपक्ष के नेता मोहम्मद नशीद ने ट्वीट कर कहा, 'भारत को सैन्य हस्तक्षेप करते हुए राष्ट्रपति अब्दुल्ला यामीन द्वारा गिरफ्तार कराए गए जजों और विपक्ष के नेताओं को आजाद कराना चाहिए।' इस अपील पर भारत की तरफ से तो कोई एक्शन प्लान सामने आया भी नहीं था, इससे पहले ही चीन के विदेश मंत्रालय के प्रवक्ता गेंग शुआंग की तरफ से बयान आ गया कि, 'मालदीव की संप्रभुता को ध्यान में रखते हुए अंतरराष्ट्रीय समुदाय को इस मामले में कोई भी रचनात्मक कदम नहीं उठाना चाहिए। ऐसा करने से मालदीव की स्थिति और बिगड़ सकती है।' चीनी प्रवक्ता ने अपना बयान देते समय

भारत का नाम तो नहीं लिया, लेकिन चीन का इशारा किधर था, यह भारत को समझना चाहिए था। इसी का परिणाम था कि जब मालदीव की सरकार ने मालदीव की आंतरिक स्थितियों से अवगत कराने के लिए अपने दूत भेजे तो वे बीजिंग, इस्लामाबाद, इस्तांबुल सहित तमाम देशों में गए, लेकिन भारत को इससे अलग रखा गया।

कुल मिलाकर निष्कर्ष यह है कि दृश्य एवं ज्ञात पक्ष नेबरहुड फर्स्ट नीति को परिणाम की दृष्टि से सफल करार नहीं देते। चीन का नेतृत्व भारतीय माध्यमों की दृष्टि से नरेन्द्र मोदी को लेकर काफी आशान्वित था और नरेन्द्र मोदी की जीत से पहले ग्लोबल टाइम्स ने यह लिखा भी था कि वे एक नैतिक व्यापारी हैं, इसलिए वे संबंधों को व्यापक बनाने में विश्वास अवश्य रखेंगे। भारत के राष्ट्रपति प्रणव मुखर्जी जब चीन की यात्रा पर गए तो उनकी यात्रा बीजिंग से न शुरू होकर गुआंगझू (गुआंगडांग) से शुरू हुई। यह उस प्रांत की राजधानी है, जो न केवल 1 खरब अमेरिकी डॉलर की अर्थव्यवस्था वाला एकमात्र चीनी प्रांत है, बल्कि यह भारत के ऐतिहासिक सांस्कृतिक संबंधों का गवाह भी है, क्योंकि बोधिधर्म (जिन्हें चीन में ता–मो कहा जाता है) सबसे पहले छठी शताब्दी में गुआंगडांग के तट पर पहुंचे थे।

चीन प्रायः भारत विरोधी गतिविधियों में संलिप्त देखा जाता है और उसकी ये गतिविधियां भारत की अखण्डता और सुरक्षा को आघात पहुंचाने वाली होती हैं। इसलिए इस यात्रा के दौरान उन विषयों को अवश्य उठाना चाहिए था। ऐसा इसलिए क्योंकि विषयों को बार–बार रखने और उस पर वार्ता करने से देश की प्रबल इच्छा की अभिव्यक्ति होती है और दबाव की सतत प्रक्रिया सुनिश्चित होती है। यह प्रक्रिया कूटनीतिक क्षमता में उन्नति और निरंतर अध्ययन की प्रक्रिया को भी प्रोत्साहित करती है। लेकिन ऐसा नहीं हुआ, बल्कि इसके विपरीत बौद्धिक जनों, अध्यापकों और कुलपतियों के समूहों में बौद्धिक चर्चाएं हुईं, जिनके बेहद सीमित निहितार्थ और आयाम हैं। स्वाभाविक है कि उसके परिणाम भी सीमित या गौण प्रभाव वाले ही रहेंगे। हालांकि राष्ट्रपति की यात्रा से कुछ दिन पहले ही भारत द्वारा जैश–ए–मुहम्मद के सरगना आतंकवादी मौलाना अजहर मसूद पर प्रतिबंध लगाने संबंधी लाए गए प्रस्ताव पर चीन वीटो कर चुका था। राष्ट्रपति मुखर्जी की चीन यात्रा से पहले यह माना जा रहा था कि राष्ट्रपति इस विषय पर बात अवश्य करेंगे, लेकिन ऐसा नहीं हुआ। चीनी विदेश मंत्रालय के प्रवक्ता हांग लेई ने इस मसले पर स्पष्ट किया था कि 'हम एक वस्तुनिष्ठ और सही तरीके से तथ्यों और कार्यवाही के महत्वपूर्ण नियमों पर आधारित संयुक्त राष्ट्र सुरक्षा परिषद् समिति के तहत मुद्दे सूचीबद्ध करने पर ध्यान देते हैं, जिसकी स्थापना प्रस्ताव 1267 के तहत की गई थी।' लेकिन भारत इसका सही प्रत्युत्तर नहीं दे सका था। यह अलग बात है कि गुआंगडांग–कांचीपुरम के ईसवी–सन के आरम्भिक संबंधों से जोड़कर भारत–चीन की पुरानी सम्बद्धता को नयापन एवं मजबूती देकर नए रिश्तों के निर्माण का आह्वान किया गया था।

चीनी राष्ट्रपति शी जिनपिंग भारत भी आए, लेकिन दोनों देशों के बीच संबंधों की सहजता नहीं देखी जा सकी, जबकि भारत ने भरपूर मेजबानी की। एन.एस.जी. मसले

पर प्रधानमंत्री नरेन्द्र मोदी ने विशेष आग्रह किया, लेकिन सफलता नहीं मिली। हां चीन ने डोकलाम के जरिये भारत को चुनौती देने की कोशिश की। चीन ने 73 दिनों तक ट्राई–जंक्शन के डोकलाम पर भारत को चुनौती दी। इसके बाद दोनों देशों की सेनाएं पीछे हट गईं। इसके बाद ही प्रधानमंत्री ने चीन की यात्रा की और श्यामन ब्रिक्स समिट में हिस्सा लिया और दोनों देशों की समझ के कारण ही बहुत से आतंकी संगठनों की संयुक्त घोषणा–पत्र में निंदा की गई, जिसमें पाकिस्तान के वे संगठन भी शामिल हैं, जिन पर चीन का रुख सकारात्मक रहता था। श्यामन ब्रिक्स में जब संयुक्त घोषणापत्र में कहा कि, "हम ब्रिक्स देशों समेत पूरी दुनिया में हुए आतंकी हमलों की निंदा करते हैं। हम हर प्रकार के आतंकवाद की निंदा करते हैं, चाहे वो कहीं भी घटित हुआ हो। इनके पक्ष में कोई तर्क नहीं दिया जा सकता। हम इस क्षेत्र में तालिबान, आई.एस.आई.एस., अल–कायदा और इनके सहयोगियों, जिसमें इस्टर्न तुर्किस्तान इस्लामिक मूवमेंट (ई.टी.आई.एम.), इस्लामिक मूवमेंट ऑफ उज्बेकिस्तान, हक्कानी नेटवर्क, लश्कर–ए–तैयबा, जैश–ए–मोहम्मद, तहरीक–ए–तालिबान पाकिस्तान, हिज्ब–उत–तहरीर भी शामिल हैं, द्वारा की जा रही हिंसा की निंदा करते हैं और इस क्षेत्र की सुरक्षा स्थिति को लेकर चिंतित है।' तो यह भारत की कामयाबी थी और चीन का भारत के प्रति उदार रुख, क्योंकि चीन जैश–ए–मोहम्मद के मुखिया मसूद अजहर पर यू.एन. द्वारा प्रतिबंध लगाए जाने का हमेशा विरोध करता रहा है। तो क्या यह मान लेना चाहिए कि चीन इसके बाद सीधी रेखा में चलेगा? अगर उत्तर हां में रहता है तो फिर भारतीय सेना के प्रमुख ने 'सलामी स्लाइसिंग' संबंधी बयान क्यों दिया? 'सलामी स्लाइसिंग' का तात्पर्य है चीनी सेना द्वारा धीरे–धीरे भारतीय भूभाग पर कब्जा जमाना और भारत की सहने की क्षमता को परखना। सही बात तो यह है कि डोकलाम से पीछे हटने के संबंध में चीन ने कभी स्पष्ट संकेत नहीं दिए। उसके विदेश मंत्रालय की तरफ से तीन बातें रखी गईं थीं। प्रथम–चीन की तरफ से यह बयान दिया गया कि भारत ने अपने सैनिकों को हटा लिया है। द्वितीय – डोकलाम क्षेत्र में हम अपनी पेट्रोलिंग जारी रखेंगे और तीसरी– चीन अपनी संप्रभुता, अखंडता और सीमा की सुरक्षा के लिए जो भी ज़रूरी हो वह करेगा। मतलब यह कि चीन ट्राई जंक्शन के आसपास सैन्य गतिविधियों को कम नहीं करेगा।

दरअसल चीन भूटान के 7 हिस्सों पर दावा करता है। इनमें से 4 पर कई बार विवाद की स्थिति बन चुकी है। यहां ध्यान देने योग्य बात यह है कि डोकलाम प्लैटो, जो भूटान का हिस्सा है, लेकिन चीन इस पर अपनी दावेदारी जताता है। चीन यहीं से सड़क बनाता हुआ डोकलाम की ओर जाना चाह रहा था। तकनीकी रूप से डोकलाम ट्राइ–जंक्शन (चिकन नेक) पर स्थित है, लेकिन चीन मानता है कि ट्राई–जंक्शन डोकलाम से लगभग 18 किमी दूर गामोचेन में हैं। इस बहाने चीन 18 किमी और नीचे आना चाहता है, जिससे भारत के सिलीगुड़ी कॉरिडोर की दूरी और कम हो जाए। ट्राई–जंक्शन से सिलीगुड़ी कॉरिडोर केवल 50 किलोमीटर दूरी पर है। यह कॉरिडोर पूर्वोत्तर राज्यों को शेष भारत से जोड़ता है। यदि चीन डोकलाम में सैन्य ठिकाना बनाता है, तो उसकी पहुंच सिलीगुड़ी कॉरिडोर तक आसानी से हो जाएगी। खास बात यह

है कि चीन उसी तरह की सड़क बना रहा है, जिस प्रकार की सड़क सोवियत संघ ने 1990 के दशक में सलांग हाईवे के रूप में अफगानिस्तान में बनाई थी। ऐसी सड़क 40 टन तक के मिलिट्री वाहन, लाइट मैन बैटल टैंक और तोपों का वजन सह सकती है। कुछ समय पहले चीनी आर्मी ने यह भी घोषणा की कि वह तिब्बत में 35 टन के लाइट मैन बैटल टैंक का परीक्षण कर रहा है। ये टैंक पहाड़ी इलाकों में ऑपरेशन के लिए हैं। इसी घोषणा ने भारतीय रक्षा मंत्रालय का ध्यान डोकलाम की ओर खींचा था। चीन डोकलाम पर ब्रिटिश–चीन की संधि का आश्रय लेता रहा, जबकि भारत 2012 के एग्रीमेंट का। इसके अतिरिक्त भारत की भूटान के साथ 2007 की भी एक संधि है जिसके तहत दोनों देश अपनी जमीन का ऐसी गतिविधियों के लिए इस्तेमाल नहीं होने देंगे, जो दूसरे के लिए खतरा बने। इस 'इंडिया–भूटान फ्रेंडशिप ट्रीटी' के आर्टिकल 2 में यह भी उल्लेख है कि दोनों सरकारें राष्ट्र हित से जुड़े मुद्दों पर एक–दूसरे का सहयोग भी करेंगी। इस संधि के तहत ही भारतीय सेना ने भूटान को मदद की थी और आगे भी करेगा। चीन ने जब डोकलाम तक जाने का निर्णय लिया था, तब शायद उसे उम्मीद नहीं थी कि भारत फारवर्ड फ्रंट पर जाकर उसका विरोध करेगा। इस दृष्टि से भारतीय नेतृत्व ने दृढ़ता का परिचय दिया था, लेकिन जिस तरह से सेना के पीछे हटने में चीन ने कूटनीतिक चातुर्य दिखाया, उस पर भारत कुछ हद तक चीनी चातुर्य में या तो फंसता हुआ दिखा अथवा वह उसे समझने में नाकामयाब रहा। चीन दक्षिण और दक्षिण–पूर्व एशियाई देशों के साथ 'डिप्लोमैसी बाई टेरर' की नीति अपनाना चाह रहा है, भारत को इसे समझना होगा और आगे की रणनीति बनानी होगी।

अमेरिका के साथ नरेन्द्र मोदी के संबंधों में आकस्मिक परिवर्तन आया, क्योंकि उन पर अमेरिका ने कई वर्षों तक प्रतिबंध लगा रखा था। लेकिन नरेन्द्र मोदी के प्रधानमंत्री बनते ही निमंत्रण मिल गया और नरेन्द्र मोदी ने भी त्वरित निर्णय लेकर रिस्पांस दिया। अमेरिका में नरेन्द्र मोदी ने सैन जोस और फिर न्यूयॉर्क के टाइम्स स्क्वॉयर से जिस कूटनीति की शुरुआत की, वह अब तक की भारतीय कूटनीति से भिन्न थी। नरेन्द्र मोदी ने उसमें लोकप्रियता के तत्व को प्रभावी बनाने की कोशिश की, जिसमें शुरुआती दौर में वे काफी सफल भी रहे। लेकिन कूटनीति लोकप्रियता की विशेषताओं से नहीं, सामरिक तैयारियों एवं जरूरतों की जटिलताओं से संचालित होती है। प्रधानमंत्री नरेन्द्र मोदी की इस अमेरिकी यात्रा को दो खास वजहों से देखा गया था। प्रथम– संयुक्त राष्ट्र संघ में सुधार और सुरक्षा परिषद् के विस्तार में भारतीय राजनय संबंधी रणनीति और द्वितीय – सिलिकॉन वैली के दिग्गजों के समक्ष भारत के भविष्य की एक नई तस्वीर प्रस्तुत कर उनसे भारत के डिजिटल सशक्तिकरण में सहयोग का आह्वान। उल्लेखनीय है कि भारत लम्बे समय से दो मुद्दों पर संयुक्त राष्ट्र संघ के सदस्यों का ध्यान आकर्षित करने की कोशिश कर रहा है, –प्रथम सुरक्षा परिषद् की सदस्य संख्या का विस्तार और द्वितीय–संयुक्त राष्ट्र की काम करने की प्रक्रिया में बदलाव। हालांकि 14 सितम्बर को अपने 69वें सत्र के समापन से पहले ही संयुक्त राष्ट्र महासभा ने 'फ्रेमवर्क डाक्यूमेंट टेक्स्ट' पर वार्ता के लिए सर्वसम्मति से प्रस्ताव पारित किया। हालांकि प्रधानमंत्री की यात्राओं से भारत को अमेरिका से कुछ

हासिल नहीं हुआ। इसका एक कारण तो यह था कि अमेरिका में चुनाव निकट आ रहे थे और ओबामा प्रशासन कोई नया निर्णय लेना नहीं चाहता था। दूसरा कारण यह था कि ओबामा प्रशासन पाकिस्तान और चीन को अलग कर भारत संबंधी नीति पर विचार करना नहीं चाहता था। फिर भी कुछ पहले हुईं, जिनमें एक है अमेरिका के साथ रक्षा संबंधी लॉजिस्टिक्स समझौता। इसके बाद ही अमेरिकी प्रशासन की तरफ से घोषणा हुई कि भारत अमेरिका का 'मेजर डिफेंस पार्टनर' है और अब 99 प्रतिशत अमेरिकी रक्षा प्रौद्योगिकियों तक भारत की पहुंच होगी। अमेरिका का औपचारिक सहयोगी हुए बिना यह दर्जा पाने वाला भारत एकमात्र ऐसा देश होगा। अमेरिका की तरफ से भारत के प्रति दिखाई गई इस उदारता को कई दृष्टिकोणों से देखा जा सकता है, जिसमें एक तो इसे सरकार की बड़ी उपलब्धि कहा जा सकता है। लेकिन दूसरा पक्ष इसका यथार्थ जानने की जिज्ञासा पैदा करता है यानी क्या इसका यथार्थ उतना ही साफ–सुथरा है, जितना कि पेश किया जा रहा है? इस विषय पर दो अमेरिकी थिंक टैंक का नजरिया भिन्न–भिन्न है। एक अमेरिकी थिंक टैंक कार्नेगी एंडोवमेंट फॉर इंटरनेशनल पीस के एश्ले टेलिस भारत के लिए 'मेजर डिफेंस पार्टनर' की विशेष श्रेणी निर्मित करने का कार्य करते हैं, लेकिन एक अन्य अमेरिकी थिंक टैंक के रिचर्ड ए. रोसॉ का मत है कि भारत को 'मेजर डिफेंस पार्टनर' कहना, टेक्निकल डेजिगनेशन की अपेक्षा 'टर्म ऑफ आर्ट' अधिक है। व्हाइट हाउस में अमेरिकी राष्ट्रपति बराक ओबामा और प्रधानमंत्री नरेन्द्र मोदी के बीच सम्पन्न हुईं बैठक के बाद अमेरिका ने एक संयुक्त बयान में भारत को 'मेजर डिफेंस पार्टनर' के रूप में मान्यता दी थी। इसके बाद अमेरिका की तरफ से कहा गया था कि, "हम लोग कुछ खास तलाश रहे हैं। इस तरह की भाषा आपने किसी भी हथियार हस्तांतरण विधान या हमारी किसी मौजूदा नीतियों में नहीं देखी होगी। यह नया मार्गदर्शन और नई भाषा है, जो उन खास चीजों को परिलक्षित करता है, जिसे हमने अपनी रक्षा साझेदारी के अंतर्गत भारत के साथ किया है।" भारत ने अपने निर्यात नियंत्रण उद्देश्यों को आगे बढ़ाने के लिए जो प्रतिबद्धता दिखाई है, उसके अनुरूप इस मान्यता के तहत अब भारत को दोहरे इस्तेमाल वाली प्रौद्योगिकियों की विशाल श्रृंखला तक लाइसेंस मुक्त पहुंच मिलेगी। यहां पर एक तकनीकी उलझन नजर आती है कि क्या भारत वासेनार अरेंजमेंट में शामिल हुए ही दोहरे इस्तेमाल की वस्तुओं एवं प्रौद्योगिकियों (डुअल यूज ऑफ गुड्स एण्ड टैक्नोलॉजीज) के निर्यात नियंत्रण का हिस्सा बन सकता है? यदि हां तो फिर उसे वासेनार अरेंजमेंट एवं ऑस्ट्रेलिया समूह में शामिल होने की जरूरत ही नहीं रह गई? ऐसी स्थिति में भारत को एन.एस.जी. का सदस्य बन जाना चाहिए था या आने वाले समय में उसे एन.एस.जी. में शामिल होने से कोई नहीं रोक सकता। लेकिन वस्तुस्थिति इससे ठीक अलग है और दिखेगी भी। फिर इस साझेदारी में कुछ बातों को गौण क्यों रखा गया है? क्या यह जिम्मेदारी भारत सरकार की नहीं है, कि इस मसले पर पड़ी ढेर सारी धुंध को साफ करे? आखिर भारत–अमेरिका की इस यूनीक रिलेशनशिप के आकस्मिक उभार के पीछे ऐसा क्या है, जो डिफेंस टेक्नोलॉजी एण्ड ट्रेड इनीशिएटिव (डी.टी.टी.आई.) तथा पेंटागन के अंदर 'इंडिया रैपिड रिएक्शन सेल' जैसे प्रदर्शन के जरिए हैंडल करने की कोशिश हो

रही है? महत्वपूर्ण बात यह है कि जब अमेरिका की तरफ से यह स्पष्ट किया गया कि अमेरिका की 99 प्रतिशत रक्षा प्रौद्योगिकियों तक भारत की पहुंच होगी तो इसके साथ उस शेष 1 प्रतिशत के विषय में भी स्पष्टीकरण दिया गया, जिस तक भारत की पहुंच नहीं होगी। अमेरिका की तरफ से बताया गया कि इसकी वजह भारत नहीं है, बल्कि वैश्विक लाइसेंसिंग नीतियां हैं जिनके चलते हम (अमेरिका) कुछ प्रौद्योगिकियों को दुनिया के किसी भी देश के साथ साझा नहीं कर सकते।

भारत ने अप्रैल 2016 में जब एक–दूसरे की सैन्य सुविधाओं को साझा करने के लिए 'लॉजिस्टिक्स एक्सचेंज मेमोरेंडम ऑफ एग्रीमेंट' (लेमोआ–LEMOA) पर सैद्धांतिक सहमति प्रदान की थी, तभी से आगे की दिशा का आभास हो गया था। उल्लेखनीय है कि इस समझौते के सम्पन्न होने के बाद भारत और अमेरिका की सेनाएं सैन्य आपूर्ति, रिपेयर और दूसरे कार्यों के लिए एक–दूसरे के आर्मी बेस, एयर बेस और नौ–सैनिक बेस का उपयोग कर सकेंगे। इसके साथ ही भारत और अमेरिका द्विपक्षीय रक्षा समझौते को मजबूती देते हुए अपने–अपने रक्षा विभागों और विदेश मंत्रालयों के अधिकारियों के बीच 'मैरीटाइम सिक्योरिटी डायलॉग' स्थापित करने पर भी सहमत हुए हैं। हमें यहां पर इस बात पर विचार करना होगा कि भारत की तरफ से अमेरिकी आर्मी, एयर और नौ–सैनिक बेस इस्तेमाल करने की संभावनाएं कितनी हैं और अमेरिका की कितनी? एल.ई.एम.ओ.ए. को पहले भारत अमेरिका के साथ सैन्य गठबंधन बताता था और उसका सबसे बड़ा विरोध भारतीय जनता पार्टी की तरफ से था, फिर अब इसकी प्रकृति पहले से भिन्न कैसे हो गई? अमेरिका जानता है कि भारत एशिया विशेषकर ट्रांस–पैसिफिक क्षेत्र में, अधिक सक्रिय एवं निर्णायक भूमिका निभा सकता है, जैसा एशिया–प्रशांत एवं हिंद महासागर क्षेत्र के लिए इंडो–यू.एस. ज्वाइंट स्ट्रैटेजिक विज़न 2015 से स्पष्ट है। सभी जानते हैं कि अमेरिका चीन की प्रशांत महासागर में बढ़ती ताकत को अपनी प्रभुता के खिलाफ देख रहा है, जिसे काउंटर करने के लिए एशिया–प्रशांत में भारत की साझेदारी आवश्यक है। दूसरा पक्ष यह है कि अमेरिका को भारत में बड़ा रक्षा बाजार दिख रहा है। स्वाभाविक है कि अमेरिका को भारत सामान्य साझेदार की श्रेणी से निकालकर मेजर डिफेंस पार्टनर की श्रेणी प्रदान करेगा, यह कहते हुए कि भारत का ट्रैक रिकॉर्ड बेहतर है, इसलिए रक्षा सहयोगी बनने के लिए भारत अधिक योग्य है, क्योंकि यहां सैन्य नागरिक संबंध सौहार्द्रपूर्ण है और लोकतंत्र क्रियाशील है।

भारत ने सितम्बर 2017 में अमेरिका के साथ रक्षा रणनीतियों को आगे बढ़ाते हुए 'हिन्द–प्रशांत' क्षेत्र में एक चतुर्भुज बनाने हेतु औपचारिक सहमति व्यक्त की। मनीला में भारत, अमेरिका, जापान और ऑस्ट्रेलिया क्वैड अरैंजमेंट (Quad Arrangement) के जरिए मैरीटाइम सुरक्षा और कनेक्टिविटी के जरिए 'मुक्त एवं स्वतंत्र इण्डो–प्रशांत' (फ्री एण्ड ओपन इंडो पैसिफिक) को स्थापित करने पर सहमति बनी। इस अरैंजमेंट का छुपा हुआ, लेकिन मूल मकसद चीन को रोकना है। लेकिन चारों भागीदार देशों की अधिकारी स्तर की वार्ता के पश्चात् उनकी तरफ से कोई संयुक्त वक्तव्य जारी नहीं किया गया, यह संशय पैदा करता है।

तकनीकी रूप से यह माना जाता है कि अब से 10 साल पहले, वर्ष 2007 में जापान के प्रधानमंत्री शिंजो आबे ने पहली बार इस विचार (क्वैड के विचार) को प्रस्तुत किया था, लेकिन व्यावहारिक रूप से यह अमेरिका की 'पीवोट टू एशिया' का मुख्य एजेंडा रहा है। पहले पक्ष के अनुसार, वर्ष 2007 के मई महीने में मनीला में ही आसियान क्षेत्रीय शिखर सम्मेलन में, चारों देशों के नेताओं ने मुलाकात की थी और इसी मुलाकात के दौरान जापान की तरफ से इसे पेश किया गया था। लेकिन चीन की आपत्तियों के चलते बाद में यह गठजोड़ व्यावहारिक रूप नहीं प्राप्त कर पाया। कुछ समय बाद अमेरिका ने 'पीवोट टू एशिया पॉलिसी' के तहत इस दिशा में पुनः कदम उठाए थे। वर्ष 2012 में अमेरिकी रक्षा मंत्री लियोन पेनेटा ने सिंगापुर में यह घोषणा की थी कि अमेरिका प्रशांत क्षेत्र में अपनी नौसेना की ताकत को और बढ़ाएगा ताकि उसके 60 प्रतिशत लड़ाकू जहाजों को इस क्षेत्र में तैनात किया जा सके। इससे पहले अमेरिकी नौसेना का प्रशांत और अटलांटिक क्षेत्र में 50–50 प्रतिशत का विभाजन था, जिसे परिवर्तित कर वर्ष 2020 तक 60 और 40 प्रतिशत किया जाना है। इसके बाद अमेरिका के एक संसदीय सलाहकार आयोग द्वारा ओबामा प्रशासन को चीन के प्रति और आक्रामक रुख अपनाने की सलाह दी गई थी। इसके बाद हिलेरी क्लिंटन के नेतृत्व वाली टीम, जिसमें सहायक विदेश मंत्री कर्ट कैंपबेल सहित कई रणनीतिकार शामिल थे, एशिया–प्रशांत क्षेत्र का भ्रमण कर जापान, दक्षिण कोरिया और ऑस्ट्रेलिया के साथ अमेरिकी गठबंधन के लिए महत्वपूर्ण सहयोगी बिन्दु तलाशे गए और फिर प्रशासन को रिपोर्ट सौंपी गई। इस रिपोर्ट में कहा गया था कि अमेरिका, भारत और जापान के साथ त्रिपक्षीय गठबंधन बनाकर इण्डोनेशिया के साथ गहरे संबंध स्थापित करे। इस रिपोर्ट में यह भी कहा गया था कि 21वीं सदी में सामरिक और आर्थिक आकर्षण का केंद्र एशिया–प्रशांत क्षेत्र होगा और इसमें अमेरिका के रणनीतिक साझेदारों के साथ–साथ भारत सहित इण्डोनेशिया, सिंगापुर, न्यूजीलैंड, मलेशिया और वियतनाम को महत्वपूर्ण भूमिका निभानी होगी।

अमेरिका द्वारा इस क्षेत्र में इस स्तर की छानबीन एवं रणनीति के मोटे तौर पर दो पहलू थे। एक सामरिक और दूसरा आर्थिक। ब्लू इकोनॉमी इस क्षेत्र के प्रति आकर्षण का सबसे बड़ा कारण है, लेकिन इस पर कब्जा करने के लिए शक्ति संतुलन, वृहत विमर्श एवं गठबंधन की आवश्यकता है। चूंकि चीन अपनी आर्थिक उन्नति के कारण एक क्षेत्रीय ताकत बन चुका है और अब वह साम्राज्यिक व्यवस्था की ओर बढ़ रहा था, इसलिए यह क्षेत्र सामरिक प्रतिस्पर्धा का क्षेत्र भी बन गया। ऐसे में इण्डो–पैसिफिक क्षेत्र में सामरिक गठबंधन अपेक्षित एवं अपरिहार्य से प्रतीत होते हैं। ऐसे गठबंधनों की आवश्यकता प्रशांत क्षेत्र में भले ही अमेरिका, जापान एवं ऑस्ट्रेलिया की हो, लेकिन हिन्द–प्रशांत क्षेत्र में भारत को भी ऐसी जरूरत है। यही वजह है कि मोदी सरकार के सत्ता में आने के बाद, जनवरी 2015 में जब अमेरिकी राष्ट्रपति बराक ओबामा की भारत यात्रा हुई तो दोनों देशों ने एशिया–प्रशांत और हिन्द महासागर क्षेत्र पर एक संयुक्त विज़न दस्तावेज पर हस्ताक्षर किए। इस दस्तावेज में भारत औपचारिक रूप से एशिया–प्रशांत क्षेत्र में अमेरिका की रणनीति का साझीदार बन गया और उसने अपनी

'एक्ट एशिया नीति' को, अमेरिका की 'पीवोट टू एशिया' से जोड़ने का वचन दे दिया। तो क्या यह मान लिया जाए कि भारत द्वारा चतुर्भुजीय सुरक्षा गठजोड़ कायम करने का मतलब इस बात की घोषणा करना है कि उसने घेरेबंदी की अमेरिकी रणनीति को अपना लिया है। ध्यान रहे कि जापान और ऑस्ट्रेलिया, अमेरिका के दो प्रमुख सैन्य गठबंधन सहयोगी हैं और अब ऐसा करके भारत स्वयं ही इस श्रेणी में आ गया।

मोटे तौर पर क्वैड को लेकर भ्रमात्मकता है। पहला भ्रम तो सभी सदस्य देशों के बयानों में विद्यमान मतभेदों में देखा जा सकता है। बयानों से स्पष्ट है कि चारों देशों के उद्देश्य समान नहीं है। क्वैड पर बैठक के लगभग 10 दिन बाद भारत, जापान, ऑस्ट्रेलिया और अमेरिका के सचिव स्तर के अधिकारियों की बैठक होने के समय तक यह स्थिति स्पष्ट नहीं हो पाई कि आखिर उनके बीच निर्णीत क्या हुआ था। मनीला में बैठक के बाद चारों देशों ने संयुक्त बयान न जारी कर अलग–अलग बयान जारी किए। इन बयानों पर सरसरी नजर ही डाल ली जाए तो बुनियादी मतभेद पता चल जाएगा। चारों देश 'मुक्त और खुले भारत–प्रशांत' (फ्री एण्ड ओपन इण्डो–पैसिफिक) की सुरक्षा के लिए प्रतिबद्ध हैं लेकिन भारत के विदेश मंत्रालय की तरफ से आए बयान में 'मैरीटाइम सिक्योरिटी' (समुद्री सुरक्षा) का उल्लेख उद्देश्यों के रूप में नहीं किया गया है जबकि अमेरिका, ऑस्ट्रेलिया और जापान ने किया है। इसी तरह से जापानी विदेश मंत्रालय ने अपने उद्देश्यों में 'कनेक्टिविटी को बढ़ाने' (इनहैंसमेंट ऑफ कनेक्टिविटी) का कोई उल्लेख नहीं किया है जबकि शेष तीन देशों ने इसे प्रमुखता प्रदान की है। आखिर इन चूकों का मतलब क्या है? कुछ विद्वानों का कहना है कि इन चूकों का मतलब स्पष्ट है। क्वैड का वास्तविक उद्देश्य है : मैरीटाइम सिक्योरिटी, कनेक्टिविटी, इण्डो–प्रशांत की तरह चीन के सरकने तथा बेल्ट एण्ड रोड इनीशिएटिव पर चीन को घेरने का या फिर एक साथ सभी मोर्चों पर आगे बढ़ने का। लेकिन डोनाल्ड ट्रंप ने क्या किया? वे स्वयं बीजिंग यात्रा पर गए और उन्होंने चीनी राष्ट्रपति शी जिनपिंग की व्यक्तिगत रूप से काफी प्रशंसा की तथा इस दौरान दोनों देशों द्वारा कई समझौतों पर हस्ताक्षर किए गए। इन समझौतों में एक समझौता दोनों देशों द्वारा 40 बिलियन डॉलर का 'सिल्क रोड फंड' नाम से संयुक्त फंड निर्मित करने संबंधी भी हुआ। यह फंड बी.आर.आई. प्रोजेक्ट का वित्तपोषण करेगा, जबकि भारत इसका विरोध कर रहा है।

समुद्री मोर्चे पर भी कुछ भ्रामक संकेत मिल रहे हैं और ये भारत की तरफ से ही मिल रहे हैं। भारत क्वैड का एक मात्र देश है जो सैन्य गठबंधन का हिस्सा नहीं होगा। क्वैड से कुछ दिन पहले ही यानी जून में भारत ने मालाबार युद्धाभ्यास में शामिल होने के लिए ऑस्ट्रेलिया के निवेदन को ठुकरा दिया था। सूचना के मुताबिक नौसेना प्रमुख सुनील लांबा ने उस समय यह तर्क दिया था कि अमेरिका या अन्य किसी भी उस देश के साथ संयुक्त गश्त करने की कोई योजना नहीं है, जो कि समुद्री पड़ोसी नहीं हैं। यही वजह है कि ऑस्ट्रेलिया और जापान को भी रूल आउट किया गया है। यदि भारत का इरादा केवल हिन्द–प्रशांत के हिन्द महासागर हिस्से पर गश्त करना ही है, तो यह देखना होगा कि क्वैड की रेसीप्रोकल वैल्यू क्या है? एक अंतिम सवाल यह है कि भारत सरकार दुनिया के समक्ष भारत को कौन–सा स्टेटस देना चाहती है? क्या

सरकार गुट–निरपेक्षता (नॉन–एलाइनमेंट) को खारिज करते हुए एक–ध्रुवीय व्यवस्था को पोषित करने वाले क्लबों की ओर कदम बढ़ा रही है? यदि ऐसा है तो भी पूरी तरह गलत नहीं कहा जाएगा, क्योंकि ध्रुवीकृत दुनिया में व्यावहारिक कठिनाइयां कहीं अधिक होंगी। फिर भी कुछ विरोधाभास तो हैं, जिन्हें अनदेखा नहीं किया जा सकता। उदाहरण के लिए भारत इसी वर्ष शंघाई सहयोग संगठन में शामिल होने के बावजूद क्वैड में सुरक्षा सहयोगी की व्यवस्था में शामिल होने की व्याख्या कैसे करेगा? यदि भारत इन सभी विरोधाभासों का सामना बहादुरी से करने के लिए तैयार है और क्वैड अरैंजमेंट का हिस्सा बनकर नई व्यवस्था का निर्माण करना चाह रहा है, तो इस बात पर विचार करने की जरूरत है कि क्वैड अरैंजमेंट का अंतिम परिणाम कैसा होगा? कुछ वर्ष पहले, दक्षिण ब्लॉक के मंडारिनवादी ने कहा था कि भारत और अमेरिका के बीच आधारभूत अंतर यह था कि अमेरिका पूरब में जापान एवं ऑस्ट्रेलिया के साथ–साथ भारत की सहायता चाहता था जबकि भारत अपने पश्चिमी मामलों में अमेरिका की। परिणाम यह हुआ कि क्वैड के साथ पूरब में अधिक–से–अधिक जुड़ाव की मांग करने के लिए पाकिस्तान की तरफ से उठने वाली आतंकवाद संबंधी भारत की चिंताओं पर कंक्रीट डाल दिया गया और अमेरिका ने ईरान का पीछा करने के लिए स्वतंत्रता प्राप्त कर ली। हालांकि इसे पूरी तरह से स्वीकार नहीं किया जा सकता, लेकिन खारिज करने के लिए भी पर्याप्त कारण मौजूद नहीं हैं।

विदेश मंत्री सुषमा स्वराज ने हनोई में दिए गए अपने वक्तव्य में कहा था कि अब समय आ गया है कि भारत 'लुक ईस्ट' की जगह 'एक्ट ईस्ट पॉलिसी' को अपनाए। इसके बाद आसियान सम्मेलन में प्रधानमंत्री ने अपने वक्तव्य में इस बात पर जोर दिया कि नए युग के साथ आगे बढ़ने के लिए 'लुक ईस्ट' को नहीं 'एक्ट ईस्ट' नीति को बढ़ाना है। इसका तात्पर्य यही हुआ कि भारत अब 'जानने की सीमा' को पार कर चुका है, इसलिए उसे अब 'एक्ट मोड' में आ जाना चाहिए।

'एक्ट ईस्ट' नीति पर अभी तक कुछ ऐसा नहीं है, जिसे 'लुक ईस्ट' से भिन्न जाकर बताया जा सके। लेकिन इसे विदेश मंत्री सुषमा स्वराज के उन शब्दों में कुछ हद तक देख सकते हैं, जो उन्होंने वर्ष 2014 की दूसरी छमाही में सरकार की विस्तारवादी कूटनीति की सक्रियता के बारे में बोलते समय संसद में कहे थे। उन्होंने संसद को बताया था कि "प्रधानमंत्री जी ने विदेश नीति, जो राष्ट्रीय आर्थिक विकास को गति प्रदान करने की हमारी सरकार की प्राथमिकता लक्ष्य से जुड़ा हुआ है, के लिए सकारात्मक और नवोन्मेषी दृष्टिकोण अपनाए जाने की सिफारिश की है। भारत को पूंजी, प्रौद्योगिकी, संसाधन, ऊर्जा, बाजार और कौशल तक पहुंच, एक सुरक्षित वातावरण, पड़ोसी का शांतिपूर्ण व्यवहार तथा एक स्थिर वैश्विक व्यापार प्रणाली की आवश्यकता है।"इसके लिए पूरब के देशों के साथ संबंधों में नए आयामों की जरूरत होगी और यह सब केवल पूरब की ओर देखने से सम्भव नहीं हो सकता, बल्कि कार्य करने से ही हो सकता है। लेकिन सही अर्थों में तो 'लुक ईस्ट' ने पूरब में जो कूटनीतिक–आर्थिक 'रनवे' किया था, उसी पर खड़े होकर भारत उड़ान भरने (टेक ऑफ) के लिए स्वयं को तैयार पा रहा है। इसलिए 'लुक ईस्ट' को नेपथ्य की ओर धकेला नहीं जा सकता।

आज भारत–आसियान क्षेत्र के पास करीब 1.9 बिलियन की आबादी और 4 ट्रिलियन अमेरिकी डॉलर से अधिक की अर्थव्यवस्था है। इसका लाभ उसे ही प्राप्त होगा, जो आज की वैश्विक प्रतिस्पर्धा में आगे निकलने की क्षमता रखता होगा। स्वाभाविक तौर पर भारत को 'लुक' के 'एक्ट' की रणनीति बनानी होगी। शायद प्रधानमंत्री नरेन्द्र मोदी ने इसे देखते हुए ही इसे चुना। इस नीति पर आगे जाने लिए रास्ता तीन 'सी' यानी कॉमर्स (वाणिज्य), कल्चर (संस्कृति) और कनेक्टिविटी (संपर्क), से होकर जाता है। यह बात एशियाई देशों के साथ भारत के जुड़ने की नहीं है, बल्कि आज का सम्पूण र्ा विश्व व्यापक संपर्कों के इर्द–गिर्द घूम रहा है, जिसके मूलभूत उपकरण हैं–सड़क, रेलमार्ग, समुद्री बंदरगाह के साथ–साथ विचार और आभासी राजमार्ग (वर्चुअल हाइवे)। सड़क, रेलमार्ग, जलमार्ग और समुद्री बंदरगाहों के जरिए जहां भौतिक अवसंरचनाओं को जोड़ा जा सकता है, वहीं विचार के जरिए राष्ट्र की सीमाओं के भीतर और उसके बाहर एक ऐसा सेतु तैयार किया जा सकता है, जो सांस्कृतिक और भावनात्मक सम्बद्ध ता के लिए जरूरी है। आज के डिजिटल युग में, आभासी राजमार्ग (वर्चुअल हाइवे) अपनी व्यापक भूमिका में आ चुके हैं। वाणिज्य (कॉमर्स) के लिहाज से देखें तो भारत और आसियान, आर्थिक स्पंदनशीलता, नवाचार और उद्यम का केंद्र है। इसलिए इस क्षेत्र में व्यापार की संभावनाएं अधिक होनी चाहिए। आंकड़ों पर गौर किया जाए तो इस क्षेत्र के साथ मुक्त व्यापार समझौता हस्ताक्षरित होने के बाद द्विपक्षीय व्यापार में मात्रात्मक उछाल आया है, जो इस समय लगभग 80 बिलियन डॉलर के आसपास है। दोनों पक्ष इसे 2015 तक 100 बिलियन डॉलर तक और वर्ष 2022 तक 200 बिलियन डॉलर के स्तर तक ले जाने के प्रति आश्वस्त हैं। रोजगार सृजन के लिहाज से निवेशों की आवश्यकता होती है। भारत के लिए इसकी सबसे ज्यादा जरूरत है, क्योंकि भारत के युवा वर्ग का आकार जैसे–जैसे बढ़ रहा है, बेरोजगारों का आकार भी चिंताजनक होता जा रहा है। हालांकि पिछले आठ वर्षों में आसियन देशों ने भारत 27.9 बिलियन अमेरिकी डॉलर का का निवेश किया, जबकि भारत ने 32.4 बिलियन डॉलर का। बाह्य व्यापार के लिए यह आवश्यक होता है कि कूटनीतिक और सामरिक संबंध बेहतर रहें। इस दृष्टि से दोनों पक्ष ट्रांस–नेशनल आतंकवाद, तटीय दस्युता और परमाणु प्रसार के मुद्दे पर सहयोग की दिशा में काफी आगे बढ़ चुके हैं।

भारत और आसियान देशों में सांस्कृतिक होमोजेनिटी के व्यापक तत्व विद्यमान हैं, जिसके चलते दोनों के बीच मानसिक एवं आध्यात्मिक ऊर्जा संबंधों को स्फूर्त करने में मदद कर सकती है। आज भी भागवत पुराण में 'भूमि कान्चन्य' के वर्णन में लिखे गए ये शब्द–"मेरु से लेकर मानसोत्तर पर्वत तक जितना अंतर है, उतनी ही भूमि शुद्धोदक समुद्र के उस ओर है। उसके आगे सुवर्णमयी भूमि है, जो दर्पण के समान स्वच्छ है। इसमें गिरी हुई कोई वस्तु फिर नहीं मिलती, इसलिए वहां देवताओं के अतिरिक्त कोई प्राणी नहीं रहता।" पूरब को भारत की ओर आकर्षित करते हैं। तमाम सभ्यतागत स्मृतियां हैं, जो पूर्वी व दक्षिण–पूर्वी एशिया के देशों में मौजूद हैं, भारत के साथ साझी विरासत का निर्माण करती हैं।

कुल मिलाकर यदि पूरब के साथ भारत एक्ट नीति को सही रूप में स्थापित कर पाएगा तो निश्चित तौर पर भारत लाभान्वित होगा। इससे सबसे अधिक लाभ पूर्वोत्तर भारत को मिलेगा, जो अभी तक पूरी तरह से मूलधारा में शामिल नहीं हो पाया है। भारत–म्यांमार–थाईलैण्ड त्रिपक्षीय राजमार्ग के तमू–कलेवा–कलेम्यो सेक्टरों के पूरे होने पर पूर्वोत्तर के राज्यों की आर्थिक गतिशीलता बढ़ जाएगी। भारत की योजना कंबोडिया, लाओस पीडीआर, म्यांमार और वियतनाम में चार सूचना प्रौद्योगिकी केंद्र स्थापित करने की है। इसका असर पूर्वोत्तर पर दिखेगा। दरअसल पूर्वोत्तर के राज्य पूरब के लिए प्रवेश द्वार हैं। इसलिए पूरब के साथ भारत के जुड़ाव का लाभ इन राज्यों को अवश्य मिलेगा। उल्लेखनीय है कि भारत का यह हिस्सा (पूर्वोत्तर राज्य) प्रभूत प्राकृतिक संसाधन व जैवविविधता, हाइड्रो–एनर्जी की पर्याप्त संभावनाओं से संयुक्त, तेल व गैस, कोयला, चूना, वन संपदा, फल और वनस्पति, फूल, हर्ब्स और सुगंध युक्त पौधों, विरल और धनी 'फ्लोरा और फौना' (प्रादेशिक वनस्पतियां और पशुवर्ग) के वरदान से परिपूर्ण है। भारत के इस क्षेत्र के पास वे सभी सम्भाव्यताएं हैं, जो उसे वाणिज्यिक धुरी (हब) और पयर्टक स्वर्ग में रूपान्तरित करने के लिए पर्याप्त हैं। अपनी इन्हीं विशेषताओं के कारण पूर्वोत्तर के सभी भारतीय राज्य अकेले ही या मिल–जुलकर घरेलू और अन्तर्राष्ट्रीय निवेशकों के लिए आर्थिक और व्यापार के विशेष अवसर उपलब्ध कराने में समर्थ होते रहे हैं। उल्लेखनीय है कि मणिपुर ऊर्जा, एग्रो–आधारित उद्योग आदि के क्षेत्र में विशिष्ट और पर्याप्त क्षमताओं से सम्पन्न है। असम हाइड्रोकार्बन, तेल और प्राकृतिक गैस, बांस, हथकरघा और चाय उद्योग के क्षेत्र में निवेश की पर्याप्त संभावनाएं रखता है। मिजोरम के पास 90 प्रतिशत से अधिक साक्षरता की विशेषता तो है ही, साथ ही वह कुशल, शिक्षित और कठोर परिश्रमी युवा जनसंख्या जैसे मानव संसाधन से सम्पन्न है, जो विदेशी और घरेलू कार्पोरेट को सक्रिय सुविधा (डायनामिक एडवांटेज) प्रदान कर सकता है। पूर्वोत्तर की विशिष्ट सापेक्षिक महत्ता दक्षिण–पूर्व एशिया के लिए बहुत सी शुभकामनाओं का कार्य कर सकती हैं, जो भारत के साथ पारस्परिक लाभ के लिए निकट आने की भरसक कोशिश कर रहा है। पूर्वोत्तर के साथ दक्षिण पूर्व एशिया का निकटतम सांस्कृतिक संबंध इस दिशा में और अधिक मदद करेगा। अगर पूर्वोत्तर अपने संसाधनों को सही तरह से सक्रिय कर ले जाता है, तो व्यावसायिक पक्ष दक्षिण एशिया को आकर्षित करने में त्वरक की तरह कार्य करेगा। हालांकि 2 जुलाई, 2004 में तत्कालीन प्रधानमंत्री ने 'पीस प्रोग्रेस एण्ड प्रॉस्पैरिटी इन द नार्थ ईस्टर्न रीजन : विज़न 2020' की घोषणा की थी, जिसमें उन्होंने भारत के पूर्वोत्तर राज्यों को दक्षिण–पूर्व एशिया, दक्षिण–पश्चिम चीन और इससे भी दूरस्थ क्षेत्रों को जोड़ने वाले 'इकोनॉमिक स्प्रिंगबोर्ड' कहा था। दुर्भाग्यवश अब तक यह क्षेत्र बहुत हद तक विलगाववादी नजरिए का शिकार रहा, जिसके कारण इसकी क्षमता का प्रयोग नहीं हो पाया है।

पश्चिम एशिया के साथ भारत के गहन ऐतिहासिक, सांस्कृतिक और सभ्यतागत रिश्ते रहे हैं। सिंधु और दिल्मुन के बीच स्थापित हुए संबंध वेद–जेन्दअवेस्ता के रास्ते उपनिवेशवाद की समान परिस्थितियों एवं संघर्षों से होते हुए वर्तमान तक आए हैं। चूंकि पश्चिम एशिया एक तरह से हमारे विस्तारित पड़ोस का अंग है, इसलिए इस

क्षेत्र में समृद्धि, शांति, स्थिरता भारत के लिए सामरिक दृष्टि से बेहद महत्वपूर्ण है। इस क्षेत्र में 7 मिलियन से अधिक भारतीय रह रहे है, जो संयुक्त अरब अमीरात जैसे देश में 'मिनी इण्डिया' का प्रतीकात्मक निर्माण करते हैं और प्रतिवर्ष धन प्रेषण के रूप में लगभग 40 बिलियन अमेरिकी डॉलर का योगदान करते हैं।

सामान्य तौर पर यह क्षेत्र टी.टी.ओ. यानी टेरेरिज़्म, ट्रेड और आउटरीच के रूप में प्रस्तुत किया जाता रहा है। लेकिन कुछ और भी है, जिसे अनदेखा नहीं किया जा सकता। पहला यह कि जैस्मीन क्रांति (अरब स्प्रिंग) के लगभग एक दशक बाद लोकतंत्र की दिशा में प्रगति की पिछली अपेक्षाएं विस्थापित होती दिख रही हैं। दूसरे शब्दों में– पिछले कुछ वर्षों की घटनाओं ने क्षेत्रीय फॉल्ट लाइनों को बिगाड़ा है, प्रतिस्पर्धी विचारधाराओं के साथ क्षेत्रीय द्वंद्व को तेज किया है और क्षेत्रीय शक्ति संतुलन को आड़ा किया है। इस समय शिया–सुन्नी दुनिया टकराव की रणनीति पर चलती दिख रही है। आप देख सकते हैं कि सऊदी शाह ने 2016 में रियाद में एक अलग परिषद् बनाने की घोषणा की थी और पिछले वर्ष सऊदी अरब ने 39 देशों वाली 'इस्लामिक मिलिट्री एलायंस टू फाइट टेरेरिज़्म' को प्रायोजित किया, जिसमें शिया देश शामिल नहीं हैं। यह विभाजन उस स्थिति तक पहुंच चुका है, जहां सऊदी जैसे देश ईरान के विरुद्ध इजराइल के साथ खड़े हैं और ईरान सीरिया में असद और गाजा में हमास के साथ। अमेरिका और रूस इसे लेकर 'बिग गेम' खेल रहे हैं। ईरान के साथ हुए p '5+1' समझौते को अब डोनाल्ड ट्रंप धता बता रहे हैं और दूसरी तरफ 'ओस्लो अकार्ड' को बेमानी घोषित कर 'वन कण्ट्री' सिद्धांत पर लौट रहे हैं। सीरिया में सशस्त्र संघर्ष से हुई भारी मानवीय क्षति व बढ़ी शरणार्थी समस्या एक बड़े संकट का रूप धारण कर चुकी है और इस्लामी स्टेट द्वारा निर्मित त्रासदी के प्रभावस्वरूप किसी–न–किसी रूप में हमारे दरवाजे तक भी पहुंचती दिख रही है।

भारत ने पश्चिम एशिया के साथ प्राचीन परंपरागत संबंधों की बुनियाद पर अपने रिश्तों के गैर–निदेशात्मक एवं गैर–निर्णयात्मक स्वरूप को देखा है और अब वह इस निष्कर्ष पर पहुंचा है कि इन देशों की लोकप्रिय आकांक्षाओं को ध्यान में रखकर भावी राजनीतिक संवाद की प्रक्रिया व संबंधों की व्यापक संभावनाओं को देखते हुए किसी बाहरी या आंतरिक प्रभाव में आए बिना आगे बढ़ा जाए। भारत राजनय के क्षेत्र में कारोबारी नहीं है, बल्कि उसका प्रयास लोकतांत्रिक मूल्यों के संवर्द्धन और आपसी विश्वास के संरेखण का है। इसे ही ध्यान में रखते हुए अक्टूबर 2015 में भारत के राष्ट्रपति की इजराइल, फिलिस्तीन और जॉर्डन की यात्रा सम्पन्न हुई। अगस्त 2015 में प्रधानमत्री नरेन्द्र मोदी की अरब देशों की यात्रा सम्पन्न हुई। यह सिलसिला आगे बढ़ा और प्रधानमंत्री ने पश्चिम एशिया के कई देशों की यात्रा की तथा पश्चिम एशियाई शासन प्रमुख/राष्ट्राध्यक्ष भारत आए। इन यात्राओं में सर्वाधिक प्रभावशाली रही हैं जुलाई 2017 में इजराइल और 9 फरवरी, 2018 को पश्चिम एशिया के ओमान, यूएई, जॉर्डन और फिलिस्तीन की यात्रा। हालांकि नीतिगत विकल्प के मोर्चे पर, भारत के समक्ष अनेक चुनौतियां देखी गईं। भारत ने यह करीब से देखा कि जटिल क्षेत्रीय स्थिति के लिए एक बहुउद्देशीय दृष्टिकोण की तथा एक समेकित नीति को तैयार करने की

आवश्यकता है। भारत ने कमोबेश नीतियों को कुछ इस तरह से तैयार भी किया कि 'तटस्थता की नीति' आधारित मौलिक विशेषता से वह कुछ आगे बढ़े, लेकिन असंतुलनों को पैदा न होने दे। इस दिशा में सबसे बड़ी सफलता यह मिली कि सऊदी अरब की 'लुक ईस्ट' नीति के साथ भारत ने अपनी 'लुक वेस्ट' नीति को सम्बद्ध करने में तथा संघर्ष से जुड़े बहुत से पक्षों को सौहार्द्रपूर्ण ढंग से सुलझा कर मतभेदों को दूर करने में सफलता अर्जित की, ईरान के साथ संबंधों में रणनीति विशेषताओं का संयोजन कर चाबहार में जो सफलता अर्जित की उसके कई आयाम हैं। पहला यह कि भारत इसके जरिये 'ग्वादर–जिबूती डायमेंशन' को बैलेंस कर सकता है। दूसरा–अशगाबात करार के जरिए चाबहार से मध्य–एशिया तक जाने वाले कॉरिडोर से जुड़कर 'वन बेल्ट, वन रोड' के विकल्पों की खोज कर सकता है। तीसरा–शंघाई सहयोग संगठन के लिए चाबहार को गेटवे के रूप में प्रयोग कर सकता है। यानी ईरान के साथ भारत की साझेदारी चीन–पाकिस्तान गठबंधन को कुछ सीमा तक काउंटर करने के काम आ सकती है और मध्य एशिया व यूरेशिया के लिए भू–आर्थिक अवसर साबित हो सकती है। फिर तो ईरान के साथ साझेदारी एक बड़ी उपलब्धि हुई।

इजराइल–फिलिस्तीन भारत की विदेश नीति के लिए एक बेहद संवेदनशील विषय है और इसके लिए 'अग्रगामी' लेकिन 'संगतता की नीति' की आवश्यकता थी। भारत की अब तक की नीति यह रही है कि इजराइल के साथ बेहतर संबंधों का निर्माण करते हुए फिलिस्तीन के उद्देश्य को मजबूत समर्थन प्रदान किया जाए। हालांकि भारत फिलिस्तीन मुद्दे के व्यापक समाधान का समर्थन करता रहा है, जिससे इसकी राजधानी के रूप पूर्वी यरुशलम के साथ एक संप्रभु, स्वतंत्र, व्यवहार्य एवं एकीकृत फिलिस्तीन राज्य का मार्ग प्रशस्त हो, जो इजराइल के साथ शांति के साथ अगल–बगल में सुरक्षित एवं मान्यता प्राप्त सीमाओं के अंदर रहे, जैसा कि क्वारटेट (Quartet) रोड मैप और संयुक्त राष्ट्र सुरक्षा परिषद् के संगत संकल्पों में शामिल है। लेकिन अमेरिका में डोनाल्ड ट्रंप के राष्ट्रपति बनने के बाद यह विषय कुछ ज्यादा ही पेचीदा हो गया। अमेरिकी राष्ट्रपति डोनाल्ड ट्रंप ने दो राष्ट्र के सिद्धांत को छोड़ने की घोषणा कर दी। उनका तर्क है कि इजराइल और फिलिस्तीन, दो राष्ट्रों के अस्तित्व से शांति को खतरा पैदा होगा। इसलिए अमेरिका इजराइल के अस्तित्व का ही समर्थन करेगा। अमेरिका की गध्य पूर्व की नीति गें यह बड़ा बदलाव ट्रंप और नेतन्याहू की व्हाइट हाउस गें पहली मुलाकात के बाद सामने आया। इसके साथ ही अमेरिका स्वतंत्र फिलिस्तीन के गठन के अपने वादे से पीछे हट गया, जबकि सन 2002 से अमेरिका इजराइल के साथ ही फिलिस्तीन के अस्तित्व को भी मान्यता देता आ रहा था। इस 'द्विराष्ट्र सिद्धांत' के अनुसार गाजा पट्टी, यरुशलम और वेस्ट बैंक एक साथ मिलकर फिलिस्तीन राष्ट्र होंगे तथा इजराइल अलग राष्ट्र होगा। यही नहीं अमेरिकी राष्ट्रपति ने तेल अवीव की बजाय यरुशलम में अपना दूतावास बनाने की घोषणा कर दी और फिर इस आशय का एक प्रस्ताव संयुक्त राष्ट्र संघ महासभा में भी ले आए। लेकिन इसके खिलाफ भारत सहित 128 देशों ने मतदान किया, जबकि पक्ष में केवल 9 मत ही पड़े। हालांकि भारत के इस स्टैंड ने थोड़े समय के लिए इजराइल को असहज अवश्य किया।

प्रधानमंत्री नरेन्द्र मोदी ने जुलाई 2017 में जब इजराइल (बिना फिलिस्तीन के) की यात्रा की। यह भारतीय कूटनीतिक परम्परा का नया रूप था, क्योंकि अब तक यात्राओं में इजराइल और फिलिस्तीन एक साथ आते थे। यही वजह है कि प्रधानमंत्री की इजराइल यात्रा के साथ ये प्रश्न उठने भी शुरू हो गए कि कहीं भारत भी अमेरिकी 'वन नेशन' नीति सिद्धांत की दिशा में तो आगे नहीं बढ़ रहा है, जबकि अब तक भारत का नीतिगत सिद्धांत फिलिस्तीन को एक राष्ट्र के रूप में मान्यता और सहयोग देने का रहा है। इस संदर्भ में किसी भी निष्कर्ष तक पहुंचने से पहले हमें तीन पहलुओं को देखने की जरूरत है। पहली है वर्तमान विश्व व्यवस्था में भारत की सामरिक जरूरतें और इजराइल का उनसे अनुकूलन। जबकि शेष दो हैं इजराइल–फिलिस्तीन नीति में नई पहल एवं पुनर्संयोजन के तहत दोनों देशों के शासन प्रमुख/राष्ट्राध्यक्ष की भारत यात्रा।

यहां पर हम यदि आर्थिक पक्ष को कुछ समय के लिए छोड़ दें (जो कि सामान्यतया छोड़ने योग्य है नहीं) तो इजराइल भारत के लिए सामरिक दृष्टि से बेहद महत्वपूर्ण है। भारतीय रक्षा प्रणाली को तकनीकी दक्षता, कौशल संवर्द्धन और विशेषज्ञता की जरूरत है। ऐसे में भारत–इजराइल के साथ सरकारी और निजी क्षेत्र में इस तरह की साझेदारी को स्थापित करना चाहेगा। ध्यान रहे कि चीन इजराइल से अवॉक्स सिस्टम को खरीदना चाहता था, लेकिन ऐसा माना जाता है कि अमेरिकी दबाव में यह तकनीक इजराइल ने चीन को नहीं दी थी, लेकिन भारत को दी। बीते दो वर्षों के दौरान, दोनों देशों के बीच कई महत्वपूर्ण सैन्य समझौते हुए हैं। नई सरकार के गठन के बाद सितंबर, 2014 में भारत ने इजराइली एयरोस्पेस इंडस्ट्री की बराक–1 एंटी मिसाइल डिफेंस सिस्टम ख़रीदने की घोषणा की थी। यह सौदा 965 करोड़ रुपये में हुआ, जिससे पिछली यू.पी.ए. सरकार पीछे हट गई थी। भारतीय रक्षा ख़रीद परिषद् 8,356 इजराइल निर्मित स्पाइक एंटी टैंक गाइडेड मिसाइल (ए.टी.जी.एम.) और 321 लांचरों को 52.5 करोड़ डॉलर में ख़रीदने का निर्णय काफी पहले ही ले चुकी है और उसने इजराइली स्पाइक को अमेरिकी जेवेलिन पर तरजीह दी है।

अब भारत की दो आवश्यकताओं में से पहली की बात करें, तो चीन–भारत के साथ सीमा–विवाद को उलझाने के साथ–साथ भारत को घेरने और एशियाई आर्थिक प्रतिस्पर्धा में किनारे लगाने की युक्तियों पर काम कर रहा है। वह 'स्ट्रिंग ऑफ पर्ल्स', न्यू मैरीटाइम सिल्क रूट, चाइना–पाकिस्तान इकोनॉमिक कॉरिडोर (सीपेक) के जरिए भारत को घेरने की कोशिश कर रहा है और 'वन बेल्ट, वन रोड' के जरिए द्विपक्षीय व्यापारिक साझेदारी के लिए अवसर समाप्त कर रहा है। इसे देखते हुए भारत को अपने रक्षा तंत्र को और अधिक मजबूत व आधुनिक बनाने की जरूरत तो है ही, साथ ही नया एलायंस बनाने की जरूरत भी है।

हम सभी जानते हैं कि इजराइल रक्षा प्रौद्योगिकी के क्षेत्र में दुनिया का अग्रणी देश बन चुका है। यही नहीं उसने भारत से 1992 में कूटनीतिक संबंध कायम किए थे और 1999 में कारगिल संघर्ष के दौरान भारत को आपात आपूर्ति प्रदान की थी। 1997 में इजराइल के राष्ट्रपति एजोर वेजमेन भारत आने वाले यहूदी राष्ट्र के पहले प्रमुख थे, जिनकी यात्रा के साथ रक्षा संबंधों की स्थायी बुनियाद रखी गई थी। वेजमेन की

इस यात्रा के दौरान ही दोनों देशों के मध्य बराक–1 सौदे पर हस्ताक्षर हुए थे। 2007 में इजराइल के एयरोस्पेस लिमिटेड ने भारत के साथ एंटी एयरक्राफ्ट सिस्टम और मिसाइल बनाने के लिए सौदा किया। 2011 में भारत द्वारा 8356 इजराइल स्पाइक एंटी टैंक मिसाइल, 321 लॉन्चर्स, 15 ट्रेनिंग सिमोलेटर्स व अन्य हथियार खरीदे गए और इस तरह से इजराइल ऐसा तीसरा देश बन गया है, जो भारत को सबसे ज्यादा हथियार आपूर्ति करता है। भारत इस समय दुनिया का तीसरा सबसे बड़ा सैन्य प्रतिष्ठान और दुनिया का सबसे बड़ा हथियार खरीददार/आयातक देश है यानी इजराइल के लिए भारत में रक्षा प्रौद्योगिकी का बहुत बड़ा रक्षा बाजार उपलब्ध है और भारत के लिए इजराइल के रूप में नैतिक विक्रेता।

इजराइल भारत के साथ सैन्य संबंधों को नई ऊंचाई तक ले जाने की इच्छा पहले ही जता चुका है। वह भारत के साथ अत्याधुनिक रक्षा प्रौद्योगिकी भी साझा करने के लिए तैयार है। यही कारण है कि भारत–इजराइल के साथ संबंधों को 1950 से 1992 तक 'बैक चैनल डिप्लोमैसी' से निकाल कर पहले (1992 से 2014 के मध्य) 'फ्रंट चैनल डिप्लोमैसी' तक लाया और अब प्रधानमंत्री की इजराइल यात्रा ने भारत–इजराइल संबंधों को 'टैबू' की श्रेणी से बाहर निकालकर संभावनाओं के नए फलक पर स्थापित कर दिया। हालांकि इस दिशा में प्रमुख पहल इजराइल की तरफ से कहीं अधिक हुई हैं। इजराइल के रक्षा मंत्री ने भारत के प्रधानमंत्री की यात्रा से पहले ही नई दिल्ली आकर कहा था कि भारत के साथ संबंधों को लेकर "हमें ना तो संकोच है और ना ही हम शर्मिंदा हैं", और उसकी दोस्ती स्वागत करने योग्य है। प्रधानमंत्री बेंजामिन नेतन्याहू की जनवरी 2018 में भारत यात्रा के दौरान प्रधानमंत्री मोदी ने कुछ इन शब्दों में स्वागत किया–येदीदी हायाकर, बरूखिम हाबायिम ले होदू! (मेरे परम मित्र! भारत में आपका स्वागत है) और नेतन्याहू ने यह कहकर कि "संयुक्त राष्ट्र में महज एक नेगेटिव वोट भारत के साथ हमारे मजबूत संबंधों को कम नहीं कर सकता है। भारत और इजराइल के रिश्ते 'स्वर्ग में निर्मित हुए हैं।'', दोनों देशों के रिश्तों के बीच निहित शंकाओं को समाप्त कर और पुख्ता कर दिया।

लेकिन अब भारत को पश्चिम एशिया में रिबैलेंसिंग एक्ट पर काम करने की जरूरत थी। सम्भवतः फरवरी 2018 की प्रधानमंत्री की फिलिस्तीन, संयुक्त अरब अमीरात, जॉर्डन और ओमान यात्रा, इसी से निर्देशित थी। इस यात्रा की शुरुआत में प्रधानमंत्री रामल्ला (फिलिस्तीन) पहुंचे, जहां उन्होंने पी.एल.ओ. नेता (दिवंगत) यासिर अराफात को श्रृद्धांजलि दी तत्पश्चात् राष्ट्रपति महमूद अब्बास से मुलाकात की और कुछ समझौतों के साथ ही संयुक्त बयान के जरिये फिलिस्तीन की शांति और सम्प्रभुता के लिए प्रतिबद्धता जताई। भारत फिलिस्तीन को एक सम्प्रभु राष्ट्र बनाने की आकांक्षा रखता है। हालांकि फिलिस्तीन की अपेक्षाएं यहीं तक सीमित नहीं हैं। उसने प्रधानमंत्री को अपने सर्वोच्च सम्मान 'ग्रैंड कॉलर' से सम्मानित कर कुछ महान दायित्वों के निर्वहन की जिम्मेदारी दी है। फिलिस्तीन भारत से केवल आश्वासन ही नहीं चाहता है, बल्कि उसकी अपेक्षा है कि भारत–इजराइल पर राजनैतिक दबाव बनाए और यरुशलम में इजराइल द्वारा अवैध बस्तियों के निर्माण के बारे में कुछ कहे। फिलिस्तीन के लिए यह

कहीं ज्यादा लाभदायक होता, जब प्रधानमंत्री उसकी राजधानी पूर्वी येरूशलम जाते, जो इज़राइल को बिलकुल पसंद नहीं है। इसी यात्रा के दौरान प्रधानमंत्री ने ओमान के साथ रिश्तों को पुनः ऊर्जा देने की कोशिश की। उल्लेखनीय है कि जब ओमान के सुल्तान कबूस–बिन–सैद–अल–सैद ने जुलाई, 1970 में सत्ता अपने हाथों में ली, तो उस समय दो ही देशों के साथ उनके कूटनीतिक रिश्ते बने थे और ये देश थे– भारत और ब्रिटेन। ओमान कई मोर्चों पर भारत के साथ खड़ा रहा और इस दौरान भारत और ओमान के बीच लगातार कूटनीतिक, राजनीतिक, व्यापार और नौसैनिक सहयोग जारी रहा। लेकिन ईरानी क्रांति के बाद ओमान इस्लामी शासन के प्रभाव से बचना चाहता था, क्योंकि उसकी आबादी में 40 फ़ीसदी सुन्नी हैं। इसलिए उसने सऊदी अरब और ईरान के बीच खिंची विभाजक रेखा के एक तरफ होना स्वीकार कर लिया यानी ईरान के साथ चला गया। खास बात यह रही कि ओमान पाकिस्तान के साथ संबंध रखने के बावजूद भारत के पक्ष में रहा। लेकिन पिछले डेढ़ दशक में भारत और ओमान के बीच दूरियां बढ़ गईं। मोटे तौर पर इसकी वजह भारत की तरफ से ओमान के प्रति उदासीनता और अवहेलना रही। प्रधानमंत्री की इस यात्रा के दौरान कुछ हद तक रिफॉर्म, रिबैलेंसिंग, रिअवेकनिंग और रिबॉण्डिंग के प्रयास दिखे, लेकिन इन्हें जमीन पर उतारना बाकी है।

प्रधानमंत्री के रूप में नरेन्द्र मोदी ने विदेश नीति की जो रूपरेखा स्वयं खींचने की कोशिश की, उसकी संरचना में व्यापकता थी, लेकिन राजनय का अभूतपूर्व विज़न उसमें अनुपस्थित रहा। प्रधानमंत्री ने विदेश नीति को मास्टर स्ट्रोक्स के साथ फास्ट ट्रैक पर ले जाने का दृष्टिकोण रखा, लेकिन भारत की कूटनीतिक कार्यप्रणाली और प्रक्रिया के बुनियादी तत्वों में रणनीति, स्फूर्ति और आई क्यू की कमी नजर आई। परिचालनात्मक प्रत्यय कुछ हद तक कमजोर दिखे या फिर वे प्रधानमंत्री और उनके राष्ट्रीय सुरक्षा सलाहकार के इर्द–गिर्द दिखे, जिस वजह से विदेश नीति अपना मौलिक परिणाम नहीं दे पाई। फिर भी सक्रियता के वातावरण ने विदेश नीति को एक्टिव मोड पर ला दिया, जो पिछले कुछ वर्षों से स्टैंडबाइ मोड पर बनी हुई थी।

❑❑

12 कश्मीर : एक उलझी समस्या

इस अध्याय से पुस्तक के शेष भाग तक ऐसे कुछ सामान्य मुददों पर चर्चा की गई है, जिनका भारत की विदेश नीति में अहम स्थान है। इनमें से सर्वप्रमुख मुद्दा कश्मीर है। इस राज्य के प्रति भारत की नीति में कश्मीर के बुनियादी तथ्यों पर ध्यान दिया जाना चाहिए। ये इस प्रकार हैं–

1. पार्लियामेंट द्वारा सन् 1947 में पारित भारत स्वाधीनता अधिनियम के प्रावधान के तहत जम्मू–कश्मीर राज्य भारत को दिया गया था।
2. भारतीय नेताओं ने ब्रिटिश सरकार और मुहम्मद अली जिन्ना (पाकिस्तान के पहले गवर्नर जनरल) को सुझाव दिया कि भारत की रियासतों को अपने राज्य की जनता की इच्छानुसार, अपनी भावी स्थिति का निर्णय लेने दें; तथा इस बारे में नवाब, निजाम तथा महाराजा की रुचि/झुकाव पर निर्भर नहीं होना चाहिए। (जिन्ना ने ही ब्रिटिश सरकार के बलबूते पर यह आग्रह किया कि जनता नहीं, बल्कि राजाओं को अपने राज्य के भविष्य का निर्णय लेना चाहिए)। जिन्ना की यह इच्छा थी कि भोपाल, हैदराबाद तथा जूनागढ़ जैसे राज्यों के शासक तथा राजस्थान के रजवाड़ों के (मुस्लिम बहुसंख्यक आबादी वाले क्षेत्र) शासक या तो स्वतंत्र हो जाएँगे या नए राष्ट्र (पाकिस्तान) में शामिल होंगे। उनका यह अनुमान था कि यदि रजवाड़ों को स्वतंत्र रहना है या पाकिस्तान में शामिल होना है, तो इससे भारत का भौगोलिक क्षेत्र कम हो जाएगा तथा इसकी राजनीतिक पहचान भी टुकड़ों में बँट जाएगी।
3. जिन्ना को यह आशा थी कि कश्मीर राज्य में (विशेष रूप से घाटी में मुस्लिम बहुमत) महाराजा हरि सिंह के विरुद्ध विद्रोह हो जाएगा तथा कश्मीर या तो स्वतंत्र देश होगा या फिर पाकिस्तान में शामिल हो जाएगा।
4. जब जिन्ना की आशाएँ साकार नहीं हो पाईं, तब पाकिस्तान ने अक्तूबर, 1947 में जम्मू–कश्मीर में कबीलों की घुसपैठ का षड्यंत्र रचा। जब यह हमला निष्क्रिय होने लगा, तब पाकिस्तान ने सीधे सैन्य हस्तक्षेप किया।
5. भारत ने इस हमले को कुचल दिया ।
6. भारत सन् 1948 में संयुक्त राष्ट्र में यह आशा लेकर गया कि अंतरराष्ट्रीय संगठन पाक–अधिकृत क्षेत्र खाली करवा देगा तथा कश्मीर के महाराजा के भारत में विलय से संबंधित लिए गए निर्णय में आनेवाली बाधा को रोकेगा।
7. भारत ने अपनी कुछ शर्तों के साथ जनमत संग्रह पर सहमति दे दी थी। सर्वाधिक महत्वपूर्ण शर्त यह थी कि पाकिस्तान को अपनी सेनाएँ हटानी होंगी तथा वह जम्मू–कश्मीर का क्षेत्र खाली कर देगा। पाकिस्तान ने ऐसा करने से मना कर दिया। (अभी तक वह इससे इंकार करता रहा है)।

8. इस पृष्ठभूमि में भारत ने जम्मू–कश्मीर में लोकतांत्रिक प्रक्रिया आरंभ की तथा इसके साथ–साथ इस विवाद को सुलझाने में संयुक्त राष्ट्र या किसी अन्य बाहरी पार्टी के हस्तक्षेप का खंडन किया।
9. भारत ने पाकिस्तान पर पुनः आरोप लगाया कि वह कश्मीर मुद्दे को खींच रहा है, ताकि देश को फिर से बाँटा जा सके।
10. विद्रोह तथा अंतरराष्ट्रीय दबाव से कश्मीर प्राप्त करने में असफल हो जाने के बाद, पाकिस्तान ने भारत के साथ तीन बार युद्ध किए ताकि सेना के माध्यम से कश्मीर हथिया सके। हालांकि पाकिस्तान अपने इरादों में असफल रहा।
11. पाकिस्तान निरंतर यह आग्रह करता रहा कि भारत के साथ सामान्य संबंध बनाने में सबसे बड़ी बाधा कश्मीर मुद्दा है। भारत के लिए भी कश्मीर एक प्रमुख मुद्दा है, क्योंकि भारत यह कभी बर्दाश्त नहीं कर सकता कि उसका कोई भी इलाका या लोग धार्मिक मतभेद के आधार पर भारतीय गणराज्य से अलग हों। इससे ऐसे मूल विचार बिन्दु भी नष्ट हो जाएँगे, जिनके आधार पर स्वतंत्र भारत अस्तित्व में आया; ये विचार बिंदु धार्मिक, भाषाई, जातिगत विविधता, राष्ट्रीय भौगोलिक अखंडता आदि हैं । किसी भी स्थिति में भारत तथाकथित, द्विराष्ट्र सिद्धांत के आधार पर देश के टुकड़े नहीं होने देगा। इस अध्याय का उद्देश्य ऐतिहासिक ब्यौरे देते हुए कश्मीर मुद्दे का विश्लेषण करना नहीं है (पूर्ववर्ती 11 बिन्दुओं में प्रमुख प्रवृत्तियों को सार रूप में प्रस्तुत किया गया है) फिर भी इस अध्याय में 20वीं शती के पिछले दशक के दौरान जम्मू–कश्मीर से जुड़े हाल ही के घटनाक्रम पर मुख्यतः ध्यान दिया गया है।

सन् 1989 के अंत से पाकिस्तान के समर्थन से जम्मू–कश्मीर में आतंकवाद तथा अलगाववाद चरम बिन्दु पर पहुँच गया था। इसके साथ ही सन् 1991 के अंत तक इस राज्य में हिंसा भी काफी बढ़ गई थी। मूलतः विदेश मंत्रालय ने जम्मू–कश्मीर में तनावपूर्ण स्थिति से उत्पन्न समस्याओं के संबंध में तीन कार्य किए–

पहला, जम्मू–कश्मीर के मुद्दे को प्रचालनात्मक या संस्थागत रूप से अंतरराष्ट्रीय रूप देने से रोकना था, जिससे कश्मीर में बाह्य हस्तक्षेप हो सकता था; इससे कश्मीर में पुनः भारत से अलग होने की बात उठ सकती थी। दूसरा, द्विपक्षीय स्तर तथा संयुक्त राष्ट्र जैसे अंतरराष्ट्रीय स्तर पर भारत के हितों के परिप्रेक्ष्य में कश्मीर के मामले में भारतीय विचारों को प्रस्तुत करना तथा भारत की स्थिति को स्पष्ट करना था। तीसरा, गृह मंत्रालय और जम्मू–कश्मीर सरकार के बीच सम्पर्क स्थापित करना था ताकि दोनों को जम्मू–कश्मीर में उत्पन्न हो रही स्थिति के प्रति अंतरराष्ट्रीय दृष्टिकोण तथा प्रतिक्रिया से अवगत कराया जा सके और जम्मू–कश्मीर में हो रहे विकास की प्रामाणिक जानकारी प्राप्त की जा सके, जिससे भारत अंतरराष्ट्रीय स्तर पर अपनी स्थिति को दृढ़तापूर्वक रख सके। जम्मू–कश्मीर के संबंध में पाकिस्तान और कुछ महत्त्वपूर्ण वैश्विक शक्तियों का भले ही निहित स्वार्थ हो, सन् 1991 से 1997 तक की अवधि के दौरान कश्मीर मुद्दे के संबंध में अंतरराष्ट्रीय समुदाय का दृष्टिकोण संक्षेप में इस प्रकार है–

1. जम्मू–कश्मीर पर भारत के ऐतिहासिक तथा कानूनी दावे/मान्यता पर ध्यान दिए बिना, विश्व जम्मू–कश्मीर को भारत और पाकिस्तान के बीच विवादास्पद क्षेत्र मानता रहा है।
2. अंतरराष्ट्रीय समुदाय ने भारत के मामले पर विचार करने या जम्मू–कश्मीर के लोगों के संबंध में विशेष रुचि नहीं दिखाई। विश्व की प्रमुख चिंता यह थी कि जम्मू–कश्मीर पर भारत और पाकिस्तान के बीच विवाद सैन्य रूप न ले तथा इससे भी अधिक महत्वपूर्ण यह है कि दोनों देशों की परमाणु अस्त्र क्षमताओं के कारण परमाणु विध्वंस न हो।
3. हालाँकि अधिकांश देश (सऊदी अरब तथा तुर्की जैसे इस्लामिक देशों को छोड़कर) स्वीकार कर रहे थे कि जम्मू–कश्मीर में पाकिस्तान अलगाववादी ताकतों को समर्थन दे रहा है तथा हस्तक्षेप कर रहा है, फिर भी वे भारत की इस राय से सहमत नहीं थे कि केवल पाकिस्तान द्वारा इन ताकतों तथा विदेशी भाड़े के तत्वों को दिए जा रहे राजनीतिक सहयोग तथा सामग्री की सहायता के कारण ही यह समस्या उत्पन्न हुई है। इनके मतानुसार, सामाजिक और आर्थिक निराशा तथा घाटी में बहुत बड़े वर्ग के अलगाव के कारण कश्मीर में विद्रोह को बढ़ावा मिला है। शेष विश्व का विचार था कि भारतीय सुरक्षा बलों द्वारा मानवाधिकारों के उल्लंघन से ऐसी अपरिहार्य स्थिति उत्पन्न हुई है, जहाँ सशस्त्र राजनीतिक विद्रोह को बल प्रयोग से दबाने की कोशिश की गई।
4. संयुक्त राज्य अमेरिका और पश्चिमी देश चाहते थे कि भारत और पाकिस्तान, कश्मीर समस्या सुलझाने के लिए परस्पर बातचीत करें। ये देश कोई व्यावहारिक सुझाव स्वीकार करने के लिए भारत और पाकिस्तान की इच्छा के आधार पर किसी भी संभव माध्यम से दोनों देशों के बीच बातचीत के दौरान मध्यस्थता करने और वार्ता आरंभ करने में सहायता देने के लिए तैयार थे। मई, 1998 में भारत–पाक परमाणु परीक्षणों के बाद से नीति में गुणात्मक बदलाव आया है। ये दोनों देश परस्पर परमाणु संघर्ष से चिंतित थे। अब ये कश्मीर समस्या का हल शीघ्र निकालना चाहते थे। लेकिन ये देश भारत को ही समझा रहे थे कि उसे समझौता करना चाहिए; जबकि भारत इस प्रकार की एकतरफा कार्रवाई नहीं कर सकता है।

हालाँकि मुस्लिम देश कश्मीर मुद्दे पर समायोचित व्यवहार कर रहे थे तथा उन्होंने भारत के साथ द्विपक्षीय बातचीत के संबंध में निष्पक्ष रवैया अपना रखा था, फिर भी जम्मू–कश्मीर पर ये देश सामूहिक रूप से पाकिस्तान का पक्ष ले रहे थे। इस्लामिक कॉन्फ्रेंस संगठन (ओ.आई.सी.) में पेश प्रस्तावों, न्यूयॉर्क तथा जेनेवा में संयुक्त राष्ट्र में हुए विचार–विमर्श तथा संयुक्त राष्ट्र के मानव अधिकार आयोग की बैठकों में इन देशों के रवैये से यह पहलू स्पष्ट हो जाता है।

सन् 1992 के अंत में भारत को अन्य विकट स्थिति का सामना करना पड़ा। इस दौरान अफगानिस्तान, खाड़ी देश तथा अफ्रीका से भाड़े पर ऐसे तत्व भारत में जम्मू–कश्मीर में सक्रिय आतंकवादियों तथा अलगाववादियों का समर्थन करने लगे थे।

सन् 1991 से कश्मीर मुद्दे पर पाकिस्तान की नीतियों में विशेष परिवर्तन आने लगा। पाकिस्तान यह महसूस करने लगा था कि जाति एवं धर्म के आधार पर भारत से कश्मीर के पृथक्करण को अंतरराष्ट्रीय समुदाय स्वीकार नहीं करेगा। अब पाकिस्तान आत्म–निर्धारण के सिद्धान्त पर भारत से कश्मीर के अलगाव का प्रचार करने लगा। यह कहा जाने लगा कि इस प्रकार के अलगाव से जम्मू–कश्मीर में हो रहे मानव अधिकारों के हनन को रोका जा सकेगा। पाकिस्तान का दावा था कि भारत में जम्मू–कश्मीर का विलय गलत तरीकों से किया गया है तथा यह भारत के विभाजन के समय लोगों की इच्छा का पता लगाते हुए राजनीतिक और विधायी निर्णयों के प्रावधानों के विपरीत है।

अलीस्टेयर लैब की पुस्तक, 'कश्मीर : ए डिस्प्युटिड लीगेसी', (ऑक्सफोर्ड यूनिवर्सिटी प्रेस, कराची, 1993) तथा रॉबिन रफेल ने अपने वक्तव्यों में अक्टूबर, 1947 में भारत में कश्मीर के विलय के कानूनी आधार पर प्रश्न पूछकर पाकिस्तान का समर्थन किया है। इसके अलावा, पाकिस्तान ने अंतरराष्ट्रीय स्तर पर यह आशंका जता दी कि यदि भारत कश्मीर मुद्दे पर समझौता नहीं करता तो इसके परिणामस्वरूप दोनों देशों के बीच परमाणु युद्ध छिड़ने की आशंका बढ़ जाएगी। इसके अलावा दुर्भाग्यपूर्ण पहलू यह था कि संयुक्त राज्य केवल पाकिस्तान का समर्थन ही नहीं कर रहा था बल्कि भारत पर यह दबाव भी डाल रहा था कि उसे परमाणु अप्रसार और मिसाइल विकास से संबंधित वाशिंगटन की कार्यसूची का अनुसरण करना है।

आंतरिक अंतर्विरोधों तथा विविध दबावों से स्थिति जटिल हो गई थी, जिसका जम्मू–कश्मीर मुद्दे पर भारत की नीतियों और दृष्टिकोणों पर भी प्रभाव पड़ रहा था। हमारे राजनेता तथा स्थापनाएँ/संगठन भी इस तथ्य का सामना नहीं करना चाहते थे कि कश्मीर में फैली गड़बडी के पीछे पाकिस्तान का ही हाथ नहीं था बल्कि जम्मू–कश्मीर के लोग भी कई वर्गों में बँट चुके थे। जम्मू–कश्मीर संकट का हल ढूँढने के संबंध में भारतीय जनमत तथा भारतीय संसद में आम सहमति नहीं हो पा रही थी। यह सर्वसम्मति थी कि जम्मू–कश्मीर को किसी भी हालत में भारत से अलग नहीं करना है, परंतु जम्मू–कश्मीर के लोगों की इच्छापूर्ति, अलगाववादी भावनाओं के शमन तथा निराशा पर काबू पाने और उनकी चिंताएँ दूर करने पर एकीकृत दृष्टिकोण नहीं था। जैसा कि पहले उल्लेख किया गया है, नरसिम्हा राव के शासनकाल में गृहमंत्री एस.बी. चव्हाण और आंतरिक सुरक्षा के राज्य मंत्री, राजेश पायलट दोनों में ही मत–वैभिन्न्य पाया जाता था। जम्मू–कश्मीर के राज्यपाल तथा इस राज्य के प्रशासन का सुरक्षा बलों की कमांड और गृह मंत्रालय/विदेश मंत्रालय के साथ कोई तालमेल नहीं था। हालाँकि हर व्यक्ति राजनीतिक प्रक्रिया बहाल करने की आवश्यकता को स्वीकार करता था तथा यह भी मानता था कि केवल बल प्रयोग से जम्मू–कश्मीर की जटिल स्थिति को सुलझाया नहीं जा सकता, परन्तु इस प्रक्रिया के पुनः प्रवर्तन के लिए कोई रचनात्मक नीति तैयार नहीं की गई। संसद और जनमत दोनों के राष्ट्रीय स्तर पर इस समस्या के समाधान के बारे में अलग–अलग विचार थे। एक विचारधारा के अनुसार, भारतीय संविधान के अनुच्छेद 370 को हटा दिया जाना चाहिए और इस घाटी की आबादी की

जनांकिकी को भी बदलना चाहिए। अन्य विचारधारा के अनुसार, जम्मू–कश्मीर को अधिक स्वायत्तता दी जाए और सत्ता का विकेंद्रीकरण किया जाए।

पाकिस्तान के अलावा अन्य देश भी कश्मीर समस्या के प्रति नई दिल्ली के अस्पष्ट तथा सीमित दृष्टिकोण का लाभ उठा रहे थे तथा मानवाधिकारों के संबंध में दबाव डाल रहे थे, जैसे–विदेशी सहायता स्वीकार करना। इसके अतिरिक्त जम्मू–कश्मीर में अलगाववादी तथा आतंकवादी तत्वों को मिल रहे पाकिस्तानी समर्थन को निष्क्रिय बनाने के लिए भी अलग–अलग विचार मौजूद थे। कुछ राजनीतिज्ञ, सिविल सेवा अधिकारी तथा बुद्धिजीवी वर्ग निवारणात्मक तथा प्रतिक्रियामूलक भूमिका का समर्थन कर रहे थे। तथापि कुछ तत्व चाहते थे कि पाक अधिकृत कश्मीर तथा यदि आवश्यक हो तो पाकिस्तानी क्षेत्र में जंग जारी रखी जाए और उन अड्डों को नष्ट कर दिया जाना चाहिए, जहाँ से भारत में आतंकवादी तत्वों को समर्थन मिलता है। विदेश मंत्रालय भी भारत की कश्मीर नीति के संबंध में ठोस जिम्मेदारी की बजाय सतही तौर पर रुचि ले रहा था। जैसा कि पहले बताया गया है, नई दिल्ली का प्रमुख लक्ष्य भारत के संबंध में किसी भी आलोचनात्मक रवैये को रोकना या अंतरराष्ट्रीय स्तर पर इस विवाद के समाधान में तीसरे पक्ष की दखलंदाजी को रोकना था। विदेश मंत्रालय का अन्य लक्ष्य पाकिस्तान द्वारा किए जा रहे प्रचार का सामना करना था। हमें जम्मू–कश्मीर पर अपने पक्ष की वैधता के बारे में विभिन्न देशों की सरकारों को समझाना था तथा इन देशों को जातिगत, धर्म के आधार पर होने वाले विभाजन के खतरों की जानकारी देना था। यदि कश्मीर भारत से अलग हो जाता है, तो इन खतरों का दक्षिण एशिया के राष्ट्रों पर भी असर होगा। हमें प्रभावशाली देशों को यह बताना था कि वे पाकिस्तान को समझाएँ कि वह जम्मू–कश्मीर में आतंकवादियों तथा अलगाववादी ताकतों को समर्थन देना बंद कर दे। कश्मीर मुद्दे को सुलझाने से संबंधित एक पहलू यह भी था कि सर्वोच्च राजनीतिक स्तर पर इस समस्या को निरंतर सुलझाने के लिए भली प्रकार से तैयार की गई संस्थागत कार्यविधि का अभाव था। निश्चित अवधि पर प्रधानमंत्री और गृहमंत्री के बीच बैठकें होती थीं। जम्मू–कश्मीर सरकार तथा इसके सलाहकारों, केंद्रीय सरकार के अधिकारियों के बीच भी बैठकें हुईं, जिनके बारे में यह कहा जा सकता है कि किसी घटना विशेष को लेकर ये बैठकें आयोजित की गई थीं। कैबिनेट सचिव प्रायः सचिवों की शीर्षस्थ समिति की बैठकें बुलाता था। गृहमंत्री विदेश सचिव और खुफिया संस्थाओं के प्रमुख इस समिति के सदस्य होते हैं। इन बैठकों में विशेष घटना तथा तदनुरूप की जाने वाली कार्यवाहियों पर भी विचार–विमर्श किया जाता है और हुआ भी; परन्तु कश्मीर की आंतरिक स्थिति में सुधार लाने या पाकिस्तान की चुनौती का सामना करने के लिए कोई रणनीति तैयार नहीं की गई। जब नरेश चन्द्र कैबिनेट सचिव थे, तब दीर्घकालिक योजना तथा नीति तैयार करने के लिए प्रयास किए गए थे; परंन्तु मुझे यह कहना पड़ रहा है कि सन् 1989 तथा 1992 के बीच इनके बाद एस. राजगोपाल तथा जफर सैफुल्लाह ने पूरी तरह से इस ओर प्रयास नहीं किए। जब जम्मू–कश्मीर के राज्यपाल कृष्ण राव ने गृहमंत्री या कैबिनेट सचिव के साथ संपर्क बनाए रखने तथा यहाँ तक कि सेना और खुफिया विभाग के अधिकारियों के साथ प्रक्रियामूलक और

प्रोटोकॉल आधारों पर सम्पर्क बनाए रखने से इंकार कर दिया, तब स्थिति और अधिक जटिल हो गई। यह बड़ी भयावह स्थिति थी। इसके बावजूद विदेश मंत्रालय ने अपने सीमित तथा विशिष्ट क्षेत्राधिकार के तहत निम्नलिखित उपाय किए–

विदेशों में अपने राजनय मिशन को विषय–वस्तु, स्तार क्षेत्र (रेंज) आदि के बारे में संक्षेप में जानकारी देने के अलावा हमने जेनेवा और न्यूयॉर्क में संयुक्त राष्ट्र में अपने स्थायी मिशनों को मजबूत बनाया ताकि जम्मू–कश्मीर पर होने वाली चर्चा और वाद–विवाद में उग्र रवैए का सामना किया जा सके। आसूचना ब्यूरो (इंटेलिजेंस ब्यूरो) तथा गृहमंत्री ने प्रचार के उद्देश्य से दृश्य–श्रव्य प्रस्तुतिकरण सहित विशेष सामग्री भी तैयार की। विदेश मंत्रालय, गृह मंत्रालय और रक्षा मंत्रालय की संयुक्त सिफारिशों पर प्रधानमंत्री (नरसिम्हा राव) ने जम्मू–कश्मीर में विदेशी राजनीतिक विशिष्ट व्यक्तियों को आने की अनुमति दी ताकि वे स्वयं आकर कश्मीर की स्थिति को देख सकें तथा राजनीतिक माध्यमों से इस समस्या को सुलझाने के लिए भारत द्वारा किए जा रहे प्रयासों की जानकारी भी प्राप्त कर सकें। हमने नई दिल्ली में रेजीडेंट राजदूत, विभिन्न देशों के सांसदों के शिष्टमंडलों तथा अंतरराष्ट्रीय न्यायविदों (जूरिस्टों) के आयोग की अनुमति दी। गृह मंत्रालय ने पाकिस्तान से समर्थन प्राप्त आतंकवादियों की गतिविधियों के प्रमाण और विस्तृत ब्यौरों तथा इन पर नियंत्रण रखने और मानव अधिकारों के लिए भारत सरकार द्वारा की गई कार्यवाहियों की रिपोर्ट पेश की। यह डाटा और प्रमाण पाकिस्तान और महत्वपूर्ण देशों की सरकारों को भी भेजे गए। इस प्रकार की कार्यवाही से हमारे विरुद्ध पाकिस्तान की कूटनीतिक चालें तथा दृढ़ प्रचार किसी हद तक निष्फल हुए। सऊदी अरब में इस्लामिक कॉन्फ्रेंस संगठन (ओ.आई.सी.) के सचिवालय के साथ संबंध पुनः स्थापित करने के लिए भी निर्णय लिया गया। इसके पीछे प्रयोजन यह था कि हम अपने नजरिए से इस संगठन के अधिकारियों को जम्मू–कश्मीर के हालात की संक्षेप में जानकारी दे सकें। हमने नई दिल्ली में मुस्लिम देशों के मिशन के अध्यक्षों के साथ भी चर्चा करने तथा संक्षिप्त जानकारी देने के लिए अनवरत पैटर्न तैयार किए।

जम्मू–कश्मीर की सरकार ने विदेश मंत्रालय द्वारा प्रचार तथा स्पष्टता लाने के लिए की गई पहल और गृह मंत्रालय तथा सुरक्षा बलों द्वारा ऑपरेशन स्तर पर किए गए प्रयासों का विरोध किया। यह अनुभव किया गया था कि एक तो उदारवादी कार्यों से अलगाववादी ताकतें अनुचित लाभ नहीं उठाएँगी, दूसरी तरफ भारत की प्रतिरक्षात्मक छवि भी उभरेगी। समग्रतः, कहा जा सकता है कि स्पष्टवादिता तथा उत्साहपूर्वक विश्व के निर्णयों का सामना करने के लाभ भी मिले। इसके बावजूद विदेश मंत्रालय को कठिनाइयों का सामना करना पड़ा था। यह संभावना भी थी कि पाकिस्तान जम्मू–कश्मीर पर संयुक्त राष्ट्र के क्षेत्राधिकार पर पुनःविचार संबंधी प्रस्ताव पेश करेगा तथा सन् 1993 में संयुक्त राष्ट्र की महासभा में यह प्रस्ताव पारित हो जाएगा। विदेश मंत्री, दिनेश सिंह ने कमजोरियों के बावजूद पाकिस्तान के इस प्रस्ताव के विरुद्ध अन्य विदेश मंत्रियों का समर्थन पाने के लिए विशेष प्रयास किए थे। मैं भी इस महासभा में भाग लेने गया था तथा मैंने व्यक्तिगत तथा सामूहिक रूप से इस्लामिक देशों, यूरोपियन समुदाय तथा सुरक्षा परिषद् के पाँच स्थायी सदस्यों के प्रतिनिधियों के साथ बैठकें

की। मैंने चीन और ईरान के स्थायी प्रतिनिधियों से अलग–अलग चर्चा की। ये दोनों देश भी मानवाधिकारों के क्षेत्र में उठाए गए कदमों के बारे में आलोचनात्मक प्रस्तावों से आतंकित थे। मैंने उन्हें यकीन दिलाया कि यदि वे भारत के विरुद्ध प्रस्ताव वापस लेने के बारे में पाकिस्तान पर दबाव डालेंगे तो हम भी इन देशों को समर्थन देंगे। इस प्रकार की लॉबी के परिणामस्वरूप पाकिस्तान का प्रस्ताव निष्फल हो गया। फिर भी संयुक्त राष्ट्र दो कारणों से कश्मीर के प्रति अपने रवैये पर अड़ा हुआ था–

1. हमारी आपत्तियों के बावजूद संयुक्त राष्ट्र के महासचिव बुतरस घाली ने महासभा में अपनी रिपोर्ट में जम्मू–कश्मीर की स्थिति का हवाला दिया था।
2. संयुक्त राज्य के राष्ट्रपति बिल क्लिंटन ने दक्षिण एशिया में जम्मू–कश्मीर की स्थिति का विशेष उल्लेख करते हुए इस प्रक्रिया को यह कहकर और अधिक बढ़ावा दिया कि इस संबंध में अंतरराष्ट्रीय स्तर पर मॉनीटरिंग की आवश्यकता है।

बोस्निया और सोमालिया के समान जम्मू–कश्मीर का हवाला देने से कोई खास फर्क नहीं पड़ा। इससे विदेश मंत्रालय और भारतीय प्रेस ने यह पाया कि रॉबिन रफेल प्रायः कोई–न–कोई चाल अपनाती रहती हैं तथा उन्होंने क्लिंटन के इस भाषण में जम्मू–कश्मीर का हवाला भी शामिल कर दिया। इसके अलावा जब अक्तूबर, 1993 के तीसरे सप्ताह में विदेश मंत्री दिनेश सिंह ने बुतरस घाली से भेंट की, तब इस बैठक में हुई चर्चा के दौरान अन्य समस्या का सामना भी करना पड़ा। घाली ने बताया कि वे कश्मीर समस्या सुलझाने में भारत–पाक की सहायता करना चाहते हैं। उन्होंने आगे कहा कि यदि वे इस प्रकार की सहायता करना चाहते हैं तो इसका यह अर्थ न लगाया जाए कि यह सुरक्षा परिषद् या संयुक्त राष्ट्र का किसी प्रकार का हस्तक्षेप है। इस चर्चा के दौरान दिनेश सिंह विनम्र रहे। उन्होंने महासचिव को धन्यवाद देते हुए उनके नेक इरादों की सराहना की। दिनेश सिंह की इन टिप्पणियों का महासचिव के स्टाफ ने यह अर्थ लगाया कि भारत सरकार ने यह संकेत दे दिया है कि कश्मीर मुद्दे को सुलझाने के लिए घाली मध्यस्थता कर सकते हैं।

जब मेरे वरिष्ठ साथियों ने दिनेश सिंह को इसका अर्थ समझाया तो उन्होंने तत्काल इस स्थिति को सुधारने की इच्छा जाहिर की। इसलिए उसी दिन दोपहर बाद महासचिव को संदेश भेजा गया। इसमें स्पष्ट किया गया कि दिनेश सिंह की अभ्युक्ति का गलत अर्थ न लिया जाए। इस पत्र से खलबली मच गई। अंततः प्रधानमंत्री राव तथा संयुक्त राष्ट्र के महासचिव के बीच टेलीफोन पर हुई बातचीत से स्थिति सँभल गई। इसमें राव ने स्पष्ट शब्दों में यह बताया कि हालाँकि वे भारत और पाकिस्तान के बीच संबंध सामान्य बनाने के प्रति घाली के सद्भाव और इच्छा की सराहना करते हैं, फिर भी कश्मीर के संबंध में भारत महासचिव या संयुक्त राष्ट्र की मध्यस्थता स्वीकार नहीं करेगा।

इसी समय भारतीय मानव अधिकार आयोग की स्थापना के संबंध में महत्त्वपूर्ण कदम उठाए गए। इसके अलावा मानव अधिकारों पर संयुक्त राष्ट्र की कॉन्फ्रेंस में मानव अधिकारों के संबंध में उठाए जाने वाले प्रश्नों की प्रभावी संक्षिप्त जानकारी भी तैयार की गई। यह कॉन्फ्रेंस जून 1993 में वियना में हुई थी। हमने विशेष प्रचार 'सेल'

स्थापित किया, जिसके अध्यक्ष विशेष कार्य अधिकारी (ओ.एस.डी.) थे। 'सेल' का कार्य जम्मू–कश्मीर पर भारत की नीतियों और विचारों को व्यक्त करना था तथा त्वरित रूप से जानकारी एकत्रित करके अन्य देशों के समक्ष सुव्यवस्थित तथा सोद्देश्यपूर्ण ढंग से प्रस्तुत करना था। यह 'सेल' गृहमंत्री के क्षेत्राधिकार के तहत कार्य करता है। कुछ मामलों में जम्मू–कश्मीर मुद्दे के बाह्य आयामों के संबंध में विदेश मंत्रालय ने जरूरत से ज्यादा शक्ति खर्च की तथा ध्यान दिया। ऐसे क्षण भी आए थे, जब मैंने यह महसूस किया था कि हमें जम्मू–कश्मीर के संबंध में पहले आंतरिक संकट पर ही ध्यान केन्द्रित करना चाहिए। इसके बाद इस समस्या का राजनीतिक हल ढूँढना चाहिए। मैंने यह भी महसूस किया कि यदि हम पाकिस्तान और अन्य देशों को स्पष्ट रूप से यह बताते हैं कि हम इस समस्या पर उनके प्रचार, कूटनीतिक दबाव या राजनीतिक चापलूसी की परवाह नहीं करते, यह नितांत रूप से देश का आंतरिक मामला है, तो इससे भारत को कोई नुकसान नहीं पहुँचेगा।

सन् 1989–90 तक जम्मू–कश्मीर में विद्यमान तनावों से निपटने की प्रक्रिया के तहत निजी अनुभव के आधार पर मैं यह महसूस करता हूँ कि भारत को यह समस्या सुलझाने के लिए तुरंत तीन उपाय करने चाहिए–

पहला, भारत को जम्मू–कश्मीर पर अपना क्षेत्राधिकार बनाए रखना है तथा कानून और व्यवस्था सुनिश्चित करनी है, ताकि वहाँ के लोग आतंकवादियों तथा अलगाववादियों से स्वयं को सुरक्षित महसूस करें।

दूसरा, भारत को वास्तव में लोकतंत्र बनाए रखने के लिए नए सिरे से महत्वपूर्ण और ठोस प्रयास करने चाहिए तथा स्वायत्त राजनीतिक व्यवस्था स्थापित करनी चाहिए, जो जम्मू–कश्मीर के लोगों की आकांक्षाओं के प्रति जिम्मेदार हो।

तीसरा, भारत को खुले सैन्य युद्ध में उलझे बिना सभी संभव माध्यमों से पाकिस्तान द्वारा समर्थन प्राप्त हिंसा और आतंकवाद का मुँहतोड़ जवाब देना होगा; परन्तु यदि पाकिस्तान भारतीय सुरक्षा हितों के संबंध में धैर्य की सीमाएँ लाँघ जाता है, तो हमें निर्णायक कार्यवाही करने में हिचकिचाना नहीं चाहिए।

जब से जम्मू–कश्मीर की स्थिति में परिवर्तन आने लगा (अर्थात् सन् 1989–90 में), इस समस्या को सुलझाने के लिए अनेक प्रस्ताव सामने आए। इनमें से कुछ का विस्तृत ब्यौरा देना समुचित होगा–

1. जम्मू–कश्मीर में विद्यमान नियंत्रण रेखा को भारत–पाक के बीच अंतरराष्ट्रीय सीमा माना जाए तथा इस प्रकार से स्थिति में सुधार लाया जाए। इसके बाद पाक–अधिकृत कश्मीर और भारत के जम्मू–कश्मीर के लोगों के बीच सामान्य सम्पर्क स्थापित हो (सन् 1972 में शिमला वार्ता के दौरान स्वर्गीय जुल्फिकार अली भुट्टो ने इस पर सामान्य रूप से आश्वासन दिया था)।
2. जनमत के आधार पर संयुक्त राष्ट्र के प्रस्ताव पर पुनः विचार किया जाए।
3. भारत और पाकिस्तान के बीच जम्मू–कश्मीर के संबंध में नई व्यवस्था/समझौता तैयार किया जाए तथा संयुक्त राष्ट्र को न्यासी बनाया जाए। बाद में जनमत संग्रह

के माध्यम से जनता के विचारों का पता लगाया जाए। जम्मू–कश्मीर के लिबरेशन फ्रंट के एक समूह के नेता वर्ग ने सन् 1992 में यह प्रस्ताव रखा था। इस संबंध में दो जनमत कराए जा सकते हैं– एक भारत के पक्ष में और दूसरा पाक–अधिकृत कश्मीर में। इन दोनों जनमतों के परिणाम समाधान का आधार होंगे।

4. भारत और पाकिस्तान–दोनों को जम्मू–कश्मीर पर अपना दावा छोड़ देना चाहिए तथा इसे अलग राज्य (देश) का दर्जा दिया जाए।
5. कश्मीर घाटी पाकिस्तान को दे दी जाए जबकि भारत के पास लद्दाख, जम्मू और अन्य क्षेत्र रहें।

पहले प्रस्ताव को छोड़कर अन्य प्रस्तावों का किसी–न–किसी रूप में विरोध किया गया है। यह पहला प्रस्ताव वास्तविकताओं के निकट है तथा इससे भारत और पाकिस्तान– दोनों की क्षेत्रीय अखंडता सुरक्षित रहती है।

सामरिक माहौल, विशेषतः जम्मू–कश्मीर राज्य तथा पड़ोसी देशों के संबंध में पिछले तीन दशकों से काफी बदलाव आ रहा है। भारत और पाकिस्तान में प्रत्यक्ष परमाणु अस्त्रीकरण के बाद विशेष रूप से परिवर्तन आ रहा है। अफगानिस्तान में अत्यधिक अस्त–व्यस्त, अनिश्चित स्थिति विद्यमान है, जबकि चीन का अभी तक सन् 1963 में किए गए पाकिस्तान के साथ सीमा संबंधी करारनामों के तहत जम्मू–कश्मीर के क्षेत्र पर कब्जा बना हुआ है। वर्तमान समय में पाकिस्तान और चीन, दोनों देश भौगोलिक नियंत्रण की दृष्टि से जम्मू–कश्मीर के उत्तरी तथा उत्तर–पश्चिम सीमाओं पर डटे हुए हैं। भारत की नीतियों तथा दृष्टिकोण से टकराने वाले इन कारकों के अलावा, पहले प्रस्ताव को छोड़कर ऊपर वर्णित प्रस्तावों के बारे में अन्य महत्वपूर्ण प्रश्न भी उत्पन्न हुए हैं। क्या भारत और पाक, जम्मू–कश्मीर को अलग देश का दर्जा देने के लिए राजी हो सकते हैं? यदि कश्मीर घाटी तथा मुस्लिम आबादी वाले क्षेत्र पाकिस्तान को दे दिए जाएँ या इन्हें स्वतंत्र कर दिया जाए, तो क्या भारत लद्दाख, जम्मू और पंजाब पर कारगर ढंग से नियंत्रण रख पाएगा? यदि पहले प्रस्ताव को छोड़कर अन्य प्रस्तावों पर विचार किया जाए तो क्या भारत अपनी आंतरिक एकता को अक्षुण्ण रख पाएगा?

इन सभी गुणावगुणों को ध्यान में रखते हुए कश्मीर समस्या का समाधान निकालने की आवश्यकता है। तत्काल हल ढूँढना विवेकसम्मत नहीं होगा, क्योंकि ऐसी अतिसूक्ष्म बातें भी हो सकती हैं, जिनका भारत और पाकिस्तान–दोनों देशों की सत्ता संरचना पर प्रभाव पड़ेगा। परन्तु कुछ पहलू बिलकुल स्पष्ट है–

पहला, जम्मू–कश्मीर विवाद बल प्रयोग या केवल सैन्य माध्यमों से हल नहीं किया जा सकता।

दूसरा, भारत को भी अपने भीतर झाँकना होगा तथा ऐसे नागरिकों के वर्ग की निराशाओं तथा उदासीनता पर ध्यान देना होगा, जो ऐसे सामरिक तथा सुरक्षा हितों से जुड़े क्षेत्र में बस रहे हैं। हमें राजनीतिक माध्यमों और लोकतांत्रिक सिद्धांतों के आधार पर सकारात्मक जवाबी कार्यवाही से निराशा दूर करनी होगी। लोकतांत्रिक सिद्धांतों तथा उपलब्ध माध्यमों से राजनीतिक बातचीत के आधार को पुनः स्थापित करना भी जरूरी

है। शायद मई–जून 1996 में जम्मू–कश्मीर में लोकसभा के चुनावों तथा मुख्यमंत्री के रूप में डॉ. फारूख अब्दुल्ला की निर्वाचित सरकार बन जाने से इस दिशा में सार्थक शुरुआत हुई है। तीसरा, भारत को पाकिस्तान के उन प्रयासों का धैर्यपूर्वक संयम बरतते हुए सामना करना चाहिए, जिनका लक्ष्य राजनीतिक प्रक्रिया में बाधा डालना है और हम तमाम बाधाओं व सीमाओं के बावजूद इस प्रक्रिया को आरंभ करना चाहते हैं।

कश्मीर मामले की यदि समीक्षा की जाए तो यह भारतीय उपमहाद्वीप में अब तक का सबसे महंगा विवाद बन गया है। वर्तमान सरकार नीचे से उभरते प्रतिरोधों और अब तक क्रॉनिक डिजीज का रूप ले चुकी समस्याओं से ताकत के बल पर निपटना चाहती है। शायद यही वजह रही कि कश्मीर में पत्थरबाजी की घटनाएं हुई, जिसका लाभ पाकिस्तान ने भरपूर तरीके से उठाया। कश्मीर में वर्तमान समय में जो सरकार है, उसका मिजाज और अनुभव पहले की सरकार से भिन्न है। यह मुस्लिम वर्चस्व वाली कश्मीरी वादी और हिंदू वर्चस्व वाले जम्मू के बने गठबंधन के रूप में उन सांस्कृतिक–धार्मिक विशेषताओं को प्रतिध्वनित कर रहा है जिनमें राजनीतिक महत्वाकांक्षाओं का प्रभाव कहीं ज्यादा है। यही वजह है कि इस गठबंधन पर टिप्पणी करते हुए 1 मार्च, 2015 को मुफ्ती मोहम्मद सईद ने कहा था कि वैचारिक रूप में एक–दूसरे की प्रतिद्वंद्वी दो पार्टियों का एक साथ आना बिलकुल ''उत्तरी और दक्षिणी ध्रुव के मिलन'' जैसा है। लेकिन अब वे विषय गौण कर दिए गए, जिन्हें मनमोहन सिंह सरकार के समय चिदम्बरम के नेतृत्व में वार्ताकारों की 3 सदस्यीय टीम ने पेश किया था। चिदम्बरम ने कहा कि ''सरकार को उन प्रारम्भिक शर्तों की ओर लौटना होगा, जिनके अन्तर्गत 1947 में इस राज्य का भारत के साथ विलय हुआ था और कश्मीरियों को देश के संविधान के दायरे में अपने खुद के कानून तैयार करने की अनुमति देनी होगी। उनका कहना था हमने उस गरिमापूर्ण सौदेबाजी की अनदेखी की है, जिसके अन्तर्गत जम्मू–कश्मीर ने भारत के साथ विलय किया था और 40 वर्ष तक हमने इसकी कीमत अदा की है. ..। अब हमें घड़ी की सुइयां पूरी तरह उल्टे घुमाते हुए 1947 वाली स्थिति में पहुंचना होगा और देखना होगा कि विलय की मूल शर्तों के मद्देनजर आज की स्थिति में क्या कुछ कर पाना संभव है?''

इस तरह से चिदम्बरम ने यह मान लिया था कि वे गलत भी हो सकते हैं और सही भी। लेकिन ''कश्मीर के लोगों को जो चीज देना आवश्यक है, वह है उन्हें यह विश्वास दिलाना कि भारत के साथ विलय की गरिमापूर्ण सौदेबाजी के अन्तर्गत सभी शर्तों का पूरी तरह सम्मान किया जाएगा और वे भारत का अंग रहेंगे।'' मेरी समझ से ऐसा नहीं हो पा रहा है। इसके कई कारण हो सकते हैं। एक यह कि इसका समाधान ढूंढने की बजाय राजनीतिक दल और विचारधाराएं इसे उलझाए रखना चाहती हैं। पाकिस्तान की स्थिति तो यह है कि यदि कोई नेता या राजनीतिक दल इसे सुलझाने की कोशिश करता है, तो उसका पतन शुरू हो जाता है। ध्यान रहे कि 2002 से 2007 तक परवेज मुशर्रफ के विदेश मंत्री रह चुके खुर्शीद महमूद कसूरी ने अप्रैल 2010 में अपने एक वक्तव्य में कहा था कि ''जब चार सूत्रीय समझौता 2007 के प्रारंभ में अपने अंतिम निष्कर्ष की ओर पहुंच रहा था, ठीक उसी समय पाकिस्तान के तेज रफ्तार

राजनीतिक घटनाक्रमों ने इस प्रक्रिया को पृष्ठभूमि में धकेल दिया और मुशर्रफ का पतन शुरू हो गया।'' चार सूत्री समझौता था–

1. ''नियंत्रण रेखा (एलओसी) के दोनों ओर सैन्य बलों को न्यूनतम स्तर पर रखना (खास तौर पर आबादी वाले इलाकों में);
2. एलओसी के दोनों ओर जम्मू–कश्मीर के लोगों की निर्बाध आवाजाही यकीनी बनाना;
3. एलओसी के दोनों ओर सभी क्षेत्रों में एक ही आधार पर आंतरिक प्रबंधन के लिए स्वशासन सुनिश्चित करना एवं
4. भारत और पाकिस्तान सरकारों के सक्रिय प्रोत्साहन से जम्मू–कश्मीर के लोगों के लिए सहकारी एवं परामर्शदाता तंत्र तैयार करना ताकि इस क्षेत्र की सामाजिक और आर्थिक विकास की समस्याओं को हल करने में सहयोग के फायदों को अधिक–से–अधिक बढ़ाया जा सके।

पाकिस्तान जब भी कश्मीर मुद्दा सुलझाने या फिर भारत के साथ दोस्ताना संबंध कायम करने के प्रयास करता है तो, सेना या कट्टरपंथी उस व्यक्ति या दल को सत्ता से बेदखल कर देते हैं। ऐसा ही कुछ तब हुआ था, जब अटल बिहारी वाजपेयी ने कश्मीर मुद्दे को सुलझाने के लिए प्रयास किया था और उनके पाकिस्तानी समकक्ष नवाज शरीफ ने इसका स्वागत किया था। वाजपेयी ने लाहौर तक बस यात्रा की थी और फरवरी 1999 में 'लाहौर समझौते' पर हस्ताक्षर हुए थे। लेकिन कश्मीर मुद्दे को सुलझाने का फार्मूला देखने के बाद जनरल परवेज मुशर्रफ ने उनका तख्तापलट कर मार्शल लॉ स्थापित कर दिया। फिर अब नये प्रयासों की जरूरत है, क्योंकि हमें यह मानकर चलना होगा कि सैन्य कार्रवाई समस्या का स्थायी समाधान नहीं खोज सकती। इसलिए आवश्यक है कि वार्तालाप करने के लिए उपजाऊ वातावरण तैयार किया जाए। लेकिन इसके लिए जरूरी होगा कि दोनों देश शालीनता और शांति का परिचय दें। लेकिन यदि अमेरिका की एक प्रमुख एजेंसी के सर्वेक्षण में शामिल 64 प्रतिशत भारतीयों की पाकिस्तान को लेकर राय को देखें तो वह अत्यधिक प्रतिकूल है। खास बात यह है कि यह प्रतिकूलता निरन्तर बढ़ रही है। भारत के 63 प्रतिशत लोग आज इस निष्कर्ष पर पहुंच चुके हैं कि जम्मू–कश्मीर में सैन्य बलों का और अधिक प्रयोग होना चाहिए। इस प्रकार की सोच कश्मीर समस्या के समाधान में सहायक नहीं बन सकती। आखिर कोई तो वजह होगी कि पिछले 70 वर्षों के दौरान समस्त संसाधन और सैन्य शक्ति प्रयुक्त करने के बावजूद समस्या जस–की–तस बनी हुई है। जमीनी स्तर पर इसमें लेशमात्र भी फर्क नहीं आया है।

क्या सरदार वल्लभभाई पटेल की यह अभिव्यक्ति अभी कश्मीर में प्रतिध्वनित हो पा रही है कि ''कुछ लोगों का यह मानना है कि मुस्लिम बहुमत वाला इलाका हर हालत में पाकिस्तान में होना चाहिए। वे इस बात पर हैरान हैं कि कश्मीर भारत में क्यों है? इसका उत्तर बहुत सरल और स्पष्ट है। हम कश्मीर में इसलिए हैं कि कश्मीर के लोग हमें वहां चाहते हैं।''

कुल मिलाकर हमें अब निम्नलिखित बिंदुओं पर केन्द्रित होना पड़ेगा–

1. कश्मीर समस्या का हल राजनीतिक समाधान के मार्ग से होकर जाता है अथवा सैन्य कार्रवाइयों की तंग गलियों से होकर?
2. संप्रभुता के कठोर केंद्रीकरण की समस्या का तदर्थ उपाय होगा या मूलभूत?
3. बलूच संप्रभुता के लिए जारी संघर्ष में भारतीय सहयोग किस सीमा तक भारत को आगे बढ़ाएगा और पाकिस्तान को रोकने का कार्य करेगा?
4. आर्म्ड फोर्स स्पेशल पावर एक्ट, 'अ.फ.स.पा.' भारतीय लोकतांत्रिक (कम–से–कम पारिभाषिक रूप से) तंत्र से कितना सुसंगत बैठता है? सुसंगतता के अनुरूप ही समाधान की मात्रा और दिशा तय हो पाएगी।
5. पाकिस्तान की गिलगित और बाल्टिस्तान में गतिविधियां संदिग्धता से आगे निकल चुकी हैं। गिलगित और बाल्टिस्तान के पाकिस्तान की सक्रियता और चीन के साथ बुनियादी संरचना के क्षेत्र में साझेदारी हमारे लिए चेतावनी है या नहीं पर चुनौती अवश्य है।
6. यह विचार करने की जरूरत है कि हम कश्मीर के मुद्दे पर पिछले दशकों में कितने कदम आगे बढ़े हैं और कितने कदम पीछे हटे हैं।

❑❑

13 भारत और संयुक्त राष्ट्र

भारत उन कुछ चुनिंदा पूर्व–उपनिवेशों में से है, जिनका ब्रिटिश शासनकाल में भी अंतरराष्ट्रीय राजनीति के क्षितिज पर अनेक देशों से सीधा संपर्क रहा है। भारत ने प्रथम विश्व युद्ध के बाद वर्साय कॉन्फ्रेंस में भी भाग लिया था, जिसमें जून 1919 में वर्साय संधि की गई थी। तत्कालीन ब्रिटिश सरकार ने 'लीग ऑफ नेशंस' में प्रतिनिधित्व करने को भारत को अनुमति दे दी थी। यहाँ तक कि पराधीन देश के रूप में भी भारत बहुपक्षीय सहयोग के माध्यम से ग्लोबल शांति तथा स्थिरता लाने के प्रति कटिबद्ध था। इसीलिए द्वितीय विश्व युद्ध के अंत में भारत–संयुक्ता राष्ट्र के संस्थापक सदस्यों में से एक था। 3 नवंबर, 1948 को पेरिस में संयुक्त राष्ट्र की महासभा में बोलते हुए जवाहरलाल नेहरू ने कहा था–"हम यह नहीं सोचते हैं कि विश्व या भारत की समस्याएं आक्रमण या युद्ध अथवा हिंसा के माध्यम से सुलझाई जा सकती हैं, बल्कि हम सभी दुर्लभ प्राणी हैं इसीलिए हम हमेशा महापुरुष (महात्मा गांधी) की शिक्षा का अनुसरण नहीं कर सकते, जिन्होंने भारत के स्वतंत्रता आंदोलन का नेतृत्व किया था; परंतु इनके द्वारा सिखाया गया पाठ हमारे अंतर्मन की गहराइयों में समा चुका है और जब तक इस पाठ को याद रखेंगे, मुझे पूरा यकीन है कि हम सही मार्ग पर चलते रहेंगे। यदि मुझे इस सभा में सुझाव देने का मौका मिलता है, तो मैं सोचता हूँ कि यदि हम उनके द्वारा दी गई शिक्षा का सार तत्व याद रखते हैं, तो सम्भवतः आज की समस्या के प्रति हमारा दृष्टिकोण भिन्न होगा। शायद हमारे सिर पर हमेशा मंडराने वाला खतरा कम हो जाएगा और वस्तुतः धीरे–धीरे समाप्त ही हो जाएगा।"

नेहरूजी ने आगे कहा–"मैं अपने देश की जनता और सरकार की ओर से इस सभा को यह बताना चाहूँगा कि हम पूरी तरह से संयुक्त राष्ट्र चार्टर के सिद्धांतों और प्रयोजनों का पालन करते हैं। इन सिद्धांतों तथा प्रयोजनों की प्राप्ति के लिए हम भरसक प्रयास करेंगे।" 50 वर्ष बाद भी संयुक्त राष्ट्र के प्रति भारत का यह दृष्टिकोण नहीं बदला है।

यहाँ न तो इतना समय है और न ही गुंजाइश कि संयुक्त राष्ट्र को मजबूत बनाने तथा संयुक्त राष्ट्र एवं इसकी संबद्ध एजेंसियों के आदर्श तथा लक्ष्यों की उपलब्धि में भारत की भूमिका का विस्तारपूर्वक विवेचन किया जाए।

संयुक्त राष्ट्र के कार्यकलापों में भारत की भागीदारी से जुड़ी अनेक प्रमुख घटनाएँ हैं, मूलतः भारत ने कोरिया में संयुक्त राष्ट्र की सैन्य कार्यवाही में प्रभावी असैनिक भूमिका निभाई है। भारत ने कोरियाई युद्ध के दौरान संयुक्त राष्ट्र की सेना के भाग के रूप में चिकित्सा बटालियन भेजी। भारतीय सेनाओं को संयुक्त राष्ट्र के 'न्यूट्रल नेशंस रिपेट्रिएशन कमीशन' के अंतर्गत उत्तर और दक्षिण कोरिया के कैदियों की स्वदेशी वापसी का कार्य सौंपा गया। इस कमीशन के अध्यक्ष जनरल के.एस. थिमैया थे। शीत युद्ध

में भाग न लेने के कारण भारत की निष्पक्ष तथा शांतिप्रिय देश के रूप में साख इतनी बढ़ गई थी कि भारतीय सशस्त्र सेनाओं का संयुक्त राष्ट्र के शांति ऑपरेशन में प्रमुख हिस्सा था। पाँचवें दशक के मध्य में इस क्षेत्र से फ्रेंच की वापसी के बाद भारत–चीन संकट सुलझाने के लिए जेनेवा में आयोजित अंतरराष्ट्रीय कांग्रेस में भारत ने सक्रिय भूमिका निभाई। वर्तमान दशक तक यही प्रक्रिया जारी रही है। संयुक्त राष्ट्र ने भारतीय कमांडरों की क्षमता तथा निष्पक्ष भावना की प्रशंसा की। इनमें जनरल थिमैया, जनरल प्रेमचंद, जनरल रिक्खी तथा जनरल सतीश नांबियार आदि के नाम शामिल हैं; जिन्हें संयुक्त राष्ट्र के महासचिव ने पाँचवें दशक से लेकर सन् 1992–93 तक संयुक्त राष्ट्र शांति सेना की कमांड करने के लिए चुना।

इस बिंदु पर ध्यान दिया जाए कि संयुक्त राष्ट्र की शांति सेना के किसी भी ऑपरेशन में, जिसमें भारत भी शामिल है, हमारी सेनाओं ने किसी विशिष्ट सत्ता समूह के प्रति पक्षपात नहीं किया, इसने अपने ढंग से संयुक्त राष्ट्र की शांति कार्यवाहियों को समर्थन दिया था।

सामूहिक रूप से आर्थिक वृद्धि तथा गरीब देशों में आत्मनिर्भरता को प्रोत्साहन देने में भारत की गहरी रुचि के परिणामस्वरूप यू.एन.सी.टी.ए.डी., जी–77, ई.सी.ओ. एस.ओ.सी, यू.एन.आई.ओ. तथा संयुक्त राष्ट्र की अन्य विशेष एजेंसियों की स्थापना में इस देश ने महत्वपूर्ण भूमिका निभाई।

भारत ने निष्पक्ष रवैया अपनाने में, जनसंहारक अस्त्रों के अप्रसार में संयुक्त राष्ट्र द्वारा की गई पहल में आगे बढ़कर भाग लिया तथा पूर्णरूप से निरस्त्रीकरण सुनिश्चित करने का भी समर्थन एवं प्रचार किया। पंडित नेहरू ने परमाणु अस्त्र हटाने का प्रचार किया तथा सन् 1988 में राजीव गांधी ने संयुक्त राष्ट्र में तुरंत समयबद्ध रूप से निरस्त्रीकरण का सुझाव दिया था। इस पूरे प्रकरण में भारत ने पूरा प्रयास किया कि संयुक्त राष्ट्र विश्व शांति को प्रभावित करने वाले इस महत्वपूर्ण मुद्दे पर विचार करे तथा हल निकाले। विश्व की परमाणु–संपन्न ताकतों के इरादों के कारण भारत को इस क्षेत्र में पूरी सफलता नहीं मिल पाई, परंतु परमाणु अस्त्र–संपन्न ताकतें सामरिक दृष्टि से निरस्त्रीकरण के प्रति भारत की प्रतिबद्धता तथा संयुक्त राष्ट्र के माध्यम से निरस्त्रीकरण मुद्दे पर अंतरराष्ट्रीय स्तर पर ध्यान केंद्रित करने में निभाई गई भूमिका को कम नहीं कर पाई थीं।

नई दिल्ली ने संयुक्त राष्ट्र द्वारा अंतरराष्ट्रीय शांति और स्थिरता के लिए निभाई जा रही भूमिका का दृढ़तापूर्वक समर्थन किया, जिससे 50 वर्ष के भीतर भारत ने संयुक्त राष्ट्र की महत्वपूर्ण एजेंसियों की अध्यक्षता की और भारत द्वारा निभाई गई भूमिका की सराहना भी की गई। भारत ने ई.सी.ए.एफ. तथा ई.सी.ए.पी., खाद्य एवं कृषि संगठन (एफ.ए.ओ.) तथा अंतरराष्ट्रीय मैरीटाइम संगठनों की भी अगुआई की। पी.वी. नरसिम्हा राव, वीरेंद्र दयाल, बी.आर. सेन, डॉ. पी. एस. लोकनाथन, चिन्मय गेरेखान तथा नितिन देसाई जैसे प्रख्यात भारतीयों ने संयुक्त राष्ट्र की कार्यप्रणाली पर अमिट छाप छोड़ी। श्रीमती विजयलक्ष्मी पंडित पाँचवें दशक के दौरान संयुक्त राष्ट्र की महासभा की 'अध्यक्ष' चुनी गईं। भारत ने गुटनिरपेक्ष तथा विकासशील देशों की ओर से संयुक्त राष्ट्र में सशक्त प्रतिनिधित्व के रूप में कार्य किया। परंतु हमारे प्रयासों का प्रभाव उतना सार्थक नहीं था,

जितना हम चाहते थे; क्योंकि संयुक्त राष्ट्र के भीतर सत्ता समीकरण ही वस्तुतः नीतियाँ तथा निर्णय निर्धारित करते हैं और सभी देशों के बीच समानता बरतते हुए या सदस्य देशों के बहुमत की सामूहिक आकांक्षाओं का ध्यान रखते हुए कार्य नहीं किया जाता है।

दो ऐसे विशिष्ट मुद्दे हैं, जिनके साथ भारत के हित सीधे जुड़े हुए हैं और इन पर संयुक्त राष्ट्र द्वारा विचार किया गया है। अंततः विश्लेषण से पता चलता है कि संयुक्त राष्ट्र में पाँच बड़ी ताकतें संयुक्त राष्ट्र की सुरक्षा परिषद् के स्थायी सदस्य हैं, जहाँ सदस्य देशों का प्रतिनिधित्व नहीं है। ये दो मुद्दे कश्मीर पर पाकिस्तान का हमला तथा पूर्व पाकिस्तान का संकट है, जिसके परिणामस्वरूप बाँग्लादेश बना। संयुक्त राष्ट्र ने इन मुद्दों पर न तो मामला देखकर प्रतिक्रिया की और न ही निष्पक्ष रूप से इन पर विचार किया। दोनों मामलों में भारत को संयुक्त राष्ट्र से निराशा मिली। कश्मीर मामले में संयुक्त राष्ट्र ने संयुक्त राज्य तथा पश्चिमी लोकतांत्रिक देशों के दबाव में पक्षपातपूर्ण रवैया अपनाया। इससे नई दिल्ली ने संयुक्त राष्ट्र के क्षेत्राधिकार तथा भारत के इस महत्वपूर्ण मुद्दे पर विचार–विमर्श के दौरान निभाई गई भूमिका का खंडन किया। जहाँ तक बाँग्लादेश के मुक्ति संग्राम में भारत के समर्थन का सवाल है, भारत–संयुक्त राष्ट्र की दंडात्मक कार्यवाही से बच गया। संयुक्त राज्य तथा अन्य पश्चिमी लोकतांत्रिक देशों ने ऐसी कार्यवाही करने का सुझाव दिया था; परंतु सोवियत संघ द्वारा सुरक्षा परिषद् में वीटो के प्रयोग तथा महासभा में इस प्रस्ताव के विरोध से ऐसी कार्यवाही नहीं की जा सकी। इस संबंध में संयुक्त राष्ट्र संघ के सात महासचिवों की इस संगठन पर पड़ी छाप का संक्षिप्त वर्णन करना तर्कसंगत होगा।

सर्वप्रथम त्रिग्वे–ली ने महत्वपूर्ण विवादों तथा जटिल स्थितियों के साथ निपटने में संयुक्त राष्ट्र की राजनीतिक भूमिका को ठोस बनाया; परंतु नार्वे मूल के होने के बावजूद वे स्वयं को शीतयुद्ध के माहौल में पश्चिमी ताकतों का समर्थन करने से नहीं बचा पाए। इन्हीं के समय में भारत कश्मीर समस्या को संयुक्त राष्ट्र में ले गया था। इससे इंकार नहीं किया जा सकता कि भारत की इस विधिसम्मत शिकायत को द्विपक्षीय विवाद का रूप देने में इनका भी हाथ था। इन्होंने भारत और पाकिस्तान को बराबर का विवादी माना। वस्तुतः समाजवादी देशों के गुट से इतना विरोध बढ़ गया कि उन्हें सन् 1951 के अंत में त्यागपत्र देना पड़ा।

दूसरे महासचिव डग हैमरशोल्ड ने संयुक्त राष्ट्र के चार्टर के आदर्शवाद और लक्ष्यों के अधिक अनुकूल नीतियाँ तैयार कीं तथा कार्य किए। परंतु अपने कार्यकाल के अंत में इनका राजनीतिक दृष्टिकोण संयुक्त राज्य और पश्चिम के सामरिक हितों के प्रतिकूल हो गया था। इन्होंने उपनिवेश समाप्ति की प्रक्रिया में उत्प्रेरक (कैटालिस्ट) के रूप में संयुक्त राष्ट्र को सक्रिय किया तथा शीतयुद्ध से उत्पन्न संघर्षों को समाप्त करते हुए शांति कायम रखने में संयुक्त राष्ट्र की दृढ़ भूमिका तैयार की। सन् 1956 में मिस्र तथा हंगरी में और 1961 में कांगो में संयुक्त राष्ट्र की सैनिक कार्यवाही के समय ही संभवतः विमान दुर्घटना में रहस्यमय हालत में इनकी मृत्यु हो गई; जबकि उस देश (कांगो) के विधिपूर्वक निर्वाचित वामपंथी राष्ट्रपति पैट्रिस लूमूंबा को पश्चिम द्वारा उकसाए गए अलगाववादी आंदोलनकारियों द्वारा बंदी बना लिया गया। इस संबंध में आम सहमति है कि विमान दुर्घटना आकस्मिक घटना नहीं थी, बल्कि षड्यंत्र रचकर हत्या की गई थी।

तीसरे महासचिव यू–थांट संयुक्त राष्ट्र में कार्यमुखी तथा राजनीतिक माहौल में स्थिरता लाए। संयुक्त राष्ट्र की स्थापना से 16 वर्ष तक उनके पूर्ववर्ती महासचिवों पर किसी–न–किसी प्रकार से राजनीतिक क्षेत्र में पक्षपातपूर्ण रवैये का आरोप लगता रहा था। ये पहले महासचिव थे, जो एशियाई थे और किसी एक समूह का पक्ष लेने वाले नहीं थे। भले ही उनकी अवधि में 1961–71 तक शीत युद्ध का तनाव मौजूद रहा था, परमाणु अस्त्रों की होड़ लगी थी, क्यूबाई मिसाइल संकट तथा सोवियत संघ और संयुक्त राज्य अमेरिका के बीच परमाणु विरोध जैसे खतरे उत्पन्न हो गए थे। इसके अलावा विश्व के सामने वियतनाम युद्ध, चेकोस्लोवाकिया में सोवियत सेना का हस्तक्षेप (1968), अरब–इजराइल युद्ध (1967) तथा भारत–पाक की 1965 तथा 1971 की लड़ाइयाँ आदि जैसी समस्याएँ खड़ी थीं। यू–थांट के काल में संयुक्त राष्ट्र की कार्यप्रणाली में स्थिरता आई तथा विकासात्मक, शैक्षिक और विशेष एजेंसियाँ अधिक प्रभावी हो गईं। संयुक्त राष्ट्र तथा सुरक्षा परिषद् को ऐसे महासचिव का सामना करना पड़ रहा था, जिनका आग्रह था कि यह संगठन निष्पक्ष और प्रतिक्रियामूलक हो। यहाँ यह बताना भी समीचीन होगा कि इसी अवधि के दौरान संयुक्त राष्ट्र सामाजिक, आर्थिक, विकासात्मक, प्रौद्योगिकीय और सांस्कृतिक मुद्दों पर भी सक्रिय रहा। जब यू–थांट 10 वर्ष की अवधि के बाद निवृत हो गए, तब अफ्रीकी उम्मीदवार की बारी थी। तंजानिया तथा नाइजीरिया के उम्मीदवार चुनाव सूची में थे, परंतु संयुक्त राज्य के नेतृत्व में पश्चिम गुट के देश सहमत नहीं थे। भारत तथा गुटनिरपेक्ष आंदोलन के सदस्यों ने भरसक प्रयास किए कि अफ्रीकी उम्मीदवार इस पद पर आएं, परंतु इनके प्रयास सफल नहीं हो सके। पश्चिमी ताकतों ने विवादास्पद ऑस्ट्रिया के कुर्त वाल्दहिम को महासचिव बनाया। समग्रतः वाल्दहिम के काल में संयुक्त राष्ट्र की ग्लोबल, राजनीतिक तथा आर्थिक क्षेत्रों में निभाई जाने वाली भूमिका कम होने लगी। निरस्त्रीकरण, विकास, शांति और स्थिरता से संबंधित मुद्दे बड़ी ताकतों के बीच द्विपक्षीय समीकरणों के मामले बन गए। संयुक्त राष्ट्र की अब नाममात्र की भूमिका रह गई थी। इसके अलावा संयुक्त राज्य तथा सोवियत संघ और संयुक्त राज्य तथा चीन के बीच तनाव में कमी लाने के संबंध में संयुक्त राष्ट्र की भूमिका नगण्य थी। इसके अतिरिक्त सातवें दशक के अंत तक वियतनाम में शांति स्थापित करने की प्रक्रिया में संयुक्त राष्ट्र का विशेष योगदान नहीं रहा। निष्कर्षतः अपने काल में वाल्दहिम पूर्णतः पश्चिमी ताकतों के दबाव से उबर नहीं पाए।

अगले महासचिव जेवियर पेरेज डि स्यूलर थे, जो 1991 तक संयुक्त राष्ट्र महासचिव के पद पर रहे। ये यू–थांट से मिलते–जुलते थे, परंतु इनके काल में संवेदनशील मुद्दों को सुलझाने में बड़ी ताकतों का प्रभाव बना रहा। शीतयुद्ध समाप्त होने जा रहा था। अंतरराष्ट्रीय संबंधों में विकास के परिणामस्वरूप संयुक्त राष्ट्र में भी बदलाव आने लगा था। अफगानिस्तान में सोवियत हस्तक्षेप, ईरान–इराक युद्ध तथा कुवैत पर इराकी हमले के दौरान संयुक्त राष्ट्र की भूमिका संयुक्त राज्य की तुलना में गौण थी। यदि संयुक्त राष्ट्र के तहत कोई कार्यवाही की भी गई थी तो संयुक्त राष्ट्र की भूमिका दिखावा मात्र थी; संयुक्त राष्ट्र की गतिविधियों पर संयुक्त राज्य तथा पश्चिमी लोकतांत्रिक देशों का नियंत्रण था।

जेवियर पेरेज डि स्यूलर के बाद बुतरस–बुतरस घाली आए। यद्यपि इनका चुनाव पश्चिमी ताकतों द्वारा किया गया था, फिर भी वे मात्र यह नहीं चाहते थे कि ग्लोबल मुद्दों तथा संवेदनशील स्थितियों में संयुक्त राष्ट्र सक्रिय भूमिका निभाए, बल्कि वे भी यही चाहते थे कि संयुक्त राष्ट्र के कार्यकलापों में संयुक्त राष्ट्र के सामरिक लक्ष्यों के प्रभाव से बचने के लिए स्वतंत्र और निष्पक्ष भूमिका निभाई जाए। इन्होंने परमाणु मुद्दों या विश्व के विभिन्न भागों में संयुक्त राज्य अमेरिका द्वारा संयुक्त राष्ट्र की भूमिका को कम करने की बार–बार आलोचना की। इनका विचार था कि संयुक्त राष्ट्र में सुधार लाने तथा उसे पुनर्गठित करने की माँग करते समय इस संगठन के अन्य सदस्यों के विचारों को भी ध्यान में रखना चाहिए, न कि केवल संयुक्त राज्य और इसके मित्र राष्ट्रों की बात सुनी जानी चाहिए। भारत ने इस दृष्टिकोण का समर्थन किया तथा इसी प्रकार से अन्य विकासशील देशों ने भी इस पर अपनी सहमति जाहिर की, परंतु अंतरराष्ट्रीय सत्ता की राजनीति के कारण घाली को महासचिव के पद पर दूसरी बार कार्य करने की अनुमति नहीं दी गई। उनके स्थान पर घाना (अफ्रीका) के कोफी अन्नान को महासचिव बनाया गया। अन्नान को संयुक्त राष्ट्र की स्वतंत्रता और निष्पक्षता सुनिश्चित करने का कठिन कार्य सँभालना पड़ा और इसके साथ इन्हें संयुक्त राष्ट्र को धन देने से संबंधित मामलों पर संयुक्त राज्य के विरोध, असहयोग और संगठन में सुधार तथा पुनर्गठन जैसे मामलों से भी निपटना पड़ा।

संयुक्त राष्ट्र की सर्वाधिक महत्वपूर्ण जिम्मेदारी शांति कायम रखना है। भारत ने हमेशा संयुक्त राष्ट्र की इस भूमिका को अपना समर्थन दिया, बशर्ते इस संबंध में संगठन की गतिविधियाँ बड़ी शक्तियों की सत्ता की राजनीति का माध्यम न हों तथा सदस्य देशों की संप्रभुता का मान–सम्मान किया जाए और पक्षपातपूर्ण हस्तक्षेप या घुसपैठ से बचा जाए। फिर भी संयुक्त राष्ट्र की शांति लाने से जुड़ी कार्यवाहियों की अनिवार्य विशेषता यही रही है कि इनमें से अधिकांश कार्यकलाप संयुक्त राज्य के नेतृत्व में पश्चिमी ताकतों के गुट के लक्ष्यों पर ही आधारित थे। यदि संयुक्त राष्ट्र में सुरक्षा परिषद् के विस्तार से जुड़े सुझाव पर की गई चर्चा तथा सन् 1990–91 में खाड़ी में शांति कायम करने से संबंधित संयुक्त राष्ट्र की कार्यवाहियों तथा नौवें दशक के दौरान बोस्निया तथा सोमालिया की समस्या जैसे महत्वपूर्ण विषयों पर विचार किया जाए तो यह आकलन सही सिद्ध होगा। यह भी सत्य है कि संयुक्त राष्ट्र बड़ी ताकतों की नीति व्यवस्था की रूपरेखा के बाहर विकास और निरस्त्रीकरण जैसे मुद्दों पर अपेक्षाकृत कम प्रभावी रहा।

इस पूरे परिप्रेक्ष्य में हमें संयुक्त राष्ट्र में भारत की भागीदारी से संबंधित हाल ही में हुए विकास तथा सन् 1991 से जुड़े मुद्दों पर विस्तारपूर्वक विवेचन करना होगा।

सन् 1990–91 ऐसा निर्णायक समय था, जब संयुक्त राष्ट्र के स्वरूप तथा जिस माहौल में इसे काम करना था, उस अंतरराष्ट्रीय माहौल में परिवर्तन आने लगा। सोवियत संघ में विघटन की प्रक्रिया चल रही थी। सोवियत संघ के मिखाइल गोर्बाचेव तथा संयुक्त राज्य के जॉर्ज बुश के बीच वास्तव में तनावों में कमी आने लगी थी। चीन संयुक्त राष्ट्र के कार्यकलापों तथा गतिविधियों में कुछ अपवादों को छोड़कर उदासीन रहा। सुरक्षा परिषद् में बड़ी शक्तियों की सर्वसम्मति अब वास्तविकता बनती जा रही

थी। दूसरे शब्दों में, सुरक्षा परिषद् के सदस्य उन मुख्य मुद्दों पर संयुक्त रूप से कार्य करते थे, जिन्हें संयुक्त राष्ट्र में विचारार्थ पेश किया जाता था। सन् 1990 में कुवैत पर इराक के कब्जे से यह सच्चाई व्यावहारिक तथ्य में बदल गई। कुवैत पर इराक के अनुचित तथा अन्यायपूर्ण कब्जे के परिणामस्वरूप अपने सदस्य देश पर आक्रमण का विरोध करने के लिए संयुक्त राष्ट्र ने सर्वसम्मति से सैन्य सहायता देने का निर्णय लिया। यह औपचारिक और प्रदर्शनकारी स्थिति थी। खाड़ी युद्ध सन् 1991 के आरंभ में हुआ था। इस युद्ध में संयुक्त राष्ट्र से संबंधित आगामी प्रवृत्तियाँ भी निहित थीं।

1. खाड़ी युद्ध के अंत में तथा इसके परिणामस्वरूप सुरक्षा परिषद् में संयुक्त राज्य के वर्चस्व की प्रवृत्ति से यह स्पष्ट हो गया था कि अब संयुक्त राष्ट्र की नीतियों तथा कार्यकलापों के संबंध में संयुक्त राज्य एवं पश्चिमी लोकतांत्रिक देशों द्वारा निर्णय लिया जाएगा।
2. सुरक्षा परिषद् का कोई भी सदस्य तब तक परिषद् के निर्णयों पर 'वीटो' का इस्तेमाल नहीं कर सकता था, जब तक उसके अपने विशिष्ट राष्ट्रीय हित प्रभावित न होते हों। अंतरराष्ट्रीय संबंधों में संतुलन की दृष्टि से व्यापक सामरिक कारणों की जानकारी के बाद मुद्दों पर स्थायी सदस्यों द्वारा वीटो का इस्तेमाल करने की संभावना धूमिल पड़ती जा रही थी। भारत के विशिष्ट हितों की दृष्टि से हम रूस या सुरक्षा परिषद् के किसी स्थायी सदस्य पर इस बात को लेकर भरोसा नहीं कर सकते कि यदि कश्मीर, अप्रसार, सुरक्षा या निरस्त्रीकरण जैसे मुद्दों पर परिषद् ऐसे निर्णय लेती है, जो हमें स्वीकार्य नहीं हैं तब कोई 'वीटो' का इस्तेमाल करेगा।
3. संयुक्त राष्ट्र अब संयुक्त राज्य तथा औद्योगिक रूप से उन्नत देशों के द्वारा तैयार की गई 'नई विश्व व्यवस्था' की प्रक्रिया को आगे बढ़ाने की दिशा में अधिक सक्रिय तथा घुसपैठ करने वाली एजेंसी का रूप लेता जा रहा था।
4. इस हस्तक्षेप करने की भूमिका में मानवाधिकारों से लेकर पर्यावरण तक तथा महिलाओं और जनसंख्या के मुद्दों से लेकर निरस्त्रीकरण तथा प्रौद्योगिकी अंतरण तक अंतरराष्ट्रीय मुद्दों की व्यापक रेंज शामिल करने की कोशिश की गई।
5. संयुक्त राष्ट्र के पुनर्गठन के लिए भी सुझाव आने लगे थे। इसके प्रमुख घटकों में सुधार एवं पुनर्गठन की भी सिफारिश की जाने लगीं थीं।
6. संयुक्त राष्ट्र ने यह स्पष्ट कर दिया था कि संयुक्त राष्ट्र में परिवर्तन लाने की इस प्रक्रिया में उसका वर्चस्व रहेगा। संयुक्त राज्य ऐसा कर सकता था, क्योंकि उसे केवल अपने मित्र राष्ट्रों का ही नहीं, अपितु विश्व के अधिकांश देशों का समर्थन प्राप्त था।

जब मैंने 1991 में भारत के विदेश सचिव का पदभार सँभाला तथा उस वर्ष संयुक्त राष्ट्र की महासभा के अधिवेशन में भेजे गए शिष्टमंडल के लिए तैयार नीति वक्तव्य एवं संक्षिप्त पेपर पढ़ रहा था, तब मैंने संयुक्त राष्ट्र तथा इस संगठन के दृष्टिकोण को प्रभावित करने वाली राजनीतिक प्रवृत्तियाँ पहचानीं। ये प्रवृत्तियाँ इस प्रकार हैं–

संयुक्त राष्ट्र तथा इसकी एजेंसियों द्वारा अंतरराष्ट्रीयता तथा बहुपक्ष के गुणों का बढ़–चढ़कर प्रचार किया जा रहा था। अब इनमें काफी बदलाव आ गया था। महासभा

की भूमिका कम होती जा रही थी। विकासशील देशों की चिंताओं के स्थान पर बड़ी शक्तियों के हितों पर ध्यान केंद्रित होता जा रहा था। सोवियत संघ के हट जाने तथा संयुक्त राष्ट्र प्रभावशाली सदस्यों की नीतियों में परिवर्तन के कारण इस संगठन के एक सौ। अस्सी सदस्यों की बजाय बड़ी ताकतों के छोटे–से वर्ग के दृष्टिकोण और हित छाने लगे। जहाँ तक संयुक्त राष्ट्र का सवाल है, वैचारिक एवं दान देने तक ही इसका कार्य क्षेत्र सिमट गया था। संयुक्त राष्ट्र के बारे में विद्यमान आदर्श तथा विश्वास उठने लगा था कि यह संगठन मानव जाति के हितों के लिए तथा राष्ट्रीय हितों और दृष्टिकोणों को व्यावहारिक रूप देने में सार्थक भूमिका निभाएगा। संयुक्त राष्ट्र के सामने अब संसाधनों की कमी थी। वह महत्वपूर्ण सदस्य देशों द्वारा दी गई सहायता से ही कतिपय परियोजनाओं और कार्यक्रमों की सीमित रूप में मदद कर पा रहा था। शीतयुद्ध के कारण विशष स्थान न रहने तथा अंतराष्ट्रीय स्थिति में सत्ता–समीकरणों में आए परिवर्तन से संयुक्त राष्ट्र को काफी तनाव तथा अनिश्चितता झेलनी पड़ी। लेकिन बड़ी संख्या में क्षेत्रीय तथा उपक्षेत्रीय वर्ग बन जाने के कारण संयुक्त राष्ट्र अपनी भूमिका तथा कार्यकलापों को पुनर्गठित करने के लिए बाध्य हो गया। क्षेत्रीय वर्गों द्वारा केवल आर्थिक दृष्टि से ही नहीं बल्कि राजनीतिक, प्रौद्योगिकीय और सुरक्षा संबंधी मामलों के लिए निर्धारित लक्ष्यों की पूर्ति के लिए भी ऐसा पुनर्गठन आवश्यक हो गया था।

इस संबंध में प्रधानमंत्री नरसिम्हा राव ने अक्टूबर और नवम्बर में आयोजित कराकस तथा हरारे में जी–15 तथा 'चोग्म' (कॉमनवेल्थ हैड्स ऑफ गवर्नमेंट मीट) की बैठक के दौरान अनेक देशों की सरकारों के अध्यक्षों से चर्चा की तथा स्पष्ट रूप से यह बताया कि उन्नत औद्योगिक देश चाहते हैं कि संयुक्त राष्ट्र राजनीतिक और सुरक्षा मामलों में अधिक सक्रिय भूमिका निभाए। ये देश यह भी चाहते हैं कि युद्ध की स्थिति के विरुद्ध संयुक्त राष्ट्र द्वारा लोकतंत्र की स्थापना सुनिश्चित करने तथा सदस्य देशों के बीच मानवाधिकारों को बढ़ावा देने के लिए मध्यस्थता की जाए। ये देश चाहते थे कि संयुक्त राष्ट्र आर्थिक, प्रौद्योगिकीय तथा विकास संबंधी मुद्दों या विश्व की अर्थव्यवस्था के वैश्वीकरण के प्रति विकासशील देशों के हित सुनिश्चित करने में कम भाग लें तथा उसे इस बारे में चिंतित नहीं होना चाहिए कि अंतरराष्ट्रीय समुदाय द्वारा मुक्त बाजार अर्थव्यवस्था की नीतियों का सार्वभौमिक स्तर पर पालन हो। उनका यह विचार था कि संयुक्त राष्ट्र को मानव जाति के इन पहलुओं पर अपनी शक्ति तथा संसाधनों का अपव्यय नहीं करना चाहिए।

संयुक्त राष्ट्र से जुड़ी महत्वपूर्ण घटना नौवें दशक के प्रारंभ में घटित हुई थी। 31 जनवरी, 1992 को न्यूयॉर्क में ब्रिटिश प्रधानमंत्री जॉन मेजर ने संयुक्त राष्ट्र की सुरक्षा परिषद् का पहला शिखर सम्मेलन आयोजित किया। नरसिम्हा राव ने इस सम्मेलन में भाग लिया। उस समय भारत सुरक्षा परिषद् के अस्थायी सदस्यों में से एक था। सुरक्षा परिषद् के पाँच स्थायी सदस्यों के नेताओं के साथ चर्चा के दौरान अभिव्यक्त विचारों एवं सुरक्षा परिषद् में दिए गए नीति विषयक वक्तव्यों में नरसिम्हा राव ने राष्ट्र के प्रति भारत का दृष्टिकोण तथा रवैया स्पष्ट किया था।

प्रधानमंत्री राव ने बताया कि संयुक्त राष्ट्र नई विश्व व्यवस्था गठित करने में विशद तथा अधिक सक्रिय भूमिका निभाना चाहता है, तो इसे अधिक प्रतिनिधिमूलक

तथा लोकतांत्रिक बनाना होगा। उन्होंने इस बात पर बल दिया कि संयुक्त राष्ट्र के चार्टर में संशोधन किए बिना तथा संयुक्त राष्ट्र के प्रमुख घटकों में विकासशील देशों के क्षेत्रवार प्रतिनिधित्व के बिना संयुक्त राष्ट्र की प्रकृति और भूमिका परिवर्तित नहीं की जा सकती। भारत सरकार का यह विचार था कि संयुक्त राष्ट्र के आम सदस्यों की सामूहिक इच्छा, न कि कुछ शक्तिशाली देशों के विचारों या हितों के आधार पर चार्टर और सुरक्षा परिषद् की कार्यवाहियों का अर्थ लगाया जाना चाहिए। संयुक्त राष्ट्र की सामान्य भूमिका और कार्यकलाप आम सहमति पर आधारित होने चाहिए। राव ने यह महत्वपूर्ण विचार बिंदु भी रखा कि राष्ट्रीय या अंतरराष्ट्रीय आचरण के लिए नियम निर्धारित करते समय सुरक्षा परिषद् अपने लिए भी ऐसे नियम स्वीकार करेंगी। निहितार्थ यह है कि स्थायी सदस्य संयुक्त राष्ट्र के आम सदस्यों के लिए नियमों से अलग अपने लिए अनुशासन और व्यवहार के पैटर्न न बनाएँ। हमने सुरक्षा परिषद् के विस्तार तथा स्थायी सदस्यता की भी पैरवी की। हमने इस पर जोर दिया कि संयुक्त राष्ट्र की बढ़ती हुई सदस्यता को अधिक प्रतिनिधिमूलक बनाने तथा परिषद् की भूमिका और कार्यकलापों का राजनीतिक प्रभाव सुनिश्चित करने के लिए इसकी सदस्यता में वृद्धि करना आवश्यक है। इसके अलावा नैतिक समर्थन जुटाने के लिए भी सदस्यता बढ़ाना आवश्यक है।

मानवाधिकार, पर्यावरण प्रबंधन, परमाणु अप्रसार तथा निरस्त्रीकरण जैसे मुद्दों पर संयुक्त राष्ट्र द्वारा निभाई जा रही अधिक सक्रिय भूमिका का स्वागत करते हुए राव ने बताया कि इस प्रकार की भूमिका इस संगठन के सदस्यों की आम सहमति पर आधारित होनी चाहिए। संयुक्त राष्ट्र द्वारा पक्षपात बरतते हुए कार्यकलाप न किए जाएँ। संयुक्त राष्ट्र के कार्यों पर शक्तिशाली देशों के संकीर्ण स्वार्थों का प्रभाव नहीं पड़ना चाहिए।

राव ने यह आशा व्यक्त की कि इस अधिवेशन में संयुक्त राष्ट्र को भारत से सीधे जुड़े कुछ ऐसे मुद्दों पर पहल करनी चाहिए तथा निश्चित दृष्टिकोण अपनाना चाहिए, जो केवल भारत से ही नहीं जुड़े हैं। कश्मीर तथा पक्षपातपूर्ण अप्रसार प्रमुख मुद्दे रहे हैं। इस शिखर सम्मेलन में संयुक्त राष्ट्र सचिव बुतरस घाली को विशेष रूप से कहा गया कि शांतिदूत के रूप में संयुक्त राष्ट्र की भूमिका की रूपरेखा तैयार की जाए। घाली ने संयुक्त राष्ट्र के अवर महासचिव वीरेंद्र दयाल की सहायता से 'शांति एजेंडा' के रूप में ज्ञात दस्तावेज तैयार किया। इस दस्तावेज में चार्टर के अध्याय 6 और 7 में बताई गई संयुक्त राष्ट्र की भूमिका तथा शक्ति को बढ़ाने के लिए कुछ सुझाव दिए गए हैं। यद्यपि इसमें बहुत बढ़–चढ़कर नहीं बताया गया है, फिर भी इस एजेंडा के अध्याय 7 में संयुक्त राष्ट्र द्वारा हस्तक्षेप करने की गतिविधियों पर अधिक जोर दिया गया है। भारत के आकलन में 'ऐकांतिक कूटनीति', 'निवारणात्मक कार्यवाही' तथा 'शांति' की बजाय 'शांति लाना' संयुक्त राष्ट्र के चार्टर के मूल्य विचारार्थ विषयों के अनुरूप नहीं हैं तथा अनेक मामलों में अनुच्छेद 2 में निर्धारित सदस्य देश की संप्रभुता तथा समानता के विरुद्ध हैं। महासचिव घाली के इस दस्तावेज में यह सुझाव दिया गया था कि संयुक्त राष्ट्र सदस्य देश या सदस्य देशों के समूह के विरुद्ध तब सुरक्षा परिषद् के अध्यादेश के आधार पर एकतरफा बल प्रयोग कर सकता है, जब संयुक्त राष्ट्र को शांति तथा स्थिरता के प्रति किसी खतरे की आशंका हो। इसका निहितार्थ

यही है कि सदस्य देश की शिकायत या खतरे या क्षेत्र में भौगोलिक अखंडता अथवा शांति के प्रति संभावित खतरे से प्रभावित सदस्य देश के प्रस्ताव की प्रतीक्षा किए बिना संयुक्त राष्ट्र द्वारा कार्यवाही की जानी चाहिए।

वस्तुतः 'शांति एजेंडा' में सन् 1991 में खाड़ी युद्ध में संयुक्त राष्ट्र की कार्यवाही तथा यूगोस्लाविया के विखंडन के दौरान अस्त–व्यस्त सोमालिया में संयुक्त राष्ट्र द्वारा शांति बनाए रखने के लिए किए गए कार्य–कलापों के पीछे निहित तर्क बताए गए हैं। सुरक्षा परिषद् सचिवालय तथा संयुक्त राष्ट्र के अन्य घटकों के सुधार तथा पुनर्गठन से भी पहले हमें इस बारे में आपत्ति थी। सन् 1992, 1993 तथा 1994 में महासभा की बैठकों में हमने अपनी आपत्ति उठाई थी तथा ऐसे वैकल्पिक सुझाव दिए थे, जिनसे हमारी समस्याओं की पूर्ति हो सके। सभी सदस्यों को शांति एजेंडे का करेक्टेड पेपर भेजा गया; परंतु अभी तक यह आवश्यक नहीं समझा गया कि संयुक्त राष्ट्र की बढ़ाई गई राजनीतिक भूमिका को अधिक प्रतिनिधिमूलक बनाने के साथ जोड़ा जाए तथा सुरक्षा परिषद् के लिए यह आवश्यक हो कि वह महत्वपूर्ण राजनीतिक मुद्दों पर महासभा से परामर्श करे।

सन् 1991 तथा 1997 के बीच संयुक्त राष्ट्र ने महत्वपूर्ण मुद्दे सुलझाए। जैसा कि पहले बताया जा चुका है, इसमें शांति कायम करने की भूमिका को बढ़ाना मानवाधिकार तथा मानवाधिकार के कार्यालय की स्थापना, पर्यावरण प्रबंधन, निरंतर विकास, निरस्त्रीकरण, संयुक्त राष्ट्र का सुधार तथा पुनर्गठन, बढ़ती आबादी तथा महिलाओं से जुड़े मुद्दे शामिल हैं।

भारत ने प्रमुख मुद्दों पर संयुक्त राष्ट्र का एजेंडा तैयार करने तथा उन महत्वपूर्ण परियोजनाओं की नीतियाँ तैयार करने में सक्रिय भाग लिया, जिन पर संयुक्त राष्ट्र द्वारा आयोजित विभिन्न अंतरराष्ट्रीय कॉन्फ्रेंसों में विचार–विमर्श किया गया था।

चूँकि इस पुस्तक में संयुक्त राष्ट्र द्वारा किए गए विचार–विमर्श में हमारी प्रगतिशीलता से संबंधित पहलुओं पर विस्तारपूर्वक चर्चा करना संभव नहीं है, इसलिए यहाँ सामान्य रूप से इन पर चर्चा करने का प्रयास किया गया है।

प्रधानमंत्री राव के नेतृत्व में जून 1992 में भारत का उच्च शक्ति प्राप्त शिष्टमंडल रियो में आयोजित 'पृथ्वी शिखर सम्मेलन' में गया था। भारत के पर्यावरण मंत्री कमलनाथ राय तथा विदेश मंत्रालय में इस कॉन्फ्रेंस से जुड़े अपर सचिव सी.एस. दासगुप्ता ने प्रारम्भिक चर्चा तथा बैठकों के दौरान अत्यंत सक्रिय भूमिका निभाई। उन्होंने यह सुनिश्चित किया कि रियो शिखर सम्मेलन के दौरान तैयार किए गए दस्तावेज तथा करारनामों के अंतर्गत विकासशील देशों के आर्थिक और पारिस्थितिकी हितों की रक्षा का बराबर ध्यान दिया गया है। मुझे यह कहना पड़ रहा है कि संयुक्त राज्य के राष्ट्रपति जॉर्ज बुश ने शिखर सम्मेलन में अन्य देशों को यह धमकी देते हुए अपना वर्चस्व स्थापित करने का असफल प्रयास किया कि यदि वे अंतरराष्ट्रीय पर्यावरण प्रबंधन पर संयुक्त राज्य के विचारों का समर्थन नहीं करते हैं, तो वाशिंगटन उन्हें ऐसा करने के लिए मजबूर करने में नहीं हिचकिचाएगा। भारत ने इस कॉन्फ्रेंस के दौरान सभी प्रमुख करारनामों में महत्वपूर्ण योगदान दिया तथा हस्ताक्षर किए। इनमें 'एजेंडा–21' भी शामिल है। (इस

एजेंडा में समूचे विश्व की पारिस्थितिकी, सुरक्षा एवं पर्यावरण प्रबंधन सुनिश्चित करने से संबंधित मूलभूत विषय निर्धारित किए गए।)

हमने जैव विविधता, जैव आनुवांशिकी के पेटेंट तथा पर्यावरण के अनुकूल प्रौद्योगिकी अर्जित करने में विकासशील देशों को वित्तीय सहायता सुनिश्चित करने के क्षेत्र में नियम बनाने के संबंध में अपनी चिंता/रुचि व्यक्त की। मेरा यह विचार है कि यद्यपि हमने स्पष्ट रूप में तथा दृढ़तापूर्वक अपनी आपत्ति व्यक्त की थी, फिर भी हमारी सभी चिंताओं का पूर्णतः निदान नहीं हुआ। हमने सितंबर–अक्टूबर 1995 में संयुक्त राष्ट्र की महासभा की 50वीं वर्षगाँठ पर आयोजित अधिवेशन के दौरान जनसंख्या तथा सतत विकास पर हुई कॉन्फ्रेंस में भी भाग लिया था। सन् 1992 के अंत में ही इन कॉन्फ्रेंसों के लिए प्रारंभिक तैयारियाँ तथा आंतरिक और इंटरगवर्नमेंटल निगोशिएशंस के लिए परामर्श कार्य आरंभ हुए। विदेश मंत्रालय के साथ परामर्श करके हमारे विशेषज्ञ मंत्रियों ने उच्च स्तर पर इन कार्यकलापों में भाग लिया था।

यह मेरा निर्णय है कि हमने प्रत्येक कॉन्फ्रेंस में प्रभावशाली ढ़ंग से अपने हित तथा मुद्दे व्यक्त किए थे, फिर भी किसी तर्क या पूरी तैयारी के अभाव के कारण ही नहीं, बल्कि विकासशील देशों के बीच राजनीतिक एकता के अभाव के कारण भी कोई सार्थक परिणाम सामने नहीं आ पाया। विकासशील देशों के विभिन्न महत्वपूर्ण मुद्दों पर दृष्टिकोण अलग–अलग था। भारत को इन कॉन्फ्रेंसों में और धक्का पहुँचा, क्योंकि इन कॉन्फ्रेंसों में आए भारत के अनेक गैर–सरकारी संगठनों ने ही भारत के कार्यक्रमों, परियोजनाओं और नीतियों पर प्रश्न पूछने शुरू कर दिए। हालाँकि भारतीय गैर–सरकारी संगठनों की मौजूदगी से सशक्त लोकतंत्र के रूप में भारत की साख बढ़ी, परंतु इससे भारतीय रुख तथा दृष्टिकोणों से अन्य देशों के शिष्टमंडलों को प्रभावित करने की क्षमता सीमित हो गई थी। अधिकांश विकासशील देशों की बहुराष्ट्रीय मुद्दों पर नीतियाँ, जो संयुक्त राष्ट्र एजेंडा में स्पष्ट की गई थीं, उत्तर अमेरिका, पश्चिम यूरोप तथा सुदूर पूर्व जैसी महत्वपूर्ण ताकतों के साथ संपर्क से प्रभावित थीं। ये नीतियाँ किसी मुद्दे या विकासशील देशों के सामूहिक हितों को ध्यान में रखकर नहीं बनाई गईं थीं, बल्कि इन देशों के विशिष्ट हितों को प्रभावित करने वाले समीकरणों तथा दबावों के आधार पर नीतियाँ बनाई गई थीं।

सुरक्षा परिषद् के विस्तार और परिषद् में स्थायी सीट पाने की भारत की इच्छा हमारे लिए महत्वपूर्ण मामले थे। जहाँ तक स्थायी सदस्यता का सवाल है, सुरक्षा परिषद् में यूरोप का अधिक प्रतिनिधित्व है। एशिया का एक ही स्थायी सदस्य (चीन) है। सुरक्षा परिषद् द्वितीय विश्व युद्ध के विजेताओं की संस्था बनकर रह गई। इसमें इन्हीं के सत्ता समीकरण प्रतिबिंबित होते हैं। हमने निम्नलिखित आधार पर सुरक्षा परिषद् के विस्तार का प्रचार किया। पहला, संयुक्त राष्ट्र की बढ़ाई गई सदस्यता (लगभग 184 सदस्य, 46 पुराने सदस्य, जिन्होंने द्वितीय विश्व युद्ध के अंत में संगठन की स्थापना की) के आधार पर स्थायी तथा अस्थायी दोनों रूपों में सुरक्षा परिषद् की सदस्य संख्या बढ़ाई जा सकती है। हमारा यह विचार था कि बढ़ाई गई सुरक्षा परिषद् में द्वीपीय तथा क्षेत्रीय प्रतिनिधित्व में संतुलन होना चाहिए तथा ऐसा करते समय जनांकिकी, आर्थिक और क्षेत्रीय विचारों को भी ध्यान में रखना होगा। हमारा यह विचार था कि स्थायी

सदस्य तथा उन नए सदस्यों के बीच कोई अंतर नहीं होना चाहिए, जो वीटो शक्ति से युक्त होने के नाते सुरक्षा परिषद् में शामिल हुए थे। सभी सदस्यों की जिम्मेदारी और अधिकार शक्ति बराबर होने चाहिए। हमारा यह विचार था कि सुरक्षा परिषद् में 25 सदस्य शामिल किए जाने चाहिए। स्थायी सदस्यों की संख्या पाँच से बढ़ाकर 10 कर दी जाए। सन् 1992 और 1993 में हमने स्थायी सदस्यता प्राप्त करने के संबंध में अधिक संयम बरतने का निर्णय लिया था।

हमने अप्रत्यक्ष रूप से स्थायी सदस्यता के मानदंड की परिभाषा देते हुए स्थायी सदस्यता के लिए भारत की पात्रता का प्रचार करना शुरू कर दिया था। ऊपर के अनुच्छेद में वर्णित मानदंड के अलावा हमने तीन और मानदंड भी जोड़ दिए थे–

(1) संयुक्त राष्ट्र के चार्टर और लक्ष्यों के प्रति वचनबद्धता;

(2) संयुक्त राष्ट्र की महत्वपूर्ण कार्यवाहियों तथा संयुक्त राष्ट्र द्वारा चलाई गई सामाजिक और विकासात्मक गतिविधियों में प्रतिभागिता;

(3) प्रतिवर्ष संयुक्त राष्ट्र की वित्तीय देयताओं की पूर्ति।

हम इस दृष्टिकोण के लिए समर्थन जुटा रहे थे, वहीं संयुक्त राष्ट्र ने 1993 के मध्य में यह घोषणा कर दी कि सुरक्षा परिषद् का विस्तार दो अवस्थाओं पर किया जाएगा। पहले जर्मनी और जापान को स्थायी सदस्य बनाया जाएगा। उसके बाद और अधिक विस्तार किया जाएगा। यह संकेत भी मिल रहा था कि इन दो नए स्थायी सदस्यों को वीटो का अधिकार नहीं दिया जाएगा।

संयुक्त राज्य के गृह विभाग, ब्रिटिश विदेश कार्यालय और जापान के विदेश कार्यालय के साथ विचार–विमर्श के दौरान यह स्पष्ट हो रहा था कि यदि नई दिल्ली एन.पी.टी. पर हस्ताक्षर कर देती है तथा मिसाइल डेवेलेपमेंट एण्ड ट्रांसफर ऑफ टेक्नोलॉजी जैसे मुद्दों से संबंधित विभिन्न पक्षपातपूर्ण क्षेत्रों में इन देशों के अनुरूप व्यवहार अपनाती है तथा भारत कश्मीर मुद्दे पर समझौता कर लेती है, तो भारत के इस संगठन की महत्वपूर्ण ताकतों के समर्थन से सुरक्षा परिषद् में स्थायी सदस्य बनने के अवसर बढ़ जाते हैं। मुझे स्पष्ट रूप से यह निर्देश दिया गया था कि ऐसे प्रत्यक्ष या परोक्ष सुझावों का खंडन किया जाए।

सुरक्षा परिषद् में स्थायी सदस्यों के रूप में जर्मनी और जापान से संबंधित सुझावों के प्रति भारत की नकारात्मक प्रतिक्रिया थी। इन दो देशों के शामिल हो जाने से सुरक्षा परिषद् में औद्योगिक दृष्टि से संपन्न तथा सैन्य दृष्टि से ताकतवर देशों का प्रभुत्व हो जाएगा। इस प्रकार से एशिया के बड़े देश सुरक्षा परिषद् की स्थायी सदस्यता से वंचित रह जाएँगे। अफ्रीका और दक्षिण अमेरिका का स्थायी सदस्यों के बीच कोई प्रतिनिधित्व नहीं था।

हमने सुरक्षा परिषद् के टुकड़ों में कार्य करने का जोरदार ढंग से खंडन किया। इस संबंध में यह अंतर्विरोध भी उठने लगा कि यद्यपि सुरक्षा परिषद् की स्थायी सदस्यता बढ़ाने के प्रश्न पर सामान्य रूप से विचार किया गया, फिर भी संयुक्त राज्य और अन्य स्थायी सदस्यों ने यह विचार व्यक्त किया कि इस प्रकार की वृद्धि से संयुक्त राष्ट्र के चार्टर में भी संशोधन करना होगा, जो जटिल तथा संवेदनशील प्रक्रिया है, इसीलिए

हमें बहुत सँभलकर धीरे–धीरे इस दिशा में आगे बढ़ना है। परंतु जब इन्होंने जर्मनी और जापान के समावेश का सुझाव दिया, तब उनका अपना ही तर्क बेकार चला गया। यह तार्किक दृष्टिकोण नहीं था, परंतु यह स्पष्ट रूप से यथार्थ की राजनीति थी। अभी भी यह एक ज्वलंत मुद्दा है। भारत के लिए सुरक्षा परिषद् में स्थायी सदस्य बनने के लिए संभावना बहुत कम है। पदभार छोड़ने से पहले रिकॉर्ड किए गए मेरे विचार इस प्रकार हैं–

1. हमें बहुत अधिक निवेदन या प्रचार करते हुए स्थायी सदस्य बनने की पात्रता का दावा नहीं करना चाहिए।
2. अपनी पात्रता हेतु समर्थन जुटाने के लिए आवश्यक है कि भले ही हम पर अस्थायी पाबंदियाँ लगाई जाएँ, परंतु हमारे पास उन्नत मिसाइल प्रौद्योगिकी और परमाणु अस्त्रों की हैसियत होनी चाहिए।
3. हमें आर्थिक और प्रौद्योगिक दृष्टि से उन्नत देशों की अग्रपंक्ति में स्थान बनाना है, क्योंकि आर्थिक स्थिरता तथा सैन्य क्षमता के बल पर ही सुरक्षा परिषद् में 'सीट' के संबंध में किए गए दावे पर कोई चुनौती खड़ी नहीं होती।
4. हमें सुरक्षा परिषद् के टुकड़ों में या क्रमिक रूप से विस्तार का सख्ती से विरोध करना है, क्योंकि इस प्रकार के विस्तार से विकासशील देश घाटे में रहते हैं।

जब मुझसे पहले मुचकुंद दुबे का संयुक्त राष्ट्र के भविष्य के संबंध में महासचिव द्वारा गठित स्वतंत्र ग्रुप में नामांकन किया गया था, तब संयुक्त राष्ट्र के पुनर्गठन और सुधार के संबंध में किए गए विचार–विमर्शों के दौरान भारत का प्रभाव बना रहा था। इस ग्रुप के अन्य उपाध्यक्ष पाकिस्तान के प्रधानमंत्री मोईन कुरैशी तथा पूर्व जर्मन राष्ट्रपति पॉल विस्कार थे। इस ग्रुप की रिपोर्ट में सुरक्षा परिषद् की सदस्य संख्या बढाकर 23 करने तथा 'इकोसॉक' के दो परिषदों में विभाजन से संबंधी दो सुझाव दिए गए थे (इन सुझावों पर अभी भी विचार किया जा रहा है) इस रिपोर्ट के प्रति मेरी प्रतिक्रिया यही है निष्पक्ष निर्णय लेते हुए संगठित पहलुओं पर विचार नहीं किया गया है तथा इस रिपोर्ट में संयुक्त राज्य एवं अन्य बड़ी ताकतों के इरादों और राजनीतिक वस्तुस्थितियों पर ध्यान नहीं दिया है, जो संयुक्त राष्ट्र से संबंधित नीतियाँ तय करेंगे।

सन् 1994 के मध्य में विदेश मंत्रालय निम्नलिखित आयोजनों की तैयारी में व्यस्त था–

1. फरवरी 1994 में संयुक्त राष्ट्र के मानवाधिकार आयोग की बैठक।
2. मानव विकास पर कोपेनहेगन में बैठक।
3. अंतरराष्ट्रीय महिला कॉन्फ्रेंस (बीजिंग में आयोजित) ।
4. संयुक्त राष्ट्र महासभा की 50वीं वर्षगाँठ पर शिखर अधिवेशन (पिछला सम्मेलन सन् 1995 में हुआ था)।

हमने पहले ही अप्रसार संधि के अनिश्चित रूप से विस्तार के संबंध में (मई 1995 में आयोजित) संयुक्त राष्ट्र कॉन्फ्रेंस में भाग न लेने का नीतिगत निर्णय ले लिया था। यह निर्णय इसलिए था, क्योंकि हमें यह स्पष्ट संकेत मिल चुका था कि इस कॉन्फ्रेंस में संयुक्त राज्य अन्य देशों पर दबाव डालेगा कि किसी प्रकार का संशोधन किए बिना

अप्रसार संधि के अनिश्चित विस्तार की पुष्टि की जाए। हमने सही रूप से आकलन किया था कि अनेक देशों की ओर से इस विस्तार के संबंध में की गई आपत्तियों के बावजूद कोई भी देश संयुक्त राज्य के प्रस्तावों के विरुद्ध दृढ़ रवैया नहीं अपनाएगा।

इस प्रकार से अंतिम रूप से विश्लेषण में आदर्शवाद तथा शीतयुद्ध के अंत में उत्पन्न आशा और अंतरराष्ट्रीय स्तर पर अधिक शांतिपूर्ण माहौल विद्यमान होने की आकांक्षा के बावजूद संयुक्त राष्ट्र अभी भी बड़ी ताकतों की रणनीति तथा यथार्थ की राजनीति के चंगुल में फंसा हुआ है। इसी परिवेश में भारत को आगामी वर्षों में संयुक्त राष्ट्र तथा इसकी एजेंसियों की भूमिका के प्रति अपना दृष्टिकोण तय करना होगा।

संयुक्त राष्ट्र के साथ हमारे संबंधों के कतिपय प्रशासनिक भारत–केंद्रित पक्षों का उल्लेख करना होगा–

पहला, संयुक्त राष्ट्र की विभिन्न गतिविधियों या संयुक्त राष्ट्र के विभिन्न संगठनों के लिए समन्वय एजेंसी के 'नोडल' के लिए भारत सरकार के विभिन्न मंत्रालयों के बीच निरंतर जोड़–तोड़ चल रही थी।

दूसरा, विद्यमान व्यवस्था के अनुसार अनुभवी मंत्री संयुक्त राष्ट्र की यूनिसेफ, अंतरराष्ट्रीय श्रम संगठन, विश्व स्वास्थ्य संगठन या आईएईए जैसी एजेंसियों के साथ परस्पर विचार–विनिमय करेंगे। परंतु इन एजेंसियों की गतिविधियों में भारत की प्रतिभागिता संबंधी समन्वयन एवं नीति की समग्र रूपरेखा तैयार करने का कार्य प्रधानमंत्री के मार्गदर्शन में विदेश मंत्रालय के राजनीतिक आकलन के अनुसार किया जाता था। आज भी यही हो रहा है। हालाँकि इस प्रक्रिया का तर्काधार सामान्य रूप से मेरे साथियों, जैसे अन्य विभागों के सचिवों ने स्वीकार कर लिया था, फिर भी मैंने बहुधा यह देखा कि मंत्री तथा राज्य मंत्री नीतियों या मुद्दों के प्रति विचारों में मतभेद के कारण नहीं, बल्कि असंगत तथा विदेशों में सैर–सपाटे आदि पर लगे प्रतिबंधों से विदेश मंत्रालय की भूमिका से नाखुश थे। दूसरे, हमें अपने शिष्टमंडलों में प्रतिष्ठित राजनीतिक व्यक्तियों के क्रोध का भी सामना करना पड़ा है। ये लोग चाहते थे कि उनकी रुचि तथा वापस लौटने पर प्रचार की इच्छा को देखते हुए विभिन्न बहुपक्षीय क्षेत्रों में दिए जाने वाले वक्तव्यों में संशोधन किया जाए। जब हमने बताया कि उनके वक्तव्य सरकारी तौर पर संक्षिप्त जानकारी पर आधारित हैं, जिन्हें कैबिनेट स्तर पर अंतिम रूप दिया गया है तो उनका कोपभाजन भी बनना पड़ा। इसके अलावा लोकतंत्र के सिद्धांतों के उल्लंघन तथा नौकरशाही द्वारा तथाकथित 'विजन' और ऐसे महत्वपूर्ण व्यक्तियों की सृजनात्मक शक्ति को कुचलने का आरोप लगाया जाता है। परंतु फिर उन्हें दृढ़तापूर्वक यह बताया गया है कि प्रधानमंत्री के कार्यालय के वरिष्ठ अधिकारियों से बातचीत करने के बाद ही वे सरकारी संक्षिप्त जानकारी से हटकर वक्तव्य दे सकते हैं।

तीसरी समस्या उन भारतीय अधिकारियों की थी, जो संयुक्त राष्ट्र तथा इसकी एजेंसियों में काम करना चाहते थे। आँकड़े बताते हैं कि भारत उपलब्ध कोटे की दृष्टि से संयुक्त राष्ट्र की नौकरशाही में सर्वाधिक प्रतिनिधित्व वाले देशों में से एक है। परंतु असंतुलन तब आता है, जब बड़ी संख्या में भारतीय सीधे स्वयं संयुक्त राष्ट्र द्वारा निचले एवं मध्यम स्तर पर नियुक्त किए जाते हैं। बड़ी मुश्किल से संयुक्त राष्ट्र

के विभिन्न संगठनों में वरिष्ठ स्तर पर भारतीय पहुँचे हैं। भारत सरकार में अपने पदों पर ग्रहणाधिकार रखकर संयुक्त राष्ट्र में पदासीन अधिकारी भारतीय सिविल सेवा में संबंध तोड़े बिना कार्य करना चाहते हैं। इनमें से कुछ अधिकारी ऐसे भी हैं, जो इस संगठन में अन्य भारतीयों के प्रवेश पर प्रभाव पड़ने के बावजूद इस संगठन में पदोन्नति पाना चाहते हैं ।

चौथी समस्या यह है कि सिविल सेवा के अधिकारी संयुक्त राष्ट्र के विभिन्न संगठनों में जाने के लिए लालायित रहते हैं। संयुक्त राष्ट्र में रोजगार पाने की चाह में ये उन दायित्वों के बारे में निर्णय लेने की ओर ध्यान नहीं देते, जिनका उन्हें निर्वाह करना होता है या वे उस कार्य की प्रकृति की भी उपेक्षा कर देते हैं, जो उन्हें सौंपा गया है। मैंने कई बार उन वरिष्ठ संयुक्त सचिवों तथा अवर सचिवों को टोका है, जो निचले स्तर पर भी संयुक्त राष्ट्र की नौकरियाँ स्वीकार कर लेते हैं, जबकि सरकार ने स्पष्ट आदेश दे रखे हैं कि वरिष्ठता का स्तर देखते हुए तदनुरूप स्तर के अधिकारियों के संयुक्त राष्ट्र के पदों पर भर्ती कराई जाएगी।

बहुसंख्या में भारतीय अधिकारियों के संयुक्त राष्ट्र में उत्प्रवास से भारतीय सिविल सेवा सक्षम स्टाफ से वंचित रह जाती है। यदि भारतीय अधिकारी विकासशील देशों के पक्ष में तथा अपने हितों के बचाव में संबंधित एजेंसियों की नीतियों और निर्णयों को प्रभावित करने वाले पदों पर पहुँच जाते हैं, केवल तभी संयुक्त राष्ट्र में इन अधिकारियों की नियुक्ति का औचित्य सिद्ध किया जा सकता है। खेद है कि जिस स्तर पर अधिकांश भारतीय अधिकारी कार्यभार सँभालते हैं, वे उन पदों पर ही बने रहते हैं, वहाँ के अधिकांश मामलों में इस लक्ष्य तक नहीं पहुँच पाते हैं ।

सन् 1991–94 के दौरान विदेश मंत्रालय द्वारा संयुक्त राष्ट्र में वरिष्ठ स्तर पर नियुक्तियाँ इस प्रकार हैं–सुरक्षा परिषद् विभाग में संयुक्त राष्ट्र के अवर महासचिव के रूप में चिन्मय गेरेखान तथा संयुक्त राष्ट्र के पर्यावरण संबंधी कार्यक्रम के प्रभारी अवर महासचिव के पद पर नितिन देसाई। अन्य विकासशील देशों की तुलना में परिमाण और गुण–दोनों पहलुओं से भारत का बेहतर प्रतिनिधित्व रहा है, परंतु अभी वह मंजिल बहुत दूर है, जब संयुक्त राष्ट्र में सर्वाधिक समर्थक सदस्यों में से एक देश भारत होगा।

ऐसा नहीं कि भारत की तरफ से अपनी प्रतिष्ठानुसार सुरक्षा परिषद् में शक्ति व स्थान प्राप्त करने की कोशिश नहीं की जा रही है, लेकिन दुनिया के कुछ शक्तिशाली और वीटो धारक देश ऐसे हैं, जो यह नहीं चाहते कि सुरक्षा परिषद् का स्वरूप लोकतंत्रात्मक बने और उनकी चौधराहट खत्म हो। इस दिशा में यह ध्यान देने की जरूरत है कि दिसम्बर 2005 में एक रिपोर्ट जारी हुई, जिसका उद्देश्य है अन्तर्राष्ट्रीय सुरक्षा मजबूत करने के लिए संयुक्त राष्ट्रसंघ को अधिक प्रभावशाली बनाना। इसमें 6 क्षेत्र थे–गरीबी एवं पर्यावरणीय संकट, गृहयुद्ध, आतंकवाद, राष्ट्रों के मध्य विवाद, व्यापक जनसंहार वाले शस्त्रों का प्रसार और संगठित अपराध। इससे पहले ही सुरक्षा परिषद् की कार्यप्रणाली पर विचार–विमर्श के लिए भारत, जर्मनी, जापान और ब्राजील (जी–4) की मांग के दृष्टिगत जनवरी 1992 में पहली बार संयुक्त राष्ट्र मुख्यालय में एक सम्मेलन बुलाया जा चुका था, जिसमें सुरक्षा परिषद् की संरचना के मामले में अंतिम निर्णय पर पहुँचने से पहले सभा ने अन्तर्राष्ट्रीय शांति और सुरक्षा के बनाए रखने की भूमिका के संबंध

में परिषद की कार्यप्रणाली की देख–रेख का दायित्व महासचिव बुतरस–बुतरस घाली को सौंपा था। बुतरस–बुतरस घाली ने 'एन एजेंडा फॉर पीस' तैयार किया था, जिसमें सुरक्षा परिषद की कार्यप्रणाली में सुधार के लिए सुझाव दिए गए थे, लेकिन परिणाम शून्य रहा। इसका एक कारण तो यह रहा कि बुतरस घाली को आगे अपनी सेना देने का अवसर नहीं दिया गया था और दूसरा यह था कि अमेरिका इसका पक्षधर नहीं था। कुछ समय बाद पुनः 'एन एजेंडा फॉर फर्दर रिफॉर्म्स' में सुरक्षा परिषद् के समग्र सुधार का समर्थन किया गया। मार्च 2005 में 'इन लार्जर फ्रीडम' नाम से रिपोर्ट आई, जिसने सुरक्षा परिषद् के सदस्यों की संख्या 24 तक बढ़ाने की मांग रखी। इसमें समाधान के लिए दो विकल्प थे। पहला यह कि तीन नए अस्थायी सदस्यों के साथ–साथ छः नए स्थायी सदस्य शामिल किए जाएं। जबकि दूसरा यह था कि सदस्यों की एक नई श्रेणी बनाई जाए, जिसमें एक अस्थायी सदस्य हो और आठ नए सदस्य शामिल किए जाएं, जिनका कार्यकाल चार वर्ष का हो और उनका फिर से नवीनीकरण किया जाए। हालांकि इससे पहले ही जी–4 ने भी योजना प्रस्तुत की थी, जिसके अनुसार पाँच नए स्थायी सदस्यों के अतिरिक्त अफ्रीकी महाद्वीप से एक अन्य सदस्य सहित जी–4 के चार अन्य स्थायी सदस्यों को शामिल किए जाने का प्रस्ताव किया था। लेकिन कॉफी क्लब अथवा 'यूनाइटिंग फॉर कन्सेंसस' (यू.एफ.सी.) यानी अर्जेंटीना, इटली, कनाडा, कोलम्बिया और पाकिस्तान ने जी–4 के प्रयासों का विरोध किया। यू.एफ.सी. वर्तमान पाँच देशों की स्थायी सदस्यता को सुरक्षित रखने का पक्षधर था। यू.एफ.सी. एक प्रकार से स्वर्निमित नहीं था, बल्कि उसकी उत्पत्ति प्रेरक थी। दरअसल अमेरिका, ब्रिटेन पहले ही कभी जर्मनी और कभी जापान के पक्ष में नजर आ रहे थे, तो बीच से यह आवाज भी उठ रही थी कि दक्षिण अफ्रीका, लेकिन उसमें भारत नाम की आवाज नहीं सुनाई दे रही थी। इसका मतलब यह था कि भारत को अपनी पैरवी स्वयं करनी थी। यही वे वजहें थीं, जो जी–4 के प्रयासों के रास्ते की रुकावट बनीं।

एक लम्बे अरसे के बाद पुनः 2015 में ऐसा लगा कि संयुक्त राष्ट्र महासभा सुधार की दिशा में कोई नया कदम अवश्य उठाएगी, लेकिन परिणाम की दृष्टि से तो इतिहास ही दोहराया गया। 14 सितम्बर, 2015 को अपने 69वें सत्र के समापन से पहले ही संयुक्त राष्ट्र महासभा ने 'फ्रेमवर्क डॉक्यूमेंट टेक्स्ट' पर वार्ता के लिए सर्वसम्मति से प्रस्ताव पारित किया था। महासभा द्वारा 'टेक्स्ट' स्वीकार करना एक ऐतिहासिक कदम था और कम–से–कम भारतीय राजनय के लिए एक उपलब्धि भी थी, जो लम्बे समय से अकेले अथवा जी 4 के रूप में सुरक्षा परिषद् में सुधार के लिए संघर्ष कर रहा था। संयुक्त राष्ट्र महासभा द्वारा सर्वसम्मति से सुरक्षा परिषद् में सुधारों के लिए बातचीत हेतु 'फ्रेमवर्क डॉक्यूमेंट टेक्स्ट' स्वीकार करने के बाद भारत की संभावनाओं को बल तो मिला था लेकिन अभी इन्हें परिणामोन्मुखी नहीं माना जा सकता था। उल्लेखनीय है कि प्रस्ताव के तहत नए 70वें सत्र में 15 सदस्यीय सुरक्षा परिषद् में किस तरह से स्थायी और अस्थायी सदस्यों की संख्या बढ़ाई जाए और परिषद् को कैसे सशक्त बनाया जाए इस पर चर्चा की जाएगी। चूंकि प्रस्ताव स्वीकार किए जाने के साथ ही महासभा ने तय किया कि सुरक्षा परिषद् पर अंतर–सरकारी वार्ताओं (इंटर गवर्नमेंटल निगोशिएशंस) को आगे बढ़ाया जाएगा, जिसका विषय 'सुरक्षा परिषद की सदस्यता में

बढ़ोतरी या बराबरी की भागीदारी' था। संयुक्त राष्ट्र महासभा अध्यक्ष सैम कुटेसा ने सुरक्षा परिषद में समतामूलक प्रतिनिधित्व और सदस्यता बढ़ाने के प्रश्न संबंधित मामलों पर मसौदा संबंधी निर्णयों पर कार्रवाई के लिए पूर्ण अधिवेशन भी बुलाया था। लेकिन बैठक के दौरान कुटेसा ने रुस, अमेरिका और चीन सहित प्रमुख देशों की स्थिति को प्रस्तुत करते हुए पत्र भी वितरित किए थे, जिनमें सभी देशों के विचार मांगे गए थे। रूस, अमेरिका और चीन, तीन ऐसे देश थे, जिन्होंने अपने विचार देने से इंकार कर दिया था।

संयुक्त राष्ट्र महासभा के अध्यक्ष सैम कुटेसा ने अंतरसरकारी वार्ताओं (आई.जी. एन.) की अध्यक्षता करने के लिए जमैका के स्थायी प्रतिनिधि कोर्टने रैट्रे की नियुक्ति की गई। कुटेसा ने 31 जुलाई को संयुक्त राष्ट्र के सभी सदस्यों को लिखे पत्र में कहा कि वह उन समूहों और सदस्य देशों के रुख को दर्शाने वाले पत्रों को भी प्रसारित कर रहे हैं, जिन्होंने ये संकेत दिए थे कि वे अपने प्रस्तावों को आई.जी.एन. से जुड़े 'फ्रेमवर्क डॉक्यूमेंट टेक्स्ट' में शामिल नहीं करना चाहते हैं। वैसे वर्ष 2007 में सुधार का पुनः प्रयास आरम्भ हुआ, जिसमें संयुक्त राष्ट्र महासभा के अध्यक्ष द्वारा इंटरगवर्नमेंटल निगोसिएशन ऑन सिक्यूरिटी काउंसिल रिफॉर्म' (आई.जी.एन.एस.सी.आर.) नाम की मैकेनिज्म तैयार की गई, जिसे गहन विचार–विमर्श के बाद एक 'फ्रेमवर्क टेक्स्ट' तैयार करना था। इसी फ्रेमवर्क टेक्स्ट को संयुक्त राष्ट्र महासभा में अध्यक्ष सैम कुटेसा द्वारा 1 अगस्त, 2015 को पेश किया गया था। इस पर से विचार देने से केवल अमेरिका, रूस ओर चीन ने ही इंकार नहीं किया था, बल्कि कॉफी क्लब के सदस्यों ने भी अपने विचार नहीं दिए थे। कहने का तात्पर्य यह है कि 2005 या उससे पहले निर्मित हुई भारत विरोधी लॉबी अभी तक अपना प्रभाव बनाए हुए है। फिर क्या यह माना जाए कि संयुक्त राष्ट्र सुरक्षा परिषद् में कोई सुधार हो पाएगा।

24 अक्टूबर, 1945 को जब संयुक्त राष्ट्र संघ की स्थापना हुई, उस समय इसकी सदस्य संख्या 50 थी और सुरक्षा परिषद् में 11 सदस्य थे अर्थात् कुल संख्या का 22 प्रतिशत। 1960 के दशक में संयुक्त राष्ट्र की सदस्य संख्या तेजी से बढ़ी और 113 पर पहुँच गई, इसलिए सुरक्षा परिषद् के विस्तार की मांग भी तेज हुई, परिणाम यह हुआ कि 1963 में सुरक्षा परिषद् की सदस्य संख्या बढ़ाकर 15 कर दी गई अर्थात् सुरक्षा परिषद् में कुल सदस्य संख्या का प्रतिशत 13.27 रह गया जबकि वीटो धारकों का प्रतिशत मात्र 4.42 ही था। आज इस संस्था के 193 सदस्य (एवं 2 आब्जर्वर सदस्य) हैं, जबकि सुरक्षा परिषद् की सदस्य संख्या वही 15 ही है। इसका मतलब यह हुआ कि अब सुरक्षा परिषद् में कुल सदस्य का 7.77 प्रतिशत ही है, जबकि वीटो धारक मात्र 2.6 प्रतिशत। आज जब दुनिया को और अधिक उदार व लोकतांत्रिक बनाने की बात कही जा रही है, तब सुरक्षा परिषद् को अनुदार बनाए रखने की आखिर वजह क्या है? सुरक्षा परिषद् दुनिया के पुलिसमैन की भूमिका में है, शायद इसलिए यह निरंकुशता विश्व शांति के अनुकूल नहीं है। वैश्विक आर्थिक मंदी से उबरने के लिए तो महाशक्तियों ने बिना देरी किए ही भारत जैसे देशों को अपनी डूबती नाव की पतवार बनाना स्वीकार कर लिया, लेकिन यही तरीका वे सुरक्षा परिषद् में नहीं अपनाना चाहते। क्यों? क्योंकि वहाँ पर वे अपने को वैश्विक शक्ति के रूप में बरकरार रखना चाहते हैं, जो उन्हें सुरक्षा परिषद् में निषेधाधिकार प्राप्त होने के कारण मिल रही है। इसका अनुमान इस

बात से लगाया जा सकता है कि वीटो शक्तियों ने अपने हितों को ध्यान में रखते हुए अनेक बार प्रस्तावों को वीटो किया।

तात्पर्य यह कि जो ताकतें दुनिया को और अधिक उदार व लोकतांत्रिक बनाने की वकालत तो करती रहीं हैं, लेकिन सुरक्षा परिषद् के जरिए स्वयं दुनिया के पुलिसमैन की भूमिका में बनी रहना चाहती हैं।

21वीं शती के दशकों में संयुक्त राष्ट्र में भारत को किन समस्याओं–व्यवस्थाओं का सामना करना पड़ेगा?

पहला, संयुक्त राष्ट्र में सुधार तथा सुरक्षा परिषद् का विस्तार, जिस पर बड़ी शक्तियों का परम्परा से प्रभाव रहा है तथा संयुक्त राष्ट्र के सदस्यों के बहुमत की आकांक्षाओं का कोई ध्यान नहीं रखा जाता ।

दूसरा, संयुक्त राष्ट्र विशेष रूप से सुरक्षा परिषद्, अधिक हस्तक्षेप वाला रवैया अपनाती जा रही है। ऐसा सुरक्षा संबंधी मुद्दों पर ही नहीं, बल्कि मानव अधिकार पर्यावरण और सामाजिक मुद्दों पर भी यही रुख अपनाया जा रहा है। सदस्य देशों की प्रभुसत्ता तथा आंतरिक क्षेत्राधिकार का मान–सम्मान भी धीरे–धीरे कम होता जा रहा है।

तीसरा, विकासात्मक कार्यों तथा आर्थिक मामलों में संयुक्त राष्ट्र की भूमिका कम होती जा रही है। अब आई.एम.एफ., आई.बी.आर.डी. तथा एशियन डेवलपमेंट बैंक जैसी बहुपक्षीय वित्तीय संस्थाओं के माध्यम से यह सहायता दी रही है।

चौथा, बड़ी ताकतें (सुरक्षा परिषद् के स्थायी सदस्य) अपनी नीति तथा उद्देश्यों की पूर्ति के लिए संयुक्त राष्ट्र का इस्तेमाल कर रही हैं। शीतयुद्ध की समाप्ति के बाद अब यह प्रवृत्ति और अधिक बढ़ गई है।

पाँचवाँ, संयुक्त राष्ट्र महासभा तथा सुरक्षा परिषद् की भूमिका कम होती जा रही है। संयुक्त राष्ट्र के सुधार के लिए यह महत्वपूर्ण पहलू है।

छठवाँ, स्थापना के 50 वर्ष बाद भी संयुक्त राष्ट्र के पास वित्तीय समर्थन/ सहायता का अभाव है; क्योंकि अनेक सदस्य देश संयुक्त राष्ट्र के प्रति अपनी वित्तीय देयताओं को नहीं समझते। संयुक्त राष्ट्र के पास केवल आवर्ती व्यय के लिए ही धन की कमी नहीं है, बल्कि अनेक ऐसी परियोजनाओं और कार्यक्रमों के लिए भी यह धन नहीं जुटा पा रहा है, जिनके लिए सदस्य देश संयुक्त राष्ट्र से उम्मीद लगाए बैठे हैं।

सातवाँ, महासचिव का पद बड़ी शक्तियों की वरीयताओं के अनुसार राजनीतिक पद बन गया है। सन् 1972 में महासचिव के रूप में कुर्त वाल्दहिम की नियुक्ति तथा दूसरी बार बुतरस बुतरस घाली को दोबारा महासचिव बनाने के संबंध में संयुक्त राज्य अमेरिका की मनाही इस बात का प्रमाण है।

आठवां, विश्व व्यवस्था में आ रहे परिवर्तन भी संयुक्त राष्ट्र सुरक्षा परिषद् में बदलाव लाने के लिए सक्षम नहीं हैं, क्योंकि यदि नेतृत्व अमेरिका से चीन की ओर खिसकेगा तो भी विश्व मंच पर वरिष्ठ शक्ति संकुल यथावत् बनाए रखने की कोशिश होगी।

संयुक्त राष्ट्र में लोकतांत्रिक व्यवस्था कायम रखने तथा इस संगठन की कार्यप्रणाली को प्रभावित करने वाली विवादास्पद प्रवृत्तियों से निपटने में भारत को सृजनात्मक तथा अग्रणी भूमिका निभानी है। इस संबंध में अधिक कारगर ढंग से कार्य करने के लिए हमें

विकासशील देशों के साथ नेटवर्क स्थापित करना होगा तथा नीतिगत समन्वय करना होगा, ताकि अधिकांश सदस्यों की ओर से संयुक्त राष्ट्र के सुधार के लिए सामूहिक रूप से दबाव डाला जा सके।

प्रमुख बिन्दु

1. भारत उन कुछ चुनिंदा पूर्व–उपनिवेशों में से है, जिनका ब्रिटिश शासनकाल में भी अंतरराष्ट्रीय राजनीति के क्षितिज पर अनेक देशों से सीधा संपर्क रहा है। इसका प्रभाव भारत के व्यक्तित्व पर भी पड़ा और भारत पराधीन देश के रूप में भी बहुपक्षीय सहयोग के माध्यम से ग्लोबल शांति तथा स्थिरता लाने के प्रति कटिबद्ध रहा।
2. भारत ने संयुक्त राष्ट्र के बैनर तले कोरिया में सैन्य कार्यवाही में प्रभावी असैनिक भूमिका निभाई, भारतीय सेनाओं को संयुक्त राष्ट्र के 'न्यूट्रल नेशंस रिपैट्रिएशन कमीशन' के अंतर्गत उत्तर और दक्षिण कोरिया के कैदियों की स्वदेश वापसी का कार्य सौंपा गया।
3. शीत युद्ध में भाग न लेने के कारण भारत की निष्पक्ष तथा शांतिप्रिय देश के रूप में साख इतनी बढ़ गई थी कि भारतीय सशस्त्र सेनाओं का संयुक्त राष्ट्र के शांति ऑपरेशन में प्रमुख हिस्सा लेना अनिवार्य सा हो गया था। पाँचवें दशक के मध्य में इस क्षेत्र से फ्रेंच की वापसी के बाद भारत–चीन संकट सुलझाने के लिए जेनेवा में आयोजित अंतरराष्ट्रीय कांग्रेस में भारत ने सक्रिय भूमिका निभाई। इसके बाद कमोबेश यही प्रक्रिया जारी रही।
4. नई दिल्ली ने संयुक्त राष्ट्र द्वारा अंतरराष्ट्रीय शांति और स्थिरता के लिए निभाई जा रही भूमिका का दृढ़तापूर्वक समर्थन किया, जिससे 50 वर्ष के भीतर भारत ने संयुक्त राष्ट्र की महत्वपूर्ण एजेंसियों की अध्यक्षता की और भारत द्वारा निभाई गई भूमिका की सराहना भी की गई। पी.वी. नरसिम्हा राव, वीरेंद्र दयाल, बी. आर. सेन, डॉ. पी. एस. लोकनाथन, चिन्मय गेरेखान तथा नितिन देसाई जैसे प्रख्यात भारतीयों ने संयुक्त राष्ट्र की कार्यप्रणाली पर अमिट छाप छोड़ी। श्रीमती विजयलक्ष्मी पंडित पाँचवें दशक के दौरान संयुक्त राष्ट्र महासभा की 'अध्यक्ष' चुनी गईं।
5. त्रिग्वे–ली के समय में भारत कश्मीर समस्या को संयुक्त राष्ट्र में ले गया था। इससे इंकार नहीं किया जा सकता कि भारत की इस विधिसम्मत शिकायत को द्विपक्षीय विवाद का रूप देने में इनका भी हाथ था। इन्होंने भारत और पाकिस्तान को बराबर का विवादी माना।
6. तीसरे महासचिव यू–थांट संयुक्त राष्ट्र में कार्यमुखी तथा राजनीतिक माहौल में स्थिरता लाए। संयुक्त राष्ट्र की स्थापना से 16 वर्ष तक उनके पूर्ववर्ती महासचिवों पर किसी–न–किसी प्रकार से राजनीतिक क्षेत्र में पक्षपातपूर्ण रवैये का आरोप लगता रहा था। ये पहले महासचिव थे, जो एशियाई थे और किसी एक समूह का पक्ष लेनेवाले नहीं थे। भले ही उनकी अवधि में 1961–71 तक शीत युद्ध का तनाव मौजूद रहा था, परमाणु अस्त्रों की होड़ लगी थी, क्यूबाई मिसाइल संकट तथा सोवियत संघ और संयुक्त राज्य अमेरिका के बीच परमाणु विरोध जैसे खतरे उत्पन्न हो गए थे।

7. कुर्त वाल्दहिम के काल में संयुक्त राष्ट्र की ग्लोबल, राजनीतिक तथा आर्थिक क्षेत्रों में निभाई जाने वाली भूमिका कम होने लगी। निरस्त्रीकरण, विकास, शांति और स्थिरता से संबंधित मुद्दे बड़ी ताकतों के बीच द्विपक्षीय समीकरणों के मामले बन गए। संयुक्त राष्ट्र की अब नाममात्र की भूमिका रह गई थी।
8. बुरस बुतरस घाली का चुनाव पश्चिमी ताकतों द्वारा किया गया था, फिर भी वे मात्र यह नहीं चाहते थे कि ग्लोबल मुद्दों तथा संवेदनशील स्थितियों में संयुक्त राष्ट्र सक्रिय भूमिका निभाए, बल्कि वे यह भी चाहते थे कि संयुक्त राष्ट्र के कार्यकलापों में संयुक्त राष्ट्र के सामरिक लक्ष्यों के प्रभाव से बचने के लिए स्वतंत्र और निष्पक्ष भूमिका निभाई जाए। इन्होंने परमाणु मुद्दों या विश्व के विभिन्न भागों में संयुक्त राज्य अमेरिका द्वारा संयुक्त राष्ट्र की भूमिका को कम करने की बार–बार आलोचना की। इनका विचार था कि संयुक्त राष्ट्र में सुधार लाने तथा उसे पुनर्गठित करने की माँग करते समय इस संगठन के अन्य सदस्यों के विचारों को भी ध्यान में रखना चाहिए, न कि केवल संयुक्त राज्य और इसके मित्र राष्ट्रों की बात सुनी जानी चाहिए।
9. संयुक्त राष्ट्र की सर्वाधिक महत्वपूर्ण जिम्मेदारी शांति कायम रखना है। भारत ने हमेशा संयुक्त राष्ट्र की इस भूमिका को अपना समर्थन दिया, बशर्ते इस संबंध में संगठन की गतिविधियाँ बड़ी शक्तियों की सत्ता की राजनीति का माध्यम न हों तथा सदस्य देशों की संप्रभुता का मान–सम्मान किया जाए और पक्षपातपूर्ण हस्तक्षेप या घुसपैठ से बचा जाए। फिर भी संयुक्त राष्ट्र की शांति लाने से जुड़ी कार्यवाहियों की अनिवार्य विशेषता यही रही है कि इनमें से अधिकांश कार्यकलाप संयुक्त राज्य के नेतृत्व में पश्चिमी ताकतों के गुट के लक्ष्यों पर ही आधारित थे।
10. 1990 के दशक में संयुक्त राष्ट्र तथा इसकी एजेंसियों द्वारा अंतरराष्ट्रीयता तथा बहुपक्ष के गुणों का बढ़–चढ़कर प्रचार किया जा रहा था। अब इनमें काफी बदलाव आ गया था। महासभा की भूमिका कम होती जा रही थी। विकासशील देशों की चिंताओं के स्थान पर बड़ी शक्तियों के हितों पर ध्यान केंद्रित होता जा रहा था। सोवियत संघ के हट जाने तथा संयुक्त राष्ट्र के प्रभावशाली सदस्यों की नीतियों में परिवर्तन के कारण इस संगठन के 180 सदस्यों की बजाय बड़ी ताकतों के छोटे–से वर्ग के दृष्टिकोण और हित छाने लगे। जहाँ तक संयुक्त राष्ट्र का सवाल है, वैचारिक एवं दान देने तक ही इसका कार्यक्षेत्र सिमट गया था।
11. संयुक्त राष्ट्र से जुड़ी महत्वपूर्ण घटना नौवें दशक के प्रारंभ में घटित हुई थीं। 31 जनवरी, 1992 को न्यूयॉर्क में ब्रिटिश प्रधानमंत्री जॉन मेजर ने संयुक्त राष्ट्र की सुरक्षा परिषद् का पहला शिखर सम्मेलन आयोजित किया। नरसिम्हा राव ने इस सम्मेलन में भाग लिया। उस समय भारत सुरक्षा परिषद् के अस्थायी सदस्यों में से एक था। सुरक्षा परिषद् के पाँच स्थायी सदस्यों के नेताओं के साथ चर्चा के दौरान अभिव्यक्त विचारों एवं सुरक्षा परिषद् में दिए गए नीति विषयक वक्तव्यों में नरसिम्हा राव ने राष्ट्र के प्रति भारत का दृष्टिकोण तथा रवैया स्पष्ट किया था। उन्होंने बताया संयुक्त राष्ट्र नई विश्व व्यवस्था गठित करने में विशद तथा अधिक

सक्रिय भूमिका निभाना चाहता है, तो इसे अधिक प्रतिनिधिमूलक तथा लोकतांत्रिक बनाना होगा। उन्होंने इस बात पर बल दिया कि संयुक्त राष्ट्र के चार्टर में संशोधन किए बिना तथा संयुक्त राष्ट्र के प्रमुख घटकों में विकासशील देशों के क्षेत्रवार प्रतिनिधित्व के बिना संयुक्त राष्ट्र की प्रकृति और भूमिका परिवर्तित नहीं की जा सकती। भारत सरकार का यह विचार था कि संयुक्त राष्ट्र के आम सदस्यों की सामूहिक इच्छा, न कि कुछ शक्तिशाली देशों के विचारों या हितों के आधार पर चार्टर और सुरक्षा परिषद् की कार्यवाहियों का अर्थ लगाया जाना चाहिए ।

इस शिखर सम्मेलन में संयुक्त राष्ट्र सचिव बुतरस घाली को विशेष रूप से कहा गया कि शांतिदूत के रूप में संयुक्त राष्ट्र की भूमिका की रूपरेखा तैयार की जाए। घाली ने संयुक्त राष्ट्र के अवर महासचिव वीरेंद्र दयाल की सहायता से 'शांति एजेंडा' के रूप में ज्ञात दस्तावेज तैयार किया। इस दस्तावेज में चार्टर के अध्याय 6 और 7 में बताई गई संयुक्त राष्ट्र की भूमिका तथा शक्ति को बढ़ाने के लिए कुछ सुझाव दिए गए हैं। यद्यपि इसमें बहुत बढ़–चढ़कर नहीं बताया गया है, फिर भी इस एजेंडा के अध्याय 7 में संयुक्त राष्ट्र द्वारा हस्तक्षेप करने की गतिविधियों पर अधिक जोर दिया गया है। भारत के आकलन में 'एकांतिक कूटनीति', 'निवारणात्मक कार्यवाई' तथा 'शांति' की बजाय 'शांति लाना' संयुक्त राष्ट्र के चार्टर के मूल्य विचारार्थ विषयों के अनुरूप नहीं हैं तथा अनेक मामलों में अनुच्छेद 2 में निर्धारित सदस्य देश की संप्रभुता तथा समानता के विरुद्ध हैं।

12. सुरक्षा परिषद् में स्थायी सदस्यों के रूप में जर्मनी और जापान से संबंधित सुझावों के प्रति भारत की नकारात्मक प्रतिक्रिया थी। इन दो देशों के शामिल हो जाने से सुरक्षा परिषद् में औद्योगिक दृष्टि से संपन्न तथा सैन्य दृष्टि से ताकतवर देशों का प्रभुत्व हो जाएगा। लेकिन बाद में भारत ने जर्मनी और जापान के साथ मिलकर जी–4 का निर्माण किया। इस तरह से भारत ने तार्किक दृष्टिकोण की बजाय यथार्थ की राजनीति का चुनाव किया।
13. इस प्रकार अंतिम रूप से विश्लेषण में आदर्शवाद तथा शीतयुद्ध के अंत में उत्पन्न आशा और अंतरराष्ट्रीय स्तर पर अधिक शांतिपूर्ण माहौल विद्यमान होने की आकांक्षा के बावजूद संयुक्त राष्ट्र अभी भी बड़ी ताकतों की रणनीति तथा यथार्थ की राजनीति के चंगुल में फंसा हुआ है। इस परिवेश में भारत को आगामी वर्षों में संयुक्त राष्ट्र तथा इसकी एजेंसियों की भूमिका के प्रति अपना दृष्टिकोण तय करना होगा।

❑❑

14 कार्यवाही परमाणु अप्रसार तथा निरस्त्रीकरण

इस अध्याय का उद्देश्य उन मुद्दों पर हमारी नीतियों के विकास तथा उन कारकों एवं तर्काधारों का व्यापक उल्लेख करने तक सीमित है, जिनका नीतिगत व्यवस्थाओं में विशेष महत्व है। अनेक वर्षों से भारतीय नेता वर्ग परमाणु अस्त्रीकरण से उत्पन्न खतरों के प्रति गंभीर रूप से सचेत रहे हैं। भारतीय संविधान सभा में 14 अगस्त, 1947 को दिए गए भाषण में जवाहरलाल नेहरू ने कहा था–''हमने एटम बम तथा अनेक प्रकार की ऊर्जा शक्ति के बारे में बहुत कुछ सुना है................सार रूप में परमाणु बम और मानवता की भावना–इन दो बातों में आज संघर्ष विद्यमान है। मुझे आशा है कि भारत, जबकि सभी भौतिक क्षेत्रों में निस्संदेह एक बड़ी भूमिका निभाएगा, वह सदैव मानवता की भावना पर ही बल देगा।'' अपने संक्षिप्त बयान में नेहरूजी ने निरस्त्रीकरण और परमाणु प्रौद्योगिकी के मुद्दों के प्रति भारत के विचारार्थ विषयों को स्पष्ट रूप से व्यक्त किया है। एक मायने में उन्होंने यह संकेत दिया कि यद्यपि भारत उत्पादन तथा विकासोन्मुख लक्ष्यों की प्राप्ति के लिए परमाणु प्रौद्योगिकी सहित उन्नत प्रौद्योगिकियों को प्राप्त करने तथा विकसित करने के लिए सक्रिय रूप से कार्य करेगा, फिर भी भारत की मानवता के प्रति वचनबद्धता के परिणामस्वरूप ऐसी प्रौद्योगिकियों का हिंसक अथवा सैन्य उद्देश्यों के लिए प्रयोग करने के मार्ग का त्याग करना होगा।

परमाणु मुद्दों के प्रति नीतियों तथा दृष्टिकोण को विस्तार से अभिव्यक्त करते हुए पंडितजी ने एक अन्य भाषण में 10 मई, 1924 को कहा–''यह पूर्णतया स्पष्ट है कि परमाणु ऊर्जा का मानव के हित में शांतिपूर्ण उद्देश्य से प्रयोग किया जा सकता है। इसमें कुछ वर्ष लग सकते हैं, जब इसका उपयोग न्यूनाधिक किफायती ढंग से किया जा सकेगा। मैं सदन को यह याद दिलाना चाहूँगा कि भारत जैसे देश के लिए, जिसके ऊर्जा संसाधन सीमित हैं, फ्रांस जैसे औद्योगिक दृष्टि से उन्नत देश की अपेक्षा प्रौद्योगिकी का शांतिपूर्ण उद्देश्य से प्रयोग करना बहुत अधिक महत्वपूर्ण होगा।''

नेहरूजी की वैज्ञानिक प्रवृत्ति तथा उच्चतर प्रौद्योगिकी के प्रति रुझान के साथ–साथ होमी जहांगीर भाभा, शांतिस्वरूप भटनागर और वी. कृष्णन जैसे भारत के वरिष्ठ वैज्ञानिकों के तकनीकी ज्ञान तथा इस दिशा में उत्साह का यह परिणाम हुआ कि भारत ने परमाणु ऊर्जा और उससे संबंधित क्रियाकलापों सहित बहुमुखी प्रौद्योगिकी योग्यता प्राप्त करने के मार्ग पर कदम रखा। परमाणु ऊर्जा के शांतिपूर्ण उपयोग के कार्यक्रम बनाने के लिए भारत ने सन् 1954 से 1963 की अवधि में अपेक्षित आधारिक संरचना, प्रशिक्षित श्रम–शक्ति संसाधन और बाह्य निवेश, विशेष रूप से संयुक्त राज्य की सहायता से विकसित किए। फिर भी भारत दृढ़तापूर्वक परमाणु अस्त्रों को प्राप्त करने तथा उनके परीक्षणों के विरुद्ध रहा। संयुक्त राष्ट्र में हुए वाद–विवाद में भारत द्वारा व्यक्त किए

गए विचारों के परिणामस्वरूप संयुक्त राज्य ने 'शांति के लिए परमाणु' कार्यक्रम प्रारंभ किया और सन् 1963 में आंशिक परीक्षण निषेध संधि को स्वीकार किया। ट्राम्बे में भारत द्वारा सफलतापूर्वक परमाणु अनुसंधान रिएक्टर की स्थापना तथा संचालन और तत्पश्चात् तारापुर परमाणु ऊर्जा संयंत्र के चालू किए जाने के परिणामस्वरूप भारत परमाणु प्रौद्योगिकी तथा उसके प्रयोग के क्षेत्र में अंतरराष्ट्रीय समुदाय में अग्रणी पंक्ति के देशों में स्वीकार किया जाने लगा। भारत ने विदेशी सहायता से बनाए परमाणु रिएक्टरों में स्वेच्छा से सुरक्षा उपाय करने तथा उनका पहले द्विपक्षीय तत्पश्चात् अंतरराष्ट्रीय परमाणु ऊर्जा एजेंसी द्वारा निरीक्षण करने के लिए सहमति प्रदान की।

हालाँकि भारत ने उत्तरदायित्व की भावना तथा संयम का परिचय दिया, फिर भी सुरक्षा उपायों और निष्पक्ष निरीक्षण को स्वीकार करके, नेहरूजी, पक्षपातपूर्ण निरीक्षण और परमाणु संपन्न शक्तियों द्वारा निरस्त्रीकरण तथा तकनीकी व्यवस्थाओं को भारत पर थोपे जाने को लेकर आशंकित थे। इसी भाषण में (10 मई, 1954) नेहरूजी ने संयुक्त राज्य के राष्ट्रपति ड्वाइट आइजेनहॉवर के भाषण का हवाला दिया, जिसमें उन्होंने प्रत्येक देश की परमाणु गतिविधियों पर नजर रखने के लिए अंतरराष्ट्रीय एजेंसी की स्थापना का सुझाव दिया। आइजेनहॉवर ने सुझाव दिया था कि एजेंसी संयुक्त राष्ट्र द्वारा बनाई जानी चाहिए। इस प्रस्ताव पर टिप्पणी करते हुए नेहरूजी ने कहा–"हम सब इस प्रस्ताव से सहमत हैं कि विखंडनीय सामग्री के भंडार और उसके समुचित प्रयोग के लिए उचित अंतरराष्ट्रीय नियंत्रण होना चाहिए, जिससे सभी देश अनुसंधान तथा समुचित उद्‌देश्यों के लिए उसका प्रयोग कर सकें। परंतु कठिनाई यहाँ उत्पन्न होती है कि यह कार्य किस प्रकार किया जाए? राष्ट्रपति आइजेनहॉवर ने संयुक्त राष्ट्र की एजेंसी का उल्लेख किया। यह तर्कसंगत लगता है, किंतु हमें यह देखना चाहिए कि वस्तुतः विभिन्न देशों ने परमाणु ऊर्जा नियंत्रण संबंधी क्या प्रस्ताव दिए हैं? संयुक्त राज्य ने इस वर्ष के प्रारम्भ में यह कहा था कि अंतरराष्ट्रीय नियंत्रण एजेंसी की स्थापना संयुक्त राष्ट्र द्वारा की जाएगी। तत्पश्चात् यह सुरक्षा परिषद् और संयुक्त राष्ट्र के नियंत्रण से मुक्त एक स्वतंत्र निकाय होगी। इसका तात्पर्य यह हुआ कि संयुक्त राष्ट्र इस एजेंसी की केवल स्थापना करेगा, उसकी कार्यशैली में उसका कोई हस्तक्षेप और किसी भी तरह का नियंत्रण नहीं होगा। यह एक स्वतंत्र संगठन होगा। वास्तव में इस संगठन को ही निरीक्षण का असीमित अधिकार होगा। ऐसे किसी भी देश, जिसे परमाणु ऊर्जा के उत्पादन और अनुसंधान से संबंधित किसी भी प्रक्रिया का लाइसेंस प्राप्त है, उसकी सीमा के अन्दर इस एजेंसी को अपने निरीक्षक रखने का अधिकार होगा। इस प्रकार परमाणु ऊर्जा निकाय को सर्वोच्च दर्जा मिल जाएगा, जिसका अपना दल तथा साधन होगा, चाहे इसे कुछ भी नाम दिया जाए।" नेहरूजी ने इस एजेंसी की प्रस्तावित भूमिका के निहितार्थों का मूल्यांकन करते हुए कहा–"तब फिर इस एजेंसी का प्रभुत्व होगा। कच्चे माल के संयंत्र, जिसमें कच्ची धातु का शोधन किया जाता है, परमाणु ऊर्जा के उत्पादन से संबंधित सभी संयंत्रों, चाहे वे विश्व के किसी भी देश में कहीं भी लगे हों, उन पर यह नियंत्रण रखेगी। यह एक दूरगामी प्रावधान है। इसका अर्थ है कि हमारे कच्चे माल और खानों का स्वामित्व और नियंत्रण इस स्वतंत्र निकाय के

पास होगा, जो स्थापना के पश्चात् संयुक्त राष्ट्र के नियंत्रण से भी मुक्त होगा। इसका अर्थ यह हुआ कि एक चुने हुए निकाय के हाथों में शक्ति का अत्यधिक केंद्रीकरण हो जाएगा। यही निकाय निर्णय करेगा कि क्या, कब, कहाँ और किस सीमा तक विभिन्न प्रक्रियाएँ चलाई जाएँ तथा विश्व के किन भागों में परमाणु ऊर्जा संयंत्र की स्थापना की जाए। तदनुसार इसे (एजेंसी) परमाणु ऊर्जा के उत्पादन से संबंधित किसी भी प्रक्रिया में लगे हुए देश, संस्था और उद्यम को लाइसेंस जारी करने और रोकने का प्राधिकार होगा।'' नेहरूजी ने भेदभावपूर्ण परमाणु अप्रसार संधि, पूर्ण विस्तृत सुरक्षा उपाय और अवरोधपूर्ण तकनीक का स्पष्ट पूर्वानुमान किया था, जो विकासशील देशों के हितों का दमन कर रहे थे। ये विषय परमाणु अप्रसार और निरस्त्रीकरण की कार्यविधियों के आधार रहे हैं और इसका सन् 1960 से अब तक प्रगतिशील ढंग से क्रियान्वयन किया गया है और अभी भी किया जा रहा है।

भारत की सन् 1950 से वर्तमान तक, परमाणु अप्रसार और निरस्त्रीकरण संबंधी नीतियों के निम्नलिखित मूल घटक हैं–

1. भारत परमाणु अस्त्रीकरण और जनसंहारक अस्त्रों के विकास के विरुद्ध रहा है।
2. भारत चाहता है कि अंतरराष्ट्रीय समुदाय एक समयबद्ध कार्यक्रम के तहत परमाणु निरस्त्रीकरण के साथ–साथ पूर्ण रूप से निरस्त्रीकरण स्वीकार करे।
3. भारत शांतिपूर्ण उद्देश्यों के लिए परमाणु प्रौद्योगिकी तथा उच्चतर तकनीक प्राप्त करने और उसका विकास करने के लिए दृढ़ संकल्प था, जिसका अंतिम लक्ष्य है उत्पादनशील, वैज्ञानिक तथा प्रौद्योगिकी के कार्यक्षेत्र में आत्मनिर्भर होना, जो भारत के विकास तथा आर्थिक सुख–समृद्धि के लिए अति महत्वपूर्ण है।
4. भारत नियंत्रण, सुरक्षा उपायों और निरीक्षण के लिए रखे गए प्रावधानों से राजी था, बशर्ते ये प्रावधान सभी देशों पर उनके प्रभाव तथा शक्ति को ध्यान में रखे बिना लगाए जाएँ।

नेहरूजी का यह भी अनुमान था कि जब तक चीन को संयुक्त राष्ट्र से बाहर रखा जाता है, परमाणु अस्त्रों के प्रसार पर नियंत्रण रखने के लिए अंतरराष्ट्रीय व्यवस्थाओं की बात करना निरर्थक होगा। उनका अनुमान था कि चीन परमाणु अस्त्रों से संपन्न शक्ति बन जाएगा और यह सत्य सिद्ध हुआ। चीन ने अपना प्रथम परमाणु अस्त्र परीक्षण सन् 1964 में किया। यद्यपि यह घटना नेहरूजी के बाद घटित हुई थी। यह स्मरण करना युक्तिसंगत होगा कि चीन के परमाणु अस्त्रीकरण का अनुमान लगाते हुए वाशिंगटन ने नई दिल्ली को यह सुझाव दिया था कि भारत की तकनीकी और प्रशिक्षित श्रम शक्ति की क्षमताओं को देखते हुए उसे सोवियत संघ की ओर चीन की क्षमताओं के प्रति जवाबी रूप में एक परमाणु अस्त्र शक्ति बन जाना चाहिए।

कहा जाता है कि पंडित नेहरू ने डॉ. होमी भाभा को परमाणु ऊर्जा के शांतिपूर्ण प्रयोग के प्रति प्रतिबद्धता को दोहराते हुए संयुक्त राज्य द्वारा दिए गए सुझावों को दृढ़तापूर्वक ठुकराने के लिए कहा। यदि भारत ने सन् 1950 के दशक के उत्तरार्द्ध में और सन् 1960 के दशक के प्रारम्भ में संयुक्त राज्य द्वारा दिए गए इन सुझावों का

उत्तर दिया होता तो हमें परमाणु अप्रसार संधि, जिसके प्रारूप को सन् 1966 में अंतिम रूप दिया गया और जो सन् 1968 में लागू हुई, के संबंध में उत्पन्न समस्याओं का सामना नहीं करना पड़ता (जो अब भी कर रहे हैं)। यदि हमने सन् 1960 के दशक के प्रारंभ में परमाणु शक्ति संपन्न बनने का निर्णय लिया होता तो हमें अप्रसार संधि के विचारार्थ विषयों में दी गई परिभाषा के अनुसार एक परमाणु अस्त्र शक्ति के रूप में मान्यता प्राप्त हो गई होती। अप्रसार संधि अपनाने से वर्षों से विद्यमान एकाकीपन और कुंठा–दोनों से बचा जा सकता था। किंतु नेहरूजी एक कट्टर आदर्शवादी थे, जो अंतरराष्ट्रीय राजनीति में शक्ति समीकरण का प्रयोग नहीं करना चाहते थे। वह इन मुद्दों पर भारत के लिए एक उच्च नैतिक आधार रखना चाहते थे।

संयुक्त राज्य ने भारत को यह संकेत दिया था कि वह परमाणु अस्त्रीकरण कार्यक्रम (पूर्व कथित) को आरंभ कर सकता है, इससे संबंधित रिपोर्टों में अस्पष्टता है। एक कथन के अनुसार वाशिंगटन के इस अनुमान के आधार पर कि चीन एक परमाणु अस्त्र शक्ति बन जाएगा, संयुक्त राज्य की सरकार ने सन् 1962 और 1964 के बीच के किसी समय में अमेरिका के परमाणु वैज्ञानिकों को यह संदेश डॉ. भाभा को भेजने के लिए कहा। दूसरा कथन यह है कि संयुक्त राज्य की राष्ट्रीय सुरक्षा परिषद्, स्टेट डिपार्टमेंट और आणविक प्रतिष्ठान के बीच भारत को परमाणु अस्त्र शक्ति बनने के लिए प्रोत्साहित करने की संभावनाओं पर गंभीर रूप से विचार–विमर्श हुआ। इस दूसरे कथन को सन् 1960 के दशक के आरंभ में संयुक्त राज्य के सेक्रेटरी ऑफ स्टेट, डीन रस्क के वक्तव्य से समर्थन प्राप्त हुआ है। रस्क ने स्पष्ट रूप से यह संकेत नहीं दिया कि क्या आंतरिक विचार–विमर्श के पश्चात् इस विचार को छोड़ दिया गया था। गोपनीय रूप से अनौपचारिक तौर पर भारत को यह प्रस्ताव भेजा गया था, जिस पर भारत सरकार द्वारा कोई सकारात्मक प्रतिक्रिया व्यक्त नहीं की गई। भारत के चारों ओर होने वाले परमाणु अस्त्रीकरण और हमारे क्षेत्र की भू–निर्णायक शक्ति समीकरण पर पड़ने वाले इसके प्रभाव पर ध्यान देते हुए इस निष्कर्ष से नहीं बचा जा सकता कि उस समय परमाणु अस्त्रों को न प्राप्त करने की भारत की अभिवृत्ति ने हमारी राष्ट्रीय सुरक्षा के विकल्पों को नकारात्मक रूप से प्रभावित किया है।

भारत ने परमाणु अप्रसार संधि पर हस्ताक्षर करने से इंकार कर दिया, क्योंकि इसके प्रावधान भेदभावपूर्ण और परमाणु अस्त्र शक्तियों के पक्ष में थे और उन्हें अपनी परमाणु अस्त्र क्षमता को बढ़ाने का विकल्प प्रदान करते थे। इस संधि पर भारत की दूसरी आपत्ति यह थी कि इसके अन्य प्रावधान न केवल परमाणु अस्त्ररहित देशों के अस्त्र संबंधी मुद्दों पर विकल्पों की स्वतंत्रता को नकारते हैं, बल्कि इन देशों के शांतिपूर्ण उद्देश्यों के लिए परमाणु प्रौद्योगिकी प्राप्त करने पर भी रोक लगाते हैं। परमाणु अप्रसार संधि पर हस्ताक्षर न करने के लिए भारत को कड़ी आलोचना का सामना करना पड़ा। फिर भी भारत परमाणु अप्रसार संधि का विरोध करने पर कायम रहा। भारत ने मई 1995 में इसकी अनिश्चित काल तक मियाद बढ़ाने का विरोध किया, किन्तु हमें इस घटनाक्रम से आगे जाना है।

उचित घटनाक्रम की ओर लौटते हुए सन् 1966 और 1967 में अपने प्रधानमंत्री पद के प्रथम चरण में श्रीमती गांधी को भारत के चारों ओर विस्तृत परमाणु अस्त्रों के परिनियोजन और चीन तथा पाकिस्तान के प्रगतिशील परमाणु अस्त्रीकरण से उत्पन्न चुनौतियों का सामना करना पड़ा। संयुक्त राज्य अमेरिका और सोवियत संघ–दोनों ही परमाणु अस्त्रों से सुसज्जित सैन्य बल हिंद महासागर और एशिया पैसिफिक क्षेत्र में हवाई से डियागो गार्शिया तक तैनात किए हुए थे। चीन पारंपरिक अस्त्र क्षमताओं से प्रक्षेपण प्रणालियों की समरूप उपलब्धि सहित ताप–नाभिकीय अस्त्र क्षमताओं की ओर कदम बढ़ा चुका था। सन् 1971 के युद्ध में भारत द्वारा अपनी पराजय के बाद, पाकिस्तान ने गुप्त रूप से अपना परमाणु अस्त्रीकरण कार्यक्रम प्रारंभ कर दिया। अब तक भारत ने अपने अनुसंधान तथा ऊर्जा रिएक्टर कार्यक्रम का विस्तार कर लिया था, जिसमें बिना बाहरी सहायता के स्वदेशी प्रयत्नों से बने रिएक्टर शामिल थे, जैसा कि एक मद्रास (अब चेन्नई) के निकट कलपक्कम में है। सामरिक स्तर पर भारत के सामने खड़े होने वाले सुरक्षा खतरों को ध्यान में रखते हुए श्रीमती गांधी ने एक भूमिगत परमाणु परीक्षण किया, जिसे उचित रूप से द्विउद्देश्यीय प्रयोग कहा जा सकता है। आणविक युक्ति का विस्फोट परमाणु अस्त्रीकरण के लिए परीक्षणों का आधार बनेगा और साथ ही परमाणु ऊर्जा के शांतिपूर्ण उपयोग के लिए प्रौद्योगिकी प्रदर्शन के परीक्षण के उद्देश्य को पूरा करेगा। डॉ. होमी सेठना और डॉ. राजा रमन्ना भारत के परमाणु ऊर्जा विभाग के वरिष्ठ वैज्ञानिक थे, जिन्होंने 18 मई, 1974 को पोखरण मरुस्थल (राजस्थान) में हुए भारत के परमाणु परीक्षण की परिकल्पना की ओर उसे संचालित किया। भारत ने इस परमाणु परीक्षण की योजना को तब तक गोपनीय रखा, जब तक कि वास्तव में विस्फोट नहीं किया गया।

भारत द्वारा यह परीक्षण कर लिए जाने पर पश्चिम की परमाणु अस्त्र शक्तियों में हलचल मच गई। पाकिस्तान ने, जैसा अनुमान था, इस परीक्षण का, अपने निजी परमाणु अस्त्रीकरण कार्यक्रम को उचित ठहराने के लिए, पूरा लाभ उठाया तथा इस तथ्य को मूर्खतापूर्ण बताया कि उसने अपना गुप्त अस्त्रीकरण कार्यक्रम तीन वर्ष पूर्व ही प्रारंभ कर दिया था।

सोवियत संघ यद्यपि भारत के परमाणु परीक्षण का इतना मुखर आलोचक नहीं था, जितना कि संयुक्त राज्य, तथापि भारत द्वारा इस स्तर की परमाणु क्षमताएँ प्राप्त करने के बारे में उसे भी आपत्तियाँ थीं। चीन ने अपने निजी परमाणु अस्त्रीकरण की नीतियों के तर्क अनुबंधों के अनुसार कोई मत व्यक्त नहीं किया। यह मानना पड़ेगा कि भारत के परमाणु परीक्षण ने उसके पड़ोसियों में भारत के इस क्षेत्र में अपना प्रभाव बढ़ाने के इरादे के प्रति अतिरिक्त भय उत्पन्न कर दिया। अपने स्वयं के प्रति परमाणु कार्यक्रम की पुष्टि करके और विश्व को अधिकतर रूप से अपनी क्षमताओं का संकेत देकर हमने आंशिक रूप से संयम की नीति पर चलने का निर्णय लिया। यहाँ तक कि गत 24 वर्षों (यह मई 1998 में ही हुआ कि भारत ने पाँच परमाणु विस्फोट किए) में हमने कोई अन्य परमाणु परीक्षण नहीं किया। डॉ. राजा रमन्ना, डॉ. एम.आर. श्रीनिवासन और डॉ. आर. चिदंबरम, सभी भारत के परमाणु ऊर्जा आयोग के अध्यक्ष, जैसे विख्यात

भारतीय वैज्ञानिकों के कथनानुसार–भारत ने अपनी परमाणु क्षमताओं को बढ़ाने के लिए प्रयोगशाला अनुसंधान तथा प्रौद्योगिक कार्य किए हैं, लेकिन कोई परीक्षण नहीं किया गया है (यह विषय मई, 1998 से पूर्व लिखा गया था)। यह द्वयर्थकता भारत की विदेश नीति में झलकती थी। भारत की अंतरराष्ट्रीय अभिव्यक्ति रही है कि हम 'परमाणु अस्त्र संपन्न' शक्ति हैं। हमने राष्ट्रीय सुरक्षा के उद्देश्य से अपने परमाणु अस्त्रों के विकल्प को खुला रखा है, किंतु वर्तमान समय के लिए परमाणु अस्त्रीकरण के संबंध में हम अपनी संयम और स्वयं–परित्याग की नीति को बनाए रखना चाहते हैं।

हमारी परमाणु नीति का एक अन्य आयाम यह है (और यह हमारी प्रक्षेपास्त्र तथा अंतरिक्ष प्रौद्योगिकी नीतियों पर भी लागू होता है) कि हम पक्षपातपूर्ण व्यवस्थाओं अथवा अनुबंधों को स्वीकार नहीं करेंगे। अब मेरी यह सुनिश्चित धारणा है कि परमाणु अस्त्र शक्ति बनने के लिए सन् 1974 के परमाणु परीक्षण का पारदर्शी रूप से अनुसरण न करके भारत ने महत्वपूर्ण विश्वव्यापी शक्ति समीकरण में अपनी स्थिति को सुरक्षित करने का एक अवसर गंवा दिया। इस विषय में हमारी मितभाषिता का हमारे द्विपक्षीय संबंधों पर नकारात्मक दबाव पड़ा। हम चीन, संयुक्त राज्य और सोवियत संघ (अब एशियन फेडरेशन) के साथ अधिक समानता के आधार पर इन संबंधों का विकास कर सकते थे।

ऐसी रिपोर्टें भी मिली थीं कि परमाणु परीक्षण न करने पर भी भारत के पास परमाणु अस्त्र बनाने तथा उन्हें तैनात करने की क्षमता थी। तथा कुछ परमाणु अस्त्र बना भी लिए गए हैं और गम्भीर आकस्मिकताओं का सामना करने के लिए उन्हें रिजर्व में रखा गया है। सन् 1987 तक पाकिस्तान द्वारा परमाणु अस्त्र क्षमता प्राप्त कर लेने की पक्की सूचना थी। जनसंहारक अस्त्रों के प्रसार की विद्यमान प्रवृत्ति के संदर्भ में राजीव गांधी ने संयुक्त राष्ट्र महासभा के एक विशेष अधिवेशन में सन् 1988 में एक समयबद्ध कार्यक्रम के अनुसार निरस्त्रीकरण का प्रस्ताव रखा था (अध्याय 10 देखिए)। संयुक्त राष्ट्र निरस्त्रीकरण समितियों के जेनेवा और न्यूयॉर्क में हुए विचार–विमर्श में भारत के अनुभव के आधार पर राजीव गांधी ने भेदभावरहित एक व्यापक निरस्त्रीकरण कार्यक्रम का प्रस्ताव रखा था। यद्यपि यह स्वीकृति इस निरस्त्रीकरण योजना परमाणु अस्त्र संपन्न शक्तियों की कार्यसूची में ठीक नहीं बैठती थी। उन्होंने अपनी चुनिंदा भेदभावपूर्ण निरस्त्रीकरण कार्यसूची को जारी रखा, उसकी अभिव्यक्ति परमाणु अप्रसार संधि को अनिश्चित काल तक बढ़ाने, व्यापक परीक्षण निषेध संधि के अंतिम प्रारूप तथा मिसाइल प्रौद्योगिकी नियंत्रण व्यवस्थाओं में हुई और विखंडनीय सामग्री में कट ऑफ संधि में और अधिक अभिव्यक्ति होने की संभावना है। इस पर सन् 1998 में विचार–विमर्श होना था।

भारत का परमाणु अप्रसार के प्रति संकल्पनात्मक दृष्टिकोण उसकी मिसाइल प्रौद्योगिकी तथा अन्य संबंधित प्रौद्योगिकियों के प्रति दृष्टिकोण को निर्धारित करता है। सन् 1990 से 1997 की अवधि में निरस्त्रीकरण तथा संबंधित प्रौद्योगिकी मुद्दों के बारे में भारत पर गम्भीर दबाव पड़ा है। सोवियत संघ के विघटन और शीतयुद्ध की समाप्ति ने संयुक्त राज्य अमेरिका और उसके मित्र राष्ट्रों को निरस्त्रीकरण की ऐसी कार्यसूची बनाने और उसे आगे बढ़ाने के लिए प्रोत्साहित किया, जो औद्योगिक रूप से

विकसित देशों की दूरगामी कार्यनीति की श्रेष्ठता, अल्पविकसित देशों पर सुनिश्चित करेगी। यह कार्यसूची भारत की विदेश और राष्ट्रीय सुरक्षा नीतियों के लिए अत्यधिक महत्वपूर्ण चुनौती है।

अतः सन् 1990–1997 के बीच, विशेषकर ढाई वर्ष की अवधि में अप्रसार तथा निरस्त्रीकरण का विस्तारपूर्वक विश्लेषण करना तर्कसंगत होगा। मैं विदेश सचिव के रूप में इस विषय पर हुए विचार–विमर्श से प्रत्यक्ष रूप से जुड़ा था। उस अवधि के विश्लेषण में पिछली कुछ घटनाओं पर भी प्रकाश डाला गया है, जो अधिक समसामयिक घटनाओं को व्यक्त करता है।

संयुक्त राज्य के नेतृत्व में प्रभावशाली शक्तियों द्वारा दो प्रकार के दबाव (और बहलावे) भारत की परमाणु अप्रसार तथा निरस्त्रीकरण संबंधित नीतियों पर डाले गए। प्रथम–क्षेत्रीय सुरक्षा और स्थिरता बनाए रखने के संबंध में इन शक्तियों की (हमारी नहीं) हमारे प्रति धारणा और चिंता। दूसरे प्रकार का दबाव उनकी इस आशंका का फल था कि भारत और पाकिस्तान परमाणु अस्त्र और मिसाइल बनाने में समर्थ नहीं होने चाहिए। वे यह सुनिश्चित करना चाहते थे कि विशेषकर भारत परमाणु आयुधागार प्राप्त करने और मिसाइल तैनात करने में समर्थ न हो।

पहले प्रकार का दबाव भारत और पाकिस्तान के बीच विश्वास उत्पन्न करने के उपायों की आवश्यकता को ध्यान में रखना था। दूसरे शब्दों में, भारत पाकिस्तान के लिए खतरा न बने और साधारण रूप से अन्य पड़ोसी देशों के प्रति आश्रयदाता का रवैया न अपनाए। दूसरे प्रकार का दबाव जनसंहारक अस्त्रों को नष्ट करने, परमाणु अप्रसार की ओर जाने तथा सामान्य निरस्त्रीकरण प्राप्त करने की अपेक्षा उच्च पक्ष–समर्थन के रूप में था। परिणामस्वरूप इन महत्वपूर्ण और संवेदनशील मुद्दों पर हमारी वर्तमान नीतियाँ निरंतर परिवर्तनशील रही हैं। वास्तव में इस अध्याय का मुख्य उद्देश्य उन मुद्दों के बारे में भारत की संकटपूर्ण स्थिति को और उनसे उत्पन्न हमारी विशेषताओं और हितों का ब्यौरा देना है, जिन्होंने सन् 1990 और 1997 के मध्य हमारी नीतियों को प्रभावित किया और राजनीतिक भाषा में यह बतलाना है कि हमारी नीतियाँ किस प्रकार विकसित हुईं और उनके निर्माण में क्या तर्कसंगति थी।

आठवें दशक के उत्तरार्द्ध और नौवें दशक के प्रारंभ में भारत को परमाणु अस्त्रों के द्वार पर खड़ी शक्ति के रूप में स्वीकार किया जाने लगा था। जब से हमने सन् 1974 का पोखरण शांतिपूर्ण परमाणु विस्फोट किया, स्थिति इस प्रकार की रही है। यद्यपि तुलनात्मक रूप से परमाणु प्रौद्योगिकी और उसके उपयोग के क्षेत्र में हम स्वयं को उन्नत देशों में गिन सकते थे, परंतु ऐसी प्रौद्योगिकी का विकास तथा शांतिपूर्ण उद्देश्य के लिए उपयोग कई प्रकार से हमारी आशाओं से कम रहा, जिन्हें हम प्राप्त करना चाहते थे। तारापुर, नरौरा, कोटा और कलपक्कम में परमाणु ऊर्जा उत्पन्न करने वाले संयंत्र प्रौद्योगिक क्षमताओं, कच्चे माल की कमी और बारंबार रुकावट के शिकार रहे हैं।

डॉ. विक्रम साराभाई द्वारा सातवें दशक में बनाई गई परमाणु ऊर्जा उत्पन्न करने की योजनाएँ पूरी नहीं हुई हैं। तारापुर ऊर्जा रिएक्टर, साथ ही राजस्थान ऊर्जा

योजना, पोखरण में परमाणु परीक्षण से उत्पन्न पॉलिटिकल इम्युनिटी (एण्ड इलनेस) के कारण नकारात्मक रूप से प्रभावित हुए। यह स्थिति पक्षपातपूर्ण अप्रसार संधि पर हस्ताक्षर न करने की अटल स्थिरता से और भी जटिल हो गई है। यद्यपि हमने सन् 1974 के बाद परमाणु परीक्षण करने पर संयम बरता है (भारत ने परमाणु परीक्षण 24 वर्षों बाद किए–मई 1998 में), हमने परमाणु क्षेत्र में अपने अनुसंधान और विकास तथा मिसाइल विकास क्षेत्र के कार्य को, परमाणु अस्त्र शक्तियों द्वारा प्रतिबंध लगाने और हमारे मार्ग में अवरोध उत्पन्न करने के बावजूद हम जिस सीमा तक जारी रख सकते थे, हमने रखा है। स्पष्ट रूप से, विशेषतया पोखरण परीक्षण के बाद विदेशी वैज्ञानिक समुदाय और आसूचना एजेंसियाँ इस क्षेत्र में हमारी नीतियों और कार्यक्रमों का लगातार अनुवीक्षण कर रही थीं। भारत के परमाणु शक्ति बनने के प्रयास और इससे उत्पन्न होने वाले संभावित क्षेत्रीय व अंतरराष्ट्रीय सुरक्षा के खतरे, को पश्चिम के प्रचार माध्यमों और तकनीकी लेखनों ने अनवरत प्रचारित किया। इसका एक अन्य उदाहरण नौवें दशक के मध्य में कश्मीर के बारे में अफवाह फैलाना भी था कि भारत और पाकिस्तान परमाणु टकराव के कगार पर खड़े हैं। संयुक्त राज्य के लेखकों, रॉबर्ट विंडरैम तथा विलियम ई. बरोस द्वारा सन् 1993 में लिखित पुस्तक 'क्रिटिकल मास' में एक नितांत अटकलपूर्ण और अशुद्ध विश्लेषण में इस अफवाह को बढ़ा–चढ़ाकर बताने की चेष्टा की गई। पश्चिमी दुनिया के वैज्ञानिकों और स्कॉलरों ने यह प्रचार किया कि भारत के पास 10–15 परमाणु बम हैं तथा वह मिसाइल और अन्य प्रक्षेपास्त्र प्रणालियों सहित 50 से 70 परमाणु अस्त्र बनाने में सक्षम है और उसके परमाणु रिएक्टर सुरक्षित नहीं हैं।

नौवें दशक के मध्य में परमाणु अप्रसार संधि को अनिश्चित काल तक बढ़ाने के लिए होने वाले अंतरराष्ट्रीय सम्मेलन की प्रत्याशा में सन् 1990 के दशक के प्रारम्भ से भारत पर अंतरराष्ट्रीय राजनीतिक, कूटनीतिक और प्रौद्योगिकीय दबाव चरम सीमा पर पहुँच गया। परमाणु शक्तियों का एक अन्य उद्देश्य इन महत्वपूर्ण क्षेत्रों में भारत की प्रौद्योगिकी सहित अनुसंधान और विकास क्षमताओं का गला घोंटना था, जो हमारी परिमिश्रित अस्त्र प्रौद्योगिकी (हाइब्रिड वीपन टेक्नोलॉजी) की धार है।

अतएव अपने हितों को सुरक्षित करने के लिए विशिष्ट उद्देश्य, जिन्हें हमें पूरा करना था, वे इस प्रकार थे–

(क) यह सुनिश्चित करना कि आवश्यक कच्चा माल तथा प्रौद्योगिकी विभिन्न देशों से भारत को प्राप्त होती रहे, जिससे परमाणु और मिसाइल प्रौद्योगिकी के क्षेत्र में आत्मनिर्भर बनने के उद्देश्य में हमारे अनुसंधान और विकास कार्यक्रम बंद न हों।

(ख) हमारे ऊपर बढ़ते हुए राजनीतिक दबाव का इस प्रकार प्रतिरोध करना कि हमारे वैज्ञानिक समुदाय के सदस्य अन्य महत्वपूर्ण देशों के अपने प्रतिस्थानियों से अलग–थलग न हो जाएँ।

(ग) ऊपर डाले जाने वाले दबावों के प्रति अपनी प्रतिक्रिया को इस ढंग से व्यक्त करें कि हमारी सुरक्षा संबंधी प्रौद्योगिकी के आकस्मिक रूप से पिछड़ जाने की आशंका न हो और

(घ) अपने विरुद्ध पक्षपातपूर्ण दबाव का प्रतिरोध करते हुए परमाणु अप्रसार, अस्त्र नियंत्रण और निरस्त्रीकरण जैसे अंतरराष्ट्रीय सरोकार के महत्वपूर्ण मुद्दों पर एकाकी पड़ने से बचाव करना।

इसके अलावा हमें अपनी नीतियों के ब्यौरे इस प्रकार से तैयार करने थे कि रूस, फ्रांस, इंग्लैंड, जर्मनी तथा जापान जैसे देशों के साथ चले आ रहे हमारे प्रौद्योगिकीय सहयोग पर प्रभाव न पड़े।

पश्चिम के अधिक शक्तिशाली तथा प्रभावशाली देशों द्वारा एकतरफा परमाणु तथा अंतरिक्ष प्रौद्योगिकी के संबंध में निषेधात्मक संधियाँ (मिसाइल प्रौद्योगिकी नियंत्रण संधि या एम.टी.सी.आर.) व्यवस्थाएँ तैयार की गई और 'परमाणु आपूर्ति समूह'(एन.एस.जी.) संबंधी शर्तें रखी गईं। इन समझौतों तथा शर्तों के प्रभाव का सामना करने के लिए हमें व्यावहारिक तरीके निकालने की जरूरत थी। हमें भारत के लोकमत तथा भारतीय संसद को संतुष्ट करने के लिए भी नीतियाँ तैयार करने की जरूरत थी। भारतीय जनता तथा संसद का यह दृढ़ विचार है कि किसी भी स्थिति में भारत को पक्षपातपूर्ण समझौतों के अंतर्गत किसी विशेष क्षेत्र में अपने हितों के साथ समझौता नहीं करना चाहिए।

हालाँकि परमाणु और मिसाइल क्षमताओं से संबंधित खुले विकल्पों पर बातचीत करना उचित है, फिर भी निम्नलिखित पक्षों का ध्यान रखते हुए राजनीतिक क्षेत्र में नीतिगत निर्णय लेने हैं– अपेक्षित कच्चे माल, खनिज, विशेष कर धातुकर्म घटक, डिजाइन, आरेख तथा प्रौद्योगिकी जैसे कारकों के अलावा हमारे राष्ट्रीय हित नीति निर्माण में कुछ विशेष पहलू थे, जिनकी विदेश मंत्रालय के पास जानकारी थी। तत्कालीन समझौतों और वर्तमान संदर्भ में भी विद्यमान व्यवस्थाओं के तहत अपरिहार्य सीमाओं में विदेश मंत्रालय बंधा हुआ था। यदि कोई राष्ट्रीय सुरक्षा परिषद् होती या विदेश मंत्रालय का कोई विशेष प्रभाग होता, जो ऐसे मामलों पर विचार–विमर्श तथा कार्रवाई करता तो स्थिति इस प्रकार की न होती। इसीलिए नीतिगत निर्णयों के संबंध में विदेश मंत्रालय के निवेश आंशिक रूप से सैद्धांतिक थे। सुरक्षा और सामरिक हितों की दृष्टि से भारत को पाकिस्तान के घोषित परमाणु अस्त्रों के दर्जे तथा धमकी भरे रवैये पर विचार करना पड़ा और हम चीन की परमाणु क्षमता तथा सोवियत संघ के विघटन के बाद मध्य एशियाई गणराज्यों में परमाणु अस्त्रों के प्रसार से अनिश्चित तथा दुर्गम्य भंडार की अवहेलना नहीं कर सके।

पूर्ववर्ती कारकों के कारण ही भारत के प्रधानमंत्री श्री नरसिम्हा राव यह सोचने पर विवश हो गए कि परमाणु अप्रसार, मिसाइल विकास और अंतरिक्ष प्रौद्योगिकी जैसे निर्णायक मुद्दों पर बातचीत की जानी चाहिए। सबसे पहले यह नीति निर्धारित की गई कि भारत इन मुद्दों पर शेष विश्व का विरोध नहीं करेगा। दूसरे हमने एन.पी.टी. पर हस्ताक्षर न करने तथा परमाणु एवं अंतरिक्ष प्रौद्योगिकी और मिसाइल विकास से संबंधित किसी भी प्रकार की भेदभावपूर्ण शर्त या समझौते को स्वीकार न करने का निर्णय लिया। तीसरे, हमने विशेष रूप से संयुक्त राज्य और सामान्य रूप से अन्य पश्चिमी लोकतांत्रिक देशों के साथ रचनात्मक बातचीत करने का निर्णय लिया, ताकि यह पता चल सके कि हम परमाणु मिसाइल और अंतरिक्ष विकास कार्यक्रमों के बारे

में पारस्परिक पारदर्शिता की दृष्टि से द्विपक्षीय समझौते कर सकते हैं या नहीं। इसके अलावा हम यह पता लगाना चाहते थे कि हम एक–दूसरे के कार्यक्रमों और परस्पर विश्वास बनाए रखने संबंधी उपायों के बारे में पारदर्शिता लाकर इन समझौतों पर अपनी सहमति दे सकते हैं या नहीं। इस प्रकार से हम उनकी आशंकाओं को दूर कर सकेंगे।

यह ध्यान रखा जाएगा कि हम विरोधी भूमिका नहीं निभाएँगे। हम एन.पी.टी. पर अपना रवैया बरकरार रखेंगे, परंतु एन.पी.टी. की प्रारंभिक समीक्षा/विस्तार पर आयोजित सम्मेलनों में भाग न लेकर उन से दूरी बनाए रखेंगे। ऐसा करते हुए प्रश्न उठता है कि हम इस प्रकार से गुट निरपेक्ष आंदोलन को नीचा तो नहीं दिखा रहे थे। प्रधानमंत्री राव ने संयुक्त राज्य के राष्ट्रपति जॉर्ज बुश और ब्रिटिश प्रधानमंत्री जॉन मेजर को स्पष्ट रूप से बताया कि भारत परमाणु अस्त्रमुक्त क्षेत्र के निर्माण से संबंधित उपक्षेत्रीय व्यवस्थाओं में विश्वास नहीं करता है जबकि सभी परमाणु शक्तियाँ विश्व के अन्य देशों के साथ जोर आजमाइश कर सकती हैं। ऐसा करते हुए ये शक्तियाँ उन क्षेत्रों का ध्यान भी नहीं रखतीं, जिनसे ये जुड़ी हुई हैं, चाहे ये क्षेत्र परमाणु शक्ति संपन्न हो या नहीं।

सन् 1992 और 1997 के बीच भारत ने संयुक्त राज्य, ब्रिटेन, फ्रांस, जर्मनी, कनाडा, ऑस्ट्रेलिया और जापान के साथ अप्रसार मुद्दों पर निरंतर द्विपक्षीय चर्चा की। सबसे अधिक विस्तृत चर्चा संयुक्त राज्य के साथ की गई। वाशिंगटन ने यह वादा लिया था कि नई दिल्ली एन.पी.टी. पर हस्ताक्षर नहीं करेगी, फिर भी क्षेत्रीय कॉन्फ्रेंस में कुछ सीमा तक हमारी प्रतिभागिता पर वह अड़ा रहा। संयुक्त राज्य बार–बार यह माँग करता रहा कि भारत को न ही 'पृथ्वी' मिसाइल परियोजना बनानी चाहिए थी और न ही इंटरमीडिएट रेंज बैलेस्टिक मिसाइल (आई.आर.बी.एम.) 'अग्नि' परियोजना।

संयुक्त राज्य पाँच राष्ट्रों तथा बाद में सात राष्ट्रों के साथ (रूस, चीन, पाकिस्तान, भारत, जापान, जर्मनी और स्वयं अमेरिका) बातचीत का आग्रह करता रहा, ताकि विशद् परमाणु परीक्षण निषेध (कॉम्प्रीहेंसिव टेस्ट बैन ट्रीटी–सी.टी.बी.टी.) संधि तैयार की जा सके और विखंडनीय सामग्री के निर्माण को रोकने के संबंध में सहमति ली जा सके (क्योंकि वाशिंगटन के अनुसार पाकिस्तान पहले से ही इस शर्त का अनुपालन कर रहा था) संयुक्त राज्य के इस प्रचार को अन्य पश्चिमी लोकतांत्रिक देशों तथा जापान ने सितंबर 1992 से 1994 के प्रारंभ तक इन देशों और हमारे बीच होने वाली द्विपक्षीय चर्चाओं के दौरान बल दिया। इस दौरान हमारी प्रतिक्रियाएँ इस प्रकार रहीं–

1. हम निष्पक्ष अप्रसार, अस्त्र नियंत्रण तथा निरस्त्रीकरण संबंधी समझौते की दिशा में किए जा रहे प्रयास में शामिल होना चाहते हैं।
2. संयुक्त राज्य तथा अन्य देशों द्वारा दी गई सुरक्षा की गारंटी और आश्वासन पर ध्यान दिए बिना हम किसी भी अंतरिम पक्षपातपूर्ण व्यवस्था में शामिल नहीं होंगे।
3. हम दक्षिण एशियाई परमाणु अस्त्र मुक्त क्षेत्र तथा इस संकीर्ण लक्ष्य की प्राप्ति को लेकर आयोजित किसी भी कॉन्फ्रेंस के विरोधी हैं।
4. तथापि हम समूचे एशियाई क्षेत्र तथा इसके सन्निकट समुद्र क्षेत्र में परमाणुमुक्त क्षेत्र तैयार करने संबंधी संभावनाओं पर विचार करने के लिए आयोजित किसी भी

परिचर्चा में बड़ी संख्या में प्रतिभागियों के साथ व्यापक एशियाई कॉन्फ्रेंस में शामिल होना चाहेंगे। बशर्ते क्षेत्र के सभी देश तथा परमाणु अस्त्र क्षमता संपन्न देश एशिया को परमाणु अस्त्रों के खतरों से मुक्त करने की परस्पर तथा समान जिम्मेदारी लें।

5. हमने यह भी बताया कि इस कॉन्फ्रेंस के लक्ष्यों, प्रतिभागियों तथा विचारार्थ विषयों के विस्तृत ब्यौरे ध्यानपूर्वक तैयार किए जाने चाहिए तथा ब्यौरे विशद् एवं व्यापक होने चाहिए। हमने इस बात पर भी बल दिया कि हम ऐसी कॉन्फ्रेंस में तभी भाग लेंगे, जब औपचारिक रूप से यह आश्वासन दिया जाएगा कि प्रस्तावित एशियाई कॉन्फ्रेंस में सुनिश्चित समय सीमा के भीतर परमाणु अप्रसार तथा निरस्त्रीकरण पर ग्लोबल कॉन्फ्रेंस आयोजित करने के लिए अंतरिम उपाय किए जाएँगे।
6. हमने अपनी सभी वार्ताओं में यह स्पष्ट रूप से बताया कि सुरक्षा संबंधी जरूरतों के मुताबिक विभिन्न श्रेणियों की मिसाइल तैयार करके परिनियोजित करेंगे तथा हम एकतरफा या पक्षपातपूर्ण चेतावनी भरी शर्तें तथा किसी भी हिस्से से 'अनुशासनिक उपाय' स्वीकार नहीं करेंगे।
7. जब संयुक्त राज्य ने परमाणु परीक्षण पर अपना रवैया बदल दिया तथा अनुकूल बातचीत की शुरुआत की थी, तब हमने विशद् परमाणु परीक्षण निषेध संधि को अंतिम रूप देने के लिए मिलकर कार्य करने के संबंध में सहमति प्रकट की थी बशर्ते यह संधि सार्वभौमिक, विशद तथा निष्पक्ष हो। एकपक्षीय या द्विपक्षीय रूप से पाकिस्तान के साथ विखंडनीय सामग्री उत्पादन पर नियंत्रण का अवलोकन करने संबंधी प्रस्ताव पर भारत इस मुद्दे को संयुक्त राष्ट्र की महासभा में उठाने में सफल रहा तथा बाद में निरस्त्रीकरण पर हुई कॉन्फ्रेंस में भी यह मुद्दा उठाया गया और सन् 1994 से यह महत्वपूर्ण बना हुआ है।

हमने द्विपक्षीय चर्चा के दौरान संयुक्त राज्य और अन्य राष्ट्रों को यह समझाया/सूचित किया कि अप्रसार संधि का विस्तार समूचे विश्व में बदल रही परमाणु घटनाक्रमों की वस्तु–स्थितियों के अनुरूप होना चाहिए तथा वस्तुतः अंतरराष्ट्रीय सर्वसम्मति के आधार पर ही इसे बढ़ाया जाना चाहिए।

मार्च 1992 तथा दिसंबर, 1994 के बीच संयुक्त राज्य के अंडर सेक्रेटरी ऑफ स्टेट, पीटर तारमोफ तथा अप्रसार, निरस्त्रीकरण और अस्त्रनियंत्रण के प्रभारी (रोनॉल्ड लैचमेन तथा लिन डेविस) जैसे वरिष्ठ अधिकारियों के साथ चर्चाओं के दौरान मैंने यह स्पष्ट कर दिया कि भारत के राष्ट्रीय सुरक्षा संबंधी हित भी समाविष्ट होते हैं, तो एन.पी.टी., सी.टी.बी.टी. या एफ.एम.सी.टी. से संबंधित मुद्दों पर न तो कोई समझौता किया जाएगा, न ही किसी बाह्य दबाव के आगे घुटने टेके जाएँगे।

सन् 1993 में संयुक्त राष्ट्र में सी.टी.बी.टी. पर संयुक्त रूप से प्रायोजित प्रस्ताव से पूर्ण बातचीत में हमने स्पष्ट किया कि सी.टी.बी.टी. तथा अन्य संबंधित समझौते निष्पक्ष होने चाहिए तथा सभी देशों को विशेष रूप से परमाणु शक्ति सम्पन्न देशों को परस्पर समान रूप से परमाणु परीक्षण से बचने के बारे में अपनी जिम्मेदारी समझनी चाहिए तथा इसके अलावा सभी देशों के संबंध में समान तथा निष्पक्ष रूप से इसके प्रावधान

लागू किए जाने चाहिए और अपने उत्तरदायित्वों की पूर्ति के लिए सार्वभौमिक तथा निष्पक्ष रूप से समय सीमा सुनिश्चित की जानी चाहिए।

हालाँकि संयुक्त राज्य हमारे दृष्टिकोण से पूर्णतः सहमत नहीं था, फिर भी उसने किसी भी विचार का खंडन नहीं किया। इस पृष्ठभूमि में सन् 1993 के दौरान तथा 1994 के प्रारम्भ तक बातचीत चलती रही।

जैसा कि पहले बताया गया है, हमने मात्र ब्यूरोक्रेटिक परामर्श के आधार पर ही नीतिगत प्रतिक्रियाएँ जाहिर नहीं की थीं। वस्तुतः प्रधानमंत्री नरसिम्हा राव ने स्वयं महत्वपूर्ण बैठकों की अध्यक्षता की थी, जिनमें परमाणु ऊर्जा विभाग, अंतरिक्ष विभाग, विदेश मंत्रालय, रक्षा अनुसंधान और विकास संगठन, विज्ञान और प्रौद्योगिकी विभाग एवं रक्षा मंत्रालय के प्रतिनिधियों ने भाग लिया था। मेरे सुझाव पर प्रधानमंत्री राव ने 1992 के मध्य में औपचारिक समिति भी गठित की थी, जिसमें परमाणु ऊर्जा आयोग के अध्यक्ष तथा कुछ वैज्ञानिकों और रक्षा विशेषज्ञों को शामिल किया गया। इस समिति का कार्य भारत की परमाणु तथा अंतरिक्ष नीतियों के सभी पहलुओं पर विचार करना तथा बातचीत के दौरान भारत सरकार द्वारा अपनाए जाने वाले रवैये की सिफारिश करना था। प्रधानमंत्री ने नीति–निर्णयों को अंतिम रूप देने से पूर्व अपने कैबिनेट सहयोगियों तथा विरोधी नेताओं को भी विश्वास में लिया था।

इस औपचारिक समिति ने सन् 1992 तथा 1993 के मध्य तक अमूल्य कार्य किए। बातचीत के संबंध में हमारे रवैये के बारे में तीन प्राथमिक लक्ष्यों की पूर्ति का उद्देश्य रखा गया (जिनमें हम काफी हद तक सफल रहे)। पहला, परमाणु मिसाइल प्रौद्योगिकी तथा अंतरिक्ष प्रौद्योगिकी के क्षेत्र में रक्षा तथा सामरिक क्षमताओं को बनाए रखना तथा उनका स्तर बढ़ाना था। दूसरे, हमें अप्रसार, अस्त्र नियंत्रण तथा निरस्त्रीकरण के मुद्दों पर प्रमुख वैश्विक प्रवृत्तियों से बचना था। तीसरे, हमें परमाणु मिसाइल तथा अंतरिक्ष क्षमताओं में वृद्धि लाने के लिए विकल्पों की स्वतंत्रता सुनिश्चित करनी थी, क्योंकि सन् 1996–97 से अस्तित्व में आए दंडात्मक अंतराष्ट्रीय समझौतों की संभावना के कारण समय निकलता जा रहा है।

उन्नत देशों के साथ वार्ताओं का रोचक पहलू यह भी था कि राजनीतिक और तकनीकी स्तरों पर जर्मनी, फ्रांस तथा जापान जैसे देशों ने हमारे दृष्टिकोण के पीछे विद्यमान दृष्टिकोण पर कोई प्रश्न नहीं उठाया। एन.पी.टी. तथा अन्य संधियों पर हस्ताक्षर करने के बावजूद इन्होंने औपचारिक तथा वैयक्तिक वार्ताओं के दौरान हमें बताया कि यदि वे भारत के स्थान पर होते तो वे भी बातचीत करने का रवैया अपनाते। इन देशों के प्रतिनिधियों ने सहमति प्रकट की कि समीक्षा तथा विषय–वस्तु में संशोधन किए बिना अनिश्चित समय तक एन.पी.टी. के विस्तार के अंतर्विरोध तथा विस्फोटक स्थितियाँ उत्पन्न होती रहेंगी। चीन एकमात्र ऐसा देश था, जिसने परमाणु या मिसाइल प्रसार मुद्दों के संबंध में हम पर कोई दबाव नहीं डाला।

यह कहा जा सकता है कि सन् 1995 के प्रारंभ में संयुक्त राज्य इससे प्रसन्न था कि किसी प्रकार का संशोधन किए बिना वह एन.पी.टी. को बढ़ा सकता है। परिणामस्वरूप अप्रसार तथा मिसाइल प्रौद्योगिकी जैसे मुद्दों पर बातचीत के दौरान इसके रवैए में

हठधर्मिता आने लगी। सन् 1995 के ग्रीष्मकाल से यह संकेत मिलने लगा था कि सी.टी.बी.टी. तथा अन्य संबंधित समझौतों को जल्दी ही अंतिम रूप देने की इच्छा के साथ–साथ वह भारत सहित गुटनिरपेक्ष देशों के दृष्टिकोण को स्वीकार नहीं करना चाहता था।

जॉर्ज बुश की रिपब्लिकन सरकार के स्थान पर बिल क्लिंटन की डेमोक्रेटिक सरकार आने पर वस्तुतः संयुक्त राज्य ने इन महत्वपूर्ण, संवेदनशील मुद्दों पर तार्किक और पक्षपातपूर्ण हठधर्मी रवैया अपनाया। इन प्रवृत्तियों ने भारत एवं संयुक्त राज्य के बीच तथा भारत एवं अन्य देशों के बीच इन मुद्दों पर द्विपक्षीय वार्ताओं को प्रभावित किया था। भारत ने सी.टी.बी.टी. पर अपना रवैया बदल लिया, जिसे पक्षपातपूर्ण रूपरेखा के भीतर नए सिरे से लागू किया जा रहा था। संयुक्त राज्य यह आरोप लगाने लगा कि भारत अपनी वचनबद्धता से पीछे हट रहा है। संयुक्त राज्य की सरकार तथा जनता को गंभीरता से इस पर विचार करना चाहिए कि किस प्रकार सन् 1994 की शुरुआत में इन मुद्दों पर संयुक्त राज्य की नीतियाँ बदली हैं तथा प्रत्युत्तर में भारत की जवाबी प्रतिक्रिया भी बदली है।

अप्रसार संबंधी मामलों पर भारत तथा संयुक्त राज्य के बीच सुलह होने की संभावना इस बात पर निर्भर करती थी कि संयुक्त राज्य भारत के सामरिक हितों तथा सुरक्षा संबंधी चिंता पर कितना ध्यान देता है तथा भारत का मान रखता है। अन्यथा इन मुद्दों पर भारत–संयुक्त राज्य के बीच संबंधों में प्रतिकूल तथा जटिल समय आएगा।

मेरा यह भी विचार है कि परमाणु अस्त्र कार्यक्रम तथा मिसाइल क्षमता के संदर्भ में किसी निश्चित सीमा तक अस्पष्टता बनाए रखने की प्रासंगिकता अब खत्म हो चुकी है। केवल यह घोषित करना ही पर्याप्त नहीं है कि हमारे पास कतिपय क्षमताएँ हैं। हमें इस बात का ठोस प्रमाण प्रस्तुत करना है कि हमारी क्षमताएँ केवल संकल्पनात्मक दावों तक ही सीमित नहीं हैं, बल्कि वास्तव में ये क्षमताएँ व्यवहारमूलक वस्तुस्थिति बन चुकी हैं। मैं इसके प्रति भी सजग हूँ कि इस प्रकार की घोषणा से भारत को गंभीर आर्थिक और राजनीतिक दबाव भी झेलने पड़ेंगे। इसके बावजूद यदि हम एकजुट रहते हैं तथा इन संवेदनशील मुद्दों के संबंध में हमारी नीतियों को राष्ट्रीय सर्वसम्मति प्राप्त है, तो मेरा यह दृढ़ विश्वास है कि हम लचीलापन, धैर्य तथा साहस ला पाएँगे। इससे हम अल्प तथा मध्यवर्ती अवधियों में अपनी क्षमता प्रमाणित करने के नकारात्मक परिणाम का सामना कर पाएँगे। फलस्वरूप लगभग पूरा विश्व हमारी प्रमाणित क्षमताओं तथा ताकत को महत्व देगा।

परंतु यदि हमारी क्षमताएँ मिथक हैं, प्रौद्योगिक क्षमताएँ भी विकासोन्मुखी अवस्था में हैं तथा हम अधुनातन स्तरों तक उपलब्धि नहीं प्राप्त कर सके हैं और आडंबरहीन उपायों को अपनाने की इच्छा तथा लचीलेपन के साथ आर्थिक और अन्य परिणामों का सामना नहीं कर पाते हैं, तो हमें अंतरराष्ट्रीय समुदाय में बड़ी ताकतों द्वारा निध ारित स्थिति के साथ सामंजस्य स्थापित करना पड़ेगा। यह ऐसी स्थिति होगी, जिसे भारतीय नागरिक होने के नाते मैं स्वीकार नहीं कर सकता। ये ऐसे भावनात्मक और बौद्धिक प्रेरक तत्व थे, जिन्होंने विदेश सचिव के रूप में कार्यकाल के दौरान आदेशों के आधार पर इन मुद्दों पर बातचीत करने का रवैया अपनाने के लिए प्रेरित किया।

अप्रसार तथा निरस्त्रीकरण से संबंधित अंतिम राजनीतिक महत्वपूर्ण कार्य दिसंबर, 1993 तथा जनवरी 1994 के दौरान रक्षा मंत्रालय के प्रमुख वैज्ञानिक सलाहकार डॉ. अब्दुल कलाम के साथ विचार–विनिमय से संबंधित है। उन्होंने मुझसे पूछा कि अक्तूबर, 1993 में संयुक्त राज्य के अधिकारियों के साथ मेरा राजनीतिक चर्चा के संदर्भ में विदेश मंत्रालय के 'पृथ्वी' मिसाइल की तैनाती और 'अग्नि' मिसाइल के परीक्षण के संबंध में कोई विशेष विचार है या नहीं। मैंने प्रधानमंत्री से निवेदन किया कि अप्रसार मुद्दों पर संयुक्त राष्ट्र में संयुक्त राज्य और अन्य महत्वपूर्ण देशों के पक्षपातपूर्ण रवैये को देखते हुए हमें उनके प्रत्यक्ष या अप्रत्यक्ष दबाव के आगे झुकना नहीं है। प्रधानमंत्री ने मेरे विचारों से पूर्ण सहमति प्रकट की और विदेश मंत्रालय की ओर से डॉ. कलाम को 'पृथ्वी' की तैनाती तथा 'अग्नि' के परीक्षण से संबंधित आवश्यक कार्य करने की इजाजत देने की अनुमति दे दी। हम इस तथ्य से संतुष्ट हैं कि सन् 1994 के आरंभ में 'अग्नि' का अंतिम रूप से सफलतापूर्वक परीक्षण किया गया और मिसाइल क्षमताओं में आगे सुधार लाने का कार्य तभी से जारी है (मई 1998 में परमाणु परीक्षण से पहले यह अध्याय लिखा गया था)।

प्रमुख बिन्दु

निरस्त्रीकरण के प्रयास

विश्वयुद्ध के ठीक बाद वुडरो विल्सन ने जो '14 सूत्र' प्रस्तुत किए थे, उनमें निरस्त्रीकरण का विषय भी शामिल था। इसके बाद सन् 1921–22 के वाशिंगटन सम्मेलन का आयोजन किया गया, जिसमें ब्रिटेन, अमेरिका, फ्रांस, जापान और इटली ने एक समझौते पर हस्ताक्षर किए। फलतः 10 वर्षों के लिए नौसैनिक प्रतिस्पर्धा धीमी हुई। लेकिन लड़ाकू पनडुब्बियों (क्रूजर्स), ध्वंसक पोत (डेस्ट्रॉयर्स) तथा लड़ाकू विमानों के बारे में कोई समझौता नहीं हुआ था। इसके बाद सन् 1927 में जेनेवा में, सन् 1930 में लन्दन में नौसैनिक संधि, 1935–36 में लन्दन नौसैनिक सम्मेलन हुआ और 1935 में आंग्ल–जर्मन सम्मेलन...सम्पन्न हुआ।

निरस्त्रीकरण आयोग

संयुक्त राष्ट्र संघ के दूसरे अनुच्छेद में निरस्त्रीकरण का स्पष्ट तौर पर उल्लेख करके संयुक्त राष्ट्र संघ को निरस्त्रीकरण के प्रयासों के लिए सहभागी बनाने की कोशिश हुई थी।

14 सितम्बर, 1946 को संयुक्त राष्ट्र महासभा ने एक प्रस्ताव पारित कर हथियारों की होड़ समाप्त करने के लिए सुरक्षा परिषद् को अधिकृत किया। अक्टूबर 1950 में अमेरिकी राष्ट्रपति ट्रूमैन ने इन दोनों को मिलाकर एक निरस्त्रीकरण आयोग (डिसआर्मामेंट कमीशन) बनाने की सिफारिश की, जिसमें पाँच स्थायी सदस्य, छः अस्थायी सदस्य और कनाडा को शामिल किया गया था। इस आयोग ने शस्त्रास्त्रों एवं सैनिक दस्तों में कमी, निरस्त्रीकरण समझौते, शस्त्र सूची और सत्यापन आदि जैसे कई निरस्त्रीकरण प्रस्ताव पेश किए। ये निम्नलिखित हैं–

1. **शान्ति के लिए परमाणु योजना (एटम फॉर पीस प्लान)** : इसे अमेरिकी राष्ट्रपति आइजेनहॉवर द्वारा प्रस्तुत किया गया।
2. **उन्मुक्त आकाश योजना (ओपेन स्काई प्लान)** : 1955 जेनेवा सम्मेलन में इसे भी आइजेनहॉवर द्वारा ही पेश किया गया, जिसमें अमेरिका और सोवियत संघ दोनों द्वारा अपने सैनिक बजट, उत्पादन, वर्तमान शक्ति एवं उसके विकास की सम्भावनाओं के बारे में एक–दूसरे को सूचना देने तथा परस्पर जांच एवं निरीक्षण करने संबंधी प्रावधान थे, साथ दोनों देशों को एक–दूसरे के आकाश पर से निरीक्षण करने के अधिकार का भी उल्लेख था।
3. **आंशिक परीक्षण निषेध संधि (पार्शियल टेस्ट बैन ट्रीटी) अथवा लिमिटेड नॉन प्रालीफिरेशन ट्रीटी** : 5 अगस्त, 1963 को अमेरिका, ब्रिटेन तथा सोवियत संघ ने इस पर हस्ताक्षर किए, जिसमें वायुमंडल, बाहरी अंतरिक्ष और पानी के अंदर परमाणु परीक्षणों पर रोक लगाने पर सहमति जताई गई।
4. **लिंडन जॉनसन की सात–सूत्री योजना** : इसमें गैर–परमाणु देशों में परमाणु शस्त्रों के फैलाव को रोकने की बात कही गई थी। इस योजना में 'आक्रामक तथा सुरक्षात्मक' सामरिक बमवर्षकों तथा प्रक्षेपास्त्रों को, जो परमाणु शस्त्रों के वाहक हैं, यथावत् रोक देने की बात कही गई थी।
5. **परमाणु अप्रसार संधि (नॉन प्रॉलीफिरेशन ट्रीटी; एन.पी.टी.)** : 5 मार्च, 1968 को 'परमाणु अप्रसार संधि' (नॉन प्रॉलीफिरेशन ट्रीटी; एन.पी.टी.) के नाम से एक मसौदा प्रस्ताव पेश किया गया, जिस पर अमेरिका, सोवियत संघ, ब्रिटेन सहित 59 अन्य देशों ने अपनी सहमति दर्ज कराई। इस संधि का प्रस्ताव आयरलैंड और फिनलैंड द्वारा रखा गया था और वही पहले हस्ताक्षरकर्ता भी थे। परमाणु अप्रसार संधि में प्रस्तावना और 11 अनुच्छेद हैं। संधि में 'थ्री–पिलर' (तीन स्तम्भ) व्यवस्था है, जिसे संधि में कहीं पर परिभाषित नहीं किया गया है, लेकिन इन्हें 'नॉन–प्रॉलीफिरेशन' (अप्रसार), 'डिसआर्मामेंट' (निरस्त्रीकरण) और 'राइट टू पीसफुली यूज ऑफ न्यूक्लियर टेक्नोलॉजी' (नाभिकीय प्रौद्योगिकी के शांतिपूर्ण प्रयोग का अधिकार) द्वारा व्यक्त किया जा सकता है। संधि का अनुच्छेद 6 स्पष्ट करता है कि इस संधि का उद्देश्य है परमाणु शस्त्रों की होड़ पर तुरन्त प्रभावी रोक लगाने के लिए प्रभावी कदम उठाना ताकि परमाणु निरस्त्रीकरण के उद्देश्यों को प्राप्त किया जा सके। लेकिन इस संधि में जो 'न्यूक्लियर वीपन स्टेट' (एन.डब्ल्यू.एस.) तथा 'नॉन–न्यूक्लियर वीपन स्टेट' (एन.डब्ल्यू.एस.) के मध्य अधिकारों की जो विभाजक रेखा खींची गई थी, उसके चलते इसे पूर्णता तक नहीं पहुंचना था। इसलिए 11 मई, 1995 को न्यूयॉर्क सम्मेलन में निरस्त्रीकरण अवधि को अनिश्चितकाल के लिए बढ़ा दिया गया। 19 मार्च से 24 अप्रैल, 2000 को न्यूयॉर्क शहर में आयोजित इस संधि पर पुनर्समीक्षा सम्मेलन में केवल चार शेष बचे देशों–भारत, पाकिस्तान, इजराइल और क्यूबा से संधि पर हस्ताक्षर करने का अनुरोध किया गया, लेकिन इसमें सफलता नहीं मिली। मई 2005 में संयुक्त

राष्ट्र महासचिव ने नए खतरों को देखते हुए वीपन ऑफ मास डिस्ट्रक्शन (डब्ल्यू. एम.डी.) के उद्‌देश्य से परमाणु अप्रसार संधि (एन.पी.टी.) को अनिवार्य बताया।

6. **साल्ट–1 (स्ट्रैटेजिक आर्म्स लिमिटेशन ट्रीटी–1)** : यह समझौता अमेरिका और सोवियत संघ के बीच हुआ, जिसके तहत–प्रथम : प्रक्षेपास्त्र विरोधी शस्त्रों को सीमित करने वाली संधि (ट्रीटी ऑन लिमिटेशन ऑफ एंटी–बैलेस्टिक मिसाइल्स सिस्टम) और द्वितीय : सामरिक आक्रामक अस्त्रों के परिसीमन संबंधी कुछ उपायों पर अन्तरिम समझौता हुआ।
7. **साल्ट–2 (स्ट्रैटेजिक आर्म्स लिमिटेशन ट्रीटी–2)** : 1985 तक अवधि वाले इस समझौते द्वारा सामरिक शस्त्रों और प्रक्षेपास्त्रों की किस्मों तथा संख्या पर सीमा लगा दी गई। अमेरिका और सोवियत संघ, प्रत्येक देश के लिए अन्तर्महाद्वीपीय प्रक्षेपास्त्रों, सामरिक बमवर्षक विमानों तथा पनडुब्बियों से छोड़ने वाले परमाणु प्रक्षेपास्त्रों की संख्या 1981 तक 2400 तक निश्चित कर दी गई और इसके बाद इसे घटाकर 2250 करने का प्रावधान किया गया।
8. **मध्यम दूरी मारक परमाणु प्रक्षेपास्त्र संधि (इंटरमीडिएट रेंज न्यूक्लियर फोर्स ट्रीटी; आई.एन.एफ.टी)** : इसे अमेरिकी राष्ट्रपति रोनाल्ड रीगन तथा सोवियत राष्ट्रपति मिखाइल गोर्बाचेव ने जेनेवा में सम्पन्न किया, जिसे निरस्त्रीकरण की दिशा में सबसे प्रगतिशील कदम और रचनात्मक पहल माना गया। इसके तहत अमेरिका और सोवियत संघ ने 500 किलोमीटर से 5000 किलोमीटर की दूरी तक जमीन से मार करने वाले सभी परमाणु प्रक्षेपास्त्रों को नष्ट करना स्वीकार कर लिया। हालाँकि इस संधि के माध्यम से जिन प्रक्षेपास्त्रों को नष्ट किया गया था, उनका प्रतिशत केवल 4 था, लेकिन महत्वपूर्ण बात यह है कि यह पहला ऐसा अवसर था जब परमाणु प्रक्षेपास्त्रों को 'समूल नष्ट' करने पर सहमति हुई।
9. **स्टार्ट–1 (स्ट्रैटेजिक आर्म्स रिडक्शन ट्रीटी)** : सोवियत संघ के पतन के 5 माह पूर्व 31 जुलाई, 1991 को मास्को में अमेरिका और सोवियत संघ ने लम्बी दूरी के हजारों नाभिकीय प्रक्षेपास्त्र समाप्त करने के लिए सामरिक हथियारों की कटौती संधि (स्टार्ट) पर हस्ताक्षर किए (जो कि 5 दिसम्बर, 1994 को लागू हुई)। इसके तहत यह निर्णय लिया गया था कि प्रत्येक पक्ष अधिकतम 1000 सामरिक परमाणु प्रक्षेपण वाहन अर्थात् इंटरकांटिनेंटल बैलेस्टिक मिसाइल (आई.सी.बी.एम.), सबमैरिन–लांच्ड बैलेस्टिक मिसाइल (एस.एल.बी.ए.म) और हैवी बम्बर्स, यानी भारी बमवर्षक रख सकता है। इसके अतिरिक्त दोनों पक्ष अधिकतम 6000 उत्तरदायी विस्फोटक शीर्ष (एकाउंटेबल वॉरहेड्स), 1600 स्ट्रैटेजिक डिलीवरी व्हीकल्स (एस.डी. वी.); 4900 बैलेस्टिक मिसाइल वॉरहेड्स, 154 भारी इंटरकांटिनेंटल बैलेस्टिक मिसाइल्स (आई.सी.बी.एम.) वॉरहेड्स रखने पर सहमति हुई थी। इस तरह से सोवियत संघ और अमेरिका द्वारा लगभग 30–40 प्रतिशत रणनीतिक आर्सेनल खत्म किए जाने थे। इसके पश्चात् अमेरिका के पास लगभग 3500 और रूस के पास 3000 परमाणु हथियार बचने थे।

10. **स्टार्ट –2 (स्ट्रैटेजिक आर्म्स रिडक्शन ट्रीटी)** : इस संधि पर 3 जनवरी, 1993 को हस्ताक्षर हुए, लेकिन ड्यूमा (रूसी संसद) द्वारा इसका अनुसमर्थन (रैटीफिकेशन) वर्ष 2000 में किया गया। यही नहीं इसके 2 वर्ष बाद ही (14 जून, 2002) रूस ने स्टार्ट–2 से अलग होने की घोषणा कर दी। 5 दिसम्बर, 2009 को इसका कार्यकाल समाप्त हो गया, लेकिन इसे जारी रखने के लिए अमेरिकी राष्ट्रपति बराक ओबामा और रूसी राष्ट्रपति दिमित्री मेदवेदेव द्वारा नए प्रयास किए गए। ओबामा रणनीतिक हथियारों की कटौती को अमेरिका की नैतिक जिम्मेदारी मानते रहे थे, भले ही रूस का नजरिया स्पष्ट न रहा हो। इसके कुछ समय बाद ही रूस द्वारा घोषणा की गई कि 'यूरोपियन मिसाइल सिस्टम' को अप्रभावी (न्यूट्रलाइज) बनाने के उद्देश्य से कॉलिनग्राद के पश्चिमी इन्क्लेव में सीमित दूरी (शॉर्ट रेंज) मिसाइलों को तैनात करने जा रहा है। हालांकि उसने यह भी कहा कि अगर नई स्टार्ट की तरफ कोई वैधानिक कदम उठाया जाता है, तो वह नाभिकीय युद्ध शीर्ष (न्यूक्लियर वॉरहेड) और उसे ले जाने वाले यान (डिलीवरी व्हीकल) की न्यूनतम सीमा तय करना चाहेगा। 8 अप्रैल, 2010 को पराग्वे में बराक ओबामा और दमित्री मेदवेदेव ने द्विपक्षीय 'न्यूक्लियर आर्म्स रिडक्शन ट्रीटी' पर हस्ताक्षर किए, जिसे औपचारिक नाम 'मेजर्स फॉर फर्दर रिडक्शन एण्ड लिमिटेशन ऑफ स्ट्रैटेजिक ऑफेन्सिव आर्म्स' दिया गया। इसके तहत दोनों देशों को अपने परमाणु हथियारों को 1550 तथा प्रक्षेपकों को 700 पर सीमित करना है। दूसरे शब्दों में, इंटरकांटिनेंटल बैलेस्टिक मिसाइल (आई.सी.बी.ए.) लांचर्स, सबमैरिन लांच्ड बैलेस्टिक मिसाइल (एस.एल.बी.ए.म) लांचर्स और न्यूक्लियर आर्ममेंट्स के लिए हैवी बम्बर्स की 800 (700 डेप्लॉयड) संख्या तय की गई।

11. **व्यापक परमाणु परीक्षण निषेध संधि (सी.टी.बी.टी.)** : 10 सितम्बर, 1996 को संयुक्त राष्ट्र महासभा द्वारा स्वीकृत यह संधि 24 सितम्बर, 1996 को न्यूयॉर्क में हस्ताक्षर के लिए प्रस्तुत की गई। सी.टी.बी.टी. को प्रभाव में लाने के लिए उन सभी 44 देशों को संधि पर हस्ताक्षर करना तथा उसे अनुमोदित करना आवश्यक है, जिनके पास नाभिकीय रिएक्टर हैं (अनुच्छेद IV)। इन 44 देशों में भारत, पाकिस्तान और इजराइल भी सम्मिलित हैं। मई 2010 तक 153 राज्य इसकी अभिपुष्टि (रैटीफाइड) कर चुके थे, जबकि अन्य 29 राज्यों, जिन्होंने इस पर हस्ताक्षर तो किए हैं, लेकिन पुष्टि नहीं की है। इस संधि में यह प्रावधान था कि संधि 44 राज्यों (एनेक्स–II में सूचीबद्ध) द्वारा स्वीकृत होने के 180 दिन के बाद क्रियान्वित हो जाएगी। उल्लेखनीय है कि एनेक्स–II में वे राज्य आते हैं, जो न्यूक्लियर पावर रिएक्टर सम्पन्न हैं या जिनके पास उस समय रिसर्च रिएक्टर थे और 1994 से 1996 के बीच सी.टी.बी.टी. मसौदे में शामिल हुए। ध्यान रहे कि अप्रैल 2009 तक एनेक्स–II के नौ राज्यों ने सी.टी.बी.टी. की पुष्टि नहीं की। इनमें चीन, मिस्र, इंडोनेशिया, ईरान, इजराइल और अमेरिका ने इस पर हस्ताक्षर किए हैं लेकिन इसकी अभिपुष्टि नहीं की जबकि भारत, उत्तर कोरिया और पाकिस्तान ने अभी तक हस्ताक्षर ही नहीं किए। इसका कार्यकाल असीमित समय के लिए है।

कुछ अन्य प्रावधान :

1. संधि सभी प्रकार के परमाणु अस्त्र परीक्षण विस्फोटों पर प्रतिबंध लगाने तथा संधि का उल्लंघन रोकने के लिए एक अंतर्राष्ट्रीय विश्लेषण प्रणाली की स्थापना।
2. 1,000 टन क्षमता वाले परम्परागत विस्फोटों से अधिक शक्तिशाली विस्फोट (भूमिगत, वायुमंडल या अंतर्जलीय) का पता लगाने के लिए 20 स्टेशनों वाले एक नेटवर्क की स्थापना।
3. निरीक्षण के आवेदन के लिए 51 सदस्यीय कार्यकारी परिषद के 30 सदस्यों का समर्थन आवश्यक है।

विशेष : इसमें केवल विस्फोटक परीक्षणों को ही प्रतिबंधित किए जाने की बात कही गई है, लेकिन सब–क्रिटिकल और सम्यूलेशन जांच जैसे गैर–विस्फोटक परीक्षणों को बरी कर दिया है। गुटनिरपेक्ष देश शुरू से ही इस संधि के मामले में परमाणु शक्ति सम्पन्न देशों के मत से सहमत नहीं थे, क्योंकि गुटनिरपेक्ष देश उर्ध्वक्रम निरस्त्रीकरण (वर्टिकल प्रॉलीफिरेशन) चाहते थे, जबकि परमाणु शक्तियां क्षैतिज निरस्त्रीकरण (हॉरिजन्टल प्रॉलीफिरेशन) की बात करती हैं।

12. **भारत का परमाणु सिद्धांत** : अगस्त 1999 में भारत के नाभिकीय सिद्धांत के प्रारूप को प्रस्तुत किया गया, जिसमें 'नाभिकीय शस्त्रों का पहले प्रयोग नहीं' (No first use of Nuclear Weapons) और 'विश्वसनीय न्यूनतम निवारण' (Credible Minimum Deterrence) के सिद्धांत को मान्यता दी गई है। इस लिहाज से भारत के परमाणु सिद्धांत के प्रमुख तीन तत्व बनते हैं–प्रथम प्रयोग नहीं (नो फर्स्ट यूज), न्यूनतम परमाणु प्रतिरोधन (Minimum Nuclear Detrens) और निरस्त्रीकरण (डिसआर्मामेंट)। भारत को अपने सामरिक हितों को देखते हुए प्रभावशाली, विश्वसनीय प्रतिरोधन तथा पर्याप्त प्रतिशोध क्षमता (Retaliatory Capacity) की आवश्यकता है। यह संयुक्त राष्ट्र चार्टर के भी अनुरूप है और अमेरिकी सम्प्रभुता सिद्धांत के अनुरूप भी। रिटैलिएशन की नीति का उद्‌देश्य मूलतः तो शस्त्रागारों की रक्षा करना ही है, लेकिन बाहरी चुनौतियों, खासकर नाभिकीय चुनौतियों का प्रतिरोध करना भी इसमें शामिल है। इस नीति के तहत भारत इस संकल्प से बंधा है कि वह ऐसे राष्ट्रों, जो कि परमाणु शक्ति सम्पन्न नहीं हैं या जिन्हें किसी दूसरे देश की परमाणु छतरी उपलब्ध नहीं है, पर कभी परमाणु हमला नहीं करेगा। प्रतिरोधन के तहत भारत पर्याप्त नाभिकीय क्षमता रखेगा, एक शक्तिशाली कमान और नियंत्रण कायम रखेगा, प्रभावी खुफिया और पूर्व चेतावनी क्षमता कार्यवाही के लिए योजना और प्रशिक्षण जारी रखेगा, साथ ही नाभिकीय हथियारों की तैनाती की दृढ़ इच्छाशक्ति का परिचय देता रहेगा।

❑❑

15 आर्थिक कूटनीति

पं. जवाहरलाल नेहरू ने अगस्त, 1947 में दिए भाषण में इस तथ्य पर बल दिया था कि भारत की स्वतंत्रता सुनिश्चित करने तथा बनाए रखने के लिए केवल राजनीतिक स्वतंत्रता प्राप्त करना पर्याप्त नहीं है। नेहरूजी ने इस पर जोर दिया कि स्वतंत्रता को सार्थक बनाने तथा औपनिवेशिक शासन से मुक्ति पाने के लिए यह आवश्यक है कि लोगों के आर्थिक कल्याण तथा सामाजिक न्याय पर भी समुचित ध्यान दिया जाए। 15 अगस्त, 1947 को स्वतंत्रता–प्राप्ति के समय भारत की अर्थव्यवस्था प्रमुख रूप से कृषि पर आधारित थी। भारत में वस्त्र उद्योग तथा कृषिगत विनिर्माण के क्षेत्र में कुछ उद्योग थे। टाटा समूह (हाउस) ने औपनिवेशिक काल में ही स्टील तथा धातु से जुड़े उद्योग स्थापित कर लिए थे। उस समय अधिकांश विकासशील देशों के समान भारत में भी कोई भारी उद्योग नहीं था, न कोई मशीन–टूल फैक्ट्री थी, न ही यातायात, जहाजरानी, पोर्ट, वैमानिकी दृष्टि से आर्थिक अवसंरचना बनाने की क्षमता अथवा देशज तकनीकी क्षमताओं पर आधारित पावर या पूँजी थी। भारत अनिवार्य आवश्यकताओं की पूर्ति के लिए औपनिवेशिक ताकतों तथा अपने मित्र राष्ट्र पर ही निर्भर था। भारत की आवश्यकताओं की पूर्ति के संबंध में पंडित जवाहरलाल नेहरू के व्यापक दृष्टिकोण का उल्लेख करना समीचीन होगा।

सबसे पहले, भारतीय अर्थव्यवस्था के भारी उद्योग तथा आधारभूत क्षेत्रों के विकास के लिए अपेक्षित अंतराल के बाद नेहरूजी का विश्वास था कि आर्थिक पुनर्गठन के लिए आवश्यक कार्यों हेतु संसाधन जुटाने तथा इन संसाधनों की समुचित व्यवस्था के लिए सरकार को नियंता की संगठनात्मक भूमिका निभानी होगी। उनके विचार में गैर–सरकारी क्षेत्र, सृजनात्मक तथा लोक भावना के बावजूद लाभ और अल्पकालीन उद्देश्यों को सही नहीं ठहराया जा सकता। इसीलिए उन्होंने यह महसूस किया कि निर्वाचित सरकार तथा इसकी एजेंसियों को प्रवर्तक तथा भारत के आर्थिक विकास में उत्प्रेरक की भूमिका निभानी होगी।

इनकी आर्थिक नीतियों में दूसरा पहलू यथाशीघ्र आर्थिक तथा प्रौद्योगिकी क्षेत्र में भारत को आत्मनिर्भर बनाना था। इन्होंने विदेशों के साथ आर्थिक सहयोग के संबंध में नीति निर्धारित करते हुए अपने दृष्टिकोण को यथार्थ रूप देने का प्रयास किया। अपनी नीति में यह नियत किया कि अधिक–से–अधिक सीमा तक प्रौद्योगिकी एवं औद्योगिक दृष्टि से उन्नत देशों के आर्थिक सहयोग का लक्ष्य भारत की देशज प्रौद्योगिकी, औद्योगिक तथा विनिर्माण क्षमताओं को बढ़ावा देना है।

इनकी आर्थिक नीति का तीसरा पहलू यह था कि आर्थिक विकास की समूची प्रक्रिया का लक्ष्य अधिकतम सीमा तक समान न्याय, सामाजिक–आर्थिक विषमताओं

का उन्मूलन आदि सुनिश्चित करना है तथा यह सुनिश्चित करना है कि स्वतंत्र भारत की संपदा इस प्रकार से वितरित की जानी चाहिए कि इससे दीर्घकालीन सामाजिक संतुलन सुनिश्चित हो।

हालाँकि नेहरूजी राजनीतिक और आर्थिक प्रक्रियाओं के बीच जटिल संबंधों से परिचित थे, फिर भी इन्होंने भारत की विदेश नीति से संबंधित कार्रवाइयों में इस दृष्टिकोण को रूपांतरित नहीं किया। इन्होंने इस प्रकार की संस्थागत व्यवस्थाएँ कीं कि भारत के विदेश मंत्रालय को आर्थिक कूटनीति के बारे में चिंतित न होना पड़े। भारत के विदेश संबंधों के आर्थिक पहलू प्रमुखतः आर्थिक कार्यों के विशिष्ट पक्षों से जुड़े मंत्रालयों से संबंधित हैं। उदाहरण के लिए, नेहरूजी तथा श्रीमती गांधी के कार्यकाल में वित्त मंत्रालय, आर्थिक कार्य विभाग के साथ वाणिज्य मंत्रालय तथा उद्योग मंत्रालय भारत के विदेशी आर्थिक संबंधों से जुड़े हुए थे। आर्थिक कूटनीति की उपेक्षा नहीं की गई थी; परंतु यह अलग–अलग रूप में व्यवस्थित थी। इससे भारतीय विदेश नीति राजनीतिक और आर्थिक हितों के अनुकूल एकीकृत रूप में विकसित नहीं हो पाई।

यहाँ हमारा लक्ष्य भारत की आर्थिक नीति का वर्णन करना या विश्लेषण करना नहीं है, बल्कि इन नीतियों का एक पहलू अर्थात् विदेश संबंधों पर विचार–विमर्श करना है।

व्यापक रूप से नीति पर विचार करने से पहले विदेश नीति के आर्थिक पहलुओं पर चर्चा करने के लिए संस्थागत व्यवस्थाओं का संक्षिप्त ब्यौरा देना सुसंगत होगा। केंद्र सरकार में कार्य वितरण से संबंधित नियमों के अनुसार भारत की विदेश नीति के सभी पहलुओं पर नियंत्रण होने के बावजूद विदेश मंत्रालय विदेश–आर्थिक संबंधों के बारे में कार्रवाई करने में समर्थ नहीं था। न ही भारतीय विदेश सेवा में आर्थिक विषयों के विशेषज्ञों की भर्ती का कोई प्रयास किया गया था। विदेशों में अधिकांश महत्वपूर्ण वाणिज्यिक एवं आर्थिक पदों पर इन्हीं मंत्रालयों के अधिकारी पदासीन रहते हैं। भारतीय विदेश सेवा के अधिकारी इन्हीं कूटनीतिक मिशन के ऐसे विषयों से संबंधित कार्रवाई करते हैं, जहाँ आर्थिक संबंधों की विषय–वस्तु तथा रेंज सीमित है। सातवें दशक के मध्य तक भारत के विदेश मंत्रालय में आर्थिक विषयों का कोई अलग ब्यूरो या प्रभाग नहीं था। विश्व के विभिन्न भागों में कार्य कर रहे भिन्न–भिन्न क्षेत्रीय प्रभागों की जिम्मेदारी में आर्थिक कार्य को समुचित स्थान नहीं दिया गया। पं. नेहरू और श्रीमती गांधी ने विदेशी वाणिज्यिक और आर्थिक संबंधों का कार्य ऐसे वरिष्ठ सिविल अधिकारियों को सौंपा, जिनके पास ऐसे क्षेत्रों का दीर्घकालिक अनुभव था। अधिकांश भारतीय दूतावासों में वाणिज्य या आर्थिक विंग में एक परामर्शदाता, प्रथम सचिव या द्वितीय सचिव होता है। इसकी सहायता के लिए स्टाफ की भी व्यवस्था होती है, परंतु भारत के लिए आर्थिक दृष्टि से महत्वपूर्ण देश या क्षेत्रों में आर्थिक संबंधों के बारे में राजदूत तथा अधिक वरिष्ठ प्रतिनिधियों की तैनाती की जाती है। सर षणुगम चेट्‌टी, बी. के. नेहरू जैसे प्रतिष्ठित भारतीयों ने संयुक्त राज्य में सर्वोच्च स्तरों पर भारत का प्रतिनिधित्व किया। धर्मवीर, सर एन. आर. पिल्लै तथा के. बी. लाल जैसे अन्य प्रमुख व्यक्तियों को पश्चिम यूरोप के साथ भारत के आर्थिक संबंधों को कायम रखने की जिम्मेदारी सौंपी गई थी। स्वतंत्रता प्राप्ति के बाद पहले दशक के दौरान चीन, पूर्वी यूरोप तथा सोवियत संघ

के साथ भारत के आर्थिक संबंधों पर समुचित ध्यान नहीं दिया गया। महत्वपूर्ण तथ्य यह है एक देश में राजदूत के रूप में कार्यरत प्रतिष्ठित प्रशासनिक अधिकारियों को समूचे क्षेत्र का आर्थिक क्षेत्राधिकार दे दिया जाता था। इन सभी व्यक्तियों को आर्थिक कार्यक्षेत्र में 'कमिश्नर जनरल' की अतिरिक्त पदवी दी जाती थी। वाशिंगटन में भारत के प्रतिनिधि के क्षेत्र में समूचा पश्चिमी गोलार्द्ध आ जाता है, जबकि यूरोपीय देशों में तैनात भारतीय प्रतिनिधि समूचे पश्चिमी यूरोपीय क्षेत्र के साथ आर्थिक संबंध बनाकर रखते हैं। बहुपक्षीय वित्तीय संस्थाओं के भारतीय प्रतिनिधि भी भारत सरकार के विशेष आर्थिक मंत्रालयों से लिए जाते हैं, न कि भारतीय विदेश सेवा से।

विदेश मंत्रालय तथा भारतीय विदेश सेवा द्वारा आर्थिक कूटनीति में शामिल न होने तथा विदेश सेवा में इस महत्वपूर्ण क्षेत्र में विशेषज्ञता उपलब्ध न होने का कारण औपनिवेशिक काल से विद्यमान व्यावहारिक तथा मनोवैज्ञानिक अभिवृत्ति में भी निहित है। ब्रिटिश शासनकाल में विदेश तथा राजनीतिक विभाग विदेश मंत्रालय का पूर्ववर्ती रूप था। ब्रिटिश विदेश कार्यालय से भारतीय विदेशी कार्यालय (इंडियन फॉरेन ऑफिस) का पैटर्न तैयार किया गया। इस समय विदेश सेवा में 'कैरियर' की दृष्टि से आर्थिक कार्यक्षेत्र को महत्वपूर्ण/आकर्षक नहीं समझा गया। इस सेवा के अधिकांश सदस्य राजनीतिक कार्य या भारत में अथवा बाहर राजनीतिक सुरक्षा कार्य करने में दिलचस्पी रखते थे। मुख्यालय में संयुक्त राष्ट्र तथा अंतरराष्ट्रीय कार्यवाहियों में जुड़े भौगोलिक प्रभाग या ब्यूरो में कार्य करने की ओर अधिक झुकाव दिखाई देता था। एक बार स्वतंत्रता प्राप्ति के बाद प्रारंभिक वर्षों में सुझाव दिया गया कि भारतीय विदेश सेवा के अधिकारियों को आर्थिक मंत्रालयों में जाकर कार्य करना चाहिए; परंतु इस संबंध में विदेश सेवा से नकारात्मक जवाब मिला तथा इस सुझाव का विरोध किया गया। आर्थिक कार्य को हेय दृष्टि से देखा जाता था। भारतीय विदेश सेवा के सदस्य इस भ्रामक धारणा से ग्रस्त थे कि केवल राजनीतिक कार्य करना ही सार्थक है। इस प्रकार के दृष्टिकोण का यह परिणाम हुआ कि भारतीय प्रशासनिक सेवा के आर्थिक कार्य में विशेषज्ञता प्राप्त सदस्य ऑपरेशनल स्तर पर भारत के विदेशी आर्थिक संबंधों से जुड़े थे। गहन प्रौद्योगिकीय तथा आर्थिक प्रभावों के प्रति जागरूकता का नितांत अभाव पाया जाता था। इसका अंतरराष्ट्रीय संबंधों पर तथा विभिन्न देशों के साथ विदेश नीतियों पर प्रभाव पड़ा। वस्तुतः भारतीय विदेश सेवा की तीन पीढ़ियों ने विकासशील देशों के प्रसग में आर्थिक मामलों पर संयुक्त राष्ट्र तथा इसकी एजेंसियों के गुटनिरपेक्ष जैसे बहुपक्षीय क्षेत्रों में महत्वपूर्ण भूमिका निभाई थी।

विदेश मंत्रालय के कार्मिक, विशेषतः भारतीय विदेश सेवा के सदस्य संयुक्त राष्ट्र तथा इसकी एजेंसियों के बहुपक्षीय आर्थिक कार्यों में रुचि रखते थे, क्योंकि ऐसा समझा जाता था कि संयुक्त राष्ट्र की कार्यवाहियाँ कैरियर की संभावनाओं की दृष्टि से लाभदायी हैं तथा बहुपक्षीय कूटनीति के साथ परिवेश का आकर्षण भी जुड़ा है।

यदि पीछे मुड़कर देखें तो यह अनुमान लगाया जा सकता है कि भारत के विदेशी आर्थिक संबंध अलग, परंतु समानांतर रूप से प्रशासनिक और संस्थागत प्रक्रियाओं के माध्यमों से प्रस्तुत किए जाते हैं। हमारे विशेष आर्थिक मंत्रालय तथा इनके अधिकारी द्विपक्षीय आर्थिक, वाणिज्यिक और प्रौद्योगिकीय संबंधों और महत्वपूर्ण मामलों पर निर्णय

लेते हैं। आई.एम.एफ. तथा आई.बी.आर.डी. जैसी वित्त संस्थाओं में बहुपक्षीय आर्थिक कार्य तथा बाद में स्थापित अन्य बैंक और 'गैट' (अब विश्व व्यापार संगठन यानी डब्ल्यू. टी.ओ.) से संबंधित कार्य विदेश मंत्रालय के अन्य मंत्रालयों द्वारा सम्पन्न किए जाते थे। विदेश मंत्रालय तथा भारतीय विदेश सेवा संयुक्त राष्ट्र, यूनाइटेड नेशंस इकोनॉमिक एण्ड सोशल काउंसिल (ई.सी.ओ.एस.ओ.सी.)तथा संयुक्त राष्ट्र की महासभा की दूसरी और पाँचवीं समिति एवं यूएन कॉन्फ्रेंस ऑन ट्रेड एण्ड डेवलपमेंट (अंकटाड), जी–77 तथा गुटनिरपेक्ष आंदोलन के संबंध में कार्य करते हैं।

इस बात पर ध्यान देने की आवश्यकता है कि विदेश मंत्रालय ऐसी हस्तियों के साथ कार्य करता है, जो केवल समष्टिगत, आर्थिक और कॉस्मेटिक स्तर पर अंतरराष्ट्रीय आर्थिक मुद्दों से संबंधित हैं। हालाँकि विदेश मंत्रालय प्रस्ताव पारित करने, विकासात्मक दशकों पर दस्तावेज तैयार करने या उपदेशात्मक घोषणा एवं आर्थिक मामलों पर अपील जैसे कार्यों में शामिल रहता है, फिर भी भारत सरकार के संबद्ध मंत्रालय ही आधारभूत मुद्दों पर निर्णय लेते हैं।

सातवें दशक के मध्य में यह अनुभव किया जाने लगा कि भारत के विदेशी आर्थिक मामलों में विदेश मंत्रालय औैर भारतीय विदेश सेवा की भूमिका गौण है। छठवें दशक के अंत में सर एन. आर. पिल्लै की अध्यक्षता में तथा आठवें दशक में राजदूत समर सेन की अध्यक्षता में गठित समितियों ने भारतीय विदेश सेवा के पुनर्गठन तथा सुधारों से संबंधित अपनी महत्वपूर्ण रिपोर्टों में विशिष्ट सिफारिशें कीं कि भारत विदेश सेवा के सदस्यों को आर्थिक मामलों में भी प्रशिक्षित किया जाना चाहिए और मध्य एवं वरिष्ठ–मध्य स्तर पर उन्हें आर्थिक, वैज्ञानिक और प्रौद्योगिकीय कूटनीति के संबंध में विशेष अनुभव अर्जित करने के लिए प्रोत्साहित किया जाना चाहिए। कुछ सिंफारिशों में यह भी कहा गया है कि जो अधिकारी अपने पूरे 'कैरियर' में कभी भी आर्थिक कार्य नहीं करते, वे संयुक्त सचिव तथा इससे ऊपर रैंक पर पदोन्नति के पात्र नहीं होते। इन सिफारिशों के दो परिणाम सामने आए। पहला, बड़ी संख्या में विदेश सेवा अधिकारियों को राजनय मिशन स्तर पर आर्थिक और वाणिज्यिक कार्य सौंपे गए। दूसरे, भारत सरकार के विशेष आर्थिक मंत्रालय इससे सहमत हो गए कि विदेश सेवा के अधिकारियों को प्रतिनियुक्ति के आधार पर ऐसे मंत्रालयों में भेजा जाना चाहिए। परिणामस्वरूप, बहुत बड़ी संख्या में विदेश सेवा के अधिकारी सातवें दशक से ही आर्थिक विभाग, वाणिज्य और वित्त मंत्रालय में तैनात किए गए थे। सातवें दशक के मध्य से विदेश मंत्रालय ने भी विदेश–आर्थिक संबंधों पर कार्य करने के लिए विशेष प्रभाग (डिवीजन) स्थापित किया। सन् 1982 में 'आईटेक' नामक भारतीय प्रौद्योगिकीय तथा आर्थिक सहयोग कार्यक्रम चलाने के लिए पृथक् ब्यौरों या प्रभाग स्थापित करने के साथ प्रक्रिया का सूत्रपात किया गया। इसके अतिरिक्त विदेश मंत्रालय में आर्थिक संबंधों के लिए पूर्णकालिक 'सचिव' भी है। सन् 1990 में आर्थिक कूटनीति के विभिन्न पहलुओं पर कार्य करने के लिए चार पृथक् प्रभाग बनाए गए। पहले प्रभाग को द्विपक्षीय संबंधों पर कार्य करना था। दूसरा प्रभाग, 'आईटेक' से जुड़ा हुआ था। तीसरा, बहुपक्षीय आर्थिक संबंधों और चौथा, सार्क डिवीजन नामक प्रभाग दक्षिण एशियाई क्षेत्र में आर्थिक सहयोग से संबंधित था। परंतु यह एक तथ्य है कि स्वतंत्रता–प्राप्ति के लगभग तीन दशकों के बाद भारत सरकार

के विदेश नीति से जुड़े विभागों/स्थापनाओं ने आर्थिक कूटनीति और विदेशी आर्थिक संबंधों की महत्ता समझी।

विदेश मंत्रालय अनेक वर्षों से विदेशों के साथ आर्थिक संबंधों में निभाई जाने वाली भूमिका की उपेक्षा करता आ रहा था। इसका परिणाम यह निकला कि सबसे पहले विदेश मंत्रालय की क्षमता के संबंध में निहित, तत्पश्चात् विदेश मंत्रालय के सामने यह आवश्यकता खड़ी हुई कि वह आर्थिक कार्यों से जुड़े। ऐसी स्थिति में अन्य मंत्रालय भी विदेश मंत्रालय के अन्य देशों के साथ आर्थिक संबंधों की जिम्मेदारी देने का विरोध करने लगे थे। यह वाद–विवाद अभी भी जारी है। इस स्थिति के पीछे अनेक कारक थे। इस प्रकार के कार्य से संबंधित अधिकार, शक्ति और आर्थिक संबंधों के क्षेत्र में कुछ व्यावहारिक कारक भी मौजूद हैं। इसके अलावा अन्य कारण केवल भारतीय कूटनीति मिशन ही नहीं, बल्कि विभिन्न बहुपक्षीय वित्तीय तथा आर्थिक संगठनों के सचिवालयों में भी आकर्षक और लाभदायी विदेशी पदों का होना है। अतः सरकार में आर्थिक चर्चा तथा कॉन्फ्रेंस में भाग लेने के लिए तथा विदेश भ्रमण के लिए भी स्पर्धा पाई जाती है। यद्यपि मंत्रालय तथा भारतीय विदेश सेवा को भारत के विदेशों के साथ आर्थिक संबंधों के लिए अभी भी बहुत कुछ करना है, फिर भी ये दोनों संगठन नौंवे दशक की शुरुआत से आर्थिक कूटनीति में विस्तार लाने के क्षेत्र में अच्छी भूमिका निभा रहे हैं।

सन् 1991 के बाद भारतीय अर्थव्यवस्था के आधुनिकीकरण और उदारीकरण की प्रक्रिया से आर्थिक प्रबंधन में सरकारी विभागों और सिविल सेवाओं द्वारा निभाई जाने वाली दबदबे वाली भूमिका कम हो गई है। आशा है कि विदेश–आर्थिक संबंधों तथा विदेश–आर्थिक सहयोग में बढ़ती स्वायत्तता से विदेश मंत्रालय आर्थिक कूटनीति के माध्यम से भारत के आर्थिक हितों को बढ़ावा देने में सहायक या उत्प्रेरक की भूमिका निभा पाएगा। आर्थिक संबंधों में विशेष मंत्रालयों के निहित स्वार्थ भी दूर हो जाएँगे, क्योंकि आर्थिक मामलों के प्रबंधन से धीरे–धीरे सिविल समाज तथा गैर–सरकारी क्षेत्र का विकास होगा। विकेंद्रीकरण की प्रक्रिया में विदेश मंत्रालय अपने देश के आर्थिक समुदाय के विश्लेषक, पर्यवेक्षक तथा सलाहकार की भूमिका निभाएगा।

इसके बाद विदेश–आर्थिक संबंधों में प्रमुख प्रवृत्तियों का संक्षिप्त ब्यौरा देना भी आवश्यक होगा। स्वतंत्रता प्राप्ति के बाद पहले दशक के दौरान भारत आर्थिक पुनर्गठन और सुदृढ़ीकरण के लिए प्रमुखतः उत्तर अमेरिका और पश्चिम यूरोप से सहायता लेता रहा है; परंतु इन क्षेत्रों के देशों का तीन कारणों से भारत की आवश्यकताओं के प्रति अनुकूल रवैया नहीं था। पहला, भारत ने सोवियत संघ और साम्यवादी देशों के विरुद्ध शीतयुद्ध में भाग लेने से मना कर दिया था। दूसरे, भारत की योजनाबद्ध अर्थव्यवस्था तथा सामाजवादी दृष्टिकोण आत्मनिर्भर बनने की ओर भारत का आग्रह, पश्चिमी औद्योगिक देशों के आर्थिक हितों और लाभ के अनुकूल नहीं था। {भारत का यह आग्रह था कि भारतीय अर्थव्यवस्था में विदेशी (बाह्य) निवेश प्राथमिक क्षेत्रों में होना चाहिए। यह प्राथमिकता निर्वाचित सरकार के माध्यम से भारत की जनता द्वारा निर्धारित की जाए। इस दृष्टिकोण के प्रति पश्चिम जगत का रवैया प्रतिकूल था}। तीसरा कारण भारत का यह दृढ़ विश्वास था कि विदेशी निवेश के साथ प्रौद्योगिकी अंतरण भी होना चाहिए, इससे भारत अपनी देशज प्रौद्योगिकीय क्षमताएँ विकसित कर पाएगा। पश्चिम

का व्यापार समुदाय इसे स्वीकार करने के लिए तैयार नहीं था, क्योंकि इससे काफी सीमा तक भारतीय बाजार का शोषण करने की दृष्टि से निर्यात की संभावनाएँ कम हो जाती हैं। सन् 1954 और 1956 के बीच जवाहरलाल नेहरू औद्योगिक रूप से उन्नत पश्चिमी लोकतांत्रिक देशों की हठधर्मिता तथा खंडन से वाकिफ हो गए थे। नेहरूजी ने आर्थिक तथा प्रौद्योगिकीय सहायता के लिए सोवियत संघ और पूर्वी यूरोप की ओर मुड़ने का निर्णय लिया। सन् 1954 और 1956 के बीच नेहरू और सोवियत संघ के नेता निकोलई बुल्गानिन तथा निकिता खुश्चेव के मध्य प्रारम्भिक स्तर पर बातचीत हुई। इन वार्ताओं के परिणामस्वरूप भारत और सोवियत संघ तथा अन्य यूरोपीय देशों के बीच वाणिज्यिक, आर्थिक और प्रौद्योगिकीय सहयोग का सार्थक पैटर्न तैयार हुआ। आज भी सन् 1989 से विश्व को प्रभावित करने वाले गहन राजनीतिक परिवर्तनों के बावजूद भारत और इन देशों के बीच पारस्परिक सहयोग की प्रक्रिया जारी है।

समाजवादी गुट (ब्लॉक) के साथ भारत के व्यापक प्रौद्योगिकीय और आर्थिक सहयोग की प्रतिक्रिया हुई कि पश्चिमी लोकतांत्रिक देश भारत में उपलब्ध आर्थिक अवसरों के प्रति सजग हो गए। छठवें दशक के प्रारंभ में पश्चिमी जर्मनी, फ्रांस और ब्रिटेन भी स्टील, पावर, यातायात, पत्तन विकास तथा दूरसंचार के क्षेत्रों में महत्वपूर्ण आर्थिक कार्यकलापों और प्रौद्योगिकीय परियोजनाओं में शामिल हो गए। संयुक्त राज्य भी इस प्रक्रिया में शामिल हो गया। मानवता के आधार पर भारत को बड़े पैमाने पर खाद्य सहायता देने के अलावा संयुक्त राज्य ने भारतीय परमाणु पावर रिएक्टर्स के विकास, अंतरिक्ष खोज तथा कृषिगत विकास कार्यक्रमों में महत्वपूर्ण योगदान दिया। संयुक्त राज्य ने भारतीय अर्थव्यवस्था के विनिर्माण और इंजीनियरिंग क्षेत्रों में भी सार्थक योगदान दिया। सातवें दशक के मध्य में जब श्रीमती गांधी लगभग एक दशक तक सत्ता में रहीं, तब एक ओर पश्चिमी देशों और जापान के साथ तथा दूसरी ओर समाजवादी देशों के साथ भारत के आर्थिक संबंधों के बीच संतुलन लाया गया। इस समय भारत ने गुणात्मक दृष्टि से समुन्नत प्रौद्योगिकीय क्षमताएँ तथा आर्थिक विकास में प्रशिक्षित श्रम शक्ति का आधार भी प्राप्त कर लिया था।

नेहरूजी के शासनकाल के अंत (मई 1964) में स्थापित प्रवृत्तियाँ इंदिरा गांधी, मोरारजी देसाई तथा राजीव गांधी के शासन काल में निरंतर बनी रहीं (अर्थात् 1966 से 1989 तक)।

शीतयुद्ध की तीव्रता में आई कमी तथा मिखाइल गोर्बाचेव द्वारा जगाई गई पेरेस्त्रोइका (Perestroika) की भावना से सार्वभौमीकरण, उदारीकरण और अंतरराष्ट्रीय आर्थिक प्रवृत्तियों में निजीकरण की प्रक्रिया का संकेत मिलने लगा। भारतीय अर्थव्यवस्था पर इन ताकतों के प्रभाव का अनुमान लगाते हुए राजीव गांधी ने आर्थिक प्रबंधन के विकेंद्रीकरण और उदारीकरण की प्रक्रियाएँ आरंभ कर दीं। जून 1991 में नरसिम्हा राव प्रधानमंत्री तथा डॉ. मनमोहन सिंह वित्तमंत्री बने। भारत के बाह्य आर्थिक संबंधों में यह युगांतकारी घटना थी। भारत के बाह्य आर्थिक संबंधों से जुड़ी नीतियों और संस्थागत व्यवस्थाओं/करारनामों में परिवर्तन आने लगे। विदेश मंत्रालय में आर्थिक विभागों के विस्तार के अलावा (इस अध्याय में पहले भी इसका वर्णन किया गया है) विदेश मंत्रालय ने भारत की आर्थिक नीतियों और लक्ष्यों की व्याख्या और प्रस्तुतीकरण

में केवल सक्रिय रूप से भाग नहीं लिया, बल्कि अंतरराष्ट्रीय समुदाय की प्रत्याशित अभिवृत्तियों तथा जवाबी कार्रवाई के संबंध में भारतीय हितों और लक्ष्यों को सुनिश्चित करने और नीतियों के प्रतिपादन में सलाहकार की भूमिका भी निभाई। सन् 1991 से 1994 तक भारत सरकार के विदेश सचिव के रूप में मुझे उस प्रक्रिया का भी प्रत्यक्ष अनुभव रहा है, जिस प्रक्रिया से एक नए युग का सूत्रपात हुआ। इसलिए मैं अधिक समकालीन ऐसी आर्थिक घटनाओं का व्यक्तिगत रूप से वर्णन करता हूँ, जो हाल ही के वर्षों में भारत की विदेश–आर्थिक कूटनीति पर प्रभाव डालने वाले मुद्दों के सामान्य आकलन के साथ घटित हुईं।

आर्थिक उदारीकरण और सुधार संबंधी कार्यक्रमों के फलस्वरूप नौकरशाही कार्यप्रणाली से जुड़े नए मानदण्ड तथा विचारार्थ विषय सामने आए। सरकारी विभागों तथा निजी क्षेत्र के बीच विचार–विनिमय अधिक सकारात्मक होने लगा था। फिक्की, सी.आई.आई. तथा एसोचैम की नेतृत्व शक्ति के तहत परिवर्तन लाने में सार्थक भूमिका निभाई गई।

फिर भी हमारी विदेश नीतियों के वक्तव्यों तथा हमारे मिशन के ऑपरेशंस के माध्यम से भारत की आर्थिक नीतियों तथा कार्यक्रमों को प्रस्तुत करने में अनेक कठिनाइयों का सामना करना पड़ा। पहली कठिनाई यह थी कि नरसिम्हा राव तथा मनमोहन सिंह द्वारा बताए गए आर्थिक सुधारों के कार्यान्वयन के दौरान प्रशासनिक और राजनीतिक उपायों में दलगत राजनीति भी आ जाती है। भारतीय अर्थव्यवस्था के मूलभूत क्षेत्रों में व्यापक निवेश के संबंध में विदेशी निवेश की ओर से सावधानी बरती गई, क्योंकि कतिपय राजनीतिक दल ओर नेता इस संबंध में कड़ी आलोचना कर रहे थे। जब तक विदेशी सरकार या विदेशी कम्पनियाँ इस बात से सहमत नहीं हो जातीं कि भारतीय आर्थिक सुधारों के बारे में आम सहमति हो गई है चाहे कोई भी सरकार आए, ये सुधार जारी रहेंगे, तब तक विदेशी सरकारें तथा कम्पनियाँ भारत में बहुत अधिक निवेश नहीं करेंगी। फिर भी वस्तुस्थिति ऐसी नहीं थी। सन् 1996 के चुनाव में कांग्रेस की हार से यह अनुमान गलत सिद्ध हो गया। संयुक्त मोर्चे की दो सरकारें, एक देवगौड़ा तथा दूसरी इंद्रकुमार गुजराल के समय में विदेशी निवेशकों तथा अनिवासी भारतीयों की शंकाएँ दूर करने की दिशा में कुछ नहीं हो सका। इसीलिए इस समय भारत की विदेश–आर्थिक नीतियों को सप्रयोजन बनाने तथा इनकी निरंतरता कायम रखने का सवाल ही नहीं उठा। दूसरी कठिनाई यह थी कि प्रांतीय या राज्य सरकारें तथा इनका नौकरशाही तंत्र उन मूलभूत परिवर्तनों से भलीभाँति अवगत नहीं थे, जो केंद्र सरकार भारतीय अर्थव्यवस्था तथा देश के आर्थिक कार्यकलापों के प्रबंधन में ला रही थी। केंद्र तथा राज्य सरकार के बीच सूचना के आदान–प्रदान का अभाव था। इस तथ्य से यह स्थिति और अधिक जटिल हो गई कि राज्य स्तर पर और कुछ हद तक केंद्र सरकार में नौकरशाही तंत्र नई आर्थिक नीतियों के कार्यान्वयन में अपनी शक्तियों और परमाधिकारों को बांटना नहीं चाहते थे। हालाँकि इन निर्णयों को अंतिम रूप राजनीतिक स्तर पर दिया जाएगा फिर भी नौकरशाही के स्तर पर विलंब किया जा सकता है, गलत अर्थ निकाला जा सकता है या प्रतिक्रियामूलक इवोल्यूशन के अनुसार निर्णय लिए जाएंगे; क्योंकि लम्बे समय से निहित स्वार्थों के कारण आर्थिक परिवर्तनों की प्रक्रिया धीमी हो गई है। इससे

भी अधिक महत्वपूर्ण यह है कि इस स्थिति का विश्व की निगाह में हमारी क्षमता और विश्वसनीयता पर प्रतिकूल प्रभाव पड़ा है। उन्नत देश प्रायः यह आलोचना करते आ रहे हैं कि चीनियों ने अपनी अर्थव्यवस्था के आधुनिकीकरण और आर्थिक सुधारों में कार्यान्वयन की प्रक्रिया में बेहतर ढंग से कार्य किया है। भारत की तुलना में यह देश अधिक सक्षम, पारदर्शी और तेजी से विकास कर रहा है।

यह आलोचना अनुचित नहीं है, परंतु भारत के पक्ष में यह तर्क दिया जा सकता है कि चीन में एक पार्टी का निरंकुश शासन चलता है जहाँ सरकारी निर्णय रेजीमेंटेड तरीके से लागू किए जाते हैं, जबकि भारत में नरसिम्हा राव और डॉ. मनमोहन सिंह को केवल विरोधी पार्टी की आपत्तियों का सामना ही नहीं करना पड़ा, बल्कि आर्थिक क्षेत्र में निर्णायक कदम उठाते समय अपनी ही राजनीतिक पार्टी के कुछ वर्गों के विरोध का भी सामना करना पड़ा। इसके अलावा हमारे व्यापार समुदाय के कतिपय वर्ग लम्बे समय तक सुरक्षित, स्पर्धाहीन पर्यावरण में कार्य करते रहे हैं। ये वर्ग भी इन परिर्वतनों के प्रति विशेष उत्साहित नहीं थे। अनेक मामलों में समान स्तर पर बातचीत करने की माँग बार–बार दोहराई जाती रही, जिसमें निजी क्षेत्र में उन वर्गों के रक्षात्मक उपायों की भी पैरवी की जाती रही, जो अधिक स्पर्धा, उत्पादन तथा अपने कार्यों में कोटि संबंधी जागरूकता नहीं चाहते थे।

प्रधानमंत्री राव ने यह युक्तियुक्त तर्क दिया था कि स्वतंत्रता–प्राप्ति के समय से भारत की अर्थव्यवस्था की संरचना में भारत की निर्वाचित सरकारों द्वारा विकास की प्रत्येक अवस्था पर किए गए उपाय सुसंगत और समयानुकूल हैं और भारत को किसी बदलाव से नहीं डरना चाहिए। लेकिन इससे व्यवसाय के उन कतिपय वर्गों से जुड़ी शंकाओं का समाधान नहीं हो पाया, जो सीमित तथा घटिया किस्म और कम उत्पादन के आधार पर लाभ सुनिश्चित करना चाहते थे। इससे भी अधिक महत्वपूर्ण तथ्य यह था कि ये वर्ग यह देखने के लिए तैयार नहीं थे कि यदि हम अंतरराष्ट्रीय आर्थिक माहौल में उभरती चुनौतियों का अनुमान नहीं लगा सकते तथा हम उपयुक्त एवं कारगर जवाबी कार्रवाई तय नहीं कर पाते हैं, तो भारत को ऐसे अपरिहार्य परिणामों का सामना करना पड़ेगा, जो हमारी जनता के कल्याण तथा उनकी विकासात्मक आवश्यकताओं पर प्रतिकूल प्रभाव डालेंगे। भारत के समक्ष यह एक प्रमुख बाधा थी, जो अभी भी बनी हुई है।

इसके अलावा हमारे जैसे व्यापक देशों में विदेशी सहयोग तथा निवेश से जुड़े कार्यक्रमों और परियोजनाओं में निहित स्वार्थवश बाधा डालने के प्रयास अवश्यंभावी थे। भारत सरकार सुधारों को लागू करने तथा कार्यक्रमों के पुनर्गठन के दौरान प्रबंधन क्षेत्र में निरंतर उलझी रही। यहाँ कुछ उदाहरण देना संगत होगा। अगस्त 1992 और नवंबर 1993 के बीच निम्नलिखित दो घटनाएँ हुईं–कर्नाटक के कुछ किसानों ने खेती के लिए बीजों के उन्नयन और वितरण संबंधी कार्यक्रम को चुनौती दी। यह कार्यक्रम संयुक्त राज्य की कम्पनी कारगिल्स के सहयोग से चलाया गया था। इन किसानों ने बंगलौर में इस कम्पनी के कार्यालयों पर हमले किए तथा इसके उपकरण और प्रयोगशालाओं में तोड़–फोड़ की। इसी प्रकार से जापान का शिष्टमंडल उच्च प्रौद्योगिकी तथा इलेक्ट्रॉनिक्स के क्षेत्रों में संयुक्त उद्यम स्थापित करने की संभावनाओं का पता

लगाने के लिए तमिलनाडु और कर्नाटक गया। स्थानीय व्यवसायियों ने शिष्टमंडल का विरोध किया तथा प्रदर्शन किए। सन् 1984 और 1996 के बीच एनरॉन तथा अनेक विदेशी परियोजनाओं से संबंधित प्रतिकूल घटनाओं से इसी मनोवृत्ति की पुष्टि होती है। यहाँ तक कि यदि ऐसी परियोजनाओं को रोकने या आपत्ति करने से संबंधित दिए गए कारण वैध भी होते हैं, तो भी मुद्दा यह है कि सभी प्रश्न और आशंकाएँ भारत सरकार के अनुमोदन और वचनबद्धता के आधार पर परियोजनाओं को अंतिम रूप देने के बाद उठाई गईं। इन घटनाओं का अनिवार्यतः बाहरी दुनिया पर यह प्रभाव पड़ता है कि हमारी नीतियों की निरंतरता तथा परियोजनाओं और कार्यक्रमों के प्रति वचनबद्धता जनवादी राजनीति पर टिकी है। यदि ऐसी परियोजनाओं और कार्यक्रमों के संबंध में बातचीत करते समय कोई चूक हो जाती है, इसके परिणामस्वरूप वस्तुओं के मूल्य या भ्रष्टाचार आसमान को छूने लगता है तो इसका उपाय यही है कि इसकी जिम्मेदारी उन भारतीयों/संगठनों पर थोप दी जाए, जो विदेशी पार्टियों के साथ वचनबद्ध होते हैं तथा इनके संबंध में निदानात्मक या दंडात्मक कार्रवाई की जा सकती है। इसका हल इन परियोजनाओं का त्याग करना नहीं जिससे अंततः लोगों को लाभ पहुँचेगा; विद्यमान असंगति को तार्किक ठहराना उचित नहीं है और न ही हमें विश्व से यह आशा रखनी चाहिए कि वह हमारी नीतियों और दृष्टिकोणों में आने वाले उतार–चढ़ावों के प्रति धैर्य एवं संयम बरते, विशेष रूप से आर्थिक और प्रौद्योगिकीय क्षेत्र में।

छठवें दशक के दौरान भारत की विदेश–आर्थिक नीतियों की कुछ जटिलताएँ थीं। ऐसी परिस्थितियों में विदेश मंत्रालय और हमारे दूतावासों को अपने विदेशी आर्थिक हितों को सही ढंग से समझाना था, युक्तियुक्त सिद्ध करना था। परिणामस्वरूप, हमने विदेश मंत्रालय में आर्थिक प्रभाग को मजबूत बनाया। पहली बार भारत ने स्विट्जरलैंड के दावोस में आयोजित की जाने वाली वार्षिक अंतरराष्ट्रीय आर्थिक कॉन्फ्रेंस में भाग लिया। प्रधानमंत्री राव पाँच वर्षीय कार्यकाल के दौरान दो बार इस कॉन्फ्रेंस में गए। अन्य अवसरों पर भी भारत की ओर से निरपवाद रूप से केंद्रीय मंत्री और गैर–सरकारी क्षेत्र से शिष्टमंडल भारत का प्रतिनिधित्व करता रहा। लंदन की जानी मानी पत्रिका 'द इकोनॉमिस्ट' ने सन् 1991 से भारत में आर्थिक अवसरों पर प्रतिवर्ष शीतकाल के दौरान कॉन्फ्रेंस आयोजित करनी आरंभ कर दी। ऐसी कॉन्फ्रेंसों में विदेशों तथा भारत के व्यापारी वर्ग में परस्पर विचार–विनिमय के अलावा विदेशी उद्यमी वर्ग को आर्थिक निवेश तथा प्रौद्योगिकीय मुद्दों पर बातचीत करने के लिए भारत सरकार के मंत्रियों और वरिष्ठतम अधिकारियों से मिलने का अवसर मिलता है। औद्योगिक रूप से उन्नत, वस्तुतः सभी जी–7 देशों के सहयोग से संयुक्त व्यवसाय परिषदें और संयुक्त व्यावसायिक पहल करने के लिए मंच तैयार किए गए। विदेश मंत्रालय और हमारे दूतावासों ने भारत के आर्थिक और प्रौद्योगिकीय हितों को बढ़ावा देने के लिए ये नई संस्थागत कार्यविधियाँ तैयार करने में महत्वपूर्ण भूमिका निभाई।

वाणिज्य मंत्री ए.वी. गणेशन् और वाणिज्य के अपर सचिव अनवर होडा दिसंबर 1993 तक उरुग्वे वार्ता दौरे में शामिल रहे। वस्तुतः गणेशन् और होडा ने केंद्रीय मंत्री तथा वाणिज्य मंत्री के निर्देशन में कार्य किया। यह मानना पड़ेगा कि यद्यपि हमने सक्रिय रूप से इन वार्ताओं में भाग लिया तथा माराकेश में अंतिम रूप से तैयार करारनामों

पर हस्ताक्षर भी किए, परंतु हम अपने हितों की रक्षा करने में सफल नहीं रहे। बौद्धिक संपदा के अधिकारों और वस्तुओं के निर्यात तथा सेवाओं के क्षेत्र से संबंधित मुद्दे नहीं सुलझा पाए। यही वजह है कि अभी भी इस क्षेत्र में समस्याएँ बनी हुई हैं। सबसे बदतर यह है कि समझौतों को अंतिम रूप देने के बाद संयुक्त राज्य की कांग्रेस डब्ल्यू.टी.ओ. के स्थापना अनुसमर्थन में विलंब करती रही तथा इसका यह सुझाव था कि इस संबंध में और अधिक संशोधन किए जाएँ और विकासशील और उन्नत देशों के बीच व्यापार के लिए सामाजिक, सांस्कृतिक और श्रम संबंधी मानदंड तय किए जाएँ। इस सुझाव में उन्नत देशों के पक्ष में अंतरराष्ट्रीय व्यापार में पुनरुद्धार और रक्षात्मक प्रवृत्तियाँ स्पष्ट नहीं थीं। यदि संयुक्त राज्य और अन्य उन्नत देश, जैसे– जर्मनी और जापान तथा कुछ सीमा तक फ्रांस इस प्रकार के छल–कपट से नहीं बचते तो प्रस्तावित नई विश्व व्यापार व्यवस्था दूषित हो जाएगी और इससे तनाव बढ़ जाएँगे। भारत के समझौता करने संबंधी पहलू तथा विश्व व्यापार संबंधी करारनामों का राजनीतिक पहलू उल्लेखनीय हैं। सातवें दशक के अंत से लेकर 1993 तक भारत की इस दिशा में स्थिति सरकारों के बदलने के अनुरूप विकसित होती रही।

मोरारजी देसाई की सरकार (सन् 1977–79) ने इन वार्ताओं की प्रक्रिया में बहुत ही सीमित भूमिका निभाई। श्रीमती गांधी जब दूसरी बार प्रधानमंत्री बनीं (सन् 1980–84), तब भी परंपरावादियों और सुधारवादियों के बीच खींचतान चलती रही। परम्परावादियों का विचार था कि विकासशील देश सामान्य हितों पर एकजुट हो सकते हैं और इस स्थिति में वे विचाराधीन समझौतों पर प्रभाव डालने में सफल हो जाएंगे। वित्तमंत्री ने इस दृष्टिकोण का समर्थन तथा प्रचार किया। दूसरे वर्ग का विचार था कि विकासशील देशों के बीच इस प्रकार की एकता अतीत की बात बनती जा रही है तथा भारत के लिए यही बेहतर होगा कि वह अंतरराष्ट्रीय व्यापार और आर्थिक क्षेत्र में उत्पन्न नई व्यवस्था के अनुरूप इस प्रकार से सामंजस्य बैठाए कि इस नई व्यवस्था में देश के हित सुरक्षित हों तथा हमारा देश एकदम अलग न पड़ जाए। योजना आयोग, वाणिज्य मंत्रालय तथा अन्य तकनीकी मंत्रालयों के कुछ विशेषज्ञों का यही विचार था। विदेश कार्यालय और विदेश मंत्रालय के भीतर नौकरशाही तंत्र में भी यही विरोध विद्यमान थे।

सन् 1989 से 1991 के दौरान में विदेश कार्यालय सक्रिय रहा, लेकिन भावी अंतरराष्ट्रीय व्यापार व्यवस्था के संबंध में औद्योगिक रूप से उन्नत देशों के विचारों के साथ समझौता करने में असफल रहा। वाणिज्य मंत्रालय में इनके विरोधियों का अलग विचार था। जहाँ तक मुझे जानकारी है, इसका परिणाम यह हुआ कि इस विषय पर .चल रही बातचीत में हमारा रवैया सौहार्द्रपूर्ण और एकसमान दृष्टिकोण पर आधारित नहीं था। भारत सरकार के भीतर भी इस विषय में अनेक अंतर्विरोध पाए जाते थे।

सन् 1989 में वी.पी. सिंह की सरकार सत्ता में आई। यह सरकार राजनीतिक दृष्टि से टिके रहने के लिए इतनी अधिक उलझी थी कि महत्वपूर्ण अंतर्विरोधों को दूर करने के लिए आवश्यक दिशा–निर्देश वास्तव में ही उपलब्ध नहीं था।

वी.पी. सिंह के प्रधानमंत्री बनने से पहले की अवधि के दौरान राजीव गांधी आदर्शवादी दृष्टिकोण की बजाय व्यावहारिक दृष्टिकोण अपनाना चाहते थे। उनका दृष्टिकोण स्पष्ट था। उन्होंने सही आकलन किया था कि विकासशील देशों को अपने राष्ट्रीय, आर्थिक,

वाणिज्यिक और प्रौद्योगिकीय हितों को ध्यान में रखने के लिए इन वार्ताओं में भाग लेना होगा। विकासशील देशों की ओर से इन वार्ताओं में सामान्य विचारधारा की दृष्टि से एकीकृत दृष्टिकोण की कोई संभावना नहीं थी।

जब मैंने विदेश सचिव के रूप में कार्यभार संभाला, तब डब्ल्यू.टी.ओ. पर चल रही वार्ताएँ न्यूनाधिक रूप में समाप्त हो चुकी थीं। वाणिज्य मंत्रालय के अधिकारी तथा विशेषज्ञ, वित्तमंत्री तथा प्रधानमंत्री कार्यालय के अधिकारी तथा विशेषज्ञ बदल चुके थे। नरसिम्हा राव और डॉ. मनमोहन सिंह के मार्गदर्शन तथा प्रभाव में इन वार्ताओं के समापन के संबंध में सर्वथा व्यावहारिक दृष्टिकोण अपनाया जा चुका था।

विदेश मंत्रालय ने 29 करारनामों को अंतिम रूप देने तथा उरुग्वे में वार्ताओं के अंतिम दौर की अवस्था पर प्रमुख भूमिका नहीं निभाई। इन करारनामों पर सन् 1995 में मोरक्को के माराकेश में हस्ताक्षर किए गए थे। वित्त मंत्री और प्रधानमंत्री कार्यालय ने निर्णय लेने से संबधित प्रक्रिया में सलाहकार की भूमिका निभाई थी। आर्थिक नीति के संबंध में जिम्मेदारी सौंप देने के बावजूद विदेश मंत्रालय ने इस प्रक्रिया में विशेष योगदान नहीं दिया। यदि विदेश मंत्रालय के साथ निरंतर तथा विस्तारपूर्वक परामर्श किया जाता तो शायद भारत नीति–नियोजन संबंधी नियंत्रण एवं संतुलन के उपाय विकसित कर पाता तथा परवर्ती माँगों का सामना करने के लिए विकल्प तैयार कर पाता, जो बौद्धिक सम्पत्ति अधिकारों, कृषिगत उत्पादों तथा भारत की जैव विविधता और आनुवांशिकी स्रोतों पर कारगर नियंत्रण की दृष्टि से भारत के हितों के प्रतिकूल हैं। इस विश्लेषण से इन कमियों को समझा जा सकता है कि सन् 1991 से भारतीय आर्थिक नीतियों में होने वाले परिवर्तनों के संबंध में आर्थिक कूटनीति के क्षेत्र में विकास और विस्तार की प्रक्रिया में विदेश मंत्रालय की भूमिका स्थिर है।

यद्यपि मैंने आर्थिक पुनर्व्यवस्था तथा विदेश नीति में निरंतर बदलते मुद्दों पर ध्यान देने के संबंध में विदेश मंत्रालय द्वारा किए गए प्रशासनिक और प्रक्रियामूलक प्रयासों का उल्लेख किया है, फिर भी इस विषय पर पूर्ण चर्चा नहीं की है। पहली प्रमुख समस्या संसाधनों की कमी तथा श्रमशक्ति से जुड़ी बाधाओं से संबंधित है। नई विदेश–आर्थिक नीतियों के कार्यान्वयन में अपेक्षित नेटवर्क तैयार करने के लिए अतिरिक्त कर्मियों की आवश्यकता है; जबकि इस कार्य के लिए विदेश मंत्रालय के पास पर्याप्त संख्या में अतिरिक्त कार्मिक उपलब्ध नहीं हैं। मुख्यालय तथा विदेशों में हमारे मिशन में मध्यम तथा उच्चतर मध्यम स्तर पर स्टाफ की कमी है। दूसरे, इस स्थिति में सुधार लाने के लिए संबंधित विभागों के विशेषज्ञों को शामिल करने के प्रति हमारे अधिकारी वर्ग गठन और संगठन के विरुद्ध थे। तीन व्यक्तियों (प्रधानमंत्री के प्रमुख सचिव, वित्त सचिव और वाणिज्य सचिव) के समर्थन में मैंने वाणिज्य और वित्त मंत्रालयों, रक्षा उत्पाद विभाग तथा इसी प्रकार के अन्य विभागों आदि में विदेश सेवा कार्यालय के लिए कुछ पद प्राप्त कर लिए थे। कैबिनेट सचिव तथा कार्मिक विभाग संबंधित सरकारी विभागों की कार्य प्रणाली के माध्यम से आवश्यक जानकारी तथा विशेषज्ञता के संबंध में विदेश सेवा के अधिकारियों को अवसर प्रदान नहीं करना चाहते थे। मैंने यह सिफारिश की थी कि भारत सरकार को आर्थिक, तकनीकी तथा वाणिज्यिक विशेषज्ञों की अल्पकालीन

आधार पर विदेश मंत्रालय तथा बाहर स्थित मिशन में भर्ती पर गम्भीरतापूर्वक विचार करना चाहिए। इस सिफारिश का मेरे ही साथियों ने इस आधार पर विरोध किया था कि ऐसी कार्रवाई से नियमित भारतीय विदेश सेवा के अधिकारियों की पदोन्नति संबंधी संभावनाओं पर भी प्रभाव पड़ेगा। जब मैंने ये बताया कि ये पद संवर्गेत्तर होंगे तथा इन पर निश्चित और कम अवधि के लिए नियुक्ति की जाएगी, तब वे मेरी सिफारिश से सहमत हो गए थे। परंतु इससे ज्यादा कार्मिक विभाग तथा भारत सरकार के अन्य आर्थिक मंत्रालयों ने विरोध किया था। इन्होंने यह अनुभव किया था कि ऐसी व्यवस्था से भारत के वरिष्ठ सिविल सेवाओं के विशेषाधिकार प्राप्त क्षेत्र/सीमा का उल्लंघन होगा। मैं यह स्वीकार करता हूँ कि मैं अपने प्रयासों में सफल नहीं हो पाया था।

पुनः संसाधनों के अभाव के अलावा विदेश मंत्रालय की अन्य सीमाओं के कारण भी हमारी सूचना रिट्राइवल प्रणाली, डाटा और सूचना अद्यतन बनाने तथा शीघ्र जवाब देने में विलंब हुआ था। इसके अलावा एशियाई देशों, विशेष रूप से 'आसियान' की समतुल्य सामग्री की तुलना में हमारे द्वारा सामग्री के प्रस्तुतीकरण और प्रचार की कोटि में भी कमियां थीं।

अगर 21वीं सदी की शुरुआत से कुछ पहले के वर्षों को गौर से देखें तो यह प्रतीत होता है कि वैश्विक कूटनीतिक में पैराडिग्म शिफ्ट हो रहा था। अब कूटनीति के साथ स्ट्रैटेजी और इकोनॉमी आधारभूत रूप से जुड़ रही थी। हालांकि भारत ने 1991 से ही इस दिशा में ठोस कदम उठाने शुरू कर दिए थे, लेकिन भारत सरकार को इस पर गहन विचार–विमर्श करने तथा भारतीय हितों को दमदार तरीके से रखने के लिए अपेक्षित संख्या बल जुटाना था। यह काम अकेले संभव नहीं था, क्योंकि वैश्विक शक्तियां दूसरे देशों के हितों की संरक्षा के नाम पर भारतीय पक्ष को खारिज करने का प्रयास करतीं। लेकिन क्या दुनिया के विकासशील व अल्पविकसित देश भारत के एजेंडे पर भारत के साथ खड़े होते, विशेषकर तब जब वे आर्थिक रूप से सम्पन्न देशों से वित्तीय सहायता व तकनीक हासिल कर रहे हों या हासिल करने का आश्वासन प्राप्त कर चुके हों। विश्व व्यापार संगठन के मंचों पर कई बार ऐसा देखा गया कि भारत और इन श्रेणियों के देशों के बीच एसोसिएशन और डिसोसिएशन होता रहा। फलतः न केवल दूसरी और तीसरी श्रेणी के देशों की एकता खण्डित हुई, बल्कि भारत की पैरवी भी कमोबेश असफल रही।

अब कृषि जिंसों पर सब्सिडी के ही मसले को लें तो पश्चिमी देश वर्ष 1986–88 की कृषि जिंस कीमतों को वर्ष 2014 के मूल्य सब्सिडी निर्धारण का मानक मानने की विसंगति दूर करके भारत के साथ किसी समझौते पर पहुंच सकते थे, लेकिन उन्होंने ऐसा नहीं किया। वे शायद यह बात बेहतर तरीके से नहीं सोच पा रहे हैं कि उभरते विश्व में कमजोर मुल्कों के लिए जगह नहीं है। दोनों पक्षों के लिए लाभ की स्थिति तब बन सकती थी, जब बात बराबरी पर होती।

गरीब देशों के लिए आम प्राथमिकता वाली ऐसी व्यवस्था की गई ताकि वे शीत युद्ध के दौरान पश्चिम के खेमे में बने रहें। पहली बार उभरते देशों को जिस व्यापार वार्ता में स्वर मिला वह थी उरुग्वे दौर की वार्ता। परिणामस्वरूप यह वार्ता (1986–94)

आठ सालों तक चली। उसके बाद भी गरीब देशों को लगता रहा कि उनके साथ न्याय नहीं हुआ है। दोहा विकास दौर की शुरुआत वर्ष 2001 में हुई। इसका उद्देश्य था उन मुद्दों से निपटना जिनसे पहले नहीं निपटा जा सका था। दोहा दौर की शुरुआत हुए डेढ़ दशक से भी अधिक समय हो चुका है, लेकिन अब तक किसी समझौते पर नहीं पहुंचा जा सका। अब जानबूझ कर यह धारणा मजबूत की जा रही है कि भारत कोई गरीब देश नहीं है, ऐसे में अंतरराष्ट्रीय मंचों पर रियायत हासिल करना असंभव नहीं तो भी बहुत मुश्किल होता जाएगा।

बाली में डब्ल्यू.टी.ओ. की 9वीं मंत्रिस्तरीय बैठक में पास हुए प्रस्तावों से भारत की न्यूनतम समर्थन मूल्य और खाद्य सब्सिडी जैसी नीतियां सुरक्षित हो गई हैं। वैश्विक व्यापार को बढ़ावा देने संबंधी यह अपनी तरह का पहला विश्व समझौता था, जिसे वैश्विक व्यापार की दृष्टि से एक बड़ी उपलब्धि माना जा सकता है। भारत की ओर से पुरजोर मांग की गई कि सब्सिडी वाले अनाज को भी नए खाद्य सुरक्षा कानून में शामिल किया जाए। खाद्य सुरक्षा सिर्फ भारत के लिए नहीं, दुनिया के करीब चार अरब लोगों के अस्तित्व के लिए आवश्यक है। 'भारत का प्रस्ताव था कि खेती के आजीविका और खाद्य सुरक्षा पहलुओं को ध्यान में रखते हुए विकासशील देशों के लिए डब्ल्यू.टी.ओ. के समझौता तंत्र में एक खाद्य सुरक्षा बॉक्स बनाया जाना चाहिए. इसके साथ ही गरीबी हटाने, ग्रामीण विकास, ग्रामीण रोज़गार, कृषि के विविधीकरण के लिए ख़र्च की जाने वाली राज सहायता (सब्सिडी) को सब्सिडी कम करने की शर्त से बाहर रखा जाना चाहिए।'

बाली बैठक में भारत सरकार की वाणिज्य मंत्री निर्मला सीतारमन ने हिस्सा लिया था और खाद्य सुरक्षा भंडारण के मुद्दे का स्थायी समाधान होने तक 'शांति उपबंध' अनिश्चितकाल तक जारी रखने की वकालत की थी। लेकिन विश्व व्यापार संगठन के 11वें मंत्रिस्तरीय सम्मेलन में भारत को कुछ खास हाथ नहीं लगा। यद्यपि यह बहुपक्षीय कारोबारी वार्ता का सबसे बड़ा वैश्विक सम्मेलन था, लेकिन सही अर्थों में यह असफल रहा। इसमें भारत की कृषि संबंधी मांगों को लेकर अमेरिका ने नकारात्मक भूमिका निभाई और खाद्य सुरक्षा की मांग को लेकर एक साझा स्तर पर पहुंचने से अमेरिका ने मना कर दिया और खाद्य भंडारण के मुद्दे का स्थायी समाधान ढूंढ़ने की अपनी प्रतिबद्धता से पीछे हट गया। 18–19 जुलाई, 2017 को केंद्रीय वाणिज्य एवं उद्योग मंत्री श्रीमती निर्मला सीतारमण विश्व व्यापार सगठन (डब्ल्यू.टी.ओ.) के 11वें मंत्रिस्तरीय सम्मेलन (एम.सी. 11) में शामिल हुईं थी। उन्होंने विशेष रूप से जोर दिया कि एमसी 11 के परिणामों में खाद्य सुरक्षा उद्देश्यों (पी.एस.एच.) के लिए सार्वजनिक स्टॉकहोल्डिंग के बारे में स्थायी समाधान शामिल होना चाहिए, जिसके लिए एक मंत्रालयीय जनादेश है।

भारत की आर्थिक उन्नति के तहत उन्नत औद्योगिक देशों की व्यापार और प्रौद्योगिकी अंतरण संबंधी नीतियों के संबंध में संरक्षणवाद तथा भेदभाव का भी सामना करना पड़ा है। हमें ऐसे अतार्किक संपर्कों के संबंध में भी काफी मेहनत करनी पड़ी, जो राजनीतिक विचारों तथा आर्थिक और विकासात्मक सहयोग के बीच ये देश स्थापित करना चाहते थे। हमें अन्य देशों के साथ नीति व्यवस्थाओं एवं निर्णयों का विश्लेषण तथा निगरानी भी करनी है, जिनमें भारत के साथ आर्थिक सहयोग से संबंधित समझौते

करने के लिए कतिपय पूर्व शर्तें निर्धारित की गई हैं। सामाजिक खंडों, जैसे–बाह्य मुद्दे सामान्य वाणिज्यिक लेन–देन/सौदों के मामलों में भी शर्तें लगाने का प्रयास किया गया। इसके अलावा लेजर्स, रोबोट, आनुवांशिकीय इंजीनियरिंग आदि जैसे क्षेत्रों में भारत को द्वैध परियोजना की प्रौद्योगिकी और अन्य उन्नत प्रौद्योगिकियों के अंतरण पर अनुचित और भेदभाव पूर्ण शर्तें लगाई गईं। इन सभी मामलों में हमें अपने हितों की रक्षा का ध्यान रखना था। ये चुनौतियां अभी भी मौजूद हैं। इस प्रकार से हमें इन सभी मुद्दों पर समुचित जानकारी और नीति–विषयक रवैयों को समन्वित करना है, जिससे दुर्घटनाओं या अकस्मात् आत्मविरोध वाली स्थितियों के बिना निरंतरता बनी रहे।

इससे भी ऊपर, हमारी आर्थिक कूटनीति से व्यापक स्तर पर विश्व को सहमत होना चाहिए। हालाँकि हम आर्थिक व्यवस्था के सार्वभौमीकरण में सक्रिय तथा लाभप्रद रूप से शामिल होने की आवश्यकता समझते हैं, परंतु हमें परिर्वतनशील स्थितियों में बदलने वाली आर्थिक विसंगतियों वाले अत्यधिक आबादी वाले देश में सामाजिक संतुलन और वितरण योग्य न्याय के इष्टतम स्तर सुनिश्चित करने हैं।

मैं यह भी कहना चाहूँगा कि जिस प्रकार से राज्य सरकारों ने विदेशी कम्पनियों और सरकारों के साथ किया है, उसके कारण इस अध्याय के अंत में बताई गई समस्याओं पर गहराई से विचार करने की आवश्यकता है। आलोचना करते समय मैं इस तथ्य पर बल देना चाहूँगा कि हमारे राष्ट्रीय हितों के किसी भी पहलू पर समझौता करने का प्रश्न नहीं उठता। परंतु महत्वपूर्ण प्रश्न यह है कि क्या हमारी आर्थिक नीतियों में अंतर्विरोध तथा विलंब वस्तुतः राष्ट्रीय हित पर आधारित थे? क्या ये अनिश्चितताएँ पार्टी और चुनावी राजनीति से उत्पन्न हुई हैं? यदि पूर्ववर्ती घटनाक्रम वस्तुस्थिति है, तो वे आर्थिक मामलों में किसी कूटनीति संबंधी कौशल और विदेश नीति की विशेषज्ञता से मौजूद तथा भावी समस्याओं का हल हो सकता है।

प्रमुख बिन्दु

1. आजादी के बाद भारत अनिवार्य आवश्यकताओं की पूर्ति के लिए औपनिवेशिक ताकतों तथा अपने मित्र राष्ट्र पर ही निर्भर था।
2. नेहरूजी राजनीतिक और आर्थिक प्रक्रियाओं के बीच जटिल संबंधों से परिचित थे, फिर भी इन्होंने भारत की विदेश नीति से संबंधित कार्रवाइयों में इस दृष्टिकोण को रूपांतरित नहीं किया।
3. पं. नेहरू और श्रीमती गांधी ने विदेशी वाणिज्यिक और आर्थिक संबंधों का कार्य ऐसे वरिष्ठ सिविल अधिकारियों को सौंपा, जिनके पास ऐसे क्षेत्रों का दीर्घकालिक अनुभव था। सर षंमुगम चेट्टी, बी.के. नेहरू जैसे प्रतिष्ठित भारतीयों ने संयुक्त राज्य में सर्वोच्च स्तरों पर भारत का प्रतिनिधित्व किया। धर्मवीर, सर एन. आर. पिल्लै तथा के. बी. लाल जैसे अन्य प्रमुख व्यक्तियों को पश्चिम यूरोप के साथ भारत के आर्थिक संबंधों को कायम रखने की जिम्मेदारी सौंपी गई थी।
4. विदेश मंत्रालय तथा भारतीय विदेश सेवा द्वारा आर्थिक कूटनीति में शामिल न होने तथा विदेश सेवा में इस महत्वपूर्ण क्षेत्र में विशेषज्ञता उपलब्ध न होने का

कारण औपनिवेशिक काल से विद्यमान व्यावहारिक तथा मनोवैज्ञानिक अभिवृत्ति में भी निहित है। ब्रिटिश शासन काल में विदेश तथा राजनीतिक मंत्रालय का पूर्ववर्ती रूप था। ब्रिटिश विदेश कार्यालय से भारतीय विदेशी कार्यालय (इंडियन फॉरेन ऑफिस) का पैटर्न तैयार किया गया।

5. सन् 1991 के बाद भारतीय अर्थव्यवस्था के आधुनिकीकरण और उदारीकरण की प्रक्रिया से आर्थिक प्रबंधन में सरकारी विभागों और सिविल सेवाओं द्वारा निभाई जाने वाली दबदबे वाली भूमिका कम हो गई है। आशा है कि विदेश–आर्थिक संबंधों तथा विदेश–आर्थिक सहयोग में बढ़ती स्वायत्तता से विदेश मंत्रालय आर्थिक कूटनीति के माध्यम से भारत के आर्थिक हितों को बढ़ावा देने में सहायक होगा या उत्प्रेरक की भूमिका निभा पाएगा।

6. स्वतंत्रता प्राप्ति के बाद पहले दशक के दौरान भारत आर्थिक पुनर्गठन और सुदृढ़ीकरण के लिए प्रमुखतः उत्तर अमेरिका और पश्चिम यूरोप से सहायता लेता रहा है; परंतु इन क्षेत्रों के देशों का तीन कारणों से भारत की आवश्यकताओं के प्रति अनुकूल रवैया नहीं था।

   पहला–भारत द्वारा सोवियत संघ और साम्यवादी देशों के विरुद्ध शीतयुद्ध में भाग लिया जाना।

   दूसरा–भारत की योजनाबद्ध अर्थव्यवस्था तथा समाजवादी दृष्टिकोण आत्मनिर्भर बनने की ओर भारत का आग्रह, पश्चिमी औद्योगिक देशों के आर्थिक हितों और लाभ के अनुकूल नहीं था।

   तीसरा–भारत का यह दृढ़ विश्वास था कि विदेशी निवेश के साथ प्रौद्योगिकी अंतरण भी होना चाहिए, इससे भारत अपनी देशज प्रौद्योगिकीय क्षमताएँ विकसित कर पाएगा।

7. आर्थिक उदारीकरण और सुधार संबंधी कार्यक्रमों के फलस्वरूप नौकरशाही कार्यप्रणाली से जुड़े नए मानदण्ड तथा विचारार्थ विषय सामने आए। सरकारी विभागों तथा निजी क्षेत्र के बीच विचार–विनिमय अधिक सकारात्मक होने लगा था।

8. 1991 के बाद भी भारतीय अर्थव्यवस्था के मूलभूत क्षेत्रों में व्यापक निवेश के संबंध में विदेशी निवेश की ओर से सावधानी बरती गई, क्योंकि कतिपय राजनीतिक दल और नेता इस संबंध में कड़ी आलोचना कर रहे थे।

9. जब तक विदेशी सरकार या विदेशी कम्पनियाँ इस बात से सहमत नहीं हो जातीं कि भारतीय आर्थिक सुधारों के बारे में आम सहमति हो गई है चाहे कोई भी सरकार आए ये सुधार जारी रहेंगे, तब तक विदेशी सरकारें तथा कम्पनियाँ भारत में बहुत अधिक निवेश नहीं करेंगी।

10. भारत के पक्ष में एक तर्क यह दिया जा सकता है कि चीन में एक पार्टी का निरंकुश शासन चलता है, जहाँ सरकारी निर्णय रेजीमेंटेड तरीके से लागू किए जाते हैं, जबकि भारत में नरसिम्हा राव और डॉ. मनमोहन सिंह को केवल विरोधी पार्टी की आपत्तियों का सामना ही नहीं करना पड़ा, बल्कि आर्थिक क्षेत्र में निर्णायक कदम

उठाते समय अपनी ही राजनीतिक पार्टी के कुछ वर्गों के विरोध का भी सामना करना पड़ा। इसके अलावा हमारे व्यापार समुदाय के कतिपय वर्ग लम्बे समय तक सुरक्षित, स्पर्धाहीन पर्यावरण में कार्य करते रहे हैं। ये वर्ग भी इन परिर्वतनों के प्रति विशेष उत्साहित नहीं थे।

11. प्रधानमंत्री राव ने यह युक्तियुक्त तर्क दिया था कि स्वतंत्रता–प्राप्ति के समय से भारत की अर्थव्यवस्था की संरचना में भारत की निर्वाचित सरकारों द्वारा विकास की प्रत्येक अवस्था पर किए गए उपाय सुसंगत और समयानुकूल हैं और भारत को किसी बदलाव से डरना नहीं चाहिए। लेकिन इससे व्यवसाय के उन कतिपय वर्गों से जुड़ी शंकाओं का समाधान नहीं हो पाया, जो सीमित तथा घटिया किस्म और कम उत्पादन के आधार पर लाभ सुनिश्चित करना चाहते थे। इससे भी अधिक महत्वपूर्ण तथ्य यह था कि ये वर्ग यह देखने के लिए तैयार नहीं थे कि यदि हम अंतरराष्ट्रीय आर्थिक माहौल में उभरती चुनौतियों का अनुमान नहीं लगा सकते तथा हम उपयुक्त एवं कारगर जवाबी कार्रवाई तय नहीं कर पाते हैं, तो भारत को ऐसे अपरिहार्य परिणामों का सामना करना पड़ेगा, जो हमारी जनता के कल्याण तथा उनकी विकासात्मक आवश्यकताओं पर प्रतिकूल प्रभाव डालेंगे। भारत के समक्ष यह एक प्रमुख बाधा थी, जो अभी भी बनी हुई है।

12. छठवें दशक के दौरान भारत की विदेश–आर्थिक नीतियों की कुछ जटिलताएँ थीं। ऐसी परिस्थितियों में विदेश मंत्रालय और हमारे दूतावासों को अपने विदेशी आर्थिक हितों को सही ढंग से समझना था, युक्तियुक्त सिद्ध करना था। परिणामस्वरूप, हमने विदेश मंत्रालय में आर्थिक प्रभाग को मजबूत बनाया। पहली बार भारत ने स्विट्जरलैंड के दावोस में आयोजित की जाने वाली वार्षिक अंतरराष्ट्रीय आर्थिक कॉन्फ्रेंस में भाग लिया। लंदन की जानी–मानी पत्रिका 'द इकोनॉमिस्ट' ने सन् 1991 से भारत में आर्थिक अवसरों पर प्रतिवर्ष शीतकाल के दौरान कॉन्फ्रेंस आयोजित करनी आरंभ कर दी।

13. **चालू खाता लेखा :** इस लेखे में दृश्य व अदृश्य आयात–निर्यात से संबंधित भुगतान एवं प्राप्तियों को शामिल किया जाता है। पहले के अंतर्गत प्रमुख रूप से वस्तुएं आती हैं, जबकि दूसरे के अंतर्गत बैंक, बीमा, विदेशी ऋणों पर ब्याज, उपहार तथा सेवाएं आती हैं।

14. **पूंजी खाता :** पूंजी लेखे के अंतर्गत कैपिटल इनफ्लोज को ऋण अथवा इक्विटी एवं मैच्योरिटी द्वारा वर्गीकृत किया जाता है। इसके प्रमुख संघटक हैं– विदेशी निवेश, ऋण तथा बैंकिंग पूंजी। विदेशी निवेश के अंतर्गत एफ.डी.आई., पोर्टफोलियो निवेश (एफ.आई.आई.), अमेरिकी डिपॉजिटरी रेसिट तथा ऋण वाली भिन्न देयताएं शामिल होती हैं।

❑❑

16 निर्णय लेने की प्रक्रिया एवं राजनीतिक और व्यावहारिक पक्ष

सबसे पहले मैं राजनीतिक और व्यावहारिक पक्षों में अंतर करना चाहूँगा, जिससे विदेश नीति की निर्णय लेने की प्रक्रिया का स्वरूप निर्धारित होता है; यद्यपि प्रक्रियाएँ अनिवार्यतः परस्पर जुड़ी होती हैं। जब मैं 'राजनीतिक' प्रक्रियाओं की बात करता हूँ तो मैं राजनीतिक नेतृत्व वर्ग, संसद और मीडिया की भूमिका का वर्णन करता हूँ। जब निर्णय लेने की प्रक्रिया के 'व्यावहारिक' पक्ष की बात करता हूँ तो इसका अर्थ भारतीय विदेश सेवा तथा विदेश नीति निर्माण में भारत की तकनीकी आसूचना सेवाओं द्वारा निभाई गई भूमिका होती है।

सर्वप्रथम राजनीतिक प्रक्रिया पर चर्चा करते हैं। यदि हम नेहरू युग पर दृष्टिपात करें तो उस समय विदेश नीति में निर्णय लेने की सर्वाधिक दृष्टिगोचर विशेषता यह थी कि विदेश नीति निर्माण की आधारभूत संस्थागत तथा संगठित नीति नियोजन की कोई कार्यावधि नहीं थी। निश्चय ही विदेश मंत्रालय में पूर्वकालिक भर्ती किए गए सदस्य थे। जब कभी आवश्यक हो, संसद को भी विश्वास में लिया जाता था, परंतु विदेश नीति निर्माण में इनकी भूमिका बहुत सीमित थी। पं. जवाहरलाल नेहरू ने राष्ट्रीय हितों तथा मुद्दों पर परीक्षक के रूप में विशिष्ट विकल्पों को लागू करने में नीति–नियामक तथा निर्णायक की भूमिका निभाई। इन्होंने विदेश मामलों के सभी पक्षों में नीतियों तथा कार्यों का सूत्रपात किया। इन्होंने सांसदों के साथ भी विचार–विनिमय किया, ताकि नीतियों के प्रति जनता का समर्थन प्राप्त किया जा सके। इन्होंने तय की गई नीतियों के निष्पादन के लिए विदेश सेवा का लाभ उठाया, परंतु विदेश सेवा की परामर्शी तथा विश्लेषणात्मक भूमिका बहुत सीमित रही। नेहरूजी के अंतरराष्ट्रीय समुदाय के नेताओं के साथ भी संबंध थे तथा भारतीय राष्ट्रीय आंदोलन के नेताओं की तुलना में अंतरराष्ट्रीय संबंधों की जटिलताओं की इन्हें सर्वाधिक समझ थी। इन्होंने भारत की विदेश नीति के लिए प्राथमिकताएँ निर्धारित की थीं। इन प्राथमिकताओं की पूर्ति के लिए विकल्प भी चुने थे।

नेहरूजी द्वारा सुनिश्चित प्राथमिकताओं का राष्ट्रीय सर्वसम्मति से समर्थन किया गया। इस समर्थन का नेहरूजी को अतिरिक्त लाभ मिला। सन् 1946 से 1962 तक उन्होंने देश की बागडोर मजबूती से सँभाली। भारत–चीन की सन् 1962 की लड़ाई के बाद उनका प्रभाव कम होने लगा। विदेश नीति पर राष्ट्रीय सर्वसम्मति के माध्यम से उन्होंने नेतृत्व शक्ति कायम रखी। उन्होंने इस दिशा में दो कदम उठाए थे। पहला, उन्होंने अपनी पार्टी ही नहीं बल्कि विरोधी दलों के नेताओं को भी संसद में वाद–विवाद और चर्चा तथा पत्र–पत्रिकाओं की प्रमुख हस्तियों के साथ संपर्क स्थापित करके प्रमुख नीतिगत निर्णयों के बारे में विश्वास में लिया था। दूसरे, उन्होंने भारत के सभी राज्यों के मुख्यमंत्रियों को पखवाड़े में पत्र लिखकर अपनी प्रधानता बनाए रखी। इन पत्रों में

वे मुख्यमंत्रियों को आंतरिक मुद्दों की जानकारी देते थे तथा साथ–साथ अंतरराष्ट्रीय घटनाक्रम और इनके प्रति भारत की प्रतिक्रिया से भी अवगत कराते थे। नेहरूजी बड़े ध्यान से राजनीतिक जानकारी देते और लेते थे। उन्होंने सार्वजनिक बैठकों तथा पार्टी की बैठकों का भी लाभ उठाया। अपने शासन काल के दौरान कैबिनेट की बैठकों, राजनीतिक समिति एवं विदेश मंत्रालय की संसदीय पारदर्शी समिति के माध्यम से निर्णय लेने की संस्थागत प्रक्रियाओं की औपचारिकताएँ बनाए रखीं। हालाँकि उन्होंने सार रूप में कार्यविधि संबंधी प्रक्रियाओं की अखण्डता बनाए रखी, फिर भी मुद्दों के संबंध में जानकारी, पृष्ठभूमि और अनुभव के आधार पर वे विशिष्ट व्यक्तियों से सम्पर्क बनाए रखते थे।

स्वतंत्रता प्राप्ति के बाद प्रारम्भिक वर्षों में मौलाना अबुल कलाम आजाद, सरदार वल्लभ भाई पटेल जैसे नेता पं. नेहरूजी के सलाहकार थे। नेहरूजी मुस्लिम देशों तथा दक्षिण एशियाई क्षेत्र के देशों से संबंधित नीति–निर्माण के लिए मौलाना आजाद और सरदार पटेल पर निर्भर थे। वे दक्षिण–पूर्व एशिया, पश्चिम एशिया, चीन और सुदूर पूर्व देशों के संबंध में ऊपर वर्णित अन्य व्यक्तियों की सलाह भी लेते थे। संयुक्त राज्य अमेरिका, ब्रिटेन तथा अन्य पश्चिमी लोकतांत्रिक देशों के संबंध में लॉर्ड लुईस माउंटबेटन, लेडी एडविना, अनेक ब्रिटिश मित्रों, वी.के. कृष्णा मेनन तथा सर गिरिजाशंकर वाजपेयी जैसे प्रतिष्ठित व्यक्तियों से भी सलाह–मशविरा करते थे।

मौलाना आजाद और सरदार पटेल के बाद कृष्णा मेनन नेहरूजी के सर्वाधिक प्रभावशाली सलाहकार बन गए थे। नेहरूजी चीन और सोवियत संघ के संबंध में भारत के प्रथम विदेश सचिव, के.पी.एस. मेनन तथा डॉ. राधाकृष्णनन् पर निर्भर थे। चूँकि नए स्वतंत्र देशों के नेताओं के साथ इनके संबंध बढ़ गए थे, इसलिए समष्टिगत मुद्दों पर निर्णय लेने की प्रक्रिया पर परस्पर विचार–विनिमय का भी प्रभाव पड़ा। विशेष रूप से मिस्र के राष्ट्रपति अब्दुल गामेल नासिर तथा यूगोस्लाविया के मार्शल जोसिप ब्रोज टीटो का प्रभाव पड़ा था। यहाँ इस पर भी ध्यान देना प्रासंगिक होगा कि वे पाकिस्तान, श्रीलंका, नेपाल या इंडोनेशिया के साथ विशेष संपर्क नहीं बनाए हुए थे। दक्षिण–पूर्व एशिया के एकमात्र नेता म्याँमार (बर्मा) के थाकिन नू के साथ इनके व्यक्तिगत संबंध थे।

इस बात पर भी ध्यान दिया जाना चाहिए कि ये सभी पूर्ववर्ती प्रक्रियाएँ व्यक्तिगत संबंधों पर आधारित थीं। नेहरूजी ने विदेश नीति तैयार करने के लिए 'नीति नियोजन सेल' या 'अंतर्विभागीय समन्वय समिति' जैसी संस्थागत व्यवस्थाएँ स्थापित करने की आवश्यकता महसूस नहीं की। आसूचना ब्यूरो और तीनों सशस्त्र सेनाओं के आसूचना निदेशालय स्वायत्त ढंग से कार्य करते थे तथा अति विशिष्ट मुद्दों या प्रश्नों को सुलझाते थे। व्यवहृत भारत सरकार, रक्षा और विदेश मंत्रालय की विभिन्न आसूचना एजेंसियों के बीच संस्थागत समन्वय नहीं था। संभावित खतरे, सुरक्षा संबंधी माहौल तैयार करने या विदेश तथा रक्षा नीति के मुद्दों से संबंधित परिवेश के बारे में प्रधानमंत्री या भारत सरकार ने 'सही समय पर सूचना की उपलब्धता' के आधार पर नीतियाँ बनाने के लिए कोई एकीकृत सामरिक आकलन नहीं किया था। स्वतंत्रता–प्राप्ति के बाद 15 वर्षों के दौरान भारत की विदेश तथा रक्षा नीतियों की असफलता के पीछे यही कारण थे।

सन् 1964 में नेहरूजी की मृत्यु के बाद श्रीमती गांधी के समय में भारत की विदेश नीति में निर्णय लेने की कार्यविधि तथा प्रक्रिया में बदलाव आए। अब विदेशी आसूचना कार्य तथा आसूचना कार्य को अलग कर दिया गया। आंतरिक सुरक्षा तथा आंतरिक प्रतिखुफिया कार्य अलग कर दिए गए। भारत की सुरक्षा से संबंधित बाह्य आसूचना तथा विदेशों से जानकारी प्राप्त करने के लिए नई आसूचना एजेंसी बनाई गई।

अपेक्षाओं के अनुसार आसूचना समिति की रिपोर्टें विशिष्ट मुद्दों पर आधारित थीं या दीर्घकालीन नियोजन एवं वैकल्पिक मुद्दों पर केन्द्रित थीं। विदेश मंत्रालय, रक्षा या वित्त मंत्रालय के माध्यम से समस्याएँ, नीतिगत विकल्प और निर्णय सभी विचारणीय पहलू प्रधानमंत्री कार्यालय में भेजे जाते थे। यदि प्रधानमंत्री यह महसूस करते कि निर्णय लेने से पूर्व कैबिनेट स्तर पर उसके पास भेजे गए बिंदुओं पर सामूहिक रूप से विचार–विमर्श करने की आवश्यकता है, तो इन बिंदुओं पर राजनीतिक मामलों की कैबिनेट समिति, रक्षा से संबंधित कैबिनेट समिति या आर्थिक मामलों से संबंधित कैबिनेट समिति में विचार किया जाता था। यह व्यवस्था अभी भी जारी है तथा सन् 1966 से इसे संस्थागत बनाया गया है।

इसके अलावा संयुक्त सेनाध्यक्षों की समिति बनाई गई। तीनों सेनाओं के अध्यक्ष इस समिति के प्रमुख होते हैं। इसके साथ–साथ इस समिति का सचिवालय भी है। यह अंतर सेवा संगठन है, जो रक्षा मंत्रालय में स्थित है तथा 'थ्री स्टार जनरल' स्तर का अधिकारी इस सचिवालय का अध्यक्ष होता है। इस संगठन में विदेश मंत्रालय और रक्षा मंत्रालय के भी प्रतिनिधि होते हैं। विदेश मंत्रालय का नीति नियोजन प्रभाग होता है। भारत सरकार के अपर सचिव रैंक का अधिकारी इसका अध्यक्ष होता है। यह सीधे विदेश सचिव के निर्देशन में कार्य करता है। विदेश कार्यालय का ब्यूरो या प्रभाग रक्षा मंत्रालय, अंतरिक्ष विभाग, परमाणु ऊर्जा, विज्ञान और प्रौद्योगिकी, सेनाओं, संयुक्त चीफ–समिति तथा अन्य सुसंगत विभागों के साथ संपर्क बनाए रखता है। इसके प्रमुख कार्य मध्यम और दीर्घकालीन विदेश नीति नियोजन प्रक्रिया बनाए रखना तथा प्रासंगिक आसूचना, स्थिति पत्र तथा नीति विकल्प भारत के विदेश मंत्री के सम्मुख प्रस्तुत करना है।

अभी तक सरकार की कार्यपालिका विषयक निर्णय लेने की प्रक्रिया की कार्यविधि बताई गई है। अभी पूरी प्रक्रिया नहीं बताई गई हैं, चूँकि भारत एक लोकतांत्रिक देश है तथा यहाँ पर संसदीय सरकार की व्यवस्था है, इसलिए विधायिका का भी महत्वपूर्ण स्थान है तथा विदेश नीति तैयार करने में इसे मीडिया और शैक्षणिक वर्गों का भी समर्थन मिलता है। संसद, विशेषताः 'लोकसभा' विदेशों के साथ संबंधों पर वित्तीय तथा नीतिगत नियंत्रण रखती है। विदेश मंत्रालय के अनुदान तथा बजट पर प्रायः प्रतिवर्ष फरवरी और मई के बीच बजट सत्र के दौरान चर्चा की जाती है। इस प्रक्रिया में मात्र वित्तीय ही नहीं, बल्कि राजनीतिक और व्यावहारात्मक रूप में भी संवीक्षा की जाती है। इस अवसर पर विदेश नीति से संबंधित मामलों की विस्तारपूर्वक जाँच की जाती है। सुबह 11 बजे से दोपहर 12 बजे तक प्रतिदिन संसद में 'शून्य काल' होता है, जब संसद् का सत्र चल रहा होता है। हर सप्ताह दो दिन निश्चित होते हैं, जब संसद में विदेश मामलों पर प्रश्न पूछे जा सकते हैं। इस संबंध में प्रश्न पूछने पर किसी भी

प्रकार की कोई रोक–टोक नहीं है। विदेश मंत्री और यदि आवश्यक हो तो प्रधानमंत्री को इन प्रश्नों के उत्तर देने होते हैं। यहाँ मानक संसदीय उपाय भी तय किए गए हैं, ताकि सरकार की विदेश नीति संबंधी निर्णयों पर स्पष्टीकरण और जवाबदेही सुनिश्चित हो; जैसे–ध्यानाकर्षण प्रस्ताव' 'अल्पकालिक प्रश्न' 'विशिष्ट मुद्दों या प्रश्नों पर अलग से वाद–विवाद संबंधी प्रस्ताव तथा 'महत्वपूर्ण अंतरराष्ट्रीय घटनाक्रमों पर सरकार से नीति–विवरण या रिपोर्टों के लिए अनुरोध'। इसके अलावा संवेदनशील विदेश या रक्षा नीति में मुद्दों पर 'स्थगन' तथा 'अविश्वास' पत्र/प्रस्ताव भी पेश किए जा सकते हैं। इन सभी तरीकों का प्रमुख केंद्र बिंदु भारत के विदेशों के साथ संबंधों का निरीक्षण करना तथा जवाबदेही बनाए रखना है। इस प्रकार से विदेश नीति तैयार करने में संघीय विधायिका भी प्रतिभागी भूमिका निभाती है।

संसद की दो समितियाँ हैं, इनमें सभी पार्टियों का प्रतिनिधित्व होता है। इनमें कुल 50 सदस्य होते हैं। ये सदस्य विदेश नीति संबंधी मामलों पर विदेश मंत्रालय तथा भारत सरकार से निरंतर संपर्क बनाए रखते हैं। पहली समिति विदेश मामलों पर संसदीय परामर्शी समिति होती है। विदेश मंत्री इसके पदेन अध्यक्ष होते हैं। इन बैठकों में विदेश मामलों की सामाजिक महत्ता के मुद्दों पर चर्चा की जाती है। भारत के विदेश सचिव की अध्यक्षता में विदेश कार्यालय सिविल अधिकारी को बुला सकता है। वे इन बैठकों में आते हैं तथा इस समिति के सांसद सदस्यों के प्रश्नों तथा टिप्पणियों का सही उत्तर देते हैं। प्रत्येक बैठक की कार्यसूची पर पहले ही विदेश मंत्री सांसदों के परामर्श से निर्णय लेता है। विदेश नीति से संबंधित सुझाव तथा निष्पादन और आलोचनात्मक मूल्यांकन इस समिति के विचार–विमर्श का ही एक भाग है। विदेश मंत्रालय तथा भारत सरकार को इस समिति द्वारा दिए गए सुझावों पर विचार करना होता है।

दूसरे, सन् 1992 से विदेश मंत्रालय की स्थायी समिति में राज्य सभा और लोक सभा तथा सभी दलों के राजनीतिक प्रतिनिधि होते हैं। इस समिति का अध्यक्ष सामान्यतः विरोधी दलों का वरिष्ठ सांसद होता है यह समिति अध्यक्ष के स्वविवेक पर या सदस्यों के अनुरोध पर बैठक बुला सकती है। इस समिति की प्रमुख विशेषता यह है कि कोई भी मंत्री इस चर्चा में भाग नहीं ले सकता। यह समिति सदस्यों द्वारा बहस के लिए चुने गए मुद्दों पर जवाब देने के लिए विदेश कार्यालय के किसी भी वरिष्ठ सिविल अधिकारी को बुला सकती है। प्रमुख गवाह के रूप में विदेश सचिव को इस समिति में होने वाली सुनवाई के दौरान उपस्थित रहना पड़ता है यह समिति अपने स्वविवेक पर किसी भी विषय या मुद्दे पर चर्चा कर सकती है। अध्यक्ष और विदेश सचिव इस समिति के सुझाव तथा आलोचना से भारत सरकार को अवगत कराते हैं। विदेश मंत्रालय को अध्यक्ष द्वारा निर्धारित अवधि के भीतर इस समिति के सुझाव पर अनुवर्ती कार्रवाई की रिपोर्ट देनी होती है। परामर्शी समिति तथा स्थायी समिति की रिपोर्ट संसद में विदेश नीति पर बहस तथा विदेश कार्यालय और कैबिनेट द्वारा लिए गए निर्णय का आधार होती है।

इसकी तुलना में नवगठित स्थायी समिति अधिक प्रभावी जान पड़ती थी। इस समिति के अध्यक्ष के रूप में अटल बिहारी वाजपेयी ने पूर्वनिर्धारित कार्यसूची पर ध्यान

केंद्रित किया और प्रश्नोत्तर के लिए पर्याप्त समय निर्धारित किया, साथ ही बैठक का आयोजन करते हुए समिति की प्रभावोत्पादकता सुनिश्चित की। परामर्शी और स्थाई समितियों–दोनों में कुछ ऐसे सदस्य थे, जिन्होंने पूर्व निर्धारित कार्यसूची की शर्तों के अनुरूप विदेश मंत्रालय द्वारा भेजे गए दस्तावेजों का अध्ययन नहीं किया। इन सदस्यों के अपने कुछ विशेष विषय थे। ये प्रत्येक बैठक में अपने वक्तव्य दोहराते रहे हैं। ऐसा करते समय वे इस बात पर ध्यान नहीं देते कि वे जो कुछ कह रहे हैं, वह विचाराधीन विषय से सुसंगत है या नहीं।

इसके अलावा दो अन्य संसदीय समितियाँ हैं, जो विदेश नीति के निरूपण पर प्रभाव डालती हैं। एक है आकलन समिति, जो बजट की संवीक्षा करती है तथा दूसरी लोक लेखा समिति, जो विदेश मंत्रालय के कार्योत्तर व्यय की व्यवहारमूलक तथा वित्तीय लेखा परीक्षा करती है।

सूचना क्रांति तथा खोजी पत्रकारिता के युग में विदेश नीति संबंधी निर्णयों पर मीडिया के प्रभाव पर अधिक बल देने की आवश्यकता नहीं है। भारत गर्व के साथ यह कहता है कि यहाँ प्रेस की स्वतंत्रता तथा स्वतंत्र न्यायपालिका मौजूद है। मानव अधिकारों, पर्यावरण और परमाणु अप्रसार जैसे अंतरराष्ट्रीय मुद्दों से संबंधित विदेश नीति के प्रति इनके अपने दृष्टिकोण हैं।

जवाहरलाल नेहरू के भारतीय विदेश नीति के कार्यान्वयन में व्यावसायिक और विशेषज्ञता प्राप्त विदेश सेवा की आवश्यकता के बारे में स्पष्ट विचार थे। उन्होंने यह स्वीकार किया कि विदेश सेवा के सदस्य सूचना की जाँच तथा निष्कर्ष रूप का मूल्यांकन करने में अपनी भूमिका निभा सकते हैं। हालाँकि उन्हें भारत के विदेशों के साथ संबंधों के समष्टिगत आकलन के संबंध में विश्वास था। नेहरूजी ने भारतीय विदेश सेवा के गठन में चार स्रोत बताए –पहला वह था, जहां विदेश मंत्रालय के वरिष्ठ सोपानों पर ब्रिटिश भारतीय सिविल सेवा के अधिकारी आसीन थे। दूसरा, ब्रिटिश सरकार के पूर्व विदेश तथा राजनीतिक विभागों के मध्यम स्तर के संवर्ग भी इसका स्रोत थे। तीसरा स्रोत भारतीय सेनाएँ थीं। ब्रिटिश इंडिया फोर्स (वायु सेना, नौसेना तथा थल सेना) के कमीशन प्राप्त भारतीय अधिकारियों को द्वितीय विश्व युद्ध के अंत में सेना से अलग कर दिया गया था। उन्होंने ऐसे अनेक अधिकारियों की विदेश सेवा में भर्ती की, जिनका कूटनीतिक विषयक कार्य के प्रति रुझान था। चौथा स्रोत वरिष्ठ शिक्षाविद्, बुद्धिजीवी, प्रख्यात नागरिक तथा कुछ रियासतों के राजकुमार थे। इन लोगों को नेहरूजी ने भारतीय कूटनीतिक मिशन में वरिष्ठ पदों पर नियुक्त किया। चुने हुए व्यक्तियों को देश–विदेश के सर्वोच्च पदों पर नियुक्त करने के लिए सक्षम बनाने हेतु व्यावसायिक रूप से प्रशिक्षित किया जाना चाहिए। इसीलिए उन्होंने भारतीय प्रशासनिक सेवा, भारतीय पुलिस सेवा तथा भारतीय लेखा परीक्षा एवं लेखा सेवा जैसी उच्चतर सिविल सेवाओं के साथ भारतीय विदेश सेवा का गठन किया। सन् 1947 में पहली बार प्रतियोगी परीक्षा ली गई तथा विदेश सेवा के अधिकारियों का पहला बैच इन परीक्षाओं के आधार पर सन् 1948 में आई.ए.एस. अधिकारियों के पहले बैच के साथ प्रशिक्षित किया गया।

यहाँ सेवा की प्रशिक्षण प्रक्रियाओं तथा पिछले लगभग सात दशकों में बदलाव के साथ सामंजस्य स्थापित करने के तरीकों का वर्णन करना संभव नहीं है। यही कहना पर्याप्त होगा कि इन लगभग सात दशकों के 50 वर्षों की अवधि में भारतीय विदेश सेवा में निम्नलिखित परिवर्तन हुए थे। पहला, प्रत्येक सदस्य की सामाजिक तथा शैक्षिक पृष्ठभूमि की दृष्टि से यह लोकतांत्रिक बन गई है। विदेश सेवा में क्रमिक रूप में देश के विभिन्न भागों का प्रतिनिधित्व होता जा रहा है। महानगरों, शहरों, विदेशों में प्रशिक्षित व्यक्तियों की तुलना में मध्यम तथा निम्नतर मध्यम स्तर एवं कम सुविधाएँ प्राप्त समाज के वर्ग के प्रतिनिधि प्रारंभिक स्तर पर अधिक संख्या में आते हैं, जो भारतीय विदेश सेवा के प्रारंभिक बैचों में आए थे तथा भारतीय समाज के सामाजिक ढाँचे में उच्चतर–मध्यम श्रेणी का प्रतिनिधित्व करते हैं। दूसरे, सभी मामलों में भारत विदेश सेवा अधिकारियों के प्रशिक्षण में अधिक आत्मनिर्भर होता जा रहा था तथा सामान्यतः शैक्षणिक दृष्टि से ही नहीं, बल्कि ऐसे प्रशिक्षण के लिए आवश्यक प्रौद्योगिकी उपकरणों की दृष्टि से भी इसे अधुनातन बनाया जा रहा था (जैसे–सूचना प्रौद्योगिकी, कंप्यूटर आदि)। तीसरी विशेषता यह थी कि धीरे–धीरे यह महसूस किया जा रहा था कि भारतीय विदेश सेवा में क्षेत्रीय तथा व्यावहारिक विशेषज्ञता होना भी आवश्यक है। विदेश सेवा के प्रशिक्षण कार्यक्रमों तथा तैनाती संबंधी पैटर्नों में यह आवश्यकता झलकती है। पूर्ण रूप से संतोषजनक न होने के बावजूद सातवें दशक से की गई पहल सकारात्मक थी तथा बहुपक्षीय व्यवस्था में यह प्रक्रिया जारी रही। चौथी विशेषता, विदेश सेवा में भर्ती के संबंध में बौद्धिक मानकों की कमी है। इसका कारण यह नहीं था कि युवा वर्ग की क्षमता कम होती जा रही है, बल्कि अधिक योग्य युवकों का सन् 1972–75 के आस–पास की अवधि में अन्य व्यवसायों के प्रति आकर्षण था। सकारात्मक राजनीतिक और व्यवहारमूलक परिवेश तथा वित्तीय कारणों ने भी इस संबंध में बढ़ावा दिया था।

भारत की विदेश नीति में विद्यमान अंतरालों को दूर करने तथा सुधार लाने की आवश्यकता है। भारतीय विदेश कार्यालय की प्रभावोत्पादकता बढ़ाने के लिए भारतीय विदेश नीति में निर्णय लेने की प्रक्रिया की वैध रूप से आलोचना के कुछ बिंदुओं पर पुनः चर्चा करना भी सुसंगत होगा–

1. विदेश कार्यालय अत्यधिक गोपनीय ढंग से कार्य करता है। इसकी कार्यप्रणाली में अधिक पारदर्शिता होनी चाहिए।
2. विदेश कार्यालय में क्षेत्र, भाषा, कार्यप्रणाली की दृष्टि से विशेषज्ञता का होना आवश्यक है।
3. विदेश सेवा प्रौद्योगिकी की दृष्टि से अद्यतन होनी चाहिए। जहाँ सूचना संग्रह, परीक्षण तथा विश्लेषण एवं नीति निरूपण के लिए आधुनिक गजट तथा उपकरणों का प्रयोग किया जाए। नीति निरूपण के लिए सूचना रिट्राइवल (Retrieval) तथा डाटा निवेश की तकनीक भली प्रकार से आधुनिक तथा अद्यतन बनाई जाए।
4. सभी स्तरों के भारतीय विदेश सेवा के अधिकारियों का प्रशिक्षण कार्यक्रम ऊपर वर्णित अपेक्षाओं की पूर्ति में सहायक हो।

5. विशेष प्रयोजनार्थ भारतीय विदेश सेवा में विशेषज्ञों तथा तकनीकी विशेषज्ञों की भर्ती करने में कोई हिचकिचाहट नहीं होनी चाहिए। स्थायी आधार पर ऐसी नियुक्तियाँ करने की आवश्यकता नहीं है। कार्य तथा परिलब्धियों के अपेक्षित स्तर पर विशिष्ट अवधि के अनुसार तैनाती की जानी चाहिए।
6. सेवाकालीन प्रशिक्षण कार्यक्रम संस्थागत तथा नियमित रूप से चलाए जाएँ, न कि स्वैच्छिक आधार पर।
7. विदेश कार्यालय स्थापना तथा दूसरी ओर विदेशी मामलों में विशेषज्ञता प्राप्त संस्थाओं और मीडिया के बीच विदेश नीति संबंधी मिश्रित विचारों के संबंध में अधिक संस्थागत व्यवस्थाएँ की जानी चाहिए।
8. यद्यपि विदेश कार्यालय में भारत के रक्षा संगठन तथा आसूचना एजेंसियों, समन्वय, विचारों के मूल्यांकन तथा विकल्पों का सुझाव देने के लिए संस्थाएँ मौजूद हैं, फिर भी ये अलग–अलग रूप में कार्य करती हैं। प्रक्रियामूलक तथा व्यवहारमूलक नियम आदि लागू किए जाएँ, ताकि विदेश नीति के निरूपण में शामिल भारत सरकार की सभी एजेंसियों के बीच कारगर तथा सतत् रूप में समन्वयन सुनिश्चित हो सके।
9. मीडिया, सेमिनार, चर्चाओं, संसदीय बहस तथा अन्य प्रचार एजेंसियों के माध्यम से भारत सरकार निरंतर भारतीय लोकमत को बाह्य राजनीतिक और रक्षा संबंधों में देश के सम्मुख मुद्दों और चुनौतियों की जानकारी देती रही है तथा ऐसी तार्किक विधियों की भी जानकारी देती रही है, जिनके द्वारा राष्ट्रीय सर्वसम्मति तथा विदेश नीति पर एकीकृत दृष्टिकोण तैयार किया जा सके।
10. भारत के अन्य देशों के आर्थिक और सांस्कृतिक पहलुओं पर अधिक ध्यान देना चाहिए। निस्संदेह राजनीतिक तथा सामरिक हितों की अत्यधिक महत्ता है, परंतु प्राथमिकताओं की स्कीम तथा विदेश संबंधों के ऊपर वर्णित दो पहलुओं में संतुलन होना चाहिए।
11. नई दिल्ली को अनिवासी भारतीय समुदायों को प्रेरित करने के लिए प्रयास करने चाहिए, जिनका भारत के हितों और विदेशों में प्रभाव को बढ़ावा देने में महत्वपूर्ण स्थान है।

संसद, मंत्रिमंडल तथा विदेश मंत्रालय ऊपर वर्णित कमियों तथा सुझावों से अवगत हैं। आठवें दशक से धीरे–धीरे परंतु निरंतर इस दिशा में प्रयास किए जा रहे हैं कि अंतरराष्ट्रीय कूटनीति की निरंतर परिवर्तनशील प्रभावी माँग के अनुकूल भारतीय विदेश मामलों की स्थापनाएँ गठित की जा सकें तथा 21वीं सदी में भारत के हितों की पूर्ति में कारगर माध्यम बनाया जा सके। यदि देश के भीतर और विदेशों में भारत की विदेश नीति संबंधी कार्यवाहियों के अनौचित्य के बारे में धैर्य खो देने की प्रवृत्ति पाई जाती है, तो लोकतांत्रिक व्यवस्था में पूर्ववर्ती कमियों को दूर करने के लिए जनता का समर्थन जुटाने की अनिवार्यता तथा संसाधनों से संबंधित बाधाओं को भी ध्यान में रखना पड़ता है।

प्रमुख बिन्दु

1. विदेश नीति के निर्णय लेने की प्रक्रिया का स्वरूप दो तत्वों राजनीतिक तथा व्यावहारिक पक्षों पर आधारित होता है। यहाँ पर राजनीतिक प्रक्रिया से तात्पर्य नेतृत्व वर्ग, संसद और मीडिया की भूमिका से तथा व्यावहारिक पक्ष से तात्पर्य भारतीय विदेश सेवा और तकनीकी आसूचना सेवाओं द्वारा निभाई गई भूमिका से होता है।
2. नेहरू युग में विदेश नीति की प्रमुख विशेषता आधारभूत संस्थागत तथा संगठित नीति नियोजन की कोई कार्यावधि न होना थी। वर्ष 1962 की लड़ाई के बाद नेहरू जी ने विदेश नीति के संबंध में दो महत्वपूर्ण कदम उठाए, पहला उन्होंने अपने ही राजनैतिक दल और नेताओं को वाद–विवाद चर्चा तथा मीडिया के माध्यम से अपने विश्वास में लिया। दूसरा उन्होंने सभी राज्यों के मुख्यमंत्रियों को पखवाड़े में पत्र लिखकर अपनी प्रधानता बनाए रखी।
3. स्मरण हो कि नेहरू युग में आसूचना ब्यूरो और तीनों सशस्त्र सेनाओं के आसूचना निदेशालय स्वायत्त ढंग से कार्य करते व अति विशिष्ट मुद्दों को सुलझाते थे।
4. श्रीमति इंदिरा गांधी के शासनकाल में नेहरू युग के विपरीत विदेशी आसूचना कार्य तथा आसूचना कार्य को अलग कर दिया गया। आंतरिक सुरक्षा व आंतरिक प्रतिखुफिया कार्य भी पृथक कर दिए गए, साथ ही विदेशों से जानकारी प्राप्त करने हेतु एक नई आसूचना एजेंसी बनाई गई।
5. भारत जैसे लोकतांत्रिक और संसदीय व्यवस्था वाले देश में विदेश नीति निर्धारण में सरकार के अतिरिक्त मीडिया एवं शैक्षणिक वर्ग भी महत्वपूर्ण भूमिका निभाते हैं।
6. संसद में शून्यकाल के दौरान प्रत्येक सप्ताह में दो दिन केवल विदेश मामलों पर प्रश्न पूछने के लिए नियत होते हैं।
7. ध्यानाकर्षण प्रस्ताव, अल्पकालिक प्रश्न, विशिष्ट मुद्दों से संबंधित प्रस्ताव, अंतरराष्ट्रीय घटनाक्रम से संबंधित रिपोर्ट व संवेदनशील विदेशी मुद्दों पर स्थगन तथा अविश्वास प्रस्ताव भी विदेश नीति निर्धारण में प्रमुख भूमिका निभाते हैं।
8. संसद की दो महत्वपूर्ण समितियाँ पहली विदेश मामलों पर संसदीय परामर्शी समिति तथा दूसरी लोकसभा व राज्यसभा के सदस्यों वाली स्थाई समिति इन समितियों के सदस्य विदेश नीति संबंधी मामलों पर विदेश मंत्रालय व भारत सरकार से संपर्क बनाए रखते हैं।
9. इसके अतिरिक्त दो अन्य संसदीय समितियों आकलन समिति जो बजट की समीक्षा करती है तथा लोक लेखा समिति, जो विदेश मंत्रालय के कार्योत्तर व्यय की व्यवहारमूलक तथा वित्तीय लेखा परीक्षा करती है। ये समितियाँ भी विदेश नीति के निरूपण को प्रभावित करती है।
10. जवाहरलाल नेहरू ने भारतीय विदेश नीति के कार्यान्वयन में व्यावसायिक एवं विशेषज्ञता प्राप्त विदेश सेवा पर ध्यान केंद्रित किया, उन्होंने भारतीय विदेश सेवा गठन के चार स्त्रोत बताएं, जो निम्नलिखित हैं।

11. पहला वह स्तर जहाँ विदेश मंत्रालय के वरिष्ठ सोपानों पर ब्रिटिश भारतीय सिविल सेवा अधिकारी आसीन थे।
12. दूसरा ब्रिटिश सरकार के पूर्व विदेश तथा राजनीतिक विभागों के मध्यम स्तर के संवर्ग।
13. तीसरा भारतीय सेनाएं।
14. चौथा स्त्रोत वरिष्ठ शिक्षाविद् बुद्धिजीवी, प्रख्यात नागरिक व कुछ रियासतों के राजकुमार।
15. नेहरू जी के दृष्टिकोण से देश–विदेश के सर्वोच्च पदों पर नियुक्ति हेतु उम्मीदवारों को सक्षम बनाने के लिए व्यावसायिक रूप से प्रशिक्षित किया जाना चाहिए। इसलिए उन्होंने भारतीय प्रशासनिक सेवा, भारतीय पुलिस सेवा व भारतीय लेखा परीक्षा से इतर भारतीय विदेश सेवा का भी गठन किया। भारतीय विदेश सेवा की प्रथम प्रतियोगी परीक्षा वर्ष 1947 में आयोजित की गई।
16. भारतीय विदेश कार्यालय की प्रभावोत्पादकता बढ़ाने हेतु कुछ बिन्दुओं पर ध्यान केंद्रित करना आवश्यक है।
17. भारतीय विदेश कार्यालय को कार्यप्रणाली में अधिक पारदर्शिता होनी चाहिए।
18. कार्यप्रणाली को दृष्टि से विशेषज्ञता का होना आवश्यक विदेश सेवा प्रौद्योगिक दृष्टि से अद्यतन होनी चाहिए।
19. विदेश कार्यालय, विदेशी मामलों में विशेषज्ञता प्राप्त संस्थाओं व मीडिया के मध्य संतुलित और अधिक व्यवस्थाएं स्थापित की जानी चाहिए।
20. भारत तथा अन्य देशों के मध्य आर्थिक और सांस्कृतिक पहलुओं पर अधिक ध्यान देना चाहिए।
21. विदेशों में भारतीय हितों को प्रोत्साहित करने हेतु अनिवासी भारतीय समुदाय को प्रेरित करना चाहिए।

❑❑

17 भारत की विदेश नीति : एक मूल्यांकन

कालक्रमानुसार देश तथा मुद्दों की दृष्टि से भारत की विदेश नीति का विवेचन करने के बाद अब 70 वर्ष की अवधि के संबंध में हुई उपलब्धियों पर आलोचनात्मक दृष्टि से विचार करने की आवश्यकता है; हमें आशा–निराशा, उत्थान–पतन तथा सबसे ऊपर के प्रभाव का मूल्यांकन करना है। क्या जनता और भारत सरकार स्वतंत्रता–प्राप्ति के समय से निर्धारित विदेश नीति संबंधी लक्ष्य प्राप्त कर सकी? क्या हमने बदलते हुए हालात का सामना करने के लिए विदेश नीति के लक्ष्य और हित पुनः सुनिश्चित करते हुए विदेश नीति में सामंजस्य लाने की कोशिश की? क्या हमसे इस दिशा में कोई गलती हुई, यदि हाँ, तो क्यों? इस अभ्यास में इन प्रश्नों पर विचार करने तथा विदेश नीति का मूल्यांकन करने का प्रयास किया गया है। देश की विदेश नीति की संकल्पना और इसके कार्यान्वयन जैसे मुद्दों का भी व्यापक रूप से विश्लेषण किया गया है। परंतु पिछले 70 वर्षों के दौरान केवल भारत की विदेश नीति को प्रभावित करने वाले प्रमुख अंतर्विरोधों या विषयवार अथवा देश के अनुसार ही विश्लेषण नहीं किया जा सकता, इसलिए मैं मूल्यांकन करते हुए अलग दृष्टिकोण अपनाऊँगा। पहले, हमारी विदेश नीति को प्रभावित करने वाली स्थितियों और राजनीतिक–ऐतिहासिक प्रवृत्तियों का विश्लेषण करना होगा। दूसरे, भारत की सामूहिक भावना तथा इसकी व्यवस्थाओं का आकलन करना होगा। तीसरे, भारत की विदेश नीति से संबंधित अंतरराष्ट्रीय समुदाय का भारत के प्रति दृष्टिकोण तथा भारत की अभिवृत्ति और नीतियों के माध्यम से इस पर विचार करना होगा। चौथे, कार्यान्वयन स्तर पर भारत की विदेश नीति की सफलताओं और विफलताओं का विश्लेषण करने का प्रयास किया जाएगा।

14वीं शताब्दी के प्रख्यात् विद्वान् इठन खल्दन ने ऐतिहासिक ताकतों का विश्लेषण करते हुए बताया था कि मानव समाज और इसमें आने वाले बदलावों पर प्रमुखतः प्रकृति और ऐतिहासिक विरासत का प्रभाव होता है। अलग–अलग व्यवस्था पर भारत की स्थिति तथा विदेश संबंधों का आकलन करने के लिए यह सबसे अच्छा मार्गदर्शी सिद्धांत है। यहाँ सर्वप्रथम मुद्दा यह था कि भारत ने 190 वर्ष से चले आ रहे ब्रिटिश शासन से मुक्ति पाई थी। परंतु भावनात्मक स्तरों पर भारत ने लगभग हजारों वर्षों से चले आ रहे विदेशी शासकों से आजादी पाई थी। दूसरे, पहली बार भारत अंतरराष्ट्रीय समुदाय का एकीकृत उपमहाद्वीपीय देश के रूप में सदस्य बना और पहली बार भारतीय गणराज्य की स्थापना में भारत की सामाजिक–सांस्कृतिक समन्वयात्मक पहचान को भू–राजनैतिक अभिव्यक्ति मिली। तीसरे, पहली बार इतिहास में भारतीय समाज में राज्य की संरचना और नियामक संस्थाएँ सामाजिक लोकतंत्र के सिद्धांतों पर आधारित हुईं। इसीलिए पहली बार भारत सरकार की नीतियों में भारतीय जनता की आकांक्षाएँ और

हित प्रतिबिंबित हुए। भारतीय जनता का कल्याण सुनिश्चित करते हुए तथा इनके हितों के विरुद्ध भारत की नीतियों को प्रभावित करने वाली प्रत्यक्ष या परोक्ष गतिविधियों का सामना करते हुए भारत की भौगोलिक एकता तथा स्वतंत्रता बनाए रखना समष्टिगत उद्देश्य है। इन उद्देश्यों के संबंध में राष्ट्रीय सर्वसम्मति विद्यमान है।

भारत के चारों ओर भू–सांस्कृतिक परिवेश तथा इसके परिणामस्वरूप उभरने वाली प्रवृत्तियों ने भारत के बाह्य दृष्टिकोणों पर प्रभाव डाला है। सर्वाधिक प्रभावशाली भारत का विभाजन, दो राष्ट्रों के सिद्धांतों पर आधारित था, जिसके पीछे कोई वास्तविक आधार नहीं था। यद्यपि पाकिस्तान इस आधार पर बनाया गया था कि इस उपमहाद्वीप में मुस्लिम वर्ग का अलग राष्ट्र हो तथा पाकिस्तान इस वर्ग का अपना देश होगा, तथापि इस उपमहाद्वीप की मुस्लिम आबादी का एक–तिहाई से ज्यादा भाग भारत में ही रह गया था। पाकिस्तान के निर्माता अभी भी असंतुष्ट थे, क्योंकि जो भाग वे चाहते थे, वह पाकिस्तान को नहीं मिल सका। विभाजन के बाद भारत और नवनिर्मित देश पाकिस्तान में बड़ी संख्या में शरणार्थियों की समस्या ने भारत और पाकिस्तान, दोनों देशों की मनोवृत्ति को विकृत किया। हिंदू–मुस्लिमों के व्यापक स्तर पर नृशंस जनसंहार का मन की अंतरतम गहराइयों तक प्रभाव पड़ा। कश्मीर प्राप्त करने में असफलता तथा हैदराबाद के निजाम अली के साथ संपर्क बनाने के निष्फल प्रयासों से पाकिस्तान में कड़वाहट फैली तथा भारत के मन में भी यह संदेह तथा आकांक्षाएँ उभरने लगी कि पाकिस्तान भारत की एकता और अखंडता को विच्छिन्न करना चाहता है। विभाजन के समय से संदेह और वैमनस्य के बोए गए बीज के कड़वे परिणाम सामने आए। आज भी भारत तथा पाकिस्तान के बीच संबंधों में विभाजन का आघात सक्रिय कारक बना हुआ है।

भारत को पाकिस्तान के अलावा दो अन्य राजतांत्रिक देशों– भूटान और नेपाल, का भी सामना करना पड़ा। भूटान के महाराजा का स्वतंत्र भारत के नेता वर्ग के साथ खास परिचय नहीं था। नेपाल के राणा ब्रिटिश साम्राज्यवादी सरकार के साथ निकट संबंधों के कारण लोकतांत्रिक भारत को संदेह की नजर से देखते थे। म्यांमार (बर्मा) तथा दक्षिण–पूर्व एशिया के अन्य देश दूसरे विश्वयुद्ध के बाद अपनी नई राजनीतिक पहचान बनाने में लगे थे या ब्रिटिश, फ्रांसीसी और डच जैसी औपनिवेशिक ताकतों से स्वतंत्र होने के लिए संघर्ष कर रहे थे। भारत की आबादी, भौगोलिक क्षेत्र तथा संसाधनों की विषमता के कारण भारत और उसके निकट पड़ोसी देशों के इंट्रा–रीजनल संबंधों पर भी प्रभाव पड़ा। भारत के निकटवर्ती पड़ोसी देश, विशेष तौर पर पाकिस्तान यह महसूस कर रहा था कि संभावित, वास्तविक काल्पनिक भारतीय प्रमुख प्रवृत्तियों के विरुद्ध समीकरण बनाने की आवश्यकता है, जबकि भारत का लक्ष्य अपनी एकता को मजबूत बनाना तथा पड़ोसी देशों के साथ संबंध स्थापित करना था, जिससे इन देशों की आशंकाएँ दूर हों तथा इन्हें भारत के साथ सहयोगपूर्ण एवं परस्पर लाभप्रद समीकरण बनाने के लिए प्रोत्साहित किया जा सके। भारत औपनिवेशिक ताकतों के विरुद्ध संघर्ष का समर्थन करता था, क्योंकि भारत का यह विचार था कि सभी औपनिवेशिक ताकतों से स्वतंत्रता–प्राप्ति राष्ट्र के रूप में स्वतंत्र भारत के सुदृढ़ीकरण का ही एक आंतरिक भाग है। भारत को चीन में होने वाली उथल–पुथल का भी सामना करना पड़ा। यह

देश साम्यवादी व्यवस्था की ओर बढ़ रहा था। सोवियत संघ भारत का आलोचक था। इसके अलावा भारत के प्रति संयुक्त राज्य अमेरिका के दृष्टिकोण पर ब्रिटिश औपनिवेशिक ताकत के विचारों तथा आकलन का प्रभाव था। ब्रिटिश ने संयुक्त राज्य अमेरिका के साथ अपने विदेश संबंधों का लाभ उठाते हुए भारत की प्रतिकूल तस्वीर पेश की। वस्तुतः इस विशिष्ट स्थिति से अमेरिका का पाकिस्तान के प्रति सहानुभूतिपूर्ण रवैया बना तथा भारत के प्रति इसके विचार अंतरराष्ट्रीय राजनीति में ऐसा कारक बना, जो अनिश्चित होने के साथ–साथ नियंत्रण से परे है। भारत को आदर्शवाद तथा दूसरे विश्वयुद्ध के बाद विशेषतः भारत के प्रति विश्व की प्रमुख ताकतों के दृष्टिकोण के संबंध में विश्व की गतिविधियों को प्रभावित करने वाली अंतरराष्ट्रीय राजनीति के प्रति नैतिक दृष्टिकोण में पाए जाने वाले अंतर्विरोधों का भी सामना करना पड़ा था। इस दृष्टिकोण ने शीतयुद्ध के प्रति विचारों को अत्यधिक प्रभावित किया। यह याद रखा जाना चाहिए कि वस्तुस्थितियों तथा अंतर्विरोधों को भारत ने झेला, जिससे संप्रभुता संपन्न देश के रूप में विदेश संबंधों में हमारा अनुभव सीमित था। भारत की ऐसी स्थिति थी कि विदेशी शासकों के गुलाम रहे सभी देश भारत को अपना आदर्श/उदाहरण मान रहे थे तथा भारत में विद्यमान पैटर्न को अपनाकर वे अपनी राजनीतिक व्यवस्था तय कर रहे थे।

भारत के पड़ोसी देशों में एक ओर कड़वाहट और वैमनस्य की भावना तथा दूसरी ओर अनिश्चितता पाई जाती थी। समष्टिगत अंतरराष्ट्रीय समीकरणों की दृष्टि से भारत पर यह दबाव पड़ रहा था कि वह शीतयुद्ध में किसी एक गुट का पक्ष ले, इसके साथ ही विश्व की बड़ी ताकतों में भारत के प्रति अनिश्चित विचारधाराएँ बन रही थीं। इसके अलावा अंतरराष्ट्रीय समुदाय का सदस्य बनने की भारत की योजना तथा भूमिका का भी विदेश नीति पर प्रभाव पड़ा। भारत उन पहले देशों में से था, जो औपनिवेशिक ताकतों से स्वतंत्र हुए थे तथा भारत ने अहिंसा पर आधारित नैतिक मूल्यों को महत्व देते हुए स्वतंत्रता–प्राप्ति के लिए संघर्ष किया था। इससे नेताओं ने यह महसूस किया कि अंतरराष्ट्रीय कारकों को प्रभावित करने वाली शक्ति के अवधारक, आर्थिक संसाधनों तथा प्रौद्योगिकीय क्षमताओं से परे न्याय तथा निष्पक्ष अंतरराष्ट्रीय व्यवस्था के निर्माण में योगदान देने की दृष्टि से विशेष जिम्मेदारी तथा भूमिका निभानी है। नेहरूजी की अन्य विचारधारा यह थी कि भारत विश्व की राजनीति से उपनिवेशवाद, आर्थिक शोषण और भेदभाव मिटाने में प्रमुख भूमिका निभाएगा। सन् 1947 में नेहरूजी द्वारा बुलाई गई एशियाई संबंध कॉन्फ्रेंस संकल्पनात्मक भूमिका को ठोस विदेश नीति में बदलने के लिए किया गया प्रयास था। भारत द्वारा स्वयं अपने लिए निर्धारित भूमिकाओं के परिणामस्वरूप संयुक्त राष्ट्र को पूर्णरूपेण समर्थन दिया। संयुक्त राष्ट्र के चार्टर में समाहित अंतरराष्ट्रीय संबंधों के आदर्शों के प्रति वचनबद्धता व्यक्त की तथा परमाणु अस्त्रों के उन्मूलन तथा निरस्त्रीकरण का समर्थन एवं प्रचार किया। इसके अलावा अफ्रीका और एशिया के देशों की आकांक्षाओं के निर्वचन में निभाई गई भूमिका थी। साथ ही भारत का यह विचार था कि विश्व के विकासशील देशों की सामाजिक–आर्थिक आशाओं–आकांक्षाओं का समर्थन और प्रचार करना भी विधिसम्मत होगा। यह धारणा बनाई गई थी कि इस प्रक्रिया में भारत विश्व के विकासशील देशों के बीच एकता

कायम रखने में उत्प्रेरक की भूमिका निभाएगा तथा सैन्य शक्ति या महत्वपूर्ण संसाधनों के आधार पर नहीं, बल्कि नैतिक महत्ता तथा अंतरराष्ट्रीय संबंधों पर महत्वपूर्ण प्रभाव डालने वाले नैतिक सिद्धांतों के प्रति वचनबद्धता के आधार पर भारत अंतरराष्ट्रीय समुदाय में प्रमुख स्थान प्राप्त करेगा। स्वतंत्रता–प्राप्ति के बाद पहले दशक के दौरान भारत की विदेश नीति तथा एशियाई और अफ्रीकी देशों के स्वतंत्रता संग्राम को सहयोग देने में निभाई गई भारत की भूमिका, एफ्रो–एशियन कॉन्फ्रेंस और गुटनिरपेक्ष आंदोलन जैसे अंतरराष्ट्रीय बहुपक्षीय मंच तैयार करने के संबंध में नेहरूजी के वक्तव्यों से यह अर्थ निकलता है।

अंतरराष्ट्रीय राजनीति में भारत की भूमिका के बारे में भारत के प्रभाव क्षेत्र के विस्तार में अन्य धारणा यह भी थी कि विश्व के अधिकांश देशों के हित और न्यायोचित निष्पक्ष व्यवस्था तभी आ पाएगी, जब अंतरराष्ट्रीय समुदाय के सदस्य शीतयुद्ध तथा परस्पर विरोधी शक्ति समीकरणों से दूर रहेंगे। इस दृष्टि में विरोधी सत्ता की राजनीति तथा राजनीतिक यथार्थवाद का खंडन करते हुए नैतिक पहलुओं को आवश्यक माना गया है। शक्ति समीकरणों में शामिल इन दोनों तथ्यों की विकासशील देशों की चिंताओं के साथ कोई प्रासंगिकता नहीं है तथा इससे ऐसे देशों पर अतार्किक तथा बाह्य प्रभाव पड़ेगा, जिससे नीतियाँ बनाने तथा विकल्पों की स्वतंत्रता भी प्रभावित होगी।

नेहरूजी की विचारधारा के साथ इस दृष्टिकोण का सीधा संबंध है। नेहरूजी यह मानते थे कि स्वतंत्रता और संप्रभुता को बचाने के लिए भारत की विदेश और रक्षा नीतियों में विकल्पों की स्वतंत्रता का होना अनिवार्य है। प्रख्यात राजनीतिक प्रचारक सुनील खिलनानी ने अपनी पुस्तक 'द आइडिया ऑफ इंडिया' में इस विचार की पुष्टि की है कि–

नेहरूजी की दृष्टि में नए देश (भारत) की अधिकार शक्ति मात्र संवैधानिक लोकतंत्र की घरेलू/आंतरिक प्रक्रियाओं पर ही निर्भर नहीं है, बल्कि अंतरराष्ट्रीय क्षेत्र में संप्रभुता स्थापित करने पर भी निर्भर है। भारत की संप्रभुता सुनिश्चित करने के लिए निर्णय लेते समय नेहरूजी ने गुटनिरपेक्षता का सिद्धांत विकसित किया। सन् 1955 में बांडुंग कॉन्फ्रेंस में प्रस्तुत किए गए गुटनिरपेक्षता सिद्धांत अब इतने प्रभावशाली/महत्वपूर्ण दिखाई नहीं पड़ते, परंतु पाँचवें दशक के मध्य में ये सिद्धांत ध्रुवीकरण से बहुत दूर थे। सक्रिय निरपेक्ष नीति में कुछ बाधाएँ थीं। सर्वाधिक महत्वपूर्ण तथ्य यह है कि सन् 1956 में हंगरी पर सोवियत हमले का खंडन करते समय भारत हिचकिचा रहा था, परंतु प्रमुख बात यह है कि नेहरूजी ने भारत को अंतरराष्ट्रीय राजनीति में समर्थ तथा स्वतंत्र रूप से विचार व्यक्त करने वाले देश के रूप में स्थापित करने में अद्भुत सफलता प्राप्त की। किसी औपनिवेशिक शासन की गुलामी से उबरे गरीब देश के लिए यह बहुत बड़ी बात है। सार रूप में, नेहरूजी के गुटनिरपेक्ष सिद्धांत की प्रमुख धारणा यह थी कि एशिया यूरोपीय ताकतों की गुलामी से उबर चुका है। भारत और चीन दोनों देशों का लक्ष्य विश्व के इतिहास में नए युग का प्रवर्तन करना था। उन्होंने सबसे पहले चीन के साथ पंचशील सिद्धांतों की रूपरेखा तैयार की। नेहरूजी को यह आशा थी कि इन पाँच नियमों से एशिया में शांति आएगी।

इस दृष्टि तथा उपलब्धि ने भारत में स्वयं को महत्व देने की सामूहिक भावना जाग्रत होने में सहायता दी। भारतीयों में स्वाभिमान की भावना जगाने वाले अन्य तीन प्रमुख कारक इस प्रकार हैं–

पहला : लोकतांत्रिक गणराज्य संविधान अपनाना तथा स्वतंत्रता–प्राप्ति के बाद मात्र तीन वर्ष की अवधि के भीतर भारतीय राज्य व्यवस्था की संस्थागत आधारभूत संरचना को साकार रूप देना।

दूसरा : भारत संघ में अधिकांश भारतीय देशी रियासतों का विलय तथा भाषायी आधार पर गणराज्य की स्थापना करते हुए राज्यों का नए सिरे से गठन (भारतीय राज्यों का पुनर्गठन)।

तीसरा : सैन्य आत्मविश्वास इस भावना के कारण जाग्रत हुआ कि भारतीय सेना के पास ब्रिटिश भारतीय सेना की क्षमताएँ मौजूद हैं। इस सेना ने दूसरे विश्वयुद्ध के दौरान अनेक युद्ध जीते थे। कश्मीर में पाकिस्तानी सेना का समर्थन प्राप्त आदिवासी कबीलों के हमलों के विरुद्ध सफल सैन्य कार्यवाही तथा सन् 1947 और 1948 में सैनिक कार्यवाहियों के कारण भी आत्मविश्वास बढ़ा। इसके अलावा अवचेतन में कहीं यह भावना भी थी कि भारत एक क्षेत्रीय ताकत के रूप में उभरेगा।

प्रश्न उठता है कि भारत की स्थिति तथा आत्मनिर्धारण के प्रति विश्व का क्या दृष्टिकोण था? भारत की विदेश नीति में विकसित हो रही प्रवृत्तियों के बारे में विश्व ने किस प्रकार से अपनी प्रतिक्रिया व्यक्त की? भारत के निकट पड़ोसी देशों की प्रतिक्रिया मिश्रित थी। इनके रवैये में आशंका और रोष विद्यमान था। पाकिस्तान का विचार था कि आत्म–सुरक्षा के लिए भारत के प्रति प्रतिकूल दृष्टिकोण बनाए रखना अनिवार्य है, ताकि द्वि–राष्ट्र सिद्धांत बनाए रखा जाए और विभाजन में किसी प्रकार की विकृति का विरोध किया जा सके। इस दृष्टिकोण के पीछे वैध कारण थे। हैदराबाद में भारत की पुलिस कार्यवाही तथा पंडित नेहरू और मौलाना आजाद के इस बयान से पाकिस्तान की उक्त प्रतिक्रियाओं को आधार मिल गया कि भारत का विभाजन असामान्य घटना थी। नेपाल और सीलोन (अब श्रीलंका) जैसे अन्य देशों ने क्षेत्रीय मुद्दों और अंतरराष्ट्रीय संबंधों पर भारत के उपदेशात्मक नैतिक रुख का विरोध किया था। भारत के साथ इन देशों के सांस्कृतिक, धार्मिक और भाषायी संबंधों के कारण यह आशंका उठने लगी कि औपनिवेशिक ताकतों के हट जाने से भारत की नीतियों में आत्मसात् करने या विलय की प्रवृत्तियाँ उभर सकती हैं, जिससे छोटे देशों की पहचान/अस्तित्व मिट जाएगा। एशिया और अफ्रीका के विकासशील देश भी प्रारंभिक अवस्था पर अपने हितों की खातिर भारत के समर्थन की सराहना करने के बावजूद, अब भारत द्वारा निभाई गई प्रमुख भूमिका के बार–बार किए जाने वाले दावे के प्रति संदेह करने लगे थे तथा दबे स्वर में विरोध भी करने लगे थे और यह मान रहे थे कि भारत इन देशों के नेता वर्ग की इन भावनाओं के प्रति कोई सहानुभूति नहीं रखता है। सन् 1955 में बांडुंग कॉन्फ्रेंस में यह प्रतिक्रिया अधिक उजागर हो गई, जब चीन और सीलोन के प्रधानमंत्रियों ने नेहरूजी की नेतृत्व शक्ति के बारे में संदेह प्रकट किया था। सन् 1962 में भारत–चीन की लड़ाइयों में भारत की हार के बाद यह प्रवृत्ति और अधिक मुखर हो गई।

भारत द्वारा शीतयुद्ध का विरोध तथा गुटनिरपेक्ष आंदोलन की स्थापना में भारत की अग्रणी भूमिका से संयुक्त राज्य के नेतृत्व में पश्चिमी लोकतांत्रिक देशों ने भी भारत के प्रति अपनी शंकाएँ तथा कभी–कभी मतभेद जाहिर किए। सन् 1953 तक स्टालिन के समय समाजवादी गुट का भी यह विचार था कि भारत की विचारधारा अस्पष्ट है तथा अंतरराष्ट्रीय राजनीति में यह देश असंगत घटक है। सन् 1949 से 1956 तक चीन इस दृष्टिकोण का अपवाद था। नेहरूजी ने चीन में साम्यवादी शासन को तुरंत मान्यता दे दी थी तथा संयुक्त राष्ट्र ने ताइवान के स्थान पर चीन की सरकार को रखने की पैरवी की थी। इससे बीजिंग ने भी सकारात्मक रुख अपनाया था। तिब्बत पर चीन के दावे पर पंडित नेहरू की सहमति का होना अतिरिक्त कारक था। परंतु सन् 1956 में भारत के विरुद्ध चीन की भू–सामरिक महत्वाकांक्षाओं तथा क्षेत्रीय दावों के कारण दोनों देशों के बीच संबंधों में कटुता आने लगी।

हालाँकि भारत के बारे में विश्व की प्रमुख ताकतों के रवैये में विद्यमान अनिश्चितताएँ और अस्पष्टता अभी भी मौजूद हैं, फिर भी शीतयुद्ध में भाग न लेने तथा संवेदनशील अंतरराष्ट्रीय घटनाक्रमों के प्रति सिद्धांतों पर आधारित दृष्टिकोण बनाए रखने की क्षमता से भारत की निश्चित तथा स्पष्ट छवि बनी है। सन् 1950 और 1961 के बीच कोरियाई युद्ध, भारत–चीन संकट, फिलिस्तीन संघर्ष तथा कांगो के गृहयुद्ध में भारत द्वारा निभाई गई भूमिका से प्रमुख अंतरराष्ट्रीय संकट से निपटने में भारत की निष्पक्षता तथा मध्यस्थता की पुष्टि होती है। यद्यपि भारत द्वारा मध्यस्थता की भूमिका को मान्यता मिली है, फिर भी भारत की यह आलोचना की जाती रही है कि भारत विभिन्न विदेशी स्रोतों से सहायता पाना चाहता है, फिर भी वह उन देशों के हितों, दृष्टिकोणों तथा स्थितियों का समर्थन नहीं करता, जो उसे विभिन्न प्रकार की सहायता दे रहे हैं।

इन स्थितियों (आत्म–अनुभूति तथा बाह्य अनुभव जगत) के संदर्भ में हमें घटनावार और देशवार भारत की विदेश नीति का समग्र रूप में मूल्यांकन करना है।

निस्संदेह व्यापक स्तर पर भारत की विदेश नीति विविध आयामों में देश के मूलभूत हितों की पूर्ति में सफल रही है। फिर भी मेरे विचारों का केंद्रबिंदु ऐसे अंतर्विरोध होंगे, जिनके कारण भारत को इस आलोचनात्मक मूल्यांकन का सामना करना पड़ेगा कि भारत का निष्पादन बेहतर रहा या नहीं। यदि इस प्रकार का मूल्यांकन करते समय विदेश नीति की असामान्य घटनाओं तथा कुछ मामलों में भारतीय विदेश नीति के लक्ष्य पूर्ति में पूर्णतः सफल न होने के अकाट्य कारणों पर भी ध्यान नहीं दिया जाता तो ऐसा मूल्यांकन स्पष्ट निर्णय होगा।

इस पुस्तक के प्रारंभ में मैंने भारत की विदेश नीति की नैतिक व्यवस्था तथा इस व्यवस्था में बाधक यथार्थ की राजनीतिक दबावों के बीच उभरे अंतर्विरोध का उल्लेख किया है। इस अंतर्विरोध के कारण इन 70 वर्षों के दौरान विदेशों में दुविधाओं तथा विफलताओं का सामना करना पड़ा। इन दुविधाओं तथा विफलताओं को बढ़ावा देने वाले घटनाक्रमों पर पुनः विचार करना भी समीचीन होगा। पाकिस्तान के साथ संबंधों में भारत को सबसे पहले इस समस्या को सुलझाना था कि विदेश मुद्रा विनिमय संतुलन तथा अन्य परिसंपत्तियों सहित भारत–पाक के बीच परिसंपत्तियों को बराबर–बराबर बाँटा

जाए। ब्रिटिश शासकों के लिए सही दृष्टिकोण यही था कि वे भौगोलिक आकार और आबादी के आधार पर इन देशों के बीच परिसंपत्तियों का बंटवारा करते। परंतु उन्होंने जान–बूझकर परिसंपत्तियों के वितरण की प्रक्रिया अस्पष्ट स्थिति में छोड़ दी, जिससे सभी संबंधित मुद्दों पर राजनीतिक दृष्टिकोण तथा पूर्वाग्रहों से ग्रस्त जटिलताओं/मनोग्रंथियों के प्रभाव में विचार किया गया। दोनों देश एक–दूसरे पर निष्पक्ष न होने का आरोप लगाते रहे।

पाकिस्तान ने भारत पर यह आरोप लगाया कि भारत इस वजह से (जिससे महात्मा गांधी काफी चिंतित हो गए) सही संतुलन नहीं रख पाया है। इंग्लैंड में इंडिया–ऑफिस के प्रमुख पुरालेख तथा पुस्तकालयों की विनियोजना जैसे कुछ विवाद आज तक नहीं सुलझ पाए हैं। भारत दोनों देशों के आकार तथा नए राज्यों (देशों) की कार्यप्रणाली से संबंधित परिसंपत्तियों की विभिन्न श्रेणियों की दृष्टि से परिसंपत्तियों के वितरण के संबंध में स्पष्ट एवं सुनिश्चित ढंग से सुझाव देने में पहल कर सकता था।

जिस ढंग से स्वतंत्रता काल में कश्मीर मुद्दे पर विचार किया गया, उससे हमारी नीतियों में विद्यमान अंतर्विरोध स्पष्ट होते हैं। कश्मीर नीति पर हमारा नैतिक तत्व यह था कि कश्मीर के महाराजा को नहीं, बल्कि वहाँ की जनता को यह निर्णय लेना था कि उसे भारत के साथ रहना है या पाकिस्तान के साथ। इसके बाद भारत ने यह विचार रखा कि वह जम्मू–कश्मीर या किसी भी रजवाड़े या देशी रियासत को भारत संघ में मिलाने के लिए बल प्रयोग नहीं करेगा। भारत को आशा थी कि भूगोल, आर्थिक क्षमता तथा सांस्कृतिक, भाषायी और जातिगत संपर्कों से ये रियासतें भारत या पाकिस्तान में मिल जाएँगी।

इसके विपरीत यथार्थ की राजनीति की अपेक्षा यह दबाव था कि ब्रिटिश सरकार ने यह निर्णय लिया कि राजा–महाराजा भारत या पाकिस्तान में विलय का निर्णय लेंगे, न कि जनता। यहाँ तक कि इन्हें यह भी मौका दिया गया कि यदि ये चाहे तो स्वतंत्र भी हो सकते हैं। (त्रावणकोर, हैदराबाद, इंदौर तथा जूनागढ़ ने स्वतंत्र रहने की इच्छा जाहिर की थी; परंतु अंततः अत्यधिक दबावों के कारण इन्होंने भारत में शामिल होने का फैसला किया; इसमें जूनागढ़ तथा हैदराबाद के विरुद्ध सैन्य कार्यवाही भी शामिल है।) कश्मीर के महाराजा का रवैया अस्पष्ट था। उनका अंतिम लक्ष्य स्वतंत्र रहना था; परंतु पाकिस्तान ने अक्टूबर 1947 में पठान लश्कर द्वारा इस राज्य पर आक्रमण करके इनके इरादों पर पानी फेर दिया। महाराजा ने इस दबाव के अंतर्गत भारत में कश्मीर विलय का निर्णय लिया। भारत में कश्मीर विलय के संबंध में प्रभावी तथा लोकप्रिय नेशनल कॉन्फ्रेंस का भी समर्थन प्राप्त था। भारत संघ में कश्मीर विलय से भारतीय स्वतंत्रता की संवैधानिक और यथार्थ की राजनीति संबंधी अपेक्षाओं की पूर्ति हो गई। इस निर्णय के लिए नेशनल कॉन्फ्रेंस और शेख अब्दुल्ला से नैतिक आधार पर समर्थन भी मिल गया। इसलिए भारत ने इस रियासत की रक्षा के लिए अपनी सेनाएँ भेज दीं, जो भारतीय क्षेत्र और भारत गणराज्य का आंतरिक भाग बन गया था। भारतीय सेना के हस्तक्षेप से इस विवाद का स्वरूप ही बदल गया। परिणामस्वरूप पाकिस्तान की सेना ने सीधे इस क्षेत्र में हस्तक्षेप किया। जब नेहरूजी की नैतिक आशंका तथा

आदर्शवाद ने भारत की विदेश नीति को प्रभावित किया। तब भारत की सैनिक कार्यवाही लगभग सफलता प्राप्त कर चुकी थी। उन्होंने इस मुद्दे को संयुक्त राष्ट्र में ले जाने का निर्णय लिया। यहाँ इस पक्ष पर बल देना समुचित होगा कि भारत को यह आशा थी कि अंतरराष्ट्रीय समुदाय/निकाय संवैधानिक, विधिक तथा राजनीतिक दृष्टि से इस मुद्दे की विशेषताओं के आधार पर भारत के दावे का समर्थन करेगा; कश्मीर मुद्दे को भारत–संयुक्त राष्ट्र में ले गया, न कि पाकिस्तान।

जम्मू–कश्मीर में भारतीय सेनाओं के कमान अधिकारी लेफ्टिनेंट जनरल कुलवंत सिंह ने सैनिक कार्यवाही के समापन और जम्मू–कश्मीर से पाकिस्तान को हटाने से कुछ ही दिन पहले पंडित नेहरू के साथ चर्चा की थी। मंत्रिमंडल के कुछ वरिष्ठ सहयोगियों ने नेहरूजी को संयुक्त राष्ट्र में यह मुद्दा न ले जाने की सलाह दी। परंतु लुईस माउंटबेटन ने ऐसा करने के लिए नेहरूजी को प्रोत्साहित किया था। नेहरूजी ने संयुक्त राष्ट्र में जाने के पीछे सबसे पहला तर्क यह दिया कि उच्च नैतिक जिम्मेदारी के आधार पर यह संगठन मामले को देखते हुए इस मुद्दे पर विचार करेगा। दूसरे, इस कार्रवाई से शांतिपूर्ण तरीकों से अंतरराष्ट्रीय विवाद सुलझाने के लिए भारत की वचनबद्धता को भी बल मिलेगा। तीसरे, लड़ाई जीतने पर संयुक्त राष्ट्र में भारत के जाने से ऐसे देश के रूप में भारत की छवि में सुधार आएगा, जो अपने लक्ष्य प्राप्त करने में सेना का इस्तेमाल नहीं करना चाहता। नेहरूजी ने स्वयं बाद में यह महसूस किया कि उनकी ये आशाएँ गलत निकलीं। संयुक्त राष्ट्र में किए गए कौतुक के माध्यम से बड़ी ताकतों ने कश्मीर मुद्दे का स्वरूप ही बदल दिया। एक सदस्य देश द्वारा दूसरे सदस्य देश पर हमले के मामले पर विचार करने की बजाय इस पर दो सदस्य देशों के बीच क्षेत्रीय विवाद के रूप में विचार किया गया। खास बात यह है कि पाकिस्तान आक्रामक देश की बजाय वैध विवादी का रूप लेने में सफल रहा था।

संयुक्त राष्ट्र में विचार करने की प्रारंभिक अवस्था पर संयुक्त राष्ट्र द्वारा जनमत पर्यवेक्षण से नेहरूजी सहमत थे। इससे उनके इस विचार की पुनः पुष्टि हुई कि कश्मीर की जनता को इस राज्य की भावी स्थिति पर अपने विचार प्रकट करने का अवसर दिया जाना चाहिए। पाँचवें दशक के मध्य में नेहरूजी ने यह माना कि पूरे प्रकरण को विकृत करने के लिए विदेशी ताकतें जनमत संग्रह में छल–कपट कर सकती हैं। इसके अलावा जम्मू–कश्मीर के भारत में विलय के विरुद्ध रवैया अपनाने के पीछे निहित सामरिक स्वार्थ भी हो सकते हैं। यदि नेहरूजी सेना के कमांडरों की बात सुनते तथा उस समय मौजूद वास्तविकताओं के संदर्भ में कश्मीर मुद्दे को नैदानिक रूप से सुलझाने का प्रयास करते तो संयुक्त राष्ट्र में जाने की बजाय कश्मीर विवाद पर आलोचनात्मक दृष्टिकोण अपनाया जाता। इसका भारत–पाकिस्तान के संबंधों पर प्रभाव पड़ता है। इसके अलावा अधिक दुर्भाग्यपूर्ण घटनाक्रम यह हुआ कि भारत ने इस दिशा में जो पहल की, उसके परिणामस्वरूप भारत कश्मीर पर क्षेत्राधिकार को मानता रहा तथा पाकिस्तान आज तक 70 वर्ष पहले के संयुक्त राष्ट्र के संकल्प की आड़ में भारत की भौगोलिक अखंडता के प्रति चुनौती खड़ी करता रहा है, जिसके कारण भारत–पाक संबंधों में तनाव बना रहा।

जम्मू–कश्मीर पर सामरिक निहितार्थ तथा यथार्थ की राजनीति के अनुसार विचार किया जाना चाहिए, न कि नैतिक या आदर्शवादी आशाओं के अनुरूप।

भारतीय विदेश नीति में विद्यमान त्रुटियों के अन्य उदाहरण पाँचवें दशक के मध्य में उत्पन्न अंतरराष्ट्रीय संकट के प्रति व्यक्त की गई प्रतिक्रिया से जुड़े हैं। सबसे पहली घटना मिस्र के राष्ट्रपति अब्दुल गामल नासिर द्वारा स्वेज नहर के राष्ट्रीयकरण के बाद ब्रिटेन, फ्रांस और इजराइल का स्वेज नहर पर आक्रमण था। दूसरी घटना हंगरी में जनक्रांति का विरोध करने के लिए सोवियत सेना का हंगरी पर आक्रमण था। इन दोनों घटनाओं के प्रति हमारी प्रतिक्रियाओं में अंतर्विरोध दिखे थे। हमने विकासशील देश मिस्र पर हमला करने के लिए फ्रांस, ब्रिटेन तथा इजराइल की कटु आलोचना की। हमने इस कार्यवाही को औपनिवेशिक मनोवृत्ति तथा साम्राज्यवादी सैन्य रुख के रूप में वर्णित करते हुए इस मुद्दे पर नैतिक आधार अपनाया। इसके विपरीत हमने हंगरी पर सोवियत हमले की आलोचना नहीं की तथा हमारी प्रतिक्रिया भी अस्पष्ट रही। इसका कारण सोवियत संघ के साथ हाल ही में स्थापित मित्रता तथा भारत को मिलने वाली सोवियत रक्षा प्रौद्योगिकी और आर्थिक सहायता बंद करने की संभाव्यताएँ थीं। यह मान्यता भी विद्यमान थी कि सोवियत संघ के साथ सामरिक समीकरण से भारत–संयुक्त राज्य और पश्चिमी लोकतांत्रिक देशों के रवैये का सामना करेगा, जो गुटनिरपेक्ष पाकिस्तान और अन्य अनेक दक्षिण–पूर्व एशिया के देशों से भिन्न शीतयुद्ध में भाग न लेने के निर्णय पर प्रश्न पूछ रहे हैं। हमें यह भी याद रखना है कि नाटो की पहले ही स्थापना हो चुकी थी और पाँचवें दशक के मध्य में सीटो और सेंटो भी अस्तित्व में आ चुके थे। भारत के अनेक पड़ोसी देश इन सैन्य गुटों में शामिल हो चुके थे। भारत की रक्षा तथा अर्थ संबंधी आवश्यकताओं और भू–सामरिक हितों के कारण यह अनिवार्य हो गया था कि भारत सोवियत संघ के साथ सकारात्मक समीकरण बनाए। इसीलिए भारत ने सोवियत संघ की आलोचना नहीं की। परंतु इसके बाद क्या मिस्र के विरुद्ध ब्रिटेन, फ्रांस तथा इजराइल की सैनिक कार्यवाही की इतनी अधिक कटु आलोचना करना जरूरी था? मिस्र द्वारा स्वेज नहर के राष्ट्रीयकरण से निश्चित रूप से इन देशों के महत्वपूर्ण हितों पर प्रतिकूल प्रभाव पड़ा। राष्ट्रपति नासिर द्वारा स्वेज नहर के राष्ट्रीयकरण से जुड़े कुछ कारण थे। क्या हम इस स्थिति से निपटने के लिए नीतिगत विकल्प खुले रखते हुए स्वेज नहर के आक्रमण संबंधी मुद्दे पर नैदानिक रवैया नहीं अपना सकते थे? यह सही है कि हमने बाद में हंगरी के मुद्दे पर औपचारिक रूप से निष्पक्ष रवैये से पीछे हटते हुए सोवियत संघ की थोड़ी बहुत आलोचना की थी; परंतु इस युद्ध की प्रारंभिक अवस्थाओं पर हमारी नीतियों में उजागर अंतर्विरोध के बावजूद अंतरराष्ट्रीय समुदाय में हम बचाव की कार्यवाही के रूप में पेश आते रहे।

तीसरी घटना पुर्तगालियों के औपनिवेशिक शासन से गोवा को स्वतंत्र कराने की दिशा में भारत द्वारा की गई सैनिक कार्यवाही थी। ब्रिटिश और फ्रांसीसी दोनों औपनिवेशिक ताकतें शांतिपूर्ण ढंग से राजनीतिक चर्चा के आधार पर भारत से पीछे हट गई थीं; परंतु पुर्तगाल का निरंकुश शासक एंटीनो सालजार का दृष्टिकोण भिन्न था। वह गोवा, दमन और दीव छोड़ने के लिए तैयार नहीं था। स्वतंत्रता–प्राप्ति के 13 वर्ष

बाद भी पुर्तगालियों के साथ चल रहीं वार्ताएँ सफल रहीं थीं। सन् 1961 में पुर्तगाली नियंत्रण के अधीन भारतीय क्षेत्र में स्वतंत्रता संग्राम चरम बिंदु पर पहुँच गया था। तब भारत के लिए आवश्यक हो गया था कि गोवा से निरंकुश शासन को उखाड़ फेंकने में सहायता दे। यद्यपि भारत द्वारा की गई कार्यवाही को भारतीय जनमत का समर्थन प्राप्त था, फिर भी पश्चिमी लोकतांत्रिक देशों द्वारा तथा संयुक्त राष्ट्र द्वारा नेहरूजी और भारत की तीखी आलोचना की गई थी। भारत द्वारा गोवा के संबंध में की गई कार्यवाही को अंतरराष्ट्रीय विधि, संयुक्त राष्ट्र के चार्टर के उल्लंघन, राजनीतिक नैतिकता तथा सबसे ऊपर विदेश नीति के संबंध में नियामक रूप में भारत द्वारा प्रवर्तित पंचशील सिद्धांतों तथा सह–अस्तित्व सिद्धांत के उल्लंघन के आधार पर निंदा की गई।

गोवा में स्वतंत्रता संग्राम के समर्थन में भारत के औचित्य के बारे में प्रश्न ही नहीं उठता। यहाँ यह प्रश्न समीचीन है कि इस कार्यवाही के संबंध में अनेक देशों ने भारत की इतनी अधिक आलोचना क्यों की थी? इसका उत्तर देने से पहले इस मामले पर विचार करना जरूरी है, जिसे विदेश नीति का तकनीकी दृष्टि से महत्वपूर्ण मुद्दा समझा जाता है।

यह मुद्दा सन् 1975 में सिक्किम राज्य के भारतीय गणराज्य में विलय से संबंधित है। ब्रिटिश काल तथा स्वतंत्रता के बाद सिक्किम की स्थिति भूटान और नेपाल से भिन्न थी। ब्रिटिश सरकार ने नेपाल और भूटान का स्वतंत्र अस्तित्व स्वीकार किया था; जबकि सन् 1890 और और 1893 के करारनामों के तहत सिक्किम को भारत की ब्रिटिश सरकार का संरक्षित राज्य (प्रोटेक्टोरेट) माना गया था। ब्रिटिश सरकार का सिक्किम के प्रशासन और विदेश संबंधों पर पूर्ण नियंत्रण था। सिक्किम के 'चोग्याल' भारत के अन्य देशी रियासतों के महाराजाओं के बराबर थे। सन् 1956 की संधि के तहत भारत सरकार की सिक्किम की पहचान बनाए रखने तथा उसकी सुरक्षा और कल्याण सुनिश्चित करने की जिम्मेदारी थी। संक्षेप में चोग्याल ने सन् 1960 में संयुक्त राज्य की कुमारी होप कुक से शादी कर ली। इसका परिणाम यह निकला कि चोग्याल ने सिक्किम की स्थिति बदलने की कोशिश की तथा अपने राज्य में विदेशी ताकतों को आने की अनुमति दे दी। चोग्याल सिक्किम के लोगों से भी दूर होता जा रहा था; क्योंकि जनता चाहती थी कि सिक्किम भारत गणराज्य का एक आंतरिक भाग बन जाए। इसलिए जब राजनीतिक अशांति तथा गड़बड़ी की स्थिति नियंत्रण से बाहर जाने लगी, तब भारत ने सिक्किम की जनता का साथ देने का निर्णय लिया और सिक्किम को भारत में मिलाने के लिए आवश्यक कार्यवाही की। नैतिक और वस्तुनिष्ठ आधार पर इस कार्यवाही को समामेलन समझा गया था। यह तभी वैध समझा जा सकता था, जब राजनीतिक प्रक्रिया को वस्तुस्थिति से निदानात्मक रूप से अलग किया जा सकता।

अब गोवा के संबंध में उठाए गए प्रश्न का उत्तर देना है। इसका उत्तर बड़ा आसान है। पंडित नेहरू और अन्य वरिष्ठ नेताओं ने उदात्त नैतिक आधार पर टिकी विदेश नीति प्रतिपादित की। हमने यह दावा भी किया था कि हम अंतरराष्ट्रीय राजनीति में सत्ता के समीकरणों की स्पर्धा को नहीं मानते। हम बल प्रयोग से किसी समस्या को सुलझाने या कोई लक्ष्य प्राप्त करने में विश्वास नहीं रखते। हम अपने राष्ट्रीय हितों

की पूर्ति में किसी प्रकार का राजनीतिक छल–कपट अपनाने के विरुद्ध हैं। हमने इस बात पर भी बल दिया कि हम अन्य देशों के आंतरिक मामलों में कोई हस्तक्षेप किए बिना उनकी क्षेत्रीय अखंडता और एकता को स्वीकार करते हैं तथा अंतरराष्ट्रीय कानून के सिद्धांतों के अनुपालन में विश्वास रखते हैं। हमारी विदेश नीति मुखर करने वाले, विदेशी नेताओं और प्रतिष्ठित व्यक्तियों के साथ की गई चर्चा में शेखी बघारने तथा उपदेशात्मक प्रवृत्ति अपनाए रहे। परंतु नेहरूजी इसका अपवाद हैं। उन्होंने विश्व में अपने समकालीन नेताओं के यर्थाथवादी तथा हठीले राजनीतिक रवैये की आलोचना की। जब भारत ने अपने हितों की रक्षा के लिए उपयुक्त राजनीतिक और सैन्य माध्यम अपनाए, तब अंतरराष्ट्रीय व्यावहारिक क्षेत्र में भारत द्वारा स्थापित मानकों और विदेश नीति संबंधी आधार पर भारत की आलोचना की गई। मेरा यह भी विचार है कि हमें चौथे दशक के अंत में या पाँचवें दशक के प्रारम्भ में ही गोवा से पुर्तगालियों को निकाल देना चाहिए था। हमें अन्य रियासतों के साथ सिक्किम का भारत में विलय कर लेना चाहिए था। यदि ऐसा होता तो भारत को इन विवादों तथा आलोचनाओं का सामना नहीं करना पड़ता।

नेहरूजी के युग में भारत को सर्वाधिक गम्भीर राजनीतिक और विदेश नीति संबंधी बाधा यह झेलनी पड़ी कि सन् 1962 में भारत–चीन युद्ध में भारतीय सेनाओं की पराजय हुई। भारत–चीन के बीच सीमावर्ती विवाद छिड़ गया था। यह विवाद इसलिए उठ खड़ा हुआ, क्योंकि चीन ने ब्रिटिश औपनिवेशिक काल के दौरान खींची गई सीमा–रेखा (भारत–चीन सीमा–रेखा) की वैधता पर प्रश्न उठाया था। भारत–चीन सीमा संबंधी विवाद, दोनों देशों के बीच टकराव और भारत की अपमानजनक स्थिति पर पिछले कुछ दशकों में काफी लिखा जा चुका है। इस घटना के बारे में और अधिक तथ्य नहीं दिए जा सकते या राजनीतिक विश्लेषण नहीं किया जा सकता, जिसके कारण यह बाधा उत्पन्न हुई। इसके बावजूद ऐसे कुछ दृष्टिकोणों और राजनैतिक तथ्यों की संक्षेप में आलोचना पर भी ध्यान केंद्रित करना सुनिश्चित होगा, जिनके कारण विदेशी संबंधों में विफलता का सामना करना पड़ा। चीन के सीमावर्ती दावे तथा सन् 1956 से 1962 के बीच सैन्य सफलता को 'बहुत बड़ा धोखा', 'भयंकर भूल' आदि के रूप में वर्णित किया गया है। अब हम 5 दशक गुजरने के बाद इस घटनाक्रम पर पुनः विचार कर सकते हैं। इसे व्यक्तिगत रूप से 'पोस्टमार्टम' भी कहा जा सकता है। चीन द्वारा एकपक्षीय युद्धविराम घोषित करने तथा नवंबर 1962 में भारत–चीन लड़ाई समाप्त होने के बाद नियंत्रण रेखा अस्तित्व में आई। इस पुस्तक के प्रारंभिक अध्यायों में मैंने भारत–चीन संबंधों पर भी चर्चा की है। यहाँ मेरा लक्ष्य यह बताना है कि हम सीमावर्ती विवाद, सैन्य हार तथा भारत–चीन के बीच सैन्य क्षमताओं में असंतुलन से बचते हुए कोई अन्य विकल्प चुन सकते थे, जिससे भारत–चीन संबंध सही दिशा में स्थापित होते। प्रारंभ में ही यह बता दिया जाना चाहिए कि कुछ भारतीय विचारकों की यह प्रवृत्ति रही है कि वे हमेशा इस बात का रोना रोते रहते हैं कि चीन सकारात्मक संबंध बढ़ाने अथवा परस्पर आदान–प्रदान का इच्छुक नहीं है। जब माओ–त्से–तुंग सत्ता में आए, तब भारत ने यह प्रस्ताव रखा था, जिसकी तार्किक और यथार्थवादी

विदेश नीति के साथ कोई प्रासंगिकता नहीं है। हमें यह तथ्य स्वीकार कर लेना चाहिए कि माओ–त्से–तुंग और चाऊ–एन–ल्याई भारत–चीन मैत्री के आधार पर एशियाई सहयोग के बारे में पंडित नेहरूजी के विचार–दर्शन से सहमत नहीं थे। चीन का ध्यान भौगोलिक आकांक्षाओं तथा सामरिक हितों पर ही केंद्रित था। इनका दृढ़ विश्वास था तथा अभी भी है कि चीन को एशिया की सर्वाधिक महत्वपूर्ण ताकत बनना है। चीन का यह दृष्टिकोण भारत की नीतियों के एकदम विपरीत है, क्योंकि भारत–चीन के प्रति 'भावात्मक सकारवादी' दृष्टिकोण रखता है।

पहली बार जब हम चीन के साथ यथार्थवादी दृष्टिकोण से बातचीत कर सकते थे तब नेहरूजी तिब्बत पर चीन के आधिपत्य तथा अधिकार से परिचित थे। हमने चीन को बताया कि अधिकार स्वीकार करने के बदले में चीन ब्रिटिश काल में खींची गई भारत–चीन सीमा की पुष्टि करे। हम ब्रिटिश कालीन सीमा पर प्रश्न न उठाने के लिए मुआवजे की माँग कर सकते थे और हमें यह माँग करनी चाहिए थी कि वह भारतीय क्षेत्र पर अपना संवेदनशील दावा छोड़ दे। हमने अपने क्षेत्रीय हितों की रक्षा के लिए तिब्बत पर चीन के अधिकार को स्वीकार करने के संबंध में प्राप्त अवसर का लाभ नहीं उठाया।

दूसरा बिंदु यह है कि जब क्षेत्रीय महत्वाकांक्षा के स्पष्ट संकेत मिल रहे थे, तब हमने चीन के विरुद्ध अधिक कड़ा रुख नहीं अपनाया। जब भारत को यह पता चला कि चीन अक्साई चिन में सड़क बना रहा है, तब भारत ने पहली बार विरोध जाहिर करते हुए टिप्पणी दी। परंतु इसमें स्पष्ट रूप से यह नहीं बताया गया कि चीन ने भारतीय क्षेत्र में घुसपैठ की है। हम अनावश्यक तर्क–वितर्क में ही व्यस्त रहे तथा यही कहते रहे कि समुचित यात्रा दस्तावेज तथा अनुमति के बिना चीनी सैनिक भारतीय क्षेत्र में दिखाई दे रहे हैं। हमें संभवतः मजबूती से बीजिंग के समक्ष इस बारे में आपत्ति व्यक्त करनी चाहिए थी कि भारत के कुछ भागों को मानचित्रों में चीन अपने क्षेत्र के रूप में क्यों दिखा रहा है और भारत की क्षेत्रीय अखंडता के मानचित्र संबंधी काट–छांट पर चीन के प्रयासों के विरुद्ध चेतावनी देनी चाहिए थी।

इन महत्वपूर्ण मुद्दों पर हमारा दृष्टिकोण सन् 1958–59 तक विनम्र तथा कूटनीतिक रहा। जब सीमा पर गश्त लगा रहे चीनी सैनिकों की भारतीय क्षेत्र में घुसपैठ बढ़ने लगी तथा भारतीय सीमा सुरक्षा बल और चीनी सेनाओं के बीच टकराव प्रारम्भ हो गया, तब भी चीन के प्रति हमने सावधानी बरतते हुए विनम्रता का दृष्टिकोण अपनाया। इससे चीन अपनी स्थिति मजबूत करता रहा और अपनी राजनीतिक धारणा को सुदृढ़ करता रहा कि वह भारत की चुनौती का सामना कर सकता था।

हमारी विदेश नीति की तीसरी कमी हमारी यह धारणा थी कि यह देश राजनीतिक चुनौती को क्षेत्रीय खतरा मानता रहा था। हमारी यह धारणा पूरी तरह से पाकिस्तान पर केंद्रित थी और हमारी ये आकांक्षाएँ संयुक्त राज्य अमेरिका द्वारा शीतयुद्ध की समाप्ति के निष्कर्ष के रूप में तैयार सामरिक नीतियों का परिणाम थीं, न कि उभरती भू–सामरिक वस्तुस्थितियों या दक्षिण एशियाई क्षेत्र में चीनी नीतियों से संबंधित थीं। इसके अलावा हमारी विदेश नीति में कमियों से संबंधित यह प्रश्न खड़ा होता है कि क्या सन् 1956

और 1961 के बीच चीन के साथ अलग तरीके से बातचीत करते हुए हम इस सीमा संबंधी समस्या को निपटा सकते थे? क्या हम अक्टूबर, 1962 की लड़ाई से बच सकते थे, जिसमें हमारी हार हुई तथा अंतरराष्ट्रीय समुदाय में हमारी राजनैतिक पराजय हुई? पाँचवें दशक के अंत से सन् 1961 तक अनेक द्विपक्षीय बातचीत के दौर में चीन यही तर्क देता रहा कि वह ब्रिटिश सरकार द्वारा खींची गई सीमाओं को वैध नहीं मानता। उसका अन्य दावा था कि तिब्बत, भारत का पूर्वोत्तर क्षेत्र तथा हिमालय क्षेत्र (Foot Hill) (भूटान से लद्दाख तक) तक चीन का है या उपमहाद्वीप में ब्रिटिश शासन से पूर्व इस क्षेत्र पर चीन का प्रभुत्व था। ब्रिटिश साम्राज्यवाद ने कमजोर तथा विच्छिन्न चीन का फायदा उठाया। जवाब में भारत का यह तर्क था कि सीमावर्ती क्षेत्रों में चीन का दावा वैध या तथ्य की दृष्टि से सही नहीं है; क्योंकि इतिहास के आधार पर यह क्षेत्र भारत के क्षेत्राधिकार में आता है। (भारतीय पक्ष ने यह स्पष्ट किया कि भारत में 18वीं शती के अंत में आए ब्रिटिश शासकों से 300–400 वर्ष पूर्व चीन का यह दावा किसी आधार या प्रमाण पर नहीं टिका है)। दूसरे, ब्रिटिश द्वारा खींची गई सीमा–रेखा (मैकमोहन रेखा) तथा ब्रिटिश नक्शानवीस द्वारा अंकित भारतीय सीमा के कुछ अन्य खंड पर्वतीय क्षेत्रों के राज्यों के बीच सीमांकन पर लागू होने वाले भौगोलिक सिद्धांतों की दृष्टि से भी वैध थे।

इतिहास और राजनीतिक दृष्टिकोण पर आधारित तर्कों की दृष्टि से भारत और चीन का रुख ठीक नहीं था। चीन बढ़ा–चढ़ा कर दावा करता रहा तथा कर रहा है। उसका कड़ा और कल्पनातीत राजनीतिक दृष्टिकोण था। बातचीत के दौरान भारतीय रवैया भी गलत था। इसमें अतिरिक्त पक्ष भी था। मानचित्र संबंधी तकनीकी बिंदु पर भारतीय पक्ष पूरी तरह सटीक नहीं था। यह बात इस तथ्य में प्रतिबिंबित होती है कि मैकमोहन द्वारा तैयार नोट के मसौदे में भारत और तिब्बत के बीच सीमा–रेखा खींची गई है। परंतु चीन का कुछ भाग इस मानचित्र से मेल नहीं खाता है, जो मैकमोहन तथा उसके साथियों ने इस टिप्पणी में (नोट में) दर्शाया है। अगला प्रश्न यह है कि क्या हम लड़ाई से बच सकते थे? निस्संदेह सीमा पर चीन द्वारा बढ़ाई गई गश्त आपत्तिजनक थी। इस संबंध में चीन द्वारा कार्यवाही का सैन्य विरोध करना आवश्यक था। यदि नेहरूजी जनरल बी.एम. कौल की सलाह पर विवादग्रस्त सीमा के साथ–साथ चीन की चौकियों तथा सैन्य नियोजना के विरुद्ध पूर्णतः आक्रमण करने के आदेश नहीं देते तो शायद इस लड़ाई से बचा जा सकता था। पंडितजी को भारत की सैन्य शक्ति और श्रेष्ठता के संबंध में गलतफहमी के आधार पर यह सलाह दी गई थी। भारतीय सेना के कुछ अधिकारी संवर्ग इस गलतफहमी का शिकार थे। कुछ वरिष्ठ सेनाधिकारियों में यह भावना भी पनप चुकी थी कि यदि भारत–चीन की चौकियों तथा अग्रक्षेत्र में उनकी तैनाती को हटाने की कोशिश करता है, तो चीन दृढ़तापूर्वक भारत की कार्यवाही के संबंध में कड़ी प्रतिक्रिया नहीं करेगा। यदि चीन की सैनिक कार्यवाहियों के प्रति हमारी जवाबी सैनिक कार्यवाही चुनिंदा, क्रमिक रूप से तथा क्षेत्र विशेष पर आधारित होती तो हम इस लड़ाई से बच सकते थे। सर्वाधिक महत्वपूर्ण यह है कि यदि प्रधानमंत्री पंडित नेहरूजी की ओर से सर्वोच्च राजनीतिक स्तर पर सैनिक कार्यवाही के निर्देश दिए जाते तो व्यापक स्तर की इस लड़ाई से बचा जा सकता था। सेना में कार्यरत

मेरे सहयोगियों ने यह भी बताया कि यद्यपि इस लड़ाई में हमारी पराजय हुई, फिर भी भारत के दृष्टिकोण में कल्पना (Imagination) तथा प्रेरणा का अभाव था। हम अबोधगम्य, चुप या सावधान थे। मैं यहाँ पर तैयारी की कमी, उपकरणों का अभाव तथा पर्याप्त संचार तंत्र के बारे में विस्तारपूर्वक चर्चा नहीं करने जा रहा, जो चीनी चौकियों के विरुद्ध भारतीय सैनिक कार्यवाहियों की प्रमुख त्रुटियाँ थीं। भारत के संबंध में वर्णित संयम तथा सावधानी चीनी सेनाओं के विरुद्ध वायु सेना की क्षमता की नियोजना से संबंधित है। आपूर्ति लाइन अपर्याप्त थी। तिब्बत से वास्तव में कोई कारगर ढंग से विमान द्वारा सहायता नहीं मिल पा रही थी।

सन् 1961 में चीन ने कतिपय मिसाइलें विकसित कर ली थीं, परंतु एक अन्य विचार यह था कि भारत–चीन सीमा विवाद पर छिड़े युद्ध के समय ये क्षमताएँ सामरिक दृष्टि से नियोजित नहीं की गईं। केवल जानकार विशेषज्ञ ही इन प्रश्नों का उत्तर दे सकते हैं। परंतु संभवतः वायु सेना से सैन्य पराजय से बचा जा सकता था, जिसका हमें सामना करना पड़ा।

सन् 1959 से एक अन्य घटनाक्रम भी विकसित हो रहा था, जिस पर हमने ध्यान नहीं दिया। पाकिस्तान और चीन के बीच सामरिक तथा राजनीतिक संबंध स्थापित होने लगे थे। जुल्फिकार अली भुट्टो ने इन संबंधों में पहल की थी और राष्ट्रपति अयूब खान ने इसका समर्थन किया था। भले ही भुट्टो के व्यक्तित्व में कमियाँ हों, परंतु इसके बावजूद भुट्टो ने चीन और अन्य मुस्लिम देशों के साथ संबंध स्थापित करते हुए पाकिस्तान को मजबूत बनाने के लिए सामरिक नीति संबंधी दृष्टिकोण/सपना सँजोकर रखा था। इस समीकरण के परिणामस्वरूप पाकिस्तान ने जम्मू–कश्मीर का बड़ा भाग सन् 1962 में चीन को दे दिया था, जिस पर भारत के विरुद्ध सन् 1948 में हुई लड़ाई के समय से पाकिस्तान का आधिपत्य था।

मेरे विचार में इस दिशा में अंतिम पहलू यह था कि क्या भारत–चीन सीमावर्ती विवाद के संबंध में अधिक व्यावहारिक दृष्टिकोण अपना सकते था? सर्वप्रथम मेरा यह विचार है कि ऐतिहासिक, भावनात्मक तथा तकनीकी तर्क देने की बजाय भारत–चीन सीमा संबंधी विवाद पर हुई वार्ताओं में ऐसा रुख अपनाना चाहिए, जिससे दोनों पक्ष व्यावहारिक और लचीला दृष्टिकोण अपना सकें। दूसरे, हमारी राय में सीमा संबंधी प्रश्न का हल ढूँढ़ते समय परस्पर समझौता करना चाहिए तथा दोनों देशों के अधिक महत्वपूर्ण क्षेत्रीय तथा सामरिक हितों के प्रति सहानुभूति रखनी चाहिए। तीसरे, हमें चीन का यह तर्क आंशिक रूप से मान लेना चाहिए कि ब्रिटिश औपनिवेशिक काल में खींची गई सीमा–रेखा पर नहीं अड़े रहना चाहिए। हमें बदले में यह माँग करनी चाहिए कि चीन लद्दाख के प्रमुख क्षेत्रों तथा अरुणाचल प्रदेश और भारत–तिब्बत सीमा के कुछ भागों पर ऐतिहासिक दृष्टि से किया गया दावा छोड़ दे। हमें मैकमोहन रेखा के रूप में सीमा की दुहाई देना बंद कर देना चाहिए। हमें केवल यह कहना चाहिए कि यह 19वीं शती के मध्य में खींची गई रेखा है तथा यही वार्ता का आधार है। हम चीन को यह सुझाव दे सकते हैं कि दोनों के पारस्परिक हितों के अनुकूल पद्धति अपनाकर सीमा–रेखा अंकित कर सकते हैं तथा अंतरराष्ट्रीय विधि स्वीकृति पर्वतीय तराई क्षेत्रों में सीमांकन के

नवीनतम मानचित्र तथा भौगोलिक सिद्धांतों के आधार पर यह सीमा–रेखा तय की जा सकती है। हमने सन् 1962 में ऐसा नहीं किया, परंतु हमने वास्तविक नियंत्रण रेखा पर शांति बनाए रखने के लिए सितंबर 1963 में चीन के साथ समझौते पर हस्ताक्षर करके इस दिशा की ओर आगे बढ़ने के लिए आधार तैयार कर लिया था। इस नियंत्रण में वास्तविक सीमा–रेखा के साथ–साथ सेना हटाने तथा सामान्य हालात बनाए रखने का प्रावधान रखा गया। इस समझौते के लागू हो जाने पर भारत और चीन धीरे–धीरे ऊपर वर्णित सामान्य दृष्टिकोण के आधार पर भारत–चीन सीमा पर चर्चा करने के लिए तैयार हो जाएँगे। परंतु इस जटिल समस्या को सुलझाने में तार्किक तथा व्यावहारिक दृष्टिकोण अपनाने की दृष्टि से जनमत तैयार करने के लिए दोनों देशों को मानसिक रूप से तैयार करके इस प्रक्रिया में आगे बढ़ना होगा। जब तक यह विवाद नहीं सुलझेगा, तब तक भारत और चीन के बीच सामान्य संबंध स्थापित करना कठिन होगा।

छठवें दशक के प्रारंभ में भारत के आसपास के प्रतिकूल सुरक्षा संबंधी माहौल के संबंध में अन्य अपर्याप्त भू–सामरिक जवाबी कार्यवाही भी हुई। सन् 1950 और 1959 के बीच शीतयुद्ध छिड़ गया। इसी समय सोवियत संघ और चीन के विरुद्ध पश्चिमी सैन्य गुट बनने लगा, जिससे भारतीय सुरक्षा के प्रति भी चुनौतियाँ खड़ी होने लगी; क्योंकि पाकिस्तान सीटो और सेंटो में शामिल हो गया और भारत एक ओर गुटनिरपेक्ष सिद्धांत के प्रति वचनबद्ध था तथा दूसरी ओर सोवियत संघ तथा उसके मित्र राष्ट्रों के प्रति इसके संबंधों में विस्तार कर रहा था। दक्षिण एशियाई क्षेत्र के चारों ओर अमेरिका की सेनाएँ तैनात होने लगी थीं। सोवियत संघ और चीन इस स्थिति के विरुद्ध प्रतिकूल उपाय अपनाने लगे थे। इस पृष्ठभूमि के आधार पर चीन ने सन् 1964 में पहला परमाणु अस्त्र परीक्षण किया। निश्चित रूप से अमेरिका ने इस घटना को खतरे या धमकी के रूप में लिया तथा उसने भारत को यह संकेत दिया कि वह सामान्यतः परमाणु अस्त्र संपन्न राष्ट्र बनने में भारत का समर्थन करेगा। अमेरिका के पास चीन के परमाणु अस्त्रीकरण कार्यक्रम की पहले ही जानकारी थी। इसीलिए उसने सन् 1963 के अंत में या सन् 1964 के आरंभ में डॉ. होमी भाभा को यह संकेत दिए। पं. नेहरू ने सभी प्रकार के जनसंहारक अस्त्रों के विरुद्ध की गई वचनबद्धता पर जोर देते हुए इस प्रस्ताव को ठुकरा दिया। यह विश्लेषण करना वैध होगा कि यदि भारत उस समय परमाणु अस्त्र–संपन्न राष्ट्र बनना स्वीकार कर लेता तो सोवियत संघ को भी आपत्ति नहीं होती; क्योंकि सन् 1962 तथा 1963 में सोवियत संघ और चीन के बीच अलगाव स्पष्ट हो चुका था। छठवें दशक के मध्य में यदि भारत परमाणु राष्ट्र बनता तो अंतरराष्ट्रीय स्तर पर इतनी आलोचना नहीं होती। प्रौद्योगिकीय और सुरक्षा संबंधी शर्तों की दृष्टि से भारत के पास इस क्षमता को अर्जित करने का पर्याप्त औचित्य था। हमने अपनी क्षमताओं को प्रचलनात्मक वास्तविकता में बदलने का मौका दिया था, जिसका अंतरराष्ट्रीय समुदाय तथा हमारे भू–सामरिक हितों पर दीर्घकालिक सकारात्मक प्रभाव पड़ा। यदि हम छठवें दशक के आरंभ में परमाणु अस्त्रीकरण विकल्प (अपना लेते तो सन् 1966–68 से सभी विवादों तथा अलगाव में) उलझने की बजाय परमाणु संपन्न राष्ट्र के रूप में परमाणु अप्रसार संधि पर हस्ताक्षर करते।

कश्मीर मुद्दा नासूर बन गया है, जिसका स्वतंत्रता–प्राप्ति से पाँच दशकों के दौरान विदेश तथा रक्षा नीतियों पर अत्यधिक प्रभाव पड़ा है। हम बार–बार प्राप्त होने वाले अवसरों का लाभ उठाने में असफल रहे। ऐसे मौकों पर हम स्थायी तथा सुनिश्चित रूप से इस समस्या को सुलझा सकते थे। सन् 1965 तथा 1971 के भारत–पाक युद्ध ऐसे ही मौके थे। सन् 1965 में भारत–पाकिस्तान की कश्मीर में घुसपैठ तथा आक्रमण को विफल करने में पूरी तरह से सफल रहा था। सोवियत संघ के दबाव में लालबहादुर शास्त्री का ताशकंद जाना आवश्यक तथा अपरिहार्य था। परंतु इससे भारत की प्रौद्योगिकी और रक्षा की निर्भरता सोवियत संघ तथा किसी सीमा तक संयुक्त राज्य अमेरिका पर निश्चित थी। परंतु हमें सोवियत संघ और अमेरिका द्वारा कश्मीर के क्षेत्रीय विवाद के समाधान के लिए ली गई जिम्मेदारी का ताशकंद बैठक में फायदा उठाना चाहिए था। मैंने अमेरिका का हवाला दिया है, क्योंकि कोसीगिन द्वारा की गई पहल का संयुक्त राज्य की सरकार ने भी समर्थन किया है। हमें युद्ध विराम तथा शांति बहाल करने संबंधी प्रावधानों पर भी सहमत होना चाहिए था, बशर्ते पाकिस्तान जम्मू–कश्मीर संबंधी वास्तविकताओं को स्वीकार करता और इन्हें स्थायी समाधान का आधार मानता। हमने शांति से संबंधित वह रूपरेखा स्वीकार नहीं की, जिसमें कश्मीर विवाद ज्यों–का–त्यों बना रहा, बल्कि हमने जम्मू–कश्मीर में सैन्य और सामरिक हित से जुड़ी उन स्थितियों को भी छोड़ दिया, जो हमने सन् 1965 के सैन्य ऑपरेशन में प्राप्त की थीं। भारतीय सेना का अभी भी इस प्रावधान के संदर्भ में प्रतिकूल विचार है, क्योंकि उन्हें हाजी पीर दर्रा तथा तराई के कुछ ऐसे स्थल छोड़ने पड़े थे। हमने सेना–घुसपैठ के विरुद्ध सफल सैन्य निष्पादन का विदेश नीति की दृष्टि से कोई लाभ नहीं उठाया। परंतु अंतरराष्ट्रीय सीमाओं के पार पाकिस्तान में जाकर आक्रमण करने का शास्त्रीजी का निर्णय ताशकंद में निष्फल हो गया। इस मुद्दे पर दिया गया अंतरराष्ट्रीय दबाव संबंधी तर्क किसी सीमा तक वैध था। भारत विधिसम्मत रूप से यह तर्क दे सकता था कि वह युद्ध विराम से सहमत है और पाकिस्तान के साथ त्रिपक्षीय शांति वार्ता में भी भाग ले रहा है, जबकि पाकिस्तान बार–बार भारत के विरुद्ध सैन्य गतिविधियों में लगा रहा है। परंतु भारत क्षतिपूर्ति की माँग रख सकता था कि पाकिस्तान को भारत में जम्मू–कश्मीर के विलय से सहमत हो जाना चाहिए, जो भारत–विभाजन के नियामक संवैधानिक प्रावधानों, स्वतंत्रता–प्राप्ति तथा भारत–पाक की स्थिति के अनुरूप हैं। भारत इस माँग में संतुलन ला सकता था कि भारत का यह दावा है कि पाकिस्तान गैर–कानूनी ढंग से अधिकृत भाग रख सकता है, बशर्ते पाकिस्तान जम्मू–कश्मीर पर भारत के क्षेत्राधिकार पर आपत्ति न उठाए, जो कानूनी रूप से भारत का एक अंग है। यह भारत की न्यूनतम तथा समुचित माँग हो सकती थी और यदि पाकिस्तान इस माँग को नामंजूर कर देता है, तो भारत सोवियत संघ तथा अमेरिका को कह सकता था कि वे पाकिस्तान पर दबाव डालें। फिर भी यदि कोसीगिन तथा फील्ड मार्शल अयूब खान में मतभेद होता है, तो भारत यह संकेत देता कि भारत का कश्मीर मुद्दे पर स्पष्ट और निर्णायक रवैया होगा।

सन् 1971 की भारत–पाक लड़ाई के प्रभाव पूर्व पाकिस्तान संकट से जुड़े थे। जुलाई 1972 में शिमला शिखर सम्मेलन में पाकिस्तान के सामने भारत की स्थिति अधिक

मजबूत थी। भारत की जेलों में लगभग 90 हजार युद्धबंदी थे। भारत के कब्जे में पाकिस्तान के क्षेत्र का सिंध और दक्षिणी पंजाब आ गया था। स्पष्ट था कि यह क्षेत्र तथा युद्धबंदी लौटाना व्यावहारिक तथा बुद्धिमत्तापूर्ण दृष्टिकोण था। भारत–पाक संबंधों में पुनः स्थिरता लाने के लिए राजनीतिक, आर्थिक तथा मनोवैज्ञानिक रूप में यह सही दृष्टिकोण था। परंतु भारत पी.ओ.डब्ल्यू. लौटाने तथा पाकिस्तानी क्षेत्र खाली करने के बदले में कश्मीर मुद्दे का स्थायी हल ढूँढने पर अड़ा रहा।

उस समय सत्ता संरचना के महत्वपूर्ण सदस्यों के इंकार करने के बावजूद यह महत्वपूर्ण तथ्य मौजूद था कि जुल्फिकार अली भुट्टो जम्मू–कश्मीर में भारत–पाक के बीच वास्तविक नियंत्रण रेखा को अंतरराष्ट्रीय सीमा में बदलने पर राजी हो गए थे। उन्होंने श्रीमती गांधी को आश्वासन दिया कि वे इस आधार पर जम्मू–कश्मीर विवाद स्थायी रूप से सुलझाने के लिए विचार करेंगे तथा आवश्यक कार्रवाई भी करेंगे। परंतु यह सफाई भी दी कि वे शिमला समझौते के औपचारिक दस्तावेज में इस आश्वासन को शामिल नहीं करना चाहते। उन्होंने यह तर्क दिया कि यदि वे इस बारे में औपचारिक रूप से तत्काल अनुमति/सहमति दे देते हैं, तो उनकी अपनी स्थिति डांवाडोल हो जाएगी तथा पाकिस्तान में पुनः उग्रवादी इस्लामिक सैनिक शासन आ जाएगा। श्रीमती गांधी और उनके सलाहकारों ने समग्रतः आदर्शमूलक आधारों पर तथा संभवतः इतिहास से मिलने वाले इस सबक को ध्यान में रखते हुए सकारात्मक रूप से इन दलीलों का जवाब दिया कि जबरदस्ती तथा तानाशाही दृष्टिकोण के आधार पर किए गए समझौते स्थायी नहीं होते तथा ऐसे समझौतों में कलह/वैमनस्य की जड़ें निहित होती हैं। सीमित रूप में यह दृष्टिकोण वैध है। भले ही भारत ने नम्र, सहानुभूतिपूर्वक दृष्टिकोण अपनाया था, परंतु पाकिस्तान का प्रतिकूल रवैया नहीं बदला। इन परिस्थितियों में शिमला समझौतों में श्री भुट्टो द्वारा दिए गए आश्वासन की औपचारिक रूप से पुष्टि करते हुए भारत ने आठवें तथा नौवें दशक के दौरान कश्मीर मुद्दे पर पाकिस्तान में विद्रोह को रोकने का राजनीतिक तथा विधिक आधार तैयार कर लिया। वस्तुतः शिमला समझौते के तहत कश्मीर मुद्दे को हमेशा बने रहने का मौका मिल गया तथा इसके साथ भारत ने भी यह मान लिया कि कश्मीर विवाद अभी भी सुलझाया जाना है। भारत तथा पाकिस्तान की यह स्थिति भारत की बुनियादी हैसियत के एकदम विपरीत है कि जम्मू–कश्मीर की स्थिति पर वाद–विवाद नहीं किया जाना चाहिए तथा भारत स्वतंत्रता अधिनियम और परिवर्ती राजनीतिक एवं संवैधानिक घटनाक्रमों की दृष्टि से जम्मू–कश्मीर भारत का आंतरिक भाग है। यदि पाकिस्तान और भारत के बीच वास्तविक नियंत्रण रेखा को औपचारिक रूप दे दिया जाता तो यह राजनीतिक समझौता ही नहीं, बल्कि भारत स्वतंत्रता अधिनियम तथा अक्तूबर 1947 में कश्मीर के महाराजा द्वारा हस्ताक्षरित विलय संबंधी दस्तावेज में यथानिर्धारित भारत की ओर से संवैधानिक दृष्टि से दी गई अनुमति के रूप में समझा जाता।

विशेष रूप से इस प्रश्न का उत्तर दिया जाना आवश्यक है कि बॉंग्लादेश के मुक्ति संग्राम में भारत द्वारा दिया गया समर्थन सही था। सामरिक, जातिगत–भाषायी और राजनीतिक दबावों के कारण भारत को इस मुक्ति संग्राम में समर्थन देना पड़ा।

जो लोग यह तर्क देते हैं कि भारत को अपने पड़ोसी देश के विभाजन में भाग लेना चाहिए था, वे इस धारणा पर अपना विचार रखते हैं कि भारत को यह आशा थी कि बाँग्लादेश भारत के साथ निकट संबंध स्थापित करेगा। यह धारणा आंशिक रूप से सही है। भारत ने सामान्य रूप से इस व्यापक मुक्ति संग्राम द्वारा उत्पन्न दबावों के प्रति जवाबी कार्यवाही की थी। यदि इन दबावों की उपेक्षा की जाती तो जनांकिकी, आर्थिक तथा जातिगत–भाषायी दृष्टि से पश्चिम बंगाल तथा पूर्वोत्तर भी इसकी चपेट में आ सकते थे। उस समय भारत की बाँग्लादेश नीति के संबंध में आलोचक यह प्रश्न उठाते हैं कि किस प्रकार से भारत पूर्व पाकिस्तान के प्रति पश्चिम पाकिस्तान के शासकों तथा राजनीतिक नेताओं द्वारा पक्षपातपूर्ण रवैये के लिए जिम्मेदार था या नहीं? इसी प्रकार से अन्य महत्वपूर्ण तथा प्रासंगिक प्रश्न यह है कि समय गुजरने के साथ–साथ बाँग्लादेश के लोगों का पाकिस्तान में पुनः शामिल होने की ओर झुकाव होगा? इन दोनों प्रश्नों का उत्तर नकारात्मक है। यदि ऐसा होता है, तो भी पूर्वी पाकिस्तान संकट के प्रति श्रीमती गांधी की नीतियों के संबंध में दिए गए तर्क का समर्थन ही किया जाएगा।

इस अध्याय में तथा इससे पूर्ववर्ती अध्यायों में मैंने अप्रसार तथा निरस्त्रीकरण जैसे विषयों का उल्लेख किया है, जिन्होंने हमारे देश की परमाणु अस्त्रीकरण नीतियों को प्रभावित किया है। हमने सन् 1974 में पोखरण में किए गए सफल परमाणु विस्फोट का लाभ नहीं उठाया तथा न ही परमाणु शक्ति–संपन्न राष्ट्र के रूप में उभरने की ओर व्यवस्थित ढंग से आगे बढ़े। यही हमारी राष्ट्रीय सुरक्षा और विदेश नीतियों की प्रमुख कमियाँ हैं। इन कमियों का हमारी सामरिक नीति तथा पाकिस्तान और चीन के साथ संबंध बनाने की प्रक्रिया पर प्रतिकूल प्रभाव पड़ा। सी.टी.बी.टी. और एफ.एम.सी.टी. जैसे परमाणु अप्रसार से संबंधित नए समझौतों पर चर्चा के दौरान इन्हीं कमियों के कारण हमारा पक्ष कमजोर रहा। परमाणु अप्रसार संधि के अनिश्चित अवधि विस्तार के संबंध में हमारी स्थिति पर भी इनका प्रभाव पड़ा है। हमारी परमाणु नीतियों के सैन्य तत्व–मौन और अस्पष्टता–अब स्वयं में पूरी नीति ही बन गए। विश्वसनीय परमाणु तथा मिसाइल विकास कार्यक्रम ऐसी प्रमुख चुनौतियाँ है, हमारे लक्ष्य के बारे में कोई विवाद नहीं होगा। परंतु समस्या लक्ष्य प्राप्ति के माध्यम से जुड़ी है, जिसे भारत इस लक्ष्य की उपलब्धि के लिए राजनीतिक और प्रौद्योगिकीय स्तर पर अपनाएगा। मई 1998 में परमाणु और थर्मो–परमाणु परीक्षण करके हमने इस दुविधा से निकलने का आंशिक रूप से प्रयास किया है। अभी हमें इस महत्वपूर्ण निर्णय के राजनीतिक और सामरिक प्रभावों का भी सामना करना था। अफगानिस्तान में सोवियत हस्तक्षेप, श्रीलंका में जातिगत संघर्ष, इराक–ईरान युद्ध, कुवैत पर इराक के आक्रमण और इसके पश्चात् खाड़ी युद्ध के बारे में भारत की नीति पर विभिन्न अध्यायों में चर्चा की गई है। यहाँ मैं इन्हीं घटनाओं को संक्षेप में दोहरा रहा हूँ। सोवियत आधिपत्य के दौरान भारत की अफगान नीति के तर्काधार पर पहले ही चर्चा की गई है। जब तक सोवियत अफगानिस्तान में रहे, तब तक भारत की नीति के पीछे दिया गया तर्क पाकिस्तान के साथ हमारी द्विपक्षीय विकट स्थितियों की यथार्थ की राजनीति और अफगान समाज में आधुनिकीकरण तथा कल्याण के लक्ष्य पर आधारित वैचारिक व्यवस्थाओं पर आधारित था। परंतु जब मिखाइल

गोर्बाचेव ने अफगानिस्तान से सोवियत सेनाएं हटाने का निर्णय लिया, तब भारत की विदेश नीति तथा संभवतः अफगानिस्तान घटनाक्रम के साथ जुड़ने के लिए इस नीति में त्यागात्मकता का अभाव था। हालाँकि भारत ने उदीयमान, परंतु सोवियत काल के बाद खंडित अफगान नेतृत्व वर्ग के साथ संबंध रखने के प्रयास किए थे, परंतु शायद हमने पश्चिम समर्थक, अर्द्धसामंती संभ्रांत अफगानिस्तान के नेतृत्व वर्ग पर ज्यादा ही भरोसा कर लिया था। सोवियत सेनाओं के हट जाने के बाद यह नेतृत्व वर्ग अफगानिस्तान के घटनाक्रम में महत्वपूर्ण भूमिका नहीं निभा पाया। हम नजीबुल्लाह की सरकार को सक्रिय सहयोग देने में असमर्थ रहे, जिसने अफगान राष्ट्रीय पहचान के साथ नेता के रूप में उभरने के लिए गंभीरतापूर्वक सोवियत संघ के साथ संबंधों में बदलाव लाने के प्रयास किए थे। हमने उसे मात्र सामान्य राजनीतिक समर्थन दिया, परंतु हमने उसे सारगर्भित सहायता नहीं दी। हालाँकि यह सही था कि हम अफगानिस्तान में स्थिरता लाने के लिए पाकिस्तान से सहयोग पाने की आशा नहीं रख सकते थे, फिर भी हमने अफगानिस्तान में जातिगत तथा धार्मिक ताकतों को रोकने के लिए संयुक्त सामरिक नीति विकसित करने की दृष्टि से ईरान, तुर्की या यहाँ तक कि सोवियत संघ से भी कारगर संपर्क स्थापित करने का प्रयास नहीं किया। प्रधानमंत्री नरसिम्हा राव ने सन् 1991 तथा 1996 में इस स्थिति को रोकने का प्रयास किया था। इनके प्रयासों के कारण भारत–अफगानिस्तान संबंधों में सकारात्मक विकास और ईरान तथा तुर्की के साथ राजनीतिक सोच तैयार हुई। परंतु संभवतः यह सब होने में बहुत अधिक देर हो चुकी थी। खंडित अफगानिस्तान से हमारे उत्तर–पश्चिम के देशों में भी तनाव बढ़ने लगा तथा यह मध्य एशियाई गणराज्यों के साथ संपर्क स्थापित करने में अभी भी बाधक था/है।

सन् 1996 के बाद भारत ने अफगानिस्तान और मध्य एशिया पर ही अपना ध्यान केंद्रित किया। इसका हमारे लिए सर्वाधिक सामरिक तथा आर्थिक महत्व था। आठवें दशक में ईरान–इराक युद्ध तथा नौवें दशक में कुवैत पर इराकी हमले के प्रति भारत की प्रतिक्रिया भ्रमित थी। भारत ने सन् 1983 में गुटनिरपेक्ष आंदोलन की अध्यक्षता स्वीकार की थी। ईरान–इराक के प्रति श्रीमती गांधी ने सोच समझकर निष्पक्ष रवैया अपनाया। उन्होंने इस संघर्ष को सुलझाने में भारत की सीधी मध्यस्थता करने की भूमिका पर बल नहीं दिया। ईरान और इराक गुटनिरपेक्ष आंदोलन के सदस्य थे तथा आंदोलन के अध्यक्ष होने के नाते इन्होंने दोनों देशों के बीच युद्धविराम तथा दोनों इस्लामिक देशों में सुलह कराने की जिम्मेदारी स्वीकार की थी। तत्कालीन विदेश मंत्री नरसिम्हा राव का भी यही विचार था; परंतु क्यूबा के विदेश मंत्री एम. मालमियरका ईरान–इराक युद्ध में मध्यस्थता कराने के लिए अत्यधिक उत्सुक थे। वे श्रीमती गांधी से पहले गुटनिरपेक्ष आंदोलन के अध्यक्ष रहे थे। उन्होंने विदेश मंत्रालय के वरिष्ठ सचिव रोमेश भंडारी को किसी प्रकार से राजी कर लिया कि भारत को भी इन प्रयासों में शामिल होना चाहिए। रोमेश भंडारी के पास खाड़ी तथा पश्चिम एशिया के साथ भारत के संबंधों में विशेष अनुभव था। मालमियरका, नरसिम्हा राव और रोमेश भंडारी के बीच शटल कूटनीति चल रही थी। इस संबंध में सोवियत संघ द्वारा दिए गए विमान

का इस्तेमाल किया गया। यह एक ऐसी कूटनीतिक कार्यवाही थी, जिससे ईरान भारत के विरुद्ध हो गया, जबकि कश्मीर मुद्दे पर भारत के समर्थन में औपचारिक घोषणा के अलावा भारत को इराक से कोई लाभ नहीं पहुँचा और महत्वपूर्ण तथ्य यह था कि भारत के हित ईरान और इराक दोनों के साथ अच्छे संबंध रखने से जुड़े हुए थे। जब अन्य बड़े मुस्लिम देशों द्वारा किए गए प्रयास विफल रहे, तब भारत को मध्यस्थता करने के लिए प्रयासों से बचना चाहिए था। ऐसी अफवाहें भी फैली हुई थीं कि क्यूबा के विदेश मंत्री को यह उम्मीद थी कि यदि मध्यस्थता संबंधी प्रयास सफल रहते हैं, तो गुटनिरपेक्ष आंदोलन को शांति के लिए नोबेल पुरस्कार भी मिल सकता हे। श्रीमती गांधी और नरसिम्हा राव इस इच्छा से भलीभाँति परिचित थे; परंतु ये नेता गुटनिरपेक्ष आंदोलन को सक्रिय बनाने के कॉस्मेटिक प्रयोजनार्थ पहल करने का समर्थन करते थे। इन्होंने विदेश नीति में इस प्रकार की पहल करने में कार्यवाही की; परंतु इससे कोई ठोस परिणाम सामने नहीं आ पाया।

वी.पी. सिंह के समय इंद्रकुमार गुजराल भारत के विदेश मंत्री थे। उनके समय में इराक ने कुवैत पर हमला किया। कॉस्मेटिक और महत्वपूर्ण राजनीतिक दृष्टि से भारत ने भ्रमित और अस्पष्ट तरीके से प्रतिक्रिया की। हमें इस तथ्य को स्वीकार कर लेना चाहिए कि सद्दाम हुसैन ने कुवैत पर हमला किया था। हमें कुवैत से इराक की वापसी तथा संयुक्त राष्ट्र के तहत शांतिपूर्वक समाधान ढूँढ़ने की माँग करनी चाहिए थी।

गुजराल ने सद्दाम हुसैन के साथ तस्वीरें खिंचवाईं, जब वे लड़ाई के बीच में इराक गए थे। इसका खाड़ी देशों और अंतरराष्ट्रीय समुदाय पर भारत के प्रति नकारात्मक प्रभाव पड़ा। राजनीतिक स्तर पर हमारी सरकार ने कुवैत में बसे भारतीय समुदाय को इराकी अधिकारियों के साथ सहयोग करने की सलाह दी। यह रवैया गलत था और इससे नौवें दशक के मध्य तक खाड़ी देशों के बीच भारत की छवि बिगड़ गई। इराक–कुवैत मुद्दे पर संयुक्त राष्ट्र के प्रस्तावों के साथ–साथ हमारे अंतरराष्ट्रीय विचारों में अस्पष्टता मौजूद थी। भारतीय नीतियों में महत्वपूर्ण घटनाक्रम के संबंध में नैतिक सिद्धांतों और राजनीतिक कौशल की कमी दिखाई देती है। हमारी विदेश नीति में इन प्रवृत्तियों के संबंध में एक टिप्पणी यह भी है कि जब गुजराल विदेश मंत्री बने और बाद में सन् 1996 में प्रधानमंत्री बने, तब ऐसा एक भी मौका नहीं आया, जब उन्हें किसी ऐसे खाड़ी देश ने बुलाया हो, जिसके साथ हमारे सारगर्भित और बहुपक्षीय संबंध थे। खाड़ी और भारत के बीच गलतफहमी दूर करने के लिए नरसिम्हा राव की सरकार ने सन् 1991 और 1996 के बीच निरंतर सोद्देश्य प्रयास किए, जिनके कारण किसी सीमा तक खाड़ी देशों के बीच इन संबंधों पर भारत की विदेश नीति संबंधी रवैये के प्रभाव अभी भी बने हुए हैं। खाड़ी युद्ध के संबंध में सार्वजनिक वाद–विवाद और विरोध के विषय से जुड़ा एक अन्य मुद्दा यह था कि भारत ने कार्यवाही में शामिल अमेरिकी विमान को पुनः ईंधन भरने की सुविधाओं के संबंध में अनुमति दी थी (चंद्रशेखर के प्रधानमंत्रित्व काल में)। गुटनिरपेक्षता की प्रक्रिया धीमी करने तथा संयुक्त राज्य अमेरिका को इस सुविधा की अनुमति देने पर भारत की निष्पक्ष रहने की नीति के संबंध में भी काफी प्रश्न उठाए गए। हमें भारत के हितों और दबावों की दृष्टि से इस निर्णय का

मूल्यांकन करना है। हमें यह ध्यान रखना चाहिए कि केवल भारतीय नागरिक विमान ही नहीं बल्कि भारतीय वायुसेना के विमान भी सोवियत संघ, फ्रांस और इंग्लैंड जाने के लिए खाड़ी देशों के ऊपर से उड़ान भरते हैं। भारतीय वायुसेना के विमानों को विशिष्ट तकनीकी आवश्यकताओं के लिए खाड़ी देशों में रुकना पड़ता है और ये देश सद्दाम हुसैन द्वारा किए गए हमले के विरुद्ध थे। यदि हम खाड़ी देशों द्वारा की जाने वाली कार्यवाही में शामिल संयुक्त राज्य के विमानों को पुनः ईंधन भरने की सुविधाएँ देने से इंकार कर देते, जो तकनीकी दृष्टि से संयुक्त राष्ट्र की कार्यवाहियों के अंग थे तथा जिन्हें खाड़ी देशों का पूर्ण समर्थन प्राप्त था, तो ये देश एयर इंडिया तथा भारतीय वायु सेना के विमानों को अपने ऊपर से उड़ान भरने तथा तकनीकी एवं ईंधन भरने की सुविधा प्रदान करने से इंकार कर सकते थे। बड़े पैमाने पर खाड़ी देशों में भारत के आर्थिक और वाणिज्यिक हितों को क्षति पहुँचने के अलावा भारत को यह नुकसान भी पहुँचता।

इस निष्कर्ष पर पहुँचा जा सकता है कि ऐसे निर्णयों के बारे में वैचारिक निचोड़ पर आधारित आलोचना से वास्तविकता तथा भारतीय हितों के बारे में जानकारी का अभाव प्रदर्शित होता है। इससे व्यावहारिक विदेश नीति के संदर्भ में इसका महत्व नहीं है।

जून 1991 से 1997 के अंत तक नरसिम्हा राव और इंद्रकुमार गुजराल का भारत की विदेश नीति पर काफी प्रभाव रहा। दिसंबर 1989 से मई 1991 तक की अवधि में खाड़ी युद्ध के संबंध में हमारी असंगतियों के अलावा संयुक्त राज्य, रूसी संघ तथा चीन के साथ संबंधों की भी अवहेलना की गई थी। वी.पी. सिंह सरकार की अंतरराष्ट्रीय संबंधों में आ रहे बदलाव पर पकड़ नहीं थी। न ही यह विदेश नीति में संयोजना की ऐसी प्रक्रिया का सूत्रपात कर सके, जिससे सोवियत संघ के बिखराव और अधिक व्यवस्थित ढंग से इसके प्रसार का समापन किया जा सके। वी.पी. सिंह और गुजराल (विदेश मंत्री के रूप में) दोनों ही गोर्बाचेव की आंतरिक नीतियों और बदलती हुई रणनीति के पैटर्न तथा सत्ता समीकरणों का विश्लेषण करने में विफल रहे। सन् 1989 और 1991 के बीच संयुक्त राज्य और सोवियत संघ के बीच संबंधों में एक नया मोड़ आ रहा था। भारत–संयुक्त राष्ट्र और अन्य अंतरराष्ट्रीय मंचों पर हाशिए पर आ गया था। इन सभी आघातों से भारत और पाकिस्तान के संबंध गुणात्मक दृष्टि से भी बिगड़ने लगे तथा पाकिस्तान जम्मू–कश्मीर में आतंकवादी गतिविधियों में पुनः हस्तक्षेप करने लगा था। गृहमंत्री मुफ्ती सईद की बेटी को छुड़ाने के लिए वी.पी. सिंह की सरकार ने आतंकवादियों के सामने घुटने टेक दिए थे। इस कार्यवाही से भारत के बारे में यह प्रभाव पड़ा कि सरकार का आतंकवादियों की गतिविधियों पर नियंत्रण नहीं है तथा न ही पाकिस्तान के हस्तक्षेप का सामना करने का विश्वास है। परिणामस्वरूप जम्मू–कश्मीर में आतंकवादी गतिविधियाँ चरम बिंदु पर पहुँच गईं तथा विभिन्न अंतरराष्ट्रीय क्षेत्रों में पाकिस्तान सरकार जम्मू–कश्मीर के मुद्दे को विवाद के रूप में उछालने लगी

जब चंद्रशेखर ने प्रधानमंत्री के रूप में सत्ता सँभाली तब पाकिस्तान की कार्यवाहियों को निर्णायक प्रक्रिया के रूप में आगे बढ़ाने के संकेत दिए जाने लगे, जिससे भारत–पाकिस्तान संबंधों में कुछ स्थिरता बहाल होने लगी। वस्तुतः चंद्रशेखर ने सन् 1991 में माले में नवाज शरीफ के साथ चर्चा की थी। इससे कश्मीर मुद्दे पर पाकिस्तान

की हठधर्मिता पर अनुकूल प्रभाव पड़ा था। प्रधानमंत्री चंद्रशेखर शांतिपूर्ण संबंधों के लिए वचनबद्ध थे। फिर भी यदि पाकिस्तान जम्मू–कश्मीर में निंदनीय गतिविधियाँ नहीं रोकता तो भारत अलगाववादी आतंकवाद बर्दाश्त नहीं करेगा।

प्रधानमंत्री के रूप में नरसिम्हा राव के शासन के 5 वर्षों (सन् 1991–96) की अवधि में प्रमुख राजनीतिक असामान्य घटना सोवियत संघ के भीतर राजनीतिक अनिश्चितता के बारे में अपना रुख अपनाना, परमाणु अप्रसार मुद्दों तथा सन् 1994 में संयुक्त राज्य के प्रति व्यावहारिक दृष्टिकोण से पीछे हटने तथा सन् 1991 और 1993 के बीच स्वयं नरसिम्हा राव द्वारा मध्य एशिया के विकासशील देशों के साथ संबंध स्थापित करने में की गई पहल पर कोई अनुवर्ती कार्रवाई न होना था। 19 अगस्त, 1991 को गोर्बाचेव शासन के विरुद्ध किए गए विद्रोह तथा विद्रोह को दबाने की प्रतिक्रिया विदेश मंत्रालय तथा इसकी आसूचना एजेंसियों के मुख्यालय द्वारा दिए गए आकलन की बजाय मास्को में स्थित कूटनीतिक मिशन के आकलनों पर आधारित थी। वे सोचते थे कि पुरानी शैली रूस में साम्यवाद पुनः गठित होगा। इसलिए उन्होंने गोर्बाचेव तथा सोवियत संघ में तेजी से, अंधाधुंध कार्यरत उदारवादी ताकतों की आलोचना की थी। वे मानते थे कि कट्टर साम्यवादियों द्वारा प्रतिपादित यह विद्रोह सोवियत सरकार में स्थिरता लाएगा। यह वक्तव्य तथ्यों के गलत आकलन और अनुचित विचारों पर आधारित था। बाद में, सूचना से यह पता चला कि गोर्बाचेव स्वयं इस विद्रोह में एक पार्टी हो सकते हैं जिसका लक्ष्य बोरिस येल्तसिन के नेतृत्व में सक्रिय ताकतों को नेस्तनाबूद करना था। यह धारणा भी गलत साबित हुई कि साम्यवादी पुनः सत्ता में आएँगे, बल्कि सच्चाई ठीक इसके विपरीत निकली। सत्ता में येल्तसिन रहे।

दूसरी घटना यह थी कि विदेश नीति संबंधी स्थापना को सोवियत संघ के विघटन का सितंबर, अक्तूबर 1991 तक कोई अंदाजा नहीं था, अर्थात् इस देश की संरचना में विघटन से दो मास पहले तक भारत को इस घटना का भान तक नहीं था। परंतु नवंबर में सोवियत संघ के विघटन के स्पष्ट संकेत मिलने लगे थे। येल्तसिन इस समय अंतरराष्ट्रीय साख तथा पहचान बनाना चाहते थे। विदेश मंत्री माधव सिंह सोलंकी तथा विदेश सचिव मुचकुंद दुबे अक्टूबर के अंत में तथा नवंबर के प्रारम्भ में सन् 1991 में मास्को गए। येल्तसिन ने भारत आने की इच्छा व्यक्त की तथा इस बात पर जोर दिया कि भारत और रूस के बीच अतीत में स्थापित निकट संबंध की बात छोड़ दी जाए तथा साथ ही यह आशा भी नहीं रखनी चाहिए कि भारत–रूस संबंधों में आगे भी इस दिशा का अनुसरण किया जाएगा। वे सबसे पहले भारत की यात्रा करना चाहते थे। इस सुझाव के प्रति हमारी प्रतिक्रिया निषेधात्मक थी तथा हमने इस संबंध में अपनी इच्छा जाहिर नहीं की। नई दिल्ली से संपर्क स्थापित करने तथा येल्तसिन के अनुरोध पर नरसिम्हा राव की सकारात्मक प्रतिक्रिया जानने की बजाय सोलंकी ने यह जवाब दिया कि वे दिल्ली जाकर भारत का जवाब देंगे। 15 नवंबर को मैंने विदेश मंत्रालय में विदेश सचिव का पद सँभाला। मेरा यह स्पष्ट विचार था कि येल्तसिन के अनुरोध का सकारात्मक जवाब दिया जाए; क्योंकि वे नए रूस में प्रमुख राजनीतिक ताकत के रूप में उभरेंगे। जब मैंने प्रधानमंत्री नरसिम्हा राव से बातचीत की तो उनका

जवाब था कि यद्यपि मेरा आकलन सही है, परंतु वे यह नहीं चाहते कि येल्तसिन द्वारा अंतरराष्ट्रीय साख पाने के लिए भारत का इस्तेमाल किया जाए; क्योंकि विश्व की बड़ी ताकतों ने अभी तक उन्हें पूरी तरह से स्वीकार नहीं किया। अंततः प्रधानमंत्री के साथ एक सप्ताह निरंतर चर्चा के बाद मैंने प्रधानमंत्री को इस बात से राजी कर लिया कि जनवरी 1992 में येल्तसिन को भारत यात्रा का निमंत्रण भेजा जाए। वस्तुतः इस निर्णय के साथ कुछ अन्य बातें भी जुड़ी थीं। नरसिम्हा राव को 26 नवंबर, 1991 को पहले फ्रांस, फिर कराकस, वेनेजुएला, जी–15 के शिखर सम्मेलन में भाग लेने के लिए जाना था। अंततः वे दिल्ली से पेरिस की यात्रा के दौरान येल्तसिन को निमंत्रण भेजने के लिए सहमत हो गए। दिल्ली और पेरिस की यात्रा के दौरान मास्को में भारतीय राजदूत को आधी रात के समय यह संदेश भेजा गया, परंतु तब तक बहुत देर हो चुकी थी। येल्तसिन को इससे पहले कुछ पश्चिमी यूरोपीय देशों तथा संयुक्त राज्य से निमंत्रण पत्र मिल चुके थे। इसलिए उन्होंने दिसंबर 1991 या जनवरी 1992 में दिल्ली आने में अपनी असमर्थता जाहिर की। इसके लगभग एक वर्ष और दो माह बाद वे भारत आए। जनवरी 1993 में येल्तसिन दिल्ली आए। निश्चित रूप से भारत द्वारा देरी से लिए गए निर्णय तथा निषेधात्मक जवाब से भारत और रूस के बीच 18 मास तक दूरी बनी रही। मैं यहाँ पर यूरो–केंद्रित तथा पश्चिमी दृष्टिकोण से अलग इस दूरी पर बल देना चाहूँगा। पश्चिमी देशों ने विदेश मंत्री तथा येल्तसिन के प्रथम सलाहकार एंद्रेई कोजीरेव के समय रूसी विदेश नीति को विशेष रूप दिया था। जब येवगेनी प्रिमाकोव विदेश मंत्री बने, तब जाकर हालात में सुधार आया।

हमने इस मुद्दे पर संजीदगी के साथ सोच'समझकर बातचीत की। हमने यह अभिव्यक्त किया कि हम निष्पक्ष रूप से परमाणु अप्रसार की दिशा में राजनीतिक और तकनीकी–दोनों स्तरों पर परमाणु अस्त्र–संपन्न ताकतों के साथ बातचीत करने के लिए तैयार हैं तथा इस प्रक्रिया के दौरान सुरक्षा के प्रयोजनार्थ तब तक भारत के परमाणु विकल्पों को समाप्त नहीं करना चाहिए, जब तक समयबद्ध निष्पक्ष निरस्त्रीकरण कार्यक्रम तैयार नहीं किया जाता। हमने यह भी बताया कि हम ऊपर बताई गई शर्तों के आधार पर विशद् परमाणु परीक्षण निषेध संधि (सी.टी.बी.टी.) तथा विखंडनीय सामग्री की कटौती संबंधी संधि के लिए बातचीत में भाग लेने के भी इच्छुक हैं। हमने यह भी बताया कि इस विषय पर हमारा दृष्टिकोण किसी के विरोध में नहीं है तथा साथ ही हमारा लक्ष्य इन मुद्दों पर अंतरराष्ट्रीय समुदाय से अलगाव हटाना है। हमने इस तथ्य को जानने के बावजूद यह दृष्टिकोण अपनाया कि परमाणु अप्रसार संधि को बढ़ाया जा सकता है; यह एक ऐसी संधि, जिसमें भारत शामिल नहीं होना चाहता। परंतु मार्च और मई 1994 के बीच भारत ने पूर्ण रूप से कायापलट ही कर दिया तथा विरोध के साथ निरस्त्रीकण पर आवाज उठाता रहा, जो आठवें दशक के मध्य तक हमारी नीतियों की प्रमुख विशेषता थी। यहाँ तक कि सन् 1988 में संयुक्त राष्ट्र की महासभा में राजीव गांधी द्वारा प्रस्तुत निरस्त्रीकरण नीतियों तथा योजनाओं की अवहेलना की गई। परिणामस्वरूप हम परमाणु अप्रसार संधि पर अकेले पड़ गए, जो आज भी भारतीय विदेश नीति का प्रमुख मुद्दा बना हुआ है।

हमने सोवियत संघ के विघटन के बाद शीघ्र ही मध्य एशियाई गणराज्यों के साथ कूटनीतिक और आर्थिक संबंध स्थापित करने में पहल की। हमने जनवरी 1992 और 1993 के बीच 5 मध्य एशियाई गणराज्यों में कूटनीतिक मिशन स्थापित किए। हमने इनके साथ आर्थिक और प्रौद्योगिकीय सहयोग से संबंधित विशिष्ट परियोजनाएँ और कार्यक्रम तैयार करने के लिए इन देशों में उच्च स्तरीय शिष्टमंडल भेजे। प्रधानमंत्री नरसिम्हा राव ने स्वयं उजबेकिस्तान, कजाकिस्तान तथा तुर्कमेनिस्तान की यात्रा की। परंतु सन् 1993 से मध्य एशियाई गणराज्यों के साथ संबंध स्थापित करने की प्रक्रिया धीमी पड़ने लगी। 6 दिसंबर, 1992 को बाबरी मस्जिद को गिराने तथा इसके बाद भड़के सांप्रदायिक दंगों जैसी घटनाओं के कारण इस पक्ष पर पूरा ध्यान नहीं दिया जा सका। किसी–न–किसी तरीके से इस महत्वपूर्ण क्षेत्र में हमारा आर्थिक और सामरिक फोकस हट गया। इसका परिणाम यह निकला कि भारत और मध्य एशियाई गणराज्यों के बीच संबंधों में सन् 1993 के अंत से दरार आने लगी। इन देशों के बाजार को देखते हुए इन देशों के साथ भारत के संयुक्त उद्यम की संभावनाओं तथा खनिज पदार्थों और विस्तृत ऊर्जा संसाधनों की महत्ता पर अत्यधिक बल नहीं दिया जा सकता था। इस दृष्टि से भारत की तरफ से निदानात्मक (Remedial) कार्रवाई करने की आवश्यकता थी।

विदेश में सन् 1996 तथा 1998 की अवधि में ईर्ष्या तथा गलत अवधारणाओं के विरुद्ध भारत नाराजगी तथा हठधर्मिता जाहिर करता। इस दौरान देवगौड़ा और इंद्रकुमार गुजराल प्रधानमंत्री थे। यहाँ इस बात पर ध्यान दिया जाना चाहिए कि सन् 1947 से 1996 तक पिछले 45 वर्षों के विपरीत सन् 1996 से 1998 तक की अवधि में विदेश मंत्री तथा बाद में प्रधानमंत्री के रूप में गुजराल का भारत की विदेश नीति पर दबाव रहा। गुजराल के समय में विदेश नीति के संबंध में पूर्ववर्ती प्रधानमंत्रियों द्वारा निभाई भूमिका बदल चुकी थी। 'गुजराल सिद्धांत (नियम)' में ईर्ष्यालु प्रत्यक्षवाद की झलक दिखी। गुजराल द्वारा प्रवर्तित इस सिद्धांत का सार यह है कि भारत के विशद् आकार, संसाधनों तथा सामर्थ्य को देखते हुए भारत को किसी आदान–प्रदान की इच्छा रखे बिना अपने पड़ोसी देशों के प्रति एकतरफा सद्भाव रखते हुए सुनिश्चित नीति का अनुसरण करना चाहिए। इस सिद्धांत के नीति–निर्णयों में परिवर्तन करते समय गुजराल ने शर्त रखे बिना पाकिस्तान के साथ निर्बाध रूप से बातचीत जारी रखी। इन्होंने बाँग्लादेश के साथ फरक्का बैराज के नीचे गंगा जल विभाजन पर 30 वर्ष का समझौता किया, नेपाल के साथ महाकाली परियोजना का अनुसमर्थन किया, पाकिस्तान और भारत के बीच यात्रा के लिए वीज़ा पद्धति को उदार बनाया, नेपाल और भूटान के साथ व्यापार प्रयोजनार्थ बाँग्लादेश की पारगमन सुविधाओं का प्रस्ताव रखा तथा भारत के पड़ोसी देशों के निर्यात पर टैरिफ तथा एक्स्ट्रा–टैरिफ बैरियर हटा दिए। निस्संदेह इस प्रकार के रवैयों से दक्षिण एशियाई क्षेत्र में माहौल सामान्य बना तथा तनाव दूर हुए। एक पहलू स्पष्ट होता है कि इनमें कोई पहल नई नहीं है। राजीव गांधी के समय में ही इन पर विचार किया जा रहा था, नरसिम्हा राव अधिक व्यावहारिक तरीकों से निर्णय को लागू कर रहे थे तथा इन नीतिगत निर्णयों को लागू करने के समय से ही भारत सरकार पड़ोसी देशों की जवाबी कार्रवाइयों को विस्तारपूर्वक मॉनीटर कर रही

थी। निस्संदेह गुजराल के समय में इस प्रक्रिया में तेजी आई थी और इस प्रक्रिया को स्वीकृति मिली तथा इसे सराहा गया था।

फिर भी इस संदर्भ में कुछ संगत प्रश्नों का जवाब ढूँढ़ने की आवश्यकता है। सर्वप्रथम, क्या भारत के पड़ोसी देशों ने गुजराल द्वारा की गई पहल के प्रति सकारात्मक प्रतिक्रिया जाहिर की? मुद्दा यह नहीं है कि गुजराल ने किसी प्रतिकार के बिना यह रुख अपनाया था, बल्कि मुद्दा यह है कि इस प्रकार की एकतरफा कार्यवाही से भारत के पड़ोसी देशों में सहयोग और विश्वास में वृद्धि हुई या नहीं? दुर्भाग्यवश ऐसा नहीं हुआ।

बातचीत करने पर सहमति रखते हुए भी पाकिस्तान इस बात पर बल देता रहा (और भी दे रहा है) कि अन्य विषयों को शामिल करते हुए तथा सामान्य द्विपक्षीय सहयोग के लिए बातचीत करने के संबंध में पाकिस्तान की इच्छानुसार कश्मीर पर समझौता करना पूर्व शर्त है।

भारत के साथ आर्थिक, प्रौद्योगिकीय तथा राजनीतिक सहयोग बढ़ाने के बारे में बाँग्लादेश ने दूरी बनाए रखी। बाँग्लादेश असम के आतंकवादियों को निकालना भी नहीं चाहता है, जिन्होंने इस देश में अपने अड्डे बना लिए हैं। अन्य नदी तट पर स्थित स्रोतों से इस देश में स्थित डेल्टा क्षेत्र में जल प्रवाह बढ़ाने की व्यवहार्यता की जाँच के लिए बाँग्लादेश से अनुरोध किए बिना 30 वर्ष की अवधि तक गंगा बेसिन के जल विभाजन की प्रतिबद्धता न तो व्यावहारिक है और न ही बुद्धिमत्तापूर्ण। जनसंख्या तथा खेती संबंधी दृष्टिकोणों से भारत और बाँग्लादेश को गंगा और ब्रह्मपुत्र बेसिन से अधोगामी प्रवाह को बढ़ाने के लिए कल्पना प्रवण तथा दीर्घकालिक योजना बनाने की आवश्यकता थी।

30 वर्ष के समझौते में दी गई रियायतों से जल प्रवाह बढ़ाने के उपायों की संयुक्त रूप से जाँच करने के प्रति कम–से–कम बाँग्लादेश को सामान्य तथा तकनीकी दृष्टि से प्रतिबद्ध होना चाहिए। इसके बजाय गुजराल ने केवल एकपक्षीय रियायत ही नहीं दी, बल्कि गंगा और इसकी उप–नदियों के जल की माँगों को अलग–अलग हिस्सों में बाँट दिया। ये उप–नदियाँ भारत के पूर्व और मध्य राज्यों की कृषि संबंधी तथा पारिस्थितिकी आवश्यकताओं के लिए महत्वपूर्ण हैं।

गुजराल द्वारा अपनाए गए मैत्रीपूर्ण रुख के बावजूद नेपाल ने सद्भावपूर्ण प्रतिक्रिया व्यक्त नहीं की। महाकाली परियोजना समझौते पर पुनः सन् 1997 के अंत से नेपाली राजनीतिक पार्टियों ने प्रश्न उठाने शुरू कर दिए। नेपाल सन् 1950 की संधि में भी संशोधन करना चाहता है। हालाँकि हमें इस संधि से सहमत होना चाहिए, परंतु हमें इस पूर्व चेतावनी के प्रति जागरूक रहना चाहिए कि नेपाल कालापानी पर ही नहीं बल्कि दार्जिलिंग तथा निकटवर्ती क्षेत्रों पर भी दावा कर रहा है।

भारत सरकार भूटान में सक्रिय उल्फा उग्रवादियों की घुसपैठ के बारे में भूटान सरकार की चिंताओं को दूर करने में समर्थ नहीं है। हालाँकि श्रीलंका खुश था तथा घरेलू मामलों में हस्तक्षेप न करने के लिए भारत की वचनबद्धता के प्रति पुनः आश्वस्त था, परंतु इस देश में जारी जातिगत दंगों में भारत के उलझने की आशंकाएँ थीं। यद्यपि अहस्तक्षेप तथा तटस्थता सही नीति थी, तथापि जातिगत आतंकवाद सुलझाने

के लिए श्रीलंका की सरकार की सहायता करने के लिए भारत के प्रभाव का इस्तेमाल करने के प्रति अनिच्छुक होना उचित दृष्टिकोण नहीं था।

संक्षेप में 'गुजराल सिद्धांत' का बाह्य स्तर पर अधिकतम प्रभाव पड़ा। सन् 1996 से विकसित क्षेत्रीय संबंधों पर इस सिद्धांत का गुणात्मक प्रभाव नहीं पड़ा, बल्कि मध्य एशिया के साथ संबंध बढ़ाने और चीन के साथ संबंधों में प्रगति पर भारत का ध्यान अधिक रहा। इन क्षेत्रों में आर्थिक संकट के कारण आसियान और मध्य एशियाई गणराज्यों के साथ संबंधों में भी कमी आने लगी थी। इस प्रक्रिया में अवरोध मुख्यतः इस कारण से उत्पन्न हुआ कि भारत की ओर से आसियान के (ASEAN) के साथ आर्थिक सहयोग संबंधी परियोजनाओं तथा प्रस्तावों में अनिश्चितता और अंतर्द्वंद्व पाए जाते थे। जहाँ तक चीन का संबंध है, भारत सरकार सीमा विवाद सुलझाने के लिए गठित चीन–भारत कार्यकारी दल द्वारा किए गए कार्यों पर आगे बढ़ने के लिए नवंबर 1996 में दिल्ली में चीन के राष्ट्रपति जियांग जेमिन की यात्रा के दौरान मिले अवसर का लाभ नहीं उठा पाई। राजनीतिक तथा सामरिक दृष्टि से महत्वपूर्ण, चीन के साथ संबंधों में सन् 1996 में असमंजस की स्थिति आ गई थी। सन् 1988 और 1993 में भारतीय और चीनी नेताओं के बीच स्थापित संपर्कों से उत्पन्न उत्साह में अब ठहराव आ गया था।

देवगौड़ा के समय रूसी संघ के बाद भारत के संबंधों में रक्षा और परमाणु प्रयोग के क्षेत्र में विस्तार हुआ था, परंतु भारत इस आलोचना का भी शिकार था कि भारत ने रक्षा तथा परमाणु सहयोग की परियोजनाओं में प्रौद्योगिकीय और आर्थिक हितों की पूरी तरह से रक्षा नहीं की, जिन पर रूस ने सहमति दे दी थी। आलोचकों के अनुसार ये परियोजनाएँ प्रमुखतः रूस संघ के निर्यात हितों तथा विदेशी मुद्रा विनिमय की आवश्यकताओं की पूर्ति से जुड़ी थीं। इस आलोचना पर विचार करते हुए यह राय सामने आती है कि रूस संघ से भारत द्वारा खरीदे गए बहुभूमिका निभाने वाले सुखोई जहाज पूर्णतः विकसित किए बिना और इसकी प्रचालनात्मक दक्षता प्रमाणित किए बिना शामिल कर लिए गए थे। इसी प्रकार से रूस से 1000 मेगावाट परमाणु पावर रिएक्टर के संबंध में किए गए समझौते के बारे में कहा गया कि यह सौदा महँगा है। इन आलोचकों का निर्णय है कि इस रिएक्टर की खरीद के लिए तय किए गए संसाधन भारत के भीतर विद्यमान परमाणु पावर रिएक्टर के रखरखाव और उन्हें अद्यतन बनाने पर खर्च किए जा सकते थे। निश्चय ही यह सामान्य रूप से आलोचना की जाती रही है कि रूस संघ पर अत्यधिक निर्भरता के कारण भारत की सामर्थ्य–शक्ति अवरुद्ध की गई, ताकि आर्थिक और रक्षा आपूर्तियों के लिए प्रौद्योगिकीय निवेश प्राप्त करने के लिए स्रोतों में विविधता लाई जा सके।

हमारी विदेश नीति के विकास के अंतिम चरण में नाराजगी, हठधर्मिता विशेष रूप से संयुक्त राज्य के साथ भारत के संबंधों में लागू होती है। मेरे विचार के अनुसार हम निरस्त्रीकरण के मुद्दों, विशेष रूप से सी.टी.बी.टी. के संबंध में अत्यधिक विरोधी रुख अपनाए हुए हैं। हमने सितंबर 1997 में न्यूयॉर्क में प्रधानमंत्री इंद्रकुमार गुजराल तथा बिल क्लिंटन के साथ बैठक में तथा दिसंबर 1997 में संयुक्त राज्य के रक्षा विभाग के अधिकारियों तथा भारतीय रक्षा सचिव के बीच निर्धारित विचार–विमर्श के दौरान यह

नाराजगी और निष्प्रभावी हठधर्मिता प्रकट की थी। ये वार्ताएँ इसलिए रद्द हो गई थीं, क्योंकि हमने यह महसूस किया कि संयुक्त राज्य हमारे शिष्टमंडल को समुचित मान–सम्मान नहीं दे रहा है। संयुक्त राज्य के संबंध में भारत की विदेश नीति की इन घटनाओं से बचा जा सकता था, यदि हम नीति संबंधी रवैये तथा उद्घोषणाएँ सोच–समझकर तय करते तथा अपने विशेषाधिकारों तथा हितों को ध्यान में रखते हुए दृष्टिकोण अपनाते तो हम इस निष्कर्ष पर पहुँच सकते हैं कि हमने भावुक होकर प्रतिक्रिया जाहिर की, जिसमें यथार्थ का अभाव था।

आलोचनात्मक मूल्यांकन का एक अन्य उदाहरण 31 जनवरी, 1998 को कलकत्ता में गुजराल द्वारा दिया गया वक्तव्य था कि भारत सरकार इराक के विरुद्ध कोई सैनिक कार्यवाही 'बर्दाश्त' नहीं करेगी। भारत ने राष्ट्रपति क्लिंटन को पत्र लिखकर संयुक्त राज्य को चेतावनी दे दी है। गुजराल ने इस पर बल दिया कि भारत के लिए चिंताजनक विषय है कि इस प्रकार के आक्रमण के परिणामस्वरूप पूरे क्षेत्र में तनाव उत्पन्न हो जाएगा और खाड़ी क्षेत्र में रहने वाले ढाई लाख भारतीयों के लिए खतरा उत्पन्न हो जाएगा। यहाँ पहला महत्वपूर्ण मुद्दा यह है कि इस सार्वजनिक घोषणा में बताए गए भारतीय संदेश की 'टोन' अव्यावहारिक थी। यह स्पष्ट है कि संयुक्त राज्य भारत द्वारा दी गई चेतावनी पर ध्यान नहीं देगा; क्योंकि ऐसी चेतावनी देने के बाद भारत के पास संयुक्त राज्य के विरुद्ध प्रभावी कदम उठाने की न तो क्षमता है, न ही प्रभाव। बड़ी ताकत को इस प्रकार की चेतावनी देने से अंतरराष्ट्रीय समुदाय में भारत की साख घटेगी। दूसरे, भारत सरकार को इस बात पर ध्यान देना चाहिए कि किसी भी मुस्लिम देश या अरब देश ने इस संबंध में संयुक्त राज्य का कड़ा विरोध नहीं किया या इस संबंध में संयुक्त राज्य का आश्रय नहीं लिया। सही है कि संयुक्त राज्य अमेरिका द्वारा की गई कार्यवाही के संबंध में आपत्तियाँ जरूर की गई थीं। हमें संयुक्त राज्य को चेतावनी देने से पहले महत्वपूर्ण अरब देशों तथा मलेशिया और इंडोनेशिया जैसे अन्य मुस्लिम देशों के साथ परामर्श करना चाहिए था। तीसरे, हालाँकि इराक के लोगों के साथ अच्छे व्यवहार एवं सहयोग के आधार पर संबंध स्थापित करने में भारत का भी हित है, परंतु हमें इस तथ्य का ध्यान रखना चाहिए कि 15 वर्ष के भीतर सद्दाम हुसैन ने निकटवर्ती मुस्लिम देशों तथा गुटनिरपेक्ष देशों पर एकतरफा हमले किए हैं तथा इसने क्षेत्र में तनावों को जन्म दिया है। यहाँ यह बिलकुल आवश्यक नहीं था कि निरंकुश, दमनकारी तथा हिंसात्मक प्रवृत्ति वाले सद्दाम हुसैन से भारत परिचय बढ़ाए। चौथे, गुजराल द्वारा की गई घोषणा से खाड़ी देशों में भारत के प्रति रोष उभरा। संयुक्त राज्य द्वारा की जाने वाली कार्यवाही को बर्दाश्त न करने की चेतावनी देने की बजाय यदि भारत सरकार राजनीतिक वार्ताओं के माध्यम से इराक संकट के संबंध में कोई हल ढूँढ़ने का प्रयास करती तो यह कदम उचित होता। इस घोषणा में इराक में बस रहे भारतीयों की सुरक्षा के बारे में अपनी चिंता जाहिर कर सकता था तथा साथ ही इन भारतीयों को यह आश्वासन दे सकता था कि युद्ध के दौरान वापस लौटने की व्यवस्था करके भारत उनकी रक्षा के लिए समुचित कदम उठाएगा।

यह संभावना थी कि इराक के पास रासायनिक तथा जैविक अस्त्र हो सकते हैं तथा सद्दाम हुसैन इन अस्त्रों का प्रयोग कर सकता है। इस तथ्य का हमारे इस नीतिगत वक्तव्य पर भी प्रभाव पड़ा है, परंतु ऐसा नहीं हुआ। कोई भी भारत में व्याप्त इस भावना को महसूस कर सकता था कि भारत की विदेश नीति में सोच–समझकर घटनाक्रम का हिसाब लगाने, देश के हितों का आकलन करने तथा अंतरराष्ट्रीय समुदाय में सत्ता–केंद्र के साथ अरब समीकरणों का अभाव था। सन् 1998 के आम चुनावों के बाद सत्तारूढ़ भारतीय जनता पार्टी की सरकार को इस असंतुलन को दूर करने तथा भारतीय विदेश नीति को पुनः सही दिशा की ओर मोड़ने की भारी जिम्मेदारी का निर्वहन करना पड़ा।

मई 1998 के बाद भारत की भी हैसियत सामरिक दृष्टि से बदल गई थी। वैधानिक आवरण से अलग, भारत एक परमाणु ताकत होने का गौरव हासिल कर चुका था। यह भारत के लिए फख्र की बात थी, लेकिन क्या भारत इस ताकत को दुनिया के फलक पर प्रदर्शित कर सकता था? क्या वह स्वयं को एक ऐसी शक्ति के रूप में प्रस्तुत करने में समर्थ था, जो दुनिया की सामरिक–कूटनीति में निर्णायक हस्तक्षेप कर सके। भारत को अभी इसे सिद्ध करने की जरूरत थी और यह सब तत्कालीन नेतृत्व पर निर्भर करता था। श्री अटल बिहारी वाजपेयी का नेतृत्व सृजनात्मक, सहयोग और सम्बद्धता के लिहाज से सर्वश्रेष्ठ कालों में से एक माना जा सकता है, उनकी लाहौर बस यात्रा इसका श्रेष्ठ उदाहरण है। लेकिन उनके काल में दो घटनाओं ने कुछ हद तक असहज किया था। इनमें एक थी–24 दिसम्बर, 1999 को आईसी 814 अथवा इंडियन एयरलाइंस की एयरबस ए 300 की हरकत–उल–मुजाहिदीन द्वारा हाइजैकिंग और दूसरी, कारगिल में युद्ध/अर्द्धयुद्ध। उस समय हमने हाइजैकर्स और तालिबान शासन दोनों को कठोर संदेश नहीं दिए थे, बल्कि एक प्रकार से आत्मसमर्पण किया था। फिर हमारे परमाणु ताकत या महाशक्ति होने के दावे का मतलब क्या रह गया था?

कारगिल घटना भारत की सम्प्रभुता को सीधी चुनौती देने वाली थी। इसकी शुरुआत पाकिस्तान ने एक घुसपैठ के जरिये की और युद्ध में इसका परिवर्तन 1999 में हुआ। 8 मई 1999 में ही पाकिस्तानी फौजियों और कश्मीरी आतंकियों को कारगिल की चोटी पर देख लिया गया था। सही बात तो यह है कि इस समय तक पाकिस्तान के आतंकवादी और सेना भारत की सीमा से काफी अंदर तक घुस आए थे जिन्हें बाहर खदेड़ने के लिए भारतीय सेना को ऑपरेशन विजय चलाना पड़ा। अब ये बातें स्पष्ट हो चुकी हैं कि पाकिस्तान का वह दावा झूठा था कि कारगिल लड़ाई में मुजाहिदीन शामिल थे। दरअसल यह लड़ाई पाकिस्तान के नियमित सैनिकों ने लड़ी थी। पाकिस्तानी खुफिया एजेंसी आईएसआई के पूर्व अधिकारी शाहिद अजीज ने इस गुप्त लड़ाई को पर्दे के पीछे से निकालकर बाहर लाने की कोशिश की है। महत्वपूर्ण बात यह है कि कारगिल सेक्टर में 1999 में भारतीय और पाकिस्तानी सैनिकों के बीच लड़ाई शुरू होने से कुछ सप्ताह पहले जनरल परवेज मुशर्रफ ने एक हेलिकॉप्टर से नियंत्रण रेखा पार की थी और भारतीय भूभाग में करीब 11 किमी अंदर एक स्थान पर रात भी बिताई थी। उस समय मुशर्रफ के साथ 80 ब्रिगेड के तत्कालीन कमांडर ब्रिगेडियर मसूद असलम भी थे। दोनों ने जकारिया मुस्तकार नामक स्थान पर रात बिताई थी। सवाल यह उठता

है कि भारत का सैन्य इंटेलीजेंस कहां था? हालांकि भारतीय सेना की विशेषकर दो कमानों ने युद्ध को भारत के पक्ष में लाने में निर्णायक भूमिका निभाई, लेकिन इस समय भारत के 527 जवान शहीद हो गए थे और करीब 1363 घायल हुए थे। हम केवल उन्हें खदेड़ पाए थे, उनके भू–भाग पर कब्जा करना तो दूर उसके मनोविज्ञान के निकट भी नहीं पहुंच पाए थे। इसे भारत की टैक्टिकल विजय नहीं कहा जा सकता, क्योंकि इसके जरिये हम पाकिस्तान को कोई ऐसा संदेश नहीं दे पाए थे कि पाकिस्तान अपनी हरकतों से बाज आ जाए। हां पाकिस्तान के पूर्व विदेश मंत्री खुर्शीद कसूरी की पुस्तक "नाइदर अ हॉक नॉर ए डव" के अनुसार अटल जी ने नवाज से बेहद सख्त लहजे में कहा था कि हम तो आपके यहां लाहौर में दोस्ती का पैगाम लेकर आए थे, लेकिन आपने तो बदले में हमको कारगिल युद्ध दिया। लेकिन पाकिस्तान को इतना दण्ड नहीं दे पाए थे कि पाकिस्तान हाल–फिलहाल में ऐसी हिम्मत दोबारा न जुटा पाता।

डॉ. मनमोहन सिंह के काल में भारत अमेरिका की तरफ लगभग 120 डिग्री के कोण पर झुक गया था। परमाणु ताकत बनने के बाद यह थोड़ा विचलित करने वाला मिजाज था। जुलाई 2005 के नागरिक नाभिकीय सहयोग (सिविलियन न्यूक्लियर कोऑपरेशन) पर 'संयुक्त घोषणापत्र' जारी हुआ और भारत–अमेरिका ने एक नए किस्म की साझेदारी का परिचय दिया। इससे सम्बंधित महत्वपूर्ण डॉक्यूमेंट 7 मार्च, 2006 को संसद में पेश किया गया, जिसमें कहा गया था कि भारत के नागरिक सूची के 22 न्यूक्लियर पावर रिएक्टरों में से 14 निगरानी में होंगे। भारत ने एग्रीमेंट 123 पर हस्ताक्षर किए। अमेरिका के साथ 123 समझौते में यह बात विशिष्ट रूप से वर्णित है कि यह समझौता गैर–दिशा निर्देशित परमाणु गतिविधियों को प्रभावित नहीं करेगा। इसमें हमारे रणनीतिक कार्यक्रम की गतिविधियां भी शामिल हैं, जो सुरक्षा निर्देशों के तहत नहीं आती। भारत रिएक्टर्स (टी.ए.पी.एस. 1 और आर.ए.पी.एस. 1 व 2) के एन.एफ.सी., जहाँ महत्वपूर्ण संवर्धित यूरेनियम की प्रॉसेसिंग की जाती है, पर फ्यूल फैब्रीकेशन के लिए आई.ए.ई.ए. सेफगार्डस के तहत रहेगा। दरअसल भारत का मामला विशिष्ट है, क्योंकि वह न तो न्यूक्लियर वीपन स्टेट है और न ही नॉन वीपन स्टेट है, जैसा कि एन.पी.टी. के तहत तय किए गए हैं। इसलिए निगरानी (सेफगार्डस) और 'अतिरिक्त प्रोटोकाल' भारत के लिए विशिष्ट होंगे। 28 सितम्बर, 2008 को अमेरिकी हाउस ऑफ रिप्रेजेंटेटिव्स ने इससे सम्बंधित विधेयक पारित कर दिया और दो दिन बाद ही भारत तथा फ्रांस समान नाभिकीय समझौते से बंध गए। 8 अक्टूबर, 2008 को अमेरिकी राष्ट्रपति जॉर्ज बुश के इस पर हस्ताक्षर करते ही यह विधेयक अधिनियम बन गया, जो अब 'यूनाइटेड स्टेट्स–इण्डिया न्यूक्लियर कोऑपरेशन एप्रूवल एण्ड नॉन–प्रॉलीफिरेशन इनहैंसमेंट ऐक्ट' में परिवर्तित हो गया। इसके बाद अमेरिका ने भारत को कई मोर्चों पर आगे बढ़ाने की मुहिम की अगुआई की, जिसका लाभ भी भारत को मिला। हालांकि भारत अभी भी कहीं–कहीं पर परजीवी कूटनीति और असफल उत्तरजीवी वैश्विक राजनीति का परिचय दे रहा था। लेकिन अब तक चीन एक ताकत हासिल कर चुका था और हिंद महासागर से लेकर प्रशांत महासागर तक संशय पैदा करने वाली सक्रियता दिखा रहा था। यह खुले तौर पर चीन की अमेरिका, जापान और ऑस्ट्रेलिया के साथ–साथ उन

देशों के लिए चुनौती थी, जिनके हित हिन्द–प्रशांत क्षेत्र में निहित थे। ओबामा के पहले शासनकाल में विदेश मंत्री हिलेरी क्लिंटन और कर्ट कैम्पबेल की एक टीम ने इस क्षेत्र का जब अध्ययन किया तो वह इस निष्कर्ष पर पहुंची कि भारत को शामिल किए बिना अमेरिका अपनी प्रशांत नीति में सफल नहीं हो पाएगा। यही वजह है कि बड़ी चालाकी से इसे हिन्द महासागर तक बढ़ाया गया और हिन्द–प्रशांत क्षेत्र में 1 नवम्बर, 2017 में भारत, अमेरिका, जापान और ऑस्ट्रेलिया क्वैड अरैंजमेंट (Quad Arrangement) की बुनियाद रखी गई ताकि मैरीटाइम सुरक्षा और कनेक्टिविटी के जरिये 'फ्री एण्ड ओपन इंडो पैसिफिक' की स्थापना हो सके। दरअसल इस चतुर्भुज के पीछे अमेरिका की मंशा है चीन को घेरना और उसके लिए भारत का इस्तेमाल करना।

डॉ. मनमोहन सिंह के शासनकाल में चूंकि अमेरिका और फिर यूरोप को आर्थिक संकट से गुजरना पड़ा, इसलिए दुनिया अनिश्चितता और संशय की ओर बढ़ी। ऐसे में भारत दुनिया के देशों के साथ निर्णायक साझेदारी नहीं निभा सकता था। शायद यही वजह रही कि कई मोर्चों पर भारत ने सॉफ्ट स्टेट जैसी छवि पेश की या फिर उसे इसी रूप में स्वीकार किया गया। मई 2014 में प्रधानमंत्री नरेन्द्र मोदी ने शपथ ग्रहण के साथ ही विशेष कूटनीतिक (ओथ डिप्लोमैसी) की शुरुआत की। उन्होंने नेबर्स फर्स्ट से लेकर एक्ट ईस्ट और टच थेरेपी से लेकर पापुलिस्ट डिप्लोमैसी का आश्रय लिया और तेजी से भारतीय कूटनीति को एक फास्ट ट्रैक प्रदान किया, जिस पर लुक वेस्ट, ओसियन डिप्लोमैसी, हेड ऑन डिप्लोमैसी को व्यावहारिक रूप देने की कोशिश की गईं एक सांस्कृतिक आयाम इस कूटनीति में और जोड़ा गया, जिस पर काफी हद तक भारत को सफलता भी मिली। लेकिन भारत की कूटनीति का मूल मंतव्य यह होना चाहिए कि –पाकिस्तान हमसे दोस्ती न करने की स्थिति में डरे, चीन हमें आंखें दिखाना बंद करे, अमेरिका इस निष्कर्ष पर पहुंच जाए कि दक्षिण एशिया में भारत के बिना उसका टिक पाना मुश्किल है, रूस भारत–सोवियत मैत्री युग के इतिहास पर गम्भीरता से विचार कर अपना मनोविज्ञान बदलने की कोशिश करे और भारत के पड़ोसी भारत के साथ अपने भविष्य को सुरक्षित, विकसित, आशान्वित एवं शांतिप्रिय महसूस कर सकें। लेकिन इन मोर्चों में भारत अभी भी अंकीय दृष्टि से 33 प्रतिशत के ऊपर नहीं पहुँच पाया है। भारत अभी दुनिया को यह संदेश भी नहीं दे पाया है कि वह ताकत की दृष्टि से स्वयं को उसके सामने किस रूप में पेश करने में समर्थ हो पाएगा–एक मैरीटाइम पावर के रूप में या फिर एक कांटिनेंटल पावर के रूप में? इसके बाद भी ग्लोबल पॉवर के रूप में विचार करने की शुरुआत हो सकती है, इससे पहले नहीं।

कुल मिलाकर पिछले 70 वर्षों से भारत की विदेश नीति को प्रभावित करने वाली राजनीतिक–ऐतिहासिक प्रवृत्तियों तथा स्थितियों का यह पूरा विश्लेषण है।

फिर भी निर्णायक प्रश्न अभी भी खड़ा है–भारत की सामूहिक तथा आंतरिक व्यवस्थाओं में क्या कमियाँ विद्यमान थीं? पिछले अध्यायों में इन पहलुओं पर चर्चा की गई है। यहाँ हम संक्षेप में अपने अहं भाव में यथार्थवाद के अभाव तथा इसके भारत की विदेश नीति पर पड़े प्रभाव का संक्षेप में वर्णन करना चाहते हैं।

हमारे सामूहिक अहं भाव की पहली विशेषता यह है कि भारत अपने शिष्टगुणों, क्षेत्रीयता, जनसंख्या तथा स्व–घोषित उच्च नैतिक सिद्धांतों के अनुपालन के कारण विश्व के कार्यकलापों में प्रमुख तथा प्रभावशाली भूमिका निभाने के लिए विवश है। हम आर्थिक तथा प्रौद्योगिकीय क्षमताओं या सैन्य ताकतों के माध्यम से प्रभाव डालने का प्रयास नहीं करते। परंतु हम अपने आसपास विश्व से यह आशा करते हैं कि संस्कार और सभ्यता से जुड़े कारकों पर भारत की अग्रणी भूमिका से सहमत हो तथा प्रदर्शित नैतिकता न तो यथार्थवादी है, और न ही वांछनीय।

दूसरे, इस अहं भाव के परिणामस्वरूप हम ऐसी विसंगतियों तथा परिस्थितियों में उलझ गए, जिनका हमारे हितों से सीधा संबंध नहीं था। हमारी अंतरराष्ट्रीय साख के कारण हमें जो भूमिका निभानी पड़ी, वह अलग बात है। परंतु नेहरू के बाद भारत की यह पहचान ही समाप्त हो गई थी। नेहरूजी के उत्तराधिकारियों ने अंतरराष्ट्रीय संबंधों की वस्तुस्थिति से सामंजस्य बैठाए बिना केवल यही नहीं माना कि भारत का प्रभाव और नेतृत्व शक्ति प्रमुख रहेगी, बल्कि हमारे नेता इस गलतफहमी में भी उलझे रहे कि आर्थिक और सैन्य ताकत तथा राजनीतिक क्षमताओं पर ध्यान दिए बिना भारत इस भूमिका को निभाने के लिए पात्र है। ऐसी स्थिति का परिणाम यह हुआ कि भारत हमेशा बहुपक्षीय मंच पर अपने प्रतिनिधित्व का इच्छुक रहा तथा ऐसे संगठनों के सचिवालय में बड़ा भाग पाने की इच्छा रही। भारत अंतरराष्ट्रीय विवादों और विसंगतियों पर उद्घोषणाएँ करता रहा, चाहे इन विवादों और विसंगतियों की भारत के हितों के संबंध में प्रासंगिकता रही हो या न रही हो, इन कारकों के अलावा एक ओर 'वैश्विक ताकत' के रूप में पहचान बनाने तथा दूसरी ओर भला तथा नैतिक देश बनने की चाह के बीच अंतर्विरोध बढ़ने लगा।

तीसरा दोष विचारों की कट्टरता का था। इसका भारत की विदेश नीति पर प्रभाव पड़ा। प्रधानमंत्री इंदिरा गांधी, राजीव गांधी, चंद्रशेखर और नरसिम्हा राव विदेश नीति से जुड़े मुद्दों पर चर्चा करते समय सैद्धांतिक रूप से निश्चित विचारधाराओं का इस्तेमाल नहीं करते थे, परंतु संसद और भारत की विदेश नीति संबंधी स्थापना में सैद्धांतिक कट्टरता मौजूद थी। इससे विशेषतः राजीव गांधी तथा नरसिम्हा राव और कुछ सीमा तक श्रीमती गांधी की विकल्पों के निदानात्मक प्रयोग से संबंधित क्षमताएँ अवरुद्ध हो गई थीं। शीतयुद्ध के दौरान पूर्व–पश्चिम संबंधों, निरस्त्रीकरण और परमाणु अप्रसार की जटिलता, गुटनिरपेक्ष आंदोलन की प्रासंगिकता और उपादेयता तथा सैद्धांतिक कमियों से प्रभावित विदेश–आर्थिक नीति और आर्थिक संबंधों पर भी 'कट्टरता' का प्रभाव पड़ा। ऐसी अवस्थिति तथा विकल्पों की स्वतंत्रता संबंधी विचारधारा, भारत की विदेश नीति में पंडित नेहरू के दृष्टिकोण के अनुसार समायोजना की क्षमता के विरुद्ध हैं। हमें इस बात का विशेष रूप से उल्लेख करना है कि राष्ट्रीय हितों के दबावों के कारण ग्लोबल मुद्दों पर अंतरराष्ट्रीय विचारों की प्रमुख धारा से बाहर होने पर भी संयुक्त राष्ट्र की सुरक्षा परिषद् के स्थायी सदस्य बनने के बारे में भारत की अव्यावहारिक चिंता भारत के अत्यधिक अहं भाव की परिचायक है। अंतरराष्ट्रीय समुदाय का कोई

भी वर्ग भारत के आकार, जनसंख्या तथा लोकतांत्रिक व्यवस्था की महत्ता से इंकार नहीं कर सकता, परंतु अग्रणी भूमिका को देखते हुए भारत को राजनीतिक दृष्टि से स्थिर तथा आर्थिक प्रौद्योगिकी और सैन्य दृष्टि से मजबूत होना होगा। इसके अलावा भारत में विश्व की ताकतों के साथ समीकरण की भी व्यवस्था होनी चाहिए, जो भारत की भूमिका तथा नेतृत्व शक्ति के प्रभाव का समर्थन करेगी। हम माँगकर या अपने मुँह मियाँ मिट्ठू बनकर नेतृत्व शक्ति प्राप्त नहीं कर सकते। हमारी स्थापना में यह प्रवृत्ति रही है कि हम निश्चित अवधि के दौरान राजनीतिक नेता वर्ग के विदेशी नीति संबंधी दृष्टिकोण के अनुरूप रवैया अपना लेते हैं। यहाँ तक कि विशिष्ट नीतियों, विशिष्ट परिस्थितियों या मुद्दों पर अभी कोई निर्णय लिया नहीं गया। समय गुजरने के साथ भारतीय विदेश सेवा में नीति–निर्माण की परामर्श अवस्था पर असंतोष व्यक्त करने का साहस भी मिटता जा रहा है। यद्यपि इस दिशा में आशाएँ रखी जाती हैं, परंतु कोई व्यक्ति कटु तथा नीरस सलाह नहीं देना चाहेगा। भारत–चीन से पूर्व, हंगरी तथा स्वेज संकट के दौरान, निरस्त्रीकरण तथा अप्रसार मुद्दों, अफगानिस्तान में सोवियत हस्तक्षेप, श्रीलंका में जातिगत दंगों तथा गुजराल सिद्धांत लागू करने के अंतिम दौर में यही घटित हुआ था।

एक दुःखद पहलू भारत सरकार में एकीकृत विदेश नीति की क्रियाविधि के लिए संस्थागत व्यवस्था का अभाव है। हमारी विदेश नीति के निरूपण में यह प्रमुख बाधा है। रक्षा मंत्रालय, विदेश मंत्रालय, गृह मंत्रालय तथा भारत सरकार की आसूचना एजेंसियों के बीच समन्वयन के लिए कोई संस्थागत व्यवस्था नहीं है। राजनीतिक अनिर्णायक स्थिति तथा स्पर्धा के आधार पर इस कमी को पूरा करने के प्रयास किए जा रहे हैं।

नैतिक प्रचार और राजनीतिक आवश्यकता के बीच अंतर्विरोध हमारी विदेश नीति की निरंतर असामान्य घटनाएँ रही हैं। हम अंतरराष्ट्रीय संबंधों में विद्यमान अनैतिकता को दूर करके आवश्यक संतुलन बनाए रखने में समर्थ नहीं हैं। हमारा नैतिक उपदेश और सभ्यता संबंधी दावे विचारों के आदान–प्रदान तथा बातचीत के समय शेखी बघारने, कोरे सिद्धांतवादी तथा कभी–कभी उदासीनता के रूप में सामने आए हैं, जिससे हमारी विदेश नीति में अनेक अंतरवाद आए। स्पष्ट है कि यदि हम अपने पड़ोसी देशों को यह बताते हैं कि उनकी संस्कृति, भाषा, इतिहास–सब कुछ भारतीय संस्कृति–सभ्यता की देन है, तो उनमें रोष उत्पन्न होना स्वाभाविक है। इन देशों की अपनी पहचान है, अपना राष्ट्रीय गौरव है। इसी प्रकार से संयुक्त राज्य या रूस पर नैतिक टिप्पणियाँ देने या उन्हें उपदेश देने का भारत की योग्यता तथा छवि पर प्रभाव पड़ेगा, जबकि भारत इन देशों से अनेक प्रकार की सहायता भी ले रहा है।

समग्रतः यह निष्कर्ष निकलता है कि हमें अपनी ताकत और सीमाओं का वास्तविकता के धरातल पर आकलन करना होगा तथा क्षेत्रीय और ग्लोबल समीकरणों के संबंध में अपनी स्थिति सुनिश्चित करनी होगी। यदि हम अपनी विदेश नीति को व्यावहारिक तथा सोद्देश्यपूर्ण चाहते हैं, तो ऐसा आकलन करना अनिवार्य है तथा हमें अपने हितों के प्रति जवाबदेह होना है।

हमें अंतरराष्ट्रीय समुदाय की ओर से भारत के प्रति दृष्टिकोण पर भी ध्यान देना होगा। हालाँकि नए स्वतंत्र विकासशील राष्ट्रों के बीच लोकतांत्रिक देश के रूप में तथा संभावित आर्थिक ताकत के रूप में भारत की भूमिका स्वीकार की गई है, फिर भी विश्व की महत्वपूर्ण ताकतें भारत को राजनीतिक दृष्टि से अस्थिर मानती हैं तथा इनके विचार में भारत का राजनीतिक भविष्य अनिश्चित है। यह धारणा भी बनी हुई है कि भारत ऐसा देश है, जिसमें निर्णायक शक्ति, सामूहिक अनुशासन तथा एकता और आंतरिक तथा विदेश नीतियों में निरंतरता का अभाव है।

भारत के कतिपय सामरिक लक्ष्य हैं। ये लक्ष्य इस प्रकार हैं—पाकिस्तान और कम क्षेत्रीय पहचान वाले देशों पर सैन्य श्रेष्ठता के आधार पर दक्षिण एशिया में क्षेत्रीय ताकत के रूप में स्थिति मजबूत बनाना; पूरे महासागर के क्षेत्र में सैन्य सर्वोच्चता प्राप्त करना; अंतरराष्ट्रीय संगठनों के माध्यम से अंतरराष्ट्रीय समुदाय में प्रधान हैसियत बनाना। शीतयुद्ध के बाद भारत के बारे में इस आम विचारधारा के परिणामस्वरूप बड़ी ताकतों ने अंतरराष्ट्रीय समीकरणों में भारत को नियंत्रणाधीन गौण स्थान देना चाहा। रोचक तथ्य यह है कि सभी परमाणु अस्त्र—संपन्न ताकतों के बीच इस पर मौन आम सहमति बनी हुई है। संयुक्त राष्ट्र की सुरक्षा परिषद् के पाँच सदस्यों पर भी इस दृष्टिकोण का प्रभाव पड़ा है। भारत के पड़ोसी देश भी इसके इरादों तथा क्षेत्रीय संभावनाओं से आशंकित हैं। इनका प्रयास होगा कि भारत के बारे में इन आशंकाओं को दूर करने के लिए अन्य क्षेत्रीय और ग्लोबल सत्ता—केंद्रों के साथ समीकरण बनाए जाएँ तथा सकारात्मक प्रेरणाशक्ति उत्पन्न की जाए। भारत की दृष्टि से इस स्थिति को दूर करने का एकमात्र रास्ता यही है कि परस्पर तथा अंतरनिर्भर हितों के आधार पर प्रमुख सत्ता—केंद्रों के साथ समीकरण बनाए जाएँ ताकि आर्थिक और सैन्य सामर्थ्य की दहलीज/सीमा को पार किया जा सके। इससे पड़ोसी देश तथा अंतरराष्ट्रीय समुदाय इस बात से राजी हो जाएँगे कि भारत की संभावनाओं को दबाने की बजाय इसके साथ सामंजस्य बिठाना अधिक व्यावहारिक विकल्प होगा।

मैंने विदेश नीति में विद्यमान कमियों पर विस्तारपूर्वक चर्चा की है। भारत की विदेश नीति को सफल बनाने के लिए क्या किया जा सकता है? भले ही भारत की अपनी कुछ सीमाएँ हो या कोई कमी पाई जाती हो, परंतु कुछ महत्वपूर्ण क्षेत्रों में इसकी उपलब्धियों से इंकार नहीं किया जा सकता। उदाहरणार्थ—

1. अनेक विविधताओं तथा अप्रसारी ताकतों के बावजूद हमारा देश एक रहा।
2. बाह्य खतरों तथा दबावों का हमें विद्रोह, सैन्य खतरों, आंतरिक और बाह्य राजनीतिक तथा सैन्य चुनौतियों के रूप में सामना करना पड़ा।
3. पड़ोसी देशों के नकारात्मक विचारों के बावजूद हमने कुल मिलाकर अपने सभी पड़ोसी देशों के साथ अच्छे संबंध बनाए रखने चाहे, इस संबंध में अंतरिम रूप में कितने ही उतार—चढ़ाव क्यों न आए।
4. इस पर भी ध्यान दिया जाए कि ऐसा एक भी मौका नहीं आया, जब पाकिस्तान, बाँग्लादेश, नेपाल और चीन के साथ मूलभूत विवादों के बावजूद हमने पड़ोसी

देशों के संबंध में राजनीतिक प्रभुत्व या क्षेत्रगत अतिशयोक्तिपूर्ण तथ्य प्रकट करने की प्रवृत्ति अपनाई हो।

5. हमने विदेश नीति और परमाणु, अंतरिक्ष तथा प्रौद्योगिकी विकल्प बनाए रखे तथा राष्ट्रीय हितों के प्रतिकूल भेदभाव वाली व्यवस्थाओं तथा समझौतों से पड़ने वाले नकारात्मक दबावों का सफलतापूर्वक विरोध किया।
6. हमने पिछले 50 वर्षों में शीतयुद्ध हो या शीतयुद्ध के बाद विश्व में होने वाले महत्वपूर्ण परिवर्तन हों, निरंतर विश्व की प्रमुख ताकतों के साथ व्यावहारिक संबंध बनाए रखे हैं।
7. हमने बहुपक्षीय संगठनों में ग्लोबल मुद्दों पर विचार–विमर्श करते समय सक्रिय सदस्य के रूप में भाग लिया।
8. मूलभूत हितों की पूर्ति के लिए पर्याप्त लचीलापन बरतते हुए हमने रक्षा और विदेश–आर्थिक संबंध बनाए रखे, ताकि निरंतर उग्ररूप धारण कर रहे तथा बदलते हुए जटिल विश्व में भारत के लोगों की सुरक्षा और बेहतरी सुनिश्चित की जा सके।

लोकतांत्रिक देश के रूप में हमारी यह उपलब्धि रही है कि अनेक विविधताओं वाले समाज के प्रतिकूल दबावों के तहत भी हमने यह उल्लेखनीय उपलब्धि प्राप्त की। यदि विकासशील देशों के रिकॉर्ड का तुलनात्मक मूल्यांकन किया जाए तो यह स्पष्ट हो जाएगा कि भारत ने पिछले 50 वर्षों में विदेश नीति में जो प्रगति की है, यूरोप के अनेक देश स्वतंत्रता–प्राप्ति के 300 वर्ष बाद भी वहाँ तक नहीं पहुँच पाए हैं, जबकि उनकी आबादी कम है और संसाधन अधिक हैं। गणराज्य के रूप में 50 वर्ष बीत जाने पर हम अपनी उपलब्धियों से संतुष्ट हैं, जबकि अंतरराष्ट्रीय संबंधों में अनुभवों के गुण–अवगुणों का आलोचनात्मक मूल्यांकन भी करते हैं।

अंत में उम्मीद है कि यदि हम संगठित देश में एकता के सूत्र में बँधे हैं तथा विखंडनकारी ताकतों के आगे नहीं झुकते, तो आशा की एक किरण बनी रहेगी।

प्रमुख बिन्दु

1. भारत उन नवस्वतंत्रता प्राप्त देशों में से एक है, जिन्होंने अहिंसा आधारित नैतिक मूल्यों को महत्व देते हुए स्वतंत्रता–प्राप्ति हेतु संघर्ष किया। इसलिए शीतयुद्ध के समय किसी भी गुट में शामिल न होकर गुट निरपेक्ष रहना भारत के लिए अत्यंत महत्वपूर्ण था।
2. भारत की संप्रभुता सुनिश्चित करने के लिए नेहरू जी ने गुट निरपेक्ष सिद्धांत का प्रतिपादन किया। सन् 1955 की बांडुंग कॉन्फ्रेंस में गुट निरपेक्षता सिद्धांत की अवधारणा प्रस्तुत की गई। इस सिद्धांत की प्रमुख धारणा थी कि एशिया यूरोपीय शक्तियों की दासता से बाहर आ चुका है। इस धारणा को विकसित करने के लिए नेहरू जी ने चीन के साथ पंचशील सिद्धांतों की रूपरेखा तैयार की। वे इन पाँच नियमों से एशिया में शांति लाना चाहते थे।

3. सन् 1950–1961 के मध्य कोरियाई युद्ध, भारत–चीन संकट फिलिस्तीन संघर्ष तथा कांगो के गृहयुद्ध में भारत की भूमिका से भारत की निष्पक्षता तथा मध्यस्थता की अंतरराष्ट्रीय स्तर पर पुष्टि हुई।
4. ब्रिटिश सरकार ने भारत विभाजन के समय जान बूझकर कुछ मुद्दे अधूरे छोड़ दिए, जिससे दोनों देश सदैव भ्रांति की स्थिति में रहकर एक–दूसरे के प्रति नकारात्मक दृष्टिकोण रखें। ब्रिटिश सरकार ने भौगोलिक स्थिति के अतिरिक्त परिसंपत्तियों की वितरण प्रक्रिया में अस्पष्टता रखी। ब्रिटिश सरकार ने भारत में शामिल होने का निर्णय जनता पर न छोड़कर रियासती शासकों पर छोड़ा।
5. चीन के प्रति भारत का दृष्टिकोण भावनात्मक सकारवादी था। विभिन्न मुद्दों पर भारत का दृष्टिकोण सन् 1958–59 तक चीन के प्रति विनम्र एवं कूटनीतिक रहा। सन् 1962 की लड़ाई में पराजय से वैश्विक स्तर पर भारत की राजनैतिक पराजय हुई। भारत और चीन के मध्य विवाद सीमावर्ती क्षेत्रों में चीन के अवैध दावे के कारण रहे हैं।
6. वर्ष 1959 में चीन तथा पाकिस्तान के मध्य सामरिक तथा राजनैतिक संबंध स्थापित हुए। इस समीकरण के परिणामस्वरूप पाकिस्तान ने जम्मू–कश्मीर का बड़ा भाग वर्ष 1962 में चीन को दे दिया। जिस पर भारत के विरूद्ध 1948 में हुई लड़ाई के समय से पाकिस्तान का आधिपत्य था।
7. भारत द्वारा वर्ष 1974 में पोखरण के सफल परमाणु परीक्षण का लाभ न उठाना तथा परमाणु शक्ति संपन्न राष्ट्र के रूप खुद को विकसित न करना भारतीय राष्ट्रीय सुरक्षा तथा भारतीय विदेश नीति की प्रमुख कमियाँ हैं।
8. इराक–कुवैत युद्ध के समय भारत के नकारात्मक तथा अस्पष्ट रवैये ने विश्व स्तर पर भारत की छवि को धूमिल किया। खाड़ी देशों और भारत के मध्य शंकाओं को दूर करने के लिए नरसिम्हा राव की सरकार ने सन् 1991–96 को अवधि में सोद्देशय प्रयास किए।
9. दिसंबर 1989 मई 1991 तक खाड़ी युद्ध के संबंध में संयुक्त राज्य, रूसी संघ तथा चीन के संबंधों की अवहेलना की गई, जबकि संयुक्त राज्य और सोवियत संघ के संबंधों में एक नया मोड़ आ रहा था।
10. संयुक्त राष्ट्र व अन्य वैश्विक मंचों पर भारत हाशिए पर आ गया था। चंद्रशेखर के प्रधानमंत्रित्व काल में पाकिस्तानी कार्यवाहियों को निर्णायक प्रक्रिया के रूप में आगे बढ़ाने के संकेत मिले।
11. इंद्र कुमार गुजरात के प्रधानमंत्रित्व काल में भारत का विदेश नीति पर दबाव रहा। गुजरात ने विदेशी संबंधों के संदर्भ में गुजरात सिद्धांत का प्रतिपादन किया। इस सिद्धांत में ईर्ष्यालु प्रत्यक्षवाद की स्पष्ट झलक दिखाई देती है। इस सिद्धांत का सार है कि भारत को अपनी भौगोलिक स्थिति, संसाधन एवं सामर्थ्य को ध्यान में रखते हुए किसी आदान–प्रदान के इच्छा की बिना पड़ोसी देशों के प्रति एक तरफा सद्भाव रखते हुए सुनिश्चित नीति का अनुसरण करना चाहिए।

12. देवेगौड़ा के समय रूसी संघ के बाद भारत के रक्षा संबंधों में रक्षा और परमाणु प्रयोग के क्षेत्र में विस्तार हुआ। मई, 1998 के बाद सामरिक दृष्टि से भारत की स्थिति में परिवर्तन हो चुका था। भारत परमाणु शक्ति होने का गौरव अर्जित कर चुका था।
13. प्रधानमंत्री मनमोहन सिंह के काल में भारत अमेरिका की तरफ लगभग 120 डिग्री के कोण पर झुक गया था। जुलाई, 2005 में भारत–अमेरिका के मध्य नागरिक नाभिकीय सहयोग पर संयुक्त घोषणापत्र जारी हुआ।
14. मई, 2014 में प्रधानमंत्री नरेन्द्र मोदी ने शपथ ग्रहण के साथ ही विशेष शपथ कूटनीति (ओथ डिप्लोमैसी) की शुरुआत की। वर्तमान में भारत की विदेश नीति के प्रमुख कूटनीतिक तत्व नेबर्स फर्स्ट, एक्ट ईस्ट, टच थैरेपी व पापुलिस्ट डिप्लोमेसी है।
15. वैश्विक स्तर पर यदि भारत की उपलब्धियों का तुलनात्मक मूल्यांकन किया जाए तो यह स्पष्ट हो जाएगा कि भारत ने पिछले 50 वर्षों में विदेश नीति में जो प्रगति की है, यूरोप के अनेक देश स्वतंत्रता–प्राप्ति के 300 वर्ष बाद भी वहाँ नहीं पहुँच पाए है।

❑❑

18 भारत की विदेश नीति से जुड़ी चुनौतियाँ

इतिहास के समान ही अंतरराष्ट्रीय संबंधों में भी पूर्वनिर्धारित सैद्धांतिक पैटर्न या सोच–समझकर अपनाई गई तार्किक स्थितियों की अवहेलना नहीं की जा सकती। विदेश नीति में पूर्वानुमान किसी प्रमुख धारा में शामिल नहीं किए जा सकते हैं, तो हम मनुष्य के मनोभावों की जटिलता, अभिप्रेरणाओं के विकास तथा राजनीतिक अनिश्चितता, अस्पष्टता और उन सामाजिक आर्थिक प्रभावों पर भी ध्यान देते हैं, जो इन सबका आधार हैं। विदेश नीति की आंतरिक चुनौतियों को अंतरराज्य तथा अंतर–सामाजिक संबंधों की अनिश्चितता को दूर करके सुलझाना है। अंतरराष्ट्रीय संबंध मनुष्य के जटिल, जिद्दी व्यवहार के अनुसार बदलते रहेंगे। इसी परिप्रेक्ष्य में यहाँ 21वीं सदी में भारत की विदेश नीति से जुड़े कार्यों तथा सामने आने वाली चुनौतियों पर विचार–विमर्श किया जा रहा है।

मूलभूत स्तर पर भारत तथा अंतरराष्ट्रीय समुदाय के अन्य सदस्यों को मानव जाति की उत्तरजीविता की संभावनाओं पर प्रभाव डालने वाले अंतर्विरोधों को दूर करने की चुनौती का सामना करना है। मानव जाति की संपूर्णता के बारे में दार्शनिकों और सामाजिक–आर्थिक विचारकों के बीच वाद–विवाद से यह अंतर्विरोध स्पष्ट हुआ है। 18वीं शती के अंत में इस विषय पर वाद–विवाद तथा इसके घात–प्रतिघातों का काफी विवेचन किया गया है। एक ओर थामस रॉबर्ट माल्थस यह मानते थे कि मनुष्यों के अस्तित्व बनाए रखने की दृष्टि से देखा जाए तो स्पष्ट हो जाएगा कि विश्व की जनसंख्या पृथ्वी पर विद्यमान संसाधनों की दृष्टि से कहीं अधिक है। माल्थस के अनुसार–हालाँकि धीरे–धीरे जनसंख्या बढ़ती है, फिर भी उत्पादक क्षमताएँ मात्र गणितीय आरोह–अवरोह में बढ़ती हैं, इसीलिए सामाजिक उथल–पुथल और अस्थिरता मानव जाति के भविष्य में पूर्व निर्धारित है। इस सिद्धांत के विरुद्ध एंटोनी कांडोर्सेट तथा विलियम गॉडविन ने ये तर्क दिए कि मनुष्य के बोध की बुद्धि, आत्म उन्नयन की क्षमता तथा प्रौद्योगिकी और ज्ञान में प्राप्त उपलब्धियों से ही अधिक समानतावादी व्यवस्था का अभ्युदय होगा, जहाँ लोग अपराध, रोग, युद्ध और अभावों से मुक्त होकर जीवनयापन करेंगे। 200 वर्षों से चले आ रहे घटनाक्रम से जनसंख्या तथा उत्पादकता के बीच अनुपात के संबंध में माल्थस का विश्लेषण सही प्रमाणित होता है, परंतु उसकी भीषण, दारुण भविष्यवाणी गलत है। इसी प्रकार से गॉडविन तथा कांडोर्सेट के पूर्वानुमान सही निकले हैं, परंतु न्यूनतम दर पर उत्पादक क्षमता में वृद्धि हो रही है। हालांकि इसके बावजूद आत्म उन्नयन, ज्ञान तथा प्रौद्योगिकी में आशातीत सफलता के कारण विश्व धीरे–धीरे अधिक साम्य तथा सुविधाजनक स्थिति की ओर बढ़ा है।

चूँकि अतीत में से भविष्य जन्म लेता है, इसलिए कुछ विशिष्ट घटनाओं के माध्यम से पूर्ववर्ती सकारात्मक आकलन की पुष्टि करना भी समुचित होगा। 18वीं शती से

लेकर 21वीं शती की दहलीज पर आने तक की अवधि में विद्यमान प्रवृत्तियों से यह संकेत मिलता है कि विश्व अधिक समतावादी हुआ है। सूचना प्रौद्योगिकी क्रांति और इसके परिणामस्वरूप प्रयोक्ता अनुकूल प्रौद्योगिकी के माध्यम से तत्काल सूचना होने से व्यक्ति की सामर्थ्य शक्ति दिनों–दिन बढ़ रही है। सत्ता की कुंजी समूचे विश्व में औसत व्यक्तियों के हाथ में आती जा रही है, जबकि इससे पहले विभिन्न समाज और देशों में कुलीन तंत्र या प्लूटोवादी संभ्रांत वर्ग का 'शक्ति' पर एकाधिकार रहता था। राजनीतिक उपनिवेशवाद मिट गया है, इसलिए दास प्रथा भी समाप्त हो गई है। अब यह जागरूकता भी बढ़ रही है कि पारिस्थितिकी संतुलन रखते हुए तथा पर्यावरण को बचाते हुए विश्व के प्राकृतिक संसाधनों का दोहन किया जाना चाहिए। इन संसाधनों का समान दृष्टि से अधिक इस्तेमाल किया जाना चाहिए। सैन्य तथा प्रौद्योगिकी क्षमता के आधार पर विभिन्न देशों तथा समाज की अभिवृत्तियों और नीतियों को विशिष्टता प्रदान करने वाले जातिगत, भाषायी आदि तत्त्वों पर आधारित दृष्टिकोण पर अब अंतरराष्ट्रीय जनमत तथा अंतरराष्ट्रीय विधि के मानदंडों के राजनीतिक और कानूनी दबाव हैं तथा रहेंगे। राष्ट्र–राज्य की सत्ता–संरचना का कायापलट हो रहा है। सन् 1948 की वेस्टफेलिया संधियों के समय से राष्ट्र–राज्य की संकल्पना विकसित हुई थी। अब इस पर भी विश्व के आर्थिक और प्रौद्योगिकीय वैश्वीकरण से उत्पन्न दबाव पड़ रहे हैं। परंपरा तथा पूर्ण संप्रभुता के दावों की प्रासंगिकता पर प्रश्न उठाए जा रहे हैं। विभिन्न देशों के बीच सामाजिक–आर्थिक निर्भरता, अंतरराष्ट्रीय राजनीति को लोकतांत्रिक बनाने की प्रक्रिया शीतयुद्ध संबंधी प्रतिरोध का विलोपन तथा अलग–अलग विचारों एवं सूचनाओं के प्रवाह के संबंध में राष्ट्रीय सीमाओं की अक्षमता–इन सभी पक्षों के कारण यह आवश्यक हो गया है कि राष्ट्र राज्य अपनी पहचान दोबारा सुनिश्चित करें।

अंतरराष्ट्रीय राजनीति में पारंपरिक बुद्धिमत्ता के संकेत भी मिल रहे हैं, परंतु इसके तर्क और वैधता की तब जाँच की जानी चाहिए, जब हम बाह्य संबंध स्थापित करने, विदेश नीति तैयार करने में भारत के सामने आने वाली चुनौतियों और समस्याओं का पता लगाते हैं। इस सिद्धांत में पहला पक्ष यह है कि अब पूरे विश्व में 'एक ध्रुव' व्यवस्था आ रही है तथा अगले सैकड़ों वर्षों तक 'पैक्स अमेरिकाना' चलता रहेगा। इस तथ्य पर प्रश्न उठाया जाता रहेगा, परंतु प्रौद्योगिकीय क्षमता, प्राकृतिक संसाधनों तक पहुँच और नियंत्रण, जनसंख्या तथा निवेश के अवसरों और बाजार के आर्थिक निर्धारकों की दृष्टि से विश्व बहुध्रुवीय बनता जा रहा है, जहाँ पश्चिम यूरोप, रूस संघ, चीन, जापान, भारत, दक्षिण अमेरिका तथा अफ्रीका जैसी अन्य शक्तिशाली ताकतें भी सत्ता का केंद्र बनती जा रही हैं। भारत का प्रमुख कार्य अपनी आर्थिक और प्रौद्योगिकीय क्षमताओं को मजबूत बनाना तथा राजनीतिक स्थिरता और सैन्य क्षमता के स्तर को बढ़ावा देना है, जहाँ बहुध्रुवीय विश्व के नए सत्ता केंद्रों के साथ संतुलन रखते हुए स्वयं ताकतवर बना जा सके। ये संकेत भी मिल रहे हैं कि इस प्रकार के नेटवर्क के लिए उचित माहौल तथा अवसर पहले ही विद्यमान हैं।

इसके अलावा यह विचारधारा भी है कि विभिन्न सामाजिक, धार्मिक और सभ्यताओं के बीच टकराव के बारे में मैं सैमुअल हंटिंगटन के विचारों का हवाला दे रहा हूँ।

अंतरराज्य संबंधों के भविष्य में विचार करते समय इस विचारधारा का संदर्भ देने का प्रचलन हो गया है। यह सिद्धांत भारत के लिए विशेष रूप से प्रासंगिक है, क्योंकि हंटिंगटन ने हमारे देश के बारे में अलगाववादी स्थिति की कल्पना की थी, क्योंकि यह देश न तो मुस्लिम है और न ही क्रिश्चियन। उन्होंने यह विचार रखा कि भारत किसी भी गुट में या प्राकृतिक बाह्य राजनीतिक सहयोग संबंधी किसी व्यवस्था में शामिल नहीं होगा, क्योंकि इसका सिद्धांत अस्पष्ट रहा है। हालाँकि सैमुअल हंटिंगटन भारत के संभावित अलगाव की बात करते हैं, परंतु वे यह भी भविष्यवाणी करते हैं कि कंफ्यूशियन तथा इस्लामिक सभ्यताओं के बीच पश्चिमी, क्रिश्चियन तथा जूडियक सभ्यताओं के विरुद्ध दुस्संधि होगी। विशिष्ट क्षेत्रों में भारत के सामने आने वाली विदेश नीति संबंधी चुनौतियों पर विचार करने से पूर्व हंटिंगटन की इस विचारधारा का विस्तृत रूप से आलोचनात्मक मूल्यांकन करना आवश्यक है।

यद्यपि हंटिंगटन को पश्चिम का सर्वाधिक समसामयिक राजनीतिक–वैज्ञानिक तथा जिम्मेदार बुद्धिजीवी माना जाता है ('द क्लैश ऑफ सिविलाइजेशंस एंड रिमेकिंग ऑफ द वर्ल्ड ऑर्डर' पुस्तक के पिछले फ्लैप पर हेनरी किसिंजर और जिबग्नीव ब्रेजेंसिकी द्वारा दी गई टिप्पणियाँ देखें) परंतु केवल मानव स्थितियों के आधारों के बारे में इतिहास की जानकारी रखने वाले तथा संवेदनशील व्यक्ति ही इनकी विचारधारा का अध्ययन कर सकते हैं। इनकी मूलभूत विचारधारा यह है कि आर्थिक और प्रौद्योगिकीय अर्थ में आधुनिकीकरण की ताकतें तथा इनके परिणामस्वरूप ग्लोबल नीतियों में उत्पन्न प्रवृत्तियों के कारण सामूहिक पहचान के रूप में लोगों तथा देशों के पुनर्गठन की प्रक्रिया चलती है। समान धर्म और संस्कृति के लोग तथा देश परस्पर निकट आते हैं। भिन्न संस्कृतियों के लोग और देश दूर–दूर रहते हैं। विचारधारा और बड़ी ताकतों के साथ संबंधों पर आधारित गुटों का स्थान अब संस्कृति और सभ्यता के आधार पर बने गुट ले रहे हैं सांस्कृतिक, जातिगत, धार्मिक और सभ्यता से जुड़ी पहचान के अनुरूप राजनीतिक सीमाएँ पुनः खींची जा रही हैं। सभ्यताओं के बीच त्रुटिपूर्ण रेखाएँ ग्लोबल राजनीति में संघर्षों की जड़ बनती जा रही हैं।

हंटिंगटन इससे आगे यह तर्क देते हैं कि इस्लामिक और क्रिश्चियन सभ्यताओं के बीच संघर्ष होगा। ये अफ्रीका के बुल्गे से लेकर मध्य एशिया तक इस्लामिक ब्लॉक (गुट) के बारे में चर्चा करते हैं। जैसा कि पहले उल्लेख किया गया है, इनके अनुसार एक ओर कंफ्यूशियस और इस्लामिक सभ्यता तथा दूसरी ओर जूडियक और क्रिश्चियन सभ्यता के बीच दुस्संधि होगी। इन दो व्यवस्थाओं या वर्गों या गुटों के बीच होड़ संपदा, प्रौद्योगिकी तथा प्राकृतिक संसाधनों पर नियंत्रण के मुद्दे पर होगी। यह पश्चिमोत्तर कंफ्यूशियस मतधारा तथा 'इस्लामिक' देश (गुट) पश्चिमीकरण तथा समान प्रौद्योगिकी और औद्योगिक क्षमता अर्जित किए बिना आधुनिक बनते हैं, तो यह पश्चिमी क्रिश्चियन सभ्यता के हितों के प्रतिकूल होगा। इसलिए पश्चिम को ऐसी आधुनिक सभ्यताओं वाले देशों के साथ सामंजस्य स्थापित करना होगा, जिनके मूल्य और हित पश्चिम से पर्याप्त रूप में भिन्न हैं। अतएव पश्चिम को अपने हितों की रक्षा के लिए पश्चिमोत्तर सभ्यताओं की तुलना में अधिक तथा सैन्य प्रमुखता बनाए रखनी है। हंटिंगटन द्वारा

व्यक्त अनुमानों का यही सार है, जो वे पूरे विश्व तक पहुँचाना चाहते थे। ओस्वाल्ड स्पेंगलर ने पश्चिमी क्रिश्चियन सभ्यता के पतन की भविष्यवाणी की थी, क्योंकि 18वीं शताब्दी के अंत में तथा 20वीं शताब्दी के प्रारंभ में अनुशासन एवं संगति का अभाव पाया जाता है। हंटिंगटन तथा स्पेंगलर का विश्व दर्शन परस्पर मिलता–जुलता है; क्योंकि दोनों का दृष्टिकोण अनिवार्यतः विरोधी, नकारात्मक और नियतिवादी है।

हंटिंगटन की विचारधारा की सबसे पहले यह आलोचना की जाती है कि मूल के बारे में किया गया उनका दावा अति सूक्ष्म है। इन्होंने सभ्यता की दृष्टि से समाज और राज्य के जीवनचक्र पर विचार किया है तथा भावनात्मक कालक्रमानुसार और आर्थिक प्रक्रिया की प्रौद्योगिकीय विशेषताओं तथा गति के आधार पर ऐतिहासिक प्रक्रियाओं और अंतः सामाजिक संबंधों को अलग करके सामान्यीकरण का प्रयास किया है। इनसे पहले इतिहासकार जी. वाइसो तथा प्रोफेसर ऑर्नोल्ड टायनबी भी इसी आधार पर अपने विचार प्रस्तुत कर चुके हैं। इन्हीं के समान हंटिंगटन ने भी पैनी ऐतिहासिक अंतर्दृष्टि दर्शायी है, परंतु इनके समान हंटिंगटन राष्ट्रीय पहचान या धार्मिक अथवा सांस्कृतिक स्वीकृति से आगे बढ़ते हुए मानव समाजों की विशेषताओं को बनाए रखने की इच्छा शक्ति को समाविष्ट नहीं कर पाए। कोई भी व्यक्ति यह जानने के लिए उत्सुक हो सकता है कि हंटिंगटन ने किस प्रकार से जिहाद को परिभाषित किया है, जो 1095 ई. से 1444 ई. तक बने रहे। क्या यूरोप के राज्यों, सामंतवादी सिद्धांतों तथा मध्यपूर्व एवं निकटपूर्व की सल्तनत के सिद्धांतों के बीच टकराव था या सभ्यताओं के बीच टकराव था, इसलिए हंटिंगटन की विचारधारा में नवीनता है?

हंटिंगटन के सिद्धांत की आलोचना का दूसरा पक्ष सभ्यताओं के टकराव को सुनिश्चित करना था। इन्होंने धर्म के आधार पर लिए निर्णय से सभ्यता को परिभाषित किया है। तार्किक प्रश्न यह है कि क्या सभ्यता की घटनाओं को लोगों, समाज या राज्यों की धार्मिक स्वीकृति के साथ कौशल के रूप में सभ्यता पर विचार करके नया रूप दिया जा सकता है? हम सभ्यताओं को केवल धार्मिक पहचान के चौखटे में ही नहीं देख सकते। सभ्यता एक ऐसा घटक है, जिसमें सामाजिक परम्पराओं, प्रौद्योगिकीय, आर्थिक, सांस्कृतिक, सौंदर्यपरक तथा सृजनात्मक क्षमताओं के माध्यम से किसी अत्यधिक विकसित राज्य या समाज की झलक मिलती है। किसी सभ्यता के ये तत्व और विशेषताएँ धार्मिक स्वीकृति तथा सैद्धांतिक पहचान से कहीं आगे बढ़कर हैं। विश्व के सभी प्रमुख धर्मों में उन लोगों की सभ्यता की पहचान शामिल नहीं होती, जो किसी एक धर्म या किसी अन्य धर्म की स्वीकृति का दावा करते हैं। इसीलिए हंटिंगटन ने शुरू से ही सभ्यता के संकीर्ण और गलत धारणा के आधार पर टकराव के गलत पूर्वानुमान किए हैं।

हंटिंगटन की विचारधारा की आलोचना का तीसरा पक्ष इनका यह अवैध तर्क था कि सभ्यताओं के बीच त्रुटिपूर्ण रेखाएँ ग्लोबल राजनीति के टकरावों की नियंत्रण रेखाएँ बनती जा रही हैं तथा वैचारिक और सत्ता संबंधी समीकरणों की अब प्रासंगिकता नहीं रही है। यह बौद्धिक दृष्टि से गलत निर्वचन है तथा अंततः एक गलत धारणा है। शीतयुद्ध के बाद से यह बार–बार प्रमाणित हुआ है कि अंतरराष्ट्रीय राजनीति पर अभी भी भू–सामरिक प्रभुत्व, प्राकृतिक संसाधन प्राप्त करने की इच्छा, समुन्नत प्रौद्योगिकीय

क्षमताओं के विकास या इन्हें प्राप्त करने तथा अधिक ताकतवर देशों के विशिष्ट हितों की पूर्ति न करने वाली युद्ध की स्थितियों को रोकने की प्रवृत्तियाँ हावी हैं।

अभी तक पूर्ववर्ती लक्ष्यों की प्रभाव–क्षमता राजनीतिक स्थिरता, आर्थिक सामर्थ्य–शक्ति और प्रौद्योगिकीय क्षमताओं पर निर्भर करती है। ऊपर वर्णित प्रेरणाओं की दृष्टि से गुट तथा समीकरण बनाने की प्रक्रिया जारी है। यह प्रक्रिया राज्यों और समाज की धाार्मिक तथा सभ्यता से जुड़ी पहचान से बहुत आगे है। ऐसा कोई रास्ता नहीं है, जिससे एक ओर संयुक्त राज्य तथा पश्चिमी लोकतांत्रिक देशों और दूसरी ओर विभिन्न धार्मिक विचारों वाले अफ्रीकी, पश्चिम एशियाई तथा दक्षिण–पूर्व एशियाई देशों के बीच समीकरणों को समझा जा सके तथा इनका विश्लेषण किया जा सके।

हंटिंगटन की विचारधारा के संबंध में अन्य आपत्ति विश्व के प्रमुख धर्मों के अखंडित अस्तित्व से संबंधित है, जहाँ समाज और राज्यों के राजनीतिक तथा आर्थिक घोषणाओं और कार्यकलापों पर विचार किया जाता है। इनकी विचारधारा में उन वस्तु–स्थितियों की उपेक्षा की गई है, जो राजनीतिक तथा आर्थिक स्तर पर नहीं बल्कि भावनात्मक और सैद्धांतिक स्तरों पर भी विश्व के प्रमुख धर्मों को प्रभावित करने वाले आंतरिक मतभेदों के बारे में हमारे सामने खड़ी हैं। यह सोच निर्णायक तर्कशक्ति पर आधारित विचारधारा की बजाय कोरी कल्पना मात्र है कि अनेक लोग धार्मिक, मनोवैज्ञानिक तथा बौद्धिक विभिन्नताओं से ऊपर उठ जाएँगे, जिनके कारण धार्मिक पहचान की वजह से सभ्यता के टकराव के कारण लोग मिल नहीं पाते।

आलोचना का पाँचवां बिंदु विश्व के ऐसे बहुल समाज तथा देशों के पूर्णतः विलोपन की भविष्यवाणी से संबंधित है, जहाँ लंबे समय से विविधता पाई जाती है। इस स्थिति में सभ्यताओं के बीच टकराव से संयुक्त राज्य, कनाडा, ब्रिटेन और रूस संघ तथा भारत जैसे देश नष्ट नहीं हो जाएंगे? ऐसे महसूस होता है कि हंटिंगटन के विचारों में किसी सीमा तक विस्तारवादी राजनीतिक यथार्थवाद भी शामिल है।

हंटिंगटन का यह विचार वस्तु–स्थिति की कसौटी पर खरा नहीं उतरता कि चीन और इस्लामिक सभ्यता के बीच कोई दुस्संधि होगी। चीन अपने ही मुस्लिम अल्पसंख्यक वर्ग को शंका की दृष्टि से देखता है। हंटिंगटन का यह दावा आंशिक रूप से सही है कि उसके द्वारा प्रतिपादित सभ्यता से जुड़ी पहचान के मापदंड के संदर्भ में भारत की अलग पहचान बनने की संभावना है तथा खंडीकरण की दृष्टि से उसे सोच–समझकर किसी एक सभ्यता को चुनना पड़ेगा। भारत के बहुल समाज और भारतीय गणराज्य की सामासिक पहचान के इस्लामिक जनसंख्या संबंधी भीतरी अवयवों को देखते हुए यह प्रश्न उठ सकता है कि हंटिंगटन द्वारा निरूपित विकल्प की किस्म यथार्थवादी है या व्यावहारिक?

हंटिंगटन द्वारा निरूपित विकट स्थिति पर गहन चिंतन करने की आवश्यकता है। यद्यपि सभ्यताओं के टकराव के बारे में हंटिंगटन सिद्धांत के आधारों तथा विस्तृत ब्यौरे से असहमत हो सकते हैं, परंतु यह मानना पड़ेगा कि इस सिद्धांत में 21वीं सदी में उदीयमान ग्लोबल चुनौतियों का मूल्यांकन करने के लिए चुनौतीपूर्ण रूपरेखा प्रस्तुत

करने का प्रयास किया गया है। इन्होंने निश्चित रूप में प्रेरक तत्व बनाने में सफलता प्राप्त की है तथा किसी सीमा तक इस पुस्तक की प्रासंगिकता भी है। यदि हम सांख्यिकी सारणियाँ तथा हंटिंगटन की विचारधारा के राजनीतिक विश्लेषण को देखें तो ऐसा लगेगा कि सन् 1991 में खाड़ी युद्ध के दौरान या तत्काल बाद इस पुस्तक से संबंधित प्रेरक तत्वों की शुरुआत हुई थी, जिसमें संयुक्त राज्य की इराक के प्रति सैन्य हठधर्मिता को संयुक्त राज्य के अकादमिक वर्ग धार्मिक विरोध समझ रहे थे।

हंटिंगटन की विचारधारा का विस्तृत आलोचनात्मक मूल्यांकन करने के पीछे कारण है कि इस सिद्धांत में मूलभूत तथा ऐसी चुनौतियाँ अंतर्निहित हैं, जिनका भारत को विदेश नीति के क्षेत्र में आने वाले समय में सामना करना पड़ेगा। हालाँकि हंटिंगटन का सिद्धांत निश्चित रूप से त्रुटिपूर्ण है तथा यह बड़ी ताकतों के विरोध की अभिप्रेरणाओं पर आधारित है, फिर भी इस तथ्य से काफी राहत मिलती है कि भारत, दक्षिण–पूर्व एशियाई देश (जैसे–थाईलैण्ड, म्यांमार, वियतनाम, लाओस तथा कंबोडिया), चीन और जापान उन व्यापक धार्मिक–सांस्कृतिक श्रेणियों में नहीं आते हैं, जिनका सत्ता समीकरणों पर प्रभुत्व हो सकता है। विविधता और विश्व के सभी प्रमुख धर्मों की सामासिक संस्कृति होने के कारण भारत न तो क्रिश्चियन गुट में आएगा और न ही इस्लामिक कैंप में। इसलिए यदि हंटिंगटन की विचारधारा सही है, तो भारत की विदेश नीति में देश की अखण्डता को देखते हुए किसी एक कैंप का समर्थन करना होगा। यह कोई आसान कार्य नहीं है, क्योंकि भारत की हिंदू जनता (बहुमत) इस संबंध में बहुत अधिक विशिष्ट दृष्टिकोण रखती है। आज भारत की 120 मिलियन मुस्लिम जनता, जो अगली शती में 250 या 300 मिलियन हो जाएगी, इस्लामिक देशों से समीकरण बनाने के लिए दबाव डालेगी। भारत के अन्य धार्मिक जातीय वर्ग भी दूसरे कैंप की ओर जाने के लिए प्रभाव डालेंगे। अब हमें इस बात का ध्यान रखना है तथा निरंतर नजर रखनी है कि इस प्रकार के दबाव उत्पन्न न हों। जातीय तथा धार्मिक आधार पर युगोस्लाविया के विभाजन से इस संभावना को बल मिला है। यद्यपि सोवियत संघ का विभाजन भी अन्य दबावों का परिणाम है, परंतु रूसी संघ तथा जॉर्जिया में सक्रिय जातिगत–धार्मिक अलगाववाद की घटना ऐसे चौंकाने वाले संकेत हैं, जिनका भारत को ध्यान रखना है।

इस चुनौती का दूसरा आयाम यह है कि सोवियत संघ और यूगोस्लाविया के बिखराव से बहुल–समाज की संरचना बनाए रखने की संभावनाएँ बहुत कम हो गई हैं। यदि समाज के भीतर अनुशासन नहीं है तथा सामाजिक न्याय के साथ आर्थिक और प्रौद्योगिकीय विकास के अपेक्षित स्तर नहीं हैं और स्वयं की रक्षा करने की क्षमता नहीं है, तो विश्व के अन्य सत्ता केंद्र एकता तथा अखंडता का समर्थन नहीं करेंगे। वस्तुतः ऐसी संरचना के बिखराव को अंतरराष्ट्रीय समुदाय में अधिक ताकतवर, स्थिर और आर्थिक दृष्टि से उन्नत देशों द्वारा विश्व को अधिक व्यवस्थित बनाने की प्रक्रिया समझा जा सकता है। भारत की विदेश, राजनीतिक, आर्थिक तथा राष्ट्रीय सुरक्षा संबंधी नीतियों में इस चुनौती के प्रति सर्वाधिक ध्यान दिया जाना चाहिए।

भारतीय विदेश नीति के विशिष्ट कार्यक्षेत्रों पर विचार करने से पूर्व उन व्यापक प्रवृत्तियों का विश्लेषण करना सुसंगत होगा, जो आगामी दशकों में अंतरराष्ट्रीय संबंधों

में तथा विश्व की महत्वपूर्ण ताकतों की अभिप्रेरणाओं को निश्चित आकार देंगे। ये संबंध तथा प्रेरणाएं प्रमुख आधार होंगी।

बदलती हुई प्रवृत्तियों से स्पष्ट है कि अंतरराष्ट्रीय संबंधों पर 21वीं शती में औद्योगिक तथा प्रौद्योगिकी की दृष्टि से उन्नत देशों का दबदबा होगा। इन देशों की प्रमुख शक्ति संयुक्त राज्य होगा। इन देशों का पहला लक्ष्य अंतरराष्ट्रीय राजनीतिक व्यवस्था तैयार करना होगा, जहाँ संयुक्त राज्य द्वारा स्वीकार्य राजनीतिक और आर्थिक शर्तों पर राज्य तथा सिविल समाज की संरचना करनी होगी, जो संयुक्त राज्य तथा विश्व की बड़ी ताकतों के हितों के अनुकूल हो। लोकतांत्रिक ट्रांस–अटलांटिक शर्तों पर नियंत्रण 'राज्य' प्रणालियां स्थापित करने की कोशिश की जाएगी। अफ्रीका और एशिया के देशों की सामाजिक अपेक्षाओं, परंपराओं तथा संस्कृतियों पर प्रश्न उठाए जाएँगे तथा इनके मिट जाने की भी आशंका है। इस प्रयोजनार्थ राजनीतिक तथा आर्थिक दबाव, यहाँ तक कि बाध्यकारी दबाव भी डाले जाएँगे। दूसरे, उदीयमान साम्य तथा निष्पक्ष अर्थव्यवस्था तैयार की जाएगी, जिसमें उन्नत औद्योगिक देशों का दबदबा रहेगा। मार्च 1995 में माराकेश करारनामे पर हस्ताक्षर के बाद डब्ल्यू.टी.ओ. निर्यात और आयात व्यवस्था के कार्यान्वयन में तेजी लाने के लिए समय सीमा तथा सामाजिक खण्डों, बौद्धिक संपत्ति के अधिकारों से संबंधित परिवर्धन से इस आशंका की पुष्टि होती है। विश्व की राजनीति को स्वरूप देने वाली तीसरी घटना कच्चे माल तथा विश्व के प्राकृतिक संसाधनों, विशेषरूप से आधारभूत संरचनात्मक, आर्थिक तथा सामरिक महत्ता वाले तेल, प्राकृतिक गैस तथा खनिज पदार्थ जैसे संसाधनों पर नियंत्रण रखने के लिए महत्वपूर्ण देशों की विदेश नीतियों में की गई विशिष्ट व्यवस्था है। इस लक्ष्य की ओर तेजी से बढ़ने का संकेत तब मिला, जब संयुक्त राज्य के स्टेट सचिव जेम्स बेकर ने कज़ाक अर्थव्यवस्था में अपने देश के प्रवेश के संबंध में बातचीत करने के लिए कजाकिस्तान की यात्रा की। सोवियत संघ के विघटन के बाद सी.आई.ए. (कॉमनवेल्थ ऑफ इंडिपेंडेंट स्टेट्स) के बीच संबंधों के संशोधन समझौतों से भी पहले यात्रा की गई थी। अन्य उदाहरण तब देखने को मिलता है, जब सैन्य विद्रोह द्वारा मोबुतु को राष्ट्रपति पद से हटा दिया गया था और अत्यंत फुर्ती से संयुक्त राज्य अमेरिका के व्यावसायियों का संघ कंर्सोटियम कांगो गया था। इस दल ने मोबुतु विरोधी ताकतों के नेताओं के साथ समझौता किया और कांगो के प्राकृतिक संसाधन प्राप्त करने के लिए दीर्घकालिक समझौतों के संबंध में तीन बिलियन डॉलर पेशगी भी दे दी थी। इनका प्रमुख लक्ष्य स्पष्ट था–ये उन्नत देश चाहते थे इनके पास न तो अनिवार्य कच्चे माल की कमी होनी चाहिए और न ही उनकी प्रधान आर्थिक स्थिति में कोई कमी आनी चाहिए।

अंतरराष्ट्रीय संबंधों में भारत को इस चुनौती का सामना करना होगा कि औद्योगिक दृष्टि से उन्नत पश्चिमी देश परिष्कृत और अधुनातन प्रौद्योगिकी पर दीर्घकालिक नितांत रूप से नियंत्रण रखना चाहते हैं। आठवें दशक की शुरुआत में स्पष्ट संकेत मिलने लगा था कि औद्योगिक दृष्टि से उन्नत अर्थव्यवस्था में विकासशील देशों को निर्बाध रूप से प्रौद्योगिकी अंतरण करने से उन्नत देशों की समूचे विश्व पर नियंत्रण रखने की क्षमता पर प्रतिकूल प्रभाव पड़ेगा, इसलिए उच्चतर प्रौद्योगिकी के अंतरण से संबंधित नियामक

व्यवस्थाएं भी तैयार की गईं। 'प्रौद्योगिकी के द्वैध प्रयोग' की संकल्पना पर बल दिया जा रहा है तथा यह चिंता जाहिर की जा रही है कि प्रतिबंधित एवं पक्षपातपूर्ण नियमों तथा कड़े सुरक्षा उपायों के तहत ऐसी प्रौद्योगिकी विकासशील देशों को अंतरित की जाए। इससे यहाँ पहले वर्णित महत्वपूर्ण ताकतों के इरादों के संबंध में किए गए आकलन की पुष्टि होती है। सुपर कंप्यूटर, कंप्यूटर हार्डवेयर, उच्च इलेक्ट्रॉनिक सामान, लेजर्स, रोबोट विज्ञान, आनुवंशिकी इंजीनियरिंग तथा जैव विविधता के प्रबंधन एवं उपयोग से संबंधित प्रौद्योगिकी के बारे में उन्नत देशों की निर्यात नीतियों से भी यही सीमित दृष्टिकोण झलकता है। यह होड़ इन देशों में प्रौद्योगिकी अंतरण से परे भी दिखाई देती है। जिस तरीके से बौद्धिक संपत्ति अधिकार तथा पेटेंट खंड के अंतरराष्ट्रीय मानकों को तैयार किया गया है, यह विकासशील देशों की पारंपरिक क्षमता तथा आत्मनिर्भरता के विरुद्ध है। नीम तथा हल्दी के चिकित्सा तथा स्वास्थ्य संबंधी प्रयोग के पेटेंट के संबंध में पश्चिमी उद्यमियों के साथ भारत का संघर्ष इसका प्रमुख उदाहरण है। भारत सैकड़ों वर्षों से पारंपरिक रूप से इलाज करने में तथा स्वास्थ्य संबंधी देखभाल में 'हल्दी' और 'नीम' का इस्तेमाल करता आ रहा है। पश्चिम द्वारा नए नाम तथा नई पैकिंग में पेटेंट की गई इन वस्तुओं के प्रयोग की रॉयल्टी के अधिकार तथा आर्थिक प्रतिलाभ करने का दावा करना सीधे–सीधे जबरदस्ती शोषण करना है। यह कोई न्यून घटना नहीं है। ऐसे प्रयोजनों की आड़ में ग्लोबलाइजेशन की प्रक्रिया का 'इस्तेमाल' किया जाएगा। प्रौद्योगिकी–अंतरण से संबंधित पक्षपातपूर्ण तथा सीमित दृष्टिकोण मूलतः विकासशील देशों की आत्मनिर्भरता, उत्पादन क्षमता तथा उच्च कोटि के उत्पाद तैयार करने की क्षमता पर प्रभाव डालेंगे। यदि अंतरराष्ट्रीय आर्थिक लेन–देन में निष्पक्ष, साम्य और न्यायपूर्ण व्यवहार किया जाएगा, केवल तभी मुक्त बाजार अर्थव्यवस्था से उत्पन्न स्पर्धा लाभदायक तथा सुसंगत साबित होगी। यद्यपि कुछ आयामों में अंतरराष्ट्रीय आर्थिक प्रवृत्तियों की मुख्यधारा में यह तर्काधार है, फिर भी वास्तविक घटनाक्रमों से प्रतिकूल आशय सामने आते हैं।

समष्टिगत स्तर पर ऊपर उल्लिखित राजनीतिक, आर्थिक और प्रौद्योगिकीय लक्ष्यों की प्राप्ति के लिए यह आवश्यक हो जाता है कि संयुक्त राज्य और विश्व की बड़ी ताकतें विश्व के अधिकांश देशों पर अपनी सैन्य तथा प्रौद्योगिकीय श्रेष्ठता कायम रखें। यह अप्रत्यक्ष लक्ष्य नहीं है, बल्कि राष्ट्रपति जॉर्ज बुश और बिल क्लिंटन तथा यूरोपीय संघ के नेताओं और किसी सीमा तक रूसी संघ सन् 1991 के अंत तथा सन् 1992 की शुरुआत से ही अपने ये लक्ष्य व्यक्त करने लगे। इन्होंने अपने वक्तव्यों में निम्नलिखित विचार प्रकट किए–

1. नई विश्व व्यवस्था में क्षेत्रीय प्रभुत्व के रूप में सैन्य दृष्टि से शक्तिशाली देशों (जो देश पहले से ही सैन्य दृष्टि से ताकतवर हैं तथा जिनके पास परमाणु अस्त्र हैं, उन देशों को छोड़कर) का अभ्युदय रोका जाना चाहिए। (पूर्ववर्ती विचार का निष्कर्ष रूप में सिद्धांत यह है कि जनसंहारक अस्त्रों का विभिन्न किस्मों के अप्रसार तथा पारंपरिक सेनाओं और आयुधगारों में कमी पर बल दिया जाए)।

2. उन्नत देशों की राष्ट्रीय तथा क्षेत्रीय निर्यात नियंत्रण संबंधी नीतियों में अंतरण पर नियंत्रण रखने से जुड़ी बहुपक्षीय प्रतिबंधित व्यवस्थाओं के इस उद्‌देश्य का समर्थन किया गया है।

अंतरराष्ट्रीय विधि तथा विदेश नीति में 'लापरवाह' राज्य तथा 'अवांछित' राज्य की संकल्पना का समावेश इसी का एक भाग है। संयुक्त राज्य तथा इराक को छोड़कर किसी अन्य देश ने नागरिकों को उकसाए बिना जनसंहारक अस्त्रों का इस्तेमाल नहीं किया है। संयुक्त राष्ट्र द्वारा तैयार मानदंड के अलावा किसी अन्य राजनीतिक प्रयोजन के आधार पर दूसरे देशों पर इस प्रकार का लेबल लगाने पर ध्यान दिया जाना चाहिए।

बड़ी शक्तियों द्वारा निर्धारित शर्तों के अनुसार न चलने वाले देशों की सैन्य और प्रौद्योगिकीय क्षमता पर रोक लगाने की नीति राजनीतिक दृष्टि से न्यायोचित नहीं है। 20वीं शती के अंतिम तीन दशकों में यही प्रवृत्ति व्यक्त होती रही है। इजराइल का इराक की ओर से परमाणु सुविधाओं पर हमला, हेनरी किसिंजर द्वारा जुल्फिकार अली भुट्‌टो को दी गई धमकी (पाकिस्तान की परमाणु अस्त्रीकरण नीतियों के लिए उन्हें भयावह परिणाम भुगतने पड़ेंगे), सन् 1990 और 1998 में संयुक्त राज्य द्वारा इराक के साथ बल प्रयोग और आठवें दशक में लीबिया पर हवाई हमले से यह विचारधारा प्रमाणित होती है।

इस बात का भी महत्व है कि संयुक्त राज्य के अधिकारों ने जनवरी–फरवरी 1998 में इराक पर सैन्य दबाव डालते समय यह विचार प्रकट किया था कि इस देश के प्रति उनकी नीतियों का लक्ष्य मात्र बगदाद नहीं है, बल्कि वे ऐसे देशों को भी चेतावनी दे सकते हैं, जो जनसंहारक अस्त्रों को प्राप्त करना चाहते हैं, चाहे वे सुरक्षा हितों का कोई अन्य औचित्य ही क्यों न दें।

संयुक्त राज्य के इन अधिकारों ने यह विचार प्रकट किया कि जो देश अप्रसार मामलों से संबंधित क्षेत्रों में निर्धारित नियमों–विनियमों का पालन करते हैं, उन्हें इस बात के लिए तैयार रहना चाहिए कि यदि ताकतवर सैन्य बल के दबावों में आवश्यक हुआ तो उनकी संप्रभुता भी छीन ली जाएगी।

यह आशा बंधी थी कि सोवियत संघ के विघटन और शीतयुद्ध के अंत में संयुक्त राष्ट्र अधिक मजबूत बन जाएगा। यह अधिक लोकतांत्रिक ढंग से कार्य करेगा तथा विश्व शांति और स्थिरता सुनिश्चित करने में अधिक प्रभावशाली और निष्पक्ष भूमिका निभाएगा, परंतु यह आशा पूरी नहीं हो पाई। नौवें दशक के दौरान संयुक्त राष्ट्र अपनी सुरक्षा परिषद् के पाँच स्थायी सदस्यों, विशेषतः संयुक्त राज्य की विदेश नीति से संबंधित लक्ष्यों की पूर्ति में खिलौना मात्र बनकर रह गया था। संयुक्त राष्ट्र का या तो दिखावा मात्र या अन्य बड़ी ताकतों के सहयोग से विश्व में संयुक्त राज्य की राजनीतिक तथा सैन्य गतिविधियों को बढ़ावा देने के रूप में इस्तेमाल किया गया है। यूगोस्लाविया, सोमालिया तथा इराक के संकट को हल करने के लिए अपनाई गई प्रक्रिया को देखकर हम निष्कर्ष पर पहुँचते हैं। यदि पश्चिमी उन्नत देशों की नीतिगत व्यवस्थाओं पर चल रही बहुपक्षीय वित्तीय संस्थाओं की सूची को देखें, तो स्पष्ट हो जाएगा कि बदलती

हुई विश्व व्यवस्था पर संयुक्त राज्य का प्रभाव रहेगा तथा इस व्यवस्था में और अधिक पाने की होड़ लगी रहेगी।

हालांकि रूसी संघ, जापान, चीन तथा किसी सीमा तक फ्रांस और जर्मनी जैसे देश अपने राष्ट्रीय हितों से जुड़े विशिष्ट मुद्दों पर ऊपर वर्णित प्रवृत्तियों का सामना कर सकते हैं, परंतु शेष विश्व को तब तक दबाना पड़ेगा तथा सामंजस्य लाना पड़ेगा, जब तक इन कुछ ताकतवर देशों के विरुद्ध भारत जैसे अधिक महत्वपूर्ण विकासशील देश सामरिक समझ–बूझ के नए पैटर्न नहीं बनाते तथा नए सत्ता समीकरण सामने नहीं आते हैं।

यहाँ संयुक्त राष्ट्र में संशोधन से संबंधित रूपरेखा की भी विशेष रूप से चर्चा की जा सकती है। हालांकि सुरक्षा परिषद् में और अधिक सदस्य शामिल किए जा सकते हैं, फिर भी इस पर यूरोपीय ताकतों का दबदबा रहेगा। विद्यमान पाँच सदस्य वीटो अधिकार बनाए रखेंगे, जबकि नए स्थायी सदस्यों के पास यह अधिकार नहीं होगा। वीटो हटाने के संबंध में सकारात्मक जवाब नहीं मिलेगा। संयुक्त राष्ट्र की विकासात्मक और आर्थिक भूमिका मौजूदा मुद्दों से हटकर इंटरनेशनल मॉनीटरी फंड एवं अंतरराष्ट्रीय वाणिज्यिक तथा प्रौद्योगिकीय समझौते तकनीकी दृष्टि से ही नहीं, बल्कि राजनीतिक दृष्टि से भी विश्व व्यापार संगठन (डब्ल्यू.टी.ओ.) के क्षेत्राधिकार में आते हैं। फिर भी यदि डब्ल्यू.टी.ओ. में पूर्णतः पश्चिम का अनुसरण किया जाता है, तो कुछ मामलों में लाभप्रद होने के बावजूद यह घातक हो सकता है।

निर्बाध रूप से सूचना प्राप्त करने की सुविधा के साथ लोकतांत्रिक राजनीतिक दबाव उत्पन्न करते हुए विश्वव्यापी स्तर पर लोगों को ज्यादा–से–ज्यादा समर्थ बनाने से ऐसे समाज में अपसारी ताकतें उत्पन्न हो जाएँगी, जहाँ लोगों की सामाजिक और धार्मिक आकांक्षाओं का ध्यान नहीं रखा जाता है। ये अपसारी ताकतें राज्य की संरचना के भीतर जातिगत, धार्मिक या भाषायी आंदोलनों में व्यक्त होती हैं, जिनसे राज्य (देश) की एकता और स्थिरता के लिए खतरा उत्पन्न हो जाता है। दूसरी ओर, जहाँ आर्थिक प्रबंधन सफलतापूर्वक किया जा रहा है तथा जीवनयापन का स्तर संतोषप्रद है वहाँ यूरोपीय संघ तथा नाफ्टा (नॉर्थ अमेरिका फ्री ट्रेड एसोसिएशन) में मिसाल के तौर पर केंद्राभिमुख व्यवस्थाएँ आंतरिक भाग बन जाती हैं। मैं ए.बी.ई.सी. (एशियन पैसिफिक इकोनॉमिक कॉरपोरेशन) तथा एशियन (एसोसिएशन ऑफ साउथ–ईस्ट एशियन नेशंस) का उल्लेख कर चुका हूँ, परंतु सन् 1997 के मध्य से हुई उथल–पुथल का एशिया पर प्रभाव पड़ा है। मैं फिलहाल इन केंद्राभिमुख व्यवस्थाओं को इसमें शामिल नहीं करता।

इसके बाद अंतरराष्ट्रीय क्षेत्र में व्यापक स्तर पर कुछ ऐसी प्रवृत्तियाँ मौजूद हैं, जिनका भारतीय विदेश नीति के अंतर्गत 21वीं सदी में सामना करना पड़ेगा। ऊपर उल्लिखित जटिलताओं का सामना करने की दृष्टि से विदेश नीति की क्षमता हमारी वर्तमान राजनीतिक, आर्थिक और सामाजिक स्थिति से गुँथी हुई है। स्वतंत्र देश के रूप में 50 वर्ष से ज्यादा अवधि के दौरान इस स्थिति का अनिवार्य तत्व यह है कि हम राष्ट्रीय सुदृढ़ीकरण तथा लोकतांत्रिक साधनों द्वारा शासन करने के प्रति वचनबद्ध हैं। हमने इतनी अधिक आबादी के लिए खाद्य क्षमता सुनिश्चित की है। व्यापक विविधताओं

के बावजूद हमने राजनीतिक अविच्छिन्नता तथा एकता बनाए रखी है। सन् 1962 में भारत–चीन लड़ाई के अंत में भू–क्षेत्र हारने का तथ्य छोड़कर हमने अपनी क्षेत्रीय एकता और अखंडता बनाए रखी है। हम प्राकृतिक संसाधनों तथा प्रौद्योगिकीय दृष्टि से योग्य श्रमशक्ति से संपन्न हैं, यद्यपि परवर्ती क्षेत्र में हमने पूरी संभावनाएँ विकसित नहीं की हैं, न ही हमने समझदारी तथा प्रभावशाली ढंग से अपने इन संसाधनों का लाभ उठाया है। अपने राष्ट्रीय हितों तथा विदेश नीति संबंधी दृष्टिकोण के संबंध में हमारी आम राय है। इस क्षेत्र के अन्य देशों में हमारे बारे में आलोचनात्मक दृष्टिकोण तथा विदेश नीति में कमियों और अलग–अलग अवधियों में अंतरराष्ट्रीय समुदाय में हमारे प्रति आलोचनात्मक दृष्टि होने के बावजूद हमने अधिकांश पड़ोसी देशों और विश्व के अधिकांश देशों के साथ व्यावहारिक संबंध बनाकर रखे हैं। यहाँ तक कि एक या दो देशों के साथ प्रतिकूल संबंध हैं, फिर भी हमने कम–से–कम ढाई दशकों तक सैन्य युद्ध को रोके रखा।

नकारात्मक पहलू यह था कि सर्वप्रथम हमने यह स्वीकार किया है कि भारत की राजनीति का अनेक पहलुओं से स्तर गिर रहा है। दूसरे, राष्ट्रीय सुदृढ़ीकरण तथा पुनर्गठन के प्रयासों की गति बहुत धीमी है। हम शिक्षा, लोक स्वास्थ्य और आधारभूत आर्थिक क्षमताओं के क्षेत्र में अपेक्षित न्यूनतम स्तर भी प्राप्त नहीं कर पाए हैं। यदि हम अंतरराष्ट्रीय 'जीवन स्तर' की तालिका में अपने समाज का स्थान देखें तो भारत का रैंक बहुत नीचे है। हम जातिगत, भाषायी और धार्मिक विखण्डनकारी तथा अलगाववादी प्रवृत्तियों से ग्रस्त हैं। राष्ट्रीय सुरक्षा की अनिवार्य अपेक्षा से अवगत होने के बावजूद हमारी रक्षा संबंधी क्षमताएँ अपर्याप्त हैं। सबसे ऊपर हम अपनी बढ़ती आबादी पर काबू पाने में सक्षम नहीं हैं। सर्वाधिक आशावादी आकलन यही है कि सन् 2050 तक भारत की आबादी 1.5 बिलियन के आसपास आकर रुक जाएगी। यदि हम इन आँकड़ों में जनसंख्या संबंधी दबावों को जोड़ दें तो बाँग्लादेश में 300 मिलियन आबादी तथा पाकिस्तान में 220–320 मिलियन के बीच आबादी बढ़ जाएगी। इस स्थिति के परिण ामस्वरूप राजनीतिक प्रसार शायद भयावह होगा।

हालांकि हमने अधिकांश पड़ोसी देशों के साथ अपने संबंध सामान्य बनाए रखने में थोड़ी–बहुत सफलता हासिल की है, परंतु हमारे इरादों के संबंध में पड़ोसी देशों के हमारे बारे में या विशिष्ट मुद्दों से जुड़े तनाव हम पर हावी रहे। हम अनुशासनहीनता के माहौल और राष्ट्रीय प्रयोजन के अभाव से त्रस्त हैं। सामान्यतः हमारे बारे में सोचा जाता है कि हम अहं भाव की अतिरिक्त समस्या से ग्रस्त हैं तथा हम चाहते हैं कि हमें अग्रणी राष्ट्र के रूप में समझा जाए, जबकि यह इच्छा राजनीतिक स्थिरता के बोध से असंबद्ध है अथवा हमारी आर्थिक, प्रौद्योगिकीय तथा सैन्य शक्ति के सार तत्व से जुड़ी नहीं हैं। इन कमियों पर विचार करना जरूरी है, क्योंकि ये विद्यमान चुनौतियों को पूरा करने में सक्षम विदेश नीति बनाने के लिए हमारी क्षमता को सीमित या बाधित करती हैं। हमारे भावी कार्य कौन–से हैं? इस दिशा में हम क्या कर सकते हैं?

पहले, हमें अल्पकालीन तथा मध्यम लक्ष्यों पर ध्यान देना है। भारतीय गणराज्य की अविच्छिन्नता, एकता और क्षेत्रीय अखंडता सुनिश्चित करने को सर्वाधिक प्राथमिकता

दी जानी चाहिए। हमारे स्वतंत्रता संग्राम को अनुप्राणित करने वाली निश्चितताएँ तथा भारत की राष्ट्रीय एकता के बारे में आदर्शवाद समय गुजरने के साथ ही लुप्त होते जा रहे हैं। जातिगत, भाषायी तथा धार्मिक अपसारी प्रवृत्तियाँ भारत की एकता के लिए चुनौतियाँ हैं। चाहे जम्मू और कश्मीर हो, पंजाब हो या पूर्वोत्तर राज्य। इन प्रवृत्तियों के साथ–साथ पाकिस्तान और चीन जैसे निकट पड़ोसी देशों के भू–क्षेत्र से संबंधित दावे भी भारत की एकता के लिए खतरे बने हुए हैं। यद्यपि हमने सामान्यतः अपनी क्षेत्रीय अखंडता बनाए रखी है तथा क्षेत्रीय अलगाव, विखण्डनकारी ताकतों आदि से बचने के लिए इन दो देशों के साथ समीकरण बनाने की प्रक्रिया में जुटे हैं। विदेश नीति में अन्य समस्या यह है कि ऐसी ताकतों को विदेशों तथा विदेशी स्रोतों से सहायता मिल रही है। चीन या पाकिस्तान जैसे पड़ोसी देशों द्वारा किए गए दावों तक ही खतरा सीमित नहीं है, बल्कि संयुक्त राज्य और राष्ट्र–राज्य तथा क्षेत्रीय वर्गों की सामरिक नीतियों में विद्यमान व्यवस्थाओं से भी खतरा है। सत्ता समीकरण में स्थायी शांति और संतुलन कायम रखना तब आसान होगा, जब अंतरराष्ट्रीय राज्य व्यवस्था, आर्थिक ताकत तथा सैन्य क्षमता से संपन्न राज्य या बड़े भू–राजनीतिक देशों में परस्पर होड़ नहीं होगी।

चाहे सोवियत संघ और यूगोस्लाविया के विघटन के बारे में कोई भी तर्क क्यों न दिया जाए, इस विघटन का महत्वपूर्ण आयाम संयुक्त राज्य के नेतृत्व में पश्चिमी देशों की प्रतिक्रिया से संबंधित सामरिक योजना तथा राजनीतिक प्रोत्साहन भी था। इन दो बहुलतावादी देशों का विघटन पश्चिमी ग्रुप के राजनीतिक–सामरिक प्रभुत्व या अत्यधिक प्रभावित करने संबंधी लक्ष्य का व्यावहारिक रूप है; जबकि इन दो में से एक देश विश्व की सबसे बड़ी ताकत थी। चीन को रोकने तथा बहुपक्षीय अंतरराष्ट्रीय पक्षों तथा व्यवस्थाओं के तहत लाने के लिए भी संयुक्त राज्य और रूस के विदेश नीति संबंधी दृष्टिकोण में यही प्रेरणाशक्ति प्रतिबिंबित होती है। इराक पर दबाव डालने तथा उसे अलग करने एवं भारत की एकता की दीर्घकालिक क्षमता पर प्रश्न उठाने के मूल में भी यही पक्ष है। अपनी विदेश नीति में हमें कर्मठ होकर विश्व के सत्ता–केंद्रों के साथ समीकरण बनाने होंगे और क्षेत्रीय माहौल तैयार करना होगा ताकि हमारी राजनीतिक व्यवस्था को प्रभावित करने वाली अंतर्निहित केंद्रीय अपसारी प्रवृत्तियों को रोका जा सके। इस प्रयास में हमें भारतीय जनता के विभिन्न वर्गों की आकांक्षाओं के अनुकूल कार्रवाई करनी होगी तथा यदि मैत्रीपूर्ण नहीं तो अपने पड़ोसी देशों के साथ अनुकूल संबंध स्थापित करने होंगे, जिससे वे संगठित भारत को अपने व्यापक आर्थिक और सामरिक हितों की पूर्ति में सहायक समझें। अन्य देशों तथा विदेशी एजेंसियों से उत्पन्न अलगाववादी ताकतों का निर्णायक, बलपूर्वक ढंग से सामना करना होगा। यह किसी मठाधीश का कथन नहीं है कि भारत को अंतरराष्ट्रीय समुदाय में प्रतिकूल स्थिति का निरंतर सामना करना होगा। यहाँ केवल इस बात पर बल दिया जा रहा है कि हमें बदलते अंतरराष्ट्रीय समीकरणों में राजनीतिक वस्तु–स्थितियों से अवगत होना है।

भारत की विदेश नीति का दूसरा महत्त्वपूर्ण लक्ष्य शांतिपूर्ण और स्थिरता का माहौल सुनिश्चित करना होगा, जिसमें भारत आर्थिक विकास पर अपना ध्यान केंद्रित कर सके और अपनी जनता के कल्याण को प्रभावित करने वाली जटिल समस्याओं का हल ढूँढ

सके। इस प्रक्रिया में केवल उपयुक्त आंतरिक आर्थिक नीति तैयार करना ही शामिल नहीं है, बल्कि हमें ऐसी 'विदेश नीति' भी तय करनी होगी, जिसमें व्यापक अर्थों में भारत की विकासात्मक अपेक्षाओं की पूर्ति के लिए आवश्यक वित्तीय, प्रौद्योगिकीय और विदेशी निवेश सुनिश्चित किए जा सकें। इसके अलावा भारत की विदेश नीति में अपने क्षेत्र में शांति और स्थिरता लाने और ऊपर वर्णित लक्ष्य की पूर्ति में वैश्विक सहयोग की प्रक्रिया में महत्वपूर्ण आर्थिक प्रतिभागी के रूप में भारत की छवि सुनिश्चित करने में महत्वपूर्ण भूमिका निभानी होगी। अपनी विदेश–आर्थिक नीति के प्रौद्योगिकीय आयामों में विशेष रूप से प्रौद्योगिकीय संभावनाओं को बढ़ाने तथा विज्ञान और प्रौद्योगिकी में आत्मनिर्भर होने के लिए भारत की क्षमता में वृद्धि पर ध्यान केंद्रित करना होगा।

हमारा तीसरा लक्ष्य भारत की एकता और अखंडता के बचाव के लिए राष्ट्रीय रक्षा क्षमता तथा ऐसी क्षमता उत्पन्न करना होगा, जो हमारे अपने संसाधनों तथा प्रौद्योगिकी पर निर्भर हो और इसके साथ–साथ यह संतुलित और पर्याप्त रूप से विविध बाह्य निवेशों के पैटर्न पर आधारित हो, जिसमें भारत किसी एक देश या ग्रुप पर नितांत रूप में आश्रित नहीं हो। इस एहतियाती उपाय में हमारे परमाणु अस्त्रीकरण तथा मिसाइल और ऐसी नीतियों का मापन भी शामिल होगा, जो हमारी तीनों सेनाओं के गठन से संबंधित हैं। इनका गठन इस प्रकार से होना चाहिए कि ये बदलते हुए सत्ता समीकरणों और प्रौद्योगिकीय घटनाक्रम के अनुरूप हों। चौथा लक्ष्य क्षेत्रीय सहयोग बढ़ाना तथा दक्षिण एशियाई और अन्य क्षेत्रीय ग्रुपों तथा संगठनों के बीच परस्पर लाभप्रद समीकरण बनाने के लिए कार्य करना होगा ताकि क्षेत्रीय सहयोग केवल शांति और स्थिरता लाने का ही साधन नहीं बने, बल्कि इससे दीर्घकालिक सुरक्षा और आर्थिक उन्नति भी सुनिश्चित हो सके।

पाँचवां लक्ष्य संयुक्त राष्ट्र, इसके संगठन तथा इसकी विशेष एजेंसियों को मजबूत बनाना है। ऐसा करते समय इन दो लक्ष्यों का ध्यान रखना है–पहला, संयुक्त राष्ट्र के अधिकांश सदस्यों की आकांक्षाओं और हितों को वास्तव में प्रतिबिंबित करने के लिए इस अंतरराष्ट्रीय महत्वपूर्ण संगठन को मजबूत बनाना। दूसरा, यथासंभव सीमा तक संयुक्त राष्ट्र को बड़ी शक्तियों की नीतियों का खिलौना न बनने दिया जाए। यह कोई सरल कार्य नहीं है, क्योंकि वर्तमान समय में अधिक प्रभावी ताकतों के दृष्टिकोण के आधार पर चुनिंदा तथा विशिष्ट तरीके से संयुक्त राष्ट्र में सुधार करने के संकेत मिल रहे हैं। भारत द्वारा सुरक्षा परिषद् में स्थायी सीट माँगने से कोई हल नहीं निकल सकता। भारत को हर प्रकार से मजबूत बनना चाहिए और इससे संयुक्त राष्ट्र के आम सदस्यों से समर्थन जुटाना चाहिए तथा अपनी ताकत के बलबूते पर संयुक्त राष्ट्र में आवाज उठानी चाहिए।

छठवाँ कार्य, विदेश मंत्रालय तथा भारतीय विदेश सेवा में संगठनात्मक और संस्थागत सुधार किए जाने चाहिए, ताकि भारत की विदेश नीति संबंधी स्थापना इन उद्देश्यों की पूर्ति में अपेक्षित परामर्शी तथा कार्यकारी भूमिका निभाने में समर्थ हो सके।

सातवाँ कार्य, अल्पकालीन या मध्यम कार्य पाकिस्तान और चीन के साथ संबंधों पर ध्यान केंद्रित करना होगा, ताकि इन देशों के साथ संबंधों में अंतर्निहित तनाव हमारे

महत्वपूर्ण हितों पर प्रतिकूल प्रभाव न डालें। इसके अतिरिक्त संयुक्त राज्य, रूस तथा जापान के साथ विशेष संबंध रखे जाएँ। ऐसा करते समय 21वीं सदी में बने रहने वाले उनके असंदिग्ध राजनीतिक प्रभाव और आर्थिक दबावों का बराबर ध्यान रखा जाए।

यदि भारत संगठित रहता है, राजनीतिक रूप से स्थिर रहता है और आर्थिक तथा प्रौद्योगिकी दृष्टि से मजबूत होता है, तो वह अंतरराष्ट्रीय संबंधों में महत्वपूर्ण भूमिका निभाते हुए विशेष दर्जा हासिल कर सकता है। महत्वपूर्ण ताकतों की विदेश नीति तथा सामरिक दृष्टिकोणों पर संदर्भगत विवेचना करना सुसंगत होगा। पूर्व सेनाध्यक्ष जनरल के. सुंदरजी ने अक्तूबर–दिसंबर 1997 में यूनाइटेड सर्विस इंस्टीट्यूट ऑफ इंडिया की पत्रिका में छपे लेख में पूर्वानुमानित दृष्टिकोण रखे हैं, इनसे मैं पूर्णतः सहमत हूँ। इसलिए मैं उनके प्रयोजनों को उद्धृत करना चाहूँगा, जो उन चुनौतियों पर प्रकाश डालती हैं, जिनका भारत को उपयुक्त ढंग से जवाब देना होगा।

जनरल सुंदरजी के अनुसार संयुक्त राज्य के निम्नलिखित लक्ष्य होंगे–

- जहाँ तक सम्भव हो, सार्वभौमिक स्तर पर परमाणु निरस्त्रीकरण को रोका जाए। संयुक्त राज्य के परमाणु जखीरे का स्तर ऊँचा रखा जाए, ताकि संयुक्त राज्य की मात्र सुरक्षा ही सुनिश्चित न हो, बल्कि उसे देश के भीतर भी आम सम्मति मिले।
- रूस को छोड़कर अन्य किसी भी देश को कांटिनेंटल यूनाइटेड स्टेट्स के बराबर जमीन पर आधारित प्रक्षेपास्त्र के साथ लंबी दूरी की मिसाइल क्षमता प्राप्त करने से रोका जाए।
- जहाँ तक संभव हो, चीन, फ्रांस तथा ब्रिटेन में अधुनातन एस.एस.बी.एन. की संख्या कम हो। एस.एस.बी.एन. क्लब में और अधिक बढ़ोतरी पर रोक लगा दी जाए।
- ऐसी कोई अंतरराष्ट्रीय वचनबद्धता स्वीकार न की जाए, जिससे संयुक्त राज्य की प्रौद्योगिकीय सर्वश्रेष्ठता पर प्रतिकूल प्रभाव पड़ता हो।
- जनसंहारक अस्त्रों के प्रसार, स्थानीय स्तर पर अस्त्रों की होड़ और क्षेत्रीय लड़ाइयों को रोका जाए।
- जनसंहारक अस्त्रों या क्षेत्रीय ताकतों से संयुक्त राज्य द्वारा तैनात सेनाओं को किसी प्रकार के खतरे के बिना संयुक्त राज्य के हितों की रक्षा की खातिर क्षेत्रीय हालात पर प्रभाव डालने के लिए पारंपरिक बलों के प्रयोग की स्वतंत्रता बनाए रखी जाए। यह लक्ष्य तीन प्रकार से प्राप्त किया जा सकता है–
    - ❖ नई क्षेत्रीय परमाणु ताकतों के अभ्युदय को रोककर,
    - ❖ ग्लोबल प्रोटेक्शन अगेंस्ट स्ट्राइक की तैनाती द्वारा क्षेत्रीय परमाणु हमले से फॉरवर्ड तैनात सेनाओं को बचाते हुए परमाणु अवरोध,
    - ❖ परमाणु अस्त्रों के प्रतिकार का अधिकार प्राप्त करके क्षेत्रीय ताकतों के रासायनिक हमलों को रोकना। इस अंतिम लक्ष्य के लिए आवश्यक होगा कि संयुक्त राज्य को 'पहले प्रयोग नहीं' सिद्धांत का समर्थन नहीं करना चाहिए।

- सोवियत साम्राज्य से पूर्व यूरोपीय सदस्यों को शामिल करके तथा यूक्रेन के सहयोग से नाटो को बढ़ाकर पश्चिम की ओर से यूरोप में रूस के विस्तार की संभावना से बचाव करना।
- अगली शती तक संयुक्त राज्य तथा जापान के बीच सुरक्षा समझौतों के द्वारा तथा इसके बाद चीन पर नियंत्रण के लिए भारत को भी शामिल करके एशियाई और पैसिफिक क्षेत्र में चीन के पुनरुत्थान से बचना।

चीन के लक्ष्य इस प्रकार होंगे–

- व्यापक स्तर पर प्राचीन सभ्यता तथा घनी आबादी वाला देश चीन विश्व की ताकतों के प्रमुख 'लीग' में आना चाहेगा। यह बेमन से आगे बढ़ना स्वीकार नहीं करेगा। स्वैच्छिक रूप से रूस और संयुक्त राज्य द्वारा अपने अस्त्रों के भंडार को कम करने तथा चीन की अर्थव्यवस्था में तेजी से सुधार आने से परमाणु अस्त्रागारों की दृष्टि से समानता आ जाएगी।
- विश्व में परमाणु संपन्न राष्ट्रों की संख्या पाँच तक सीमित रखी जाए।
- यदि संयुक्त राज्य मानवाधिकारों, अनुचित व्यापार पद्धतियों या विश्व द्वारा संयुक्त राज्य के आंतरिक विधान के अनुपालन आदि मुद्दों पर चीन पर दबाव डालेगा तो चीन का लक्ष्य पश्चिम यूरोपीय ताकतों के साथ निकट व्यापारिक संबंध स्थापित करके संयुक्त राज्य के बराबर विशेष दर्जा पाने का होगा। इसी प्रकार से भू–राजनीतिक क्षेत्र में एशिया के पक्ष में सत्ता संतुलन लाने की दृष्टि से चीन संयुक्त राज्य के प्रति संतुलन की दृष्टि से रूस और भारत के साथ संबंध स्थापित करना चाहेगा।

पाकिस्तान के लक्ष्य इस प्रकार होंगे–

- भारत की उच्च पारंपरिक शक्ति की संभावना का सामना करने के लिए 'गैर–अस्त्रीकृत' तथा अनियोजित न्यूनतम परमाणु अवरोध बनाए रखना।
- एन.पी.टी. पर हस्ताक्षर करने या झुककर स्वीकार करने के लिए सभी प्रयासों को बनाए रखना। यह दावा किया जा सकता है कि ऐसा तभी होगा, जब भारत भी हस्ताक्षर करने को तैयार हो जाएगा। यह सौदा करना होगा कि भारत तब तक ऐसी संधि स्वीकार नहीं करेगा, जब तक निष्पक्ष सार्वभौम विधान तैयार नहीं किया जाता।
- भारत के विरुद्ध प्रतिकूल रवैया बनाए रखना तथा अत्यावश्यक एवं अंतरराष्ट्रीय दबाव बढ़ाकर कश्मीर समस्या का पाकिस्तान के पक्ष में हल ढूँढ़ने का प्रयास करना।
- यदि लम्बे समय तक भरसक प्रयास के बावजूद पाक लक्ष्य तक पहुँचने में असफल रहता है तथा आर्थिक निष्पादन समुचित नहीं है, आंतरिक राजनीतिक अशांति बनी रहती है, तभी भारत के साथ सहयोगपूर्ण समझौता करने पर विचार किया जाएगा।
- चाहे उत्तर हो, दक्षिण हो, पूर्व या पश्चिम भारत हो, भारत संघ में अलगाववादी गुटों को प्रच्छन्न सहायता देकर बल्कानिस्तान के लिए कार्य जारी रखना। पाकिस्तान में अनेक लोग भारत संघ में से अनेक स्वतंत्र देशों को उभरते हुए देखना चाहेंगे तथा हिंदी भाषी क्षेत्र तक भावी 'भारत' बनाने की लालसा रखे हुए हैं।

इन पूर्ववर्ती प्रवृत्तियों के प्रति भारत की क्या प्रतिक्रिया होनी चाहिए? अंतरराष्ट्रीय आर्थिक नीतियों की मुख्य धारा में मजबूत भारतीय अर्थव्यवस्था अंतरराष्ट्रीय दबाव या होड़ का मुकाबला करने का मूलाधार है। भारत को सीमित परमाणु अस्त्र और आई.आर.बी.एम. क्षमताओं को सीमित स्तर तक प्राप्त करना है, जहाँ क्षेत्रीय या ग्लोबल ताकतें यह स्वीकार करेंगी कि भारत पर दबाव डालना अच्छा नहीं होगा। भारतीय स्थल सेना, वायुसेना और नौसेना अत्याधुनिक, दृढ़ तथा पर्याप्त रूप से उन्नत अस्त्र प्रणालियों से युक्त होनी चाहिए।

इसीलिए भारत को 21वीं शती में जटिल विश्व का सामना करना पड़ेगा जबकि आधुनिक राष्ट्र–राज्य के रूप में इसका लगभग 70 वर्षों का अनुभव है। अंतरराष्ट्रीय संबंधों में बाध्यकारी वस्तु–स्थितियों के संदर्भ में यह सुनिश्चित करना होगा कि अधिक प्रभावशाली ताकतों का संसाधनों तथा सैन्य क्षमता पर नियंत्रण है तथा वे अपने हितों की पूर्ति में इनका उपयोग करते हैं। जहाँ तक संस्थागत शक्ति, आर्थिक संसाधनों तथा प्रौद्योगिकीय क्षमताओं की दृष्टि से कार्य कर रहे अंतरराष्ट्रीय व्यवस्था में शामिल राष्ट्र–राज्यों का संबंध है, विदेश संबंध प्रतियोगी तत्व बने रहेंगे तथा विरोधी उत्पन्न होने की भी प्रवृत्ति बनी रहेगी, इसीलिए भारत की विदेश नीति में शुद्धतः नैतिक विचारों या आदर्शवादी दृष्टिकोण की बजाय यथार्थ की राजनीति प्रतिपादित होनी चाहिए। विदेश नीति के विशेषज्ञों का 20वीं सदी के अंत में यह आग्रह रहा है कि विदेश संबंधों का भविष्य इस पर निर्भर करता है कि देश तथा उनके नेता अंतरराष्ट्रीय स्थिति में पाँच नई अनिवार्यताओं का किस प्रकार से सामना करेंगे–

पहली, परमाणु युद्ध अविचारणीय है।

दूसरी, वैमनस्य या आमूल अंतर्विरोधों के बावजूद संदेह दूर किए जाएँ तथा अंतरराष्ट्रीय स्तर पर विश्वास तथा सुरक्षा को बढ़ावा दिया जाए। इसमें परस्पर बातचीत तथा हर संभव स्तर पर सहयोग की भावना बनाए रखना भी शामिल है।

तीसरी, यथार्थ की राजनीति में समायोजन की अपेक्षा के बावजूद राज्यों को नैतिक मूल्यों में पर्याप्त विश्वास होना चाहिए। उन्हें यह समझ लेना चाहिए कि उनके जीवित रहने तथा समृद्धि प्राप्त करने के लिए युद्ध या सैन्य संघर्ष की कोई आवश्यकता नहीं है।

चौथी, अवरोध या भय से अस्थाई शांति तथा स्थिरता आ सकती है, परंतु मूलभूत दृष्टि से यह व्यवस्था आपत्तिजनक है।

पाँचवीं, अंतरराष्ट्रीय मनोवृत्ति विकसित करने के लिए सामूहिक प्रतिबद्धता होनी चाहिए, जिसमें निष्पक्ष और न्यायपूर्ण विश्व व्यवस्था तैयार करने के लिए सभी देशों की विदेश नीतियाँ अनुप्राणित होनी चाहिए।

21वीं शती में भारत की विदेश नीति का प्रयोजन यही अनिवार्यताएँ होनी चाहिए, जबकि ऐसा करना संभव नहीं है। इसलिए अंतरिम रूप से भारत की विदेश नीति में विश्व की राजनीति के आधारभूत यथार्थ तथा नैतिक मूल्यों के बीच निरंतर अंतर्विरोधों पर विचार करना होगा। हमारी विदेश नीति में सोद्देश्यता तथा सुसंगति निरंतर बदलते विश्व में परिवर्तित होते राष्ट्रीय हितों के प्रति लोकमत पर आधारित और राष्ट्रीय सर्वसम्मति

पर निर्भर होनी चाहिए। यदि ऐसा नहीं हुआ तो अंततः वह असफल हो जाएगी। एक बात और ध्यान रखनी होगी कि 21वीं सदी गैर–संभ्रांततावादी प्रतिस्पर्धाओं की सदी है, जिसमें चीन सबसे तेजी से आगे निकल रहा है। ऐसे में वैश्विक समुदाय के बीच शांति और एकमतता बेहद मुश्किल भरा कार्य होगा। विभिन्न देशों में वैश्वीकरण के विपरीत आ रहे संरक्षणवाद और पैक्स सिद्धांत के बीच राष्ट्रीय स्तर पर, क्षेत्रीय स्तर पर और कांटिनेंट के स्तर पर इस बात की संभावना अधिक बनेगी कि उनमें विभिन्न प्रकार के सांस्कृतिक, धार्मिक या अन्य किस्म के टकराव जन्म लें और यह क्षेत्रीय परिधि से राष्ट्रीय न्यूक्लियस तक भी पहुंचें। इससे एकता प्रभावित होगी और विदेश नीति कमजोर। अगर हम इन विशेषताओं का निराकरण नहीं ढूंढ पाए तो उन खतरों का मुकाबला पूरी ताकत से कभी नहीं कर पाएंगे, जो हमारी अखण्डता और सम्प्रभुता को कमजोर करने का बुनियादी सिद्धांत अपनी विदेश नीति में स्थापित किए हुए हैं।

प्रमुख बिन्दु

1. भारत की विदेश नीति में पश्चिम के राजनैतिक विज्ञानी बुद्धिजीवी हंटिंगटन की विचारधारा का प्रभाव परिलक्षित होता है। इस सिद्धांत के अनुसार भविष्य में भारत को देश की अखंडता को देखते हुए किसी एक कैंप का समर्थन करना होगा। इसके अनुसार भारत के विभिन्न धार्मिक एवं जातीय समुदाय दूसरे कैंप की ओर जाने पर प्रभाव डालेंगे, जो देश की अखंडता के लिए एक प्रमुख चुनौती है।
2. दूसरी चुनौती यह है कि औद्योगिक दृष्टि से उन्नत पश्चिमी देश परिष्कृत और अधुनातन प्रौद्योगिकीय पर दीर्घकालिक नितांत रूप से नियंत्रण रखना चाहते हैं।
3. तीसरी प्रमुख चुनौती संयुक्त राष्ट्र सुरक्षा परिषद में भारत की स्थायी सदस्यता है, जिसका कई देशों द्वारा समर्थन भी किया गया है। ऐसी संभावना थी कि सोवियत संघ के विघटन तथा शीतयुद्ध के अंत से संयुक्त राष्ट्र अधिक मजबूत बन जाएगा।
4. भारतीय विदेश नीति का प्रथम लक्ष्य भारतीय गणराज्य की अविच्छिन्न, एकता और क्षेत्रीय अखंडता को सुनिश्चित करने हेतु सर्वाधिक प्राथमिकता दिया जाना है। दूसरा महत्वपूर्ण लक्ष्य शांतिपूर्ण और स्थिरता का माहौल सुनिश्चित करना है, जिसमें आर्थिक विकास पर ध्यान केंद्रित किया जा सके। तीसरा लक्ष्य भारत की एकता और अखंडता हेतु राष्ट्रीय रक्षा क्षमता उत्पन्न करना है, जो संसाधनों तथा प्रौद्योगिकी पर निर्भर हो।
5. चौथा लक्ष्य क्षेत्रीय सहयोग बढ़ावा तथा दक्षिण एशियाई और अन्य क्षेत्रीय समूहों व संगठनों के बीच परस्पर लाभप्रद समीकरण बनाना है।
6. पाँचवां लक्ष्य, संयुक्त राष्ट्र व इसके संगठन तथा एजेंसियों को मजबूत बनाना है।
7. छठा लक्ष्य विदेश मंत्रालय तथा भारतीय विदेश सेवा में संगठनात्मक और संस्थागत सुधार है।
8. सातवां लक्ष्य, पाकिस्तान तथा चीन के साथ संबंधों पर ध्यान केंद्रित करना है। इसके अतिरिक्त अमेरिका, रूस तथा जापान के साथ विशेष संबंध रखे जाएं।

❑❑

19 चीन और दक्षिण एशिया : पोखरण-II के बाद

11 और 13 मई, 1998 को भारत द्वारा किए गए एक के बाद एक परमाणु परीक्षणों तथा परमाणु संपन्न राष्ट्रों के रूप में की गई घोषणा से दक्षिण एशियाई देशों के साथ चीन के संबंधों में गुणात्मक दृष्टि से परिवर्तन आने लगा। भारत के तत्कालीन रक्षा मंत्री जॉर्ज फर्नांडीज ने अपने वक्तव्यों में परमाणु परीक्षण से पूर्व चीन को 'प्रमुख चुनौती' माना था, जबकि प्रधानमंत्री अटल बिहारी वाजपेयी ने परमाणु–संपन्न देशों के अध्यक्षों को लिखे गए पत्र में यह स्पष्ट किया था कि चीन के खतरे के कारण भारत परमाणु अस्त्रीकरण के लिए बाध्य हो गया है। इससे दक्षिण एशियाई देशों में व्याप्त शांति के माहौल में बदलाव आने लगा है।

दुर्भाग्यवश परमाणु परीक्षणों के बाद भारत–चीन संबंध तेजी से बिगड़े और दोनों देशों के बीच विद्यमान तनावों का इस क्षेत्र के देशों की सुरक्षा पर प्रभाव पड़ा है। भारत और चीन के बीच संबंधों को सामान्य बनाने की प्रक्रिया में पहुँचा आघात एक दर्दनाक घटना है। यदि भारत के प्रमुख नेता (प्रतिनिधि) इन परीक्षणों के बावजूद संयम बरतते तथा सोच–समझकर वक्तव्य देते तथा चीन प्रतिक्रिया व्यक्त करते समय धैर्य बरतता तो इस आघात से बचा जा सकता था। परंतु इसकी बजाय यह हुआ कि क्षेत्र में सामरिक संतुलन में ऐसा बदलाव आया कि चीन ने इसके प्रति अपनी आपत्ति जाहिर की तथा भारत भी दीर्घकालिक सामरिक हितों की दृष्टि से इससे बच नहीं पाया।

इस पर विचार करना आवश्यक है कि क्या भारत तथा चीन के सुरक्षा संबंधी मुद्दों में ऐसे अंतर्निहित विचार व्यक्त किए गए हैं, जो दक्षिण और दक्षिण–पूर्व एशिया में दोनों क्षेत्रों के देशों के बीच चीन के बारे में विद्यमान हैं। क्या इस क्षेत्र में चीन के बारे में चिंताएं मौजूद हैं? और यदि हैं तो क्या वे जायज हैं?

चीन और भारत ने परमाणु परीक्षण के बाद आवेग में बहकर विरोध प्रकट किया था। यह कहना भी मुनासिब लगता है कि भारत के रक्षा मंत्री जॉर्ज फर्नांडीज द्वारा बिना सोचे–समझे चीन के बारे में दिए गए बयान से यथासंभव सीमा तक दक्षिण और दक्षिण–पूर्व एशियाई देशों के साथ चीन के संबंधों और उनकी परिणति की प्रासंगिकता आज ज्यादा व्यापक हो गई है। जॉर्ज फर्नांडीज ने यह विचार व्यक्त किया था कि चीन एक चुनौती है। जहाँ तक भारत का संबंध है, आसन्न संभाव्यताओं तथा सामयिक राजनीतिक परिप्रेक्ष्य की दृष्टि से यह विचार आपत्तिजनक था। फिर भी यहाँ इस मुद्दे पर विचार करना उचित होगा कि क्या उन्होंने दक्षिण और दक्षिण–पूर्व एशियाई देशों के बीच चीन की गतिविधियों को देखते हुए विचार व्यक्त किए थे। यह प्रश्न भी उठता है कि चीन के बारे में व्यक्त आशंकाएँ वैध थीं या नहीं?

बीजिंग के सामरिक विचार, विशेष रूप से दक्षिण तथा दक्षिण–पूर्व एशियाई देशों के प्रति दृष्टिकोण निस्संदेह चीन की विकट आंतरिक राजनीतिक स्थिति और सत्ता समीकरणों तथा क्षेत्रीय राजनीति में भावी घटनाक्रम के बारे में चीन की जानकारी (बोध) पर आधारित थे। इन विचारों तथा दृष्टिकोणों पर चीन की सैन्य तथा प्रौद्योगिकीय क्षमताओं का भी प्रभाव था। ये समष्टिगत पूर्वानुमान थे, जिन्हें देखते हुए हमें आगे विश्लेषण करना है। लेकिन पहले सवाल यह है कि चीन की आंतरिक राजनीतिक स्थिति क्या है? चीन की भावी योजनाएँ कौन–सी हैं? पिछले वर्षों में चीन के भीतर काफी बदलाव आया है। आठवें दशक से प्रारंभ तथा सन् 2018 तक डेंग जियाओपिंग, फिर जियांग जेमिन, फिर वेन जियाबाओ और अब शी जिनपिंग के समय तक अनेक परिवर्तन आए हैं। शी जिनपिंग के विचारों को चीन की कम्युनिस्ट पार्टी के संविधान में जगह मिलने और फिर उन्हें चीन के राष्ट्रपति पद पर आजीवन बने रहने का अधिकार मिल जाने के बाद, चीन–भारत के लिए अवसर नहीं रह गया बल्कि एक बड़ी चुनौती बन गया है, विशेषकर तब जब नई विश्वव्यवस्था में चीन स्वयं को ग्लोबल लीडर के रूप में पेश कर रहा हो या फिर उसके लिए अपनी दावेदारी के बेहद सार्थक प्रयास भी किए हों। सोवियत संघ तो 'पेरेस्त्रोइका' तथा 'ग्लासनोस्त' के प्रयोग के साथ ही ढह गया था, लेकिन चीन ने 'सोशलिज्म विद् चाइनीज कैरेक्टरस्टिक्स' के साथ अर्थव्यवस्था में उदारीकरण और राजनीतिक व्यवस्था में तानाशाही को संरक्षित करने में कामयाबी हासिल कर ली। यही वजह है कि चीन सर्वाधिक महत्वपूर्ण बाजार, दुनिया का सबसे बड़ा विनिर्माता और अपने अनुसार मौद्रिक व्यवस्था का संचालक बनकर उभरा। उसने सॉफ्ट और सैन्य ताकत को हथियार बनाकर नवउपनिवेशवादी व्यवस्था को आकार देना शुरू किया। ऐसे में उससे यह अपेक्षा तो थी कि वह अपना राजनीतिक चरित्र बदले और लोगों की सहभागिता सुनिश्चित करे। लेकिन चीन ऐसा नहीं कर सकता, क्योंकि कम्युनिस्ट पार्टी एकाधिकारिक व्यवस्था को छोड़ना नहीं चाहती। टायनानमेन स्क्वॉयर घटना इसका सबसे वीभत्स उदाहरण है, जो जून 1989 में घटी थी। उस दौर में जियांग जेमिन ने अपनी स्थिति मजबूत की थी और सत्ता पर काबिज हुए थे और चीन में आंतरिक स्थिरता, राजनीतिक सामंजस्य तथा देश के भीतर अनुशासन लाने में सफलता अर्जित की थी। जियांग जेमिन और झू–रांगजी के पास जटिल चीन की राजनीतिक व्यवस्था की पूर्ण रूप से कमांन आई थी। अंतरराष्ट्रीय समुदाय पर इन घटनाओं का सकारात्मक प्रभाव पड़ा था तथा यह समझा जाने लगा था कि चीन राजनीतिक दृष्टि से स्थिर देश है, यह एक महत्वपूर्ण आर्थिक प्रतिभागी देश है, इसके पास प्रभावी प्रौद्योगिकीय और सैन्य शक्ति है तथा इसे प्रमुख सत्ता–केंद्र माना जाता है, जिसका अंतरराष्ट्रीय संबंधों में विशेष स्थान है। इस मान्यता के पीछे ठोस आधार भी विद्यमान थे, जो चीन की आर्थिक विकास दर में खोजे जाने चाहिए। इस दौर में चीन ने जो प्रयास किए, उनके चलते मुद्रास्फीति नियंत्रित हुई, अर्थव्यवस्था में मंदी के दबावों से बचते हुए 11 प्रतिशत की विकास दर पर पहुंची, साक्षरता दर 90 से 95 प्रतिशत पहुंची, स्वास्थ्य संबंधी नीतियां और जल संरक्षण कार्यक्रमों के साथ–साथ शिशुओं की देखभाल तथा महिला कल्याण के क्षेत्र में महत्वपूर्ण उपलब्धियों ने अप्रत्यक्ष चुनाव वाली

शासन व्यवस्था के नुमाइंदों को प्रत्यक्ष चुने जाने वाले शासन से कहीं अधिक लोकप्रिय बना दिया। परमाणु अस्त्रों और मिसाइल क्षमता की दृष्टि से चीन एक बड़ी ताकत के रूप उभरा। आज उसके पास पाँचवीं पीढ़ी के लड़ाकू विमान और इंटरकांटिनेंटल बैलिस्टिक्स मिसाइलें या अत्याधुनिक किलर मिसाइलें हैं, जो दुनिया को कुछ मिनटों के अंदर अपने प्रभाव में ले सकने में सक्षम हैं। अभी हाल ही में चीन ने हाइपर सोनिक बैलिस्टिक्स मिसाइल डीएफ–17 का परीक्षण किया, जो 12,000 किलोमीटर दूर तक मार कर सकती है। ये वायुमंडल में निचले स्तर पर उड़ती है और इस कारण इसे इंटरसेप्ट करना भी आसान नहीं होगा। मकाऊ में मौजूद रक्षा विशेषज्ञ एंटनी वांग डोंग के अनुसार यह मिसाइल अमेरिकी एंटी मिसाइल थाड सिस्टम को नाकाम करते हुए अपना काम कर सकती है। ध्यान रहे कि इसमें क्रूज़ मिसाइल और बैलिस्टिक मिसाइल दोनों की ही खूबियां शामिल होती हैं। इस मिसाइल की जद में अमेरिका है, तो भारत तो अवश्य ही आएगा। हाइपर सोनिक एच.जी.वी. आम मिसाइलों की तरह नहीं चलती है बल्कि वायुमंडल में काफी निचले स्तर पर चलती है। इस कारण इसकी मारक क्षमता बढ़ जाती है और यही कारण है कि ये एंटी मिसाइल सिस्टम के लिए चुनौती पेश कर सकती है। अभी तक अमेरिका, रूस और चीन के पास ही एच.जी.वी. की क्षमता है। भारत अभी इससे बहुत दूर खड़ा है।

चीन के विभिन्न क्षेत्रों के बीच विकास और समृद्धि के विविध स्तर पाए जाते हैं। हालांकि विशेष आर्थिक क्षेत्रों के पास, जैसे शंघाई, पुंगडांग, हांगकांग तथा गुआंगडांग क्षेत्र समृद्ध थे, जीवन–यापन तथा प्रौद्योगिकी विकास के उच्चतर स्तर उपलब्ध किए गए थे, परंतु चीन के उत्तर–पश्चिम और उत्तर–केंद्रीय क्षेत्र पिछड़े हुए हैं।

दूसरे, चीन के भीतर अंदर–ही–अंदर जातिगत–भाषाई, धार्मिक और सांस्कृतिक केंद्राभिसारी ताकतें उभर रही हैं, जिनका चीन की एकता और अखंडता पर प्रभाव पड़ेगा। चीन में मुस्लिम आबादी, तिब्बत तथा 'शिनजियांग' में अल्पसंख्यक जाति (उइगर/वीगर) वर्ग तथा उत्तर–पश्चिम चीन में भी अलगाववादी प्रवृत्तियाँ दिखाई दे रही हैं। चीन की सरकार को इनका सामना करना है।

कुल मिलाकर विश्व के प्रति और विशेष रूप से दक्षिण और दक्षिण–पूर्व एशियाई पड़ोसी देशों के प्रति चीन के दृष्टिकोण और नीतियों पर प्रभाव डालने वाले ये प्रमुख कारक हैं। नीतिगत वक्तव्यों तथा वस्तुनिष्ठ रूप से पता लगाने योग्य चीन की विदेश नीति की इन वस्तु–स्थितियों के कारण यही निष्कर्ष निकलता है कि चीन की बाह्य व्यवस्थाओं पर निम्नलिखित लक्ष्यों/अभिप्रेरणाओं का प्रभाव पड़ा है।

चीन अपने पड़ोसी देशों तथा संयुक्त राज्य, रूस, पश्चिम यूरोप और जापान जैसे विश्व के अन्य महत्त्वपूर्ण देशों के साथ व्यावहारिक और सहयोगपूर्ण संबंध बनाना चाहता है। चीन यह मानता है कि सर्वोच्च स्थान प्राप्त करके विश्व की बड़ी ताकत के रूप में उभरना चीन की नियति है। इसीलिए अन्य प्रौद्योगिकीय उन्नत देशों से उत्पन्न होने वाली चुनौतियों का कारगर ढंग से सामना करने के लिए चीन अपनी प्रौद्योगिकीय और रक्षा संबंधी क्षमताएँ बढ़ाता रहेगा।

चीन ने 2018–19 के लिए अपने रक्षा बजट की घोषणा की है, जिसमें पिछले वर्ष के रक्षा बजट के सापेक्ष 8.1 प्रतिशत वृद्धि की गई है। बजट रिपोर्ट 13वीं नेशनल पीपल्स कांग्रेस (एन.पी.सी.) के समक्ष पेश की गई, जिसमें बताया गया कि वर्ष 2018 के लिए देश का रक्षा बजट 1.11 ट्रिलियन युयान (175 बिलियन डॉलर) होगा, जो पिछले वर्ष के 151.4 बिलियन डॉलर के बजट से 8.1 प्रतिशत अधिक होगा। भारत का रक्षा बजट वर्ष 2018–19 के लिए 2.95 लाख करोड़ (45 बिलियन डॉलर) है, जो कि पिछले वर्ष 2.74 लाख करोड़ रुपये यानी 42 बिलियन डॉलर था। इस दृष्टि से चीन का वर्ष 2018 का रक्षा बजट भारत के वर्ष 2018–19 के रक्षा बजट के मुकाबले लगभग चार गुना होगा। अब तक के उसके इस सबसे बड़े रक्षा बजट में सैन्य बलों के आधुनिकीकरण सर्वाधिक फोकस किया गया है, जिसमें ताकतवर नैवल फ्लीट और एयर बेस भी शामिल हैं। चीन के प्रधानमंत्री ली केकियांग ने, एन.पी.सी. के खुले सत्र में, सरकार की कार्य रिपोर्ट पेश करते समय कहा है कि चीन अपनी वायु और नौ सैनिक रक्षा क्षमताओं को राष्ट्र की जरूरतों के अनुरूप बढ़ाना जारी रखेगा। चीन ने वर्ष 2016 में सेना में प्रमुख रूप से आधुनिकीकरण और संगठनात्मक सुधारों को गति देनी शुरू की थी। उद्‌देश्य था–पी.एल.ए. को संयुक्त ऑपरेशंस और क्षेत्रीय संघर्षों में विजय हासिल कराना। इन सुधारों में कुछ इस प्रकार हैं–थियेटर कमाण्ड्स की स्थापना, ज्वाइंट ऑपरेशंस कमाण्ड सेंटर और स्ट्रैटेजिक सपोर्ट फोर्स का निर्माण करना और स्पेस टैक्नोलॉजी से सम्बद्ध करना, साइबर और इलेक्ट्रॉनिक युद्ध सम्बंधी तत्वों को अत्याधुनिक बनाना। वर्तमान स्थिति यह है कि चीन का सैन्य आधुनिकीकरण देश के बाहर ऑपरेशंस को स्थायित्व प्रदान करने पर भी फोकस कर रहा है, जिसका हाल ही का उदाहरण जिबूती में स्थापित किया गया सैन्य अड्डा है। इसी तरह से चीन कुछ अन्य देशों से मैत्री कर सैन्य अड्डों का निर्माण कर रहा है, जैसे–पाकिस्तान, श्रीलंका आदि। चीन की रणनीति यह है कि वह इन देशों में इन्फ्रास्ट्रक्चर में निवेश करता है, तत्पश्चात् उन देशों के बंदरगाहों सहित देश के मुख्य मार्गों और कच्चे माल के क्षेत्रों में निवेश कर नियंत्रण स्थापित करता है और फिर इन निवेशों की रक्षा हेतु सैन्य निगरानी एवं सुरक्षा का तंत्र विकसित करता है। इसकी वायु सेना, सेना, नौसेना आक्रामक और लम्बी दूरी के ऑपरेशंस के लिए विकसित हो चुकी हैं।

शांति एवं विश्व व्यवस्था पर हावी विद्यमान परमाणु ताकतों को रोकने की इच्छा के परिणामस्वरूप, चीन ने विशेष रूप से परमाणु–इतर अस्त्र–संपन्न राज्यों के विरुद्ध 'पहले परमाणु अस्त्र प्रयोग नहीं' के संबंध में एकतरफा घोषणा की है। इस देश ने अन्य परमाणु अस्त्र संपन्न देशों से अनुरोध किया है कि वे भी इसी प्रकार से प्रतिबद्ध हों। यह एक अपील थी, जिसे इन परमाणु अस्त्र–संपन्न देशों ने स्वीकार नहीं किया।

चीन किसी अन्य देश के मामलों में हस्तक्षेप न करने की विदेश नीति के मूलभूत सिद्धांतों का अनुसरण करता है तथा यह अपने राष्ट्रीय हितों की रक्षा के बारे में नितांत रूप से दृढ़ तथा निर्यातक नीति अपनाता है। लेकिन व्यावहारिक दृष्टि से ऐसा नहीं है। चीन अब संसार के मानचित्र पर वैश्विक ताकत के रूप में स्थापित होना चाहता है। इस दिशा में उनके किए गए प्रयासों एशियन इन्फ्रास्ट्रक्चरल इन्वेस्टमेंट बैंक, न्यू

मैरीटाइम सिल्क रूट, स्ट्रिंग ऑफ पर्ल्स, चीन–पाकिस्तान इकोनॉमिक कॉरिडोर और वन बेल्ट, वन रोड प्रोजेक्ट्स के रूप में देख सकते हैं। ये सभी शक्ति के वे सॉफ्ट पक्ष हैं, जिनका प्रभाव व्यवस्था के प्रत्येक स्तर पर दिखेगा और अंततः उसे सुरक्षित रखने का दायित्व चीनी सेना निभाएगी। चीन का नेतृत्व जानता है कि आर्थिक और सामरिक ताकत के जरिए ही वह अमेरिका को चुनौती दे सकता है और भारत को अपनी बराबरी के देश की बजाय सहयोगी मित्र की श्रेणी में रख सकता है। यह उसकी सैन्य ताकत का ही नतीजा है कि दक्षिण चीन सागर में अवैध कब्जा जमाने और उसके खिलाफ इंटरनेशनल कोर्ट ऑफ आर्बिट्रेशन का निर्णय आने के बाद भी वह पीछे हटने को तैयार नहीं हुआ और दुनिया की कोई ताकत सीधे तौर पर उसे वहां से हटाने की बात भी नहीं कह सकी।

चीन इस समय विश्व बैंक की तरह की 'मुक्त ऋण की खिड़की' का कार्य कर रहा है। दक्षिण एवं दक्षिण–पूर्व एशिया के छोटे देश, अफ्रीकी देश और लैटिन अमेरिकी देश चीनी ऋण–जाल का हिस्सा बड़ी आसानी से बनते जा रहे हैं। तकनीकी शब्दावली में इसे चीन की 'चेक डिप्लोमैसी' कहा जा रहा है, लेकिन सही अर्थों में यह विभिन्न देशों की आर्थिक संपदा एवं उसके बाद सत्ता प्रतिष्ठानों में चीनी सेंध लगाने का जरिया है। विशेष तथ्य यह है कि चीन इन देशों को कर्ज देते समय सच भी नहीं बोलता, जो सही अर्थों में उसी प्रकार के षड्यंत्र जैसा ही है, जैसा कि 18वीं–19वीं शताब्दी में यूरोपीय देशों ने दुनिया भर के देशों के साथ किया था। उदाहरण के तौर पर वर्ष 2016 में जब चीनी राष्ट्रपति शी जिनपिंग बाँग्लादेश यात्रा पर गए थे, तो उन्होंने बाँग्लादेश को 24.45 बिलियन डॉलर के प्रोजेक्ट के लिए ऋण देने पर सहमति दी थी। यह ऋण राशि बाँग्लादेश के सकल घरेलू उत्पाद के लगभग 20 प्रतिशत के बराबर थी। अब संभावना इस बात की है कि चीन ऋण पर ब्याज दर बढ़ाएगा, जिससे बाँग्लादेश ऋण कुचक्र में उलझेगा। फलतः चीन उक्त प्रोजेक्ट में इक्विटी खरीदेगा और फिर अपनी कम्पनियों के सुपुर्द कर देगा। ये कम्पनियां एक भारी–भरकम कमर्चारी वर्ग के साथ बाँग्लादेश पहुंचेगी, जिससे बाँग्लादेश में एक चीनी बस्ती का निर्माण हो जाएगा। तत्पश्चात् पूंजी, कम्पनी और लोगों की सुरक्षा हेतु सैन्य टुकड़ी भी पहुंचेगी और इस तरह से बाँग्लादेश में चीनी बस्ती के साथ–साथ एक सैन्य अड्डा भी बन जाएगा। क्या इसके बाद बाँग्लादेश इस हैसियत में होगा कि चीन को वहां से बाहर निकाल पाए?

बांग्लादेश ऐसा पहला या अकेला देश नहीं होगा, बल्कि श्रीलंका, पाकिस्तान व नेपाल में यही हो चुका है। उल्लेखनीय है कि श्रीलंका अपने न्यूनतम आर्थिक विकास दर के कारण हम्बनटोटा सहित कई परियोजनाओं हेतु लिए गए ऋण को चुका पाने में असमर्थ है। फलतः चीनी ब्याज अब इक्विटी में बदल रहा है, फलतः श्रीलंका के घरेलू प्रोजेक्ट्स में चीन की हिस्सेदारी बढ़ रही है। विशेष बात यह है कि चीन यह मान रहा है कि श्रीलंका की परियोजनाएं आर्थिक रूप से लाभकारी नहीं हैं। लेकिन फिर भी चीन इनमें लगातार रुचि ले रहा है। सवाल उठता है कि क्यों? क्योंकि इन परियोजनाओं में हिस्सेदारी से चीन को श्रीलंकाई आर्थिक संसाधनों से जुड़ने के साथ–साथ हिन्द महासागर में अपनी सामरिक ताकत को बढ़ाने का अवसर प्राप्त हो

रहा है। यही कार्य–कारण संबंध नेपाल में भी देखे जा चुके हैं। वहां चीन भले ही ट्रैक–2 कूटनीति के माध्यम से सांस्कृतिक एवं प्रजातीय एकता का वातावरण निर्मित करने में सफल हो रहा हो, लेकिन उसके उद्देश्य कुछ और हैं। ध्यान रहे कि चीन द्वारा प्रदत्त ऋण पर ब्याज चुकता न कर पाने के कारण नेपाल के एक बड़े बांध में चीन की कंपनी ने 75 प्रतिशत हिस्सेदारी (इक्विटी) खरीद ली है। पाकिस्तान को चीन ऑल व्हेदर फ्रैंड की संज्ञा देता है और पाकिस्तान उसका एक अच्छा सिपहसालार होने की प्रतिबद्धता पूरी करता है, लेकिन सही अर्थों पाकिस्तान ही औपनिवेशिक बस्ती बनता जा रहा है। उसने पाकिस्तान के एक प्रोजेक्ट के लिए 46 बिलियन डॉलर का ऋण दिया है, जो उसके सकल घरेलू उत्पाद का 20 प्रतिशत है। यही नहीं इस ऋण पर पाकिस्तानी मीडिया ने भी चिंता व्यक्त की थी। उसका मानना था कि पाकिस्तान इतने बड़े कर्ज और उसकी ऊँची ब्याज दरों का भुगतान कैसे कर पाएगा। हालांकि चीन ने चीन–पाकिस्तान इकोनॉमिक कॉरिडोर (सीपेक) के तहत बनाए जा रहे ग्वादर बंदरगाह व उसके आस–पास के विकास के लिए शून्य ब्याज दर पर धन उपलब्ध कराया है। लेकिन सच तो यह है कि जिस बलूचिस्तान प्रांत में यह बंदरगाह स्थित है, उसका विकास नहीं हो पाएगा, बल्कि उसकी कम्पनियां इस क्षेत्र के तांबे और सोने की खदानों पर विकास कार्य कर रही हैं,? जिसके आने वाले समय में गम्भीर परिणाम होंगे।

चीन इसी प्रकार के निवेशों को बढ़ाने के लिए कंबोडिया, म्यांमार, लाओस, थाईलैंड आदि से लेकर अफ्रीकी देशों को भी अपना शिकार बना रहा है। दक्षिण–पूर्व एशियाई देशों को ऋण जाल में फंसा कर वह दक्षिण चीन सागर में अपनी स्थिति मजबूत करना करना चाहता है ताकि वह एशिया–प्रशांत क्षेत्र में स्ट्रैटेजिक ट्राईएंगल अथवा क्वाड्रिलैटरल को काउंटर कर सके। अफ्रीकी देशों में पहुंचकर वह अमेरिकी ताकत को काउंटर करना चाहता है। उल्लेखनीय है कि लम्बे समय तक म्यांमार में अपना सिक्का जमाए रहा, लेकिन बराक ओबामा द्वारा चीन के म्यांमार में एकाधिकार को समाप्त कर दिया गया। हालांकि अभी भी चीन म्यांमार में खासे प्रोजेक्ट्स चला रहा है और इनके लिए म्यांमार लगभग 16 बिलियन अमेरिकी डॉलर के चीनी ऋण के नीचे दबा हुआ है। कम्बोडिया की स्थिति तो बेहद खराब है। उस पर कुल अंतर्राष्ट्रीय ऋण का लगभग 70 प्रतिशत ऋण चीन का है। चीन जिबूती में सैन्य बेस तथा अवसंरचनात्मक विकास कर रहा है और इसके लिए उसने जिबूती को 14 बिलियन डॉलर का कर्ज दिया है। दरअसल मंडेब स्ट्रेट (जलडमरूमध्य) और स्वेज नहर के कारण जिबूती रणनीतिक एवं व्यापारिक दृष्टि से बेहद महत्वपूर्ण है या यूं कहें कि हिन्द महासागर में वैश्विक शक्ति–संतुलन में यह निर्णायक भूमिका निभा सकता है।

कुल मिलाकर चटगांव, हम्बनटोटा, ग्वादर, मंडेब चीनी स्ट्रैटेजिक डेस्टिनेशंस हैं, जिनके जरिये वह अपनी आर्थिक एवं साम्राज्यिक महत्वाकांक्षाएं पूरी करने कोशिश कर रहा है। भारत को अपने पड़ोस को गम्भीरता से देखना होगा और कम–से–कम मुनरो सिद्धांत की प्रतिष्ठा हेतु प्रयास करने की जरूरत होगी। ध्यान रहे कि हम्बनटोटा से भारत के तटीय सामरिक स्थान बेहद नजदीक हैं। काश्गर से ग्वादर भारत को हिमालय की तरह से घेरने की रणनीति का हिस्सा है। संयुक्त राष्ट्र की एक कमेटी द्वारा की गई

अध्ययन रिपोर्ट बताती है कि 'वन बेल्ट, वन रोड' के कारण दक्षिण और मध्य एशियाई देश वित्तीय संकट में पड़ सकते हैं। कुल मिलाकर चीन आर्थिक ताकत बनने के बाद एकाधिकारिक लाभांशों को हासिल करने के साथ–साथ दो मकसद और पूरे कर रहा है।

प्रथम–दक्षिण एशिया के देशों को भारत का भय दिखाकर अपनी ओर आकर्षित करना तत्पश्चात् चेक डिप्लोमैसी के जरिए भारत की रणनीतिक घेरेबंदी की रणनीति पर आगे बढ़ना।

द्वितीय–निवेश के नाम पर भारत के पड़ोसी देशों के प्राकृतिक संसाधनों तक अपनी अर्थव्यवस्था की पहुंच सुनिश्चित करना और धीरे–धीरे इन देशों को औपनिवेशिक चरित्र में परिवर्तित करना। फिर तो चीनी ऋण जाल के अंतिम परिणाम बेहद खतरनाक होंगे!

इस रूपरेखा के भीतर ही चीन के दक्षिण और दक्षिण–पूर्व एशियाई पड़ोसी देशों के साथ संबंधों पर विचार करना होगा। पाकिस्तान और श्रीलंका को छोड़कर भारत, नेपाल, भूटान, बाँग्लादेश तथा म्याँमार के साथ चीन के संबंधों में कई उतार–चढ़ाव आए हैं। ऐतिहासिक दबावों के कारण कंबोडिया, लाओस तथा वियतनाम से फिलिपींस तक फैले सभी दक्षिण–पूर्व एशियाई देशों के साथ इसके संबंध सहज नहीं हैं। यहाँ हमारा प्रयोजन प्रत्येक देश के साथ चीन के संबंधों का तथ्यपरक विस्तृत ब्यौरा देना नहीं है। यहाँ हमारा लक्ष्य व्यापक सामरिक तथा राजनीतिक दृष्टिकोण से इन संबंधों का उल्लेख करना है।

पाँचवें दशक में आरंभ हुई भावनात्मक मैत्री के बाद भारत–चीन संबंध में अनेक उतार–चढ़ाव आए हैं। चीन ने भारत के विरुद्ध क्षेत्रीय दावे करने आरंभ कर दिए थे, भारत ने इनका खंडन किया था। इससे दोनों देशों के बीच सीमा विवाद उठने लगा, जिसकी परिणति युद्ध में हुई। यह मुद्दा अभी भी नहीं सुलझा है। चीन के पास भारत के दावों के अनुसार 70 हजार से 80 हजार वर्ग किलोमीटर तक भारतीय क्षेत्र है। भारत–चीन युद्ध के बाद उपजी कड़वाहट के बावजूद चीन के भारत के साथ संबंधों में धीरे–धीरे सन् 1988 से सुधार आना शुरू हुआ था, लेकिन परिणामी रूप से कभी आ नहीं सका। फिलहाल आज भी भारत–चीन के संबंधों के संदर्भ में 'फ्रेनेमीज' या मित्र–शत्रु शब्द का प्रयोग किया जाता है। फिर तो जॉर्ज फर्नांडीज द्वारा कहा गया शब्द गलत नहीं था, हालांकि विदेश नीति की मर्यादा और कूटनीतिक संभ्रांतता इसे मान्यता नहीं देती।

प्रमुख बिन्दु

1. भारत 11 मई, और 13 मई, 1998 को किए गए परमाणु परीक्षणों से वैश्विक स्तर पर भारत के अन्य देशों के साथ संबंधों में महत्वपूर्ण बदलाव आया। इन परीक्षणों से भारत–चीन संबंध तेजी से बिगड़े।
2. परमाणु अस्त्रों और मिसाइल क्षमता की दृष्टि से चीन एक बड़ी चुनौती के रूप में उभरा है। ज्ञातव्य है कि चीन किसी अन्य देश के मामलों में हस्तक्षेप न करने की विदेश नीति के मूलभूत सिद्धांतों का अनुसरण करता आया है।

3. विश्व में तथा दक्षिण में अपना प्रभुत्व बढ़ाने के नीति स्वरूप चीन वर्तमान में कई देशों के लिए विश्व बैंक की मुक्त ऋण की खिड़की का कार्य कर रहा है। दक्षिण एवं दक्षिण–पूर्व एशिया के छोटे देश, अफ्रीकी और लैटिन अमेरिकी देश चीन के ऋण जाल का हिस्सा बनते जा रहे हैं। यह देश न्यूनतम आर्थिक विकास दर के कारण चीन से लिए गए ऋण को चुकाने में असमर्थ होंगे, जिससे चीन अपना ब्याज इक्विटी में बदल देगा, जिससे ऋणी देशों की घरेलू परियोजनाओं में चीन को हिस्सेदारी में बढ़ोतरी होगी।
4. चीन इस प्रकार के निवेशों को बढ़ाने के लिए कंबोडिया, म्यांमार, लाओस, थाइलैंड देशों तथा दक्षिण–पूर्व में अपनी स्थिति मजबूत कर रहा है। ऐसा करके चीन दक्षिण–चीन सागर में अपना प्रभुत्व स्थापित करना चाहता है तथा एशिया प्रशांत क्षेत्र में रणनीतिक त्रिभुज को काउंटर करना चाहता है।
5. चीन अपनी मोतियों की माला नीति के तहत भारत को चारों ओर से घेरकर हिन्द महासागर में वैश्विक शक्ति संतुलन को असंतुलित कर रहा है। संक्षेप में देखा जाए तो बांग्लादेश का चटगाँव, श्रीलंका का हम्बनटोटा, पाकिस्तान का ग्वाडर तथा कम्बोडिया का मंडेब, रणनीतिक एवं व्यापारिक दृष्टि से चीन के स्ट्रैटेजिक डेस्टीनेशंस हैं, जिनके जरिए वह अपनी आर्थिक एवं साम्राज्यिक महत्वाकांक्षाएं पूरी करना चाहता है।

पाँचवें दशक से लेकर अब तक भारत–चीन संबंधों अनेक उतार–चढ़ाव आए हैं। भारत–चीन युद्ध के बाद पनपी कड़वाहट के बावजूद सन् 1988 से दोनों देशों के संबंधों में सुधार आना शुरू हुआ, हालांकि आज भी भारत–चीन के संदर्भ में 'फ्रेनेमीज' या 'मित्र–शत्रु' शब्द का प्रयोग किया जाता है।

❑❑

20 परमाणु शक्ति के रूप में भारत

मैं यह महसूस कर रहा हूँ कि पिछले 50 वर्षों के दौरान भारत की विदेश नीति से जुड़ी सभी प्रमुख घटनाओं पर विचार किया जा चुका है, परंतु जैसा कि ग्रीक दार्शनिक थरासिमेकस ने हजारों वर्ष पहले कहा था–'राजनीतिक प्रक्रियाओं में निश्चित स्थितियों का पूर्वानुमान लगाना मनुष्य की बहुत बड़ी भूल है।' ऐसा लगता है कि थरासिमेकस की यह टिप्पणी तब सटीक बैठती है, जब प्रधानमंत्री अटल बिहारी वाजपेयी ने 11 मई, 1998 को दो और सब–किलोटन परमाणु डिवाइस परीक्षण भी किए। भारत ने परमाणु संबंधी लक्ष्मण रेखा का उल्लंघन कर दिया, अर्थात् परमाणु संपन्न ताकत के रूप में दर्जा पाने की भारत ने घोषणा की तथा परमाणु अस्त्रीकरण संबंधी दावों में आत्मसंयम का भी त्याग कर दिया।

मैंने परमाणु अप्रसार, निरस्त्रीकरण तथा अस्त्र नियंत्रण नीतियों पर पूर्ववर्ती अध्यायों में विचार किया। सन् 1997 तक भारत की परमाणु नीतियों पर प्रभाव डालने वाली प्रमुख अप्रसार तथा निरस्त्रीकरण की प्रवृत्तियों को इस पुस्तक के विभिन्न अध्यायों में शामिल किया गया है। मई 1998 में राजस्थान के पोखरण स्थल पर एक के बाद एक भारतीय परमाणु परीक्षणों (दूसरी बार के) के निहितार्थों को इस अध्याय में शामिल करने का उद्देश्य राजनीतिक दृष्टि से भारत सरकार की परिवर्तनशील विदेश और रक्षा संबंधी इस निर्णय तथा इसके परिणामस्वरूप अंतरराष्ट्रीय समुदाय में भारत की सामरिक स्थिति और राजनीतिक साख में आए परिवर्तन पर ध्यान केन्द्रित करना है। मेरे विचार में, भारत ने परमाणु अस्त्रों के विकल्पों को ठोस रूप देने की पहल क्यों की, इससे जुड़े कारण इस प्रकार हैं–

1. दिन–प्रतिदिन खराब होता जा रहा सुरक्षा माहौल सबसे पहला कारण है, जिसका भारत को सामना करना पड़ रहा था।
2. निषेधात्मक और भेदभावपूर्ण अंतरराष्ट्रीय व्यवस्थाएं। इस कारण से अंतरिक्ष और परमाणु प्रौद्योगिकी क्षेत्र में भारत की संभावनाओं की दिशा में भारत के प्रयासों को मात्र दबाया ही नहीं गया, बल्कि इन क्षेत्रों में परमाणु विकल्प इस्तेमाल करने की दिशा भी पूर्णतः अवरूद्ध होने की आशंका भी उत्पन्न हो गई थी।
3. नई अंतरराष्ट्रीय सामरिक और प्रौद्योगिकीय व्यवस्था से विमुख होना था, जिसमें विद्यमान पाँच परमाणु–संपन्न राष्ट्र लंबे समय तक अपना प्रभुत्व बनाए रखना चाहते थे।
4. भौगोलिक अखडंता की दृष्टि से स्वातंत्र्योत्तर काल के अनुभव के संन्दर्भ में भारत के लिए यह अपेक्षित था कि इस देश के पास दीर्घकालिक और अधुनातन रक्षा क्षमता होनी चाहिए।

5. निषेधात्मक दबावों के अधीन अन्य परमाणु अस्त्रों की दृष्टि से सक्षम देश भी स्वयं परमाणु संपन्न राष्ट्र बनकर इन दबावों से मुक्त हो रहे थे और भारत इस पर विशेष ध्यान दे रहा था। भारत ने इस प्रकार के दबावों का मुकाबला करने के लिए परमाणु अस्त्रों के निर्माण का विकल्प चुना।

पोखरण के पश्चात् भारत की सबसे पहले यह आरोप लगाते हुए आलोचना की गई कि ये परीक्षण करके भारत बिना शर्त परमाणु अस्त्र और मिसाइल क्षमताएँ अर्जित न करने की अपनी वचनबद्धता से पीछे हटा है। लेकिन यह आरोप सही नहीं था। नई दिल्ली ने भारत के परमाणु अस्त्र कार्यक्रमों के प्रारंभ में ही परमाणु संपन्न ताकतों की पक्षपातपूर्ण व्यवस्थाओं की ओर ध्यान आकर्षित किया था। इंटरनेशनल एटॉमिक एनर्जी एजेंसी की स्थापना पर संविधि के राजनीतिक और प्रौद्योगिकीय तत्वों पर चर्चा की गई तथा सन 1957 में कॉन्फ्रेंस में इस संविधि को अंतिम रूप दिया गया। इसमें भेदभावपूर्ण व्यवस्थाओं के स्पष्ट संकेत मिलते हैं। सन 1963 में संयुक्त राज्य द्वारा दिए गए सुझावों के विपरीत परमाणु अस्त्रों की संभावनाओं का त्याग करने के बावजूद भारत ने सन 1964 में चीन के परमाणु अस्त्रीकरण पर ध्यान दिया तथा इसके जवाब में यह निर्णय लिया कि भारत को अपनी परमाणु निवारक क्षमता के लिए आधारभूत क्षमताएँ तैयार करनी चाहिए। सन 1964 में भारत द्वारा प्लूटोनियम संसाधन संयंत्र का निर्माण इसी आशय का परिचायक है। सन 1967–68 में परमाणु अप्रसार संधि पर हस्ताक्षर से मना करने तथा 18 मई, 1974 को पोखरण में किया गया परमाणु विस्फोट इस ओर स्पष्ट संकेत था कि भारत का लक्ष्य मूलभूत परमाणु अस्त्र क्षमताएँ प्राप्त करना, इस क्षमता का सृजन करना और इस विकल्प को खुला रखना है कि जब कभी देश की सुरक्षा की दृष्टि से आपेक्षित हो, इस विकल्प (परमाणु) को अपनाया जा सके।

सन् 1974 पोखरण–I के बाद संयुक्त राज्य के नेतृत्व में परमाणु शक्ति–संपन्न देशों की प्रतिक्रियाओं से निषेधात्मक अप्रसार नीति के बारे में भारत की सतर्कता और संवेदनशीलता बढ़ गई थी, क्योंकि इन प्रतिक्रियाओं में भारत के परमाणु विकल्प समाप्त करने की बात कही गई थी। बहुपक्षीय तकनीकी विचार–विमर्श, रक्षोपायों की पद्धतियों तथा परमाणु–संपन्न राज्यों और उन्नत औद्योगिक देशों की प्रौद्योगिकी अंतरण संबंधी नीतियों से अप्रसार के मायने ही बदल गए। प्रारंभ में इनका लक्ष्य परमाणु अस्त्रों के अधिग्रहण तथा प्रसार को केवल रोकना था। अब प्रसार की परिभाषा में सभी संबद्ध प्रौद्योगिकियाँ शामिल कर दी गई। इसी प्रकार से शांतिपूर्ण प्रयोजनार्थ प्रयुक्त परमाणु और अंतरिक्ष प्रौद्योगिकी की मॉनीटरिंग तथा पर्यवेक्षण के लिए रक्षोपायों के उद्देश्य भी बदल गए। इस दृष्टिकोण में आई.एई.ए .के पूर्णरूपेण रक्षोपायों की संकल्पना भी निहित है, जिसका भारत ने विरोध किया है। ये रक्षोपाय पूरी तरह से भेदभावपूर्ण थे, क्योंकि ये परमाणु अस्त्र–संपन्न देशों की परमाणु सुविधाओं और प्रयोगशालाओं पर लागू नहीं होते थे।

यदि हम संयुक्त राज्य अमेरिका के सन् 1978 के परमाणु नियामक अधिनियम (Nuclear Regulatory Act) को देखें तो यह स्पष्ट हो जाएगा कि इस अधिनियम का प्रमुख लक्ष्य भारत की परमाणु प्रौद्योगिकीय और रक्षा क्षमताओं पर काबू पाना तथा इनमें कमी लाना था। भारत के रक्षा तथा सामरिक नियोजकों ने ब्राजील और अर्जेंटीना जैसे

महत्वपूर्ण देशों की परमाणु मुक्त संबंधी आत्मनिर्भरता के संबंध में क्षेत्रीय तथा उपमहाद्वीपीय परमाणु अस्त्रमुक्त जोन पर हुए समझौतों के विनाशकारी प्रभाव पर भी विशेष ध्यान दिया था। भारत इस बात से भी सहमत था कि स्थापित क्षेत्रीय और उपक्षेत्रीय परमाणु जोन अप्रसार के लक्ष्यों के अनुरूप नहीं है। भारत ने इस बात पर भी गौर किया था कि एन.पी.टी. की पक्षपातपूर्ण शर्तें सभी अंतरराष्ट्रीय समझौतों/व्यवस्थाओं का मार्गदर्शी सिद्धान्त रही हैं, चाहे मिसाइल नियंत्रण प्रौद्योगिकी से जुड़ा क्षेत्र हो अथवा विशद् परीक्षण निषेध संधियां, जो प्रस्तावित विखंडनीय सामग्री नष्ट करने संबंधी संधि हो।

हाल ही में नौवें दशक की शुरुआत से दक्षिण अफ्रीका पर दबाव डाला जा रहा है कि परमाणु अस्त्र संबंधी विकल्पों को पूर्णतः समाप्त कर दिया जाए। जब अफ्रीका में श्वेत लोगों के स्थान पर बहुमत का शासन आया, तब से ही यह दबाव डाला जा रहा था। इसके अलावा उक्रेन के समक्ष एक बिलियन डॉलर की सहायता दिए जाने का प्रस्ताव रखा गया, ताकि वह देश परमाणु अस्त्र क्षमताओं को छोड़ दे। भारत को विश्व स्तर पर हो रही इन घटनाओं से स्पष्ट राजनीतिक संकेत मिलने लगे थे। शीतयुद्ध के बाद और संयुक्त राज्य तथा सोवियत संघ में वैमनस्य की समाप्ति से अप्रसार मुद्दों पर परमाणु अस्त्र ताकतों के घमंडी तथा पक्षपातपूर्ण रवैये में कोई अंतर नहीं आया। सोवियत संघ के विघटन तथा शीतयुद्ध की समाप्ति के बाद अप्रसार संबंधी चर्चाओं में स्थिर, गतिहीन तथा स्वयं की तुष्टि करने वाले दृष्टिकोण की अभिव्यक्ति होती रही। परिणामस्वरूप भारत को भी इस बदलते परिवेश में व्यावहारिक और प्रभावी जवाबी कार्रवाई तैयार करनी पड़ी। मई 1998 में परमाणु परीक्षणों के माध्यम से भारत ने इसी उद्देश्य की पूर्ति करनी चाही।

समसामयिक इतिहास में इन घटनाओं को दोहराने का प्रयोजन इस तथ्य पर बल देना है कि भारत की परमाणु नीति यूँ ही बिना किसी लक्ष्य के तैयार नहीं की गई। हमारी परमाणु नीति उन अंतरराष्ट्रीय अप्रसार प्रवृत्तियों के प्रति जवाबी कार्रवाई है, जिनसे भारत की दृष्टि में दीर्घकालिक सुरक्षा हितों को खतरा है। इसी प्रेरणा से भारत ने मिसाइल विकास कार्यक्रम प्रारंभ किया। सन् 1984 से 1989 तक राजीव गांधी ने इस पर प्रमुखतः बल दिया। यह प्रक्रिया आज तक जारी है। भारत ने अग्नि श्रेणी की उच्च तकनीक वाली मिसाइलों का विकास कर लिया है, जिन्हें लेकर चीन ने चिंता भी जाहिर की थी। अग्नि–5 के परीक्षण पर चीन के विदेश मंत्रालय की तरफ से कहा गया था कि "हमने भारत की अग्नि–5 मिसाइल के परीक्षण की खबरें देखी हैं। संयुक्त राष्ट्र सुरक्षा परिषद् के इस बारे में स्पष्ट नियम हैं कि भारत परमाणु हथियार ले जा सकने वाली बैलिस्टिक मिसाइल बना सकता है या नहीं। चीन हमेशा मानता है कि क्षेत्र की शांति और प्रगति के लिए दक्षिण एशिया में रणनीतिक संतुलन और स्थिरता जरूरी है।" अग्नि–5 एक अंतरमहाद्वीपीय मिसाइल है और इसकी मारक क्षमता 5000 किलोमीटर है। यानी यह मिसाइल चीन के किसी भी हिस्से में पहुंच सकती है। इस मिसाइल के सफल परीक्षण के एक दिन बाद भारत ने स्पष्ट किया कि उसकी रणनीतिक ताकत किसी देश विशेष के खिलाफ इस्तेमाल करने के लिए नहीं है। दरअसल चीन 1998 के सुरक्षा परिषद् के एक प्रस्ताव के आधार पर भारत के मिसाइल कार्यक्रम का विरोध

करता है। उल्लेखनीय है कि 6 जून, 1998 को सुरक्षा परिषद् ने प्रस्ताव 1172 पास किया था, जिसके सातवें पैरा में कहा गया है कि भारत और पाकिस्तान तत्काल अपने मिसाइल कार्यक्रम रद्द करें, परमाणु हथियार बनाने से परहेज करें, परमाणु हथियार ले जाने वाली बैलिस्टिक मिसाइल ना बनाएं। लेकिन यह प्रस्ताव यू.एन. चार्टर के अध्याय 6 के तहत पास हुआ था, जिसे मानने की कोई बाध्यता नहीं है।

अब भारत मिसाइल प्रौद्योगिकी नियंत्रण व्यवस्था (एम.टी.सी.आर.) में शामिल हो चुका है। एम.टी.सी.आर. में भारत की सदस्यता किसी भी बहुपक्षीय निर्यात नियंत्रण व्यवस्था में भारत का पहला प्रवेश है। जिसके पश्चात् भारत उच्चस्तरीय मिसाइल प्रौद्योगिकी की खरीद करने में सक्षम होगा और रूस के साथ इसके संयुक्त उपक्रम को भी बढ़ावा मिलेगा। चूंकि, भारत का असैन्य परमाणु करार अमेरिका के साथ है, इसलिए वह एन.एस.जी., एम.टी.सी.आर., ऑस्ट्रेलिया समूह और वासेनार अरेंजमेंट जैसी निर्यात नियंत्रण व्यवस्था में शामिल होने का प्रयास कर रहा है। ये समूह पारंपरिक, परमाणु, जैविक और रासायनिक हथियारों और प्रौद्योगिकी का नियमन करते हैं। एम.टी.सी.आर. का मुख्य उद्देश्य मिसाइलों, संपूर्ण रॉकेट प्रणालियों, मानवरहित विमानों और इससे जुड़ी तकनीक के प्रसार को रोकना है। इसके अतिरिक्त एम.टी.सी.आर. व्यापक जनसंहार के हथियारों के प्रसार को रोकने का भी काम करता है।

पोखरण दो के बाद एम.टी.सी.आर. की सदस्यता भारत को एक वैध परमाणु शक्ति संपन्न देश के रूप में मान्यता देने की दिशा में बढ़ा हुआ एक कदम माना जा सकता है। उल्लेखनीय है कि एम.टी.सी.आर. का गठन 1987 में जी–7 देशों द्वारा किया गया था, जिसका उद्देश्य व्यापक विध्वंस के स्वचालित हथियार प्रणाली के प्रसार पर नियंत्रण करना था। भारत ने 2008 में इसकी सदस्यता के लिए आवेदन किया था। सभी 34 सदस्यों की सहमति के बाद भारत के इस समूह की सदस्यता हासिल करते ही वह चीन से आगे निकल गया।

क्षेत्रीय सुरक्षा परिवेश में आए ह्रास पर ध्यान केन्द्रित करने की दृष्टि से पाकिस्तान की ओर से उठने वाले खतरे भारत के लिए सर्वाधिक महत्वपूर्ण हैं। पहले से यही समझा जाता रहा है कि सन 1974 में भारतीय परमाणु परीक्षण के बाद ही पाकिस्तान ने गुप्त रूप से परमाणु और मिसाइल अस्त्रीकरण कार्यक्रम आरंभ किया। यह विचारधारा गलत थी। स्टीव बिजमैन तथा हर्बर्ट क्रोस्नी की पुस्तक 'इस्लामिक बॉम्ब' (विजन बुक, दिल्ली, 1981) में यह दावा किया गया है कि पाँचवें दशक के मध्य से ही जुल्फिकार अली भुट्टो (जब वे अयूब खान के कैबिनेट में मंत्री बने) पाकिस्तान में परमाणु अस्त्र क्षमता विकसित करने का प्रचार एवं समर्थन करते आ रहे थे। सन 1971 की लड़ाई में हुई पराजय से भुट्टो की विचारधारा को और अधिक बल मिला। उन्होंने सन् 1974 में पोखरण में भारत द्वारा किए गए परीक्षणों से दो वर्ष पूर्व पाकिस्तान में परमाणु अस्त्रीकरण प्रक्रिया आरंभ करने का फैसला किया। उन्होंने इसके पीछे यह तर्क दिया कि पाकिस्तान, के पास ऐसे गैर–पारंपरिक अस्त्र होने चाहिए ताकि भारत पारंपरिक लड़ाई में पाकिस्तान को पराजित न कर सके। सन 1972 से पाकिस्तान निरंतर अपनी परमाणु अस्त्र तथा मिसाइल क्षमता बढ़ाता आ रहा है। सन् 1987 में पाकिस्तान के पास कुछ

परमाणु डिवाइसें थीं। सन् 1987 तथा 1988 के बीच चीन की सहायता से पाकिस्तान के अस्त्रागार में मिसाइलों की संख्या बढ़ गई। वरिष्ठ पाकिस्तान राजनीतिक तथा सैन्य हस्तियों ने दावा किया कि सन् 1996 और 1997 में वे भारत के विरुद्ध परमाणु और मिसाइल रवैया अपनाने में सक्षम थे। अप्रैल 1998 में आई.आर.बी.एम. मिसाइल क्षमता, गोरी दागी गई तथा पाकिस्तानी परमाणु अस्त्र कार्यक्रम के जन्मदाता डॉ. अब्दुल कादिर खान ने दावा किया कि पाकिस्तान के पास प्रभावी सैन्य परमाणु अस्त्रागार है। भारत इन घटनाओं तथा दावों की अवहेलना नहीं कर सकता था।

पाकिस्तान में चगई पहाड़ियों, कंदीयाँ, चश्मा, लक्की, इस्साखेल, वाह, गोलरा, शेरिफ, रावलपिंडी, सिंहला, काहूटा, खोशाब, लाहौर, मुल्तान और डेरा गाजी खाँ में 14 प्रयोगशालाएँ तथा परमाणु सुविधास्थल हैं। इन सुविधाओं में ट्रीटियम तथा यूरेनियम संवर्द्धन संयंत्र, खनन सुविधाएँ, यूरेनियम हेक्सा फ्लूओराइड अंतरण,अस्त्र विनिर्माण केन्द्र, ईंधन विरचन केन्द्र, परमाणु परीक्षण सुविधाएँ, हैवी वाटर निर्माण सुविधाएँ, प्लूटोनियम पुनः प्रक्रमण (Miling) सुविधाएँ, परमाणु रिएक्टर्स तथा सुसज्जित अनुसंधान तथा क्षमता शामिल हैं।

सन् 1964 से चीन की विकसित परमाणु तथा मिसाइल क्षमताओं तथा उन क्षमताओं पर ब्यौरेवार चर्चा करने की आवश्यकता नहीं है, जिनके कारण चीन को परमाणु अस्त्र–संपन्न देशों के क्लब में स्वीकार किया गया। सितम्बर 2017 की एक रिपोर्ट के अनुसार रूस के पास 'फादर ऑफ ऑल बम' है और अमेरिका के पास 'मदर ऑफ ऑल बम'। स्टॉकहोम इंटरनेशनल पीस रिसर्च इंस्टीट्यूट (सिपरी) के मुताबिक परमाणु हथियारों की संख्या के मामले में रूस सबसे आगे है। 1949 में पहली बार परमाणु परीक्षण करने वाले रूस के पास 8,000 परमाणु हथियार हैं और अमेरिका के पास 7,300। यही नहीं फ्रांस के पास 300, चीन के पास 250, ब्रिटेन के पास 225 तथा पाकिस्तान के पास 100–125 के आस–पास जबकि भारत इस श्रृंखला में पीछे है। कुल मिलाकर सिपरी के अनुसार इस समय दुनिया भर में नौ देशों के पास लगभग 16,300 परमाणु बम हैं। परमाणु निरस्त्रीकरण की मांग के बावजूद यह संख्या कम नहीं हो रही है, जबकि अमेरिका और रूस स्टार्ट–3 संधि भी कर चुके हैं, जिसके अनुसार दोनों देशों के पास 1550–1550 परमाणु हथियार रह जाने थे।

संयुक्त राज्य द्वारा दी गई सुरक्षा संबंधी गारंटी के बावजूद इजराइल ने अघोषित रूप से परमाणु शक्ति संपन्न देश का दर्जा प्राप्त कर लिया। शीतयुद्ध के पीछे यही कारण था, जिसके परिणाम स्वरूप आत्मनिर्भर बनने तथा स्वयं को मजबूत बनाने के लिए गुट बनाने की आवश्यकता हुई और इस प्रक्रिया के कारण शीतयुद्ध हुआ। चीन और उत्तर कोरिया ने भी परमाणु क्षमताएँ हासिल की थीं। इन्होंने भी 50 वर्षों के दौरान विभिन्न अवधियों में संयुक्त राज्य और रुस के बारे में आशंकाएँ व्यक्त की थीं। डॉ. नेल्सन मंडेला के सत्ता में आने तक दक्षिण अफ्रीका को परमाणु शक्ति संपन्न देश का दर्जा दिया जाता रहा, लेकिन काले लोगों की लोकतांत्रिक व्यवस्था की क्षमताओं में इतना विश्वास नहीं था जितना श्वेत रंगभेद नीति अपनाने वाली प्रीटोरिया सरकार में था। यह नहीं भुलाया जा सकता कि दक्षिण अफ्रीका को परमाणु शक्ति–संपन्न दर्जा न

देने के संबंध में मात्र रंगभेद ही एकमात्र कारण नहीं था या दक्षिण अफ्रीका के काले लोग सामरिक दृष्टि से विश्वसनीय नहीं थे, बल्कि इसके पीछे यह भावना भी मौजूद थी कि ऐसी अधुनातन प्रौद्योगिकी दक्षिण अफ्रीका के बहुमत वाले लोगों को नहीं सौंपी जा सकती। पश्चिम यह महसूस करता था कि काले लोगों के पास यह क्षमता या जानकारी नहीं होनी चाहिए। अफ्रीकन नेशनल कांग्रेस द्वारा परमाणु अस्त्रों के विरोध के साथ इसका कोई लेना–देना नहीं था। ए.एम.सी. के अप्रसार समर्थक रवैये के पीछे एक कारण यह भी था कि गोरे लोगों की सरकार के पास यह ताकत थी और इसके बारे में काले लोगों को आपत्ति थी।

भारत के परमाणु परीक्षणों तथा प्रसार का घटनावार विश्लेषण करने से पूर्व मैं अवांछित देशों तथा गैर–जिम्मेदार देशों की संकल्पना के बारे में विचार करना चाहूँगा, जो अप्रसार, निरस्त्रीकरण तथा अस्त्र नियंत्रण चर्चाओं का एक भाग बन चुके हैं। संयुक्त राज्य के नेतृत्व में प्रौद्योगिकीय रूप से उन्नत देशों ने इस संकल्पना का सूत्रपात किया। इराक, ईरान, लीबिया, कोरिया तथा कुछ सीमा तक सीरिया इस संकल्पना के भीतर आते हैं। अब भारत और पाकिस्तान भी इसी श्रेणी में आ सकते हैं।

जनसंहारक अस्त्रों के गैर–जिम्मेदार ढंग से प्रयोग के लिए वस्तुनिष्ठ आधार इस प्रकार हैं–

1. यदि कोई देश अन्य देश के विरुद्ध ऐसा अस्त्र प्रयोग करे, जिसके पास जनसंहारक अस्त्र क्षमता नहीं है।
2. यदि जनसंहारक अस्त्र–संपन्न राष्ट्र किसी छेड़छाड़ या सैन्य आवश्यकता के बिना ऐसा अस्त्र इस्तेमाल करता है।
3. यदि जनसंहारक अस्त्रमुक्त देश निहत्थी सिविल आबादी के विरुद्ध इस्तेमाल करता है। यदि कोई देश इन तीनों में से किसी एक आधार के अंतर्गत आता है, तो वह गैर–जिम्मेदार समझा जाएगा। यहाँ यह स्पष्ट कर देना चाहिए कि राष्ट्रपति सद्दाम हुसैन या कर्नल मुअम्मर गद्दाफी की आक्रामक तथा हिंसक नीतियों का समर्थन नहीं किया जा सकता। परन्तु यदि पूर्ववर्ती आधारों को निष्पक्ष रूप से लागू किया जाता है, तो ऐसा केवल एक मामला सामने आता है, जब किसी निषेध या पश्चाताप के बिना ये आधार लागू होते हैं। इस मामले में संयुक्त राज्य को गैर–जिम्मेदार ठहराया गया था, जब उसने द्वितीय विश्वयुद्ध की समाप्ति के आसपास हिरोशिमा तथा नागासाकी पर बम गिराए थे (अगस्त 1945 में)। संभवतः परमाणु देशों को दूसरे देशों पर निषेध लगाने से पूर्व आत्मविश्लेषण भी करना चाहिए था तथा सुरक्षा सुनिश्चित करने के लिए उनके विकल्पों की स्वतंत्रता और संप्रभुता को कुचलने के लिए बनाए जाने वाले बहानों पर भी विचार करना होगा। भारत पूर्ववर्ती संदर्भ में, विशेष रूप से स्वानुशासन तथा आत्मसंयम को ध्यान में रखते हुए विधिसम्मत संशय के साथ अप्रसार की आलोचना करता है।

अब मैं प्रमुख तथ्य पर आता हूँ। भारतीय जनता पार्टी सरकार ने नई दिल्ली में 11 मई, 1998 को तीन और 13 मई, 1998 को दो परमाणु विस्फोट करने का महत्वपूर्ण निर्णय लिया। इन परीक्षणों में 45 किलोटन का थर्मो–न्यूक्लियर परीक्षण और दो

अक्रांतिक (Sub Critical) सब–किलोटन परीक्षण भी शामिल थे। भारत ने प्रत्यक्ष रूप से परमाणु अस्त्र क्षमताएँ होने का दावा किया तथा स्वयं को परमाणु शक्ति–संपन्न राष्ट्र घोषित किया। अब यहाँ पर यह उल्लेख किया जा सकता है (जिसका मैंने इस पुस्तक में अब तक उल्लेख नहीं किया) कि प्रधानमंत्री नरसिम्हा राव सन् 1995 के अंत में परमाणु परीक्षण करने के लिए लगभग सभी तैयारियां पूरी कर चुके थे, परन्तु विभिन्न बाह्य और आंतरिक दबावों के कारण वे परीक्षण नहीं कर पाए।

सन् 1994 और 1997 के बीच की अवधि में विशद् (परमाणु) परीक्षण निषेध संधि (सी.टी.बी.टी.) को अंतिम रूप दे दिया गया था, जबकि भारत ने इस संधि पर सिद्धान्तों तथा तर्क के आधार पर आपत्ति की थी। इस सी.टी.बी.टी. में पक्षपातपूर्ण प्रावधान यह था कि इस संधि के तहत विद्यमान परमाणु अस्त्र संपन्न देशों को वैध करार दिया गया था। दूसरे, इस संधि में उन्हें परमाणु अस्त्रों के आयुधागार बनाए रखने तथा अनिश्चित रूप से इनमें सुधार लाने की भी अनुमति दे दी गई थी। तीसरे, इस संधि में परमाणु शक्ति संपन्न राष्ट्रों द्वारा अपने अस्त्र और शस्त्रों के भंडार नष्ट करने के लिए कोई समय सीमा निर्धारित नहीं की गई। चौथे, सी.टी.बी.टी. में विकासशील देशों के संबंध में मात्र सुरक्षा संबंधी विकल्पों पर भी नहीं बल्कि परमाणु ऊर्जा की उपयोगिता के क्षेत्र में प्रौद्योगिकीय संभावनाओं पर भी रोक लगा दी गई। इन बातों के अलावा संयुक्त राज्य अमेरिका ने सी.टी.बी.टी. के विभिन्न उपबंधों पर आपत्ति की है। इसके साथ–साथ भारत जैसे विकासशील देशों की परमाणु प्रौद्योगिकीय क्षमताओं पर पक्षपातपूर्ण प्रतिबन्ध लगाने के लिए विखंडनीय सामग्री नष्ट करने से संबंधित संधि तैयार की जा रही है। एक सामान्य धारणा यह भी है कि विकासशील देशों द्वारा द्वैध प्रयोग संबंधी प्रौद्योगिकीय विकास और अंतरण पर अतिरिक्त विषम पक्षपातपूर्ण व्यवस्थाएँ लादी जाएँ।

खराब क्षेत्रीय सुरक्षा माहौल तथा पूर्ववर्ती समष्टिगत प्रवृत्तियों के कारण भारत परमाणु और मिसाइल अस्त्रीकरण के क्षेत्र में अस्पष्टता से सुस्पष्टता की ओर तथा संभावनाओं से व्यावहारिक उपलब्धि की ओर बढ़ने के लिए बाध्य हो गया। भारतीय जनता पार्टी सरकार द्वारा परमाणु परीक्षण करने तथा परमाणु अस्त्र के परिनियोजन के लिए अपने इरादों की घोषणा से अंतरराष्ट्रीय सामरिक समीकरणों को एक नया आयाम मिला। इसलिए भारत के परमाणु अस्त्रीकरण कार्यक्रम इसके प्रसार तथा अंतरिम नकारात्मक परिणामों का सामना करने के तरीकों के तर्काधार तथा औचित्य की जाँच करना प्रासंगिक होगा।

भारत के थर्मो–न्यूक्लियर और परमाणु परीक्षणों के निम्नलिखित निहितार्थ हैं–

पहला, भारत ने पूर्णरूपेण परमाणु शक्ति–संपन्न राष्ट्र के रूप में अपना दर्जा स्वयं विश्व में स्वीकार किया है तथा इसकी पुष्टि की है।

दूसरे, इन परीक्षणों से भावी कंप्यूटर अनुकरण (Simulation) तथा उपक्रांतिक (Sub Critical) परीक्षणों की क्षमता सहित उच्च ऊर्जा भौतिक तथा परमाणु इंजीनियरिंग क्षेत्र में भारतीय प्रौद्योगिकीय क्षमताओं के अधुनातन स्तर की पुष्टि होती है।

तीसरे, भारत ने क्षेत्रीय और अंतरराष्ट्रीय सत्ता समीकरणों में संतुलनकारी कारक के रूप में सामरिक स्थिति प्राप्त कर ली है।

चौथे, पाँच परमाणु राष्ट्रों की कट्टर हठधर्मिता के बावजूद भावी अस्त्र नियंत्रण और निरस्त्रीकरण की प्रक्रियाओं के लक्ष्य बदल चुके हैं। पक्षपातपूर्ण प्रतिबंधों पर अनेक प्रश्नचिन्ह लग गए हैं।

भारत द्वारा राजनीतिक सामरिक क्षेत्र में की गई पहल के प्रति अंतरराष्ट्रीय प्रतिक्रियाएँ भिन्न–भिन्न रही हैं। अधिकांश प्रतिक्रियाएँ नकारात्मक रहीं। परमाणु परीक्षण के बाद नई दिल्ली को भारत के विदेश संबंधों में सबसे पहले इस मुद्दे का सामना करना पड़ा। भारत को अंतरराष्ट्रीय समुदाय को समझाना था कि भारत ने मात्र अपनी सुरक्षा संबंधी अपेक्षाओं की पूर्ति के लिए व्यावहारिक रूप से प्रयोग करते हुए प्रत्यक्ष रूप से अपनी परमाणु क्षमता घोषित की है तथा इसकी पुष्टि की है। दूसरे इस क्षेत्र में भारत संयम बरतेगा तथा जिम्मेदारी की भावना समझेगा। इससे शांति तथा स्थिरता को कोई खतरा नहीं है।

रक्षा क्षमताओं की दृष्टि से परमाणु अस्त्रीकरण के लिए भारत द्वारा लिए गए निर्णय के बारे में अनेक प्रश्न उठाए गए है। पहला प्रश्न यह था– भारत ने परमाणु नीति के बारे में अस्पष्टता छोड़कर परीक्षण क्यों किए? इस प्रश्न का उत्तर–पश्चिम में डियागो गार्शिया से लेकर पाकिस्तान की खाड़ी तथा होरमूज की पट्टी तक भारत के चारों ओर विद्यमान सुरक्षा संबंधी माहौल में छिपा है। इस क्षेत्र में अनेक देशों के पास परमाणु शक्ति विद्यमान है। इनमें से एक देश पाकिस्तान है। पाकिस्तान ने एक से अधिक बार भारत के विरुद्ध परमाणु अस्त्र इस्तेमाल करने की धमकी दी है। संयुक्त राज्य और चीन जैसे परमाणु शक्ति–संपन्न देशों के साथ पाकिस्तान के संबंधों की भारत उपेक्षा नहीं कर सकता। दूसरे अपनी क्षमताओं का पता लगाने तथा भारतीय जनता को इन क्षमताओं से अवगत कराने और उनमें आत्मविश्वास पैदा करने के लिए परमाणु परीक्षण करना जरूरी था। दूसरा प्रश्न इन परीक्षणों के समय के बारे में पूछा जाता है यानी भारत ने सन् 1998 में ही ये परीक्षण क्यों किए? इसके पीछे दो कारण हैं। पहला प्रौद्योगिकीय और प्रचालनात्मक कारणों से यह परीक्षण करना आवश्यक था। इसका उद्देश्य महत्वपूर्ण खतरों के विरुद्ध तैनात किए जाने योग्य अवरोध क्षमता विकसित करने के लिए भारत की नींव तैयार करना था। इस प्रक्रिया में पहले ही काफी विलंब हो चुका था, जिसका प्रभाव हमारी सुरक्षा पर पड़ा था। दूसरे सन् 1999 की समाप्ति तक सी.टी.बी.टी. के तहत लागू होने वाली दंडात्मक तथा पक्षपातपूर्ण शर्तों का विरोध करने के अलावा निरस्त्रीकरण कॉन्फ्रेंस में चर्चा के दौरान भावी विखंडनीय सामग्री नष्ट करने संबंधी संधि से ये शर्तें और अधिक जटिल हो गईं थीं। तीसरा प्रश्न अल्पमत वाली मिली–जुली सरकार द्वारा ऐसा महत्वपूर्ण निर्णय लेने की वैधता के बारे में पूछा जाता है। संसद में प्राप्त सीटों और संबंधित आँकड़ों की दृष्टि से वाजपेयी सरकार अल्पमत वाली सरकार हो सकती है, परन्तु सन् 1996 तथा 1998 के चुनावों में मतदान के पैटर्न की दृष्टि से इस बारे में किंचित मात्र संदेह नहीं हो सकता कि भारतीय जनता पार्टी की विदेश नीति और सुरक्षा नीति को भारतीय जनता का आम समर्थन प्राप्त था तथा देवगौड़ा और गुजराल, सरकार से भिन्न वाजपेयी सरकार भारतीय संसद की लोकसभा में सर्वाधि ाक बड़ी पार्टी का नेतृत्व कर रही थी। लोकमत की दृष्टि से प्रतीत होता है कि इन

परीक्षणों का भारत की जनता ने समर्थन किया था। चौथा, यह आरोप लगाया जाता है कि सरकार ने निर्णय लेने से पूर्व विभिन्न पार्टियों से परामर्श नहीं किया। ऐसा नाजुक निर्णय जनता में बहस तथा राजनीतिक परामर्श का मुद्दा नहीं होता। श्रीमती गांधी ने सन् 1974 में परमाणु परीक्षण से पूर्व विभिन्न राजनीतिक पार्टियों से परामर्श नहीं किया था। जहाँ तक मुझे याद है, दूसरे विश्वयुद्ध के बाद पाँच परमाणु शक्ति–संपन्न राष्ट्रों से इस निर्णय पर न तो परामर्श लिया गया था और न ही पारदर्शिता लाई गई थी। इस प्रकार के परामर्श से राजनीतिक और प्रौद्योगिकीय गोपनीयता समाप्त हो जाती है। इससे भी अधिक पिछले 24 वर्षों से अधिक परमाणु अस्त्र संबंधी मुद्दों पर भारत ने लंबे समय तक विस्तारपूर्वक चर्चा की और बहुपक्षीय मुद्दों पर विचार–विमर्श किया गया। भारतीय दृष्टिकोण के विकास की प्रत्येक अवस्था पर इस कार्यवाही पर समूचे राष्ट्र की सर्वसम्मति थी। सिद्धांतों की अपेक्षा यह आलोचना दलगत राजनीति से की जाती रही है। यहाँ अन्य ऐसा प्रश्न है, जिसका उत्तर दिया जाना आवश्यक है। क्या भारत के आर्थिक आधुनिकीकरण तथा विकास पर असाध्य प्रभाव पड़ेगा/पड़ा? क्योंकि परमाणु परीक्षणों के परिणामस्वरूप भारत पर पाबंदियों का लगना तय था। सामरिक–आर्थिक विश्लेषकों का यह मत तो था ही कि परमाणु परीक्षणों के बाद लगाई जाने वाली पाबंदियों से भारत को अनेक समस्याओं का सामना करना पड़ेगा।

परमाणु परीक्षणों के बाद विदेशी प्रतिक्रिया कैसी थी? न्यूजीलैंड और ऑस्ट्रेलिया ने भारत से अपने उच्चायुक्त वापस बुला लिए थे। यह आडंबर मात्र था, क्योंकि इन देशों के अन्य ऐसे परमाणु शक्ति–संपन्न देशों के साथ संबंध थे, जिन्होंने इन देशों की सीमाओं के पास परीक्षण किए थे और जो इन देशों को सुरक्षा कवच प्रदान कर रहे थे। जापान द्वारा की गई भारत की आलोचना तो समझ में आती है, क्योंकि यही एक देश है, जिसने हिरोशिमा और नागासाकी में परमाणु बम के हमले का परिणाम देखा था। परंतु भारत की विशेष आलोचना अन्य परमाणु शक्ति–संपन्न राष्ट्रों के प्रति इसके व्यवहार के प्रतिकूल थी। संयुक्त राज्य तथा यूरोपीय लोकतांत्रिक देशों द्वारा की गई आलोचना यथापूर्वानुमानित थी। भारत के परमाणु परीक्षण के मूलभूत प्रेरक तत्व तथा तर्काधार सुरक्षा माहौल के प्रति सजगता खतरों के प्रति संवेदनशीलता तथा इस तथ्य से जुड़े हैं कि देश की क्षेत्रीय अखंडता और सुरक्षा सुनिश्चित करने के लिए आत्मनिर्भर बनने के अलावा अन्य कोई रास्ता नहीं।

सन् 1963 में भारत ने संयुक्त राज्य का यह प्रस्ताव ठुकरा दिया था कि भारत–चीन के परमाणु अस्त्रीकरण की बराबरी में परमाणु बम बनाए। इस पुस्तक के अन्य अध्यायों में इस तथ्य का उल्लेख किया जा चुका है। यहाँ पर अन्य विचारणीय पक्ष यह है कि 1967 में भारत ने चीन को छोड़कर सभी परमाणु शक्ति–संपन्न राष्ट्रों से अनुरोध किया था कि वे यह पता लगाएँ कि वे परमाणु खतरे के विरुद्ध भारत को सुरक्षा गारंटी दे पाएँगे या नहीं। इन परमाणु शक्ति–संपन्न राष्ट्रों का जवाब अस्पष्ट था और इन्होंने नकारात्मक उत्तर ही दिया था। इससे यह तथ्य प्रमाणित हो गया कि राष्ट्रीय सुरक्षा की दृष्टि से आत्मनिर्भर होने के अलावा अन्य कोई रास्ता नहीं है।

कुल मिलाकर वर्तमान क्षेत्रीय संदर्भ में राष्ट्रीय सुरक्षा अपेक्षाओं के आधार पर भारत द्वारा परमाणु बम अर्जित करना उचित ठहराया गया है। दूसरे, रक्षा प्रयोजनार्थ प्रौद्योगिकीय आत्मनिर्भरता के आधार पर भी ये परीक्षण आवश्यक थे। तीसरे निकट पड़ोसी देशों के पास परमाणु क्षमता तथा इस क्षेत्र में महाशक्तियों की मौजूदगी में सामरिक संतुलन बनाए रखने के लिए ऐसे परीक्षण उचित थे। चौथे, परमाणु शक्ति–संपन्न राष्ट्र के रूप में वर्गीकृत होने के नाते निषेधात्मक तथा दंडात्मक अंतरराष्ट्रीय व्यवस्थाओं से बचने के लिए इस प्रकार का निर्णायक कदम उठाया गया (भले ही भारत की परमाणु स्थिति के बारे में वास्तविक कानूनी तौर पर होने वाली कहा–सुनी पर प्रश्न नहीं उठाया जा सकता)। पाँचवें, भारत का लक्ष्य अप्रसार अस्त्र नियंत्रण तथा निरस्त्रीकरण पर हुई बातचीत/समझौते की नियामक पक्षपातपूर्ण शर्तों को बदलना है, जिनमें वर्तमान परमाणु अस्त्र–संपन्न देशों द्वारा अपने स्वार्थों की सिद्धि की गई है। इसी वजह से भारत सी.टी.बी.टी. के वर्तमान स्वरूप पर हस्ताक्षर करने के लिए तैयार नहीं है। छठवें सर्वाधिक कार्यमूलक सैन्य इरादों की बजाय राजनीतिक और सामरिक प्रयोजन सक्रिय है। भारत बाध्यकारी तथा अपरिहार्य हालात के तहत ही सैन्य रूप में यह प्रौद्योगिकी अपनाना चाहेगा।

भारत ने इस तथ्य पर भी ध्यान दिया है कि केवल आत्मसंयम होने से ही अंतरराष्ट्रीय समुदाय, विशेष रूप से महाशक्तियों से युक्तियुक्त जवाब प्राप्त नहीं हो सकता। भारत ने जॉर्ज हर्बर्ट की पुस्तक 'जक्यूला प्रुडेंटम' में दी गई इस उक्ति को स्वीकार किया कि यदि हम तलवार थामे रखना चाहते हैं, तो यह जरूरी है कि दूसरों को तलवार म्यान में डालने के लिए बाध्य कर दें।

11 और 13 मई, 1998 को भारत द्वारा किए गए परमाणु परीक्षण संभवतः स्वतंत्रता प्राप्ति के समय नेताओं द्वारा लिए गए प्रारम्भिक नीतिगत निर्णयों के बाद सर्वाधिक महत्वपूर्ण निर्णय था। हमारे लोकमत के कुछ भाग हमारी परमाणु नीतियों से भलीभाँति अवगत थे। ये भाग काफी मुखर थे। जनता की प्रतिक्रिया के कतिपय पहलुओं को पोखरण–II के राजनीतिक, आर्थिक तथा प्रौद्योगिकीय प्रभावों का सामना करना पड़ रहा है। कुछ सामरिक विश्लेषकों ने टी.वी. पर पोखरण परीक्षण के संबंध में अनावश्यक तथा अपरिहार्य डींगे हाँकते हुए यह दावा किया था कि इन परीक्षणों से यह पता चलता है कि भारत अनेक परमाणु क्षमताओं की दृष्टि से चीन से बहुत आगे निकल गया है (इस दावे के पीछे कोई तर्क नहीं था), ताकि परमाणु अप्रसार का अधिक जोर–शोर से प्रचार किया जा सके। राजनीतिक क्षेत्र तथा मीडिया में कुछ वर्गों को यह संदेह है कि क्या ये परीक्षण करने आवश्यक थे अथवा नहीं? हालाँकि विभिन्न विचारों का आदर करना लोकतांत्रिक व्यवस्था की अनिवार्यता है, फिर भी इस बात पर ध्यान दिए जाने की आवश्यकता है कि 87–89 प्रतिशत भारतीय नागरिकों ने इन परीक्षणों का समर्थन किया था (लोक मतदान के अनुसार)। इन परीक्षणों से आत्मविश्वास और राष्ट्रीय गौरव की भावना जागी थी। इस संदर्भ में भारत को परमाणु परीक्षणों से उत्पन्न समस्याओं और दबावों का सामना करने के लिए अपनी नीतियां तैयार करनी चाहिए। इस संदर्भ में अंतरराष्ट्रीय समुदाय को भारत के इस निर्णय के संबंध में प्रतिक्रिया व्यक्त करनी चाहिए।

प्रारम्भ में ही ये संकेत मिल रहे थे कि यह विश्व सामूहिक रूप से भारत के विरुद्ध आर्थिक और प्रौद्योगिकीय युद्ध नहीं छेड़ेगा। यहाँ कुछ चुनिंदा पाबंदियाँ लगाई जाएँगी और प्रत्येक देश द्वारा आयाम तय किए जाएँगे। हमें तार्किक, संयत तथा धैर्यपूर्वक जवाब देना चाहिए। हमारे राजनीतिक और कूटनीतिक रवैये में उद्धत राष्ट्रवादी तत्व नहीं होने चाहिए। बहुपक्षीय वित्तीय संस्थाओं द्वारा भारत के विरुद्ध अत्यधिक नकारात्मक निर्णय न लिए जाएँ, इस दृष्टि से ठोस रूप से प्रचार करना होगा। प्रारम्भ में यह अनुमान लगाया गया था कि यदि राजनीतिक एकता और स्थिरता बनी रहती है, हम सोद्देश्यपूर्ण ढंग से आर्थिक पुनर्रचना तथा सुधार कार्य करने में सफल हो जाते हैं और दलगत राजनीति इस प्रक्रिया के मार्ग में आड़े नहीं आती है, तभी हम इन पाबंदियों का सामना कर पाएँगे। हमें प्रौद्योगिकीय अंतरण पर लगी कठोर पाबंदियों का सामना भी करना था। यह भी अनुमान लगाया गया था कि अपनी प्रौद्योगिकी तथा संरचनात्मक क्षमताओं एवं प्रशिक्षित श्रम शक्ति संसाधनों के बलबूते पर हम विशिष्ट दबाव के आगे टिक पाएंगे। यदि आने वाले एक या दो वर्षों में विश्व तर्काधार तथा जिम्मेदार व्यवहार से सहमत हो जाता है, तो पाबंदियाँ कम हो सकती हैं। इसके लिए जरूरी था कि उन्नत देशों में बसे समृद्ध अनिवासी भारतीय समुदायों का इस्तेमाल, अपने प्रति बनी शंकाओं के निवारण तथा भारत के प्रति उन देशों की सरकारों के बीच सकारात्मक दृष्टिकोण उत्पन्न करने के लिए किया जाए। यही तय भी हुआ था।

इसी प्रकार से नई दिल्ली को देश हित को बढ़ावा देने के लिए शीतयुद्ध के बाद भारत में सक्रिय बहुराष्ट्रीय कम्पनियों के साथ संस्थापित संबंधों का फायदा उठाना होगा। लेकिन इससे पहले भारतीय जनमत को इस संबंध में जानकारी देने की आवश्यकता थी। अर्थात्–

1. परमाणु अस्त्रीकरण के पीछे विद्यमान कारण।
2. भारत के सामने आने वाले दबाव।
3. इन दबावों के निवारण के लिए अपनाए जाने वाले उपाय।

हमें इनके ऊपर लिए गए निर्णय के बारे में स्वयं ही शंका नहीं करनी चाहिए और न ही बचाव का रुख अपनाना चाहिए। हमें सोच–समझकर राजनीतिक इच्छाशक्ति तथा सामर्थ्य शक्ति को मजबूत करना होगा, ताकि हम भविष्य में मुसीबत की घड़ी में आने वाली चुनौतियों का सामना कर सके।

एक प्रश्न पूछा जाता है–परमाणु राष्ट्र बनाने संबंधी कठोर निर्णय लेकर भारत ने क्या हासिल किया? इन उपलब्धियों को संक्षेप में इस प्रकार बताया जा सकता है–

1. अपने हितों की खातिर अकेले किसी पथ पर चलना राष्ट्र तथा उस देश की नागारिकों की क्षमता की पहचान है। यह स्वतंत्रता तथा क्षेत्रीय अखंडता की रक्षा तथा उस पर टिके रहने की इच्छाशक्ति की कसौटी है। संभवतः इस अग्निपरीक्षा से क्षमता या सामर्थ्य का पता चलता है।
2. विशेषज्ञों और सत्ता संरचना के स्तंभों को छोड़कर भारत के लोग अपनी वैज्ञानिक और प्रौद्योगिकीय क्षमताओं के बारे में चिंतित तथा अनिश्चित थे। परमाणु विकल्प

खुला रखने के सिद्धांत से वे भ्रमित थे। इन परीक्षणों से भारत के लोग निश्चित रूप से भारत की क्षमताओं तथा संभाव्यताओं से संतुष्ट हुए।

3. इन परीक्षणों से भारत की विदेश और रक्षा नीतियों के प्रति आत्मविश्वास तथा निर्णय लेने की शक्ति जाग्रत होती है। इस घटना से भारत में सकारात्मक मनोवैज्ञानिक तथा भावनात्मक दबाव महसूस किया गया था, हालाँकि इस घटना को मापा नहीं जा सकता।
4. हमने अंतरराष्ट्रीय समुदाय को यह स्पष्ट संदेश दिया कि हम परमाणु शक्ति संपन्न राष्ट्र हैं तथा हमने संतोषजनक स्तर तक अपनी क्षमताएँ देशज रूप से तैयार की हैं। यह एक आधारभूत वास्तविकता है। हमारी परमाणु शक्ति–संपन्न राष्ट्र के रूप में स्थिति के बारे में भले ही कानूनी तौर पर टालमटोल की जाए, परंतु इस पर विश्व को राजी होना पड़ेगा।
5. इस उपलब्धि से विश्व तथा हमारी जनता को यह संदेश भी गया कि 24 वर्ष तक पाबंदियों के बावजूद यदि हमने संयम बरता तथा अनुशासन में रहे तो इसका अर्थ यह नहीं कि हम दुर्बल थे या हमारे पास प्रौद्योगिकीय क्षमता का अभाव था। हमने अपनी इच्छा से संयम बरता तथा अपनी शक्ति और संभाव्यताओं के बारे में अच्छी तरह से जानकारी के आधार पर अपना रास्ता चुना।
6. हमने चारों ओर सामरिक और सुरक्षा माहौल के प्रति अपनी साख की नींव रखी।
7. हमने राजनीतिक अर्थ में परमाणु शक्तियों के बीच सामरिक संतुलन को बदल दिया। हमने एशियाई ताकतों के बीच संबंधों के समीकरण भी बदल दिए।
8. हमारी इस प्रौद्योगिकीय क्षमता से शांतिपूर्ण प्रयोजनों की पूर्ति होगी तथा आर्थिक विकास में भी योगदान मिलेगा। अंततः किसी भी नई ग्लोबल व्यवस्था में भारत एक शक्ति होगा। भारत भावी ग्लोबल सुरक्षा के लिए अंतरराष्ट्रीय अनुमानों की अवहेलना नहीं कर सकता।

अनेक प्रकार से भारत के परमाणु परीक्षण और परमाणु अस्त्रों की हैसियत तथा विदेश एवं रक्षा नीति को लेकर हमारी जो हिचकिचाहट थी, वह इसके बाद दूर हो गई। यह समीचीन है कि हमने विकासशील देशों के पक्ष में अंतरराष्ट्रीय व्यवस्था में संतुलन लाने का प्रयास किया। उपर्युक्त आकलन तथा निष्कर्षों पर पहुँचने के बाद 28 और 30 मई, 1998 के बीच पाकिस्तान के प्रत्यक्ष परमाणु अस्त्रीकरण पर ध्यान देना भी महत्वपूर्ण है। भारत की परमाणु अस्त्रों की हैसियत के बराबर संतुलन लाने की दिशा में किए गए पाकिस्तान के प्रयासों की गति से और न ही गौहर अयूब खान (पाकिस्तान के विदेश मंत्री) तथा प्रमुख वैज्ञानिक डॉ. अब्दुल कादिर खान जैसे प्रख्यात व्यक्तियों तथा पाक की परमाणु अस्त्र क्षमता और मिसाइल कार्यक्रम के बारे में राजनीतिक और प्रौद्योगिकीय शब्दाडंबर से भारत आश्चर्यचकित हुआ है। हम यह मानकर चलें कि जब वाजपेयी सरकार ने परमाणु परीक्षणों के बारे में महत्वपूर्ण निर्णय लिया था, तब इस संभावना को भी ध्यान में रखा गया होगा। इस मुद्दे पर बहस करना उचित नहीं है कि पाकिस्तान ने वास्तव में सात परमाणु परीक्षण किए हैं या नहीं अथवा इनमें से केवल तीन या चार परीक्षण सफल हुए या नहीं या पाकिस्तान के अन्य दावे वैध हैं

या नहीं। हमें इस बुनियादी तथ्य को ध्यान में रखना है कि पाकिस्तान ने दावा किया है कि परमाणु और मिसाइल परीक्षण द्वारा उसने भारत के बराबर समष्टिगत स्तर पर सामरिक सैन्य और राजनीतिक समता प्राप्त कर ली है।

भारत की विदेश नीति पर इन घटनाक्रमों तथा भावी संभावनाओं का यह प्रभाव पड़ा है। इस प्रभाव का विश्लेषण करना तथा जाँच करना सुसंगत होगा तथा जिस प्रकिया के माध्यम से पाकिस्तान परमाणु अस्त्र–संपन्न राज्य बना, उस पर अतिरिक्त आधारभूत जानकारी भी प्रासंगिक होगी।

यह सर्वविदित तथा सत्यापित सत्य है कि पाकिस्तान छठवें दशक के मध्य से परमाणु अस्त्र प्राप्त करने संबंधी प्रयास करने लगा था। जैसाकि पहले बताया गया है, सन् 1971 की लड़ाई के दौरान भारतीय सेनाओं के हाथों हार से तीन सप्ताह के भीतर जनवरी 1972 में पाकिस्तान ने परमाणु अस्त्रीकरण का निर्णय लिया था। याहिया खान के उत्तराधिकारी जुल्फिकार अली भुट्टो का यह स्पष्ट विचार था कि यदि पाक को भारत की श्रेष्ठ पारंपरिक प्रौद्योगिकी तथा सैन्य क्षमताओं की बराबरी करनी है, तो परमाणु अस्त्र तथा इनसे सम्बद्ध डिलीवरी प्रणाली प्राप्त करना अनिवार्य है। पाकिस्तान यह शक्ति प्राप्त करना चाहता था तथा उसने अपना यह लक्ष्य प्राप्त भी कर लिया था। भुट्टो ने जनवरी 1972 में मुल्तान में पाकिस्तान के वरिष्ठ वैज्ञानिकों की बैठक बुलाई और परमाणु राष्ट्र बनने की इच्छा और निर्णय की घोषणा की। उन्होंने वैज्ञानिकों का इस ओर आह्वान किया कि यदि संभव हो तो तीन वर्ष के भीतर अर्थात् सन् 1975 तक इस लक्ष्य की प्राप्ति में सहयोग दें। गुप्त माध्यमों से परमाणु अस्त्र संपन्न राष्ट्र बनने के लिए पाकिस्तान द्वारा किए जा रहे प्रयासों के बारे में प्रचुर जानकारी उपलब्ध है। फ्रांस, ब्रिटेन, संयुक्त राज्य, हॉलैंड, जर्मनी, इटली और स्कैंडिनेवियन देशों ने अप्रत्यक्ष रूप से पाकिस्तान को सामग्री, प्रौद्योगिकी, मानचित्र तथा डिजाइन और अधुनातन उपकरण संबंधी सहायता दी थी। इन सबके ऊपर चीन ने सहायता दी थी। चीन ने सैनिक मिसाइल क्षमताओं के विकास में भी पाकिस्तान की सक्रिय रूप से सहायता की है। परमाणु मुखास्त्र उठाने और पहुँचाने के लिए संयुक्त राज्य के विमान तथा पाकिस्तान की वायुसेना में फ्रांसीसी विनिर्माण के साथ विन्यास ढाँचों (Configuration Structure) से संबंधित उपयुक्त अस्त्र भी दिए गए। मांट्रे इंस्टीट्यूट ऑफ इंटरनेशनल स्टडीज में अप्रसार अध्ययन केन्द्र में रखे गए रिकॉर्डों से पता चलता है कि पाकिस्तान सन् 1972 और 1973 के बीच अवैध रूप से अपनी योजनाएँ चालू करने के लिए मूलभूत आवश्यक सामग्री एकत्रित करने के बाद वर्षों से पाकिस्तान एकाग्रचित्त होकर परमाणु अस्त्रीकरण की प्रक्रिया में जुटा रहा तथा अंत में 28 और 30 मई, 1998 को परमाणु परीक्षण किए गए।

सन् 1972 और 1974 के बीच पाकिस्तान ने परमाणु अस्त्र कार्यक्रम के लिए धन देने के संबंध में लीबिया, सऊदी अरब तथा कुछ हद तक इराक को राजी कर लिया था। ये देश पाकिस्तान को निरंतर सहायता देते रहे। सन् 1986 तक पाकिस्तान ने परमाणु अस्त्रों के लिए कच्चा माल तैयार करने तथा उन्हें जोड़ने की क्षमता प्राप्त कर ली थी।

अंततः चीन पाकिस्तान के परमाणु अस्त्रीकरण कार्यक्रमों के मुख्य आपूर्तिकर्ता के रूप में उभरा। आठवें तथा नौवें दशक में प्रौद्योगिकीय दस्तावेजों और रिपोर्टों से स्पष्ट होता है कि चीन ने पाकिस्तान की परमाणु प्रौद्योगिकीय क्षमता के विकास में सहायता की थी। चीन ने पाकिस्तान में असुरक्षित परमाणु सुविधाओं के लिए विशेष औद्योगिक भट्टियाँ तथा उच्च प्रौद्योगिकीयुक्त निदानात्मक (Diagnostic) उपकरण भेजे (चीन का परमाणु ऊर्जा औद्योगिक निगम इस उपकरण का स्रोत था)। चीन ने पाकिस्तान को रिंग मैग्नेट परमाणु बम बनाने के लिए आरेख और डिजाइन भी दिए। चीन द्वारा दी गई उच्च तापमान भट्टियों से परमाणु मुखास्त्र लगाने के लिए मिसाइल की नोज कोन के ट्रीटियम साँचे बनाना आसान हो गया।

संयुक्त राज्य ने परमाणु बम के लिए जिरकोनियम, क्रीटोन इलेक्ट्रिक ट्राइगर्स तथा इसी प्रकार की अन्य सामग्री दी। जर्मनी तथा स्कैंडिनेवियन देशों ने इलेक्ट्रॉनिक पुर्जे ट्रीटियम शुद्धिकरण तथा इसी प्रकार के अन्य साधन प्रदान किए। इस बारे में विश्वसनीय जानकारी मिली है कि चीन ने सन् 1983 में 25 किलोटन परमाणु बम का पूरा आरेख डिजाइन तथा अत्यधिक संवर्धित यूरेनियम पाकिस्तान को दिया था। सन् 1987 में सिन–क्यांग के लोपनर में चीन के परीक्षण स्थल पर पाकिस्तान की परमाणु डिवाइस का परीक्षण करने की भी रिपोर्ट मिली है। सन् 1992 में डॉ. अब्दुल कादिर खान तथा पाकिस्तान के विदेश सचिव शहरयार खान जैसे वरिष्ठ अधिकारियों ने पुष्टि की कि पाकिस्तान अब परमाणु अस्त्र संपन्न देश बन गया है। सन् 1995–96 में पाकिस्तान के राजनीतिक नेताओं ने भारत को उस समय परमाणु जवाबी कार्यवाही की धमकी देनी शुरू कर दी, यदि भारत जम्मू–कश्मीर में पाकिस्तानी घुसपैठ के विरुद्ध निर्णायक सैन्य कार्यवाही करता है तो पाकिस्तान इसका जवाब देगा। अतः कुछ पहलू स्पष्ट हो चुके थे। पहला, पाकिस्तान का पहला लक्ष्य स्वयं को केवल सैन्य और अस्त्रीकरण प्रयोजनार्थ परमाणु शक्ति से सम्पन्न करना था। दूसरा, यह कार्यक्रम पाकिस्तान की सैन्य स्थापना के नियंत्रण में था। तीसरा, पाकिस्तान का अस्त्रीकरण कार्यक्रम अधिकांश रूप में गुप्त रूप से चल रहा था। अफगानिस्तान में सोवियत हस्तक्षेप के दौरान संयुक्त राज्य ने इसे अनदेखा किया था तथा इसके विभिन्न उत्पाद चीन और पश्चिम लोकतांत्रिक देशों से आए थे। पाकिस्तान का परमाणु अस्त्रीकरण कार्यक्रम सन् 1974 में भारत के परमाणु अस्त्रीकरण प्रयोग/परीक्षण से लगभग दो वर्ष पहले शुरू हो चुका था।

सामरिक तथा सैन्य संतुलन को अनुकूल रूप से बदलने के अलावा पाकिस्तान के परमाणु अस्त्रीकरण निहितार्थ इस प्रकार थे–

1. कश्मीर मुद्दे पर लाभ उठाने तथा कश्मीर पर समझौता करने के लिए भारत पर संयुक्त राज्य तथा अन्य बड़े देशों को दबाव डालने के लिए राजी करने की दृष्टि से इसका (परमाणु कार्यक्रम) इस्तेमाल किया जाएगा।
2. पाकिस्तान भी पक्षपातपूर्ण अप्रसार करारनामों पर हस्ताक्षर करने के लिए भारत पर दबाव डालेगा।
3. पाकिस्तान अन्य इस्लामिक देशों में परमाणु अस्त्रों का स्रोत बन जाएगा।
4. यदि इस पर लगाई गई पाबंदियाँ बर्दाश्त की सीमा से बाहर होगी तो पाकिस्तान आर्थिक प्रतिलाभ के लिए अन्य देशों को परमाणु अस्त्र प्रौद्योगिकी बेचेगा।

भारत की दृष्टि से चीन और पाक के बीच इस सामरिक तथा सुरक्षा सहयोग का क्षेत्रीय सुरक्षा माहौल पर गलत प्रभाव पड़ सकता है।

पाकिस्तान विद्यमान परमाणु ताकतों की लगातार सहानुभूति तथा समर्थन प्राप्त करता रहा। इसके बदले में पाकिस्तान यह आश्वासन देता रहा कि वह पक्षपातपूर्ण अप्रसार संधि करारनामों आदि का किसी शर्त के बिना पालन करता रहेगा। यदि भारत को ऐसा करना पड़ा (भारत ऐसा कभी नहीं कर सकता), तो पाकिस्तान की घोषित परमाणु अस्त्र हैसियत से भारत की विदेश नीति के सम्मुख नई तथा जटिल चुनौतियां उत्पन्न हो जाएँगी और अतंरराष्ट्रीय समुदाय के सत्ता–केन्द्रों के साथ भारत के समीकरण तथा सामरिक योजना की दृष्टि से भी कठिनाइयाँ उत्पन्न हो जाएंगी।

कुछ मामलों में भारत का यह विश्वास था कि पाकिस्तान आगे निकल गया है तथा उसने परमाणु डिवाइस का परीक्षण कर लिया है और स्वयं को परमाणु राष्ट्र घोषित कर दिया है। इससे पाकिस्तान की क्षमताएं तथा इरादे अधिक स्पष्ट हो चुके थे। इससे एक–दूसरे की क्षमताओं के बारे में जटिलताएं, संदेह तथा अनिश्चितता दूर हो गई। परमाणु अस्त्रों तथा मिसाइल क्षमता में समता से परस्पर निवारक क्षमता बनी रहती है। इससे भारत सरकार और पाकिस्तान की सरकार अधिक तार्किक तथा व्यावहारिक ढंग से दोनों के विवादों पर चर्चा करने के लिए राज़ी होगी। हालाँकि भारत पाकिस्तान की परमाणु अस्त्र क्षमता में निहित खतरे के बारे में सचेत था, फिर भी भारत को सोद्देश्यपूर्ण ढंग से पाकिस्तान के साथ निरंतर बातचीत करनी चाहिए थी ताकि दक्षिण एशिया में स्थिर सुरक्षा माहौल तैयार किया जा सके। मैं यह सोचता हूँ कि भारत और पाकिस्तान को गंभीरतापूर्वक विचार करना चाहिए तथा भारत द्वारा दिए गए सुझाव तथा पाकिस्तान के प्रधानमंत्री के आक्रमण न करने संबंधी करारनामों को अंतिम रूप देना चाहिए। हमें विश्वसनीय पारस्परिक तथा समान रूप से सुरक्षा संबंधी गारंटी देने का प्रयास करना चाहिए। कश्मीर एक ऐसा मुद्दा माना जाता है, जिस पर परमाणु युद्ध की आशंकाएँ बढ़ जाती हैं। दोनों को कश्मीर मुद्दे पर अपने दृष्टिकोण से चर्चा करने तथा आधारभूत वास्तविकताओं तथा बदले हुए सामरिक और सुरक्षा संबंधी माहौल को ध्यान में रखते हुए परस्पर स्वीकार्य समाधान ढूँढने के लिए नए सिरे से और वस्तुपरक कार्य करने के लिए हिचकिचाना नहीं चाहिए।

भारत और पाकिस्तान के परमाणु परीक्षण से एक ओर दोनों देशों को नए तथा ठोस रूप से अपने संबंध बनाने और परस्पर सहयोग के प्रति आगे बढ़ने का अवसर मिलता है, दूसरी ओर यदि इस अतिरिक्त खतरनाक शक्ति प्राप्त करने से बिना सोचे–समझे आक्रमण या अतार्किक उद्धत राष्ट्रवाद उत्पन्न होता है, तो इससे अनियंत्रित विनाशलीला आरंभ हो जाएगी तथा इस उपमहाद्वीप के लोगों के लिए बहुत बड़ी त्रासदी की आशंकाएँ बढ़ जाएंगी। हालाँकि पाकिस्तान का परम्परागत रूढ़िवादी मनोविज्ञान बदलने की बजाय पुख्ता होता दिख रहा है और भारत की लीडरशिप वस्तुनिष्ठ तरीके से दोनों के संबंधों, शक्तियों, संघर्ष की संभावनाओं, आशंकाओं और अपेक्षाओं का आकलन करती हुई नहीं दिख पा रही है। हमें यह मानकर आगे बढ़ना चाहिए कि हम बड़े और जिम्मेदार देश हैं और हमारी महत्वाकांक्षाएं सिर्फ परमाणु म की ताकत होने तक सीमित नहीं हैं। जब

दो देशों के बीच संघर्ष की निरन्तरता बढ़ती है तो छोटा देश तबाह होता है, लेकिन बड़े देश की प्रगति रुक जाती है और देश उपलब्धियों व महत्वकांक्षाओं की परिधि से बहुत पीछे चला जाता है।

प्रमुख बिन्दु

1. भारत ने सर्वप्रथम अपनी सुरक्षा को ध्यान में रखते हुए मई, 1998 में पोखरण परमाणु परीक्षण किए। जिसका उद्देश्य युद्ध काल के समय भारत की स्थिति को मजबूत करना था।
2. उल्लेखनीय है कि 6 जून, 1998 को संयुक्त राष्ट्र सुरक्षा परिषद् ने प्रस्ताव 1172 पास किया, जिसके सातवें पैरा में कहा गया कि भारत और पाकिस्तान तत्काल अपने मिसाइल कार्यक्रम रद्द कर दें। परमाणु अस्त्रों का निर्माण करने से परहेज करें तथा परमाणु हथियार ले जाने वाली मिसाइलें न बनाएं। यह प्रस्ताव संयुक्त राष्ट्र चार्टर के अध्याय 6 के तहत पास हुआ, जिसे मानने की कोई बाध्यता नहीं है।
3. भारत अब मिसाइल प्रौद्योगिकी नियंत्रण व्यवस्था (एम.टी.सी.आर.) में शामिल हो गया है। पोखरण–II के बाद एम.टी.सी.आर. की सदस्यता भारत को एक वैध परमाणु शक्ति संपन्न देश के रूप में मान्यता देने की दिशा में एक महत्वपूर्ण कदम है।
4. स्टॉकहोम इंटरनेशनल पीस रिसर्च इंस्टीट्यूट (सिपरी) के अनुसार परमाणु हथियारों की संख्या के मामले में रूस सबसे आगे है तथा भारत सैन्य हथियारों का सबसे बड़ा आयातक देश है।
5. ज्ञात हो कि वर्ष 1963 में भारत ने संयुक्त राज्य का चीन से अस्त्रीकरण की बराबरी में परमाणु बम बनाने का प्रस्ताव अस्वीकृत कर दिया था। 1967 में भारत ने चीन को छोड़कर अन्य देशों से अनुरोध किया कि वे परमाणु खतरे के विरुद्ध भारत को सुरक्षा गांरटी दे पाएंगे या नहीं, परन्तु इनकी नकारात्मक प्रतिक्रिया के बाद भारत के पास राष्ट्रीय सुरक्षा की दृष्टि से आत्म निर्भर होने के अलावा कोई रास्ता नहीं बचा।
6. 1986 तक पाकिस्तान ने परमाणु अस्त्रों के लिए कच्चा माल तैयार करने तथा उन्हें जोड़ने की क्षमता प्राप्त कर ली थी। अंततः चीन पाकिस्तान के परमाणु अस्त्रीकरण कार्यक्रम का मुख्य आपूर्तिकर्ता बना।
7. उल्लेखनीय है कि पाकिस्तान का परमाणु अस्त्रीकरण कार्यक्रम भारत के परमाणु कार्यक्रम से 2 वर्ष पूर्व 1974 में ही शुरू हो चुका था।
8. एक अन्य महत्वपूर्ण तथ्य यह है कि भारत परमाणु अस्त्र–शस्त्रों के संबंध में नो फर्स्ट यूज (No First Use) नीति का पालन करता आया है।
9. पोखरण परमाणु परीक्षण तथा अग्नि श्रेणी की 5 श्रृंखला के परीक्षण के बाद विश्व स्तर पर भारत की गिनती परमाणु अस्त्र संपन्न राष्ट्रों के रूप में होने लगी। इसी का परिणाम है भारत के कनाडा, अमेरिका तथा ऑस्ट्रेलिया जैसे–देशों के साथ यूरेनियम तथा अन्य परमाणु अस्त्र से संबंधित उत्पादों, को क्रय करने संबंधी समझौते। जिससे अंतरराष्ट्रीय जगत में भारत की स्थिति मजबूत हुई।

❑❑

* 9 7 8 9 3 5 2 6 6 9 0 9 7 *
FCW - #0246 - 061026 - C0 - 216/140/23 - PB - 9789352669097 - Matt Lamination